Die

von

Sabine Altenburg

Impressum

© 2013 Sabine Altenburg
3. Auflage – Mai 2016
Coverdesign: Alexander Kopainski (Kopainski Artwork)

Sabine Altenburg
Hauptstraße 2c
53604 Bad Honnef
die.priesterin.der.kelten@web.de
http://die-priesterin-der-kelten.jimdo.com/

Liebe Leserin, lieber Leser,

am Ende des Buches befinden sich ein Verzeichnis der Personen, eines der geografischen Bezeichnungen und ein Glossar.

Leute wie wir, die an die Physik glauben, wissen,

dass die Unterscheidung in Vergangenheit, Gegenwart und Zukunft

nur eine sich hartnäckig haltende Illusion ist.

(Albert Einstein)

Prolog

Zuerst sah Amena nur Nebel. Undurchdringliche, milchige Schwaden waberten vor ihrem inneren Auge träge hin und her wie die gestaltlosen Dämonen, die in Mooren den Reisenden heimsuchten. Nach einer Weile jedoch begannen sich die Schleier aufzulösen und gaben schließlich - beinah zögernd, dachte sie - den Blick frei auf eine weite, mit trockenen Gräsern bewachsene Ebene, in deren Mitte sich ein römisches Heer gleich einem gewaltigen Drachen langsam vorwärtswälzte. Der nicht enden wollende Strom der Legionäre ergoss sich bis zum fernen Horizont, wo er sich in einer gigantischen schmutzig grauen Staubwolke verlor, und schon die schiere Anzahl der Feinde war furchterregend. Trotz des dämmrigen, tranceähnlichen Schlafes, in dem Amena schwebte, fühlte sie, wie ihr Herz angstvoll stolperte und einen Schlag aussetzte.

Plötzlich löste sich am Haupt des Drachen ein einzelner Reiter aus den Reihen der feindlichen Streitmacht. Mit einer Geste, die herrisch und zugleich mühelos wirkte, zügelte er seinen hochbeinigen Schimmel und ließ die Kolonne der dumpf einherschreitenden Soldaten an sich vorüberziehen. Über der weißen Tunika, auf der der Marsch seine Spuren hinterlassen hatte, trug der Römer einen goldfarbenen, reich verzierten Brustpanzer. Rücken und Schultern wurden zudem von einem purpurroten, golddurchwirkten Umhang verhüllt, der den Bewegungen des Mannes etwas Fließendes, geradezu Elegantes verlieh. An seiner linken Hüfte steckte in einer meisterlich gearbeiteten Scheide ein kurzes Schwert. Stirn und Wangen des Reiters verbarg ein goldfarbener Helm, nun stumpf vom Staub, den ein Helmbusch aus weißen Straußenfedern bekrönte. Darunter erkannte Amena eng beieinanderstehende Augen, deren starrer Blick an den eines Reptils erinnerte, eine gerade, scharf geschnittene Nase und schmale Lippen. Doch obwohl der Römer lediglich von mittlerer Größe und schlanker, beinah hagerer Gestalt war, ließen die würdevolle Selbstverständlichkeit seiner Körperhaltung und die souveräne Art, in der er seinen unruhig tänzelnden Hengst beherrschte, eine Autorität erahnen, der auch der Straßenstaub und die Mühsal des Marsches nichts anzuhaben vermochten.

Mit einem Mal verdichteten sich die Nebel vor Amenas innerem Auge allmählich wieder und entzogen den römischen Heerzug mitsamt seinem Feldherrn unaufhaltsam ihrem Blick, bis sie schließlich in eine undurchdringliche hellgraue Wand starrte.

Sie erwachte schweißnass und mit wild hämmerndem Herzen.

Kapitel 1

Hannah Neuhoff seufzte und wischte sich mit dem Ärmel ihrer Bluse den Schweiß von der Stirn. Die Fäuste in den schmerzenden Rücken gestemmt, ließ sie sich vorsichtig auf den nächstbesten, vollgepackten Umzugskarton sinken. Dann löste sie das Gummiband, das ihre widerspenstigen, kastanienbraunen Locken im Nacken zusammenhielt, und fasste sie neu, während sie sich prüfend umschaute. Das Schlimmste schien überstanden. Kleidung und Bücher waren verpackt, ihre Malutensilien, das Sammelsurium an Tuben und Pinseln, Blocks und Stiften und all die anderen tausend Kleinigkeiten in einem Heer brauner Kartons verstaut. Vier großformatige sowie diverse kleinere Leinwände lehnten in eigens dafür zusammengezimmerten Holzgestellen im Hausflur, und nur ihre Staubränder auf der hellen Raufasertapete erinnerten daran, dass dort ein kreativer Geist gewohnt hatte.

Hannahs Blick war an den Staubrändern hängen geblieben. Ich war zu lange hier, schoss es ihr durch den Kopf. Ich hätte längst gehen sollen. Muss ich denn immer warten, bis es fast zu spät ist?

Nun gut, jetzt war es ja so weit und sie mehr als froh, unter dieses Kapitel ihres Lebens endlich einen Schlussstrich zu ziehen. Nein, keinen Strich, einen Balken, und einen besonders dicken dazu.

Köln war von Anfang an nicht ihre Stadt gewesen, war es auch nie geworden, obwohl es kurzzeitig, für ein verliebtes halbes Jahr, danach ausgesehen hatte. Und es lag - so viel war Hannah fairerweise bereit einzuräumen - weniger an Köln als an ihr selbst. Metropolen wie Berlin oder München hatten ebenfalls ihre Reize an sie verschwendet, doch das deprimierende Ergebnis war stets dasselbe: Es war einfach nichts zu machen, der Funke weigerte sich überzuspringen. Mit den Augen einer Großstadt betrachtet, war Hannah ein hoffnungsloser Fall.

Sie stammte aus einem kleinen, verschlafenen Ort irgendwo in den endlosen Weiten des Bergischen Landes, den man auf Landkarten oberhalb eines bestimmten Maßstabs gar nicht erst zu suchen brauchte. Städte mit mehr als zwanzigtausend Einwohnern bereiteten ihr wenn schon keine Angst, so doch ein ausgeprägtes Unwohlsein. Außerdem empfand sie Häuser, in denen Hunderte oder sogar Tausende von Bewohnern in unmittelbarer Nachbarschaft unter-, über- und nebeneinander wohnten, schlichtweg nicht als artgerechte Haltung, denn was man Hühnern ganz zu Recht ersparte, sollte man ihrer Ansicht nach auch Menschen nicht zumuten.

2

Wie sehr ihre Kindheit inmitten von so viel unberührter Natur sie geprägt hatte, wurde ihr in vollem Umfang erst bewusst, nachdem sie fünf Jahre zuvor notgedrungen nach Köln gezogen war, um dort Kunst zu studieren. Bereits nach wenigen Tagen permanenter Reizüberflutung wünschte sie sich nichts sehnlicher als eine schalldichte Gummizelle und schwor sich, nach Beendigung ihres Studiums so schnell wie möglich wieder zurück aufs Land zu ziehen.

Und außerdem war Köln Marcels Stadt, und es mochte zwar eine Großstadt sein, doch es war definitiv nicht groß genug für sie beide. Wie oft war er ihr nun seit der Trennung schon zufällig über den Weg gelaufen? Vier Mal! Zwei Mal stand er im Supermarkt plötzlich vor ihr, ebenso überrascht wie sie und mit dem schlechten Gewissen desjenigen, der verlassen hat und um den Schmerz weiß, den er dem anderen zufügte; einmal beim Italiener und einmal in der U-Bahn-Station. Jedes Mal prallte sie erschrocken zurück und warf sich auf dem Absatz herum, um ein Gespräch zu vermeiden. Seither hatte sie den Supermarkt gewechselt, aß bei einem anderen Italiener und fuhr mit dem Fahrrad zur Uni. Und wusste, dass es so nicht weitergehen konnte.

Ah, Marcel. Der Name und die damit verbundenen Erinnerungen schmerzten noch immer. Nicht stechend, eher dumpf, so wie ein Kiefer noch hin und wieder schmerzte, lange nachdem der vereiterte Zahn gezogen worden war. Und der Vergleich war gar nicht mal unpassend, überlegte Hannah. So wenig, wie man sich auf einen vereiterten Zahn vorzubereiten vermochte, so unvorbereitet hatte sie sich gefühlt, als Marcel vor etwas mehr als zwei Jahren in ihr Leben platzte, um es innerhalb kurzer Zeit komplett auf links zu drehen. Und ähnlich wie ein vereiterter Zahn sorgte er für viel Leid, ehe er sich auf schmerzhafte Weise verabschiedete, um zu seiner Frau zurückzukehren. Ausgerechnet zu seiner Frau.

Und als Hannah dann vor sechs Monaten diesen kleinen Hof in der Nähe von Bad Münstereifel entdeckte, erschien er ihr wie die Lösung sämtlicher Probleme, ihre trutzige Burg, ihr sicherer Hafen, die Antwort auf all ihre Gebete.

* * *

Sie arbeitete damals an einem Aquarellzyklus über Landschaften im Wechsel des Lichts. Das heißt: Sie bemühte sich, daran zu arbeiten, denn seit der Trennung von Marcel war ihre Kreativität, jene innere Quelle, aus der Hannah Inspiration und schöpferische Kraft bezog, nahezu vollständig versiegt. Anstatt reich und ergiebig zu sprudeln, wie sie es ihr gesamtes Leben lang getan hatte, tröpfelte sie nun wie ein eingerosteter Wasserhahn. Dies war umso verhängnisvoller, als Marcels überraschende Sehnsucht nach seiner Frau ihn ausgerechnet zu der Zeit übermannte, als Hannah sich auf ihre Abschlussprüfungen vorbereitete. Und so war sie an einem diesigen Sonntagmorgen zeitig in Köln aufgebrochen und in die Eifel hinausgefahren, weil sie hoffte, vor Ort die nötige Eingebung zu erhalten, um eine halbwegs anständige Landschaft im Nebel zu Papier zu bringen.

Und während sie ziellos vor sich hin fuhr, in Gedanken abwechselnd bei Marcel und den Prüfungen, von denen sie nicht die geringste Ahnung hatte, wie sie sie bestehen sollte, stieß sie wenige Kilometer hinter Bad Münstereifel plötzlich auf diesen alten, verlassenen Bauernhof.

Es war reiner Zufall. Oder, so dachte sie später, vielmehr das, was man als »Zufall« bezeichnete, wenn man vor dem Wort »Fügung« zurückschreckte. Je tiefer sie in die Eifel vordrang, desto dichter wurde der Nebel. Und da sie außerdem ohnehin nicht recht bei der Sache war, ergab es sich, dass sie auf der Landstraße eine Abzweigung verpasste und sich unversehens auf einem ausgefahrenen, mit Schlaglöchern und zugefrorenen Pfützen übersäten Feldweg wiederfand, schmal und an beiden Seiten von einer Böschung flankiert, sodass sie nirgends wenden konnte.

Immerhin gelang es der schlechten Fahrbahn, Hannahs Aufmerksamkeit von Marcel und den Prüfungen abzuziehen. Und so folgte sie dem Weg notgedrungen und leise vor sich hin fluchend, während sich zu ihrer Linken ein scheinbar endloses Feld malerisch im Nebel rekelte und nur darauf wartete, von ihr zu Papier gebracht zu werden, jedoch unentdeckt blieb, da sie die Augen fest auf die Krater vor ihrer Motorhaube geheftet hatte. Nach zweihundert Metern, auf denen Hannah ordentlich durchgeschüttelt wurde und die Stoßdämpfer des alten Toyota protestierend ächzten, weitete sich der Weg endlich zu einem kleinen Platz, der sich in ähnlich traurigem Zustand befand.

Dann tauchte unvermittelt der Hof vor ihr aus dem Nebel auf, zunächst nur in Gestalt eines verwitterten, zweiflügeligen Holztors, umrahmt von einer hohen Bruchsteinmauer. Wie die Schneidezähne eines Riesen, schoss es Hannah durch den Kopf. Sie hielt an, stellte den Motor ab, und einem jähen Impuls folgend, beschloss sie, sich ein wenig umzuschauen.

Der Hof lag in unmittelbarer Nähe des Waldes, dessen wundervoller Geruch Hannah verführerisch in die Nase stieg. Sie schloss die Augen, sog die Luft in tiefen Zügen ein und genoss das erdige Aroma der Moose und des feuchten Herbstlaubs, das ihr seit frühester Kindheit vertraut war. Ach, wie lang schon hatte sie so etwas Erhabenes nicht mehr gerochen, hatte es eingetauscht gegen die giftigen Abgase der Großstadt und den algigen Gestank des Rheins? In der wattigen Stille, die der Nebel wie eine Decke über die Landschaft breitete, hörte sie das verspielte Gurgeln eines Bächleins irgendwo zu ihrer Rechten, das mit dem Gurren einer unsichtbaren Taube in einem der Bäume am Waldrand um ihre Aufmerksamkeit wetteiferte.

Hannah öffnete die Augen wieder. Hier und dort riss der Dunst kurz auf und gab einen flüchtigen Blick frei auf die Kronen mächtiger alter Eichen, deren Äste nach den Nebelschleiern zu greifen schienen, als suchten sie schamhaft ihre herbstliche Nacktheit zu verhüllen. Der Ort besaß eine ganz besondere Ausstrahlung, unwirklich, mystisch, inspirierend. Er erzeugte in Hannahs empfindsamer Künstlerseele eine Resonanz und brachte eine Saite zum Schwingen, die erstarrt war, seit Marcel sie verlassen hatte.

Sie fröstelte. Es war Mitte November, der nahende Winter warf seine Schatten voraus, und auf den Höhen der Eifel war die Luft ohnehin immer einige Grad kälter als unter der Dunstglocke der Stadt. Der Gedanke, in die mollige Wärme des beheizten Wagens zurückzukehren, wirkte verlockend; jedoch nicht annähernd so verlockend wie die Aussicht, diesen magischen Ort zu erkunden. So nahm sie ihre Daunenjacke vom Rücksitz und zog sie über, während sie auf den Hof zuschlenderte.

Er war offenbar schon seit geraumer Zeit verlassen. Der rechte Flügel des großen Holztors, dessen ehemals grüner Anstrich in langen Fahnen abblätterte und den Blick auf verschiedene darunterliegende Farbschichten enthüllte, stand einen Spaltbreit offen. Hannah versuchte, ihn ganz aufzudrücken, doch im Laufe der Jahre hatte er sich abgesenkt, war auf dem Boden aufgesetzt und nun nicht bereit, sich auch nur einen Zentimeter von der Stelle zu bewegen. Erst als sie mit der Schulter mehrmals kräftig dagegenstieß, gab er nach und öffnete sich schließlich so weit, dass sie sich seitlich hindurchquetschen konnte. Geistesabwesend streifte sie Reste der abgeblätterten Farbe vom Ärmel ihrer Jacke und schaute sich um.

Sie fand sich in einem Innenhof von fünfzehn mal zwanzig Metern Seitenlänge wieder. Sein Pflaster war vollständig von Unkraut überwuchert, dessen fahle, vertrocknete Stängel ihr bis zu den Knien reichten. Die übermannshohe Bruchsteinmauer, aus deren Ritzen Gräser und sogar eine kleine Birke wuchsen, umgab das gesamte Anwesen und verlieh ihm einen trutzigen, wehrhaften Charakter. Zu

Hannahs Rechten, schräg gegenüber dem Tor, lag das ehemalige Wohnhaus, ein zweistöckiger Bau aus Natursteinen mit einem halb verfallenen Schieferdach. Zu ihrer Linken befanden sich die Stallungen, ihr einst dunkel gebeiztes Holz über dem Bruchsteinsockel von der Sonne vieler Jahrzehnte zu einem silbrigen Ton gebleicht. Hannah strich sich eine verirrte Strähne aus dem Gesicht. Na ja, ein bisschen heruntergekommen war das Ganze schon. Aber es hatte was, bei Gott, es hatte was.

Sie schlenderte zu der verwitterten, früher einmal weiß gestrichenen Eingangstür des Wohngebäudes hinüber und drückte prüfend die Klinke nieder. Die Tür war unverschlossen. Ihre verrosteten Angeln knarrten protestierend, als Hannah eintrat, und erneut, als sich die Tür hinter ihr wieder schloss wie das Auge eines Riesen, das nach jahrzehntelangem Schlaf zum ersten Mal das Tageslicht erblickte und von seinem hellen Schein geblendet war.

Das Innere des Gebäudes erfüllte Dämmerlicht, das durch die Ritzen in den geschlossenen Fensterläden sickerte. Die Luft roch feucht und modrig und erinnerte Hannah – woran? Richtig, im Kartoffelkeller ihrer Großeltern hatte es genauso gerochen. Ihre Finger tasteten neben der Tür nach einem Schalter, fanden einen, doch der Raum blieb dunkel. Natürlich, der Strom war abgeschaltet, Lampen und Kabel mussten außerdem längst oxidiert sein. Also öffnete Hannah die Tür abermals, und in dem fahlen Licht, das nun vom Innenhof her eindrang, erkannte sie, dass das gesamte Erdgeschoss von einem einzigen, großen Raum eingenommen wurde, der sogar noch einige Möbel enthielt. Linker Hand befand sich der Wohnbereich, rechts des Eingangs die Küche. An der Wand, die der Haustür gegenüberlag, führte eine schmale Holzstiege in den ersten Stock hinauf.

Hannah zog einen wurmstichigen Holzstuhl ohne Sitz heran und platzierte ihn so, dass die Tür nicht zufallen konnte. Dann wandte sie sich nach links, ging mit vorsichtigen Schritten umher und ließ die Fingerspitzen hier und da über die rau verputzte Mauer und Möbelstücke gleiten. In der Rückwand des Wohnraums, neben der Treppe, entdeckte sie einen Kamin aus denselben behauenen Natursteinen, aus denen die Wände errichtet waren. Der alte Holzboden bestand aus breiten Bohlen und knarrte unter ihren Füßen, machte aber einen soliden Eindruck.

Ganz im Gegensatz zu den sanitären Anlagen. Im Abfluss des viereckigen Waschbeckens, das die ehemalige Küche beherrschte, hatte sich eine riesenhafte Spinne eingenistet, ihr Netz die Risse in der Oberfläche des vergilbten Porzellans. Sie schien die inoffizielle

Herrin des Anwesens zu sein, und als sie den Eindringling bemerkte, richtete sie drohend ihre Vorderbeine auf. Hannah erschauerte. Blindlings stolperte sie drei Schritte rückwärts, bis die Kante des Küchentischs ihrer Flucht ein Ende setzte. Hastig schlug sie den Kragen ihrer Daunenjacke hoch und zog den Reißverschluss bis unter das Kinn. Wenn es eine Tierart auf Gottes weitem Erdboden gab, die sie als gänzlich überflüssig erachtete, dann waren es diese widerlichen, pelzigen Kreaturen mit ihren acht winkligen Beinen, auf denen sie sich so beängstigend schnell fortbewegten, und die unerhörterweise nicht halb so viel Furcht vor ihr empfanden wie sie vor ihnen.

Im Hintergrund der Küche baumelte ein stockiger Vorhang an den letzten Resten seiner Befestigung, und als Hannah einen Blick dahinter riskierte, entdeckte sie eine altmodische Zinkwanne und eine Toilette ohne Deckel. Dies war also das ehemalige Badezimmer. Nicht gerade eine Wellnessoase, aber das ließe sich ja ändern.

Sie wandte sich zur Treppe. Nachdem sie energisch am Geländer gerüttelt hatte und mit all ihrer Kraft auf die unterste Stufe getreten war, gelangte sie zu der Überzeugung, dass sie es wagen konnte, der Konstruktion ihre knapp sechzig Kilo anzuvertrauen. Ihre Füße hinterließen Abdrücke im Staub, als sie behutsam in den ersten Stock hinaufstieg.

Oben angekommen, blickte sie sich um. Ein Teil der Schieferplatten, mit denen das Dach gedeckt war, fehlte. Das Tageslicht, das durch die Lücken flutete, enthüllte schonungslos, dass sich der Holzboden in wesentlich schlechterem Zustand befand als der des Erdgeschosses. Durch die Lecks im Dach war Regenwasser eingedrungen und hatte die Dielen faulen lassen. Auch die schweren Balken, die die Schindeln trugen, waren stellenweise in Mitleidenschaft gezogen. Hannah holte tief Luft; dann wandte sie sich um und stieg die schmale Treppe vorsichtig wieder hinunter.

Draußen hockte sie sich auf die oberste der Stufen, die zur Haustür hinaufführten, stützte das Kinn in die Hände und wickelte geistesabwesend eine Haarsträhne um ihren Zeigefinger. Sie musste diesen Hof haben, koste es, was es wolle. Wenn man einmal von dem jämmerlichen Zustand absah, war er genau das, wovon sie immer geträumt hatte und was sie heute dringender benötigte denn je. Sie schätzte das Wohnhaus auf neunzig bis hundert Quadratmeter, dazu die Stallungen, die man wunderbar in ein Atelier mit angrenzender Galerie verwandeln könnte. Ganz zu schweigen von der Atmosphäre des Ortes, die einfach unbeschreiblich war und ihr gewiss helfen würde, das kreative Tief zu überwinden, in das die Trennung von

Marcel sie gestürzt hatte. Wenn es ihr hier nicht gelänge, ihre Inspiration wiederzufinden, dann nirgends.

Dieses Gehöft würde ihre Festung werden, hierher würde sie sich zurückziehen, um ihre Wunden zu lecken und im Verborgenen ein geniales Kunstwerk nach dem anderen zu erschaffen. Und über all dem Lecken und Erschaffen würde die Erinnerung an Marcel und seinen Verrat mehr und mehr verblassen, bis sie ihn eines schönen, nicht allzu fernen Tages vergessen hätte. Zudem lag der Hof so gottverdammt einsam, dass die Gefahr, einem attraktiven Mann über den Weg zu laufen, der die eben verheilende Wunde erneut aufbrechen lassen könnte, gegen null tendierte.

Vermutlich musste sie sich schon glücklich schätzen, wenn sich der Briefträger hin und wieder einmal dorthin verirrte.

Wenn Hannah später zurückblickte, erkannte sie wohl, wie irrwitzig das Ganze war. Die finanzielle Seite des Unternehmens konnte man selbst mit viel gutem Willen kaum als »gesichert« bezeichnen. Ihre Eltern, die drei Jahre zuvor bei einem Flugzeugabsturz ums Leben gekommen waren, hatten ihr einige Anteile an Wertpapierfonds und diverse Aktien mit geradezu atemberaubenden Fieberkurven hinterlassen. Außerdem hatte sie gerade eine lukrative Arbeit abgeschlossen, vier großformatige Eifellandschaften in Öl, die nun den Eingangsbereich eines Kölner Tagungshotels zierten. Davon könnte sie einen geringen Teil des Kaufpreises bestreiten; der Rest müsste über einen Kredit finanziert werden.

Bedauerlicherweise war es bei diesem einen Auftrag geblieben, denn Hannah bekam den Zuschlag, kurz nachdem Marcel zu seiner Frau zurückgekehrt war. Die Mordlust, die sie in jenen Wochen verspürte, fand ihren Niederschlag in der Farbgebung der Bilder, in denen grelle Rottöne dominierten, eine für Eifellandschaften zugegebenermaßen recht ungewöhnliche Palette. Ihre Erklärung, sie habe sich an Franz Marc orientiert, der schließlich auch blaue Pferde und gelbe Kühe gemalt hatte, stieß leider auf wenig Verständnis, weswegen der Folgeauftrag, eine Serie von kleinformatigen Leinwänden für die Tagungsräume des Hotels, an einen Studienkollegen ging.

Doch die Entdeckung »ihres« Hofes, wie Hannah ihn im Stillen vom ersten Tag an nannte, versetzte sie in Euphorie, die bei ihr stets mit einem gewissen Realitätsverlust einherging. Und so sperrte sie die *Vernunft*, jenen scheuesten Bewohner ihres komplexen Gehirns, als sie auf einen kurzen, ungebetenen Besuch vorbeischaute, in die Besenkammer, wo ihr Protest ungehört verhallte. Und fortan weigerte sie sich standhaft, an so prosaische Themen wie Geld mehr Gedanken als unbedingt nötig zu verschwenden. Nun galt es freilich, die Bank davon zu überzeugen, dass ihr Kredit bei Hannah in guten Händen wäre. Sie wusste, dass ihr Äußeres durchaus einen zweiten Blick verdiente - nur bei ihren widerspenstigen Locken waren Hopfen und Malz verloren. Für gewöhnlich verzichtete sie darauf, sich durch schicke Kleidung oder Make-up ins rechte Licht zu rücken, sondern bevorzugte ausgeblichene Jeans und legere Blusen, auf die sie beim Umgang mit Farben und Verdünnung keine Rücksicht zu nehmen brauchte. Außergewöhnliche Situationen erforderten indes außergewöhnliche Maßnahmen. Und so kam es kurz hintereinander zu zwei Premieren: Hannah besuchte zum ersten Mal in ihrem Leben eine Kosmetikerin, und sie erstand ihr erstes Kostüm - eine für Kundin wie Verkäuferin gleichermaßen nervenaufreibende Angelegenheit, da Hannah zu zappelig war für lange Anproben. Das Ergebnis ließ sich gleichwohl sehen: ein figurbetontes Ensemble aus rotbrauner Seide, das zu ihren kastanienbraunen Locken passte, ihre schlanke Figur betonte und vor allem ihre bemerkenswerten smaragdgrünen Augen zum Strahlen brachte.

Zudem war Hannah, wenn sie sich einer Sache mit Leib und Seele verschrieben hatte, zu einer mitreißenden Begeisterung fähig, der man und insbesondere Mann sich nur schwer zu entziehen vermochte. Und so gelang es ihr wahrhaftig, dem - männlichen - Angestellten der Bank zwar keine üppige, aber immerhin eine Kreditsumme zu entlocken, die den Rest des Kaufpreises und die Renovierungskosten decken würde – solange sich keine bösen Überraschungen einstellten. Als ihm schließlich die ersten Zweifel an der Sinnhaftigkeit des Vertrages kamen, den er dieser wortgewandten Frau mit der faszinierenden Ausstrahlung und den umwerfenden grünen Augen soeben zugebilligt hatte, war diese längst aus der Tür und die Tinte auf dem Papier bereits getrocknet.

In ihren seltenen nüchternen Momenten war sich Hannah durchaus im Klaren darüber, dass die ganze Sache grenzwertig war, da sie nun über keinerlei finanzielles Polster mehr verfügte und dringend weitere Aufträge an Land ziehen musste.

Damals, an jenem ebenso nebligen wie schicksalsträchtigen Morgen im November, hatte Hannah kurz entschlossen den nächsten, etwa drei Kilometer entfernt gelegenen Hof aufgesucht und den völlig verblüfften Bauern gefragt, ob er irgendetwas über die Eigentümer des Anwesens wisse und an wen sie sich wenden müsse, wenn sie kaufen wollte. Es sei doch gewiss zu verkaufen?

Nachdem sich der Mann vom ersten Schreck erholt hatte, schob er seine abgewetzte Lederkappe in den Nacken und gab ihr in breitestem Eifelidiom geduldig Auskunft, gleichzeitig in rührender Weise bemüht, sich nicht anmerken zu lassen, dass er sie für nicht ganz bei Trost hielt. Diese Großstädter mit ihren bekloppten Ideen! Was Hannah sich zusammenreimte, war ungefähr Folgendes: Der Hermannshof gehörte zuletzt einer alten Bäuerin, die schon Jahre zuvor verstorben war. Ihre zwei Töchter lebten verheiratet und wohlsituiert in Süddeutschland und besaßen nicht das geringste Interesse an dem kleinen Gehöft mitten im Nirgendwo.

Die beiden Schwestern zeigten sich mindestens ebenso überrascht wie der Bauer, dass jemand verrückt genug sein sollte, für die baufällige Ruine bares Geld hinzublättern, und nahmen Hannahs Angebot ohne zu zögern - oder gar zu feilschen - an. Wahrscheinlich hegten sie die Befürchtung, dass Hannah zur Besinnung kommen und es sich noch einmal überlegen könnte. Auch die formellen Angelegenheiten, die der Kauf einer Immobilie mit sich brachte, gingen für rheinische Verhältnisse überraschend schnell und unkompliziert über die Bühne.

Ganz im Gegensatz zur Restaurierung des Anwesens. Ohne die schmeichelnde Beleuchtung des Nebels wurde erst der volle Umfang dessen deutlich, was alles zu tun war. Das Schieferdach musste ausgebessert und die Hälfte der Bohlen ausgetauscht werden, die den Boden des Obergeschosses bildeten. Gedämmte Fenster wurden eingesetzt, Teile der Treppe erneuert, ein geräumiges Badezimmer und eine moderne Küche eingebaut. Hannah holte zwischen Köln und Koblenz beinah zwei Dutzend Angebote ein, verglich, verhandelte - »Ich wollte nicht Ihren Betrieb übernehmen, Sie sollen nur mein Dach neu decken!« - und forderte weitere Angebote an. Schließlich engagierte sie Handwerker aus Bad Münstereifel, Rheinbach und Euskirchen, und jedes Wochenende, wenn sie hinausfuhr, um die Fortschritte zu begutachten, hatte das Haus wieder ein wenig mehr Gestalt angenommen.

Die einstigen Stallungen wurden mithilfe von Glasflächen in ein Atelier mit angrenzender Galerie umfunktioniert, in der Hannah die Kunden empfangen könnte, die sich eines Tages hoffentlich zahlreich dorthin verirren würden.

Ein Studienkollege, der sich auf das Restaurieren von Möbeln verstand, begutachtete die Stücke, die im Erdgeschoss standen, verbannte das meiste, ohne auch nur mit der Wimper zu zucken, auf den Sperrmüll und verwandelte einzig den alten Garderobenschrank aus rötlichem Kirschbaum in ein wahres Prachtstück.

Einen großen Teil der Streicharbeiten übernahm Hannah selbst, und zum Schluss erstrahlten das Hoftor, die Haustür und die Fensterläden in leuchtendem Ultramarin.

Sechs Monate waren seit der Entdeckung des Hofes vergangen, und sie konnte es kaum erwarten, endlich einzuziehen und Köln mitsamt allem, was es für sie verkörperte, für immer hinter sich zu lassen.

* * *

Hinter ihr flog die Tür auf, und die Studienfreundin, mit der sich Hannah die Kölner Wohnung teilte, platzte hinein und riss sie aus ihren Gedanken.

»Bist du fertig?«, keuchte Pia, aufgrund ihrer Körperfülle und des Umstands, dass die Räume im vierten Stock eines Altbaus lagen, wie stets ein wenig außer Atem. »Nick ist gerade mit dem Transporter vorgefahren.«

Hannah nickte ergeben, holte tief Luft und erhob sich mit steifen Gliedern von dem Umzugskarton, auf dem sie einen Moment verschnauft hatte. Die Streicharbeiten auf dem Hof waren zwei Tage zuvor zum Abschluss gekommen, und sie war sich noch immer jedes einzelnen Muskels in ihrem Körper schmerzhaft bewusst, darunter auch einiger, deren Bekanntschaft sie erst während der Renovierung gemacht hatte. Große Holzflächen abzuschleifen und anzustreichen war eben etwas anderes, als ein zartes Aquarell aufs Blatt zu hauchen.

»Ich bin fertig«, antwortete sie. »In jeder Hinsicht.«

Pia lachte und tätschelte ihr aufmunternd die Schulter. »Du wirst doch wohl so kurz vor dem Ziel nicht schlappmachen, oder? Wenn du erst einmal eingezogen bist, kannst du dich genug erholen.«

Hierin sollte sich Pia gewaltig täuschen. Für den Moment jedoch war Hannah nur allzu bereit, ihr zu glauben, hievte sich den nächsten Karton auf die Hüfte und schleppte ihn ächzend die Treppe hinunter.

11

Kapitel 2

Mit äußerster Konzentration steuerte Nick den gemieteten Transporter über den schmalen Feldweg zu Hannahs »Landgut«, wie der Hof im Freundeskreis inzwischen nur noch genannt wurde. Die Fahrspur war mit tiefen Schlaglöchern und riesenhaften Pfützen übersät, die - wenn überhaupt - wohl nur im Hochsommer völlig austrocknen würden. Nick musste sein gesamtes fahrerisches Geschick aufwenden, damit der Wagen nicht in einem dieser Miniaturseen versank oder in die Böschung rutschte.

Dieser Hindernisparcours, so murmelte er mit zusammengebissenen Zähnen und vor Anstrengung gefurchter Stirn, treffe eine natürliche Selektion unter den potenziellen Besuchern und stelle sicher, dass nur die Entschlossensten den Hof auch wirklich erreichten. Nick studierte Biologie, was den darwinistischen Ansatz erklärte.

Nun, Anfang Mai, bot sich die Landschaft vollkommen anders dar als an dem Tag, an welchem Hannah den Hof entdeckt hatte. Linker Hand präsentierte sich ein weiter, frisch gepflügter Acker wie die Tafel Schokolade eines Riesen, während sich rechts des Weges saftige Wiesen, durch die sich ein kleiner Bachlauf schlängelte, bis zum nahen Waldrand erstreckten. Die majestätischen alten Eichen, die Hannah an jenem Sonntag im November ihre kahlen Äste durch den Nebel entgegengereckt hatten, hüllten sich nun in helles Maigrün, und in der Ferne rief ein Kuckuck. Hannah fühlte sich spontan an pastorale Landschaftsgemälde des siebzehnten Jahrhunderts erinnert. Fehlte nur noch der Hirte mit seiner Schafherde und einem Lämmchen auf dem Arm.

Nick schien es ähnlich zu ergehen. »Ein wirklich idyllisches Fleckchen hast du dir da ausgesucht«, meinte er anerkennend, rasche Blicke nach beiden Seiten werfend, ohne gleichzeitig die heikle Fahrbahn aus den Augen zu lassen. »Und genau die richtige Entfernung: Weit genug draußen, dass sich nicht zufällig jemand her verirrt, und doch so nah an der Zivilisation, dass man's bei akutem Blinddarm noch bis ins nächste Krankenhaus schafft.«

Hannah schenkte ihm einen Blick stummen Einverständnisses. Nick war eine verwandte Seele, ein Naturmensch wie sie. Er war begeistert und womöglich eine Spur neidisch gewesen, als sie ihm von dem kleinen Hof mitten in der Eifel erzählte. Es war das, wovon er selbst träumte: ein Leben als Biologe inmitten seiner Forschungsobjekte.

12

Pia saß hinten im Laderaum und wachte darüber, dass die Möbel und Kartons nicht verrutschten - schon allein ihr Körperumfang ließ den Gegenständen wenig Spielraum. Nun steckte sie ihren Kopf zwischen den beiden Sitzen hindurch und schaute eher zweifelnd drein. »Im Frühling und Sommer mag es ja ganz nett sein, viel Landschaft und so. Aber willst du wirklich den Herbst und Winter hier oben verbringen?«

Hannah verdrehte die Augen. Wenn man Pia reden hörte, mochte man meinen, der Hof läge in einem besonders finsteren Teil der Karpaten, ab Oktober drohten Dauerfrost und Lawinengefahr, und ausgemergelte Wölfe, dem Verhungern nah, strichen nach Einbruch der Dämmerung um die Häuser und rissen das Vieh.

Sie drehte sich halb zu ihrer Freundin um. »An dem Tag, als ich diesen Ort entdeckte, war der Nebel so dicht, dass man die Eichen dort drüben kaum erkennen konnte. Und es war einfach faszinierend, ach, was sag ich, es war mystisch, inspirierend, magisch ...« Sie verstummte, als sie Pias skeptische Miene sah. »Du hättest es halt sehen sollen«, setzte sie trotzig hinzu.

»Lieber nicht«, murmelte Pia, alles andere als überzeugt, und sackte zurück in ihren Korbsessel. »Ich hätte wahrscheinlich 'ne Krise gekriegt.«

Ja, wahrscheinlich. Doch man musste Pia entschuldigen. Sie war eben ein Stadtmensch - nein, korrigierte sich Hannah im Stillen, ein *Groß*stadtmensch. Sie stammte aus Berlin, was schon Köln in ihren Augen geradezu provinziell erscheinen ließ. Und sie liebte genau die Dinge, die Hannah an großen Städten hasste. »Das pralle Leben« nannte sie das, was Hannah in ihrer naturbelassenen Art als »Lärm« und »Umweltverschmutzung« bezeichnete.

»Du hast aber wenigstens Telefon, oder? Ein Handynetz wird's hier oben ja kaum geben.« Am Rande der bewohnten und bewohnbaren Welt.

Jetzt musste Hannah doch lachen. »Natürlich hab ich Telefon. Und fließendes Wasser. Und Zentralheizung. Was glaubst du wohl, wie sonst dieser Haufen Schulden zusammengekommen wäre? - Und ja, zufällig weiß ich, dass es hier sogar ein Handynetz gibt.«

Diese Telefonate waren ihr in doppelt unguter Erinnerung geblieben. Die Handwerker übermittelten ihr nämlich die diversen Hiobsbotschaften zum Zustand ihres Hofes geradewegs per Handy von der Baustelle und hielten dabei auch mit ihrem Ärger über den katastrophalen Zufahrtsweg nicht hinter dem Berg. Nicht, dass Hannah kein Verständnis für sie aufgebracht hätte. Die riesenhaften Pfützen gemahnten in der Tat an Maare, wie ein Klempner, ur-

13

sprünglich aus Daun stammend und mit einem Hang zu Übertreibungen ausgestattet, es einmal formulierte. Aber was hätte sie denn tun sollen? Sie mit dem Föhn trocken blasen? In der Ferne strahlten die blauen Tore des Gehöfts ihnen entgegen wie das Leuchtfeuer eines Hafens einem heimkehrenden Schiff. Hannah hatte das Gefühl, nach Hause zu kommen.

Als sie am nächsten Morgen erwachte, war es draußen schon lange hell. Ein schmaler Sonnenstrahl fiel durch den Spalt zwischen den Fensterläden und brach sich im Zickzack über Möbel und Boden, um schließlich wie ein dünner Finger aus Licht genau auf das Bett zu zeigen. Noch halb im Schlaf rappelte Hannah sich auf, klappte die Läden zur Seite, und augenblicklich durchflutete die Sonne das gesamte Dachgeschoss. Sie kroch zurück ins Bett, zog die Decke bis unter das Kinn und genoss die Laute der Natur, die sie umgaben. Der Gesang einer fernen Amsel mischte sich mit dem dissonanten Zetern einiger Spatzen im Innenhof. Eine leichte Brise streifte durch das Birkenwäldchen, das bis an die Rückwand des Wohnhauses heranreichte, und das junge, zarte Laub raschelte leise.

In diesem Moment fühlte Hannah mit jeder Faser ihres Seins, dass die Entscheidung, diesen Hof zu erwerben, richtig gewesen war. Ein nie gekanntes, tiefes Gefühl der Zufriedenheit durchströmte sie.

Ach Marcel, wenn du mich jetzt sehen könntest ...

Marcel, so viel stand fest, hätte den Kauf niemals gutgeheißen. Ach was, er hätte ihn als puren Wahnsinn bezeichnet und unverzüglich versucht, ihn ihr auszureden. Es hatte eine Zeit gegeben, als er ihre verrückten Ideen liebte, als es ihn mit Begeisterung und fast so etwas wie Bewunderung erfüllte, wie anders sie war, wie spontan und ausgefallen und kreativ. Als er sich vor seinen Freunden - biederen Juristen wie er selbst - damit brüstete, dass Hannah so ganz anders lebte: ihre Schritte nicht Monate und Jahre im Voraus plante; die Nacht zum Tage machte, wenn ihr gerade eine Eingebung für ein neues Bild kam; sich nach ihren Gefühlen richtete und nicht nach dem, was »man« zu tun und zu lassen hatte.

Das war zu Beginn gewesen, ehe er anfing, all das an ihr verändern zu wollen, was ihn anfangs so fasziniert hatte, weil es ihm plötzlich Angst einjagte, wie verschieden sie waren. Als einmal ein Freund Hannah verblüfft fragte, was sie und Marcel eigentlich miteinander verband, erklärte sie ihm, sie seien wie Komplementärfarben, ein friedliches Grün und ein feuriges Rot, die einander ergänzten, sich gegenseitig in ihrer Leuchtkraft steigerten, eben weil sie so gegensätzlich waren. Was Hannah zu Marcel hinzog, waren sein ruhiges, ernsthaftes Wesen, die Art, wie er stets das Für und Wider gründlich abwägte, ehe er eine Entscheidung traf, seine Verlässlichkeit und Beständigkeit - ihr größter Irrtum, wie sich herausstellen sollte. Denn all das verlieh ihrem chaotischen Künstlerleben Sicherheit und Halt.

Zuerst fiel ihr nicht einmal auf, dass er sie zu ändern versuchte, und als sie es endlich bemerkte, war sie empört. In gewisser Weise war er ein Pygmalion, ein Bildhauer, wenn auch ein sehr schlechter. Er hatte sich ein Bild von ihr erschaffen, und nun sollte sich seine Galatea dem Bildnis angleichen. Doch Galatea weigerte sich! Dennoch brachte sie es nicht über sich, ihn zu verlassen, hoffte bis zuletzt, dass sein Drang, sie zu verändern, nur eine vorübergehende Phase wäre. Aber dem war nicht so, im Gegenteil: Seine Begeisterung war die vorübergehende Phase. Sie verlosch wie ein Strohfeuer, dem die Nahrung ausging. Als Hannah sich seinen Wünschen zunehmend widersetzte, verdoppelte er seine Anstrengungen, kontrollierte und bevormundete sie, wo er nur konnte.

Und am Ende, als auch das nichts fruchtete, als Hannah sich als schwer erziehbar und dauerhaft veränderungsresistent erwies, hatte er sie verlassen und war zu seiner Frau zurückgekehrt.

Hannah seufzte, verschränkte die Hände hinter dem Kopf und ließ ihren Blick über die unregelmäßigen Bruchsteine der Außenmauer wandern. Das alles lag nun ein gutes halbes Jahr zurück - sieben Monate, eine Woche und zwei Tage, um genau zu sein. Aber die Erinnerung an jene Zeit war immer noch erschreckend frisch. In den ersten Wochen hatte sie Nacht für Nacht wach gelegen und sich wüste Racheszenarien ausgemalt, die abwechselnd mit dem ausgesucht grausamen Tod Marcels, seiner Frau oder beider endeten. Doch schließlich erkannte sie, wie kindisch das Ganze war - obwohl, befriedigend war es schon -, und konzentrierte sich stattdessen darauf, ihre Abschlussprüfungen zu bestehen, was ihr auch mit Ach und Krach gelang. Wenigstens das hatte Marcel ihr nicht zu nehmen vermocht.

Und eines hatte sie sich damals geschworen: Nie wieder würde sie es einem Mann erlauben, sie zu kontrollieren, zu bevormunden oder gar zu verändern.

Nie wieder.

Nach dem wenig inspirierenden Frühstück - ein paar Resten, die sie im letzten Moment in ihrer Kölner Wohnung zusammengerafft und in eine Plastiktüte gestopft hatte - stellte Hannah eine lange Liste

15

aller Lebensmittel auf, die sie in Bad Münstereifel besorgen musste, dem nächsten größeren Ort mit einem gut sortierten Supermarkt. Ihr weißer Toyota parkte in einer Ecke des Innenhofs neben den ehemaligen Stallungen. Er hatte schon weit über hunderttausend Kilometer auf dem Buckel, und Hannah wusste insgeheim, dass ihre gemeinsamen Tage gezählt waren. Doch sie hoffte inständig, dass er sein Verfallsdatum nicht in der näheren Zukunft erreichen würde, denn sie hatte nicht die geringste Ahnung, wie sie ein neues Auto finanzieren sollte. Seit sie den Kaufvertrag für den Hof unterschrieben hatte, horchte sie ängstlich auf jedes ungewohnte Geräusch von Motor oder Getriebe. Aber bislang hielt der Schutzpatron der Kraftfahrzeuge, wer immer er oder sie sein mochte, seine segnende Hand über den betagten Wagen.

Als sie in den Hindernisparcours einbog, der den Hof mit der Landstraße verband, spannte sich der Himmel wie ein riesiges blaues Laken über der Landschaft. Die Sonne strahlte mit solcher Kraft, dass Hannah die Sonnenbrille aus dem Handschuhfach nehmen und aufsetzen musste. Ein leichter Wind spielte mit den Wipfeln der alten Eichen am Waldrand zu ihrer Linken, und ein großer grauer Reiher, vom Lärm des Motors aufgeschreckt, erhob sich mit elegantem Schlag seiner mächtigen Schwingen aus dem Bach, strich majestätisch über den Weg und verschwand in einem Wäldchen jenseits des frisch gepflügten Ackers. Hannah seufzte. Nick hatte recht, welch eine Idylle.

Nach zweihundert für Fahrerin wie Fahrzeug gleichermaßen anstrengenden Metern mündete der Weg in einen breiteren, der wenigstens hier und da Reste einer Asphaltdecke aus der Zeit des Dreißigjährigen Krieges aufwies und schließlich die Landstraße nach Bad Münstereifel kreuzte. Diese schlängelte sich durch saftig-grüne Wiesen und Felder, auf denen Bauern mit ihren Traktoren arbeiteten, allmählich in das lang gestreckte Tal hinab, in das der Ort eingebettet lag.

Hannah stellte den Toyota auf dem Parkplatz eines Supermarktes ab, deckte sich ausgiebig mit Vorräten ein, und als sie die Stadt eine gute Stunde später verließ, war es kurz vor Mittag. Der Himmel über den Feldern, auf dem Hinweg noch von verheißungsvollem Blau, hatte sich zugezogen, und von Westen zog eine dunkle Regenfront heran. Der Wind hatte aufgefrischt und zauste die Wipfel der Bäume, die sich unter seinem Ansturm gen Osten neigten wie Schilfrohr.

Als sie schließlich in den Zufahrtsweg zu ihrem Hof einbog, fiel ihr ein dunkelgrüner Land Rover auf, der am linken Fahrbahnrand

16

halb im Acker abgestellt war und gerade so viel Platz ließ, dass sie ihren Wagen mit Müh und Not vorbeizwängen konnte.

Bald darauf bemerkte sie in der Ferne die hochgewachsene, schlanke Gestalt eines Mannes in einer schwarzen Wachsjacke, vermutlich der Eigentümer des Rover, der dem Weg in derselben Richtung folgte wie sie. Ohne ihm Beachtung zu schenken, fuhr sie vorsichtig weiter, den Blick fest auf die Untiefen in der Fahrbahn geheftet. Doch als sie ihn beinah eingeholt hatte, wandte sich der Fremde plötzlich zu ihr um und bedeutete ihr mit einer nachdrücklichen Geste, langsamer zu fahren.

Hannah runzelte die Stirn - erst *ihre* Zufahrt zuparken und ihr jetzt auch noch Vorschriften machen. Dann schaffte sie es gerade rechtzeitig, den Fuß vom Gas zu nehmen, als ein gewaltiger grauer Schatten in ihrem rechten Augenwinkel auftauchte und im Bruchteil einer Sekunde unmittelbar vor ihrer Motorhaube den Weg kreuzte.

Mit einem Reaktionsvermögen, das jedem Fahrlehrer helle Freude bereitet hätte, rammte ihr Fuß das Bremspedal hinunter bis zum Bodenblech. Und in dem Augenblick, als der Schreck einsetzte und das Adrenalin ihren Pulsschlag verdreifachte, war der alte Toyota bereits mit abgewürgtem Motor zum Stehen gekommen.

Während ihre Einkäufe im Kofferraum Purzelbäume schlugen und Hannah das Benzin im Tank hin- und herschwappen hörte, erteilte der Fremde seinem riesigen, zotteligen Hund einen kurzen Befehl, woraufhin sich dieser gehorsam zu seinen Füßen niedersetzte. Der Spuk war vorüber.

Der Mann nickte Hannah dankend zu, und nachdem es ihr endlich gelungen war, ihren Fuß vom Bremspedal loszueisen, auf dem er wie festgeschmiedet klebte, nahm sie den Gang heraus und ließ mit zitternden Fingern den Motor wieder an. Im Vorbeifahren warf sie einen letzten, misstrauischen Blick auf das Riesenvieh von einem Hund, das sogar sitzend bequem durch das Seitenfenster des Wagens zu schauen vermochte. Für einen Moment begegneten ihre Augen seinen überraschend sanften goldbraunen. Wie Bernsteine, dachte sie.

Als sie schließlich ihren Hof erreichte und sich noch einmal umdrehte, waren Hund und Herr verschwunden.

Am späten Nachmittag brach ein Unwetter los, wie es selbst für die Eifel ungewöhnlich war. Der Himmel über den Feldern hatte sich zu einem unergründlichen Tintenblau verdunkelt, das sämtliche Farben der Landschaft in sich aufzusaugen schien. Ein Sturm aus Westen peitschte tief hängende, zerfetzte Wolken vor sich her wie ein grausamer Kutscher sein Gespann, und der Regen prasselte mit solcher Gewalt auf das Kopfsteinpflaster des Innenhofs, dass er alle anderen Geräusche auslöschte.

Hannah hatte die vergangenen Stunden damit verbracht, die restlichen Umzugskartons auszupacken und im Erdgeschoss ein paar Bilder aufzuhängen. Nun war nur noch ein einzelner Karton übrig geblieben. Er enthielt die Gegenstände, die sich in dem alten Garderobenschrank befunden hatten und die ihr Studienkollege in aller Eile dort hineingeworfen hatte, als er irgendwann überraschend aufkreuzte, um das Möbelstück abzuholen. Neugierig, welch verborgene Schätze er wohl enthalten mochte, zerrte sie den Karton zum Sofa und beugte sich gespannt darüber, um den Inhalt zu begutachten.

Das meiste war wertloser Plunder, wie man ihn auf Flohmärkten fand. Der Schrank war zuletzt anscheinend nicht mehr als Garderobe, sondern als Rumpelkammer benutzt worden und beinhaltete ein wildes Sammelsurium muffig riechender Objekte in verschiedenen Stadien des Verfalls.

Hannah holte sich einen Müllsack aus der Küche und ließ die Sachen mit spitzen Fingern und wachsender Enttäuschung hineinfallen. Eine gusseiserne Lampe ohne Schirm, drei bis zur Unkenntlichkeit verfilzte Wollpullover, aus denen zahllose Generationen von Mäusen sich Material gerupft hatten, um ihre Nester auszupolstern, und ein Paar ausgetretener brauner Lederstiefel wanderten nacheinander in den Sack. Darunter befand sich ein dicker Stapel vergilbter Zeitungen und zu allerunterst etwas, das Hannah auf den ersten Blick ebenfalls für eine alte Zeitung hielt. Als sie den Gegenstand herausnahm, stellte sie jedoch fest, dass es sich um einen Bilderrahmen handelte, der zum Schutz in einige Lagen Zeitungspapier eingeschlagen war. Mit plötzlich erwachtem Interesse entfernte sie die Umhüllung und drehte das Bild um.

Doch es war gar kein Bild. Der schlichte Holzrahmen, dessen mattschwarze Farbe an etlichen Stellen abblätterte, enthielt unter stumpfem Glas eine Landkarte von vielleicht zwanzig mal dreißig Zentimetern. Auf dem gelblichen, mit Stockflecken übersäten Papier waren mit verblasster brauner Tinte Konturen eingezeichnet, die die wesentlichsten Merkmale einer Landschaft festhielten. Hannah erkannte winzige Berge, die für Höhenzüge standen, während sich dahinschlängelnde Linien den Verlauf von Bächen oder Flüssen wiedergaben. Miniaturhäuser und -kirchtürme, durch Wege und Straßen miteinander verbunden, deuteten auf Ortschaften hin.

18

Sie brauchte einen Moment, um sich zurechtzufinden. Dann ging ihr auf, dass es sich um eine alte Flurkarte der Umgebung handelte, denn die größte Ansiedlung war in altertümlicher, geschwungener Handschrift als »Munster Eiffel« ausgewiesen. Gespannt suchte sie die Stelle ein wenig südlich davon, wo sich ihr Gehöft befinden müsste, und wahrhaftig – da war es. Die Flur hieß »Bey den Heydensteinen«. Es war sogar ein kleines Gebäude verzeichnet, vermutlich ein Vorgängerbau ihres eigenen Hofes, der nach Auskunft der beiden Vorbesitzerinnen aus dem neunzehnten Jahrhundert stammte.

Hannah runzelte die Stirn. »Bey den Heydensteinen«, murmelte sie. Merkwürdiger Name. Was er wohl bedeuten mochte? Sie spürte förmlich, wie die *Kreativen Regionen* ihres Gehirns, froh, einen Beitrag zur Lösung des Rätsels leisten zu dürfen, die Köpfe zusammensteckten und tuschelten. Und tatsächlich dauerte es nicht lang, bis vor ihrem inneren Auge plötzlich Bilder erstanden: Gestalten in weißen Gewändern und mit wallenden Bärten, die auf einem gewaltigen, dolmenartigen Altarstein eine Jungfrau opferten, ach was, *Scharen* von Jungfrauen, das Ganze von mystischem Nebel umwabert und angesiedelt in einer Art Stonehenge der Eifel …

Das war das Problem mit den *Kreativen Regionen*: Manchmal taten sie des Guten einfach zu viel. Aber der Gedanke, dass sich die »Heydensteine« auf eine vorzeitliche Stätte bezogen, war ja nicht von der Hand zu weisen, wenngleich kaum in der Größenordnung, die den *Kreativen Regionen* vorschwebte.

Im Augenblick interessierte sich Hannah gleichwohl mehr für die künstlerischen Aspekte der Karte. Sie hielt ihren Fund mit ausgestreckten Armen vor sich hin und begutachtete ihn kritisch. Wenn man den schäbigen Rahmen durch einen schöneren ersetzen und die Zeichnung in einem neutralen Passepartout fassen würde, nähme sie sich auf einer der frisch verputzten Wände des Wohnraums ganz hübsch aus. Wie alt sie wohl sein mochte? Als Hannah nach einem Hinweis forschte, entdeckte sie in der rechten unteren Ecke eine winzige Zahl und fasste sie genauer ins Auge. Kein Zweifel, »1654« stand dort und darunter ein Schriftzug, der jedoch so verblasst war, dass sie ihn beim besten Willen nicht entziffern konnte.

Sie pfiff leise durch die Zähne. Womöglich war die Karte ja nicht nur dekorativ, sondern auch wertvoll? Plötzlich fiel ihr ein, dass historische Landkarten das Spezialgebiet eines ihrer früheren Dozenten darstellten. Hannah nahm sich vor, sie ihm demnächst einmal vorzulegen und anschließend neu rahmen zu lassen.

Vorsichtig wickelte sie das gute Stück in Zeitungspapier, das vom Umzug übrig geblieben war, verstaute es im Garderobenschrank und räumte den Müllsack und den leeren Karton fort. Vielleicht würde sie später mit der Einrichtung des Ateliers beginnen, aber jetzt, so fand sie, hatte sie sich eine Pause verdient. Sie wusch sich gründlich den Staub von den Händen und entfachte ein Feuer im Kamin. Dann ließ sie sich auf das Sofa fallen, lauschte dem unablässigen Prasseln des Regens auf dem Pflaster des Innenhofs und fühlte, wie ihr allmählich die Augen zufielen.

Jäh fuhr sie wieder hoch, als ihr aufging, dass dieses Unwetter die ultimative Bewährungsprobe für das frisch gedeckte Dach darstellte. Sie rappelte sich auf, rannte zwei Stufen auf einmal nehmend ins Obergeschoss und verrenkte sich den Hals, um festzustellen, ob irgendwo in den Dachschrägen Wasser durch die Holzverkleidung trat. Doch alles blieb trocken. Wenigstens hatten die Handwerker für ihre schwindelerregenden Löhne gute Arbeit geleistet.

Während sie dort oben stand und sich ihrer Erleichterung und Dankbarkeit gegenüber überteuerten Dachdeckern hingab, meinte sie mit einem Mal ein Geräusch aus dem Erdgeschoss zu hören. Es klang wie ein zaghaftes Klopfen an der Haustür, sicher war sie jedoch nicht. Mit einem Stirnrunzeln stieg sie die Treppe hinunter, und sie war kaum unten angekommen, als sich der Laut wiederholte, energischer, wie ihr schien.

Da klopfte doch wahrhaftig jemand an ihre Tür! Wäre urplötzlich ein Baum vor ihr aus dem Parkett gewachsen, Hannah hätte nicht überraschter sein können.

Sie war gleichwohl nicht nur vollkommen verblüfft, sondern sie verspürte im Augenblick auch nicht die geringste Lust auf Besucher - unangemeldete gleich gar nicht. Andererseits: Wenn jemand bei diesen monsunartigen Regenfällen den Weg zu ihrem abgelegenen Hof auf sich nahm, musste er wohl ein verdammt dringendes Anliegen haben.

Widerstrebend ging sie zur Tür und öffnete.

Es brauchte einen Moment, bis sie ihren ungebetenen Gast wiedererkannte. Der Mann hatte den Kragen seiner schwarzen Wachsjacke hochgeschlagen. Regenwasser rann aus seinen dunklen Haaren, die ihm wirr in die Stirn hingen, und tropfte von seiner langen, geraden Nase und dem Kinn, an dem Hannah eine kleine Narbe bemerkte. Mit der einen Hand fuhr er sich über das nasse Gesicht, die andere hielt das Halsband des Hundes fest, der hechelnd zu seinen Füßen saß. Rings um das Tier, aus dessen zotteligem Fell das Wasser in dünnen Rinnsalen strömte, breitete sich bereits eine

Pfütze aus. Und trotz seiner stattlichen Erscheinung wirkte der Hund in diesem Augenblick wie ein Häuflein Elend, wenn auch ein sehr großes.

Während Hannah verdattert und vorübergehend sprachlos von dem triefenden Mann zu seinem nicht weniger triefenden Hund und zurück schaute, streckte Ersterer ihr die Rechte entgegen.

»Verzeihen Sie den Überfall«, bat er mit einem verlegenen Lächeln. Hannahs Unterbewusstsein registrierte eine angenehme, klangvolle Stimme. »Wir sind uns heute Vormittag kurz begegnet. Ich wollte mich dafür entschuldigen, dass mein Hund Ihnen einen solchen Schreck eingejagt hat. - Rutger Loew.«

Endlich erwachte Hannah aus ihrer Starre und schüttelte, wenngleich verspätet, seine nasse, kalte Hand. »Schon gut. Das mit dem Hund, meine ich. Hannah Neuhoff.« Im letzten Moment besann sie sich und fügte hinzu: »Wollen Sie nicht einen Augenblick hereinkommen?«

»Besser nicht.« Er deutete an sich hinab. »Ich hinterlasse Pfützen, wo ich gehe und stehe.«

Das stimmte allerdings. Hannah fühlte sich vage an eine Abbildung Neptuns aus einem alten Schulbuch erinnert. Es fehlte nur noch der Dreizack. Sie unterdrückte ein Kichern. »Das macht doch nichts. Möchten Sie vielleicht einen Tee oder Kaffee?« Er sah so aus, als könnte er etwas Warmes vertragen.

»Herzlich gern.« Die Antwort erfolgte mit einer wohlbemessenen Verzögerung, um anzudeuten, dass er nicht etwa mit einem solchen Angebot gerechnet, geschweige denn darauf gehofft hatte. »Ich bin nämlich den ganzen Nachmittag draußen gewesen. Lassen Sie mich nur rasch meine Schuhe ausziehen.«

Während sie ihm dabei zusah, wie er mit klammen Fingern die Schnürsenkel löste, wischte Hannah die nasse Rechte verstohlen an ihrem Hosenbein ab und machte sich eine geistige Notiz, ihn bei passender Gelegenheit zu fragen, was in drei Teufels Namen er bei diesem Wetter den Nachmittag lang unter freiem Himmel getrieben hatte. Sie hoffte bloß, dass er kein Jäger war. Für Menschen, die Tiere zu ihrem persönlichen Vergnügen töteten, hegte sie keinerlei Sympathie.

Doch eigentlich konnte es ihr auch gleichgültig sein, was der Mann da draußen zu schaffen hatte. Er würde schließlich nicht nach jedem seiner Ausflüge in die Wildnis bei ihr vorbeischauen.

Loew stellte die knöchelhohen, schlammbespritzten Schuhe in einen vor Regen geschützten Winkel unter dem Vordach und knöpfte seine Wachsjacke auf.

Hannah streckte die Rechte aus. »Geben Sie sie mir. Ich hänge sie auf, dann ist sie nachher wieder trocken.« Gut gemeint, jedoch ein frommer Wunsch; er hätte zwei Tage und Nächte bleiben müssen, bis das völlig durchweichte Ding getrocknet wäre.

Er gab ihr die Jacke und dem Hund ein Zeichen. »Du rührst dich nicht von der Stelle, bis ich zurückkomme.« Sprach's und folgte Hannah zufrieden und dankbar in die Wärme des Hauses, während sich der vorgeschobene Anlass seines Besuchs im Schutz des Vordachs neben den Schuhen einrollte.

Hannah drehte den Heizkörper in der Küche auf und hängte Loews nasse Jacke darüber. Als sie zurück in den Wohnraum kam, stand er dort, die Hände in den Hosentaschen seiner Jeans, und schaute sich um.

»Kaum zu glauben, was Sie aus dem ollen Gemäuer gemacht haben«, meinte er anerkennend.

Sie war überrascht. »Kannten Sie den Hof denn schon?«

Er zuckte die Schultern. »Ich hab für die Frau Hermann, die alte Bäuerin, hin und wieder eingekauft, besonders zum Schluss, als sie nicht mehr so konnte. Vorher ist sie ja immer mit ihrem Rad runter nach Münstereifel gefahren. Außerdem ist die Gegend nicht gerade überbevölkert. Da kennt jeder jeden, und ein unbekanntes Gesicht fällt schnell auf.«

»Verstehe«, murmelte Hannah und begann sich insgeheim zu fragen, ob er vielleicht eine Art Delegation der weit verstreuten Nachbarschaft darstellte, gewissermaßen das Ein-Mann-Empfangskomitee, das der Neuen mal vorsichtig auf den Zahn fühlen sollte.

»Aber Sie sollten das jetzt nicht so deuten, dass ich aus Neugier hier wäre«, setzte er hastig hinzu, als hätte er ihre Gedanken erraten.

Sie warf ihm einen raschen Blick zu, doch genau in diesem Moment fuhr er sich mit dem Ärmel seines Hemdes über das nasse Gesicht. Sie meinte allerdings, die Andeutung eines Grinsens erkannt zu haben, ehe seine Züge hinter dem karierten Flanell verschwanden. Als sie wieder auftauchten, war seine Miene so neutral wie die eines Auktionators bei einer Versteigerung.

Hannah unterdrückte ebenfalls ein Grinsen. »Natürlich nicht«, konterte sie, nahm ein Handtuch aus einer Kommode und reichte es ihm.

»Oh, vielen Dank.« Er rubbelte sich energisch über Gesicht und Haare. Hannah bemerkte, dass auch der Kragen und selbst die Schultern seines Hemdes feucht waren.

22

Ihre Hände verlangten plötzlich nach Beschäftigung. »Trinken Sie Tee oder Kaffee?«

»Ich nehme dasselbe wie Sie.« Er gab ihr das Handtuch zurück und fuhr sich mit der Rechten durch die zerzausten Haare. »Machen Sie sich wegen mir bitte bloß keine Umstände.«

Sie ging hinüber in die Küche, warf den Wasserkocher an und füllte ein Tee-Ei mit Darjeelingblättern.

Loew folgte ihr und schaute sich interessiert und ungescheut um. »Sie haben es sich wirklich gemütlich gemacht.« Er lehnte sich mit verschränkten Armen gegen die Kücheninsel im Zentrum des Raums. »Wenn Sie Teetrinker sind, werden Sie übrigens feststellen, dass das Wasser hier draußen viel besser ist als in Köln. Es stammt nämlich aus einer Talsperre. Schon bemerkt?«

Hannah hängte das Tee-Ei in eine bauchige Glaskanne. »Woher wissen Sie, dass ich aus Köln komme?«, fragte sie statt einer Antwort.

»Ihr Wagen hat ein Kölner Nummernschild«, erklärte Loew sachlich. »Leben Sie allein hier?«

»Yep«, gab Hannah kurz zurück und war sich beinah sicher, dass er auch das bereits wusste. Sie fühlte sich mit einem Mal sehr transparent, wie ein lebensgroßes Dia ihrer selbst.

»Was verschlägt denn eine junge, attraktive Frau wie Sie auf einen einsamen Hof mitten in der Eifel?« Seine Fragen besaßen die Geradlinigkeit eines Polizeiverhörs. Doch seine jungenhafte Art und die scheinbare Unbekümmertheit, mit der er sie stellte, nahmen ihnen die Distanzlosigkeit, die ihnen sonst innegewohnt hätte.

Sie füllte das kochende Wasser in die Teekanne, während sie entschied, dass ihn die eine Hälfte ihrer Beweggründe, die Marcel-Hälfte, nichts anging. »Mein Beruf. Ich bin Malerin, und da mich vorwiegend Landschaften interessieren, finde ich hier draußen die Motive, die Inspiration und die Ruhe, die ich brauche.«

Die Motive und die Inspiration bereiteten ihr kein Kopfzerbrechen; das mit der Ruhe schien fraglich.

»Ah«, machte er unbestimmt und schwieg einen Moment. »Dann sind die Bilder nebenan also von Ihnen?«

Im Wohnraum hingen mehrere großformatige Aquarelle verschiedener Eifellandschaften. Es waren eigentlich nur Studien zu Arbeiten auf Leinwand, die Hannah für den Servicebereich einer Kölner Bank gemalt hatte. Aber ihre Flüchtigkeit, das Skizzenhafte gefielen ihr besser als das Statische der fertigen Ölbilder.

Sie schüttete die Darjeelingblätter weg und goss den Tee in zwei Becher. »Ja, die stammen von mir. Zucker? Sahne?«

Vorsichtig nahm er ihr das heiße Gefäß aus der Hand. »Zucker, bitte.«

Er bediente sich von dem angebotenen Kandis, und während sie ihm mit dem Tablett in den Wohnraum folgte, entschied Hannah, dass es an der Zeit sei, das Gespräch fort von ihr und hin zu ihm zu lenken.

»Und was bringt Sie dazu, sich bei diesem Wetter stundenlang im Freien herumzutreiben?«, fragte sie, nachdem sie sich in den beiden Sesseln vor dem Kamin niedergelassen hatten.

Loew streckte seine Füße genießerisch in Richtung des wärmenden Feuers und bewegte die Zehen in den feuchten Socken. »Mein Beruf«, erklärte er wie ein Echo von Hannahs eigener Antwort. »Ich bin Archäologe beim Rheinischen Amt für Bodendenkmalpflege« - *ah, also kein Jäger* - »und ein Großteil meiner Arbeit besteht aus Flurbegehungen. Heute Nachmittag beispielsweise habe ich dem Matronenheiligtum bei Pesch einen Besuch abgestattet, um mir ein Bild vom Zustand der Anlage zu verschaffen. Vor einigen Monaten haben betrunkene Jugendliche dort zum zweiten Mal innerhalb eines Jahres beträchtlichen Schaden angerichtet. Der Tempelbezirk wurde restauriert und wieder für die Öffentlichkeit freigegeben, aber seitdem haben wir ein besonderes Auge darauf. Sind Sie schon einmal da gewesen?«

»Nein«, antwortete Hannah. »Hier in der Nähe?«

»Nur ein Katzensprung. Die Wälder in der Umgebung von Bad Münstereifel wimmeln übrigens geradezu von archäologischen Zeugnissen, die teilweise bis in früheste Phasen der Menschheitsgeschichte zurückreichen.« Loew nippte vorsichtig an seinem Tee und schloss die klammen Finger um den heißen Becher, während er gleichzeitig fieberhaft überlegte, wie viel Archäologie er jener Hannah Neuhoff zumuten durfte, die dort vor ihm saß und ihm mit unergründlichem Blick ihrer bemerkenswerten grünen Augen höflich zuhörte.

Archäologie war nicht bloß sein Beruf, sie war seine Leidenschaft, eine Profession, der er sich mit Leib und Seele verschrieben hatte. Und es wäre nicht das erste Mal, dass er sein Gegenüber in Grund und Boden redete, wenn die Sprache auf sein Lieblingsthema kam. Doch irgendetwas in ihm, eine leise Stimme in seinem Hinterkopf, die vier Jahre lang verstummt war, hatte sich urplötzlich Gehör verschafft und legte nun sehr viel Wert darauf, dass er alles richtig machte. Nur wie das ging, darüber schwieg sie sich aus.

Aber vielleicht interessierte jene Hannah Neuhoff ja sogar, was er zu erzählen hatte? Blieb ihm wohl nichts anderes übrig, als es darauf

24

ankommen zu lassen. Spätestens wenn diese faszinierenden smaragdgrünen Augen langsam zufielen, würde er wissen, dass dem nicht so war.

Nun denn, sagte er sich schließlich, nicht ohne Selbstironie - wissenschaftlicher Kurzvortrag: Einleitung, Hauptteil, Schluss. Die Einleitung hatten wir bereits. Jetzt kommt der Hauptteil.

»Nehmen Sie zum Beispiel die Kakushöhle bei Eiserfey«, fuhr er darum tapfer fort, »in der schon vor sechzigtausend Jahren Menschen lebten. Oder Nettersheim, auch nicht weit von hier, mit seinen römischen Fundstellen. Außerdem war die Gegend ein Zentrum des Matronenkults, ursprünglich eine keltisch-germanische Form der Götterverehrung, die von den Römern übernommen wurde und in kleinen Tempelbezirken mit Steinbildern der Göttinnen ihren Niederschlag fand. Die Anlage in der Nähe von Pesch, die ich eben erwähnte, ist übrigens ein Zeugnis dieses Kultes. – Hoppla!« Letzteres galt einem Holzscheit, das in einem Funkenregen implodiert war und aus der Feuerstelle zu rutschen drohte. Dankbar für die Ablenkung, stürzte sich Loew beinah auf den Schürhaken und bugsierte es in die Flammen zurück.

Das war der Hauptteil, und Hannahs Katzenaugen blieben unverändert geöffnet. Ein gutes Zeichen. Nun der Schluss.

»Im Mittelalter, das ist jetzt ein ziemlicher Zeitsprung, entstand eine beträchtliche Anzahl an Burgen, die allerdings fast alle im siebzehnten Jahrhundert durch Eroberungszüge der Franzosen, Ludwigs XIV. und seiner Spießgesellen, zerstört wurden. Ein weites Betätigungsfeld also für uns Archäologen.« Kurze Pause. »Fragen?«, hätte er nun im Falle eines wirklichen Referats hinzugefügt, doch er unterdrückte den Impuls gerade noch rechtzeitig. Stattdessen, abweichend vom wissenschaftlichen Kurzvortrag im streng akademischen Sinn, das Große Finale.

Er räusperte sich. »Wenn Sie sich für Überreste aus vergangenen Epochen interessieren, zeige ich Ihnen gern mal ein paar besonders schöne Anlagen.« So, das war's. Erschöpft lehnte er sich in seinem Sessel zurück und stürzte den Tee in einem einzigen Schluck hinunter. In diesem Augenblick hätte er ohne zu zögern seinen linken Arm für einen ordentlichen Schuss Rum gegeben.

Jahrelange Übung im Verbergen seiner Gefühle hatte Rutger Loew auf diesem Gebiet annähernde Perfektion erreichen lassen, sodass sein innerer Monolog Hannah vollständig entgangen war. Ganz die gewissenhafte Gastgeberin, goss sie ihm Tee nach, reichte ihm den Kandis und nahm sein Angebot dankend an, fest entschlossen, nichts hineinzuinterpretieren, was womöglich nicht darin enthalten war.

Warum, so fragte sie sich, sollten zwei erwachsene Menschen sich nicht gemeinsam ein archäologisches Denkmal anschauen, selbst wenn der eine ein Mann, der andere eine Frau war? Das passierte doch jeden Tag. Das war nun wirklich nichts Besonderes. Die Bewegung an der frischen Luft würde ihr guttun. Und schließlich hatten alte Bauwerke von jeher eine große Faszination auf sie ausgeübt, je verfallener, desto besser. Oh, und außerdem, so meldeten sich die *Kreativen Regionen* endlich zu Wort - keinen Augenblick zu früh, denn langsam gingen Hannah die Argumente aus -, und außerdem würden einige der Gebäude aus längst vergangenen Zeiten sicherlich interessante Motive für einen Aquarellzyklus abgeben. Mit Ruinen hatte es nämlich etwas ganz Eigenes auf sich: Sie standen einfach nur da, ruiniert wie sie waren, und sahen pittoresk und auf schlichte Weise spektakulär aus, ohne dass man als Künstler viel dazutun musste.

Selten war eine von Hannahs Entscheidungen so umfassend und ausführlich begründet worden wie die, mit Rutger Loew zusammen ein archäologisches Denkmal zu besichtigen.

»Leider gibt es aber auch Leute, die nicht genügend Achtung vor diesen alten Stätten haben«, griff Loew den Faden plötzlich mit neuem Schwung wieder auf, nachdem er verdaut und veratmet hatte, dass Hannah wahrhaftig auf sein Angebot eingegangen war. »In den vergangenen Jahren kam es wiederholt zu Vandalismus. Die Gebäude wurden mit Graffiti beschmiert, in den ehemaligen Tempeln wurden die Matronensteine umgestoßen oder sogar zerschlagen. Bei den Steinen handelt es sich zwar bloß um Kopien, doch die Wiederinstandsetzung kostet trotzdem jedes Mal eine ordentliche Stange Geld.

Und die Höhlen verkommen immer mehr zu Müllhalden. Wir haben in letzter Zeit verstärkt darüber nachgedacht, die Anlagen mit einem Zaun zu umgeben und der Öffentlichkeit nur noch gegen Entgelt zugänglich zu machen. Aber das wäre schade, finde ich.« So, Loew, genug für heute. Nein, eins noch. »Und so kommt es, dass ich bei diesem Sauwetter den Nachmittag im Freien verbracht habe - eine zweifellos unerfreuliche Erfahrung, die jedoch durch den vorzüglichen Tee und das wärmende Feuer mehr als wettgemacht wurde.« Damit verstummte er abrupt, starrte nachdenklich in den Kamin und nippte an seinem Becher.

Mit einem Mal herrschte Stille im Raum. Im warmen Schein der Flammen, der sich auf seinen Zügen spiegelte, musterte Hannah ihn verstohlen. Sie schätzte ihn auf Ende dreißig, höchstens Anfang vierzig. Er war attraktiv, wenn auch nicht im klassischen Sinn, mit einer Ausstrahlung, die sie schwer zu beschreiben fand, weil sie so - sie suchte nach dem richtigen Wort, ja genau - widersprüchlich war. Die meiste Zeit über gab er sich jungenhaft und unbekümmert. Doch in Momenten wie diesen, in denen er sich unbeobachtet wähnte, schienen Gefühle an die Oberfläche zu drängen, die er für gewöhnlich sorgsam zu verbergen trachtete. Und in seine klugen, dunklen Augen traten ein jäher Ernst, eine unerwartete Tiefgründigkeit, die ihn älter wirken ließen und seine Ungezwungenheit Lügen straften.

Plötzlich erwachte er aus seiner Versonnenheit, warf Hannah einen raschen Blick zu und ertappte sie bei der Betrachtung seiner Züge. Sie tauschten ein verlegenes Lächeln. Dann sprang er unvermittelt auf und wandte sich zu dem frisch restaurierten Schrank hinüber, der jetzt an der Stirnseite des Wohnraums stand. »Das Stück kommt mir bekannt vor.« Er fuhr mit der Hand leicht, beinah zärtlich, über das rötliche, matt schimmernde Holz.

Hannah folgte ihm mit den Augen. »Er gehörte der Frau Hermann, und ich fand ihn zu schade, um ihn auf den Sperrmüll zu werfen. Ein Freund hat ihn wiederhergerichtet.«

Loew nickte anerkennend. »Hervorragende Arbeit«, murmelte er, mehr zu sich selbst. »Wirklich sehr schön.«

Er wirkte mit einem Mal rastlos, trat zu einem der Sprossenfenster und spähte hinaus in das dämmrige Licht des frühen Abends. »Der Regen hat fast aufgehört.«

Hannah hörte das unausgesetzte Prasseln der Tropfen auf dem Pflaster des Innenhofs.

»Ich denke, ich sollte jetzt gehen. Ich hab Sie schon viel zu lange aufgehalten.«

Plötzlich waren sie befangen wie Teenager auf dem Abschlussball.

»Sie haben mich nicht aufgehalten.«

Während er in die Schuhe stieg, holte sie seine Jacke, die noch keine Spur trockener war, und er streifte sie mit einer Grimasse über. Er bedankte sich für den Tee und hatte sich bereits zum Gehen gewandt, als er sich anders besann. Seine nächsten Sätze waren eine Überraschung, auch für ihn selbst.

»Darf ich Sie morgen Abend zum Essen einladen? Ich kenne da ein ausgezeichnetes chinesisches Restaurant in der Nähe von Euskirchen.«

Schweigen. Das Prasseln des Regens. Das Knistern der Holzscheite im Kamin.

Dann sprachen beide gleichzeitig.

»Natürlich nur, wenn Sie Lust haben.« *O Gott, sie will nicht!*
»Ja, sehr gern. Ich hab noch nichts vor.« *Warum sollen zwei erwachsene Menschen nicht gemeinsam essen gehen? Das passiert doch jeden Tag. Das ist nun wirklich nichts Besonderes.*
»Fein. Ich freue mich.«
Er hatte es plötzlich eilig. Sein Hund, der ungeduldig auf die Rückkehr seines Herrchens gewartet hatte, war bereits aufgesprungen und zum Tor vorausgelaufen. »Ich hole Sie morgen Abend gegen neunzehn Uhr ab. Einverstanden?«
»Einverstanden.«
Hannah schaute ihm nach, als er den Kragen seiner Jacke hochschlug, in den Regen hinaustrat und Kurs auf das Tor nahm. Wäre es nicht so finster gewesen, hätte sie bemerkt, dass seine Füße kaum den Boden berührten.

Kapitel 3

In der darauffolgenden Nacht hatte Hannah einen Albtraum von so unfassbarer Eindringlichkeit, dass sie schweißnass und mit einem Schrei erwachte. Keuchend saß sie inmitten der feuchten, zerwühlten Laken, die Augen weit aufgerissen und mit rasendem Herzen, und bemühte sich vergeblich, ihren Atem unter Kontrolle zu bringen, der wie gehetztes Wild durch ihre trockene Kehle jagte. Nie zuvor hatte sie einen ähnlich intensiven Traum erlebt, selbst als Kind nicht. Auch jetzt noch standen ihr die einzelnen Bilder mit solch entsetzlicher Klarheit vor Augen, als wären sie mit einem glühenden Eisen in ihre Gehirnwindungen eingebrannt.

Sie hatte von einer Schlacht geträumt. Die Gegner - auf der einen Seite römische Legionäre, auf der anderen ein Volk, das Hannah für Kelten oder Germanen hielt - bekämpften einander mit grimmiger Entschlossenheit und unerbittlichem Hass. Sie sah die zerfetzte Kleidung der Männer, die blutigen Klingen ihrer Schwerter, ihre zerscharteten Helme und Schilde so deutlich, dass sie sie hätte zeichnen können.

Das war schon Furcht einflößend genug. Doch was ihren Schrecken ins Grenzenlose steigerte, war die unglaubliche Intensität, mit der sie die Bilder durchlebte. Sie hörte das erbarmungslose Aufeinanderprallen der Waffen, das Stöhnen der Verwundeten und Sterbenden und das angstvolle Wiehern der Pferde. Der metallische Geruch frischen Blutes, vermischt mit dem von Schweiß und nasser Erde, stieg ihr in die Nase, und sie sah die verzerrten Gesichter der Kämpfer, in die sich Angst, Schmerz und Verzweiflung mit grässlicher Eindringlichkeit eingegraben hatten.

Der Gipfel des Grauens jedoch - Hannahs Hand fuhr erschrocken an ihre Kehle -, war der Umstand, dass sie selbst sich mitten im Geschehen befand. Ihre Kleidung war die einer Germanin oder Keltin. Sie saß auf einem Pferd mit rotbraunem Fell, die Rechte um das Heft eines langen Schwertes gekrampft, mit dem sie sich nach Leibeskräften gegen einen römischen Reiter zur Wehr setzte, der mit einem hasserfüllten Schrei auf sie eindrang. Er war ein alter Haudegen, unerschrocken und kampferfahren, dessen einziger, verhängnisvoller Fehler darin bestand, sie zu unterschätzen. Nach einigen erfolglosen, kräftezehrenden Hieben, die er mühelos parierte, gelang es ihr mit einer jähen Bewegung, die Deckung seines Schildes zu unterlaufen und ihm die Spitze ihrer Klinge tief in den ungeschützten Hals zu rammen. Sie sah den ungläubigen Ausdruck seiner ersterbenden Augen und den Strahl hellroten Blutes, der aus der Wunde schoss, als sie die Waffe zurückzog. Dann hörte sie hinter sich das Sirren einer Klinge, die die Luft zerschnitt, und wirbelte herum, um sich einem anderen Legionär zuzuwenden, der mit hoch erhobenem Schwert geradewegs auf sie zuritt. Doch noch ehe er sie erreichte, riss ihn eine unsichtbare Faust aus dem Sattel, und sie sah den Schaft einer Lanze aus seinem Rücken ragen.

Unterdessen hatten die Wogen der Schlacht sie immer weiter an die bewaldete Flanke einer Hügelkette herangespült. Plötzlich nahm sie aus dem Augenwinkel zu ihrer Linken eine Bewegung wahr und fuhr mit einem markerschütternden Schrei herum, ihre schweißnasse Rechte wie erstarrt um das Heft ihres Schwertes gekrallt.

Mit diesem Schrei auf den Lippen erwachte Hannah.

Während sie den Traum erneut durchlebte, beruhigte sich ihr fliegender Atem allmählich, und ihr Herzschlag verlangsamte sich. Doch sie verspürte den Beginn bohrender Kopfschmerzen zwischen ihren Augenbrauen. An Schlaf war erst einmal nicht mehr zu denken, so viel stand fest.

Sie befreite sich aus den zerwühlten Laken, schwankte zum Fenster hinüber und schob die Läden auf. Der Regen hatte kaum merklich nachgelassen. Frische, würzige Nachtluft strömte in den Raum, und Hannah konzentrierte sich darauf, tief und gleichmäßig ein- und auszuatmen. Sie lehnte ihre Stirn gegen den kühlen Fensterrahmen und schloss erschöpft die Augen. Aber sofort stiegen abermals Szenen des Traums in ihr auf, und sie riss sie hastig wieder auf.

Was um Himmels willen hatte dieser furchtbare Albtraum zu bedeuten?

Nichts, teilte ihr die *Vernunft* schläfrig und mit zerdrücktem Haar mit, gar nichts. Es war halt ein schlechter Traum, so was passiert, und nun ist er vorbei. Also geh zurück ins Bett, und schlaf weiter.

Doch Hannah, unverändert erschüttert ob der grausamen Bilder, die sie soeben überflutet hatten, war nicht so leicht zu überzeugen.

Beinah mehr als die Summe der unfassbaren Schrecken, die sie gesehen hatte, beschäftigte sie das, was sie *nicht* gesehen hatte. Was war es, das ihre Aufmerksamkeit auf sich zog in dem Bruchteil einer Sekunde, ehe sie erwachte? Was hätte sie erblickt, wenn sie nicht aufgewacht wäre? Welches womöglich noch größere Grauen hatte in ihrem Rücken auf sie gelauert?

Sie erschauerte, und plötzlich verspürte sie den brennenden Wunsch nach einer Zigarette. Rauchen war für sie weniger Genuss als Droge. Sie hatte damit angefangen, nachdem Marcel sie verlassen hatte, um sich über den ersten Trennungsschmerz hinwegzutrösten

30

und den Prüfungsstress besser zu bewältigen, und es vor einigen Monaten wieder aufgegeben - als Beitrag zur Konsolidierung der angespannten Haushaltslage und da es ihr ohnehin nie gut bekommen war. Doch im Augenblick verfluchte sie diesen heroischen Entschluss und hätte sehr viel für eine beruhigende Dosis Nikotin gegeben.

Die wehrhafte Bastion ihrer Standhaftigkeit war im Übrigen keineswegs uneinnehmbar, denn sie besaß eine ungesicherte Pforte, durch die der Feind jederzeit eindringen konnte: Beim Umzug hatte Nick eine angebrochene Schachtel Zigaretten liegen gelassen, und aus alter Gewohnheit hatte Hannah sie nicht weggeworfen, sondern in eine Küchenschublade geräumt. Aber bislang obsiegte ihr Stolz, und sie blieb eisern. Der Feind hatte die Hintertür noch nicht entdeckt.

Sie schloss das Fenster, tappte hinab ins Erdgeschoss und goss sich in der Küche ein großes Glas Wasser ein. Ihre Kehle war wie ausgedörrt, und sie stürzte es in einem Zug hinunter.

Dann ließ sie sich im Wohnraum auf das Sofa fallen und zog die Decke bis unters Kinn hoch. Was zur Hölle hatte bloß diesen grauenvollen Albtraum ausgelöst? Jaja, ich weiß, bremste sie die *Vernunft*, die bereits belehrend den Zeigefinger erhoben hatte. So was passiert halt.

Aber doch nicht ihr. Sie hatte in ihrem ganzen Leben kaum unter schlechten Träumen gelitten, und die wenigen, an die sie sich erinnerte, waren mit konkreten dramatischen Ereignissen verknüpft gewesen: einem Autounfall, einem Krankenhausaufenthalt - Spitzenreiter auf der Liste der zehn beliebtesten Ängste der meisten Menschen. Keiner dieser Albträume reichte gleichwohl in seiner Eindringlichkeit auch nur im Entferntesten an den soeben durchlebten heran, und außerdem fühlte sie sich zurzeit so ausgeglichen und zufrieden wie lang nicht mehr. Die Prüfungen waren überstanden, sie hatte endlich ihre Festung bezogen, Hort der Sicherheit und Inspiration am Busen von Mutter Natur, wo sie ihre Kreativität wiederfinden und eines schönen Tages sogar Marcel vergessen würde - warum also solch ein furchtbarer Traum?

Plötzlich unterbrach ein Geräusch Hannahs ohnehin fruchtloses Grübeln. Es kam von draußen, aus dem Innenhof. Wegen des prasselnden Regens war es nur schwach, aber es erschien ihr wie das Miauen einer Katze. Sie rappelte sich hoch und lauschte mit schräg gehaltenem Kopf. Und tatsächlich, nach einem Moment wiederholte sich der Laut, eindringlicher nun. Kein Zweifel, es war ein helles, klägliches Miauen, wie das eines jungen Kätzchens.

Froh um die Ablenkung erhob sich Hannah, zog die Haustür auf und horchte hinaus. Genau in diesem Augenblick erklang das Miauen geradewegs neben ihrem rechten Ohr, und sie machte einen erschrockenen Satz zur Seite. Die Nachwirkungen des Albtraums waren noch immer nicht ganz abgeklungen, ihre Nerven lagen blank. Doch der Urheber des Miauens war kein römischer Legionär - überreizt wie Hannah war, hätte sie auch das nicht verwundert -, sondern eine kleine Katze, die auf dem Fensterbrett eines der Sprossenfenster Zuflucht vor dem unablässigen Regen gefunden hatte.

Als das Kätzchen Hannah erspähte, setzte es einige unbeholfene Schritte auf sie zu und schrie womöglich noch ein wenig lauter und mitleidheischender als zuvor. Seine Stimme war erstaunlich kräftig für so ein winziges Tier. Die Augen der Katze funkelten grün im Schein des Lichts, das aus dem Wohnraum nach draußen fiel. Trotz ihrer Anspannung musste Hannah lachen, als sie sah, wie der Zwerg alle viere von sich spreizte, ängstlich bemüht, auf dem glatten, leicht abschüssigen Fenstersims nicht den Halt zu verlieren.

Sie lehnte sich zu dem Tierchen hinüber, hob es vorsichtig auf und redete beruhigend auf es ein, während sie es ins Haus trug. Es wirkte sehr jung. Sein grau getigertes Fell klebte in nassen Strähnen an seinem zitternden Körper, und es miaute unvermindert laut, kläglich und - so schien es Hannah - auch eine Spur fordernd. Sie nahm den Winzling mit in die Küche, wickelte ihn in ein Handtuch und trocknete ihn behutsam ab. Dann setzte sie ihn auf den Boden, um ihm ein Schälchen Milch zu wärmen, und er lief mit tapsigen Schritten, aber zielstrebig, zum Heizkörper und drückte sich daran entlang. Als Hannah ihm die Milch hinstellte, machte er sich sogleich gierig darüber her. Anscheinend war er ziemlich ausgehungert.

Sie ließ sich auf den Fliesenboden gleiten, den Rücken gegen eine Anrichte, und beobachtete die kleine Katze, die ihre Milch schleckte. Sie leerte die Schale bis auf den letzten Tropfen. Anschließend leckte sie ihr Mäulchen sorgfältig mit ihrer winzigen rosafarbenen Zunge, tappte hinüber zu Hannah und kletterte vertrauensvoll auf ihren Schoß. Dort rollte sie sich zu einer grau melierten Fellkugel zusammen und sank augenblicklich in tiefen Schlaf, jenen entspannten, hingebungsvollen Schlaf, zu dem Tiere fähig sind und um den sie von ihren menschlichen Mitbewohnern nicht selten beneidet werden.

Ihre Anwesenheit wirkte beruhigend und irgendwie tröstlich auf Hannah, wie das Lieblingsplüschtier auf ein verängstigtes Kind. Und als sie das Kätzchen nach einer Weile behutsam auf einer alten Wolldecke vor der Heizung absetzte und wieder in ihr Bett zurückkroch, erinnerten nur noch die bohrenden Kopfschmerzen zwischen ihren Augenbrauen an den fürchterlichen Traum.

Am darauffolgenden Morgen war der Regen endlich versiegt, die grauen Wolkenberge hatten sich verzogen und mit ihnen die letzten Erinnerungen an den Albtraum der vergangenen Nacht. Die Sonne strahlte von einem ultramarinblauen Himmel, der wie ein riesiges, blank gescheuertes Tischtuch wirkte, von der Hand eines Riesen nachlässig über die Landschaft geworfen.

In der Küche schlief die kleine Katze friedlich auf der Wolldecke vor der Heizung. Doch während sich Hannah ihr Frühstück bereitete, wachte sie auf und dehnte und streckte in bester Katzenmanier zuerst ihre Vorder-, dann die Rückläufe. Anschließend strich sie Hannah so lang um die Beine, bis diese über sie stolperte, woraufhin sie erschrocken von dannen stob und sich stattdessen an die Erkundung des Wohnraums begab.

Hannah wärmte ihr ein Schälchen Milch und grübelte über der Frage, was sie ihr zu Fressen anbieten könnte. Nach dem Großeinkauf vom Vortag verfügte sie zwar über einen gut sortierten Vorratsschrank, aber vierbeinige Besucher hatte sie freilich nicht vorgesehen. Schließlich entschied sie, eine Scheibe Putenbrustfilet zu opfern, die sie in katzenmaulgerechte Häppchen riss, und öffnete ein Fenster zum Innenhof für den Fall, dass ihr Gast eine Maus vorzog oder sich andere natürliche Bedürfnisse meldeten. Wenn der Zwerg am folgenden Tag noch da wäre, überlegte Hannah, würde sie wohl oder übel in die Stadt fahren und Katzenfutter besorgen müssen.

Nach dem Frühstück ging sie hinüber zu den ehemaligen Stallungen und begann ihr Atelier einzurichten. Durch die vielen Glasflächen waren die Lichtverhältnisse genau so, wie sie es sich immer gewünscht hatte. Unmittelbar vor den deckenhohen Fenstern baute sie ihren riesigen Arbeitstisch und die Staffeleien auf. So konnte sie das Tageslicht, das sie zum Malen bevorzugte, optimal ausnutzen. Dann machte sie sich daran, die Kartons auszupacken, die das Sammelsurium ihrer Malutensilien enthielten und ein ganzes Regal füllten. Endlich verfügte sie über genügend Platz, um alles so übersichtlich unterzubringen, dass sie es stets griffbereit hätte.

Zumindest theoretisch. Hannah bewunderte und beneidete ihre – wenigen – Malerkollegen, in deren Atelier Ordnung herrschte wie in einer Handlung für Künstlerbedarf, deren Farbtuben streng nebeneinander aufgereiht standen wie Soldaten beim Appell, womöglich noch nach Farben sortiert und mit dem Etikett zum Betrachter ausgerichtet, und deren Pinsel nach der Arbeit sorgfältig ausgewaschen und zum Trocknen in Marmeladengläser gestellt wurden, die Borsten nach oben, damit sie sich nicht verformten. Die Vorstellung, dass jedes Ding seinen festen Platz besaß, an den man es nach Gebrauch zurückstellte, faszinierte sie, aber wiederum nicht so sehr, dass sie sich daran gehalten hätte.

Gegen Mittag war sie beinah fertig, und wenigstens für den Moment herrschte tatsächlich Ordnung. In der angrenzenden Galerie, durch ein Fachwerk aus alten, rustikalen Eichenbalken vom Atelier abgetrennt, warteten ein paar Bilder darauf, aufgehängt zu werden. Doch diese Aufgabe hob Hannah sich für den Nachmittag auf.

Kurz vor neunzehn Uhr hielt ein Wagen auf dem Platz vor dem Hof, und wenige Augenblicke später ertönte ein Klopfen an der Haustür. Hannah war gereizter Stimmung. Das Aufhängen der Bilder in der Galerie hatte viel länger gedauert als geplant, und schließlich war ihr gerade noch Zeit geblieben, eine schnelle Dusche zu nehmen und sich umzuziehen. Sie lief die Treppe hinunter, warf einen letzten prüfenden Blick in den Spiegel, war unzufrieden mit ihren störrischen Locken und öffnete die Tür.

In diesem Moment änderte sich ihre Laune schlagartig, denn das Erste, was Hannah sah, war ein Strauß wundervoller gelber Rosen, deren Duft sie umfing wie eine betörende Wolke. Rutger Loew besaß ganz offensichtlich Stil, eine Eigenschaft, die ihrer Erfahrung nach in der Männerwelt kurz vor dem Aussterben stand, gemeinsam mit einigen anderen, verwandten Tugenden wie guten Manieren und charmantem Auftreten.

Hannah hielt sich durchaus für eine moderne, selbstständige und unabhängige Frau, aber sie war auch gerne bereit, sich verwöhnen zu lassen. Und wenn ein Mann ihr die Tür aufhielt, anstatt sie ihr vor der Nase zuzuwerfen, wenn er ihr den Vortritt ließ, in den Mantel half oder Blumen schenkte, dann betrachtete sie diese kleinen Gesten nicht als Selbstverständlichkeit, sondern schätzte sie als etwas Seltenes und Kostbares, ein Relikt aus einer längst vergangenen Epoche, wie die Begegnung mit dem Werk eines alten Meisters.

Sie dankte Loew - nicht zu überschwänglich, wie sie hoffte; er brauchte schließlich nicht zu wissen, dass dies der erste Strauß Rosen seit fast zwei Jahren war -, und bat ihn hinein. Er hatte seine schwarze Wachsjacke mit einem Leinenhemd und Jackett derselben Farbe vertauscht, die seinen dunklen Typ unterstrichen. Überhaupt schien Schwarz seine Farbe zu sein, diagnostizierte die *Künstlerin* in Hannahs komplexem Gehirn, die stets empfindlich, ja geradezu beleidigt reagierte, wenn jemand sich in Farbtönen kleidete, die nicht zu seinem Typ passten. In Loews Fall jedoch hatte sie zu Hannahs großer Beruhigung soeben ihr Placet erteilt.

»Was macht die Erkältung?«, fragte Hannah beiläufig, während sie die langen Blumenstiele kürzte und anschnitt, bevor sie die Rosen in einer leuchtend blauen Keramikvase arrangierte.

Loew war ihr in die Küche gefolgt und lehnte mit verschränkten Armen gegen eine Anrichte. »Welche Erkältung?«, gab er verdutzt zurück.

Hannah entfernte die unteren Blätter eines Stängels und gab ihn zu den anderen in die Vase. »So nass wie Sie gestern Abend waren, hatte ich befürchtet, dass Sie sich mindestens einen zünftigen Schnupfen holen.«

Er lachte. »Ach so, das meinen Sie. Nein, keine Gefahr. Dank Ihrer Fürsorge und meiner robusten Gesundheit wird mir das erspart bleiben. In meinem Beruf härtet man ab. Wissen Sie, ich verbringe ja reichlich Zeit an der frischen Luft, bei Flurbegehungen und natürlich erst recht während der Ausgrabungen.« Er bückte sich, um das untere Ende eines Rosenstängels aufzuheben, das in hohem Bogen weggespritzt war. »Und das sind auch die Seiten meines Jobs, die ich am liebsten mag. Ich bin kein Schreibtischtäter, obwohl sich Büroarbeit leider nicht immer vermeiden lässt. Archäologie hat sehr viel mit Bürokratie und Verwaltung zu tun, mehr, als die meisten Leute vermuten. - Aber um ehrlich zu sein«, setzte er nach einem Moment hinzu, »gestern hab ich Petrus wohl ein wenig unterschätzt. Wenn ich geahnt hätte, dass ein derartiges Unwetter losbrechen würde, hätte ich doch vorgezogen, im Büro ein paar Akten zu stemmen. Selbst mein Hund, der einiges gewohnt ist, war am Abend äußerst ungnädig mit mir.«

Kein Wunder, dachte Hannah. Erst missbrauchst du ihn als Vorwand für deinen Besuch, und dann muss er draußen bleiben, während du deine Füße an meinem Kamin wärmst.

Sie trug die Vase mit den Blumen hinüber in den Wohnraum und platzierte sie auf dem niedrigen Glastisch vor dem Sofa. Anschließend brachen sie auf.

Vor dem Hoftor stand der dunkelgrüne Land Rover, der Hannah am Vortag an der Einmündung des Feldwegs aufgefallen war und nun aussah, als wäre er soeben von einer Rallye durch das Amazonasgebiet zurückgekehrt.

»Sie müssen entschuldigen.« Loew öffnete ihr die Beifahrertür. »Der Rover ist mein Dienstwagen, und es ist nicht ganz einfach, ihn sauber zu halten, zumal Cúchulainn gern auf dem Beifahrersitz fährt.«

»Wer?«, fragte Hannah verwirrt.

»Cúchulainn«, wiederholte Loew, nachdem er hinter dem Lenkrad Platz genommen hatte. »Mein Hund. Ich habe ihn vor drei Jahren aus Irland mitgebracht. Damals war er ein Welpe, nun ist er ausgewachsen und selbst für einen Irischen Wolfshund ungewöhnlich groß. Aber das wissen Sie ja bereits. Sein Namensgeber Cúchulainn ist der unbestrittene Held der irischen Sage, ein Rabauke und Kraftprotz ohne Ende. Ich fand, das passt irgendwie.«

Er wendete den Land Rover und lenkte ihn in den Feldweg wie ein mittelalterlicher Ritter sein Streitross in die Turnierbahn. »Manchmal glaube ich allerdings, dass ein Amphibienfahrzeug als Dienstwagen besser geeignet wäre«, bemerkte er dann lachend.

Hannah sah, was er meinte, doch ihr war weniger nach Lachen zumute. Die heftigen Regenfälle hatten dem Hindernisparcours einen weiteren Schwierigkeitsgrad hinzugefügt: Hatte er vor dem Unwetter aus zahlreichen, mit Wasser gefüllten Schlaglöchern bestanden, die es entweder zu umfahren oder, wo dies unmöglich war, vorsichtig zu durchqueren galt, so waren die gewaltigen Pfützen nun zu einer nahezu einheitlichen Wasserfläche verschmolzen. Es fehlten eigentlich nur noch ein paar Enten und Gänse, um das friedliche Bild eines ländlichen Teiches zu vervollständigen.

Sie seufzte. Wie sollte sie denn jemals potenzielle Kunden in ihre Galerie lotsen, wenn die Anfahrt mit solchen Hindernissen gespickt war? Bei ihrer angespannten finanziellen Lage konnte sie es sich weiß Gott nicht leisten, zahlungskräftige, kunstsinnige Interessenten nur dann zu empfangen, wenn in der Zufahrt zu ihrem Hof einmal eine ähnliche Ebbe herrschen würde wie schon jetzt in ihrer Kasse. Zähneknirschend nahm sie sich vor, mit ihrem Problem demnächst bei der Gemeindeverwaltung vorstellig zu werden.

Plötzlich lenkte Loew den Wagen nach rechts in das Feld und warf Hannah einen raschen Seitenblick zu, während er sich darauf konzentrierte, zwei Ackerfurchen zu folgen. Sie wiesen bereits Radspuren auf, welche erahnen ließen, dass er den Hinweg auf dieselbe Weise bewältigt hatte. »Ich hoffe, Sie haben nichts gegen unkonventionelle Lösungen einzuwenden.«

»Durchaus nicht.« Ganz im Gegenteil. Hannah, als Künstlerin mitunter selbst unkonventionell in einem Maße, das für viele Zeitgenossen schwer nachvollziehbar war, erkannte und schätzte diese Eigenschaft, wenn sie ihr in einem anderen Menschen begegnete. Und dies umso mehr, als dieser andere dann auch nicht versuchen würde, sie ihr auszutreiben, wie Marcel es getan hatte.

Das Innere des Restaurants war im Stil einer chinesischen Pagode gestaltet und vorwiegend in Gold und Rottönen gehalten. Regalböden und Fensterbretter bogen sich unter der Last unzähliger Buddhas und Drachenfiguren, und an den Wänden hingen grell bemalte hölzerne Masken, deren dunkle Augenhöhlen blicklos ins Nichts starrten. Auch der obligatorische Teich mit Goldfischen fehlte nicht. »Keine Sorge«, raunte Loew Hannah zu, als er ihren skeptischen Blick bemerkte.»Vom Kochen verstehen sie mehr als von Inneneinrichtung.«

Nicht umsonst hatte er diesen Ort für ihren ersten gemeinsamen Abend ausgesucht, und zwar weder wegen des guten Essens noch der exotischen Einrichtung. Was das Restaurant für diesen besonderen Anlass qualifizierte, war vielmehr der Umstand, dass es ihm die emotionale Sicherheit seines Stammlokals bot. In den letzten vier Jahren war er stets hierhergekommen, wenn ihm während seiner einsamen Abende zu Hause die Decke auf den Kopf fiel, mit anderen Worten: beinah täglich. Dieser Ort war gewissermaßen eine Außenstelle seines Wohnzimmers; hier fühlte er sich entspannt genug, um jener Hannah Neuhoff mit den bemerkenswerten grünen Augen zu begegnen.

Sie nahmen an einem Tisch am Fenster Platz und vertieften sich in die Speisekarten, die der junge chinesische Kellner ihnen mit unergründlichem Lächeln reichte. Sein Lächeln war nicht nur deswegen unergründlich, weil Chinesen dieser maskenhafte Gesichtsausdruck bereits in früher Kindheit anerzogen wurde, sondern in diesem Augenblick womöglich noch eine Spur unergründlicher als gewöhnlich, da er seinen Freund Rutger Loew zum ersten Mal seit vier Jahren in Begleitung einer Frau sah. Und einer - nach westlichen Standards - sehr attraktiven dazu.

Nachdem sie bestellt hatten und der Kellner verschwunden war, fragte Hannah Loew, wie er eigentlich sein Interesse an der Archäologie entdeckt habe.

»Das begann schon früh«, erklärte er, begeistert, dass sie ihm erneut Gelegenheit gab, sich zu seinem Lieblingsthema zu äußern. »Meine Mutter ist Irin, und wir verbrachten die Sommerferien stets in Irland. Ihre Familie stammt aus einer ländlichen Gegend in der Nähe von Galway, und da wimmelt es geradezu von Denkmälern von der Steinzeit bis ins Mittelalter. Mein Großvater nahm mich mit auf endlose Wanderungen, und er wusste zu jedem Menhir, jedem Steinfort und jeder Burg eine Geschichte zu erzählen. Ich fand das total faszinierend und saß oft stundenlang in einer der alten Festungen und versuchte mir vorzustellen, wie die Menschen dort vor

Hunderten oder Tausenden von Jahren gelebt haben mochten. Aber rasch bedauerte ich, dass ich so wenig über diese Menschen und ihre Epochen wusste. Und so stand für mich bald fest, dass ich Archäologie studieren wollte, um mehr über sie zu erfahren.«

»Und haben Sie's irgendwann bereut?«, fragte Hannah. Die Antwort kam prompt. »Nein, nie. Mein Job ist weiß Gott nicht bequem. Wir arbeiten bei Wind und Wetter, wie Sie ja gestern gesehen haben. Oft stehen wir unter enormem Zeitdruck und müssen trotzdem sehr exakt vorgehen, denn jeder noch so kleine Fehler kann zu einem unwiederbringlichen Verlust führen. Das gilt besonders für Notgrabungen, also wenn im Zuge eines Bauvorhabens ein archäologisches Denkmal entdeckt wird und innerhalb kürzester Zeit erfasst oder gar geborgen werden muss. Und dieser Fall wird leider mehr und mehr zur Regel. Ich habe während des Studiums einige Semester im Rheinischen Braunkohlerevier gearbeitet, wo wir Tag und Nacht vor dem Bagger her gruben, um zu retten, was zu retten war. Das war extrem anstrengend und hat uns oft bis an unsere Grenzen gefordert. Aber ich fand stets, dass es die Strapazen wert war.«

Der Kellner brachte ihre Getränke, und Loew nahm einen langen Schluck seines Mineralwassers.

»Es kommt natürlich ganz darauf an, was man erwartet«, fuhr er nach einem Moment fort. »Wenn man auf Schätze hofft, wird man fast immer enttäuscht werden. Solche Funde sind äußerst selten. Doch ich persönlich finde gerade die kleinen Dinge des Alltags interessant, die uns Aufschluss darüber geben, wie die Menschen damals lebten, wie sie sich kleideten und schmückten, welche Gerätschaften sie benutzten und wie sie wohnten. - Aber reden wir nicht die ganze Zeit von mir«, wechselte er plötzlich das Thema, als jene leise Stimme in seinem Hinterkopf sich zu Wort meldete, ein wenig heiser nach vier Jahren des Nichtgebrauchs, und ihm einflüsterte, dass er schon wieder ins Dozieren geriet. »Was ist mit Ihnen? Wann haben Sie die Malerei für sich entdeckt?«

Hannah drehte ihr Glas zwischen den Fingern. »Solange ich mich erinnere, faszinieren mich Farben. Sie zu mischen, mit ihnen zu experimentieren und schließlich eine weiße Fläche in ein Bild zu verwandeln, das im Betrachter ein Gefühl von Harmonie und Ästhetik hervorruft, ist die schönste Arbeit, die ich mir vorstellen kann. Im Gegensatz zu vielen meiner Kollegen, die die Auffassung vertreten, dass Kunst über das reine Beglücken hinaus eine Funktion zu erfüllen habe, besaß ich nie den Ehrgeiz, mit meinen Werken Botschaften zu übermitteln. Ich will nicht aufrütteln, anklagen oder mahnen, meine Bilder sollen nur erfreuen. *L'art pour l'art*, wenn Sie so wollen. Ich schätze, ich hatte einfach nie ein Anliegen, das wichtig genug gewesen wäre, um daraus ein Thema für meine Malerei zu machen.« Sie hielt einen Moment inne und nippte an ihrem Mineralwasser. »Meine Eltern waren natürlich der Ansicht, dass ich zuerst ›etwas Vernünftiges‹ lernen solle. So schlossen wir einen Kompromiss, und ich machte nach dem Abitur zunächst eine Ausbildung zur Fotografin, bevor ich Kunst studierte.«

Loew beobachtete ihre schlanken Finger, die den Rand ihres Glases entlangfuhren - Künstlerfinger, eine Künstlerhand, so ganz anders als seine eigenen, denen man ansah, dass sie den Umgang mit Spaten und Schaufel gewöhnt waren. Wie gern er sie berührt hätte! Reiß dich zusammen, Loew, ermahnte er sich.

Es gefiel ihm, dass sie ihre Arbeit ebenso liebte wie er die seine. Es gefiel ihm, dass sie wusste, was sie wollte, und ihren Weg konsequent verfolgt hatte – o Gott, ihm gefiel einfach alles an ihr! Reiß dich bloß zusammen, dachte er erneut. Und: Hoffentlich kommt das Essen bald, damit ich endlich weiß, wohin mit meinen Händen.

Mit wachsender Belustigung registrierte Hannah, wie Loews rastlose Finger seine Serviette malträtierten, ohne dass er es zu bemerken schien. Bis der Kellner schließlich das Essen auftrug, hatte sie eine erstaunliche Metamorphose durchlaufen, die sie von der klassischen Segelbootvariante über ein hausähnliches Gebilde bis hin zu etwas führte, das entfernt an einen Pinguin erinnerte.

Und ganz allmählich gestattete sich Hannah, die Zurückhaltung aufzugeben, die sie seit ihrer Trennung von Marcel Männern gegenüber an den Tag legte, und Loews Gesellschaft zu genießen. Er war ein angenehmer Gesprächspartner, verfügte über eine breite Palette an Themen, war charmant und auf eine hintergründige Weise humorvoll.

Und was in ihren Augen am meisten zählte: Er wirkte vertrauenerweckend. Vielleicht lag es daran, dass seine eigentliche Leidenschaft der Archäologie galt, oder daran, dass er eine gewisse vorsichtige Distanz wahrte. Gerade Letzteres ließ ihn ihr schon bald so seltsam vertraut erscheinen, dass sie sich fragte, ob es auch in seiner Vergangenheit etwas gab, irgendein unbewältigtes Ereignis, das ihn übervorsichtig hatte werden lassen. Zu ihrer großen Überraschung entdeckte sie, dass sie ihm vertrauen *wollte*, und irgendetwas in ihr entschied, dass sie es durfte.

Und so kam es, dass Loews Erwähnung seiner Frau sie völlig unvorbereitet und an ihrer empfindlichsten Stelle traf.

Irgendwann hatte sich das Gespräch dem Thema Reisen zugewandt, und Hannah erzählte von einer Rucksacktour durch Griechenland mit Pia, bei der sich eine Panne an die andere reihte. Sie lachten herzlich, und nachdem Hannah geendet hatte, begann Loew seinerseits mit den Worten: »Als meine Frau und ich vor fünf Jahren in der Provence Urlaub machten -«

Den Rest hörte Hannah nicht mehr. Sie hatte sich an ihrem letzten Bissen verschluckt, und ein einzelnes Reiskorn war in ihrer Kehle stecken geblieben, wo es plötzlich so viel Raum einnahm wie ein ganzer Kochbeutel. Sie fühlte, wie eine Hitzewelle sie von Kopf bis Fuß durchflutete, und hustete, während sich ihre Gedanken überschlugen und ihre Gefühle Amok liefen.

Die Enttäuschung machte das Rennen: Das also war's. Das war der Haken an der Sache. Dieser Rutger Loew schien ja auch wirklich zu gut, um wahr zu sein, so attraktiv, so charmant, so bescheiden, Gottes Geschenk an die Frauen. Aber natürlich war er verheiratet. Wie hätte es auch anders sein können?

An dieser Stelle schlug Hannahs Enttäuschung in Wut um, die ihr die klare Sicht auf die Dinge endgültig verschleierte: Dieser verdammte Mistkerl! Verheiratet und nur auf ein nettes, kleines Abenteuer aus! Das erklärte freilich, warum er nicht beringt war, wie sie vorhin mit einem unauffälligen Blick auf seine Hände überprüft hatte. Dieser verfluchte, *berechnende* Mistkerl!

Aber nicht mit ihr! Wie *konnte* er es überhaupt wagen, auch nur in Erwägung zu ziehen, dass sie Interesse an einer Affäre mit einem verheirateten Mann hätte? Hielt sich wohl für unwiderstehlich, der arrogante Hund. Und er sollte jetzt bloß nicht kommen und behaupten, er lebe getrennt von seiner Frau. Schließlich hatte Marcel anschaulich unter Beweis gestellt, dass das rein gar nichts bedeutete. Nein, mein Lieber, darauf würde sie nicht noch einmal hereinfallen!

Und wenn er geschieden wäre, hätte er doch »Exfrau« gesagt. Oder?

Dieser Gedanke hatte den vorangegangenen zumindest eines voraus: Er war ansatzweise logisch. Aber die weitaus logischere Schlussfolgerung, dass Loew seine Frau nämlich kaum erwähnt hätte, wenn er nur auf ein Abenteuer aus wäre, brachte Hannah nicht zustande. Stattdessen ging sie nahtlos in das nächste Stadium über, das der Selbstvorwürfe: Verdammt noch mal, Hannah Neuhoff, wie konntest du nur so naiv sein? Wie konntest du bloß auf diesen Kerl reinfallen, diesen ... diesen *Blender*? Reichen neuerdings schon ein paar Blumen, um dich einzuwickeln?

So weit, so gut. Sie war nun einmal vorgeschädigt. Zudem war sie ein zutiefst emotionaler Mensch, neigte zu überschießenden Reaktionen, und Mäßigung war ihre Sache ohnehin nie gewesen.

Inzwischen brannten ihre Wangen vor Enttäuschung, Zorn und den verzweifelten Bemühungen, dem drohenden Tod durch Ersticken zu entrinnen, denn das Reiskorn saß unverändert hartnäckig in ihrer Kehle.

»Was ist denn los?«, hörte sie Loew wie aus weiter Ferne fragen. »Haben Sie sich verschluckt?«

Reiß dich zusammen, Hannah, ermahnte sie sich. Du wirst diesen Kerl eiskalt abblitzen lassen. Zumindest darin hast du es in den vergangenen sieben Monaten zu einer gewissen Meisterschaft gebracht. An deiner Menschenkenntnis hingegen werden wir noch arbeiten müssen.

Seinen Blick meidend, deutete sie auf ihren Hals. »Reis«, brachte sie mühsam hervor und widmete sich einem neuerlichen Hustenanfall. Solange sie hustete, musste sie wenigstens nicht reden. Und das war gut so, denn alles, was ihr im Moment einfiel, war weit davon entfernt, druckreif zu sein, und hätte nur den tiefen Grad ihrer Verletztheit verraten.

»O je, Sie Ärmste«, meinte Loew mit einem Mitgefühl in der Stimme, das ebenso gut hätte echt sein können.

Wie dieser Kerl sich zu verstellen vermochte! Ein Glück nur, dass sie ihm rechtzeitig dahintergekommen war!

Eigentlich jedoch war er richtig rührend. »Hier, trinken Sie etwas«, setzte er nämlich hinzu und schob ihr sogar sein eigenes Glas hin, weil ihres eben leer geworden war. Aber sie wäre eher erstickt, als auch nur einen einzigen Schluck von diesem ... diesem *Heuchler* anzunehmen. In Gedanken spie sie das Wort förmlich aus. Viel lieber hätte sie das verdammte Reiskorn ausgespuckt, doch das schien in ihrer Kehle allmählich Wurzeln zu schlagen und dachte gar nicht daran, sich zu rühren.

Es vergingen einige weitere Minuten, bis die Ursache des Übels endlich entschied, Hannahs Luftröhre freizugeben - Minuten, in denen Loew und der junge chinesische Kellner immer ratlosere Blicke tauschten. Schließlich hatte sich Hannah wieder in der Gewalt, und die Tränen der Wut und Enttäuschung, die ihr in den Augen brannten, ließen sich glücklicherweise auf ihre Anstrengungen zurückführen, sich des vermaledeiten Reiskorns zu entledigen.

»Geht es Ihnen besser?«, fragte Loew erleichtert, als sie sich zurücklehnte und einmal tief und röchelnd durchatmete wie eine Ertrinkende, der man soeben die rettende Planke untergeschoben hatte.

Sie nickte wortlos und legte ihr Besteck beiseite. Ihr war der Appetit vergangen, und Reis würde die nächsten Monate vom Speiseplan gestrichen.

Eigentlich neigte Loew nur in beruflichen Dingen zu pedantischem Verhalten. Aber irgendetwas, ein Anflug von Schwermut möglicherweise, brachte ihn dazu, den Bericht über den Provence-Urlaub mit seiner Frau zu Ende zu bringen, den er unmittelbar vor Hannahs Erstickungsanfall begonnen und dann unterbrochen hatte.

»Nun ja, kurz gesagt, es war eine einzige Katastrophe«, fasste er daher seine Ausführungen zusammen, von denen Hannah kein Wort mitbekommen hatte. »Rückblickend tut es mir freilich besonders leid, weil es unsere letzte gemeinsame Reise war.«

Hannahs Blick schnellte hoch. Was sollte das nun wieder heißen? Vielleicht hätte sie ihm doch besser zuhören sollen, anstatt sich hingebungsvoll in voreiligen Schlussfolgerungen zu ergehen. Hatte sie ihm womöglich unrecht getan? Aber wie konnte sie das jetzt herausfinden? *Verdammt.*

Um weiteren Missverständnissen vorzubeugen, entschied sie sich für die ganz direkte Methode, ohnehin eine ihrer Spezialitäten. »Wie lange sind Sie denn schon geschieden?«, fragte sie scheinbar beiläufig.

Loew suchte ihren Blick, doch sie wich ihm aus und fixierte stattdessen einen Punkt auf der Tischdecke mit solcher Intensität, als wollte sie mit ihren Augen ein Loch in die Baumwolle brennen.

»Ich ... ich bin nicht geschieden«, antwortete er stockend.

In diesem Moment dämmerte Hannah endlich die Wahrheit, und mit der Eindringlichkeit einer Kanonensalve wurde ihr der volle Umfang des Irrtums klar, dem sie soeben aufgesessen war.

»Meine Frau ist vor vier Jahren gestorben. Sie hatte Krebs. Als er entdeckt wurde, war es bereits zu spät.«

Sie fühlte eine neuerliche Hitzewelle über sich hinwegschwappen. Glückwunsch, Hannah, dachte sie. Wirklich großartig. Da breitete dieser Mann sein Herz vor ihr aus und versuchte seine schmerzvollen Erinnerungen an den viel zu frühen Tod seiner Frau mit ihr zu teilen. Aber sie hatte nichts Besseres zu tun, als sich hingebungsvoll in ihre Paranoia gegenüber verheirateten Männern zu steigern. Und das alles nur, weil ein einziger Mann sie verletzt hatte. Welch unreife, überzogene, selbstsüchtige Reaktion!

Sie räusperte sich. »O Gott«, brachte sie schließlich mühsam hervor. »O Gott. Das tut mir so leid.«

Es tat ihr wahrhaftig von Herzen leid, sowohl der tragische Tod seiner Frau als auch ihr eigenes unangemessenes, vollkommen übersteigertes Verhalten. Und sie hätte ihm dies liebend gern mitgeteilt, doch ihr fiel im Moment beim besten Willen nicht ein, wie. Die *Kreativen Regionen*, sonst stets mit mehr oder weniger brauchbaren Ratschlägen bei der Hand, standen stumm da und studierten mit betretener Miene ihre Fußspitzen.

»Danke, das ist sehr freundlich von Ihnen.« Loew versuchte ein Lächeln, das jedoch gründlich misslang. »Ich habe mich inzwischen damit abgefunden. Was bleibt mir auch anderes übrig? Die ersten Monate waren die Hölle. Aber dann hab ich mich in meinen Job gestürzt und beinah bis zum Umfallen gearbeitet. Ich habe meine Frau über alles geliebt, doch – so banal das vielleicht klingt - das Leben muss ja irgendwie weitergehen.«

Hannah schluckte. Er hatte in einem nüchternen Ton gesprochen, aber das ließ seine Worte bewegender klingen, als wenn er seinen Gefühlen freien Lauf gelassen hätte. Am liebsten hätte sie seine Hände in ihre genommen, um ihn zu trösten, doch sie unterdrückte den Impuls rechtzeitig. Bloß nicht noch mehr emotionales Durcheinander; für einen Abend hatte sie genug angerichtet. Fiebrig überlegte sie, wie sie das Thema wechseln könnte, aber alles, was ihr in den Sinn kam, klang abgedroschen oder unpassend, und so schwieg sie lieber.

Loew bemühte sich, das Gespräch abermals in Gang zu bringen, indem er von seiner irischen Familie erzählte. Doch die entspannte, beinah vertraute Atmosphäre, die zuvor geherrscht hatte, wollte sich nicht wieder einstellen. Nach einer Weile täuschte Hannah Müdigkeit vor, und sie brachen auf.

Als sie die Tür ihres Hauses aufschloss, umfing sie der Duft der Rosen, deren gelbe Blüten ihr im Dunkeln freundlich zuzunicken schienen. Endlich konnte sie das tun, wonach ihr schon die ganze Zeit zumute war: Wie ein gefällter Baum fiel sie auf das Sofa und schluchzte hemmungslos.

Kapitel 4

Wie nach diesem verpfuschten Abend nicht anders zu erwarten, fand Hannah lange keinen Schlaf, warf sich unruhig im Bett hin und her und haderte mit sich selbst. Und im ersten Morgengrauen des neuen Tages wiederholte sich zu ihrem grenzenlosen Entsetzen der Albtraum der vorangegangenen Nacht. Es waren genau dieselben grauenvollen Szenen: Wieder befand sie sich auf dem Schlachtfeld, umgeben von kämpfenden und sterbenden Männern, die Luft rings um sie erfüllt von Schreien und Stöhnen, dem angstvollen Wiehern der Pferde und dem metallischen Aufeinanderprallen der Waffen. Erneut wehrte sie sich verzweifelt und mit letzter Kraft gegen den römischen Legionär, den sie schließlich tötete. Und abermals zog im allerletzten Moment eine Bewegung in ihrem Augenwinkel ihre Aufmerksamkeit auf sich. Und auch dieses Mal hatte sie, als sie endlich schweißnass und mit galoppierendem Herzen erwachte, nicht die leiseste Ahnung, was - oder wer? - dort, in ihrem Rücken, auf sie lauerte.

Danach war an Schlaf erst recht nicht mehr zu denken. Ruhelos wälzte sich Hannah in ihren feuchten Laken, während vor dem Fenster die Vorboten der Morgendämmerung und hinter ihrer Stirn dieselben bohrenden Kopfschmerzen heraufzogen, die auch den ersten Albtraum begleitet hatten.

Was zum Henker war bloß der Grund für diesen fürchterlichen Traum? Und wie kam es, dass er sich Szene für Szene, Bild für Bild in genau derselben Abfolge wiederholte?

Moment mal. Hieß es nicht, dass Träume Botschaften des Unterbewusstseins enthielten? Mal abgesehen davon, dass es demnach zurzeit um ihr Unterbewusstsein nicht allzu gut bestellt sein konnte, drängte sich die Frage auf: Welche Botschaft sollte ihr denn da in solcher Eindringlichkeit übermittelt werden? Ein Hinweis auf irgendwelche Kräfte, die in ihrem Inneren im Widerstreit lagen? Womöglich die Tatsache, dass durch ihre Begegnung mit Rutger Loew Marcel und das unglückliche Ende ihrer Beziehung wieder verstärkt in ihr Bewusstsein gedrungen waren?

Aber hätte sie dann nicht eher unter Albträumen gelitten, als die Trennung frisch war? Nein, pseudopsychologische Erklärungen brachten sie der Lösung des Rätsels nicht näher.

Nach einer weiteren Stunde fruchtlosen Grübelns rappelte sich Hannah schließlich auf und hatte sich gerade die Treppe hinuntergeschleppt, als sie auf halbem Wege in die Küche wie angewurzelt stehen blieb.

Vielleicht musste man gar nicht so tief schürfen, Freud und das Unterbewusstsein bemühen. Vielleicht gab es einen ganz simplen, rationalen Grund für diese Träume, der so nahelag, dass sie ihn auf Anhieb glatt übersehen hatte. Beide Male war sie vorher mit Rutger Loew zusammen gewesen, und beide Male hatten sie sich über Archäologie unterhalten. Womöglich hatten diese Gespräche die ohnehin lebhaften *Kreativen Regionen* einfach ein wenig überstimuliert? Das würde immerhin erklären, warum die Albträume in einer so weit zurückliegenden Vergangenheit angesiedelt waren, denn was sonst bitte schön hatte Hannah mit Römern und Germanen beziehungsweise Kelten zu schaffen?

Sie wartete einen Augenblick, ob aus dieser Richtung irgendein Widerspruch käme, was nicht der Fall war. Und als sogar die *Vernunft* beifällig ihr weises Haupt neigte, beschloss Hannah, sich fürs Erste mit dieser Theorie zufriedenzugeben, die zumindest ein Fünkchen Logik enthielt. Logik erschien ihr in dem Chaos der Gefühle, das zurzeit in ihrem Inneren tobte, wie eine rettende Insel auf dem sturmgepeitschten Ozean einem Schiffbrüchigen erscheinen musste: als der Ort, auf den man sich zurückzog, durchnässt, zitternd und hungrig, bis die Erlösung nahte.

Die Erlösung nahte tatsächlich gegen Mittag und in gänzlich unerwarteter Gestalt, nämlich der des Briefträgers. Dieser fuhr auf einem knatternden Mofa vor ihrem Hof vor und warf einen Umschlag in den ultramarinblauen Briefkasten, ehe er sich auf seinem von Fehlzündungen gebeutelten Gefährt auf den gefahrvollen Rückweg über den Hindernisparcours machte.

Bis dahin hatte Hannah den Vormittag in selten unproduktiver Weise verbracht: mit Kopfschmerzen, Selbstmitleid und einem längeren Telefonat mit Pia. Nun aber stürzte sie aus dem Haus, schloss den Kasten auf und förderte einen einzelnen Briefumschlag zutage. Als ihr Blick auf den Poststempel fiel, fühlte sie, wie ihr Herz höher zu schlagen begann. Mit fliegenden Fingern riss sie das Kuvert auf, entnahm ihm mehrere Blätter und überflog den Inhalt des Anschreibens.

Jawoll! Den Brief fest an ihre Brust gedrückt, drehte sie sich einmal im Kreis. Dann führte sie einen Freudentanz auf, der bei ihren ländlichen Nachbarn sicherlich einen gewissen Argwohn hervorgerufen hätte, dessen einzige Zeugen jedoch nur eine Handvoll Spatzen waren, die das seltsame Treiben neugierig und mit schräg gehaltenem Köpfchen beobachteten.

Dass diese Zeilen auf Hannah ähnlich elektrisierend wirkten wie der Anblick eines Segels am Horizont auf einen Schiffbrüchigen, hatte seinen guten Grund. Einige Wochen zuvor nämlich war sie nach Hamburg geflogen, um mit einem Kunstverlag über die Gestaltung eines Kalenders in der Sparte »Landschaften in Aquarell« zu verhandeln. Sie legte eine Mappe mit ausgewählten Arbeiten zu diesem Thema vor, die bei den Verantwortlichen großen Anklang fanden. Es folgten eingehende Diskussionen über die Vorstellungen des Verlags einerseits, ihre künstlerischen Spielräume andererseits sowie die finanzielle Seite. Schließlich hatte man ihr angedeutet, dass sie sich berechtigte Hoffnungen machen dürfe. Und nun hielt sie tatsächlich den Vertrag zu den damals ausgehandelten Konditionen in Händen. Einzig ihre Unterschrift fehlte noch.

Und der Auftrag kam genau zur richtigen Zeit. Restaurierung und Umzug waren überstanden, und hier, inmitten dieser wundervollen Eifellandschaft, würde sie die nötige Inspiration erhalten, um sich der neuen Aufgabe mit Leib und Seele zu widmen. Marcel würde endlich den ihm gebührenden Platz auf ihrer seelischen Müllhalde einnehmen, sie könnte zu ihrer früheren kreativen Form zurückfinden, und bald ginge es wieder aufwärts. Nicht zuletzt auch finanziell. Und wer weiß, wenn man mit ihrer Arbeit zufrieden wäre, folgte vielleicht ein Auftrag für einen weiteren Kalender. Leise vor sich hin summend schlenderte Hannah zurück ins Haus.

Sobald sie die Küche betrat, strich ihr das grau getigerte Kätzchen um die Beine, das sich seit dem Morgen des Vortages nicht mehr hatte blicken lassen.

»Hallo, meine Kleine, da bist du ja wieder«, begrüßte Hannah es erfreut, nahm es auf und hielt es sich vor das Gesicht. Zwei smaragdgrüne Augenpaare versenkten sich ineinander. Die Katze streckte Hannah ein Vorderpfötchen entgegen und miaute.

Dann wäre es wohl jetzt an der Zeit, ihr einen Namen zu geben, überlegte Hannah. Fragte sich bloß, ob es sich bei ihrem neuen Mitbewohner um einen Kater oder eine Kätzin handelte. Leider hatte sie nicht die geringste Ahnung, woran man das Geschlecht eines Stubentigers erkannte. Doch das konnte ja nicht so schwer sein. Ein wenig unbeholfen drehte sie den Zwerg auf den Rücken, um sein Bäuchlein zu inspizieren, lüpfte ratlos sein kurzes Schwänzchen, fand aber auch dort nichts, was einen Hinweis auf seine Biologie geliefert hätte. Da die Natur jedoch in aller Regel die Männchen üppiger ausstattete als die Weibchen, schlussfolgerte sie aus dem Fehlen bestimmter primärer Geschlechtsmerkmale, dass es sich bei der winzigen Fellkugel in ihren Händen um eine Kätzin handeln müsse. Ein Name war schnell gefunden. In Anbetracht der erfreulichen Wende, die Hannahs Leben derzeit zu nehmen schien, entschied sie, das Tierchen Hope zu taufen.

Um der kleinen Katze die zeremonielle Tragweite des Ereignisses zu verdeutlichen, bekam sie eine Schale warmer Milch und eine Scheibe Putenbrustfilets, die sie mit großer Hingabe vertilgte. Ihre Adoption besaß im Übrigen auch einen praktischen Hintergrund: Hannah hatte nämlich festgestellt, dass die Mäusepopulation des Hofes gar nicht daran dachte, ihr angestammtes Territorium kampflos aufzugeben, sondern vielmehr Anstalten traf, sich im Atelier erneut häuslich einzurichten. So hoffte sie, dass Hope ihr die Verteidigung des Gebietes abnähme. Dazu musste sie freilich zuerst einmal ordentlich wachsen.

Der neue Auftrag versetzte Hannah in solche Euphorie, dass sie beschloss, sich das Kochen zu sparen und sich selbst in ein Restaurant einzuladen. Außerdem könnte sie so das Angenehme mit dem Nützlichen verbinden und in Bad Münstereifel Katzenfutter besorgen.

Beim Thema Restaurant fiel ihr zwangsläufig Rutger Loew wieder ein, doch sie schob den Gedanken energisch beiseite. Sie würde sich jetzt vollkommen auf die Arbeit an ihrem Kalender konzentrieren, und alles, was sie davon abzulenken in der Lage war, musste auf unbestimmte Zeit in den Hintergrund treten.

Eine gute halbe Stunde später stellte sie ihren Wagen auf einem Parkplatz an der Umgehungsstraße ab und ging durch das Johannis-Tor, einen der nach Osten gerichteten Durchlasse der wehrhaften alten Stadtmauer, in den Ort hinunter. Auch dieses Mal verfehlte die Atmosphäre Bad Münstereifels ihre Wirkung auf Hannah nicht. Sobald sie die Stadt durch eines der imposanten Tore betrat, fühlte sie sich mit einem Mal ins Mittelalter zurückversetzt. Sie schlenderte durch enge, gepflasterte Gässchen, gesäumt von liebevoll restaurierten Fachwerkhäusern, und jede Ecke, um die sie bog, eröffnete ihr neue, malerische Ausblicke. Das Murmeln der Erft, die den Ort durchfloss und von mehreren kleinen Brücken überquert wurde, tat sein Übriges, um den Eindruck der Beschaulichkeit zu verstärken. Hannah machte sich eine geistige Notiz, demnächst einige Skizzen besonders pittoresker Winkel vor Ort anzufertigen.

Am Markt wandte sie sich nach links, folgte der Orchheimer Straße und studierte die Speisekarten verschiedener Restaurants, bis sie sich schließlich für ein Bistro in der Nähe des Orchheimer Tors entschied. Sie bestellte ein Nudelgericht mit Salat, und weil sie der einzige Gast war, gesellte sich der Wirt, ein Niederländer, nach einer Weile zu ihr, und sie plauderten ein wenig.

Auf dem Rückweg zum Wagen wollte Hannah in einem Drogeriemarkt noch rasch einen Vorrat an Katzenfutter besorgen, doch dies erwies sich als schwieriger als erwartet. Die Hände in die Hüften gestemmt und mit vor Konzentration gefurchter Stirn stand sie vor den Regalen mit Nass- und Trockenfutter, Futter für Katzenbabys und Katzensenioren, Diätfutter bei diversen Erkrankungen, spezieller, laktosereduzierter Milch sowie unzähligen anderen Leckerbissen, bis sich endlich eine ältere, streng dreinblickende Mitarbeiterin ihrer erbarmte. Diese klärte sie zunächst einmal darüber auf, dass jede Katze eine höchst individuelle Persönlichkeit darstelle, deren Bedürfnissen man minutiös Rechnung zu tragen habe, wenn sich das Zusammenleben auch nur ansatzweise erquicklich gestalten solle. Anderenfalls der Stubentiger nämlich nicht zögere, sein Missfallen durch Protestpinkeln oder Auf-den-Teppich-Kotzen - Hannah zuckte zusammen - zum Ausdruck zu bringen.

Nachdem der allgemeine Teil dergestalt abgehandelt war, unterzog die Verkäuferin Hannah einer peinlichen Befragung zu Hopes besonderen Eigenschaften:

»Rasse?«

Hannah überlegte.»Grau getigert?«

»Aha. Europäisch Kurzhaar. Alter?«

Hannah deutete mit beiden Zeigefingern eine Spanne von ungefähr fünfundzwanzig Zentimetern an.»Mit Schwanz«, präzisierte sie.

»Acht Wochen also. Geschlecht?«

Diese Frage hatte sie befürchtet.»Weiblich«, bluffte sie, eine Spur zu schnell womöglich, denn die Verkäuferin warf ihr einen misstrauischen Blick zu. War das eine Falle?, schoss es Hannah durch den Kopf. Gab es am Ende ein Mendelsches Gesetz, nach welchem es sich bei grau getigerten Katzen stets um Männchen handelte?

Plötzlich riss ihr der Geduldsfaden. Es widerstrebte ihrem ausgeprägten Sinn fürs Praktische, mit dem Kauf von Katzennahrung mehr Zeit zu verbringen als mit der Anprobe eines Ballkleids.

»Hören Sie, ist das ein Quiz oder was?«, brach es aus ihr hervor. »Kann ich irgendwas gewinnen, wenn ich alle Fragen richtig beantworte? Katzenfutter vielleicht? Deswegen bin ich nämlich hier.«

Sie erkannte im selben Moment, dass sie einen kapitalen Fehler begangen hatte. Die Verkäuferin reckte das Kinn vor, rümpfte ihre spitze Nase und bedachte Hannah mit einem Blick von oben herab, als wäre sie ein Welpe, der soeben auf den dreihundert Jahre alten Perser gepinkelt hatte. Dann wandte sie sich abrupt ab und machte sich wortlos daran, diverse Packungen und Dosen aus dem Regal zu rupfen und in Hannahs Arme zu stapeln, bis diese kaum mehr über den schwankenden Turm hinwegschauen konnte. Zum Abschluss klatschte sie noch eine Hochglanzbroschüre mit dem Titel »Meine Katze und ich« obenauf.

Als Hannah endlich mit einem Rundum-sorglos-Paket für junge Katzen im Wert von knapp dreißig Euro zur Kasse wankte, war ihre natürliche Unbefangenheit gegenüber Vertretern der Familie Felidae ein für alle Mal dahin.

Da sowohl das Wetter als auch Hannahs Stimmung nach wie vor sonnig waren, beschloss sie, mit dem Wagen einen Ausflug über Land zu unternehmen. Vielleicht, so überlegte sie, würde sie dabei ja schon dem einen oder anderen Motiv begegnen, das sich für ein Kalenderblatt eignete.

Zwar befanden sich in den Stapeln alter Skizzenbücher, die sie in ihrem Atelier hortete, ebenfalls massenhaft Anregungen für Frühlings- und Sommerthemen, und außerdem verfügte sie über eine umfangreiche Kartei mit Fotos von Landschaften zu allen Jahreszeiten und bei jedem Wetter. Doch sie vertrat die Ansicht, dass keine Konserve die unmittelbaren Empfindungen zu ersetzen vermochte, die einem die Natur vor Ort vermittelte und in die ja nicht nur die optischen Eindrücke, sondern auch Geräusche, Gerüche und Gefühle einflossen. Daher waren ihr Beobachtungen und Studien unter freiem Himmel einfach unerlässlich geworden, um sich auf eine neue Arbeit einzustimmen.

Von Bad Münstereifel aus fuhr Hannah zunächst in nordöstlicher Richtung nach Rheinbach und von dort in einer großen Schleife über Bad Neuenahr-Ahrweiler und das Ahrtal zurück. Im Tal der Ahr hielt sie mehrmals am Straßenrand an, um die Weinberge zu studieren, die oftmals in atemberaubender Weise den steilen Felshängen abgetrotzt waren, und fertigte ein paar Skizzen als Gedächtnisstütze an. Der Kontrast zwischen den bizarren Felsformationen und den in Reih und Glied ausgerichteten Rebstöcken gäbe ein reizvolles Motiv ab, überlegte sie. Vielleicht ließe es sich in einer herbstlichen, warmen Farbgebung für das September- oder Oktoberbild des Kalenders verwenden.

Äußerst zufrieden mit ihrer Ausbeute kehrte sie am Nachmittag auf den Hof zurück. Zudem wirkte die wild-romantische Landschaft des Ahrtals so stimulierend auf die *Kreativen Regionen*, dass diese sich schon voller Vorfreude die Hände rieben und es kaum abwarten konnten, endlich in Aktion zu treten. Also beschloss Hannah, noch am selben Tag mit einem Entwurf für das erste Kalenderblatt zu beginnen. Und obwohl die *Kreativen Regionen* dies als unnötig erachteten und verhalten maulten, wollte sie sich zuvor eine halbe Stunde Zeit für eine Meditation nehmen.

Als Künstlerin stand sie oft vor der schwierigen Aufgabe, gewissermaßen auf Zuruf gestalterische Ideen aus dem Hut zu zaubern. Doch die Muse küsste nun einmal nicht auf Kommando, wofür Hannah vollstes Verständnis aufbrachte. Während des Studiums hatte sie eines Tages am Schwarzen Brett des Seminars einen Aushang entdeckt, in dem ein Meditationslehrer spezielle Übungen zur Förderung der Kreativität anbot. Sie zögerte zunächst, denn der Begriff Meditation weckte in ihr Assoziationen zu Räucherstäbchen und ausgemergelten, halb nackten Gurus mit fadenscheinigen Bärten. Aber als der Prüfungsdruck stetig stieg, meldete sie sich schließlich für eine unverbindliche Probestunde an. Wider Erwarten war sie von diesem Lehrer - vollständig gekleidet, mit gepflegtem Vollbart und überdies Professor der Psychologie an der altehrwürdigen Universität zu Köln - und seiner Meditationstechnik begeistert. Und so nahm sie von da an regelmäßig an seinen Übungsstunden teil und hatte sich angewöhnt, vor Beginn einer neuen Arbeit oder wenn die *Kreativen Regionen* einmal gründlich verstimmt waren, eine halbe Stunde zu meditieren.

Hannah stellte Hope einen Napf ihres soeben erworbenen Luxusfutters und ein Schälchen Katzenmilch hin, ehe sie es sich in ihrem Lieblingssessel am Kamin bequem machte und die Augen schloss. Wie stets atmete sie zunächst einige Male gleichmäßig ein und aus. Dann ließ sie sich Zeit, um vollkommen abzuschalten, und konzentrierte sich auf einen Punkt unterhalb ihres Bauchnabels. Sie freute sich schon auf das angenehme Gefühl von Wärme und tiefer Entspannung, das sich gleich in ihrem gesamten Körper ausbreiten und sie nach und nach in einen Zustand innerer Schwerelosigkeit versetzen würde. Sobald dieses Stadium erreicht wäre, würde sie ihre Konzentration allmählich auf das Thema hinlenken, zu dem sie sich Inspiration erhoffte. Sie würde sich die bizarren Felsformationen der Weinberge vorstellen und sich für die Bilder und Eingebungen öffnen, die auf sie einströmten ...

So war es immer gewesen.

Doch dieses Mal war es anders. Irgendetwas lief gründlich schief.

Obwohl sie ruhig und gleichmäßig atmete, wollten sich die wohlige Wärme und Entspannung nicht einstellen. Hannah wusste, dass man in der Meditation nichts erzwingen konnte, aber gerade als sie mit dem Gedanken spielte abzubrechen, nahm sie plötzlich eine

Veränderung in der Luft wahr, einen kaum spürbaren, eisigen Windhauch. Und dann geschah etwas mit ihr, etwas gänzlich Unerwartetes und sehr Beängstigendes.

Anstelle der angenehmen Wärme und inneren Schwerelosigkeit bemerkte Hannah eine unheimliche, lähmende Kälte, die sich, von den Füßen ausgehend, stetig ausbreitete. Mit wachsendem, ohnmächtigen Grauen fühlte sie, wie diese Kälte schleichend, jedoch unaufhaltsam von ihr Besitz ergriff, die Schenkel hinaufkroch, über die Wirbelsäule bis in ihren Kopf wanderte, bis sich ihr gesamter Körper anfühlte, als säße sie bis zum Hals in einer Wanne mit Eiswasser. Und das Erschreckendste war: Sie konnte nicht das Geringste dagegen tun. Sie war hilflos, wie gelähmt, ihre Arme und Beine mit flüssigem Eis ausgegossen und vollkommen gefühllos. Eisiges Wasser pulsierte in ihren Adern bis in die feinsten Kapillaren. Ihr Verstand hingegen war glasklar und schien auf seltsame Weise erweitert, geschärft, dabei gleichwohl völlig willenlos.

Dann überkam sie mit einem Mal das Gefühl, beängstigend und überwältigend zugleich, dass ihr Körper nicht länger ihr selbst gehörte, sondern als Bühne für etwas diente, für eine fremde Wesenheit, die mit jedem frostigen Herzschlag mehr Besitz von ihr ergriff.

Dieser eigenartige, furchterregende Schwebezustand dauerte einige Minuten an, ein eiskaltes, lähmendes Pulsieren. Plötzlich jedoch zogen vor Hannahs innerem Auge Nebel auf, die dichter und immer dichter wurden, bis sie schließlich nur noch wattigen, wabernden Dunst sah, undurchdringlich, erstickend, der alles um sie herum verschluckte, alles in sich aufsog ...

* * *

Amena fröstelte und hüllte sich fester in den warmen dunkelblauen Umhang, den sie über ihrem schlichten Kleid aus ungefärbter Wolle trug. Die magischen Symbole aus dünnem Goldblech, die auf das Tuch des Ritualmantels aufgenäht waren und seine Trägerin als Priesterin ihres Stammes auszeichneten, klirrten bei jedem ihrer Schritte leise gegeneinander. Sie fühlte die Feuchtigkeit des Morgennebels auf Gesicht und Haaren und streifte die Kapuze über den Kopf. Je tiefer sie in den Wald vordrang, der die Stadt umgab, desto kälter wurde es, und Amenas Atem bildete flüchtige weiße Wölkchen in der frischen Luft des erwachenden Tages.

51

Der Weg, der sich in der unmittelbaren Umgebung der Siedlung durch Wiesen und Viehweiden schlängelte, setzte sich inmitten der Stämme zunächst als ebener Pfad fort, ehe er in seinem letzten Teil steil anstieg. Amena war rasch hinangeschritten. Nach einer Weile blieb sie stehen, um Atem zu schöpfen, und blickte zurück.

Unter ihr, im ersten fahlen Licht des anbrechenden Morgens, lag Atuatuca, das größte Dunom der Eburonen. Zwischen den strohgedeckten Dächern der Häuser drangen vereinzelte, dünne Rauchfahnen hervor, aber die Wege und Plätze waren noch menschenleer. Nur ein paar kleine, sich bewegende Punkte konnte Amena ausmachen: Hunde, die in den Abfallgruben nach Nahrung stöberten.

Ach, so friedlich, dachte sie. Doch wie lange noch?

Bislang ahnte keiner der Menschen, die dort zu ihren Füßen in ruhigem Schlummer lagen, etwas von der tödlichen Bedrohung, die sich gleich einem Gebirge aus erdrückenden, dunklen Wolken über der Stadt und ihren Bewohnern auftürmte. Amena stellte sich ihre Stammesgenossen vor, Männer, Frauen und Kinder, Greise und Säuglinge, unter wollenen Decken aneinandergeschmiegt, lebendig und warm vom Schlaf, ihre Eburonen. Ihr Herz krampfte sich schmerzhaft zusammen beim Gedanken an die furchtbare Gefahr, in der sie alle schwebten.

Lang vor Sonnenaufgang war sie aus einem tiefen, tranceähnlichen Schlaf erwacht. Sie hatte geträumt, beunruhigende, verstörende Bilder. Und schließlich erhob sie sich, hüllte sich in ihren Umhang und verließ das Haus. Ihrer Dienerin Resa, die nahe der Tür schlief und aufgewacht war, bedeutete sie wortlos, liegen zu bleiben. Sie wünschte allein zu sein, und sie durfte mit niemandem sprechen, damit keine störenden Worte die Erinnerung trübten. Manche Träume enthielten Visionen, Botschaften der Götter, und obwohl dieser nur wenige Augenblicke gewährt hatte, schien er ihr von besonderer Bedeutung. Sie wollte die Göttin befragen, um vollkommen sicherzugehen. Und wenn sich ihre Befürchtungen als zutreffend erwiesen, musste noch am selben Tag der Rat der Krieger einberufen werden.

Sie riss den Blick los, wandte Atuatuca den Rücken und eilte weiter bergauf, immer tiefer in den Wald hinein. Ihr Gang war energisch und würdevoll zugleich, wie es sich für eine Priesterin der Großen Göttin geziemte. Ihre Schritte federten auf dem weichen Waldboden, und das erste Laub des frühen Herbstes dämpfte die Geräusche, sodass sie sich lautlos vorwärtsbewegte. Hier oben, im letzten Abschnitt des Weges, standen die Bäume dicht beieinander, ein beinah undurchdringliches Bollwerk aus mächtigen alten Stäm-

52

men gleich den steinernen Säulen, mit denen die Römer ihre Tempel zu versehen pflegten - abweisend, feindselig, ein natürlicher Schutz des heiligen Ortes, der sich in ihrem Innersten verbarg.

Als sich Amena zwischen ihnen hindurchschlängelte, griffen dürre, niedrig hängende Zweige nach ihrem Umhang wie knochige Finger menschlicher Wächter, und sie musste mehrere Male anhalten, um den Stoff vorsichtig aus ihren Klauen zu befreien.

Dann hatte sie das Nemetom erreicht. Es war ein Heiliger Hain, eine kleine, mit Gras bewachsene Lichtung, unerwartet in diesem unwegsamen Teil des Waldes, jedoch von der Natur erschaffen und von keiner Menschenhand verändert, in deren Mitte zu Füßen einer uralten Eibe eine Quelle entsprang. Dieser Ort bildete das zentrale Heiligtum der Eburonen. Wie an jeder Quelle wurde in erster Linie die Höchste Göttin verehrt, die Erdmutter, Spenderin des Lebens und der Fruchtbarkeit, die Beschützerin des Landes, denn Wasser, das aus der Erde sprudelte, entströmte Ihrem Schoß. Doch auch die unzähligen anderen bedeutenden und weniger bedeutenden keltischen Gottheiten wurden hier angebetet. Denn, wie Amena wusste, waren letztlich alle Unsterblichen eins, und jeder einzelne Gott, jede Göttin stellte nur eine Facette der einen Großen Göttin dar, die über das Schicksal alles Lebendigen waltete.

Am Rande der Lichtung blieb Amena stehen. Ganz in der Nähe erklang das heisere Krächzen eines Eichelhähers, und ein zweiter, entfernterer, griff die Warnung auf und trug sie weiter. Ein leichter Wind streichelte die Wipfel der Bäume, das Laub raschelte leise, und ein Schauer Tropfen regnete auf Amena nieder. Sie legte den Kopf in den Nacken und blinzelte. Die Blätter verfärbten sich bereits in den warmen Tönen des Herbstes, golden, rostrot, kupferbraun, und bei jedem Windhauch lösten sich einige und segelten lautlos zu Boden.

Plötzlich hörte sie kehlige Rufe, die sich rasch näherten, als ein Schwarm Wildgänse über den Wald hinweg in Richtung Süden zog. Es waren die ersten dieses Spätsommers, und wie in jedem Frühjahr und Herbst würde Amena in den kommenden Wochen die ziehenden Vögel beobachten, ihren Flug und ihre Schreie deuten. Dieser Trupp flog recht niedrig, was ein schlechtes Omen darstellte, und für einen kurzen Moment tauchten einige der großen, plumpen Tiere in einer Lücke des Blätterdachs auf, bevor Amena sie wieder aus den Augen verlor.

Sie erschauerte, nicht nur wegen der Kälte. Ein unheilvolles Vorzeichen war das Letzte, was sie jetzt gebrauchen konnte. Und doch bestätigte es ja nur, was sie ohnehin bereits ahnte.

Amena seufzte. Sie fürchtete sich vor dem, was sie gleich erfahren würde. Aber sie wusste, dass es kein Zurück gab. Schließlich war es ihre heilige Pflicht als Priesterin, die Botschaften der Götter auszulegen. Denn diese teilten sich den Menschen zwar mit, doch Ihre Bilder waren nur Eingeweihten verständlich. Vor langer Zeit, schon vor ihrer Geburt, hatten die Unsterblichen sie dazu ausersehen, den Angehörigen ihres Stammes Ihre Zeichen zu entschlüsseln, und dieser Wahl vermochte sich ein Mensch nicht zu widersetzen. Niemals würde Amena das erste Mal vergessen, als die Götter zu ihr sprachen. Auch damals geschah es in einem Traum. Mit knapp vier Jahren sah sie im Schlaf, dass alle Bäume des Waldes über Nacht ihr Laub verloren, und erwachte schreiend. Sie erinnerte sich an den bedeutungsvollen Blick, den ihre Eltern einander zuwarfen, als sie ihnen den Inhalt ihres Traumes erzählte. Am folgenden Morgen musste sie ihn vor dem Druiden wiederholen, und Ebunos prophezeite daraufhin, dass eine Seuche über die Eburonen hereinbrechen und viele von ihnen töten würde. Und wahrhaftig: Wenige Wochen später schleppte einer der griechischen Händler, die regelmäßig nach Atuatuca kamen, ein tückisches Fieber ein, dem Dutzende Bewohner der Siedlung zum Opfer fielen.

Als sie zehn Jahre alt wurde, gaben Amenas Eltern, erfüllt von Stolz, dass die jüngere ihrer beiden Töchter von den Göttern auserwählt war, sie in Ebunos' Obhut. Zwanzig Jahre währte ihre Ausbildung, und in dieser Zeit lehrte er sie alles, was ein Druide oder eine Priesterin der Eburonen wissen musste. Er führte sie in die Eigenschaften der zahllosen keltischen Gottheiten ein, unterwies sie im angemessenen Umgang mit Ihnen und in der Verrichtung der Opfer, brachte ihr die Kunst der Deutung der Omen bei und weihte sie in die Heilkunst und den Gebrauch derjenigen Pflanzen ein, die die Natur den Menschen gegen Krankheiten und andere Übel schenkte. Sie lernte Griechisch, um die Texte der Gelehrten jenes fernen Landes lesen zu können, und Ebunos unterrichtete sie in Philosophie, Astronomie, Physik und Mathematik. Außerdem wies er sie in Geschichte und Traditionen ihres Volkes und dessen Rechtsprechung ein, denn den Druiden und Priesterinnen oblag auch die Pflicht, die Könige des Stammes bei der Rechtsfindung sowie in allen Angelegenheiten zu beraten, die das Wohl der Gemeinschaft betrafen.

Am Ende der zwanzigjährigen Lehrzeit empfing Amena in einer feierlichen Zeremonie ihre Weihen und legte das Gelübde ab, das sie auf Lebenszeit dem Dienst an den Unsterblichen verpflichtete. Im vorletzten Winter war Ebunos, dessen Augenlicht über die Jahre immer schwächer wurde, schließlich vollständig erblindet, und er hatte Amena zu seiner Nachfolgerin ernannt. Seither war es ihre Aufgabe, die Botschaften der Götter zu deuten und an der Seite der Könige die Geschicke des Stammes zu beeinflussen. Lediglich seinen Sitz im Rat der Krieger behielt der alte Druide, solange er lebte. Es wäre mehr als unklug, wollten die Könige auf die Weisheit dieses Mannes verzichten.

Das energische Trommeln eines Spechts auf einem abgestorbenen Ast riss Amena aus ihren Gedanken. Widerstrebend wandte sie sich der Lichtung zu, in deren Mittelpunkt die uralte Eibe stand, der heilige Baum der Eburonen. Der Name des Stammes, so hatte E- bunos Amena erklärt, leitete sich von ihr ab und bedeutete »die, denen die Eibe heilig ist«. Wie schon der Druide vor ihr trug nun Amena einen goldenen Torques um den Hals, einen offenen Reif, dessen kugelförmige Enden Einlagen aus rotem Email aufwiesen, die an die blutfarbenen Beeren des Baumes erinnern sollten.

Sie holte tief Luft, nahm die Schultern zurück und betrat die Waldwiese. Vor ihr erhob sich die mächtige Eibe, an deren Fuß die Quelle aus dem Boden sprudelte und ihr kristallklares Wasser in ein annähernd ovales, natürliches Felsbecken ergoss. Amena war bewusst, dass der Anblick, der sich ihr dort bot, jedem gewöhnlichen Sterblichen den Atem rauben würde. Rings um den Stamm hatten sie und Ebunos all die Opfergaben angehäuft, die der Großen Göttin im Verlauf der Jahre dargebracht worden waren: reich verzierte Torques; Armreife und Gefäße aus schwerem Silber und purem Gold, die im dämmrigen Licht des frühen Morgens matt schimmerten; wertvolle Schwerter und Dolche, die Klingen vor dem Opfer verbogen, da was den Unsterblichen gewidmet war, keinem Menschen mehr von Nutzen sein sollte; mannshohe Schilde, deren Holz in der Feuchte des Waldes zu modern begann; schartige Helme, die ihrem Träger in der Schlacht das Leben gerettet hatten, und unzählige andere Gegenstände, von Gläubigen niedergelegt, um eine Gunst zu erflehen oder den Gottheiten für eine empfangene Gnade zu danken, türmten sich zu Füßen des Baumes. Und obwohl es unermessliche Werte waren, die sich hier im Laufe der Zeit angesammelt hatten, wusste Amena, dass kein Angehöriger ihres Volkes je wagen würde, die heilige Lichtung zu betreten und sich am Eigentum der Götter zu bereichern. Denn der Respekt vor den Unsterblichen und nicht zuletzt auch die Furcht vor Ihrer Strafe hielten jeden davon ab, dem dieser Gedanke unter dem Einfluss von zu viel Bier oder Wein kommen mochte.

Gemessenen Schrittes ging Amena hinüber zur Quelle, streifte die Kapuze ihres Umhangs zurück und grüßte die Große Mutter mit einer seit Urzeiten festgelegten Folge von Gesten. Dann kniete sie nieder, zog einen Armreif aus mattem, farblosen Glas aus einem Beutel an ihrem Gürtel und ließ ihn in das Becken gleiten, denn wenn man die Gottheiten befragen wollte, musste man Sie zuvor durch Gaben gewogen machen. Anschließend sprach sie die uralte Formel, um die Anwesenheit der Unsterblichen heraufzubeschwören, und wartete einige Herzschläge, bis sie gewiss war, dass die Göttin das Opfer angenommen hatte. Schließlich richtete Amena ihren Blick in das Quellbecken und konzentrierte sich. Das klare Wasser gab ihr Spiegelbild wider: Lange nussbraune Locken fielen offen über ihre Schultern hinab und umrahmten ein ernstes Gesicht, dem die Disziplin und Verantwortung, die ihr hohes Amt mit sich brachte, ihre Spuren eingeprägt hatten. Ohne ihr willentliches Zutun senkten sich Amenas Lider ein wenig, und ihre grünen Augen begannen hin- und herzuwandern, bis sie an einer Stelle verharrten, an der oxidiertes Eisen früherer Opfergaben den Fels rötlich verfärbt hatte. Allmählich wurde ihr Blick starr, dann schlossen sich ihre Lider, als sie in die Trance hinüberglitt.

Wie jedes Mal, wenn sie an dieser Quelle das Gespräch mit den Göttern suchte, sah sie zunächst nur Nebel, gestaltlose, milchige Schleier, die vor ihrem inneren Auge hin- und herwaberten. Und waren die Unsterblichen nicht geneigt, zu ihr zu sprechen, blieb es dabei.

Heute jedoch riss der Vorhang des Nebels nach ein paar Atemzügen auf und gab den Blick frei auf ein Schlachtfeld inmitten einer weiten Ebene, auf dem Amena zwischen den toten und verstümmelten Körpern gefallener Krieger einen einzelnen Reiter erkannte. Er saß auf einem weißen Hengst von gewaltiger Größe, den er mit müheloser Eleganz und geringsten Bewegungen seiner Hände und Schenkel beherrschte. Kleidung und Waffen wiesen ihn als Römer vornehmster Herkunft aus. Er trug eine weiße Tunika, die deutliche Spuren des Kampfes erkennen ließ, und darüber einen goldfarbenen Brustpanzer, die glänzend polierte, reich verzierte Oberfläche nun matt und stumpf vom Staub des Schlachtfelds. Seinen ebenfalls goldfarbenen Helm mit dem Busch aus weißen Straußenfedern hatte er abgenommen und hielt ihn unter dem linken Arm, während seine Rechte das Heft eines Schwertes umfasste, dessen Klinge schartig und braun vom getrockneten Blut seiner Feinde war. Der weite Umhang aus purpurrotem, golddurchwirkten Wolltuch, der bis auf die Flanken seines Schimmels hinabfiel, rundete den herausragenden Status des Mannes ab.

Obwohl der Römer lediglich von mittlerer Größe und schlanker, beinah hagerer Gestalt war, strahlte sein Gesicht unter den kurzen grauen Haaren, die nun verschwitzt an seinem Kopf klebten, jene Autorität und Entschlossenheit aus, die den geborenen Anführer verrieten. Seine scharf geschnittenen Züge spiegelten Entbehrung, gepaart mit Ehrgeiz und einem unbeugsamen Willen, der weder ihn selbst noch andere schonte. In den eng beieinanderstehenden Augen, die langsam über das Schlachtfeld wanderten, lag ein Ausdruck grimmigen Triumphes.

Amena kannte diesen Mann. Er war derselbe, den sie letzte Nacht in ihrem Traum gesehen hatte, als er, auf seinem hochbeinigen Schimmel thronend, sein scheinbar endloses Heer an sich vorüberziehen ließ. Ohne ihm jemals persönlich begegnet zu sein, wusste sie genau, um wen es sich handelte, denn er war ihr unzählige Male beschrieben worden, stets mit derselben Mischung aus widerwilligem Respekt, Furcht und Hass. Dieser Römer war Gaius Iulius Caesar, Proconsul und Oberbefehlshaber der Legionen, der Mann, der es sich zum Ziel gesetzt hatte, das Land der freien Kelten dem Imperium Romanum einzuverleiben, und der dieses Ziel seit nunmehr fünf Jahren mit erbarmungsloser Härte und unvorstellbarer Grausamkeit verfolgte. Er war der Feind, und der Kampf, den er den keltischen Stämmen aufgezwungen hatte, war ein Kampf auf Leben und Tod.

Mit einem Mal verschwammen die Bilder vor Amenas Augen, lösten sich auf, und sie ließ es geschehen, musste es geschehen lassen. In den Momenten der Trance war sie willenlos, sie war wie ein Blatt Pergament, auf das die Götter Ihre Botschaften schrieben. Erst später würde sie in der Lage sein, diese zu lesen und zu deuten.

Plötzlich jedoch fühlte sie, dass das nicht alles gewesen war. Es hatte den Anschein, als wünschten die Unsterblichen ihr noch mehr mitzuteilen. Und richtig, nach einigen weiteren Atemzügen klärte sich Amenas Blick abermals, und sie sah ein Weizenfeld, das sich unter einem strahlend blauen Himmel bis zum Horizont erstreckte. Es stand kurz vor der Ernte. Die reifen goldgelben Halme, von prallen Ähren schwer, wuchsen dicht und wiegten sich in einer sanften Brise.

Doch während Amena den Eindruck in sich aufzunehmen suchte, veränderte er sich jäh. Zuerst fielen nur hie und da vereinzelte Halme. Aber rasch wurden es immer mehr, und dann erkannte sie, dass eine riesige Schar Mäuse über das Getreide hergefallen war und sämtliche Ähren kahl fraß. Innerhalb weniger Augenblicke war die gesamte Ernte vernichtet, und das Feld lag verwüstet unter einem harten stahlgrauen Himmel. Im selben Moment verschwammen die Bilder erneut vor Amenas Augen.

Einige Herzschläge lang verharrte sie in einem Schwebezustand, erfüllt von angstvoller Erwartung, ob noch weitere Visionen folgen würden. Doch nun schwiegen die Götter, und bald darauf stellte sich der Nebel wieder ein, der jede ihrer Trancen begleitete, wogte empor und verdichtete sich, bis sie in eine undurchdringliche graue Wand starrte.

Allmählich ebbte ihre Benommenheit ab, und Amena fühlte, wie sie langsam in die Wirklichkeit zurückkehrte. Auch diesen Zeitpunkt bestimmte sie nicht selbst. Die Gottheiten allein entschieden darüber, wie viel Sie mitzuteilen geruhten. Amena blieb nur, sich Ihrem Willen zu fügen, sie war bloß ein Werkzeug, dessen sich die Unsterblichen nach Ihrem Gutdünken bedienten. Schließlich öffnete sie blinzelnd die Augen, sah das klare Wasser der Quelle, den rötlichen Fleck im Gestein des Felsbeckens und den gläsernen Armreif, ihre Gabe an die Göttin.

Schwerfällig richtete sie sich auf und sog die frische Waldluft in tiefen Atemzügen ein. Sie verspürte leichten Schwindel und die ersten Anzeichen der Kopfschmerzen, die sie jedes Mal nach einer Vision befielen. Außerdem fror sie bis ins Mark, eine weitere unangenehme Begleiterscheinung der Trance. Die Gunst der Götter forderte ihren Preis, das hatte sie früh erfahren. Sie zog ihren warmen wollenen Umhang fester um die Schultern, blinzelte benommen durch die Zweige der Eibe hinauf zum Himmel und unterdrückte ein Gähnen.

Die Dämmerung war nun vollständig dem Tag gewichen. Die Sonnenstrahlen wurden durch das Blätterdach der Bäume gedämpft, die die Lichtung säumten, und fielen schräg zwischen den Stämmen hindurch bis auf den Waldboden, wo sie sich funkelnd in unzähligen Tautropfen brachen. Während der Trancen öffnete sich Amena für die göttliche Wesenheit, war dadurch in besonderem Maße empfänglich und verletzlich. So kam es, dass der perlende, melancholische Gesang eines Rotkehlchens ganz in der Nähe sie in tiefster Seele berührte, und für einen Augenblick brannten Tränen in ihren Augen. Doch rasch gewannen zwei Jahrzehnte der Erziehung zur Priesterin erneut die Oberhand, und sie wischte sie eilig mit dem Ärmel ihres Kleides fort.

Ah, nie würde sie die Disziplin und abgeklärte Würde erlangen, die Ebunos ausstrahlte! Er hatte sie alles gelehrt, was eine Priesterin wissen musste, alles, was er selbst wusste. Und auch jetzt noch war er ihr ein hervorragendes Vorbild. Nie jedoch hatte sie gelernt, ihr Innerstes zu schützen, jene Grenze zu ziehen und aufrechtzuerhalten, die die Priesterin Amena von der Frau schied. Und so erlebte sie es stets aufs Neue, dass intensive Gefühle sie überwältigten und ihre sorgsam errichtete Fassade feine Risse bekam.

Natürlich hatte sie sich dem alten Druiden anvertraut, ihm ihre Schwäche gebeichtet in der Hoffnung, dass er ihr einen Rat gäbe, wie sie ihre Selbstbeherrschung unter allen Umständen wahren könne. Doch zu ihrem Erstaunen deutete er ihre außerordentliche Empfindsamkeit gar nicht als Schwäche! Ganz im Gegenteil, er bezeichnete es sogar als Stärke, als ein besonderes Geschenk, zu Empfindungen solchen Ausmaßes fähig zu sein, dass man sie nicht zu beherrschen vermochte. Und er verwies darauf, dass die Unsterblichen, die ihr diese Eigenschaft verliehen hatten, nicht wollen würden, dass sie damit haderte.

Und obwohl Amena dem nichts entgegenzusetzen hatte - wie könnte sie es wagen, eine Gabe der Götter zu verurteilen? -, blieb dennoch ein Rest an Widerstand in ihr bestehen, vielleicht auch nur eine verletzte Eitelkeit. Denn ihre außergewöhnliche Empfindsamkeit wollte sich nicht so recht in das Bild der souveränen, über allen Dingen erhabenen Priesterin fügen, das ihr Ehrgeiz ihr als höchstes Ziel vorgaukelte.

Mit einem tiefen Atemzug kehrte sie in die Gegenwart zurück. Wie stets nach einer Trance hatte sie kein Gefühl dafür, wie viel Zeit verstrichen war. Doch es drängte sie, in das Dunom zurückzukehren. Sie musste mit Ambiorix sprechen. Die Visionen bestätigten ihre ärgsten Befürchtungen, und sie musste ihm mitteilen, in welcher Gefahr der Stamm der Eburonen schwebte.

Sie sprach den rituellen Dank an die Gottheit, und da das Opfer, mit dem man sich für eine empfangene Gabe bedankte, wertvoller zu sein hatte als dasjenige, mit dem man die Gunst der Unsterblichen erbat, zog sie einen zierlichen goldenen Armreif aus dem Beutel an ihrem Gürtel und ließ ihn in das Quellbecken gleiten. Dann beugte sie sich vor, schöpfte mit der Hand einige Schluck des kühlen Nass und trank, denn das metallisch schmeckende Wasser der heiligen Quelle stellte das beste Mittel gegen das Schwindelgefühl dar, das die Trancen begleitete. Schließlich erhob sie sich mit steifen Gliedern, entbot der Großen Mutter ihren Gruß und eilte auf demselben Weg, den sie gekommen war, zurück nach Atuatuca.

Die Siedlung war unterdessen zu neuem Leben erwacht. Bereits von fern hörte Amena die Äxte der Zimmerleute und die dröhnenden Hammerschläge der Schmiede, vermischt mit Hundegebell und dem

Lachen und Schreien spielender Kinder, die ihr ein leichter Wind über die Ebene entgegentrug. Laute des Friedens und der Sorglosigkeit.

An einer Stelle des Pfades, die eine weite Aussicht über das Tal bot, blieb Amena einem plötzlichen Impuls folgend stehen. Tief nahm sie den Anblick und die Geräusche des Dunom in sich auf, als gelte es, sie für alle Zeiten in ihr Gedächtnis einzuprägen, in ihrem Herzen zu verschließen wie etwas besonders Wertvolles, etwas außerordentlich Seltenes, etwas, was es bald schon nicht mehr geben mochte.

Wie viele solcher beschaulichen Tage würden die Siedlung und ihre Bewohner noch erleben? Wie lang noch Frieden? Wie lang noch Alltäglichkeit? Wie lang noch die Selbstverständlichkeit, die Leichtigkeit ihres bisherigen Lebens, nie hinterfragt, hingenommen als eine Tatsache wie Sulis', der Göttin der Sonne, tägliche Reise über den Himmel?

Ihr Blick wanderte über die Silhouette der Hügel, in die Atuatuca eingebettet lag, und verharrte auf der abgeflachten Kuppe einer Anhöhe. Es war Jahre her, dass auf diesem windumtosten Gipfel die Körper von Männern verbrannt wurden, die in einer Schlacht gefallen waren. Würden schon bald erneut die Scheiterhaufen erschlagener Krieger dort oben lodern?

Ihr unsterblichen Götter, nehmt diese Bürde von mir, flehte Amena stumm, wohl wissend, dass ihr Gebet unerhört bliebe. Nehmt die Bürde von mir, zu sehen, was geschehen wird, und es nicht verhindern zu können.

Wieder fühlte sie Tränen aufsteigen, doch sie blinzelte sie entschlossen fort und eilte weiter. Schließlich trat sie aus dem Wald hinaus, folgte dem Pfad, der sich durch Wiesen und Viehweiden auf Atuatuca zuschlängelte, und querte auf einem Überweg den Bach, der durch die Siedlung hindurchfloss und sie mit Wasser versorgte.

Die gesamte Stadt mit ihrem annähernd quadratischen Grundriss war von zwei parallel verlaufenden, durch einen Erdwall voneinander getrennten Spitzgräben umgeben. Hinter diesen erhob sich eine zweite Aufschüttung, höher als die vordere und von einer Palisade aus grob behauenen, oben spitz zulaufenden Baumstämmen bekrönt. In der Mitte der nach Westen gelegenen Flanke, der Amena sich jetzt näherte, lag das zweiflügelige, von einem hölzernen Turm überragte Tor, der einzige Zugang zum Dunom.

Sie überquerte die Holzbrücke, die über die Gräben hinweg auf das Tor zuführte, und trat in das Dämmerlicht des Torhauses, dessen Flügel in Friedenszeiten weit offen standen. Die beiden Wachen entboten ihr einen respektvollen Gruß, doch sie war so tief in Gedanken versunken, dass sie es kaum bemerkte.

Jenseits des Tores begann ein mit Bohlen ausgelegter Weg, der quer durch Atuatuca hindurch bis in das Zentrum und das dahinterliegende Handwerkerviertel führte. Den äußeren Ring der Siedlung, die der Bach in zwei annähernd gleich große Teile zerschnitt, formten einzelne Gehöfte. Ihre Gärten, in denen Gemüse und Obst angebaut wurden, erstreckten sich zum Wall hin. Einige Bauern, die damit beschäftigt waren, Kohlköpfe auf ein Ochsenfuhrwerk zu verladen, hielten in ihrer Tätigkeit inne und verneigten sich, aber auch sie nahm Amena nur am Rande des Bewusstseins wahr.

Sie folgte dem Bohlenweg, der sich zwischen den Höfen hindurchschlängelte und schließlich inmitten der Fachwerkhäuser verschwand, die in einem weiten Rund um das Innere des Dunom verstreut lagen. Hier wohnten die Krieger mit ihren Familien. Den Mittelpunkt Atuatucas bildete der Versammlungsplatz mit dem Kultbezirk an seinem westlichem Ende, in dem ein hölzernes Bildnis Atuas, des Gottes der Stadt, verehrt wurde. An der nördlichen Längsseite des Platzes befanden sich die Hallen der beiden Könige Ambiorix und Catuvolcus, das Haus des Druiden Ebunos sowie Amenas eigenes, während sich im Süden, auf dem jenseitigen Bachufer, der Markt ausdehnte, auf dem die Bauern der Siedlung und der in der Umgebung angesiedelten Gehöfte ihre Waren verkauften. Im Osten lag das Handwerkerviertel, in welchem die Eisen- und Goldschmiede, die Bronzegießer, Drechsler, Stellmacher, Töpfer, Weber, Glasmacher und all die anderen Handwerker lebten und ihre Erzeugnisse in kleinen, vor den Werkstätten errichteten Ständen feilboten.

Schließlich bog Amena vom Hauptweg ab und folgte einer mit groben Bachkieseln gepflasterten Gasse, die sich zwischen den Fachwerkhäusern der Krieger hindurchschlängelte. Aus den geöffneten Türen stieg ihr der wundervolle Geruch frischgebackenen Brotes in die Nase, und sie erlaubte sich einige genussvolle Atemzüge, während sie sich vorstellte, wie die Familien auf Decken und Fellen rings um die Feuerstelle saßen und das Morgenmahl einnahmen. Abermals drängte sich ihr die Frage auf, wie lang dieses friedliche Leben wohl noch währen würde, und sie beschleunigte ihre Schritte, bis sie endlich ihr eigenes Haus erreichte. Sie entnahm ihrem Beutel einen eisernen Schlüssel, öffnete die Tür und trat ein.

Im Inneren, das aus einem einzelnen, fensterlosen Raum bestand, herrschte dämmriges Licht, und ein munteres Feuer verbreitete wohlige Wärme. Resa war nicht daheim, aber sie hatte ihrer Herrin auf einem niedrigen Holztisch eine bronzene Kanne mit frischem Wasser und einen Becher bereitgestellt. Amena leerte ihn in einem einzigen Zug und füllte ihn erneut. Dann nahm sie eine Glasphiole mit einem Kräuterabsud gegen Kopfschmerzen von einem Regalbrett an der Wand, gab einige Tropfen davon in das Wasser und nippte daran. Wie stets raubte ihr das bittere Aroma der Kräuter den Atem. Doch sie wusste, dass es kein besseres Mittel gegen das schmerzhafte Pochen zwischen ihren Augenbrauen gab, das die Trance mit sich brachte. Und so zwang sie sich, den Heiltrank in kleinen Schlucken zu sich zu nehmen.

Sie gestattete sich nicht die Zeit, etwas zu essen, sondern legte lediglich den Ritualmantel zurück in die Truhe aus Eibenholz, in der sie auch die übrigen geweihten Gegenstände aufbewahrte, goldene Becher und Schalen, das Szepter und andere prachtvolle Objekte, die dem sakralen Gebrauch vorbehalten waren. Stattdessen hüllte sie sich in einen warmen Umhang aus feinen silbergrauen Wolfsfellen, ehe sie abermals auf die Straße hinaustrat, sich nach links wandte und die wenigen Schritte hinüber zu Ambiorix' Halle eilte.

Über den Versammlungsplatz hinweg erhaschte sie einen Blick auf das jenseitige Bachufer. Der fremdartigen Kleidung der Männer nach zu urteilen, war soeben eine Gruppe griechischer Händler aus Massalia eingetroffen. Schon hasteten die ersten Einwohner Atuatucas an Amena vorbei und strömten auf dem Markt zusammen, um die Waren der Kaufleute zu begutachten und das eine oder andere Stück gegen ein paar Kupfermünzen oder eigene Erzeugnisse einzutauschen. Als sie Amena bemerkten, entboten sie ihr einen respektvollen Gruß, und eine Schwangere berührte kurz ihren Umhang, was in dem Ruf stand, eine leichte Niederkunft zu begünstigen.

Als sie Ambiorix' Halle erreichte, verneigte sich sein Schildträger Eccaius vor ihr, ehe er die Tür aus schweren, mit Schnitzwerk verzierten Eichenbohlen aufstieß und sie eintreten ließ. Niemals wäre es ihm in den Sinn gekommen, eine Priesterin der Großen Göttin nach ihrem Begehr zu fragen, und außerdem wusste er, dass sie und den jungen König eine besondere Beziehung verband. Amena nickte ihm knapp zu und betrat das Haus.

Ambiorix' Halle war das größte Gebäude Atuatucas. Doch abgesehen von ihren Ausmaßen unterschied sie sich kaum von den anderen Fachwerkhäusern der Siedlung. Sie bestand aus einem einzelnen, rechteckigen Raum von sechzig mal achtzig Fuß Seitenlänge, in dessen Mitte sich eine von Steinen eingefasste Feuerstelle befand. Entlang der fensterlosen Wände, mit gewebten Tüchern in kunstvollen, verschlungenen Mustern geschmückt, verliefen kniehohe, mit bunten Wolldecken und Fellen gepolsterte Podeste, die tagsüber als

Sitzgelegenheit und nachts als Schlafstätte dienten. An den massiven, mit Schnitzereien verzierten Eichenpfosten, die das Dachgebälk trugen, hingen Waffen und Schilde sowie verschiedene Gebrauchsgegenstände aus Bronze und Eisen.

Amenas Augen brauchten einen Moment, um sich an das dämmrige Licht in der Halle zu gewöhnen. Deren Beleuchtung bestand einzig aus der Feuerstelle und einigen Fackeln in eisernen Wandhaltern. Ihre Flammen flackerten im Luftzug, den das Öffnen der Tür verursacht hatte. Dann entdeckte sie Ambiorix. Er saß inmitten einer Gruppe von Kriegern jenseits des Feuers im hinteren Teil des Hauses. Wie stets, wenn sie ihn sah, fühlte sie Zärtlichkeit in sich aufwallen.

Auch wer Ambiorix nicht kannte, hätte beim Betrachten der Männer keinen Zweifel gehegt, welcher unter ihnen der junge König sein mochte. Schon seine äußere Erscheinung unterschied ihn deutlich von den meisten Angehörigen seines Stammes. Wie in Amenas Adern floss in den seinen das Blut des Alten Volkes, der Bronzeleute, jener Völkerschaften, die in den fruchtbaren Landstrichen westlich und östlich des Renos gelebt hatten, bevor die Kelten die Bühne der Geschichte betraten, und allmählich in den Neuankömmlingen aufgegangen waren. Dieses Erbe spiegelte sich nicht nur in seinem dunklen Teint, sondern ebenso in seinem Haar, das im Gegensatz zum blonden oder kupferfarbenen Schopf vieler seiner Stammesbrüder tiefbraun war. Dennoch verzichtete er darauf, es mit Sapo zu bleichen, wie es etliche dunkelhaarige Kelten taten, um ihre Herkunft aus der alten Linie zu verleugnen.

Ebenfalls im Unterschied zu seinen Kriegern, von denen die meisten buschige Oberlippenbärte trugen, war sein Gesicht glatt geschabt. Ambiorix war sich sehr wohl bewusst, dass er damit einer Mode des Erzfeindes, der Römer, folgte. Und oftmals war Amena zugegen, wenn er sich geduldig die Vorwürfe derjenigen anhörte, die darin einen Verstoß gegen die Traditionen seines Stammes sahen, nur um ihnen anschließend ebenso geduldig zu erklären, dass er nun einmal größten Wert auf Reinlichkeit lege und daher einen Bart, der in seinen Trinkbecher hing und ihm bei der Einnahme der Mahlzeiten im Wege war, keinesfalls hinnehmen könne. Schlimm genug, gestand er ihr gegenüber stets ein, sobald sie endlich allein waren, dass er diesen Anblick bei seinen Stammesbrüdern tagtäglich ertragen musste.

So schmucklos Ambiorix' Halle verglichen mit der anderer adeliger Eburonen war, so schlicht war auch sein Äußeres. Ihm lag nichts an prächtiger Kleidung oder edlem Geschmeide. Sein einziger

Schmuck bestand aus einem kunstvoll gearbeiteten goldenen Torques, einem ebensolchen Armreif und einer zierlichen goldenen Fibel, die den Halsausschnitt seiner Tunika aus schwarzem Wollstoff verschloss, die er über einer Hose aus weichem, dunkel gefärbten Hirschleder trug.

Lediglich bei den Waffen war Ambiorix anspruchsvoll. Sein Schwert, das er vor mehr als zwanzig Jahren von seinem Ziehvater anlässlich seiner Aufnahme in die Gemeinschaft der Krieger verliehen bekommen hatte und das seither seinen wertvollsten Besitz darstellte, hing in einer goldverzierten Scheide an einem der schweren Eichenpfosten der Halle. Und der lange Dolch an seinem Gürtel, dessen Griff Einlagen aus roter Koralle zierten, war zugleich Waffe und Ausdruck seiner Königswürde.

Bei Amenas Eintreten blickte Ambiorix auf. Als er sie erkannte, lud er sie mit einem Lächeln und einer Handbewegung ein, neben ihm Platz zu nehmen. Die anderen Anwesenden begrüßten sie mit jener Mischung aus Respekt und Ehrerbietung, die einer Priesterin der Höchsten Göttin gebührte. Und wie stets spürte sie jenseits der Hochachtung auch Unbehagen, gar Furcht. Sie war die Vertreterin der göttlichen Autorität auf Erden, der Mund der Unsterblichen, von denen das Wohl und Wehe der Menschen abhing. Und diese Stellung verlieh ihr eine Aura der Macht und Unantastbarkeit, die insbesondere Männer sichtlich verunsicherte.

Dabei war sich Amena nicht bewusst, die Distanz zwischen sich und ihren Stammesgenossen willentlich zu fördern - ganz im Gegenteil. Denn obwohl sie von frühester Kindheit an gewohnt war, anders zu sein und entsprechend behandelt zu werden, gab es immer häufiger Zeiten, in denen sie sich danach sehnte, eine von ihnen zu sein, eine gewöhnliche Eburonin mit gewöhnlichen Eigenschaften.

Ach, wie oft schon hatte sie Frauen beneidet, denen ein Mann auf der Straße wohlwollend hinterherschaute oder ein freundliches Wort zurief. Jedes Mal verspürte sie dieses schmerzhafte Ziehen in ihrem Inneren, diese Sehnsucht nach der Liebe der Menschen, nicht derjenigen der Götter, die solch einen hohen Preis forderte, ihr Leben lang, immer wieder aufs Neue. Stets schämte sie sich im selben Augenblick für ihren Neid, der einer Priesterin der Großen Mutter nicht würdig war. Dennoch: Fröhlichkeit, die Vertrautheit des Alltäglichen, das *Einfache*, ja, ganz besonders das Einfache, die Vordergründigkeit der Dinge, die sich in sich selbst erschöpfen, ohne einen tieferen Sinn, ohne eine symbolische Kraft, die weit über sie hinausreicht und gleichzeitig weit über Amena als göttliches Werkzeug - das war etwas, worum sie andere Frauen ihr Leben lang beneiden würde, ebenso wie um das Recht, zu heiraten und Kinder zu bekommen.

Beides untersagte ihr das Amt der Priesterin, damit - so erklärte Ebunos ihr - keine menschliche Bindung stärker zu sein vermochte als ihre Beziehung zu den Göttern, in deren Dienst sie ihr Leben gestellt hatte. Wie oft schon hatte sie innerlich gegen diese Verbote aufbegehrt, die sie als zu starr und ausschließlich empfand. Und außerdem: Wären denn nicht Kinder und überhaupt jede Form einer erfüllten Liebesbeziehung eine Bereicherung des Lebens auch einer Priesterin? Und würden sie ihr nicht tiefere Einsichten in das Wesen des Menschseins vermitteln? Ebunos bekundete Verständnis für ihre Zweifel, er teilte sie sogar. Doch er wies ebenso darauf hin, dass dies nun einmal heilige Gebote seien, die bereits seit den Generationen ihrer Vorväter in allen keltischen Stämmen bestünden, und dass es nicht an ihr, Amena, sei, sie zu verändern.

So hatte sie sich mit der Zeit notgedrungen in ihr Schicksal gefügt und sich damit abgefunden, dass eine Familie und Kinder für sie ein unerfüllter Traum bleiben würden.

Dennoch - eine Beziehung gab es ja in ihrem Leben. Die Liebe eines einzigen Menschen wurde auch ihr zuteil, wenngleich belastet durch die jeweiligen Ämter innerhalb der Gemeinschaft und die damit verbundenen Verpflichtungen und Einschränkungen: Ambiorix. Es bedurfte eines besonderen Mannes, eines Mannes wie ihn, um in Amena noch etwas anderes zu sehen als den Mund der Götter. Selbst ihm bereitete es mitunter Mühe, diese Trennung zu vollziehen, und in jenen Momenten mischte sich in seine Liebe dieselbe Furcht, die die gewöhnlichen Stammesbrüder gegenüber Amena empfanden.

Die Krieger rückten zusammen, und Amena nahm neben Ambiorix auf dem Fell eines gewaltigen Braunbären Platz. Sogleich löste sich ein Sklave aus den Schatten im Hintergrund des Raums und brachte ihr einen reich verzierten Bronzebecher, zur Hälfte gefüllt mit schwerem griechischen Wein. Sie verdünnte ihn mit reichlich Wasser aus einem tönernen Krug und nippte vorsichtig daran.

Als sie die Halle betrat, stand Ambiorix' Ziehbruder Vercassius gerade im Begriff, einen Kampf mit einem Wolf zu schildern. Er war ein breitschultriger Hüne, der seinen jungen König um eine halbe Haupteslänge überragte, und im Gegensatz zu diesem legte er viel Wert auf ein eindrucksvolles Äußeres. In seine langen blonden Locken, die er im Nacken mit einem Lederriemen bändigte, hatte er kleine goldene Ringe geflochten, und den buschigen Oberlippenbart stärkte er mit Kalkwasser, bis er die gewünschte Form besaß und ihm ein verwegenes Aussehen verlieh. Um den Hals trug auch er einen goldenen Torques, seine Hände zierten breite Fingerringe, und an den Armen klirrten eiserne Reife, die er aus den Waffen getöteter Feinde hatte schmieden lassen.

Während die übrigen Männer Vercassius' Bericht mit teils bewundernden, teils spöttischen Kommentaren begleiteten, spürte Amena Ambiorix' fragenden Blick auf sich ruhen. Doch sie deutete ein Kopfschütteln an. Er kannte sie wie kein anderer und ahnte, dass ihr Besuch einen tieferen und offenbar ernsten Hintergrund hatte. Der Umstand, dass sie sich in Anwesenheit seiner Krieger nicht äußern wollte, bestätigte seinen Verdacht. Mit erzwungener Höflichkeit wartete er ab, bis sein Ziehbruder die Schilderung seines Kampfes beendet hatte, die wie stets im Tod des Wolfes und der Zurschaustellung einer langen Narbe am linken Unterarm gipfelte. Dann bat er die Männer, die Halle zu verlassen, da er Amena unter vier Augen zu sprechen wünsche.

Endlich waren sie allein. Ambiorix betrachtete sie mit einem Ausdruck, in dem sich Zärtlichkeit und Sorge mischten, und sie sah, dass er dem Impuls widerstand, seine Hand auf ihren Arm zu legen. Es war offenkundig, dass dies nicht der rechte Moment für Gefühle war. Amenas Besuch war der einer Priesterin bei einem König.

»Du siehst erschöpft aus«, beschränkte er sich daher zu sagen. »Und außerdem lese ich in deinem Blick, dass du mir etwas Wichtiges mitzuteilen hast.«

Amena stellte ihren Becher beiseite. Der schwere Wein in ihrem nüchternen Magen begann seine Wirkung zu entfalten und machte sie müde und benommen. Vielleicht war es auch die warme, rauchgeschwängerte Luft der Halle.

»Letzte Nacht hatte ich einen Traum, der mich zutiefst beunruhigt«, begann sie ohne Umschweife und schaute ihm offen ins Gesicht. »Heute Morgen habe ich die Götter befragt, und Ihre Antwort bestätigt meine schlimmsten Befürchtungen. Der Stamm der Eburonen schwebt in großer Gefahr.«

Das ist zunächst einmal nichts Neues, dachte Ambiorix trocken.

Amena hörte seinen Gedanken so deutlich, als hätte er ihn ausgesprochen. Denn der Stamm der Eburonen schwebte eigentlich ständig in großer Gefahr. Sein Territorium, das sich vom Renos im Osten bis zur Mosa im Westen erstreckte, war seit Menschengedenken geschätzt wegen seiner Lage, seiner fruchtbaren Lössböden und der Rückzugsmöglichkeiten, die die endlosen Weiten des Arduenna Waldes boten.

Ursprünglich stammten die Eburonen aus den undurchdringlichen Waldgebieten östlich des Renos. Aber mehrjährige Missernten zwangen sie zu Zeiten ihrer Vorväter, sich neue Siedlungsgebiete zu suchen, und so setzten sie mit all ihrer Habe über den breiten Strom, machten die Böden urbar und wurden erneut sesshaft. Seither trachteten immer wieder andere Völkerschaften, insbesondere Germanen vom gegenüberliegenden Ufer des Flusses, danach, ihnen ihre Gebiete streitig zu machen. Doch die Eburonen verstanden es stets, sich erfolgreich zur Wehr zu setzen und ihr neu erworbenes Land zu verteidigen. In den letzten Jahren waren die Germanen dazu übergegangen, ihre Begehrlichkeiten stattdessen auf das Territorium der Treverer zu richten, das sich im Süden an das der Eburonen anschloss. Aber noch traute Ambiorix dem Frieden nicht. Er hatte die Germanen als unberechenbar kennengelernt, und ihre Gier nach dem Wohlstand der Nachbarn war zu ausgeprägt.

Er versuchte ein Lächeln.»Wer ist es denn dieses Mal?«

Amena schüttelte den Kopf, um anzudeuten, dass sein Lächeln unangebracht sei.»Dieses Mal ist es anders«, sagte sie, ihre Stimme kaum mehr als ein Flüstern.»Es sind die Römer.«

Ambiorix schwieg. Er trank einen Schluck Wein aus seinem bronzenen Becher und stellte ihn langsam auf einem niedrigen, dreibeinigen Tisch zu seiner Linken ab. Dann lehnte er den Rücken an einen der schweren Eichenpfosten, auf denen das Dach ruhte, und blickte nachdenklich ins Feuer.

Sie beobachtete ihn verwundert.»Du scheinst nicht überrascht«, bemerkte sie nach einem Moment.

Mit Mühe riss er seine Augen von den Flammen los und schaute sie an.»Ich besitze zwar nicht wie du das Zweite Gesicht. Doch wie du weißt, verfüge ich über andere Quellen.«

Natürlich, ging Amena auf. Die griechischen Händler, die am Morgen in der Stadt eingetroffen waren. Kaufleute kamen weit herum und erfuhren stets wichtige Neuigkeiten. Sie wusste, dass der Handel mit Nachrichten für sie ein mindestens ebenso einträgliches Geschäft darstellte wie ihr eigentliches Gewerbe.

Ambiorix bestätigte ihre unausgesprochene Vermutung.»Die Griechen haben mich bereits über die jüngsten Pläne der Römer unterrichtet. Aber ich nehme an, dass dein Wissen von anderer Beschaffenheit ist. Bitte berichte mir, was dir die Götter kundgetan haben.«

Amena sammelte sich einen Moment. Dann schilderte sie ihm mit erzwungener Beherrschung und fester Stimme ihren Traum, in welchem Caesar ein riesiges Heer anführte, und die Visionen, die sie am

Quellheiligtum empfangen hatte. »Das Weizenfeld ist der Stamm der Eburonen, die Mäuse stellen die Legionen dar. Sie werden unsere Ernten vernichten, unsere Siedlungen zerstören, uns unsere Freiheit rauben und nicht eher ruhen, bis der Letzte von uns unter einem ihrer Schwerter gefallen ist«, beendete sie ihre Deutung der göttlichen Zeichen.

Ihre Worte fielen in den Raum wie Felsbrocken in einen stillen Gebirgssee. Sie sah, wie Ambiorix erschauerte, und musste den Blick abwenden.

Mit einem Mal und für sie selbst überraschend wallte Zorn in ihr auf. Bei Arduinna, wie sie es hasste, denen, die sie liebte, schlechte Nachrichten überbringen zu müssen! Hier waren sie, der König und die Priesterin, Gefangene ihrer Rollen. Und alles, was sie tun konnte, war, ihrer verdammten, gottgegebenen Pflicht nachzukommen, eine Prophezeiung von Verderben und Untergang auszusprechen und die schwere Bürde, die Ambiorix durch sein Amt auferlegt wurde, zu mehren.

Seine Stimme riss sie aus ihren Gedanken, und ein kalter Schrecken durchrieselte sie ob der Heftigkeit ihrer Gefühle und der Blasphemie, die sich in ihnen Bahn brach. Sie straffte die Schultern, schöpfte tief Luft und zwang sich, ihn anzusehen.

»Und es gibt keinen Zweifel?«, hatte er leise gefragt, und diese Frage enthüllte ihr das ganze Ausmaß seiner Betroffenheit und Hilflosigkeit. Er kannte sie gut genug, um zu wissen, dass sie ihm eine Deutung nicht übermitteln würde, solange sie sich ihrer nicht gewiss war. In diesem Augenblick erschien er ihr wie ein kleiner Junge, der nachts bei seiner Mutter Trost und Beistand vor den Dämonen suchte, die in der Dunkelheit auf ihn lauerten.

Und sie selbst war es, die diese Dämonen auf ihn gehetzt hatte! Wie gern hätte sie ihm den Trost gespendet, nach dem er sich sehnte, den er von ihr erhoffte. Stattdessen musste sie ihn enttäuschen. Sie wusste, dass es für sie beide, für den gesamten Stamm der Eburonen, weder Schutz noch Zuflucht gäbe. Und niemals hätte sie unaufrichtig gegenüber Ambiorix zu sein vermocht.

Sie ertastete seinen Blick und hielt ihn fest, um den Abgrund zu überbrücken, der sich zwischen ihnen aufgetan hatte, inständig hoffend, dass ihre Augen nicht ihre eigene innere Zerrissenheit und Angst verrieten.

»Nein.« *Nein, mein Herz.* »Nein, es gibt keinen Zweifel.«

* * *

68

Plötzlich begannen die Bilder vor Hannahs Augen zu verschwimmen, sich in die Nebel aufzulösen, aus denen sie hervorgegangen waren, bis sie schließlich auf eine undurchdringliche graue Wand starrte. Nach einem Moment öffnete sie vorsichtig die Lider und blinzelte verwirrt in das helle Tageslicht, das durch die Sprossenfenster in den Wohnraum flutete. Sie fühlte sich wie aus einem tiefen Schlaf erwacht, und im ersten Augenblick hatte sie keine Ahnung, wo sie sich befand und welche Tageszeit es war. Was war geschehen? Anscheinend war sie in ihrem Sessel eingeschlafen, und das am helllichten Tag. Sehr seltsam.

Was sie endlich erneut in der Gegenwart verankerte, waren die bohrenden Kopfschmerzen zwischen ihren Augenbrauen. Als sie den Unterarm auf ihre Stirn legte, erinnerte sie sich mit einem Mal, dass sie ja hatte meditieren wollen, um Inspiration für ihre Arbeit an dem Kalenderblatt zu erhalten, die Weinberge an der Ahr. Richtig, so war's gewesen.

Doch irgendwas war schiefgelaufen. Es erschien ihr wie ein Traum, aber sie hatte nicht geschlafen, sie hatte zu meditieren versucht, und dann war auf einmal dieser unheimliche Nebel aufgestiegen. Und als er sich verzog, fand sie sich plötzlich in einer anderen, fremdartigen Welt wieder, in der sich Menschen bewegten, die ihr ebenfalls vollkommen fremd waren. Ein bisschen wie Alice im Wunderland, schoss es Hannah durch den Kopf. Nicht so skurril, aber genauso befremdlich.

Und auch gerade, zum Schluss, zogen abermals Nebelschleier auf und hüllten diese andere Welt in sich ein. Es erinnerte Hannah an einen Flug, Jahre zuvor. Die Maschine hatte die Wolkendecke durchstoßen und sich mit einem Mal in einer Parallelwelt befunden, von der Wirklichkeit, wie sie sie kannte, getrennt durch die wattigen Wolkenschichten unter ihr. Einige Stunden später hatte das Flugzeug die Wolken erneut durchbrochen und die Passagiere sicher in ihre eigene, vertraute Welt zurückgebracht.

Nur dass diese Parallelwelt unbelebt gewesen war ...

Und apropos Stunden. Vorsichtig wandte Hannah ihren schmerzenden Kopf und warf einen Blick zur Uhr auf dem Kaminsims: kurz vor achtzehn Uhr! Das bedeutete, dass diese Meditation, oder wie man es bezeichnen sollte, fast zwei Stunden gedauert hatte!

Die Sache wurde immer merkwürdiger, und Hannahs Verwirrung wuchs im selben Maße. In all den Jahren, die sie meditierte, hatte sie noch nie etwas Vergleichbares erlebt. Meditation war für sie stets angenehm gewesen, eine Form der Entspannung und eine Quelle der

Inspiration, nie Ausgangspunkt für ... was auch immer das gerade gewesen sein mochte.

An dieser Stelle meldeten sich die *Kreativen Regionen* zu Wort und wiesen voller Schadenfreude darauf hin, dass sie inspiriert genug gewesen seien, um sofort mit der Arbeit zu beginnen. Aber sie habe ja unbedingt meditieren müssen. Das habe sie nun davon, und im Übrigen sei es für heute mit der Inspiration endgültig vorbei.

Hannah widersprach dem nicht. Sie war erschöpft und ausgelaugt, unverändert durchdrungen von dieser eisigen Kälte. Und die Kopfschmerzen hinter ihrer Stirn fühlten sich an, als triebe ihr jemand einen hölzernen Keil zwischen die Augen. Sie konnte sich nicht erinnern, wann es ihr zuletzt so elend gegangen war.

Außerdem verspürte sie nun auch wieder das dringende Verlangen nach einer Zigarette. Und während sie nach den beiden Albträumen noch ehern geblieben war, hatte das jüngste Erlebnis ihre Selbstbeherrschung gründlich und nachhaltig erschüttert. Die Schwelle, die einen süchtigen Nichtraucher in einen süchtigen Raucher verwandelte, war soeben überschritten worden: Nicks Zigaretten mussten her. Der Feind hatte die ungesicherte Hintertür in der Bastion ihrer Standhaftigkeit gefunden und jubelte, als sich Hannah, steif vom langen Stillsitzen, aus ihrem Sessel stemmte und mit weichen Knien in die Küche wankte.

Sie hatte den Raum kaum betreten, als heftiger Schwindel sie überfiel. Halt suchend griff sie nach einer Anrichte, lehnte sich dagegen und schloss die Augen, bis er nachließ. Jetzt erst bemerkte sie auch, wie durstig sie war. Sie goss sich ein Glas Wasser ein, löste ein Aspirin darin auf und stürzte das Ganze in einem Zug hinunter. Schließlich fand sie die Schachtel, die Nick dankenswerterweise vergessen hatte, und steckte sich mit zittrigen Fingern eine Zigarette an. Nach einigen Monaten der Abstinenz raubte ihr der bittere Geschmack des Tabaks beinah den Atem, aber darauf konnte sie nun keine Rücksicht nehmen.

Langsam schwankte sie zurück in den Wohnraum, wickelte sich in eine Decke und sackte wieder in ihren Sessel. Ihre Hände und Knie zitterten so stark, dass jede gemeine Espe vor Neid erblasst wäre. Gierig sog Hannah an der Zigarette, beobachtete den Rauch, der in einem dünnen bläulichen Faden von der glühenden Spitze aufstieg, und versuchte zu ergründen, was in drei Teufels Namen mit ihr geschehen war. So viele Fragen wirbelten gleichzeitig in ihrem schmerzumwölkten Schädel herum, dass sie kaum imstande war, einen klaren Gedanken zu fassen. Doch sie wollte, nein, sie *musste* verstehen, was ihr soeben widerfahren war. Denn je ausgeprägter die körperlichen Begleiterscheinungen dieser Meditation wurden, desto mehr wich ihre anfängliche Verwirrung purer Angst. Dieses seltsame Erlebnis zu analysieren und schließlich zu begreifen würde ihr helfen, es zu verarbeiten. Hoffte sie jedenfalls. Also, zuerst war da dieser Nebel. Nein, schon falsch. Zuerst war da dieses unheimliche Kältegefühl gewesen. Hannah erschauerte bei der Erinnerung. Auch jetzt schienen ihre Glieder noch mit flüssigem Eis ausgegossen, aber die Kälte, die sie vorhin verspürt hatte, war von einer ganz besonderen, lähmenden Qualität gewesen, die sie zutiefst erschreckte. Danach dann der Nebel. Und darauf, wie im Theater, wenn sich der Vorhang hebt, hatte sie sich plötzlich in dieser anderen Welt befunden.

Hannah sog an ihrer Zigarette und schnickte die Asche in den Kamin.

Und was war das für eine eigenartige, fremde Welt jenseits des Nebelvorhangs? Eine längst vergangene, so viel stand fest. Von Iulius Caesar war die Rede, und die Menschen, denen sie begegnete, nannten sich Kelten beziehungsweise ... wie hieß der Stamm doch gleich? Richtig, Eburonen. Eibenvolk. Verrückt, was sie alles wusste.

Aber woher wusste sie es?, fragte sie sich nach einem Moment. Von Eburonen hatte sie noch nie zuvor gehört, da war sie sich vollkommen sicher. Dennoch wusste sie, dass diese Männer und Frauen dem Stamm der Eburonen angehörten. Woher?

Da war diese Priesterin gewesen, diese ... Amena, genau, so lautete ihr Name. Und mit ihr hatte es etwas Besonderes auf sich, eine spezielle Beziehung verband sie beide miteinander. Hannah war gleichsam in Amenas Körper hineingeschlüpft, nahm die Welt mit ihren Sinnen wahr und teilte ihre Gedanken, Gefühle und Erinnerungen. Amenas Wissen war ihr Wissen, Amenas Empfindungen die ihren. Das war der grundlegende Unterschied. Die übrigen Menschen, die dieses seltsame Spektakel bevölkerten, erlebte Hannah von außen; sie verstand ihre Worte, doch der Zugang zu ihren Gedanken und Gefühlen blieb ihr verschlossen. Es erschien ihr wie ein Film, synchronisierte Fassung, der in einer anderen, längst vergangenen Epoche spielte und in dem man ihr die weibliche Hauptrolle zugedacht hatte. Na, vielen Dank auch; man hätte sie wenigstens vorher fragen können.

Das musste man sich mal auf der Zunge zergehen lassen, schoss es ihr durch den Kopf. Amenas und ihr Bewusstsein waren zu einem einzigen verschmolzen, sie waren *eine* Person geworden, und für die Dauer der Meditation hatte Hannah ihre eigene Identität aufgegeben und Amenas angenommen. Ihre Sorge um die Zukunft ihres Stammes, ihre Verantwortung als Seherin und Priesterin, ihre Liebe zu Ambiorix und ihren inneren Widerstreit - all das hatte Hannah so intensiv erlebt, als ginge es um ihre eigene Zukunft, ihr eigenes Schicksal.

Es klang vollkommen irrwitzig, und wenn es ihr jemand erzählen würde, täte sie es als Produkt einer überspannten Fantasie ab. Aber es war ihr tatsächlich *passiert*. Sie war so hin- und hergerissen zwischen Schrecken und Faszination, dass sie sogar das Rauchen vergaß, und der Rest der Zigarette verglühte in ihren Fingern, ohne dass sie es bemerkte.

Dann erinnerte sie sich auf einmal des Albtraums, der sie in den vergangenen beiden Nächten heimgesucht hatte, jene entsetzliche Schlacht, an der sie ebenfalls als unfreiwillige Akteurin teilnahm. Auch da schlüpfte sie in die Rolle einer Keltin oder Germanin und durchlebte die Ereignisse in erschreckend eindringlicher Weise.

Bestand am Ende ein Zusammenhang zwischen dem Albtraum und der eigenartigen Erfahrung, die sie soeben während der Meditation gemacht hatte?

Und wenn ja: welcher?

Und überhaupt: Was hatte das Ganze mit ihr zu tun?

Heiße Asche rieselte auf ihre Hand, als der glimmende Tabak den Filter erreichte und in sich zusammenfiel. Hannah zuckte zurück, wodurch sie die Asche auf ihrem Schoß verteilte, warf den Filter in den Kamin und schüttelte hastig die Decke aus. Nachdem sie sich vergewissert hatte, dass keine Glutreste auf dem Teppich vor sich hin kokelten, rollte sie sich wieder in ihrem Sessel zusammen. Das fehlte noch, dass sie mit ihrer blöden Zigarette das Haus abfackelte.

Wo war sie stehen geblieben? Ach ja, die schrecklichen Träume. Ihr Leben lang war sie so gut wie nie von Albträumen heimgesucht worden, ihre Meditationen waren stets angenehm und inspirierend verlaufen. Und nun, mit einem Mal, war alles anders. Aber warum, zum Henker? Was war denn bloß los mit ihr?

Plötzlich durchzuckte sie ein völlig verrückter Gedanke. Diese seltsamen Veränderungen hatten doch begonnen, unmittelbar nachdem sie hier eingezogen war. Konnte es sein, dass sie mit diesem alten Gemäuer zusammenhingen? Hatte Hannah am Ende ein ... sie schluckte ... ein Spukhaus gekauft? Waren ihr die beiden Schwestern deswegen mit dem Preis so enorm entgegengekommen, weil sie wussten, dass es an diesem Ort nicht ganz geheuer war?

Sie blickte wild um sich, als erwartete sie, dass jeden Moment ein Geist aus den Natursteinmauern träte und sich, kettenrasselnd und seinen Kopf unter den Arm geklemmt, ihr gegenüber im Sessel niederließe.

Jetzt mach aber mal 'nen Punkt, meldete sich stattdessen eine resolute innere Stimme, die Hannah als die der *Vernunft* erkannte. Sie kicherte erleichtert. Die Einzige, die hier nicht ganz geheuer ist, bist du selbst, meine Liebe.

Nein, gewiss gab es noch eine andere, plausible Erklärung. Und früher oder später würde sie sie finden.

Allmählich ebbten die Kälte und das Schwächegefühl ab, und nur die Kopfschmerzen bohrten nach wie vor zwischen Hannahs Augenbrauen. Während sie mit dem Zeigefinger geistesabwesend ihre Stirn massierte, ging ihr mit einem Mal auf, dass die Schmerzen genau an der Stelle saßen, die ihr Meditationslehrer als das »Dritte Auge« bezeichnete. Es sei der Sitz des Stirnzentrums, so hatte Konrad seinen Schülern erklärt, eines der sieben Chakras, die er als unsichtbare Energiequellen des menschlichen Körpers beschrieb. Hannah erinnerte sich nun, dass dieses Chakra als Heim der Seele galt und man von hier aus angeblich das Körperbewusstsein überschreiten und den »Flug der Seele« antreten konnte, was auch immer das bedeuten mochte.

Sie verschränkte die Hände hinter dem Kopf und fuhr mit den Augen die dunklen Holzbalken entlang, die die Decke des Wohnraums trugen, ganz systematisch, einen nach dem anderen. Die gleichmäßige Bewegung wirkte beruhigend.

Hatte sie wahrhaftig die Grenzen ihres Bewusstseins überschritten? War es das, was die Kopfschmerzen zwischen den Brauen signalisierten?

Konrad hatte schon nach kurzer Zeit behauptet, er spüre bei ihr eine ausgeprägte mediale Begabung, doch sie hatte entschieden abgewunken. Mit diesem Eso-Kram, wie sie es nannte, wollte sie nichts zu schaffen haben. Ihr ging es lediglich um Entspannung und Inspiration. Punkt. Im Gegensatz zu manch anderen Kursteilnehmern verspürte sie auch keinerlei Ehrgeiz, ihren Körper zu verlassen und auf Astralreisen zu gehen oder ähnliche transzendente Zustände zu erreichen. Sie fühlte sich in ihrem Körper wohl und sah keinen Anlass, auszuziehen, nicht einmal vorübergehend.

Im Grunde glaubte sie an Phänomene wie den »Flug der Seele« auch nicht wirklich. Und die blumigen Erfahrungen, die einige, insbesondere weibliche, Kursteilnehmer nach den Übungsstunden verzückt schilderten, tat sie insgeheim als etwas ab, womit sie sich beim anschließenden Stammtisch - in Köln mündete jedes Ereignis, an dem mindestens drei Personen beteiligt waren, unweigerlich in einen Stammtisch - gegenseitig übertrumpften, um ihren heimlich verehrten Lehrer zu beeindrucken.

Hannah gähnte herzhaft, wickelte sich aus der Decke und schleppte sich ins Bad. Eine Dusche wäre jetzt genau das Richtige, um ihre müden Lebensgeister wiederzubeleben.

Doch in dem Maße, wie die körperlichen Begleiterscheinungen allmählich nachließen, wich der Schrecken einer wachsenden Faszination. Und als das kühle Wasser auf ihren Kopf prasselte, kam ihr plötzlich eine Idee: Ob es wohl möglich wäre, durch eine weitere Meditation dieses Erlebnis zu wiederholen und mehr über Amena, ihr Schicksal und das ihres Stammes zu erfahren?

Kapitel 5

Über Nacht, einer Nacht ohne Albträume, verflüchtigte sich auch der letzte Rest der Kopfschmerzen, und als Hannah am nächsten Morgen erwachte, fühlte sie sich frisch und ausgeruht. Eigentlich ideale Voraussetzungen, um endlich mit der Arbeit an dem Kalender zu beginnen.

Das Problem war bloß, dass ihr die eigenartige Erfahrung, die sie am Vortag während der Meditation gemacht hatte, nicht aus dem Sinn gehen wollte. Sobald sie wach war, spukten augenblicklich Szenen aus dieser Vision - ein besserer Ausdruck für ihr befremdliches Erlebnis fiel ihr nicht ein - im Kopf herum. Und deren Inhalt fesselte sie mehr als die Pflicht.

Die Priesterin Amena, der junge König Ambiorix, sein Ziehbruder Vercassius - wer waren sie? Waren sie lediglich ihrer Fantasie entsprungen, Produkte der *Kreativen Regionen*, die ja stets für einen Streich zu haben waren? Oder hatten sie tatsächlich gelebt? Iulius Caesar war schließlich eine reale, historische Persönlichkeit; warum also nicht auch die anderen Akteure in diesem seltsamen Film?

Hannah setzte sich im Bett auf und zog die Knie an ihre Brust. Je länger sie über dieser Angelegenheit grübelte, desto stärker faszinierte sie der Gedanke, ob es wohl möglich wäre, in einer weiteren Meditation mehr über diese Eburonen und ihr Schicksal zu erfahren. Vielleicht erhielte sie dabei auch einen Hinweis darauf, ob sie wirklich gelebt hatten. Zudem erhoffte sie sich eine Antwort auf die Fragen, die sie am meisten beschäftigten: Welche Verbindung bestand zwischen diesen Menschen und ihr selbst? Was war der Grund dafür, dass sie ihr begegneten, sich ihr förmlich aufdrängten, sobald sie die Augen schloss? Warum sie und warum jetzt?

Doch sosehr Hannah diese Idee auch fesselte, etwas hielt sie zurück. Die Nebenwirkungen der Vision waren schließlich nicht unbeträchtlich gewesen. Sie dachte daran, wie elend sie sich gefühlt hatte, an die lähmende Kälte, die bohrenden Kopfschmerzen. Und außerdem, so warnte sie die *Vernunft*, die Fäuste in die Hüften gestemmt und in ungewohnt eindringlicher Weise, war es gefährlich, sich auf etwas einzulassen, das sich so vollständig ihrer Kontrolle entzog. Hannah erinnerte sich nur allzu deutlich an das Gefühl, plötzlich nicht länger Herrin der Lage zu sein, als Bühne herzuhalten für eine fremde, unbekannte Macht. Und an das namenlose Entsetzen, das sie in diesem Augenblick überwältigt hatte.

Aber dies war ein neuer Tag, jenseits der Fensterläden schien die Sonne, und ganz in der Nähe schmetterte eine Amsel aus voller Kehle ihre Hymne an das Leben. Und so kam es, dass am Ende Hannahs Neugier über ihre Bedenken siegte und sie beschloss, einen Versuch zu unternehmen, Amena und den anderen Eburonen wiederzubegegnen und Antworten auf ihre Fragen zu erhalten. Sollten die Begleiterscheinungen dieser Meditation jedoch genauso verheerend ausfallen wie die der ersten, würde sie die Finger von der Sache lassen, so viel war sie bereit, der *Vernunft* zuzugestehen. Also schön, dachte sie, als sie schließlich die Beine aus dem Bett schwang. Es hatte wenig Sinn, dieses Experiment lange vor sich herzuschieben, denn sie würde sich ohnehin nicht auf ihre Arbeit konzentrieren können, solange sie nicht wusste, was dabei herauskäme. Daher entschied sie, sich vormittags Zeit für eine Meditation zu nehmen, und am Nachmittag würde sie sich dann endlich auf die Entwürfe für das erste Kalenderblatt stürzen.

Sie kochte sich einen Becher Tee, schlang in aller Eile ein Brötchen hinunter und stellte Hope ein Schälchen ihres Edelfutters hin. Die kleine Katze fühlte sich allmählich bei ihr heimisch, kein Wunder bei dem Fünfsterneservice. Hannah ließ das Küchenfenster zum Hof nun immer einen Spalt offen stehen, sodass Hope kommen und gehen konnte, wie es ihr beliebte, und dieses Arrangement schien ihr zu gefallen. Was Hannah selbst an diesem Arrangement gefiel, war der Umstand, dass das Kätzchen es nutzte, um gewisse natürliche Bedürfnisse außerhalb des Hauses zu verrichten. Leider nicht auch außerhalb des Innenhofes; an diesem Punkt würden sie noch arbeiten müssen.

Schließlich nahm Hannah in ihrem Lieblingssessel vor dem Kamin Platz und hüllte sich vorsorglich in eine warme Decke. Anschließend verfuhr sie in derselben Weise wie am Vortag. Sie schloss die Augen, machte einige tiefe Atemzüge und versuchte, abzuschalten und zur Ruhe zu kommen. Aber es fiel ihr schwer, sich zu entspannen, denn ihre Hoffnungen und Befürchtungen hinderten sie daran, sich innerlich zu öffnen. So war es nicht weiter verwunderlich, dass zunächst einmal gar nichts geschah.

Doch dann, genauso plötzlich und ohne Vorwarnung wie am Tag zuvor, spürte sie erneut den frostigen Windhauch. Unmittelbar darauf stieg abermals die unheimliche, lähmende Kälte in ihr auf. Genau wie beim ersten Mal ging sie von Hannahs Füßen aus, kroch Beine und Wirbelsäule hinauf, und als sie schließlich ihren Kopf erreichte und sich wie eisige Hände um ihre Stirn legte, überwältigte Hannah dasselbe beängstigende Gefühl der Hilflosigkeit und des Ausgeliefertseins wie am Vortag.

76

Schon zog auch der Nebel wieder vor ihrem inneren Auge auf, wurde dichter und dichter, und das Letzte, woran sich Hannah erinnerte, war der triumphierende Gedanke »Es funktioniert!«, bevor er alles einhüllte und in sich aufsog.

* * *

Vorsichtig nahm Amena den Verband ab und betrachtete die Wunde prüfend im Schein des Feuers. Seit sie sie am Vorabend zuletzt versorgt hatte, waren Rötung und Schwellung abgeklungen, und das Fieber des Jungen, dessen Arm die eiserne Spitze eines Pfeils getroffen hatte, ging ebenfalls zurück. Erleichterung durchflutete sie. Zunächst hatte sie befürchtet, dass sich die Entzündung in seinem Körper ausbreiten würde. Doch nun verheilte die Einstichstelle gut, und die erstaunliche Zähigkeit des kleinen Patienten täte ein Übriges, um ihn rasch wieder genesen zu lassen.

Mit einem aufmunternden Lächeln strich Amena über seine Wange. »Das Schlimmste hast du überstanden«, sagte sie sanft.

Der Junge nickte schwach und bemühte sich, ihr Lächeln zu erwidern. Behutsam trug sie eine Salbe auf und erneuerte den Verband. Dann erhob sie sich von der Bettstatt aus Stroh und Decken, auf der der Verletzte lag, nahm die Tasche mit ihren heilkundlichen Gerätschaften auf und wandte sich nach seiner Mutter um. Die Familie, Bauern eines der Gehöfte an der Innenseite der Umfriedung, hatte sich respektvoll in den hinteren Teil des Raumes zurückgezogen und Amenas Verrichtungen stumm beobachtet. Nun eilte seine Mutter auf sie zu, ihre Züge von Furcht und Sorge gezeichnet.

»Du kannst ganz beruhigt sein, Rana«, versicherte Amena ihr. »Die Wunde wird vollkommen ausheilen. Er ist ein zäher kleiner Kerl, und die Götter werden ihm noch viele Jahre schenken.«

Die Bäuerin atmete erleichtert auf und ergriff voller Dankbarkeit Amenas Hände, als die Tür des Fachwerkhauses plötzlich aufgestoßen wurde und Resa atemlos in den Raum stürzte.

»Herrin, Herrin«, keuchte die Dienerin. Anscheinend hatte sie den gesamten Weg im Laufschritt zurückgelegt. »König Ambiorix ... hat einen Boten geschickt .... Er lässt Euch bitten, ... sogleich zu ihm zu kommen ... Es sei sehr dringend.«

Amena runzelte die Stirn und löste ihre Hände aus Ranas. Sie versprach ihr, am Abend nochmals nach ihrem Sohn zu schauen, und verließ hinter der immer noch schnaufenden Resa das Haus.

Der beträchtliche Leibesumfang der Dienerin erschwerte ihr zunehmend die Atmung, und körperliche Anstrengungen bereiteten ihr

Mühe, auch wenn sie sich nicht beklagte. Vor der Tür wandte sich Amena ihr zu, und zum ersten Mal fielen ihr die grauen Strähnen in Resas dunkelblondem Haar auf.

Sie ist alt geworden, fuhr es ihr durch den Kopf. Und ich habe es nicht bemerkt.

Doch dies war nicht der richtige Zeitpunkt für solcherart Betrachtungen. Kaum eine Stunde war vergangen, seit sie zuletzt mit Ambiorix gesprochen hatte. Etwas Wichtiges musste sich seither ereignet haben, dass er sie nun zu sich bat. Ein unangenehmes Brennen breitete sich in ihrem Magen aus, eine Ahnung bevorstehenden Unheils, aber sie ignorierte es. Zuerst die Fakten.

»Hat der Bote gesagt, worum es sich handelt?«, fragte sie Resa mit bemüht fester Stimme.

Die schüttelte den Kopf. »Nein, Herrin, nichts. Nur dass es sehr dringend ist.«

Amena dankte ihrer Dienerin und schickte sie heim, während sie selbst den kürzesten Weg zu Ambiorix' Halle einschlug. Sie wandte sich nach rechts und folgte einigen Gassen, bis sie den Marktplatz erreichte. Eilig und ohne den ausgelegten Waren Beachtung zu schenken, schritt sie zwischen den Ständen der Händler hindurch und bahnte sich einen Weg durch die Schar der Käufer, die das Angebotene begutachteten. Als sie den Markt hinter sich ließ und in den leicht abschüssigen Weg zum Bachufer einbog, erhaschte sie über die Palisade hinweg einen Blick auf die bewaldeten Anhöhen, in die Atuatuca eingebettet lag. Die Bäume hatten bereits den größten Teil ihres Laubes verloren, und der Wind, der aus den Wäldern der Arduinna über die Siedlung hinwegfegte, war eisig. In den vergangenen Jahren war der Winter früh hereingebrochen, und auch jetzt fühlte Amena, dass es nicht mehr lange dauern würde, bis der erste Schnee fiele.

Sie fröstelte, schlang ihren Umhang aus Wolfsfellen fester um die Schultern und querte den Bach an einer kleinen Furt, an der behauene Trittsteine aus Basalt in einem Zickzackmuster in das Bachbett eingelassen waren, um den Überweg zu ermöglichen. Trockenen Fußes erreichte sie das gegenüberliegende Ufer, erklomm die Böschung und befand sich am unteren Ende des Versammlungsplatzes.

Als sie ihn überquerte und sich der Halle des jungen Königs näherte, fiel ihr Blick auf einen seiner germanischen Sklaven. Er versorgte ein Pferd, das beinah zuschanden geritten worden war. Das Tier stand mit gesenktem Kopf da und zitterte am ganzen Leib, sein dunkles Fell von schaumigem Schweiß befleckt.

Sein Reiter schien wahrhaft wichtige Nachrichten zu bringen. Wieder musste Amena das Gefühl heraufziehenden Unheils unterdrücken.

Ambiorix' Schildträger Eccaius, der neben dem Eingang Wache hielt, verneigte sich respektvoll und stieß die schwere Eichentür für sie auf. Sie nickte ihm einen kurzen Gruß zu, ehe sie tief Luft schöpfte und sich innerlich gegen das wappnete, was sie in der Halle erwartete. Dann trat sie ein.

Im flackernden Schein des Feuers und mehrerer Fackeln in eisernen Wandhaltern erkannte sie die Gruppe von etwa zwanzig Männern, die im hinteren Teil des Hauses in einem Rund beisammensaßen. Offenbar hatte Ambiorix den Rat der Krieger einberufen, die Versammlung derjenigen Stammesbrüder, die aufgrund ihrer Abstammung oder ihrer umfassenden Erfahrung im Kampf eine herausragende Stellung in der Gemeinschaft der Eburonen einnahmen. Ihnen oblag es, gemeinsam mit den beiden Königen und dem Druiden diejenigen Entscheidungen zu treffen, die von weitreichender Bedeutung für das Wohl des Stammes waren.

Ambiorix, der mit dem Gesicht der Tür zugewandt saß, bemerkte Amena als Erster und empfing sie mit einem Ausdruck, dem sie unschwer den Ernst der Lage entnehmen konnte. Sie umrundete die Feuerstelle, erwiderte die Begrüßung der versammelten Männer schweigend mit einem Neigen des Kopfes und nahm zu seiner Rechten auf dem Fell eines Wolfes Platz. Ein Sklave trat hinzu und reichte ihr einen Bronzebecher voll schweren dunkelroten Weins. Doch sie lehnte mit einer knappen Geste ab und ließ ihren Blick über die Anwesenden schweifen.

Rechter Hand saß Catuvolcus, der ältere König der Eburonen, ein schlanker, sehniger Krieger, den die Last der Jahre und ein anhaltendes Rückenleiden zu einer gebeugten Haltung zwangen. Seine grauen Haare hingen ihm offen auf den Rücken hinab, während er den Bart in zwei kurze Zöpfe geflochten trug. Das Bemerkenswerteste an seinem Gesicht war jedoch der Gegensatz zwischen seiner Haut, die von den heißen Sommern und den langen, strengen Wintern des Arduenna Waldes zu einem dunklen rotbraunen Ton gegerbt worden war, und den wachen stahlblauen Augen. Sie hätten die eines bedeutend jüngeren Mannes sein können, und er vermochte eine solche Eindringlichkeit und Willenskraft in seinen Blick zu legen, dass er denjenigen, auf dem er ruhte, regelrecht zu durchbohren schien.

Im Unterschied zu den meisten keltischen Stämmen existierten bei den Eburonen zwei Parteien, die von jeweils einem König angeführt wurden. Sieben Jahre zuvor war Ambiorix' Vater, der eine der beiden, während einer Eberjagd ums Leben gekommen. Daraufhin wählten seine Anhänger sowie der Druide Ebunos seinen einzigen Sohn zu seinem Nachfolger. Anfangs bereitete es Ambiorix Mühe, seine Position gegenüber dem älteren und erfahreneren Catuvolcus, dem König der Gegenpartei, zu behaupten. Doch rascher, als es diesem lieb sein konnte, wuchs der junge Mann in seine neue Aufgabe hinein. Und schon bald erkannten immer mehr Eburonen seine natürliche Autorität, seine Klugheit und die seltene Mischung aus Besonnenheit und Mut an, die ihn auszeichneten. Und so war Catuvolcus' Einfluss in den letzten Jahren langsam, aber stetig hinter den des Ambiorix zurückgetreten, als sich eine ständig wachsende Zahl an Kriegern mit ihren Familien dessen Führung anvertraute.

Neben Catuvolcus saß Maccius, einer von Ambiorix' Männern, der aufgrund seiner Kenntnis der zahllosen keltischen und germanischen Dialekte sowie der lateinischen Sprache häufig als Kundschafter eingesetzt wurde. Offenbar war er der Reiter des erschöpften Pferdes, denn sein eigener Zustand war nicht viel besser als der des armen Tieres. Schweiß perlte auf seiner Stirn und rann ihm über das von niedrig hängenden Zweigen zerkratzte Gesicht. Seine Kleidung war vom Regen durchnässt und an mehreren Stellen zerrissen, und er sah aus, als hätte er in den vergangenen Nächten kaum Schlaf gefunden. Im Moment fiel er wie ein ausgehungerter Wolf über eine bronzene Schale her, die einen Eintopf aus Gemüse und gepökeltem Schweinefleisch enthielt.

Plötzlich schwang die geschnitzte Eichentür auf, und Ebunos betrat die Halle an der Hand eines zehn- oder zwölfjährigen Burschen, der den blinden Druiden zu seinem Platz an Ambiorix' linker Seite führte, sich stumm verneigte und wieder hinauseilte. Der Jüngere sprang auf, um Ebunos behilflich zu sein, der sich umständlich auf einem Dachsfell niederließ und den schwarzen Stab aus Eibenholz, eine der Insignien seines Amtes, neben sich ablegte.

Der Druide war ein groß gewachsener, hagerer Mann, der sich trotz seines hohen Alters von beinah siebzig Jahren aufrecht hielt. Er war mit dem langen weißen Gewand seines Standes bekleidet, und sein einziger Schmuck bestand aus einem gewundenen goldenen Torques sowie zwei Armreifen aus Schwarzstein am linken Handgelenk. Die Tonsur der Druiden ließ seine Stirn bis zu einer Linie, die die Ohren miteinander verband, kahl. Von dort kämmte er seine schlohweißen Haare zurück und fasste sie im Nacken mit einem Lederband. Den Bart trug er kurz geschnitten.

Auch Ebunos entstammte dem Alten Volk, und schon zu Lebzeiten umgab ihn ein Mythos. Von seinem Stamm aufgrund seiner Weisheit geachtet und verehrt, von den Feinden wegen seiner kraftvollen Magie gefürchtet, haftete ihm der Ruf an, den Göttern näherzustehen als irgendein anderer Sterblicher. Seine Blindheit trug das ihre dazu bei, die Aura des Druiden zu vergrößern, denn sie galt als Geschenk der Götter und wurde nur demjenigen zuteil, der mit den Augen der Seele zu sehen vermochte.

Nachdem Ebunos Platz genommen und aus der Hand eines Sklaven einen Bronzebecher tiefroten Weins empfangen hatte, wischte Maccius seine leere Schale mit dem gekrümmten Zeigefinger aus und stellte sie mit zufriedener Miene beiseite. Dann stürzte er einen Becher Weizenbiers in einem Zug hinunter, was sein Magen mit einem nicht zu überhörenden Rülpsen quittierte. Schließlich fuhr er sich mit dem Ärmel seiner zerschlissenen Tunika über die Lippen, die nahezu vollständig hinter einem struppigen Oberlippenbart verschwanden, und scheuerte den Rücken unter wohligem Seufzen an einem der schweren Eichenpfosten, die das Dach stützten.

Nur Amena sah Ambiorix das geradezu körperliche Unbehagen an, dass diese Zurschaustellung viehischen Nahrungsverhaltens ihm bereitete, der auf Reinlichkeit so großen Wert legte. Und nur sie verstand auch, warum er mit äußerster Konzentration einen Punkt neben seiner rechten Stiefelspitze fixierte.

Endlich räusperte sich der junge König, ehe er sich überwinden konnte, den Kundschafter anzuschauen. »Bitte wiederholt noch einmal, was Ihr mir soeben geschildert habt«, forderte er ihn auf.

»Ich komme geradewegs aus Nemetocenna.« Maccius streckte dem Sklaven seinen leeren Becher entgegen, damit dieser nachschenkte. »Dort sprach ich mit einem Weinhändler, der vor sechs Tagen Samarobriva verlassen hat. Der Mann ist vollkommen vertrauenswürdig und stets bestens unterrichtet. Er berichtete mir, dass Caesar in Samarobriva einen Landtag abgehalten hat und jetzt daran geht, seine Soldaten auf verschiedene Winterlager zu verteilen. Insgesamt werden acht Legionen die Wintermonate in keltischen Gebieten verbringen.«

Der Sklave hatte den Becher erneut gefüllt, und Maccius nahm einen weiteren tiefen Schluck. Weißlicher Schaum klebte in seinem Bart, als er fortfuhr. »Der Händler teilte mir außerdem mit, dass der Proconsul eine der Legionen sowie fünf zusätzliche Cohorten unter dem Befehl der Legaten Quintus Titurius Sabinus und Lucius Aurunculeius Cotta in das Stammesgebiet der Eburonen entsenden wird. Ihr Auftrag lautet, in der unmittelbaren Nähe Atuatucas ein Castrum zu errichten.«

Nachdem er geendet hatte, legte sich Schweigen wie flüssiges Blei über die Halle. Die einzigen Geräusche bildeten das Knistern der Holzscheite in der Feuerstelle und dann und wann ein jähes Zischen, wenn ein Tropfen aus dem großen Kupferkessel in die Flammen fiel und verdampfte.

Amena schloss für einen Moment die Lider und atmete tief ein. Sie nahm die Gerüche mit einem Mal überdeutlich wahr: den Rauch des Feuers, das würzige Aroma des Eintopfs, den Schweiß und die feuchte Wolle von Maccius' Kleidung. Nach einigen Herzschlägen zwang sie sich, die Augen wieder zu öffnen, und ließ ihren Blick über die versammelten Krieger wandern.

Es waren allesamt verwegene Gestalten, furchtlos und kampferprobt, die keiner Auseinandersetzung aus dem Weg gingen, keine Schlacht scheuten. Doch nun hielten die meisten den Kopf gesenkt und starrten mit steinerner Miene vor sich hin. Ambiorix' Ziehbruder Vercassius rieb sich mit beiden Händen über das Gesicht wie jemand, der aus einem tiefen Schlaf erwachte. Catuvolcus' Kiefer mahlten vor unterdrückter Anspannung, sodass die Adern an seinen Schläfen hervortraten.

Amena wusste, dass die Reaktionen der Männer nicht in Feigheit oder Furcht wurzelten, sondern in dem Bewusstsein um die Tragweite dessen, was sie soeben vernommen hatten. Jeder der hier versammelten Krieger war sich vollkommen im Klaren darüber, dass Caesars Pläne für die Eburonen nichts Geringeres als eine Katastrophe bedeuteten. Die römischen Winterlager waren weitaus mehr als vorübergehende Befestigungen, in denen die Legionäre die kalte Jahreszeit verbrachten, während der die Kämpfe für gewöhnlich ruhten. Diese Castra stellten Demonstrationen römischer Macht dar, Brückenköpfe des Imperium Romanum tief im Feindesland. Und ihre Lage war stets vorausschauend und mit Berechnung gewählt.

Wenn der Proconsul im Gebiet der Eburonen ein Winterlager errichten ließ, konnte das nur eines bedeuten: Der Römer, wie ihn seine Feinde mit einer Mischung aus widerwilligem Respekt und abgrundtiefem Hass nannten, plante die Unterwerfung des Stammes im Frühling oder Sommer des folgenden Jahres.

Und noch etwas war allen Anwesenden bewusst und fügte der bevorstehenden Tragödie eine weitere düstere Facette, dem drohenden Krieg eine weitere Front hinzu - unspektakulärer als Schlachten, subtiler, aber deswegen nicht weniger gefährlich, denn es betraf das Leben jedes einzelnen Stammesmitglieds, ob Säugling,

Krieger oder Greis, gleichermaßen und unmittelbar: Die Völkerschaften, in deren Territorien die römischen Legionen überwinterten, waren verpflichtet, die Getreideversorgung der Legionäre und ihrer Tiere sicherzustellen, doch die letzte Ernte war im gesamten keltischen Gebiet und ebenso bei den Eburonen äußerst mager ausgefallen. Es war das Gespenst des Hungertodes, das die Menschen bedrohte, das schon bald umginge, zunächst schleichend, heimlich und nahezu unsichtbar, wenig später jedoch offen und zunehmend selbstbewusst, wenn erst die ganz Jungen und die ganz Alten, dann immer mehr Kinder und Frauen und schließlich auch die Krieger sterben würden, weil der Feind ihnen die Vorräte raubte und sie diesem grausamen Schicksal überließ.

Vercassius sprach als Erster wieder. »Das sind sehr schlechte Nachrichten, die Ihr uns bringt.« Seine Stimme klang so leise, dass Amena Mühe hatte, ihn trotz des prasselnden Feuers zu verstehen. »Und es gibt keinen Zweifel an der Zuverlässigkeit dieses Händlers?«

Der Angesprochene schüttelte den Kopf. »Nein, Herr, ich glaube ihm. Ich kenne ihn seit sechs oder sieben Jahren, und bislang haben sich seine Angaben stets als zutreffend erwiesen. Wir tun gut daran, davon auszugehen, dass er dieses Mal ebenfalls recht hat. Der Römer wird in der Nähe Atuatucas ein Winterlager errichten lassen. Das ist so gut wie gewiss.«

Ambiorix hielt einen bronzenen Weinbecher in den Händen und fuhr geistesabwesend mit einem Finger das Relief der punzierten Linien entlang. Als er es bemerkte, stellte er ihn beiseite und lehnte sich vor. »Eine Legion und fünf Cohorten, sagt Ihr?« Er machte eine schnelle Rechnung auf. »Das sind fünfzehn Cohorten, mithin siebentausendfünfhundert Legionäre, dazu Reiterei und Hilfstruppen. Und nicht zu vergessen der Tross, der weitere zwei- bis dreitausend Mann und einige Tausend Maultiere umfassen dürfte. Insgesamt also zwölf- bis dreizehntausend Mann plus die Tiere. Und die sollen wir alle den Winter hindurch ernähren, obwohl wir nach der Missernte des vergangenen Sommers selbst kaum genug zu essen haben? Unmöglich! Das können wir nicht. Wenn dies wahrhaftig die Pläne des Proconsuls sind, müssen wir uns wehren. Dann bleibt uns keine andere Wahl, als zu kämpfen.«

»Kämpfen?« Catuvolcus' angestaute Erregung hatte endlich ein Ventil gefunden und entlud sich mit unerwarteter Heftigkeit. »Gegen mehr als zehntausend Feinde? Wie stellt Ihr Euch das vor, Ambiorix? Allein in diesem einen Castrum befänden sich mehr Legionäre, als der gesamte Stamm der Eburonen an waffenfähigen Männern aufzubieten hat. Und Caesar kann jederzeit die übrigen sieben Legionen, die in keltischen Gebieten überwintern, zur Unterstützung entsenden.« Er beugte sich vor und breitete die Arme in einer Geste aus, die sämtliche Mitglieder des Rates einschloss. »Ihr alle wisst, und Teutates, der Herr aller Krieger, ist mein Zeuge, dass ich mein ganzes Leben lang keiner Schlacht aus dem Wege gegangen bin. Ich kämpfte ehrenvoll und mutig, und mein Schwert hat unzählige Gegner auf die Reise in die Andere Welt geschickt.«

Beifälliges Gemurmel wurde laut, als sich die versammelten Männer der Taten des alten Königs erinnerten.

»Aber ich kämpfte auch mit Bedacht«, fuhr dieser nach einem Moment fort. »Ich wusste, dass ich darauf vertrauen durfte zu siegen, und deswegen waren die Unsterblichen an meiner Seite und haben mir am Ende den verdienten Erfolg geschenkt. Doch nur ein Narr lässt sich auf einen Krieg ein, den er nicht zu gewinnen vermag. - Seid Ihr Narren?«, wandte er sich plötzlich an die Mitglieder des Rates, die seiner Rede mit ernster Miene folgten. »Seid Ihr ein Narr, Viromarus? Oder Ihr, Cerbellus, seid Ihr ein Narr?«

Die Angesprochenen, obgleich beide in dem Ruf stehend, ausgesprochene Römerhasser zu sein, wirkten verunsichert, schauten unbehaglich zu Boden und murmelten etwas Unverständliches.

Ein triumphierendes Lächeln huschte über Catuvolcus' Züge, und er bohrte den Blick seiner stahlblauen Augen nacheinander in das Gesicht jedes einzelnen der anwesenden Krieger. Amena bemerkte jedoch, dass die meisten ihm auswichen und betreten vor sich hin starrten.

Der ältere König war zweifelsohne ein kluger Stratege, mit Waffen wie mit Worten. Erfahrener und geschickter Redner, der er war, hatte er zwei gewichtige Einwände ins Feld geführt, denen sich die Männer nicht so leicht zu entziehen vermochten. Er hatte unterstellt, dass die Götter einen Kampf der Eburonen nur gutheißen würden, wenn er Aussicht auf einen Sieg hätte. Und das war angesichts der überwältigenden Übermacht der Römer nicht wahrscheinlich. Doch kein Kelte würde es wagen, in einen Krieg zu ziehen, dem die Unsterblichen Ihre Unterstützung versagten. Aus demselben Grund, nämlich der schieren Überzahl des Feindes, so hatte Catuvolcus argumentiert, wäre jeder, der Ambiorix in die Schlacht folgte, ein Narr. Und das wollte sich freilich keiner der Männer nachsagen lassen.

Kein Zweifel, dachte Amena. Das waren zwei Vorbehalte, die nur schwer zu widerlegen wären.

Catuvolcus ließ einige wohlbemessene Augenblicke verstreichen, ehe er sich an Ambiorix wandte. Sein Gesicht nahm einen wölfischen Ausdruck an. »Nein, mein Sohn«, fuhr er fort und wählte bewusst eine Anrede, die allen Anwesenden in Erinnerung rief, dass er der ältere und erfahrenere der beiden Könige war. »Unsere Krieger sind keine Narren. Sie werden Euch nicht in einen Kampf folgen, der unser aller Untergang wäre.« Nach einem letzten triumphierenden Blick in die Runde lehnte er sich zurück und wedelte ungeduldig mit seinem leeren Becher, damit der Sklave ihm Wein nachschenkte.

Amena warf Ambiorix einen verstohlenen Seitenblick zu. Er presste die Kiefer aufeinander, und sie sah förmlich, wie es in ihm arbeitete. Auch er hatte selbstredend erkannt, wie klug Catuvolcus seine Rede aufbaute. Nun war er gefordert, die Männer mit noch besseren Argumenten auf seine Seite zu ziehen, ohne sich gleichzeitig vom siegessicheren Auftreten des anderen Königs und der zweifachen unterschwelligen Beleidigung als Narr und unerfahrener Jüngling provozieren zu lassen. Bei Arduinna, keine leichte Aufgabe!

Ambiorix strich seine dunklen Haare zurück, die ihm ins Gesicht fielen und ihn jünger aussehen ließen - in der jetzigen Situation ein Nachteil. Dann lehnte er sich vor und wartete, bis sich die Augen sämtlicher Anwesender auf ihn richteten.

»Catuvolcus behauptet, zu kämpfen wäre unser Untergang«, begann er schließlich mit fester Stimme und suchte nacheinander den Blick jedes der Männer. Nicht einer der Mitglieder des Rates wich ihm aus.

»Nun, das mag sein. Ich weiß es nicht. Aber was ich weiß, ist: *Nicht* zu kämpfen wäre ganz gewiss unser Untergang. Denn wir würden alle verhungern. Eure Säuglinge in ihren Wiegen, Eure Kinder, die unsere Zukunft und unsere Hoffnung sind, Eure Frauen, die Ihr liebt und die zu beschützen Ihr geschworen habt, und zu guter Letzt Ihr selbst. Wir alle würden verhungern, kampflos, ehrlos, und den Römern den Sieg ohne einen einzigen Mann Verlust in ihren Reihen schenken.«

Sämtliche der anwesenden Krieger hatten Familien, und Ambiorix plädierte an ihre tiefsten Gefühle, ihre Liebe für ihre Angehörigen und ihre Verpflichtung gegenüber den Wehrlosen, die ihnen vertrauten und auf ihre Kraft und ihren Schutz angewiesen waren. Dem vermochte sich keiner der Männer zu verschließen. Amena sah, dass einige zustimmend nickten, zaghaft noch, unentschlossen, doch aufgeschlossen für Ambiorix' Beweisführung.

Er selbst musste es auch bemerkt haben, denn er legte eine kurze Pause ein, um seine Worte wirken zu lassen, ehe er an den älteren

König gewandt fortfuhr. »Ich möchte Euch daran erinnern, Catuvolcus, dass wir die vom Volk gewählten Könige sind und deshalb die Verantwortung für das Wohl und Wehe unseres Stammes tragen.«

Der Angesprochene hob seinen Becher in Ambiorix' Richtung, wie um anzudeuten, dass er vollkommen mit ihm übereinstimme und eine Belehrung daher überflüssig sei.

»Die Menschen vertrauen uns«, nahm der Jüngere den Faden wieder auf, »und es ist unsere heilige Pflicht, dafür zu sorgen, dass sie gut durch den Winter kommen. Wenn wir das nur auf dem Wege einer Schlacht zu erreichen vermögen, dann müssen wir kämpfen. Und ich sage Euch: Die Götter werden an unserer Seite sein, denn sie unterstützen nicht den, dem der Sieg gewiss ist, sondern denjenigen, dessen Sache eine gerechte ist. Und welch gerechtere Sache könnte es geben als den Kampf eines Mannes für sein Leben und das seiner Familie, für seine Freiheit und die seines Stammes?«

Nun erhob sich zustimmendes Gemurmel. Indem Ambiorix die Freiheit ins Gefecht führte, sprach er denjenigen Wert an, der jedem Kelten nach seinem Leben der höchste war. Ein Dasein in Unfreiheit war eine endlose Schmach, der ruhmreiche Tod auf dem Schlachtfeld einem unehrenhaften Leben in Gefangenschaft in jedem Fall vorzuziehen. Ambiorix hatte klug daran getan, die Krieger an ihren ungeschriebenen Ehrenkodex zu erinnern, und sie hatten angebissen. Nun beschloss er, alles auf eine Karte zu setzen.

»Ich weiß«, fuhr er mit kraftvoller Stimme fort, scheinbar an Catuvolcus gewandt. Doch in Wahrheit zielte jedes einzelne seiner Worte wie ein Pfeil auf die Herzen der Männer, die vor ihm saßen und wie gebannt an seinen Lippen hingen. »Ich weiß, wie sich unsere Krieger entscheiden würden, wenn wir sie vor die Wahl stellten, ehrenvoll kämpfen zu dürfen oder aber mit ansehen zu müssen, wie ihre Familien verhungern, und sich schließlich dem Feind kampflos zu ergeben, verdammt zu einem schmachvollen Dahinsiechen in Unfreiheit, in Sklaverei.«

Amena sah, wie mehrere Mitglieder des Rates zusammenzuckten.

»Ich habe nicht den geringsten Zweifel, dass sie kämpfen würden, stolz und tapfer, wie es einem freien Kelten gebührt.« Während er sprach, hatte Ambiorix seine Stimme erhoben, und nun sprang er auf. »Daher fordere ich Euch auf: Kämpft mit mir! Kämpft an meiner Seite gegen diejenigen, die uns alles rauben wollen, was wir lieben!«

Er hielt inne und schöpfte tief Atem, als ihm die Zustimmung der Krieger wie eine Woge entgegenbrandete. Einige bekundeten Beifall, indem sie in die Hände klatschten, andere taten ihre Unterstützung durch laute Zurufe kund. Ein paar waren ebenfalls aufgesprungen, schüttelten ihre Fäuste und stießen schrille Schreie und Verwünschungen gegen die Römer aus. Einer von Ambiorix' großen, zotteligen Jagdhunden, der im Hintergrund der Halle geschlafen hatte, war von dem Lärm geweckt worden und fiel mit ohrenbetäubendem Gebell ein.

Über den allgemeinen Tumult hinweg tauschten Amena und Ambiorix einen raschen Blick. Er hatte die Krieger gewonnen, die Mitglieder des Rates waren auf seiner Seite. Die Liebe zu ihren Familien, ihre Verantwortung gegenüber den Schutzlosen und nicht zuletzt die Furcht vor dem Verlust der Freiheit und der Appell an ihr Ehrgefühl hatten sie überzeugt, dass ein ehrenvoller Kampf, selbst einer mit offenem Ausgang, immer noch besser war, als sich kampflos zu ergeben und den Rest ihrer Tage in schmachvoller Sklaverei zu fristen.

Sklaverei. Dieses Wort hatte sich Ambiorix klugerweise bis zum Ende seines Plädoyers aufgespart, denn er wusste, dass es die Männer in tiefster Seele traf. Längst hatte sich unter den Stämmen herumgesprochen, dass dem römischen Heer stets ein Tross von Mercatores folgte, denn diese Sklavenhändler erzielten in Rom für blonde Keltinnen und kräftige Krieger erstklassige Preise. Ein solches Schicksal, dem verhassten Feind dienen zu müssen, unfrei, ehrlos und entrechtet, war ungleich grausamer, als mutig und stolz in einer Schlacht zu fallen.

Ambiorix wartete einen Moment, bis sich der Tumult legte und die Männer erneut in der Runde Platz nahmen, ehe er sich wieder zwischen Amena und Ebunos niederließ und in gemäßigtem Tonfall fortfuhr.»Im Übrigen meinte ich auch nicht, dass wir allein gegen die Römer antreten sollen. Wir brauchen freilich Verbündete.«

»*Verbündete?*« Catuvolcus spie das Wort förmlich aus, die Stimme vor Hohn triefend.

Amena ahnte, was in dem älteren König vorging. Er war sich seines Sieges bereits gewiss gewesen und nun verwirrt und erbost darüber, dass der Jüngere seinen Triumph so gründlich zunichtegemacht hatte.

»Und wo gedenkt Ihr die zu finden, Ambiorix? Wollt Ihr sie aus der Luft herbeizaubern? Etwa so?« Er hielt seine Rechte in die Höhe und schnipste mit den Fingern.

Niemand lachte.

»Ihr habt Maccius gehört«, fuhr er nach einem Moment mit mühsam beherrschtem Zorn fort.»Der Römer lässt acht Legionen in keltischen Gebieten überwintern. Die Stämme haben ihre eigenen

Sorgen und Nöte. Ihre Städte und Dörfer sind ebenfalls bedroht, und sie werden sie nicht im Stich lassen, um sich zu uns zu begeben und unsere Schlacht zu schlagen. Nein, Ambiorix, ich sage Euch, wir müssen verhandeln.«

»Verhandeln?« Einen Augenblick lang glaubte Ambiorix, sich verhört zu haben. »Mit Caesar? Bitte nennt mir einen einzigen Grund, weshalb der Proconsul mit uns verhandeln sollte. Aufgrund der erdrückenden Übermacht seiner Legionäre ist er sich seiner Sache doch vollkommen gewiss. Warum also sollte der Adler mit dem Sperling verhandeln? Und außerdem: Verhandlungen setzen voraus, dass beide Seiten etwas anzubieten vermögen. Wir jedoch besitzen nichts, um es dem Römer zu unterbreiten, da er überzeugt ist, sich ohnehin alles nehmen zu können.

Nein, Catuvolcus, in den Augen des römischen Adlers sind wir bloß ein kleiner, unbedeutender Sperling, den er mit einem einzigen tödlichen Hieb seines Schnabels vernichten kann. Deshalb sage ich Euch: Wir werden ihn nur besiegen, wenn wir uns mit anderen Sperlingen zusammentun. Wir müssen unsere Nachbarstämme als Verbündete gewinnen, indem wir sie davon überzeugen, dass sie die nächsten sein werden, wenn es Rom wahrhaftig gelingen sollte, die Eburonen zu unterwerfen. Und dann treten wir den Legionen gemeinsam entgegen. Caesar plant, einen Stamm nach dem anderen zu bezwingen. Das können wir nur verhindern, indem wir ihm zuvorkommen und ihm geschlossen Widerstand leisten.«

Abermals erhob sich zustimmendes Gemurmel. Die Mitglieder des Rates tauschten Blicke, flüsterten und nickten. Zu Amenas Überraschung schwieg Catuvolcus. Er schien einzusehen, dass er auf verlorenem Posten stand, und hatte offensichtlich beschlossen, seinen Unmut in dem schweren griechischen Wein zu ertränken, den der eilfertige Sklave ihm unermüdlich nachschenkte. Nun saß er da, den Rücken gegen einen der mit Schnitzwerk verzierten Eichenpfosten gelehnt, und widmete sich soeben seinem fünften Becher.

Ambiorix wartete mit mühsam beherrschter Ungeduld, bis erneut Ruhe einkehrte, ehe er sich an den Druiden wandte, der der hitzigen Diskussion schweigend gefolgt war. »Wie lautet Eure Meinung in dieser Angelegenheit, Ebunos? Was ratet Ihr uns?«

Die Augen aller Anwesenden richteten sich auf die hagere, weiß gekleidete Gestalt des Druiden, der mit geschlossenen Lidern beinah regungslos dasaß. Nur die schlanken, sehnigen Finger seiner Rechten spielten mit den Ohren des Jagdhunds, der den zotteligen Kopf in seinen Schoß gebettet hatte und wieder eingeschlafen war.

»Lange vor unserer Zeit«, begann er nach einem Moment mit dunkler, geschulter Stimme, einer Stimme, die ihn befähigte, vor großen Versammlungen zu sprechen und Menschen in seinen Bann zu ziehen. »Lange vor unserer Zeit war der Stamm der Eburonen gezwungen, sich ein neues Siedlungsgebiet zu suchen. Er setzte über den breiten Strom und trotzte den Wäldern der Arduinna diesen fruchtbaren Landstrich ab, auf dem wir alle geboren wurden. Unser Wohlstand weckte Begehrlichkeiten, und immer wieder mussten unsere Vorväter dafür kämpfen, dieses Land ihr eigen nennen zu dürfen. Und nicht wenige ließen dabei ihr Leben.«

Stille hatte sich über die Halle gesenkt, als die Krieger schweigend den Worten des alten, weisen Mannes lauschten.

»Jetzt wird unsere Heimat von einem mächtigen Feind bedroht, dem mächtigsten, der die Eburonen je herausgefordert hat. Und wir stehen vor der schweren Entscheidung, uns kampflos zu unterwerfen oder für unsere Freiheit in die Schlacht zu ziehen.« Ebunos wiegte scheinbar versonnen den Kopf, ehe er fortfuhr. »Aber haben wir wahrhaftig eine Wahl? Wenn wir uns den Legionen ohne Gegenwehr beugen, nehmen sie unser Getreide, und wir verhungern. Die wenigen unserer Stammesbrüder, die den Winter überleben, könnte Caesar im kommenden Frühjahr mühelos besiegen, töten oder als Sklaven nach Italia verschleppen, wo sie den Rest ihrer Tage in Schmach und unfrei dahinsiechen würden.

Können wir den Römern ausweichen, womöglich abermals den Renos überqueren? Nein, wir wären nirgends willkommen, denn alle Völkerschaften leiden unter der schlechten Ernte des vergangenen Sommers.

Sollen wir mit den Feinden verhandeln? Ich pflichte Ambiorix bei: Warum sollte der Adler mit dem Sperling verhandeln?

Es bleibt uns mithin nur der Kampf. Wir müssen die Zeit bis zum Eintreffen der Legionen nutzen, um alle waffenfähigen Eburonen in Atuatuca zusammenzurufen und Verbündete zu gewinnen. Allein vermögen wir den Römern nicht standzuhalten. Doch wenn sich die keltischen Stämme zusammenschließen, besteht eine wenngleich schwache Aussicht, dem Gegner zu trotzen und ihn zu vertreiben.

Bis wir genügend Krieger um uns geschart haben, um den Angriff zu wagen, sollten wir scheinbar auf Caesars Forderungen eingehen und seine Streitmacht mit Getreide versorgen, um ihn in Sicherheit zu wiegen. Umso unvorbereiteter werden die Feinde sein, wenn die verbündeten Stämme sie schließlich angreifen. - Das ist mein Rat, Ambiorix«, schloss Ebunos und richtete seine blicklosen Augen auf den jungen Mann zu seiner Rechten.

Nachdem er geendet hatte, herrschte Schweigen in der Halle, nur unterbrochen vom Winseln des Hundes, der erneut die Aufmerksamkeit des Druiden zu erhaschen versuchte. Amena warf Ambiorix einen raschen Blick zu. In seinen dunklen Augen las sie dieselbe Erleichterung, die auch sie durchströmte. Ebunos unterstrich mit jedem seiner wohlgewählten Worte das, was der jüngere König zuvor ausgeführt hatte, und gewährte ihm nach dem Rat der Krieger somit ebenfalls seine Unterstützung. Lediglich Catuvolcus war abweichender Meinung, doch er stand auf verlorenem Posten.

Damit war die Entscheidung gefallen, und nun galt es, Maßnahmen zu ergreifen. Ambiorix wandte sich an Maccius. »Wusste dieser Händler etwas darüber zu sagen, wann wir mit dem Eintreffen der Legionen rechnen müssen?«

Der Angesprochene nickte, kratzte sich hingebungsvoll hinter dem Ohr und zerdrückte eine Laus, die das Pech hatte, seinen Fingern inmitten der verfilzten Haare über den Weg zu laufen. »Mit den ersten Cohorten schon in ein bis zwei Wochen, Herr.«

Ambiorix seufzte und fuhr sich mit einer müden Handbewegung über das Gesicht. Amena vermochte nicht zu deuten, ob diese Geste auf die baldige Ankunft des Feindes oder Maccius' ungepflegtes Äußeres zurückzuführen war.

»Uns bleibt also nur sehr wenig Zeit, um die Krieger zu den Waffen zu rufen und Verbündete zu suchen.«

In diesem Moment lehnte sich Catuvolcus vor und stellte den halb geleerten Weinbecher auf dem Boden ab. Seine Hand zitterte, sodass einige Tropfen der dunkelroten Flüssigkeit über den Rand schwappten, seine Finger hinabbrannen und neben seinem Knie in das Fell eines großen grauen Wolfes sickerten.

Blut, schoss es Amena durch den Kopf, während ein eisiger Schauer ihren Rücken hinaufkroch. So viel Blut wird vergossen werden, das Blut Unschuldiger. Und alles nur wegen der grenzenlosen Machtgelüste eines einzigen, von Ehrgeiz und Gier getriebenen Mannes: Caesars.

Schaudernd zwang sie ihren Blick fort von der Stelle, wo der Wein nun nahezu vollständig im langen, dichten Wolfsfell versickert war, und schaute zu Catuvolcus. Aber der schien das Missgeschick nicht einmal zu bemerken. Schwerfällig hatte er sich auf die Füße gekämpft und war nun vollauf damit beschäftigt, das Gleichgewicht zu bewahren.

Sie ahnte, was jetzt kommen würde. Catuvolcus wäre nicht Catuvolcus und seit beinah vier Jahrzehnten König, wenn er sich so rasch geschlagen gäbe. Er schwankte, und seine Stimme klang belegt, als er nun das Wort ergriff. Doch sein Kampfgeist war ungebrochen.

»Zum Wohle unseres Stammes bestehe ich darauf, dass wir die Götter befragen, ehe wir eine Entscheidung solchen Ausmaßes treffen«, verkündete er, und sein schleppender Tonfall raubte seiner Forderung einiges von ihrer Entschlossenheit. »In dem unwahrscheinlichen Fall, dass das Orakel zum Kampf rät, bin ich bereit, mich zu beugen und Euch in die Schlacht zu folgen, Ambiorix. Sprechen die Zeichen jedoch gegen einen Krieg, werdet Ihr ohne mich und meine Männer Euren persönlichen Feldzug gegen Rom führen müssen.«

Aus dem Augenwinkel sah Amena, wie Ambiorix' Rechte sich zur Faust ballte. Das sah Catuvolcus ähnlich. Er war von jeher ein schlechter Verlierer und zudem machtbesessen. Obwohl ein klarer, eindeutiger Beschluss gefasst worden war und Ambiorix den Rückhalt der Mitglieder des Rates besaß, unternahm der ältere König noch einen letzten, verzweifelten Versuch, seiner Ansicht zum Durchbruch zu verhelfen. Hätte der Rat der Krieger keine Übereinstimmung erzielt, wären die Könige gezwungen gewesen, sich miteinander zu einigen. Denn es bedeutete zugleich Fluch und Segen des Doppelkönigtums, dass keiner der beiden Regenten ohne den anderen zu handeln vermochte, wollte er nicht Gefahr laufen, den Stamm zu spalten. So aber war Catuvolcus' Verhalten lediglich dazu angetan, ihn in den Augen der versammelten Männer als rechthaberischen Außenseiter erscheinen zu lassen.

Jedoch wussten alle Anwesenden ebenso, dass es keinen Rechtsgrundsatz gab, demzufolge Ambiorix ihm den Wunsch, das Orakel zu befragen, hätte verweigern können, zumal der alte König seine Forderung klugerweise in Sorge um das Wohl des Stammes kleidete. Ohnehin hätte Amena in den kommenden Tagen in einer feierlichen Zeremonie die Unsterblichen gebeten, der Entscheidung des Rates Ihre Zustimmung und Ihren Segen zu erteilen. Doch eine Anrufung des Orakels war etwas anderes.

Hießen die Götter Ambiorix' Plan gut, wäre seine Position sogar gefestigter als zuvor, und Catuvolcus hätte sich selbst einen denkbar schlechten Dienst erwiesen. Da er aber ohnedies nichts zu verlieren hatte, blieb ihm immerhin die Hoffnung, dass die Unsterblichen sich gegen den Beschluss des Rates aussprächen, und in diesem Fall wäre wieder alles offen. Es müsste eine erneute Abstimmung erfolgen, denn der Spruch des Orakels könnte die Meinung mancher Ratsmitglieder beeinflussen, sodass Catuvolcus' Aussichten stiegen, doch noch Gehör zu finden. Oder man würde versuchen, mit den Gottheiten zu handeln, indem man Sie zunächst durch Opfer gewogen machte, um Sie anschließend abermals anzurufen ...

Jeder dieser Wege würde wertvolle Zeit in Anspruch nehmen und damit dem Feind geradewegs in die Hände spielen. Aber das war Catuvolcus gleichgültig. Sein Durst nach Macht und dem schweren griechischen Wein hatte ihn jeglicher Vernunft beraubt.

Schließlich holte Ambiorix tief Luft. Amena spürte, wie viel Kraft es ihn kostete, sich seinen Zorn über das Manöver seines Gegenspielers nicht anmerken zu lassen.

»Also schön, wenn Ihr darauf besteht.« Er wandte sich ihr zu. »Ich halte es für das Beste, das Orakel sogleich zu befragen. Wie denkt Ihr darüber?« Nur wenn sie allein waren, gestatteten sie sich die vertrauliche Anrede. Die Anwesenheit der Mitglieder des Rates hingegen zwang sie zum förmlichen Umgang miteinander.

Amena neigte zustimmend den Kopf. »Wie Ihr wünscht, mein König.«

Doch zuvor galt es noch herauszufinden, welchem der beiden Kontrahenten die verantwortungsvolle Aufgabe zufiele, die alles entscheidende Frage an die Götter zu richten. Zu diesem Zweck bediente sie sich des Loses in Form eines Paars glatt geschliffener, geweihter Eibenholzstäbchen, identisch bis auf den Umstand, dass eines zwei Fingerbreit kürzer war als das andere. Das Verfahren gestaltete sich denkbar schlicht: Derjenige, der das kürzere Stäbchen zog, ging leer aus, während der Sieger Amena zum Quellheiligtum unter der Eibe begleiten würde.

Sie erhob sich, wandte sich vom Rund der Krieger ab und entnahm dem Beutel an ihrem Gürtel die Hölzchen, die sie anschließend, für die Männer unsichtbar, in ihrer Rechten so ausrichtete, dass nur die oberen Enden hervorragten und auf einer Höhe miteinander abschlossen. Dann umfasste sie ihre rechte Hand mit der linken und drehte sich wieder zu den Mitgliedern des Rates um.

Nach einem Moment des Zögerns traten Ambiorix und Catuvolcus vor sie hin, ernst und gefasst der eine, schwankend und mit unstetem Blick der andere. Auch die restlichen Anwesenden kamen auf die Füße und bildeten einen Kreis um die Könige und die Priesterin. Catuvolcus als dem älteren der Kontrahenten stand das Vorrecht der Wahl zu, während sich Ambiorix mit dem Stäbchen begnügen musste, das übrig bliebe.

Amena hob Catuvolcus in einer langsamen, feierlichen Bewegung ihre Hände entgegen, und für die Dauer eines Lidschlags begegnete ihr Blick dem seiner blutunterlaufenen Augen.

»Trefft Eure Wahl«, forderte sie ihn knapp auf.

Die Enden der beiden Eibenhölzchen ragten genau gleich weit aus Amenas Rechter hervor, und doch schien Catuvolcus, der sie stirnrunzelnd betrachtete, abschätzen zu wollen, welches das längere war. Womöglich, fuhr es Amena durch den Kopf, und für einen Moment überfiel sie eine gänzlich unangemessene Heiterkeit, die sie jedoch sogleich unterdrückte; womöglich fiel ihm die Entscheidung deswegen so schwer, weil er unter dem Einfluss des Weins vier Stäbchen sah statt zweier. Endlich kniff er die Lider halb zusammen, griff nach einem der beiden und riss es Amena beinah aus den Händen. Im selben Augenblick lief ein Raunen durch die versammelten Männer, als alle gleichzeitig das kürzere Hölzchen erkannten.

Der ältere König gab ein Röcheln von sich und starrte Amena hasserfüllt an, als sie, um jeden Zweifel auszuschließen, ihre Faust langsam öffnete und das längere Stäbchen für jedermann sichtbar auf ihrer Handfläche präsentierte. Flüsternd begannen die Krieger den Ausgang des Loses zu diskutieren, denn selbstredend sprach auch aus einer Losentscheidung der Wille der Götter, und so deuteten sie die soeben gefallene Entscheidung als gutes Omen für ihre Sache.

Plötzlich beugte sich Catuvolcus so dicht zu Amena hinunter, dass sie seinen weingeschwängerten Atem auf ihrer Wange spürte, und riss den Mund zu einer Bemerkung auf - einer Drohung? Einer Verwünschung? Doch als sein verhangener Blick dem klaren, beherrschten der Priesterin begegnete, besann er sich im letzten Moment.

Schließlich wandte er sich jäh ab, und für die Dauer eines Herzschlags fürchtete Amena, er würde das geweihte Stäbchen ins Feuer werfen. Dann aber ließ er es achtlos zu Boden fallen, drehte sich wortlos um und verließ schwankend die Halle.

Ambiorix war die Erleichterung über den Ausgang des Loses deutlich anzumerken, als er sich bückte, das Stäbchen aufhob und es Amena reichte. Darauf trat er durch das Rund der Krieger und wies einen der Sklaven an, Amenas Stute und seinen Schimmel Avellus - Windstoß - herbeizuführen. Anschließend ging er mit langen Schritten hinüber zu einer hölzernen Truhe an der rückwärtigen Wand des Raums und entnahm ihr zwei Armreife, einen goldenen und einen schlichteren aus Bronze. Er ließ sie in einen ledernen Beutel an seinem Gürtel gleiten, warf sich einen Umhang aus Fuchsfellen über und verschloss ihn mit einer breiten goldenen Fibel auf der Brust.

Amena spürte seine Unrast. Die Auseinandersetzungen im Kriegsrat und Catuvolcus' Starrsinn zerrten an seinen Nerven, und nun drängte alles in ihm nach Bewegung. Endlich holte er tief Luft. »Gehen wir«, sagte er, öffnete die Tür für Amena und verließ hinter ihr die Halle.

In Begleitung eines germanischen Sklaven, der ihre beiden Pferde am Zügel führte, wandten sie sich nach rechts und folgten der Nordseite des Versammlungsplatzes hinüber zu Amenas Haus. Die wenigen Menschen, denen sie unterwegs begegneten, hielten in ihrem Weg inne, um dem jungen König und der Priesterin einen respektvollen Gruß zu entbieten. Doch die schritten schweigend und in Gedanken versunken nebeneinanderher und bemerkten es kaum.

Daheim half Resa ihrer Herrin beim Anlegen des Ritualmantels. Als Amena wieder vor die Tür trat, saß Ambiorix bereits im Sattel und blickte ihr mit schlecht verhohlener Ungeduld entgegen. Sie empfing die Zügel ihrer Stute aus der Hand des Sklaven, ließ sich von ihm beim Aufsitzen helfen und lenkte sie neben Avellus in Richtung des Stadttors.

Jenseits der Umfriedung hätten sie die Pferde ausgreifen lassen können. Aber Ambiorix verhielt seinen Schimmel weiterhin im Schritt, und Amena passte ihre feingliedrige rotbraune Stute seiner Geschwindigkeit an.

Nach einer Weile brach er das Schweigen mit der Frage, die Amena erwartet hatte. »Und du?«, begann er ohne Umschweife. »Wie lautet deine Meinung in dieser Sache? Was hättest du mir geraten?«

Solange Ebunos lebte, oblag ihm die Aufgabe, die Könige in allen Angelegenheiten zu beraten, die das Wohl der Gemeinschaft betrafen. Die Entscheidung, ob ein Krieg zu führen sei, stand hierbei an oberster Stelle. Daher hätte Amenas Ansicht im Rat der Krieger keine ausschlaggebende Bedeutung besessen, und sie hatte darauf verzichtet, sich zu äußern.

Gleichwohl wusste sie, dass Ambiorix ihren Rat schätzte. Sie stellte für ihn eine Art Spiegel dar, in dem er seine eigenen Gedanken reflektiert sah. Und oftmals vermochte sie ihm auf diese Weise zu helfen, seinen Standpunkt zu klären. Mehr noch - während die Ratschläge des alten Druiden sachlich und unparteiisch waren und ausschließlich auf das Wohlergehen des Stammes abzielten, besaßen die Gespräche mit Amena für Ambiorix eine tiefere, gefühlsmäßige Qualität: Es tat ihm gut, dass sie ihn nicht nur als König, sondern vor allem als Mensch sah und stets im Blick behielt, dass seine Entscheidungen auch auf dieser Ebene stimmig waren. Amena ihrerseits war froh, ihm gegenüber diese persönliche Haltung einnehmen zu dürfen und nicht wie Ebunos auf die Funktion des politischen Beraters beschränkt zu sein.

Ihre Stute war stehen geblieben und hatte den Kopf gesenkt, um an einem der letzten saftigen Grasbüschel des Herbstes zu knabbern. Nun trieb sie das Tier mit einem leichten Schenkeldruck wieder an. »Du hattest keine andere Wahl«, erklärte sie.

Ambiorix nickte, als sei es das, was er hören wollte. »Du weißt, dass ich Krieg verabscheue, wenn er nicht unbedingt notwendig ist.«

»Ja, das weiß ich.« Es war ein grauer, verhangener Tag. Der Westwind, der über Nacht aufgekommen war und eisig von den Höhen des Arduenna Waldes herabblies, fuhr in Amenas Haar und wehte ihr eine Strähne ins Gesicht. Geistesabwesend strich sie sie hinter das Ohr zurück. »Und die Männer wissen es ebenfalls. Genau deswegen vertrauen sie dir, weil du sie nicht leichtfertig einer Gefahr aussetzen würdest, wenn es auch einen anderen Ausweg gäbe. Du hast sie überzeugt, dass dieser Krieg unausweichlich ist.«

Er seufzte. »Ist er es wirklich? Gibt es wahrhaftig keine bessere Lösung?« Er ließ seinen Blick über das weite Tal wandern, das sich vor ihnen bis zum Fuß der Anhöhen erstreckte, als fände er dort die Antwort, die er sich so sehr ersehnte.

Amena betrachtete sein Profil. Er wirkte erschöpft und blass und älter. Sie wusste, wie schwer er an der Verantwortung für seinen Stamm trug, und war dankbar, seine Bürde ein wenig lindern zu können, indem sie ihn in seiner Entscheidung bekräftigte.

»Ich fürchte, nein. Es ist genau so, wie du es den Männern dargelegt hast. Uns bleibt die Wahl zwischen Hungertod oder Sklaverei auf der einen und Krieg auf der anderen Seite.« Sie verzichtete bewusst auf Begriffe wie »Ehre« oder »schmachvoll«. Ihre Beziehung zu Ambiorix bewegte sich auf einer Ebene, die jenseits solcher Wörter lag. »Wenn wir kämpfen, haben wir eine wenngleich schwache Aussicht auf Erfolg. Doch wenn wir uns kampflos ergeben, sind wir bereits unterlegen. Und ich pflichte dir bei: Mit Caesar verhandeln zu wollen, wäre sinnlos. Wir besitzen nichts, was wir ihm anbieten könnten.«

Eine Weile ritten sie schweigend nebeneinanderher. Ein Teil seiner Unrast schien von Ambiorix gewichen, nachdem er seine Optionen mit Amenas Hilfe nochmals überprüft hatte. Eine Sache beschäftigte ihn jedoch noch. »Denkst du, wir werden Verbündete finden?«

Das war die entscheidende Frage. Ohne die Unterstützung benachbarter Stämme befänden sie sich gegenüber den Legionen so deutlich in der Minderzahl, dass ein Kampf nahezu aussichtslos war.

Wenn es ihnen hingegen gelänge, die Kräfte der verschiedenen Völkerschaften zu vereinen, stünden ihre Aussichten auf einen Sieg womöglich gar nicht schlecht, denn Caesars Vorgehen bestand für gewöhnlich darin, einen Stamm nach dem anderen zu unterwerfen. Zudem hätten sie das Moment der Überraschung auf ihrer Seite, wenn sie ihm mit einer größeren Streitmacht gegenüberträten. »Es wird nicht leicht werden«, räumte sie nach einem Augenblick ein. »Hierin teile ich Catuvolcus' Bedenken. Die Römer errichten ihre Winterlager auch in den Gebieten unserer Nachbarn, sodass diese zögern werden, uns Krieger zu entsenden. Außerdem sind wir Kelten nicht gewohnt, uns miteinander zu verbünden, um ein gemeinsames Ziel zu erreichen. Jeder Stamm, jeder König ist ausschließlich darauf bedacht, seine eigene Macht, seinen eigenen Ruhm zu mehren. Sich - und sei es nur vorübergehend - dem Befehl eines anderen zu unterstellen, könnte als Schwäche ausgelegt werden, als unauslöschlicher Makel. Das ist ein Aspekt, vielleicht der einzige, worin uns die Legionen überlegen sind. In der römischen Armee zählt der Einzelne nichts. Er tritt zurück hinter den übergeordneten Plan, der nur durch die gebündelte Anstrengung aller erreicht werden kann.«

Ambiorix warf ihr einen erstaunten Seitenblick zu, und sie unterdrückte ein Lächeln. Diese Facette der Angelegenheit war ihm bislang offenbar nicht bewusst gewesen. Doch Amena war noch nicht fertig.

»Und ein gewisses Misstrauen dürfte ebenso eine Rolle spielen. Wer garantiert den Königen denn, dass der Oberbefehlshaber seine Macht auch wieder abgibt, wenn der Kampf vorüber und der Sieg errungen ist? Womöglich nutzt er die Gunst des Augenblicks und versucht sich zum Alleinherrscher über die Stämme aufzuschwingen? Diese Sorge wird es erschweren, einen geeigneten Mann zu finden, das heißt: einen, dem die Könige genug strategisches Vermögen zutrauen, um ihn als ihren Anführer auf Zeit anzuerkennen, der aber wiederum nicht über so viel Ehrgeiz verfügt, dass er sich am Ende weigert, den Oberbefehl wieder abzutreten.«

Plötzlich zügelte Ambiorix seinen Schimmel, und Amena ließ ihre Stute ebenfalls anhalten.

»Ich will dieser Mann nicht sein«, sagte er schlicht.

Amena schaute ihm offen ins Gesicht, und nun konnte sie ein Lächeln nicht länger unterdrücken. »Genau das wird dich in den Augen der anderen Könige als der ideale Kandidat erscheinen lassen.«

Er trieb sein Pferd wieder an, und Amena tat es ihm gleich.

»Und was denkst du?«

»Sie haben recht. Du bist der geeignete Mann, weil du frei von Ehrgeiz bist. Dir geht es nur um die Sache, nicht um persönliche Motive. Und ich fürchte, du bist der einzige der Könige, auf den das zutrifft.«

Ambiorix versank erneut in Schweigen. Auch Amena versuchte nun, sich zu sammeln und sich auf die vor ihr liegende Aufgabe zu konzentrieren. Maccius' Botschaft, die hitzige Debatte im Rat der Krieger und ihr Gespräch mit Ambiorix hatten sie innerlich aufgewühlt. Um der Göttin gegenüberzutreten und das Orakel anzurufen, musste sie jedoch frei von Gefühlen und unvoreingenommen sein. Es war von entscheidender Bedeutung, dass es ihr gelang, ihre eigenen Hoffnungen und Ängste für die Dauer des Rituals vollkommen aus ihrem Bewusstsein zu verbannen, um nicht Gefahr zu laufen, die göttlichen Zeichen falsch auszulegen.

Nach einer Weile ließen sie die Wiesen und Weiden hinter sich und erreichten den Waldrand. Der Pfad, der zum Quellheiligtum hinaufführte, war anfangs noch breit und bequem genug, um einem Reiter das Vorwärtskommen zu ermöglichen. Amena übernahm die Führung und lenkte ihre Stute bergauf. Ambiorix folgte ihr auf A-vellus. Doch bald wurde der Wald immer dichter und zwang sie abzusitzen. Sie schlangen die Zügel der Pferde um die niedrigen Äste einer Linde und legten das letzte Stück des Weges zu Fuß zurück.

Schließlich lag das Nemetom vor ihnen, und sie traten aus dem Rund der Bäume hinaus auf die Lichtung. Sulis in Ihrem goldenen, von zwei Schimmeln gezogenen Wagen hatte den höchsten Punkt Ihrer täglichen Reise über den Himmel bereits überschritten. Ihre Strahlen fielen zwischen den kahlen Stämmen hindurch schräg auf den laubbedeckten Boden und verstärkten den heiligen Zauber des Ortes.

Um sie herum herrschte vollkommene Stille. Nicht das leiseste Lüftchen regte sich. Selbst die Vögel waren verstummt, und Amena erschien es, als hielte der Wald den Atem an. Sie sah, wie ein Schauer durch Ambiorix' Körper lief. Für einen nicht in die Mysterien Eingeweihten war er ungewöhnlich empfindsam, und er schien die Anwesenheit der Großen Göttin ebenfalls wahrzunehmen.

Für gewöhnlich war der Zutritt zu den heiligen Stätten den Druiden und Priesterinnen vorbehalten. Lediglich in deren Begleitung durfte auch ein geringerer Sterblicher es wagen, ein Nemetom zu betreten, ohne dass ihn der Zorn der Götter traf. Doch bei keinem der anderen Stammesmitglieder, die Amena im Verlauf der Zeit hierher begleitet hatte, um für sie das Orakel zu befragen oder eine

97

Gunst zu erbitten, hatte sie dieses selbe Bewusstsein um die göttliche Präsenz gespürt wie bei Ambiorix. Die meisten Menschen waren eingeschüchtert, gar verängstigt, oder zu sehr mit dem Anliegen beschäftigt, das sie an diesen Ort führte. Und diese Gefühle versperrten ihnen den Weg zur Wahrnehmung der subtilen göttlichen Gegenwart.

Amena wandte sich ihm zu.»Bist du bereit?«Ihre Stimme war kaum mehr als ein Flüstern.

Er zögerte einen Augenblick, ehe er tief Luft holte und entschlossen nickte. Von nun an durfte kein Wort zwischen ihnen fallen.

Mit gemessenen Schritten trat Amena vor die Quelle hin, entbot der Großen Mutter ihren Gruß und kniete nieder. Nach einem Moment der inneren Sammlung bedeutete sie Ambiorix mit einer Geste, ihr gegenüber auf der anderen Seite des Felsbeckens niederzuknien. Er kam ihrer Aufforderung mit gesenktem Blick nach. Darauf hielt sie ihm schweigend ihre Rechte hin, und er nahm die beiden Armreife aus seinem Beutel und reichte sie ihr. Seine Hand zitterte, und für die Dauer einiger Herzschläge kämpfte Amena gegen eine Woge des Mitgefühls an, die sie mit einem Mal zu überwältigen drohte.

Als ihre Beherrschung abermals die Oberhand gewonnen hatte, legte sie den goldenen, wertvolleren der Reife beiseite: Ihn würde sie später als Dank für den erteilten Ratschlag opfern. Dann schloss sie die Augen, konzentrierte sich auf ihren Atem und besann sich mit all ihrer Kraft auf die Aufgabe, die sie hierher geführt hatte. Unter keinen Umständen durfte sie zulassen, dass ihre Gefühle ihre Wahrnehmung trübten. Dafür stand bei dieser Befragung zu viel auf dem Spiel. Das Schicksal ihres Stammes hing davon ab, dass sie die Botschaft des Orakels richtig deutete, und dazu musste ihr Bewusstsein so offen und leer sein wie ein Gefäß, in das die Götter Ihre Worte gossen.

Schließlich öffnete Amena die Lider wieder, ließ den bronzenen Armreif vorsichtig in das klare Wasser der Quelle gleiten und sprach die uralte Formel, um die Anwesenheit der Gottheit heraufzubeschwören und Sie zu bitten, das Geschenk anzunehmen und Ambiorix' Frage zu beantworten. Dies war stets ein bedeutsamer Moment. Verweigerte sich die Große Mutter, so besagte dies nicht nur, dass zu diesem Zeitpunkt keine Anrufung möglich war, sondern legte auch die Befürchtung nah, dass Sie dem Fragenden und seinem Anliegen grundsätzlich nicht gewogen war. Und dies, sie wussten es beide, wäre verheerend.

Doch bereits nach wenigen Herzschlägen fühlte Amena das warme Pulsieren durch ihre Glieder rieseln, das die Bereitschaft der

Unsterblichen signalisierte. Als sie gewiss war, dass Ambiorix' Opfer angenommen worden war, bedeutete sie ihm mit einer Geste, die Lider zu schließen, während sie selbst ihren Blick in das Felsbecken richtete. Einige Atemzüge lang wanderten ihre Augen suchend hin und her, bis sie an einer dünnen, hellen Ader im Gestein hängen blieben. Dann bündelte sie ihr gesamtes Bewusstsein auf Ambiorix, um die Frage zu erfassen, auf die er eine Antwort ersuchte. Beinah augenblicklich vernahm sie seine Stimme, so deutlich, als hätte er laut gesprochen, und in ihr eine Dringlichkeit und Verzweiflung, denen sie sich abermals verschließen musste:

»Soll ich meinen Stamm in einen Krieg gegen die Römer führen?«

Die Frage hallte in ihrem Kopf wider, die Parodie eines Echos, das immer mehr anschwoll, statt abzuebben. Als die Worte schließlich wie ein leuchtendes Band vor ihrem inneren Auge standen, wurde ihr Blick starr. Ihre Lider schlossen sich langsam, aber unaufhaltsam, und sie glitt in den Zustand der Trance hinüber.

Zunächst sah sie nichts als Nebel, jene wohlvertrauten Nebel, die jede ihrer Trancen begleiteten. Doch schon bald lösten sie sich auf, um einer farbigen Erscheinung Platz zu machen: Rote Lichter tanzten vor einem schwarzen Hintergrund, flossen zu unregelmäßigen Formen zusammen, um sich gleich darauf abermals aufzulösen und neue Gestalt anzunehmen.

Dann antwortete die Göttin.

Mit einem Mal spürte Amena, wie ihr gesamter Körper von reiner, klarer Energie durchströmt wurde. Es fühlte sich an, als würde sie von einer gewaltigen Woge hinweggespült, die sie gleichzeitig von innen heraus erfüllte, sodass sie zu wachsen, sich auszudehnen schien, bis sie die Hülle ihres sterblichen Leibes verließ, um eins zu werden mit dem Universum, dem allumfassenden Bewusstsein, dem Ort, an dem es keine Fragen gab, nur Antworten. Für die Dauer einiger Herzschläge sah sie die heilige Lichtung mit ihrer eigenen und Ambiorix' kauernden Gestalt von oben, gerade so, wie ein Vogel sie sähe, der über sie hinwegflöge. In diesem Augenblick erkannte sie die Antwort auf Ambiorix' Frage.

Dann ebbte die Welle der Energie allmählich ab. Amena hatte das Gefühl, zu schrumpfen, in ihren irdischen, unvollkommenen Körper zurückzukehren. Und wie stets empfand sie bei dieser Rückkehr auch einen Anflug von Trauer über den Verlust der Ganzheit, des Einsseins mit der Schöpfung, an der sie soeben für einen kurzen Moment hatte teilhaben dürfen.

Als sie schließlich nichts mehr spürte, wartete sie einige weitere Atemzüge, ehe sie die Lider öffnete. Benommen blinzelte sie in das Wasser der Quelle, sah die dünne, helle Ader im Gestein des Felsbeckens und daneben den bronzenen Armreif, Ambiorix' Geschenk an die Große Mutter.

Amena atmete tief ein und füllte ihre Lungen mit der erfrischenden, kühlen Waldluft. Der wohlvertraute Schwindel ergriff sie, wie jedes Mal nach einer Trance. Sie fror, und hinter ihrer Stirn bohrten die ersten Anzeichen von Kopfschmerzen, der Preis für das Zwiegespräch mit den Unsterblichen. Als sie den Kopf hob, begegneten ihre Augen über das Wasser der Quelle hinweg Ambiorix'. Sie wusste nicht, was er in den Momenten ihrer Trance wahrgenommen hatte, doch in seinen Zügen las sie das ehrfürchtige Erschauern vor der Gegenwart einer Gottheit. Er wirkte in diesem Augenblick unendlich jung und so verletzlich, dass sie hastig den Blick senkte.

Er wollte sprechen, aber seine Stimme versagte. Er räusperte sich und bemühte sich erneut. »Was hat die Göttin dir geantwortet?«, brachte er schließlich heiser hervor.

Amena hielt die Augen gesenkt und schwieg. Sie war erschöpft, und die bohrenden Kopfschmerzen hinter ihrer Stirn wurden mit jedem Herzschlag stärker. Viel unerträglicher als der körperliche Schmerz jedoch war der Umstand, dass die Antwort des Orakels so grausam war, so vernichtend, so endgültig ohne jede Aussicht auf Hoffnung, dass Amena wider besseres Wissen mit dem Gedanken spielte, sie zu mildern, erträglicher zu machen, um Ambiorix nicht in tiefe Verzweiflung zu stürzen.

»Amena? Was hat die Göttin dir geantwortet?«, drängte er, lehnte sich vor und ergriff über das Quellbecken hinweg ihre Rechte.

Doch die Unsterblichen duldeten nicht, dass man Ihre Botschaften entstellte, auch nicht aus einem Impuls liebevoller Fürsorge. Auf einmal fühlte Amena erneut eine Woge der Energie in sich aufwallen und wusste im selben Moment, dass das Orakel sich anschickte, durch sie zu sprechen. Mit einem Mal völlig willenlos, hob sie den Kopf und schaute Ambiorix geradewegs in die Augen. Eilig ließ er ihre Hand fahren, als hätte sie sich plötzlich in ein glühendes Holzscheit verwandelt, und prallte so heftig zurück, dass er das Gleichgewicht verlor und sich abstützen musste, um nicht im feuchten Gras zu landen. An seinem Ausdruck, in dem sich Ehrfurcht und blankes Grauen mischten, erkannte Amena, dass sich in diesem Augenblick die Große Mutter ihres Körpers und ihrer Stimme bediente.

»Wie du dich auch entscheidest, deine Wahl wird falsch sein«, vernahm sie sich selbst wie aus weiter Ferne.

Dann war es vorüber. Amena sackte schlaff in sich zusammen, als die Gottheit ihr Ihre gesamte Kraft auf einen Schlag entzog, in einer letzten, warnenden Demonstration Ihrer allumfassenden Macht. Keuchend vor Erschöpfung schaute sie Ambiorix an, sah seine vor Entsetzen weit aufgerissenen Augen, hörte sein erschrockenes Röcheln und fühlte, wie sich dieser Moment unauslöschlich in ihr Herz eingrub.

* * *

Mit einem Mal verdichtete sich der Nebel wieder und verschlang das Nemetom mit den beiden kauernden Gestalten, bis Hannah nur noch eine konturlose graue Wand sah. Sie wartete einige Momente und konzentrierte sich darauf, ruhig und gleichmäßig zu atmen, ehe sie die Augen öffnete. Durch die Sprossenfenster flutete Sonnenlicht in den Wohnraum, sodass sie blinzelte und den Blick abwenden musste.

Anders als nach der ersten Meditation gab es dieses Mal keinen Orientierungsverlust. Sie wusste genau, wo sie sich befand und was geschehen war. Wahnsinn, schoss es ihr durch den Kopf. Es hatte tatsächlich funktioniert. Dieselben Menschen, dieselben Orte, und erneut war sie in Amenas Bewusstsein geschlüpft, hatte ihre Umgebung durch ihre Sinne wahrgenommen, hatte ihr Leben geführt, *war Amena gewesen*. Wahnsinn.

Nach einem kurzen Augenblick des Triumphes richtete Hannah ihre Aufmerksamkeit vorsichtig nach innen. Auch dieses Mal blieb sie von Nebenwirkungen nicht verschont, aber zu ihrer großen Erleichterung waren sie weniger stark ausgeprägt als am Vortag. Zwar bohrten da abermals diese höllischen Kopfschmerzen zwischen ihren Augenbrauen, und trotz der warmen Decke hatte eine geradezu arktische Kälte von ihr Besitz ergriffen. Doch sie fühlte sich nicht so benommen und kraftlos wie nach der ersten Vision, und das Durstgefühl war ebenfalls deutlich schwächer.

Nachdem sie sich um ihre körperliche Unversehrtheit anscheinend keine Sorgen zu machen brauchte, verfiel Hannah plötzlich in regelrechte Ekstase, einen Rausch, die Euphorie eines Forschers, dem soeben ein besonders schwieriger Versuch geglückt war. Ihr Experiment war von Erfolg gekrönt, und zwar auf der ganzen Linie! Kaum zu glauben, aber es war ihr wahrhaftig ein zweites Mal gelungen, Zugang zu jener aufregenden, längst vergangenen Welt zu bekommen! So musste sich Fleming gefühlt haben, als er das Penicillin entdeckte, Einstein bei der Formulierung der Relativitätstheorie.

Gar kein schlechter Vergleich, bemerkten die *Naturwissenschaftlichen Regionen* von Hannahs komplexem Gehirn an dieser Stelle lobend. Einsteins Theorie hatte doch auch irgendwas mit Zeit zu tun. Oder nicht? Egal.

Ein wesentlicher Unterschied zwischen ihr und ihren prominenten Kollegen, das musste sie trotz aller Verzückung einräumen, lag freilich darin, dass sie Lichtjahre davon entfernt war, eine Erklärung für ihre Entdeckung zu haben. Es war ein Phänomen, und als solches war es interessant, ach was, es war faszinierend, atemberaubend, überwältigend. Aber es war kein bisschen erklärlich.

Nach einer Weile klang Hannahs Begeisterung ein wenig ab, sodass sie in der Lage war, einige nüchterne Betrachtungen anzustellen. Offenbar hatte sich die Szene, deren Zeugin sie soeben geworden war, nach der ersten abgespielt, wenn sie auch nicht genau zu sagen vermochte, wie viel Zeit zwischen den beiden Ereignissen verstrichen war. Vom Zustand des Laubes an den Bäumen zu urteilen, mochten vielleicht drei oder vier Wochen vergangen sein, seit Amena am Quellheiligtum die Göttin befragt hatte, um Bestätigung für ihren Traum zu erhalten.

Was war es wohl, so fragte sie sich, das sie jeweils zu einem bestimmten Zeitpunkt ein- und wieder aussteigen ließ? Warum gerade dieser konkrete Tag zu jener Stunde und Minute, warum nicht ein x-beliebiger anderer? Wer oder was entschied darüber, welche Geschehnisse sie miterleben durfte und wann der Nebel seine undurchdringliche Decke abermals über diese weit zurückliegende Welt breitete und sie ihren Blicken entzog?

Und schließlich erneut die Frage: Hatten Amena und die übrigen Eburonen wirklich gelebt? Waren diese Menschen ebenso Persönlichkeiten der Geschichte wie Caesar, der eine zunehmend wichtige Rolle spielte? Oder handelte es sich bei ihnen lediglich um Darsteller in einer Art historischen Monumentalfilms, der aus bislang ungeklärten Gründen vor Hannahs innerem Auge ablief, sobald sie zu meditieren versuchte?

Dieser Aspekt erschien ihr bedeutsam. Bisher überwogen in ihrem Gefühlsleben Faszination und Neugier, denn unbewusst ging sie davon aus, dass die Inhalte ihrer Visionen nicht auf Tatsachen beruhten. Alles andere wäre zu unerklärlich; es war ja so schon bizarr genug. Sie verfolgte Amenas Leben und das ihrer Stammesgenossen mit derselben Anteilnahme, die sie gegenüber einer Romanfigur oder Leinwandheldin an den Tag gelegt hätte, deren Schicksal ja durchaus zu fesseln vermochte, wenn man bereit war, sich darauf einzulassen.

Sollte es sich bei Amena und den übrigen Eburonen jedoch um reale historische Persönlichkeiten handeln, um wirkliche Menschen aus Fleisch und Blut, dann wären auch ihre Angst, ihre Verzweiflung im Angesicht von Caesars Eroberungsplänen und des drohenden Krieges, ihr Entsetzen über die Ausweglosigkeit des Orakelspruchs reale Gefühle, denen Hannah sich nicht länger würde entziehen können.

Und das wäre etwas ganz anderes.

Aber wie könnte sie mehr darüber herausfinden? Sie könnte das Internet befragen, sobald es dem Telekommunikationsanbieter ihres Vertrauens endlich gelungen wäre, eine funktionierende Leitung einzurichten. Doch das konnte dauern. Und bis dahin?

Plötzlich kam ihr Rutger Loew in den Sinn. Als Archäologe kannte er den Stamm der Eburonen möglicherweise oder wäre zumindest imstande, etwas über ihn herauszufinden - wenn es ihn denn jemals gegeben hatte.

Aber ob sie ihn nach dem verpatzten Abendessen überhaupt wiedersähe? Er hatte gesagt, er wolle sich melden. Doch was hätte er auch sonst sagen sollen? Sie seufzte. Vielleicht war es sogar besser, wenn sie ihn nicht wiederträfe. Schließlich war sie hierhergezogen, um ihre Ruhe zu haben, zu sich selbst zu finden, und nicht, um sich dem erstbesten Mann an den Hals zu werfen, der wie eine ertränkte Ratte vor ihre Tür gespült wurde. Sie waren einander zufällig begegnet, er hatte sich bei ihr aufgewärmt und sie als Dank zum Essen eingeladen. Sie waren quitt.

Na also.

Kapitel 6

Am darauffolgenden Tag, einem Sonntag, bewaffnete sich Hannah mit einer Thermoskanne Tee und begab sich zu ungewöhnlich früher Stunde ins Atelier, um endlich die Studien für das erste Kalenderblatt in Angriff zu nehmen. Tapfer hatte sie der Versuchung widerstanden, zuvor eine weitere Meditation einzuschieben, um mehr über Amenas Schicksal und das der übrigen Eburonen zu erfahren. Denn an diesem Morgen setzte sich überraschend die *Vernunft* durch, die mit unüberhörbar anklagendem Unterton darauf hinwies, dass Hannahs Arbeit an dem Kalender unter ihren Ausflügen in die Vergangenheit zu leiden beginne, was sie unter gar keinen Umständen dulde. Hannah möge bitte bedenken, wie wichtig das Honorar aus diesem Projekt für sie sei, und schließlich hoffe sie ja auch auf Folgeaufträge. Hannah gab sich geschlagen; wo die *Vernunft* recht hatte, hatte sie recht.

Am Vortag hatte es trotz guter Vorsätze nur zu ein paar Bleistiftskizzen der Weinberge gereicht. Doch nun nahm sie sich vor, bis Mittag wenigstens eine brauchbare farbige Studie zustande zu bringen.

Sie hatte jedoch gerade erst die Aquarellfarben zusammengestellt und sich Papier und einige Pinsel zurechtgelegt, als sie aus dem Augenwinkel sah, wie das Hoftor nach innen aufschwang. Unmittelbar darauf stürmte Loews riesenhafter Hund in den Innenhof, gefolgt von Loew selbst.

Die *Vernunft* runzelte unwillig die Stirn ob dieser neuerlichen Unterbrechung, konnte aber nicht verhindern, dass Hannahs Herz vor Freude einen kleinen, gänzlich irrationalen Purzelbaum schlug. Zugegeben, anscheinend stand der Kalender wirklich unter keinem guten Stern. Jedes Mal, wenn sie sich endlich an die Arbeit begeben wollte, kam irgendetwas dazwischen.

Davon einmal abgesehen bedeutete Loews Erscheinen jedoch immerhin, dass er das misslungene Abendessen verdaut und Hannah trotz ihres seltsamen Gebarens nicht abgeschrieben hatte. Und es besagte noch etwas: Loew war ein Mann, der Wort hielt. Wenn er versprach, sich zu melden, dann tat er es auch. Und das war ein Charakterzug, der in Hannah, misstrauisch wie sie seit Marcels Verrat war, einen tiefen Eindruck hinterließ.

Außerdem böte sich nun, schneller als erwartet, die Gelegenheit, behutsam nachzuforschen, was er über einen gewissen keltischen Stamm wusste. Doch wie, fuhr es Hannah durch den Kopf, sollte sie ihm ihr plötzlich erwachtes Interesse für die Eburonen begründen?

Jedenfalls nicht mit der Wahrheit, so viel war sicher. Sie verstand ja selbst nicht, in was sie da hineingeraten war. Wie könnte sie es da jemand anderem erklären? Ganz abgesehen davon, dass sie nicht riskieren wollte, Loew mit einer derart bizarren Geschichte dauerhaft zu verscheuchen. Er schien tolerant zu sein. Aber Hannah verspürte wenig Neigung, die Grenzen seiner Toleranz auszutesten.

Loew nahm Kurs auf das Wohnhaus, wohingegen sein Hund, der Hannah natürlich längst gewittert hatte, zielstrebig in Richtung Atelier abbog.

Sie legte ihren Bleistift beiseite und öffnete die Tür. »Wenn Sie mich suchen, ich bin hier drüben.«

Er winkte und kam quer über den Innenhof auf sie zu, während sein Kalb-von-einem-Hund sich mitten in der offenen Tür des Ateliers niederließ, ihr den Weg nach draußen versperrte und zu ihr hinaufhechelte. Sie fühlte sich wie ein Stück Wild, das in seinem Bau gestellt worden war.

»Guten Morgen, Frau Neuhoff.« Loew hatte sein strahlendstes Lächeln aufgesetzt.

Hannah schluckte.

»Haben Sie Lust auf einen Spaziergang?«

Sie deutete über ihre Schulter zurück in Richtung des Arbeitstisches. »Äh, guten Morgen. Eigentlich wollte ich gerade -«

Er überging ihren schwachen Protest. »Es ist so herrliches Wetter heute ...«

Das war in der Tat nicht zu leugnen. Als Hannah sich ins Atelier begeben hatte, lag dichter Frühnebel wie nasse Watte über den Feldern. Aber nun spannte sich der Himmel wie eine gewaltige Leinwand aus sattem Kobaltblau, auf die Petrus mit feinem Pinsel ein paar duftige weiße Wölkchen getupft hatte, und die Luft roch nach Frühling und auch ein klein wenig nach Abenteuer.

»... und da dachte ich mir, ich könnte Ihnen mal das Matronenheiligtum nahe Pesch zeigen, von dem ich Ihnen letztens erzählt habe. Sie erinnern sich?«

»Nein, das heißt doch ...« An dieser Stelle meldete sich die *Vernunft* abermals energisch zu Wort, verwies, mit den Fingern ungeduldig auf die Platte des Arbeitstisches trommelnd, auf die anstehende Aufgabe und erinnerte Hannah unfairerweise daran, dass sie beschlossen hatte, sich von Männern fernzuhalten. Und für einen Moment geriet Hannah tatsächlich ins Straucheln. »Also, eigentlich müsste ich wirklich ... Ich hatte nämlich gerade ...«

Loews tiefbraune Augen ruhten voller Erwartung auf ihrem Gesicht, seine Miene ein einziges Fragezeichen, als er sich tapfer bemühte, aus ihrem Gestammel klug zu werden.

Endlich lenkte sie ein. »Na gut«, seufzte sie, während sich die *Vernunft* die Haare raufte und Anstalten machte, zu einem längeren Diskurs zum Thema Konsequenz anzusetzen. Ach, halt die Klappe, dachte Hannah müde, und an Loew gewandt erklärte sie: »Überredet. Ich muss mir nur noch rasch was anderes anziehen.«

Ein guter Vorsatz hat viele Feinde, erkannte sie. Der Kalender würde wohl noch einen weiteren Tag warten müssen.

Mit einem Fingerschnipsen und einer Geste bedeutete Loew Cúchulainn, den Weg freizugeben; dann schlenderten sie hinüber zum Wohnhaus. Nachdem Hannah einen leichten Wollpullover übergezogen hatte und in ein Paar bequeme Schuhe geschlüpft war, stellte sie Hope ihr Gourmetfutter hin und ging zurück in den Wohnraum, wo Loew auf sie wartete. Er lehnte gegen das Kaminsims wie einer Werbung für Babour-Wachsjacken entsprungen und spielte, anscheinend tief in Gedanken versunken, mit der Schachtel Zigaretten, die Hannah dort liegen gelassen hatte.

»Sie rauchen?«, fragte er, als er sie bemerkte.

»Nein«, entgegnete sie und konnte sich eines Anflugs von Ärger nicht erwehren. Diesem Mann entging scheinbar nichts. »Eigentlich nicht.«

Am Tor wandten sie sich nach links, umrundeten die Außenmauer des Hofes und tauchten in das angrenzende Birkenwäldchen ein. Sogleich umfing sie der erdige Geruch des Mooses, dessen dicke, die Feuchtigkeit speichernde Kissen den Boden bedeckten, vermischt mit dem süßen, betörenden Duft der Maiglöckchen, die sich in dichten Büscheln im Unterholz verbargen. Hoch über ihren Köpfen turnte eine Meisenfamilie in den Zweigen der Bäume.

»Der Weg, der hier oben beginnt, mündet nach einigen Hundert Metern in ein weites Tal, durch das ein Bach fließt«, erklärte Loew über die Schulter. »Der Tempelbezirk liegt gut versteckt in einem alten Buchenhain auf der gegenüberliegenden Seite.«

»Weg« war eine schamlose Übertreibung, dachte Hannah, denn die Birken standen so eng beisammen, dass sie und Loew hintereinandergehen und sich zwischen den schwarz-weiß gefleckten Stämmen hindurchschlängeln mussten. Loew, mit unwegsamem Gelände bestens vertraut, übernahm die Führung. Es war rührend, wie er Zweige beiseitebog, bis Hannah an ihnen vorüber war, und sie vor den dornigen Ranken der Brombeeren warnte, die in reichlicher

Zahl inmitten der Birkenstämme wucherten. Als wäre sie noch nie durch einen Wald gegangen.

Nach einer Weile verwandelten sich das Birkenwäldchen in einen lichten Mischwald und der kaum erkennbare Pfad in einen Weg, der diese Bezeichnung tatsächlich verdiente. Das Gefälle, anfangs abschüssig, verlief hier gemäßigter. Stattdessen krochen kräftige Wurzeln, dick wie Arme, am Boden entlang und luden den unachtsamen Wanderer ein, über sie zu stolpern. Das nasse Laub des vergangenen Winters erfüllte die Luft mit seinem schweren, modrigen Geruch und machte den Untergrund so schlüpfrig, dass man achtgeben musste, um nicht auszurutschen.

Plötzlich blieb Loew so abrupt stehen, dass Hannah, die Augen fest auf die Erde geheftet, um ein Haar auf ihn prallte. Sie hatten eine Stelle erreicht, an der die Stämme weniger dicht standen und einen Ausblick auf das Tal und die gegenüberliegenden Hänge ermöglichten.

»Sehen Sie da drüben, wo der Weg wieder zwischen den Bäumen verschwindet?« Er deutete geradeaus in den Wald jenseits des Tals. »Da müssen wir hin. Von dort aus ist es nicht mehr weit bis zum Tempelbezirk.«

Hannah trat neben ihn und folgte seinem ausgestreckten Arm mit dem Blick. Ja, schon, sie sah die Stelle, die er meinte. Doch etwas anderes fesselte ihre Aufmerksamkeit viel stärker. Sie kniff die Augen halb zusammen. Eine der Anhöhen in der gegenüberliegenden Flanke des Tals wies eine ziemlich auffällige Gestalt auf. Während die übrigen Bergkuppen zu ihren Seiten abgerundet und bewaldet waren, bot sich diese vollkommen flach und kahl dar, als hätte die gewaltige Faust eines Riesen den Gipfel mit einem kraftvollen Hieb eingeebnet. Und obwohl Hannah noch nie zuvor in dieser Gegend gewesen war, hätte sie schwören können, der markanten Silhouette dieser Hügelkuppe schon einmal irgendwo begegnet zu sein.

»Ja, ich sehe«, murmelte sie geistesabwesend, als ihr aufging, dass sie Loew eine Antwort schuldete.

Wie war es bloß möglich, dass ihr die Form dieses einen Berges so seltsam bekannt vorkam? Und nicht nur das; wenn sie es sich recht überlegte, konnte sie sich des Eindrucks nicht erwehren, das gesamte Panorama, diese wellige Kette von Anhöhen, die sich sanft einem weiten Tal zuneigten, durch das sich ein Bachlauf schlängelte, bereits einmal gesehen zu haben, und zwar vor gar nicht allzu langer Zeit. Nicht *genau* so, nicht in jedem einzelnen Detail. Aber irgendetwas, vielleicht ganz einfach der Gesamteindruck, war ihr bekannt, um nicht zu sagen: vertraut. Und wo sie schon darüber nachdachte:

Eigentlich erschien ihr auch der Weg, den sie soeben zurückgelegt hatten, irgendwie geläufig.

Andererseits ähnelten Wege, Hügel und Täler natürlich immer einander, musste sie einräumen und beeilte sich, Loew zu folgen, der weitergegangen war.

Nach einer Weile erreichten sie die Talsohle und traten aus den Schatten des Waldes. Hannah blickte sich kurz um; dann ließ sie sich dankbar auf den nächstbesten von der Sonne beschienenen Baumstumpf sinken und streckte die Beine aus. Ihre Knie zitterten vom anstrengenden Gehen auf dem abschüssigen Pfad und einigen spektakulären Bremsmanövern auf schlüpfrigem Laub.

Sie befanden sich an einer der Schmalseiten des Tals, das sich rechter Hand in eine weite, mit hohen Gräsern bewachsene Fläche ausdehnte, ringsum begrenzt von bewaldeten Anhöhen in der frischen, jungfräulichen Palette des Frühlings. Der erste, überwältigende Eindruck, den Hannahs Künstleraugen in sich aufnahmen, war »Grün!« in all seinen Schattierungen: helles, ins Gelbliche spielendes Maigrün in den jungen Blättern der Bäume, bläuliches Smaragdgrün in den Schatten zwischen den Stämmen, intensives Saftgrün im Gras und den Kräutern der Wiese. Ganz in der Nähe plätscherte der Bach an ihnen vorüber, eine Ader aus flüssigem Silber, die das Tal in der Längsrichtung durchwand und sich in der Ferne glitzernd im Sonnenlicht auflöste. Über seiner Oberfläche tanzten kleine rote Libellen, und schwarz-weiße Bachstelzen trippelten über die Steine an seinem Ufer. In einer sanften Schleife des Bachlaufs stand ein grauer Reiher unbeweglich im Wasser und lauerte auf Beute.

Ein besonderer Zauber lag über dem Ort, eine Qualität, die sich jeder Beschreibung entzog, in Hannahs empfindsamer Seele gleichwohl eine Resonanz erzeugte und sie zutiefst berührte. Für einige Augenblicke schien die Zeit um sie herum stillzustehen, und sie hatte das unbestimmte Gefühl, teilzuhaben an etwas Größerem, etwas, was schon immer so war und immer so sein würde. Vergangenheit, Gegenwart und Zukunft flossen ineinander, existierten gleichzeitig und erschufen eine Atmosphäre von solch einzigartiger Dichte, dass Hannah meinte, sie mit den Händen berühren zu können.

Dann stieß Loew einen gellenden Pfiff aus, Hannah fuhr zusammen, und der Zauber zersprang wie eine Schale aus dünnem Glas. Kurz darauf brach Cúchulainn durch das Unterholz und kam in riesigen Sprüngen auf sie zu. Loew hob einen dicken Knüppel auf, schleuderte ihn weit in die Wiese hinaus, und sein Hund schlug im

Laufen einen Haken und pflügte dem Ast durch das hohe Gras hinterher.

Er wandte sich ihr zu. »Wir müssen da entlang.« Er deutete in die Richtung, in die er den Ast geworfen hatte. »Der Regen der vergangenen Wochen hat den Bach stark anschwellen lassen, aber da vorn ist eine kleine Brücke.«

Sie überquerten den Bachlauf auf einem hölzernen Steg und hielten querfeldein auf den gegenüberliegenden Waldrand zu. Die Anhöhe mit ihrer markanten Silhouette lag nun zu ihrer Rechten. Hannah bemerkte, dass der Boden allmählich anstieg, und bald darauf tauchte der Weg abermals in das Halbdunkel zwischen den Stämmen ein.

Nach einer Weile wies Loew in ein dichtes Waldstück schräg vor ihnen. »Gleich haben wir's geschafft. Da drüben ist es.«

Und tatsächlich, wenige Minuten später blitzten die Umrisse des alten Tempelbezirks zwischen den Bäumen auf. Inmitten eines lichten Buchenwalds aus glatten silbrig-grauen Stämmen reihten sich auf einer Breite von etwa hundert Metern mehrere Gebäude aneinander, von denen allerdings nur noch halbhohe steinerne Fundamente und eine Handvoll Säulenstümpfe zu erkennen waren.

Loew zog seine Jacke aus und hängte sie sich über die Schulter. Auch Hannah war warm geworden, und sie rang unauffällig nach Atem. Der Weg war in seinem letzten Teil steil angestiegen, und außerdem musste sie sich eingestehen, dass ihre Kondition während der Jahre in Köln erheblich gelitten hatte.

»Sie kommen jetzt auszugsweise in den Genuss eines Vortrags, den ich vor einigen Monaten genau hier vor einer Gruppe französischer Kollegen gehalten habe«, verkündete Loew gerade. »In dem unwahrscheinlichen Fall, dass ich Sie langweilen sollte, unterbrechen Sie mich bitte, okay?«

Hannah gefiel seine selbstironische Art.

»Das also ist ein Matronenheiligtum«, begann er dann im Tonfall eines Fremdenführers und mit einer Armbewegung, die die gesamte Nordeifel bis zur holländischen Grenze einschloss. »Es wurde in mehreren Phasen ausgebaut, deren erste auf das Jahrhundert nach Christi Geburt zurückgeht. Seine Blütezeit erlebte der Tempel im vierten Jahrhundert, bevor er schließlich gewaltsam zerstört wurde. Die Anlage, wie wir sie heute vor uns sehen, liefert noch einen hervorragenden Eindruck davon, wie sie sich damals dargeboten haben muss.«

»Hervorragend« war nicht ganz der Begriff, den Hannah gewählt hätte. Sie warf Loew einen schnellen Seitenblick zu. Ihm war jedoch vollkommen ernst zumute, und er fuhr auch schon fort, während sie an den eher unspektakulären Mauerresten entlangschlenderten.

»Im Wesentlichen wurden hier die Matronen verehrt. Es gibt aber ebenso Hinweise auf die Anbetung weiterer Götter, zum Beispiel des römischen Iupiter. – Hallo, mein Lieber, hierher!«

Letzteres galt seinem Hund, der soeben in eine der Ruinen abgebogen war. Als Cúchulainn hechelnd zu ihm gelaufen kam, zog Loew eine Leine aus der Tasche seiner Wachsjacke und befestigte sie am Halsband.

»Ich weiß, dass du das nicht magst«, beschied er dann einem konsterniert dreinschauenden Cúchulainn. »Aber es verletzt mein Berufsethos, wenn du in den altehrwürdigen Tempeln herumschnüffelst. Von anderen Aktivitäten ganz zu schweigen. - Also, wo war ich? Ach ja. In seiner letzten Phase maß der Tempelbezirk etwa hundertzwanzig mal siebzig Meter und umfasste einen ausgedehnten Festplatz sowie mehrere Gebäude, von denen einige noch in ihren Grundmauern erhalten sind. Die Anlage wurde nach Osten durch eine Wandelhalle abgeschlossen. Sie lag da vorn, wo jetzt die Hecke steht.«

Hannah wandte sich gehorsam um und nahm eine Reihe kleiner, säuberlich gestutzter Buchen zur Kenntnis, die ihr bis dahin entgangen war.

»Einige der Gebäude besaßen kultische Funktion. Die übrigen waren vermutlich Häuser, wie sie halt zu einem Tempelbezirk gehören, also Vorratsräume, Unterkünfte für das Kultpersonal und dergleichen. Das lässt sich nicht immer eindeutig bestimmen. Da drüben«, er deutete nach links, wo Hannah innerhalb der Fundamente eines rechteckigen Raumes Säulenreste ausmachte, »befand sich eine Basilika. Sie diente wahrscheinlich als Versammlungsort. Schräg gegenüber lag ein Brunnen. Und da vorn«, er zeigte zu der am weitesten rechts gelegenen Ruine, »sehen Sie die Reste einer Cella, eines kleinen Umgangstempels. Er heißt deswegen so, weil um den eigentlichen Kultraum herum ein überdachter, auf Säulen ruhender Gang verlief. Davor steht ein Matronenstein. Kommen Sie, schauen wir ihn uns einmal an.«

Sie schlenderten hinüber zu der Cella, einem annähernd quadratischen Gebäude, dessen Seitenlänge Hannah auf sechs Meter schätzte. Seine Vorderseite wies in der Mitte eine Öffnung mit einer mächtigen steinernen Türschwelle auf, abgewetzt und ausgehöhlt von den Jahrhunderten und den ungezählten Füßen all derer, die in Vergangenheit und Gegenwart hier ein- und ausgegangen waren. Links des Eingangs stand der Matronenstein.

»Wer oder was waren denn diese Matronen?«, erkundigte sich Hannah.

»Die Matronen waren einheimische, das heißt keltische und germanische Göttinnen, die für ein bestimmtes Gebiet zuständig waren und es beschützten«, erklärte Loew. »Alles auf diesem Land, also Menschen und Tiere, Höfe und Felder, unterstand ihrer Obhut, und sie wurden besonders im Zusammenhang mit Fruchtbarkeit angerufen. Das Rheinland zwischen Mainz und Xanten war übrigens die Kernregion des Matronenkults, wobei der Schwerpunkt in und um Bonn lag.

Freilich waren nicht alle Heiligtümer, in denen die Matronen verehrt wurden, so bedeutend wie dieses hier. Häufig umfassten sie nur eine kleine Cella mit einem Standbild, vielerorts wird man auch nur ein Standbild errichtet haben. Wir gehen davon aus, dass Sichtverbindungen zwischen den einzelnen Kultstätten bestanden, die die Kommunikation untereinander ermöglichten, tagsüber mithilfe von Rauch oder Lichtreflexen, nachts durch den Schein von Feuern. Daraus kann man schlussfolgern, wie dicht das Netz der Heiligtümer gewesen sein muss. Wahrscheinlich lag auf einer der umliegenden Anhöhen schon der nächste Kultplatz, der mit diesem hier in Verbindung stand.«

Sie hatten nun den Matronenstein erreicht, der auf einem Sockel aus rötlichem Sandstein ruhte. Hannah ging vor ihm in die Hocke, um ihn näher in Augenschein zu nehmen. In seinem oberen Teil erkannte sie drei sitzende Frauengestalten in wallenden Gewändern. Die beiden äußeren waren mit eigenartigen, runden Kopfbedeckungen ausgestattet, während die mittlere ihr Haar offen trug. In ihrem Schoß hielten alle drei eine Schale mit steinernen Früchten, auf die jemand dottergelbe Löwenzahnblüten und Kupfermünzen gelegt hatte. Unterhalb der Göttinnen war eine lateinische Inschrift in spitzwinkligen Lettern eingemeißelt, und nach oben hin wurde das beiderseits von kleinen Säulen eingefasste Götterbild durch ein Dach bekrönt, das Hannah an einen antiken Tempel erinnerte.

»Das Standbild ist natürlich nur eine Kopie«, erläuterte Loew. »Aber wir mussten es trotzdem schon zig Mal ersetzen, weil irgendwelche Deppen dachten, es wäre echt, und ihren Vorgarten damit schmücken wollten. Übrigens ist es die Dublette eines Steins aus einem anderen Matronenheiligtum, nämlich der Görresburg bei Nettersheim. Ein Plagiat, wenn Sie so wollen, doch das weiß kaum jemand.«

Hannahs Finger fuhren die eingravierten Buchstaben entlang. »Was bedeutet die Inschrift?«

Er beugte sich vor und stützte die Hände auf die Knie. »›Den Göttinnen für das Wohlergehen des unbesiegten Antoninus Augustus. Marcus Agrippinus, Beneficiarier im Stab des Statthalters, hat das Gelübde gern und dankbar erfüllt‹«, übersetzte er. »Die Beneficiarier waren eine Art Straßenpolizei in Diensten des römischen Statthalters. Jener Marcus Agrippinus hat den Matronen offensichtlich den Schutz des Kaisers Antoninus Augustus ans Herz gelegt, und nachdem sein Gebet erhört worden war, den Göttinnen zum Dank dieses Standbild errichten lassen. Nach dem Titel Antoninus zu urteilen, handelt es sich bei diesem Kaiser entweder um Caracalla oder seinen Nachfolger Elagabal. Das ist deswegen interessant, weil wir damit die Periode, in der der Stein errichtet wurde, auf zehn Jahre genau eingrenzen können, nämlich auf den Zeitraum zwischen 212 und 222 nach Christus.«

Hannah war verwundert. »Also hat ein Römer zu keltisch-germanischen Göttinnen gebetet?«

Loew richtete sich wieder auf. »Ja und nein. Es stimmt schon, dass die Legionäre, wenn sie längere Zeit in einem Gebiet stationiert waren, allmählich die religiösen Gebräuche der Einheimischen übernahmen. Somit war es durchaus üblich, dass Römer zu ursprünglich keltisch-germanischen Gottheiten beteten. Viele der Stifter und Stifterinnen von Matronensteinen tragen römische oder keltisch-römische Namen. Man kann das aber ebenso als Hinweis darauf werten, wie weit die Bevölkerung des Rheinlandes im zweiten und dritten Jahrhundert nach Christus bereits romanisiert war, also römische Sitten angenommen hatte.«

Hannah blickte zu ihm auf. »Und wie lang wurden die Matronen hier verehrt?«

Loew zog Cúchulainn zurück, der begonnen hatte, interessiert an dem Stein herumzuschnüffeln. »Vermutlich bis ins fünfte Jahrhundert. Jedenfalls ist danach keine Nutzung mehr nachweisbar. Man nimmt an, dass der Tempelbezirk entweder im Zuge der Völkerwanderung plündernden Germanen zum Opfer fiel oder aber den Christen, die schon früh eine bemerkenswerte Intoleranz gegenüber anderen Religionen an den Tag legten. Ich persönlich glaube Letzteres, denn die Anlage wurde gründlicher zerstört, als dies bei Plünderungen normalerweise der Fall ist. Das ging sogar so weit, dass man die Köpfe der Matronen aus den Opfersteinen herausmeißelte. Das heißt, man wollte den Kult als solchen vernichten. Schließlich wurde alles kurz und klein geschlagen und in Brand gesteckt. Meiner Meinung nach bildete dieses Heiligtum in einer Zeit, in der das Christentum immer weiter um sich griff, einen der letzten Zufluchtsorte für die Anhänger heidnischer Kulte, und die Christen löschten den Tempelbezirk aus, um damit ein für alle Mal Schluss zu machen.«

Auf einmal huschte ein Lächeln über sein Gesicht, und er deutete auf die Blumen und Münzen im Schoß der Gottheiten. »Aber wie Sie sehen, ist es ihnen nicht vollständig gelungen. Jedes Mal, wenn ich hierher oder in eines der anderen Matronenheiligtümer der Gegend komme, liegen dort kleine Geschenke an die Göttinnen. Die Menschen fühlen intuitiv, wozu der Ort einst diente, und setzen die Tradition fort. Ich finde das irgendwie tröstlich, wenn Sie verstehen, was ich meine.«

Hannah nickte schweigend. Sie verstand sehr gut. Die verwelkten gelben Blüten des Löwenzahns im steinernen Schoß der Frauen besaßen etwas Rührendes und zugleich Mystisches.

Schließlich riss sie sich von der Betrachtung der Matronen los, erhob sich und schaute sich um. Hier und da sickerten Sonnenstrahlen zwischen den mächtigen grauen Stämmen der Buchen bis auf den Waldboden, den noch das rötlich-braune Laub des vergangenen Winters bedeckte. Als eine leichte Brise aufkam und mit den Wipfeln der majestätischen Bäume spielte, erwachten die Sonnenflecken plötzlich zum Leben und begannen auf dem Boden zu tanzen wie kleine Kobolde aus Licht, die einen längst vergessenen, geheimnisvollen Reigen aufführten.

Und mit einem Mal bereitete es Hannah keine Mühe, sich vorzustellen, wie sich einst Männer und Frauen in wallenden Gewändern inmitten der Gebäude bewegten und Opfergaben in den Tempeln niederlegten. Diesem heiligen Ort war es zweifellos gelungen, seinen magischen Zauber all die Jahrhunderte hindurch zu bewahren.

Nun vermochte sie auch die Faszination nachzuvollziehen, die Menschen wie Rutger Loew empfanden, wenn sie eine solche Stätte ausgruben. Dies hier war weiß Gott mehr als ein Haufen toter Steine. Dieser heidnische Tempel verströmte seine Magie durch jede steinerne Pore seiner alten Mauern, und jeder Sonnenstrahl, der durch das Geäst der Baumkronen in die verfallenen Räume sickerte, jeder Windhauch, der das trockene Laub raschelnd um die Fundamente der Ruinen wehte, wob mit an dem mystischen Gespinst, das diesen Ort wie ein unsichtbarer Kokon umhüllte.

In stummer Übereinstimmung setzten sie sich auf einen umgefallenen Baumstamm gegenüber dem Eingang der ehemaligen Basilika, genossen die Maisonne und versanken in zufriedenes Schweigen. Hannah schloss die Augen und wandte ihr Gesicht den wärmenden Strahlen zu, woraufhin die *Kreativen Regionen* ohne Umschweife ihre Arbeit aufnahmen und eifrig begannen, erste Skizzen der Gebäude anzufertigen und über eine Bilderserie mit dem Titel *Orte, an denen die Zeit stillsteht* nachzudenken. Ideen waberten durch ihren Kopf, nahmen Gestalt an und wurden wieder verworfen ... das Gesprenkel des Lichts auf den verfallenen Mauern - ja, sehr schön, besonders als Aquarell ... gewaltige, bizarr geformte Wurzeln, die sich über die alten Steine wanden wie tropische Schlangen in einem urzeitlichen Dschungel - hervorragend, dies in Öl, wegen der Details ... der Tempel, mystisch in Nebel gehüllt und mit der schemenhaften Andeutung einer Priesterin, die sich anschickte, eine Opfergabe niederzulegen - nein, das war Kitsch. Hannah musste kichern und strich die Priesterin.

»Alles in Ordnung?«

»Alles bestens.«

Also wirklich. Den *Kreativen Regionen* bekam eine fortgesetzte Zeit der Untätigkeit einfach nicht. Sie waren wie der sensible Motor eines hochgezüchteten Rennwagens. Wenn er zu lang stand, sprang er entweder nicht mehr an, oder er rächte sich durch Fehlzündungen und andere Kapriolen.

Apropos Kapriolen. Die Priesterin, die die *Kreativen Regionen* gerade eingespielt hatten, trug unübersehbar Amenas Züge. Wäre dieses einträchtige Beisammensein inmitten der alten Ruinen nicht ein hervorragender Anlass, einen gewissen keltischen Stamm zur Sprache zu bringen? Zumal sich Loew soeben als Experte in Sachen Römer, Kelten und Germanen ausgewiesen hatte? Mit einem Mal war Hannah sicher, dass er ihr etwas zu diesem Thema würde sagen können. Wenn sie doch bloß wüsste, wie sie es anfangen sollte!

Sie blinzelte und warf ihm einen verstohlenen Seitenblick zu. Er saß mit geschlossenen Lidern da, das Gesicht der Sonne zugewandt, genoss die wärmenden Strahlen und wirkte entspannt und rundum zufrieden.

Als hätte er Hannahs Blick gespürt, schlug er plötzlich die Augen auf und wandte sich ihr zu. »Es gibt übrigens auch eine Sage zu diesem alten Heiligtum. Sie berichtet von einem Mann, der in der Weihnachtsnacht zu Fuß von Bad Münstereifel nach Pesch wanderte und dabei über diese Anhöhe hier kam. Aber kaum hatte er den Wald erreicht, als sich auf einmal wie von Zauberhand rings um ihn Nebelschleier herniedersenkten. Wie man sich unschwer vorstellen kann, bekam der arme Mann einen Mordsschreck, denn er hatte natürlich keine Ahnung, wo dieser Nebel so schlagartig herkam. Des Rätsels Lösung ist, so will es zumindest die Sage, dass die Matronen an Weihnachten ein Fest feiern, sich zu diesem Zweck in lange, wallende Nebelgewänder hüllen und durch ihr Reich wandeln.«

Hannah spürte, wie ihr trotz der wärmenden Sonnenstrahlen ein Schauer über den Rücken kroch. »Warum gerade an Weihnachten?«, wunderte sie sich dann. »Das ist doch ein christliches Fest.«

»Ja, schon«, räumte Loew ein. »Es dürfte mit der Wintersonnenwende zusammenhängen, die auf den 22. Dezember fällt. Vermutlich spielte sie in diesem Tempelbezirk einst eine Rolle, und das Wissen darum hat sich im Gedächtnis des Volkes in Form einer Sage bis heute erhalten. Sagen enthalten ja für gewöhnlich einen wahren Kern.«

Gedankenverloren ließ sie ihre Augen über seine Züge wandern, und für einen Moment verfingen sich ihre Blicke ineinander, ehe beide hastig den Kopf abwandten. Sicherheitshalber schloss Hannah die Lider und drehte ihr Gesicht wieder der Sonne zu.

Wirklich eine interessante und höchst abwechslungsreiche Gegend, in die sie da gezogen war. Geheimnisumwitterte Heiligtümer, faszinierende Sagen, nicht minder faszinierende Archäologen ...

Schließlich brach Loew das gemeinsame, entspannte Schweigen. »Wollen wir nachher noch irgendwo eine Kleinigkeit zu Mittag essen?« Es sollte spontan klingen, tat es aber nicht, und Hannah konnte sich des Eindrucks nicht erwehren, dass er bereits seit geraumer Weile auf dieser Frage herumgekaut hatte.

Sie dachte an den Kalender und die ungeheure Arbeit, die darin steckte ... Und an die Tatsache, dass sie einen Abgabetermin einzuhalten hatte ... Und daran, dass sie das Honorar wirklich sehr, sehr dringend brauchte ...

Sie seufzte. »Einverstanden«, sagte sie.

Die *Vernunft*, die den Vormittag gefesselt und geknebelt in der Besenkammer verbracht hatte, wollte schon hoffnungsvoll den Kopf heben, sank nun jedoch wieder resigniert in sich zusammen und biss vor Wut in ihren Knebel. Dass Hannah sich aber auch nie an ihre guten Vorsätze halten konnte! Sie hatte sich auf diesen einsamen Hof zurückgezogen, um zu *malen* und Männern *aus dem Wege zu gehen*. Und was tat sie stattdessen? Verschwendete ihre kostbare Zeit, indem sie mit diesem Archäologen durch die Gegend zog, sich einen Haufen verfallener Steine anschaute und irgendwelches Geschwafel über alte Sagen anhörte. Wenn sie die Gelegenheit wenigstens nutzen würde, um auf die Eburonen zu sprechen zu kommen! Doch nicht einmal das bekam sie hin! Es war schier zum Verzweifeln, und wenn Hannah so weitermachte, würde es kein gutes Ende mit ihr nehmen, da war sich die *Vernunft* vollkommen gewiss.

Nach einer Weile erhoben sie sich widerstrebend und verließen ihr sonniges Plätzchen auf dem Baumstamm, wo es sich so schön gemeinsam schweigen ließ. Cúchulainn, der zu Loews Füßen im warmen Laub gelegen und gedöst hatte, platzte fast vor Tatendrang. Er war der Einzige, der froh war, dass es endlich weiterging, und Loew nahm ihm die Leine ab, damit er sich gebührend austoben konnte.

Loew wählte nun einen anderen Weg als den, auf dem sie gekommen waren. Er verlief in einem sanften Bogen bergab durch den Wald in Richtung des Tals, das sie auf dem Hinweg durchquert hatten, und bald schon lag der *Ort, an dem die Zeit stillsteht* hinter ihnen. Schließlich erreichte der Weg die Talsohle und mündete in die Wiese, durch die sich der Bach schlängelte.

Wieder gingen sie querfeldein, und nach einer Weile näherten sie sich dem Bachlauf. Cúchulainn hatte ihn bereits mit viel Geplansche und lautem, freudigen Gebell durchpflügt, schüttelte sich in einer Kaskade aus silbrig-glänzenden Tropfen und stob durch das hohe Gras auf dem gegenüberliegenden Ufer davon.

Loew deutete voraus zu einem Punkt einen Steinwurf zu ihrer Rechten. »Da drüben ist ein Übergang. Er ist schwierig zu passieren, jetzt, wo das Wasser so hoch ist, denn es sind nur ein paar Steine. Wenn Sie möchten, helfe ich Ihnen gern. Lassen Sie mich vorangehen.«

Hannah folgte ihm, während er das letzte Stück Weges zurücklegte. An der angegebenen Stelle war der Bach knapp drei Meter breit und sprudelte aufgrund der vielen Regenfälle lebhaft und schnell dahin. Hier und da hatten sich Äste und Zweige an der Böschung verfangen und bildeten Hindernisse, an denen sich vertrocknete Grashalme und Laub des vergangenen Winters sammelten. Dicht unter der Oberfläche bemerkte Hannah zwei Forellen. Sie hatten ihre schlanken, rot gesprenkelten Körper bachaufwärts ausgerichtet, und Hannah beobachtete fasziniert, wie es ihnen mit wenigen, eleganten Bewegungen ihrer Flossen gelang, auf der Stelle zu verharren, ohne von der Strömung fortgerissen zu werden.

Mit ein paar raschen Schritten hatte Loew das gegenüberliegende Ufer erreicht und wandte sich zu ihr um. »Beginnen Sie mit dem rechten Fuß«, rief er ihr über das Rauschen des Wassers zu. »So geht's leichter.«

Seine Worte rissen Hannah aus der Betrachtung der Forellen, und so kam es, dass ihr Blick nun zum ersten Mal auf die Steine fiel, mit deren Hilfe er den Bachlauf überquert hatte. Sie hielt so abrupt inne, als hätte ihr jemand einen Dolch zwischen die Rippen gerammt.

Es folgten einige Momente ungläubigen Staunens, in denen ihr Gehirn sich fieberhaft bemühte, das Bild zu verarbeiten, welches ihre Augen ihm lieferten. Sie schaute zur Seite und gleich wieder zurück. Und dann noch einmal. Und ein drittes Mal. Doch es blieb dabei. Sie sah, was sie sah. Und keine Macht der Welt hätte sie in diesem Augenblick dazu bewegen können, diesen Bach zu überqueren.

Loew hatte sie vom anderen Ufer aus beobachtet. Nun streckte er ihr einen Arm entgegen. »Keine Angst, es sieht schwieriger aus, als es ist. Kommen Sie, ich helfe Ihnen. Beginnen Sie mit rechts.«

Sie antwortete nicht, sondern starrte stattdessen mit weit aufgerissenen Augen und stumm wie eine der Forellen die Steine an, auf denen er den Bachlauf überquert hatte. Es waren große, unförmige Trittsteine aus behauenem Basalt, die in einem Zickzackmuster in das Bachbett eingelassen waren, um den Übergang trockenen Fußes zu ermöglichen. Ihre flachen, unregelmäßigen Oberflächen, glänzend wie nasses Kopfsteinpflaster, ragten nur wenige Zentimeter aus dem Wasser heraus, sodass der Bach sie stetig überspülte.

Dann fühlte Hannah jäh, wie ihre Knie weich wurden. Während ihre Augen immer noch wie die Saugnäpfe eines Tintenfisches auf den glitzernden Oberflächen festklebten, taumelte sie einige Schritte rückwärts. *Weg, bloß weg von dem Bach und den Steinen.* Außerdem hatte ihr Herz seinen angestammten Sitz in ihrer Brust aufgegeben und hämmerte nun schmerzhaft und viel zu schnell in ihrer Kehle.

Ganz am Rande ihres Bewusstseins und wie durch einen Schleier hindurch bemerkte sie, dass Loew sie verwirrt und zunehmend besorgt musterte. Möglicherweise hatte er auch etwas gesagt, das jedoch nicht bis zu ihr durchgedrungen war. Jedenfalls überquerte er den Bachlauf schließlich erneut, trat auf sie zu und berührte vorsichtig ihren Arm. »Frau Neuhoff? Was ist passiert?«, fragte er mit einem Stirnrunzeln. »Ist Ihnen nicht gut?«

Er deutete ihr Zögern falsch, natürlich deutete er ihr Zögern falsch. *Aber wiewiewie, um Himmels willen, soll ich es dir erklären?* Nicht nur, dass sie sprachlos war, was selten genug vorkam. Auch wenn sie die richtigen Worte gefunden hätte – wie sollte sie irgendjemandem begreiflich machen, was ihr soeben hier, an einem ganz gewöhnlichen, sonnendurchfluteten Sonntagmorgen, am Ufer dieses harmlosen Bächleins widerfuhr? Sie war ja selbst Lichtjahre davon entfernt, es zu verstehen.

Ihre Augen schmerzten bereits vom unablässigen Starren auf einen Punkt, und mit einem Mal überfiel Hannah die irrationale Furcht, dass sie ihren Blick nie wieder würde lösen können. Sie konzentrierte sich, riss ihre Augen eines nach dem anderen von den Trittsteinen los und starrte stattdessen Loew ins Gesicht. Doch alles, was sie sah, war das Nachbild der verdammten Steine auf ihrer Netzhaut.

»Sie sehen aus, als wären Sie einem Geist begegnet«, stellte er nüchtern fest.

Sie zuckte zusammen. Besser hätte sie es auch nicht formulieren können - wenn sie denn überhaupt etwas hätte formulieren können. Plötzlich wurde ihr bewusst, dass sie die Luft anhielt - vielleicht schon seit mehreren Minuten, im Moment schien alles möglich. Sie atmete tief und röchelnd ein und wandte den Blick ab.

Natürlich, sie hatte ja in Erwägung gezogen, dass Amena und die übrigen Menschen, die ihre Visionen bevölkerten, reale historische Persönlichkeiten sein könnten. Aber es war nichts weiter als eine gedankliche Spielerei gewesen, ausgehend von dem Umstand, dass Iulius Caesar tatsächlich gelebt hatte.

Jetzt jedoch hier zu stehen und die Trittsteine wiederzuerkennen, *auf denen Amena den Bach überquert hatte*, war etwas ganz anderes.

Doch es konnte keinen Zweifel geben, leider nicht den geringsten. Der Trampelpfad, der in dem Birkenwäldchen hinter ihrem Hof begann und den sie auf dem Hinweg hinab ins Tal genommen hatten, war genau derselbe Weg, den Amena in umgekehrter Richtung zum Quellheiligtum unter der mächtigen Eibe zurückgelegt hatte. Und auf diesen Basaltsteinen, deren glänzende Oberflächen unmittelbar vor ihren Füßen aus dem Wasser ragten, querte Amena an jenem Morgen den Bachlauf, als sie von der Hütte, in der sie den verletzten Jungen behandelt hatte, zu Ambiorix' Halle eilte.

Das erklärte freilich auch, warum Hannah die Anhöhe mit der abgeflachten, kahlen Kuppe so merkwürdig vertraut erschien: Sie hatte sie in ihrer ersten Vision mit Amenas Augen gesehen, als diese den steilen Weg vom Nemetom in die Stadt hinabgestiegen war. Oder sollte sie besser sagen: als *sie selbst* in Amenas Gestalt den steilen Weg vom Nemetom in die Stadt hinabgestiegen war?

Plötzlich überfiel sie heftiger Schwindel. Wiese, Bach und Wald schienen sich auf seltsame Weise um sie zu drehen und gegeneinander zu verkanten. Gleichzeitig fühlte sie eine heiße Welle der Panik über sich hinwegschwappen, die sie vom Kopf bis in die Zehenspitzen durchrieselte und ihr die Kehle zuschnürte. *Bloß jetzt hier nicht zusammenklappen!* Sie konzentrierte sich darauf, ruhig und gleichmäßig ein- und auszuatmen, und wenig später kehrten Bach und Botanik in einen annähernd rechten Winkel zurück.

Ganz allmählich drang auch Loew wieder in Hannahs Bewusstsein, der mit hängenden Armen vor ihr stand und zunehmend hilflos wirkte. Seine Frage, was denn los sei, hatte er inzwischen aufgegeben und wartete stattdessen ergeben darauf, dass sie den Weg fände, der aus dieser anderen Welt, in der sie sich augenblicklich aufzuhalten schien, zurück in die Gegenwart und zu ihm führte. In Gedanken hatte er einige klassische Krankheitsbilder von Epilepsie bis Kreislaufkollaps durchgespielt, die entfernte Ähnlichkeit mit ihrem eigenartigen Zustand aufwiesen, jedoch eines nach dem anderen verworfen. Es musste sich um ein Hannah-Neuhoff-spezifisches Syndrom handeln, das bislang keinen Eingang in die medizinische Fachliteratur gefunden hatte.

Und dann, gerade als Hannah ihre körperlichen Befindlichkeiten einigermaßen sortiert hatte und auch ihr Herz endlich an seinen angestammten Platz zurückgekehrt war, wurden ihr mit einer Verzögerung, die nur durch ihren Schock erklärlich und entschuldbar war, drei weitere Dinge paukenschlagartig bewusst.

Erstens: Ihre Visionen bezogen sich allem Anschein nach auf reale Ereignisse.

Zweitens: Sie und Loew befanden sich jetzt genau an der Stelle, wo einst Atuatuca, die größte Siedlung der Eburonen, lag.

Und drittens: Der Heilige Hain mit der uralten Eibe hatte die Kuppe des Hügels bekrönt, *auf der heute ihr Hof stand.*

»Wahnsinn«, flüsterte sie, mehr zu sich selbst.

Aber Loew, der froh war, dass sie überhaupt etwas sagte, hakte sofort ein. »Was ist Wahnsinn, Frau Neuhoff?«, fragte er eindringlich, beinah flehend.

Statt einer Antwort begann sie sich einmal langsam im Kreis zu drehen und nahm das Panorama ganz bewusst in sich auf. Richtig, auch die Silhouette der übrigen Anhöhen kam ihr nun bekannt vor, obgleich die Vegetation anders schien, weniger Laub- und mehr Nadelbäume. Doch es waren dieselben Berge, daran konnte es keinen Zweifel geben. Der größte Teil der ehemaligen Siedlung wurde jetzt von der Wiese eingenommen. Ihre Randgebiete hatte sich der Wald zurückerobert, weswegen Hannah das Tal, in dem die Stadt lag, in ihren Visionen weiter erschienen war, eher wie eine Ebene. Der Bach verlief unverändert der Länge nach durch die Fläche, auf der Atuatuca einst stand, und zerschnitt sie in zwei annähernd gleich große Bereiche. Allerdings war er nun breiter und tiefer als in ihrer

Erinnerung. Das mochte zum einen daran liegen, dass er durch die Regenfälle der letzten Zeit angeschwollen war, aber wahrscheinlich hatte er sein Bett im Verlauf der Jahrhunderte auch ausgewaschen und vertieft.

Jahrhunderte?, überlegte sie. Wenn man die Tatsache, dass Caesar eine Rolle spielte, als Hinweis auf die Datierung der Ereignisse nehmen wollte, lagen sie über zweitausend Jahre zurück! In Gedanken zerlegte Hannah zwei Jahrtausende in drei Silben: zwei-tau-send Jahre! Und dennoch bereitete es ihr keinerlei Schwierigkeiten, sich die Stadt vorzustellen. Sie hätte alles aus dem Gedächtnis heraus aufzeichnen können. Sie hätte den Archäologen zeigen können, wo sie graben mussten.

Mit einem Mal ging ihr auf, wie hochgradig absurd diese Vorstellung war. Ihre Anspannung entlud sich in einem Kichern mit deutlich hysterischem Unterton, als sie sich die Situation ausmalte: Wenn Sie da vorn graben, Herr Loew, ja, genau dort, stoßen Sie auf die Halle des jüngeren der beiden Könige. Er heißt übrigens Ambiorix.

Nachdem Hannah die Drehung um ihre eigene Achse beendet hatte, fand sie sich Angesicht zu Angesicht mit Loew wieder, der sie verständnislos und, wie ihr schien, zunehmend verzweifelt anstarrte.

Ihr war vollkommen bewusst, dass eine Erklärung nicht nur fällig, sondern längst überfällig war. Aber wie sollte sie ihm denn beschreiben, was ihr soeben widerfahren war und wie sie sich fühlte? Er würde ihr vermutlich kein Wort glauben, sie für komplett verrückt halten. Und sie könnte es ihm nicht einmal übel nehmen.

Sie stieß einen tiefen Seufzer aus. Andererseits befürchtete sie, dass sie den Verstand verlieren würde, wenn sie nicht bald mit jemandem über diese eigenartige Angelegenheit spräche. Eine diffuse Angst hatte sich unbemerkt angeschlichen, sprang sie nun aus dem Hinterhalt an und legte ihr die Hände mit eisernem Griff um die Kehle. Wäre es am Ende möglich, dass ein Psychiater eher der richtige Ansprechpartner für sie darstellte? Gab es das, dass jemand, der sein ganzes Leben, immerhin gut dreißig Jahre, völlig unauffällig und normal - na ja, was hieß normal, aber zumindest unauffällig - verbracht hatte, plötzlich und ohne erkennbaren Anlass – *durchknallte*?

Ja, vermutlich gab es das, lautete die wenig beruhigende Auskunft der *Naturwissenschaftlichen Regionen*.

Na großartig.

So kam sie nicht weiter.

120

Konrad wüsste Rat. Konrad, der ihr immer schon gesagt hatte, dass sie über außergewöhnliche spirituelle Fähigkeiten verfügte, was sie jedoch stets entschieden von sich wies. Etwas in ihr sträubte sich dagegen, ihn nun anzurufen und zuzugeben, dass er recht hatte. Und obwohl dieser Schritt auf Dauer wahrscheinlich unausweichlich war, wollte sie zuvor lieber noch Informationen sammeln.

Also doch Loew? Bei nüchterner Betrachtung blieb ja immerhin die Tatsache, dass er sich mit Römern, Kelten und Germanen dieser Gegend gut auskannte und daher zumindest mit dem geschichtlichen Hintergrund ihrer Visionen etwas würde anfangen können, wenn auch vermutlich nicht mit der Art und Weise, wie Hannah dieses Wissen erworben hatte. Und die harten historischen Fakten würden ihn dann überzeugen, dass sie nicht verrückt war, sondern ... – nun, was?

Endlich rang sie sich zu einem Entschluss durch. Gut. Loew also. Sie würde mit ihm reden. Später. Zunächst einmal musste sie Zeit gewinnen, denn sie wollte sich vorher noch ein paar qualifizierte Gedanken über das Wie machen, und sandte ein Stoßgebet an die *Kreativen Regionen*, sie nun, in der Stunde ihrer Not, nicht im Stich zu lassen, sondern unverzüglich die Arbeit aufzunehmen. Unglücklicherweise jedoch hatten sich die *Kreativen Regionen* im Tempelbezirk vollkommen verausgabt, dümpelten daher momentan im Ruhemodus vor sich hin und baten sich zwei Stunden Bedenkzeit aus. Man einigte sich schließlich auf eine Stunde. So lang musste Hannah Loew irgendwie hinhalten.

Sie atmete tief durch und strich sich eine Haarsträhne aus dem Gesicht. »Geht schon wieder«, erklärte sie dann ein wenig unvermittelt. Es war ihre erste Lautäußerung seit zehn Minuten, und sie bemühte sich, ihrer Stimme einen unbeschwerten Tonfall zu verleihen, was gleichwohl gründlich misslang. Sie klang wie vier Wochen Krupp. Hastig räusperte sie sich. »Nur ein kleines Problem mit dem Kreislauf. Bin so viel Bewegung an der frischen Luft nicht mehr gewöhnt. Aber jetzt ist es wieder in Ordnung. Gehen wir?«

Loew musterte sie skeptisch. »Sind Sie sicher?«

»Ganz sicher«, log Hannah fröhlich und setzte ein Lächeln auf, das keinen von beiden überzeugte. »Alles bestens.«

Er zuckte die Achseln. »Wie Sie meinen.« Darauf drehte er sich auf dem Absatz um, querte erneut den Bach und schaute vom anderen Ufer aus erwartungsvoll zurück.

Hannah traute ihren weichen Knien noch nicht gänzlich, riss sich jedoch zusammen und trat an die Böschung. Unglaublich, dachte sie, als sie endlich zögernd einen Fuß auf die glänzende, unregelmäßige

Oberfläche des ersten Steines setzte. Genau hier hat sie gestanden. Auf diesen Tritten hat sie den Bach überquert. Vor zweitausend Jahren.

Mit unsicheren Schritten und durchdrungen von einem Gefühl, das man am ehesten als Ehrfurcht bezeichnen konnte, ging sie weiter. Gerade als sie den dritten Trittstein erreichte, spülte eine kleine Welle über ihren rechten Schuh, und sie spürte, wie Wasser durch das Leder drang und ein Rinnsal unerwartet kalt bis zu ihrem Fuß hinuntersickerte. Ob Amena das auch einmal passiert war?

Schließlich gelangte sie an das gegenüberliegende Ufer und stand wieder sicher auf trockenem Boden. Immer noch von ehrfürchtigem Staunen erfüllt, warf sie einen letzten Blick auf die nass glänzenden Steine, ehe sie sich entschlossen abwandte.

Schweigend setzten sie und Loew ihren Weg fort. Lediglich Hannahs rechter Schuh gab bei jedem Schritt ein schmatzendes Geräusch von sich. Allmählich näherten sie sich dem Fuß des Hügels auf einem Trampelpfad, vermutlich einem Wildwechsel, dessen Gras niedergedrückt und vertrocknet war. Ähnlich niedergedrückt war auch ihre Stimmung.

Fiebrig malte sich Hannah verschiedene Szenarien aus, wie sie Loew ihr Problem - ja, sie war inzwischen durchaus geneigt, ihre merkwürdigen Erlebnisse als Problem anzusehen - schildern würde. Alle endeten unweigerlich damit, dass er sie für vollkommen verrückt erklärte und aus der Tür stürmte, um nie wiederzukehren. Sie konnte bloß hoffen, dass den *Kreativen Regionen* etwas Besseres einfiele.

Loew hingegen hatte unterdessen aufgegeben, Erklärungen für Hannahs seltsames Verhalten finden zu wollen. Ihm fiel schlicht und ergreifend nichts mehr dazu ein. Ihre Behauptung, der Kreislauf bereite ihr Schwierigkeiten, hielt er für eine Ausrede, obgleich er nicht die leiseste Ahnung hatte, was tatsächlich dahinterstecken mochte. Aber da sie auf seine Fragen nicht einging, entschied er, nicht länger in sie zu dringen, und suchte frei nach Nietzsches gutem alten Zarathustra Trost in der Erkenntnis »Alles am Weibe ist ein Räthsel«. Doch ihm war mitnichten wohl bei der Sache, und er hoffte nur inständig, dass ihr befremdliches Gebaren nichts mit ihm zu tun hatte.

Nach einer Weile erreichten sie den Weg, der in dem Birkenwäldchen hinter Hannahs Hof endete.

Der hinauf zum Nemetom geführt hatte.

Als der Boden allmählich anzusteigen begann, blieb Hannah stehen und warf einen Blick zurück über das Tal. Kein Zweifel, das war die Stelle, an der auch Amena auf ihrem Rückweg innegehalten hatte. Dort drüben, genau gegenüber, ragte die Anhöhe mit der eigenartigen, abgeflachten Silhouette auf, und zu ihren Füßen hatte Atuatuca gelegen.

»Außer Atem?«, fragte Loew neben ihr in dem verzweifelten Versuch, ein Gespräch zustande zu bringen. Aber sie nickte nur stumm.

In der vergangenen halben Stunde hatte ihn ein zunehmend ungutes Gefühl beschlichen, das nun scheinbar seine Bestätigung fand: Hannahs seltsames Verhalten hatte wohl doch etwas mit ihm zu tun, denn allem Anschein nach sprach sie nun nicht einmal mehr mit ihm. Er hatte zwar nicht die leiseste Ahnung, warum, was er falsch gemacht haben mochte, aber die Faktenlage schien eindeutig. Vielleicht hatte er im Tempelbezirk zu viel geredet? Merkwürdig, eigentlich hatte er den Eindruck gehabt, dass es sie interessierte, was er über die Matronen zu sagen wusste. Doch er musste sich wohl getäuscht haben, und nun gab sie ihm durch ihr eisiges Schweigen zu verstehen, dass er besser den Mund halten sollte. Hoffentlich steckte nicht mehr dahinter, *noch* mehr.

Als sie schließlich das Birkenwäldchen durchquerten, befand Hannah, dass es an der Zeit sei, sich endlich ein Herz zu fassen und das Geständnis einzuleiten. Zu ihrer Erleichterung gaben ihr die *Kreativen Regionen* grünes Licht.

Ich hoffe bloß, euch ist was Gescheites eingefallen, dachte sie grimmig.

Sie räusperte sich. »Nach einem Mittagessen ist mir im Moment, offen gestanden, nicht zumute«, erklärte sie dann, Loews ursprünglichen Vorschlag wieder aufgreifend. »Aber ich würde mich sehr freuen, wenn Sie auf einen Kaffee oder Tee mit hineinkämen. Es gibt da nämlich eine Angelegenheit, zu der ich gern Ihre Meinung hören würde.« Es klang ein bisschen wie die Bitte um anwaltlichen Beistand, doch sie hoffte, dass es reichte.

Es reichte. Er warf ihr einen Blick zu, den sie nicht zu deuten vermochte, zuckte jedoch mit den Schultern. »Klar, einverstanden.«

Sie betraten den Hof, und Loew bedeutete Cúchulainn, dessen langes, zotteliges Fell deutliche Spuren seines Bades im Bach aufwies, sich vor der Haustür abzulegen.

»Möchten Sie Tee oder lieber Kaffee?«, fragte Hannah, während sie sich erleichtert ihres nassen Strumpfes entledigte und in warme Wollsocken schlüpfte.

Plötzlich ging ihr auf, dass sie ihm diese Frage schon einmal gestellt hatte, an jenem Abend vor hundert Jahren, als er völlig durchnässt bei ihr aufgekreuzt war. Mein Gott, dachte sie, was seitdem alles passiert war. Kaum zu glauben, dass das erst vier Tage her sein sollte. Kam ihr eher vor wie vier Monate.

»Tee, bitte.« Loews Stimme riss sie aus ihren Gedanken. Er deutete auf den Kamin im Wohnraum. »Hätten Sie was dagegen, dass ich Feuer mache?« Seine Hände brauchten dringend eine Beschäftigung, irgendetwas, was ihn davon abhalten würde, an den Nägeln zu kauen - eine schlechte Angewohnheit, die ihn immer dann befiel, wenn er sehr nervös war. So wie jetzt.

»Nein, gute Idee«, rief sie, schon halb in der Küche. »Alte Zeitungen und Holz finden Sie in dem Verschlag unter der Treppe.«

Sie hörte das Rascheln von Papier und das energische Klappern der Holzscheite, als Loew sich voller Elan anschickte, den Kamin in Gang zu setzen.

Er war wirklich von einer bemerkenswerten Geduld und Toleranz, dachte sie, während sie sich ihrerseits mit den Teeutensilien zu schaffen machte. Erst ihr seltsames Gebaren bei ihrem gemeinsamen Abendessen und nun das. Er konnte ihr eigenartiges Verhalten am Ufer des Baches unmöglich verstanden haben, niemand hätte das gekonnt. Aber er hatte gemerkt, dass sie nicht darüber reden wollte, und das ganz einfach akzeptiert. Toll, wie dieser Mann in sich ruhte. So gelassen und souverän, so vollkommen anders als sie selbst. Vielleicht war ja doch noch nicht alles verloren.

Als der Tee fertig war und sie das Tablett hinüber in den Wohnraum trug, saß Loew in einem der Sessel vor dem Kamin und starrte nachdenklich in die Flammen. Sobald er sie bemerkte, riss er sich von der Betrachtung des Feuers los und schenkte den Tee ein, während sie sich unauffällig nach den Zigaretten umschaute.

»Auf dem Kaminsims«, sagte er, ohne aufzublicken.

Hannah verkniff sich einen bissigen Kommentar, steckte sich eine Zigarette an und sank in den zweiten Sessel.

Nachdem unter Austausch zahlreicher »Bitte« und »Danke« Tee, Zucker und Sahne verteilt worden waren, gab es endgültig keinen Grund mehr, das leidige Thema länger aufzuschieben. Hannah nahm einen gierigen Zug an ihrer Zigarette, ließ den Rauch langsam durch die Nase entweichen und schlug die Beine unter. Jetzt oder nie. Sie schöpfte tief Atem.

Und genau in dem Augenblick, als sie endlich den Mund aufmachte, um Loew alles zu erzählen, sich die ganze merkwürdige Geschichte von der Seele zu reden und sich ihm und seinem Urteil auf Gedeih und Verderb auszuliefern, ergriff der plötzlich das Wort.

»Nun machen Sie es mal nicht so spannend.« Er vermied in auffälliger Weise, sie anzuschauen, fixierte stattdessen seine Tasse. »Sie müssen auf mich keine Rücksicht nehmen.«

Verdutzt atmete Hannah aus und klappte den Mund wieder zu. Rücksicht? Wieso Rücksicht? Was zum Teufel meinte er damit? »Ich kann mit Kummer umgehen«, teilte er seiner Tasse soeben mit.

Hannah furchte die Stirn. Kummer? Wieso Kummer? »Eh?«, war alles, was sie zustande brachte.

Nun kamen ihm erste Zweifel. »Was Sie mir sagen wollen, ist doch wohl, dass Sie mich nicht mehr sehen möchten, oder?«, fragte er nach einem Moment beiderseitigen verwirrten Schweigens vorsichtig.

Hannah, die gerade einen langen Zug an ihrer Zigarette genommen hatte, stieß den Rauch in einem einzigen Schwall aus, sodass sie Loew vage an einen Feuer speienden Drachen erinnerte. Wütend auf sich selbst warf sie das halb gerauchte Ding in den Kamin. »Nein, um Himmels willen, nein«, stammelte sie. »Das ist ein riesiges Missverständnis. O Gott, ich ... also mir ...« Sie hob die Hände, als könnte sie mit ihrer Hilfe besser beschreiben, was sie mit Worten nicht zuwege brachte, ließ sie dann aber wieder sinken und raufte sich stattdessen die Haare.

»Ja?« Loew hatte sich in seinem Sessel zurückgelehnt und musterte sie mit schräg gehaltenem Kopf. Jetzt überwog echte Neugier, denn wenn es nicht das war, was er befürchtet hatte, konnte es seiner Meinung nach so schlimm nicht werden.

»Wissen Sie«, nahm Hannah schließlich einen erneuten Anlauf, »vorhin, an dem Bach, das waren gar keine Kreislaufbeschwerden.«

Und nun, endlich, erzählte sie ihm die ganze Geschichte, die Albträume, die Visionen, einfach alles. Sie redete und redete, berichtete, schilderte, beschrieb und führte aus, als ginge es um ihr Leben.

Und Loew hörte zu. Zuerst nur höflich-interessiert, hin und wieder nickend oder an seinem Tee nippend. Doch als die Sprache auf Amena, den Stamm der Eburonen und das Quellheiligtum kam, änderte sich seine Haltung mit einem Mal. Er runzelte die Stirn, stellte seine Tasse beiseite und beugte sich vor, gespannt wie ein zum Sprung bereiter Panther. Und als Hannah schließlich den Namen Atuatuca erwähnte, sprang er wahrhaftig auf, sodass sie erschrocken in ihrer Schilderung innehielt, um sich gleich darauf abermals auf die Kante seines Sessels fallen zu lassen. Er wirkte äußerst erregt, hoch konzentriert und dabei gleichzeitig vollkommen abwesend. Aber er unterbrach sie nicht. Im Gegenteil, als sie ins Stocken geriet, weil sein seltsames Verhalten sie aus dem Konzept brachte, forderte er sie ungeduldig auf, fortzufahren.

Also berichtete sie ihm auch noch den Rest, ihr erstes *déjà vu*-Erlebnis auf dem Weg hinunter ins Tal, und wie es ihr den Boden unter den Füßen wegriss, als sie am Bachufer plötzlich vor diesen Trittsteinen aus Basalt stand.

»Können Sie sich vorstellen, wie ich mich fühle?«, fragte sie schließlich, als sie erschöpft in ihren Sessel zurücksank.

Es war eine rhetorische Frage. Sie erwartete keine Antwort und bekam auch keine, denn Loew war viel zu sehr mit sich selbst beschäftigt. Er war erneut aufgesprungen und lief nun mit langen Schritten vor dem Kamin auf und ab.

Höflich schob Hannah ihren Sessel ein Stück zurück, um ihm mehr Raum zu geben. Außerdem machten sie seine schnellen, energischen Bewegungen nervös. Nun, da sie sich alles von der Seele geredet hatte, fühlte sie sich erleichtert, aber auch sehr müde. Am liebsten hätte sie sich in ihrem Sessel eingerollt und ein Stündchen geschlafen. Doch Loews seltsames, erregtes Verhalten hielt sie davon ab. Nun, wenigstens schien er sie nicht für verrückt zu halten, dachte sie schläfrig. Das war ja immerhin etwas.

Er hatte kurzzeitig in seiner Wanderung innegehalten und stützte sich mit der Rechten am Kaminsims ab, als suche er Halt in dem Chaos der Gefühle, das ihn überwältigt hatte. »Das ist unglaublich«, murmelte er immer wieder wie zu sich selbst, glaubte es aber allem Anschein nach doch, sonst wäre er ja nicht so aus dem Häuschen.

Hannah fand, sie habe sich nun eine Zigarette verdient, zündete sich eine an und inhalierte einen zünftigen Zug.

Plötzlich baute sich Loew direkt vor ihr auf und sackte in die Hocke, sodass sich ihre Augen gleichauf befanden. Die seinen glänzten fiebrig. »Um Himmels willen, Hannah, wissen Sie eigentlich, was Sie da behaupten?«

Sie musste sich den Hals verrenken, um ihm den Rauch nicht ins Gesicht zu blasen, und pustete ihn gegen die Decke. Beiläufig registrierte sie den Wechsel zur vertraulichen Anrede per Vornamen. Dann schaute sie in seine bemerkenswerten braunen Augen, die ganz dicht vor ihren schwebten, widerstand der Versuchung, sich in sie zu versenken, und schüttelte bedauernd den Kopf. »Nein«, erklärte sie wahrheitsgemäß. »Ich habe nicht die leiseste Ahnung.«

Er sprang wieder auf - schade, dachte sie -, fuhr sich mit beiden Händen durch die Haare und ließ sich auf die Kante seines Sessels fallen. Er war so erregt und rastlos, dass er es in keiner Position länger als ein paar Sekunden aushielt. »Was Sie mir soeben erzählt haben, ist aller Wahrscheinlichkeit nach die Antwort auf ein Rätsel, das uns Archäologen seit geraumer Zeit beschäftigt.« Nun war es an Hannah, verwirrt zu sein. Es kostete Loew sichtlich Mühe, seine Gedanken zu ordnen. Er war so aufgewühlt, dass er nicht wusste, wo er anfangen sollte. »Kennen Sie Caesars *De Bello Gallico*, den Bericht vom Gallischen Krieg?«, fragte er schließlich, nachdem er einige weitere Ansätze als zu wissenschaftlich verworfen hatte. Sie zuckte die Schultern. »Also, ›kennen‹ wäre jetzt übertrieben. Ich habe mich wie Hunderttausende anderer armer Schüler im Lateinunterricht damit abgequält. Aber das ist lange her, und ich muss gestehen, es hat mich auch nicht wirklich vom Hocker gerissen.« Er nickte, als wäre es das, was er erwartet hatte. »Im *De Bello Gallico* beschreibt der Proconsul die acht Jahre seiner Eroberungszüge gegen die Kelten. In den Jahren 54 und 53 vor unserer Zeitrechnung hatte er es mit den Eburonen zu tun, die sich unter ihrem jungen König Ambiorix gegen die römischen Eindringlinge zur Wehr setzten. Der Hauptort dieses Stammes hieß Atuatuca, und obwohl es eine recht große Siedlung gewesen sein muss, ist sie bislang nicht lokalisiert worden. Und nicht nur das, wir wissen nicht einmal, wo sie ungefähr liegen könnte. Es gibt mehrere Theorien, die sie an verschiedenen Stellen zwischen Rhein und Maas ansiedeln, aber Genaues weiß niemand. Ich persönlich war übrigens immer ein leidenschaftlicher Verfechter der Annahme, dass Atuatuca hier in der Nähe lag. Und Sie haben mir das soeben bewiesen.«

Hannah hatte es die Sprache verschlagen. Wäre ein Raumschiff vor ihren Augen im Innenhof gelandet und ihm ein kleines grünes Männlein entstiegen, sie hätte mitnichten verblüffter sein können.

Eine Weile schwiegen beide, hingen ihren eigenen konfusen Gedanken nach, während der Tee kalt wurde und Hannahs Zigarette halb geraucht im Aschenbecher verglühte.

Nach einer geraumen Zeit räusperte sich Hannah. »Nur damit ich das richtig verstehe«, begann sie vorsichtig, nachdem sie sich vergewissert hatte, dass ihre Stimme ihr wieder gehorchte. »Sie wollen also sagen, dass sich meine Visionen tatsächlich auf reale Ereignisse beziehen? Dass sich das alles genau so abgespielt hat?«

»Ja, vor etwa zweitausend Jahren und ganz hier in der Nähe.« Loew hatte sich erhoben, langsamer nun, sodass Hannah schon erleichtert annahm, er wäre endlich zur Ruhe gekommen. Nun lehnte er an der Treppe zum Obergeschoss und starrte gedankenverloren auf die Maserung des Holzes. Plötzlich jedoch wirbelte er herum und schlug mit der flachen Hand auf die Armlehne ihres Sessels.

»Aber das ist doch unmöglich«, schrie er Hannah an, die erschrocken aufsprang und gegen den Kamin zurückwich. »Sie müssen sich mit dem *De Bello Gallico* beschäftigt haben. Woher könnten Sie das alles sonst wissen?«

Er wandte sich abrupt ab, in seinen Zügen mischten sich Zorn und Verwirrung. Dann schaute er ihr erneut ins Gesicht, bohrte seinen prüfenden Blick in ihre Augen, sodass Hannah, die überhaupt nicht wusste, wie ihr geschah, unwillkürlich einen weiteren Schritt zwischen sie brachte. Ihr Rücken stieß hart gegen das Mauerwerk des Kamins.

»Sie wollen mich auf den Arm nehmen, hab ich recht?«, fragte Loew leise, seine Stimme mit einem Mal lauernd und gefährlich wie ein Raubtier, das eine vielversprechende Beute ins Visier gefasst hatte. »Geben Sie's zu, Sie haben sich die ganze Geschichte nur ausgedacht.«

Hannah stand regungslos da, vor Schreck wie gelähmt, unfähig, einen klaren Gedanken zu formen, und starrte in seine für gewöhnlich so ebenmäßigen Züge, nun verzerrt vor mühsam kontrollierter Erregung. Ein Teil ihres komplexen Gehirns, welcher, vermochte sie im Moment nicht zu deuten, traf die völlig irrelevante Feststellung, dass sie mit einem solchen Gefühlsausbruch nicht nur nicht gerechnet, sondern ihn Loew auch nicht zugetraut hatte.

Doch so unvermittelt, wie seine Wut gekommen war, verschwand sie wieder, hatte sich in dieser einen, heftigen Eruption entladen, wie ein Vulkan, der jahrhundertelang inaktiv war, dann plötzlich einmal kurz und eindrucksvoll ausbrach, um anschließend erneut für Jahrhunderte in Untätigkeit zu versinken. Nun sackte Loew in sich zusammen, als wäre all seine Kraft auf einen Schlag aus ihm gewichen und ließe eine leere, schlaffe Hülle zurück. Er fuhr sich mit der Rechten über das Gesicht wie jemand, der aus einem tiefen Schlaf zu sich kam, und wandte sich ab. »Bitte entschuldigen Sie«, flüsterte er heiser. »Ich habe mich gehen lassen.«

Langsam erwachte Hannah aus ihrer Starre wie ein Bär aus dem Winterschlaf und auch aus einem ähnlichen Grund: Da ihre Rückseite nun schon geraume Zeit der Hitze des Kaminfeuers ausgesetzt war, wurde es ihr allmählich zu warm. Loew stand mit hängenden Schultern vor ihr, den Blick noch immer abgewandt, und wirkte verwirrt und hilflos. Er schien auf etwas zu warten, ihre Antwort, ein Urteil, welches darüber entschiede, ob er wahrhaftig einer archäologischen Sensation auf der Spur oder lediglich das Opfer eines üblen Scherzes war. Mit einem Mal ging ihr auf, dass sie nicht die Einzige war, für die etwas auf dem Spiel stand. Das erklärte seine unerwartet heftige Reaktion. Etwas anderes wurde ihr leider in diesem Augenblick noch nicht klar, sollte ihr erst in den folgenden Tagen klar werden, wie schon so oft in ihrer Vergangenheit dann, wenn es beinah zu spät war: Auch Loew hatte das Leben Misstrauen, gar Furcht gelehrt. Der viel zu frühe Tod seiner Frau hatte seine Spuren hinterlassen, und Vertrauen zu fassen fiel ihm seither schwer.

Für den Moment jedoch blieb Hannah an der Oberfläche der Dinge verhaftet. Was hatte sie denn erwartet?, fragte sie sich. Hatte sie tatsächlich angenommen, dass Loew ihre Geschichte schluckte, ohne mit der Wimper zu zucken? Hatte sie nicht ursprünglich sogar befürchtet, er würde sie für verrückt erklären? Das tat er nicht, aber das Recht zu zweifeln konnte sie ihm wohl kaum absprechen.

Schließlich setzte sie einen Schritt auf ihn zu. Sie hätte nun auch wirklich nicht mehr länger warten können, denn die Hitze in ihrem Rücken wurde allmählich unerträglich. Vorsichtig berührte sie seinen Arm, damit er ihr das Gesicht zuwandte. Verwundert hob er den Kopf und richtete seine dunklen Augen auf sie.

»Sie müssen sich nicht entschuldigen, Rutger«, sagte sie leise, seine vertrauliche Anrede wieder aufgreifend. »Ich kann Ihre Reaktion sehr gut verstehen. Eigentlich war ich davon ausgegangen, dass Sie mich für nicht ganz gescheit halten, denn mir ist vollkommen bewusst, wie abstrus meine Geschichte in Ihren Ohren klingen muss. Doch ich schwöre Ihnen, dass ich mich nicht über Sie lustig mache. Nichts läge mir ferner, das müssen Sie mir glauben. Alles hat sich genau so zugetragen, und das letzte Mal, dass ich in Caesars *De Bello Gallico* gelesen habe, liegt fast zwanzig Jahre zurück. Sie überschätzen mein Gedächtnis, wenn Sie annehmen, dass ich davon auch nur das Mindeste behalten hätte.«

Plötzlich schossen ihr Tränen in die Augen, als zwei weitere Sätze in ihrem Kopf Gestalt annahmen, deren Offenheit sie selbst überraschte. Eilig senkte sie den Blick.

»Die Wahrheit ist, es macht mir Angst, wenn Sie mir sagen, dass meine Visionen auf historischen Tatsachen beruhen, weil ich mir das nämlich nicht erklären kann. Ich habe Sorge, dass mit mir irgendwas nicht in Ordnung ist.«

Loew hatte ihr mit ernster Miene zugehört. Nun holte er tief Luft, legte seine Hand behutsam an ihre Wange und hob ihr Gesicht leicht an. »Mit dir ist alles in Ordnung«, sagte er sanft, und der Anflug eines Lächelns huschte über seine Züge.»Und ich glaube dir. Es ist nur alles so ... fantastisch. Aber ich möchte gern tun, was in meiner Macht steht, um dir zu helfen. Vielleicht haben wir gemeinsam eine Chance herauszufinden, was da vor sich geht.«

Hannah hatte sich in ihren Sessel fallen lassen, um eine entspannende Zigarette zu rauchen, während Rutger sich für einen Moment entschuldigte: Er müsse dringend frische Luft schnappen. Durch die Sprossenfenster sah sie ihn nun im Innenhof auf und ab tigern, die Hände in die Taschen seiner Jeans gerammt und Cúchulainn, der ein neues Abenteuer witterte, dicht auf den Fersen. Nach einer Weile wurde sie ebenfalls unruhig und ging in die Küche hinüber, um Tee zu kochen.

Als Rutger schließlich ins Haus zurückkehrte, hatte er seine Gefühle jedweder Art wieder unter Kontrolle und verströmte stattdessen die unbändige wissenschaftliche Energie eines Paläontologen, dem soeben zu Ohren gekommen war, dass im afrikanischen Urwald eine Handvoll Saurier überlebt hatte.

»Versuchen wir doch mal, die Fakten zu sortieren«, schlug er voller Tatendrang vor, sobald er Platz genommen hatte.»Vielleicht finden wir ja irgendeinen Ansatzpunkt. Oh, und hättest du etwas zu schreiben für mich?«

Hannah besorgte ihm Papier und Kugelschreiber, lehnte sich in ihrem Sessel zurück und zog die Beine unter sich. Da sie ohnehin mit ihrem Latein am Ende war, überließ sie ihm nur allzu gern die Initiative.

»Vielen Dank. So, und nun erzähl mir noch einmal, was du in den beiden Visionen gesehen hast, aber dieses Mal bitte so detailliert wie möglich. Erinnere dich ganz genau, und erwähne auch die Dinge, die dir unbedeutend erscheinen. Ich möchte sichergehen, dass wir nichts Wichtiges übersehen.«

Hannah nippte vorsichtig an ihrem heißen Tee.»Okay. Also, zu Beginn der ersten erwachte Amena aus einem Traum, der sie sehr beunruhigte ...«

Anschließend rief sie sich alles ins Gedächtnis, was sie im Verlauf der Meditationen erlebt hatte, ließ die Ereignisse wie einen Film hinter ihrer Stirn abspulen und beschrieb Rutger, was sie sah, gleichzeitig bemüht, selbst die geringsten Details zu erfassen. Nach einer Weile stellte sie fest, dass es ihr leichter fiel, sich zu entsinnen, wenn sie die Augen schloss, und sie setzte ihre Schilderung mit geschlossenen Lidern fort.

Rutger lauschte ihrem Bericht mit äußerster Konzentration, hing förmlich an ihren Lippen und machte sich hin und wieder Notizen. Er wagte nicht, sie zu unterbrechen, um Fragen zu stellen. Hannah wirkte wie in Trance, sprach leise und langsam, legte Pausen ein, während sich ihre Augen ruckartig hin- und herbewegten, als sie dem unsichtbaren Film folgten, der in ihrem Inneren ablief.

Als sie schließlich schilderte, wie das Orakel durch Amena sein vernichtendes Urteil verkündete, sah er erschrocken, wie eine einzelne Träne über ihre Wange lief und auf ihren Pullover tropfte. Auf einmal brach sein schlechtes Gewissen über ihn herein wie eine dunkle Woge. Er hatte sich blindwütig auf die Chancen gestürzt, die ihre Meditationen ihm als Wissenschaftler eröffneten, und nicht einen einzigen Gedanken daran verschwendet, wie Hannah den Ereignissen, die sie selbst ja als handelnde Person miterlebte, gegenüberstehen mochte. Nun erst, zu spät, wurde ihm bewusst, was es für sie tatsächlich bedeutete, dass sie für die Dauer ihrer Reisen in die Vergangenheit Amena *war*, und er hätte sich ohrfeigen können. Er hatte sie benutzt wie ein wissenschaftliches Werk, in dem er etwas nachschlagen wollte, und plötzlich hasste er sich dafür.

Schließlich holte Hannah tief Luft und schlug blinzelnd die Augen auf.»So, jetzt weißt du genauso viel wie ich«, erklärte sie mit einem matten Lächeln. Ihr Bericht hatte sie erschöpft, sie fühlte sich ausgelaugt und müde. Außerdem machte sich allmählich unangenehm bemerkbar, dass sie seit dem Frühstück nichts mehr gegessen hatte.

Die eigentliche Ursache für ihr Unwohlsein war jedoch, dass sich, während sie die Visionen in ihrer Erinnerung noch einmal durchlebte, eine ebenso entscheidende wie unwillkommene Erkenntnis eingestellt hatte. Bislang war es ihr einigermaßen gelungen, eine innere Distanz zu den Ereignissen zu wahren, ihnen mit Neugier und demselben Interesse zu begegnen wie einem spannenden Film oder einem fesselnden Roman und eine persönliche Anteilnahme weitestgehend zu vermeiden. Sie hatte sich gefühlt wie eine Akrobatin auf dem Hochseil, die zwar wusste, dass unter ihr der Abgrund gähnte, sich gleichwohl mit dem Gedanken tröstete, dass er ihr nur dann gefährlich werden könne, wenn sie einen Blick hinunter warf. Und wer sollte sie zwingen, dies zu tun, wenn sie es nicht wollte?

Sie selbst, ihre eigene Wissbegierde, war es, die sie schließlich verleitet hatte, in diesen Abgrund zu schauen. Tief hinein in seinen dunklen Schlund führte ihr Blick sie, und plötzlich war nichts mehr wie zuvor. Sie erfuhr, was ein wesentlicher Teil von ihr, wie sie jetzt erkannte, nie hatte wissen wollen. Und von nun an würden kein Leugnen und kein Verdrängen sie länger vor der grausamen Wahrheit schützen: Die Ereignisse um Amena waren historische Tatsachen. Amena und die übrigen Eburonen hatten wahrhaftig gelebt, sie waren Menschen aus Fleisch und Blut, ihre Ängste, ihre Verzweiflung ebenso real wie ihr furchtbares Schicksal.

Diese Erkenntnis, hart und klar wie ein Kristall, hatte auf sie am Boden des Abgrunds gelauert. Von nun an konnte sich Hannah nichts mehr vormachen. Die Zeit der spielerischen Neugier, des Experimentierens war unwiederbringlich vorüber. Wenn sie fortan meditieren würde, um zu erfahren, wie Amenas Schicksal sich weiter entwickelt hatte, dann mit einem neuen, geschärften Bewusstsein für das, was sie sah.

Aber wollte sie denn überhaupt?

Sie wusste es nicht.

Nie zuvor war ihr die wahre Bedeutung des Wortes Enttäuschung so deutlich vor Augen gestanden wie in diesem Moment: Ent-täuscht war derjenige, der zuließ, dass man ihn einer Täuschung beraubte, weil er zu spät erkannte, wie sehr er sie brauchte.

Rutger hatte sie schweigend beobachtet, wollte ihr Zeit geben, zu sich zu kommen, während sein schlechtes Gewissen ihn plagte. Als sie sich schließlich eine weitere Zigarette anzündete, was sie, wie er bemerkt hatte, meist tat, wenn sie angespannt war, gab er sich einen Ruck.

»Ich hätte dich nicht bitten sollen, dich zu erinnern«, sagte er leise. »Es tut mir leid. Ich hatte keine Ahnung, wie nah dir die Ereignisse gehen.«

Ich auch nicht, dachte Hannah. Sie machte eine müde Handbewegung, die alles und nichts bedeuten konnte. Rutger verstand sie dennoch. Sie besagte in etwa:»So ist es leider nun einmal, aber ich möchte nicht darüber reden. Ich bin froh, dass ich's hinter mir hab. Trotzdem danke für dein Mitgefühl.« So viel Aussage in solch einer kleinen Geste.

Nach einem Augenblick des Nachdenkens entschied Rutger, sich auf das Terrain zurückzuziehen, das ihm im Moment als das sicherste erschien: die reinen historischen Fakten. Er überflog seine Notizen - überflüssigerweise, denn er wusste jedes Wort, das er dort in seiner persönlichen Kurzschrift festgehalten hatte, auswendig -, ehe er sich räusperte.

»Was du da beschreibst, ist ein Teil der Ereignisse, die Caesar in seinem *De Bello Gallico* schildert, wenn auch längst nicht so ausführlich. Das Kapitel Eburonen ist für ihn eines der am wenigsten ruhmreichen. Daher hat er verständlicherweise kein Interesse an detaillierten Schilderungen und konzentriert sich stattdessen darauf, in epischer Breite diejenigen Unternehmungen darzustellen, die für ihn günstiger ausgegangen sind. Was unser Thema betrifft, beschränkt er sich im Wesentlichen auf die nackten militärischen Tatsachen und vernachlässigt die Hintergründe und Begleitumstände. Einige der Namen, die du genannt hast, kenne ich; sie beziehen sich auf historisch bezeugte Persönlichkeiten. Das gilt - außer natürlich für den Proconsul - für die beiden Könige der Eburonen, Ambiorix und Catuvolcus, und ebenso für die römischen Legaten Sabinus und Cotta. Atuatuca hat es, wie schon gesagt, gleichfalls gegeben, obwohl bislang niemand weiß, wo die Stadt einst lag.

Ich denke, man kann also mit aller gebotenen Vorsicht behaupten, dass sich die Ereignisse, deren Zeugin du geworden bist, vor ungefähr zweitausend Jahren hier in der Nähe zugetragen haben. – Aber bitte zitiere mich nicht«, setzte er in dem schwachen Versuch hinzu, einen Scherz zu machen.

Hannah lächelte nicht. Nach einem Moment erhob sie sich schwerfällig, stakste hinüber zu einem der Fenster zum Innenhof und riss es weit auf. Der Raum war erfüllt vom Rauch des Kaminfeuers und dem Qualm ihrer Zigaretten. Doch sie wusste sehr wohl, dass es nicht nur die stickige Luft war, die ihre Kehle hatte eng werden lassen.

Sie stützte ihre Ellbogen auf das Fensterbrett. Ein leichter Wind trug den würzigen Geruch des Waldes zu ihr herüber. Hannah schloss die Augen und sog ihn in gierigen Zügen in ihre Lungen, bis das Gefühl der Beklemmung allmählich abebbte. Schließlich nahm sie einen letzten tiefen Atemzug, ehe sie sich erneut Rutger zuwandte. »Du sagtest vorhin, es gebe mehrere Theorien über die genaue Position von Atuatuca?«

»Das ist richtig.« Er besann sich kurz. »Außer Bad Münstereifel fallen mir spontan zwei Orte ein, in deren Nähe die Stadt vermutet wird, nämlich Atsch bei Stolberg und Tongern in Belgien. Das sind noch die seriöseren Ansätze. Darüber hinaus fehlt es nicht an Versuchen diverser ambitionierter Hobbyforscher, die Siedlung so ziemlich überall zwischen Rhein und Maas anzusiedeln, vorzugsweise in der Umgebung ihrer eigenen Heimatstadt.«

»Hat Caesar ihre Lage denn nicht beschrieben?«

Rutger schüttelte bedauernd den Kopf. »Leider ist uns der Meister selbst hierbei keine große Hilfe. Die legendäre Präzision, mit der er ja sonst den Standort fast jedes verdammten Etappenlagers beschreibt, das seine Legionäre jemals aus dem Boden gestampft haben, ließ ihn im Falle Atuatucas völlig im Stich. Er schreibt so was Ähnliches wie ›mitten im Eburonenland gelegen‹.«

Hannah verzog das Gesicht.»Das ist wirklich nicht sehr hilfreich. Aber was brachte dich dann darauf, die Siedlung hier in der Nähe zu vermuten?«

Er legte Papier und Kugelschreiber beiseite und schlug die Beine übereinander, während er überlegte, wo er anfangen sollte.»Da muss ich etwas weiter ausholen«, begann er schließlich.»Vor einigen Jahren wurde in der altehrwürdigen Bibliothek des Vatikan eine anonyme Handschrift aus dem dreizehnten Jahrhundert entdeckt. Diese Bibliothek ist ja berühmt dafür, dass dort die erstaunlichsten Dinge ans Tageslicht kommen. Möchte nicht wissen, was da noch so alles vor sich hingammelt. Aber egal. Der mittelalterliche Verfasser des Manuskripts behauptet jedenfalls in einem kurzen Vorwort, sein Werk sei lediglich eine wortgetreue Abschrift eines sehr viel älteren Dokuments und dieses Original stamme von Lucius Aurunculeius Cotta.«

Hannah hob überrascht die Augenbrauen.»Den hatten wir doch schon. Ist das nicht einer der beiden Legaten, denen Caesar den Befehl über das Winterlager in der Nähe von Atuatuca anvertraute?«

»Derselbe. Er befand sich seit dem Jahr 57 vor Christus in Diensten des Proconsuls. Man wusste bereits vor der Entdeckung dieser Handschrift, dass er eine Art Kriegstagebuch seiner Feldzüge gegen die Kelten verfasst hat, insbesondere über Caesars zweite Überfahrt nach Britannien, an der er ebenfalls teilnahm. Der Text galt jedoch als verschollen. Und jetzt behauptet also dieser mittelalterliche Schreiber, sein Manuskript sei eine Abschrift von Cottas Tagebuch.« Rutger angelte sich erneut den Kugelschreiber. Es referierte sich einfach besser, wenn man dabei etwas mit den Fingern anstellen konnte. Hannah bemerkte, dass seine Hände leicht zitterten.

»Wie du dir vorstellen kannst, schlug die Nachricht unter den Historikern ein wie seinerzeit der Komet unter den Sauriern, wenngleich mit weniger verheerender Wirkung. Nicht nur, dass der Fund an sich spektakulär ist; pikant ist darüber hinaus, dass der Verfasser dieses Kriegstagebuchs viele Sachverhalte deutlich anders darstellt als der Proconsul in seinem *De Bello Gallico*. Natürlich meldeten sich schon bald erste Zweifler zu Wort, und heute ist die Authentizität dieses mittelalterlichen Manuskripts in Forscherkreisen umstritten. Manche glauben - ich übrigens auch -, dass es in der Tat die Abschrift eines vorchristlichen Originals ist und durchaus von Cotta stammen mag. Andere halten es für eine geniale Fälschung.«

Hannah schloss das Fenster und nahm wieder Rutger gegenüber Platz.»Schön und gut. Aber was hat das alles mit Atuatuca zu tun?«

»In dieser Handschrift wird die Lage der Stadt recht exakt beschrieben. So exakt zumindest, dass man sie in einem Dreieck mit einer Seitenlänge von jeweils ungefähr fünfzig Kilometern vermuten kann. Die Bachwiese, in der du vorhin die Trittsteine wiedererkannt hast, befindet sich genau in diesem Dreieck. Sollte sich dort also wahrhaftig eine frühgeschichtliche Siedlung der Eburonen befinden, so wären das gleich zwei wissenschaftliche Sensationen auf einmal: Erstens wüssten wir endlich, wo Atuatuca wirklich lag. Und zweitens wäre diese Entdeckung der Beweis dafür, dass dem besagten Manuskript tatsächlich ein Werk aus der Zeit des Gallischen Krieges zugrunde liegt, nämlich Cottas Tagebuch. Denn der mittelalterliche Verfasser konnte schließlich nicht wissen, wo Atuatuca einst lag, da die Römer es dem Erdboden gleichgemacht haben.«

Hannah war unmerklich zusammengezuckt. Sie nahm einen letzten, nachdenklichen Zug an ihrer Zigarette, warf den Filter ins Feuer und beobachtete, wie sich die Flammen seiner bemächtigten, er binnen weniger Sekunden verbrannte und zu Asche zerfiel.

Atuatuca dem Erdboden gleichgemacht, hatte Rutger gesagt. War die schöne, lebendige Stadt ein Raub der Flammen geworden, zu Asche zerfallen wie dieses unbedeutende Stückchen Zellulose; Atuatuca, das sie in ihren Visionen so pulsierend und voller Menschen erlebte? Amenas Heim, Ambiorix' Halle, die schlichten Hütten der Ärmeren ebenso wie die reich ausgestatteten Häuser der Krieger und die Werkstätten der Handwerker – waren sie alle einem Inferno zum Opfer gefallen? War nichts von ihnen übrig geblieben als ein Haufen schwarzer, verkohlter Trümmer?

Sie fühlte, wie ein eisiger Schauer ihren Rücken hinabrieselte, und wandte den Blick vom Feuer ab. Sie wollte es nicht wissen. Hätte sie in diesem Moment jemand gefragt, ob sie je wieder meditieren würde, um zu erfahren, welchen Lauf das Schicksal der Eburonen genommen hatte, sie hätte es entschieden verneint, strikt von sich gewiesen, schon den bloßen Gedanken daran aus ihrem Kopf verbannt.

Es kostete sie all ihre Kraft, die Bilder des brennenden Atuatuca aus ihrer Vorstellung zu verdrängen und sich auf das zu konzentrieren, was Rutger eben berichtet hatte.

Gleich zwei historische Sensationen auf einen Streich also, und in beiden Fällen bestätigten ihre eigenen Aussagen seine Annahmen. Wenigstens konnte sie nun nachvollziehen, weshalb er so aus dem Häuschen geraten war. Für ihn bedeuteten ihre Visionen den Hauptgewinn, sechs Richtige mit Zusatzzahl sozusagen.

Aber leider bildeten die wissenschaftlichen Aspekte ja nur die eine Seite der Angelegenheit. Was blieb, war die nach wie vor fehlende Erklärung für die - um es milde auszudrücken - ungewöhnliche Methode, durch die Hannah diese Kenntnisse erlangte. Der Lösung dieses Rätsels waren sie bisher keinen Schritt nähergekommen. Und Hannah war sich immer weniger sicher, ob sie überhaupt wissen wollte, auf welchem Phänomen ihre Ausflüge in die Vergangenheit beruhten.

Als hätte Rutger ihren stummen Gedankengang belauscht, griff er den Faden plötzlich erneut auf. Er war sich bewusst, dass sie nun im Begriff standen, den sicheren Boden der historischen Tatsachen zu verlassen und in akademisches Neuland vorzustoßen, gewissermaßen in die *terra incognita* des menschlichen Geistes. Entsprechend unwohl fühlte er sich auch.

Er räusperte sich. »Soweit die wissenschaftlichen Fakten. Obgleich ich mir nicht im Entferntesten vorzustellen vermag, was da während der Meditationen abläuft. Mir ist das total -« Im letzten Moment fiel ihm ein, dass die Verwendung des Wortes »unheimlich« angesichts Hannahs eigener Vorbehalte gegenüber dem Phänomen wohl eher kontraproduktiv wäre. »- schleierhaft. Jedenfalls musst du über ganz außerordentliche Fähigkeiten verfügen. Vielleicht bist du so eine Art Medium.«

Shit, dachte er im selben Augenblick. Falscher Text.

Wie befürchtet, ruckte Hannahs Kopf hoch.

»Entschuldige«, murmelte er zerknirscht, während er sich innerlich einen kräftigen Tritt vors Schienbein verpasste. »Ich glaube, ich kann mir vorstellen, wie dir zumute sein muss.«

Sie hob spöttisch eine Augenbraue, ehe sie wieder zu Boden starrte. »Ach, wirklich?«

Rutger rutschte unruhig in seinem Sessel hin und her. Jeder seiner Sätze schien es nur noch schlimmer zu machen. Aber es musste doch irgendetwas geben, was Hannah trösten könnte, verdammt.

»Ja, ich denke schon«, fuhr er nach einem Moment fieberhaften Nachdenkens tapfer fort. »Du lernst da eine Seite deines Wesens kennen, von deren Existenz du vorher keine Ahnung hattest und über die du auch nicht glücklich bist.«

Ganz im Gegensatz zu dir, dachte Hannah.

»Doch das muss ja nicht *per se* negativ sein«, spann er den Gedanken hastig weiter, ehe sie ihm ins Wort fallen konnte. »Es ist ungewöhnlich, aber ob es negativ ist, hängt einzig und allein davon ab, wie du es bewertest ...« Seine Stimme verlor sich, als er Hannahs verständnislosen Blick auffing. Für philosophische Betrachtungen war sie momentan offensichtlich nicht zugänglich. Gut, dann eben nicht.

Plötzlich entluden sich die Verwirrung und Verunsicherung, die sich in den vergangenen Stunden in ihr angestaut hatten, in einem spontanen Zornesausbruch. »Du hast gut reden«, blaffte sie ihn an. »Was würdest du denn sagen, wenn auf einmal alles darauf hindeutet, dass du das Zweite Gesicht besitzt oder ein Medium bist?«

Rutger musste alle Kraft aufwenden, derer er fähig war, um sich sein Entzücken ob dieser Vorstellung nicht anmerken zu lassen. Ich würde meinen linken Arm dafür geben, dachte er, ach was, meinen rechten. Ich würde mein gesamtes Hab und Gut verschenken, dem Leben und sämtlichen Genüssen entsagen, ins Kloster gehen und den Rest meiner Tage in mönchischer Ar- und Demut verbringen, wenn es mir nur einmal, nur ein *einziges* Mal vergönnt wäre, einen klitzekleinen Blick in die Vergangenheit zu werfen.

»Nee, ich versteh schon«, murmelte er und hasste sich selbst für diese verlogene Antwort.

Die Hannah jedoch glatt überhörte. »Damit muss man ja erst mal klarkommen«, fuhr sie nach einem Moment ein wenig gemäßigter fort. »Obwohl ich es vielleicht hätte ahnen können. Mein Meditationslehrer behauptet nämlich bereits seit Längerem, er spüre bei mir eine besondere Aura.«

Rutger spitzte die Ohren wie ein Fuchs, der das Fiepen einer Maus vernahm. »Du hast einen Meditationslehrer?«

»Ich hatte einen«, stellte sie richtig. »Konrad Böhnisch. Ist schon eine Weile her. Warum?«

»Ist er seriös?«, hakte Rutger statt einer Antwort nach.

»Er ist Professor für Psychologie an der Uni Köln. Ist das seriös genug?«

Plötzlich sprang er auf und begann, mit großen Schritten vor dem Kamin auf und ab zu laufen. Hannah stöhnte innerlich. Nicht schon wieder, dachte sie. Der Bewegungsdrang dieses Mannes stand dem seines Hundes offenbar in nichts nach.

»Das ist perfekt!« Rutger blieb gerade lange genug vor ihr stehen, um ihr diese drei Worte entgegenzuschmettern, ehe er sich auf dem Absatz herumwarf und seine Wanderung wieder aufnahm.

Langsam wurde sie misstrauisch. »Perfekt wofür?«

»Aber Hannah, versteh doch! Das ist der Ansatzpunkt, den wir suchen«, erklärte er, strahlend wie ein Weihnachtsbaum am Heiligen Abend, ehe er das nächste Mal vor ihr wendete.

Das Einzige, was Hannah verstand, war, dass der Forscher in ihm erneut die Kontrolle übernommen hatte. Dieses besondere Strahlen hatte sie an ihm bislang nämlich nur beobachtet, wenn es um wissenschaftliche Fragen ging.

Rutger sah ihre verständnislose Miene und erkannte, dass er weiter ausholen musste. Er lehnte sich gegen den Kaminsims und verschränkte die Arme.

»Du hast mir mit deinen Visionen den Beweis erbracht, dass in diesem Tal«, er ruckte mit dem Kopf in die entsprechende Richtung, »das verschollene Atuatuca liegt. Aber es ist freilich kein Nachweis im streng akademischen Sinn. Meine Kollegen würden sich totlachen, wenn ich ihnen damit käme. Verstehst du, ich brauche hieb- und stichfeste Beweise; Beweise, die vor Fachleuten und potenziellen Geldgebern standhalten, wenn ich eine Genehmigung beantragen will, um dort zu graben, wo wir die Siedlung vermuten.«

Er warf in einer Geste der Ohnmacht die Hände in die Höhe. »Letztlich geht es natürlich vor allem ums Geld. Eine Ausgrabung in umfassendem Stil verschlingt Unsummen. Aber die öffentlichen Kassen sind nahezu leer, denn an der Kultur wird nun mal als Erstes gespart, und die Konkurrenz ist groß, weil sich viele Bewerber um die wenigen verbleibenden Mittel streiten. Das bedeutet: Um in diesem Wettbewerb mitzuhalten, benötige ich wasserdichte Belege dafür, dass da unten, in dieser unscheinbaren Wiese, tatsächlich das verschollene Atuatuca liegt. Ich muss die Sache wenigstens so plausibel darstellen können, dass ich die Genehmigung zu einer Prospektion des Geländes bekomme. Verstehst du jetzt?«

Was Hannah vor allem *nicht* verstand, war, dass Rutger es so lang vor dem offenen Feuer aushielt. Er schien so gefesselt von seiner Idee, diese alte Stadt auszugraben, dass er vermutlich nicht einmal bemerkt hätte, wenn seine Hose in Flammen aufgegangen wäre. Allmählich begann sie sich Sorgen zu machen.

»Auch auf die Gefahr hin, dass du mich für begriffsstutzig hältst ...«, meinte sie, nachdem sie seine Argumentation in Gedanken nochmals durchgegangen war, ohne den geringsten Hinweis darauf zu finden, was das Ganze mit Konrad zu tun hatte. »... wo genau kommt da mein Meditationslehrer ins Spiel?«

Endlich löste er sich vom Kaminsims - Gott sei Dank, dachte Hannah, doch nicht festgeschmolzen -, ging vor ihr in die Hocke und bohrte seine dunklen Augen so eindringlich in ihre, dass sie unwillkürlich ein Stück zurückwich.

»Dieser Mann kennt dich, er kennt deine ... ungewöhnlichen ... Fähigkeiten, und als Universitätsprofessor ist er seriös. Vielleicht kann er uns erklären, was für ... Phänomene es sind, die dich dein ... Wissen erlangen lassen.« Rutger geriet ins Schwitzen. Er fühlte sich wie auf einem Minenfeld, als er sich behutsam vortastete und jedes potenziell gefährliche Wort gründlich abwägte, um Hannah nicht unnötig zu verschrecken. »Möglicherweise gibt es ja auch eine ganz simple, naturwissenschaftliche Begründung«, schloss er munter, um ihr Mut zu machen, ruderte jedoch sogleich zurück, als er ihren skeptischen Blick sah. »Na gut, das ist wenig wahrscheinlich. Aber dieser Böhnisch wird uns doch sicherlich *irgendeine* Erklärung liefern können«, setzte er mit leiser Verzweiflung hinzu.

Hannah dachte einen Moment nach; dann schüttelte sie den Kopf. »Nein, ich glaube, ich will das nicht. Ich finde es schon belastend genug, diese seltsamen Fähigkeiten zu besitzen. Ich möchte nicht wissen, was genau das ist, wie man es nennt.«

Rutger schaute verblüfft drein. Damit hatte er überhaupt nicht gerechnet. Er fühlte sich plötzlich wie ein Luftballon, aus dem man die Luft herausgelassen hatte.

»Aber Hannah, das ist irrational«, stellte er fest, nachdem er sich wieder gefangen hatte. »Du hast diese seltene Gabe nun einmal, egal, wie man sie bezeichnet.«

»Ich habe nie behauptet, ein besonders rationaler Mensch zu sein«, entgegnete sie eine Spur schärfer als beabsichtigt.

Die *Vernunft*, der es unterdessen gelungen war, sich ihrer Fesseln und des Knebels zu entledigen und sich aus der Besenkammer zu befreien, nickte heftig. Dem pflichtete sie unumwunden bei.

Rutger schöpfte tief Atem, erhob sich schwerfällig und stand bedröppelt und ein wenig verloren vor ihr. Er wirkte wie ein Redner, dem man das Mikrofon abgeschaltet hatte und der nun nicht wusste, wohin mit seiner Begeisterung und seinen zukunftsweisenden Ideen. Es lag ihm wirklich fern, Hannah zu etwas zu nötigen, das ihr Unbehagen bereitete. Aber er vermochte einfach nicht nachzuvollziehen, was so schlimm daran sein sollte, wenn dieser Professor imstande wäre, ihre besondere Gabe mit einem Etikett zu versehen, das dem Ganzen zumindest ansatzweise einen wissenschaftlichen Anstrich verlieh und es ihm erlaubte, ihre Erkenntnisse zu verwerten.

Fiebrig versuchte er, sich in ihre Lage zu versetzen, was ihm zugegebenermaßen nur sehr unzureichend gelang. Doch er glaubte, dass er froh und erleichtert wäre, wenn ihm von seriöser Seite mitgeteilt würde, welchem Phänomen er seine Visionen verdankte. Aber er war Wissenschaftler, es war sein Beruf und entsprach seinem Selbstverständnis, Dingen auf den Grund zu gehen. Und hierin lag offensichtlich ein wichtiger Unterschied zu Hannah.

Dann brauchte er ihr mit seinem nächsten Anliegen wohl gar erst nicht zu kommen, denn das war in seinen eigenen Augen schon zwiespältig. Es lag ihm auf der Zunge, sie zu fragen, ob sie bereit wäre, abermals zu meditieren, da er hoffte, auf diese Weise weitere Aufschlüsse über die Epoche des Gallischen Krieges im Allgemeinen und Atuatuca im Speziellen zu gewinnen. Hannahs detaillierte Beschreibungen eröffneten ihm Einblicke in den Alltag, das Leben der Kelten kurz vor der Zeitenwende, wie sie ihm keine Ausgrabung und keine schriftliche Quelle jemals zu liefern vermochten. Außerdem ergäbe sich durch ihre Visionen die einmalige Chance, zu entscheiden, welche der beiden Versionen des Krieges zwischen Römern und Kelten zutreffender war, Caesars eigene oder die seines Legaten Cotta, wie sie das mittelalterliche Manuskript überlieferte.

Sein Forscherherz blutete bei dem Gedanken, dass die sensationellen Möglichkeiten, die Hannahs besondere Gabe der Wissenschaft bot, ungenutzt bleiben sollten. Doch er empfand auch Skrupel. Betroffen hatte er miterlebt, wie viel emotionalen Anteil sie an Amenas Schicksal und dem der anderen Eburonen nahm. Daher wäre es ihm geradezu unmoralisch erschienen, sie um diesen Gefallen zu bitten. Und so befand er sich nun in einem gewaltigen inneren Zwiespalt, gewissermaßen zwischen Scylla und Charybdis. Und noch hatte er nicht entschieden, welches das kleinere Übel war: vom Ungeheuer verschlungen oder vom Strudel in die Tiefe gerissen zu werden.

Vielleicht, dieser winzige Funke der Hoffnung irrlichterte durch sein Archäologenhirn, vielleicht würde sie ja von selbst weiterhin meditieren, aus eigenem Antrieb. Diese Aussicht, so gering, so unwahrscheinlich sie auch war, schien ihm wie ein Leuchtfeuer auf tobender See, und er klammerte sich daran wie ein Ertrinkender an einen Strohhalm.

Hannah hingegen, ahnungsloses Objekt seiner Hoffnungen, Skrupel und Spekulationen, wunderte sich darüber, dass Rutger so plötzlich und vollständig verstummt war. War sie zu grob gewesen? Es war ja beileibe nicht so, dass sie ihn nicht verstand. Einem Vollblutwissenschaftler wie ihm musste es beinah körperliche Qualen bereiten, so dicht vor einer spektakulären Entdeckung zu stehen und sie nicht in die Welt der Forschung hinausschreien zu können, weil die Beweise derart ungewöhnlich waren, dass er dafür in Fachkreisen nur Hohn und Spott ernten und höchstens Erik von Dänemark - oder wie dieser Verfechter abstruser Theorien gleich hieß - seine Begeisterung teilen würde.

Sie gähnte. Der Tag war entsetzlich anstrengend gewesen, und mit dieser Mischung aus Erschöpfung, Verwirrung und Hunger ließ sich nicht gut nachdenken. Rutgers Bitte, mit Konrad Böhnisch über ihre seltsamen Fähigkeiten zu sprechen, klang noch in ihr nach, und im Grunde hatte er ja recht. Was schadete es, wenn sie erfuhr, wie die Wissenschaft dieses Phänomen bezeichnete? Wenn es ihn glücklich machte.

Schließlich beschloss sie, die Entscheidung auf den nächsten Morgen zu vertagen. Atuatuca lag nun seit über zweitausend Jahren unter dieser blöden Wiese begraben. Da kam es auf einen Tag mehr wohl nicht an.

Kapitel 7

Am folgenden Morgen weckte das Gesangsduell zweier Amsel-
männchen Hannah aus einem erholsamen, albtraumfreien Schlaf.
Und sobald sie einigermaßen wach war, lieferte ihr komplexes Gehirn einen weiteren Beweis seiner unerhörten Behändigkeit.

Plötzlich war es für sie überhaupt keine Frage mehr, dass sie
wissen wollte, welchem Phänomen sie ihre speziellen Fähigkeiten
verdankte. Ja, die *Naturwissenschaftlichen Regionen* rieben sich
sogar schon aufgeregt die Hände und stießen sich gegenseitig in die
Rippen vor lauter Vorfreude auf die bevorstehende Enthüllung.

Als sie bei einem zünftigen, gemeinsamen Frühstück mit Hope an
ihre zögerliche Haltung vom Vortag zurückdachte, konnte sie nur
den Kopf schütteln. Rutger hatte doch recht: Sie mochte sich zwar
weigern, sich mit ihrer ungewöhnlichen Gabe auseinanderzusetzen.
Das würde aber nicht das Geringste daran ändern, dass sie diese
Begabung nun einmal besaß. Und außerdem - sie straffte die Schultern und reckte trotzig das Kinn vor - kniff Hannah Neuhoff nicht,
wenn es brenzlig wurde. Das hatte sie noch nie getan, und sie würde
jetzt nicht damit beginnen.

Apropos kneifen. Eine Frage hatten Loew und sie am Tag zuvor
sorgfältig vermieden, waren um sie herumgeschlichen wie die
sprichwörtliche Katze um den heißen Brei, obwohl sie sich geradezu
aufdrängte. Sie war so präsent und mit allen Sinnen zu greifen, als
würde sie neben ihnen stehen, wild mit den Armen rudern und in
eine Trillerpfeife blasen. Hannah spürte deutlich, wie Rutger mehrmals Anlauf nahm und sich im letzten Augenblick auf die Zunge biss.
Aber sie verzichtete darauf, ihm auf halbem Wege entgegenzukom-
men, denn sie kannte die Antwort selbst nicht auf diese Frage aller
Fragen: Würde sie weiterhin meditieren?

Sein Interesse an fortgesetzten Meditationen lag auf der Hand.
Diesen Wunsch konnte sie bei ihrer Entscheidung berücksichtigen
oder auch nicht.

Doch sie befand sich in einem tiefen inneren Zwiespalt,
schwankte wie ein Schilfrohr im Orkan ihrer eigenen widerstreitenden Gefühle. Sie hatte die Leichtigkeit der Seiltänzerin unwiederbringlich verloren, nun da sie den Blick in den Abgrund geworfen
hatte. Ihre unbefangene Neugier war für alle Zeiten dahin, ihre Sicht
auf die Dinge eine andere, ungeschminkte, jeglicher Illusion beraubte.

Wollte sie sich mit der Tragödie, die sich um Amena und die übrigen Eburonen herum entspann, wirklich belasten? So ungern

Hannah es eingestand - mitunter sogar sich selbst -, verbarg sich hinter ihrer kultiviert burschikosen Fassade doch eine zutiefst empfindsame Seele. Und insgeheim fürchtete sie sich vor dem, was die emotionale Bürde weiterer Reisen in die Vergangenheit auf Dauer in ebendieser Seele anrichten könnte.

Hinzu kam, dass sie Bedenken hinsichtlich der gesundheitlichen Auswirkungen dieser sonderbaren Form der Meditation hegte. Die Begleiterscheinungen waren ja nicht ohne, und sie hoffte, dass ihr ein Gespräch mit Konrad Klarheit in diesem Punkt verschaffen und ihre Entscheidung erleichtern würde.

Also suchte sie nach dem Frühstück seine Telefonnummer heraus und machte es sich auf dem Sofa bequem. Ihre Freundschaft war von dieser besonderen Art, die es einem erlaubte, monatelang nichts von sich hören zu lassen, ohne ein schlechtes Gewissen haben zu müssen, und dann genau dort anzuknüpfen, wo man beim vorigen Mal stehen geblieben war. Während Hope ihre kleinen, nadelspitzen Krallen in den Stoff ihrer Jeans und die darunterliegende Haut grub, um auf ihren Schoß zu klettern, erinnerte sich Hannah, dass ihr letztes Telefonat ungefähr fünf Monate zurücklag. Sie hatte gerade den Hof gekauft und die ersten Handwerker engagiert, und Konrad empfahl ihr einen preiswerten und zuverlässigen Dachdecker im Großraum Bonn.

»Dein Anruf kommt im Übrigen nicht unerwartet«, erklärte er, nachdem Hannah ihm vom Abschluss der Restaurierungsarbeiten und ihrem Einzug berichtet hatte. »Und ich hätte mich in den nächsten Tagen auch bei dir gemeldet. Ich hatte nämlich vor vier Nächten einen Traum, in dem du eine Rolle spieltest. Und da dachte ich, ich sollte mal hören, wie es dir geht. Aber jetzt bist du mir ja zuvorgekommen.«

Auf Überraschungen dieser Art musste man bei Konrad stets gefasst sein. Er war in einer Weise mit seiner Umwelt vernetzt, die den Bereich des Erklärlichen und für jedermann Nachvollziehbaren nicht selten verließ und sich in anderen, vermutlich höheren Sphären bewegte. Er empfing Träume und Vorahnungen wie Normalsterbliche SMS-Nachrichten und E-Mails. Da er selbst dies jedoch nicht als ungewöhnlich oder gar beunruhigend empfand, hatte sich seine Umgebung mit der Zeit an Mitteilungen wie die soeben erfolgte gewöhnt.

Wahrscheinlich war es dem Umstand geschuldet, dass Hannahs Nerven zurzeit blank lagen, dass sie dennoch aufhorchte. Vor vier Nächten, sagte er? Sie rechnete rasch zurück und konnte nicht verhindern, dass ihr eine Gänsehaut über den Rücken rieselte. Konrad hatte exakt in der Nacht von ihr geträumt, in der sie der erste Albtraum heimsuchte.

Fängt ja gut an, dachte sie, und für einen Moment geriet ihr Vorsatz, sich mit ihrer außergewöhnlichen Begabung auseinanderzusetzen, heftig ins Wanken. Dann riss sie sich zusammen und schilderte ihm in groben Zügen den Grund ihres Anrufs. Schließlich verabredeten sie sich für den folgenden Abend -»so bald wie möglich, ehe ich es mir anders überlege« -, und auch seine Abschiedsworte waren nicht dazu angetan, Hannah zu beruhigen:

»Ich freue mich darauf, deinen Rutger kennenzulernen.«

»Rutger?«, gab sie verblüfft zurück. Sie war sich vollkommen sicher, dass sie Loews Vornamen Konrad gegenüber nicht erwähnt hatte.

»Ja, Rutger Loew. Ich habe ihn in meinem Traum gesehen. Er gefällt mir.«

Und so kam es, dass Rutger am Abend des darauffolgenden Tages seinen Land Rover, der immer noch aussah wie frisch aus dem Manöver heimgekehrt, durch den noblen Kölner Stadtteil Marienburg lenkte und garantiert Anlass für zahlreiche missfällige Blicke und gerümpfte Nasen geboten hätte, wenn der Vorort nicht ebenso ausgestorben wie nobel gewesen wäre.

Sie fanden einen Parkplatz unmittelbar vor der Villa von der Jahrhundertwende, in der Konrad wohnte und auch seinen Meditationsunterricht abhielt. Rutger schob einen Flügel des übermannshohen schmiedeeisernen Tores auf, und sie traten in einen weitläufigen Vorgarten. Hortensienbüsche, die im Sommer in wundervollem Blauviolett blühen würden, säumten den gepflasterten Weg, der in sanftem Schwung zur Haustür führte. Zu seinen Seiten dehnten sich gepflegte Rasenflächen aus, überschattet von alten Buchen.

»Nicht schlecht«, bemerkte Rutger mit einem gewissen Sinn für Understatement. »Lebt er allein?«

Hannah drückte auf den Klingelknopf, und in den Tiefen des Hauses ertönte ein melodischer Dreiklang. »Ja, meistens jedenfalls. Sein Sohn ist Anthropologe und zieht immer mal für ein paar Monate hier ein, bevor er zu seiner nächsten Expedition an den Amazonas oder zu den Eskimos aufbricht.«

Sie hatte ihre Stimme gedämpft, als sie energische Schritte im Treppenhaus hörte. Einen Moment später öffnete sich die Haustür.

Beinah jedem, der Konrad Böhnischs Bekanntschaft machte, fielen zu allererst seine lebendigen hellgrauen Augen auf, die ihn wesentlich jünger erscheinen ließen als Anfang sechzig. Seine Haut wies eine gesunde Farbe auf, die daher rührte, dass er sich so viel wie möglich im Freien aufhielt, und von der sich sein gepflegter weißer Vollbart umso deutlicher abhob. Die ebenfalls weißen Haare, die bereits von der Stirn zurückwichen, hatte er in den vergangenen Jahren wachsen lassen und fasste sie nun in einem Pferdeschwanz zusammen – Ergebnis einer Wette mit seinem Sohn, über deren genaue Konditionen er sich hartnäckig ausschwieg. Am linken Handgelenk bemerkte Hannah zwei schwarze Armreife aus einem Material, das sie nicht auf Anhieb zu identifizieren vermochte. Es schien sich um ein ihr unbekanntes Mineral zu handeln.

Während Konrad bei seinen Vorlesungen und Seminaren einen Dreiteiler mit Krawatte trug, bevorzugte er in der Freizeit und zum Meditieren legere Hemden und Hosen aus Leinen. Sein Markenzeichen indes bildeten auffällige Seidenschals, deren gewagte Farben oftmals so gar nicht zu denen der übrigen Kleidung passen wollten. Allerdings konnte er die einzige Begründung für sich in Anspruch nehmen, die die *Künstlerin* in Hannah für mangelndes Farbgefühl überhaupt gelten ließ: Konrad war farbenblind.

Die Begrüßung fiel wie stets herzlich aus. Als Hannah die beiden Männer einander vorstellte, spielte ein kleines Lächeln um die Mundwinkel des Älteren, und sie ahnte den Grund: Es war in der Tat Rutger, den er in seinem Traum gesehen hatte. Was auch immer das bedeuten mochte.

Sie folgten dem Gastgeber in den Wohnraum, ein weitläufiges Zimmer mit hellem Parkett, einer hohen, mit Stuckrosetten verzierten Decke und großflächigen Fenstern, die den Blick auf den hinteren Teil des Gartens freigaben. In dessen Zentrum stand die uralte Linde, unter der Konrad in der warmen Jahreszeit seinen Meditationsunterricht abhielt und deren schwerer, süßlicher Blütenduft sich unauslöschlich in Hannahs Gedächtnis eingegraben hatte.

Er vollführte eine einladende Handbewegung zu einer Sitzecke aus dunklem Leder, ehe er sich an der Bar mit Flaschen und Gläsern zu schaffen machte. Als alle mit Getränken versorgt waren, nahm er in dem Sessel neben Hannahs Platz. Sie reichte ihm einen Umschlag mit Fotos ihres Hofes vor und nach der Restaurierung, die er gründlich und mit einem anerkennenden Lächeln studierte.

»Ich freue mich für dich«, erklärte er schließlich. »Ich habe dir ja immer gesagt, dass eine laute, hektische Großstadt wie Köln nicht die richtige Umgebung für dich ist und du so bald wie möglich zurück aufs Land ziehen solltest, um deine Mitte zu finden. Hier in Köln hättest du dich niemals entfalten können, weder spirituell noch künstlerisch. Und nun hast du anscheinend schon erste neue Erfahrungen gemacht, die du jedoch nicht einzuordnen weißt?«

Hannah war gerade im Begriff, die Fotos in dem Kuvert zu verstauen, und blickte erstaunt auf. »Siehst du etwa einen Zusammenhang zwischen meinen seltsamen Erlebnissen und der Tatsache, dass ich wieder auf dem Land wohne?«

Konrad wiegte nachdenklich den Kopf. »Kann ich nicht sagen. Ich weiß ja noch nicht genau, worum es geht. Aber denkbar wär's.«

Also beschrieb sie in aller Ausführlichkeit die unheimlichen Vorgänge der vergangenen Tage, angefangen bei dem Albtraum einer Schlacht und seiner exakten Wiederholung in der darauffolgenden Nacht, über die beiden Meditationen bis hin zu dem Moment, als sie am Ufer des Bachlaufs stand und ihr endgültig klar wurde, dass sich ihre Visionen auf reale, historische Ereignisse bezogen.

Anschließend schilderte Rutger die geschichtlichen Hintergründe, berichtete von Caesars *De Bello Gallico* sowie dem Tagebuch des Legaten Cotta und führte aus, von welch elementarer Bedeutung es für ihn war, wissenschaftlich nachvollziehbare Beweise für die Lage Atuatucas zu bekommen.

Konrad hörte geduldig zu, nickte hin und wieder, unterbrach jedoch nicht. Nachdem sie geendet hatten, legte er seine Fingerspitzen in einer für ihn typischen Geste aneinander und schwieg eine Weile nachdenklich. »Ich kann sehr gut verstehen, dass dich diese Erfahrungen verwirren«, begann er schließlich an Hannah gewandt. »Aber mich verwundern sie nicht. Du bist äußerst medial veranlagt, das habe ich dir schon immer gesagt. Und das scheint sich nun zu bewahrheiten.«

»Und ich habe dir schon immer gesagt, dass ich nicht an diese Dinge glaube«, entgegnete Hannah eine Spur zu scharf.

Er quittierte ihre schnippische Antwort mit dem Anflug eines Lächelns. »Das macht nichts«, erklärte er schlicht. »›Diese Dinge‹, wie du sie nennst, existieren, auch ohne dass wir an sie glauben.« Er lehnte sich in seinem Sessel vor, umschloss ihre kühlen, feuchten Hände mit seinen wundervoll warmen, trockenen und schaute ihr mit seinen wachen hellgrauen Augen geradewegs ins Gesicht.

Hannah schluckte. Wenn er es darauf anlegte, verfügte Konrad über eine Eindringlichkeit, eine Ausstrahlung von solcher Intensität, dass man sich ihr nicht zu entziehen vermochte. Und plötzlich ging ihr auf, dass sie sich ihr auch gar nicht entziehen *musste*. Freilich wusste er um die suggestive Wirkung, die er auf seine Mitmenschen auszüüben imstande war, und er setzte sie nicht selten bewusst ein - doch nie anders als zum Wohle seines Gegenübers. Auf einmal fühlte sie, wie ein Widerstand in ihrem Inneren in sich zusammenfiel, und entspannte sich.

»Du hast Angst, Hannah«, sagte Konrad sanft, »und das verstehe ich vollkommen. Du erlebst zurzeit etwas, wovon du nie wahrhaben wolltest, dass es existiert, und das verwirrt dich natürlich. Das würde jeden verwirren. Aber wenn du die Dinge anerkennen würdest, wie sie sind, wenn du wirklich tief in deiner Seele annehmen könntest, dass du Fähigkeiten besitzt, die dich von anderen Menschen unterscheiden, würde deine Angst verschwinden, glaube mir. Akzeptiere ganz einfach, dass du medial begabt bist.«

Hannah schwieg. Mit einer gewissen Willensanstrengung gelang es ihr, den Blick abzuwenden und stattdessen das farbige Treppenmuster des Teppichs zu fixieren. Sie seufzte. Von wegen »ganz einfach akzeptieren«. Konrad hatte gut reden. Sie konnte nicht »ganz einfach« etwas akzeptieren, was ihr zutiefst suspekt war. Im Gegenteil, sie hatte das Gefühl, dass ihre Vorbehalte gegenüber ihrer ungewöhnlichen Gabe eher zu- als abnahmen, je mehr sie sich damit beschäftigte.

»Warum jetzt?«, fragte sie schließlich beinah trotzig. »Du sagst mir schon seit Jahren, dass ich medial veranlagt sei. Doch ich habe es nie geglaubt, weil es sich glücklicherweise nie gezeigt hat. Warum jetzt? Was ist plötzlich anders?«

Konrad drückte ihre Hände noch einmal, ehe er sie losließ, sich in seinem Sessel zurücklehnte und die Beine übereinanderschlug. »Das kann verschiedene Gründe haben«, begann er nach einem Moment. »Zum einen, wie ich vorhin bereits erwähnte, ist es gut für dich, dass du die Stadt verlassen hast und wieder auf dem Land lebst. Das fördert deine mediale Begabung, weil du dich in ruhiger, natürlicher Umgebung mehr in dir selbst fühlst. Ist es nicht so?«

Sie nickte stumm.

»Außerdem«, fuhr er fort, »hast du während der vergangenen Jahre regelmäßig meditiert, und ich denke, du hast inzwischen eine gewisse Reife erlangt. Wenn man sich mit einer Sache über einen langen Zeitraum hinweg beschäftigt, verfeinern sich die Fähigkeiten allmählich, ohne dass es einem bewusst ist. Das ist mit der Meditation nicht anders. Manche Menschen meditieren sogar genau deswegen, um höhere Stufen der Erkenntnis zu erreichen. Du hast das gewissermaßen nebenbei geschafft.«

Na großartig, dachte Hannah. Vielen Dank auch.

»Und drittens erscheint mir der Ort von besonderer Bedeutung. Und damit meine ich nicht nur den alten Hof, sondern ebenso seine nähere Umgebung, die, wenn ich mich recht entsinne, von archäologischen Fundstätten nur so wimmelt. Dieser Ort muss eine außergewöhnlich starke Ausstrahlung haben. Aller Wahrscheinlichkeit nach handelt es sich um einen sogenannten Kraftort.«

»Einen Kraftort?«, wiederholte Hannah erstaunt.

»Genau. Vielleicht habt ihr schon einmal von der Geomantie gehört?«

Hannah verneinte, aber Rutger nickte grimmig. »Geomantiker sind diese seltsamen Vögel, die mit Wünschelruten und anderen obskuren Instrumenten über meine Ausgrabungen laufen, um Strahlen und Ähnliches aufzuspüren, und alles zertrampeln, wenn ich sie nicht rechtzeitig zum Teufel jage.«

Konrad lachte. »Sie haben ganz recht, Herr Loew. In unseren Breiten treibt die Geomantie leider ziemlich kuriose Blüten. Sie wird jedoch in zahlreichen Kulturen seit ewigen Zeiten praktiziert und beschäftigt sich mit den Energien und Kraftströmen unserer Mutter Erde. Die chinesische Variante, das Feng-Shui, gewinnt übrigens auch hierzulande immer mehr Anhänger, was das Bauen und Einrichten von Häusern, Wohnungen und sogar Büros im Einklang mit der Natur betrifft.

Die Geomantie geht davon aus, dass unser Planet, vereinfacht ausgedrückt, von einem System aus Energieströmen überzogen ist, die die Natur und folglich ebenso den Menschen beeinflussen. Kraftorte sind Plätze, an denen diese Energiebahnen aufgrund bestimmter Umstände deutlich fühlbar sind, die also eine energetisch ungewöhnlich starke Ladung aufweisen. An diesen Orten finden sich häufig heilige Quellen sowie andere vorchristliche und frühe christliche Heiligtümer, weil man bereits damals annahm, dass die Kraftorte sich hervorragend für die Kontaktaufnahme mit einem wie auch immer gearteten göttlichen Wesen eignen. Die Menschen längst vergangener Epochen besaßen einen unverstellten Zugang zu diesen natürlichen Kräften, und sie fürchteten sich nicht vor ihnen. So wählten sie für ihre Kultstätten Plätze, an denen die Energien in verdichteter Form vorliegen. Chartres, Stonehenge und die Externsteine sind solche Orte, um nur einige der bekannteren zu nennen. Heute sind die meisten jedoch regelrecht abgenutzt, vor allem durch den Massentourismus, sodass es schon außerordentlicher medialer Fähigkeiten bedarf, um da noch etwas wahrzunehmen.«

»Sie erwähnten eben bestimmte Umstände«, hakte Rutger nach, »die dazu führen können, dass Verdichtungen von Energie an diesen Plätzen besonders deutlich zu spüren sind. Welcherart Umstände sind das?«

Konrad nahm einen Schluck seines Mineralwassers, ehe er fortfuhr. »Prinzipiell kommen zwei Möglichkeiten in Betracht. Zum einen natürliche Gegebenheiten, also Strahlungen, Quellen oder Wasserläufe; zum anderen menschliche Aktivitäten. Erinnerst du dich«, wandte er sich an Hannah, »was ich meinen Kursteilnehmern immer erkläre? Dass alles Energie ist und dass Energie nicht einfach verschwindet, sondern sich lediglich transformiert?«

Sie nickte. Das hatte Konrad in der Tat wieder und wieder behauptet. Sie hatte sich bloß nie so recht vorstellen können, was er damit meinte.

»In deinem Fall dürften die Gründe für die Bündelung der Energie in menschlichen Handlungen liegen, nämlich in den Ereignissen, die sich in der Umgebung deines Hofes vor zweitausend Jahren abgespielt haben. Krieg setzt die intensivsten Empfindungen frei, derer wir fähig sind. Die Verzweiflung der Menschen, ihr Leid, ihre Ängste ebenso wie ihre Hoffnungen - all das hat an diesem Ort deutliche energetische Spuren hinterlassen, die ein sensibles Wesen wie du fühlen kann.«

Plötzlich erinnerte sich Hannah des intensiven Eindrucks, der sie überwältigt hatte, als sie auf dem Spaziergang zu der alten Tempelanlage zum ersten Mal das Tal betrat, in dem Atuatuca einst lag. Auf einmal war es ihr vorgekommen, als bliebe die Zeit stehen, als flössen Vergangenheit, Gegenwart und Zukunft untrennbar ineinander. Sie schilderte es Konrad.

Er beugte sich abrupt vor. »Da hast du's«, erklärte er mit sichtlicher Begeisterung. »Das zeigt zum einen, wie kraftvoll die Energien sein müssen, die an diesem Ort gespeichert sind, und zum anderen, wie außergewöhnlich sensitiv du bist, dass du diese Schwingungen sogar ohne Hilfsmittel wahrnimmst. Meditation ist ein hervorragendes Medium, um diese Kräfte genauer zu erspüren. Während einer Sitzung zapfst du gewissermaßen die vorhandene Energiequelle an und gewinnst auf diese Weise Einblicke in das, was sich vor zweitausend Jahren in ihrer näheren Umgebung ereignet hat.

Außerdem dürfte es eine große Rolle spielen, dass sich dort ein Heiligtum befand. Viele Menschen, nicht nur Amena, haben an diesem Ort eine Menge Zeit mit Gebeten und Opfern verbracht und ihn dadurch stark energetisch aufgeladen.« Er hielt einen Moment inne, lehnte sich zurück und strich sich nachdenklich über den Bart. »Ich vermute jedoch, dass die Stelle schon zu Amenas Epoche ein natürlicher Kraftort war«, setzte er dann hinzu. »Die Quelle deutet darauf hin. Und erwähntest du vorhin nicht eine Eibe?«

»Doch«, entgegnete Hannah erstaunt. »Wieso?«

»Man kann beobachten, dass manche Pflanzen an Plätzen intensiver Strahlung besonders gut wachsen, andere dagegen verkümmern. Die Eibe gehört zu denen, die auf gebündelte Energien günstig reagieren. Misteln übrigens ebenfalls, und wie ihr vielleicht wisst, war die Mistel den Kelten heilig.«

Das hatte sogar Hannah gewusst, und auch Rutger nickte.

»Zwei Dinge scheinen mir in deinem Fall zusätzlich von Bedeutung«, spann Konrad den Faden nach einem Moment fort. »Zum einen der Umstand, dass der Ort durch die Jahrtausende hindurch weitgehend unberührt geblieben ist. Gut, da steht dein Hof, aber die Fläche, die Atuatuca einst eingenommen hat, ist ja vermutlich nie wieder besiedelt worden. Zum anderen erscheint es mir wichtig, dass Amena eine Priesterin und daher mit besonderen Fähigkeiten ausgestattet war. Ich nehme an, dass dies ebenso der Grund dafür ist, dass du ausgerechnet in ihre Rolle schlüpfst. Ich möchte sogar so weit gehen, zu behaupten, dass Amena dich auserwählt hat, um sich durch dich mitzuteilen.«

Rutger sah, wie Hannah zusammenzuckte. Auch ihm war plötzlich mulmig zumute. Bis hierher hatte er Böhnisch ja einigermaßen folgen können. Dass es Energien gab, die sich an manchen Orten der Erde bündelten, und es sensitiven Menschen möglich war, sie wahrzunehmen - nun gut, das mochte angehen. Die Vorstellung jedoch, dass eine Person eine andere, die mehr als zweitausend Jahre später lebte, auserkor, um mit ihr in Kontakt zu treten - das war starker Tobak!

Konrad war weder Hannahs Unwohlsein noch Rutgers Skepsis entgangen. »Ich weiß, ich weiß«, meinte er mit einer beschwichtigenden Geste und der Andeutung eines Lächelns.

In all den Jahren, in denen Hannah Konrad kannte, hatte sie nie erlebt, dass er sich Scherze auf Kosten anderer erlaubte. Doch mitunter bereitete es ihm stille Freude, seine Kursteilnehmer und Studenten mit Dingen zu konfrontieren, von denen er wusste, dass sie ihnen gegen den Strich gingen. Er tat das gleichwohl nicht, um sie bloßzustellen oder als borniert vorzuführen, sondern lediglich, um ihren Horizont auf sanfte Weise ein wenig zu erweitern.

»Das alles klingt fremd und beunruhigend«, räumte er nun ein, »zumal wir es uns nicht bis ins letzte Detail zu erklären vermögen. Wir hier im Westen meinen ja immer, alle Phänomene müssten überprüfbar und messbar sein, sonst besäßen sie kein Recht zu existieren. Es herrscht eine schier unglaubliche Furcht vor dem Unbekannten! Und daraus resultiert die Arroganz zu behaupten ›Was wir nicht beweisen können, das gibt es auch nicht; folglich müssen wir uns nicht näher damit beschäftigen‹.

Im Osten legt man diesen Dingen gegenüber eine grundlegend andere Haltung an den Tag. Man akzeptiert auch Erscheinungen, die man nicht wissenschaftlich begründen kann, und oftmals macht man sich gar nicht die Mühe, sie zu begründen. Man weiß, dass sie wirken, und dabei belässt man es.

Und überlegt doch bitte mal, wie viele physikalische Phänomene noch vor hundert oder zweihundert Jahren völlig unbekannt waren. Denkt zum Beispiel an die Licht- oder Schallwellen. Oder die Akupunktur. Nach jüngsten Erkenntnissen wird sie in China seit mehr als viertausend Jahren praktiziert. Vier Jahrtausende! Und erst seit Kurzem ist man mittels bildgebender Verfahren in der Lage, die Meridiane, also die Bahnen, entlang welcher die Energie in unserem Körper fließt, darzustellen. In diesen viertausend Jahren haben unzählige Kranke durch die Akupunktur eine Linderung ihrer Leiden erfahren. Hätte man darauf verzichten sollen, ihnen zu helfen, nur weil man nicht wusste, wie die Methode wirkt? Das wäre den Patienten wohl kaum zu vermitteln gewesen.

Stell dir doch mal vor, Hannah, deine besonderen Fähigkeiten wären imstande, Menschen von ihren Krankheiten zu heilen. Dann würdest du sie vermutlich viel weniger hinterfragen. Du wärest glücklich und zufrieden, dass sie diese Wirkung entfalten, und würdest sie einsetzen, ohne darüber nachzudenken, worauf sie beruhen mag.«

Hannah nickte, schwieg jedoch. Konrads Argumentation war wie immer bestechend, und auf der intellektuellen Ebene hatte sie ihm nichts entgegenzusetzen. Was blieb, war ihr diffuses mulmiges Gefühl.

»Vielleicht wird es ja irgendwann in der Zukunft die Möglichkeit geben«, schloss Konrad seine Ausführungen, »die energetischen Vorgänge zu erklären, die ablaufen, wenn jemand während einer Meditation Zugang zu einer anderen Zeitebene bekommt. Wer weiß? Aber ist das wirklich wichtig?«

Ja!, schrie plötzlich alles in Rutger mit einer Heftigkeit, die ihn selbst überraschte. Es ist sogar verdammt wichtig! Ich brauche Beweise, wissenschaftliche, unanfechtbare, wasserdichte, hieb-, stich- und schnittfeste Beweise, nackte, klare, solide Fakten! Ich brauche etwas, womit ich Fachwelt und Geldgeber überzeugen kann, und ich brauche es jetzt, nicht erst in viertausend Jahren!

Als hätte Konrad seine Gedanken gelesen - vermutlich hatte er es tatsächlich -, wandte er sich ihm zu.»Ich fürchte, ich habe Ihnen nicht weiterhelfen können, Herr Loew. Ich vermag Ihnen keine stichhaltige Grundlage für Hannahs besondere Begabung zu liefern. Und, offen gestanden, finde ich es sogar beruhigend, dass es Erscheinungen gibt, die sich einer schulwissenschaftlichen Erklärung entziehen, ebenso sehr, wie es mich beruhigt, dass der Mensch zwar zum Mond fliegen, nicht aber das Wetter auf seinem Heimatplaneten beeinflussen kann.« Er hob in einer um Verzeihung heischenden Geste die Schultern. »Ich bin selbst Wissenschaftler genug, um Ihr Bedürfnis nach Beweisen und nachvollziehbaren Fakten zu verstehen. Doch was die Phänomene betrifft, die in unserem Fall eine Rolle spielen, vermag ich Ihnen leider weder mit dem einen noch mit dem anderen zu dienen.«

Hannah hatte nur mit einem Ohr zugehört, denn ihre Gedanken kreisten um ein anderes Thema. Ihre Frage enthob Rutger einer Antwort, die womöglich emotionaler ausgefallen wäre, als ihm lieb war.

»Über einen Aspekt haben wir noch nicht gesprochen. Ist diese Form der Meditation eigentlich ungesund oder gar gefährlich? Ich meine, diese heftigen Kopfschmerzen, die lähmende Kälte, das fühlte sich nicht gerade harmlos an.«

Konrad nickte verständnisvoll. »Solcherart intensive Erlebnisse werden nicht selten von Symptomen wie Kopfschmerzen oder Übelkeit begleitet, umso mehr, wenn man sich vor ihnen fürchtet und sich unbewusst gegen sie sträubt. Oftmals sind diese Begleiterscheinungen während der ersten Male besonders stark und lassen mit der Zeit nach, ganz gewiss jedoch, wenn du bereit bist, deine Fähigkeiten zu akzeptieren.

Du solltest es gleichwohl mit der Häufigkeit nicht übertreiben. Hörst du, Hannah?« Er verlieh seiner ohnehin beeindruckenden Stimme zusätzlichen Nachdruck. »Achte darauf, keinesfalls mehr als einmal täglich zu meditieren, besser nur jeden zweiten oder dritten Tag. Das ist von immenser Bedeutung, auch um eine innere Distanz zu den Ereignissen wahren zu können, deren Zeugin du im Verlauf der Visionen wirst. Derartige Beziehungen zu Menschen aus längst vergangenen Epochen sind unglaublich faszinierend. Aber es besteht die Gefahr, dass man sich zu sehr von ihnen vereinnahmen lässt. Doch wenn du dich auf deine spezielle Gabe einlässt und bewusst und vernünftig mit ihr umgehst, bin ich sicher, dass sie dir Erfahrungen schenken wird, die dein Leben ganz und gar bereichern.«

Aber war Hannah bereit, sich darauf einzulassen? Während Loew und sie über die Autobahn nach Bad Münstereifel zurückfuhren, war es diese eine Frage, die in ihrem Kopf umherschwirrte, aufdringlich wie eine Schmeißfliege und ebenso hartnäckig, indem sie sich scheinbar verscheuchen ließ, nur um einen Augenblick später aus einer anderen Richtung erneut anzugreifen.

Konrad hatte natürlich recht. Die offenkundige Existenz von Erscheinungen zu leugnen, nur weil man sie mit den herkömmlichen wissenschaftlichen Methoden nicht zu ergründen vermochte, war engstirnig. Das musste sie widerwillig einräumen. Und die Geomantie lieferte ja eine Erklärung, wenn sie Hannah auch ziemlich ... nun, gewöhnungsbedürftig erschien. Immerhin lag ein gewisser Trost in der Vorstellung, dass das Phänomen nicht nur nicht unbekannt, sondern sogar weltweit verbreitet war. Und nicht zuletzt fand sie es beruhigend zu wissen, dass die Begleiterscheinungen ihrer Ausflüge in die Vergangenheit, obgleich unangenehm, wenigstens nicht gefährlich waren. Trotz alledem, sie konnte sich nicht helfen: Konrads Ausführungen über Kraftorte und die Energieströme der Erde waren und blieben befremdlich.

Rutger riss sie aus ihren Gedanken. »Wollen wir noch irgendwo etwas essen? Ich brauche jetzt ganz dringend eine ordentliche Mahlzeit, um meine Stimmung zu heben.«

Hannah verspürte nicht den geringsten Hunger, sie hatte andere Dinge zu verdauen. Aber für ihn, der auf wissenschaftliche Grundlagen für ihre Visionen gehofft hatte, mussten Konrads Erklärungen eine herbe Enttäuschung darstellen. Und wenn ein gutes Essen ihm helfen würde, diese besser zu verkraften, bitte, warum nicht.

Er schlug ein nahe der Burg gelegenes Restaurant vor. Sie stellten den Wagen am Werther Tor ab und schlenderten an der Erft entlang bis zu einem Weg, der sich in einigen Windungen zur Ruine der Festung hinaufschlängelte.

Das Lokal war trotz der späten Stunde erstaunlich gut besucht. Sie wählten einen Tisch am Fenster, unter dem die Lichter der schlafenden Stadt wie Goldmünzen auf einem nachtblauen Samttuch glitzerten. Hannah blätterte eine Zeit lang lustlos in der Speisekarte und entschied sich schließlich für einen italienischen Salat, während sich Rutger mit deutlich mehr Begeisterung - »der Fisch hier ist ein Gedicht, glaub mir« - Pasta mit Lachs bestellte.

»Und? Hab ich dir zu viel versprochen?«, fragte sie gespannt, nachdem ein junger Kellner ihre Bestellung aufgenommen hatte.

Auf der Fahrt nach Marienburg hatte sie versucht, Rutger Konrads komplexe Persönlichkeit zu umreißen, was sich gleichwohl als schwierig erwies, da dieser sich jedem handelsüblichen Raster entzog. Und so verschleierte ihre Charakterisierung, die ihn irgendwo zwischen Siegmund Freud, Mahatma Ghandi und Buddha ansiedelte, im Grunde mehr als sie enthüllte und führte am Ende dazu, dass Rutger erhebliche Zweifel an seiner Seriosität und der Sinnhaftigkeit dieses Ausflugs kamen. Zweifel, die er jedoch vorsichtshalber für sich behalten und die Konrad innerhalb kürzester Zeit ausgeräumt hatte, indem er glücklicherweise so völlig anders war, als Hannahs ebenso wortreiche wie verklärende Beschreibung vermuten ließ.

Rutger zog sein Jackett aus, drapierte es umständlich über die Rückenlehne seines Stuhls und begann die Ärmel seines Hemdes aufzukrempeln. »Nein, Konrad ist wirklich beeindruckend.« Es klang so, als habe er noch etwas sagen wollen, sich aber im letzten Moment eines Besseren besonnen.

Es brauchte nicht viel Fantasie, um sich vorzustellen, was es war.

»Tut mir leid, dass er dir nicht weiterhelfen konnte.«

Er zuckte die Schultern. Es wirkte deutlich weniger gleichgültig als beabsichtigt. »Den Versuch war's auf jeden Fall wert. Und wir sind ja durchaus ein ganzes Stück klüger als zuvor. Immerhin wissen wir nun, dass es eine Erklärung für deine Visionen gibt, auch wenn sie bedauerlicherweise nur in Esoterikerkreisen gesellschaftsfähig ist. Aber ich gebe die Hoffnung nicht auf, vielleicht doch noch auf etwas zu stoßen, das mich weiterbringt.«

Wenn du weiter meditierst.

Wenn ich weiter meditiere.

Bleiernes Schweigen.

»Weißt du, was ich irgendwie beruhigend finde?«, hob Hannah nach einer Weile erneut an.

»Nein. Was?«

In diesem Moment kam der Kellner mit den Getränken. Hannah wartete, bis er wieder verschwunden war. Was sie zu besprechen hatten, war weiß Gott nicht für jedermanns Ohren geeignet.

»Dass es der Ort ist, der die Verbindung zwischen Amena und mir herstellt. Dass die Menschen, die mir während der Meditationen begegnen, ihn durch ihre Handlungen und Gefühle so stark aufgeladen haben, dass ich in der Lage bin, sozusagen ihre energetischen Spuren zu lesen. Das ist zugleich der fantastischste Aspekt der ganzen Angelegenheit und der ... na ja, logischste, obwohl das Wort in diesem Zusammenhang seltsam klingt. Aber immerhin beantwortet das die Frage, warum gerade ich gerade jetzt diese Visionen empfange. Verstehst du, was ich meine?«

Rutger hatte soeben einen langen Schluck seines Bieres getrunken und leckte sich genüsslich den Schaum von den Lippen. »Ich denke schon. Es bedeutet nämlich auch, dass du nicht verrückt bist, wie du ja zunächst befürchtet hattest. Du hast dich im Grunde gar nicht verändert, bist höchstens durch Jahre des Meditierens sensitiver geworden. Und wenn du den Hof nicht gekauft hättest, wäre dir wahrscheinlich nie aufgefallen, dass du über diese außergewöhnliche Gabe verfügst. Nur die Kombination von dir mit diesem Ort bringt deine speziellen Fähigkeiten zum Vorschein.«

Ein Gedanke ließ Hannah nicht mehr los, seit sie herausgefunden hatten, dass ihr Hof auf demselben Hügel lag wie einst das Nemetom der Eburonen. »Glaubst du, es wäre möglich, Spuren des Quellheiligtums zu finden?«

Rutger blickte skeptisch drein. »Ziemlich unwahrscheinlich. Es hängt unter anderem davon ab, ob dein Hof neben dem Heiligen Hain erbaut wurde oder direkt darüber. In ersterem Fall bestünde vielleicht eine geringe Chance, etwas zu entdecken. Beschreib den Ort doch bitte noch einmal ganz genau.«

Froh, das Thema ihrer besonderen Begabung verlassen und sich wieder praktischen Fragen zuwenden zu können, konzentrierte sich Hannah und ließ das Bild des Nemetom vor ihrem inneren Auge auferstehen. »Das Heiligtum lag auf einer kleinen Lichtung mitten im Wald. In ihrem Zentrum stand eine riesige, uralte Eibe, an deren Fuß eine Quelle entsprang. Das Wasser sprudelte in ein ovales Felsbecken von ungefähr einem mal zwei Metern Größe.«

Rutger rieb sich die Stirn. »Also gut. Die Eibe ist natürlich lange verschwunden. Ansonsten wäre sie jetzt weit über zweitausend Jahre alt, denn sie muss ja damals schon ein stattliches Alter gehabt haben. Außerdem befürchte ich, dass die Römer oder später die Christen das Nemetom zerstört und den Baum gefällt haben. Das war gängige Praxis im Umgang mit den heiligen Stätten Andersgläubiger.

Bleiben also die Quelle und das Felsbecken. Die Quelle kann längst versiegt sein, und das nehme ich auch an, denn ich kenne die Gegend ziemlich genau, und meines Wissens gibt es dort keine. Dann wäre da noch das Felsbecken. Das ist das Einzige, was sich nach wie vor an Ort und Stelle befinden dürfte, jedoch begraben unter einer dicken Humusschicht. - Ich vermute übrigens noch was ganz anderes.« Er hielt einen Moment inne, weil der Kellner das Essen brachte. »Hm, das sieht aber gut aus«, meinte er und rieb sich vor lauter Vorfreude die Hände. »Hast du auch so einen Hunger?«

Hannah stieg der penetrante Geruch des Lachses in die Nase und verschlug ihr den wenigen Appetit, den sie ohnehin nur verspürte. Nachdem sie einmal gelesen hatte, dass frischer Fisch keinen Eigengeruch besitze und somit jeder Fisch, der roch, zwangsläufig nicht mehr frisch war, hatte sie ihn von ihrem Speiseplan gestrichen und mit ihm alles, was sonst noch aus den Ozeanen geholt wurde, um auf den Tellern der ahnungslosen Verbraucher zu landen. Schließlich konnte man ja nie wissen, ob in der Nähe nicht gerade ein Tanker irgendwelche Säuren verklappt hatte oder ein undichtes russisches Atom-U-Boot dem Meeresgrund und einem ungewissen Schicksal entgegengetaumelt war.

»Nein«, erwiderte sie kurz angebunden und lehnte sich auf ihrem Stuhl zurück, um so viel Abstand wie möglich zwischen den Lachs und ihre empfindliche Nase zu bringen. »Was vermutest du also?«

Skeptisch beobachtete sie, wie sich Rutger einen Bissen Lachs in den Mund schob und genüsslich kaute.

»Hmm, ausgezeichnet«, schwärmte er. »Über einem guten Essen kann ich alles andere vergessen. Und Fisch liebe ich besonders. Das ist Teil meines irischen Erbes. Die Familie meiner Mutter stammt, wie ich schon erwähnte, aus Irland, und da Irland bekanntlich eine Ins-«

»Rutger, was vermutest du?«

Sie hatte so laut gesprochen, dass ein älterer Herr am Nebentisch erschrocken zusammenzuckte und sich konsterniert umdrehte. Hannah warf ihm einen vernichtenden Blick zu.

Aber Rutger war nicht aus der Ruhe zu bringen. Zum einen aß er für sein Leben gern, und wenn sein Beruf nicht glücklicherweise ein hohes Maß an Bewegung erfordern würde, hätte man ihn längst durch diese Tür dort drüben rollen können. Und zum anderen erfüllte diese spezielle Mahlzeit auch einen therapeutischen Zweck, half sie ihm doch dabei, seine Enttäuschung darüber zu bekämpfen, dass das Gespräch mit Konrad nicht den erhofften Erfolg erbracht hatte. Also, wie seine irische Großmutter, Gott hab sie selig, zu sagen pflegte: *Easy, boy, easy.*

»Wenn man Sakralbauten ausgräbt«, fuhr er schließlich mit stoischer Miene fort, nachdem er eine weitere Gabel seines Lachses verköstigt hatte, »stellt man häufig fest, dass an dieser Stelle seit Jahrhunderten oder sogar Jahrtausenden eine Kontinuität der Nutzung bestand, die bis in früheste Zeiten zurückreichen kann. In vielen Fällen haben sich die Christen heidnische Orte zu eigen gemacht, die heiligen Bäume gefällt und eine kleine Kapelle errichtet, später eine Kirche.« Er widmete sich wieder dem toten Fisch. »Schmeckt wirklich ganz hervorragend«, befand er undeutlich.

»Ja, und?«, hakte Hannah ungeduldig nach.

Sie begann sich allmählich zu fragen, ob die hier irgendwas Besonderes mit dem Lachs anstellten, ihn womöglich in Baldrian einlegten, ehe sie ihn servierten. Anders vermochte sie sich jedenfalls nicht zu erklären, warum Rutger mit einem Mal so entspannt und ausgeglichen wirkte.

Sie musste jedoch warten, bis er seinen Bissen hinuntergeschluckt und mit einem kräftigen Schluck Bier nachgespült hatte. »Fisch muss schwimmen«, erklärte er gemütlich.

Hannah verdrehte die Augen.

»Das könnte auch bei unserem Quellheiligtum der Fall sein«, fuhr er dann fort. »Das mit der kontinuierlichen Nutzung, meine ich. Ich denke jetzt einfach mal laut: Also, die Römer zerstörten Atuatuca, zogen aber bald ab. Vielleicht blieben Eburonen in der Gegend, die das Nemetom weiterhin nutzten, oder das Gebiet lag erst einmal brach. Allerdings nicht lange, denn wir wissen, dass die Ubier, ein rechtsrheinischer Germanenstamm, in den letzten Jahrzehnten vor Christi Geburt über den Rhein drängten und sich im ehemaligen Land der Eburonen ansiedelten. Möglicherweise übernahmen sie das Heiligtum, bauten es aus, errichteten irgendwann Matronensteine. Der Kult war in dieser Region ja sehr verbreitet. Und eines Tages -«

Es war das Wort Matronensteine, welches dafür sorgte, dass bei Hannah der Groschen fiel. Sie schlug sich mit der flachen Hand gegen die Stirn, dass es nur so klatschte. »Natürlich!«, unterbrach sie ihn. »Rutger, das ist es! Ich glaube, an dieser Stelle hat tatsächlich ein Matronenheiligtum gestanden.«

Verblüfft hielt er mit der Gabel auf halbem Weg zum Mund inne und ließ sie langsam wieder sinken. »Wie kommst du darauf?«, fragte er mit zusammengezogenen Brauen, einen Moment sogar seinen Fisch vergessend.

Hannah schob ihren unberührten Teller beiseite und beugte sich eifrig vor. »Beim Auspacken der Umzugskartons hab ich eine alte Flurkarte dieser Gegend gefunden. Darin ist auch die Anhöhe eingezeichnet, auf der mein Hof liegt. Und weißt du, wie die Flur heißt?«

»Na?«

Sie legte eine Pause ein, die ihr der nun folgenden Offenbarung angemessen schien. »›Bei den Heydensteinen‹«, verkündete sie dann mit derselben Stimme, mit der Bürgermeister Denkmäler enthüllen. »Ich dachte damals an Dolmen, Menhire oder etwas in der Art. Aber mit ›Heydensteinen‹ könnten doch ebenso Matronensteine gemeint sein, oder?«

Hinter vorgehaltener Hand entfernte Rutger eine verirrte Gräte, die ihm zwischen den Zähnen stecken geblieben war. »Das erscheint mir sogar ziemlich wahrscheinlich«, meinte er, nachdem das Werk vollbracht war. »Der Volksmund bewahrt oft die Erinnerung an Heiligtümer und andere Stätten aus längst vergangenen Epochen in Namen, die mit ›Heiden-‹, ›Teufels-‹ oder ›Hünen-‹ beginnen. Kann ich diese Karte nachher mal sehen?«

»Klar. Glücklicherweise hab ich sie noch zu Hause. Ich wollte sie nämlich demnächst neu rahmen lassen, um sie anschließend aufzuhängen.« Hannah nippte nachdenklich an ihrem Mineralwasser. »Gehen wir also einmal davon aus, dass an dem Ort, an dem sich zu Caesars Zeiten der Heilige Hain der Eburonen befand, später ein Matronenheiligtum errichtet wurde. Hältst du es für möglich, dass davon noch Spuren zu entdecken sind?«

Erleichtert verfolgte sie, wie Rutger den letzten Bissen Lachs hinunterschluckte und sich mit seiner Serviette die Lippen tupfte.

»So, das war ganz ausgezeichnet. Hätte nur etwas mehr sein dürfen. - Aber um deine Frage zu beantworten: Nein, ich glaube nicht, dass Reste überdauert haben. Am wahrscheinlichsten erscheint mir, dass dein Gehöft exakt an der Stelle erbaut wurde, an der das Matronenheiligtum stand. Wenn es denn je eines gab, bislang spekulieren wir ja nur. Ich denke, die Kultstätte wurde irgendwann aufgegeben, vermutlich sogar zerstört. Dann verfiel der Ort. Dreizehn-, vierzehnhundert Jahre später kommt jemand auf die Idee, in dieser gottverlassenen Gegend ein Haus zu errichten. Und anstatt das Baumaterial aus weiter Entfernung heranzukarren - was ist naheliegender, als sich der Steine zu bedienen, die dort herumliegen, vielleicht die Ruine des Heiligtums, falls überhaupt etwas stehen geblieben ist, einzureißen und sich ein nettes Häuschen daraus zu bauen?«

Hannah starrte ihn entgeistert an. »Meinen Hof?«, fragte sie und konnte nicht verhindern, dass ihre Stimme eine deutlich hysterische Note bekam. Die Vorstellung, dass ihr Gehöft aus den Überresten eines uralten heidnischen Tempels erbaut worden sein mochte, trieb ihr den Angstschweiß auf die Stirn. Gleichzeitig fühlte sie, wie sich eine schemenhafte Erinnerung mühsam durch die verschlungenen Windungen ihres Gehirns quälte.

»Entweder deinen Hof oder einen Vorgängerbau.«

»Stimmt!« Sie schnippte erleichtert mit den Fingern, als die Erinnerung plötzlich Gestalt annahm und ihr Gedächtnis eine wesentliche Information ausspuckte. »Es gab dort schon vorher ein Gebäude. Die beiden Töchter der Frau Hermann erzählten mir nämlich, dass der Hof in seiner jetzigen Form im neunzehnten Jahrhundert errichtet wurde. Auf der Flurkarte, die aus dem Jahr 1654 stammt, ist aber bereits ein Haus eingezeichnet.« Nur um Haaresbreite dem

Schicksal entronnen, in den Steinen eines uralten Tempels zu wohnen, langte sie nach ihrer Serviette und tupfte sich verstohlen den Schweiß von der Stirn.

Rutger nickte. »Dann bestand dieser Vorgängerbau möglicherweise aus den Trümmern des Matronenheiligtums. So ist es leider unzählige Male geschehen. Wenn ich daran denke, wie viele vor- und frühgeschichtliche Bauwerke späteren Generationen als Steinbruch gedient haben, wird mir ganz flau.«

Das kann auch an dem toten Fisch liegen, dachte Hannah, zog es jedoch vor zu schweigen.

»In der Regel lässt sich das aber nur in wenigen, spektakulären Fällen nachweisen. Einen solchen kenne ich übrigens hier in der Nähe: In einem Pfeiler der St. Martinus Kirche in Euskirchen wurde ein Matronenstein verbaut. – Isst du deine Oliven eigentlich nicht?«

Hannah stutzte. Sie hatte nicht einmal bemerkt, dass ihr Salat überhaupt Oliven enthielt. »Nein, greif zu.«

Rutger spießte eine auf und verspeiste sie genüsslich. »Ich liebe Oliven, musst du wissen. Besonders diese grünen, mit Paprika gefüllten.« Plötzlich lachte er. »Erinnerst du dich, wie wir in der Tempelanlage von Pesch standen und ich sagte, dass auf einer der umliegenden Anhöhen ein weiteres Matronenheiligtum gelegen haben könnte? Und nun sitzen wir hier und erwägen allen Ernstes, dass es sich auf demselben Hügel befand, auf dem dein Hof steht. Schon komisch, findest du nicht?«

Sehr komisch, dachte Hannah düster. Der Gedanke war ihr nach wie vor nicht geheuer.

»Vielleicht hast du das Zweite Gesicht und weißt es bloß nicht«, hörte sie sich sagen und stöhnte innerlich auf, kaum dass sie die Worte ausgesprochen hatte. Dieses unselige Thema kehrte mit der Zuverlässigkeit eines Bumerangs immer wieder zu ihr zurück.

Rutger zuckte mit schlecht vorgetäuschter Gleichgültigkeit die Schultern. »Schön wär's«, meinte er nur und widerstand tapfer der Versuchung, hier und jetzt, in diesem Lokal und vor allen Leuten, vor Hannah auf ein Knie zu sinken und sie zu beschwören: Ich flehe dich an, bitte meditiere weiter! Deine Visionen sind meine einzige Hoffnung, mein rettender Strohhalm, der Silberstreifen am Horizont, mein Licht in finsterster Nacht. Ich will diese gottverdammte Stadt ausgraben, und wenn es das Letzte ist, was ich in diesem Leben tue. Und nur du kannst mir dabei helfen. Bitte lass mich nicht im Stich!

Dennoch schreckte er unverändert davor zurück, Hannah mit diesem Ansinnen zu behelligen, selbst in weniger theatralischer Form. Zwar hatte er mit Erleichterung vernommen, dass ihre Reisen in die Vergangenheit gesundheitlich unbedenklich seien. Doch was ihn nach wie vor zurückhielt, war die Erinnerung an die Tränen auf ihren Wangen, als sie ihm von Amenas Schicksal und dem der anderen Eburonen berichtete. Wenn ihr die Ereignisse derart nahegingen, fand er, besaß er kein Recht, sie zu bitten, erneut zu meditieren. So schwer ihm dieser Verzicht auch fiel.

Hannah, die nichts von der dramatischen Szene ahnte, die sich um ein Haar zu ihren Füßen abgespielt hätte, bekam allmählich Hunger und machte sich über ihren Salat her. »Apropos Pesch. Glaubst du, dass sich dort bereits zu Amenas Zeiten ein Heiligtum befand?«

Rutger dachte kurz nach. »Die frühesten Befunde, die wir kennen, stammen jedenfalls aus einer deutlich späteren Epoche, nämlich aus dem ersten nachchristlichen Jahrhundert. Wenn es dort vorher schon einen Kultplatz gab, hat er zumindest keine Spuren hinterlassen. Vielleicht war es ein Heiliger Hain, eine Quelle oder etwas Ähnliches. Aber deiner Beschreibung zufolge scheint mir das Nemetom mit der uralten Eibe das zentrale Heiligtum der Eburonen gewesen zu sein. Daher halte ich es für wenig wahrscheinlich, dass nur ein paar Meter entfernt noch ein Heiliger Hain gelegen haben soll.«

Während Hannah schweigend ihren Salat verputzte, begannen ihre Gedanken, wie so oft in den vergangenen Tagen, erneut um die Inhalte ihrer Visionen zu kreisen. »Wie ging die Sache eigentlich weiter?«, fragte sie schließlich.

Es war eine typische Hannah-Neuhoff-Frage. Hannah vermochte minutenlang, in tiefes Schweigen versunken, hingebungsvoll vor sich hinzubrüten, um ihr nichts ahnendes Gegenüber am Ende mit einer konkreten Frage zu konfrontieren. Dabei verschwendete sie gleichwohl keine Sekunde daran, dass der andere von ihren mentalen Exkursionen, Um- und Abwegen, Sackgassen und Kreisverkehren nichts wissen konnte, und lieferte ihm auch nicht den geringsten Hinweis, worauf sie sich denn wohl beziehen mochte.

Rutger war entsprechend verwirrt. »Von welcher Sache sprichst du?«

Sie wedelte ungeduldig mit der Hand, die die Gabel hielt. »Die Bedrohung der Eburonen durch die Römer natürlich. Wie ist das damals weitergegangen?«

»Ah, das meinst du.«

Hört, hört, dachte er gleichzeitig. Tat sich da etwa gerade eine Pforte auf, die er bislang übersehen hatte, eine Art geistiger Tapetentür? War es denkbar, dass Hannahs Interesse an Amenas

Schicksal und dem ihres Stammes so groß war, dass sie trotz der emotionalen Belastung, die die Visionen für sie darstellten, aus freien Stücken fortfahren würde? Und dass er mithin gut beraten war, sich noch ein klein wenig länger in der Tugend der Geduld zu üben, anstatt - um im Bilde zu bleiben - offene Türen einzurennen?

Obwohl eine leise Stimme in seinem Hinterkopf bereits ein voreiliges »Jubilate« anstimmte, zwang sich Rutger, das Thema so sachlich wie irgend möglich anzugehen. Sachte, Loew, jetzt nur nicht mit der Tür ins Haus fallen - gütiger Gott, war dieses Bild strapazierfähig! Um Zeit zu gewinnen, lehnte er sich zurück, trank sein Bier aus und bedeutete dem Kellner mit einer Geste, ihm noch eins zu bringen.

»Ich weiß nicht, ob es klug wäre, dir das zu erzählen«, erklärte er schließlich. »Für den Fall, dass du dich tatsächlich entschließen solltest, mit den Meditationen fortzufahren, wäre es das Beste, wenn du unvoreingenommen bliebest. Verstehst du, ich hätte Sorge, dich zu beeinflussen, wenn ich dir berichten würde, was damals geschehen ist.

Außerdem besteht die Möglichkeit, dass das, was du siehst - ich meine natürlich: sehen würdest -, teilweise von dem abweicht, was ich dir schildere. Ich müsste mich auf Caesars *De Bello Gallico* berufen, der ja die einzige autorisierte Quelle für den weitaus größten Teil der Ereignisse darstellt. Aber wie ich letztens schon erwähnte, stimmt Cottas Tagebuch in bedeutenden Punkten nicht mit dem Werk des Proconsuls überein, und ich muss gestehen, dass ich ihm mehr Glauben schenke als dem Meister selbst. Das bedeutet, wir hätten vielleicht die Chance, dem göttlichen Iulius ein paar Fälschungen nachzuweisen.«

Hannah ließ ihre Gabel sinken. »Machst du Witze?«

»Keineswegs.« Rutger pickte sich eine zweite Olive aus ihrem Salat. »*De Bello Gallico* ist eine Propagandaschrift in eigener Sache. Caesar verfasste den Text im Jahre 52 vor Christus nach seinem entscheidenden Sieg über Vercingetorix und dessen gigantisches Heer verbündeter Stämme. Nachdem Gallien damit praktisch unterworfen und der Krieg gegen die Kelten beendet war, richtete er seinen nicht unbeträchtlichen Ehrgeiz nun wieder auf die Verfolgung seiner politischen Karriere, und dazu musste er sich der Zustimmung einer möglichst breiten Öffentlichkeit versichern. Zu Beginn des Gallischen Krieges hatte er die übliche Ämterlaufbahn römischer Adeliger absolviert: Er war Quaestor, Aedil, Pontifex Maximus, Praetor und Consul. Doch er strebte nach Höherem, er hatte nichts Geringeres im Sinn, als die Republik aufzulösen und sich selbst zum alleinigen Herrscher einzusetzen, zum Diktator auf Lebenszeit. Wie man weiß, ist ihm das auch gelungen. Aber seiner Gesundheit war es eher abträglich, denn am Ende hat er seine krankhafte Gier nach immer mehr Macht mit dem Leben bezahlt, weil er seinen Gegnern zu mächtig geworden war.

Doch das ist eine andere Geschichte. Die Frage, ob der Proconsul in seinem *De Bello Gallico* die Fakten zu seinen Gunsten entstellt hat, wird in Forscherkreisen leidenschaftlich diskutiert. Weitgehende Einigkeit herrscht darüber, dass er sein Werk benutzte, um sich selbst konsequent in ein günstiges Licht zu rücken. Dass er sich zu diesem Zweck auch die eine oder andere Manipulation erlaubte, ist naheliegend. Beispielsweise erscheint die Truppenstärke der Germanen und Kelten oft übertrieben, ganz nach der Devise ›Viel Feind, viel Ehr‹. Wenn Caesar siegt, mehrt eine große Anzahl an Gegnern seinen Ruhm; im Falle einer Niederlage jedoch entschuldigt sie sein Versagen. Insgesamt also ein nützlicher Schachzug.

Zudem darf man freilich nicht vergessen, dass der Proconsul nicht bei allen Kampfhandlungen persönlich anwesend war und sich auf die Schilderungen seiner Legaten und Centurionen verlassen musste. Da können sich Verfälschungen eingeschlichen haben, die er gar nicht beabsichtigte.«

Der Kellner brachte Rutgers Bier, und der nahm einen langen Schluck, ehe er fortfuhr.

»Die Debatte über Caesars angebliche Entstellung der Tatsachen ist einer der Gründe, weshalb es für die Wissenschaft so wichtig wäre, zu erfahren, ob dieses Manuskript aus dem dreizehnten Jahrhundert authentisch, also wahrhaftig eine Kopie von Cottas Kriegstagebuch ist. Es fällt nämlich auf, dass dort, wo die beiden Texte voneinander abweichen, der *De Bello Gallico* die Ereignisse stets in einem für Rom - beziehungsweise Caesar - günstigeren Licht schildert. Cottas Bericht hingegen ist insgesamt sachlicher, objektiver und teilweise sogar kritisch abgefasst, was ihn in den Augen vieler Historiker glaubhafter erscheinen lässt.«

Er rang einen Moment mit sich, dann gab er sich einen Ruck. »Es liegt mir natürlich vollkommen fern, dich auch nur ansatzweise beeinflussen zu wollen«, setzte er mit einem schiefen Grinsen hinzu. »Aber solltest du dich entschließen, mit deinen Meditationen fortzufahren, hätten wir wahrscheinlich die einmalige Gelegenheit herauszufinden, ob und wenn ja, in welchem Umfang, der göttliche Iulius seine Leser hinters Licht geführt hat.«

Eine knappe Stunde später wickelte Hannah vorsichtig den Rahmen mit der alten Flurkarte aus seiner Hülle aus Zeitungspapier. Im Schein einer Lampe beugten sie und Loew sich darüber.

»Hier ist es.« Sie deutete auf die Stelle, wo der Vorgängerbau ihres Gehöfts eingezeichnet war. »›Bey den Heydensteinen‹.«

»Darf ich?« Rutger nahm ihr die Karte aus der Hand und studierte sie mit halb zusammengekniffenen Augen. »Kein Zweifel«, meinte er schließlich. »Das ist der Hügel, auf dem heute dein Hof steht. Ich fürchte, es ist tatsächlich so, wie ich vermute, nämlich dass an diesem Ort einst ein Matronenheiligtum oder eine andere Art von vorchristlichem Tempel stand, der in späteren Zeiten als Steinbruch diente. Hast du mal eine Lupe?«

Hannah erinnerte sich dunkel, dass ihr beim Umzug irgendwo eine begegnet war. Wahrscheinlich war sie im Atelier gelandet. Hastig lief sie über den Innenhof, durchwühlte einige Schachteln, in denen sie diversen Kleinkram aufbewahrte, und richtig, da war eine. Sie kehrte ins Haus zurück, säuberte das verkratzte, blinde Glas energisch mit einem Zipfel ihrer Bluse und reichte sie Rutger, der sie nahm und mit ihr über der Karte herumfuhr.

Auf einmal hielt er inne, um eine bestimmte Stelle genauer zu betrachten. »Das ist ja unglaublich«, murmelte er und bewegte die Rechte mit der Lupe auf und nieder, um die optimale Vergrößerung zu finden. »Nicht zu fassen«, stieß er dann hervor.

Hannah verrenkte sich den Hals, um herauszufinden, was ihn so fesselte, vermochte jedoch nichts zu erkennen. »Was ist nicht zu fassen?«, fragte sie schließlich gereizt. Geduld war nun einmal nicht ihre Stärke.

Endlich überließ Rutger ihr die Lupe. »Hast du das hier gesehen?«, gab er statt einer Antwort zurück und deutete mit dem Zeigefinger auf einen Punkt in der Nähe ihres Hofes.

Sie riss ihm das Vergrößerungsglas aus der Hand und schaute genauer hin. Wie er musste auch sie ein paar Mal auf- und abzoomen, bis sie den verblichenen Schriftzug entziffern konnte, der zudem von einem Stockfleck angenagt worden war. »Wahnsinn«, flüsterte sie dann andächtig.

An der Stelle, wo sich ihren Visionen zufolge die verschollene Stadt Atuatuca befand, standen drei Worte, säuberlich notiert in der sorgfältigen, altmodischen Handschrift, in der die gesamte Karte abgefasst war: »In den Heydengraeben«.

Kapitel 8

Amena hüllte sich fester in ihren Umhang aus feinen silbergrauen Wolfsfellen und schlug die Kapuze hoch. Trotz der Wärme, die der Leib ihrer Stute ausstrahlte, fror sie. In der Mitte der Nacht, als sie, schlaflos, vor das Haus getreten war, damit die klare, eisige Luft ihre sorgenvollen Gedanken vertriebe, hatte heftiger Schneefall eingesetzt. Es war der erste Schnee dieses Winters. Und obwohl die Kälte ihr bis ins Mark gekrochen war, hatte sie sich gegen den Türstock gelehnt und die Flocken beobachtet, wie sie um sie herumwirbelten, dicht wie ein lebendiger weißer Vorhang, bis ihr vom Zusehen schwindelig wurde und sie die Augen schließen musste.

Schon als Kind hatte sie Schnee geliebt, bereitete es ihr Vergnügen, mit dem Blick einzelne Flocken aus der unendlichen Schar herauszupicken und ihren Weg vom Himmel bis zum Boden zu verfolgen, wo sie eins wurden mit der Masse ungezählter, unzähliger anderer. Diese kindliche Verzückung hatten ihr selbst die zwanzig harten Jahre ihrer Ausbildung nicht auszutreiben vermocht, und jedes Mal aufs Neue erreichte das Wunder einer verschneiten Landschaft einen Punkt tief in ihrer Seele, der von der Disziplin der Priesterin unberührt geblieben war.

Nun war der Winter also gekommen und mit ihm ein eisiger Wind aus Osten, der unerbittlich über die Gipfel des Arduenna Waldes hinwegfegte, durch die kahlen Baumkronen fuhr und Wolken aus Schnee auf die Gruppe der Reiter herabrieseln ließ, die so unbeweglich auf ihren Pferden verharrten, als wären sie mit der Umgebung verschmolzen.

Der lang gezogene, melancholische Ruf eines Gimpels drang an Amenas Ohr und riss sie aus ihren Erinnerungen. Ihr Blick suchte den kleinen Vogel und fand ihn schließlich in den dürren Ästen einer Birke, das leuchtende Rot seiner Brust der einzige farbige Fleck im scheinbar endlosen Weiß der in Schnee und Eis erstarrten Landschaft.

Sie schaute zu Ambiorix hinüber. Er saß vornübergebeugt auf seinem Schimmel Avellus, stützte sich auf das hölzerne Sattelhorn und beobachtete schweigend und tief in Gedanken versunken das Treiben der römischen Legionäre im Tal zu ihren Füßen. Seine Züge waren ernst und unbewegt, wie aus einem Basaltblock herausgearbeitet. Lediglich seine tiefbraunen Augen ruckten hin und her, als wollten sie jede noch so winzige Bewegung des Feindes, jede Einzelheit des gegnerischen Spektakels erfassen, das sich dort unten entfaltete. Er schien die Anwesenheit seiner drei Begleiter vollkommen vergessen zu haben. Als der Wind in seine dunklen Haare fuhr und ihm eine Strähne ins Gesicht wehte, strich er sie mit einer mechanischen Handbewegung zurück.

Das Winterlager der Römer stand nun kurz vor der Vollendung. Seine Ausdehnung war erschreckend, gewaltig, viel gewaltiger, als Amena es sich vorgestellt hatte - ein gigantisches Viereck, das den größten Teil der Talsohle bedeckte. Mit schonungsloser Härte war es aus der Landschaft herausgemeißelt worden, während der ungeheure Bedarf an Bauholz tiefe Wunden in die umgebenden Wälder riss. Auf dem Ritt hierher hatte sie mit stummem Entsetzen die kahlen Hänge gesehen, weite Flächen, einst von gesunden, kräftigen Eichen und Buchen bewachsen, nun übersät mit den Stümpfen der gefällten Bäume wie eine ehedem makellose Haut mit Pockennarben. Dies waren die Wälder, von denen die Eburonen seit Generationen lebten, in denen sie jagten, Holz für ihre Häuser schlugen und in die sie im Herbst ihre Schweine zur Eichel- und Bucheckernmast trieben. Nun lagen sie dahingemäht wie tapfere Krieger von den Schwertern einer feindlichen Armee.

Gerade so, wie die Römer auch uns dahinmähen werden, schoss es Amena durch den Kopf. Hilflos fühlte sie, wie sich eine eisige Faust um ihr Herz legte und es erbarmungslos zusammenpresste. Sie musste die ganze Disziplin der Priesterin aufbieten, um die Tränen der Furcht und Verzweiflung niederzuringen, die sich in ihre Augenwinkel gestohlen hatten.

Seit Wochen schon bildeten die monotonen Schläge unzähliger römischer Äxte und Beile bei Tag und Nacht die dissonante Hintergrundmelodie allen Lebens in Atuatuca. In Amenas Ohren klang sie wie das Lied der Henker für ihre Opfer, ein tödliches Wiegenlied, das ihnen Tag für Tag, Stunde um Stunde und in jedem einzelnen Augenblick die Unentrinnbarkeit ihres Schicksals mit gnadenloser Unerbittlichkeit einhämmerte.

Wie alles, was die Römer unternahmen, war auch dieses Castrum ein Musterbeispiel an Organisation, Genauigkeit und Effizienz, eine gut geölte Todesmaschinerie, ein meisterlich funktionierender Mikrokosmos, auf Vernichtung gedrillt - Tausende todbringender Zellen, die gemeinsam einen Organismus formten, dessen einziges Ziel in Zerstörung und Ausrottung bestand. Rings um die Anlage verlief ein Spitzgraben, dessen Aushub den Erdwall bildete, auf welchem sich eine Palisade aus dünnen, zugespitzten Baumstämmen gerade wie Lanzenschäfte in den grauen, wolkenverhangenen Winterhimmel reckte. Türme sicherten die Ecken und die vier nach den Himmelsrichtungen orientierten Tore. Im Inneren, das durch die beiden kreuzförmig angeordneten Hauptstraßen in Viertel unterteilt wurde, erhoben sich in gleichmäßigen Reihen Zelte und strohgedeckte Blockhütten. Alles an diesem Lager war rechtwinklig und exakt; Menschen, Tiere und Dinge besaßen ihren festen Platz. Nichts blieb dem Zufall überlassen, alles war bis ins kleinste Detail geplant und vermessen. Für Lebendigkeit und Individualität bot das römische Heerwesen keinen Raum. Genau darauf beruhten ja seine Stärke und Schlagkraft, und dieses Castrum legte ein beredtes Zeugnis davon ab.

Und obwohl noch längst nicht alle Legionäre eingetroffen waren, wirkte die bloße Anzahl derer, die dort unten zum Klang von Signalhörnern und gebrüllten Kommandos geschäftig wie Ameisen hin- und herwimmelten, die Palisade fertigstellten und immer weitere Zelte und Hütten errichteten, schon jetzt schreckenerregend.

Erneut erklang der lang gezogene, melancholische Ruf des Gimpels. Amena erschien es, als stimmte der kleine Vogel sein Klagelied auf das rings um ihn ersterbende Leben, den Tod der Natur, an.

Indutiomarus, König der benachbarten Treverer, riss seinen schwarzen Hengst so brutal am Zügel, dass sich das Tier mit einem schmerzerfüllten Wiehern aufbäumte. Aus dem Augenwinkel sah Amena, wie der Gimpel erschrocken aufflog und verschwand, und mit ihm der letzte Farbtupfer in dieser endlosen weißen Weite. Dann zwang der Treverer sein Pferd zurück auf den Boden und drängte es mit einem Druck seiner Schenkel Flanke an Flanke mit Ambiorix' Schimmel.

Indutiomarus war ein Hüne, hochgewachsen und mit einem Körperbau, der jedem Gladiator in der Arena zur Ehre gereicht hätte. Ambiorix nahm sich neben ihm beinah zierlich aus. Zudem unterstrich das Stammesoberhaupt der Treverer seine imposante Erscheinung und sein aufbrausendes Wesen durch das Fell eines gewaltigen schwarzen Wolfes, dessen weit aufgerissene Kiefer sein Gesicht einrahmten, während die Haut des Tieres über seine Schultern hinweg bis auf den Rücken seines Rappen fiel und mit ihm zu verschmelzen schien.

»Beim Teutates, Ambiorix!«, brüllte er gereizt. Seine Erregung übertrug sich auf sein Pferd, das mit gebeugtem Nacken und verhaltenem Kopf unruhig tänzelte. »Warum zögert Ihr? Lasst uns handeln, solange wir noch Zeit haben! Lasst uns angreifen, solange noch nicht alle fünfzehn Cohorten eingetroffen sind! Oder wollt Ihr warten, bis Euch die Römer eine schriftliche Einladung zur Schlacht senden?«, setzte er spöttisch hinzu.

Der Angesprochene würdigte ihn keiner Antwort.

166

»Wenn wir das Lager heute stürmen«, fuhr Indutiomarus nach einem Augenblick eindringlich fort, »sind wir ihnen zahlenmäßig überlegen, und wir haben das Überraschungsmoment auf unserer Seite. Aber das kann sich von einem Tag auf den nächsten ändern, versteht Ihr denn nicht? Außerdem ist diese Legion frisch ausgehoben worden. Die Männer sind unerfahren im Kampf, und sie fürchten sich vor uns.« Plötzlich beugte er sich im Sattel vor, brachte sein Gesicht nahe an Ambiorix heran und verlieh seiner Stimme einen abschätzigen Unterton. »Oder fürchtet Ihr Euch womöglich noch mehr als sie? Seid Ihr am Ende genauso ein Feigling wie der alte Catuvolcus? Seid Ihr -«

Mit einem Ruck erwachte Ambiorix aus seiner Starre und warf ihm einen Blick von solch schneidender Schärfe zu, dass Indutiomarus mitten im Satz verstummte und zurückzuckte. Dann wandte er sich abermals dem römischen Lager zu, ohne dem König der Treverer weitere Beachtung zu schenken, und versank erneut in Gedanken.

Dieser gab ein verächtliches Schnauben von sich, riss sein Pferd wortlos herum und hieb ihm die eisernen Sporen tief in die Flanken. Darauf sprengte er den Weg zurück, der zu dem Aussichtspunkt auf einem Plateau oberhalb des Castrum führte. Die Hufe des schwarzen Hengstes wirbelten Wolken von Schnee auf und ließen den Waldboden unter ihren Tritten erbeben.

»Ein Hitzkopf, unser Treverer«, bemerkte Vercassius spöttisch.

Ambiorix nickte. »Geduld ist anscheinend nicht seine Stärke«, meinte er trocken, ohne die Augen vom Lager der Römer abzuwenden. »Folge ihm, und sorge dafür, dass er nichts Unüberlegtes tut.«

Wortlos wendete sein Ziehbruder seinen Falben und galoppierte Indutiomarus hinterher.

Nun waren sie allein. Ambiorix seufzte und warf einen letzten Blick auf das Castrum, ehe er sich Amena zuwandte. Er lenkte Avellus in einen Halbkreis, sodass sie einander gegenübersaßen, und für die Dauer einiger Herzschläge versenkten sie schweigend die Augen ineinander.

Auch wenn dies der erste Moment seit der Ankunft des Treverers zwei Tage zuvor war, den sie ungestört miteinander verbrachten, ahnte Amena, was in ihm vorging. Sie wusste, dass die Bürde der Verantwortung für die Geschicke des Stammes auf seinen Schultern lastete wie ein schweres Joch. Und wie so oft in den vergangenen Wochen wanderten ihre Gedanken zurück zu jenem unheilvollen Morgen, als sie in seinem Namen an der heiligen Quelle die Große Göttin befragt und die vernichtende Antwort erhalten hatte, die seither wie ein Echo in ihr nachhallte und ihr immer wieder aufs Neue die Unentrinnbarkeit ihres Schicksals mit gnadenloser Deutlichkeit vor Augen führte: Wie du dich auch entscheidest, deine Wahl wird falsch sein.

Wie nicht anders zu erwarten, war die Botschaft des Orakels Wasser auf Catuvolcus' Mühlen. Obwohl der alte König im Rat der Krieger klar unterlegen war, fühlte er sich nun in seiner Haltung von den Göttern bestätigt und verkündete triumphierend, dass er Ambiorix jedwede Unterstützung im Kampf gegen die Legionen verweigere. Und nicht nur das. Die Niederlage, die er in der Debatte gegen seinen jüngeren Kontrahenten erlitten hatte, stellte eine schwere Kränkung seiner Ehre dar. Sein verletzter Stolz, der krankhafte Wunsch, um jeden Preis seinen Willen durchzusetzen, ließen ihn hinter Ambiorix' Rücken gegen diesen intrigieren und selbst vor solch niederen Mitteln wie Bestechung nicht zurückschrecken. So gelang es ihm innerhalb kurzer Zeit, viele der älteren und einflussreichsten Männer des Dunom, die noch schwankten, welcher Seite sie sich anschließen sollten, hinter sich zu bringen. Und nun waren diese bereit, sich mit den Römern zu arrangieren und zu versuchen, deren Forderungen nach Getreide zu erfüllen.

Ambiorix kämpfte um jeden einzelnen Mann. Er ging zu den Zweiflern, den Abtrünnigen und bemühte sich, sie umzustimmen. Doch er sah den goldenen Schmuck an ihren Handgelenken, die wertvollen Waffen an den Wänden ihrer Häuser und erkannte, dass er dem nichts entgegenzusetzen vermochte. Er verfügte bei Weitem nicht über die finanziellen Mittel, die Catuvolcus sein eigen nannte. Was er zu bieten hatte, waren seine Argumente, seine Überzeugung, aus Liebe und Verantwortung gegenüber seinem Stamm das Richtige zu tun. Aber er predigte tauben Ohren. Mit wachsender Sorge beobachtete Amena, wie die Enttäuschung über den Verrat dieser Männer an Ambiorix' Kräften zehrte wie eine schwärende Wunde.

Doch auch der gegenteilige Fall trat ein, wenngleich bedeutend seltener. Einige, insbesondere jüngere Krieger aus Catuvolcus' Anhängerschaft und sogar Angehörige seiner eigenen Sippe sagten sich öffentlich von ihm los und schlossen sich Ambiorix an, um an seiner Seite gegen die römischen Eindringlinge zu kämpfen.

Glücklicherweise jedoch war Catuvolcus' Vermögen nicht unerschöpflich, und zudem reichte sein Einfluss nicht weit über die Grenzen Atuatucas hinaus. Und so kehrten die Boten, die Ambiorix zu den Königen der benachbarten Stämme aussandte, um ihre Unterstützung für die gemeinsame Sache zu erbitten, bereits nach kurzer Zeit mit der Zusicherung zurück, dass er mit ihnen und ihren Männern rechnen könne.

So kam es also, dass seit einer guten Woche eine stetig wachsende Zahl von Eburonen aus dem gesamten Stammesgebiet sowie erste Einheiten der verbündeten Völkerschaften in der Stadt zusammenströmten. Längst schon vermochte diese die Scharen von Kriegern und deren Familien, die sie auf Ochsenkarren mit sich führten, nicht mehr zu fassen, sodass viele auf den Wiesen außerhalb der Siedlung in Zelten lagern mussten. In den Nächten erhellte der Schein ihrer Feuer die Ebene bis zum Horizont und erwärmte Amenas Herz.

Niemals zuvor hatte sie sich ihren Brüdern und Schwestern so verbunden gefühlt, noch nie so innig erlebt, was es bedeutete, Keltin zu sein, Angehörige eines Volkes, das von einem grausamen und übermächtigen Feind bedroht wurde. Das Vertrauen, das diese Männer und Frauen in Ambiorix setzten, berührte sie zutiefst. Mehrmals in den vergangenen Tagen, in jenen Momenten, in denen Zweifel und Verzweiflung überhandzunehmen und sie zu ersticken drohten, lenkte sie ihre Schritte zur Umfriedung, stieg die Treppe zum Umlauf auf der Innenseite der hölzernen Palisade hinauf und ließ den Blick über das weite Tal wandern. Und jedes Mal fühlte sie sich getröstet, geborgen in der Gemeinschaft der Menschen, junge und alte, reiche und arme, starke und schwache gleichermaßen, die ein gemeinsames Ziel, gemeinsame Hoffnungen und Ängste hier vereinten.

Und noch immer wurden es mehr, die sich Ambiorix anvertrauten und nach Atuatuca strömten, um für ihre Freiheit zu kämpfen und notfalls ihr Leben dafür hinzugeben. Sie alle waren von Sorgen geplagt, fürchteten um ihre Lebensgrundlage, wenn die Römer sich in ihrer unmittelbaren Nähe niederließen und Getreide von ihnen forderten. Und sie alle wussten, dass diese Getreideforderungen nur den ersten Schritt auf dem klar vorgezeichneten Weg zur endgültigen Unterwerfung, zu Tod oder Sklaverei darstellten.

Noch hielten die Krieger widerwillig still. Doch ihre Ungeduld wuchs von Tag zu Tag, verdichtete sich, bis sie beinah mit Händen zu greifen war. Ambiorix erkannte, dass es bloß eine Frage der Zeit war, bis sie von ihm den Befehl zum Angriff verlangen würden. Immer häufiger entbrannten in den Versammlungen, an denen sämtliche freien Männer teilnehmen durften, hitzige Debatten zwischen den meist jüngeren Kriegern, die Ambiorix leidenschaftlich zum Kampf drängten, und den älteren, die sich hinter Catuvolcus stellten und für Frieden mit den Römern plädierten. Unter dem Einfluss von Bier und Wein kam es gar bereits zu Handgreiflichkeiten zwischen den

Verfechtern der beiden unterschiedlichen Überzeugungen. Und das Letzte, was Ambiorix unter den gegenwärtigen Umständen gebrauchen konnte, war eine Spaltung seines Stammes in zwei miteinander verfeindete Lager.

Als ob die Stimmung nicht schon genügend aufgeheizt wäre, traf dann auch noch Indutiomarus ein, der hitzköpfige König der Treverer. Sein unbeherrschtes Auftreten, seine flammenden Hassreden gegen Rom gossen weiteres Öl in ein loderndes Feuer. In seinem eigenen Stamm war genau das eingetreten, was Ambiorix mit aller Kraft zu verhindern suchte: eine Aufspaltung in zwei Parteien, deren Anführer erbittert um die Alleinherrschaft kämpften. Während Cingetorix, der Schwiegersohn des Indutiomarus, Rom freundlich gesinnt war und seinem Einfluss mehr und mehr erlag, hasste sein Schwiegervater die Römer und wollte sie um jeden Preis vernichten. Um seine Machtposition zu stärken, hatte er bereits begonnen, sich Verbündete zu suchen und die den Treverern benachbarten Stämme gegen die Legionen aufzuwiegeln.

Doch noch zögerte Ambiorix, den Befehl zum Angriff zu erteilen, denn er war sich der tiefen Symbolkraft bewusst, die dieser Schritt in sich barg. Mit dem Sturm auf das Lager würde er der Weltmacht Rom, diesem größten, mächtigsten und gnadenlosesten aller Gegner, unwiderruflich den Krieg erklären. Danach gäbe es kein Zurück mehr. Caesar würde diesen Vorstoß niemals verzeihen, und sollte er scheitern, würde das Imperium die Eburonen und ihre Bundesgenossen mit unerbittlicher Grausamkeit verfolgen und auslöschen, ihre Spuren für alle Zeit vom Antlitz der Erde tilgen, als hätten sie nie existiert.

Mit zärtlicher Sorge ließ Amena ihre Augen über Ambiorix' Züge wandern. Er hatte sich verändert seit jenem Tag nur wenige Wochen zuvor, als ihm die Große Mutter durch ihren Mund das Orakel verkündete. Er war schweigsam und in sich gekehrt, und sie wusste, dass Zweifel und Verzweiflung ihn innerlich zerrissen. Wenn er nachts in ihr Haus kam, war es immer häufiger die Priesterin, die er in ihr suchte, und ihre Gespräche, die sich im Schein des ersterbenden Feuers bis zum frühen Morgen hinzogen, kreisten stets um dieselbe Frage: Wenn seine Überzeugung, dass sich die verbündeten Stämme gegen die Römer zur Wehr setzen mussten, richtig war – warum hatte ihm die Göttin dann Ihre Unterstützung versagt? Bedeutete dies mithin, dass seine Anschauung falsch war? Und wenn dies zutraf - besaß er unter diesen Umständen überhaupt das Recht, einen Krieg zu beginnen und die Menschen, die sich ihm anvertrauten, Tausende unschuldiger Männer, Frauen und Kinder, einem ungewissen Schicksal entgegenzuführen?

Jedes Mal, wenn der fruchtlose, erschöpfende Kreislauf seiner Gedanken diesen toten Punkt erreichte, wenn ihm das ganze Ausmaß der Hoffnungslosigkeit seiner Bemühungen bewusst wurde, überwältigte ihn eine Verzweiflung, die so abgründig, so bodenlos war, dass sie ihn wie ein heimtückischer Strudel in sich aufzusaugen und zu verschlingen schien.

Mit nicht nachlassender Geduld, die sich aus ihrer Liebe und dem tiefen Verständnis für seine verzweifelte Lage speiste, erinnerte ihn Amena in diesen dunklen Stunden an seine eigenen Worte, mit denen es ihm damals gelungen war, den Rat der Krieger von seinem Standpunkt zu überzeugen: Wenn sie kämpften, hatten sie eine, wenngleich geringe Aussicht auf Erfolg. Verzichteten sie jedoch auf den Kampf, gaben sie die einzige Waffe, die sie besaßen, aus der Hand und schenkten dem verhassten Feind den Sieg ohne auch nur einen Mann Verlust.

Nach einem langen Augenblick, in dem lediglich die Axtschläge und Signalhörner aus dem Castrum zu ihren Füßen die wattige Stille störten, die der Schnee über die Landschaft breitete, brach Ambiorix schließlich das Schweigen und brachte Amena in die Gegenwart zurück.

»Was sagen die Götter?«

Sie holte tief Luft. Sie wusste, dass sie mit ihrer Antwort seine Hoffnungen erneut zunichtemachte, und musste sich zwingen, ihm in die Augen zu schauen. »Die Götter schweigen noch immer.«

Er wandte den Blick ab und nickte stumm, als wäre es das, was er bereits geahnt hatte. Neben den Zweifeln, die ihn trotz Indutiomarus' Provokationen und der drängender werdenden Appelle seiner Krieger bislang davon abgehalten hatten, den Sturm auf das Lager zu wagen, war es auch diese letzte, verzweifelte Hoffnung, die ihn seine endgültige Entscheidung von Tag zu Tag aufschieben ließ: War der Zeitpunkt der Orakelbefragung womöglich ungünstig gewählt gewesen und hatte deswegen dieses vernichtende Ergebnis erbracht? Würden die Unsterblichen ihm doch noch einen Beweis Ihrer Gunst schenken, ihm Ihre Unterstützung gewähren, seiner Überzeugung Ihren göttlichen Segen spenden?

Und so war Amena in den vergangenen Wochen jeden Morgen vor Sonnenaufgang zum Nemetom hinaufgestiegen, hatte an der Quelle unter der Eibe Opfer dargebracht und die Große Mutter um ein Zeichen gebeten. Anfangs sagte die Göttin ihr in immer neuen und immer anderen Gleichnissen den Untergang ihres Stammes voraus. Seit geraumer Zeit jedoch blieben die Wasser der heiligen Quelle dunkel, die Götter stumm. Amenas Gaben, ihre immer gleiche Frage, was die Eburonen unternehmen sollten, um das drohende Unheil abzuwenden, ihre immer verzweifelteren Bitten, ihr immer eindringlicheres Flehen um ein Omen, einen Rat, einen noch so geringen Hinweis wurden nicht erhört.

Schließlich hatte sie Arduinna, der Schutzgöttin des Arduenna Waldes, die in Gestalt einer Bache verehrt wurde, ein Wildschwein geopfert, eine mächtige alte Muttersau. Denn, so fragte sie sich, müsste es unter allen Unsterblichen nicht Arduinna am meisten am Herzen liegen, dass es den Eburonen gelänge, die Römer aus dem Gebiet, das unter Ihrem persönlichen Schutz stand, zu vertreiben? Aber auch Arduinna schwieg, und Amenas Opfer blieb vergeblich. Die Götter ließen sich nicht erweichen, verharrten unerbittlich, stumm.

Was hätte sie nicht alles darum gegeben, Ebunos um Rat fragen zu können! Doch ihr weiser Lehrmeister und Vertrauter war schon seit Wochen fort. Die Sunucer, ein benachbarter Stamm, deren Druide von einer schweren und unbekannten Krankheit befallen worden war, hatten ihn zu Hilfe gerufen, denn Ebunos' Ruf, ein ausgezeichneter Heiler selbst schwierigster und scheinbar aussichtsloser Leiden zu sein, griff weit über die Grenzen des eburonischen Landes hinaus. Und so war Amena in ihrer Not auf sich allein gestellt.

Das Amt des Druiden und der Priesterin barg in sich die Verpflichtung zu unbedingter Aufrichtigkeit. Die Botschaft einer Gottheit zu entstellen, Worte zu vermitteln, wo der Gott schwieg, oder zu schweigen, wo er sich mitteilte, wäre einem Sakrileg gleichgekommen, das den geballten Zorn der Unsterblichen über den Delinquenten hereinbrechen ließe.

Und dennoch hatte Ebunos sie gelehrt, dass es manchmal klüger war, den Menschen die Wahrheit nicht zu enthüllen oder zumindest nicht die ganze Wahrheit. Und es war eine der schwierigsten und verantwortungsvollsten Aufgaben, die das Amt der Priesterin Amena aufbürdete, abzuwägen, was sie übermitteln durfte und was nicht. Ebunos und den beiden Königen konnte, ja, musste sie alles kundtun.

Doch nicht den anderen. Die übrigen Angehörigen ihres Stammes durften unter gar keinen Umständen erfahren, was Amena insgeheim seit Langem befürchtete: dass die Götter zornig waren.

* * *

Plötzlich begannen sich die Bilder zu verschleiern. Dann senkte sich der Nebelvorhang wieder über die antike Bühne, verhüllte Amenas Welt und zwang Hannah, in die ihre zurückzukehren.

Sie nahm einige ruhige, tiefe Atemzüge, ehe sie vorsichtig die Augen öffnete und in das Tageslicht blinzelte, das durch die Sprossenfenster in den Wohnraum flutete. Nach einem Moment wandte sie den Blick prüfend und ein wenig besorgt nach innen, stellte jedoch erleichtert fest, dass das unangenehme, lähmende Kältegefühl, das sich zu Beginn der Meditation abermals eingestellt hatte, fast völlig verschwunden war. Bis auf leichte Kopfschmerzen zwischen den Augenbrauen fühlte sich Hannah rundherum wohl.

Es wäre ihr schwergefallen, jemandem plausibel zu machen, warum sie entschieden hatte, erneut zu meditieren. Es war eine typische Hannah-Neuhoff-Entscheidung, komplex, dabei sehr spontan, gänzlich aus dem Bauch heraus und selbstverständlich ohne jede Mitwirkung der *Vernunft*, die unbeachtet in ihrer Kammer hockte und sich in stummer Verzweiflung die Haare raufte. Da aber Rutger, wissbegieriger Forscher, der er war, mit ziemlicher Sicherheit nach einer Begründung fragen würde, begann sie schon einmal, aus den entlegensten Winkeln ihres Gehirns alles zusammenzukratzen, was als Motiv taugen mochte.

Die wichtigste Rolle, das wurde ihr schnell bewusst, spielte natürlich ihre große Anteilnahme an Amenas Schicksal und dem ihres Stammes - dieselbe Anteilnahme, die die Visionen für sie auch so zwiespältig, weil belastend, machte. Doch nachdem Rutger angedeutet hatte, dass Caesar die Ereignisse in seinem *De Bello Gallico* vielleicht nicht durchgehend den Tatsachen entsprechend darstellte, blieben ihre Ausflüge in die Vergangenheit die einzige Möglichkeit, herauszufinden, was damals wirklich geschehen war.

Diese Erkenntnis und Hannahs besondere Beziehung zu Amena, die tiefe Verbundenheit mit dieser Frau, die vor zweitausend Jahren genau hier zu ihren Göttern gebetet und immer verzweifelter ihren Rat und Beistand erfleht hatte, ließen in Hannah den Wunsch entstehen, Amena als Mund zu dienen, so, wie diese ihren Gottheiten als Mund diente. Nein, es war mehr als nur ein Wunsch. Hannah war entschlossen, die Wahrheit über das Schicksal der Eburonen zu erfahren, die reine Wahrheit, unverfälscht durch die Feder des verhassten Erzfeindes und seine machtpolitischen Manipulationen. Und sie würde einen Weg finden, der Welt diese Wahrheit mitzuteilen.

Aber das war nicht alles. Da Konrad Rutger nicht die wissenschaftliche Grundlage für Hannahs besondere Fähigkeiten zu liefern vermochte, die er sich so sehnsüchtig erhoffte, stellten ihre Meditationen für ihn die einzige Chance dar, um möglicherweise doch den entscheidenden Hinweis zu bekommen, den er brauchte, um Atuatuca auszugraben.

Vielleicht war es albern, ja, ganz sicher war es das, aber Hannah empfand beinah so etwas wie ein schlechtes Gewissen gegenüber Rutger: Indem sie ihm von den Eburonen und ihrer Hauptstadt erzählte, hatte sie ihn aus der Routine seines beschaulichen Archäologendaseins herausgerissen und Hoffnungen auf spektakuläre Entdeckungen in ihm geweckt, die wenig später schon wieder zerplatzten wie Seifenblasen. Und sie fühlte ja, wie viel ihm daran gelegen war, wie viel der gesamte Kontext um diese verschollene Siedlung und das mittelalterliche Manuskript ihm bedeuteten und wie sehr sein Forscherherz blutete bei dem Gedanken, so kurz vor dem Ziel zu scheitern, da er all das, was er zu wissen glaubte, nicht belegen konnte.

Es war ihr auch nicht entgangen, wie oft er sich in den vergangenen Tagen auf die Zunge gebissen hatte, um sich die Bitte zu verkneifen, Hannah möge weitermeditieren. Sie war ihm dankbar dafür, dass er sie nicht bedrängte, zumal sie ahnte, wie schwer es ihm fiel. Deshalb fand sie es nur recht und billig, alles zu unternehmen, was in ihren Kräften stand, um seine Hoffnungen vielleicht doch Wirklichkeit werden zu lassen.

In diesem Moment schrillte das Telefon, und Hannah fuhr zusammen. Keinen Augenblick zu früh, dachte sie, als sie sich mühsam aus dem Sessel stemmte und hinüberstakste, um abzuheben.

Es war Rutger.

Eilig ließ sie sich auf das Sofa sinken; ihre Beine wollten ihr nach dem langen Stillsitzen noch nicht so recht gehorchen. »Ich hab gerade zwei alte Freunde getroffen«, berichtete sie ihm dann. »*Sehr* alte Freunde.«

Er stutzte. Amüsiert versuchte sie sich seinen halb hoffenden, halb zweifelnden Gesichtsausdruck vorzustellen. »Heißt das, du hast dich entschlossen weiterzumachen?«, fragte er nach einem Moment vorsichtig.

»Das heißt es«, bestätigte Hannah. »Wenigstens, solange alles gut geht.«

Vom anderen Ende der Leitung erklangen ein dumpfer Knall und anschließend ein seltsames, knarzendes Geräusch. Vermutlich hatte sich Rutger überwältigt auf einen Stuhl fallen lassen. »Du kannst dir gar nicht vorstellen, wie froh mich das macht«, sagte er, nachdem er sich einigermaßen gefangen hatte.

Doch, doch, das war nicht weiter schwierig.

»Und wie fühlst du dich?«

Hannah war überrascht, wie sehr es sie freute, dass er sich zuerst nach ihrem Befinden erkundigte, anstatt sich blindlings auf die Informationen zu stürzen, die ihre erneute Meditation ihm liefern mochte. Und der Klang seiner Stimme verriet ihr, dass die Frage echter Sorge entsprang, nicht bloßer Höflichkeit.

»Mir geht es gut. Nur leichte Kopfschmerzen. - Aber ich fürchte, jetzt wird es ernst. Sehr ernst sogar.«

Um ihn nicht unnötig auf die Folter zu spannen, berichtete sie ihm in aller Ausführlichkeit den Inhalt ihrer jüngsten Vision. Außer dem atemlosen Kratzen eines Bleistifts auf Papier herrschte Stille am anderen Ende der Leitung. Auch nachdem sie längst geendet hatte, war ein leises atmosphärisches Knistern alles, was sie vernahm. Rutger schien vor lauter Aufregung sogar das Atmen eingestellt zu haben.

Vielleicht kein Fehler, ihn daran zu erinnern, dachte sie. »Bist du noch da?«

Erleichtert hörte sie, wie er tief und röchelnd Luft holte.

Na bitte. Anscheinend musste frau hin und wieder ein wachsames Auge auf diesen Mann haben, damit er nicht vor schierem Forschungseifer in sintflutartigen Regenfällen ertrank, vor dem Kamin in Flammen aufging oder zu atmen vergaß.

»Ja, ja, ich bin noch da«, beeilte er sich zu versichern. »Ich muss das nur erst einmal verarbeiten.«

Vermutlich meinte er weniger das, was Hannah ihm berichtet hatte, als vielmehr den Umstand, dass sie weiterhin zu meditieren bereit war.

»Du sagtest, das römische Castrum lag in einem Tal«, fuhr er fort, nachdem er sich sortiert hatte. »Hast du die Gegend wiedererkannt?«

Sie schloss die Augen, um das Bild der Anlage und seiner Umgebung heraufzubeschwören. »Nein, tut mir leid. Das Gelände erscheint mir vollkommen unbekannt. Ich weiß nicht einmal, in welcher Richtung, von Atuatuca aus gesehen, das Tal liegt, weil ich den Weg dorthin nicht miterlebt habe.« Fieberhaft ließ sie den inneren Film vor- und zurückspulen, auf der Suche nach einem noch so geringen Hinweis. An einem Punkt hatte Amena eine Erinnerung mit ihr geteilt: kahle Hänge, übersät von den Stümpfen gefällter Bäume, an denen sie auf dem Weg zu diesem Plateau oberhalb des Lagers vorbeigeritten war. Doch es handelte sich nur um Momentaufnahmen, ohne Zusammenhang ...

»Zerbrich dir nicht den Kopf«, unterbrach Rutger ihre fruchtlosen Bemühungen. »Vielleicht bekommst du ja in einer der nächsten Meditationen einen Fingerzeig.«

Eine Frage beschäftigte sie. »Dieser In-du-ti-o-ma-rus« - ihre Zunge stolperte durch die ungewohnte Kombination von Silben - »hast du von dem schon mal gehört?«

»Aber ja. - Einen Augenblick bitte, Hannah.« Sie hörte, wie er leise mit jemandem im Hintergrund des Raumes sprach. Dann war er plötzlich wieder da. »Entschuldige. Ich bin im Moment in Bonn, weil hier gleich eine Konferenz stattfindet, und wir müssen noch einige Folien vorbereiten. - Also, wo waren wir stehen geblieben? Ach ja, Indutiomarus, König der Treverer. Die Treverer waren ein keltischer Stamm, der auf dem linken Rheinufer südwestlich der Eburonen lebte. Trier leitet seinen Namen übrigens von ihnen ab, genauer gesagt von der lateinischen Form Augusta Treverorum, was so viel bedeutet wie ›Stadt des Augustus, gelegen im Gebiet der Treverer‹. Das nur am Rande.

Zu Beginn des Gallischen Krieges gab es in diesem Stamm zwei Parteien, eine römerfreundliche und eine, die Rom feindlich gesinnt war. Der Anführer letzterer war ebenjener Indutiomarus, das Oberhaupt der anderen sein Schwiegersohn Cingetorix. Anfangs schlugen sich die Treverer auf die Seite der Römer. Doch mit der Zeit gewann Indutiomarus die Oberhand, und Caesar griff mehrmals ein, um Cingetorix' Position zu stärken. Damit machte er sich Indutiomarus zum Todfeind, und der versuchte in der Folge alles, um die Treverer und ihre Nachbarstämme zu einem Aufstand gegen die Legionen aufzuwiegeln.«

»Und? Ist es ihm gelungen?«

Rutger lachte. »Das wüsstest du wohl gern. Aber ich möchte es nicht vorwegnehmen. Wie ich letztens schon sagte, Hannah, ich hätte Sorge, dich zu beeinflussen, wenn ich dir das eine oder andere vorab verrate. Ich denke, du wirst es früh genug selbst erleben. - Oh, weswegen ich eigentlich anrief, das hätte ich jetzt in meiner Euphorie fast vergessen. Die Flurkarte, die du mir gestern gezeigt hast, brachte mich auf eine Idee. Zufällig ist der Leiter des Heimatmuseums von Bad Münstereifel ein ehemaliger Studienfreund von mir, und ich glaube, wir sollten mal mit ihm reden. Vielleicht besitzt das Museum alte Dokumente - Landkarten, Urkunden oder Ähnliches -, die einen Zusammenhang zwischen Atuatuca und jenem Tal herstellen. Ich hab vorhin mit ihm telefoniert, und er hätte heute Abend Zeit für uns. Ich weiß nicht, wie lang sich diese Konferenz hinziehen wird, doch ich schätze, ich könnte so gegen achtzehn Uhr dort sein. Das

Heimatmuseum von Bad Münstereifel ist natürlich nicht ganz die Bibliothek des Vatikan, aber einen Versuch ist es allemal wert. Interessiert?«

Dumme Frage, dachte Hannah.

Nachdem Hannah aufgelegt hatte, meldete sich auf einmal die *Vernunft* mit ungewohnter Eindringlichkeit zu Wort, warf ihr vor, in unverantwortlicher Art und Weise die Arbeit zu vernachlässigen, die ihr immerhin das dringend erforderliche Honorar einbringen würde - falls sie sie denn jemals zustande brächte. Ihre Vorwürfe gipfelten schließlich in der unbequemen Frage, wovon Hannah eigentlich zu leben gedächte, wenn sie den Kalender nicht in der vereinbarten Zeit und in brauchbarer Form ablieferte.

Kleinlaut kochte die solcherart Gescholtene umgehend eine Thermoskanne Tee und zog sich in ihr Atelier zurück, fest entschlossen, es vor dem späten Nachmittag nicht mehr zu verlassen. Hope folgte ihr auf den Fersen, stürzte sich voller Begeisterung auf den Flokati unter dem riesigen Arbeitstisch und spielte mit seinem zotteligen Flor, ehe sie sich erschöpft zu einem ausgiebigen Schläfchen zusammenrollte.

Mit gemischten Gefühlen, die Fäuste in die Hüften gestemmt, baute sich Hannah vor der Pinnwand auf, die beinah die gesamte Stirnseite einnahm, und begutachtete seufzend die bislang recht magere Ausbeute. Einige Skizzen und zwei farbige Studien, keine davon wirklich überzeugend, verschwanden fast auf der leeren Fläche, die sie deckenhoch angähnte, weiß und weit wie eine Gletscherspalte.

Dabei liebte sie ihre Arbeit, und sie hatte sich auf diesen Auftrag gefreut, mal ganz abgesehen von dem Honorar, auf das sie dringend angewiesen war. Doch sie vermochte sich einfach nicht auf das Malen zu konzentrieren, weil ständig Szenen vor ihrem inneren Auge vorüberzogen, die sie auf ihren Ausflügen in die Vergangenheit gesehen hatte. Gleichförmig wie eine tibetische Gebetsmühle kreisten ihre Gedanken unablässig um Amena, Ambiorix, das römische Winterlager, immer und immer wieder, ein nicht enden wollender Kreislauf ...

Plötzlich durchfuhr sie eine Idee, jäh wie ein Blitzschlag und ebenso elektrisierend. Und nicht nur das - sie war so naheliegend, dass Hannah nur den Kopf darüber schütteln konnte, nicht schon früher darauf gekommen zu sein. Und einmal mehr verschob sie die Arbeit an dem Kalender auf ein nicht näher bestimmtes »Später«, während es der *Vernunft* vor Schreck die Sprache verschlug ...

Sie wollte versuchen, Amena zu porträtieren.

Hastig kramte sie einen sündhaft teuren Zeichenblock mit einem speziellen, weichen Papier hervor, den sie für besondere Anlässe zurückgelegt hatte. Wenn dies kein besonderer Anlass war, würde sie in ihrem Leben wohl auch keinem mehr begegnen. Dann stellte sie einige Bleistifte unterschiedlicher Härtegrade zusammen, setzte sich an den Arbeitstisch und schloss die Augen. Mit vor Konzentration gefurchter Stirn versuchte sie die Erinnerung an Amenas Gesicht heraufzubeschwören, das sie nur zweimal kurz gesehen hatte, als sie sich über das Wasser der heiligen Quelle beugte. Da sie ja für die Dauer der Meditationen in Amenas Rolle schlüpfte, waren dies die einzigen Momente, in denen sie einen flüchtigen Eindruck von ihren Zügen bekommen hatte.

Schließlich begann sie das Porträt in vorsichtigen, kreisenden Bewegungen, mit denen sie die groben Umrisse und markantesten Formen festlegte. Sie arbeitete grundsätzlich ohne Radiergummi und ließ sämtliche Linien stehen, auch die weniger gelungenen, denn alle zusammen verliehen einer Zeichnung erst wahre Lebendigkeit. Mit der Zeit wurden die Striche entschiedener, als Hannah die endgültigen Konturen definierte und Details hinzufügte. Sie zeichnete wie im Rausch. Obwohl ihre eigentliche Leidenschaft Landschaften galt, faszinierten Porträts sie ebenfalls. In dieses legte sie ihr ganzes handwerkliches Können, ihre gesamte künstlerische Erfahrung und all ihr Gefühl, und als es endlich fertiggestellt war, fühlte sie sich ausgelaugt und leer.

Doch die Mühe hatte sich gelohnt. Zufrieden lehnte sich Hannah zurück und unterzog ihr Werk einer letzten, kritischen Prüfung. Bei aller Bescheidenheit, es war verdammt gut geworden. Es gab Amena genau so wieder, wie sie sie erlebt hatte, und sie wusste, dass jeder weitere Strich es zerstören würde. Sie stand auf, stellte den Block in einiger Entfernung auf eine Staffelei und ließ sich auf der Kante des Arbeitstisches nieder. Dann goss sie sich einen Becher Tee ein, und während sie daran nippte, versuchte sie, die Zeichnung mit den Augen eines unbefangenen Betrachters in sich aufzunehmen.

Vor sich sah sie das Bildnis einer jungen Frau Anfang dreißig. Dunkle Locken umrahmten ihre ernsten Züge und verliehen ihnen eine Spur von Weichheit, von der Hannah wusste, dass sie eine Facette ihres Wesens war, eine Facette jedoch, die sie ihrer Umwelt nicht zeigen durfte und hinter der Maske der disziplinierten Priesterin zu verbergen suchte. Lediglich Ambiorix kannte diese andere Seite.

178

Das Auffälligste an Amenas Gesicht aber waren zweifellos die Augen. Ihre Farbe ein dunkles Grünbraun mit bernsteinfarbenen Sprenkeln, ihr Blick klar und intensiv, waren es die bemerkenswertesten Augen, die Hannah je gesehen hatte. Und sie vermutete, dass sie nicht unwesentlich zu der Aura des Geheimnisvollen und Respekteinflößenden beitrugen, die diese Frau umgab. Selbst auf die Grauabstufungen des Bleistifts reduziert, wirkten sie noch faszinierend und mysteriös. Unglaublich, fuhr es Hannah plötzlich durch den Kopf. Hier zu sitzen und einen Menschen zu zeichnen, der seit mehr als zweitausend Jahren tot war. Der helle Wahnsinn.

Verblüffend auch, wenn sie so darüber nachdachte, wie wenig Amena und die übrigen Personen, die ihr in den Visionen begegneten, in ihrer Physiognomie von den Männern und Frauen der Gegenwart abwichen. Ihre Kleidung, ihr Schmuck und ihre Frisuren waren zwar unterschiedlich. Doch davon einmal abgesehen, würden sie im heutigen Straßenbild nicht auffallen. Wie auf Kommando spielten die *Kreativen Regionen* eine Version von Amena in T-Shirt, Jeans und Turnschuhen ein, aber Hannah winkte gereizt ab. Sie war längst über den Punkt hinaus, an dem sie irgendetwas, was Amena betraf, hätte witzig finden können.

Schließlich nahm sie sich vor, in den nächsten Tagen andere Eburonen ebenfalls zu porträtieren: Vercassius, Catuvolcus, den Druiden Ebunos und natürlich Ambiorix.

Gegen halb sechs gab Hannah den Kampf mit ihren widerspenstigen Locken auf und warf einen letzten prüfenden Blick in den Spiegel. Zu ihrem Ärger hatte sie feststellen müssen, dass sie sich in den vergangenen Tagen immer häufiger mit Rutgers Augen zu sehen versuchte. Doch da sie seinen Geschmack nicht kannte, führten diese Betrachtungen zwangsläufig zu nichts außer dumpfen Zweifeln: War ihre Nase nicht ein wenig zu spitz? Was würde er zu den Myriaden von Sommersprossen sagen, die sich nach den ersten ein, zwei Sonnentagen unweigerlich auf ihrem Nasenrücken und den Wangen ausbreiteten wie Rostflecke auf dem makellosen Lack eines Autos? Oder würde er sie sogar mögen? Und dann diese Haare ... störrisch wie sie selbst. Wie die Schlangen auf dem Haupt der Medusa besaßen sie ein Eigenleben, das Hannah regelmäßig zur Verzweiflung trieb und dem mit keinem noch so teuren Produkt beizukommen war, das die kreativen Köpfe der Kosmetikindustrie je zusammengebraut hatten. Was sie auch anstellen mochte, ihre Locken sahen aus, als hätte Hannah gerade Bekanntschaft mit einem Starkstromkabel geschlossen.

An diesem Punkt bemerkte sie, dass die grünen Katzenaugen ihres Spiegelbildes - waren sie nicht vielleicht ein wenig *zu* grün? - sie herausfordernd anschauten, als wollten sie sagen: Du hast dich doch früher nicht darum geschert, was andere von dir denken. Dann brauchst du jetzt nicht damit anzufangen. Und überhaupt: Wer dich so nicht mag, hat dich anders nicht verdient.

Schon richtig, diese Selbstzweifel waren neu. Sie bildeten einen Teil von Marcels Erbe, jener unseligen Hinterlassenschaft aus Misstrauen, diffusen Ängsten und Verletztheit, Folge seines wankelmütigen Charakters, der ihn Hannah zunächst bewundern und auf Händen tragen ließ, um sie anschließend in einen umso tieferen Abgrund zu stürzen, indem er unablässig genau die Eigenschaften an ihr kritisierte, die ihn zuvor angezogen hatten. Wie sollte sie da nicht verunsichert sein?

Doch in den zurückliegenden Tagen hatte ein Gedanke begonnen, Gestalt anzunehmen, der neu, kühn und überraschend vernünftig klang und dem es vielleicht gelingen mochte, den Kampf mit diesem ungesunden Gefühlsballast aufzunehmen, ihn herauszufordern und schließlich zu besiegen wie ein edler Ritter den bösen Drachen: Wie lange wollte sie denn noch im Bann der Vergangenheit stehen? Warum war sie unverändert bereit, Marcel so viel Macht über ihr Leben einzuräumen, über ihre Gegenwart und ihre Zukunft?

Hannah holte tief Luft und warf ihrem Spiegelbild einen letzten, skeptischen Blick zu. Dann klemmte sie sich den Zeichenblock mit Amenas Porträt unter den Arm, stieg in ihren alten Toyota und verließ den Hof.

Der Hindernisparcours befand sich zurzeit in einem deutlich besseren Zustand als wenige Tage zuvor. Möglicherweise, so schlugen nicht näher bestimmte Regionen von Hannahs Gehirn - ganz sicher nicht die *Naturwissenschaftlichen* - als Erklärung vor, unterlagen auch diese Riesenpfützen den Gezeiten, strömten bei Flut zu einer einheitlichen Wasserfläche zusammen und zogen sich bei Ebbe in die nahen Wälder zurück.

Außerhalb der Stadtmauern Bad Münstereifels quetschte sie ihren Wagen in die einzig freie Parklücke und hastete in Richtung des Heimatmuseums, das Rutgers Beschreibung zufolge am westlichen Ende des Klosterplatzes im Romanischen Haus untergebracht war. Doch obwohl sie es mit beinah zehnminütiger Verspätung erreichte, fehlte von Rutger jede Spur. Also vertrieb sie sich die Wartezeit, indem sie das Gebäude genauer in Augenschein nahm. Rutger hatte ihr erklärt, dass es im Jahre 1167 für einen reichen Stiftsherren erbaut worden sei. Das Haus sowie die angrenzende Mauer waren aus Naturstein errichtet und erinnerten an die Bauweise ihres eigenen Hofes. Lediglich die Fenster, nach oben durch einen Rundbogen abgeschlossen und mit einer schmalen Mittelsäule versehen, lieferten einen Hinweis auf die sakralen Wurzeln des Anwesens.

Sie war noch ganz in die Betrachtung des beeindruckenden Gebäudes versunken, als Rutger schwungvoll um die Ecke bog und mit langen Schritten auf sie zueilte. Offenbar kam er geradewegs von seiner Konferenz, denn er trug ein Jackett und ein weißes Hemd mit Krawatte - nach allem, was Hannah bislang von ihm wusste, ein eher ungewöhnliches Outfit. Während er auf sie zukam, weitete er den Knoten seiner Krawatte, streifte sie schließlich über den Kopf und öffnete die obersten beiden Hemdknöpfe.

»Abend, Hannah«, keuchte er. »Tut mir leid, bin ein bisschen spät dran, aber diese Konferenz wollte einfach kein Ende nehmen.« Er knäuelte die Krawatte zusammen und stopfte sie nachlässig in eine Tasche seines Jacketts. In dieser einen kleinen Geste brachte er seine gesamte Haltung gegenüber Konferenzen und der mit ihnen verbundenen Kleiderordnung zum Ausdruck. »Wollen wir hineingehen?«

»Gleich. Vorher möchte ich dir noch etwas zeigen.« Sie klappte den Block auf und hielt ihn Rutger ohne weitere Worte unter die Nase.

Er betrachtete das Porträt eingehend. »Sehr lebendig«, urteilte er. »Keine Frage, du besitzt wirklich Talent.« Dann beobachtete Hannah amüsiert die verschiedenen Stadien, in denen ihm dämmerte, wessen Bildnis er da vor sich hatte, und wie sich nacheinander Ungläubigkeit, Faszination und schließlich beinah so etwas wie Ehrfurcht in seinen Zügen spiegelten. »Großer Gott, Hannah, das ist doch nicht etwa -?«

Sie lächelte. »Doch, das ist sie. Das ist Amena.«

So behutsam, als handelte es sich um eine kostbare Vase der Ming-Dynastie, nahm er ihr den Block aus der Hand. »Hannah, das ist ... das ist unglaublich. Ich weiß gar nicht, was ich sagen soll.«

Aber sie verstand auch so, was er meinte. »Es ist, als ob sie uns durch zwei Jahrtausende hindurch anschaut, nicht wahr?«

Rutger nickte stumm. Es hatte ihm vorübergehend die Sprache verschlagen.

»Weißt du, was mich am meisten an diesem Porträt fasziniert?«, fragte er, nachdem er die Zeichnung geraume Zeit studiert hatte. »Es wirkt so ... ich weiß gar nicht, wie ich es ausdrücken soll, so ...«

»Modern?«, half Hannah aus.

»Ja, genau. Es ist ein vollkommen modernes Gesicht. Eine junge Frau, wie sie einem tagtäglich in der U-Bahn oder im Straßencafé begegnen könnte. Ich meine, ich kenne ja all die mehr oder weniger gelungenen Versuche, anhand von Schädelfunden die Züge eines Verstorbenen zu rekonstruieren. Doch das hier ist etwas völlig anderes. Dadurch, dass du in Amena hineinschlüpfst, bist du in der Lage, ihr Wesen, ihre ganze Persönlichkeit in das Bild mit einfließen zu lassen. Das macht es so ungemein lebendig.«

Seine Begeisterung freute Hannah mehr, als es das Lob eines ihrer Lehrer je vermocht hätte. »Wenn du magst, behalte es«, sagte sie. »Ich schenke es dir.«

Er schaute sie verblüfft an. »Das kann ich nicht annehmen«, wehrte er augenblicklich ab. »Es ist viel zu wertvoll.«

Aber sie bestand darauf. »Doch, bitte nimm es. Ich weiß Amena bei dir in guten Händen.«

Rutger strahlte wie die Sonne im Zenit. »Im Ernst? Wahnsinn, ich weiß gar nicht, was ich sagen soll. Tausend Dank, Hannah. - Mein Gott«, fuhr er nach einem Moment beinah andächtig und mit einem Ausdruck fort, den Hannah am ehesten als »visionär« beschrieben hätte. »Wenn ich bedenke, welche Möglichkeiten sich der Wissenschaft auf diese Art eröffnen. Es müsste nur mehr Menschen mit deinen Fähigkeiten geben, dann wäre man in der Lage, jeden historischen Ort wiederauferstehen zu lassen. Du könntest auch Atuatuca zeichnen, oder?«

»Wenigstens das, was ich von der Stadt bisher gesehen habe«, schränkte sie ein. »Das sind nur einzelne Ausschnitte. Ich habe noch keine Vorstellung, wie alles zusammenhängt.«

Sie war nicht sicher, ob Rutger ihr überhaupt zuhörte, denn er vermochte sich nicht von dem Porträt loszureißen. »Die Augen sind unglaublich. Sind sie tatsächlich so intensiv?«

»Sie sind sogar noch viel intensiver«, erklärte Hannah. »In Wahrheit sind sie grünbraun mit hellen, fast goldenen Sprenkeln.«

»Und ihre Haare? Welche Farbe haben sie?«

»Ein dunkles Braun mit einem rötlichen Schimmer.«

»Faszinierend«, seufzte er ergriffen. »Wirklich faszinierend.«

Nach einem Moment wurde Hannah unruhig. »Du, ich glaube, wir sollten jetzt endlich mal da reingehen, ehe dein Freund den Laden dichtmacht, weil er denkt, wir kämen nicht mehr.«

Nur mit Mühe gelang es Rutger, sich von Amenas Bildnis loszueisen. »Ja, du hast recht«, sagte er halbherzig. Doch schon einen Augenblick später packte ihn abermals die Begeisterung. »Aber du musst mir demnächst mal in Ruhe ein paar Fragen beantworten. Deine Visionen bieten nämlich die einmalige Chance, mehr über die Details des täglichen Lebens vor zweitausend Jahren zu erfahren: wie sich die Menschen kleideten, wie sie ihr Haar trugen, ihre Häuser bauten und dergleichen. Und dass du imstande bist, all das zu zeichnen, eröffnet völlig neue Perspektiven. Sicher, durch Ausgrabungen und zeitgenössische Berichte lernen wir bereits eine ganze Menge. Doch was die organischen Materialien angeht, also Holz, Textilien, Haare und Ähnliches, bleibt vieles unklar und wird durch mehr oder weniger plausible Spekulationen ersetzt. Du aber siehst diese Dinge mit eigenen Augen und kannst mir genau beschreiben, oder noch besser aufzeichnen, wie alles ausgesehen hat.«

Hannah unterdrückte nur mit Mühe ein Grinsen ob der wissenschaftlichen Euphorie, die ihn gepackt hatte und fest in ihrem Bann hielt. Sie fasste ihn am Arm und drehte ihn um hundertachtzig Grad. »Machen wir alles, Chef. Aber jetzt gehen wir erst einmal dort hinein.«

Am Telefon hatte Rutger ihr schon ein wenig über Stefan Kramer, den Leiter des Heimatmuseums, erzählt. Die beiden hatten in Bonn zusammen Vor- und Frühgeschichte studiert, sich dann jedoch aus den Augen verloren, als Rutger für vier Semester nach Dublin ging. Einige Jahre zuvor begegneten sie einander zufällig auf einem archäologischen Kolloquium in Köln wieder, und seither war der Kontakt nicht mehr abgerissen.

Hannah mochte den ehemaligen Kommilitonen auf Anhieb. Anfang vierzig, ein Relikt der Ökogeneration mit blonden Locken, die sich an den Schläfen bereits grau färbten, einem buschigen Oberlippenbart und dem Körperbau eines Profibasketballers, trug er eine verwaschene Jeans, ein Leinenhemd mit Stehkragen aus garantiert ökologischem Anbau und Birkenstocksandalen. An seinen Handgelenken bemerkte Hannah neben einer knallbunten Armbanduhr mehrere ausgeblichene Freundschaftsbändchen. Es bereitete ihr keinerlei Schwierigkeiten, sich ihn in einem ausrangierten Bundeswehrparka und mit selbst gemaltem Transparent auf einer Anti-Atomkraft-Demo vorzustellen.

»Sorry für die Verspätung«, sagte Rutger, nachdem er Kramer und Hannah einander vorgestellt hatte. »Ich bin in Bonn nicht weggekommen. Wir hatten eine dieser endlosen Konferenzen.«

Sein Freund grinste. »Ich habe nichts anderes von dir erwartet. Wann wäre Rutger Loew jemals pünktlich gewesen?« Er zwinkerte Hannah über Rutgers Schulter hinweg zu, was aufgrund seiner Körpergröße kein besonderes Problem für ihn darstellte.»Rutger verfügt über die umfangreichste Sammlung von Ausreden, die mir je begegnet ist. - Hast du eigentlich schon mal daran gedacht, sie zu veröffentlichen? In einer dieser Taschenbuchreihen für praktische Lebenshilfe vielleicht?«

Hört, hört, dachte Hannah. Hatte Rutger, jenes Geschenk Gottes an die Frauen, etwa Fehler und Schwächen wie ganz gewöhnliche Sterbliche?

Das Geschenk Gottes breitete die Hände aus.»Was sind denn ein paar Minuten angesichts der Jahrhunderte und Jahrtausende, mit denen wir tagtäglich Umgang pflegen?«, antwortete er ebenso philosophisch wie schlagfertig.

Doch Kramer war noch nicht fertig.»Hat er Ihnen mal die Geschichte erzählt, wie am Tag des mündlichen Examens sein Auto nicht ansprang und er sich von seinem Nachbarn den Traktor ausgel-«

»Also, das gehört jetzt wirklich nicht hierher«, unterbrach Rutger hastig und schob seinen Freund mit sanfter Gewalt vor sich her.»Hör am besten gar nicht hin«, warf er Hannah über die Schulter zu.»Stefan neidet mir mein Improvisationstalent, das ist alles.«

Während sie den beiden Männern folgte, die lachend und feixend vor ihr hergingen, schaute sich Hannah neugierig im Erdgeschoss des Museums um. Entlang der Wände und in der Mitte der Räume standen Glasvitrinen, die Funde aus Bad Münstereifel und Umgebung beherbergten. Verschiedene Nachbildungen erregten ihr Interesse, und sie trat näher, um einen Blick darauf zu werfen. Eine stellte die römische Kalkbrennerei von Bad Münstereifel-Iversheim dar, eine andere das Matronenheiligtum bei Pesch, das sie zusammen mit Rutger besichtigt hatte.

Der war neben sie getreten. Nun wandte er sich zu Kramer um.»Wie würde es dir gefallen, demnächst ein Modell von Atuatuca in deinem Museum präsentieren zu können?«

Der Angesprochene runzelte die Stirn.»Du meinst diese Eburonensiedlung, die nie gefunden wurde und die angeblich irgendwo hier in der Nähe liegen soll?«

»Genau die. Nur dass sie inzwischen gefunden *wurde*.« Rutger deutete auf Hannah mit derselben Geste, mit der sonst Showmaster ihren Ehrengast ankündigen.»Hannah hat sie entdeckt.«

Kramer schaute zwischen ihr und Rutger hin und her, sein Gesicht ein einziges Fragezeichen. Allem Anschein nach wusste er nicht, was er von dieser Eröffnung halten sollte.»Sie haben Atuatuca entdeckt?«, fragte er schließlich mit unverhohlener Skepsis. »Sind Sie sicher?«

Sie wollte gerade den Mund zu einer Erwiderung öffnen, als Rutger ihr zuvorkam. »Absolut. Es handelt sich um Atuatuca, da gibt es keinen Zweifel.«

»Ja, und?« Kramer wurde langsam ungeduldig. »Wo liegt die Stadt denn nun?«

»Ganz hier in der Nähe«, antwortete Rutger ausweichend. »Die Sache hat bloß einen kleinen Haken.«

Sein Freund nickte. »Das dachte ich mir schon irgendwie. Aber kommt doch erst einmal mit in mein Büro.«

Eine ebenso enge wie steile Holzstiege mit ausgetretenen Stufen führte hinauf in das obere Geschoss, der Handlauf des Geländers von unzähligen Händen glattpoliert. Wie in den meisten alten Häusern waren die Türen so niedrig, dass Kramer beim Eintreten den Kopf zwischen die Schultern ziehen musste.

Sein Büro war ein winziger, aber überraschend heller Raum, dessen romanisches Fenster einen malerischen Blick auf den Klosterplatz und die dahinter liegende Stiftskirche bot. Eilig befreite Kramer zwei abgewetzte Sessel von Aktenordnern und Stapeln von Fachliteratur. Als Hannah sich auf dem einen der beiden niederließ, fühlte sie, wie sich eine Stahlfeder unter vernehmlichem Ächzen in ihre Sitzfläche bohrte, und verlagerte vorsichtig ihr Gewicht, was jedoch den lautstarken Protest einer zweiten Feder hervorrief. Danach erstarrte sie vorsichtshalber in einer Sitzposition, die alles andere als entspannt wirkte.

»Sie müssen entschuldigen«, setzte Kramer, dem die Widerspenstigkeit des Sessels und Hannahs verkrampfte Haltung nicht entgangen waren, zu einer Erklärung an. »Die Möbel stammen von meinem Vorgänger. Ich hab schon zweimal neue beantragt, aber es ist einfach kein Geld da. Vielleicht ist man höheren Orts auch der Ansicht, dass das Mobiliar des Museums nicht wesentlich jünger sein sollte als seine Exponate. Kaffee?«

Er schenkte die dampfende tiefschwarze Flüssigkeit in drei Keramikbecher und stellte sie auf einen niedrigen Tisch, zusammen mit einer angebrochenen Packung Würfelzucker und einer Dose Büchsenmilch.

»So, und jetzt noch einmal ganz von vorn«, bat er, nachdem er einen Schreibtischstuhl herangezogen und seine zwei Meter darauf zusammengefaltet hatte. »Also Sie, Hannah - ich darf Sie doch Hannah nennen?, - haben Atuatuca entdeckt. Sind Sie eine Kollegin?«

»Nein«, stieß sie hastig hervor, ehe ihr Rutger erneut zuvorkommen konnte. »Ich bin Malerin. Und dass ich Atuatuca *entdeckt* hätte, kann man eigentlich auch nicht behaupten.«

»Hannah hat den Hermannshof gekauft -«, begann Rutger ihren gemeinsamen Versuch, seinem Freund die Zusammenhänge zu erklären, kam jedoch nicht weit. »Ach, *Sie* sind das?«, fiel ihm Kramer augenblicklich ins Wort. Ein leiser Unterton schien anzudeuten »Sie sind also diese Verrückte ...« Ihm selbst war das wohl ebenfalls nicht entgangen, denn er fuhr eilig fort. »Also, ich hab gehört, dass der Hof verkauft und restauriert worden ist. Und ich dachte noch bei mir, dass das nicht billig wird, so heruntergekommen, wie das ganze Anwesen war. - Der Ort ist übrigens archäologisch gesehen recht interessant«, bekam er dann elegant die Kurve, und Hannah sah förmlich, wie er sich in Gedanken den Schweiß von der Stirn wischte.

Rutger beugte sich ruckartig vor, was die Federn seines Sessels mit einem gequälten Quietschen quittierten. Er beschloss, es zu ignorieren. »Genau deswegen sind wir hier. Was weißt du über den Hügel, auf dem der Hof steht, und seine nähere Umgebung?«

»Ah, darauf läuft es also hinaus.« Kramer schien fest entschlossen, den Moment zu genießen. Demonstrativ lehnte er sich auf seinem Stuhl zurück, kreuzte die Arme und schlug seine langen Beine übereinander. »Aber eins nach dem anderen. Erst möchte ich diese Atuatuca-Story hören. Danach erfahrt ihr etwas über die Gegend um den Hermannshof. Nun, ich bin ganz Ohr.«

Und so berichteten Rutger und Hannah abwechselnd, wie sie zu der Annahme gelangt waren, dass die verschollene Siedlung in jenem idyllischen Tal lag, und welche Erklärung ihnen Konrad über Kraftorte und Hannahs besondere Fähigkeiten geliefert hatte. Doch während diese insgeheim auf Unverständnis oder sogar Spott für ihre ungewöhnliche Forschungsmethode gefasst waren, hörte Kramer ernst und konzentriert zu, drehte sich mit mechanischen Bewegungen eine Zigarette aus einem Päckchen losen Tabaks und nickte hin und wieder.

Nachdem sie geendet hatten, zündete er sich das ziemlich formlos geratene Ergebnis seiner Arbeit an und nahm einen langen Zug. »Faszinierend«, meinte er dann kopfschüttelnd. »Doch so abstrus, wie ihr vermutlich glaubt, finde ich das Ganze gar nicht. Ich hab schon mehrfach gehört, dass Leute ähnliche Erfahrungen machten. Ich wusste nur nie, was ich davon halten sollte. Aber ich bin felsenfest überzeugt, dass wir Menschen mit mehr als fünf Sinnen ausgestattet sind. Die meisten von uns haben bloß verlernt, sich ihrer zu bedienen. - So, jetzt lasst mich mal überlegen, was mir zu diesem Tal oder der Anhöhe einfällt, auf der der Hermannshof steht.«

Rutger trank seinen Kaffee aus und lehnte sich vorsichtig zurück. Es gelang ihm jedoch nicht, den Sessel zu überlisten, der trotzdem entrüstet aufquiekte.

Vielleicht könnte man die Dinger nach ihrer Ausmusterung der Erdbebenwarte Heinsberg vermachen und als Seismografen einsetzen, schlugen die *Kreativen Regionen* vor, wie immer mit einem nützlichen Rat zur Stelle.

»Alles wäre hilfreich«, erklärte Rutger, »was auch nur im Entferntesten darauf hindeutet, dass sich unter dieser Wiese ein frühgeschichtliches Bodendenkmal befindet, alte Dokumente, Funde ...«

Kramer nickte geistesabwesend und hob die Hand. Er hatte längst verstanden und scrollte in Gedanken bereits fieberhaft durch die Inventarlisten seines Museums. »Ich glaube, ich hab da tatsächlich was für euch«, meinte er schließlich, klemmte seine Zigarette in eine Ausnehmung des Aschenbechers und erhob sich. »Augenblick, bin gleich wieder da.«

Er duckte sich durch die niedrige Tür, dann hörten sie die Treppe unter schweren Schritten ächzen. Bei seiner Körpergröße musste er sich in diesem Häuschen mit seinen winzigen Räumchen und engen Treppchen vorkommen wie Gulliver im Lande Liliput, dachte Hannah.

Kurz darauf kam er zurück, in der Linken ein kleinformatiges, aber dickes, in rötliches Leder gebundenes Buch, das an der rechten Seite mit einem schmalen Riemen verschlossen war. Behutsam und mit einem zufriedenen »Voilà!« legte er es vor ihnen auf den Tisch.

»Im siebzehnten Jahrhundert lebte in Münstereifel, das damals Munster Eiffel hieß und natürlich noch kein Bad war, ein Pfarrer mit Namen Andreas Praetorius«, begann er, nachdem er sich wieder auf seinen Stuhl gefaltet und seine Zigarette reanimiert hatte, die zwischenzeitlich erloschen war. »Wie so viele seiner Brüder im Geiste war er leidenschaftlicher Heimatforscher und eifriger Chronist. Er stellte etliche Theorien über die vor- und frühgeschichtliche Besiedlung dieser Gegend auf, von denen sich einige später durch Grabungen sogar als zutreffend erwiesen. Und wenn in Münstereifel oder der Umgebung Erdarbeiten im Gange waren, fand er sich regelmäßig ein und stöberte in den Baugruben nach alten Überresten.

All seine Beobachtungen, Entdeckungen und Thesen hat er in den sieben Bänden der *Chronick der Stadt Munster Eiffel* schriftlich festgehalten. Leider ist dieser hier«, er tippte auf das Buch, das vor ihnen auf dem Tisch lag, »der einzige noch erhaltene. Die anderen gingen verloren, als das Pfarrhaus im achtzehnten Jahrhundert abbrannte. Aber ihr habt geradezu unverschämtes Glück, denn ich erinnere mich, dass er in genau diesem Band den Vorgängerbau des Hermannshofs erwähnt, der nämlich zu seinen Lebzeiten erbaut wurde. Auch dieses Anwesen war, wie damals üblich, nach seinem Eigentümer benannt. Es hieß Böffgenshof.«

Neugierig nahm Rutger das alte Buch in die Hand, löste vorsichtig den Lederriemen und schlug es auf. Gespannt beugten Hannah und er sich darüber. Die Seiten waren vergilbt und am oberen Rand leicht angesengt. Offenbar war das Werk nur mit knapper Not der Zerstörung durch das Feuer entgangen.

Hannah schwante nichts Gutes, als Kramer von Praetorius und seiner *Chronick* berichtete. Im Rahmen ihres Kunststudiums hatte sie sich auch mit Kalligrafie beschäftigt und erinnerte sich mit Grauen daran, wie schwer die meisten Manuskripte des siebzehnten Jahrhunderts zu entziffern waren. Umso angenehmer überraschte es sie deshalb, als sie nun die ersten Blätter der *Chronick* sah. Die Schrift, die Praetorius verwandte, war aus der Fraktur abgeleitet, die im sechzehnten Jahrhundert nördlich der Alpen aufkam und in der Folgezeit zahlreiche, teilweise recht unleserliche Blüten trieb. Die persönliche Handschrift des Pfarrers, in der er auf über dreihundert Seiten seine Entdeckungen und Theorien festhielt, war jedoch klar und gleichmäßig und würde sich, nachdem man sich einmal eingearbeitet hatte, gut lesen lassen. Und für noch etwas war Hannah jenem Andreas Praetorius, Gott hab ihn selig, ausgesprochen dankbar: Im Gegensatz zu vielen anderen Geistlichen seiner Zeit, die ihre Texte auf Lateinisch abfassten, bediente er sich der deutschen Sprache.

»Gewöhnungsbedürftig«, stellte Rutger nach einem Moment trocken fest. »Wird ein Weilchen brauchen, bis wir das entziffert haben. Dürfen wir uns den Band mal ausleihen?«

Kramer zögerte. »Normalerweise darf ich Bestände des Museums nicht herausgeben. Doch für euch werde ich eine Ausnahme machen. Bringt ihn mir aber bitte in den nächsten Tagen zurück, er ist nämlich in einer Vitrine ausgestellt.«

Rutger klappte das Buch zu und ließ es in einer Tasche seines Jacketts verschwinden. »Versprochen, Stefan. Danke.«

Plötzlich schnippte sein Freund mit den Fingern. »Mir fällt da gerade was ein.« Er drückte den Stummel seiner Zigarette energisch im Aschenbecher aus. »Ich glaube, ich hab noch etwas für euch. Kommt doch mal mit.«

Dankbar erhob sich Hannah aus dem unbequemen Sessel, der sich mit einem letzten Knarzen seiner überstrapazierten Federn von ihr verabschiedete. Dann schraubten sie sich hinter Kramer durch das enge Treppenhaus hinunter ins Erdgeschoss, wo er eine unauffällige Tür aufschloss, die den Zugang zum Keller verbarg.

Hannah warf einen Blick darauf und stöhnte innerlich. Diese Treppe stammte allem Anschein nach aus der ältesten Phase des Gebäudes. Ihre Stufen waren in mehr als achthundert Jahren in der Mitte regelrecht ausgehöhlt worden und außerdem von so geringer Tiefe, dass man die Füße seitlich aufsetzen musste. Zudem hing die Decke derart niedrig, dass man nicht nur den Kopf einziehen, sondern auch noch in der Hüfte einknicken und sich nach vorn beugen musste, wenn man sich nicht den Schädel einrennen wollte. Kramer, der ihr voranging, hatte bereits eine Haltung eingenommen, die mehr als nur entfernte Ähnlichkeit mit Quasimodo, dem Glöckner von Notre-Dame, aufwies, ehe er sich in einem halb watschelnden, halb schaukelnden Gang an den Abstieg begab. Hannah holte tief Luft und folgte ihm.

Als sie wider Erwarten heil unten angekommen waren, betätigte Kramer einen Lichtschalter, und mit einem Mal flackerte im Kellergeschoss eine gänzlich unerwartete und höchst anachronistisch wirkende Batterie von Neonröhren auf. Geblendet schaute Hannah sich um. Sie befanden sich im Lager des Museums. Der Keller bestand aus einem einzigen großen Raum, dessen gewölbte Decke durch steinerne Säulen mit verzierten Kapitellen gestützt wurde. Entlang der Wände verliefen Regale, in denen Kisten und Schachteln unzählige Funde bargen. In der Mitte des Gewölbes standen einige grob gezimmerte Holztische, deren Platten sich unter der Last weiterer Kartons bogen.

»Für jedes Exemplar, das wir oben ausstellen, haben wir hier unten zwei oder drei ähnliche, nicht ganz so gut erhaltene, für die der Platz in den Vitrinen nicht ausreicht«, erklärte Kramer. »Das Museum platzt aus sämtlichen Nähten. Eine Schande, was hier so alles auf Halde liegt. Ist ja eigentlich nicht der Sinn der Sache.«

Interessiert schlenderte Rutger umher, nahm da und dort einen Gegenstand aus einer Kiste und betrachtete ihn. »Da sind wirklich schöne Stücke dabei«, meinte er und zwinkerte Hannah zwischen zwei Regalböden hindurch verschwörerisch zu. »Würde doch gar nicht auffallen, wenn ein paar fehlten, was meinst du, Hannah?«

»Stimmt.« Sie deutete auf ein kleines Gefäß aus dunklem Ton, das mit einem hübschen weißen Rillenmuster verziert war. »Dieser

Topf da drüben ist zum Beispiel wie geschaffen für mein Kaminsims. Mit einem Strauß Trockenblumen darin ...«

»Unterstehen Sie sich«, warnte Kramer lachend. »Dieser ›Topf‹ ist eine dreitausend Jahre alte Urne und keine Blumenvase. Also: Finger weg. – Ich suche etwas ganz Bestimmtes, und ich glaube, es muss da vorne sein, in einer dieser Schachteln. Lass mich mal dahin, Rutger.«

Sie tauschten die Plätze, was sich aufgrund der beengten Verhältnisse gar nicht so leicht gestaltete und Hannah vage an ein Männerballett erinnerte. Dann räumte Kramer zwei mit großen Blockbuchstaben beschriftete Pappschachteln beiseite, blies den Staub vom Deckel einer dritten und entnahm ihr einen gänzlich unspektakulären Gegenstand, allem Anschein nach jedoch das Objekt seiner Suche.

»Ha, wusste ich's doch«, verkündete er triumphierend und hielt das unscheinbare Ding mit demselben Gesichtsausdruck in die Höhe, mit dem einst Schliemann den sagenhaften Goldschatz des Priamos präsentiert haben mochte. »Hier ist sie.«

Er reichte Rutger den Fund, der ihn vorsichtig entgegennahm und prüfend in seinen Fingern drehte. Mehr aus Höflichkeit denn aus Interesse trat Hannah näher und begutachtete das Stück mit nur schlecht verhohlener Enttäuschung. Es maß sechs oder sieben Zentimeter, wies eine schlanke Form auf und bestand aus einem dunklen, verrosteten Metall. Die oberen und unteren Enden waren ausgearbeitet und durch eine Art geschwungener Brücke miteinander verbunden. Von der Seite betrachtet, beschrieb der Gegenstand einen leichten, nach oben hin ansteigenden Bogen. Vermutlich war auch mal jemand daraufgetreten, denn das Ding war platt wie eine Flunder.

»Ein Fragment von einer eisernen Fibel«, stellte Rutger fest.

»Ganz genau«, bestätigte Kramer. »Spätes Latène würde ich sagen. Aber damit kennst du dich besser aus.«

Rutger musterte den Fund noch einmal eingehend. »Ja, D1, denke ich. Typ Nauheim.«

Hannah schaute verdutzt zwischen den beiden Männern hin und her, die plötzlich in einen seltenen südchinesischen Dialekt verfallen zu sein schienen. »Kann mal jemand übersetzen?«, fragte sie schließlich ungeduldig.

Rutger reichte ihr den Gegenstand, und sie betrachtete ihn skeptisch aus der Nähe. Sie hätte nicht behaupten können, dass er dadurch gewann.

»Das ist eine Fibel«, erklärte er, während sie ihm das Ding mit spitzen Fingern zurückgab. »Fibeln kamen bereits in der älteren Bronzezeit auf und dienten als Gewandspangen, das heißt, man verschloss damit seine Tunika und den Umhang. So waren sie gleichzeitig Gebrauchsgegenstand und Schmuck. In ihrem Aufbau sind sie die Vorläufer unserer Sicherheitsnadel, was man bei diesem Exemplar freilich nicht mehr gut erkennen kann, weil die eigentliche Nadel abgebrochen ist. Sie hätte hier angesetzt, siehst du, und dort, auf der gegenüberliegenden Seite, wäre ihre Spitze in einer Halterung aufgenommen worden.

Diese Fibel stammt aus der Latènezeit, einer Periode der vorrömischen Eisenzeit, die in Deutschland im fünften Jahrhundert vor Christus begann und um die Zeitenwende mit der Unterwerfung der Kelten durch die Römer ein jähes Ende fand. Wissenschaftler unterteilen diese Epoche mithilfe von Buchstaben und Zahlen, wobei D den letzten Abschnitt umfasst, die Jahre zwischen circa 150 und Christi Geburt.

Gewandspangen gab es in vielen verschiedenen Formen, teilweise waren sie schön ausgearbeitet und reich verziert. Unser Exemplar gehört dem eher schlichten Nauheimer Typus an, der weit verbreitet war und als Leitform, also als kennzeichnend, für die Periode D1 der Latènezeit gilt. Er wurde hauptsächlich von Frauen getragen. Das wissen wir deswegen, weil Fibeln dieses Typs fast ausschließlich in Frauenbestattungen gefunden werden. Dieses spezielle Stück dürfte im sechsten oder fünften Jahrzehnt vor Christus entstanden sein, demnach genau in dem Zeitraum, der uns interessiert.« Er wandte sich an Kramer. »Woher hast du sie?«

»Haltet euch fest«, antwortete der. »Sie stammt aus dem Tal, in dem ihr Atuatuca vermutet.«

Hannah und Rutger wechselten einen raschen Blick. Hannah fühlte, wie sich ihr Puls beschleunigte, und mit einem Mal erschien ihr die unscheinbare Fibel gar nicht mehr so unscheinbar. Konnte es womöglich sein, dass sie diese selbe Spange schon einmal in einer ihrer Visionen gesehen hatte? Oder noch sehen würde? War es möglich, dass eine der Frauen, denen sie begegnete, diese Fibel trug, am Ende - an diesem Punkt stolperte ihr Herz und überschlug sich - am Ende sogar Amena?

Eher unwahrscheinlich, beantwortete sie sich ihre Frage dann selbst. Rutger hatte gesagt, dass es sich um einen häufigen Typ handelte. Außerdem war das Stück so verrostet und verformt, dass sie sich nicht zutraute, es im Original wiederzuerkennen. Dennoch, der Gedanke war zweifelsohne reizvoll ...

191

Kramer hatte sich gegen eines der deckenhohen Regale gelehnt und die Arme verschränkt. »Vor zwei oder drei Monaten kam ein gewisser Herr Schüler zu mir. Ironischerweise ist er Lehrer. Er wohnt in Bad Münstereifel und ist historisch und archäologisch äußerst interessiert. Im Verlauf der Jahre hat er mir schon eine ganze Reihe kleinerer Funde aus der Umgebung angeschleppt. Zuletzt brachte er mir diese Fibel und erzählte mir, sein Sohn habe sie gefunden, als er mit seinem Hund in ebenjenem Tal spielte. Er vermutete, sie könnte keltisch oder römisch sein, und ich erklärte ihm, was ich darüber denke.«

»Hochinteressant«, meinte Rutger. »Ich würde gern mal mit diesem Schüler und seinem Sohn sprechen. Hast du seine Adresse?«

»Ja, natürlich.« Kramer täuschte Empörung vor. »Dies ist ein kleines, aber ordentlich geführtes Haus. Wenn uns jemand einen Fund bringt, füllen wir einen Fragebogen aus – per Hand selbstverständlich, denn die EDV hat leider noch nicht Einzug gehalten und wird es auch so bald nicht tun. Ich suche euch den Bogen gleich mal heraus.«

»Dürfen wir die Fibel auch mitnehmen?«, fragte Rutger.

Sein Freund grinste. »Wenn sie nicht auf Hannahs Kaminsims endet.«

Kramer notierte ihnen die Adresse der Familie Schüler, und bald darauf verabschiedeten sich Hannah und Rutger.

»Gar keine schlechte Ausbeute für einen Schuss ins Blaue«, meinte Rutger, als sie schließlich wieder vor dem Museum auf der Straße standen. »Begeben wir uns noch heute Abend an die Entzifferung der *Chronick*?«

Hannah warf ihm einen entrüsteten Blick zu. »Natürlich! Denkst du, ich könnte auch nur ein Auge zumachen, solange ich nicht weiß, ob dieser Praetorius uns weiterhilft?«

Er grinste zufrieden. »Ausgezeichnet, das ist wahrer Forschergeist. Ich habe allerdings außer zwei Brötchen zum Frühstück den ganzen Tag nichts gegessen. Wenn du Lust hast, fahren wir zu mir, und ich mache uns schnell eine Kleinigkeit.«

Nur zu gern. Hannah war alles recht, was sie der lästigen Pflicht enthob, selbst kochen zu müssen. Sie verstand einfach nicht, wie man Stunden am Herd verbringen konnte, nur um etwas zuzubereiten, was dann innerhalb von zehn Minuten verputzt war, und dabei noch eine Batterie gebrauchter Gerätschaften hinterließ, die darauf warteten, gespült, abgetrocknet und weggeräumt zu werden, obwohl man das Essen geistig längst abgehakt hatte und darauf brannte, sich frisch gestärkt in neue Aktivitäten zu stürzen. So sicher, wie eine Kompassnadel nach Norden zeigte, so zuverlässig lotste sie ihr ausgeprägter Sinn fürs Praktische daher im Supermarkt stets zur Tiefkühltheke und dem Regal mit den Tütensuppen. Und wenn es so etwas wie den Nobelpreis für Küchentechnik gäbe, würde er in Hannahs Augen dem Erfinder der Mikrowelle gebühren, denn dieses geniale Gerät erlaubte es, all die tiefgefrorenen Köstlichkeiten in Rekordzeit wieder in einen genießbaren Zustand zu überführen.

Der Einfachheit halber beschlossen sie, Rutgers Wagen zu nehmen, der gleich um die Ecke im Halteverbot stand - »nach sechzehn Uhr lässt sich hier eh keine Politesse mehr blicken« -, und den Toyota stehen zu lassen. Wie sich herausstellte, wohnte Rutger im höher gelegenen Teil von Bad Münstereifel in einer Villa aus der Jugendstilzeit, die in zwei großzügige Wohnungen aufgeteilt worden war. Bei ihrem Eintreten begrüßte Cúchulainn sie stürmisch. Rutger hatte Hannah erklärt, dass er ihn für gewöhnlich mit zur Arbeit nahm, sogar ins Büro, das sich in der Außenstelle Nideggen des Rheinischen Amtes für Bodendenkmalpflege befand. Wenn er jedoch an Konferenzen teilnahm, musste der Hund zu Hause bleiben, und dann kümmerte sich nachmittags ein Junge aus der Nachbarschaft um ihn.

Rutger verzog sich in die Küche, um eine zünftige Portion Spaghetti à la Bolognese zuzubereiten - »geht schnell, macht satt und schmeckt« -, während sich Hannah auf seine ausdrückliche Einladung hin in der Wohnung umschaute.

Auf der Fahrt hatte sie sich im Geiste ausgemalt, wie er wohl leben mochte. Nun stellte sie befriedigt fest, dass ihre Vorstellungen im Großen und Ganzen zutrafen. In ihren Augen bildete eine Wohnung ein Spiegelbild ihres Besitzers – langweilige Menschen besaßen langweilige Wohnungen, interessante Menschen interessante. Auf diese einfache Formel ließen sich ihrer Erfahrung nach die meisten Beziehungen zwischen Personen und den vier Wänden, in denen sie lebten, reduzieren.

Rutgers Wohnung war der beste Beweis für die Richtigkeit ihrer These. Sie war individuell und geschmackvoll eingerichtet: Alte Möbel vergesellschafteten sich mit modernen Lampen und Bildern, hohe Decken mit ovalen Stuckrosetten. Parkett in warmen Holztönen und großflächige Fenster rundeten den Eindruck ab. Ein Teil des großzügigen Wohnraums war Rutgers Leidenschaft gewidmet. Deckenhohe Regale bogen sich unter der Last archäologischer Fachliteratur, und auf einem Schreibtisch, auf dessen riesiger Arbeitsplatte man ohne Not die Schlacht von Waterloo mithilfe von Zinnsoldaten hätte nachstellen können, türmten sich Aktenordner, Landkarten und Ausdrucke von Diagrammen und Tabellen. Die beiden Fenster boten eine anbetungswürdige Aussicht über das Tal und die gegenüberliegenden bewaldeten Hänge, die soeben von den letzten Strahlen der untergehenden Sonne mit flüssigem Kupfer übergossen wurden, während die Dächer der Stadt schon in den ersten Schatten der heraufziehenden Dämmerung versanken.

Als Hannah in die Küche schlenderte, fiel ihr Blick auf ein Foto in einem breiten silbernen Rahmen, das auf einer alten Eichenkommode stand. Es zeigte eine Frau Anfang dreißig mit dunklen, beinah schwarzen Haaren und strahlend blauen Augen. Sie lächelte in die Kamera und hielt mit schlanken, sonnengebräunten Fingern eine Haarsträhne zurück, die ihr der Wind ins Gesicht geweht hatte.

Das also musste Rutgers verstorbene Frau sein. In diesem Moment ging Hannah auf, dass sie insgeheim nach einem Bildnis von ihr Ausschau gehalten hatte. Sie wollte wissen, wie die Frau aussah, die er so sehr liebte, dass er vier Jahre lang um sie trauerte. Und plötzlich ertappte sie sich dabei, wie sie nach Ähnlichkeiten und Unterschieden zwischen sich selbst und dieser Frau suchte, bis die Stimme der *Vernunft* sie zur Raison brachte, indem sie ihr die berechtigte Frage stellte, was solch ein Vergleich denn bitte schön bringen solle. Zumal auch nichts in Rutgers Verhalten darauf hindeutete, dass *er* sie miteinander verglich.

Ein Teil des Wohnraums war mit einem runden Eichentisch und vier Stühlen als Essecke eingerichtet. Während Rutger damit beschäftigt war, seinen zweiten Nachschlag zu bewältigen, griff sich Hannah die eiserne Gewandspange und drehte sie nachdenklich in ihren Fingern.

»Glaubst du, dass diese Fibel etwas mit Atuatuca zu tun hat?«, fragte sie schließlich.

Er zuckte die Schultern. »Schwer zu sagen«, antwortete er zwischen zwei Gabeln Spaghetti. »Die zeitliche Einordnung stimmt jedenfalls. Fibeln dieses Typs wurden in der Epoche des Gallischen Krieges getragen. Aber der Fund einer einzigen Fibel deutet natürlich nicht zwangsläufig auf eine Siedlung hin. Sie kann auch von jemandem verloren worden sein, der zufällig dort vorbeikam. Ich denke, wir sollten möglichst bald mit dem Sohn von diesem Schüler sprechen. Vielleicht hat der Junior ja noch mehr gefunden und zieht es vor, seine übrigen Schätze für sich zu behalten, damit sein Vater sie nicht ebenfalls konfisziert und ins Museum trägt.«

Endlich war er gesättigt, schob seinen Teller beiseite und schlug die *Chronick* des Andreas Praetorius auf. Mit schräg gehaltenem

Kopf machten sie sich an die Lektüre: Hannah versuchte die jeweils rechte Seite zu entziffern, während sich Rutger mit der linken abmühte. Die Eintragungen begannen am 23. Januar 1653 und endeten am 15. August 1655. Sie brauchten einige Zeit, um sich in die antiquierte Handschrift des Pfarrers einzulesen und die zahlreichen Kürzel zu entschlüsseln, die er verwandte. Dann kamen sie gut voran. An mehreren Stellen verdarben Stockflecken den Text, sodass sie den Inhalt aus dem Zusammenhang erschließen mussten.

Vier Stunden später hatten sie ungefähr ein Drittel des Werkes überflogen. Es war beinah Mitternacht, ihre Nacken waren steif, und ihre Augen brannten. Praetorius hatte in epischer Länge, Höhe und Breite den Bau zweier Fachwerkhäuser am Ufer der Erft sowie den Erwerb eines Reliquienkastens aus dem fünfzehnten Jahrhundert (»ein kästelein aus gar edlem holze«) für die Stiftskirche beschrieben. Doch der Böffgenshof oder das Tal, in dem sie Atuatuca vermuteten, waren bislang mit keinem seiner wohlgeformten Sätze erwähnt worden.

Hannah brauchte dringend eine Pause, erhob sich schwerfällig und streckte sich erst einmal ausgiebig. Rutger unterdrückte ein Gähnen und rekelte sich ebenfalls auf seinem Stuhl. »Wollen wir für heute Schluss machen, oder soll ich uns einen Kaffee zum Durchhalten kochen?«, fragte er.

Hannah war gereizt. Das lange, unbequeme Stillsitzen zerrte an ihren Nerven, und um ihr Durchhaltevermögen war es ähnlich schlecht bestellt wie um ihre Geduld. Dennoch dachte sie gar nicht daran aufzugeben. »Ich geh nicht eher ins Bett, bis ich weiß, ob dieser Pfaffe irgendwas Verwertbares von sich gegeben hat«, erklärte sie grimmig. »Und wenn ich morgen früh noch hier sitze.«

»Gut, dann mache ich uns wohl besser mal Kaffee.« Er stemmte sich hoch und ging steifbeinig, die Fäuste ins Kreuz gestemmt, in die Küche hinüber, wo Hannah ihn mit der Kaffeemaschine hantieren hörte.

Sie öffnete eines der Fenster, um frische Luft hereinzulassen, und schaute auf die Stadt hinunter, die zu ihren Füßen in tiefem Schlaf lag. Die Nacht war klar und kalt, und Hannah sah vereinzelte Lichter in den Fachwerkhäusern, die sich in den Schutz der imposanten Befestigungsmauer und ihrer Türme zu kuscheln schienen. Viele der Häuser waren zu Praetorius' Lebzeiten erbaut worden, manche mit Sicherheit noch älter. Bad Münstereifel hatte mehr als einmal großes Glück gehabt. Rutger hatte ihr berichtet, dass der Ort in den Kriegen gegen den französischen Sonnenkönig Ludwig XIV. nur knapp der Zerstörung entgangen war. Und auch die beiden Weltkriege verschonten die Stadt weitgehend, weshalb sich das mittelalterliche Stadtbild in so hervorragender Weise bis heute erhalten hatte.

Als Hannah das würzige Aroma starken schwarzen Kaffees in die Nase stieg, schloss sie das Fenster und nahm erneut Platz, diesmal auf Rutgers Stuhl, um sich den Nacken in den nächsten Stunden zum Ausgleich in die andere Richtung zu verrenken. Sie gähnte herzhaft, und während sie auf Rutger und den Kaffee wartete, schlug sie lustlos ein paar Seiten des letzten Drittels der *Chronick* auf und überflog aufs Geratewohl einige Absätze. Einer handelte von einem Hochwasser der Erft, bei dem elf Menschen ertranken, ein zweiter von einer Viehseuche, die im Ort und auf den umliegenden Gehöften wütete und beinah die Hälfte der Rinder hinwegraffte. Es musste ein hartes, entbehrungsreiches Leben gewesen sein, das die Bauern auf ihren weit verstreuten Höfen führten. Der Dreißigjährige Krieg, der unter der Bevölkerung und dem Vieh große Opfer gefordert hatte, war gerade erst überstanden, und dennoch ließ die Natur sie nicht zur Ruhe kommen, sondern erlegte ihnen eine schwere Prüfung nach der anderen auf.

Als Hannah weiterblätterte, fiel ihr Blick auf eine der Federzeichnungen, mit denen Praetorius sein Werk illustriert hatte und die, wie die *Künstlerin* in ihr beifällig bemerkte, von einem gewissen Talent zeugten. Die Skizze stellte einen Bauernhof dar, der auf einer Anhöhe in einer bewaldeten Umgebung lag. Mit plötzlichem Herzklopfen las Hannah die Zeile unterhalb der Abbildung, die in der ordentlichen Handschrift des Pfarrers den Namen des Gehöfts festhielt: Böffgenshof.

Mit einem Mal war ihre Müdigkeit verflogen. »Rutger, ich hab ihn«, kreischte sie.

Aus der Küche drang ein Scheppern, dann stand er neben ihr.

Aufgeregt schob sie ihm die *Chronick* hin. »Das ist er. Das ist der Böffgenshof.«

Er betrachtete die Zeichnung mit schräg gehaltenem Kopf und nickte. »Und? Was schreibt er?«

»Moment.« Hannah blätterte Seite für Seite zurück, bis sie auf den Beginn der Eintragung stieß. Es war der 25. Mai 1654. Sie las:

»Am 12. dito monats, einem dag voll sonn und mildem winde, hat der Baursman Frans Böffgens es unternommen, auff dem hügel geheissen ›bey den heydensteinen‹ mit dem bau einer hofstatt für sich selbst, seyn weyb unnd sein vier kinder zu beginnen. Da ich auffgrund des gar sonderlichen namens der flur seit längerem vermutet, dass vor anbeginn der tage unseres gelobten Herrn Jesu Christi die heyden dito ordt hatten erwehlet, umb da selbsten ihre götzen anzubeten und ihnen opfer dar zu bringen, also begab ich mich an diesem dage gleich nach der Frühmeß dorthin, umb zu sehen, ob sich da selbsten nicht fänden spuren von den heyden unnd ihren götzen. Und wie nun der Frans Böffgens und seyn arbeiter begonnen, den grundriss des hofes ab zu stecken unnd die ersten schauffeln erd beiseit zu schaffen, so stiessen sie alsbald auff grosse stein.«

Die »grossen stein« stellten sich schon bald als Reste von vier Matronenstandbildern heraus, die jedoch jeweils »in fünff, sechs theil zerhaun« waren. Böffgens und seine Mannen fanden denn auch nichts dabei - hier fühlte Hannah förmlich, wie sich Praetorius' Feder gesträubt hatte -, sie vollends zu zertrümmern, um sie beim Bau der »hofstatt« weiterzuverwenden. Glücklicherweise war der Pfarrer rechtzeitig auf der Bildfläche erschienen, um der Barbarei Einhalt zu gebieten und wenigstens zwei der Denkmäler vor der vollständigen Zerlegung zu bewahren. Weitere Funde erwähnte er nicht. Auch von einer Quelle war nicht die Rede.

»Fassen wir einmal zusammen«, meinte Hannah schließlich und lehnte sich zurück. »Wir wissen jetzt also, dass sich auf dem Hügel, auf dem heute mein Hof steht, früher ein Matronenheiligtum befand. Und wir können vermuten, dass es an einer Stelle errichtet wurde, an der bereits vorher irgendein Kult ausgeübt worden war.«

Rutger nickte. »Und es ist mehr als wahrscheinlich, dass es sich bei dem ursprünglichen Kultplatz um ein keltisches Nemetom handelte, nämlich das Quellheiligtum der Eburonen. Der kleine Matronentempel hat dann später allem Anschein nach dasselbe Schicksal erlitten wie der bei Pesch. Er wurde geplündert und zerstört.«

»Dennoch hat sich im Volk die Erinnerung daran bewahrt«, stellte Hannah fest. »Denn die Flur hieß schon ›Bey den Heydensteinen‹, bevor die Matronensteine überhaupt entdeckt wurden.«

Wie sie weiter erfuhren, verfügte Böffgens über ein gerüttelt Maß der Schläue, die man seinem Berufsstand gemeinhin nachsagt. Er kam rasch dahinter, wie viel Praetorius an den Steinen gelegen war, sodass dem Pfarrer am Ende nichts anderes übrig blieb, als sie ihm zähneknirschend und für ein erkleckliches Sümmchen abzukaufen - wie erklecklich, darüber schwieg er sich leider aus. Immer noch voll der Entrüstung ob der Zerstörungswut und des Geschäftssinns des Bauern ließ er die Fragmente der beiden geretteten Standbilder auf einen Ochsenkarren laden und ins Pfarrhaus transportieren. So groß sein Abscheu vor dem »teuffelswerck« war, so groß war doch auch sein Interesse an der Vor- und Frühgeschichte seiner »schönen heymat«.

Im Hof der Pfarrei breitete er die Bruchstücke aus und versuchte in bester archäologischer Manier, sie zusammenzusetzen. »Nach vielen stund mühseliger arebeit« hatte er die Puzzle gelöst, und zu Rutgers grenzenlosem Entzücken gab er sogar die lateinischen Inschriften und seine eigenen Übersetzungsversuche wieder, denen Rutger sich im Großen und Ganzen anschließen konnte. »Marcus Primus hat den geberinnen der guten gaben ein denckmal gesetzet« stand auf dem einen Stein zu lesen, während sich mit dem anderen ein gewisser Lucillius Justinius für eine nicht näher beschriebene, gewährte Gunst bei den Matronen bedankte.

Das Beste hatte sich Praetorius jedoch für den Schluss seiner Ausführungen aufgehoben. Rutger las:

»So mögen die heyden, welche auff dito hügel ihre götzen angebetet, die selben gewessen seyn, die im nahen thal geheissen ›in den heydengräben‹ haben ihre stadt gehabt. Denn also berichtet die sage, dass in den vollmond-nächten da selbsten die seelen eines volkes umher irren, welches in der vorzeit von den legionen Roms wardt gemeuchelt und seither nimmer ruh gefunden.«

Das Schweigen, das sich daraufhin in Rutgers Wohnraum ausbreitete, glich dem in einer Kathedrale, nachdem der letzte Ton der Orgel verklungen war. Rutger ließ das Buch sinken und schaute Hannah mit einem Blick an, auf den am ehesten die Beschreibung »transzendent« zutraf.

»Atuatuca«, flüsterte er andächtig. »Das ist fast zu schön, um wahr zu sein.«

Kapitel 9

Der Lärm der Schlacht war ohrenbetäubend. Erbarmungslos trug die klare, eiskalte Schneeluft die Geräusche eines tausendfachen Kampfes auf Leben und Tod bis hinauf zu der Anhöhe oberhalb des Winterlagers, von der aus Amena das Geschehen beobachtete: das dumpfe Aufprallen von Schwertklingen auf hölzerne Schilde, die gequälten Schreie der Verletzten und Sterbenden, das schrille Wiehern der verängstigten Pferde, den lang gezogenen Klang der keltischen Carnyces, die kurzen, abgehackten Signale der römischen Tubae. Und sie wusste, dass dieses Konzert des Grauens sie in den kommenden Wochen nicht mehr loslassen, sie tagsüber begleiten und sich Nacht für Nacht durch ihre Träume ziehen würde wie ein schmutziger Faden durch ein makellos gewobenes Tuch.

Die Eburonen hatten mit dem Angriff auf das Castrum bis zum nächsten Vollmond gewartet, ein Zeitpunkt, der als günstig für eine kriegerische Unternehmung galt. Am Abend zuvor opferte Amena dem Kriegsgott Teutates einen weißen Stier, um Seine Gunst und Seinen Schutz für die bevorstehende Schlacht zu erbitten. Doch weder während des Rituals noch danach spürte sie die Präsenz der Gottheit, und so fürchtete sie, dass Er ihr Opfer nicht angenommen hatte.

Anschließend kam sie einer der Aufgaben nach, die ihr als Priesterin zwar oblagen, sie gleichwohl mit tiefem Widerwillen erfüllten: Sie versuchte, aus den Eingeweiden eines getöteten Kälbchens den Willen der Götter und den Ausgang des Kampfes vorherzusagen. Zum einen war es ihr bis zu diesem Tag nicht gelungen, den Ekel zu besiegen, der sie jedes Mal bei dem Anblick der dampfenden rötlich-violetten Organe und dem metallischen Geruch des Blutes befiel. Und außerdem hatte Ebunos sie nicht nur in den Traditionen ihres Volkes unterwiesen, sondern ebenso Wert darauf gelegt, dass sie eine eigenständige, skeptische Geisteshaltung entwickelte. Und ebendieser Geisteshaltung wollte schlichtweg nicht einleuchten, was die Innereien eines einzelnen Tieres mit den Wünschen der Unsterblichen oder dem Schicksal eines ganzen Stammes zu tun haben sollten.

Im Falle dieses Kälbchens entsprachen Lage und Beschaffenheit der Eingeweide einem völlig gewöhnlichen Befund: Sie waren weder günstig noch ungünstig. Doch auch dieses scheinbar nichtssagende Ergebnis enthielt eine Botschaft, wenn man denn grundsätzlich bereit war, an die Aussagekraft von Organen zu glauben. Es bestätigte das, was Amena nach dem gescheiterten Stieropfer zugleich erwartet und gefürchtet hatte: Es bedeutete, dass die Götter unverändert schwiegen.

Dieser Versuch, den Willen der Unsterblichen zu entschlüsseln, war nur der letzte in einer langen Reihe von Versuchen, die alle gleichermaßen ergebnislos verlaufen waren. Wann immer Amena in den zurückliegenden Wochen den Rat und Beistand der Gottheiten erflehte, verweigerten diese sich ihr. Sie schwiegen, Ihr Schweigen wurde von Tag zu Tag lauter, und jegliche Bemühungen, Sie durch Opfergaben zu einer Antwort zu bewegen, blieben ohne Erfolg. Die Omen, denen Amena tagtäglich in der sie umgebenden Natur begegnete und deren Deutung sie sich umso verzweifelter hingab, je weniger sie die göttliche Gegenwart spürte, widersprachen einander. Und ganz allmählich reifte Amenas bange Vermutung, dass die Unsterblichen dem Stamm der Eburonen zürnten, zu einer noch bangeren Gewissheit.

Häufiger noch, als Amena die Götter anrief, wünschte sie sich, Ebunos wäre bei ihr. Ihr alter Lehrer hätte Rat gewusst. Wenigstens hätte sie ihm ihre Zweifel und Ängste anvertrauen können und sich verstanden gefühlt. Doch der Druide weilte weiterhin bei den Sunucern, und Amena blieb mit ihren Sorgen und Nöten allein.

Alles hing nun von dieser Schlacht gegen die Römer ab. Verliefe sie erfolgreich, mochte das anschließende üppige Dankopfer in der Lage sein, den Zorn der Gottheiten zumindest ein wenig zu besänftigen.

Die andere Möglichkeit, eine Niederlage, wagte Amena gar nicht in Betracht zu ziehen.

Als sie schließlich von den Eingeweiden des toten Tieres aufschaute, richteten sich die erwartungsvollen Blicke tausender Augenpaare mit einer solch körperlichen Intensität auf sie, dass sie ihr wie eine Woge entgegenzubranden schienen und Amena sich förmlich dagegenstemmen musste, um nicht von ihr überrollt zu werden. Die versammelten Krieger, die stumm und im Schein unzähliger blakender Fackeln in einem weiten Rund den Opferplatz säumten, starrten wie gebannt auf die Priesterin, die erhöht auf einem hölzernen Podium verharrte, das goldene Opfermesser mit der blutigen Klinge in der Rechten. Halb hoffend, halb ängstlich lauerten sie auf die kleinste Regung in Amenas disziplinierten Zügen, die ihnen einen Hinweis auf das Ergebnis der Eingeweideschau, auf den Willen der Götter zu liefern vermochte.

Sie stählte sich innerlich, ehe sie den Dolch langsam beiseitelegte und die Arme erhob. In diesem Moment erstarb auf dem riesigen Platz jedes Geräusch. Mit einem Mal wurde es so still, dass selbst die

Männer in den hinteren Reihen das kaum vernehmbare Klirren der magischen goldenen Symbole auf ihrem Ritualmantel vernahmen. Amena, geschult in der Kunst, Menschenmengen in ihrem Sinne zu beeinflussen, ließ einige wohlbemessene Augenblicke verstreichen. Dann verkündete sie mit der weittragenden, zeremoniellen Stimme der Priesterin den Segen der Unsterblichen und einen erfolgreichen Ausgang der Schlacht.

Der Jubel, der daraufhin ausbrach, erzeugte eine Woge, die noch überwältigender war als die der erwartungsvollen Blicke und die Amena umso erdrückender fand, als sie wusste, dass dieser Überschwang der Gefühle einer Lüge galt, ihrer Lüge. Doch die Begeisterung kannte keine Grenzen. In ihr entlud sich nicht nur die Anspannung, sondern auch die gestaute Ungeduld der Krieger, die in den vergangenen Tagen und Wochen wieder und wieder auf einen Beginn der Kämpfe gedrängt hatten und sich nun bestätigt fühlten. Die Männer trommelten mit dem Schaft der Lanze gegen ihren Schild, stimmten Kriegsgesänge an, und schließlich bündelten sich ihre rauen Stimmen im Namen desjenigen, dem sie sich und ihr Schicksal anvertraut hatten: »Ambiorix!«

Ambiorix, der unmittelbar vor Amena zu Füßen des hölzernen Podiums stand, fiel nicht in den allgemeinen Jubel ein. Vor der Eingeweideschau waren er und Amena übereingekommen, im Falle eines günstigen oder ungewissen Ergebnisses den Segen der Unsterblichen und einen Sieg vorherzusagen. Der Tumult, der nun um ihn herum aufbrandete, bekräftigte sie in diesem Entschluss. Die Ungeduld der Krieger war unterdessen zu groß geworden, die Stimmung zwischen den beiden verfeindeten Lagern zu explosiv, als dass er länger hätte zögern können. Zudem waren noch immer nicht alle Legionäre im Winterlager eingetroffen, und diesen Umstand wollte er sich zunutze machen.

Als sich seine und Amenas Blicke über den schlaffen Körper des toten Kälbchens hinweg begegneten und sie ihm mit den Augen den wahren Ausgang der Befragung kundtat - *Ich sehe nichts. Die Götter schweigen.* -, erkannte sie, dass er verstand, und las die Sorge in seinen Zügen. Nicht Sorge um eine Verletzung oder seinen eigenen Tod. Sorge darüber, diese Entscheidung getroffen zu haben. Denn obgleich er wusste, dass er nicht anders zu handeln vermochte, war ihm vollkommen bewusst, dass die bevorstehende Schlacht nicht irgendein Scharmützel war, sondern nichts Geringeres als die Kriegserklärung an den mächtigsten Feind, gegen den ein keltischer Stamm je angetreten war: das unbesiegte - und unbesiegbare? - Rom.

Doch Ambiorix blieb keine Gelegenheit, sich weiteren sorgenvollen Gedanken hinzugeben, da sich die Krieger in ihrer nicht nachlassenden Begeisterung immer dichter um ihn drängten. Schließlich hoben sie ihn auf einen ihrer hölzernen Schilde und trugen ihn mit sich davon, in einer großen Runde um den Opferplatz. Mit dieser Geste verliehen sie ihm das Amt, von dem Amena wusste, dass er es nie hatte innehaben wollen, das Amt des Oberbefehlshabers der im Kampf gegen Rom vereinten Stämme.

Das war das Letzte, was Amena vor der Schlacht von ihm sah.

Noch vor Tagesanbruch brachen die Eburonen und ihre Verbündeten zum Winterlager der Legionen auf, das knapp fünf Meilen von Atuatuca entfernt lag. Lautlos wie Schatten, die Hufe der Pferde mit Stofffetzen umhüllt, nahmen die Krieger ihre Stellungen rings um das Castrum ein, die Ambiorix ihnen zugewiesen hatte.

Und dann, im ersten Licht des anbrechenden Tages, gab Ambiorix mit seinem silbernen Horn das Signal zum Angriff und vollzog damit jenen Schritt, von dem er wusste, dass er unumkehrbar war: Er erklärte der Weltmacht Rom den Krieg.

Unter markerschütterndem Gebrüll, das seine verschreckende Wirkung auf die Feinde nicht verfehlte, waren seine Männer daraufhin von allen Seiten auf das Lager eingedrungen und hatten mit der Erstürmung begonnen. Jetzt wogten die Kämpfe schon seit Stunden hin und her, ohne dass eine Entscheidung abzusehen wäre.

Von ihrem Beobachtungsposten auf dem Plateau oberhalb des Castrum verfolgte Amena den Verlauf der Schlacht. Indutiomarus hatte mit seiner Prophezeiung recht behalten, dass die erst kürzlich ausgehobene Legion kampfunerfahren sei, und Ambiorix machte sich diese Unerfahrenheit zunutze und erteilte seinen Kriegern entsprechende Anweisungen. Es wurde rasch deutlich, dass die jungen Römer zumindest noch nie gegen Kelten angetreten waren, denn die ungestüme Kampfweise der Feinde, ihr wildes Schlachtgeheul und der schauerliche Klang der Kriegstrompeten, ihre imposante Körpergröße und die verwegen bemalten Gesichter jagten ihnen so viel Angst ein, dass nicht wenige Legionäre jeglichen Widerstand aufgaben, ihre Waffen wegwarfen und unter dem höhnischen Gelächter der keltischen Angreifer in die umliegenden Wälder flohen.

Für einen Moment riss sich Amena vom Anblick der Schlacht los und hob ihre Augen zum Himmel. Es war einer jener Wintertage, an denen es nicht recht hell wurde, sich Sulis als fahle blassgelbe Scheibe hinter einem Vorhang aus milchigem Dunst verbarg, als wolle sie nicht mit ansehen, was sich dort unten, in jenem abgeschiedenen Tal des Arduenna Waldes abspielte. Aber wenigstens würde es trocken bleiben, sodass keine Schneefälle die Sicht der Krieger behinderten. Der Boden, seit Wochen gefroren, war hart, doch nicht vereist und bot Pferden wie Menschen einen guten, festen Untergrund.

Ambiorix selbst schien überall gleichzeitig zu sein. Gerade noch sah Amena seinen goldfarbenen Helm in der Nähe der Lagerumwallung aufblitzen; im nächsten Augenblick schon bahnte er sich auf Avellus einen Weg durch das dichteste Kampfgetümmel, um einigen Männern zu Hilfe zu eilen, die von einem Trupp römischer Reiter bedrängt wurden. Dann verlor sie ihn erneut aus den Augen.

Obschon die Götter ihr eine Antwort verweigerten, hatte sie Sie dennoch immer wieder angefleht, Ambiorix' Leben zu verschonen. Und das nicht nur aufgrund ihrer Liebe zu ihm, sondern ebenso, weil sie wusste, dass die Hoffnung der verbündeten Stämme auf ihm ruhte, dass er der Einzige war, dem die Krieger folgten und dem es, zumindest für kurze Zeit, gelingen mochte, die Stämme zu einen, ehe sie sich abermals in ihren üblichen Fehden und Machtkämpfen entzweiten. Ohne ihn wäre die Sache der Eburonen und ihrer Bundesgenossen zum Scheitern verurteilt.

Und obwohl es sie mit Dankbarkeit erfüllte, dass die Unsterblichen den Eburonen mit Ambiorix den einen Mann gesandt hatten, der vielleicht imstande wäre, sie vor Sklaverei und Tod zu bewahren, gab es dennoch Augenblicke wie diesen, in denen Amena mit dem Schicksal haderte.

Ach, Ihr Götter, die Ihr schweigt, warum er? Warum musstet Ihr unter den Tausenden von Kriegern ausgerechnet den Mann erwählen, den ich liebe?

Wie jedes Mal durchrieselte sie der heiße Schreck ob der Blasphemie dieses Gedankens. Wie konnte sie es wagen, den unermesslichen Ratschluss der Unsterblichen, Ihre unergründliche Weisheit anzuzweifeln? Doch tief in ihr hatte sich dieses Gefühl festgesetzt, das in ihr wuchs, sich von ihr nährte wie ein Parasit und sich nicht vertreiben ließ, sosehr sie sich auch bemühte: das Gefühl, dass die Götter Ambiorix verraten hatten.

Erst erwählt Ihr ihn, dann lasst Ihr ihn im Stich!

Aber auch nun schwiegen die Gottheiten, ließen Amena mit ihren Zweifeln, ihrer Bitterkeit und ihrer Sorge allein. Kein Blitz fuhr vom Himmel hernieder, um sie für ihre Blasphemie zu bestrafen. Kein Gott sandte ihr ein Omen, um ihr zu bedeuten, dass sie sich nicht zu fürchten brauche, weil die Unsterblichen wie stets Ihre segnende Hand über die Eburonen hielten.

Da! Golden blitzte es in ihrem Sichtfeld auf, und Amenas Herz setzte vor Erleichterung einen Schlag aus. Wie gebannt folgten ihre Augen Ambiorix' Helm, der ihn aus der hin- und herwogenden Masse der Kämpfenden heraushob, als könnte sie mit ihren Blicken einen unsichtbaren, undurchdringlichen Kokon um ihren Geliebten spinnen, der ihn vor den Waffen der Feinde schützte. Ihn vor ihren Augen fallen zu sehen wäre mehr, als sie würde ertragen können.

In diesem Moment warf ihre Stute den Kopf hoch und schnaubte warnend. Auch Amena spürte plötzlich, dass sie nicht länger allein war. Der Schlachtenlärm, der aus dem Tal zu ihr heraufwaberte, unterdrückte jegliches weitere Geräusch. Doch sie nahm nun deutlich wahr, dass ein Augenpaar auf ihren Rücken gerichtet war, und fühlte, wie sich die feinen Härchen in ihrem Nacken aufrichteten.

An der Stelle, von der aus sie das Schlachtfeld überblickte, trat der Wald ein Stück vom Rand des Abhangs zurück, sodass eine natürliche, halbkreisförmige Lichtung entstand, die im Sommer mit dichten, saftigen Gräsern bewachsen war. Nun jedoch hatte sich ein grimmiger Winter das Land erobert und eine wattige weiße Decke über die Landschaft gebreitet.

Eine Ahnung drohenden Unheils befiel Amena, als sie ihre Stute langsam wendete, bis das Plateau bis zum Waldrand frei vor ihr lag. Sie kniff die Augen gegen den schneidenden Wind leicht zusammen und suchte die Dunkelheit zwischen den kahlen Silhouetten der Bäume nach der feindlichen Gegenwart ab, die sie nun mehr als deutlich spürte.

Und richtig: Dort, wo der Weg aus dem Tal auf die Lichtung mündete, löste sich plötzlich ein einzelner Reiter aus den Schatten des Waldes, ließ sein Pferd nach wenigen Schritten erneut verhalten und blickte unverwandt in ihre Richtung.

Sie erstarrte. Der Mann war weder Eburone noch Angehöriger eines der verbündeten Stämme. Da er jedoch auch nicht aussah wie ein Legionär, musste er wohl zu der iberischen Reitereinheit gehören, die einige Tage zuvor eingetroffen war, um die Reiterei des Castrum zu verstärken.

Amena wusste, dass sich die Hilfstruppen der Römer zu großen Teilen aus germanischen und sogar keltischen Söldnern rekrutierten, die aus den entlegensten Winkeln des riesigen Imperiums zusammengezogen wurden. Manche gehörten Völkerschaften an, die von Rom bereits unterworfen worden oder ein Freundschaftsbündnis eingegangen waren und nun aufseiten des einstigen Feindes kämpften. Viele waren Verbrecher, Geächtete, aufgrund eines schweren Vergehens von ihrem Stamm ausgestoßen. Wieder andere lockte das

Geld, das sie in römischen Diensten erwerben konnten. Allen gemeinsam war, dass sie sich weit von den Ehrvorstellungen entfernt hatten, die die Gesellschaften zusammenhielten, aus denen sie hervorgegangen waren, und nunmehr keinerlei Skrupel verspürten, gegen guten Sold die Angehörigen ihres eigenen Volkes zu bekämpfen.

Der Krieger trieb sein Pferd mit einem leichten Schenkeldruck an und ritt gemächlich auf Amena zu. Mit einer beiläufigen Bewegung glitt ihre Linke unter den Fellumhang zu ihrem Gürtel und tastete nach dem Dolch, zog ihn langsam aus seiner Scheide und schob ihn unauffällig in den weiten Ärmel ihres Umhangs. Währenddessen ließ sie den Fremden nicht aus den Augen. Dann richtete sie sich pfeilgerade im Sattel auf, setzte den unnahbaren Gesichtsausdruck der Priesterin auf und blickte dem Reiter scheinbar gelassen entgegen. In Wahrheit jedoch war sie auf der Hut, jede Faser aufs Äußerste angespannt.

Der Mann war jetzt bis auf wenige Schritt herangekommen und musterte Amena mit einem Lächeln, das nichts Gutes verhieß. Er schien jünger als sie, Anfang zwanzig vielleicht, doch er wirkte deutlich älter. Seine Haut war von Wind und Wetter zu einem dunklen Ton gegerbt, und seine schwarzen Haare fielen ihm, in mehrere Zöpfe geflochten, bis auf den Rücken hinab. Der Oberlippenbart, dessen Enden mit Kalkwasser zu Spitzen geformt waren und starr wie Eiszapfen bis unter sein Kinn hinabreichten, verlieh seinen ohnehin grobschlächtigen Zügen einen brutalen Ausdruck. Trotz der klirrenden Kälte trug der Krieger über seinen langen Hosen aus schwarzem Wollstoff nur eine Fellweste, und Amena erkannte, dass seine breite Brust und die muskulösen Arme blaue Tätowierungen aufwiesen. An einigen Stellen bemerkte sie großflächige Narben, wo diese mit einem glühenden Eisen unkenntlich gemacht worden waren.

Sie stöhnte innerlich. Diese Narben bestätigten ihre Befürchtung, dass es sich bei dem Fremden um einen Ausgestoßenen handelte, dessen Stammeszugehörigkeit bei seiner Verbannung auf diese Weise ausgelöscht worden war. Ihr Mut sank. Diese Sorte des römischen Söldners war die gefährlichste, da sie nichts zu verlieren hatte. Männer, die von ihrem Stamm verstoßen wurden, waren keinem Ehrenkodex mehr verpflichtet. Sie waren verroht, skrupellos und grausam.

Amena nahm die Schultern zurück und holte tief Luft, was sie noch eine Spur erhabener erscheinen ließ. Dann blickte sie dem Reiter so gefasst wie möglich entgegen. Zwei Schritte vor ihr verhielt er seinen Hengst. Es war ein mächtiges Tier mit struppigem dunkelbraunen Fell und einer Gesichtsmaske aus Bronze, die ihm bis zu den Nüstern reichte und nur die Augen und Ohren freiließ. Mit plötzlichem Grauen erkannte Amena, dass der Kopf eines toten Kelten vom Sattelhorn des Pferdes baumelte, die Augen stumpf und leer an Amena vorbei in den wolkenverhangenen Winterhimmel starrend. Sie kannte die Sitte vieler keltischer Stämme, den in der Schlacht getöteten Feinden die Häupter abzuschlagen, um sie in heiligen Ritualen zu verwenden oder als Trophäe auf langen Stangen vor den Häusern zur Schau zu stellen. Von Ebunos wusste sie, dass auch die Eburonen einst diesen Brauch gepflegt, ihn jedoch schon zu Zeiten ihrer Vorväter abgelegt hatten.

Der Söldner maß Amena nun mit unverhohlener Neugier, ließ seine Augen über ihren gesamten Körper wandern. Doch sie hielt seinem Blick mit versammelter Miene stand. Als er schließlich das Wort ergriff, gab ihn sein gutturaler Tonfall in der Tat als Angehörigen der iberischen Einheit zu erkennen, die die Reiterei des römischen Castrum verstärkte. Amena verstand diesen keltischen Dialekt aufgrund seiner Verwandtschaft mit anderen, ihr geläufigen, sprach ihn aber nicht selbst. Sie beherrschte mehrere keltische und germanische Mundarten, daneben natürlich Lateinisch und Griechisch wie die meisten Druiden und Priesterinnen. Doch in der eigenartigen, kehligen Sprache dieses Mannes kannte sie nur einige Begriffe, die sie von Händlern aufgeschnappt hatte.

Als sie es vorzog, nicht zu antworten, wiederholte der Söldner seine Frage in gebrochenem Lateinisch: »Wie dein Name, Frau?«

»Mein Name ist Amena«, antwortete sie in derselben Sprache. »Ich bin eine Priesterin der Höchsten Göttin.«

Wie sie gehofft hatte, verfehlten diese Worte ihre Wirkung auf den Fremden nicht. Seine zur Schau getragene Selbstsicherheit bekam Risse und begann zu bröckeln. Mit einem Mal wirkte er so jung, wie er in Wahrheit war, und sehr unsicher, hin- und hergerissen zwischen dem Wunsch, zu Ende zu bringen, was er begonnen hatte, und seiner Furcht vor der Strafe der Götter, die ihm drohte, wenn er einer Ihrer Priesterinnen ein Leid antäte. Um Zeit zu gewinnen, setzte er seinen Braunen mit einem kurzen Schenkeldruck erneut in Bewegung, umrundete Amena einmal langsam und betrachtete sie von allen Seiten. Amena wandte den Kopf gerade so weit, dass sie ihn aus den Augenwinkeln heraus im Blick behielt.

Schließlich schien der Iberer seine Hemmungen zu überwinden. »Alle eure Priesterinnen hübsch wie du?«, radebrechte er und griff kühner, als ihm zumute war, nach einer Strähne ihrer dunklen Locken, die unter der Kapuze des Fellumhangs hervorquoll.

Amena wich blitzartig aus, sodass seine Hand ins Leere fuhr. »Wage es, mich zu berühren«, zischte sie, »und der Fluch der Höchsten Göttin wird dich auf der Stelle treffen und vernichten.« Die Rechte des Söldners zuckte so hastig zurück, als hätte er sich an einem unsichtbaren Feuer verbrannt. Eilig berührte er ein Amulett aus Eisen, das um seinen Hals baumelte, und spie dreimal in den Schnee, um das Unheil abzuwenden, das Amena ihm angedroht hatte. Obgleich er seinen Glauben verloren haben mochte, hatte er doch zumindest seinen Aberglauben bewahrt. Und die Furcht vor dem Fluch der Göttin war größer als seine Begierde. Erleichtert erkannte Amena, dass von diesem Krieger keine Gefahr mehr für sie ausging.

Genau in diesem Augenblick tauchte aus den Schatten zwischen den Stämmen am Rande der Lichtung ein zweiter Reiter auf. Als er Amena und den anderen Fremden sah, lenkte er sein Pferd in ihre Richtung und hielt geradewegs auf sie zu. Seine Kleidung und Haartracht ähnelten der des ersten Mannes, aber er war älter. Und als er so nah herangekommen war, dass Amena seine Züge erkennen konnte, fühlte sie, wie sich ihr Körper erneut versteifte.

Das Gesicht dieses Iberers war noch roher als das des jüngeren und zudem von einer langen, schlecht verheilten Narbe entstellt, die auf seiner Stirn ihren Ausgang nahm und sich über das rechte Auge, das mit einer Klappe aus schwarzem Leder bedeckt war, bis zum Ohr erstreckte. Als Amena den lauernden, abschätzigen Blick sah, mit dem dieses eine Auge sie musterte, ging ihr schlagartig auf, dass die Aura, mit der ihr Rang als Priesterin der Großen Göttin sie umgab und die ihre Wirkung auf seinen Kameraden nicht verfehlt hatte, sie vor diesem Fremden nicht schützen würde. Dieser Söldner hatte jeglichen Respekt vor dem Göttlichen verloren, und auch die Androhung eines Fluches würde ihn nicht davon abhalten, das zu tun, was er sich vorgenommen hatte. Ihre Hände krampften sich vor Anspannung um die Zügel. Nun war größte Vorsicht geboten.

Der zweite Reiter war jetzt bis auf wenige Schritte herangekommen und warf dem jüngeren Iberer ein paar Worte in ihrer gutturalen Sprache zu, die Amena nicht verstand. Als der Angesprochene nur zögernd antwortete, lachte der Ältere verächtlich. »Na los, Lubos, worauf wartest du?«, rief er, ins Lateinische wechselnd, das er erstaunlich gut beherrschte. »Schnapp sie dir! Sie ist eine Priesterin und wird uns ein hohes Lösegeld einbringen. Vorausgesetzt, ihre Leute wollen sie überhaupt zurückhaben, wenn wir mit ihr fertig sind.«

Der andere fiel in sein Lachen ein, doch es klang unecht. Er hatte Furcht vor Amena, Furcht, dass der Fluch der Unsterblichen ihn träfe, wenn er einer Ihrer Priesterinnen ein Leid antäte. Aber er wollte diese Furcht vor seinem älteren Kameraden nicht eingestehen.

Dieser hatte ihn gleichwohl längst durchschaut und beschloss nun, selbst zu handeln. Plötzlich warf er Lubos seine Lanze zu, schwang ein Bein über den Hals seines Falben und ließ sich zu Boden gleiten. Trotz seines massigen Körpers besaß er die Geschmeidigkeit einer Wildkatze. Betont lässig und mit wiegendem Gang kam er auf Amena zu, ohne sie aus den Augen zu lassen. Mit wild hämmerndem Herzen wappnete sie sich gegen das, was nun kommen würde. Als er sie erreichte, fasste er mit einer raschen Bewegung in das Zaumzeug ihrer Stute, während er mit der anderen Hand Amenas linken Arm packte und sie aus dem Sattel zu zerren versuchte.

Genau damit hatte sie jedoch gerechnet und reagierte blitzschnell. Im selben Augenblick, in dem die Rechte des Söldners mit eisernem Griff ihr Handgelenk umklammerte, stieß Amena ihrem Pferd die Fersen hart in die Flanken, sodass sich das Tier mit erschrockenem Wiehern aufbäumte. Dann trat sie dem Angreifer mit all ihrer Kraft ins Gesicht. Das Geräusch splitternder Knochen zeigte an, dass sie ihm das Nasenbein gebrochen hatte.

Der Iberer heulte vor Zorn und Schmerz auf, taumelte ein paar Schritte zurück und stürzte rückwärts zu Boden, eine Spur hellroter Tropfen im Schnee hinter sich herziehend. Langsam richtete er sich wieder auf, schüttelte einige Male benommen den Kopf und hielt sich seine blutende Nase. Bilder einer Bärenhatz rasten jäh durch Amenas Gehirn. Damals hatte Ambiorix einen gewaltigen braunen Bären mit seiner Lanze schwer verletzt, und als das Tier zu Boden sank, las sie in seiner Miene dieselbe Mischung aus Schmerz und Verwunderung, die sich nun auch in den groben Zügen dieses Söldners spiegelte. Er fauchte etwas in seiner Sprache, das Amena nicht verstand, vom bloßen Klang her jedoch unschwer als Verwünschung deuten konnte, und funkelte sie hasserfüllt aus seinem einzelnen Auge an.

Ihre Gedanken überschlugen sich. Sie wusste, dass sie seinen nächsten Angriff nicht abwarten durfte, sondern handeln musste, solange er noch wie betäubt war. Während der Iberer schwankend auf die Beine kam, glitt sie mit einer geschmeidigen Bewegung aus dem Sattel. Doch noch ehe es ihr gelang, ihren Dolch aus seinem Versteck im Ärmel des Umhangs zu ziehen, kam ihr der Mann zuvor und warf sich mit einem heiseren Wutschrei auf sie. Seine Benommenheit war von ihm abgefallen, seine Verletzung machte ihn rasend vor Schmerz und Zorn, und er wollte Rache für die Demütigung, die Amena ihm angetan hatte.

Die Wucht des Aufpralls riss sie von den Füßen, und sie stürzte rückwärts in den Schnee. Augenblicklich war der Angreifer über ihr, drückte ihre Hände oberhalb ihres Kopfes nieder und beschimpfte sie in seiner fremdartigen, gutturalen Sprache. Sie roch seinen fauligen Atem und spürte das Blut, das aus seiner gebrochenen Nase auf ihr Gesicht tropfte. Dann packte er ihre beiden Handgelenke mit der einen seiner großen Fäuste und begann mit der anderen an ihrem Umhang aus Wolfsfellen zu zerren, der nur auf der Brust von einer zierlichen goldenen Fibel zusammengehalten wurde. Amena wehrte sich verzweifelt, doch der gedrungene Körper des Mannes schien das Gewicht eines Mühlsteins zu besitzen. Je mehr sie sich freizukämpfen versuchte, desto tiefer und unbarmherziger wurde sie in den Schnee gepresst, dessen nasse Kälte bereits durch ihre Kleidung sickerte. Panik breitete sich in heißen Wellen in ihr aus. Nach einem Moment zerbrach die Nadel der Gewandspange, und die Felle klafften auseinander. Darunter trug Amena nur ein schlichtes Kleid aus dunkelblau gefärbter Wolle, am Hals ebenfalls mit einer goldenen Fibel verschlossen.

Furcht und Zorn setzten ihre letzten Reserven frei. Als sich die schwielige Rechte des Kriegers in den Ausschnitt ihres Kleides grub und sich anschickte, es zu zerreißen, nahm Amena all ihre Kraft zusammen. Es gelang ihr, die Linke aus der stählernen Umklammerung des Fremden zu befreien, und ohne nachzudenken rammte sie ihre Faust gegen die gebrochene Nase des Mannes. Der Iberer heulte vor Schmerz auf wie ein wildes Tier, ließ ihr rechtes Handgelenk los und schlug die Hände schützend vor sein Gesicht.

Der Dolch! Mit fliegenden Fingern tastete Amena nach der Waffe, die noch im Ärmel des Umhangs steckte, jedoch bei ihrem Sturz tiefer hineingeglitten war. Nach wenigen Augenblicken, die ihr wie eine Ewigkeit erschienen, bekam sie endlich seinen hölzernen Griff zu fassen und versenkte die Klinge in der weichen Mulde zwischen den Schlüsselbeinen des Söldners.

Ihr Angreifer stöhnte auf. Seine Hände fielen von seinem Gesicht, auf dem sich nun ein Ausdruck ungläubigen Erstaunens ausbreitete. Dann gab er einen gurgelnden Laut von sich, blutiger Schaum trat aus seinem Mund, und er sackte in sich zusammen. Keuchend vor Anstrengung gelang es Amena, seinen massigen Leib von ihrem hinunterzuwälzen. Als er neben ihr in den Schnee sank, sprang sie auf, riss den Dolch mit einer raschen Bewegung aus seiner Kehle und wirbelte herum, um nach dem jüngeren Iberer Ausschau zu halten. Er saß in einigen Schritt Entfernung auf seinem Pferd und hatte die Szene stumm und mit weit aufgerissenen Augen beobachtet, hin- und hergerissen zwischen dem Wunsch, seinem Stammesbruder zu Hilfe zu eilen, und der Furcht vor dem Fluch der Götter. Als er nun Amena vor sich stehen sah, mit wirrem Haar, dem Blut seines Gefährten auf ihrem Gesicht und dem Dolch in der Rechten, weiteten sich seine Augen womöglich noch mehr, und sie bemerkte, wie sein Kehlkopf nervös auf und nieder tanzte.

Plötzlich, einem jähen Impuls gehorchend, holte Amena tief Luft und stieß einen Schrei aus, in dem sich ihre Angst und ihr Zorn entluden - Zorn, der sich seit Wochen in ihr angestaut hatte und der nicht nur diesen beiden verrohten Söldnern galt, sondern all denen, die gewaltsam in das Leben friedlicher Menschen eindrangen, deren Land besetzten und sich etwas anzueignen suchten, was ihnen nicht zustand.

Dieser Schrei, lang gezogen, wild und nicht menschlich, war zu viel für den jungen Mann. Hastig vollführte er eine Geste zur Abwehr von Unheil, ehe er seinen Hengst herumriss, ihm die Sporen in die Flanken hieb und davongaloppierte, als wären die Dämonen der Schlacht persönlich hinter ihm her. Der Falbe des älteren Iberers folgte ihm nach kurzem Zögern.

Amena schöpfte erneut tief Luft und ließ den Dolch sinken. Sie zitterte am ganzen Leib, vor Anspannung und wegen der eisigen Nässe, die durch ihre Haut bis in ihr Fleisch drang. Doch sie spürte auch die befreiende Wirkung des Schreis. Keuchend schloss sie die Augen und wartete, bis sich ihr fliegender Atem beruhigte.

Als sie die Lider wenig später öffnete, hatte sie sich wieder vollkommen in der Gewalt. Ruhig wischte sie die blutige Klinge an der Kleidung des Toten ab und schob sie in die lederne Scheide zurück. Dann schüttelte sie den Schnee von ihrem Umhang, legte ihn sich abermals um und verschloss ihn mit der goldenen Fibel, die ihr Kleid am Hals zusammengehalten hatte. Schließlich nahm sie eine Handvoll Schnee vom Boden auf und reinigte ihr Gesicht gründlich vom Blut des Söldners. Nach einem letzten Blick auf den Mann saß sie auf, wendete ihre Stute und ritt zum Rand des Plateaus, um sich zu vergewissern, wie die Schlacht stand.

Zu ihrem grenzenlosen Entsetzen musste sie erkennen, dass die Eburonen und ihre Bundesgenossen in arge Bedrängnis geraten waren. Während ihres Kampfes mit dem Iberer hatten die berittenen Hilfstruppen des Castrum einen Ausfall gemacht und die keltische

Reiterei in ein Gefecht verwickelt. Von ihrem Beobachtungsposten aus sah Amena, dass die verbündeten Stämme immer weiter zurückgedrängt wurden und bereits einige der Reiter gefallen waren. Fieberhaft zuckten ihre Augen hin und her, um Ambiorix' Helm in der Masse der Kämpfenden auszumachen, doch sie fanden ihn nicht. Dann jedoch hörte sie den dunklen Klang seines Horns, der weithin über das Schlachtfeld wehte, als er das Zeichen zum Rückzug gab. Der Ton brach sich an den Hängen des Tals, wurde vielfach zurückgeworfen und verebbte schließlich, während sich die Krieger in Richtung des Waldrandes zurückzogen. Die Legionäre verfolgten sie zum Schein ein Stück, ließen sich gleichwohl bald zurückfallen und suchten Zuflucht im Schutz ihres befestigten Lagers.

Amena wendete ihre Stute, überquerte das Plateau, ohne den Toten eines Blickes zu würdigen, und folgte dem Waldweg bergab bis zum verabredeten Versammlungsplatz, einer weiten Lichtung inmitten eines Buchenhains, auf halber Strecke zwischen Atuatuca und dem römischen Castrum gelegen. Dieser Ort war einst eine heilige Stätte des Alten Volkes. Mächtige Buchen säumten eine ovale Fläche, in deren Mitte mehrere gewaltige Findlinge ein natürliches Rund bildeten. Ebunos hatte sie gelehrt, dass die Bronzeleute hier zusammengekommen waren, um Recht zu sprechen und verurteilte Verbrecher hinzurichten.

Als Amena die Waldwiese erreichte, strömten dort bereits Krieger der verbündeten Stämme zusammen. Sie lenkte ihre Stute aus dem Schatten der Bäume hinaus und ließ ihren Blick über die Männer schweifen. Ambiorix war nirgends zu entdecken, aber das musste nichts bedeuten. Er mochte auf dem Schlachtfeld zurückgeblieben sein, um den Rückzug zu überwachen und Vorkehrungen zu treffen für den Fall, dass es den Römern einfiele, das lagernde Heer zu überfallen. Sie kannte ihn ja; er überließ nie etwas dem Zufall, und es würde sie nicht verwundern, wenn er zu den Letzten gehörte, die auf dem Versammlungsplatz einträfen.

Zu ihrer großen Erleichterung erkannte sie, dass die Eburonen und ihre Bundesgenossen nur geringe Verluste erlitten hatten. Im Schutz einiger alter Buchen am Saum der freien Fläche kümmerten sich heilkundige Frauen um die Verwundeten. Von ihnen erfuhr Amena, dass knapp hundert Angehörige der keltischen Streitmacht gefallen waren.

Ambiorix? Nein, über sein Schicksal wussten sie nichts zu berichten.

Amena schlang die Zügel der Stute um einen niedrig hängenden Ast und überzeugte sich, dass alles Notwendige zur Versorgung der

Verletzten unternommen wurde, ehe sie die Weisen Frauen ihrer Arbeit überließ. Immer mehr Krieger strömten nun auf der Lichtung zusammen, suchten sich eine freie Stelle, um sich niederzulassen, oder sanken einfach hin, wo sie gerade standen. Sie bewegten sich am Rande der Erschöpfung, und in ihren grimmig bemalten Zügen las Amena die entsetzlichen Eindrücke des Tages.

Sie hatte genügend Schlachten miterlebt, um zu wissen, dass jeder Kampf Mann gegen Mann den Beteiligten ein Höchstmaß an Konzentration, Kraft und Reaktionsvermögen abverlangte. Dazu kam der grauenvolle Anblick verstümmelter Körper, abgetrennter Gliedmaßen und entstellter Schädel, die von allen Seiten auf die Krieger einstürmten und sich selbst in die Seelen der erfahrensten unter ihnen tief und unauslöschlich eingruben. Kettenhemden und Kleidung der Männer waren zerrissen, sie bluteten aus unzähligen Wunden, und die Klingen ihrer Waffen waren schartig und braun vom getrockneten Blut der Feinde. Doch sie lebten, und erschöpft ließen sie ihre Blicke über den Versammlungsplatz wandern, um zu sehen, wer ebenfalls zurückgekehrt war und wen Ogmios, der Gott des Todes, zu sich gerufen hatte. Manche fielen einander in die Arme, andere hockten schweigend allein oder in Gruppen, tranken gierig aus ihren Feldflaschen, starrten blicklos vor sich hin oder wuschen sich mit Händen voll Schnee die verschwitzten, blutverschmierten Gesichter.

Amena wandte sich hinüber zum Saum der Lichtung, wo gerade Verwundete auf von Pferden gezogenen Schleifen eintrafen und behutsam auf Lager aus Decken und Fellen gebettet wurden. Die meisten von ihnen würden durchkommen. Aber Amena erkannte auch, dass die Aura, die jeden Menschen zu Lebzeiten umgab, bei einigen bereits blasser geworden war. Diese Männer würden den Tag nicht überleben.

Plötzlich hörte sie in ihrem Rücken erregte Rufe, die sich wie Wellen über den Platz ausbreiteten. Als sie sich umwandte, sah sie, dass Ambiorix mit einer Handvoll Krieger eingetroffen war. Am Rande der Waldwiese saß der junge König ab, und im selben Moment entzogen ihn die Männer, die sich jubelnd um ihn scharten, Amenas Blicken.

Sie fühlte, wie ihre Kehle eng wurde. Eilig lenkte sie ihre Schritte in seine Richtung und musste ihre ganze Beherrschung aufbieten, um nicht zu rennen. Mit rasendem Herzen bahnte sie sich einen Weg durch die Menge der Krieger, die respektvoll vor ihr auseinanderwichen, bis sie im Innersten des dichten, aus Leibern gebildeten Kreises vor ihm stand. Als sie ihn erreichte, nahm er gerade seinen

Helm vom Kopf und übergab ihn Eccaius, der bereits den mächtigen, ovalen Holzschild und die Lanze in Händen hielt.

Wie Ameisen hasteten ihre Augen über seinen Körper, gewahrten die zerfetzten eisernen Maschen seines Kettenhemds, verharrten kurz auf einem blutenden Schnitt an seinem rechten Oberarm - dem Schwertarm, den der Schild nicht deckte -, und zuckten schließlich zu seinem Gesicht, das trotz der Kälte von Schweiß bedeckt war. In seinen Zügen las sie das Grauen der Schlacht, Erschöpfung und Schmerz. Doch er lebte, seine Verletzung war nicht schwerwiegend, und nun endlich löste sich der Knoten aus dumpfer Angst und Sorge, der in ihrer Brust gesessen und ihr jeden Atemzug zur Qual gemacht hatte.

Eilig sandte sie den Unsterblichen ein stummes Dankgebet. Mochten Sie auch schweigen, so schienen Sie doch zumindest ihre Bitten, Ambiorix' Leben zu verschonen, erhört zu haben.

Es gelang ihnen, einen raschen Blick zu wechseln - *du lebst, den Göttern sei Dank!* Dann drängten sich erneut Krieger zwischen sie, als die Menge mit ihrem jungen König und Amena in ihrer Mitte zum Kreis der Findlinge im Zentrum der Lichtung hinüberwogte. Ungeduldig warteten die Männer darauf, dass ihr Oberbefehlshaber das Wort an sie richtete. Ambiorix spürte ihre Unrast, erklomm einen der Felsen und ließ seine Augen über die Häupter der Versammelten wandern. Amena sah, wie sich die Sorge in seinen Zügen allmählich in Erleichterung darüber verwandelte, welch geringe Verlust die verbündeten Stämme zu verzeichnen hatten. Schließlich hob er die Hände, und augenblicklich senkte sich Schweigen über den Platz.

»Männer!« Seine Stimme war heiser nach einem Tag des Kämpfens, Anfeuerns und Erteilens von Befehlen. »Ihr habt tapfer gestritten, und ich bin stolz auf Euch. Ich danke den Göttern, dass so viele von uns diese furchtbare Schlacht überlebt haben. Dennoch befahl ich den Rückzug, denn wir hätten den vereinten römischen und iberischen Reitertruppen nicht länger standzuhalten vermocht.«

»Wollt Ihr etwa aufgeben?«, rief ihm ein Krieger mit rotblonden Haaren zu, die er mit Kalkwasser gestärkt hatte, sodass sie wild von seinem Kopf abstanden und ihm ein verwegenes Aussehen verliehen. Beifälliges Gemurmel der Umstehenden bekräftigte seine Worte.

Ambiorix suchte das Gesicht des Mannes in der Menge. »Nein, Viromarus. Ich werde nicht aufgeben, solange ich Euch alle an meiner Seite weiß. Doch ich bin der Überzeugung, dass wir Caesars Reiter in einer offenen Feldschlacht nicht besiegen können. Hört meinen Plan: Ich möchte zunächst mit den Römern verhandeln -«

Lautes Murren lief durch die Reihen der Krieger.

»Mit Römern verhandelt man nicht.« Das war Cerbellus, ein Hüne mit langer blonder Mähne und leidenschaftlicher Römerhasser. »Man tötet sie!«

»Das will ich ebenso wie Ihr, Cerbellus«, gab Ambiorix zurück. »Aber wir sind ihnen zahlenmäßig unterlegen, und zudem haben sie den Vorteil eines befestigten Castrum auf ihrer Seite.«

»Dann belagern wir sie und töten sie, wenn der Hunger sie geschwächt hat«, rief ein anderer.

»So viel Zeit bleibt uns nicht«, erklärte Ambiorix mit erzwungener Geduld. »Der Proconsul könnte schon sehr bald weitere Legionen zur Hilfe entsenden, und wir würden zwischen ihnen und dem Lager aufgerieben. Doch ich habe einen Plan. Hört mich an.«

Widerwillig schwiegen die Männer, und er holte tief Luft. »Ich möchte zunächst mit den Römern verhandeln und - bitte«, unterbrach er sich und hob beschwörend die Hände, als erneut lautes Murren durch die Menge schwappte. Nur zögernd verstummten die Proteste. »Ich werde ihnen Abzug und freies Geleit anbieten, wenn sie mir im Gegenzug vertraglich zusichern, aus unserem Stammesgebiet abzuziehen und uns in Zukunft unbehelligt zu lassen.«

»Das wird an dem Tag geschehen, an dem der Renos bergauf fließt«, höhnte Cerbellus, und einige der anderen Krieger trommelten mit dem Schaft ihrer Lanze gegen den Schild, um Zustimmung zu bekunden. »Und außerdem, Ambiorix, wart nicht Ihr selbst es, der vor nicht allzu langer Zeit behauptete, Verhandlungen mit den Legionen seien sinnlos? ›Warum sollte der Adler mit dem Sperling verhandeln?‹ - waren das nicht Eure Worte?«

Jubel brandete auf und erfüllte die Lichtung bis zum Saum des Waldes. Die Männer mochten erschöpft sein, aber ihr Kampfeswille war ungebrochen.

»Ihr habt vollkommen recht, Viromarus«. Ambiorix bemühte sich, über den Tumult hinweg Gehör zu finden, doch es war zwecklos. Er musste wohl oder übel abwarten, bis sich die Menge endlich beruhigt hatte. »Das waren meiner Worte«, fuhr er dann fort. »Aber die Umstände haben sich geändert. Ihr habt heute erlebt, wie unerfahren diese jungen Legionäre sind, wie sehr sie sich vor uns fürchten und wie viele ihre Waffen wegwarfen und kopflos in die Wälder flohen. In dieser Lage werden sie froh sein, wenn wir ihnen Verhandlungen anbieten. Sollten die Römer sich jedoch wider Erwarten weigern, diesen Weg zu beschreiten, so schwöre ich, Euch unverzüglich erneut gegen sie in die Schlacht zu führen.«

Die Woge der Jubelrufe, die nach diesem Gelöbnis über die Lichtung brandete, war womöglich noch gewaltiger als die vorhergehende. Amenas Mut sank.

Das war es, was die Krieger wollen, dachte sie. Sie wünschen keine Unterredungen, keinen Frieden. Ihre Sehnsucht nach Freiheit und Unabhängigkeit und ihr Hass auf die römischen Eindringlinge waren stärker. Sie wollten die Feinde töten, niedermetzeln bis zum letzten Mann, und damit ein unübersehbares Zeichen setzen. Doch sie vergaßen, dass Caesar für jeden Legionär, den sie töteten, zehn neue zu senden vermochte.

»Hört meinen Plan«, griff Ambiorix den Faden wieder auf, nachdem die Welle der Begeisterung endlich abgeebbt war. »Sollten die Verhandlungen scheitern, werden wir das Castrum im ersten Licht des morgigen Tages erneut angreifen. Wir teilen unsere Kräfte auf. Ein Trupp täuscht einen Sturmangriff auf das Haupttor vor, um sich gleich darauf zurückzuziehen - jedoch nicht nach Atuatuca, sondern in die Wolfsschlucht, wo sich der Rest unserer Streitmacht verborgen hält.«

Die Wolfsschlucht erstreckte sich fünf Meilen vom Winterlager entfernt in südlicher Richtung. Schroffe Felswände ragten auf einer Länge von knapp zwei Meilen beiderseits eines Weges auf, der sich auf der Talsohle entlangschlängelte und so schmal war, dass er höchstens drei Männern nebeneinander Raum bot. Ein Heer zur Schlacht zu formieren war hier unmöglich. Wenn sich der Feind in diese Schlucht locken ließe, säße er in einer tödlichen Falle.

»Sollten die Römer auf mein Friedensangebot nicht eingehen«, schloss Ambiorix, »unterzeichnen sie ihr eigenes Todesurteil, denn die Wolfsschlucht wird keiner von ihnen lebend verlassen. Folgt Ihr mir, Männer?«

Für die Dauer einiger Herzschläge herrschte Schweigen auf dem Versammlungsplatz. Dann rann beifälliges Gemurmel durch die Menge, während Ambiorix seinen Blick schweigend über ihre Häupter wandern ließ. Seine Miene wirkte gesammelt, und er war bemüht, sich seine Anspannung nicht anmerken zu lassen. Doch Amena sah seine gestrafften Schultern, seine Rechte, die sich zur Faust ballte und wieder öffnete, ballte und öffnete. So viel hing davon ab, dass die Krieger seinem Plan ihre Zustimmung erteilten.

Endlich erlöste ihn Vercassius, indem er sein Schwert in die Höhe reckte. »Ambiorix!«, brüllte er und bekundete damit sein Einverständnis mit der Strategie seines Königs.

Nach und nach streckten immer mehr Männer ihre Klinge gen Himmel und fielen in seinen Ruf ein, bis die Lichtung von ihren rauen Stimmen widerhallte.

Schließlich sprang Ambiorix vom Felsen hinab und bahnte sich einen Weg durch die Menge zu seinem Ziehbruder. Er gab ihm eine kurze Anweisung, woraufhin Vercassius zu seinem Falben eilte, aufsaß und in Richtung des Castrum davonsprengte.

Allmählich kehrte wieder Ruhe unter den Kriegern ein. Viele suchten sich eine Stelle im Schutz der Bäume, wo der Schnee spärlich lag, ließen sich auf Decken oder Felle nieder und aßen von dem Brot und dem getrockneten Fleisch, das Ambiorix auf schweren Ochsenfuhrwerken aus Atuatuca dorthin hatte bringen lassen. Andere rollten sich in ihr warmes wollenes Sagon und fielen augenblicklich in den tiefen Schlaf der Erschöpfung. Überall auf der Waldwiese wurde Schnee beiseitegescharrt, um Feuer zu entzünden. Männer kauerten sich um sie und sprachen über die Schlacht, während Ambiorix von einer Gruppe zur nächsten ging, die Krieger für ihren Einsatz und ihre Tapferkeit lobte und ihnen seinen Dank aussprach.

Amena wählte einen Platz unter einer der mächtigen alten Buchen, der frei von Schnee geblieben war, und sank mit dem Rücken gegen den silbrig-grauen Stamm. Für die Dauer einiger Atemzüge beobachtete sie das Treiben vor sich auf der Lichtung; dann spürte sie, dass ihr die Augen zufielen. Wie jedes Mal nach einer langen Schlacht erschien es ihr, als hätte sie selbst ein Schwert geführt und gekämpft. Sie war erschöpft und fühlte sich ausgelaugt und leer. Ihre Handgelenke schmerzten, wo der Iberer sie mit seinem stählernen Griff umfasst hatte. Mit geschlossenen Lidern lauschte sie den Geräuschen des lagernden Heeres, das allmählich zur Ruhe kam: den gedämpften Gesprächen der Männer, dem qualvollen Stöhnen der Verwundeten und Sterbenden, dem leisen Schnauben der Pferde, die das Grauen des Tages auf ihre Weise wohl ebenfalls verarbeiteten und um die sich germanische Sklaven und Knaben kümmerten, die noch zu jung waren, um an den Kämpfen teilzunehmen.

Sie fiel in einen leichten Schlaf, aus dem sie nach einer Weile aufschreckte, als sie das trockene Laub zu ihrer Linken rascheln hörte. Als sie benommen die Augen öffnete, stand Ambiorix vor ihr, schwankend vor Erschöpfung. Er hatte sein Kettenhemd abgelegt und sich stattdessen in seinen Umhang aus Fuchsfellen gehüllt. In der Rechten hielt er eine hölzerne Schale mit heißem, dampfenden Fleischeintopf, die er Amena reichte.

»Du musst etwas essen«, sagte er.

Sie verspürte zwar nicht den geringsten Hunger, nahm das Gefäß jedoch aus seiner Hand entgegen. Schwerfällig ließ er sich neben ihr nieder, lehnte sich mit dem Rücken gegen den Stamm der Buche und schloss seufzend die Lider. Behutsam schlug Amena die Fuchsfelle zurück, um nach der Wunde an seinem Oberarm zu sehen. Sie war fachkundig verbunden worden, doch das Blut sickerte bereits wieder durch den Verband.

»Bloß ein kleiner Schnitt«, erklärte er schläfrig, ohne die Augen zu öffnen. »Nichts Ernstes.«

Nur halb beruhigt begann Amena den Eintopf zu löffeln, und schon bald fühlte sie, dass die warme Mahlzeit ihr guttat. Sie hatte gar nicht bemerkt, wie durchgefroren sie war. Als sie schließlich die geleerte Schale beiseitestellte, wandte Ambiorix den Kopf und schlug die Augen auf. Zärtlich strich er über ihre Linke, aber als er die Stelle an ihrem Handgelenk berührte, die der harte Griff des Iberers umklammert hatte, zuckte sie dennoch zusammen.

»Bist du verletzt?« Überrascht und besorgt zugleich schob er den Ärmel ihres Umhangs ein Stück zurück und sah die dunkelroten Spuren, die die Finger des Fremden auf ihrer Haut hinterlassen hatten. »Wer war das?« Seine Stimme klang leise, doch Amena hörte den drohenden Unterton.

»Es hat keine Bedeutung.« Sie hatte den Blick abgewandt und schaute über den Versammlungsplatz hinweg ins Leere. »Er hat dafür bezahlt.«

Ambiorix legte seine Hand an ihre Wange und wandte ihr Gesicht sanft zu sich um. »Wer ist dieser Mann, und was hat er dir angetan?«, fragte er mit mühsam erzwungener Beherrschung.

»Er war ein iberischer Söldner, und er hat mit seinem Leben dafür bezahlt, dass es er wagte, mich zu berühren«, erklärte Amena. Und als sie die bange, unausgesprochene Frage in seinen Augen las, fügte sie hinzu: »Er hat nicht bekommen, wonach ihn verlangte. Ich habe ihn zuvor getötet.«

Er wollte etwas erwidern, doch in diesem Moment kam einer der Krieger, die rings um den Versammlungsplatz Wache hielten, auf sie zugelaufen. »Vercassius ist zurück, Herr«, rief er. »Und mit ihm zwei Römer.«

Als hätte er die Worte des Mannes gar nicht vernommen, schaute Ambiorix Amena unverwandt in die Augen. Da sie seinem prüfenden Blick jedoch ruhig standhielt, nickte er schließlich und holte tief Luft.

»Es ist gut«, sagte er an die Wache gewandt. »Ich komme.« Er erhob sich mühsam, und während der Mann eilig auf seinen Posten zurückkehrte, ging Ambiorix mit langen Schritten zum Kreis der

Findlinge in der Mitte der Lichtung hinüber, um die Ankunft der Reiter zu erwarten.

Amena kämpfte sich ebenfalls in die Höhe und folgte ihm langsam. Als sie in den Steinkreis trat, hörte sie die Hufschläge dreier Pferde auf dem hart gefrorenen Waldboden. Wenig später erreichte Vercassius in Begleitung zweier Römer den Versammlungsplatz. Die Neuankömmlinge saßen ab, warfen die Zügel ihrer Tiere einem Sklaven zu, und Vercassius geleitete die Gesandten zu der Felsgruppe, wo Ambiorix sie erwartete.

Den jüngeren der beiden erkannte Amena wieder, da er Caesar in der Vergangenheit schon einmal als Unterhändler gegenüber den Eburonen gedient hatte. Auch er war Iberer, jedoch kein verrohter Söldner, sondern ein kleiner, unscheinbarer Mann mittleren Alters mit dunklen, lockigen Haaren, die er nach der Mode der Feinde kurz geschnitten trug. Sein Name war Quintus Iunius. Seinen Begleiter hätte wohl niemand als unscheinbar bezeichnet. Seine wertvolle Kleidung gab ihn als Angehörigen des römischen Ritterstandes zu erkennen. Aristokratische Züge und ein selbstsicheres, beinah arrogantes Auftreten unterstrichen diesen Eindruck. Er stellte sich als Gaius Arpineius vor. Beide Gesandte waren unbewaffnet. Daher legte Ambiorix Schwert und Dolch ebenfalls ab und reichte sie Vercassius, der aus dem Kreis der Findlinge zurücktrat.

Sobald sich die Ankunft der Unterhändler auf dem Versammlungsplatz herumsprach, rückten viele der Krieger näher heran und lagerten sich schweigend in einem weiten Rund rings um die Felsen auf den Boden.

Ambiorix ergriff als Erster das Wort. »Ich danke Euch für Euer Erscheinen«, wandte er sich in fließendem Lateinisch an die Römer. »Ich habe Euch um diese Unterredung gebeten, weil ich Euch einen Vorschlag unterbreiten möchte, der dem Wohlergehen unser beider Völker dient. Die heutige Schlacht hat Euch in aller Deutlichkeit vor Augen geführt, dass die Eburonen und ihre Verbündeten, wiewohl den Legionären zahlenmäßig unterlegen, keine leichten Gegner sind. Die Verluste auf römischer Seite fielen höher aus als die unseren, und wir werden nicht zögern, uns Euch morgen erneut zum Kampf zu stellen.« Er legte eine wohlbemessene Pause ein.

Amena bemerkte, dass die Gesandten keinerlei Anstalten trafen, seiner Beurteilung des Ausgangs der Schlacht zu widersprechen. Entweder waren sie von außerordentlicher Höflichkeit und Zurückhaltung, oder - wahrscheinlicher - sie pflichteten Ambiorix insgeheim bei.

Nach einem Moment fuhr dieser fort. »Jedoch hege ich tief in meinem Herzen unverändert die Hoffnung, dass es Kelten und Römern gelingen mag, in Frieden miteinander zu leben. Deswegen und um nicht noch mehr tapfere Männer auf beiden Seiten sterben zu sehen, liefere ich dem erhabenen Caesar einen Beweis meines guten Willens und meiner Bereitschaft zur Versöhnung und unterbreite Euch folgendes Angebot: Ich möchte einen Vertrag mit Rom schließen. Ich bin bereit, Euch und allen Legionären freien Abzug aus Eurem Lager zu gewähren. Im Gegenzug erwarte ich die schriftliche, vom Proconsul persönlich unterzeichnete Zusicherung, dass niemals wieder Römer das Land der Eburonen oder ihrer Verbündeten betreten, um uns zu bekriegen oder auf unserem Boden Castra zu errichten.

In dem Fall, dass Ihr auf meinen Vorschlag nicht eingeht, werden wir Euch morgen erneut angreifen und Euer Lager in Schutt und Asche legen. Und ich schwöre bei Teutates, dass dann weder Ihr noch irgendeiner Eurer Männer jemals seine Heimat wiedersehen wird.

Dies ist mein Angebot, Römer, und ich fühle mich bis Sonnenaufgang daran gebunden. Nun geht, denn Sulis beginnt bereits zu sinken, und Euch bleibt nicht viel Zeit.«

Die beiden Unterhändler hatten ihm schweigend zugehört. Doch während es Arpineius gelang, zumindest nach außen den Anschein von Ruhe und Gelassenheit zu wahren, fühlte sich der jüngere, Iunius, zunehmend unwohl. Seine Augen zuckten immer wieder nervös über die Krieger, die rings um den Steinkreis lagerten und der Unterredung stumm, aber mit unverhohlener Feindseligkeit folgten.

Nachdem Ambiorix geendet hatte, fasste sich Iunius ein Herz. »Und wer gewährleistet uns, dass Ihr zu Eurem Wort steht und nicht über uns herfallt, sobald wir das Castrum verlassen?«

An der Gültigkeit von Ambiorix' Angebot zu zweifeln stellte eine schwere Beleidigung seiner Ehre dar. Arpineius, dem das sehr wohl bewusst war, fuhr ob des diplomatischen Fehltritts seines Begleiters sichtlich zusammen und warf dem jungen König einen raschen Blick zu, um zu prüfen, wie er die Sache aufnahm.

Der lächelte jedoch nur fein. »Niemand gewährleistet Euch das, Iunius«, erklärte er liebenswürdig. »Ebenso wenig vermag ich zu wissen, ob Caesar sich an seine Zusage gebunden fühlt. Doch dies ist nun einmal das Wesen eines Vertrages, dass sich beide Seiten zu etwas verpflichten und in der Folge dafür einstehen. Ihr seid gut beraten, meiner Zusicherung zu vertrauen. Denn tut Ihr es nicht, werdet Ihr und Eure Legionäre Euer Misstrauen mit dem Leben bezahlen. Die Entscheidung liegt ganz bei Euch.«

Iunius schwieg. Er war kein tapferer Mann, und Amena hatte in diesem Augenblick den Eindruck, dass er Ambiorix' Angebot liebend gern annähme, anstatt in weiteren Kämpfen einem ungewissen Schicksal entgegenzugehen.

Doch Arpineius kam ihm mit der Antwort zuvor. »Wir benötigen mehr Bedenkzeit«, erklärte er in forderndem Ton. »Wir müssen den Kriegsrat einberufen und die Angelegenheit erörtern.«

Ambiorix wusste sehr wohl, dass er die Römer vor eine schwere Wahl stellte. Mit nichts als dem Ehrenwort eines Barbaren als Pfand, eines Feindes noch dazu, den Schutz des befestigten Lagers aufzugeben und zu versuchen, sich durch unbekanntes, gegnerisches Gebiet zum nächsten Castrum durchzuschlagen, kam einem enormen Wagnis gleich. Er durfte ihnen jedoch keine längere Frist zum Nachdenken gewähren, denn damit gäbe er ihnen auch Gelegenheit, aus einem der umliegenden Winterlager Verstärkung anzufordern.

»Ihr werdet ein wenig rascher erörtern müssen«, entgegnete er daher trocken. »Es bleibt dabei. Bei Sonnenaufgang wird einer meiner Männer vor der Porta Praetoria erscheinen, um Eure Entscheidung entgegenzunehmen. Und nun geht, Ihr habt keine Zeit zu verlieren.«

Ambiorix wandte sich ab und verließ ohne ein weiteres Wort den Steinkreis, um deutlich zu machen, dass die Unterredung beendet war. Amena sah, dass die Augen des älteren Gesandten zornig funkelten. Er war es nicht gewohnt, von einem Feind so kurz abgefertigt zu werden.

Die beiden Römer tauschten einen unschlüssigen Blick. Dann traten sie ebenfalls aus dem Rund der Findlinge, man führte ihre Pferde herbei, und sie zogen sich in den Sattel. Die versammelten Krieger erhoben sich, und wie auf ein unsichtbares Signal hin bildeten sie schweigend eine schmale Gasse, durch welche die Unterhändler ihre Tiere lenkten. Arpineius hielt sich stolz und aufrecht, sichtlich um einen würdevollen Abgang bemüht, während Iunius den Anschein erweckte, als hätte er seinem Fuchs am liebsten die Fersen in die Flanken gehauen und den Rückweg in den Schutz des Castrum im gestreckten Galopp zurückgelegt.

Ambiorix teilte die Posten ein, die rings um das feindliche Lager Wache halten und die Aktivitäten der Römer beobachten sollten. Den anderen Männern befahl er, nach Atuatuca zurückzukehren. Immerhin bestand die Möglichkeit, dass die Feinde zu dem Ergebnis kämen, Angriff sei die beste Verteidigung, und versuchen würden, das Dunom in der Nacht zu überfallen. Er selbst ritt zurück zum Winterlager und übernahm gemeinsam mit Vercassius eine Wache.

Amena überwachte den Transport der Verletzten in die Siedlung, wo am Vortag in eilends errichteten Hütten in der Nähe des Tores Krankenlager eingerichtet worden waren. Anschließend eilte sie in ihr Haus und begann trotz ihrer Erschöpfung, aus heilkräftigen Pflanzen frischen Absud zum Auswaschen der Wunden herzustellen, da die Vorräte bereits zur Neige gingen. Ihre Gedanken jedoch weilten bei den Ereignissen des vergangenen Tages, als immer neue Bilder wie Nebel an einem verhangenen Morgen vor ihrem inneren Auge hin- und herwaberten, und sie versah ihre Arbeit geistesabwesend und mit mechanischen Bewegungen.

Nachdem sie einige Tiegel Wundsalbe zubereitet hatte, brachte sie sie gemeinsam mit dem Kräuterabsud in die Krankenlager hinüber. Dann wankte sie zurück in ihr Haus, sank auf ihre Bettstatt und war im selben Moment eingeschlafen.

Irgendwann in der Nacht erwachte Amena. Sie wusste weder, wie lange sie geschlafen noch was sie geweckt hatte. Einen Augenblick später wurde die Tür ihres Hauses vorsichtig aufgeschoben. Gegen das blasse Licht des Vollmonds, das sich gleich einem Keil aus flüssigem Silber in den Raum ergoss, zeichnete sich die Silhouette eines Mannes ab. Im schwachen Schein des verglimmenden Feuers erkannte sie Ambiorix.

Ohne Resa zu wecken, die neben dem Eingang schlief, schloss er behutsam die Tür und schlich lautlos wie eine Wildkatze zu dem massiven Gestell aus Eichenholz hinüber, auf dem Amena ruhte. Er ließ seinen Fellumhang zu Boden gleiten, streifte die Tunika über den Kopf und schlüpfte zu ihr unter die warme Wolldecke. Sie schlang ihre Arme um ihn, und er bettete seine Wange auf ihre Brust. Keiner von beiden sprach ein Wort, und nach einem Moment spürte sie an seinen tiefen, gleichmäßigen Atemzügen, dass er eingeschlafen war.

Danach fand Amena lange keinen Schlaf mehr. Sie lauschte seinem ruhigen Atem und den nächtlichen Geräuschen der Siedlung, die gedämpft zu ihr drangen. Das Gesicht des iberischen Söldners, den sie getötet hatte, erstand vor ihren Augen, eine von Zorn und Schmerz verzerrte Grimasse. Hastig verscheuchte sie die Erinnerung.

Ambiorix bewegte sich im Schlaf. Sie streichelte seinen Rücken, und plötzlich überfiel sie die Frage, wie viele solcher friedlichen Augenblicke ihnen noch vergönnt wären. Wie viele ihrer Stammesbrüder würden den nächsten Sonnenuntergang erleben? Wie viele wären einen grausamen und sinnlosen Tod gestorben, gefallen in einem Kampf, der ihrem Volk aufgezwungen worden war?

Alles hing von der Entscheidung der Römer ab. Hätte das Töten mit dieser einen furchtbaren Schlacht ein Ende, weil der Feind auf Ambiorix' Angebot einging und in Frieden abzog? Oder brächte der neue Tag auch eine neue Schlacht, bis das Urteil über Sieg oder Untergang im erbarmungslosen Kampf Mann gegen Mann herbeigezwungen worden war?

Amena fühlte heiße Tränen aufwallen, über ihre Schläfen rinnen und im Haaransatz versickern.

Und selbst wenn es den verbündeten Stämmen gelänge, die Gegner dieses eine Mal zu schlagen - bedeutete das wahrhaftig Frieden? Nein, beantwortete sie sich ihre Frage. Caesar würde die Schmach einer Niederlage nicht auf sich sitzen lassen, sondern unverzüglich weitere Legionen entsenden. Könnte es jemals wieder so sein wie vor der Zeit, als Rom beschloss, das Land der freien Kelten zu unterwerfen und seinem gewaltigen Imperium einzuverleiben? Oder waren diese glücklichen, unbeschwerten Jahre unwiederbringlich vorüber?

Zärtlich strich sie Ambiorix' dunkle Haare aus seinem Gesicht. Der Geruch frischer Kräuter stieg ihr in die Nase, und sie musste trotz ihrer Verzweiflung lächeln. Ambiorix und seine Liebe zur Reinlichkeit! Er war wahrscheinlich der einzige unter den Tausenden von Kriegern, die in dieser Nacht in und um Atuatuca lagerten, der ein Bad genommen hatte.

Götter, nehmt mir alles, aber nicht ihn!

Bald darauf fiel sie in einen tiefen, traumlosen Schlaf, und als sie abermals erwachte, war Ambiorix gegangen. Amena erhob sich von ihrem Lager, warf den Umhang aus Wolfsfellen über ihr Kleid und verschloss ihn mit einer goldenen Fibel. Dann schlich sie sich an der schlafenden Resa vorbei aus dem Haus.

Draußen empfing sie die Eiseskälte einer Winternacht im Arduenna Wald. Im blassen Licht des verschleierten Vollmonds, das die Dächer der Gebäude und die Gassen mit einem hauchdünnen Gespinst aus Silber überzog, blieb der Atem als weiße Wölkchen vor ihrem Gesicht stehen. Sie sog die kalte Schneeluft in tiefen Zügen ein und fühlte sie beinah schmerzhaft in ihren Lungen brennen.

Im Osten war der Himmel noch dunkel, und am Stand der runden Mondscheibe erkannte Amena, dass ungefähr eine Stunde bis Sonnenaufgang verblieb. Sie trat zurück in den Raum, packte getrocknetes Fleisch und einen halben Laib Brot in einen Lederbeutel und füllte ihre Feldflasche mit Wasser aus einer Bronzekanne. Dann hängte sie sich beides um und schlug den Weg zum Tor ein.

Während sie die Brücke überquerte, ließ sie ihren Blick über die Ebene schweifen, in der die Angehörigen der verbündeten Stämme ihre Zelte aufgeschlagen hatten. Ihre Pferde teilten sich mit denen der Eburonen die ausgedehnten Weiden. Doch nun stellte Amena fest, dass der größte Teil fehlte. Die meisten Krieger waren bereits wieder zum Winterlager der Römer aufgebrochen, und nur ein kleiner Trupp blieb zurück, um die Stadt vor einem überraschenden Angriff zu schützen.

Sie lenkte ihre Schritte hinüber zum Saum des Waldes, wo ihre fuchsfarbene Stute inmitten einer Herde stand. Bei der klirrenden Kälte hatten sich die Tiere dicht aneinandergedrängt, und ihre warmen Leiber dampften in der frostigen Morgenluft. Amena stieß einen kurzen Pfiff aus, die Stute löste sich aus der Gruppe und kam leise schnaubend auf sie zugetrabt.

Amena saß auf und dirigierte sie zu einer Stelle zwischen den Bäumen, wo der Weg begann, der zum Versammlungsplatz führte. Nur wenige Pferdelängen später tauchte sie in das schwarzblaue Dunkel ein und überließ es dem Tier, im matten Licht des verschleierten Mondes, das durch die kahlen Baumkronen hindurch auf den hart gefrorenen Boden sickerte, den Weg zu finden. Nach einer halben Meile vernahm sie plötzlich zu ihrer Linken ein Rascheln im trockenen Laub des vergangenen Herbstes. Im selben Moment schien ein Schatten geradewegs vor ihr aus der Erde zu wachsen und versperrte ihren Weg.

»Halt! Wer da?« Eine der Wachen, die Ambiorix in einem weiten Rund rings um die Lichtung postiert hatte, griff in das Zaumzeug der Stute, sodass Amena gezwungen war anzuhalten. In der Rechten hielt der Mann sein Schwert, dessen lange stählerne Klinge das Mondlicht reflektierte.

Statt einer Antwort streifte Amena die Kapuze ihres Umhangs zurück.

Augenblicklich spiegelte sich Erkennen auf den Zügen des Kriegers. »Ich bitte um Verzeihung, Herrin«, stammelte er, gab den Kopf des Pferdes frei und trat beiseite, um erneut mit den Schatten zwischen den Stämmen zu verschmelzen.

Sie wurde noch zwei weitere Male angehalten, ehe sie den Versammlungsplatz erreichte, der nun verlassen dalag. Die letzte Glut unzähliger Feuer überzog den Waldboden mit einem Netz aus glimmenden rötlichen Punkten. Im Schnee, von Tausenden Füßen zertreten, sah Amena zerschartete Waffen, Reste von Sätteln und zerrissenen Zaumzeugen, blutdurchtränkte Stofffetzen und zahllose andere Gegenstände, die unbrauchbar geworden und von ihren Besitzern achtlos weggeworfen worden waren, die traurige Nachlese einer Schlacht.

Jenseits der freien Fläche standen die Bäume weniger dicht, sodass der Schnee das Licht des Mondes reflektierte und der Weg besser zu erkennen war. Amena ließ ihr Pferd in einen leichten Trab fallen, und nach einer Weile bog sie auf einen Wildwechsel ein, der sie nach einer Viertelmeile zum Plateau oberhalb des Castrum führte.

Kurz bevor sie die Anhöhe erreichte, wurde sie erneut angerufen, und Eccaius vertrat ihr den Weg. »Verzeiht, Herrin«, bat auch er, als er sie erkannte, und gab den Weg frei.

Am Rande des Plateaus zeichneten sich die Silhouetten dreier Reiter gegen den blauschwarzen Nachthimmel ab, und Amena lenkte die Stute in ihre Richtung. Im Näherkommen machte sie Ambiorix, Vercassius und Viromarus aus. Die Männer hatten ihre Kettenhemden angelegt und trugen die großen, ovalen Holzschilde auf dem Rücken. Ihre Helme waren hinter ihnen am Sattel befestigt. Während Vercassius und Viromarus in der Rechten eine Lanze hielten, deren langer Schaft aus Eschenholz bis auf den Boden hinabreichte, war Ambiorix nur mit Schwert und Dolch bewaffnet.

Amena verhielt ihre Stute zu seiner Linken und beugte sich über den Hals des Tieres, um sich einen Überblick darüber zu verschaffen, was im Tal zu ihren Füßen vor sich ging. Für die Dauer einiger Herzschläge rissen die Wolkenschleier auf, und das Licht des Vollmonds, der genau über dem Castrum stand, ergoss sich bleich und gespenstisch über die Ebene und das massige dunkle Viereck in ihrer Mitte.

Das Schlachtfeld war nun weitgehend geräumt. Schon kurze Zeit nach Beendigung der Kämpfe hatten sich Trupps der beiden verfeindeten Seiten dort eingefunden, inmitten der leblosen Leiber nach Verwundeten gesucht und sich in makabrer Eintracht und großer Eile der Bergung ihrer gefallenen Kameraden gewidmet. Das Einsammeln von Beute wurde durch die Anwesenheit der jeweils anderen Partei verhindert, sodass Kelten wie Römer sich notgedrungen darauf beschränkten, die eigenen Waffen und Ausrüstungsgegenstände aus Eisen und Bronze aufzuklauben, die noch Verwendung finden mochten, und sie auf die mitgebrachten Ochsenkarren zu verladen. Keine der gegnerischen Seiten konnte es sich erlauben, auf die wertvollen Metalle zu verzichten, und sowohl in Atuatuca als auch im Lager des Feindes hatten die Handwerker eine Nachtschicht einlegen müssen, um Schwertklingen zu schärfen, zerschlagene Schilde zu verstärken und zerschartete Helme notdürftig auszubessern. Nun bedeckten nur noch die Leiber toter Pferde die Ebene, steif gefroren, manche von ihnen mit merkwürdig verrenkten Gliedmaßen und alle ihres Sattels und des Zaumzeugs beraubt.

Amena riss ihre Augen von der Betrachtung des Schlachtfelds los. Als sie ihren Blick über das Castrum wandern ließ, erkannte sie, dass darin fieberhafte Aktivität herrschte. Männer wimmelten wie Ameisen scheinbar planlos hin und her, gebrüllte Kommandos drangen gedämpft bis zu ihr herauf, und das Stakkato unzähliger Hammer- und Axtschläge schallte weithin über das Tal und brach sich an seinen Hängen, sodass es schien, als befände sich eine ganze Armee von Schmieden und Zimmerleuten dort bei der Arbeit.

Sie fühlte, wie etwas in ihr zersprang, als sich ihre Hoffnungen auf ein friedliches Ende des Krieges auf einen Schlag in Luft auflösten. Dies waren nicht die Vorbereitungen, die der Räumung eines Lagers vorangingen. Ganz im Gegenteil: Die Feinde betrieben mit verzweifelter Anstrengung und unter Mithilfe jedes einzelnen Legionärs die Befestigung ihres Castrum. Und das konnte nur eines bedeuten: Sie richteten sich auf weitere Kämpfe ein.

»Sie denken überhaupt nicht daran, auf dein Friedensangebot einzugehen«, stellte Vercassius gerade an Ambiorix gewandt fest.

»Also schön. Dann sterben sie eben. In der Wolfsschlucht werden wir sie erwarten und von allen Seiten in die Zange nehmen. Das wird keiner von ihnen überleben.«

Ambiorix schwieg. In seinen Zügen las Amena Enttäuschung und Zorn darüber, dass die Römer sein Angebot ablehnten und somit den Frieden zwischen ihren Völkern, an den er selbst bis zuletzt unverrückbar geglaubt hatte, endgültig vereitelten. Sie wusste, dass der Gedanke an die vielen Männer, die in der bevorstehenden Schlacht einen sinnlosen, unnötigen Tod sterben würden, ihn mit tiefer Trauer erfüllte.

Nach einer Weile erwachte er plötzlich aus seiner Versunkenheit. Als nähme er Amenas Anwesenheit nun erst wahr, drängte er Avellus dicht an ihre Stute heran, ergriff ihre Rechte und drückte sie. Als er seine Hand zurückzog, bemerkte Amena, dass er ihr etwas gegeben hatte, einen kleinen, länglichen Gegenstand. Sie betrachtete ihn im Mondlicht. Es war die goldene Fibel, die zerbrochen war, als der Iberer ihren Fellumhang auseinanderriss. Bei der Erinnerung daran rieselte ein eisiger Schauer ihren Rücken hinab. Mit erzwungener Ruhe warf sie einen Blick über ihre linke Schulter, wie um sich zu vergewissern, dass er wahrhaftig tot war.

Die Leiche des Söldners lag immer noch als unförmige, dunkle Masse einige Pferdelängen entfernt im Schnee, dort, wo er gestorben war. Seine Kleidung wies klaffende Risse auf, und blutige Spuren rings um seinen Körper deuteten darauf hin, dass bereits Aasfresser über ihn hergefallen waren. Er würde ihr nicht mehr gefährlich werden. Er würde niemandem mehr gefährlich werden.

Wortlos ließ Amena die Gewandspange in den Beutel an ihrem Gürtel gleiten, ehe sie Ambiorix das Gesicht zuwandte. Doch der Ausdruck seiner tiefbraunen Augen war unergründlich.

Bald darauf zeichnete sich am Himmel im Osten der erste schmale Streifen rötlichen Tageslichts ab. Fast im selben Moment stieß Vercassius einen gedämpften Schrei aus. »Seht! Da ist Dravius, an der Porta Praetoria.«

Amena musste sich ein wenig vorbeugen, um das Haupttor des Castrum einsehen zu können. Dann erkannte sie den Krieger, den Ambiorix als Unterhändler zu den Römern geschickt hatte, um ihre Entscheidung entgegenzunehmen. Er hatte seinen Fuchs einen Steinwurf entfernt vor dem Tor gezügelt, ein kleiner brauner Punkt vor der steil aufragenden Palisade des Lagers, und rief den Wachen etwas zu, das Amena nicht verstehen konnte. Daraufhin schwang ein Flügel des gewaltigen Tores nach innen auf, drei Reiter kamen hervor und hielten auf den Gesandten zu, der sie ruhig erwartete. Die aufrechte, aristokratische Haltung des einen von ihnen erinnerte Amena an Arpineius, doch aufgrund der Entfernung war es unmöglich, Genaueres zu erkennen. Vor Dravius zügelten die Feinde ihre Pferde.

Die Unterredung währte nur wenige Herzschläge. Dann sah Amena, wie der Krieger seinen Hengst aus dem Stand herumriss, eilig die weite Fläche vor der Porta Praetoria überquerte und auf den gegenüberliegenden Waldrand zuhielt. Kurz bevor er ihn erreichte, verschwand er aus ihrem Blickfeld, während die drei Römer ebenfalls ihre Tiere wendeten und in den Schutz des befestigten Lagers zurückkehrten.

Nach einer Weile kündeten gedämpfte Hufschläge auf dem gefrorenen Waldboden Dravius' Ankunft an, ehe er selbst aus den Schatten zwischen den Bäumen hervorbrach und auf das verschneite Plateau hinausgaloppierte. Vor Ambiorix riss er seinen Fuchs am Zügel und kam in einer Wolke aus Schnee zum Stehen.

Dravius war ein älterer, besonnener Krieger. Wie Ambiorix zog er Verhandlungen einem Kampf mit ungewissem Ausgang vor, weswegen ihn der junge König als Unterhändler ausgewählt hatte. Nun mischten sich in seinen wettergegerbten Zügen Grimm und Enttäuschung. »Die Feinde lehnen Euer Angebot ab, Herr«, erklärte er ohne Umschweife. »Sie sagen, Rom verhandele nicht mit Barbaren.« Amena sah, wie Ambiorix bei diesem Wort zusammenzuckte, und sie ahnte, was er dachte.

Konnte es wahrhaftig sein, dass Hunderte, womöglich Tausende Männer heute sterben mussten, bloß weil sich Römer aus schierem Hochmut, aus einem Gefühl der Überlegenheit heraus weigerten, mit Kelten zu verhandeln, die sie als »Barbaren« ansahen?

Ja, beantwortete sie seine unausgesprochene Frage. Ja, mein Herz, das ist es, was geschehen wird.

Der heißblütige Viromarus jedoch schien nur auf diesen Augenblick gewartet zu haben. »Da habt Ihr es, Ambiorix«, brauste er auf. Kampfeslust sprühte aus seinen hellen Augen. »Habe ich Euch nicht genau das prophezeit? Die Römer verdienen es nicht, dass man ihnen ein Friedensangebot unterbreitet. Sie verstehen nur eine Sprache, nämlich diese.« Er riss sein Schwert aus der Scheide und streckte Ambiorix die scharfe, zweischneidige Klinge entgegen. Ihr matter Stahl schimmerte bläulich im ersten Licht des anbrechenden Tages. »Lasst uns angreifen, Herr«, drängte er beinah flehentlich. »Lasst uns die Römer angreifen und töten bis zum letzten Mann.«

Ambiorix holte tief Luft, dann nickte er langsam. Amena fühlte, wie schwer ihm die Entscheidung fiel. Doch das kompromisslose Verhalten des Gegners ließ ihm keine Wahl. Er hatte alles getan, was in seiner Macht stand, um Frieden zwischen den beiden Völkern zu schaffen. Aber die Römer wählten den Krieg.

Mit einem ungeduldigen Wink bedeutete er Viromarus, sein Schwert zurückzuziehen. Pathetische Gesten wie diese waren ihm zutiefst zuwider.

»Also gut«, stieß er schließlich hervor. Seine Stimme klang heiser. »Sie wollen es nicht anders. Wir werden jetzt vorgehen, wie wir es vergangene Nacht besprochen haben. Vercassius, du reitest voraus in Richtung Wolfsschlucht und übernimmst das Kommando über den Trupp, der an ihrem hinteren, südlichen Ausgang Stellung bezogen hat. Viromarus, Ihr befehligt die Männer, die beiderseits des Weges zur Schlucht auf die Römer lauern. Dravius, wir beide führen den Angriff gegen die Porta Praetoria. Auf mein Signal hin ziehen wir uns zurück und locken die Feinde auf diese Weise immer weiter aus dem Castrum heraus und in die Schlucht hinein. Sobald die Vorhut des Gegners ihr rückwärtiges Ende erreicht, lässt Vercassius mit seinen Kriegern die Falle zuschnappen. Erst dann, Viromarus, hört Ihr, erst dann greift Ihr die Legionäre von den Seiten her an und schneidet ihnen den Rückweg ab. Keinen Augenblick vorher, denn dadurch würdet Ihr sie nur warnen, und sie könnten sich abermals in den Schutz ihres Lagers zurückziehen. Kann ich mich auf Euch verlassen?«

Er blickte dem Angesprochenen eindringlich in die Augen. Dieser senkte kurz den Blick und bestätigte damit, dass Ambiorix' Warnung nicht aus der Luft gegriffen war. Nach einem Moment schaute er jedoch wieder auf, und nun sah er Ambiorix offen ins Gesicht. »Ja, Herr. Ich schwöre bei meiner Ehre, dass ich Euch nicht enttäuschen werde.«

Ambiorix nickte befriedigt. Viromarus war ein hervorragender Kämpfer, entschlossen und unerschrocken, aber eben auch heißblütig und mitunter leichtsinnig. Und er hasste die Römer leidenschaftlich. Daher hatte Ambiorix zunächst gezögert, als Viromarus ihn bedrängte, ihm dieses Kommando anzuvertrauen, doch am Ende nachgegeben. Der Krieger hatte sich in der Schlacht vom Vortag durch besondere Tapferkeit hervorgetan, und es wäre verletzend gewesen, ihm seine Bitte abzuschlagen. Außerdem wusste Ambiorix, dass viele der jüngeren Eburonen Viromarus geradezu abgöttisch verehrten, denn mit seinem muskulösen Körper, seinen langen rotblonden Haaren, den strahlenden blauen Augen und seiner furchtlosen, listigen Kampfesweise verkörperte er für sie das Abbild des vollkommenen Kelten. Er war ihr Vorbild, dem sie nacheiferten, und unter den gegenwärtigen Umständen konnte Ambiorix sich nicht leisten, die jungen Krieger gegen sich aufzubringen, indem er ihr Idol unehrenhaft behandelte.

»Amena«, wandte er sich schließlich mit einem Seufzer, den nur sie hörte, zu ihr um. »Ich bitte Euch, Vercassius zu begleiten. Es wird die Männer beruhigen, Euch in ihrer Mitte zu wissen.«

Sie neigte den Kopf zum Zeichen ihres Einverständnisses. »Wie Ihr wünscht, mein König«, entgegnete sie ebenso förmlich.

»Fette Beute«, meinte Vercassius mit einem letzten Blick auf das römische Lager.

Ambiorix nickte grimmig. »Die heben wir uns für später auf. Jetzt müssen wir sie uns erst einmal verdienen.«

Als sich im Osten ein fahler Sonnenball seinen Weg durch die Bank aus milchigem Dunst bahnte, die über dem Horizont lagerte, wendeten sie die Pferde und verließen ihren Beobachtungsposten. Am Ausgang des Plateaus schloss sich ihnen Eccaius an, und nach einer Viertelmeile trennte sich Viromarus von ihnen und verschwand in den Schatten zwischen den Stämmen eines Eichenhains. Irgendwo weiter unten, in einem dunklen, undurchdringlichen Waldstück, wartete ein Trupp junger Krieger auf seinen Befehl. Amena setzte ihren Weg mit den anderen Männern fort. Am Fuße der Anhöhe ließen sie den Pfad hinter sich und bogen in einen Wildwechsel ein, der so schmal war, dass die Tiere nur im Schritt und einzeln hintereinanderzugehen vermochten. In diesem abgelegenen Teil des Waldes herrschten Fichten vor. Sie standen so dicht, dass ihre breiten, gefächerten Zweige den Schnee abhielten und der Boden mit einer dicken Schicht Nadeln bedeckt war, auf der sich die Pferde nahezu geräuschlos vorwärtsbewegten. Die Äste der Bäume hingen tief unter ihrer Schneelast, und Amena und ihre Begleiter mussten sich immer wieder auf den Hals ihres Tieres hinunterbeugen, um sich darunterherzuducken.

Nach einer Weile weitete sich der Weg allmählich und würde schließlich in eine Lichtung münden. Doch noch ehe die Gruppe der Reiter diese erreichte, durchbrach plötzlich ein Laut die schläfrige Stille des Waldes. Augenblicklich zügelte Amena ihre Stute und stieß einen leisen, warnenden Ruf aus. Die vier anderen verhielten ihre Hengste ebenfalls und lauschten angestrengt. Das dünne Zirpen eines Goldhähnchens in den Zweigen über ihren Köpfen; das Kläffen eines Fuchses in der Ferne; und da war es erneut, das Geräusch, das nicht hierher gehörte: das gedämpfte Schnauben eines Pferdes. Es kam aus der Richtung der vor ihnen liegenden Waldwiese.

Ambiorix gab Dravius ein Zeichen, der absaß und lautlos zwischen den Stämmen einiger mächtiger Fichten rechts des Weges verschwand. Schon wenige Atemzüge später kam er zurück. »Es ist Catuvolcus mit seinen Leuten, Herr«, raunte er. »Es müssen an die tausend Krieger sein, dazu dreihundert Reiter.«

Ambiorix schien ehrlich überrascht. »Catuvolcus?«, wiederholte er, als könne er nicht glauben, was er soeben vernommen hatte. Dann trieb er ohne ein weiteres Wort Avellus an, doch Vercassius, der ebenfalls abgesessen war, fiel ihm in die Zügel.

»Warte«, rief er gedämpft. »Das kann ein Hinterhalt sein. Catuvolcus bemüht sich seit Wochen mit allen Mitteln, zu verhindern, dass du das Castrum angreifst. Vielleicht liegen er und seine Männer in diesem Gehölz bereit, um den Legionen zu Hilfe zu eilen, sobald Viromarus und sein Trupp über sie herfallen. Du weißt, dass er um jeden Preis Frieden mit Caesar wünscht. Und es mag wohl sein, dass er sich ihm auf diese Weise anzudienen sucht.«

Ambiorix überlegte einen Moment. »Zuzutrauen wäre es ihm«, räumte er schließlich ein. »Aber ich denke dennoch, dass ich Catuvolcus vertrauen kann. Die Lage ist nun eine andere. Ich habe meinen Willen zum Frieden mit den Römern unter Beweis gestellt. *Sie* sind es, die den Krieg wollen, nicht ich. Ich werde mit ihm reden und mir anhören, was er zu sagen hat.«

Nur widerstrebend gab sein Ziehbruder die Zügel des Schimmels frei und trat beiseite. Mit einem leichten Schenkeldruck trieb Ambiorix Avellus an, und die übrigen Reiter folgten ihm.

Amena fühlte ein warnendes Kribbeln durch ihre Glieder rieseln, das immer stärker wurde, je mehr sie sich der Waldwiese näherten. Was mochte die Anwesenheit von dreizehnhundert Männern unter der Führung des alten Königs in diesem abgeschiedenen Waldstück zu bedeuten haben? Freilich musste sie Ambiorix beipflichten: Die Gegebenheiten waren nicht länger dieselben. Doch Catuvolcus blieb Catuvolcus, und man war stets gut beraten, seine Beweggründe zu hinterfragen. Außerdem war Vercassius' Deutung nicht von der Hand zu weisen. Und träfe sie zu, wäre Ambiorix' Leben und das seiner Gefährten in höchster Gefahr, denn sie ritten geradewegs in die ihnen gestellte Falle hinein ...

Dann wichen die Schatten des Waldes dem Tageslicht, als die Bäume zurücktraten und Amena und ihre Begleiter die Lichtung erreichten. Im Sommer eine weite, saftige Wiese, die zu einem Bach hin sanft abfiel, lag sie nun unter einer Schneedecke begraben, der Bachlauf ein schmales, überfrorenes Rinnsal. Amena fühlte ihr Herz rasend und schmerzhaft in ihrer Kehle pochen, während sie ihre Augen über die baumlose Fläche wandern ließ. Der Anblick, der sich ihr bot, trug nicht eben zu ihrer Beruhigung bei. Wie Dravius beschrieben hatte, lagerten hier in vollkommener Stille an die dreizehnhundert schwer bewaffnete Männer – Catuvolcus' Krieger, die sich ursprünglich geweigert hatten, mit Ambiorix gegen die Römer zu kämpfen.

Bei der Ankunft der fünf Reiter erhoben sie sich einer nach dem anderen und blickten den Ankömmlingen entgegen. Amena versuchte, die Haltung der Männer zu deuten. Sie schienen ernst und entschlossen, jedoch nicht feindselig. Und selbst wenn – es gab nichts, was Ambiorix und seine Gefährten im Angesicht dieser Übermacht hätten ausrichten können. Flucht war sinnlos, Verteidigung ebenso. Es blieb also nur - Amena wunderte sich über die Klarheit und Ruhe, die sich ihrer mit einem Mal bemächtigten -, sich in das Unausweichliche zu fügen, was auch immer das sein mochte.

Wie zu erwarten, war ihr Nahen Catuvolcus bereits gemeldet worden. Soeben bahnte er sich auf seinem Rappen einen Weg durch die Menge der Krieger, um den Neuankömmlingen entgegenzureiten. Ambiorix verhielt sein Pferd am Rande der Lichtung, und seine vier Begleiter taten es ihm nach. In gesammeltem Schweigen warteten sie, bis der ältere König sie erreicht hatte.

»Seid gegrüßt, Ambiorix«, begann dieser, als er seinen Hengst vor dem Jüngeren zügelte. »Amena.« Ehrerbietig neigte er den Kopf in ihre Richtung.

Er wirkte höflich, dachte sie erstaunt, ja, mehr als das, beinah liebenswürdig. Nichts in seiner Haltung oder seinem Tonfall erinnerte an die Feindseligkeit, mit der er Ambiorix in den vergangenen Wochen behandelt, an die Intrigen, die er hinter seinem Rücken geschmiedet hatte. Doch durfte man ihm trauen?

Ambiorix schien ähnliche Zweifel zu hegen. Er erwiderte den Gruß zwar respektvoll, verhielt sich jedoch weiterhin abwartend.

»Ich bringe Euch tausend meiner Krieger sowie dreihundert Reiter«, erklärte Catuvolcus dann ohne Umschweife und mit einer dramatischen Geste, die die gesamte Lichtung umfasste. »Wir haben die Nacht hier verbracht und die Entscheidung der Römer abgewartet. Nun glaube auch ich nicht mehr daran, dass ein Frieden mit Caesar möglich ist.«

Er legte eine wohlbemessene Pause ein, um Ambiorix Gelegenheit zu geben, sowohl die Tragweite seiner Großzügigkeit als auch den erstaunlichen Stand seiner Kenntnis der jüngsten Entwicklungen zu erfassen.

Dieser verriet gleichwohl mit keiner Regung, was in ihm vorging.

»Daher sehe ich es als meine Pflicht an«, fuhr der alte König nach einem Moment fort, und in seiner Stimme schwang nun etwas, was Amena nicht zu deuten wusste - Unsicherheit? Verlegenheit? Enttäuschung? -, »Euch in diesem Kampf zu unterstützen, der nicht länger nur der Eure, sondern der unseres gesamten Stammes um Freiheit und Überleben ist. Meine Krieger und ich sind bereit, Euch in diese Schlacht zu folgen. Verfügt über uns nach Eurem Belieben.«

Amena fühlte, wie sich ihr rasender Herzschlag verlangsamte, als die Anspannung langsam aus ihr hinaussickerte. Wenn Catuvolcus jedoch erhofft hatte, dass sein Gegenüber nun aufgrund seiner pathetischen Enthüllung vor Begeisterung und Dankbarkeit außer sich geriete, täuschte er sich. Zum einen verabscheute Ambiorix Pathos in all seinen Erscheinungsformen; zum anderen war er zu klug, um nicht nach verborgenen Beweggründen hinter dem Offensichtlichen zu suchen.

Nun spielte ein feines Lächeln um seine Lippen, und Amena ahnte, was in ihm vorging. Der listige Catuvolcus hatte die Wahrheit gesprochen, doch nicht die ganze. Denn ihn trieb noch ein weiteres, bedeutendes Motiv an, Ambiorix seine Unterstützung zu gewähren:

die Aussicht auf materiellen Gewinn. Nun, da ein Sieg der verbündeten Stämme in greifbare Nähe rückte, lockte auch die nicht unbeträchtliche Beute, die sich im Winterlager der Römer befand: Waffen, Ausrüstung und Nahrung für fünfzehn Cohorten und ihre Tiere. Und das war etwas, was sich Catuvolcus auf keinen Fall entgehen lassen wollte. Amena wusste nicht, welche Rolle dieser Anreiz beim Gesinnungswandel des älteren Königs gespielt haben mochte, aber eines war gewiss: keine geringe.

Schließlich ließ Ambiorix seinen Blick langsam über die versammelten Eburonen wandern, die das Gespräch der beiden Stammesoberhäupter aus angemessener Entfernung erwartungsvoll beobachteten, ehe er ihn wieder auf sein Gegenüber richtete. »Es ist mir eine Ehre und Freude, Euch an meiner Seite zu wissen, Catuvolcus«, entgegnete er steif. »Ich bin dankbar um jeden Krieger, der unser Heer vergrößert, denn der Kampf gegen die römischen Eindringlinge erfordert jeden einzelnen Mann.« Dann zog er sein Schwert und reckte die stählerne Klinge in die Höhe, sodass sie für jedermann sichtbar war. »Ich heiße Euch in meiner Streitmacht willkommen, Männer«, rief er ihnen zu.

Es war eine bloße Geste, die er vollzog, weil sie von ihm erwartet wurde, und Amena spürte, dass sein Herz nicht darin lag. Eigentlich hätte es ihm gleichgültig sein können, weswegen sich Catuvolcus und seine Anhänger ihm anschlossen, solange sie nur auf derselben Seite kämpften. In seinen Augen jedoch waren und blieben diese Krieger allesamt Verräter an der Sache, die von vornherein eine gemeinsame hätte sein sollen - die Freiheit und Unabhängigkeit ihres Stammes. Ambiorix wusste nur zu gut, dass nicht wenige unter ihnen sich mit Gold hatten bestechen lassen, um ihm ihre Unterstützung zu versagen.

Die Männer wussten, dass er es wusste. Und diejenigen, die nun am lautesten jubelten, waren die, deren schlechtes Gewissen sie am stärksten plagte und deren Erleichterung darüber, nun wieder in Gnaden aufgenommen worden zu sein, naturgemäß am größten war.

Amena warf ihm einen raschen Seitenblick zu, und was sie in seinen Zügen las, bestätigte ihre Vermutung. Es waren nicht Zorn oder Verachtung, die er gegenüber diesen Kriegern empfand, welche die Aussicht auf Beute zum zweiten Mal innerhalb weniger Wochen dazu veranlasst hatte, die Seiten zu wechseln. Es waren Verbitterung und so etwas wie Trauer - Trauer um den Verlust derjenigen Werte, die eine Gemeinschaft zusammenhielten.

Nachdem der Tumult ringsum verebbt war, ließen sich die beiden Könige aus dem Sattel gleiten. Anhand einer groben Skizze der Örtlichkeiten, die Ambiorix mit der Spitze des Dolches in ein Stück schneefreien Waldbodens ritzte, legte er Catuvolcus in aller Eile seinen Plan dar. Sie kamen überein, dass der Ältere mit seinen Leuten Ambiorix' Angriff auf die Porta Praetoria verstärken sollte. Da damit zu rechnen war, dass nicht alle Römer das Castrum verlassen würden, war es wichtig, an dieser Stelle ein großes Kontingent an Kriegern zu platzieren, um in das Lager einzudringen und es zu erstürmen.

Schon bald saßen sie erneut auf und bahnten sich einen Weg durch die Menge der versammelten Männer, die in neuerlichen Jubel ausbrachen, mit der Klinge des Schwertes gegen ihren Schild schlugen und Ambiorix' Namen riefen. Immer wieder musste er anhalten, Hände ergreifen, die sich ihm entgegenreckten, und nur Amena bemerkte die Erleichterung, die ihn überfiel, als sie die Lichtung endlich überquert hatten und abermals in das Halbdunkel des Waldes eintauchten. Catuvolcus' Reiter bestiegen ihre Tiere und schlossen sich ihnen an, während sich der Fußtrupp auf kürzeren, für Pferde nicht passierbaren Pfaden dem Castrum näherte, um dort in Stellung zu gehen.

Der Weg, den Ambiorix und seine Begleiter nun einschlugen, würde sie nach knapp eineinhalb Meilen dorthin führen, wo seine Reiter ihn erwarteten. Diejenigen seiner Krieger, die nicht über Pferde verfügten, waren schon in der Nacht aufgebrochen, um rechtzeitig ihren Platz in dem der Porta Praetoria gegenüberliegenden Waldstück einzunehmen.

Als sie den Ort am Ufer eines kleinen Flusses erreichten, wurden sie von den Männern mit sichtlicher Erleichterung empfangen. Kundschafter hatten diesen längst mitgeteilt, dass Catuvolcus mit einer großen Schar seiner Anhänger ganz in der Nähe lagerte, und die Krieger wussten nicht, wie sie diese eigenartige Entwicklung einschätzen sollten. Obwohl sich die beiden Gruppen aus der Entfernung argwöhnisch belauerten, hatte kein Austausch zwischen ihnen stattgefunden.

Cerbellus, der Anführer von Ambiorix' berittener Einheit, sprang auf und eilte den Ankömmlingen entgegen. »Den Göttern sei Dank, Herr«, rief er erleichtert. »Als Ihr nicht kamt, fürchteten wir schon, Euch wäre etwas zugestoßen.« Sein Blick wanderte über Ambiorix' Schulter zu Catuvolcus' Reitern und zurück zum Gesicht des jungen Königs.

Der verstand die Andeutung. »Seid unbesorgt«, erklärte er mit lauter Stimme, die bis in die hintersten Reihen der Männer drang, und deutete auf die Reiter, die rings um ihn auf das Ufer drängten.

»Ich bringe Euch gute Nachricht. Catuvolcus und dreizehnhundert seiner Krieger haben sich uns angeschlossen und werden Seite an Seite mit uns kämpfen.«

Einen Moment lang herrschte Verwunderung über diese unerwartete Wende, ehe verhaltener Jubel losbrach. Viele von Ambiorix' Anhängern durchschauten Catuvolcus' Beweggründe und die seiner Männer ebenfalls und teilten die Vorbehalte ihres Königs. Doch dies war nicht der geeignete Augenblick, um über moralische Werte zu debattieren, und so hießen sie jeden zusätzlichen Arm, der ein Schwert zu führen vermochte, willkommen.

Bevor sich ihre Wege trennten, oblag es Amena, einer jener Aufgaben nachzukommen, die ihr Amt als Priesterin ihr abverlangte, auch wenn sie ihr in letzter Zeit zunehmend zu einer Prüfung geriet - einer Prüfung zumal, deren Ausgang sie bereits im Vorhinein kannte.

Sie ließ ihren Blick über die Umgebung wandern. Dann entschied sie sich für eine Gruppe von Felsbrocken am Ufer des Flüsschens, von der aus sie für alle gut sichtbar wäre, erklomm den größten von ihnen und hob die Hände zum grauen, verhangenen Himmel empor. Nach wenigen Momenten senkte sich vollkommene Stille über den Platz, während Amena mit einer rituellen Formel die Götter anrief, nach einer wohlberechneten Pause die Arme ausbreitete und den versammelten Kriegern mit zeremonieller, weithin tragender Stimme den Segen erteilte, mit dem sie die Männer, ihre Waffen und ihre Pferde dem Schutz der Unsterblichen unterstellte.

Sie konnte nur hoffen, dachte sie, als sie anschließend vom Felsen hinabglitt, zu ihrer Stute schritt und aufsaß, dass dieses Ritual für die Krieger mehr Gewicht besaß als eine bloße Geste. Denn sie selbst hatte nichts dabei empfunden als Zweifel und eine tiefe innere Leere. Wie so oft in den vergangenen Tagen und Wochen hatten die Götter ihr nicht den geringsten Hinweis gegeben, ob Sie ihr Gebet erhörten und wahrhaftig Ihre schützende Hand über die Männer hielten. Für diese jedoch war die Segnung vor einer Schlacht von großer Bedeutung, und so versammelte Amena ihre Züge in der Maske der priesterlichen Disziplin und ließ sich ihre widerstreitenden Gefühle nicht anmerken.

Viele der Krieger kamen nun gar noch persönlich zu ihr, um ihren Segen zu erbitten. Andere streckten ihr ein Amulett entgegen, damit sie es durch ihre Berührung mit neuer, Schutz spendender Kraft auflud. Amena erfüllte ihre Bitten mit dem feierlichen Ernst und der würdevollen Haltung, die von ihr erwartet wurden und mit deren Hilfe sie sich bemühte, ihre Bedenken und ihren inneren Zwiespalt wenigstens nach außen hin zu verschleiern.

Schließlich war der Augenblick des Abschieds gekommen. Ambiorix und sein Ziehbruder umarmten sich lange und herzlich und wünschten einander den Beistand der Unsterblichen. Dann saß Ambiorix auf. Über die Köpfe der Menge hinweg fanden seine Augen Amenas, und sie verabschiedeten sich mit Worten, die außer ihnen niemand zu hören vermochte.

Mögen unsere schweigenden Götter dich beschützen, dachte sie und ballte ohnmächtig die Fäuste, als sie die Woge der Verzweiflung in sich aufbranden fühlte, die sie in den vergangenen Tagen schon so oft überwältigt hatte. *O Ihr Götter in Eurer unergründlichen Weisheit, warum müsst Ihr uns gerade jetzt verlassen?*

Wenn sie sich später an jenen Tag erinnerte, dann an diesen Moment, diesen einen Herzschlag, in dem sich diese Einsicht zum ersten Mal geformt hatte: Die Unsterblichen hatten die Eburonen verlassen. Sie zürnten ihnen nicht bloß, nein, Sie hatten sich von ihnen abgewandt.

Dieser Gedanke war so neu und so ungeheuerlich, und in seiner Neuheit und Ungeheuerlichkeit so überwältigend, dass Amena ihn in demselben Augenblick, in dem er aufkeimte, wieder beiseiteschob. Sie drehte sich innerlich um und schaute mit aller Entschlossenheit in eine andere Richtung, damit er sie nicht zerrisse. Der Tag, an dem sie diese Erkenntnis in ihrer gesamten Tragweite würde ertragen können, war noch nicht gekommen.

Amena und Vercassius warteten, bis Ambiorix und seine Männer aufgebrochen waren, ehe sie selbst aufsaßen und den Weg zur Wolfsschlucht einschlugen, um sich mit den Kriegern zu vereinen, die dort bereits Stellung bezogen hatten. Amena blickte gen Osten. Sulis hatte ihre Reise über den schiefergrauen Himmel angetreten und schob sich als blasser Ball über die kahlen Wipfel der Bäume. Ein neuer Tag war angebrochen, der Tag, von dem sie wusste, dass er die Entscheidung im Kampf gegen die römischen Eindringlinge bringen würde.

Nach einer Weile tauchte in der Ferne das Gebirgsmassiv auf, in dem die Schlucht lag. Der Weg begann sanft anzusteigen und würde sich bald als schmaler Pfad an der Außenseite der Felswand entlangschlängeln. Doch sie ließen ihn hinter sich, hielten sich ein Stück westlich und folgten einem Wildwechsel, der das Massiv umrundete, dabei stetig an Höhe verlor und schließlich im Süden auf den Ausgang der Schlucht stieß, den Vercassius und seine Krieger verschließen sollten, sobald der feindliche Heerzug in der Falle saß.

Je mehr sie sich der Talsohle näherten, desto dünner wurde die Schneeschicht, die den felsigen Boden bedeckte und mancherorts trügerisches Eis unter sich verbarg, auf dem die Hufe der Pferde keinen Halt fanden. An einigen besonders abschüssigen Stellen zwang der tückische Untergrund Amena und Vercassius, abzusitzen und ihre Tiere am Zügel zu führen. Zu ihrer Erleichterung war der Talgrund jedoch weitgehend frei von Schnee und Eis, sodass sie besser vorankamen und es sogar wagen konnten, ihre Pferde in Trab fallen zu lassen, um verlorene Zeit aufzuholen.

Schließlich hatten sie das Gebirgsmassiv umrundet und bewegten sich in einer sanften Schleife auf seinen südlichen Eingang zu. Vercassius lenkte seinen Falben zwischen die steil aufragenden Felswände und ritt ein Stück in die Schlucht hinein, um sich davon zu überzeugen, dass seine Männer ihre Stellungen in den schroffen Flanken eingenommen hatten.

Amena suchte sich eine windgeschützte Stelle unter den überhängenden Ästen einer hohen Kiefer, saß ab und verzehrte einen Teil des Brotes und des getrockneten Fleisches. Dabei warf sie einen prüfenden Blick zum Himmel empor. Dichte Dunstschleier verhüllten die Sonnenscheibe und hingen tief über der Landschaft, während sich im Osten eine bedrohliche graue Wolkenwand auftürmte, die ein schneidender Wind aus Westen jedoch von ihnen fernhielt, sodass kein Schneetreiben die Kämpfe beeinträchtigen würde.

Nach einer Weile tauchte Vercassius im Eingang der Schlucht auf, entdeckte Amena und lenkte seinen Falben zu ihr hinüber. Er saß ab und legte die Zügel lose über den Nacken des Hengstes; dann stand er zögernd und ein wenig verlegen da. Obwohl sie sich seit den Tagen ihrer gemeinsamen Kindheit kannten, war er in ihrer Gesellschaft stets befangen. Amena fühlte, dass er gern mit ihr sprechen würde, doch nicht wusste, wie er es anfangen sollte. Und sie ahnte auch, was er von ihr wissen wollte.

»Setz dich zu mir, wenn dir deine Pflichten einen Augenblick der Muße erlauben«, lud sie ihn ein.

Dankbar kam er ihrer Aufforderung nach, lehnte seine Lanze und den großen, ovalen Schild gegen den Stamm des Baumes und nahm in respektvollem Abstand zu ihr auf den weichen Kiefernnadeln Platz. Er hob eine Handvoll davon auf und ließ sie durch seine Finger rieseln, während er nach den richtigen Worten suchte.

»Ich fühle, mein Freund, dass du etwas auf dem Herzen hast«, versuchte sie ihn zu ermutigen. »Vielleicht vermag ich dir zu helfen.«

»Lefa ist wieder schwanger«, platzte er schließlich heraus. Die blonde Eburonin hatte ihm bereits vier Jahre zuvor einen kräftigen Jungen geschenkt. Amena hatte die freudige Nachricht schon von Resa erfahren, tat aber so, als wäre sie ahnungslos. »Das ist ja wunderbar«, rief sie mit gut gespielter Überraschung. »Ich freue mich für euch.« Dennoch wirkte seine Miene angespannt. »Wenn ich heute fallen würde, Herrin«, fuhr er nach kurzem Zögern fort, den Blick scheu und voller Sorge auf sie gerichtet, »was würde dann aus Lefa und den Kindern?«

Sie beugte sich ihm zu und legte ihre Rechte beruhigend auf seinen Arm. »Du wirst heute nicht fallen, Vercassius«, versicherte sie ihm leise und wusste im selben Moment, dass sie die Wahrheit sprach. Obgleich die Götter schweigen mochten, so war das Zweite Gesicht doch eine Gabe, die sie aus sich heraus besaß und während ihrer langen Ausbildung zur Priesterin unter Ebunos' Anleitung vervollkommnet hatte.

Augenblicklich sah sie, wie sich seine Züge entspannten. Als sie sich zurücklehnte, schenkte sie ihm ihr seltenes Lächeln. Wie schön, dachte sie, in diesen Zeiten der Verzweiflung und Angst solch eine tröstende Gewissheit verkünden zu dürfen.

Ihre Freude sollte gleichwohl nur kurz währen.

Vercassius lag noch etwas anderes auf der Seele. »Herrin, ich möchte nicht, dass Ihr mich für feige haltet«, brach es mit einem Mal aus ihm hervor. »Ihr wisst, dass ich Ambiorix' Kampf für ein Leben in Freiheit und Würde bedingungslos unterstütze und bereit bin, dafür zu sterben, sollte dies der Wille der Götter sein.«

Amena versuchte zu verhindern, dass sie zusammenzuckte, aber es gelang ihr nur unvollkommen. Zu verstörend waren die Bilder, die urplötzlich vor ihrem inneren Auge erstanden, Vercassius, auf dem Rücken liegend, eine klaffende Wunde in seiner linken Seite, in tödlicher Nähe zum Herzen. Eine Welle lähmenden, heißen Entsetzens durchflutete sie.

Ich will es nicht wissen, dachte sie beinah flehentlich, ich will es nicht wissen. Wozu sehen, was geschehen wird, wenn ich es doch nicht ändern kann?

In Augenblicken wie diesen verfluchte sie ihre Sehergabe. Wie sollte sie mit dieser Bürde, diesem inneren Zwiespalt auf Dauer leben? Musste es einen Menschen nicht zerreißen, ein derartiges Wissen in seiner tiefsten Seele verschlossen zu halten, es in sich zu verkapseln und zu hüten wie ein Geheimnis, wie man sonst nur etwas unendlich Wertvolles hütet; und gleichzeitig dazu verurteilt zu sein, der Welt die Maske der Unwissenden oder - qualvoller noch - der Trösterin und Beschützerin darzubieten? Einen Menschen? Ja. Aber eine Priesterin?

Sie warf einen hastigen Blick zu Vercassius hinüber, doch dessen Erleichterung darüber, dass er diesen Tag überleben und weiterhin für seine Familie sorgen würde, war so groß, dass ihm ihr schlecht verhohlenes Entsetzen entgangen war.

»Wisst Ihr, Herrin, ich liebe Lefa«, sprudelte es gerade aus ihm hervor, und das Glück in seiner Stimme zerriss Amena beinah das Herz. »Und sie braucht mich doch jetzt ganz besonders, wo sie wieder guter Hoffnung ist.«

Es kostete sie all ihre Selbstbeherrschung, sich zu einem Lächeln zu zwingen. Sie war überzeugt, dass er sehen musste, wie maskenhaft, wie verzerrt es war. Aber er bemerkte es wahrhaftig nicht. Sie war dankbar dafür.

»Ich weiß, dass du kein Feigling bist«, versicherte sie ihm, leise, um den heiseren Klang ihrer Stimme zu verbergen. »Du bist Ambiorix' Ziehbruder, sein bester und treuester Freund. Er kann sich immer auf dich verlassen, und das bedeutet ihm unendlich viel. Sorge dich nicht. Dir wird heute kein Leid widerfahren.«

In diesem Moment vernahmen sie das Geräusch von Hufschlägen auf felsigem Boden, das sich rasch näherte. Kurz darauf brachte einer von Vercassius' Kriegern sein Pferd in respektvollem Abstand zum Stehen. Vercassius sprang auf und griff nach Lanze und Schild.

»Haltet Euch bereit, Herr«, rief der Mann. »Ambiorix' Plan war erfolgreich. Es wird nun nicht mehr lang dauern, bis er uns das Signal zum Angriff gibt.«

Vercassius dankte Amena und war mit einem Satz auf seinem Falben. Das Vertrauen in die Zukunft, das ihre Worte in ihm entfacht hatten, schien ihm Flügel zu verleihen. Der Bote war bereits zum Ausgang der Schlucht zurückgeritten. Vercassius gab seinem Hengst die Sporen, sprengte hinter ihm her, und einen Moment später entschwand er Amenas Blick.

Sie saß ebenfalls auf und folgte ihnen langsamer nach. Von ihrem Platz unter der Kiefer hatte sie eine natürliche Nische in der westlichen Flanke entdeckt, dreißig Schritt über dem Boden gelegen, von der aus sie einen weiten Abschnitt der Talsohle würde einsehen können und von wo sie den Verlauf der Schlacht beobachten wollte.

Sie ritt ein kurzes Stück in die Schlucht hinein und bog dann in einen schmalen, felsigen Pfad ein, der steil bergan verlief und sie schon bald zu einem kleinen Plateau unter einem Felsüberhang führte. Dort angekommen, saß sie ab, schlang die Zügel ihrer Stute um den kahlen Ast einer Birke, die in verwegenem Winkel geradewegs aus dem Gestein herauszuwachsen schien, und erklomm die letzten Schritte bis zu dem Aussichtspunkt, wo sie sich zwischen zwei Felsbrocken niederkauerte. Auf gleicher Höhe in der gegenüberliegenden Flanke gewahrte sie einen von Vercassius' Kriegern, der sich wie sie hinter einem Felsvorsprung verborgen hatte und auf die Ankunft des Feindes wartete. Seine braune Kleidung und sein grauer Eisenhelm verschmolzen mit dem Graubraun der Schlucht, und Amena bemerkte den Mann nur, weil er sich bewegte, um sich inmitten der schroffen Felsen eine bequemere Position zu suchen.

Kurz nachdem sie in ihrem Versteck eingetroffen war, erschien in einiger Entfernung auf der Talsohle ein Reiter, der sich rasch näherte. Bald erkannte sie ihn: Es war einer von Ambiorix' Kriegern. Die Hufe seines Pferdes waren dick mit Stofffetzen umwickelt, sodass sie auf dem felsigen Boden kaum einen Laut verursachten. Während der Mann den engen Pfad entlangsprengte, schwenkte er eine Lanze über dem Kopf, an deren Spitze er ein Stück roten Tuches befestigt hatte - das verabredete Zeichen, dass Ambiorix' Plan aufgegangen war und sich die Römer auf dem Weg in die Wolfsschlucht befanden. Am Ausgang der Schlucht zügelte der Bote sein Tier, und Amena sah, wie Vercassius hinter einem Felsvorsprung hervortrat und ein paar Worte mit ihm wechselte. Dann riss der Reiter den Tuchfetzen vom Schaft seiner Lanze, und die beiden Männer zogen sich hinter den Felsen zurück, um die Ankunft der Legionen zu erwarten.

Bald darauf tauchten weitere Krieger in Amenas Sichtfeld auf, und als das fahle Licht dieses verhangenen Tages in der Ferne von der Oberfläche eines goldfarbenen Helms reflektiert wurde, ging ihr auf, wonach sie unbewusst die ganze Zeit Ausschau gehalten hatte. Sie schöpfte tief und erleichtert Luft – Ambiorix hatte die Schlucht sicher erreicht. Doch im nächsten Moment entschwand er ihren Blicken auch schon wieder, als er mit seinen Männern irgendwo auf der Talsohle Stellung bezog.

Dann endlich erschienen die ersten feindlichen Reiter: Iberer aus den Hilfstruppen, die die römische Reiterei verstärkten. Mit grimmigem Lächeln erkannte Amena, dass sich Lubos unter ihnen befand, der jüngere der Söldner, den sie am Tag zuvor mit ihrem Schrei in die Flucht gejagt hatte. Sie hielten ihre Schilde abwehrbereit erhoben, und ihre Augen flackerten unruhig über die felsigen Wände zu beiden Seiten. Die Iberer waren sich des Wagnisses, das sie eingingen, sehr wohl bewusst, aber sie sahen keine Möglichkeit mehr, ihm auszuweichen. Sie hatten sich bereits zu tief in die Schlucht hineinlocken lassen. Nun schien es ihnen sicherer, ihren südlichen Ausgang zu erreichen und diesen gefahrvollen Engpass rasch hinter sich zu bringen.

Bald tauchten weitere Berittene auf, Römer dieses Mal. Aus dem Augenwinkel bemerkte Amena, dass der Eburone, der ihr gegenüber in der jenseitigen Flanke kauerte, eine gespannte Haltung einnahm. Seine Linke umklammerte den Griff eines Bogens, mit der Rechten legte er einen Pfeil auf die Sehne, während er gleichzeitig konzentriert auf die Talsohle hinabspähte, wo die Feinde kurz angehalten hatten, um sich miteinander zu besprechen.

Doch noch blies Ambiorix nicht zum Angriff. Geduldig wartete er ab, bis so viele Gegner wie möglich zwischen den schroffen Felswänden in der Falle saßen. Immer mehr Legionäre ergossen sich in Amenas Gesichtsfeld, ein steter, nicht enden wollender Strom von Reitern und Fußsoldaten. Endlich, als die iberische Vorhut nur noch einen Steinwurf vom rückwärtigen Ausgang entfernt war, stieß Ambiorix in sein Horn. Der volle, dunkle Klang hallte durch die Schlucht, zerbarst an den gezackten Flanken und wurde vielfach zurückgeworfen, sodass es den Anschein hatte, als erklänge nicht bloß ein einzelnes, sondern unzählige Hörner.

Nachdem der Ton verebbt war, herrschte für die Dauer einiger Herzschläge eine umso tiefere Stille. Dann brach sich infernalisches Geheul Bahn, als sich die verbündeten Stämme von allen Seiten auf die erschrockenen Feinde stürzten, die gerade eben begonnen hatten, sich in trügerischer Sicherheit zu wiegen.

Während Vercassius und seine Männer die Römer am Vorrücken hinderten, schnitten ihnen Ambiorix und seine Reiter, verstärkt von Catuvolcus und einem Trupp seiner Krieger, am anderen Ende der Schlucht den Rückweg ab. Gleichzeitig ging von den Flanken ein Hagel von Lanzen, Pfeilen und Steinen auf die Eingeschlossenen nieder.

Plötzlich erklang im Norden, aus der Richtung des Castrum, der Ton eines zweiten Horns, heller und kaum vernehmbar im Lärm der Schlacht. Viromarus hatte ebenfalls den Befehl zum Angriff gegeben, und seine Männer fielen nun über die lang gezogene Schlange der Legionäre her, die sich noch außerhalb der Schlucht befanden, um ihnen den Rückzug ins schützende Lager abzuschneiden.

Die Wolfsschlucht bildete den idealen Ort für einen Hinterhalt, und obwohl den Römern die Gefahr bewusst gewesen sein musste, hatten sie sich in die Falle locken lassen, ohnmächtig wie ein Stück Wild, das von einem geschickten Jäger überlistet worden war. Daher löste der Überfall bei den jungen, meist unerfahrenen und völlig verängstigten Feinden augenblicklich eine solche Panik aus, dass sie in dem vergeblichen Bemühen, Deckung zu finden, panisch hin- und herliefen und sich dem Hagel der feindlichen Geschosse vollends auslieferten.

Tumult und Verwirrung waren so groß, dass selbst die beiden erfahrenen Legaten Sabinus und Cotta schon bald die Kontrolle über die Situation verloren. In dem verzweifelten Versuch, Disziplin und Ordnung wiederherzustellen, diese römischen Erztugenden, diese Säulen, auf denen die Kampfkraft ihrer Truppen beruhte, bemühten sie sich, ihre Männer dazu zu bewegen, Rücken an Rücken mit über den Köpfen erhobenen Schilden eine Verteidigungsformation aufzubauen. Doch ihre Anstrengungen scheiterten rasch an den beengten Verhältnissen am Boden der Schlucht und der Kopflosigkeit der Legionäre, die nicht die nötige Nervenstärke aufbrachten, eine derartige Formation länger als ein paar Atemzüge aufrechtzuerhalten. Denn sobald einer der ihnen zunächst stehenden Kameraden durch ein keltisches Wurfgeschoss fiel, wurden die übrigen von einer solchen Furcht ergriffen, dass sich die mühsam gebildete Verteidigungslinie augenblicklich wieder auflöste. Schließlich beschränkten sich die Römer darauf, jeder für sich dem Geschosshagel mithilfe seines Schildes so gut wie möglich standzuhalten. Sie mussten jedoch bald erkennen, dass ihre Lage hoffnungslos war. Es war nur eine Frage der Zeit, bis die Lanzen, Pfeile und Steine der Angreifer sie alle getötet haben würden.

Nachdem sich die ungleiche Schlacht auf diese Weise über mehrere Stunden hingezogen hatte, waren zwei Drittel der in der Schlucht eingeschlossenen Legionäre im Hagel der feindlichen Geschosse gefallen. Den anderen war es gelungen, hinter Felsvorsprüngen oder den Leibern ihrer sterbenden und toten Kameraden in Deckung zu gehen. So sah sich Ambiorix gezwungen, mit einem Trupp seiner Krieger ihre Schlupfwinkel in den Steilwänden zu verlassen und in die Talsohle hinabzusteigen, um diejenigen Feinde, die noch am Leben waren, im Kampf Mann gegen Mann zu besiegen. Amena erkannte rasch, dass er eine besondere Taktik anwandte. Scheinbar wild entschlossen drang er mit seinen Kriegern auf die Römer ein. Doch sobald diese ihre Deckung verließen, um sich den Angreifern zu stellen, zogen er und seine Männer sich zurück, und im selben Augenblick prasselte erneut ein Geschossregen aus den Flanken der Schlucht auf die nun ungeschützten Legionäre nieder und tötete die Unvorsichtigen.

Sulis hatte den höchsten Punkt ihrer Reise über den Himmel bereits überschritten, als plötzlich unterhalb der Felsen, zwischen denen Amena kauerte, erregte Schreie den Schlachtlärm übertönten. Eilig lehnte sie sich vor, um auszumachen, was dort unten vor sich ging.

Ein Römer hatte sein Versteck hinter einem Felsvorsprung verlassen, stand vollkommen schutzlos da, die Hände über dem Kopf erhoben, und rief immer wieder laut Ambiorix' Namen. Seine Kleidung und seine wertvolle Ausrüstung gaben ihn als einen der beiden Legaten zu erkennen. Und obgleich seine ehemals weiße Tunika nun zerrissen und sein silberfarbener Brustpanzer vom Blut seiner Feinde bespritzt waren, strahlte der Mann dennoch ungebrochene Würde und Autorität aus.

Aufgeregte Rufe seiner Krieger lenkten Ambiorix' Aufmerksamkeit auf den Römer. Augenblicklich erteilte er das Signal, den Kampf zu unterbrechen, um das Begehr des Legaten herauszufinden. Kurz darauf tauchte er in Amenas Sichtfeld auf. Er verhielt Avellus einige Schritt vor dem Römer, der auf einen Wink von ihm seine Arme sinken ließ. Sie wechselten ein paar Worte, die Amena jedoch aufgrund der Entfernung nicht verstand. Nur wenige Herzschläge später entschwand Ambiorix abermals ihren Blicken, während der Legat sich auf ein Pferd schwang, das wie durch ein Wunder unverletzt geblieben war, und sich in Richtung des nördlichen Ausgangs der Schlucht entfernte. Er kam nur langsam voran, denn die Gefallenen lagen vielerorts dicht beieinander und das Tier schreckte instinktiv davor zurück, auf die am Boden liegenden Leiber zu treten, sodass der Mann es mit Gewalt über die Leichen hinwegtreiben musste.

Was hatte das Verhalten des Römers zu bedeuten?, fragte sich Amena. Wollte er sich ergeben? Was hatten er und Ambiorix besprochen, und warum ritt er nun von dannen?

Sie lief hinunter zu dem kleinen Felsabsatz, auf dem sie ihre Stute zurückgelassen hatte, saß auf und lenkte sie, so rasch es der steile Pfad zuließ, hinab in die Talsohle. An der Stelle, wo die kurze Unterredung stattgefunden hatte, traten die Steilhänge ein Stück zurück, sodass mehrere Reiter nebeneinander Platz fanden. Hier stieß sie auf Ambiorix, Vercassius und Cerbellus, der sich bereits am Vortag entschieden gegen Verhandlungen mit Rom ausgesprochen hatte. Auch nun war er erneut in eine hitzige Debatte mit seinem König verstrickt.

»Und ich sage Euch«, hörte sie ihn gerade aufgebracht rufen, »wir dürfen keinen Einzigen von ihnen am Leben l-«

»Schweigt!«, fiel ihm Ambiorix mit ungewohnter Schärfe ins Wort. »Ich kenne Eure Ansichten, Ihr habt sie schließlich oft genug geäußert. Aber ich wiederhole: Wenn Sabinus sich wahrhaftig ergibt, werde ich ihn ziehen lassen; freilich nicht, ohne Bedingungen daran zu knüpfen. - Sabinus will verhandeln«, erklärte er, ruhiger, als Amena ihre Stute neben seinem Schimmel verhielt. »Er versucht soeben, Cotta davon zu überzeugen, dass ihre Lage aussichtslos ist. Sollte ihm das gelingen, möchte er die überlebenden Legionäre ins nächstgelegene Winterlager führen. Ich bin geneigt, ihm das zu gewähren. Es könnte uns einen Weg eröffnen, doch noch Frieden mit Caesar auszuhandeln.« Er wandte sich halb im Sattel um und ließ seinen Blick durch die Schlucht wandern, deren Boden übersät war mit den Leibern gefallener Feinde. Amena sah, wie er erschauerte. »Für heute ist genug Blut geflossen. Ich will nicht länger wehrlose Männer abschlachten.«

In diesem Augenblick erklangen die harten Hufschläge mehrerer Pferde. Dann tauchte Sabinus erneut auf, diesmal in Begleitung zweier anderer Reiter. Amena erkannte Quintus Iunius und Gaius Arpineius, die beiden Gesandten, die schon am Vortag mit Ambiorix verhandelt hatten. Arpineius blutete aus einer nur notdürftig verbundenen Wunde an der Stirn und hatte sichtlich Mühe, sich aufrecht im Sattel zu halten. Iunius schien unverletzt, doch in den Zügen des kleinen Iberers, der ohnehin nicht besonders tapfer war, las Amena das Grauen der Schlacht.

Bevor die drei Römer die Gruppe um Ambiorix erreichten, drängte sich Vercassius mit einigen seiner Krieger zwischen sie und ihren König, um sich davon zu überzeugen, dass die Feinde keine Waffen in ihrer Kleidung oder dem aufwendigen Sattelzeug verbargen. Nachdem diese Untersuchung zu ihrer Zufriedenheit ausgefallen war, gaben die Männer den Weg frei. Die Unterhändler ritten die letzten Schritte auf Ambiorix zu und verhielten ihre Pferde vor ihm.

Die Römer entboten ihren Gruß, dann ergriff Sabinus das Wort. Er hatte seinen Helm abgenommen als Zeichen, dass er sich dem Sieger auslieferte, und Amena erhielt Gelegenheit, ihn näher zu betrachten. Der Legat war von hochgewachsener, schlanker Gestalt mit kurzen dunklen Locken, die sich an den Schläfen bereits grau färbten, und klugen braunen Augen in einem aristokratischen Gesicht. Obwohl er vollkommen erschöpft sein musste und aus einer klaffenden Wunde in seinem rechten Oberschenkel blutete, war seine Haltung aufrecht und stolz.

Ein würdiger Gegner, dachte sie. Wie traurig, dass er überhaupt ein Gegner war.

»Hört mich an, Ambiorix«, begann Sabinus ohne Umschweife. »Ich erkenne Eure Überlegenheit an und gebe mich geschlagen. Jedoch ersuche ich Euch in aller Form und mit dem Respekt, der

Euch ohne jeden Zweifel gebührt, meinen Männern freien Abzug zu gewähren. Ich bin bereit, mich Euch als Geisel zur Verfügung zu stellen. Doch ich bitte Euch, verschont das Leben der Soldaten, die unter meinem Kommando stehen und für die ich die Verantwortung trage.«

Ambiorix antwortete nicht sogleich. Sein Blick wanderte an dem Legaten vorbei in die Schlucht und wieder zu ihm zurück. »Ich vermisse Cotta«, erklärte er dann. »Wie denkt er darüber?«

Sabinus zögerte, und sein Kehlkopf tanzte erregt auf und nieder. »Es ist mir nicht gelungen, ihn zu überzeugen«, musste er schließlich einräumen. »Cotta stimmt für eine Fortsetzung des Krieges. Aber unsere Männer sind am Ende ihrer Kräfte und nur allzu willig, sich Euch zu ergeben. Cotta würde allein weiterkämpfen müssen.«

Ambiorix nickte langsam, während er die Sachlage überdachte. Amena glaubte zu wissen, was in ihm vorging. Es missfiel ihm, dass die beiden Legaten uneins waren, denn er vermochte nicht abzuschätzen, wie groß Cottas Einfluss auf die Legionäre wahrhaftig war. Allerdings sprach vieles dafür, dass Sabinus recht hatte, wenn er sagte, seine Soldaten seien des Kämpfens müde und willens, zu kapitulieren. Man musste schon seines Lebens überdrüssig sein, um in der aussichtslosen Lage, in der sich die Römer befanden, für eine Fortführung des Krieges zu plädieren.

»Gut, Sabinus, hört meine Entscheidung«, begann er schließlich. »Ich erneuere mein gestriges Angebot. Das bedeutet, ich bin bereit, Euren Männern freien Abzug zu gewähren. Im Gegenzug erwarte ich von Caesar, dass er das Castrum auflöst und sich vertraglich verpflichtet, die Stammesgebiete der Eburonen und ihrer Verbündeten in Zukunft unbehelligt zu lassen. Als Pfand für die Aufrichtigkeit Eurer Absichten nehme ich Euch selbst und Eure beiden Begleiter sowie alle überlebenden Praefecten, Tribunen und Centurionen als Geiseln, bis Euer Lager niedergerissen und der Vertrag besiegelt wurde. Danach werdet Ihr in Eure Heimat zurückkehren können. Cotta empfehle ich, sich ebenfalls zu ergeben. Anderenfalls wird er noch heute sterben. Dies sind meine Bedingungen.«

Sabinus schluckte. Die Erfahrung, dass ihm ein Feind, dazu jemand, der in den Augen Roms als Barbar galt, die Auflagen für eine Kapitulation diktierte, war ganz offensichtlich neu für ihn. Und dass diese die eigenhändige Zerstörung eines Winterlagers und den endgültigen Rückzug der Legionen aus einem Landstrich beinhalteten, musste für ihn als Vertreter der größten Weltmacht seiner Zeit äußerst schwer zu verwinden sein.

Ambiorix war sich darüber sehr wohl im Klaren. Auch hatte er nicht ohne Hintergedanken die Stellung der Praefecten, Tribunen und Centurionen als Geiseln verlangt. Das römische Heer auf diese Weise seiner Führungsschicht zu berauben, war nicht nur strategisch geschickt, sondern ebenso demütigend. Und dies lag durchaus in seiner Absicht. Die Lektion, die Rom bei dieser Gelegenheit lernen sollte, bestand darin, die Eburonen als Gegner ernst zu nehmen.

Sabinus holte tief Luft. Es klang, als laste ein Joch auf seinen Schultern.»So sei es«, erklärte er gefasst, nachdem er endlich seine Sprache wiedergefunden hatte.»Wir werden uns Euch als Unterpfand zur Verfügung stellen, wenn Ihr unsere Legionäre ziehen lasst. Was die Auflösung des Castrum und den Abschluss des Vertrages betrifft -«

Amena sollte nie erfahren, was Sabinus zu diesen beiden Bedingungen zu sagen beabsichtigte. Während der Legat seine Unterwerfung formulierte, wurden in seinem Rücken warnende Rufe laut, erst nur entfernt, doch rasch immer näher, als sie sich wie ein Lauffeuer entlang der Schlucht fortpflanzten. Dann hallten die Steilhänge von den Hufschlägen eines einzelnen Pferdes wider. Ambiorix, Vercassius und Cerbellus rissen ihre Schwerter im selben Moment aus der Scheide, in dem ein Reiter auf einem Schimmel um die letzte Windung der Talsohle bog und geradewegs auf die Gruppe um den jungen König und die Gesandten zusprengte. Blut rann aus einer Platzwunde oberhalb der linken Braue über sein Gesicht, und seine Züge waren eine von Zorn und Hass verzerrte Grimasse. In der Rechten hielt er ein Pilum, den schweren römischen Wurfspeer.

Plötzlich überstürzten sich die Ereignisse, obwohl es Amena in der Erinnerung stets scheinen würde, als wären diese wenigen Augenblicke zäh wie Honig verronnen.

Sabinus hatte sich beim Geräusch der Hufschläge im Sattel umgewandt. Als er erkannte, wer der heranstürmende Reiter war, weiteten sich seine Augen in ungläubigem Entsetzen. Dann riss er auch schon seinen Fuchs herum, hob beschwörend die Arme und brüllte:»Nein, Cotta, nein! Tut das nicht! Ihr zerstört alles!«

Doch der andere Legat hörte nicht auf ihn. Er trieb seinen Hengst zu noch größerer Eile an, zwang ihn im Sprung über die Leiber gefallener Legionäre hinweg und hielt geradewegs auf Ambiorix zu. Eine Handvoll von dessen Kriegern war mit einem Satz im Sattel und drängte ihre Tiere von beiden Seiten in seinen Weg. Aber Cotta durchbrach das Hindernis aus Pferde- und Menschenleibern, als wäre es aus Pergament. Er schien Amena wie eine Lawine, die sich urgewaltig und unaufhaltsam ihrem Ziel entgegenwälzte.

Als ihn nur noch zwanzig Schritt von Ambiorix trennten, brachte er seinen Schimmel so brutal zum Stehen, dass Amena das Blut sehen konnte, das aus dem Maul des armen Tieres tropfte. Dann hieb er dem Hengst seine Fersen in die Flanken, sodass dieser sich mit erschrockenem Wiehern auf die Hinterbeine aufrichtete, hob das Pilum hoch über den Kopf und schleuderte es mit einem lang gezogenen, hasserfüllten Schrei, der nichts Menschliches an sich hatte, auf Ambiorix.

Amena war vor Schreck und Entsetzen wie gelähmt, unfähig, sich zu rühren. Ihr Blick hing gebannt an der Gestalt des einzelnen Reiters - Ogmios, der Herr des Todes, fleischgeworden im Leib eines römischen Legaten. Lediglich aus dem Augenwinkel erkannte sie, dass Ambiorix zwischen der Felswand zu seiner Rechten und seinen eigenen Kriegern so eingekeilt war, dass er dem Pilum unmöglich auszuweichen vermochte. Er saß in der Falle, hilflos, ausgeliefert, denn es gab nichts, was er hätte unternehmen können, um sich gegen den tödlichen Speer zu schützen. Sein nutzloses Schwert in der Rechten, hatte er zwar instinktiv seinen linken Arm mit dem Schild hochgerissen. Aber Amena wusste, dass kein noch so sorgfältig verarbeitetes Holz imstande war, ein Pilum abzuwehren, das aus solch geringer Entfernung mit derartigem Hass und solch ungeheurer Kraft geschleudert wurde.

Doch dann geschah das Unfassbare. Sabinus hatte sich wieder zu Ambiorix umgewandt, um ihm eine Warnung zuzurufen. Er erkannte jedoch sogleich, in welch verzweifelter Lage sich der junge König befand, und sein Schrei blieb ihm in der Kehle stecken. Amena sah, wie sich seine Augen weiteten, vor Fassungslosigkeit, wie sie zunächst annahm. Erst später verstand sie, dass dies der Moment war, in dem der Legat seine Entscheidung fällte.

Nur ein Herzschlag war verstrichen, bis er abermals herumwirbelte. Und just in dem Augenblick, als Cotta das Pilum auf Ambiorix schleuderte, riss Sabinus seine Arme empor und warf sich geradewegs in die Flugbahn des Speers, der ihn mitten in die Brust traf. Er war tot, bevor sein lebloser Körper mit einem dumpfen Laut auf dem felsigen Boden aufschlug.

Für die Dauer eines Atemzugs verharrten alle wie erstarrt, Freund und Feind vereint im gleichen namenlosen Entsetzen. Dann entlud sich Cerbellus' angestaute Furcht um seinen König in einem markerschütternden Schrei. Er schlug seinem Braunen die Sporen in die Flanke und stürzte sich auf Cotta. Hoch über seinem Kopf ließ er sein Schwert kreisen, und Amena hörte den sirrenden Ton, mit dem der scharfe Stahl die Luft durchschnitt. Als er den Legat erreichte, der ihm mit flackerndem Blick entgegenstarrte, holte er aus und trennte mit einem einzigen gewaltigen Hieb den Kopf vom Rumpf.

Darauf erschien es Amena, als verwandelten sich die Krieger vor ihren Augen in Schlachtdämonen. Arpineius und Iunius, aus deren Gesichtern alle Farbe gewichen war, starben unter den Klingen der zunächst stehenden Eburonen. Cerbellus sprengte die Talsohle entlang wie der Kriegsgott Teutates in menschlicher Gestalt, und zu beiden Seiten fielen die Römer wie Getreidehalme unter der Sichel. Ambiorix' Reiter, angeführt von Vercassius, folgten ihm, trieben die letzten Legionäre aus ihren Verstecken und erschlugen sie erbarmungslos.

Nur Ambiorix saß wie versteinert auf seinem Schimmel. Er hatte den nutzlosen Schild sinken lassen, und sein Blick ruhte starr auf Sabinus' Leib, der vor Avellus' Hufen lag, durchbohrt von Cottas Pilum. Dann holte er tief Luft, und ein Schauer lief durch seinen Körper.

Schließlich wandte er sich zu ihr um. »Er hat mir das Leben gerettet«, sagte er, seine Stimme heiser. »Er hat sich geopfert, damit seine Männer leben.«

Fassungslos schüttelte er den Kopf, als könne er nicht glauben, was er doch mit eigenen Augen gesehen hatte. Plötzlich griff er nach dem silbernen Horn, das von seinem Sattel baumelte, hob es an die Lippen und gab das Signal, den Kampf zu beenden.

Der dunkle Ton brach sich an den Wänden der Schlucht und setzte sich bis in ihre entlegensten Winkel fort. Noch ehe er vollständig verklungen war, kam Cerbellus auf Ambiorix zugesprengt und riss seinen Hengst erst im letzten Augenblick brutal am Zügel. Er schäumte vor unbeherrschtem Zorn. Sein Gesicht, die Arme und das Kettenhemd waren bespritzt mit dem Blut der Feinde und ließen ihn mehr denn je wie der personifizierte Teutates erscheinen.

»Ambiorix, was tut Ihr?«, brüllte er außer sich und versuchte seinen Braunen zu bändigen, der die ungezügelte Erregung seines Reiters spürte und immer wieder ausbrach. »Wir haben jetzt die Gelegenheit, die Römer bis zum letzten Mann auszulöschen. Warum wollt Ihr sie entkommen lassen?«

Ambiorix wartete, bis der Krieger sein Tier unter Kontrolle gebracht hatte. »Das ist kein ehrenvoller Kampf mehr«, erklärte er schließlich, und Amena hörte Abscheu und Grauen in seiner Stimme. »Das ist ein sinnloses Schlachten, und ich dulde es nicht länger. Lasst sie laufen. Wir würden nichts gewinnen, indem wir sie auch noch töten.«

247

Cerbellus setzte zu einer hitzigen Entgegnung an, doch Ambiorix schnitt ihm mit einer gebieterischen Handbewegung das Wort ab. »Ich befehle es Euch, Cerbellus«, sagte er in einem Tonfall, der keinen Widerspruch duldete.

Der Gemaßregelte gab ein wütendes Schnauben von sich. Dann riss er seinen Hengst zur Seite, schlug ihm die Fersen in die Flanken und galoppierte an seinem König vorbei und aus der Schlucht hinaus.

Ambiorix lenkte Avellus in einen Halbkreis und suchte Amenas Blick. Sein Gesicht war grau, er wirkte erschöpft und sehr viel älter. »Verstehst du mich wenigstens?«, fragte er leise.

Mit einem leichten Schenkeldruck trieb sie ihre Stute neben seinen Schimmel und legte ihre Hand auf seine Rechte, die noch immer das Heft seines Schwertes umklammerte. Auch sie bewegte die Geste des Römers tief, jene Entscheidung, die er im Bruchteil eines Herzschlags getroffen hatte. Sein eigenes Leben zu opfern, um das des Ambiorix zu retten und damit den freien Abzug der ihm anvertrauten Männer zu bewirken, zeugte von einer inneren Größe, zu der nur wenige Menschen fähig waren. Und abermals bedauerte sie, dass Sabinus ein Gegner gewesen war.

»Ich verstehe dich«, antwortete sie sanft. »Du hast richtig gehandelt.«

Ambiorix schwieg. Seine dunklen Augen wanderten zu Sabinus' leblosem Körper, dann zurück zu Amena. Schließlich nickte er und steckte sein Schwert in die Scheide.

»Lass uns gehen«, sagte er. »Die Schlacht ist vorüber.«

Kapitel 10

»Sabinus hat Ambiorix das Leben gerettet?«, fragte Rutger ungläubig.

Es war Abend, sie saßen gemütlich vor dem Kamin und tranken eine Flasche Bordeaux, während Hannah ihm soeben von ihrem jüngsten Ausflug in die Vergangenheit berichtet hatte.

»Wahnsinn. Ich fasse es nicht«, meinte er kopfschüttelnd, als sie bejahte.

Sie nippte an ihrem Wein, den sie mit Wasser aus einer gläsernen Karaffe verdünnt hatte. »So war's aber«, beharrte sie beinah trotzig und wehrte sich gleichzeitig gegen das Bild des sterbenden Legaten, die Brust von Cottas Pilum durchbohrt, das sich immer wieder aufs Neue in ihre Erinnerung drängte.

»Jaja, ich glaube dir«, beeilte sich Rutger zu versichern. »Es ist halt nur so, dass Caesar den gesamten Ablauf der Ereignisse komplett anders darstellt. Doch lass uns chronologisch vorgehen.« Er konsultierte kurz den Block, auf dem er sich Notizen gemacht hatte und der ihm in den vergangenen Tagen zu einem unentbehrlichen Requisit geworden war. Hier sammelte er alle Informationen, die Hannah ihm lieferte: ihre Schilderung der Geschehnisse ebenso wie die ausführlichen Beschreibungen des keltischen Lebens, um die er sie bat und die ihm ganz besonders am Herzen lagen. Nun schienen sie auf einen wichtigen Punkt gestoßen zu sein, den ersten konkreten Hinweis darauf, dass der Proconsul in seinem *De Bello Gallico* Tatsachen zu seinen Gunsten entstellt hatte.

Rutger legte seinen Finger unter die entsprechende Passage in seinen Aufzeichnungen. »Du sagtest eben, vor dem zweiten Angriff auf das Castrum habe Ambiorix die Römer zu einer Unterredung gebeten und ihnen ein Friedensangebot unterbreitet.«

Hannah nickte. »Das ist richtig.«

»Und hier wird es interessant«, fuhr er fort. »Caesar erwähnt dieses Gespräch zwar ebenfalls, aber er behauptet, Ambiorix habe es benutzt, um die Legionen mithilfe einer List in eine Falle zu locken. Er habe den Gesandten erklärt, in Gallien sei überraschend ein Aufstand ausgebrochen und alle römischen Winterlager würden an einem bestimmten Tag gleichzeitig angegriffen. Außerdem sei ein großes Kontingent germanischer Söldner über den Rhein gesetzt und befinde sich auf dem Weg nach Atuatuca, um ihn, Ambiorix, bei der Eroberung des von Sabinus und Cotta befehligten Castrum zu unterstützen. Er selbst sei jedoch gegen diesen Angriffsplan, den ihm die Könige anderer keltischer Stämme aufgezwungen hätten, und wolle sich der Gunst der Römer versichern, indem er sie warnte und ihnen riet, das Lager rechtzeitig zu verlassen und sich in Sicherheit zu bringen.

Laut Caesar hat sich Ambiorix sogar mit einem Eid dazu verpflichtet, ihnen freies Geleit durch das Stammesgebiet der Eburonen zu gewähren. Der Proconsul erklärt weiterhin, Ambiorix habe diesen Eid gebrochen, in einem Tal - möglicherweise der Wolfsschlucht, die du erwähntest - einen Hinterhalt gelegt und die Legionen überfallen, die auf sein Wort hin das Castrum tatsächlich verließen.«

»Nein.« Hannah schüttelte entschieden den Kopf. »So war es ganz und gar nicht.«

»Warte ab«, sagte Rutger. »Es kommt noch besser. - Ambiorix und seine Verbündeten seien also über die Römer hergefallen, die ihnen in diesem Tal wehrlos ausgeliefert waren. Nach einiger Zeit habe Sabinus um eine Unterredung gebeten, weil er sich ergeben wollte, und nun der Clou: Caesar behauptet, Ambiorix habe dieses Gespräch benutzt, um den Legat heimtückisch ermorden zu lassen, obwohl er ihm durch einen weiteren Eid zugesichert hatte, dass ihm nichts geschehen werde.«

»*Was?*« Hannah war aufrichtig empört. »So ein Unsinn! Sabinus bat in der Tat um eine Unterredung. Doch er und Ambiorix beschlossen ein Abkommen, das für beide Seiten vielversprechend schien. Die überlebenden Legionäre erhielten freien Abzug, und der Legat verpflichtete sich, gegenüber Caesar dafür einzutreten, dass das Winterlager abgerissen wird und Rom die Eburonen und ihre Verbündeten zukünftig in Frieden lässt. Cotta wollte diese Abmachung verhindern und versuchte, Ambiorix zu töten, woraufhin Sabinus sein Leben für das des Ambiorix opferte, denn er hoffte, dadurch den Vertrag zu retten.« Sie hatte sich in Rage geredet und hielt einen Moment inne, um Luft zu holen. »So war's und nicht anders. In Ambiorix' Verhalten lag nicht eine Spur Heimtücke oder Grausamkeit, ganz im Gegenteil. Er hat den Römern bereits nach der ersten Schlacht ein Friedensangebot unterbreitet, das diese jedoch arrogant zurückwiesen. Und schließlich ließ er den Kampf sogar beenden, weil er das sinnlose Abschlachten wehrloser Männer nicht länger ertrug.«

Rutger hatte ihrem leidenschaftlichem Plädoyer konzentriert zugehört. Fantastisch, wie ihre grünen Katzenaugen blitzten, wenn sie wütend war, dachte er, nachdem sie atemlos geendet hatte. Wenn sie in Fahrt geriet, erinnerte sie ihn an eine Löwenmutter, die ihre Jungen verteidigte. Faszinierend. Doch zurück zum Thema.

Er räusperte sich.»Sieht ganz so aus, als hätten wir hier eine der Stellen vor uns, an denen der Proconsul der Wahrheit ein wenig nachgeholfen hat.«

»Ein wenig?«, schnaubte Hannah entrüstet.

Er hob beschwichtigend die Rechte.»Na ja, aus seiner Sicht ein notwendiger Schachzug. Ein Feind, der seine Eide bricht und einen Römer, noch dazu einen wohlbekannten und geschätzten Legaten, heimtückisch ermorden lässt, ist gegenüber Caesars Leserschaft daheim in Rom eine deutlich bessere Rechtfertigung für eine Fortsetzung des Krieges als ein Gegner, der ehrenvoll, umsichtig und so gar nicht barbarisch handelt. Die Menschen schätzen es nicht, wenn man ihre Vorurteile zerstört. Das war vor zweitausend Jahren nicht anders als heute. Und Cottas Verhalten entspricht ja auch nicht dem, was man von einem disziplinierten römischen Soldaten mit hoher Befehlsgewalt in einer Krisensituation erwarten würde. Also gleich zwei gute Gründe, die Wahrheit - wie soll ich sagen? - den persönlichen Bedürfnissen anzupassen. - Nur eine Erklärung, keine Entschuldigung«, setzte er eilig hinzu, als er Hannahs wütenden Blick sah.

Sie schien versöhnt.»Wie werden diese Ereignisse denn in der mittelalterlichen Handschrift dargestellt, die ja angeblich eine Abschrift von Cottas Tagebuch ist?«

»Darauf wollte ich auch gerade zu sprechen kommen«, griff Rutger den Faden wieder auf.»Wir haben hier nämlich eine der Passagen vor uns, in denen sich Caesars Darstellung und die des Manuskripts deutlich widersprechen. Dieses erwähnt das erste Friedensangebot des Ambiorix ebenfalls, und sein Verfasser, also mutmaßlich Cotta, behauptet, er habe sich entschieden dagegen ausgesprochen, das Angebot anzunehmen.«

Hannah nickte.»Das passt zusammen. Er hat ja bis zuletzt und mit allen Mitteln versucht, eine friedliche Einigung zu verhindern.«

Rutger trank einen Schluck Wein, ehe er erneut seine Notizen konsultierte.»Wie ist es eigentlich um das Kräfteverhältnis der Gegner bestellt? Dem Proconsul wird ja vielfach vorgeworfen, die Anzahl der Feinde stark zu übertreiben. Und auch in dieser Hinsicht stimmen seine Darstellung und die alte Handschrift nicht überein. In dem Winterlager bei Atuatuca befanden sich eineinhalb Legionen; darin herrscht in beiden Quellen Einigkeit. Das entspricht zu Caesars Zeiten ungefähr sieben- bis achttausend Legionären zuzüglich Reiterei und Hilfstruppen, also sagen wir zehn- bis elftausend Bewaffnete. Da die Römer geschlossen aus dem Lager abrückten, werden die Trossknechte ebenfalls mit von der Partie gewesen sein. Somit landen wir bei insgesamt zwölf- bis dreizehntausend Mann auf römischer Seite. An einer Stelle des *De Bello Gallico* heißt es, die Kelten seien den Legionen zahlenmäßig ebenbürtig; das mittelalterliche Manuskript hingegen setzt ihre Stärke wesentlich niedriger an, nämlich bei etwa siebentausend Kriegern. Wie siehst du das?«

Hannah brauchte nicht lang zu überlegen. »Die Eburonen und ihre Verbündeten waren deutlich in der Minderheit«, erklärte sie bestimmt. »Leg mich jetzt bitte nicht auf genaue Zahlen fest, ich war noch nie gut im Schätzen. Aber ich erinnere mich, dass Catuvolcus sagte, der gesamte Stamm der Eburonen bringe zusammen weniger waffenfähige Männer auf, als sich Legionäre in diesem Winterlager befänden. Zwar muss man noch die Bundesgenossen hinzurechnen, doch hierbei schien es sich um eher kleine Stämme zu handeln. Gar keine Frage, die Römer waren bei Weitem in der Überzahl.«

Rutger nickte und kritzelte etwas auf seinen Notizblock. »Das dachte ich mir. Nach allem, was die Forschung über die Eburonen weiß - das ist freilich nicht gerade viel -, waren sie ein unbedeutender, wenig kriegerischer Stamm. Folglich decken sich die Angaben des mittelalterlichen Manuskripts ziemlich genau mit deinen Beobachtungen, womit bewiesen wäre - na ja, ›bewiesen‹ ist natürlich nicht der richtige Ausdruck, aber du weißt, was ich meine -, dass das angebliche Tagebuch Cottas eine realistischere Schilderung der Ereignisse liefert als Caesar. Das wirft zugleich ein neues und äußerst interessantes Licht auf weitere Episoden des Gallischen Krieges, die sich vor den Kämpfen gegen die Eburonen ereigneten und die er teilweise ebenfalls gänzlich anders darstellt als der Proconsul. Leider endet Cottas Text nach diesem Eintrag, denn er fällt ja in der Wolfsschlucht.

Wir können also dreierlei festhalten«, fasste Rutger zusammen. »Deine Vision hat einmal mehr gezeigt, dass die Handschrift tatsächlich eine Kopie von Cottas Kriegstagebuch ist und dass er die Geschehnisse zutreffender schildert als Caesar. Dies lässt den Schluss zu, dass der göttliche Iulius wohl auch andere Vorgänge verfälscht dargestellt haben dürfte, insbesondere die, bei denen Rom sich nicht mit Ruhm bekleckert. Mit der Vernichtung von eineinhalb Legionen hat Ambiorix dem Imperium einen der größten Verluste zugefügt, die es während des gesamten Gallischen Krieges einstecken musste. Und obwohl der Proconsul an den Kampfhandlungen nicht selbst beteiligt war, hat er diese Demütigung sehr persönlich aufgefasst. Er hat sich in Trauerkleidung gehüllt und geschworen, sie erst wieder abzulegen, wenn diese schmachvolle Niederlage gerächt oder der Stamm der Eburonen als Strafe für sein schweres Vergehen mit

Stumpf und Stiel ausgerottet wäre. Dementsprechend ist seine Rache dann auch ausgefallen.«

Hannah erschauerte. Wie von selbst tasteten ihre Finger nach der Packung Zigaretten, und sie zündete sich eine an.

»Diese Schlacht war grauenvoll«, sagte sie leise, nachdem sie einen ausgiebigen Zug genommen hatte. »Überall lagen Leichen. Der Boden der Schlucht war übersät mit sterbenden und toten Römern, grässlich zugerichtet und verstümmelt. Und als Cerbellus Cotta enthauptet hat ... Es war einfach entsetzlich. Du kannst dir das nicht vorstellen. Das ist nicht wie in einem Film, ich war ja unmittelbar beteiligt.«

Ein gewaltiger Kloß schien sich mit einem Mal in ihrer Kehle breitzumachen, und sie verstummte. Es gab ohnehin nichts mehr zu sagen. Worte waren viel zu schwach, um das Grauen, das sie befallen hatte, angemessen zu beschreiben. Sie waren bloße Hülsen, deren harmlose äußere Erscheinung ihren schrecklichen Inhalt nur unzureichend wiedergab. Hannah war nicht darauf vorbereitet gewesen, solch furchtbare Schlachtszenen mitzuerleben, und seit dem Erwachen aus der Meditation fühlte sie sich hundeelend. Sie hatte nie verstanden, warum Menschen Vergnügen dabei empfanden, brutale Filme anzuschauen, sie hätte das nie freiwillig getan. Doch ihre Visionen waren kein Fernsehprogramm, sie konnte nicht wegschalten. Und wohin sie schaute, bestimmte Amena, denn es waren ihre Augen, durch die Hannah das längst vergangene Geschehen beobachtete, und sie war dem wehrlos ausgeliefert.

Sie holte tief Luft und erhob sich. Sie musste irgendetwas tun, sich ablenken, an etwas anderes denken. Für heute hatte sie genug von Schlachten, genug entstellte Gesichter, blutende Wunden und abgetrennte Glieder gesehen. Die Schreie und das qualvolle Stöhnen der Verletzten und Sterbenden, gleich ob Römer oder Kelten, hallten noch in ihren Ohren nach. Ihre Rechte zitterte, als sie die gläserne Wasserkaraffe aufhob und in die Küche hinüberging, um sie neu aufzufüllen.

Ein Spaziergang täte ihr jetzt gut, überlegte sie. Friedvolle Natur statt Krieg, frische Waldluft statt Zigarettenqualm. Ihre Finger zitterten nun so stark, dass die Kanne ihnen entglitt und mit ohrenbetäubendem Splittern auf den Fliesen des Küchenbodens zerschellte.

Plötzlich stand Rutger neben ihr. Ihre Nerven waren immer noch so überreizt, dass sie zusammenfuhr und ihr Tränen in die Augen schossen.

»Schsch«, machte er leise, legte seine Hände auf ihre Schultern und drehte sie sanft zu sich um. Hastig wandte sie den Blick ab.

»Hannah, bitte hör mir zu«, sagte er. Verwundert registrierte sie die Eindringlichkeit und Sorge, die in seiner Stimme mitschwangen. »Es tut mir unendlich leid, dass du mit diesen grässlichen Bildern konfrontiert wurdest. Denk daran, du kannst jederzeit mit den Meditationen aufhören. Ich will auf gar keinen Fall, dass du dich mir zuliebe solchem Grauen aussetzt. Meine Leidenschaft für die Archäologie in allen Ehren, aber das ist es mir dann doch nicht wert. Ich möchte, dass du das weißt.«

Wenn Hannah später darüber nachdachte, wann sie sich ernsthaft und unwiderruflich in Rutger verliebt hatte, kam sie stets aufs Neue zu dem Schluss, dass es genau in diesem Augenblick war. Es war der Umstand, dass ihm, dem ehrgeizigen Forscher, ihr Wohlergehen wichtiger war als seine wissenschaftliche Erkenntnis; dass er bereit war, auf die unschätzbaren Einsichten zu verzichten, die ihre Reisen in die Vergangenheit ihm lieferten, um sie nicht weiter zu belasten. Und sie war sich vollkommen im Klaren darüber, was ihn diese Entscheidung kostete.

Endlich hob sie den Blick, schaute ihm ins Gesicht und las in seinen dunklen Augen, dass es ihm ernst war. Der Kuss, der dann folgte, kam für beide überraschend. Doch was Hannah am meisten erstaunte, war seine Leidenschaftlichkeit, von der sie bislang angenommen hatte, dass Rutger sie für seine Geliebte, die Archäologie, reservierte.

Die folgende Nacht bewies das Gegenteil.

Obwohl sie sich in der Nacht angenehmerem Zeitvertreib hingaben als dem Schlaf, fühlte sich Hannah am nächsten Tag ausgeruht, entspannt und so wohl wie schon seit Langem nicht mehr. Gegen Morgen war ein heftiges Gewitter niedergegangen. Grelle Blitze und tosender Donner hatten ein würdiges Bühnenbild für die leidenschaftliche Handlung abgegeben, die sich zwischen den beiden Protagonisten abspielte. Und für die Dauer einer Nacht waren Marcel und das tiefe Misstrauen, das er in Hannah hinterlassen hatte, irgendwo in den Kulissen verschwunden.

Als Rutger schließlich mit einer dem Anlass angemessenen Verspätung in Richtung Büro aufbrach, traten die letzten schiefergrauen Wolken im Westen gerade den Rückzug an, während ein blasses Himmelsblau soeben schüchtern begann, sich die weite Fläche über den Feldern zurückzuerobern.

Sobald sein Land Rover über die aufgeweichten Furchen des Ackers davongehoppelt war, drehte sich Hannah auf dem Absatz um und stapfte entschlossenen Schritts hinüber ins Atelier. Jetzt oder nie würde sie endlich den gottverdammten Kalender in Angriff nehmen, und sie wusste, sie würde malen wie nie zuvor in ihrem Leben.

Heldenhaft widerstand sie der Versuchung, sich einem Porträt von Ambiorix zu widmen. Nein, heute hätte zur Abwechslung ihre Arbeit einmal absoluten Vorrang. Was diesen Entschluss nicht unerheblich erleichterte, war der Umstand, dass der Gedanke an eine weitere Meditation zurzeit wenig reizvoll erschien, denn die grauenvollen Schlachtszenen der letzten standen Hannah noch äußerst plastisch vor Augen. Außerdem, so sagte sie sich, konnte es nicht schaden, mal einen Tag auszusetzen. Konrad hatte ihr ja ohnehin geraten, es nicht zu übertreiben.

Voller Energie baute sie sich vor der Pinnwand auf, betrachtete die bisherigen Ergebnisse und fühlte, wie ihre Begeisterung mit einem Schlag verpuffte: einige Skizzen und zwei farbige Studien, von denen keine auch nur annähernd das wiedergab, was Hannah beim Anblick der steil aufragenden Felsformationen im Tal der Ahr wirklich empfunden hatte. Doch das würde sich nun ändern.

Kurzerhand riss sie die Blätter von der Wand und warf sie in den Papierkorb. Ihr schwebte jetzt etwas ganz anderes vor, etwas Dynamisches, Leidenschaftliches, Großartiges, kurz: etwas Epochales. Sie zog einen großformatigen Aquarellblock mittelrauer Qualität aus dem Regal, breitete die Tuben mit Aquarellfarbe auf der Arbeitsplatte aus, stellte ein paar Pinsel zusammen und füllte drei alte Einmachgläser mit Wasser. Dann setzte sie sich und schloss die Augen.

Schon bald entstand auf ihrer inneren Leinwand ein Bild der Weinberge in den dramatischen Tönen des Herbstes, das sie mit wenigen Bleistiftstrichen festhielt. Anschließend wählte sie einen dicken Pinsel und legte los. Augenblicklich spürte sie, wie sie in Schwung kam. Ihre eingerosteten Handgelenke lockerten sich, die blockierten Energien begannen in ihrem Körper zu sprudeln wie ein munterer Gebirgsbach, und die *Kreativen Regionen* hüpften begeistert auf und nieder und klatschten vor Freude in die Hände. Endlich gehörte die inspirationslose Phase der Vergangenheit an, Hannah schwelgte in Farben und genoss das Malen in vollen Zügen. Rutger, Gottes Geschenk an die Frauen, sei Dank.

Drei Stunden und zwei Thermoskannen starken schwarzen Tees später hatte sie ein Aquarell zu Papier gebracht, das in ungestümer, leidenschaftlicher Weise die Wildheit der Weinberge entlang der Ahr genau so wiedergab, wie Hannah sie an jenem Tag empfunden hatte. Lediglich die Farbgebung war anders: Das Bild loderte förmlich in den feurigen Tönen des Herbstes, sodass es ihr beinah schien, als müssten der Arbeitstisch und alles, was sich auf ihm befand, jeden Moment in Flammen aufgehen. Nachdem das Blatt getrocknet war, stellte Hannah den Block auf eine Staffelei und trat ein paar Schritte zurück, um ihr Werk zu begutachten.

Jawoll, es war gelungen. Nein, mehr als das: Es war in der Tat epochal. Dieser Kalender würde Aquarellgeschichte schreiben. Wie stets, wenn die *Kreativen Regionen* die Führung übernahmen, neigte Hannah zu einer gewissen Übertreibung.

Während sie die Pinsel auswusch und zum Trocknen in ein Gestell steckte, ertappte sie sich dabei, wie sie leise vor sich hin pfiff.

Ihre Euphorie fand gleichwohl ein jähes Ende. Als sie gegen Mittag die Tür des Ateliers hinter sich schloss und zufrieden summend ins Wohnhaus hinüberschlenderte, um ein Tiefkühlgericht in die Mikrowelle zu werfen, fiel ihr Blick auf Hopes Näpfchen, die sie am Morgen mit Designerfutter und spezieller, laktosereduzierter Milch für Samtpfoten gefüllt hatte. Überrascht blieb Hannah stehen. Sie waren unberührt.

Eigenartig, dachte sie. Die kleine Katze war nämlich mit einem gesegneten Appetit ausgestattet, und normalerweise dauerte es keine drei Minuten, bis ihre Näpfe sauber leergeschleckt waren. Nun jedoch hatte sie sie nicht einmal angerührt.

Und wo Hannah jetzt so darüber nachdachte, hätte sie auch nicht mit Sicherheit zu sagen vermocht, ob sie Hope an diesem Tag überhaupt schon gesehen hatte. Rutger und sie waren so miteinander beschäftigt gewesen, dass sie einfach nicht auf das Kätzchen achteten. An Cúchulainn erinnerte sie sich ohne Mühe. Erstens war er wirklich nicht zu übersehen, und zweitens hatte er sie und Rutger mitten in der Nacht gestört, als er während des Gewitters darauf bestand, zu ihnen ins Bett zu klettern. Die Seele eines Welpen im Körper eines Löwen.

Aber Hope? Hannah vergewisserte sich, dass das Küchenfenster zum Innenhof in der Nacht nicht zugefallen war. Doch es stand wie stets einen Spalt offen. Sehr seltsam.

Apropos Gewitter, schoss es ihr durch den Kopf, als sie sich gerade in den Anblick der Batterie von Tiefkühlgerichten versenkte, die sich im Eisfach ihres Kühlschranks türmten. Dieses extragroße Gefrierfach war so ziemlich der einzige Bereich ihrer Wohnung, in dem sie peinlichst Ordnung hielt. Die Packungen mit den diversen Fertigmenüs waren alphabetisch geordnet und säuberlich übereinandergestapelt. Und ihre Betrachtung empfand Hannah immer wieder aufs Neue als ebenso erfreulich wie beruhigend.

Apropos Gewitter also. Das Unwetter der vergangenen Nacht war selbst für Eifelverhältnisse ungewöhnlich heftig ausgefallen. Wie auf Kommando begannen die *Kreativen Regionen*, die nach der ungewohnten morgendlichen Stimulation unverändert auf Hochtouren liefen, verschiedene Schreckensszenarien einzuspielen, die das Kätzchen in unterschiedlichen Notlagen zeigten: Hope, die die Orientierung verloren hatte und nun nicht mehr nach Hause fand; Hope, die unter herabgebrochenen Ästen verschüttet lag und sich nicht allein befreien konnte; Hope, die –

Genug!, gebot Hannah energisch Einhalt, schlüpfte in ihre Turnschuhe und hastete hinaus in den Innenhof. Systematisch und stur wie ein Maulwurf grub sie sich durch das Gerümpel, das vom Umbau übrig geblieben war und in einer Ecke wüst übereinandergetürmt auf den nächsten Sperrmüll wartete - falls sich überhaupt je ein Sperrmüllwagen über den Hindernisparcours zu ihrem abgelegenen Hof durchkämpfen würde, was mehr als fraglich schien. Jedoch keine Spur des Kätzchens. Immer wieder rief Hannah seinen Namen, doch die einzige Antwort blieb das Tschilpen der Spatzenschar in den Zweigen einer Birke, die interessiert verfolgte, was ihre seltsame neue Nachbarin nun schon wieder trieb.

Schließlich verließ sie den Hof und umrundete ihn entlang der Außenmauer. Wie ein Storch stakste sie durch die hohen Gräser, die an der Süd- und Westseite an das Anwesen grenzten und vom heftigen Regen der Nacht trieften, sodass ihre Jeans in kurzer Zeit bis über die Knie durchnässt wurde. Mit wachsender Sorge lugte sie in alte Fässer, in denen sich das Regenwasser gesammelt hatte, ständig in der furchtsamen Erwartung, Hopes kleinen Körper leblos darin treibend zu finden. Sie spähte hinter Steinhaufen und unter einen Stapel Bretter, aber kein noch so winziger Hinweis auf das Kätzchen war zu entdecken.

Mit einem unguten Gefühl beendete Hannah ihre fruchtlose Suche und kehrte ins Haus zurück. Zugegeben, räumte sie ein, als sie sich aus ihrer nassen Jeans schälte und sie zum Trocknen über die Heizung hängte, sie war wirklich alles andere als eine Katzenkennerin. Doch eines wusste sie genau: Keine Samtpfote würde freiwillig bei solchem Wetter draußen bleiben, wenn drinnen luxuriöses Futter und ein warmes Plätzchen auf sie warteten. Sicher, im Wald hinter ihrem Hof gab es genügend natürliche Verstecke, in denen Hope das Unwetter einigermaßen trocken hätte überstehen können – aber warum war sie dann nicht längst zurückgekehrt?

Schließlich wärmte sich Hannah eines der Tiefkühlgerichte, doch ihr war der Appetit vergangen. Während sie lustlos darin herumstocherte, beschloss sie, zu warten, bis Rutger nach der Arbeit vorbeikäme, und ihn zu bitten, ihr bei der Suche nach Hope zu helfen.

Rutger überfiel Hannah noch auf der Türschwelle mit einem stürmischen Kuss und einem üppigen Strauß roter Rosen. Nach einem langen Augenblick und ehe er dazu kam, dort fortzufahren, wo sie am Morgen stehen geblieben waren, schob sie ihn sanft von sich, schnappte nach Luft und zog ihn erst einmal ins Haus.

Während sie in der Küche die Blumen versorgte, wobei sie sicherheitshalber die Kochinsel zwischen sich und Rutger brachte, berichtete sie ihm von ihrer Sorge um Hope, die nach wie vor verschwunden war. Sofort erklärte er sich bereit, ihr bei einer neuerlichen Suchaktion zu helfen. Obwohl sich Hope bislang von Cúchulainns gewaltigen Ausmaßen nicht hatte beeindrucken lassen - sie besaß das unerschütterliche Selbstbewusstsein einer Katze, die wusste, dass im Leben andere Dinge zählen als schiere Körpergröße -, ließen sie ihn vorsichtshalber im Innenhof zurück.

Abermals durchkämmten sie die nähere Umgebung des Gehöfts, schauten erneut an all den Orten, an denen Hannah schon am Vormittag nach Hope gefahndet hatte, und riefen immer wieder ihren Namen. Doch das Kätzchen blieb wie vom Erdboden verschluckt.

Schließlich beschlossen sie, ihre Bemühungen auf das Birkenwäldchen auszudehnen, das an die Außenmauer des Wohnhauses grenzte. Die Nässe brachte das aufgebrochene Schwarz-Weiß der Stämme erst richtig zur Geltung, die jungen, zarten Blätter erstrahlten in frischem Maigrün, und die dicke Schicht rotbraunen Laubs des vergangenen Herbstes verströmte einen wundervoll würzigen Geruch. Aber was Hannah betraf, verschwendete die Natur ihre Reize. Sie war inzwischen so voller Sorge, dass es ihr nicht einmal aufgefallen wäre, wenn der Wald über Nacht den Neon-und-Edelstahl-Charme einer U-Bahn-Station angenommen hätte. Nicht nur das; sie hätte diese wundersame Verwandlung sogar begrüßt, denn dann würden nicht von jedem Busch, hinter den sie schaute, von jedem Farnwedel, das sie zur Seite bog, kleine Regenschauer auf sie herniedergehen, und der nasse Waldboden wäre auch nicht so verflucht aufgeweicht und schlüpfrig.

Nach fast einer Stunde vergeblicher Suche ließ sich Hannah erschöpft auf den Stamm einer umgefallenen Birke sinken. Augenblicklich war der Hosenboden ihrer Jeans durchweicht, aber das spielte jetzt auch schon keine Rolle mehr. Resigniert stützte sie das Kinn in die feuchten Hände. Wo zur Hölle konnte Hope bloß stecken? Selbst wenn ihr etwas zugestoßen wäre, musste sie doch irgendwo *sein*. Und Hannah vermochte sich beim besten Willen nicht vorzustellen, dass sie sich noch weiter vom Hof entfernt haben sollte. Besonders unternehmungslustig war das Kätzchen nie gewesen. An manchen Tagen hatte es kaum je das Haus verlassen, war zufrieden damit, sich auf das Sofa oder Hannahs Bett zu legen und den Tag zu verschlafen ... Die ganze Sache erschien ihr immer rätselhafter.

Wenig später gesellte sich Rutger zu ihr. Er war genauso durchnässt wie sie, und außerdem wies ein frischer, blutiger Kratzer auf seiner Wange darauf hin, dass er nähere Bekanntschaft mit einer Brombeerranke geschlossen hatte. »Das ist wie die berühmte Suche nach der Stecknadel im Heuhaufen«, meinte er. »So ein winziges Tier hat in diesem dichten Unterholz unzählige Möglichkeiten, sich zu verstecken. Vielleicht ist sie ja auch -«

Plötzlich richtete sich Hannah kerzengerade auf. »Pst!«

Er verstummte augenblicklich.

Sie lauschte mit schräg gehaltenem Kopf, die Stirn vor Konzentration in tiefe Falten gelegt. »Ich dachte, ich hätte was gehört. Klang wie das Miauen einer Katze.«

Rutger warf ihr einen skeptischen Blick zu, horchte aber ebenfalls. Dann zuckte er die Schultern. »Tut mir leid, ich höre nichts.«

Doch da war es wieder. Ein leiser, kläglicher Laut, der sehr wohl das Miauen einer kleinen Katze hätte sein können. Einer sehr unglücklichen kleinen Katze.

»Hope?«, rief Hannah, mit einem Mal voller Hoffnung.

In diesem Moment hörten sie es beide gleichzeitig. Es war eindeutig ein Miauen, und es schien aus einem Strauch nur wenige Meter hinter ihnen zu kommen.

Hannah sprang auf und folgte Rutger, der mit zwei langen Schritten hinübergeeilt war und nun vorsichtig die Zweige auseinanderbog, dichte Zweige mit rotbrauner Rinde und weichen dunkelgrünen Nadeln. Nichts.

Einen Augenblick später wiederholte sich das Miauen jedoch, und jetzt wurde klar, dass es von jenseits des Gebüschs kam. Hastig kletterten sie über einen gewaltigen Ast, den ein Blitz der vergangenen Nacht aus dem Stamm einer großen Birke herausgemeißelt hatte, und gelangten auf seine Rückseite. Dort, am Fuß des Strauches, hatte die lockere Walderde dem sintflutartigen Regen nachgegeben, und es war ein annähernd runder Krater von zwanzig Zentimetern Durchmesser entstanden.

»Ein alter Fuchsbau«, stellte Rutger fachmännisch fest.

Als hätte sie seine Stimme vernommen, schrie Hope erneut. Und nun gab es keinen Zweifel mehr: Ihr kleines, verängstigtes Stimmchen kam aus diesem Loch. Sofort fiel Hannah auf die Knie und beugte sich darüber. Doch die dichten Nadeln des Busches stachen ihr ins Gesicht, und seine Wurzeln, die von allen Seiten in die Öffnung hineinragten, machten es unmöglich, etwas Genaues zu erkennen.

Plötzlich ruckte ihr Kopf hoch. Ein Strauch mit Nadeln? Sie kannte nur einen einzigen Strauch, der Nadeln hervorbrachte, und das war -

»Eine Eibe«, sagte sie laut. »Rutger, dieser Strauch ist eine Eibe.«

Rutger, der neben ihr kniete und bereits begonnen hatte, mit bloßen Händen einige der dünneren Wurzeln herauszureißen, schaute nur kurz auf und widmete sich augenblicklich wieder seiner Arbeit. »Dann sei vorsichtig«, meinte er nur. »Die sind giftig.«

Er verstand nicht. Was gab es denn da nicht zu verstehen? Sie fiel ihm in den Arm. »Rutger, dieser Strauch ist eine gottverdammte *Eibe*.«

Da endlich dämmerte es ihm. Er hielt mitten in der Bewegung inne, richtete sich auf und blickte nachdenklich zwischen dem Busch und Hannah hin und her, als suchte er nach einer Ähnlichkeit zwischen ihnen.

»Du hast recht«, erklärte er schließlich. »Das kann natürlich Zufall sein. Aber ebenso gut könnte dieser Baum auch ein Nachfahre der Eibe sein, an deren Fuß das Quellheiligtum lag. - Bleib du hier. Ich lauf zurück und hol den Wagen. Ich hab jede Menge Werkzeug im Kofferraum.«

Augenblicklich verschwand er im Unterholz, und Hannah kniete sich abermals vor das Loch und verrenkte den Hals, um einen Blick hineinzuwerfen. Doch außer dichtem, undurchdringlichen Wurzelgeflecht war nichts zu erkennen. Sie rupfte einige der dünnsten Wurzeln aus und zerrte mit all ihrer Kraft an den dickeren, musste jedoch bald einsehen, dass es zwecklos war. Sie würde wohl oder übel warten müssen, bis Rutger zurückkehrte. Bis es so weit war, redete sie beruhigend auf Hope ein, die immer wieder kläglich schrie, umso lauter und eindringlicher, als sie nun wusste, dass dort draußen jemand war, der sie hörte.

Wenige Minuten später manövrierte Rutger den Land Rover langsam rückwärts in den Waldweg hinein. Türen schlugen, dann hockte er sich erneut neben sie. Er hatte eine Axt und einen Spaten mitgebracht. »Rutsch mal ein Stück beiseite«, bat er Hannah.

Sie machte ihm Platz, und er begann, mit der Axt auf einige der Wurzeln in der Mitte des dichten Geflechts einzuhacken. »So - viel - steht - fest«, stieß er zwischen jeweils zwei energischen Hieben hervor.»Dieser Bau - hat schon lang - keinen Fuchs mehr gesehen. So, versuch mal, ob du da hineingreifen kannst.«

Er rutschte zur Seite, und Hannah sah, dass er eine Öffnung vom Durchmesser ihrer Faust geschaffen hatte. Sie nahm seinen Platz ein, schob den Ärmel ihres Pullovers so weit wie möglich hoch und steckte ihren linken Arm behutsam in das neu entstandene Loch. In diesem Moment schrie Hope wieder, aber ihre Stimme klang nun gedämpfter, wie aus größerer Entfernung. Vermutlich hatte die Furcht vor Rutgers kraftvollen Axtschlägen sie tiefer in den ehemaligen Fuchsbau hineingetrieben. Vorsichtig begann Hannah mit der Linken umherzutasten. Ihre Finger stießen auf Wurzeln unterschiedlicher Dicke, die sich kühl und feucht anfühlten. An manchen Stellen war ihr Geflecht so undurchdringlich, dass sie die Hand ein Stück zurückziehen musste, weil sie nicht weiterkam. Doch sosehr sie sich auch bemühte, bis zu Hope reichte ihr Arm nicht. Schließlich zog sie ihn zurück, richtete sich auf und klopfte Erde und lose Eibennadeln von ihrem Pullover.

»Das Loch ist noch nicht tief genug«, erklärte sie.

Abermals tauschten sie die Plätze, und Rutger machte sich wieder an die Arbeit. Während er immer mehr Wurzeln durchtrennte, aus dem Tunnel herauszog und neben sich ins Gebüsch warf, stellte Hannah sich die kleine Katze vor, die vollkommen verängstigt und zitternd irgendwo in dieser dunklen, engen Höhle hockte und sich bei jedem Hieb der Axt noch ein wenig tiefer in sie zurückzog. Vermutlich hatte sie wegen des Unwetters in dem alten Fuchsbau Schutz gesucht, sich dann jedoch in dem dichten Wurzelgeflecht verfangen und nicht mehr hinausgefunden.

Rutger riss sie aus ihren Gedanken.»So, jetzt müsste es gehen.«

Er rutschte beiseite, sie kniete sich erneut vor das Loch und steckte ihren Arm in den Tunnel. Er hatte ihn deutlich erweitert, und sie spürte, dass sie mit ihrer Hand nun weiter hineinreichte. Vorsichtig tastete sie sich voran, und plötzlich berührten ihre Finger eine dicke Wurzel und schlossen sich wie von selbst darum. Sie befühlten sie, glitten an ihr entlang, und Hannah blieb nur noch Zeit zu registrieren, dass irgendetwas an dieser Wurzel höchst wurzeluntypisch war, als ihre Fingerspitzen auf warmes, weiches Fell stießen. Dann schrien Hope und sie gleichzeitig auf, und ein heftiger Schmerz in ihrem Zeigefinger ließ Hannah zurückzucken. Eilig zog sie ihren Arm aus dem Loch und richtete sich auf.

Rutger schaute überrascht.»Was ist passiert? Bist du dem Geist des Fuchses begegnet?«

»Sehr witzig. Sie hat mich gebissen, das undankbare Vieh.« Vorwurfsvoll reckte Hannah ihren linken Zeigefinger in die Höhe, in dessen Kuppe Hopes winzige, nadelspitze Eckzähnchen zwei deutliche, blutige Spuren hinterlassen hatten. Er erhob sich. »Moment, ich hab Handschuhe im Wagen.« Er verschwand im Unterholz und kam wenig später mit einem Paar Arbeitshandschuhe aus dickem Leder zurück. Dann streifte er den rechten über, kniete sich vor den Erdtunnel und griff beherzt hinein. Bald darauf stieß das Kätzchen erneut ein erschrockenes Miauen aus, Rutger zog langsam seinen Arm heraus und grinste triumphierend. In seiner behandschuhten Rechten hielt er Hope.

Die kleine Katze war völlig verängstigt und zitterte am ganzen Körper, was sie gleichwohl nicht davon abhielt, sich aus Leibeskräften gegen den groben Lederhandschuh zu wehren. Sie drehte und wand sich in der Hand ihres Retters wie ein Aal. Rutger überreichte sie Hannah, die sie vorsichtig in Empfang nahm, an ihre Brust drückte und leise mit ihr sprach. Nach einer Weile begann sie sich zu beruhigen, und das Zittern ebbte allmählich ab. Schließlich untersuchte Hannah sie behutsam. Sie schien unverletzt, anscheinend war sie mit dem Schrecken davongekommen. Jedoch starrte sie vor Schmutz. Ihr grau gestreiftes Fell war von getrocknetem Erdreich verklebt und stand wirr nach allen Seiten ab. Dabei schaute sie so unglücklich drein, wie nur kleine Katzen es vermögen.

»Ich glaube, sie braucht jetzt dringend ein Bad«, meinte Rutger. »Auch wenn ihr das ganz und gar nicht gefallen wird. Gehen wir?«

»Einen Augenblick noch.« Diese Wurzel ging Hannah nicht aus dem Sinn. Irgendetwas an ihr war eigenartig, und sie wusste, sie hätte keine Ruhe, ehe sie nicht herausfand, was es war. »Hier, halt mal den Zwerg.« Sie reichte Rutger das Kätzchen, der es vorsichtig entgegennahm und verwundert zuschaute, wie Hannah sich wieder vor den ehemaligen Fuchsbau kniete und einmal mehr den Arm hineinsteckte. »Noch mehr kleine Katzen da drin?«, versuchte er zu scherzen. Doch sie war zu beschäftigt, um zu antworten.

Es dauerte einen Moment, bis sie die Wurzel wiederfand. Dann bewegte sie ihre Finger systematisch an ihr entlang, und schlagartig wurde ihr klar, was vorhin, in jenem Bruchteil einer Sekunde, ehe Hope zubiss, ihre Aufmerksamkeit geweckt hatte. Die Oberfläche war vollkommen glatt und ebenmäßig. Und während Hannahs Fingerspitzen langsam über sie hinwegtasteten, stellte sie fest, dass ihre Form eine gleichmäßige Rundung beschrieb, den Abschnitt eines perfekten Kreises.

Plötzlich war sie völlig sicher: Dies war keine stinknormale Wurzel, dies war ein von Menschenhand geschaffener Gegenstand. Ihr Herz begann schneller zu schlagen.

»Was zum Teufel suchst du da eigentlich?«, fragte Rutger über ihr, der allmählich ungeduldig wurde. Seine Kleidung war durchnässt, sein Rücken schmerzte, und er hatte Hunger - eine Kombination, die auch den geduldigsten Mann auf Dauer unzufrieden machen konnte. Außerdem war ihre Mission doch erfolgreich abgeschlossen. Also was um Himmels willen suchte Hannah denn noch in diesem blöden Loch?

»Das wirst du gleich sehen«, entgegnete sie. Ihre Stimme klang dumpf, weil ihr Kopf halb in der Öffnung des alten Fuchsbaus steckte.

Drei Viertel ihres Fundes saßen in einer undurchdringlichen Mischung aus Erdreich und Wurzelgeflecht fest. Vorsichtig bohrte und kratzte Hannah mit ihren bloßen Fingerspitzen abwechselnd an seinem einen Ende, dann am anderen herum, um ihn nach und nach freizulegen. Schließlich fühlte sie, wie sich der Gegenstand allmählich lockerte. Behutsam und mit einer für sie völlig untypischen Geduld befreite sie auch noch den Rest ihres Schatzes aus seinem Erde-und-Wurzel-Gefängnis. Und dann, endlich, bestätigten ihre Finger, was sie schon längst ahnte: Das Objekt beschrieb einen perfekten Kreis. Und in einem Punkt war sich Hannah ziemlich sicher: Nichts in der Natur brachte derart perfekte Kreise aus einem vollkommen glatten Material hervor.

Langsam zog sie den Arm aus dem Erdloch und erhob sich. Ihr Herz schlug ihr vor Aufregung bis zum Hals, als sie Rutger ihren Fund mit triumphierender Miene direkt vor die Nase hielt. Er sah einen kreisrunden, schmutzverkrusteten Gegenstand von vielleicht zehn Zentimetern Durchmesser aus mattem, farblosem Glas. Dann wurde Hannah amüsiert Zeugin, wie sich seine Augen immer mehr weiteten, als er wie gebannt darauf starrte, bis sie fast die Größe ihres Fundes angenommen hatten. Wortlos reichte er ihr Hope und nahm ihr das Objekt aus der Hand.

»Weißt du, was das ist?«, fragte er schließlich atemlos, nachdem er ihn ausgiebig gedreht und gewendet, mit dem Fingernagel daran gekratzt und sogar an ihm gerochen hatte.

Dass er nicht auch noch draufbiss, war grad alles, dachte Hannah.

»Ich bin natürlich nur ein blutiger Laie«, entgegnete sie trocken. »Aber ich glaube, man bezeichnet so etwas für gewöhnlich als Armreif. - Oh, und übrigens«, setzte sie nach einer wohlbemessenen Pause scheinbar beiläufig hinzu, »habe ich diesen Armreif schon einmal gesehen. In meiner allerersten Vision hat Amena ihn genau hier ihrer Göttin als Opfer dargebracht.«

Kapitel 11

Amena hielt die blakende Fackel an das Reisig und beobachtete stumm, wie der letzte der Scheiterhaufen knisternd Feuer fing. In Windeseile fraßen sich die Flammen durch die trockenen Halme und Zweige, sprangen auf die darunterliegenden Holzscheite über und bemächtigten sich schließlich des Leichnams, der auf den Holzstoß gebettet dalag, friedlich, die Augen geschlossen, als schliefe er. Er war ein junger Mann, höchstens zwanzig Jahre alt, ein Eburone aus einer der entfernteren Siedlungen. In seiner Brust, von einer braunen Tunika und einem Sagon gnädig verhüllt, klaffte die tiefe Wunde, mit der ein römisches Pilum sein kurzes Leben gewaltsam beendet hatte.

Amena ließ die Fackel in den Schnee fallen, wo sie mit lautem Zischen, gleich dem einer verärgerten Schlange, verlosch. Dann trat sie einige Schritt zurück. Sie hatte ihr trauriges Werk verrichtet; nun würden die Flammen das ihre tun.

Auf der flachen, kahlen Bergkuppe oberhalb Atuatucas, die aussah, als habe ein zorniger Gott sie vor Urzeiten mit einem einzigen, gewaltigen Hieb Seiner Faust eingeebnet und damit auch alle Vegetation auf diesem sturmumtosten Gipfel für immer vernichtet, hatten sich Tausende von Menschen versammelt. In den vergangenen beiden Tagen hatten diejenigen Sippen, die in den Kämpfen um das römische Winterlager einen Angehörigen verloren hatten, auf dieser Anhöhe, aufgrund ihrer Kahlheit von jeher ein besonders geeigneter Ort für ein Totenritual, ein riesiges Rund aus Scheiterhaufen errichtet.

Im Morgengrauen dieses, des dritten Tages legten sie den Toten ihre prächtigste Kleidung, den wertvollsten Schmuck und all ihre Waffen an, betteten sie auf hölzerne, mit Häuten und Tüchern bespannte Bahren und trugen sie in einer langen Prozession zur Kuppe des Berges hinauf. Amena führte den Totenzug an und stimmte die feierlichen, tragenden Gesänge an, mit denen die Familien den Verlust eines geliebten Verstorbenen betrauerten.

Auf dem Gipfel angekommen, leitete sie ihn, dem Lauf der Sonnenbahn folgend, um den Kreis der Holzstöße herum, beginnend im Osten, wo Sulis auf Ihrem goldenen, von zwei Schimmeln gezogenen Wagen am Ende einer jeden Nacht Ihre Reise über den Himmel antrat; über den Süden, in dem Sie Ihren höchsten Stand erreichte, hinüber zum Westen, wo Sie Ihren Weg allabendlich hinter dem Horizont beendete, nur um ihn am darauffolgenden Morgen erneut anzutreten; über den ewig dunklen Norden zurück zum Osten und noch einmal in den Westen. Dort lag der Lehre der Druiden zufolge die Andere Welt, jener Ort, an den die Seele eines Menschen nach seinem Tode ging und von wo sie eines Tages abermals einen menschlichen Körper auserwählen würde, um in ihm zu neuem Leben erweckt zu werden.

Und während Amena den Zug der Angehörigen mit den Gefallenen dem Ritual folgend eineinhalb Runden um den Gipfel herumführte, erinnerte sie sich der Zweifel, die im Laufe ihrer Ausbildung zur Priesterin an diesem Glaubenssatz aufgekeimt waren. Oftmals öffnete ihr Lehrmeister Ebunos in ihrer Anwesenheit den Leib eines Verstorbenen, um ihr Lage und Funktion der Organe zu erklären. Er zeigte ihr gesunde und kranke, unterentwickelte und durch Alter oder Krankheit verkümmerte. Doch *ein* Organ hatte er ihr nie zu zeigen vermocht, sooft sie ihn auch darum bat – die Seele.

Warum er dann an ihre Existenz glaube, fragte sie ihn, wenn er sie doch nicht sehen könne. Aus demselben Grund, so antwortete er ihr, aus dem er an die Götter glaubte, die er ja ebenfalls nicht sah. Was das bedeute, wollte Amena wissen. Er glaube an die Seele, so erklärte er ihr geduldig, weil er sie erfahren habe, so wie er auch die Unsterblichen unzählige Male durch Ihre Handlungen erfahren habe. Die Seele sei etwas, was sich nicht beschreiben lasse, sie sei zu vielschichtig, um in spröde Worte gekleidet zu werden, und so kraftvoll, dass sie alle menschlichen Begriffe sprenge. Doch eines Tages, so versicherte er ihr, werde auch sie die Seele erfahren. Und dann werde sie ihn verstehen.

Jahrelang wartete Amena insgeheim auf dieses besondere Erlebnis, das ihr das Verständnis der Seele erschließen sollte. Aber nichts geschah. Dann jedoch, als sie die Hoffnung schon beinah aufgegeben hatte, machte sie eines Morgens während einer der heiligen Trancen eine ganz neue Erfahrung: In jenem intensivsten Augenblick, in dem die Götter zu ihr sprachen, fühlte sie mit einem Mal, wie etwas sie durchströmte, eine gewaltige Woge reiner, klarer Energie, die sie mit sich fortriss und sie gleichzeitig von innen heraus erfüllte, in ihr pulste, sodass sie mit jedem Herzschlag zu wachsen, sich auszudehnen schien, bis sie die Grenzen ihres irdischen Leibes verließ, um eins zu werden mit dem Universum, einer allumfassenden Bewusstheit, die die gesamte Schöpfung in sich barg, Vergangenheit, Gegenwart und Zukunft, alles, was je gewesen war und jemals sein würde. Sie erinnerte sich noch deutlich an den Moment des Bedauerns, ja, der Trauer, die sie bei der Rückkehr in ihren unvollkommenen sterblichen Körper empfand, an das Gefühl der Sehnsucht und eines unwiederbringlichen Verlustes, da sich das Tor dieses friedlichen Ortes wieder vor ihr verschlossen hatte. In diesem Augenblick wusste sie, dass sie ihre Seele erfahren hatte. Anschließend eilte sie sogleich zu Ebunos und schilderte ihm das Erlebte.

»Was dir soeben widerfahren ist«, erklärte er ihr, und in seiner Stimme schwang Stolz auf seine langjährige Schülerin, »wird nur den Eingeweihten zuteil, denen, die Zugang zu den Mysterien besitzen. Und das sind die wenigsten. Die meisten Menschen machen diese Erfahrung nur ein einziges Mal in ihrem Leben, im Moment ihres Todes. Doch dann bleibt ihnen der Rückweg in ihren irdischen Körper verwehrt. Unsere Aufgabe als Priester ist es, den Uneingeweihten das Mysterium des Lebens und des Todes, den ewigen Kreislauf aus Werden und Vergehen, zu erklären, damit sie den Tod nicht fürchten, sondern ihn verstehen als das, was er in Wahrheit ist: das Ende einer Form der Existenz und der Beginn einer neuen. Und dafür verwenden wir das Bildnis der Seele, die im Augenblick des Todes die sterbliche Hülle hinter sich lässt und gleich einem kleinen Vogel in eine Andere Welt fliegt, von wo sie eines Tages abermals einen Leib erwählt.

Die Menschen des Alten Volkes sahen auch die Reise der Sonne über den Himmel als einen täglichen Kreislauf aus Geburt und Tod. Daher stammt unsere Vorstellung, dass die Andere Welt im Westen liege, dort, wo Sulis Abend für Abend stirbt, um jeden Morgen im Osten wiedergeboren zu werden.«

Nachdem Amena den Zug der Angehörigen eineinhalb Runden um den Gipfel herumgeführt hatte, wurden die Verstorbenen auf die Scheiterhaufen gebettet, begleitet von neuerlichen Gesängen, kraftvoll nun und erfüllt von Hoffnung, die den Göttern die Heldentaten der Gefallenen in glühenden Bildern schilderten und sie so Ihrer Obhut anempfahlen. Dann trat Amena in die Mitte des Kreises, wo sie aus getrocknetem Eibenholz ein heiliges Feuer entfachte.

An diesem entzündete sie eine Fackel, und als die Gesänge der Trauernden schließlich verstummten, schritt sie das Rund der Holzstöße ein zweites Mal in Richtung des Sonnenlaufs ab und steckte einen nach dem anderen in Brand. Jedes Mal sprach sie die feierlichen Worte, die diese rituelle Handlung seit alters her gebot. Die Sippen standen rings um den Scheiterhaufen ihres verstorbenen Angehörigen und wachten stumm darüber, wie sein Körper allmählich ein Raub der Flammen wurde.

Jetzt beobachtete Amena den Rauch, der in dicken dunkelgrauen Wolken in den verhangenen Winterhimmel aufstieg. Die Hitze, die von den zweihundert Feuern ausging, war gewaltig. In einem weiten Umkreis begannen der Schnee und der gefrorene Boden zu tauen und die Kuppe des Berges in ein Meer aus Pfützen und Schlamm zu verwandeln. Die Luft war erfüllt vom Knistern und Knacken der trockenen Scheite, von denen manche mit lautem Knall zerbarsten, ein gutes Omen für die Reise des betreffenden Kriegers in die Andere Welt. Und bald mischte sich in den würzigen Geruch des brennenden Holzes der Gestank schmorenden menschlichen Fleisches.

Amena griff in einen Beutel an ihrem Gürtel, entnahm ihm das zusammengerollte, getrocknete Blatt einer Wasserminze und schob es sich unauffällig in den Mund. Es gehörte zu ihren Pflichten als Priesterin, die Körper der Toten dem Feuer zu übergeben, um ihren Seelen einen leichten Übergang in die Andere Welt zu ermöglichen. Dennoch war es ihr nie gelungen, sich an den Geruch verbrennenden menschlichen Fleisches zu gewöhnen, der nun zunehmend die Luft erfüllte, sich wie ein Klumpen in ihrer Kehle zusammenballte und sie gegen einen beinah unwiderstehlichen Brechreiz ankämpfen ließ. Ungeduldig wartete sie, bis ihr Speichel das Blatt durchfeuchtet hatte, ehe sie es mit der Zunge an ihren Gaumen presste, wo es haften blieb. Fast augenblicklich spürte sie die wohltuende Wirkung der Minze, deren frischer, scharfer Geschmack die Übelkeit vertrieb.

Mit einem Blick auf die immer dichter werdenden Rauchschwaden stellte Amena fest, aus welcher Richtung der Wind kam, der in heftigen Böen über die Gipfel des Arduenna Waldes hinwegfegte, die Umhänge der Trauernden bauschte und in die Feuer fuhr, sodass sie hell aufloderten und die Funken nach allen Seiten stoben. Innerhalb der vergangenen Stunden hatte er seine Richtung mehrfach geändert. Nun jedoch blies er stetig aus Osten, was der Lehre der Druiden zufolge ein gutes Omen darstellte, da es den Seelen der Gefallenen ihre Reise in den Westen erleichterte.

Dann schritt sie langsam zur Ostseite der Bergkuppe hinüber, auf dass sie den Wind im Rücken hätte und er den Rauch der Scheiterhaufen von ihr forttrüge. Ihre priesterlichen Pflichten geboten es, gemeinsam mit den Sippen der Verstorbenen auszuharren, bis die Holzstöße niedergebrannt waren und von den toten Kriegern nichts weiter blieb als ein Häuflein Asche, durchsetzt von den geschmolzenen Überresten ihrer eisernen Waffen und des Schmucks.

In Gedanken sehnte sie den Augenblick herbei, in dem sie diesen windumtosten Gipfel endlich verlassen durfte, um zusammen mit den Angehörigen der Gefallenen in das Tal der Arnava hinabzusteigen, die sich am Fuß des Berges entlangschlängelte. Dort würden sie sich mit dem Rest des Stammes vereinen, und Amena würde der Gottheit, die dem Fluss seinen Namen verlieh und eine weitere Erscheinungsform der Großen Göttin darstellte, ein Dankopfer darbringen. Gleichzeitig galt dieses Ritual auch Teutates, dem größten aller Krieger, dem sie vor der Schlacht einen weißen Stier dargebracht hatte und dem sie nun mit den Waffen der getöteten Feinde für Seine Unterstützung und Seinen Schutz danken würde.

Außer Amena wussten nur die beiden Könige der Eburonen, wie viel von diesem Opfer abhing. Wäre es in der Lage, den Zorn der Unsterblichen zu besänftigen? Oder bedeutete der überwältigende Sieg der verbündeten Stämme gegen die römische Übermacht nicht vielmehr, dass Ihr Unmut bereits verflogen war?

Was hingegen würde geschehen, wenn die Gottheiten die Opfergaben verweigerten? Diese Furcht hatte sich in den vergangenen Tagen immer wieder in Amenas Gedanken gestohlen, zunächst unauffällig wie ein winziger, harmloser Dorn, der sich ins Fleisch setzt und den man erst bemerkt, wenn sich die Stelle entzündet, dann eitert. Genau so heimlich und schleichend hatte sich diese Sorge in ihrem Kopf festgesetzt, bis Amena schließlich all ihre Disziplin aufbot, um sie aus ihrem Bewusstsein zu verbannen. Denn um das Ritual den strengen Regeln gemäß auszuführen, musste sie frei von Erwartungen, Hoffnungen und Ängsten sein, die den Ausgang, von dem so viel abhing, zu verfälschen vermochten.

Nachdem die Sonne ihren höchsten Stand lange überschritten hatte, waren die Holzstöße endlich niedergebrannt, zu kleinen Erhebungen aus hellgrauer Asche zusammengesunken, in deren Innerem noch rötliche Glut glomm. Die ganze Zeit hatten die Sippen der Gefallenen neben den Feuern ausgeharrt und stumm beobachtet, wie die Scheiterhaufen immer mehr in sich zusammenfielen, als sich die Flammen wie ein Schwarm ausgehungerter Heuschrecken unaufhaltsam durch die Holzscheite fraßen.

Ambiorix und Catuvolcus waren von einer Gruppe zur anderen gegangen und hatten bei jeder verweilt, um dem Toten ihren Respekt und Dank zu bezeugen. Nun herrschte auf dem Gipfel der Anhöhe beinah vollkommene Stille. Lediglich das Heulen des Windes war zu hören, der bereits begann, die Asche in Richtung Westen davonzutragen, und hie und da das Weinen eines Kindes, das den Sinn der rituellen Handlungen nicht verstand und des stundenlangen Stehens müde war.

Ein letztes Mal ließ Amena ihren Blick über das Plateau wandern. Dann entschied sie, dass es an der Zeit sei, mit der dritten Umrundung zu beginnen, die zugleich den Abschluss der Leichenverbrennung bildete. Sie nahm die Schultern zurück, sammelte ihre Züge in der würdevollen Miene der Priesterin und ging gemessenen Schrittes, den Druidenstab aus Eibenholz in ihrer Rechten, dem Lauf der Sonne folgend um die Bergkuppe herum. Bei jedem Aschehaufen verhielt sie, berührte ihn mit der goldenen Spitze des schwarzen Stabes und sprach die feierlichen Worte, die den heiligen Ritus vollendeten. Die Sippen schlossen sich ihr eine nach der anderen an, und als sie zu ihrem Ausgangspunkt zurückkehrte, hatte sich hinter ihr ein langer Zug von Menschen gebildet.

Der Weg, der sich vom Gipfel der Anhöhe hinab in das Tal der Arnava wand, maß knapp zwei Meilen. Je mehr sich die Prozession der Talsohle näherte, desto dünner wurde die Schneedecke, um sich schließlich fast vollständig aufzulösen. Am Ende des Weges erstreckte sich in einer sanften Schleife des Flusses eine flache, sandige Bucht, in der die Bewohner Atuatucas den Göttern Dankopfer darzubringen pflegten. Dabei konnten ihre Gaben die mannigfachsten Formen annehmen. Am Ausklang des Sommers, wenn die Ernte reich ausgefallen war und die Herden den erhofften Zuwachs verzeichneten, waren es vor allem Feldfrüchte und neugeborene Tiere, die den Fluten übergeben wurden und so in den Schoß der Göttin zurückgelangten, dem sie entsprangen. Nach einem siegreichen Gefecht jedoch waren es erbeutete Waffen und Rüstungen, die man den Unsterblichen zum Dank Arnava übergab.

Am Ufer wurde der Zug der Trauernden bereits von den anderen Stammesmitgliedern erwartet. Schweigend formierte sich die Menschenmenge zu einem weiten Halbrund, das sich zum Wasser hin öffnete und in dessen Mitte die Opfergaben sorgfältig zu zwei übermannshohen Haufen aufgeschichtet lagen.

Den jungen Kriegern, die in den Schlachten um das Castrum erstmals an einem Kampf teilgenommen hatten und dadurch endgültig dem Jugendalter entwachsen waren, käme beim Dankopfer eine besondere Rolle zu. Sie waren es auch, die die Waffen und Rüstungen der Römer auf den Schlachtfeldern rings um das Winterlager und in der Wolfsschlucht eingesammelt und mithilfe schwerer Ochsenfuhrwerke nach Atuatuca gebracht hatten. Amena wählte daraufhin diejenigen Stücke aus, die ihr geeignet erschienen, um sie den Göttern als Opfer darzubringen - prächtige Kurzschwerter und Dolche, die stählerne Klinge fein ziseliert, das Heft mit Koralle, Email und Elfenbein eingelegt, kostbare, mit Gold belegte Schwertscheiden, vergoldete Helme, Brustpanzer und aufwendig bemalte Schilde. Die Träger dieser erlesenen Ausrüstungen waren gewiss keine gewöhnlichen Legionäre gewesen, sondern Mitglieder der römischen Führungsschicht oder adelige Angehörige der Hilfstruppen. Außerdem befanden sich die Waffen der Legaten Sabinus und Cotta darunter sowie der Legionsadler, der wertvollste Besitz der XIV. Legion, die in der Wolfsschlucht untergegangen war.

Den Rest der umfangreichen Beute, die den verbündeten Stämmen bei der Plünderung des Lagers in die Hände gefallen war - neben Gladii und Dolchen Schmuck und persönliche Habe der Legionäre, ihre Vorräte an Nahrungsmitteln, Werkzeuge, Zelte und Karren sowie nicht zuletzt eine stattliche Anzahl Pferde und Maultiere -, hatten Ambiorix und Catuvolcus unter den Kriegern verteilt.

Diejenigen Stücke, die Amena als Opfergaben ausgewählt hatte, waren anschließend den Schmieden übergeben worden, die sie in einem feierlichen Ritual zerstörten. Denn was den Göttern geweiht war, sollte keinem Menschen mehr von Nutzen sein.

Die Menge war noch nicht zur Ruhe gekommen, weil weiterhin Angehörige der Verstorbenen die Talsohle erreichten und auf das Ufer drängten. Mit erzwungener Geduld wartete Amena, bis auch die zuletzt Angekommenen einen Platz fanden, von dem aus sie die heiligen Handlungen zu verfolgen vermochten.

Sie fröstelte und hüllte sich fester in ihren dunkelblauen Ritualmantel. Gegenüber der beinah unerträglichen Hitze, die die brennenden Scheiterhaufen auf der Bergkuppe ausgestrahlt hatten, schien es hier unten im Tal umso kälter. Doch sie wusste, dass das strenge Winterwetter und der eisige Wind nicht allein verantwortlich waren für das Frösteln, das ihren Körper durchrieselte.

Nachdem in den Reihen der wartenden Menschen endlich Ruhe eingekehrt war, entschied Amena, dass der richtige Zeitpunkt gekommen sei, und trat ans Ufer. Zu ihren Füßen plätscherte das klare Wasser munter dahin, umspülte rundliche Kiesel und spielte mit Zweigen und Rindenstückchen, die hineingefallen waren, ein Stück mitgeführt und dann, wenn Arnava ihrer überdrüssig war, zurückgelassen wurden.

Sie begrüßte die Herrin des Flusses mit einer seit Menschengedenken festgelegten Folge von Gesten und atmete einige Male tief ein und aus, um sich innerlich zu sammeln. Ihre Hände zitterten dennoch, als sie in einen Beutel an ihrem Gürtel griff und ihm eine Handvoll Eibennadeln entnahm, die sie unter dem heiligen Baum an der Quelle aufgelesen hatte. Inständig hoffte sie, dass sie zu weit von ihren Stammesbrüdern entfernt stand, als dass diese ihre Anspannung bemerken könnten.

Für die Dauer eines Lidschlags bohrten sich die spitzen, trockenen Nadeln in ihre Handfläche. Darauf öffnete sie die Faust, ließ sie zwischen ihren Fingern hindurch ins Wasser rieseln und bat die Göttin des Flusses, das Opfer der Menschen anzunehmen. Nun hing alles davon ab, wie die Eibennadeln von der Strömung davongetragen wurden und welche Muster sie dabei bildeten. War Arnava bereit, die Gaben der Gläubigen zu empfangen?

Am liebsten hätte Amena den Blick abgewandt. Doch sie zwang sich, die Bewegungen der Nadeln mit den Augen zu verfolgen. Auf einmal wurden ihre Knie weich, und es kostete sie ihre gesamte Beherrschung und all ihre priesterliche Disziplin, die würdevolle, zeremonielle Haltung zu bewahren, die der Ritus von ihr verlangte.

Denn es konnte keinen Zweifel geben: Die fließenden Formen, die die Nadeln des heiligen Baumes in der Strömung einnahmen, waren von einer Art, wie Amena sie noch nie zuvor gesehen hatte. Und von der göttlichen Gegenwart, die sie für gewöhnlich während einer Zeremonie umgab, war nichts zu spüren.

Und das erlaubte nur einen einzigen Schluss: Die Götter waren nicht gewillt, die Gaben der Eburonen anzunehmen. Ihr Zorn war so groß, dass das Dankopfer der Menschen ihn nicht zu besänftigen vermochte.

Amena fühlte eine heiße Welle der Panik in sich aufsteigen, die sie bis in die Fingerspitzen durchrieselte und ihre Hände taub werden ließ.

Was soll ich tun? Helft mir, Ebunos, sagt mir, was ich tun soll!

In ihrer Not und noch ehe es ihr gelang, den Impuls zu unterdrücken, sandte Amena einen Hilfe suchenden Blick zu Ebunos hinüber. Aber der Druide, der in der Nacht zuvor endlich zurückgekehrt war und nun gemeinsam mit den beiden Königen ein wenig abseits von den anderen Stammesmitgliedern stand, schaute mit blinden Augen an ihr vorbei und ahnte nichts von der Qual, die sie in diesem Moment durchlitt.

Oder doch?

Mit plötzlicher Klarheit, die nicht in ihr selbst entstanden zu sein schien, erkannte sie, dass es nur einen einzigen Ausweg gab, wenn sie die Gläubigen nicht in Verwirrung und Verzweiflung stürzen wollte. In diesem Augenblick traf sie eine Entscheidung. Sie würde die Opfergaben dem Wasser der Arnava übergeben und die Menge, die gespannt auf ihr Zeichen wartete, in dem Glauben lassen, die Unsterblichen hätten das Dankopfer angenommen. Und nur Ebunos, Ambiorix und Catuvolcus würden die Wahrheit erfahren. Gemeinsam würden sie beraten, was zu tun sei.

Sie wandte ihr Gesicht abermals dem Fluss zu, atmete tief ein, während sie die Arme langsam, aber entschlossen zum Himmel emporhob und damit jene rituelle Geste vollzog, die den versammelten Stammesbrüdern bedeutete, dass die Götter ihnen günstig gesinnt und bereit waren, ihr Opfer anzunehmen. Ein Raunen der Erleichterung rann durch die Menschen, und Amena schloss die Augen.

Ich bin eine Betrügerin. Ich betrüge meinen Stamm. Ich betrüge die, welche mir vertrauen.

Hastig zwang sie ihre Gedanken zurück zu dem Ritual und konzentrierte sich mit all ihrer Kraft auf die vor ihr liegende Aufgabe. Mit einer Stimme, die leise war und dennoch so weit trug, dass jeder einzelne der am Ufer wartenden Eburonen sie verstand, sprach Amena die uralten Worte, die das Dankopfer einleiteten.

Nach einem Moment ließ sie die Arme wieder sinken, öffnete die Augen und wandte sich der Gruppe der jungen Krieger zu, die mit feierlichen Mienen neben den aufeinandergetürmten Opfergaben standen und nervös auf ihren Einsatz warteten.

Auf ein Zeichen von ihr traten sie nacheinander vor, hoben eines der Stücke auf, schritten mit langsamen, bemüht würdevollen Bewegungen zu Amena hinüber und überreichten es ihr. Glücklicherweise waren die Männer so mit sich selbst und ihrer heiligen Pflicht beschäftigt, dass sie nicht bemerkten, wie Amenas Hände zitterten, als sie die Gegenstände empfing und einen nach dem anderen dem Wasser übergab. Auch ihre Stimme war nicht so fest, wie sie hätte sein sollen, als sie bei jedem Opfer die rituelle Formel sprach: »Unsterbliche Götter, ich bitte Euch, empfangt aus meiner Hand die Gaben Eurer treuen Diener.« Teutates zur Ehre und zum Dank warf sie prächtige Schwerter und Dolche, die aufwendig verzierten Klingen nun unbrauchbar gemacht, zerschartete Helme, Brustpanzer und Schwertscheiden in den Fluss, wo sie mit leisem Gurgeln versanken. Nur die hölzernen Schilde, die mit dumpfem Klatschen auf der Wasseroberfläche landeten, wurden zuerst ein Stück von der Strömung fortgetragen, bis das Gewicht des metallenen Schildbuckels in ihrer Mitte schließlich auch sie in die Tiefe zog.

Endlich hatte Amena den letzten Gegenstand dem Wasser der Arnava übergeben. Ein wenig atemlos vom ungewohnten Umgang mit den schweren Waffen hielt sie einen Augenblick inne, ehe sie erneut in den Beutel an ihrem Gürtel griff, ein paar trockene Eibennadeln in den Fluss rieseln ließ und ihren Weg verfolgte. Diesmal blieb sie vollkommen ruhig, beinah teilnahmslos, als die Nadeln des heiligen Baumes wie erwartet keines der vertrauten Muster bildeten und damit lediglich bestätigten, was Amena ohnehin schon ahnte: Die Unsterblichen hatten das Opfer verweigert.

Sie wandte sich der Menge zu, die gespannt auf ihr Urteil wartete, atmete tief ein und schloss die Augen. Dann hob sie langsam die Arme, ignorierte das Gefühl, statt Blut flösse Blei in ihren Adern, und obwohl sich alles in ihr gegen diesen neuerlichen Betrug an ihrem Stamm sträubte, gelang es ihr sogar, ihrer Stimme einen festen Klang zu verleihen, als sie weithin vernehmbar verkündete, die Götter hätten das Dankopfer angenommen.

Erneut schwappte ein Raunen der Erleichterung durch die Gläubigen, die geduldig und stumm in der Kälte ausharrten.

Wie leicht es doch ist, Menschen zu betrügen, schoss es Amena durch den Kopf. Je mehr sie dir vertrauen, desto leichter ist es. Welch erschreckender, welch abstoßender Gedanke.

Einen Moment später öffnete sie die Augen wieder. Gerade als sie im Begriff stand, ihre Arme sinken zu lassen, tauchte auf der Kuppe einer der Anhöhen im Rücken der Menschenmenge ein einzelner Reiter auf. Seine Silhouette zeichnete sich dunkel und bedrohlich gegen die zarte Röte des einsetzenden Sonnenuntergangs ab. Und in demselben Herzschlag, in dem Amena ihn bemerkte und sich die feinen Härchen in ihrem Nacken aufrichteten, fühlte sie mit unfehlbarer Gewissheit, dass die Ankunft dieses Mannes, wer auch immer er sein mochte, Unheil bedeutete.

Ah, Ihr Götter, was denn noch? Welchen weiteren Prüfungen wollt Ihr meinen Stamm unterziehen?

Der Fremde hatte sein Pferd augenblicklich gezügelt; ein heiliges Ritual zu unterbrechen vermochte großes Unglück über den Störenfried zu bringen. Nun, als Amena ihre Arme sinken ließ und vom Ufer zurücktrat, erkannte er, dass die Zeremonie vorüber war, wendete sein Tier und lenkte es auf einen Weg zu, der von der Anhöhe in mehreren Windungen zum Fluss hinunterführte. Einen Moment später verschwand er aus ihrem Blickfeld.

Nun kam Bewegung in die Menge, als viele sich in Gruppen zusammenfanden, um über den vermeintlich glücklichen Ausgang des Dankopfers zu sprechen, andere sich auf den Heimweg in das Dunom begaben. Der Reiter war bislang unbemerkt geblieben, da er sich im Rücken der Menschen befand.

Aus dem Augenwinkel sah Amena, dass Eccaius Avellus heranführte. Als sie Ambiorix mit einer kleinen Geste bedeutete zu warten, empfing er die Zügel des Schimmels aus der Hand seines Schildträgers und kam lächelnd zu ihr herübergeschlendert. Er wirkte gelöst. Die Anspannung der letzten Tage war von ihm abgefallen, und

Amena verspürte einen schmerzhaften Stich bei dem Gedanken, dass sie auch ihn soeben zwei Mal belogen hatte. *Nein, mein Geliebter, es ist anders, als du denkst. Die Götter haben unser Opfer abgewiesen.* Freilich, für Ambiorix musste es so aussehen, als hätte sich schließlich alles zum Guten gefügt. Er hatte einen überwältigenden Sieg errungen, das Dankopfer der Eburonen war angenommen worden, und damit erwiesen sich die Befürchtungen, dass die Unsterblichen seinem Stamm zürnten, scheinbar als ungerechtfertigt. In seinen Augen deutete alles darauf hin, dass sich das Schicksal, das in den zurückliegenden Monaten so bedrohlich und unausweichlich wirkte, gewendet hatte, dass der unheilvolle Orakelspruch lediglich eine Laune der Götter darstellte.

Doch nun war nicht der geeignete Zeitpunkt für Erklärungen, denn der fremde Reiter würde jeden Augenblick erscheinen.

Und mit ihm neue Sorgen.

Dann stand Ambiorix vor ihr. »Eccaius hat deine Stute mitgebracht«, sagte er, immer noch lächelnd. »Soll ich sie holen lassen?«

Amena schüttelte den Kopf. Ihre Augen suchten die Stelle, wo der Pfad inmitten einiger Erlen auf das Flussufer mündete und der Mann nun jeden Moment auftauchen musste. »Warte noch.«

Erst jetzt schien er ihren besorgten Gesichtsausdruck zu bemerken, und sein Lächeln erstarb. Doch noch ehe sie ihm von dem Fremden und ihrer Ahnung drohenden Unheils berichten konnte, erklangen die Hufschläge mehrerer Pferde. Gleich darauf kamen vier Reiter um die letzte Biegung des Weges. Sie zügelten kurz ihre Tiere, um sich zu orientieren, denn vor ihnen wimmelte es von Männern, Frauen und Kindern, als sich die Menge auflöste und zerstreute. Dann sah Amena, wie einer der Berittenen mit ausgestrecktem Arm auf Ambiorix deutete, woraufhin sich der Trupp erneut in Bewegung setzte, langsamer nun, gegen den Strom der Gläubigen ankämpfend, die das Ufer verließen.

Ambiorix runzelte die Stirn, als er den Anführer der Neuankömmlinge erkannte. »Das ist Prinz Ellico, der Sohn des Königs der Nervier.«

Dieser gab sich keinerlei Mühe, seine Ungeduld zu verbergen, als er sich und seinen Begleitern einen Weg durch die dichte Menge bahnte. Er sah aus, als hätte er seinem Hengst am liebsten die Sporen gegeben und die Menschen, die seinen Weg blockierten, niedergeritten.

Amena war dem jungen Mann zuletzt einige Jahre zuvor begegnet, als sein Vater Ecritorix schwer erkrankte und sie Ebunos begleitete, der vom Druiden der Nervier um Beistand gebeten worden war. Das Gebiet des Stammes grenzte im Westen an das der Eburonen, eine wilde, unwirtliche Gegend, durchzogen von gefährlichen Mooren und undurchdringlichen Wäldern, deren Bewohner im Ruf standen, ebenso wild und unzugänglich zu sein wie ihr Landstrich. Schon damals waren ihr Ellicos herrisches Wesen und sein überschäumendes Selbstbewusstsein aufgefallen. Doch zumindest für Letzteres glaubte sie den Grund zu kennen: Ellico war nach fünf Töchtern endlich der lang ersehnte Sohn und mögliche Nachfolger in der Königswürde. Die ganze Hoffnung seines Vaters ruhte auf ihm, was das Selbstwertgefühl des jungen Mannes in den Himmel hatte wachsen lassen.

Inzwischen musste der Prinz Anfang zwanzig sein, ein wohlgebauter Krieger mit einem Oberlippenbart, dessen Dichte gleichwohl noch zu wünschen übrig ließ, und flachsblonden Haaren, die ihm in drei geflochtenen, mit kleinen goldenen Ringen durchsetzten Zöpfen auf den Rücken hinabfielen. Der schwere goldene Torques um seinen Hals zeichnete ihn als Angehörigen der Königssippe aus, und trotz der Kälte trug er über den Hosen aus gegerbtem hellen Leder nur eine Weste aus dem Fell eines Braunbären, die seine muskulösen, mit goldenen Reifen geschmückten Arme unbedeckt ließ.

Endlich hatte er sich einen Weg durch die Menge gebahnt und verhielt seinen Hengst vor Amena und Ambiorix. Es war ein gewaltiger Rappe, doch nun überzog flockiger Schweiß sein makelloses schwarzes Fell, und seine Augen rollten in den Ausnehmungen des mit goldenen Scheiben verzierten Zaumzeugs. Die Pferde seiner Begleiter befanden sich in keinem besseren Zustand. Es war offensichtlich, dass die vier Reiter weder sich noch ihre Tiere geschont hatten, was die Dringlichkeit ihres Anliegens unterstrich und Amenas Ahnung drohenden Unheils verstärkte.

Ellico sprang aus dem Sattel und entbot Amena den Gruß, der ihr als Priesterin der Höchsten Göttin zukam. Dann wandte er sich Ambiorix und Catuvolcus zu, der hinzugetreten war, und begrüßte sie ebenfalls. Seine Haltung war höflich, sein Gebaren formvollendet; dennoch lag eine berechnende Zurückhaltung in jedem Blick, jeder Geste des jungen Mannes, die Amena davon abhielt, ihn zu mögen. Seinem Auftreten fehlte jegliche Freundlichkeit oder gar Wärme. Er sah nicht den Menschen, sondern reduzierte sein Gegenüber auf die mögliche Funktion, die es für ihn einnehmen mochte.

»In der Stadt sagte man mir, dass ich Euch hier fände«, begann der Prinz endlich an Ambiorix gewandt. Er sprach rasch und lauter als nötig. »Ich bringe Euch eine wichtige Botschaft von Ecritorix, meinem Vater.«

Ambiorix' Augen wanderten an dem Nervier vorüber zu dessen zitterndem, schweißbedeckten Pferd und wieder zurück. Amena ahnte, dass er eine entschiedenere Rüge abmilderte, als er anschließend das Wort an den jungen Mann richtete.

»Dennoch hoffe ich, dass sie warten kann, bis wir nach Atuatuca zurückgekehrt sind. Es ist bei den Eburonen von alters her Sitte, ihre Gäste in ihren Häusern zu empfangen, nicht unter freiem Himmel und schon gar nicht an einem Ort, der den Göttern und Ihrem Dienst vorbehalten ist.«

Ellico verstand den Tadel und senkte den Blick in einer Haltung, die Demut ausdrücken sollte, bei ihm gleichwohl aufgesetzt und unaufrichtig wirkte. »Ich bitte um Verzeihung. Es lag nicht in meiner Absicht, Eure Gepflogenheiten zu verletzen.«

Ambiorix akzeptierte die Entschuldigung mit einem angedeuteten Neigen des Kopfes. »Sitzt auf, und begleitet uns in die Stadt. Dort werdet Ihr Gelegenheit erhalten, Eure Botschaft vorzutragen.«

Der junge Mann drehte sich um, war mit einem Satz im Sattel seines erschöpften Pferdes und wartete ungeduldig darauf, dass die anderen seinem Beispiel folgten. Eccaius führte Amenas Stute herbei, sie saß auf, und ohne einen Blick zurückzuwerfen auf den Ort, an dem die Götter das Dankopfer der Menschen zurückgewiesen hatten, schloss sie sich den übrigen Reitern an.

»Was also führt Euch zu uns?«, fragte Ambiorix schließlich an den Prinzen gewandt.

Sie hatten auf Fellen und Decken rings um die Feuerstelle in seiner Halle Platz genommen. Nach der eisigen Kälte am Ufer der Arnava empfand Amena es als Wohltat, sich von den Flammen wärmen zu lassen, und sie fühlte, wie das Leben mit schmerzhaftem Prickeln in ihre tauben Glieder zurückkehrte. Ein Sklave ging von einem zum anderen und schenkte griechischen Wein aus tönernen Amphoren und Bier in reich verzierte Bronzebecher.

Ellico stellte seinen Becher auf einem niedrigen, dreibeinigen Holztisch ab und lehnte sich vor. Er hatte gerade so viel getrunken, wie es die Höflichkeit gegenüber seinem Gastgeber gebot, und war sichtlich erleichtert, endlich zum Grund seines Besuches übergehen zu können.

»Die Nachricht Eures überwältigenden Sieges über die Römer und der Vernichtung von eineinhalb Legionen ist freilich auch bis zu den Nerviern gedrungen«, begann er. »Sie erfüllt uns mit tiefer Bewunderung für Euren Mut, Eure Klugheit und Eure Fähigkeiten als Feldherr. Aber nicht nur das - sie verleiht uns ebenso neue Hoffnung. Wie Euch gewiss bekannt ist, hat der Proconsul seinen Legaten Quintus Tullius Cicero mit einer Legion in unser Gebiet verlegt und dort ebenfalls ein Winterlager errichten lassen, das wir mit Getreide versorgen müssen. Doch unsere Ernten sind im vergangenen Sommer nicht besser ausgefallen als die der anderen keltischen Stämme, und wir besitzen gerade genug, um unsere eigenen Leute und das Vieh durch den Winter zu bringen. Seit unsere Krieger die Kunde Eures Triumphes vernahmen, wollen sie Eurem Beispiel folgen, das Castrum überfallen und die Feinde auslöschen. Sie brennen darauf, sich an den Römern zu rächen für die furchtbare Schmach, die wir drei Jahre zuvor erleiden mussten.«

Ambiorix nickte nachdenklich. Damals war Caesar schon einmal in das Territorium der Nervier eingefallen, und er erinnerte sich nur allzu gut an die grauenerregenden Nachrichten, die nach und nach zu den Nachbarstämmen durchsickerten. Und daran, dass die Eburonen die berechtigte Befürchtung hegten, der Proconsul könne seinen Vernichtungsfeldzug auch auf sie ausdehnen. Seinerzeit war der Kelch an ihnen vorübergegangen. Doch Ambiorix war sich vollkommen bewusst gewesen, dass es sich lediglich um eine Gnadenfrist handelte.

»Sobald wir von Eurem Sieg erfuhren«, fuhr Ellico fort, als Ambiorix nicht antwortete, »sandten wir Boten zu den Stämmen, die uns Tribut schulden, um sie zum Kampf gegen Rom aufzurufen. Ceutronen, Grudier, Levacer, Pleumoxier und Geidumner – sie alle sind gewillt, sich unserer Sache anzuschließen, jedoch unter einer einzigen Bedingung: dass Ihr sie in die Schlacht führt. Zwanzigtausend Krieger stehen in Waffen und brennen darauf, Euch zu folgen.«

Der Prinz hatte mit lauter Stimme gesprochen und seine leidenschaftliche Rede mit lebhaften Gesten untermalt. Nachdem er geendet hatte, herrschte Schweigen in der Halle. Sein Blick ruhte voller Erwartung auf Ambiorix, der gedankenverloren ins Feuer starrte. Einer seiner Jagdhunde, ein großes Tier mit braunen Zotteln und spitzer Schnauze, kam aus dem Hintergrund des Raumes herbeigetrottet und ließ sich träge neben seinem Herrn nieder. Ambiorix vergrub seine Hand im dichten Fell des Hundes und begann geistesabwesend mit den langen Strähnen zu spielen, während der flackernde Schein der Flammen auf seine Züge fiel und die Unruhe widerspiegelte, die Ellicos Botschaft in ihm ausgelöst hatte.

Auch Catuvolcus' Miene waren seine zwiespältigen Empfindungen anzusehen. Amena hatte erwartet, dass er das Anliegen des

Prinzen in der ihm eigenen aufbrausenden Art vom Tisch fegen würde. Doch anscheinend hatten die wiederholte Weigerung der Römer, mit den Eburonen über Frieden zu verhandeln, sowie der überwältigende Sieg der verbündeten Stämme seine ursprüngliche, strikt ablehnende Haltung gegenüber einem Krieg gegen die Legionen aufgeweicht, sodass er das Ansinnen der Nervier zumindest in Erwägung zog. Amena vermutete zudem, dass der alte König insgeheim froh war, nicht in Ambiorix' Haut zu stecken und eine derart weitreichende Entscheidung treffen zu müssen.

Schließlich schöpfte Ambiorix tief Luft und erwiderte Ellicos Blick.»Ich danke den Stämmen für das große Vertrauen, das sie mir entgegenbringen«, erwiderte er, während die Augen des Prinzen voller Erwartung an seinen Lippen hingen und jedes Wort zu erhaschen suchten, noch ehe es ausgesprochen war.»Ich bin mir der außerordentlichen Ehre und Verantwortung bewusst, die die Übertragung des Oberkommandos über solch eine gewaltige Streitmacht bedeutet. Und sie erfüllen mich mit Freude und Stolz.«

»Heißt das, dass Ihr unserem Ersuchen nachkommen und Euch an die Spitze des verbündeten Heeres setzen wollt?«, fragte Ellico rasch.

Ambiorix ließ seinen Blick über das Gesicht des jungen Mannes wandern, sah seine Anspannung, seine Hoffnung.»Nein, es heißt, dass ich darüber nachdenken werde. Ich bitte mir bis morgen früh Bedenkzeit aus. Dann werde ich Euch meine Entscheidung mitteilen.«

Der Prinz blickte drein, als hätte Ambiorix ihm eine schallende Ohrfeige versetzt. Alle Farbe war aus seinen Zügen gewichen, in denen sich nun Verblüffung, Kränkung und Zorn mischten. Offenbar hatte er nicht einen Moment daran gezweifelt, dass Ambiorix dem Ruf der Nervier und ihrer Bundesgenossen Folge leisten und sie gegen Rom in den Krieg führen würde - ein Amt und eine Ehre, um die ihn unzählige Männer, Eburonen wie Nervier, beneideten. Der Gedanke, dass Ambiorix dieses Ersuchen ablehnen könnte, war Ellico anscheinend nie gekommen, sein Antrag ihm eine reine Formalität erschienen. Außerdem fasste er Ambiorix' ausweichende Antwort als Verletzung des Ansehens seines Stammes auf. Erfüllt von Erbitterung schnellte er in die Höhe.

»Wollt Ihr damit andeuten, dass Ihr es den Nerviern und ihren Verbündeten nicht zutraut, eine Legion zu besiegen?«, schleuderte er Ambiorix entgegen.»Haltet Ihr uns etwa für zu schwach oder zu feige? Oder seid Ihr gar selbst zu feige, um ein weiteres Mal gegen

Rom anzutreten? Habt Ihr Euren Mut in einer einzigen Schlacht aufgebraucht?«

Eccaius war aus dem Hintergrund des Raums in den Schein des Feuers getreten, die Rechte demonstrativ am Heft seines Schwertes, und warf seinem König einen fragenden Blick zu. Gleichzeitig waren auch die Hände von Ellicos Begleitern zu ihren Klingen gezuckt. Doch Ambiorix bedeutete Eccaius mit einem Wink, sich zurückzuhalten. Er kannte das unbeherrschte, zum Jähzorn neigende Wesen der Nervier, die wegen jeder Nichtigkeit zu den Waffen griffen. Und das Letzte, was er wollte, war ein Blutbad in seiner eigenen Halle. Ruhig schaute er zu dem Prinzen auf, der sich, keuchend vor Erregung, breitbeinig und mit vor der Brust verschränkten Armen vor ihm aufgebaut hatte.

»Bitte nehmt wieder Platz, Ellico. Ich finde es mühsam, mit Euch zu sprechen, wenn ich sitze und Ihr steht.«

Als der junge Mann keinerlei Anstalten machte, seiner Aufforderung Folge zu leisten, sondern weiterhin in herausfordernder Haltung und mit zornigem Blick auf ihn herabfunkelte, bildete sich eine tiefe Furche zwischen Ambiorix' Augenbrauen.

»Euer Verhalten, Ellico«, erklärte er mit ungewohnter Schärfe, »zeugt nicht nur von grober Unhöflichkeit, es ist auch eines Königssohns nicht würdig. Setzt Euch endlich, und betragt Euch, wie es einem Prinzen der Nervier und Sohn des großen Ecritorix zukommt.«

Diese deutliche Zurechtweisung verfehlte ihre Wirkung auf Ellico nicht. Er wurde womöglich noch eine Spur blasser und sackte zurück auf das Bärenfell. Dabei murmelte er etwas, was eine Entschuldigung sein mochte, jedoch im Prasseln des Feuers unterging.

»Ich halte die Nervier und ihre Bundesgenossen weder für schwach noch für feige«, fuhr Ambiorix dann gemäßigter fort. »Im Gegenteil, ich bewundere ihren Mut und ihre Entschlossenheit, sich erneut gegen die Römer zur Wehr zu setzen. Und ich zweifle nicht daran, dass ein Heer von zwanzigtausend Kriegern das Castrum erfolgreich zu erstürmen und die dort ansässige Legion zu besiegen vermag. Dennoch behalte ich mir das Recht vor, eine Entscheidung von solcher Tragweite reiflich zu überdenken. Daher lade ich Euch und Eure Gefährten ein, heute Nacht unsere Gäste zu sein. Einer meiner Sklaven begleitet Euch zu Eurem Haus. Morgen früh werde ich Euch meinen Entschluss kundtun.«

Ellico wollte etwas entgegnen, doch Ambiorix gebot ihm mit einer knappen Geste Einhalt. Daraufhin gab sich der junge Mann geschlagen. Mit sichtlichem Widerstreben erhob er sich und verneigte sich vor Ambiorix, Catuvolcus und Amena. Seine drei Begleiter taten es ihm gleich.

Obwohl sich der Prinz der Nervier tapfer bemühte, seine Gefühle zu verbergen, sah Amena die Enttäuschung und Ratlosigkeit, die sich in seinen Zügen spiegelten. Offenkundig war er davon ausgegangen, noch am selben Tag mit Ambiorix - und möglicherweise, obgleich er dies nicht eigens erwähnt hatte, einer Schar eburonischer Krieger - den Rückweg antreten zu können. Und wahrscheinlich hatte er sich bereits in den schillerndsten Farben ausgemalt, wie er als erfolgreicher Unterhändler und strahlender Erretter aus der Not vor seinen Vater und die anderen Könige hintreten würde: Ihm wäre es zu verdanken, dass Ambiorix, der auserwählte Oberbefehlshaber, das Heer der verbündeten Stämme gegen die Römer führte. Welch ein Ruhm für solch einen jungen Mann.

Doch nun bestand auf einmal die Gefahr, dass Ambiorix das Ersuchen ablehnte. Dies bedeutete, dass Ellico unverrichteter Dinge zurückkehren, vor den Königen seine Niederlage eingestehen müsste und damit das in ihn gesetzte Vertrauen schmählich enttäuschte. Und dann wäre es diesem seinem Scheitern anzulasten, wenn sich die Stämme, anstatt sich zu einer gemeinsamen, gewaltigen Streitmacht zu vereinen, wieder in alle Winde zerstreuten und die Nervier allein ihrem Schicksal überließen, die in ihr Gebiet eingedrungene Legion zu bekämpfen. Welch eine Schande! Umso mehr für einen jungen Prinzen, dem in seinem Leben noch nicht viel Widerstand begegnet war und der nun in Ambiorix so unerwartet seinen Meister fand.

Nachdem Ellico und seine Gefährten in Begleitung eines Sklaven den Raum verlassen hatten, bat Ambiorix Amena und Catuvolcus zu gehen. Er wolle nachdenken.

Nur zu gern kam Amena seiner Aufforderung nach, nahm eine der Fackeln aus ihrem eisernen Halter neben der Eichentür und verließ die Halle. Es war ein langer, anstrengender Tag gewesen. Nun war sie erschöpft und froh, endlich allein zu sein.

Draußen hatte sich unterdessen die Dunkelheit eines frühen Winterabends über das Dunom gesenkt, und der Mond verbarg sich hinter dichten, rasch dahinziehenden Wolken. Amena schloss für einen Moment die Augen und atmete die klare, kalte Schneeluft in tiefen Zügen ein. Welch eine Wohltat nach der rauchgeschwängerten Luft der Halle! Sie unterdrückte ein Gähnen, schlang ihren Umhang fester um die Schultern und schlug im Schein der blakenden Fackel den Weg zu ihrem Haus ein.

Als sie an der Nordseite des großen Versammlungsplatzes entlangschritt, fiel ihr Blick auf das zentrale Heiligtum Atuatucas, das sich an der westlichen Stirnseite in einem kleinen, umfriedeten Kultplatz befand. Sie trat ein, um dem Gott Respekt zu erweisen. Der heilige Bezirk maß zwanzig Fuß im Quadrat und wurde von kniehohen Holzpfählen eingefasst, die nach Osten hin eine schmale Öffnung aufwiesen. In der Mitte der Einfriedung erhob sich das aus Eibenholz geschnitzte, lebensgroße Standbild Atuas, das die Gottheit mit einem Hasen in der einen und Kiefernzapfen in der anderen Hand darstellte. Atua war ein friedlicher, freundlicher Gott, der für die Sicherheit Seiner Stadt und ihrer Bewohner sorgte. Seine Attribute deuteten darauf hin, dass Er ursprünglich eine Gottheit der Fruchtbarkeit gewesen war. Doch welcher Unsterbliche wäre geeigneter, den Schutz und Wohlstand eines Dunom zu garantieren als ein Fruchtbarkeitsgott?

Atua war ebenso ein Gott des Volkes. Während die Opfer in den Heiligen Hainen oder am Ufer der Arnava ausschließlich den Druiden und Priesterinnen vorbehalten waren, konnte jeder Einwohner Atuatucas an der Statue der Gottheit Gaben niederlegen, um Seinen Segen für eine glückliche Geburt zu erbitten oder Ihm für die Errettung aus einer Gefahr zu danken. Vor jedem Hausbau in der Siedlung wurde Atua ebenfalls durch ein Opfer gnädig gestimmt. Hierzu wurden die Gaben - je nach Vermögen des Bittstellers Kitze oder Lämmer, manchmal auch Kälber oder Fohlen - in einen sechzig Fuß tiefen Schacht geworfen, der sich innerhalb des umfriedeten Bezirks befand.

Amena trat näher und hielt ihre Fackel hoch. Nun, nach dem Sieg über die Römer, war der Schnee vor dem hölzernen Standbild des Gottes übersät mit Schinken, Brotlaiben, Eiern, Krügen mit Bier oder Wein und den toten Körpern junger Ziegen, Schafe und Schweine – Opfergaben dankbarer Frauen, deren Männer oder Söhne, Väter oder Brüder heil aus der Schlacht zurückgekehrt waren.

Als sie schließlich ihr Haus erreichte, traf sie Resa nicht an. Doch in der Herdstelle brannte ein munteres Feuer, und in einem Bronzekessel, der an einer langen eisernen Kette von einem der Dachbalken hing, kochte Fleischeintopf. Sein würziger Geruch schien mit dem der getrockneten Heilkräuter zu wetteifern, die auf Schnüren entlang einer der Wände aufbewahrt wurden. Amena nahm ihren Ritualmantel ab, faltete ihn sorgfältig und legte ihn in die Truhe aus Eibenholz. Dann schöpfte sie eine große Portion des dampfenden Eintopfs in eine bronzene Schale und ließ sich damit an der Feuerstelle nieder.

Während sie langsam die heiße Mahlzeit löffelte, zogen Bilder des vergangenen Tages vor ihrem inneren Auge vorüber. Noch einmal sah sie die brennenden Scheiterhaufen und meinte, die gewaltige Hitze auf ihrer Haut zu spüren; noch einmal beobachtete sie die trockenen Eibennadeln, die in der Strömung des Flusses ihr völlig unbekannte Muster bildeten; und noch einmal tauchte der Reiter auf der Kuppe der Anhöhe auf, und sie erinnerte sich der Ahnung drohenden Unheils, die sie bei seinem Anblick befallen hatte. Bald fühlte sie, wie sie schläfrig wurde. Sie stellte die leere Schale beiseite, schenkte sich einen Becher kühlen Wassers ein und trank ihn in kleinen Schlucken. Schließlich erhob sie sich schwerfällig, legte sich auf ihrer Bettstatt an der Rückseite des Raumes nieder und war im selben Moment eingeschlafen.

Irgendwann in der Nacht erwachte sie von einem leisen Geräusch. Benommen öffnete sie die Augen, und als sie den Kopf wandte, sah sie, dass ein Mann ihr Haus betreten hatte. Im schwachen Schein des niedergebrannten Feuers erkannte sie Ambiorix. Resa, auf ihrem Lager neben der Tür, war ebenfalls aufgewacht und schaute ihre Herrin fragend an. Doch Amena bedeutete ihr mit einer Geste, weiterzuschlafen.

Ambiorix durchquerte den Raum und sank auf die Kante des hölzernen Bettgestells. »Wir müssen reden«, flüsterte er. »Begleitest du mich ein Stück?«

Amena nickte stumm. Sie hatte geahnt, dass er sie aufsuchen würde, um ihre Meinung zu Ellicos Anliegen und der schweren Entscheidung einzuholen, die er zu treffen hatte. Schläfrig erhob sie sich, zog ein wollenes Sagon über ihr Kleid und trat durch die Tür, die er für sie offenhielt.

Draußen wandten sie sich in Richtung des Tores. Für einen Moment blitzte die milchige Scheibe des abnehmenden Mondes durch eine Lücke zwischen den Wolken und übergoss die Stadt mit einem blassen, unwirklichen Licht, das von der Helligkeit des Schnees reflektiert wurde und alle Formen überdeutlich herausmeißelte. Dann verbarg sie sich erneut hinter einer dunklen Wolkenbank.

Schweigend, jeder seinen eigenen Gedanken nachhängend, ließen sie Atuatuca zurück und folgten einem Weg, der sich zunächst am Fuß der Hügelkette entlangschlängelte, um schließlich auf der kahlen Bergkuppe zu münden, auf der die gefallenen Krieger verbrannt worden waren. Es war eine Abkürzung, nicht der breite, allmählich ansteigende Weg, den die Prozession genommen hatte, sondern ein schmaler Pfad, der steil und in wenigen Spitzkehren an einer Flanke der Anhöhe hinauf zum Gipfel führte. Die meisten Menschen würden solch einen Ort in den ersten Nächten nach einer Leichenverbrennung meiden, denn die Druiden lehrten, dass die Seelen mancher Verstorbener zögerten, ihren irdischen Körper zu verlassen, und noch eine Zeit lang in seiner Nähe verweilten, ehe auch sie ihre Reise in die Andere Welt antraten.

Doch Ambiorix, der mit gesenktem Kopf und tief in Gedanken versunken rasch voranschritt, schien sich der Wahl seines Weges gar nicht bewusst zu sein. Amena, den Blick abwechselnd auf seinen Rücken und den verschneiten Boden vor ihren Füßen gerichtet, sparte ihren Atem und konzentrierte sich darauf, mit seinen weit ausgreifenden Schritten mitzuhalten.

Schließlich erreichten sie den Gipfel des Berges und traten aus dem Schutz des Waldes auf das kahle Plateau hinaus. Der Mond stand nun genau über ihnen und tauchte den verwaisten Ort in ein kühles silbriges Licht. Die eisigen Böen, die am Morgen über die Kuppe der Anhöhe hinwegfegten, waren zu einer leichten Brise abgeebbt, die hie und da in die heruntergebrannten Scheiterhaufen fuhr und die Asche aufwirbelte. Darunter kamen Nester ersterbender Glut zum Vorschein, die, durch den Windhauch erneut angefacht, die Nacht mit ihrem unheimlichen roten Glühen erfüllten. In der Ferne schlich ein Fuchs zwischen den Resten der Holzstöße umher und verschwand eilig im Unterholz, als er die Menschen witterte.

Amena stemmte die Fäuste in ihre stechenden Seiten und schloss für einen Moment die Augen. Deutlich fühlte sie die Anwesenheit der Seelen einiger der gefallenen Krieger, die noch an diesem Ort verweilten, friedliche Wesenheiten trotz des gewaltvollen Todes, der sie von ihren Körpern getrennt hatte. Doch auch sie würden in den kommenden Tagen ihre Reise in die Andere Welt antreten, jenen Ort, an dem es keine Gewalt gab, keine Angst und keinen Schmerz und an welchen die Seelen ihrer toten Gefährten ihnen bereits vorausgegangen waren.

Endlich schreckte Ambiorix aus seinen Gedanken und blickte verwirrt um sich. Als er erfasste, wo sie sich befanden, erschauerte er und zog den Umhang aus Fuchsfellen fester um seine Schultern, als wolle er sich vor den Dämonen schützen, die an solch einem schaurigen Ort lauern mochten.

Schließlich wandte er sich Amena zu und holte tief Luft. »Ich werde gehen«, sagte er leise.

Ihre Augen folgten dem Fuchs, der wieder aus der Deckung der Bäume herausgetreten war, nachdem er erkannt hatte, dass ihm von den beiden Menschen keine Gefahr drohte. Sie schwieg.

»Du hast es gewusst?«, fragte Ambiorix nach einem Moment.

Sie nickte. »Ich habe es geahnt, als ich Ellico auf dem Kamm der Anhöhe auftauchen sah.«

»Aber du scheinst nicht einverstanden zu sein«, stellte er fest. »Wirst du mir dennoch deinen Segen erteilen?« Der Wind wehte ihr eine Haarsträhne ins Gesicht, und sie strich sie zurück. Nun war er also gekommen, der Augenblick der Wahrheit. Wie gern sie ihn Ambiorix erspart hätte! Doch sie wusste, dass sie ihm die Tatsachen, so grausam sie auch sein mochten, nicht vorenthalten durfte. Er musste sie kennen, musste einschätzen können, worauf er sich einließ, wenn er nochmals gegen die Römer in den Krieg zog. Und sie wusste ebenso, dass es keinen Weg gab, ihm diese Tatsachen schonend beizubringen. Dazu waren sie zu schreckenerregend und die Schlussfolgerungen, die sich aus ihnen ergaben, zu ausweglos.

Sie seufzte. Dann schaute sie Ambiorix offen in die Augen, sah seinen Blick, der ernst und voller Erwartung auf ihren Zügen ruhte. »Mein Segen würde dir nichts nützen«, entgegnete sie endlich. »Die Götter haben unser Dankopfer verweigert.«

Er zuckte beinah unmerklich zusammen. »Aber ... aber du hast doch -«, begann er. Verwirrt unterbrach er sich, und sie sah, wie seine Schultern sackten, als ihm mit einem Mal die ganze Tragweite ihrer Eröffnung bewusst wurde. Für die Dauer einiger Atemzüge schwieg er, und Amena hörte die Angst in seiner Stimme, als er schließlich flüsterte: »Was hat das zu bedeuten?«

Seine Angst schnitt wie eine Klinge in ihr Herz, jäh und scharf. Angst, dachte sie. Ich kann dir deine Angst nicht nehmen, mein Geliebter, gleich, was ich darum gäbe. Es ist dieselbe Angst, die mich seit Wochen verfolgt, die mich tagsüber anfällt wie ein tollwütiges Tier und Nacht für Nacht durch meine Träume geistert. Diese Angst ist stärker als wir. Gegen sie sind wir machtlos.

Sie senkte den Blick, starrte auf den schlammigen Boden vor ihren Stiefelspitzen, der nun, da die Hitze der Feuer nachließ, allmählich wieder gefror. Dann hob sie den Kopf und ließ die Augen ziellos über die kahle Bergkuppe wandern. Zu dem Fuchs hatte sich unterdessen ein zweiter gesellt. Sie schnupperten zwischen den Aschehaufen umher, rostrote Flecke vor dem Graubraun der von Tausenden Füßen aufgewühlten Erde.

»Ich weiß es nicht«, gestand sie nach einem langen Moment. »In den vergangenen Wochen dachte ich oft, die Götter zürnten uns. Ich nahm an, die vielen Regenfälle, die im Sommer unsere Ernten vernichteten, seien eine Strafe, obgleich ich nie wusste, wofür. Doch nun, wo du diesen überwältigenden Sieg errungen hast, bin ich mir nicht länger gewiss. Ich glaubte, die Unsterblichen hätten ihn dir geschenkt und warteten bloß auf unser Dankopfer, um sich mit uns zu versöhnen. Aber Sie haben es nicht angenommen. Wenn das ein Omen sein soll, erschließt sich mir sein Sinn nicht.«

»Ich muss es tun«, fuhr Ambiorix plötzlich fort, als hätte er ihre Worte nicht gehört. »Mit solch einem gewaltigen Heer mag es uns wahrhaftig gelingen, die römischen Legionen ein für alle Mal aus unseren Gebieten zu vertreiben. Vor unserer letzten Schlacht standen die Zeichen ebenfalls nicht günstig. Dennoch haben wir gesiegt ...« Er geriet ins Stocken, dann breitete er in einer Geste der Hilflosigkeit die Arme aus. »Bei allen Göttern, du weißt, dass ich nie Oberbefehlshaber sein wollte. Ich will es auch jetzt nicht. Aber die Stämme machen ihre Entscheidung von meiner Person abhängig, und ich würde mir nie verzeihen, es nicht wenigstens versucht zu haben. Verstehst du das denn nicht?«

Doch, Amena verstand ihn. Darin lag die Wurzel des Übels ja nicht. Seine Beweggründe waren vollkommen nachvollziehbar. Womöglich bot sich hier in der Tat die Gelegenheit, die verhassten römischen Eindringlinge mit einer vereinten keltischen Streitmacht zu besiegen und für alle Zeiten aus dem Wald der Arduinna zu vertreiben. Aber warum schwiegen die Unsterblichen dann? Warum gaben Sie Amena keine Zeichen, die darauf hindeuteten, dass dieses Unternehmen mit einem weiteren, bedeutenden Sieg gekrönt würde?

Sie holte tief Luft. »Wen versuchst du zu überzeugen?«, fragte sie schließlich und zwang sich, ruhig und beherrscht zu klingen. »Mich oder dich selbst? Ich vermag dir nur so viel zu sagen: Die Götter haben mir unseren Untergang vorhergesagt, in immer neuen, immer anderen Bildern. Nun schweigen Sie und haben gar unser Dankopfer zurückgewiesen. Was also wünschst du von mir zu hören? Hast du das Orakel vergessen?«

Sein Körper versteifte sich, und er wandte den Blick ab. Wie hätte er diesen Moment je vergessen können, als die Göttin durch Amena sprach!

»Wie ich mich auch entscheide, meine Wahl wird falsch sein«, flüsterte er beinah unhörbar.

Mit einem Mal brach es aus ihr heraus, sprudelten die Worte, die sie so eisern zurückgehalten hatte, aus ihr hervor, als besäßen sie einen eigenen Willen und hätten entschieden, sich nicht länger zurückhalten zu lassen.

»Was wir auch tun«, hörte sie sich sagen und wunderte sich, wie fremd ihre Stimme klang, unnatürlich hoch und voller Angst,»wir sind dem Untergang geweiht. Wir vermögen den Krieg gegen Rom nicht zu gewinnen. Einzelne Schlachten, ja, aber nicht den ganzen Krieg. Du hast einmal gesiegt, und es mag sein, dass du auch ein weiteres Mal siegst. Ich weiß es nicht. Alles, was ich weiß, ist, dass die Götter mir unseren Untergang vorhergesagt haben, immer und immer wieder, und meinen Rufen nicht mehr antworten.«

Während sie sprach, hatte Ambiorix den Kopf abgewandt, als wollte er ihre Worte nicht hören. Plötzlich packte er sie bei den Schultern und schüttelte sie. Nie zuvor hatte er sie mutwillig verletzt, und auch nun schien er nicht zu bemerken, dass sich seine Finger wie stählerne Klauen durch ihren dünnen wollenen Umhang bohrten.

»Ist denn alles, was ich tue, schon zum Scheitern verurteilt, ehe ich es beginne?«, rief er verzweifelt, und die Qual in seiner Stimme zerriss ihr beinah das Herz.»Ist es gänzlich ohne Belang, wie ich mich entscheide, wie sehr ich mich bemühe, das Richtige zu tun? Könnte ich ebenso gut die Hände in den Schoß legen und zusehen, wie die Römer uns alles nehmen, was wir besitzen, unser Getreide, unsere Freiheit und schließlich unser Leben?«

Schwer atmend hielt er inne. Sie senkte den Kopf, doch er packte sie noch eine Spur fester und schüttelte sie, bis sie ihn erneut anschaute. Es erschien ihr, als wolle er noch etwas sagen. Aber plötzlich besann er sich und schöpfte tief und zitternd Atem. Dann gab er Amenas Schultern frei und ließ seine Arme sinken.

Amena wandte das Gesicht zur Seite. Tränen brannten in ihren Augen, verschleierten ihren Blick, und sie wischte sie mit dem Handrücken fort.

Etwas war anders, und sie spürten es beide. Zum ersten Mal besaß sie keine Antworten auf seine Fragen, und sie fühlte sich hilflos und unzureichend. Als Priesterin war sie gewohnt, den Menschen, die zu ihr kamen, Empfehlungen zu geben, Rat und Trost zu bieten. Auch Ambiorix hatte sie stets zu helfen vermocht, hatte ihm als Spiegel gedient, in dem er seine eigenen Ansichten reflektieren konnte, um zu einer Entscheidung zu gelangen. Doch nun war sie ratlos. Nun, wo er ihren Zuspruch am dringendsten brauchte, wusste sie ihm keinen zu spenden.

Ihr gesamtes Leben lang hatte sie das göttliche Walten als eine unabänderliche Tatsache hingenommen. Und wahrlich, die Unsterblichen waren ein launisches Volk! Man opferte Ihnen, um Sie gnädig zu stimmen, und oftmals wurden die Gebete der Gläubigen erhört. Dann dankte man Ihnen mit weiteren Gaben. Schienen die Götter hingegen ungnädig, versuchte man Sie durch Opfer zu versöhnen. So ging es jahrein, jahraus, ein ewiges Geben und Nehmen, ein unaufhörlicher Kreislauf aus Bitten, Opfern, Dank und neuerlichen Opfern. Und obgleich Ebunos stets großen Wert darauf legte, ihre skeptische Geisteshaltung zu schulen und zu schärfen, waren die Richtigkeit und Beständigkeit dieser uralten Ordnung etwas, woran Amena niemals auch nur die geringsten Zweifel gehegt hatte. Sie stellten die unverrückbaren Pfeiler ihres Weltbilds dar, das Fundament, auf dem ihr Glaube und ihr Selbstverständnis als Priesterin, als Mittlerin zwischen der Welt der Unsterblichen und derjenigen der Menschen, ruhten.

Niemals.

Bis zu diesem Augenblick.

Denn sie vermochte sich nicht länger der Tatsache zu verschließen, dass die Götter diese fest gefügte Ordnung der Dinge verletzt hatten, die seit Anbeginn der Zeiten die Beziehung zwischen Ihnen und den Sterblichen regelte.

Doch warum? Was war der Grund für Ihr anhaltendes Schweigen, der Grund dafür, dass Sie nicht einmal mehr ein Dankopfer annahmen?

Und was, fuhr es Amena jäh durch den Kopf, was, wenn auch die Macht der Unsterblichen ihre Grenzen hatte? Wenn auch Sie nicht frei in Ihren Entscheidungen waren? Wenn auch Sie *nicht allmächtig* waren?

Sie vernahm ein entsetztes Keuchen, und es brauchte einige rasende Herzschläge, bis ihr aufging, dass sie selbst es war, deren Kehle sich dieser eigenartige, fremde Laut entrungen hatte. Wie durch einen Schleier sah sie Ambiorix' Gesicht dicht vor dem ihren, die Augen weit aufgerissen, seine geliebten Züge von Hilflosigkeit und Angst verzerrt. Er schien zu sprechen, auf sie einzureden. Sie hörte den eindringlichen Klang seiner Stimme, doch sie verstand keine Worte.

Nicht jetzt, mein Herz, nicht jetzt.

Denn sie musste diesem Gedanken auf der Spur bleiben, der eben grell wie ein Blitz durch ihr Bewusstsein gezuckt war, um gleich darauf wieder zu verglühen. Sie musste ihm folgen wie einem scheuen Reh, sich an seine Fährte heften, sich langsam an ihn heranpirschen. Er durfte ihr nicht entkommen, er war alles, was sie besaß.

Unendlich behutsam tastete sie sich erneut an ihn heran.

Wenn also auch die Götter nicht allmächtig waren, wer dann? Und welchen Sinn hatten dann alles Bitten und Flehen, all die Opfer und Rituale?

Und wenn die Unsterblichen nicht allmächtig waren, bedeutete das nicht auch, dass nur dasjenige zählte, was die Menschen selbst bewerkstelligten? Dass nur ihr eigenes Handeln, ihr Mut und ihre Tatkraft darüber entschieden, wer scheiterte und wer siegte, wer fiel und wer am Leben blieb?

Ein heftiger Schwindel übermannte Amena. Sie taumelte einen Schritt rückwärts und stieß hart gegen den Stamm eines Baumes. Benommen schloss sie die Augen und wartete, bis er nachließ.

Und warum jetzt? Warum jetzt, wo die Eburonen vor der größten Prüfung standen, der sie je begegnen mussten, dem Kampf auf Leben und Tod, Bestehen oder Vergehen, den Krieg gegen einen Feind, der so viel zahlreicher und mächtiger war als sie?

Oder dessen Götter mächtiger waren?

War es das?

Konnte es am Ende sein, dass die Unsterblichen untereinander ebenso kämpften, sich gegenseitig bekriegten und zu vernichten suchten wie die Menschen? Dass es auch dort Sieger und Verlierer gab und die Verlierer das Feld räumen mussten?

Und bedeutete das letztlich nicht -

Amenas Hände krallten sich in die rissige Rinde des Baumes. Holzsplitter bohrten sich unter ihre Nägel, und Blut rann ihre Finger hinab, doch sie bemerkte es kaum.

Dieser Gedanke, ja, er hatte sie schon einmal überfallen: Nachdem sie die Krieger gesegnet hatte, vor der Schlacht in der Wolfsschlucht, hatte er sie durchfahren wie die Klinge eines Dolches. Sie hatte sich innerlich abgewandt, weil sie ihn nicht zu ertragen vermochte, damit er sie nicht zerrisse.

Nun drängte er sich ihr abermals auf, und sie ahnte, dass sie ihn dieses Mal zulassen musste. Denn er war die Antwort auf ihre Fragen, ihr Bitten und Flehen. Er war die Wahrheit, jene Wahrheit, die sie in den zurückliegenden Wochen und Monaten so verzweifelt gesucht hatte. Er war nicht bloß irgendein Gedanke; er war eine Erkenntnis.

Noch vor wenigen Tagen war sie nicht bereit gewesen, sich dieser Erkenntnis zu stellen. War sie es jetzt?

In diesem Augenblick wurde Amena klar, dass ihr gar keine Wahl blieb. Sie musste diese Einsicht erlauben, sich ihr stellen. Ambiorix hatte sie um ihren Rat ersucht, und es war ihre Pflicht, ihm die Wahrheit kundzutun, damit er seine Entscheidung überdenken konnte, eine Entscheidung, die er in der Überzeugung getroffen hatte, dass die Götter durch das Dankopfer versöhnt worden seien. Sie musste ihm Gelegenheit geben, seinen Entschluss zu widerrufen, oder er sollte wenigstens wissen, dass er in seinem Kampf von nun an vollkommen auf sich gestellt wäre, dass er nicht länger auf die Unterstützung einer höheren Macht vertrauen durfte.

Das war alles, was zählte. Ihr eigenes Befinden, ihre Gefühle waren in diesem Moment ohne Belang. Sie hatten zurückzustehen. Und es mochte sehr wohl sein, dass dies das Letzte war, was sie jemals für Ambiorix tun konnte.

Amena sammelte sich innerlich. Dann holte sie tief Luft und zwang sich, den Blick zu heben und ihn anzuschauen. »Die Götter haben uns verlassen«, sagte sie, leise, denn ihre Stimme drohte zu versagen.

Ambiorix hatte es schließlich aufgegeben, auf sie einzureden, in sie zu dringen, sie anzuflehen, ihm endlich zu erklären, was in ihr vorging. Schweigend hatte er vor ihr gestanden, verwirrt und ratlos. Nun beugte er sich hastig zu ihr hinab. »Was sagst du da?«, fragte er bestürzt.

Sie sah seine vor Schreck geweiteten Augen, seine ebenmäßigen Züge eine Grimasse aus Fassungslosigkeit und schierem Grauen. Mit beinah übermenschlicher Willensanstrengung verschloss sie ihr Herz vor diesem Anblick.

»Die Götter haben uns verlassen«, wiederholte sie. »Wir sind ganz allein.«

»Amena, was redest du denn da?« Seine Stimme hatte einen eigenartigen Klang angenommen, seltsam hoch und schrill, wie sie ihn noch nie von ihm gehört hatte. Abermals packte er sie bei den Schultern, härter und schmerzhafter als zuvor, und schüttelte sie. Sie fühlte seine Angst, so dicht und gegenwärtig wie ein lebendiges Wesen aus Fleisch und Blut, und dieses Mal war es die Angst, dass sie recht haben könnte. Wie viele Arten von Angst es doch gab!

»Bis du von Sinnen? Komm zu dir!« Wieder diese schrille Stimme.

Amena bot all ihre Kraft auf, befreite sich aus dem stählernen Griff seiner angstvoll verkrampften Finger und stieß ihn von sich, heftiger als beabsichtigt.

Nein, mitnichten war sie von Sinnen; diese Gnade wurde ihr nicht zuteil, so willkommen sie sie in diesem Moment auch geheißen hätte. Ganz im Gegenteil, sie war dazu verdammt, klarzusehen. Und nie zuvor hatte sie so klargesehen wie in diesem Augenblick.

Und Ambiorix wusste das. Deswegen war er ja so verzweifelt, so panisch. Hilflos stand er vor ihr, mit hängenden Schultern, und sie sah, dass seine Augen verdächtig glitzerten.

»Aber - aber ich habe doch die Schlacht gewonnen«, stammelte er. »Das beweist doch, dass die Götter auf unserer Seite sind.«

Amena schüttelte den Kopf. »Nein«, sagte sie, vergeblich bemüht, das Beben in ihrer Stimme zu beherrschen. »Das beweist lediglich, dass du der bessere Feldherr warst.«

Er schloss die Augen und presste die Fäuste gegen die Schläfen. »Ich kann das nicht glauben«, stieß er hervor. »Es kann nicht wahr sein. Du musst dich irren, Amena. Ganz gewiss, du irrst dich.«

Ehe sie sich dagegen wappnen konnte, spürte sie, wie ein gewaltiger, stechender Schmerz durch ihr Inneres fuhr. Nie zuvor hatte sie ihn so gequält und hilflos gesehen, und eine Woge des Mitgefühls spülte über sie hinweg, riss sie mit sich fort und drohte sie zu ertränken. Sie fühlte sich schuldig, denn schließlich war sie es, ihre Erkenntnis der Wahrheit, die ihn in diesen Abgrund der Verzweiflung stürzte. Sie hatte die Dämonen auf ihn gehetzt, die ihn nun peinigten, und auch ihr Wissen, dass sie keine andere Wahl gehabt, dass sie das einzig Richtige getan hatte, vermochte sie in diesem Augenblick nicht zu trösten.

Zögernd streckte sie ihre Rechte aus, berührte sacht seinen Arm. Doch er zuckte zurück und wandte sich ab. Er wollte kein Mitgefühl von der Frau, die sein Weltbild erschüttert und ihn der Verzweiflung ausgesetzt hatte, als er ihres Rates und Trostes dringender bedurfte denn je zuvor. Er wollte kein Mitgefühl von der Frau, die ihn verraten hatte, dem einzigen Menschen, von dem er glaubte, dass er ihn niemals verraten würde.

Plötzlich nahm er die Hände von seinem Gesicht. Sie sah die nassen Spuren, die die Tränen auf seinen Wangen hinterlassen hatten.

»Ich weiß nicht, warum du das tust«, flüsterte er mit bebender Stimme. »Ich weiß nicht, warum du dich von mir abwendest und mich im Stich lässt, wenn ich dich am nötigsten brauche. Aber ich werde dir beweisen, dass du unrecht hast. Ich werde abermals gegen die Römer in den Krieg ziehen, und ich werde sie abermals besiegen. Und dann wirst du erkennen müssen, dass du dich irrst, dass uns die Götter nicht verlassen haben.«

Jäh wandte er sich ab und stolperte auf den Weg zu, der vom Gipfel der Anhöhe hinab ins Tal führte. Einen Augenblick später hatte ihn die Nacht verschluckt.

Seine Worte trafen Amena wie ein Fausthieb. Sie fühlte kaum, wie ihre Beine nachgaben. Benommen ließ sie sich am Stamm des Baumes hinabgleiten, spürte, wie die Rinde ihr Sagon zerriss, bis sie auf dem harten, gefrorenen Boden kauerte. Dann schlang sie die Arme um ihre Knie und vergrub den Kopf im weichen wollenen Tuch ihres Umhangs. Sie zitterte am ganzen Leib, schlotterte, als hätte ein Dämon von ihr Besitz ergriffen, haltlos, willenlos. Und sie hatte keine andere Wahl, als sich diesem Schlottern zu überlassen, diesem unbeherrschten, unbeherrschbaren Tanz aller Glieder, bis er schließlich von selbst abebbte.

Allmählich wurde sie ruhiger. Und nach einer geraumen Weile, endlich, löste sich der Knoten aufgestauter Gefühle in ihrer Brust, der ihr die Luft abschnürte und sie zu ersticken drohte, und sie weinte hemmungslos. Sie weinte um die gefallenen Krieger, die hier oben verbrannt worden waren, und um diejenigen, die in diesem sinnlosen Krieg noch sterben würden. Sie weinte um ihren verlorenen Glauben, um den Verlust all dessen, was ihr Sicherheit und Zuversicht gegeben hatte. Sie weinte um Ambiorix, der glaubte, dass sie sich von ihm abgewandt hatte, um ihre Beziehung zu diesem einzigen Mann, den sie je geliebt hatte und je lieben würde. Und sie weinte um sich selbst, weil sie wusste, dass ihr Leben von nun an nie wieder dasselbe sein würde.

Die lederne Scheide ihres Dolches bohrte sich schmerzhaft in ihren Oberschenkel. Beinah erschien es Amena, als lade er sie ein, ihrem Leben mit seiner stählernen, reich verzierten Klinge ein Ende zu setzen. Wozu leben, wenn alles, woran sie geglaubt, alles, was ihr je etwas bedeutet hatte, zerstört war?

Doch dann besann sie sich, und es war eine Entscheidung des Verstandes, nicht des Gefühls, es war die nüchterne, disziplinierte Entscheidung einer Priesterin. Sie erkannte, dass sie weiterleben musste, denn in einer Welt ohne Götter, in der die Menschen auf sich allein gestellt waren, bedurften sie ihres Rates und Beistands umso dringlicher. Für *sie* entschied Amena weiterzuleben.

Und für Ambiorix. Sie hätte jederzeit bereitwillig ihr Leben für ihn hingegeben, wenn dies irgendetwas ändern, den unheilvollen Lauf des Schicksals irgendwie beeinflussen würde. Vielleicht jedoch vermochte sie ihm besser zu dienen, indem sie lebte.

Dies war ihr letzter Gedanke, ehe sie völlig erschöpft einschlief.

Kapitel 12

Jede einzelne der Visionen, die Hannah während ihrer Meditationen durchlebte, hatte sie auf eigene Weise berührt, und alle beschäftigten sie anschließend noch lange. Immer wieder zogen Szenen vor ihrem inneren Auge vorüber, klangen Sätze in ihr nach, stiegen jäh Gefühle in ihr auf, die mit dem Erlebten in Zusammenhang standen. In besonderem Maße bewegte sie die Schlacht um das Winterlager, die mit der Vernichtung des römischen Heerzuges in der Wolfsschlucht endete und deren beispiellos grausame Bilder sie tagsüber plötzlich aus heiterem Himmel überfielen und nachts durch ihre Träume geisterten.

Doch keine der bisherigen Reisen in die Vergangenheit hatte Hannah so aufgewühlt, so durch und durch erschüttert zurückgelassen wie die, deren Zeugin sie soeben geworden war. Amenas furchtbare Gewissheit, dass die Götter ihren Stamm im Stich gelassen hatten, der zutiefst verstörende, unwiederbringliche Verlust ihres Weltbilds, all dessen, woran sie geglaubt und im Vertrauen worauf sie erzogen und zwanzig Jahre lang zur Priesterin ausgebildet worden war, und die existenzielle Verunsicherung, die aus ihrer Einsicht erwuchs, durchdrangen auch Hannah bis in die feinsten Verästelungen ihres Wesens und ließen sie mit nie zuvor empfundener Eindringlichkeit nachempfinden, wie verlassen sich Amena mit einem Mal fühlen musste und wie – betrogen.

Und das war noch nicht alles. Sie bewunderte Amenas Mut, sich dieser fürchterlichen Wahrheit zu stellen, die Entschlossenheit, mit der sie sich ihr öffnete, weil sie es als ihre Pflicht ansah, Ambiorix seine Entscheidung im vollen Bewusstsein dieser Erkenntnis treffen zu lassen. Und mit ihr trauerte sie über Ambiorix' Unverständnis, seine Weigerung, ihr zu glauben, und seine Verzweiflung darüber, dass Amena ihn scheinbar im Stich ließ.

Ohne es zu wissen, hatte auch Hannah während der Meditation geweint. Als sie nun zu sich kam, fühlte sie die Feuchtigkeit der Tränen auf ihren Wangen, und sie war durchdrungen von einem tiefen Gefühl des Verlustes und der Hoffnungslosigkeit, das kaum umfassender und intensiver hätte sein können, wenn ihr eigenes Schicksal auf dem Spiel gestanden hätte.

Wie jedes Mal nach einer Vision hatte sie keine Ahnung, wie viel Zeit verstrichen war. Vor den Fenstern des Wohnraums dämmerte es, doch für die Dauer einiger Herzschläge wusste sie nicht, ob es die Morgen- oder die Abenddämmerung war. Benommen warf sie einen Blick zur Uhr auf dem Kaminsims: bald sieben! Fast zwei Stunden waren vergangen, seit sie gegen fünf aus einem Albtraum hochgeschreckt war, in dem sich Bilder von verstümmelten und grässlich zugerichteten menschlichen Körpern aneinanderreihten - offenkundig ein Nachhall der Kämpfe in der Wolfsschlucht, die sie so abgrundtief erschüttert hatten.

Schlaflos lag sie anschließend auf dem Rücken, lauschte Rutgers ruhigem, gleichmäßigen Atem, und ihre Gedanken wanderten zurück zu ihrer jüngsten Entdeckung. Der gläserne Armreif, den sie im Wurzelwerk der Eibe ertastet und behutsam freigelegt hatte, war der unwiderlegbare Beweis dafür, dass es sich bei diesem Ort wahrhaftig um das Quellheiligtum der Eburonen handelte.

Rutger war überzeugt, dass man bei einer Ausgrabung rings um den ehemaligen Fuchsbau noch mehr Opfergaben zutage fördern würde. Aber kaum hatte er diese Äußerung von sich gegeben, bereute er sie bereits und fiel Hannah in den Arm, die schon zum Spaten griff, um direkt einmal »nachzuschauen«. Rutger musste seinen ganzen Charme, sein gesamtes diplomatisches Geschick und all seine Überredungskünste aufbieten, um diesen Übergriff zu verhindern und einer verständnislosen Hannah zu erklären, warum sie so kurz vor dem Ziel die Füße stillhalten müsse.

Sie seien schließlich keine Raubgräber, führte er geduldig aus. Hannah solle bedenken, dass nicht nur der Fund selbst, sondern ebenso seine Umgebung von unschätzbarer Bedeutung für die Wissenschaft sei. Im Übrigen seien unzählige Fundstellen im Verlauf der Jahrhunderte dadurch zerstört worden, dass irgendjemand mal eben eine Schaufel in die Erde gerammt und »nachgeschaut« habe, was sich unter diesem oder jenem Grabhügel befand. Nein, erklärte er entschieden, nur über seine Leiche, und so weit wollte Hannah dann doch nicht gehen.

Der gläserne Armreif ruhte seitdem auf ihrem Kaminsims - neben dem Bruchstück der eisernen Fibel, das ihnen Stefan Kramer vorübergehend überlassen hatte -, was in Rutgers Augen nur eine Zwischenlösung darstellen konnte. Hannah war jedoch ungeheuer stolz auf ihre Entdeckung, und vor allem wachte sie darüber eifersüchtig wie Cúchulainn über seinen Lieblingsknochen, sodass er es nicht übers Herz brachte, ihn ihr sogleich wieder wegzunehmen, sondern sich zähneknirschend darauf beschränkte, ihn im Blick zu behalten.

Als Hannah einsah, dass sie nicht mehr einschlafen würde, hatte sie beschlossen, stattdessen zu meditieren. Vorsichtig, um Rutger nicht zu wecken, hatte sie sich aus dem Bett gestohlen, war auf Zehenspitzen die knarzende Treppe hinuntergeschlichen und hatte sich in ihrem Lieblingssessel in eine Decke gewickelt.

Nun wischte sie mit dem Handrücken die Tränen fort und streckte sich. Ihre Glieder waren steif vom langen Stillsitzen. Doch die Nebenwirkungen, die ihre ersten Ausflüge in die Vergangenheit begleitet hatten, waren von Mal zu Mal schwächer geworden und inzwischen bis auf leichte Kopfschmerzen zwischen den Augenbrauen ganz verschwunden. Konrad hatte recht behalten: Je bereiter sie war, zu akzeptieren, dass sie diese besondere Gabe nun einmal besaß, je weniger sie sich gegen diesen Teil ihrer selbst sträubte, desto eher klangen die unangenehmen körperlichen Begleiterscheinungen ab. Dafür wühlten Amenas Schicksal und das ihres Stammes sie nun immer stärker auf.

Schläfrig wickelte sich Hannah aus ihrer Decke und tappte einige Stufen ins Dachgeschoss hinauf. Dann ging ihr auf, dass es eine gute Idee wäre, sich zuerst das Gesicht mit kaltem Wasser zu waschen, denn sie verspürte keinerlei Neigung, Rutger zu erklären, warum sie so verheult aussah. Also machte sie kehrt und wandte sich ins Badezimmer hinüber. Auf dem Weg durch die Küche fiel ihr Blick auf Hope, die zu einer grauen Fellkugel zusammengerollt auf ihrem Lieblingsplatz vor der Heizung lag und den tiefen Schlaf der Erschöpfung schlief. Ihrem Schrecken, bei lebendigem Leibe verschüttet zu sein, hatte sich gleich darauf ein zweiter hinzugesellt, nämlich der eines warmen Bades, das sie am Vorabend unter heftiger Gegenwehr über sich ergehen lassen musste. Beides zusammen sorgte anscheinend dafür, dass ihr die Lust auf nächtliche Streifzüge fürs Erste vergangen war.

Das Bild, das der Badezimmerspiegel von Hannah entwarf, bestätigte ihre schlimmsten Befürchtungen. Seufzend drehte sie den Kaltwasserhahn auf, ließ das Wasser in ihre Hände laufen und klatschte es sich ins Gesicht. Doch es half nicht viel. Sie sah immer noch aus wie Kriemhild, die Siegfrieds Tod betrauerte.

Sei's drum, dachte sie, als sie sich schließlich abtrocknete. Vielleicht schlief Rutger ja noch.

Den Gefallen tat er ihr natürlich nicht. Er schlug die Augen just in dem Moment auf, als Hannah die Bettdecke lüpfte, um sich verstohlen wieder neben ihn zu legen. Und als er ihre Trauermiene sah, war er mit einem Schlag hellwach.

»Um Himmels willen, Hannah, was ist passiert?«, fragte er erschrocken.

Sie kuschelte sich unter die warme Decke und schilderte ihm den Inhalt ihrer jüngsten Meditation bis hin zu der dramatischen Szene auf dem kahlen Gipfel der Anhöhe. »Es ist die Kuppe dieses Berges mit ihrer eigenartigen, abgeflachten Form, die mir auf unserem Spaziergang zum Matronenheiligtum so seltsam bekannt vorkam«, schloss sie.

Rutger hatte sich auf einen Ellbogen gestützt und ihrem Bericht konzentriert zugehört. Nachdem sie geendet hatte, rollte er sich auf den Rücken und zog Hannah an sich. Sie bettete ihre Wange an seine Schulter, legte ihre Hand auf seine Brust, und eine Weile schwiegen beide.

Schließlich holte er tief Luft. »Versteh mich jetzt bitte nicht falsch«, begann er behutsam. »Du weißt, wie viel deine Visionen mir bedeuten. Aber ich finde, du solltest mal eine Zeit lang aussetzen. Anfangs hattest du mehr innere Distanz zu den Ereignissen, doch inzwischen ziehen sie dich so in ihren Bann, dass du dich zu stark mit Amena und ihrem Schicksal identifizierst. Und wenn ich dich so anschaue, glaube ich, dass dir das nicht guttut.«

Als sie unverändert schwieg, fuhr er nach einer kurzen, nachdenklichen Pause fort. »Hör mal ...«, es sollte spontan klingen, was es jedoch nicht tat, »... ich hab noch ziemlich viel Urlaub für dieses Jahr. Wie wär's, wenn wir ein, zwei Wochen verreisen, damit du auf andere Gedanken kommst? Wir könnten zum Beispiel meine Familie in Irland besuchen, ein bisschen im Land herumfahren, faulenzen. Was denkst du?«

Kneif mich mal einer, war alles, was Hannah in diesem Moment dachte. War das derselbe Rutger, der sie nur wenige Tage zuvor beinah auf Knien angefleht hatte, mit den Meditationen fortzufahren? Der es gar nicht hatte abwarten können, weitere Erkenntnisse über das Schicksal der Eburonen und die Lage Atuatucas zu gewinnen?

Doch insgeheim musste sie zugeben, dass er recht hatte, und die *Vernunft*, jene scheueste, unscheinbarste Bewohnerin von Hannahs komplexen Gehirnwindungen, spendete ihm lauten und anhaltenden Beifall, ehe sie davoneilte, um ihre Koffer für einen Trip nach Irland zu packen.

Hannah war ja selbst erschrocken darüber, wie nah ihr die Ereignisse gingen. Eine kleine Pause, die ihr Abstand zu Amena, ihrer Angst und Verzweiflung, zu grausamen Schlachten und verstümmelten Leibern verschaffen würde, wäre sicherlich gesund und auch ihrem Schlaf eindeutig zuträglich.

So viel zur Theorie. Aber die Praxis sah, wie so oft in Hannahs von Gefühlen beherrschtem Leben, ganz anders aus. Das Problem war nämlich: Sie konnte und wollte jetzt nicht aufhören. Es war genau, wie Rutger sagte: Sie identifizierte sich mit Amena und ihrem Schicksal. Und deswegen musste sie mit den Meditationen fortfahren. Sie wollte wissen, ob Ambiorix tatsächlich als Oberbefehlshaber einer großen keltischen Streitmacht erneut gegen die Römer in den Krieg zog oder ob es Amena gelang, ihn davon abzubringen. Sie wollte wissen, ob sich die beiden wieder versöhnten, ob Amena ihn zu überzeugen vermochte, dass sie ihn keineswegs im Stich ließ, sondern ihn vielmehr davor zu bewahren suchte, sich blinden Auges in sein Unglück zu stürzen, oder ob er am Ende in einer weiteren Schlacht fiele, ohne Aussöhnung und in dem irrigen Glauben, die Frau, die er liebte, hätte sich von ihm abgewandt. Und sie wollte wissen, wie Amena die Gewissheit bewältigte, dass die Götter die Eburonen verlassen hatten, wie sie diese schreckliche Erkenntnis ertrug, sie, die Priesterin, deren Identität und Selbstverständnis doch auf dem Dienst an den Unsterblichen beruhten. Es gab so vieles, was sie wissen wollte, und sie wollte es jetzt wissen, nicht erst in ein paar Wochen, nach einem Irlandurlaub.

Aber es bereitete ihr Mühe, Rutger dies alles zu erklären, dessen Einwand ja durchaus berechtigt war und der die ganze Angelegenheit ohnehin mehr von der rationalen, wissenschaftlichen Seite her betrachtete. Deswegen beschloss sie - nicht ohne schlechtes Gewissen, denn seine Sorge um sie freute sie ja auch irgendwie -, für den Moment zu einer Notlüge zu greifen, und lehnte sein Angebot mit Hinweis auf die dringende Arbeit an dem Kalender ab. Nach einigem Hin und Her lenkte er schließlich ein, rang ihr jedoch das Versprechen ab, Konrads Ratschlag zu befolgen und wenigstens einen Tag Pause zwischen zwei Meditationen einzulegen. Hannah erklärte sich nur sehr halbherzig einverstanden.

Bald darauf und da man schon einmal so gemütlich und warm beisammen lag, entwickelten sich die gemeinsamen Aktivitäten hin zu wesentlich angenehmeren und entspannenderen Zeitvertreiben. Doch bei einem ebenso späten wie ausgedehnten Samstagmorgenfrühstück kehrte das Gespräch unweigerlich zu Amena und dem Schicksal ihres Stammes zurück.

Hannah hatte soeben die letzten Reste ihres Croissants vertilgt und stupfte mit der Spitze des Zeigefingers nachdenklich einige Krümel von ihrem Teller.»Hast du in dem, was ich dir vorhin erzählt habe, eigentlich wieder etwas entdeckt, was sich bei Caesar anders liest?«

Rutger kaute gerade auf einem stattlichen Bissen seines vierten Brötchens und beschränkte sich auf ein entschiedenes Nicken. Großer Gott, was dieser Mann alles essen konnte und dabei immer noch rank und schlank blieb!, staunte Hannah nicht zum ersten Mal. Sie selbst wäre längst aus sämtlichen Fugen geraten.

Schließlich spülte er mit einem Schluck Kaffee nach, tupfte sich die Lippen mit seiner Serviette und lehnte sich zufrieden zurück. »Zwei Dinge sind mir aufgefallen. Zum einen behauptet Caesar, Ambiorix habe die benachbarten keltischen Stämme zum Aufstand gegen die Römer aufgewiegelt. Er schreibt, der König der Eburonen sei gleich nach seinem Sieg über Sabinus und Cotta zu den Nerviern aufgebrochen, um sie und ihre Verbündeten zum Überfall auf das Winterlager des Quintus Tullius Cicero aufzustacheln.«

»Caesar versucht also weiterhin, Ambiorix als Aufwiegler und Unruhestifter darzustellen«, bemerkte Hannah.

»Allerdings. Er brauchte diese Entstellung der Tatsachen, um sein weiteres Vorgehen gegenüber seinen Landsleuten zu rechtfertigen.«

Sie beäugte sehnsüchtig das letzte, übrig gebliebene Croissant, widerstand der Versuchung jedoch tapfer. »Und was ist der zweite Punkt, in dem Caesar die Wahrheit verfälscht?«

»Der zweite Punkt betrifft wiederum die Größe der keltischen Streitmacht«, fuhr Rutger fort. »Schon bei der Schlacht um das Castrum der Legaten Sabinus und Cotta übertreibt der Proconsul die Zahl der Krieger deutlich - aus Gründen, die auf der Hand liegen. Und hier beobachten wir dasselbe Phänomen, sogar noch in gesteigerter Form. Caesar gibt die Menge der Feinde, die das Lager im Gebiet der Nervier angriffen, mit ungefähr sechzigtausend an, wogegen Ellico von zwanzigtausend spricht – ein Drittel von dem, was der göttliche Iulius behauptet.«

Kurz vor fünfzehn Uhr parkte Rutger den Land Rover vor dem Haus der Familie Schüler. Zuvor hatte er mit dem Vater des Jungen telefoniert und ihm sein Anliegen geschildert. Der Lehrer war so angetan von der Aussicht, mit einem Archäologen über sein Steckenpferd Heimatgeschichte zu fachsimpeln, dass er ihn und Hannah prompt zu einem Nachmittagskaffee eingeladen hatte.

Die Adresse lag in einem Neubauviertel außerhalb der Stadtmauern von Bad Münstereifel und zählte zweifellos zu den besseren Wohnlagen. Moderne Einfamilienhäuser in individueller Bauweise, umgeben von gepflegten Gärten, säumten verkehrsberuhigte Sträßchen mit Temposchwellen und Parkbuchten.

Das Heim der Familie Schüler erwies sich als zweigeschossiger Backsteinbau, am Ende der Straße in einem Wendehammer gelegen. Ein gepflasterter Weg führte auf den Eingang zu und endete vor einer soliden Tür aus massiver Eiche mit aufwendig geschnitzten Ornamenten, die ganz offensichtlich in irgendeinem alten Gemäuer ausgebaut, originalgetreu restauriert und hier wieder eingesetzt worden war, um beredtes Zeugnis von der Liebe des Hausherrn zur Vergangenheit abzulegen.

Rutger klingelte, und irgendwo in den Tiefen des Hauses ertönte das helle, aufgeregte Kläffen eines Hundes. Wenige Augenblicke später öffnete Schüler die Tür, ein kleiner, unscheinbarer Mann Anfang fünfzig mit schütteren blonden Haaren und einem Bart, der Mund und Kinn umrahmte und Hannah unter der Bezeichnung »Beamtenbart« geläufig war. In der Linken hielt er einen Teil des Bonner General-Anzeiger, in dessen Lektüre er wohl gerade vertieft gewesen war.

Nachdem er Hannah und Rutger über den Rand seiner Lesebrille hinweg begrüßt hatte, bat er sie, ihm zu folgen, und eilte mit hektischen, wieselähnlichen Schritten durch einen dämmrigen Flur voraus in den Wohnraum. Dort lud er sie ein, in einer altmodischen Polstergarnitur Platz zu nehmen, und verschwand in der angrenzenden Küche, um kurz darauf mit einem Tablett zurückzukehren, auf dem sich Kaffee, heißes Wasser für Tee, eine Auswahl verschiedener Teebeutel sowie Milch, Zucker und eine Dose Süßstoff befanden. Der niedrige Glastisch der Sitzecke war bereits mit einem schlichten weißen Service eingedeckt. Es war alles perfekt organisiert und vorbereitet. Schüler gehörte offensichtlich zu jener Sorte Mensch, die nichts dem Zufall überließ.

Während Hannah und Rutger sich bedienten, wieselte ihr Gastgeber zurück in den Flur, wo eine Treppe aus dunklem Holz in den oberen Stock führte, und bat seinen Sohn mit einer Stimme, die keinerlei Zweifel an ihrer Klassenzimmertauglichkeit aufkommen ließ, herunterzukommen. Die Herrin des Hauses, so erklärte er mit bedauerndem Schulterzucken, habe Migräne und lasse sich entschuldigen.

Einige Minuten später schob sich Schüler junior widerstrebend in den Türrahmen. Hannah schätzte ihn auf elf oder zwölf Jahre, ein schlaksiger Junge mit hellblonden Haaren, die ihm wirr in die Stirn hingen, großen blauen Augen und so vielen Sommersprossen, dass kaum ein Fleckchen seines Gesichts unbedeckt blieb. Er trug das T-Shirt eines amerikanischen Basketballteams in XXL, eine ausgewaschene Jeans, deren Hosenboden irgendwo auf Höhe der Kniekehlen baumelte, was ihn aber nicht zu stören schien, und knöchelhohe Basketballschuhe ohne Schnürsenkel. Sein Vater stellte ihn als Timo vor.

»Timo, bitte komm hier herüber und setz dich zu uns«, forderte der Lehrer seinen Sohn auf, der sich abwartend in der Tür herumdrückte, die Hände tief in den Taschen seiner Jeans versenkt. Hinter ihm war ein schwarzer Cockerspaniel aufgetaucht, der die beiden Fremden mit schräg gehaltenem Kopf beäugte. »Herr Loew und Frau Neuhoff möchten dir ein paar Fragen stellen wegen der Fibel, die du neulich gefunden hast.«

Der Junge stieß sich vom Türrahmen ab, schlurfte mit sichtlichem Widerwillen zu ihnen hinüber und hockte sich Rutger gegenüber auf die Armlehne eines Sessels, um zum Ausdruck zu bringen, dass er mitnichten vorhatte, auch nur einen Augenblick länger zu bleiben als unbedingt nötig. Dann nahm er seine Hände gerade lang genug aus den Hosentaschen, um sich einen Kaugummi in den Mund zu stecken, und begann energisch darauf herumzukauen, während er die Besucher unter seinen wirren Haaren hervor schweigend musterte.

Timos Vater stand deutlich ins Gesicht geschrieben, dass er über das Verhalten seines Sprösslings alles andere als glücklich war. Aber, ganz Pädagoge, verzichtete er darauf, ihn in Anwesenheit Dritter zurechtzuweisen. Der Cockerspaniel war dem Junior gefolgt und legte sich zu seinen Füßen auf dem Teppich nieder.

»Hi, Timo«, ergriff Rutger schließlich das Wort. »Ich finde es echt nett von dir, dass du mir ein paar Fragen beantworten willst. Deine Informationen könnten sehr wichtig für mich sein, weißt du?« Von »wollen« konnte allerdings kaum die Rede sein, dachte er gleichzeitig. Als der Angesprochene nicht reagierte, fuhr Rutger fort. »Vor einigen Tagen habe ich im Heimatmuseum die Fibel gesehen, die du gefunden hast. Erinnerst du dich?«

Nun nickte Timo knapp. Der Junge war ganz offenkundig ein Meister in der Kunst der ökonomischen Gesprächsführung.

»Erzähl uns doch bitte mal, wie und wo genau du sie gefunden hast«, forderte Rutger ihn mit erzwungener Geduld auf.

Der Junior schob seinen Kaugummi von der rechten in die linke Wange und ließ seinen Blick durch den Raum wandern, als sähe er ihn zum ersten Mal. »Ich hab sie gar nicht gefunden«, krächzte er schließlich und legte gleichzeitig beredtes Zeugnis darüber ab, dass er sich mitten im Stimmbruch befand. »Es war Tommy. Der hat sie gefunden.«

Rutger runzelte die Stirn. »Tommy ist dein Freund?«

»Tommy ist mein Hund.« Timo wies mit dem Kinn auf den Cockerspaniel, der zu seinen Füßen lag und beim Klang seines Namens eines seiner Schlappohren geringfügig anhob. Er schien ein ebensolcher Meister der Ökonomie zu sein wie sein Herrchen. »Der hat die Fibel gefunden.«

»Ah ja«, sagte Rutger, einen Moment irritiert. »Und wie war das genau?« Irgendwie musste man den Bengel doch zum Reden bringen können.

Der Junge fuhr sich mit einer schmutzigen Hand durch seine dichten blonden Haare. »Ich hab mit Tommy in der Bachwiese gespielt. Wissen Sie, wo das ist?«

Rutger nickte.

»Ich hab einen Staudamm bauen wollen. Um den Bach aufzustauen. Ich hab am Waldrand große Steine gesucht, sie zum Bach runtergeschleppt und aufeinandergeschichtet. Tommy hat in der Zeit Kaninchen gejagt, wissen Sie, es gibt sehr viele Kaninchen in der Gegend. Als ich abends nach Hause gehen wollte und Tommy gerufen hab, ist er nicht gekommen. Also bin ich ihn suchen gegangen. Und ich fand ihn, wie er ein Kaninchenloch am Ausgraben war. Er grub und grub, und der Dreck flog nach allen Seiten weg. Und als ich genau hingeschaut hab, hab ich dieses Dings gesehen, diese Fibel. Tommy hat sie mit ausgegraben. Ich hab sie eingesteckt und mitgenommen und meinem Vater gezeigt. Er hat mir gesagt, dass die Leute früher solche Dinger benutzt haben, um ihre Klamotten zuzumachen, als es noch keine Knöpfe und Reißverschlüsse gab. Und er hat gesagt, wir sollten sie im Museum abgeben.«

Na also, dachte Rutger. Geht doch. »Das war eine sehr gute Idee«, lobte er mit erhobenem Zeigefinger. Als ihm auffiel, wie schulmeisterlich die Geste wirkte, nahm er ihn eilig wieder herunter. »Hast du in der Bachwiese noch andere Sachen gefunden?«

»Nöh«, antwortete der Junior wie aus der Pistole geschossen - erstaunlich schnell, fand Rutger, wenn man bedachte, dass er ansonsten nicht der Allerschnellste zu sein schien. Seine Antworten kamen stets ein wenig zeitversetzt, als würden die Fragen zuvor von einem Simultandolmetscher übersetzt. »Das war alles.«

»Bist du ganz sicher?«, hakte Rutger nach. »Überleg noch mal genau. Es wäre für mich sehr, sehr wichtig, wenn du noch andere Gegenstände entdeckt hättest und ich sie einmal sehen dürfte.«

»Na, denk doch noch mal ganz genau nach, Timo«, drängte nun auch der Senior. »War die Fibel wirklich das Einzige?«

Sein Sohn schaute kurz zwischen seinem Vater und Rutger hin und her. Dann wich er ihren forschenden Blicken aus und fixierte die Spitzen seiner Basketballschuhe. Dabei malträtierte er seinen Kaugummi womöglich noch energischer als zuvor. »Sie sind Archäologe, nicht?«, fragte er seine Schuhspitzen plötzlich statt einer Antwort. »Wollen Sie in der Bachwiese eine Ausgrabung machen?«

»Ja, würde ich gern«, antwortete Rutger. »Ich vermute nämlich, dass dort eine alte Stadt verborgen liegt.«

Auf einmal und gänzlich unerwartet schien Timos Interesse geweckt. Er hob den Kopf und blickte Rutger zum ersten Mal offen ins Gesicht, wenigstens soweit der dichte Vorhang seiner Haare dies zuließ. »Eine alte Stadt?«, wiederholte er eifrig. »So groß wie Rom?«

Hannah sah, wie Rutger sich tapfer bemühte, ein Grinsen zu unterdrücken. »Nein, nicht so groß wie Rom. Aber genauso alt, mehr als zweitausend Jahre.«

Diese Auskunft beeindruckte den Junior sichtlich. Seine blauen Augen nahmen einen verträumten Ausdruck an.

»Doch bevor ich sie ausgraben kann, muss ich ganz sicher sein«, fuhr Rutger, der mit einem Mal Morgenluft witterte, behutsam fort. »Und wenn du noch mehr Dinge entdeckt hättest, könnte mir das vielleicht helfen, herauszufinden, was dort unter der Erde verborgen liegt.«

Als hätte er einen Schalter umgelegt, wirkte das Gesicht des Jungen mit einem Mal wieder so gleichgültig wie zuvor. »Ich hab aber nix anderes gefunden«, beharrte er beinah trotzig und beugte sich hinunter zu seinem Hund, um mit dessen Schlappohren zu spielen. »Die Fibel war das Einzigste. Kann ich jetzt gehn?«

Rutger seufzte. »Ja, Timo, du kannst gehen. Und vielen Dank für deine Hilfe.«

Der Junior erhob sich von seinem unbequemen Platz auf der Armlehne des Sessels und war mit einer Geschwindigkeit, die Hannah ihm nicht zugetraut hätte, aus der Tür. Einige Augenblicke später sah sie ihn auf einem Mountainbike am Fenster vorbeiflitzen.

Nachdem er verschwunden war, versuchte sein Vater, Rutger über die alte Siedlung auszufragen, die er in jenem Tal vermutete. Doch der redete sich damit heraus, dass das Projekt bislang noch nicht offiziell sei und er daher keine Einzelheiten mitteilen dürfe. Der Höflichkeit halber ließ sich Rutger anschließend in ein Gespräch über verschiedene Aspekte der Geschichte Bad Münstereifels verwickeln und hörte sich Schülers Theorien zur Besiedelung der Kakushöhle bei Eiserfey an, die erwiesenermaßen völliger Unfug waren, worauf hinzuweisen Rutger jedoch verzichtete.

Schließlich bedankten sie sich bei ihrem Gastgeber für die Einladung, verließen ihn mit dem erzwungenen Versprechen, ihn auf dem Laufenden zu halten, und schlenderten zurück zum Wagen.

»Niedlicher Bengel«, bemerkte Hannah, sobald sie außer Hörweite waren. »Nur leider nicht sehr gesprächig.«

Rutger vergrub die Hände in den Taschen seiner Wachsjacke. »Von seinem Vater hat er das jedenfalls nicht. Aber wenn du mich fragst, der Kleine lügt. Der hat garantiert noch andere Stücke gefunden, doch er will sie nicht rausrücken, weil er befürchtet, dass sein alter Herr sie ebenfalls konfisziert.«

In einiger Entfernung sahen sie Timo mit zwei Freunden auf ihren Mountainbikes. Sie standen in einer der Parkbuchten beisammen und unterhielten sich.

Hannah und Rutger stiegen ein, er wendete den Land Rover und fuhr langsam auf die Gruppe zu. Als er auf ihrer Höhe war, hielt er an und ließ das Seitenfenster herunter.

»Kommst du bitte mal?«, rief er dem Junior zu, der misstrauisch zu ihnen hinüberäugte. Widerstrebend stieß er sich mit dem Fuß am Bordstein ab und rollte auf den Wagen zu.

»Hör mal, Timo.« Rutger kramte in der Innentasche seiner Jacke und förderte eine verknitterte Visitenkarte zutage, die er an der Wagentür glatt strich. »Solltest du beim Spielen in der Bachwiese nochmals etwas finden, auch wenn es dir noch so unwichtig erscheint, ruf mich bitte an. Dieses Projekt ist wirklich unheimlich wichtig für mich, und du würdest mir sehr helfen. Vielleicht interessiert es dich ja, mal bei einer richtigen Ausgrabung dabei zu sein, was meinst du?« Er gab dem Jungen die Karte. »Ruf mich einfach an, okay?«

Der Junior warf einen kurzen Blick auf die Visitenkarte, steckte sie ein und wollte gerade sein Fahrrad wenden, als er sich noch einmal besann. »Und die ist echt so alt wie Rom, diese Stadt?«

Rom schien für Timo der Inbegriff alles Alten zu sein, der Maßstab, den er allem zugrunde legte, was nach seinen Begriffen ebenfalls alt war.

Rutger nickte. »Ja, ist sie.«

Nachdenklich blickte der Junge unter seinen wirren Haaren hervor. »Mann, das ist voll krass.«

Kapitel 13

Als Amena erwachte, hatte Sulis ihre Reise über den Himmel bereits angetreten. Verwirrt blinzelte sie in die ersten Strahlen der tief stehenden Wintersonne, einen gnädigen Moment lang ohne Erinnerung daran, wie sie auf die kahle Kuppe dieser Anhöhe gekommen und was geschehen war. Dann jedoch bestürmten Bilder, Worte und Gefühle der vergangenen Nacht ihr Gedächtnis mit jäher, schmerzhafter Eindringlichkeit. Sie stöhnte leise auf und schloss die Augen wieder, als könnte sie damit die Flut der Eindrücke eindämmen, die wie eine gewaltige Woge über sie hinwegbrandeten.

Als sie die Lider das nächste Mal öffnete, zog etwas Schwarzes, Glänzendes in ihrem Augenwinkel Amenas Aufmerksamkeit auf sich. Benommen wandte sie das Gesicht und erkannte einen Raben, der sich auf einem niedrigen Ast nur wenige Fuß zu ihrer Rechten niedergelassen hatte und sie aus dunklen, ausdrucksvollen Augen neugierig beobachtete. Es war ein ungewöhnlich großes Tier, dessen schillernd-rußfarbenes Gefieder je nach Lichteinfall blau, grün und violett schimmerte. Plötzlich zog der Vogel den Kopf ein, und als er ein lautes Krächzen ausstieß, verstand Amena, dass es seine heiseren Schreie waren, die sie geweckt hatten.

Der Lehre der Druiden zufolge vermochten sich die Seelen, die ihren irdischen Körper verlassen hatten, unter besonderen Umständen auch im Leib eines anderen Lebewesens zu manifestieren, beispielsweise um ein Menschenleben zu retten. Und mit einem Mal war sich Amena gewiss, dass dieser Vogel die Verkörperung der Seele eines der Krieger war, die am Tag zuvor auf diesem Berggipfel ihre sterbliche Hülle abgelegt und deren Anwesenheit Amena in der Nacht noch deutlich wahrgenommen hatte. Sie hatte an diesem Ort verweilt und schließlich die Gestalt eines Raben angenommen, um Amena vor dem sicheren Tod durch Erfrieren zu bewahren.

Für die Dauer eines Herzschlags begegneten sich ihre Blicke. Amena schaute in das kluge, schwarz-glänzende Auge des Tieres und dankte ihm stumm. Darauf hüpfte der Vogel mit einigen unbeholfenen Sätzen auf einen der höher gelegenen Äste, stieß ein letztes, heiseres Krächzen aus und flog mit flappendem Flügelschlag davon. Amenas Blick folgte ihm, als er sich über dem Gipfel der Anhöhe in einem weiten Bogen aufschwang, um sich vom Wind Richtung Westen tragen zu lassen, an jenen fernen, friedlichen Ort, wohin seine Gefährten ihm vorausgegangen waren. Bald war er nur noch ein kleiner schwarzer Punkt vor dem schiefergrauen Morgenhimmel. Dann verlor sie ihn aus den Augen.

Wie ein wildes Tier hatte sich Amena im Schlaf zusammengerollt und sich fest in ihren wollenen Umhang gehüllt. Dennoch war die eisige Kälte tief in ihre Glieder gekrochen, hatte sie so gefühllos gemacht, dass es sie nun Mühe kostete, sich zu bewegen.

Doch ihr Verstand arbeitete bereits wieder, und sie wusste, dass sie keine Zeit verlieren durfte. Sie musste diesen Ort so rasch als möglich verlassen und nach Atuatuca zurückkehren, denn immerhin bestand der Funke einer Hoffnung, dass Ambiorix noch nicht aufgebrochen wäre und sie Gelegenheit erhielte, abermals mit ihm zu sprechen. Und vielleicht würde es ihr dann gelingen, ihn davon zu überzeugen, dass sie ihn keineswegs im Stich gelassen hatte. Oder hatte er seinen Irrtum gar unterdessen eingesehen? Könnten sie sich versöhnen, ehe er aufbrach, um dem Ruf der verbündeten Stämme zu folgen und zu tun, was er glaubte, tun zu müssen?

Vor der anderen Möglichkeit verschloss Amena ihr Herz mit all ihrer Kraft. Die Vorstellung, dass Ambiorix erneut in den Krieg ziehen, gar in dem Glauben fallen würde, dass sie sich von ihm abgewandt hatte; dass er sterben mochte, ohne dass sie sich aussöhnten, ohne dass sie ihm sagen könnte, dass sie alles, was sie getan, nur aus Liebe zu ihm getan hatte - diese Vorstellung war mehr, als sie ertragen konnte.

Doch sie musste ihre Ungeduld zügeln, denn zunächst galt es, wieder Leben in ihre gefühllosen Glieder zu bringen. Schwerfällig schlug sie ihr Sagon zurück und schickte sich mit unbeholfenen Bewegungen an, ihre tauben Beine zu massieren, von den Füßen in den gefütterten, ledernen Stiefeln langsam hinauf bis zu den Hüften. Zuerst war der Schmerz so stark, dass er ihr Tränen in die Augen trieb. Aber sie biss die Zähne zusammen, und nach einer Weile ging der dumpfe, lähmende Schmerz tödlicher Kälte in einen helleren, stechenden über, wie von Tausenden winziger, nadelspitzer Pfeile, als das Blut in ihren halb erfrorenen Schenkeln allmählich zu fließen begann und das Leben in ihren Körper zurückkehrte.

Schließlich, nach einer Zeit, die Amena in ihrer Ungeduld zähflüssig wie Brei verrann, war sie imstande, zu der Kiefer hinüberzukriechen, unter deren schützend überhängenden Ästen sie geschlafen hatte. Sie krallte die steifen Finger in die rissige Rinde, zog sich an dem Baum hoch und lehnte ihren Rücken gegen den Stamm.

Keuchend vor Anstrengung hielt sie inne und ließ den Blick über den kahlen Gipfel wandern. Die Glut der Scheiterhaufen war nun verloschen, und ein eisiger Wind hatte die Asche in alle Himmelsrichtungen verstreut. Mit der Glut war auch der letzte Rest von Farbe aus diesem verlassenen Ort gewichen, und die Asche, die sich wie eine hauchdünne Decke über den schlammigen Boden breitete und die Bäume mit einer feinen Schicht überpuderte, verwandelte die Kuppe der Anhöhe in eine einheitliche hellgraue Ödnis.

Und Amena wusste, dass nicht viel gefehlt hatte und ihr eigener Scheiterhaufen wäre in den kommenden Tagen dort entzündet worden.

Nachdem sie wieder zu Atem gekommen war, nahm sie all ihre Kraft zusammen, presste die schmerzenden Hände gegen den rissigen Stamm der Kiefer und schob sich langsam und mühevoll in die Höhe. Es kostete sie beinah übermenschliche Anstrengung, und als sie endlich schwankend auf den Füßen stand und gewiss sein konnte, dass ihre Beine sie trugen, lehnte sie sich erneut schwer atmend gegen den Baum und schloss die Augen. Sie fühlte, wie trotz der Kälte Schweiß in dünnen Rinnsalen ihren Rücken hinabsickerte.

Zeit, dachte sie, ich verliere zu viel Zeit.

Jeder Augenblick, den sie dort oben verweilte, jeder Herzschlag, jeder Atemzug, trennten sie von Ambiorix, entfernten ihn von ihr. Sie musste hinunter ins Tal, musste ihn erreichen, ehe er aufbrach, einem ungewissen Schicksal entgegen.

Entschlossen löste sie sich vom Stamm der Kiefer und schleppte sich ein paar schwerfällige Schritte hinüber zu einem geraden, kräftigen Ast, den sie in einigen Manneslängen Entfernung auf dem Boden entdeckt hatte und als Krücke verwenden könnte. Um ihr Gleichgewicht ringend, hob sie ihn auf, stützte sich auf ihn und humpelte auf die Stelle zu, wo der Prozessionsweg begann, der vom Gipfel der Anhöhe hinab ins Dunom führte. Die andere Strecke, die sie in der Nacht gemeinsam mit Ambiorix genommen hatte, war zwar kürzer, jedoch steil und unwegsam, und der tiefe Schnee lag dort beinah unberührt. Der breite Fahrweg hingegen verlief allmählicher, und die Füße Tausender Menschen hatten den Schnee am Vortag flach getreten, sodass er Amena in ihrer derzeitigen Verfassung als die geeignetere Wahl erschien.

Und bei allen schweigenden Göttern, es war auch so beschwerlich und schmerzhaft genug! Bei jedem Schritt bohrten sich glühende Nadeln in ihre Fußsohlen, und in ihren Adern schien flüssiges Feuer zu pulsieren. Doch während der Ausbildung zur Priesterin hatte sie gelernt, Schmerzen zu ignorieren. Und so konzentrierte sie sich auf den nächsten Schritt, immer nur auf den nächsten Schritt, und kämpfte sich auf diese Weise mühevoll, aber stetig voran.

Nach einer Weile fühlte sie, dass ihr Körper wieder besser durchblutet wurde. Langsam, beinah widerstrebend, wich die tödliche Kälte, die sie bis ins Mark durchdrungen hatte, schmolz im neu entfachten Feuer des Lebens dahin, und die Bewegungen fielen ihr leichter, sodass sie nun rascher vorankam. Als sie die Hälfte des Weges bewältigt hatte, konnte sie es wagen, ihre Schritte ein wenig zu beschleunigen.

Bald darauf erreichte sie eine Stelle, wo die Bäume lichter standen und den Blick auf die Ebene freigaben, in der Atuatuca lag. Amena humpelte dort hinüber und lehnte sich gegen einen der Stämme, um einen kurzen Moment auszuruhen. Zu ihren Füßen dehnten sich die strohgedeckten Dächer der Siedlung aus, in bleichen Morgendunst gehüllt. Rechter Hand sprenkelten die letzten Ochsenfuhrwerke und Zelte den Talboden, braune Flecke vor dem einförmigen weißen Hintergrund des Schnees wie dunkle Pilze auf der hellen Rinde eines Baumstamms. Die meisten Krieger der verbündeten Stämme waren mit ihren Familien schon abgereist, doch die Verwundeten hatten die Erlaubnis erhalten, in der Stadt zu bleiben. Sie wurden von Weisen Frauen gepflegt, bis sie imstande wären, die Heimreise anzutreten. Zu Amenas Linken breiteten sich die Weiden aus, auf denen die Pferde standen, deren warme, dicht aneinandergedrängte Leiber in Schwarz, Weiß und allen erdenklichen Schattierungen von Braun in der morgendlichen Kälte dampften.

Ihr genügte ein einziger Blick, um zu erkennen, dass eine große Anzahl fehlte. Und das konnte nur eines bedeuten: Ambiorix war bereits aufgebrochen, und mehrere Hundert Reiter hatten sich ihm angeschlossen. Enttäuschung überfiel sie, so jäh und abgründig, dass ihre Beine unter ihr nachzugeben drohten. Es kostete sie ihre letzte Kraft und Selbstbeherrschung, den Weg fortzusetzen.

Schließlich erreichte sie die Talsohle. Hier schlängelte sich der Weg eben und bequem am Fuß der Hügelkette entlang und führte geradewegs auf das Tor des Dunom zu. Amena warf ihre Krücke fort und schritt rascher aus.

Dennoch weiteten sich die Augen der Wache in Verwunderung und schlecht verhohlener Bestürzung, als der Mann ihrer ansichtig wurde. Erst jetzt ging ihr auf, welchen Anblick sie bieten musste: halb erfroren und mit wirrem Haar, Sagon und Kleid übersät mit trockenen Kiefernnadeln. Einer der Vorzüge ihres hohen Amtes lag gleichwohl darin, dass niemand wagte, ihr lästige Fragen zu stellen. Überdies war ihr Aussehen im Moment wahrhaftig ohne Bedeutung.

»Wann ist König Ambiorix aufgebrochen?«, fragte sie, den verspäteten Gruß der verstörten Wache ignorierend.

»Vor Sonnenaufgang, Herrin«, lautete die Antwort. »Der Prinz der Nervier und dreihundert Reiter begleiten ihn nach Nerviodunom, wo er sich an die Spitze des verbündeten keltischen Heeres setzen wird«, fügte der Mann noch hinzu. Doch Amena hörte ihn kaum, denn sie hatte ihn bereits stehen lassen und eilte weiter.

Tränen der Enttäuschung niederringend, schritt sie durch die beinah menschenleeren Gassen zu ihrem Haus. Ihre Finger zitterten so stark, dass es ihr erst nach mehreren Anläufen gelang, mit dem Schlüssel das Schloss der schweren Eichentür zu treffen und diese zu entriegeln. Endlich trat sie ein, lehnte sich einen Moment gegen das Holz, um zu Atem zu kommen und schloss die Augen.

Als sie sie wieder öffnete, fiel ihr Blick über das prasselnde Feuer hinweg auf eine hochgewachsene, schlanke Gestalt, die unbeweglich auf einem lederbespannten Scherenstuhl im Hintergrund des Raumes saß.

Für einen kurzen, wundervollen Augenblick durchzuckte Amena die wilde Hoffnung, es wäre Ambiorix, er wäre zurückgekehrt, um sich mit ihr auszusprechen, sich mit ihr zu versöhnen.

Dann jedoch erkannte sie Ebunos. Der Druide saß mit geschlossenen Lidern da, die sehnigen Hände in seinem Schoß um den schwarzen Stab aus Eibenholz gefaltet, den er zwischen seinen Knien hielt.

»Sei gegrüßt, meine Tochter«, begann er nach einem Moment. »Ich habe mir erlaubt, Resa hinauszuschicken. Was wir miteinander zu besprechen haben, ist mehr, als sie oder die meisten anderen zu ertragen vermögen.«

Amena durchquerte den Raum und sank schweigend zu seinen Füßen auf einem Bärenfell am wärmenden Feuer nieder. Sie war hin- und hergerissen zwischen der grenzenlosen Enttäuschung darüber, dass Ambiorix wahrhaftig aufgebrochen war, ohne noch einmal das Gespräch mit ihr zu suchen, und einer ebenso großen Erleichterung. Endlich erhielte sie Gelegenheit, mit ihrem weisen alten Lehrmeister zu sprechen, ihm ihre Zweifel und Ängste anzuvertrauen und seinen Rat zu hören. Endlich war sie nicht länger allein mit ihrer Sorge um das Schicksal des Stammes, könnte sie diese schwere Verantwortung mit ihm teilen.

»Was ist in der vergangenen Nacht zwischen dir und Ambiorix vorgefallen?«, fragte der Druide ohne Umschweife.

Amena setzte zu einer Erwiderung an, brachte jedoch nur ein heiseres Krächzen zustande. Eilig trank sie einen Schluck Wasser aus einem bronzenen Becher, den Resa ihr auf einem niedrigen Tisch neben dem Feuer bereitgestellt hatte. Dann räusperte sie sich und nahm einen erneuten Anlauf.

»Habt Ihr mit ihm gesprochen?«, stieß sie statt einer Antwort hervor. Ihre Stimme klang rau und brüchig, weil sie sich immer noch bemühte, ihre Tränen niederzukämpfen.

»Ich habe es versucht, doch er entzog sich mir«, entgegnete Ebunos. »Er war aufgewühlt, verwirrt, verzweifelt. Aber er wollte mir den Grund nicht verraten. Wie auch dich, meine Tochter, kenne ich ihn gleichwohl seit seiner Geburt. Er ist wie ein Sohn für mich, und ich weiß, dass nur du in der Lage bist, ihn derart zu erschüttern.«

Amena schloss für einen Moment die Augen und schöpfte tief Atem. Die rauchgeschwängerte Luft des Feuers drang in ihre Lungen, durchrieselte ihren halb erfrorenen Körper mit Leben spendender Wärme und machte sie benommen und müde. Für die Dauer einiger Herzschläge wurde der Wunsch, sich neben den Flammen zusammenzurollen, einzuschlafen und nie wieder aufzuwachen, beinah übermächtig. Doch sie zwang ihre Gedanken zurück zu ihrem unheilvollen Gespräch mit Ambiorix.

»Er kam letzte Nacht zu mir«, begann sie schließlich, unfähig, das Beben in ihrer Stimme zu kontrollieren. »Er teilte mir seine Entscheidung mit, dem Ersuchen der Nervier und ihrer Verbündeten Folge zu leisten, und bat mich um meinen Segen. Ich erklärte ihm jedoch, dass dieser ihm nicht von Nutzen wäre, weil die Götter unser Dankopfer verweigert haben. - Ihr habt es gewusst?«, setzte sie überrascht hinzu, als Ebunos keinerlei Reaktion zeigte.

Der Druide nickte langsam. »Ich habe deinen stummen Hilferuf vernommen. Ich hatte gleichwohl schon vorher gefühlt, dass Arnava und Teutates nicht mit uns waren.«

Amena seufzte. Es klang, als laste ein Felsbrocken auf ihrer Brust. »Das war nicht das erste Mal, Vater«, gestand sie leise. »Bereits seit Wochen antworten mir die Unsterblichen nicht mehr. Zunächst hielt ich es für eine Laune. Dann, als Ihr Schweigen andauerte, fürchtete ich, Sie wären zornig. Nachdem Ambiorix diesen überwältigenden Sieg errungen hatte, hoffte ich, dass unser Dankopfer in der Lage wäre, Sie zu versöhnen. Doch Sie haben es abgewiesen.«

Sie verhielt kurz, überlegte, wie sie ihm erklären sollte, was sie in der vergangenen Nacht auf jenem kahlen, verwaisten Berggipfel erkannt hatte, jene fürchterliche Gewissheit, die allmählich in ihr herangereift war, um sich jäh und unwiderruflich Bahn zu brechen wie eine pralle Knospe, die endlich ihre schützende und zugleich hemmende Hülle sprengte.

»Letzte Nacht erhielt ich auf einmal die Antwort auf all die Fragen, die mich in den zurückliegenden Wochen quälten. Plötzlich erfasste ich die ganze, schreckliche Wahrheit. Vater, ich glaube, dass die Götter uns verlassen haben, dass Sie sich für alle Zeiten von uns abgewandt haben. Und alles, was wir tun, all unsere Opfer, all unser Flehen, ist vergebens.«

Ebunos öffnete die Augen und schaute mit dem ungerichteten Blick der Blinden über Amena hinweg in das Dunkel des Hauses. Zu ihrem Erstaunen schwieg er. Er protestierte nicht, und er pflichtete ihr auch nicht bei. Er schwieg einfach. Und so fuhr sie fort, sprach alles aus, was sie zu wissen glaubte, all die Gedanken, die Gefühle und Ahnungen, die sich in der Dauer seiner Abwesenheit am Rande ihres Bewusstseins angestaut hatten und darauf warteten, endlich Raum zu bekommen.

»Vielleicht sind die römischen Götter stärker als unsere. Ein Volk, das so mächtig ist, dass es die übrigen eines nach dem anderen unterwirft, das ein gewaltiges Imperium errichtet und in der Lage ist, eine Stadt wie Roma zu erbauen, muss unter dem Schutz sehr machtvoller Gottheiten stehen. Vielleicht bekriegen sich die Unsterblichen untereinander ebenso wie wir Menschen. Und vielleicht haben die römischen Götter den Sieg davongetragen und die unseren gezwungen, sich zurückzuziehen und uns im Stich zu lassen.«

Als der Druide unverwandt schwieg, fuhr sie fort, folgte dem Faden ihrer Gedanken, ließ sich blind von ihm leiten, ohne zu wissen, wohin er sie führen würde. Es war eine Erleichterung, all dies endlich auszusprechen und darauf vertrauen zu dürfen, dass dort jemand war, der sie verstand, der ihre Sorgen und Ängste ernst nahm. Und der Rat wusste.

»Doch vielleicht ist es auch meine Schuld, wenn die Gottheiten schweigen. Wie oft habe ich insgeheim gezweifelt, habe mit meinem Schicksal gehadert, wenn ich das schöne, leichte Leben anderer Frauen sah, während zwischen Ambiorix und mir der tiefe Abgrund unserer Ämter klafft, auf ewig unüberbrückbar. Womöglich bin ja ich es, Vater, die die Gunst der Unsterblichen verloren hat, nicht die Eburonen. Vielleicht bin ich nicht länger würdig, als Mund der Götter zu walten, und einem anderen mag es gelingen, Ihren Zorn zu besänftigen, einem, der nicht zweifelt. Ich denke, es wäre das Beste, wenn ich von diesem hohen Amt zurücktreten, den Stamm gar verlassen würde –«

Hier nun, endlich, hob Ebunos die Rechte, und Amena verstummte.

»Ich lehrte dich die Traditionen unseres Volkes und den Dienst an den Unsterblichen«, begann er nach einem Moment mit seiner dunklen, wohlklingenden Stimme, die so beruhigend, so tröstlich wirkte. »Und bei alledem legte ich stets Wert darauf, dass du deinen

Verstand benutzt, dass du das Geschehen hinterfragst. Der Dienst an den Göttern verlangt kein stumpfsinniges Befolgen von Befehlen, keinen blinden Gehorsam. Ihre Beziehung zu den Menschen ist wie die der Menschen untereinander, sie schließt Bedenken und Zweifel mit ein. So, wie du hin und wieder Zweifel haben darfst an einem Menschen, den du liebst, so sind auch Zweifel an den Unsterblichen gestattet, denn sie bedeuten nicht, dass du Sie weniger liebst, sie stellen dein Verbundensein mit Ihnen nicht infrage.

Und selbst wenn du grobe Verfehlungen begangen, die Gottheiten aufs Sträflichste beleidigt hättest, so hättest du damit zwar deine persönliche Beziehung zu Ihnen aufs Spiel gesetzt. Doch ich glaube nicht, dass die Fehler und Unzulänglichkeiten eines Einzelnen, und sei es auch ein Druide oder eine Priesterin, imstande wären, das Heil eines ganzen Stammes zu gefährden. Denn die Götter lieben uns Menschen, obgleich Sie mitunter streng oder willkürlich erscheinen. Und diese Liebe ist so groß und allumfassend, dass es mehr braucht als die Vergehen eines Einzelnen, um sie zu erschüttern.«

»Aber warum -?«, begann Amena, doch Ebunos bedeutete ihr mit einer Geste, dass seine Ausführungen noch nicht beendet waren.

»Auch meine Fragen bleiben seit Langem unbeantwortet und meine Bitten unerhört«, fuhr er nach einem Moment fort. »Und auch ich dachte anfangs, die Unsterblichen wären zornig. Doch dann erhielt ich Zeichen.«

»Zeichen?«, fragte sie verwirrt.

Er nickte bedächtig. »Zeichen, die mir zu verstehen gaben, dass unsere Gottheiten nicht freiwillig gegangen sind. Sie mussten der Macht anderer Götter weichen, Götter, die stärker und mächtiger sind als Sie selbst.«

»Rom«, flüsterte Amena beinah unhörbar.

»Ja, Rom«, bekräftigte der Druide. »Unsere Unsterblichen haben uns nicht verlassen, weil es Ihr Wille war. Sie haben sich nicht von uns abgewandt, weil Sie uns nicht mehr lieben oder weil wir Ihrer nicht länger würdig wären. Sie mussten sich zurückziehen, weil eine Macht erschienen ist, die größer ist als Sie und der Sie sich fügen müssen.«

Sie fühlte, wie ein eisiger Schauer ihren Rücken hinabbrann. »Also sind wir von nun an allein?«

Ebunos nickte und streckte behutsam seine Linke aus. »Ja, meine Tochter, von nun an sind wir allein. Und alles, was wir erreichen, erreichen wir aus eigener Kraft, und wo wir scheitern, scheitern wir an der Stärke eines anderen. Und kein Gott wird da sein, Seine schützende Hand über uns zu halten und uns den rechten Weg zu weisen.«

Langsam ließ er seine Linke sinken, bis sie Amenas Wange berührte. Amena ergriff sie und presste sie gegen ihre kühle Stirn. Sie war warm und trocken und unendlich tröstend, und Amena hielt sich an ihr fest wie ein Ertrinkender in einem reißenden Fluss, als ihre gesamte Welt, alles, woran sie je geglaubt hatte, um sie herum in Trümmer sank.

Nach einem langen Augenblick zog der Druide seine Linke zurück und legte sie abermals um den Eibenholzstab. Amena barg ihr Gesicht in ihren Händen und fühlte die Tränen, die zwischen ihren Fingern hervorquollen. Doch sie unternahm nichts, um sie zurückzuhalten. Es waren Tränen der Erleichterung, weil sie nun mit der schrecklichen Wahrheit nicht länger allein war und ihre Angst mit jemandem teilen durfte. Und es waren auch Tränen der Verzweiflung, weil diese Wahrheit nun nicht mehr zu leugnen war.

Ebunos ließ sie weinen und wartete schweigend und geduldig, bis ihr Schluchzen abebbte und ihre Tränen versiegten. Schließlich richtete er seine blicklosen Augen auf sie. »Diese Wahrheit kann einen Menschen zerstören, Amena, und wir tragen eine große Verantwortung. Gestern Nacht hast du Ambiorix an deiner Erkenntnis teilhaben lassen, und du hast ihn damit in tiefe Verzweiflung gestürzt.«

»Aber ich musste es ihm doch sagen, Vater«, protestierte sie schwach. »Ich musste ihn warnen.«

»Ja, dachtest du denn, er glaubt dir das so einfach?«, entgegnete er mit spöttischem Unterton. »Wo du es doch selbst kaum zu glauben vermagst? Du hast ihn überfordert, Mädchen. Ambiorix ist kein Druide, vergiss das nicht. Er hat nicht unsere jahrelange Ausbildung, unser spirituelles Wissen. Er ist ein Krieger, ein König und ein ganz besonderer Mann. Aber er ist kein Weiser, kein Eingeweihter, und nicht jeder Mensch ist dafür geschaffen, jede Wahrheit zu ertragen.

Die Wahrheit ist kein Wert an sich. Sie ist nicht gut oder hilfreich, nur weil sie wahr ist. Sie kann ihren Wert nur entfalten, wenn sie zum rechten Zeitpunkt und in der rechten Weise kundgetan wird. Ambiorix ist noch nicht so weit. Ihm steht ein neuerlicher Krieg bevor, neuerliche Schlachten. Deshalb benötigt er das Gefühl der Sicherheit und Geborgenheit in einer von Göttern beherrschten und beschützten Welt im Augenblick mehr denn je. Das hättest du bedenken müssen.«

Amena starrte betroffen zu Boden. »Alles, was ich tat, tat ich aus Liebe«, flüsterte sie matt.

»Das weiß ich.« Ebunos Stimme klang nun wieder sanft. »Doch Ambiorix wusste es nicht, konnte es nicht wissen. Es war richtig, dass du ihn vor den Gefahren gewarnt hast, die ihm drohen, wenn er sich ohne die Unterstützung der Unsterblichen auf einen weiteren Kampf einlässt. Aber du hättest ihm auch den Segen erteilen sollen, um den er dich ersuchte. Das war alles, was er wollte: deine Zustimmung als Priesterin der Großen Göttin und als die Frau, die er liebt. Damit hätte er alles besessen, was er benötigt, deinen Rat und deinen Segen. Und wer weiß, womöglich hätte er seinen Entschluss noch einmal überdacht.

Doch du hast ihm deinen Segen verweigert. Und das vermag er nur so zu deuten, dass auch du dich von ihm abgewandt hast. Und nun wird er dir zu beweisen versuchen, dass das, was du als Wahrheit erkannt hast, ein bloßer Irrtum ist. Er wird kämpfen und den Sieg um jeden Preis erzwingen wollen, allein um dir darzutun, dass er die Gunst der Götter besitzt, dass Sie uns nicht im Stich gelassen haben.

Du hast aus Liebe gehandelt, meine Tochter. Doch den höchsten Liebesdienst erweisen wir einem Menschen, indem wir ihm all das geben, was in unserer Macht steht und wessen er bedarf, um seine eigenen Entscheidungen zu treffen. Vielleicht vermögen wir ihn nicht davor zu bewahren, Fehler zu begehen. Aber er sollte sie wenigstens nicht begehen müssen, weil unser Handeln ihm keine andere Wahl lässt.«

Amenas saß da wie betäubt. Sie hatte alles falsch gemacht. Sie hatte fest geglaubt, wer aus Liebe handelte, handele stets recht und dass sie Ambiorix die Wahrheit kundtun müsse, weil das, was sie erkannt hatte, gleichgültig wie schrecklich es war, zweifelsohne auch ihm dienlich wäre, ganz einfach weil es die Wahrheit war. Nun jedoch hatte ihr weiser alter Lehrmeister ihr die Augen geöffnet, und sie musste sich eingestehen, wie sehr sie sich getäuscht hatte. Ihre unbedachten Worte waren es, die Ambiorix nicht nur in Verwirrung und Verzweiflung stürzten, sondern ihn zudem antreiben würden, den Sieg um jeden Preis herbeizuzwingen und sich womöglich unnötigen Gefahren auszusetzen, einzig um ihr zu beweisen, dass sie sich im Unrecht befand, dass die Götter die Eburonen nicht verlassen hatten. Indem sie ihn schützen wollte, hatte sie ihn einer viel größeren Bedrohung ausgesetzt. Welch eine Ironie!

An diesem Punkt blieben ihre Gedanken an einer Formulierung hängen, die der Druide soeben verwandt und die Ambiorix in der vergangenen Nacht ebenfalls gebraucht hatte. Verwirrt blickte sie auf. »Was meint Ihr damit, *auch* ich hätte mich von Ambiorix abgewandt? Was ist geschehen?«

»Hast du es denn noch nicht vernommen?« Ebunos schien überrascht. »Ellicos Gesuch hat gestern Abend im Kriegsrat für erheblichen Aufruhr gesorgt. Viele von denen, die mit Ambiorix gegen das römische Winterlager gezogen sind, denken, dass der Kampf der Nervier nicht Sache der Eburonen sei. Sie sind der Meinung, dass Ellico und sein Vater Ecritorix sich unserer bedienen wollen, um ihren persönlichen Rachefeldzug gegen Caesar zu führen.«

Amena seufzte. »Catuvolcus?«

Der Druide nickte. »Freilich, Catuvolcus. Aber ebenso viele von Ambiorix' eigenen Anhängern. Sie glauben, mit der Vernichtung der Römer in der Wolfsschlucht wäre der Krieg für uns vorüber. Wir haben gesiegt, überreiche Beute gemacht, und dabei sollten wir es bewenden lassen. Es war keine leichte Entscheidung für Ambiorix. Er hat es seinen Leuten freigestellt, ihn zu begleiten oder zurückzubleiben. Am Ende schlossen sich ihm lediglich dreihundert Reiter an, vorwiegend jüngere Männer, die sich ihren Ruf als Krieger erst noch erwerben müssen.«

Amena schlug die Hände vor das Gesicht und stöhnte innerlich. Ambiorix hatte, kurz bevor er sie aufsuchte, vor dem Kriegsrat eine schwere Niederlage erlitten. Vor diesem Hintergrund musste ihn ihre Weigerung, ihm ihren Segen zu erteilen, besonders hart getroffen haben. Kein Wunder, dass er so enttäuscht und verzweifelt reagierte!

»Ich muss dringend mit ihm sprechen«, murmelte sie.

»Ja, das solltest du«, bekräftigte Ebunos. »Er fühlt sich von dir verraten. Ein anderes Verständnis ist ihm zurzeit nicht möglich. Das wird erst ganz allmählich entstehen, wenn es ihm gelingt, sein persönliches Betroffensein zu trennen von der tiefen, absoluten Wahrheit, die hinter deinen Worten liegt. Und eines Tages wird er vielleicht verstehen, was du ihm vergangene Nacht sagen wolltest.

Doch im Augenblick vermag er diese Erkenntnis noch nicht zuzulassen. In seiner Verwirrung und Verzweiflung wird er alles unternehmen, um dir zu beweisen, dass du im Unrecht bist, und um deine Liebe wiederzugewinnen, die er verloren zu haben glaubt. Und nur du kannst ihn von diesem sinnlosen Bemühen erlösen.«

Amena nahm die Hände von ihrem Gesicht, starrte in die Flammen und schwieg.

»Und noch ein Letztes«, fuhr der Druide nach einem Moment fort. »Bitte urteile nicht zu streng über dich selbst. Wer wüsste besser als ich, dass unser Amt uns oftmals eine Bürde auferlegt, die uns zu schwer erscheint? Und dann zweifeln und verzweifeln wir an uns. Doch du bist eine gute Priesterin, meine Tochter, und dass du in der vergangenen Nacht eine falsche Entscheidung getroffen hast, ändert daran nichts. Wir sind mit besonderen Fähigkeiten begabt, aber wir sind nicht unfehlbar. Wir sind Menschen, und Menschen erliegen Täuschungen. Das solltest du nie vergessen.«

Sie zog die Beine an und schlang ihre Arme um die Knie.»Was soll ich jetzt tun, Vater?«, flüsterte sie.

»Dein Platz als Priesterin ist bei den Kriegern unseres Stammes«, antwortete Ebunos.»Folge ihnen in das Land der Nervier, gib ihnen den Beistand, den die Männer in der Schlacht benötigen, und befreie Ambiorix von dem unsinnigen Zwang, dir etwas beweisen zu müssen, was du längst als Irrtum erkannt hast.«

Amena holte tief Luft.»Ihr habt recht«, sagte sie nach einem Moment und kämpfte sich in die Höhe. Die Erschöpfung lastete wie Blei auf ihren Gliedern. Doch um nichts in der Welt hätte sie sich nun ausruhen mögen. Je eher sie sich auf den Weg machte, desto eher würde sie Ambiorix einholen, mit ihm sprechen und das unselige Missverständnis ausräumen können, das wie ein schwarzer Abgrund zwischen ihnen klaffte.»Ich werde sogleich aufbrechen. Hoffentlich ist es noch nicht zu spät.«

»Du solltest nicht allein reiten«, warnte der Druide.»Die Legionäre, die die Kämpfe um das Winterlager überlebt haben, treiben sich in den Wäldern umher, und eine einsame Reiterin wäre ein leichtes Opfer. Nimm ein paar Männer zu deinem Schutz mit.«

»Das werde ich, Vater.« Amena dankte ihm, doch ehe sie die Tür erreichte, richtete Ebunos erneut das Wort an sie.

»Eins noch. Ich möchte, dass wir unsere Erkenntnis zunächst für uns behalten. Es ist zu früh, um unsere Stammesgenossen mit einer Einsicht zu konfrontieren, von der wir nicht einmal selbst wissen, wie wir ihr begegnen sollen, und die mächtig und zerstörerisch genug ist, einen Menschen um den Verstand zu bringen. Wir werden fühlen, wann der rechte Zeitpunkt gekommen ist, um unseren Stamm mit der Wahrheit, wie wir sie erfahren haben, vertraut zu machen. Und dann werden wir auch erkennen, in welcher Weise dies zu geschehen hat.«

Amena nickte stumm, bis sie sich entsann, dass er sie nicht zu sehen vermochte.»Sehr wohl, Vater«, sagte sie und wandte sich abermals zur Tür. Dieses Mal ließ er sie gehen.

In Ambiorix' Halle, die seinen Anhängern im Winter als Versammlungshaus diente, suchte sie zwei Krieger aus, die sie auf ihrem gefahrvollen Weg begleiten sollten. Es waren ihr Vetter Dagotalos, ein junger Mann Anfang zwanzig mit kupferfarbenen Locken, die er im Nacken mit einem Lederband zusammenfasste, und sein um wenige Jahre älterer Ziehbruder Beligantus. Er stammte aus dem Tiefland im Norden des Stammesgebietes, und seine dunklen Haare und Augen verrieten, dass in seinen Adern das Blut des Alten Volkes floss.

Amena entschied, auf der Reise nur ihr braunes Sagon über einem schlichten Kleid aus ungefärbter Wolle zu tragen und es bei lediglich zwei Begleitern zu belassen, denn prachtvolle Kleidung und eine größere Eskorte würden zwangsläufig Aufsehen erregen und Begehrlichkeiten wecken. Deswegen befahl sie auch den Kriegern, die beide dem eburonischen Adel entstammten, auf Umhänge aus wertvollen Fellen zu verzichten und ihre reich verzierten Waffen gegen unauffälligere Stücke einzutauschen, wovon sie sichtlich wenig begeistert waren.

Als sie in ihr Haus zurückeilte, um sich umzukleiden und ein paar heilkundliche Utensilien zusammenzupacken, war Ebunos gegangen. Nur ein schwacher Duft von getrocknetem Mädesüß, den sie seit den Tagen ihrer Kindheit mit dem Druiden verband, hing noch in der Luft.

Bald darauf brachte Dagotalos Amenas fuchsfarbene Stute. Sie saßen auf und ritten durch das Tor und über die Brücke hinaus in die Ebene, wo Beligantus sie bereits erwartete. Unterdessen hatte sich der Morgennebel aufgelöst, und Sulis erstrahlte von einem blassblauen, hie und da mit zarten Wolken besprenkelten Himmel. Amena schien es einen Hauch milder als in den zurückliegenden Tagen, aber es musste noch um einiges wärmer werden, ehe der Schnee in den Höhenlagen des Arduenna Waldes tauen würde. Andererseits boten die dicken weißen Massen, die das Land unter sich begruben, auch einen Vorteil: Es würde ein Leichtes sein, der Spur des großen Reitertrupps zu folgen.

Sie ließen ihre Tiere ausgreifen, durchquerten das Tal und schlugen an seinem Ausgang den Weg nach Westen ein. Ambiorix besaß einen knappen halben Tag Vorsprung. Doch drei Pferde kamen wesentlich rascher voran als dreihundert, und so hegte Amena eine wenngleich geringe Hoffnung, ihn einzuholen, ehe er Nerviodunom erreichte.

Das größte Dunom der Nervier lag drei Tagesritte von Atuatuca entfernt. Der Weg dorthin würde zunächst über die rauen Höhenzüge des Arduenna Waldes führen, anschließend ein ausgedehntes Hochmoor durchqueren, um schließlich, nach dem Übergang über die Mosa, in die weite, fruchtbare Ebene zu münden, die die Stadt umgab.

Beligantus übernahm die Führung. Sie folgten einem viel benutzten Weg, der schon seit Menschengedenken die Gebiete beiderseits des Renos miteinander verband und beinah schnurgerade nach Westen verlief. Er überquerte die flacheren Erhebungen, umging die höheren auf schmalen Straßen, die sich an ihrem Fuß entlangschlängelten, und zog durch sanfte Täler, die sich an die Hänge der Hügelketten schmiegten. Mehrere Male mussten die Reiter Bäche und kleinere Flüsse queren. Meistens wählten sie die Route, die auch Ambiorix und seine Krieger genommen hatten, doch mitunter konnten sie ein Stück des Weges abkürzen und Pfade einschlagen, die zu unwegsam für einen Trupp von dreihundert Pferden waren.

Am Mittag legten sie eine Rast an einem Bachlauf ein, um den Tieren eine Verschnaufpause zu gönnen. Sie aßen von dem mitgebrachten Pökelfleisch und füllten ihre Feldflaschen mit dem klaren Wasser. Nach kurzer Zeit saßen sie abermals auf und setzten ihren Weg fort.

Hin und wieder machten sie in der Ferne Gehöfte aus, die sich in die Täler zwischen den Anhöhen zu ducken schienen wie Hasen in eine Kuhle, aber während des gesamten Tages begegneten sie keiner Menschenseele. Amena wusste jedoch, dass ihre Reise nicht unbemerkt bliebe, denn die einzelnen Stämme verfügten über ein engmaschiges Netz von Spähern. In gleichmäßigen Abständen entlang der Straßen und an markanten Punkten der Landschaft waren unsichtbar Kundschafter postiert, denen kein fremdes Gesicht entging. Seit die Legionen begonnen hatten, Lager in den Gebieten der freien Kelten zu errichten, waren diese Netze weiter ausgebaut worden. Dieselben Stämme, die in Friedenszeiten geradezu eifersüchtig über ihr solcherart erworbenes Wissen wachten, tauschten nun ihre Beobachtungen untereinander aus und warnten sich gegenseitig vor den Bewegungen des gemeinsamen Feindes.

Als Sulis sich dem fernen Horizont im Westen zuneigte, stießen die drei Reiter auf ein einsam gelegenes Gehöft, und Amena entschied, die Nacht dort zu verbringen. Sie ritten durch ein offen stehendes Tor in einem halb verfallenen Holzzaun, der das Wohnhaus, einen Stall, eine Scheune sowie einen kleinen Innenhof umgab und weder ein unerwünschtes Eindringen von außen noch ein Ausbrechen des Viehs hätte verhindern können. Während sie absaßen und Dagotalos an die verwitterte Tür klopfte, ließ Amena ihre Augen über das winzige Anwesen wandern. Der Lehmverputz der Gebäude platzte an vielen Stellen ab und legte das darunterliegende Geflecht aus Weidenruten frei, und das Stroh der Dächer, zum Schutz vor den eisigen Winden des Arduenna Waldes tief herabgezogen, verfaulte, sodass hie und da bereits die Dachsparren hindurchschienen. Bis auf zwei magere Hühner, die in einer Ecke des Hofes im Schnee scharrten, waren keine Tiere zu sehen.

Nach einem Moment wurde die Tür zögernd einen Spaltbreit geöffnet, und das schmale, blasse Gesicht einer jungen Frau erschien. Ihr Blick zuckte ängstlich zwischen den beiden Kriegern hin und her. Doch als sie Amena sah, huschte ein Zeichen des Wiedererkennens über ihre hageren Züge, sie zog die Tür ganz auf und begrüßte die drei Reisenden ehrerbietig. Amena bemerkte das abgetragene Kleid aus ungefärbter Wolle, das viel zu weit für den ausgemergelten Leib der Bäuerin schien, und ihr Haar, das einst blond gewesen sein mochte, nun jedoch zahlreiche graue Strähnen aufwies.

Als Dagotalos um ein Nachtlager und Futter für ihre Pferde bat, stieg der Frau eine tiefe Röte in ihre eingefallenen Wangen.

»Es ist uns eine große Ehre, Herrin, Euch und Eure Begleiter als Gäste unter unserem Dach zu beherbergen«, stammelte sie an Amena gewandt. »Aber wir sind sehr arm. Römische Legionäre haben unser Vieh geschlachtet und die gesamten Wintervorräte geraubt. Sie hätten sicher auch uns getötet, wenn wir uns nicht in den Wäldern verborgen hätten. Das Wenige, was wir besitzen, wollen wir freilich gern mit Euch teilen.«

Mit einer scheuen Geste forderte sie Amena und die beiden jungen Krieger auf, in den fensterlosen, kargen Raum einzutreten, in dessen Mitte ein spärliches Feuer etwas Licht und Wärme spendete. Die einzige Einrichtung, wenn man es denn als solche bezeichnen wollte, bestand aus einem Strohlager mit ein paar fadenscheinigen Wolldecken an der rückwärtigen Wand des Hauses sowie einer Truhe aus Weidengeflecht, die die bescheidenen Habseligkeiten der Bewohner enthielt.

Diese Leute gehörten zu den Ärmsten der Armen, dachte Amena, jenen Bauern, die Jahr für Jahr mehr schlecht als recht über die Runden kamen, wenn die Götter ihnen kein unvorhergesehenes Unglück sandten. Doch die dürftige Ernte des vergangenen Sommers und der Überfall des römischen Fourragiertrupps hatten sie ihrer gesamten Lebensgrundlage beraubt. Nun war es nur noch eine Frage der Zeit, bis sie ihren kleinen, halb verfallenen Hof aufgeben und nach Atuatuca ziehen mussten, um sich als unfreie Arbeiter zu verdingen.

Beligantus führte ihre Pferde in den neben dem Wohnhaus gelegenen Stall, der ihnen wenigstens Schutz vor den Wolfsrudeln bot, die die Wälder der Arduinna bevölkerten und sich in strengen Wintern wie diesem auch in die unmittelbare Nähe von menschlichen Behausungen wagten.

Unterdessen wandte sich Amena an die Bäuerin, die sich ihnen als Lenna vorgestellt hatte. »Ich danke dir für deine Gastfreundschaft. Wir brauchen jedoch nur ein Dach über dem Kopf und einen Platz am Feuer. Wir führen genügend Proviant mit uns und wollen euch gern davon abgeben. Wer wohnt hier noch außer dir?«

»Nur mein Mann«, antwortete die Angesprochene, die Augen verschämt zu Boden gerichtet. »Er ist im Wald, um Feuerholz zu sammeln. Aber er wird bald zurück sein.«

Wenig später erschien der Bauer, ein hagerer Bursche mit schmierigen rötlichen Haaren, die ihm wirr in die Stirn hingen. Er fühlte sich ebenso geehrt wie seine Frau, Amena und ihren Begleitern einen Unterschlupf für die Nacht bieten zu dürfen. Sie ließen sich zum Mahl rings um die Feuerstelle nieder, und Amena bemerkte die sehnsüchtigen Blicke, mit denen Lenna und ihr Mann die mitgebrachten Vorräte bedachten. Ihr kam der Verdacht, dass das junge Paar seit Wochen keine ordentliche Mahlzeit zu sich genommen hatte. Freundlich forderte sie die beiden auf, von ihrem gepökelten Fleisch, dem Käse und dem frischen Brot zu kosten. Zunächst lehnten sie verlegen ab, fielen dann jedoch wie ausgehungerte Wölfe darüber her.

In der folgenden Nacht schliefen Dagotalos und Beligantus mit dem Schwert griffbereit unter ihrer Decke, denn sie wussten nicht, wie weit der Bauer in seiner Not und Verzweiflung gehen würde. Doch sein Respekt - oder seine Furcht? - vor einer Priesterin der Höchsten Göttin ließen ihn vor einem Übergriff zurückschrecken.

Am darauffolgenden Morgen überreichte Amena ihren Gastgebern zum Abschied eine goldene Münze. Lenna scheute sich, sie anzunehmen. Aber ihr Mann grapschte gierig danach und verstaute sie hastig im Beutel an seinem Gürtel, als befürchte er, Amena möchte es sich noch einmal anders überlegen. Davon könnten sie auf dem Markt in Atuatuca vier Kühe und eine Rotte Schweine erstehen. Das würde ihnen helfen, den Winter zu überstehen, und ihnen hoffentlich das Schicksal ersparen, den Rest ihrer Tage als Unfreie zu fristen.

Als Amena und ihre Begleiter nach einem raschen Frühmahl aufbrachen, war die Sonne noch nicht aufgegangen. Doch über den Gipfeln im Osten zeichnete sich bereits ein blassgrauer Streifen Tageslichts ab. Über Nacht war das Wetter deutlich milder geworden. Der Schnee hatte zu tauen begonnen und tropfte von Ästen und

Zweigen auf die drei Reiter herab, die sich tief in ihre Umhänge einhüllten und die Kapuzen überstreiften.

Sie lenkten ihre Pferde zurück auf den Weg nach Westen. Bald trafen sie abermals auf die breite Spur, die Ambiorix und seine dreihundert Krieger hinterlassen hatten, und folgten ihr.

Und dann, lange nachdem die Sonnenscheibe, rot glühend wie das Werkstück eines Schmiedes, über den Anhöhen in ihrem Rücken emporgestiegen war, erreichten sie die ersten Ausläufer des Hochmoors. Hier war der Schnee weitgehend geschmolzen, und das Fenn dehnte sich als trostlose dunkelbraune Fläche bis zum Horizont, da und dort unterbrochen von kahlen Birkenwäldchen und niedrigem Buschwerk. Ein leichter Wind blies über die Ebene dahin, sein dünnes, monotones Säuseln der einzige Laut in der unheimlichen Stille, die auf dem Moor lastete. Nicht einmal der Gesang eines Vogels war zu hören.

Die drei Reiter hatten ihre Tiere angehalten, und Amena spürte die Anspannung ihrer beiden Begleiter. Das Fenn war von jeher ein verwunschener, gefährlicher Ort, bewohnt von Dämonen und den Seelen hingerichteter Verbrecher, deren Leiber in den Sumpflöchern versenkt wurden und die als Wiedergänger zurückkehrten, um die Lebenden heimzusuchen. Außerdem war das Moor trügerisches Gelände, da der Boden sich bei jeder Schneeschmelze veränderte. Wo sich im vergangenen Jahr ein Weg befunden hatte, konnte man bei der nächsten Durchquerung auf sumpfigen, heimtückischen Untergrund treffen, der nur darauf lauerte, Pferd und Reiter für immer zu verschlingen. Und schließlich war das Fenn die Heimat Rechtloser, von ihren Stämmen aufgrund eines Vergehens ausgestoßen und verbannt, die in dieser kargen Gegend ein ärmliches, tierähnliches Dasein fristeten, sich von Wurzeln und Beeren ernährten oder mit viel Glück eine der wilden, zotteligen Ziegen erbeuteten, die in kleinen Trupps diese Einöde bevölkerten. Diese Gesetzlosen waren der Grund, weshalb Amena und ihre Begleiter schon vor Sonnenaufgang aufbrachen, denn sie wollten vermeiden, die kommende Nacht im Moor verbringen zu müssen.

Sein unwirtlicher Charakter führte dazu, dass niemand freiwillig das Fenn durchquerte. Die deutlichen Spuren, die Ambiorix und seine Krieger im schmelzenden Schnee hinterlassen hatten, wiesen darauf hin, dass er sich für eine Umgehung des ausgedehnten Gebietes im Norden entschieden hatte. Dies bedeutete zwar einen Umweg von einem halben Tagesritt, stellte für ihn gleichwohl die bessere Lösung dar, denn die schmalen, verborgenen Pfade des Moors eigneten sich nicht für eine solch große Schar von Reitern.

Amena hingegen beschloss, den kürzeren Weg mitten durch das Fenn zu nehmen. Auf diese Weise würde es ihr gelingen, Zeit aufzuholen und vielleicht sogar noch vor Ambiorix in Nerviodunum einzutreffen.

Es war jedoch nicht zu übersehen, dass diese Entscheidung bei ihren Begleitern wenig Beifall fand. Aus dem Augenwinkel beobachtete Amena, wie die beiden besorgte Blicke miteinander wechselten, immer wieder verstohlen die Geste zur Abwehr von Unheil vollführten und nervös die eisernen Amulette befingerten, die sie um den Hals trugen. Selbst die Pferde wirkten angespannt, warfen die Köpfe hoch, und ihre Ohren zuckten erregt. Auch Amena war ein Ritt durch das Moor nicht geheuer, obgleich nicht wegen der Dämonen, die ihr nichts anzuhaben vermochten, sondern aufgrund des tückischen Geländes. Die Durchquerung eines Fenns erforderte äußerste Umsicht und Aufmerksamkeit, um geringste Hinweise auf gefahrvolle Stellen des Untergrunds rechtzeitig zu entdecken, und kostete mithin viel Zeit.

Und deswegen konnten sie es sich jetzt nicht leisten, wertvolle Augenblicke mit unnützen Bedenken zu verschwenden.

Als die jungen Männer nach wie vor unschlüssig schienen und lediglich nicht offen zu protestieren wagten, griff Amena daher in den Beutel an ihrem Gürtel und förderte zwei Amulette zutage, die sie für diesen Fall eingesteckt hatte. Es handelte sich um bizarr geformte Steine von der Größe einer Säuglingsfaust, die in der Mitte einen natürlichen Durchbruch aufwiesen und an einer Lederschnur um den Hals getragen wurden. Diese Art Stein stammte von den Stränden des Nordmeers und des Baltischen Meeres und stand in dem Ruf, ihren Träger vor bösen Dämonen und Wiedergängern zu schützen.

Amena hängte erst Dagotalos und sodann Beligantus ein Amulett um, sprach eine rituelle Formel, die dazu diente, den Schutzzauber zu verstärken, und erklärte den beiden anschließend, dass die Geister des Moores ihnen nun nichts anzuhaben vermochten. Die jungen Männer hatten zunächst entrüstet abgewehrt und den Eindruck zu erwecken versucht, als betrachteten sie den Anhänger als unnötige Vorkehrung und nähmen ihn schließlich nur an, um Amena nicht zu kränken. Doch ihre Erleichterung war beinah mit Händen zu greifen, und sie konnte sich ein Lächeln nicht verkneifen.

Dann, endlich, lenkten sie ihre Pferde in das Fenn. Zuvor war Dagotalos einige Hundert Schritt an seinem Rand entlanggeritten und hatte eine Stelle ausfindig gemacht, an der ein schmaler Weg, nicht viel mehr als ein Wildwechsel, das Betreten ermöglichte. Seinen Beginn markierte ein hölzerner Pfahl, bekrönt vom Schädel eines Rindes.

Auf den ersten beiden Meilen war der Pfad deutlich zu erkennen. Wie eine dunkle Schlange wand er sich zwischen Büscheln von Besenheide und niedrigen, kahlen Sträuchern hindurch und behielt eine westliche Richtung bei. Hie und da stießen die drei Reiter auf weitere Wegweiser, und die tückischsten Sumpflöcher waren durch kleine Pyramiden flacher, aufeinandergeschichteter Steine gekennzeichnet. Nach einer Weile jedoch verlor sich der Weg im Nichts. Von nun an boten nur noch die Wechsel der wilden Ziegenherden einen Hinweis darauf, wo der Grund sicher war.

Dagotalos ritt voran und überließ es seinem Hengst, den richtigen Weg zu finden. Seit sie das Moorgebiet betreten hatten, bewegten sich die Tiere vorsichtiger. Immer wieder zögerten sie, setzten behutsam einen Vorderhuf auf den federnden Boden, um ihn gleich darauf zurückzuziehen und eine andere Stelle zu untersuchen. Pferde verfügten über ein weitaus größeres Gespür für die Tücken des Untergrunds als Menschen, und Amenas Vetter wusste, dass es klüger war, sich ihrem Instinkt anzuvertrauen.

Hin und wieder hielten die drei Reiter an, um sich am Stand der Sonne zu orientieren, die als ausgewaschene, blassgelbe Scheibe an einem niedrigen Winterhimmel hing, und jedes Mal bemerkten sie die unheimliche Stille, die auf dem Fenn lastete. Die einzigen Laute waren der Wind, der mit den kahlen Ästen der Birken spielte und in den trockenen rötlich-gelben Stängeln des Riedgrases raschelte, und das Glucksen des Wassers in den zahllosen Rinnsalen, die das Moor kreuz und quer durchzogen. Mitunter erklang in der Ferne das helle Kläffen eines Fuchses oder der knarzende Ruf eines Rebhuhns; dann herrschte abermals diese beinah vollkommene Stille.

Kurz bevor Sulis den höchsten Punkt ihrer Reise über den Himmel erreichte, stießen sie erneut auf einen schmalen Pfad, der sich gut sichtbar inmitten fahler Grasbüschel dahinschlängelte. Mit Erleichterung stellte Amena fest, dass sie nun ein wenig rascher vorankamen.

Am frühen Nachmittag gestatteten die drei Reiter sich und den Tieren eine Rast im Schutz eines kleinen Kiefernwäldchens, stärkten sich mit Brot und Käse und tranken Wasser aus ihren Feldflaschen. Die Vegetation des Fenns war in dieser Jahreszeit so karg und trocken, dass sie den Pferden kaum Nahrung bot, und die Tiere rupften lustlos an den vergilbten Stängeln. Amena bemerkte, dass sich die Stimmung ihrer Begleiter allmählich hob, je mehr des gefährlichen Weges sie zurücklegten. Die Aussicht, das unheimliche Moorgebiet bald hinter sich zu lassen, beflügelte sie, und schon flogen zwischen ihnen wieder die üblichen Scherze hin und her, die in den letzten Stunden verstummt waren.

Kurze Zeit später brachen sie abermals auf. Doch als sie sich dem westlichen Rand des Fenns bis auf fünf Meilen genährt hatten, blieb Amenas Stute mit einem Mal stehen, schnaubte ängstlich und weigerte sich, auch nur einen einzigen Schritt weiterzugehen. Amena, die hinter den beiden Männern ritt, rief ihnen leise zu anzuhalten, und sie zügelten ihre Tiere und wandten sich im Sattel zu ihr um.

»Was ist, Herrin?«, fragte Dagotalos. »Was hat Eure Stute denn?«

Amena runzelte die Stirn. »Ich weiß es nicht. Sie muss etwas gewittert haben.«

Ihre Begleiter nahmen die großen, ovalen Holzschilde vom Rücken, packten den Schaft ihrer Lanze fester und suchten die Umgebung mit ihren Blicken nach Anzeichen einer feindlichen Gegenwart ab. Doch sie entdeckten keine. Das Moor lag ruhig und scheinbar friedlich da.

Als plötzlich zu ihrer Linken eine Schar Rebhühner mit knatterndem Flügelschlag aus einem Birkenwäldchen hervorbrach, war es bereits zu spät. Im selben Augenblick wieherte Dagotalos' Hengst erschrocken auf, als sein Reiter, von einem römischen Pfeil in die Brust getroffen, aus dem Sattel gerissen wurde. Mit einem dumpfen Laut landete sein Körper auf dem weichen Boden, unmittelbar neben den Hufen seines nervös tänzelnden Pferdes.

Für die Dauer einiger Herzschläge verharrten Amena und Beligantus vor Entsetzen wie gelähmt. Dann drängte der junge Krieger seinen Falben dicht an Amenas Stute heran und riss seinen Schild hoch, um sie vor einem weiteren Angriff zu schützen. Doch schon hatte sich abermals diese unheimliche, wattige Stille über die Landschaft gesenkt.

Plötzlich stieß Beligantus einen Schrei aus, der Amena zusammenfahren ließ, reckte die Lanze über den Kopf und trieb seinen Hengst über Büschel von Besenheide hinweg auf das Birkenwäldchen zu, in dem er den verborgenen Angreifer vermutete.

Nach einem Moment gelang es auch Amena, sich aus ihrer Starre zu reißen. Sie glitt aus dem Sattel, und während ihr Blick über den Körper ihres Vetters hastete, kniete sie neben ihm nieder. Dagotalos lag auf dem Rücken, die Augen geschlossen, und stöhnte. Er war benommen, aber bei Bewusstsein. Die eiserne Spitze des Pfeils steckte in seiner Brust, unterhalb des rechten Schlüsselbeins, jedoch, wie Amena erleichtert feststellte, so weit in Richtung der Schulter, dass die Lunge unverletzt geblieben war.

Sie legte ihre Hand an die Wange des Verwundeten. »Ich werde dir nun leider wehtun«, erklärte sie ihm leise, »denn ich muss den Pfeil herausziehen. Hier, beiß darauf.« Sie hatte einen Birkenzweig aufgenommen und schob ihn Dagotalos in den Mund, der ihn fest mit den Zähnen umschloss.

»Bist du bereit?«

Der Verletzte deutete ein Nicken an.

Mit einer entschlossenen Bewegung und dennoch so behutsam wie möglich zog Amena das Geschoss aus der Wunde. Ihr Vetter stieß einen Schmerzensschrei aus, der jedoch von dem Zweig zwischen seinen Zähnen zu einem Gurgeln gedämpft wurde. Dann schlug sie das Sagon zurück. Besorgt erkannte sie, dass der junge Mann sehr viel Blut verlor. Sie wusste, dass er nur überleben würde, wenn sie rasch ein Gehöft fänden, in dem sie die nötigen Gerätschaften erhielte, um seine Verletzung ordentlich zu versorgen. Bis dahin musste sie die Wunde notdürftig behandeln.

Blind und taub für alles, was in diesen Augenblicken um sie herum vorging, sprang Amena auf und drängte Dagotalos' Hengst, der immer noch verschreckt neben dem Körper seines gestürzten Reiters hin- und hertänzelte, zur Seite. Mit fliegenden Fingern band sie ihre Ledertasche vom Sattel los und kniete erneut neben ihrem Vetter nieder, der sie stumm unter halb gesenkten Lidern beobachtete, die Linke um den Birkenzweig gekrallt, der nun deutliche Spuren seiner Zähne aufwies. Sie sprach beruhigend auf ihn ein, während sie hastig die Fibel öffnete, die sein wollenes Sagon verschloss, und die Tunika mit ihrem Dolch so weit aufschlitzte, dass die Einstichstelle offen vor ihr lag. Behutsam entfernte sie einige Stoffreste, die in die Wunde hineingeraten waren, und betrachtete sie. Sie schien nicht tief, und plötzlich entsann sich Amena, ein schabendes Geräusch gehört zu haben, unmittelbar bevor Dagotalos vom Pferd stürzte. Offenbar war der römische Pfeil am Schild des jungen Kriegers abgeglitten und hatte diesen nicht mit seiner vollen, tödlichen Gewalt getroffen. Dennoch quoll viel Blut aus der Wunde, und Amena konnte nur hoffen, dass keine größere Ader verletzt worden war.

Sie fühlte die Todesangst ihres Vetters wie eine dunkle Wolke, die ihn umgab. Doch sie wusste, dass sie sich nicht von ihr anstecken lassen durfte, und zwang sich, ruhig und besonnen zu handeln. Ihre vordringlichste Aufgabe bestand darin, die Blutung zum Stillstand zu bringen. Mit raschen, konzentrierten Bewegungen entnahm sie ihrer

Tasche sauberes Leinen, tränkte es mit einem Kräuterabsud aus einer gläsernen Flasche, der einer Entzündung vorbeugen sollte, und drückte es fest auf die Einstichstelle. Anschließend bettete sie den Kopf des jungen Kriegers vorsichtig auf ihre Oberschenkel, um seine Brust leicht anzuheben, und befestigte die Kompresse mit Leinenbändern, die sie straff um seine Schulter wickelte. Nachdem sie sich überzeugt hatte, dass der Verband gut saß, hüllte sie Dagotalos behutsam in sein Sagon und breitete zusätzlich ein Wolfsfell über ihn, das ihr nachts als Decke diente. Ihr Patient lag derweil mit geschlossenen Augen da und ließ die Behandlung stumm über sich ergehen.

Die Versorgung der Wunde hatte nur wenige Augenblicke in Anspruch genommen. In demselben Herzschlag, in dem Amena sich aufrichtete, hörte sie aus der Richtung des Birkenwäldchens laute, angsterfüllte Schreie und sah, wie Beligantus mit seiner Lanze einen jungen Mann vor sich hertrieb. An dessen Kleidung, oder besser gesagt: An dem, was davon übrig war, erkannte sie, dass es sich bei dem Gefangenen um einen Legionär handelte. Als der Römer seinem Peiniger über die Schulter einen gehetzten Blick zuwarf, stürzte er über einen Büschel Besenheide. Doch Beligantus, der seinen Zorn nur mühsam beherrschte, stieß sogleich mit der Lanzenspitze nach ihm, sodass er eilig wieder auf die Füße kam und weiterstolperte, geradewegs auf Amena zu, die sich erhoben hatte.

Sie zog den Dolch, bereit zuzustechen. Aber als der Legionär bis auf wenige Schritt herangekommen war und sie in sein Gesicht sah, verstand sie mit einem Mal, warum ihr Begleiter ihn nicht an Ort und Stelle getötet hatte.

Mit einem letzten Stolpern kam der Römer vor Amena zum Stehen. Gefangen zwischen der Dolchklinge vor sich und der Lanze in seinem Rücken, fiel er vor ihr auf die Knie, senkte den Kopf und gab mit schriller, wimmernder Stimme unverständliche Laute von sich. Sie ließ ihre Augen über seinen zitternden Körper wandern. Trotz seiner Größe schätzte sie ihn auf höchstens vierzehn Jahre. Seine ehemals rotbraune Tunika war schlammbefleckt und hing in Fetzen von seinem ausgemergelten Leib. Die nach römischer Sitte kurz geschnittenen dunklen Locken starrten vor Schmutz und verkrustetem Blut aus einer Wunde oberhalb des linken Ohrs, wo ihn ein Schwerthieb getroffen hatte. Und als Amena ihn auf Lateinisch aufforderte sie anzuschauen und er zögernd gehorchte, bestätigte ihr sein unsteter, flackernder Blick, was sie bereits vermutete: Dieser Junge genoss die Gunst seiner Götter. Die Kämpfe um das Winterlager und das anschließende tagelange Umherirren in Wald und Moor hatten seinen Geist verwirrt. »Was ist das für ein Volk, das seine Kinder in den Krieg schickt?«, fragte Beligantus bitter.

Amena nickte stumm. Dieser Römer gehörte vermutlich zu der Legion, die Caesar frisch ausgehoben hatte. Dass er dabei auch vor der Rekrutierung solch junger Männer nicht zurückschreckte, ließ erkennen, wie besessen der Proconsul von dem Gedanken war, das Gebiet der freien Kelten zu erobern und dem Imperium einzuverleiben.

Ihr Begleiter saß ab. »Was soll ich mit ihm machen, Herrin?«

Der Legionär zuckte zusammen, als er die Bewegung hinter sich spürte, und bedeckte seinen Kopf schützend mit den Armen. Anscheinend erwartete er jeden Moment den tödlichen Hieb.

Amena steckte ihren Dolch zurück in die Scheide. »Lass ihn laufen. Er steht unter dem Schutz seiner Götter. Außerdem ist es wichtiger, dass wir uns um Dagotalos kümmern. Wenn ich mich recht entsinne, wohnt einige Meilen nördlich von hier eine Weise Frau. Dort hätte ich alles, was ich benötige, um ihn zu versorgen. Und vielleicht könnte er in Tallas Obhut bleiben, bis er genesen ist.«

»Wie arg ist es?«, fragte Beligantus besorgt.

»Ich kann es nicht sagen.« Sie rieb sich mit der Hand unschlüssig über die Stirn und bemerkte kaum, dass ihre Finger eine blutige Spur zurückließen. »Die Wunde ist nicht tief, doch er verliert viel Blut. Aber er ist gesund und kräftig; das lässt mich hoffen, dass er es überleben wird.«

Der junge Krieger ging neben seinem Ziehbruder in die Hocke und wechselte ein paar Worte mit ihm. Dagotalos' Antworten kamen stockend und waren so matt, dass Amena sie nicht verstand. Als Beligantus sich erhob, schimmerten Tränen in seinen Augen, und seine Rechte krampfte sich um das Heft des Schwertes, bis die Haut über den Knöcheln spannte.

Amena ahnte, was in ihm vorging. Der gefangene Römer kniete unverwandt und wie erstarrt vor ihr im fahlgelben Gras. Hastig forderte sie ihn auf zu verschwinden - nicht um sein armseliges Leben zu retten, sondern weil sie befürchtete, ihr Begleiter könne sich doch noch an ihm vergreifen und damit Unglück über sich selbst bringen. Nach einem Moment hob der Legionär den Kopf und starrte sie ungläubig an. Dann war er mit einem Satz auf den Beinen, warf sich herum und rannte, geduckt und Haken schlagend wie ein Hase, zurück in das Birkenwäldchen, in dem er sich zuvor verborgen hatte. Beligantus blickte ihm mit gemischten Gefühlen hinterher.

Amena berührte sanft seinen Arm. »Lass ihn laufen. Seine Tage sind ohnehin gezählt, und wir haben Wichtigeres zu tun. Wir benötigen eine Schleife.«

Der Angesprochene erwachte aus seiner Starre, holte tief Luft und nickte. Anschließend machte er sich schweigend und mit deutlich mehr Kraft als nötig daran, zwei schlanke Birkenstämme zu fällen und von ihren Ästen zu befreien. Amena ahnte, dass er dabei den jungen Römer vor seinem inneren Auge sah.

Nachdem er die Birkenstämmchen an den hinteren Hörnern seines Sattels befestigt hatte, verschnürte er vier Äste mithilfe von Lederriemen so an den Stangen, dass sie quer zu ihnen lagen und einen Rahmen bildeten, den er mit Decken und Fellen auskleidete. Währenddessen kniete Amena abermals neben dem Verwundeten nieder. Er hatte die Lider geschlossen und schien sie nicht wahrzunehmen. Sie ergriff seine Rechte, die sich kühl und feucht anfühlte, und tastete nach dem Puls an seinem Handgelenk. Er war schwach, aber regelmäßig.

Als Beligantus neben sie trat, kämpfte sie sich in die Höhe. Gemeinsam hoben sie Dagotalos auf und betteten ihn behutsam auf die Schleife, deckten ihn mit den restlichen Fellen zu und saßen auf. Amena nahm den Hengst ihres Vetters am Zügel und ritt voran, während Beligantus' Falbe nachfolgte. Ihre Aufgabe bestand nun nicht nur darin, einen Weg durch das unwegsame Gelände zu finden, sondern vielmehr einen, der Platz genug für die Schleife bot, deren Holme an ihrem unteren Ende gut drei Fuß auseinanderklafften.

Sie kamen nun bedeutend langsamer vorwärts, und als die fahle Scheibe der Sonne im leichten Dunst versank, der sich am Nachmittag über dem fernen, flachen Horizont gebildet hatte, trennte sie noch gut eine Meile vom Rande des Fenns. Doch schließlich fühlte Amena, wie der Grund unter den Hufen ihres Pferdes allmählich fester wurde, und wenig später zeigte ein zweiter, von einem Rinderschädel bekrönter Pfahl die Grenze des Moorgebietes an. Sie zügelte ihre Stute.

Vor ihren Augen erstreckte sich eine weite Ebene, durchbrochen von sanften Hügeln und zahlreichen Rinnsalen, die im Fenn ihren Ursprung nahmen. Sträucher und niedriges Buschwerk prägten die Landschaft, hie und da aufgelockert von lichten Birken- und Erlenwäldchen.

Sie schloss für einen Moment die Lider und schöpfte tief und erleichtert Luft. Endlich wieder sicheren Boden unter den Füßen, den Göttern sei Dank!

Den Göttern?, schoss es ihr sogleich durch den Kopf. Nein, vermutlich nicht. Doch sie wollte diesen schmerzvollen Gedanken jetzt nicht vertiefen, und wenn diese unselige Reise überhaupt ein Gutes hatte, dann das, sie von der Frage abzulenken, wie sie sich ein Leben in einer Welt ohne Unsterbliche vorstellen konnte.

Außerdem erforderten im Augenblick andere Sorgen ihre gesamte Aufmerksamkeit. Sie seufzte, lenkte ihre Stute aus dem Moor hinaus auf festen Untergrund und wartete, bis Beligantus seinen Falben neben ihr zügelte. Auch ihm war die Erleichterung deutlich anzumerken, diesen heimtückischen, verwunschenen Ort endlich hinter sich zu lassen.

Sie ließen sich aus dem Sattel gleiten, um nach Dagotalos zu schauen. Er war bei Bewusstsein, aber sein Puls schien schwächer, und er hatte leichtes Fieber. Tapfer bemühte er sich um ein Lächeln, doch es geriet zu einer schmerzverzerrten Grimasse.

Amena warf einen besorgten Blick zum Himmel hinauf. Nicht mehr lange, und Sulis würde hinter dem Horizont im Westen versinken und den letzten Rest an Tageslicht mit sich nehmen. Es war dringend geboten, dass sie Tallas Haus fanden, ehe die Nacht hereinbrach, denn die abnehmende Sichel des Mondes würde nicht genug Licht spenden, um ihnen den Weg zu weisen.

Sie saßen wieder auf und wandten sich Richtung Norden, dorthin, wo Amenas Erinnerung zufolge das Gehöft der Weisen Frau liegen musste. Obwohl die Schleife sie zwang, im Schritt zu reiten, kamen sie nun besser voran. Und bald nachdem die Sonne hinter einer sanften Hügelkette versunken war, entdeckten Amenas suchende Augen in der Ferne, am Rande eines Gehölzes, einen massigen blauschwarzen Schatten, der sich deutlich vom blassen Rosa des Abendhimmels abhob und sich in den Schutz der kahlen Stämme zu ducken schien.

Von neuer Hoffnung beflügelt, lenkten sie ihre Pferde darauf zu, und im Näherkommen entpuppte sich der Umriss als kleines, lehmverputztes Fachwerkhaus mit angrenzendem, offenen Stall, in dem einige wohlgenährte Kühe standen. Entweder war dieser Hof den römischen Fourragiertrupps entgangen, überlegte Amena, oder - und wahrscheinlicher - sie fürchteten die Macht der Weisen Frau und ließen sie unbehelligt.

Sobald sie und Beligantus durch das unverschlossene Tor in dem niedrigen Holzzaun ritten, erklang aus dem Inneren des Hauses wütendes Gebell. Noch ehe sie abgesessen waren, wurde die Tür einen Spaltbreit aufgezogen, um einen gewaltigen, wolfsähnlichen

Hund herauszulassen, der mit großen Sätzen auf die beiden Reiter zugesprungen kam.

Beligantus packte den Schaft seiner Lanze fester und richtete ihre eiserne Spitze auf das Tier, jederzeit bereit zuzustoßen, sollte es sich auf sie stürzen. Doch Amena bedeutete ihm mit einer Geste, innezuhalten.

Der Hund hatte sich ihnen nun bis auf wenige Schritte genähert, umkreiste sie unter lautem, zornigen Bellen und ließ sie nicht aus seinen Augen, die im letzten Licht des ersterbenden Tages grünlich funkelten. Aber er machte wenigstens keine Anstalten, sich ihnen weiter zu nähern oder sie gar anzugreifen.

»Ist das eine Art, Gäste zu empfangen?«, rief Amena zu der verwitterten Eichentür hinüber, die einen Spaltbreit geöffnet stand, in welchem sie die Umrisse eines Menschen erahnte. »Oder steht Tallas Haus nicht mehr jedem offen, der in Not ist und ihrer Hilfe bedarf?«

Nach einem Moment wurde die Tür zögernd aufgezogen, und eine alte Frau erschien im Rahmen. Weiße Haare, in einen dicken Zopf geflochten, umgaben ein von Wind und Wetter gegerbtes Gesicht mit wachen Augen, die sich nun misstrauisch auf die Neuankömmlinge richteten. Talla musste mindestens ebenso betagt sein wie Ebunos. In der Tat war es der Druide, der Amena etliche Jahre zuvor das erste Mal hierher gebracht hatte, als sie ihn auf einer Reise durch die entlegeneren Gebiete des Stammes begleitete. Der schmale Rücken der Frau war gebeugt, und ihr dünner, zerbrechlich wirkender Leib wirkte viel zu schmächtig für das weite Wollkleid, das ihn umhüllte und das vor langer Zeit einmal gepasst haben mochte. Doch ihre kräftige Stimme warnte davor, aus ihrer zierlichen Gestalt voreilige Schlüsse zu ziehen.

»Amena?«, rief Talla. »Seid Ihr es wahrhaftig?«

»Ich bin es«, bestätigte diese. »Und ich reise in Begleitung zweier Krieger, deren einer dringend Eurer Heilkunst bedarf.«

Die Weise Frau stieß einen gellenden Pfiff aus, woraufhin der Hund nach einem letzten, bedauernden Bellen zu ihr zurückkehrte und sich zufrieden hechelnd zu ihren Füßen niederfallen ließ. Es verirrten sich nicht häufig Fremde in diese abgeschiedene Gegend, und so schien er jede Gelegenheit willkommen zu heißen, seine Fähigkeiten als Wächter und Verteidiger des Hofes unter Beweis zu stellen.

Amena und Beligantus saßen ab, während Talla mit kleinen, schwerfälligen Schritten zu ihnen hinüberhumpelte und sich über die Schleife beugte. Sie schlug die Felle zur Seite, legte die Rechte behutsam auf Dagotalos' Stirn und tastete nach dem Puls an seiner Kehle.

»Tragt ihn rein«, wies sie Beligantus knapp an, drehte sich um und schlurfte ohne ein weiteres Wort zurück ins Haus.

Der Angesprochene führte seinen Falben bis vor die Tür, und gemeinsam trugen er und Amena seinen Ziehbruder hinein.

Das Innere des Fachwerkhauses bestand aus einem einzigen, fensterlosen Raum, in dessen Mitte ein Feuer Licht und wohltuende Wärme verbreitete. Talla deutete auf rings um die Feuerstelle ausgebreitete Felle und Decken. »Legt ihn hierher.«

Vorsichtig betteten sie Dagotalos auf die weiche Lagerstatt und traten beiseite, um der Weisen Frau Platz zu machen, die sich schwerfällig neben dem Verletzten niederkniete.

Während Beligantus wieder hinausging, um die Pferde zu versorgen und das Gepäck ins Haus zu bringen, schaute sich Amena darin um. Es hatte sich kaum verändert seit ihrem letzten Besuch. Die gesamte rückwärtige Wand nahmen Regalbretter ein, die sich unter der Last von Tongefäßen und geflochtenen Körben bogen, in denen Talla die unterschiedlichsten Heilpflanzen aufbewahrte. Dicke Büschel getrockneter Kräuter hingen von den Dachsparren und erfüllten den Raum mit ihrem würzigen Duft. An einem der Eichenbalken bemerkte Amena mehrere Schinken neben einer frischen Speckschwarte, und auf einem grob zusammengezimmerten Tisch stand ein Tontopf mit Schweineschmalz. Seit Jahrzehnten kamen die Menschen aus der Umgebung mit ihren kleinen und großen Leiden zu Talla, und die heilkundige Frau wusste gegen beinah jedes Übel ein Mittel. Die dankbaren Bauern entlohnten ihre Dienste in Naturalien, weswegen Talla stets mit allem bestens versorgt war, was die Natur und die umliegenden Gehöfte zu bieten hatten.

Während sich Amena umschaute, hatte die Weise Frau mit geschickten Fingern den blutdurchtränkten Verband entfernt. Sodann hob sie die Tücher, die als Kompresse dienten, behutsam ab, ohne dass die Wunde erneut aufbrach, betrachtete die Einstichstelle prüfend im Schein der Flammen und nickte zufrieden. Amenas Behandlung war erfolgreich, die Blutung nahezu zum Stillstand gekommen.

Dann bat Talla Amena, in einem Bronzekessel über dem Feuer Wasser zu erhitzen, und machte sich selbst im Hintergrund des Raums an Tiegeln und Flaschen mit heilkräftigen Essenzen zu schaffen. Als das Wasser kochte, goss sie einen Teil davon in eine tönerne Schale, wartete, bis es ein wenig abgekühlt war, und reinigte die Wunde mit vorsichtigen, geübten Bewegungen. Dagotalos, der am Rande des Bewusstseins vor sich hindämmerte, ließ die Prozedur tapfer über sich ergehen und stöhnte nur hin und wieder. Amena kniete sich neben ihn, umschloss seine Rechte mit ihren Händen und sprach beruhigend auf ihn ein, während die Weise Frau mit der Behandlung fortfuhr.

Nachdem die Verletzung ausgewaschen war, tränkte Talla frisches Leinen mit einer klaren, bernsteinfarbenen Flüssigkeit, die einen stechenden Geruch verbreitete und offenkundig stark brannte, denn ihr Patient bäumte sich vor Schmerz auf, als die heilkundige Frau die Tücher auf die Einstichstelle legte.

»Schsch«, machte sie leise und drückte ihn sanft auf das Lager zurück. »Ich weiß, dass es brennt, doch es muss sein. Die Wunde ist verunreinigt, und diese Tinktur soll verhindern, dass sie sich entzündet.«

Wie zuvor Amena fixierte sie die Kompresse mit Leinenbinden und breitete eine Decke über den jungen Mann. Schließlich gab sie ein paar Tropfen aus einer kleinen gläsernen Phiole in einen Becher mit Wasser, hob Dagotalos' Kopf leicht an und flößte ihm den Trank Schluck für Schluck ein. »Das ist gegen die Schmerzen und wird Euch helfen, zu schlafen«, erklärte sie.

Und wahrhaftig, als Beligantus wenig später mit dem Gepäck das Haus betrat und neben seinem Ziehbruder in die Hocke ging, war der bereits eingeschlafen.

Talla nahm den Bronzekessel vom Feuer und goss den Rest des Wassers in einen tönernen Krug. Dann füllte sie den Kessel mit Fleischeintopf und hängte ihn wieder über die Flammen. Bald erfüllte der würzige Geruch von Wild den Raum. Die Weise Frau gab den dampfenden Eintopf in zwei Bronzeschalen und reichte sie Amena und Beligantus zusammen mit einem Becher Weins. Sie ließen sich an der Feuerstelle auf dem Fell eines großen grauen Wolfes nieder - möglicherweise ein nicht allzu ferner Vorfahr von Tallas Hund, schoss es Amena durch den Kopf - und machten sich über die Mahlzeit her. Nach dem langen, anstrengenden Tag im Moor war es eine Wohltat, sich durch die Flammen und das Essen von außen und innen wärmen zu lassen. Rasch fühlte Amena, dass sie schläfrig wurde.

Höflich wartete Talla, bis ihre Gäste das Nachtmahl beendet hatten, ehe sie ihnen Wein nachschenkte und ihr fadenscheiniges braunes Sagon enger um die eingefallenen Schultern zog.

»Dagotalos' Wunde stammt von einem römischen Pfeil«, bemerkte sie dann. »Glaubt mir, ich habe in den zurückliegenden Wochen genügend Verletzungen gesehen, die von den Waffen der Legionen rühren«, fügte sie hinzu, als Amena überrascht aufblickte. »Sie sind sogar häufiger geworden als Arm- und Beinbrüche und die ausgerenkten Glieder, die ich für gewöhnlich behandele. Und bei Arduinna, das viereckige Profil einer römischen Pfeilspitze ist nun wahrlich nicht schwer zu erkennen.«

Amena stellte ihre leere Schale beiseite und schilderte ihrer Gastgeberin den Überfall des jungen Legionärs.

Die Weise Frau nickte, als hörte sie eine solche Geschichte nicht zum ersten Mal. »Heute Morgen berichtete mir ein reisender Händler, dass ihm gut zehn Meilen nördlich von hier, am Rande des Fenns, ein großer Trupp eburonischer Reiter begegnet sei«, fuhr sie nach einem Augenblick fort. »Stehen weitere Kämpfe bevor?«

Amena horchte auf. Ambiorix umging das Moor also wahrhaftig im Norden, ganz so, wie sie und ihre Begleiter es aus den Spuren geschlossen hatten. »König Ambiorix ist mit dreihundert Kriegern unterwegs zu den Nerviern, um sie und ihre Verbündeten gegen das römische Winterlager anzuführen«, erklärte sie knapp.

Wieder nickte Talla stumm und warf Amena über das Feuer hinweg einen langen, nachdenklichen Blick zu.

Für die Dauer eines Herzschlags durchzuckte Amena das Gefühl, als wollte die Weise Frau, die auch die Gabe des Zweiten Gesichtes besaß, eine Prophezeiung aussprechen. Doch entweder hatte sie sich getäuscht oder Talla sich anders besonnen. Sie hüllte sich noch ein wenig fester in ihren Umhang und schwieg.

Kapitel 14

Montagvormittag trat ein, was Hannah insgeheim schon seit Tagen befürchtet, aber mental stets energisch beiseitegeschoben hatte: Die erste Rechnung eines der Handwerker, die die baufällige Ruine ihres Hofes in ein kleines Juwel verwandelt hatten, flatterte ihr ins Haus und beendete abrupt ihre Taktik des Verdrängens und Vergessens. Und damit nicht genug - es war auch gleich einer der größeren Beträge, um dessen Überweisung innerhalb von vierzehn Tagen man sie höflich bat. Sie würde hierfür den Kredit angreifen müssen, den ihr der Angestellte der Bank seinerzeit in einem Anfall geistiger Umnachtung eingeräumt und dessentwegen ihm sein Vorgesetzter anschließend vermutlich die Hölle heißgemacht hatte. Und wieder einmal wurde ihr mit erschreckender Eindringlichkeit bewusst, dass die Finanzierung ihres Gehöfts auf wackeligen Beinen stand, *sehr* wackeligen Beinen.

Wenn wenigstens die Arbeit am Kalender Fortschritte machen würde! Aber davon konnte nun wirklich nicht die Rede sein. Das Einzige, was sie in den vergangenen Tagen zu Papier gebracht hatte, waren einige Skizzen, die die geografischen Verhältnisse zwischen Atuatuca, dem römischen Winterlager und der Wolfsschlucht wiedergaben. Rutger hatte sie darum gebeten und war über die Ergebnisse völlig aus dem Häuschen geraten. Zwar hatte der Hamburger Kalenderverlag seinerzeit die Möglichkeit eines Vorschusses in Aussicht gestellt, aber das setzte natürlich voraus, dass sie Resultate vorzuweisen vermochte.

Doch davon war sie leider Lichtjahre entfernt. Amena war es, die ihre Gedanken und Gefühle besetzt hielt und ihre Kreativität lähmte. Ihr Schicksal und das ihres Stammes, ihre tragische Beziehung zu Ambiorix beherrschten jeden einzelnen von Hannahs Tagen von dem Moment an, wenn sie morgens die Augen aufschlug, bis zu dem Zeitpunkt, wenn sie sie abends wieder schloss. Und je größer der finanzielle Druck wurde, je häufiger und eindringlicher sie sich selbst ermahnte, endlich in die Gänge zu kommen und erste, gescheite Ergebnisse zu Papier zu bringen, desto höher türmte sich die innere Hürde auf, die es zu überwinden galt, desto mehr ließen die *Kreativen Regionen* sie im Stich. Unter Stress hatte sie noch nie gut malen können. Bis vor Kurzem - an diesem Punkt ihrer Überlegungen hätte Hannah beinah laut aufgelacht - bis vor Kurzem hätte sie in einer solchen Situation meditiert, um Inspiration zu erhalten ...

Nach gründlichem Nachdenken beschloss sie, den schleppenden Fortgang ihrer Arbeit ebenso wie ihre finanziellen Sorgen Rutger gegenüber unerwähnt zu lassen. Er hatte sich in eine Frau verliebt, die er für unabhängig, entschlossen und souverän hielt. Daher schämte sich Hannah sowohl für ihren Mangel an professioneller Disziplin als auch für das geradezu irrwitzige Risiko, das sie mit dem Kauf des Hofes eingegangen war. Sie schätzte Rutger in dieser Beziehung als ähnlich vernünftig und überlegt ein wie Marcel und fürchtete, er würde mit Unverständnis und Ablehnung reagieren, wenn er erführe, auf was für ein gewagtes Unternehmen sie sich eingelassen hatte.

Ah, Marcel, immer wieder Marcel! Hannah war sich sehr wohl bewusst, dass sich ihr übervorsichtiges, misstrauisches Verhalten aus seinem Verrat speiste. Doch es half nichts. Die Art und Weise, wie er sie zunächst vergöttert hatte, um nur wenige Monate später all das an ihr zu kritisieren und verändern zu wollen, was er zuvor bewundert hatte, jagte ihr nachhaltig Angst ein und ließ sie mit dem dumpfen Gefühl zurück, dass es besser wäre, nicht zu viel von sich preiszugeben. Und wer vermochte schon zu sagen, ob Rutger nicht ebenfalls bald genau das an ihr stören würde, was er im Augenblick noch zu lieben behauptete? Seine Begeisterung, sein Überschwang erinnerten Hannah nur allzu deutlich an die ersten Wochen mit Marcel. Wer konnte garantieren, dass der Rest nicht ebenso ablaufen würde?

Nachdem der Schock, den die Rechnung verursacht hatte, einigermaßen überwunden war, rief Hannah Rutger im Büro an, um ihm von Amenas Gespräch mit Ebunos und ihrer Reise nach Nerviodunom zu berichten.

»Gedankenübertragung«, erklärte er munter. »Ich wollte mich auch gleich bei dir melden. Rat mal, wer mich gerade angerufen hat.«

»Keine Ahnung«, antwortete Hannah nach einem Moment verwirrt. Die Gedankenübertragung funktionierte offenbar nur in der Gegenrichtung. »Wer denn?«

»Timo, unser Nachwuchsarchäologe.«

»Ach nee«, gab sie verblüfft zurück. »Hat der junge Mann tatsächlich noch mehr in petto?«

Rutger lachte. Er klang aufgeräumt und schien vor lauter Tatendrang beinah zu platzen. »Und ob. Er hat mir die Funde am Telefon beschrieben, und zwei Stücke klingen ziemlich vielversprechend. Voll krass, wie Timo sagen würde. Außerdem hat er ein paar weitere Gegenstände entdeckt, deren Beschreibung jedoch so verworren ausfiel, dass ich mir keinen Reim darauf machen kann. Mehr verrate ich nicht. Lass dich überraschen. Übrigens hebt er seine Schätze nicht zu Hause auf, weil er zu Recht befürchtet, sein Vater könnte sie ihm wegnehmen. Er bunkert sie irgendwo in der Bachwiese, ist aber willens, sie mir zu zeigen. Ich hole ihn um sechzehn Uhr dreißig ab, und wenn du möchtest, kommen wir anschließend bei dir vorbei. Es gibt einen Forstweg, der in der Nähe deines Hofes beginnt und hinunter ins Tal führt. Wir können also mit dem Wagen fahren. Und? Habe ich dich neugierig gemacht?«

Was für eine Frage. Hannah wäre notfalls auch auf Händen quer durch den Wald gelaufen, um die Kostbarkeiten zu sehen, die Timo nun zu enthüllen bereit war.

»Ich fühle so ein merkwürdiges Kribbeln«, meinte Rutger. Er klang wie ein Wünschelrutengänger, der auf eine Wasserader gestoßen war. »Ich glaube, jetzt tut sich was.«

Dann bat er um einen ausführlichen Bericht der jüngsten Entwicklungen in Amenas Leben. Während Hannah erzählte, hörte sie das vertraute Kratzen des Bleistifts am anderen Ende der Leitung.

Nachdem sie geendet hatte, schwieg Rutger, vollkommen überwältigt, wie sie annahm. »Und wie hast du dich anschließend gefühlt?«, fragte er nach einem Moment. »Ich meine, wir hatten ja abgemacht, dass du eine kleine Pause einlegst«, fuhr er fort, ohne ihre Antwort abzuwarten. »Versteh mich bitte nicht falsch. Natürlich interessiert es mich brennend, was du während der Meditationen erlebst, aber deine Gesundheit -«

»Es geht mir gut«, fiel Hannah ihm ins Wort. »Kein Problem.«

Er war jedoch nicht nur besorgt, er war auch hartnäckig. »Aber ich spüre doch, dass du irgendwas hast.«

»Es. Geht. Mir. Gut«, wiederholte Hannah, schärfer als beabsichtigt. »Und im Übrigen«, fügte sie hinzu, ehe sie sich zu bremsen vermochte, »hattest du mir lediglich das Versprechen abgenötigt, nicht an zwei aufeinanderfolgenden Tagen zu meditieren, und daran habe ich mich gehalten. Gestern habe ich eine Pause eingelegt, wie du dich vielleicht erinnerst.«

Am anderen Ende der Leitung hörte sie Rutger verblüfft nach Luft schnappen. Augenblicklich bereute sie ihren schneidenden Ton. Natürlich, sie wusste ja, dass er es nur gut meinte, und im Grunde freute es sie ja auch, dass er sich um sie sorgte. Doch seit Marcel versucht hatte, jeden ihrer Schritte zu kontrollieren, sie zu bevormunden, wo immer es ging, hatte Hannah eine regelrechte Allergie entwickelt. Es bedurfte bloß des geringsten Anzeichens für Kontrolle oder Bevormundung, um eine überschießende Reaktion auszulösen. So hatte sie Rutgers Äußerung zwangsläufig in den falschen Hals bekommen, gewissermaßen aus einem Reflex heraus. Und der angegriffene Zustand ihres Nervenkostüms tat ein Übriges.

»Tut mir leid«, erklärte sie zerknirscht. »Ich hab es nicht so gemeint. Es gab keine Probleme nach der Meditation.« Wenigstens keine gesundheitlichen. »Ehrlich.«

»Schon gut.« Er gab sich robust, was jedoch von seinem gekränkten Unterton Lügen gestraft wurde. »Also: Ich hole dich nachher ab. Bis später.«

Kurz nach siebzehn Uhr hörte Hannah den Land Rover vor dem Hof vorfahren und ging hinaus. Das Erste, was ihr auffiel, als Timo mit sichtlichem Bedauern den Beifahrersitz räumte, war, dass er nun eine Jeans trug, deren Hosenboden dort saß, wo der Hosenboden einer Jeans für gewöhnlich zu sitzen pflegt. Ein Baseballsweatshirt, Baseballschuhe und eine Baseballkappe vervollständigten sein Outfit. Und während der Junge am Samstag zuvor so zurückhaltend und wortkarg gewesen war, dass man förmlich an jedem seiner Wort ziehen musste, um es aus ihm zu extrahieren, sprühte er nun vor Unternehmungsgeist und löcherte Rutger mit Fragen über dessen Arbeit. Ob er schon einmal einen Schatz entdeckt habe, irgendwas wirklich Wertvolles? Woher wusste er überhaupt, wo er zu graben hatte? Was passierte anschließend mit all den Sachen, die er ausgrub?

Rutger beantwortete all seine Fragen geduldig, während er ein Stück über den Hindernisparcours zurückfuhr und dann linker Hand in einen Forstweg einbog. Nach wenigen Metern versperrte ein Schlagbaum die Zufahrt. Rutger stieg aus, entriegelte das Vorhängeschloss und schwenkte ihn auf. Einen Moment später lenkte er den Rover aus dem warmen Sonnenschein in die kühlen Schatten des Waldes. Sie folgten der ausgewaschenen Fahrrinne des Weges, der in einer lang gezogenen Schleife allmählich an Gefälle verlor und sich der Talsohle näherte. Nach einer knappen halben Stunde unbequemer Fahrt auf dem unebenen, von dicken Wurzeln durchzogenen Waldboden traten die Bäume endlich zurück, und der Weg mündete in die Bachwiese, die sich friedlich vor ihnen auf dem Talgrund ausdehnte und deren saftige smaragdgrüne Halme sich in einer sanften Brise wiegten. Nach dem Dunkel des Waldes erschien das gleißende Sonnenlicht Hannah nun so grell, dass sie geblendet blinzelte.

Rutger hielt den Rover an, und sie stiegen aus. Sobald der Motor erstorben war, umfingen sie die Geräusche der Natur. In der Ferne plätscherte der Bach munter und lebhaft dahin, in einer der Buchen zu ihrer Rechten gurrte ein verliebtes Ringeltaubenmännchen, und von der höchsten Spitze einer Fichte schmetterte eine Singdrossel aus voller Kehle ihre Ode an den Frühling. Was ihre drei Besucher betraf, so war Faunas Werben in diesem Augenblick jedoch vergebliche Liebesmüh, denn deren Sinne richteten sich auf wesentlich handfestere Dinge.

Timo deutete hinüber zu einem mächtigen, vom Sturm entwurzelten Baumstamm, der in fünfzig Schritt Entfernung halb verborgen im hohen Gras lag. »Da drüben«, rief er und lief auch schon los. Hannah und Rutger folgten ihm langsamer nach. Aber sie konnte sich des Eindrucks nicht erwehren, dass Rutger ihm am liebsten hinterhergerannt wäre, so gespannt war er auf das, was der Junior dort vor den Blicken seines Vaters versteckt hatte.

Schließlich erreichten sie den Baum. Einer seiner gewaltigen Äste war durch die Wucht des Aufpralls abgesplittert und hatte eine Wunde im Stamm hinterlassen, wo das ungeschützte Holz im Lauf der Jahre vermoderte und eine natürliche Höhle bildete, in der Timo seine Schätze aufbewahrte.

Der Junge fiel vor dem Versteck auf die Knie und griff so tief in die Öffnung hinein, dass sein Arm bis zur Schulter darin verschwand. Als er ihn mit triumphierendem Blick wieder herauszog, hielt er ein längliches, unförmiges Bündel in der Hand, das in ein schmutziges Stück Stoff eingeschlagen war. »Tätä!«, rief er, um der nun folgenden Enthüllung mit einem Tusch den gebührenden Rahmen zu verleihen.

Anschließend legte er das Stoffbündel vorsichtig auf den Boden und wartete, bis sich Hannah und Rutger neben ihn gehockt hatten. Mit ernster Miene schaute er von einem zum anderen, konspirativ wie ein Waffenschieber, der gerade die Kiste mit den Kalaschnikows aufbricht, um sie seinem besten Kunden zu präsentieren. Dies war sein großer Augenblick, und er war fest entschlossen, ihn bis zum Letzten auszukosten. Dann, endlich, und in einer Geschwindigkeit, verglichen mit der die Bewegungen eines Faultiers hektisch gewirkt hätten, begann er das Bündel auseinanderzufalten. Hannah hörte, wie Rutger neben ihr der Atem stockte, als Timo seine Kostbarkeiten nach und nach vor ihren Augen ausbreitete.

Unter ästhetischen Gesichtspunkten, so merkte die *Künstlerin* in Hannah ebenso ungefragt wie kritisch an, war mit den Sachen kein Blumentopf zu gewinnen. Doch wenn man den dekorativen Aspekt mal für einen winzigen Moment beiseitezulassen bereit war, musste Hannah einräumen, dass Timos Funde vermutlich ziemlich bedeutend waren. Obgleich sie mitnichten so aussahen.

Vor ihnen auf dem Waldboden lagen eine Handvoll Gegenstände aus einem dunklen Metall, das wohl Eisen sein mochte. Sie waren mit Erde verkrustet, verbogen und verrostet, kurzum – sie hatten mit ihrem ursprünglichen Aussehen nicht mehr viel gemein. Aber während Hannah diese Dinge noch vor Kurzem nicht einmal dann zu deuten gewusst hätte, wenn sie restauriert und ordentlich beschriftet vor ihr in einer Museumsvitrine ruhten, konnte sie sich nun, aufgrund der im Verlauf ihrer Visionen erworbenen Erfahrung, zumindest ungefähr vorstellen, worum es sich handelte.

Da war zunächst das Heft eines Schwertes, stark korrodiert und mit einer knaufartigen Verdickung als unteren Abschluss, während oben ein gut zehn Zentimeter messender Überrest der breiten, abgebrochenen Klinge herausragte. Das zweite Stück hätte eine Lanzenspitze sein können. Die Form erinnerte Hannah an ein lang gezogenes Blatt, das an seinem unteren Ende in eine Art Rohr überging, welches einst den hölzernen Schaft aufgenommen hatte.

Rutger hob den Schwertgriff auf und betrachtete ihn von allen Seiten. »Das war einmal ein Gladius, ein römisches Kurzschwert«, erklärte er an Hannah und Timo gewandt. »Die Klinge maß ursprünglich um die fünfzig Zentimeter und fiel damit bedeutend kürzer aus als die keltischen. Das liegt daran, dass die Römer ihre Schwerter vor allem als Stichwaffe einsetzten, wofür sich eine kurze Klinge besser eignet, während die keltischen Schwerter hauptsächlich dazu dienten, kraftvolle Hiebe auszuführen.«

Er legte den Gladius behutsam beiseite, griff nach der mutmaßlichen Lanzenspitze und drehte sie langsam in seinen Händen. »Das eiserne Blatt einer keltischen Wurflanze, sehr schön erhalten. Häufig ist die eigentliche Spitze abgebrochen, aber hier kann man die geschwungene Form noch gut erkennen.«

Zwei von zwei möglichen Punkten, dachte Hannah stolz. Nicht schlecht für den Anfang. Doch jetzt wurde es deutlich schwieriger.

Rutger hatte die Lanzenspitze neben das Heft des Schwertes gelegt und hob nun einen Gegenstand auf, der ehedem möglicherweise eine kuppelförmige Gestalt besessen haben mochte, nun jedoch platt gedrückt und von Rost zerfressen war. Ein Gefäß? Ein Helm?

»Ein keltischer Schildbuckel«, erklärte Rutger.

Oh.

»Ursprünglich war er wie eine Schüssel geformt und saß im Zentrum eines runden hölzernen Schildes. Darunter befand sich ein Loch mit der Schildfessel, an der der Krieger den Schild hielt. Der Schildbuckel diente also zum Schutz der Faust.«

Nun blieben noch zwei kleinere Objekte übrig. Das eine war ein schlichtes Stück gebogenen, dunklen Metalls von vielleicht zehn Zentimetern Länge. Rutger hob es auf und betrachtete es prüfend von allen Seiten. Dann zuckte er die Schultern.»Das kann alles Mögliche sein«, meinte er und legte es beiseite.

Schließlich wandte er sich dem letzten Fund zu, einem gewölbten Gegenstand von vier oder fünf Zentimetern Durchmesser, der Hannah vage bekannt vorkam. Rutger runzelte die Stirn und kratzte sich nachdenklich am Kopf.»Hm, das ist schwierig«, murmelte er, scheinbar äußerst konzentriert.»Sehr schwierig. Was das einmal gewesen sein mag?« Plötzlich grinste er verschwörerisch und zog Timo die Baseballkappe ins Gesicht.»Du willst mich wohl auf die Probe stellen, was?«

Der Junior schob seine Kappe zurecht und erwiderte das Grinsen, als er den oberen Teil einer verrosteten Fahrradklingel aufhob und in hohem Bogen hinter sich ins Gras warf.

Rutger klopfte dem Jungen die Schulter.»Netter Versuch, Timo. Aber die anderen Stücke sind wirklich alt. Wo hast du sie gefunden?«

Timo dachte angestrengt nach.»Das weiß ich nicht mehr so genau«, meinte er schließlich.»Die Lanzenspitze war bei den Sachen, die mein Hund in dem Kaninchenbau ausgegraben hat. Dieses Schilddings lag mal irgendwo am Bachufer, nach einem Hochwasser. Den Schwertgriff hab ich weiter oben im Wald entdeckt. Da hat der Sturm ein paar Bäume entwurzelt, und in einem der Löcher lag er. Ich glaub aber nicht, dass ich die Stelle wiederfinden würde. Ist schon 'ne Weile her.«

Rutger nickte.»Macht nichts. Du hast mir trotzdem sehr geholfen. Es deutet nun Einiges darauf hin, dass hier eine Schlacht stattgefunden hat.«

»Eine Schlacht?« Der Junge bekam große Augen.»Sie sagten doch, hier wär 'ne Stadt gewesen. Hat die Schlacht was damit zu tun?«

»Davon gehe ich zumindest aus«, antwortete Rutger.»Hast du schon mal was von Iulius Caesar und seinem *De Bello Gallico* gehört?«

Timo verzog das Gesicht in einer Grimasse, die einer Antwort aus zehn bis fünfzehn Sätzen entsprach und jede Erklärung erübrigte.

Rutger lachte.»Verstehe. Nun, um es kurz zu machen: Die Siedlung, die ich unter dieser Wiese vermute, war die Hauptstadt eines keltischen Stammes, der Eburonen. Die wurden von den Römern in einen Krieg verwickelt, und möglicherweise hat einer der Kämpfe hier stattgefunden. Das versuche ich jedenfalls zu beweisen, und deine Funde werden mir eine große Hilfe sein.« Er schlug die Gegenstände behutsam wieder in den Stoff ein, in dem Timo sie aufbewahrt hatte, während er fieberhaft darüber nachdachte, wie weit er die geltenden Gesetze im vorliegenden Fall dehnen könnte.

Die Rechtslage war nämlich nicht ganz einfach. Nordrhein-Westfalen, auf dessen Grund und Boden sich die Bachwiese befand, hatte in seinem Denkmalschutzgesetz kein Schatzregal verankert, welches vorsah, dass das Bundesland automatisch das Eigentum an den in seinem Rechtsbereich gefundenen beweglichen Bodendenkmälern innehatte. Daher griff in Fällen wie diesen nicht das Denkmalschutzgesetz, sondern das Bürgerliche Gesetzbuch, nach welchem dem Finder, also Timo, und dem Eigentümer des Grundstücks, also der Gemeinde, die Fundsache je zur Hälfte gehörte. Weiterhin existierten komplizierte und auslegungsbedürftige Vorschriften darüber, unter welchen Bedingungen die Fundsache – gegen Zahlung einer Entschädigung – den entsprechenden Behörden auszuhändigen sei. Die Frage war bloß, wie man diese Vorschriften einem Elf- oder Zwölfjährigen vermittelte.

Endlich kam Rutger eine Idee. »Wie fändest du es«, begann er vorsichtig, »wenn wir deine Funde restaurieren und anschließend im Heimatmuseum in Bad Münstereifel ausstellen? Dann würde dein Name dranstehen, weil du sie gefunden hast. Und du bekämst sogar eine Art Finderlohn. Würde dir das gefallen?« Dass es im Grunde gar keine Alternative zu diesem Vorgehen gab, verschwieg er vorsichtshalber.

Der Junior wiegte nachdenklich den Kopf, hin- und hergerissen zwischen dem Wunsch, die Stücke zurückzubekommen, und der Aussicht, überall voller Stolz herumerzählen zu können, dass *seine* Entdeckungen im Museum ausgestellt waren. Schließlich nickte er. »Okay. Weil Sie es sind.«

»Ich danke dir«, sagte Rutger, erleichtert darüber, dass die Angelegenheit so unkompliziert beizulegen war. Es hätte ihm leidgetan, dem Jungen seine Schätze abnehmen zu müssen, selbst wenn dieser eine kleine Entschädigung dafür erhalten hätte.

»Aber wenn Sie hier wirklich eine Ausgrabung machen, sagen Sie mir Bescheid, ja?«, hakte Timo nach. »Das haben Sie mir versprochen.«

»Und das werde ich auch halten«, bekräftigte Rutger feierlich.

Sie erhoben sich und gingen langsam zurück zum Wagen. Rutger hielt das Bündel mit den Funden in seinen Armen wie ein in Decken gehülltes Neugeborenes.

»Und weißt du, was ich morgen früh als Erstes machen werde?«, fragte er an Hannah gewandt.

»Na?«

»Ich werde das Genehmigungsverfahren für die Untersuchung des Geländes einleiten.«

Kapitel 15

Als Amena am nächsten Tag erwachte, wärmte ein munteres Feuer den Raum. Beligantus war nirgends zu sehen; vermutlich versorgte er die Pferde, während Talla soeben Dagotalos' Verband abnahm. »Guten Morgen, Herrin«, grüßte sie über die Schulter, als sie das Rascheln des Strohs in ihrem Rücken vernahm. »Eurem Vetter geht es schon viel besser. Überzeugt Euch selbst.«

Als Amena sich neben die Bettstatt des jungen Kriegers kniete, erkannte sie erleichtert, dass die Ränder der Einstichstelle kaum geschwollen waren und nur eine leichte Rötung aufwiesen. Auch das Fieber war über Nacht deutlich zurückgegangen, und die Augen des Patienten hatten ihren unnatürlichen Glanz verloren.

»Ihr könnt den Göttern danken, dass keine wichtige Ader oder gar die Lunge verletzt wurde«, erklärte ihm Talla. »Euer Arm wird vollkommen ausheilen. Aber bis dahin wird noch eine geraume Weile vergehen, und an eine Fortsetzung Eurer Reise ist sobald nicht zu denken.«

Dagotalos wollte sich protestierend aufrichten, doch Amena legte ihm eine Hand auf die Brust und drückte ihn auf sein Lager zurück. »Sei vernünftig. Du musst dich eine Zeit lang schonen, um wieder ganz zu genesen. Den letzten Teil des Weges werden Beligantus und ich auch allein bewältigen. Mit ein wenig Glück erreichen wir heute Abend Nerviodunum.«

»Wahrscheinlich habt Ihr recht«, räumte ihr Vetter nach einem Moment niedergeschlagen ein. »Ich würde Euch nur unnötig aufhalten. Und von Nutzen war ich Euch ja ohnehin nicht.«

In diesem Augenblick wurde die Tür des Hauses aufgeschoben, und Beligantus trat ein. »Einen guten Morgen, Herrin«, wandte er sich an Amena. »Ich habe unsere Pferde und Tallas Vieh versorgt und in der Umgebung des Hofes nach Hinweisen auf Römer Ausschau gehalten. Doch alles scheint friedlich. Dieser Bursche, der Dagotalus angegriffen hat, war wohl allein unterwegs.«

Nach einem kurzen Frühmahl verabschiedete sich Amena von der heilkundigen Frau und wollte ihr eine goldene Fibel zum Dank für ihre Hilfe schenken. Aber Talla wehrte entrüstet ab. »Es war mir eine Ehre, die Schülerin und Nachfolgerin des großen Ebunos als Gast in meinem bescheidenen Heim zu haben. - Und überdies«, fügte sie mit einem Augenzwinkern hinzu, »habe ich nicht allzu oft Gelegenheit, ein solch erlesenes Schmuckstück zu tragen, denn die Zahl meiner Verehrer ist in den letzten Jahren merklich zurückgegangen. Grüßt Ebunos von mir, und mögen die Götter mit Euch sein.«

Sie brachen auf, als der obere Rand der Sonnenscheibe sich über die Gipfel im Osten schob. Das Moorgebiet im Süden lag unter einer dichten Decke aus Dunst und tief hängenden Wolken. Doch im Westen war der Himmel klar, und es versprach ein sonniger, milder Tag zu werden, bestens geeignet für eine Reise zu Pferd.

Amena und Beligantus lenkten ihre Tiere zurück auf den Weg in das Gebiet der Nervier und ließen sie ausgreifen. Sanfte Erhebungen und Talmulden prägten die Landschaft, besprenkelt mit Sträuchern und niedrigem Buschwerk. Lichte Gehölze aus Birken und Erlen säumten die zahlreichen Bäche und kleineren Flüsse, die der Mosa zustrebten und das rötlich-braune Wasser des Fenns mit sich führten.

Bald nach Sonnenaufgang überquerten sie eine flache Hügelkette; dann, endlich, lag das Tal der Mosa vor ihnen. Gleich einem stählernen Band aus der Werkstatt eines Schmiedes beschrieb sie einen eleganten Bogen, um in der Ferne in einem ausgedehnten Waldstück zu verschwinden. Die beiden Reiter folgten dem Weg, der sich am westlichen Hang der Anhöhen hinabschlängelte und schließlich in eine Auenlandschaft mündete, die sich bis hinunter zur Wasserlinie erstreckte. Dort, wo der Weg auf das Ufer stieß, befand sich eine natürliche Furt, durch die der Fluss in trockenen Sommern zu Pferd halb watend, halb schwimmend durchquert werden konnte. Doch nun, nach der Schneeschmelze der vergangenen Tage, war die Mosa stark angeschwollen und floss schnell und reißend dahin.

Auf dem steinigen Strand verhielten sie ihre Tiere. Während Amena absaß, um die Feldflaschen zu füllen, trieb Beligantus seinen Hengst bis zum Bauch ins Wasser, um sich einen Überblick zu verschaffen. Freilich war an eine Durchquerung der Mosa zu dieser Jahreszeit auf dem Rücken eines Pferdes nicht zu denken, und wie er rasch feststellte, war die Strömung sogar noch tückischer, als es vom Ufer aus den Anschein hatte. Dennoch müsste es möglich sein, auf einem Floß überzusetzen. Wenn man denn eines zur Verfügung hätte.

Er wendete den Falben und lenkte ihn mit einem Schenkeldruck zurück auf den Strand. »Kein günstiger Zeitpunkt für eine Überquerung, Herrin«, erklärte er, als ihm Amena seine frisch befüllte Feldflasche anreichte. »Aber da uns keine andere Wahl bleibt, werde ich versuchen, ein Floß aufzutreiben.«

Während sich Amena unter den überhängenden Ästen einer alten Weide auf einem Felsen niederließ, um sich mit dem Brot und Käse zu stärken, die Talla ihnen mitgegeben hatte, ritt Beligantus stromabwärts und war bald hinter einem Erlenwäldchen verschwunden.

Nach einer Weile kehrte er zurück. »Ich habe ein Floß gefunden. Doch es wird uns nicht von Nutzen sein. Es wurde zerstört - die Römer, vermute ich.«

Amena stöhnte innerlich. Auf dieser unseligen Reise schlug aber wahrhaftig auch alles fehl, was fehlschlagen konnte. »Kannst du es wiederherrichten?«, fragte sie ohne viel Hoffnung.

Der junge Krieger schüttelte den Kopf. »Ich fürchte nein. Die Römer haben ganze Arbeit geleistet. Die Reste taugen nur noch als Brennholz. - Ich werde mein Glück in der entgegengesetzten Richtung versuchen«, setzte er nach einem Moment hinzu, wandte sich stromaufwärts und trieb sein Pferd an.

Sie seufzte, stützte ihr Kinn in die Hände und starrte in das klare, kalte Wasser. Ihre Augen blieben an einem Dolch hängen, der sich im Wurzelgeflecht der mächtigen Weide verfangen hatte, seine stählerne, einst reich verzierte Klinge nun von Rost zerfressen und matt. Einige Fuß weiter entdeckte sie das hölzerne Heft eines Schwertes, das aus dem Flussbett ragte, aufgequollen und halb verfault. Wie die Arnava war auch die Mosa Fluss und Göttin zugleich, aufgrund Ihrer Größe sogar eine sehr machtvolle Gottheit, der die angrenzenden Stämme mit kostbaren Geschenken huldigten. Doch Gaben, die an seichten Uferstellen niedergelegt wurden, mochten ebenso Ritona gelten, der Herrin der Furten, die man vor einer Durchquerung gnädig zu stimmen und der man nach der sicheren Ankunft am jenseitigen Strand für Ihren Schutz und Ihre Gunst zu danken hatte.

Und obgleich Amena im Licht ihrer jüngsten Erkenntnisse Zweifel an der Sinnhaftigkeit eines solchen Opfers hegte, trug sie dennoch einige goldene Münzen bei sich, denn Beligantus würde von ihr erwarten, dass sie die Unsterblichen gewogen stimmte, ehe sie die gefahrvolle Überfahrt wagten. Und da sie mit Ebunos übereingekommen war, ihr Wissen zunächst für sich zu behalten, blieb ihr nichts anderes übrig, als das Ritual zu vollziehen, auch wenn es für sie nicht mehr bedeutete als eine leere Geste.

Ein Schwarm Stichlinge hatte sich ins seichte Wasser vorgewagt. Bei jedem ihrer jähen Richtungswechsel blitzten die silbrigen Leiber der kleinen Fische im Sonnenlicht und fesselten Amenas Aufmerksamkeit. Dankbar für die Ablenkung folgte sie ihnen mit den Augen, beobachtete, wie sie im Ufergrund nach Nahrung suchten und scheinbar neugierig um die niedergelegten Waffen herumschwammen, als prüften sie, ob sie wahrhaftig ein angemessenes Opfer für ihre Herrin Ritona darstellten. Nach einer Weile jedoch verloren die

Fischlein das Interesse und zogen weiter, und Amenas Gedanken wanderten zu Ambiorix.

Wenn seine Reise weniger hindernisreich verlief als die ihre, konnte es ihm gelingen, Nerviodunom in der folgenden Nacht zu erreichen. Natürlich würde die Überquerung der Mosa mit dreihundert Reitern auch ihn viel Zeit kosten. Doch andererseits waren dreihundert Männer eher in der Lage, Bäume zu fällen und die erforderliche Anzahl Flöße zu bauen als Beligantus und sie. Das bedeutete, dass Ambiorix vielleicht bereits morgen das Heer der verbündeten Stämme gegen das römische Winterlager führen würde.

Ohnmächtige Verzweiflung wallte plötzlich in ihr auf, und Amena ballte die Fäuste, bis sich die Fingernägel schmerzhaft in ihr Fleisch bohrten. Komme, was wolle, sie *musste* zuvor mit ihm sprechen! Mochte er in diesen Kampf ziehen, wenn er es so wünschte. Aber er sollte wenigstens wissen, dass sie sich nicht von ihm abgewandt, ihn nicht verraten hatte.

Das Knirschen von Hufen auf dem steinigen Ufer riss sie aus ihren fruchtlosen Gedanken. Als sie tief Luft holte und aufschaute, sah sie Beligantus auf sich zureiten.

»Ich habe ein Floß gefunden«, rief er schon von Weitem. »Es liegt etwa zwei Meilen stromaufwärts an einer anderen Furt, und es war so gut verborgen, dass es der Zerstörung entronnen ist. Es ist groß genug, um uns beide mit den Pferden überzusetzen. Und ich denke, dass jene Furt sich ohnehin eher für eine Überquerung eignet, denn die Mosa fließt dort träger dahin und scheint mir weniger breit als hier.«

Umso besser, dachte Amena. Ihr waren jede Furt und jedes Fortbewegungsmittel recht, solange sie sie nur schnellstmöglich nach Nerviodunom brächten. Wenn ihr jemand glaubwürdig versichert hätte, dass der rascheste Weg darin bestehe, sich rittlings auf einem Baumstamm sitzend stromabwärts treiben zu lassen, hätte sie auch das auf sich genommen. Doch unglücklicherweise lag das Dunom der Nervier nicht an der Mosa, sodass diese Möglichkeit von vornherein ausschied.

Sie zog sich in den Sattel und folgte ihrem Begleiter stromaufwärts bis zu der Stelle, wo das Floß im Schutz eines Erlengehölzes auf dem Ufer lag. Es maß ungefähr fünfzehn Fuß im Quadrat und bestand aus Fichtenstämmen, die man entastet und mithilfe von Seilen miteinander verknotet hatte. Neben der hölzernen Plattform bemerkte Amena einen jungen Birkenstamm, der dazu diente, das Fahrzeug zu manövrieren, sowie mehrere Äste, an denen noch das vertrocknete Laub des vergangenen Herbstes hing und die das Floß vor den Blicken Unbefugter verborgen hatten.

Amena und Beligantus saßen ab. Nachdem sie die schwere Plattform mit vereinten Kräften zu Wasser gelassen hatten, kniete Amena auf dem steinigen Strand nieder, ließ drei Goldmünzen aus ihrem Beutel in den Fluss gleiten und sprach die rituelle Formel, mit der sie die Herrin der Furt bat, ihr Opfer anzunehmen und sie sicher ans jenseitige Ufer zu geleiten. Wie erwartet, schwieg die Gottheit.

Anschließend lotsten sie die widerstrebenden Pferde behutsam auf das Floß. Den Tieren war der schwankende Untergrund nicht geheuer. Beligantus' Hengst brach immer wieder nach hinten aus, rollte angstvoll die Augen und schnaubte unruhig. Sein Reiter klopfte ihm den Hals und redete beruhigend auf ihn ein, bis es ihm endlich gelang, ihn ganz langsam auf das Fahrzeug zu führen. Amena übernahm den Zügel des Falben, streichelte seine weichen Nüstern und flüsterte sanft in sein nervös zuckendes Ohr, denn sie wusste: Wenn eines der Pferde während der Überfahrt in Panik geraten und ausbrechen würde, vermochte es das Floß mit Leichtigkeit zum Kentern zu bringen.

Schließlich stieß Beligantus die Plattform mithilfe der Birkenstange vom Ufer ab und stakte sie mit wenigen, kräftigen Bewegungen in den Fluss, der an dieser Stelle gut hundert Fuß breit war. Schon bald wurde sie von der Strömung erfasst, und der junge Krieger musste seine gesamte Kraft aufbieten, damit sie nicht zu weit abgetrieben wurde.

Amena fühlte die Anspannung, die Mensch und Tier befallen hatte. Die Furcht der Pferde wuchs, je weiter das Fahrzeug in den Fluss hinaustrieb. Bei jeder Welle, die über die Fichtenstämme hinwegschwappte und ihre Hufe umspülte, zuckten sie zusammen und schnaubten ängstlich. Auch Amena verspürte ein flaues Gefühl im Magen, als sie sich bemühte, ringsum von rasch dahinfließendem Wasser umgeben und mit durchweichten Stiefeln, auf den schwankenden Hölzern das Gleichgewicht zu bewahren. Nur Beligantus blieb keine Zeit für Unwohlsein oder Sorgen, sosehr nahm ihn seine Aufgabe in Anspruch, das Floß gegen die reißende Strömung auf Kurs zu halten. Dennoch vermochte er nicht zu verhindern, dass sie immer mehr abgetrieben wurden. Doch im Grunde, überlegte Amena, war das nicht von Bedeutung, solange sie überhaupt mit heiler Haut das gegenüberliegende Ufer erreichten, denn so weit ihre Augen reichten, war der Strand überall flach und für eine Landung geeignet.

»Die Strömung – ist noch stärker –, als ich – gefürchtet hatte«, keuchte der junge Mann. »Möge Ritona – mit uns sein!«

Darauf würde ich mich lieber nicht verlassen, dachte Amena und wunderte sich im selben Moment über ihren eigenen Sarkasmus. Aber vielleicht war diese spöttische Haltung sogar die beste Methode, ihre Angst zu bewältigen. Besser sarkastisch als verzweifelt. Besser, ihr Verstand nahm Zuflucht zu Spott, als vor Furcht den Verstand zu verlieren.

Unterdessen war es Beligantus gelungen, das Floß aus der Mitte des Flusses hinaus- und in eine Strömung hineinzumanövrieren, die auf das gegenüberliegende Ufer zustrebte. Wenig später setzte es mit einem scharfen Ruck auf dem flachen, steinigen Strand auf. Diese unsanfte Landung gab den nervösen Pferden den Rest. Der Falbe bäumte sich jäh auf, und Amena konnte eben noch die Zügel freigeben und zur Seite springen, ehe beide Tiere an ihr vorüber auf das rettende Ufer schossen, die Böschung hinaufsprengten und hinter einem Birkenwäldchen außer Sicht verschwanden.

»Lasst sie laufen«, riet der junge Krieger schwer atmend. »Die kommen schon wieder, wenn sie sich beruhigt haben.«

In einer gemeinsamen Anstrengung zogen sie das Floß einige Manneslängen auf das Ufer hinauf, damit es dem Nächsten dienen mochte, der die Mosa an dieser Stelle überqueren wollte. Während ihr Begleiter erschöpft auf einen umgefallenen Baumstamm sackte, kniete Amena an der Wasserlinie nieder und entrichtete der Herrin der Furt ein Dankopfer.

Anschließend nutzte Beligantus die unfreiwillige Pause, um sich mit Schinken, Brot und Käse zu stärken, wohingegen Amena in stiller Verzweiflung darauf wartete, dass ihre Tiere endlich zurückzukehren geruhten.

Nach einer Weile hielt sie die Untätigkeit nicht länger aus und sprang auf. »Ich gehe unsere Pferde suchen«, erklärte sie dem verblüfften jungen Mann und bedeutete ihm mit einer Geste sitzen zu bleiben.

Doch der kam schwankend in die Höhe. »Herrin, Ihr solltet auf keinen Fall allein aufbrechen. Bedenkt, was mit Dagotalos geschehen ist. Lasst mich Euch begleiten.«

In diesem Moment hob Amena die Rechte und lauschte. Einen Augenblick später hörte auch Beligantus es: dumpfe Hufschläge, die sich rasch näherten. Seine Hand zuckte zum Heft seines Schwertes. Aber noch ehe er Gelegenheit erhielt, es zu ziehen, tauchte Amenas Stute aus dem Schutz des Birkenhains auf und trottete gesenkten Kopfes auf das Ufer, dicht gefolgt von Beligantus' Hengst.

Erleichtert fütterten sie die Tiere mit Heu aus ihren Satteltaschen und führten sie zum Tränken an die Wasserlinie. Schließlich saßen sie auf und ritten ein Stück stromaufwärts, um den Weg nach Westen wiederzufinden. Schon bald stießen sie auf einen mannshohen Holzpfahl. Sein oberes Ende wies verschiedene eingeritzte Symbole auf und verriet ihnen, dass sie nun das Stammesgebiet der Nervier betraten.

In dem flachen Land jenseits der Mosa kamen sie gut voran. Sie ließen ihre Pferde ausgreifen, um verlorene Zeit aufzuholen, und gegen Mittag bemerkten sie, dass die Luft spürbar milder wurde. Das strenge Klima des Arduenna Waldes lag nun endgültig hinter ihnen, das Wetter wurde lieblicher, und die Strahlen der Wintersonne, die von einem blass blauen Himmel auf sie hinabschien, spendeten bereits ein wenig Wärme.

Als Sulis den höchsten Punkt ihrer Reise erreichte, legten die beiden Reiter eine Rast ein und verzehrten die restlichen Vorräte. Wenn sich ihnen keine weiteren Hindernisse in den Weg stellten, würden sie ihre nächste Mahlzeit in Nerviodunom einnehmen.

Am frühen Nachmittag stießen sie auf die Spur eines größeren Trupps Berittener im sandigen Grund eines Flussufers. Beligantus saß ab, untersuchte die Hufabdrücke und kam zu dem Schluss, dass es sich um eburonische Pferde handelte. Die Abdrücke seien frisch, erklärte er und schätzte, dass Ambiorix und seine Männer drei oder vier Stunden Vorsprung besaßen.

Kurz bevor der Rand der Sonnenscheibe den Horizont im Westen berührte, gelangten sie auf den Kamm einer sanften Hügelkette. Amena zügelte ihre Stute und schaute sich um. Sie vermutete, dass noch ungefähr fünfzehn Meilen bis Nerviodunom blieben. Als sie ihr Tier voller Ungeduld antreiben wollte, um den letzten Teil der Strecke zügig zurückzulegen, bemerkte sie, dass Beligantus zögerte.

»Herrin, die Pferde sind erschöpft«, wandte er vorsichtig ein. »Wir sollten ihnen eine Rast gönnen.«

Amena rang einen Moment mit sich, ehe sie ihm widerwillig beipflichtete. Sie ließen sich aus dem Sattel gleiten und führten die Tiere hinüber zu einem kleinen Bach, der die lang gezogenen Flanke der Anhöhe durchzog, wo sie gierig zu saufen begannen.

Irgendwann nach Mitternacht durchquerten sie ein ausgedehntes Waldstück; dann lag Nerviodunom vor ihnen, eine dunkle, unförmige Silhouette vor dem blauschwarzen Nachthimmel. Von früheren Besuchen wusste Amena, dass die Stadt von ihrer Größe und Anlage her Ähnlichkeiten mit Atuatuca aufwies. Auch sie wurde von zwei

Gräben und einem Erdwall umgeben, den eine Palisade bekrönte. Das hohe, zweiflügelige Tor zeigte nach Osten, der aufgehenden Sonne entgegen, sodass die Straße, auf der Amena und Beligantus ritten, geradewegs darauf zuführte.

Selbst der Anblick, der sich den beiden Reitern nun bot, erinnerte an die Hauptsiedlung der Eburonen, denn die Ebene rings um das Dunom war übersät mit Feuern, um die Krieger der verbündeten Stämme mit ihren Familien lagerten. Nerviodunom bot bei Weitem nicht genügend Raum, um all denen Unterkunft zu gewähren, die sich dort eingefunden hatten, um gemeinsam mit den Nerviern das Castrum anzugreifen. Im rötlichen Schein der Flammen sah Amena, dass die Wiesen und Weiden außerhalb der Umfriedung nahezu verschwanden unter der unüberschaubaren Anzahl von Zelten und vierrädrigen Ochsenkarren, die zum Transport der persönlichen Habe und der gewaltigen Menge an Vorräten für das Heer und die Angehörigen der Krieger dienten.

Amena schätzte, dass sich in Nerviodunom und um die Stadt herum sechzig- bis siebzigtausend Menschen versammelt hatten. Stolz und ein Gefühl tiefer Geborgenheit durchströmten sie. Dies war ihr Volk, ihre Brüder und Schwestern, die in dieser Ebene zusammengekommen waren, um dem römischen Eindringling trotzig die Stirn zu bieten. Sie hatten ihre Streitigkeiten untereinander beigelegt und bündelten ihre Kräfte in dieser gemeinsamen Sache, dem Kampf für ein Leben in Freiheit und Würde.

Und mit einem Mal überfiel Amena eine wilde, verzweifelte Hoffnung. Vielleicht war ja doch noch nicht alles verloren. Vielleicht mochte es Ambiorix mit diesem vereinten Heer wahrhaftig gelingen, die Römer zu besiegen und auf ewig aus den Gebieten der freien Stämme zu vertreiben! Nie waren ihr Vertrauen in das Erreichen dieses Zieles und ihre Zuversicht größer gewesen als beim Anblick dieser vielen Tausend Menschen, die sich hier versammelt hatten, weil sie genau daran glaubten.

Langsam lenkten Amena und Beligantus ihre Pferde zwischen den Zelten und Wagen hindurch auf das Dunom zu. Die Stille, die über der Ebene lag, verwunderte Amena. Dann fiel ihr auf, dass es beinah ausschließlich Frauen und Kinder waren, die, in Decken und Felle gehüllt, rings um die Feuerstellen schliefen. Nur da und dort sah sie kleine Gruppen von Kriegern, die beisammenkauerten, schweigend ihre Waffen pflegten oder leise miteinander sprachen. Sie blickten kurz auf, als sie die beiden Reiter bemerkten, um sich gleich wieder ihrer Beschäftigung zu widmen. Amena vermutete, dass der größte Teil der Männer sich bereits in einem Kriegslager zusammengefunden hatte, was darauf hindeutete, dass die Schlacht unmittelbar bevorstand.

Endlich näherten sie sich dem Tor, dessen schwere, hohe Flügel weit offen standen. Das Innere der Siedlung wurde vom Schein unzähliger Feuer und Fackeln hell erleuchtet. Auf einer freien Fläche vor dem Torhaus machte sich gerade ein Trupp von fünfzig Berittenen zum Aufbruch bereit. Unter ihnen erkannte Amena Prinz Ellico.

Als er sie und ihren Begleiter gewahrte, lenkte er seinen Rappen auf sie zu und entbot ihnen seinen Gruß. »Es ist mir eine Ehre, Euch in Nerviodunom begrüßen zu dürfen, Herrin«, erklärte er mit einem aufgesetzten Lächeln, das seine Augen nicht erreichte. Nicht zum ersten Mal beschlich Amena das Gefühl, dass er ihr als weiblicher Vertreterin ihres Amtes weniger Hochachtung entgegenbrachte als einem Druiden.

»Ich werde eine meiner Schwestern rufen lassen, damit sie Euch zu unserer Halle geleitet. Ihr seid selbstredend unsere Gäste.«

»Ich danke Euch für Eure Gastfreundschaft, Prinz Ellico«, entgegnete sie ebenso reserviert. »Doch ich muss so rasch als möglich mit König Ambiorix sprechen. Wisst Ihr, wo ich ihn finden kann? Hält er sich in der Stadt auf?«

»Nein, ich bedaure.« Ellicos Stimme wies nicht die geringste Spur des Bedauerns auf. »König Ambiorix hat das Dunom bereits verlassen. Er hat mit meinem Vater und den übrigen Oberhäuptern der verbündeten Stämme einen Kriegsrat abgehalten, bei dem er in das Amt des Oberbefehlshabers eingesetzt wurde. Anschließend fand das heilige Stieropfer statt, und dann brachen er und seine Reiter auf, um das Castrum und seine Umgebung in Augenschein zu nehmen. Es liegt zehn Meilen von hier entfernt, und der Rat hat beschlossen, dass wir im ersten Licht des kommenden Tages angreifen.«

»Ich verstehe.« Amenas Gedanken rasten. Noch war also nicht alles zu spät! Es könnte ihr gelingen, ihn einzuholen und mit ihm zu sprechen, ehe er bei Tagesanbruch in die Schlacht zöge.

Sie richtete sich im Sattel auf und nahm die Schultern zurück. »Ich wünsche auf dem raschesten Wege dorthin zu gelangen«, erklärte sie knapp und in einem Tonfall, der keinen Spielraum für Fragen oder Widerreden eröffnete. »Wir benötigen zwei frische Pferde und einen Führer.«

Falls Ellico dieses Ansinnen erstaunte, so ließ er es sich zumindest nicht anmerken. »Wenn Ihr erlaubt, werde ich selbst Euch geleiten«, entgegnete er, winkte einen Sklaven herbei und befahl ihm, einen Hengst für Beligantus und eine Stute für Amena zu bringen, die als Priesterin der Höchsten Göttin nur weibliche Tiere oder

Wallache reiten durfte. »Meine Männer und ich befinden uns gerade auf dem Weg ins Kriegslager. Es wird mir eine Ehre sein, Euch sicher an Euer Ziel zu begleiten.«

Amena nahm sein Angebot mit einem Neigen des Kopfes an. Beligantus und sie saßen ab und gaben ihre erschöpften Pferde in die Obhut eines weiteren Sklaven. Dann wartete sie voller Ungeduld, bis zwei frische Pferde herangeführt wurden, um sich dem Trupp anzuschließen, der sich soeben in westlicher Richtung in Bewegung setzte. Im Schritt ritten sie zwischen den Zelten und Ochsenkarren hindurch, und als sie endlich freies Feld erreichten, ließen sie die Tiere ausgreifen. Die Nacht war sternenklar, der Himmel von einem samtigen tiefdunklen Blau, und im Schein der Feuer, der die Ebene weithin in ein rötliches Licht tauchte, war der Weg gut zu erkennen. Wenn das Wetter so klar und mild bliebe, überlegte Amena, würde der kommende Tag ideale Bedingungen für eine Schlacht bieten.

Schließlich überquerten sie die flache, bewaldete Hügelkette, die die Ebene begrenzte. Auf ihrem Kamm zügelte Ellico seinen Rappen, wandte sich Amena zu und deutete gen Osten. »Dort drüben, Herrin, seht Ihr das Castrum.«

Ihre Augen folgten seinem ausgestreckten Arm. Sie erkannte einen eckigen, dunklen Umriss, überragt von den Silhouetten etlicher Türme.

»Es liegt mitten in einem weiten Tal«, fuhr der Nervier fort, »und besitzt nach allen Seiten freie Sicht, sodass jeder Angreifer auf mehrere Hundert Schritt gesehen werden kann. Deshalb brechen wir in der Nacht auf und kreisen die Anlage im Schutz der Dunkelheit ein, um im ersten Licht des Tages anzugreifen und die Legionäre zu überraschen.«

Bald darauf erreichten sie das Kriegslager der verbündeten Stämme. Es lag in demselben weitläufigen Tal wie das Castrum, jedoch hinter einem Ausläufer der Hügelkette, die einen sanften Bogen beschrieb und den Ort vor den Blicken der Römer verbarg.

Stille lag über dem Platz, als die Neuankömmlinge eintrafen. Die Anzahl der Feuer wurde gering gehalten, damit sie den Kundschaftern des Feindes keinen Aufschluss über die Größe der Streitmacht gäbe, die sich hier zum Angriff auf das römische Winterlager rüstete. Die meisten Krieger mussten gleichwohl schon aufgebrochen sein, um ihre Stellungen rings um das Castrum einzunehmen, denn diejenigen, die in diesem Augenblick an den Feuerstellen lagerten, schätzte Amena auf höchstens fünf- oder sechstausend. Sie waren die Reserve - kleine, bewegliche Einheiten, die Ambiorix für besondere Einsätze vorgesehen hatte.

Langsam lenkten Amena und Beligantus ihre Tiere zwischen den Männern hindurch und hielten nach ihren Stammesbrüdern Ausschau. Überall herrschte rege Geschäftigkeit, aber Amena bemerkte, dass alle Verrichtungen mit höchster Konzentration ausgeführt wurden. Sie kannte diese Konzentration. Sie hatte sie bereits viele Male auf den Gesichtern von Kriegern gesehen, die sich innerlich wie äußerlich auf eine Schlacht vorbereiteten. Die Männer sattelten ihr Pferd, halfen sich gegenseitig beim Anlegen des Kettenhemds, setzten ihren Helm auf und überprüften ein letztes Mal die Waffen. Dabei sammelten sie ihre Gedanken und beteten zu den Göttern, ihnen einen ruhmreichen Kampf und ihrem Heer am Ende den Sieg zu schenken. Amena erkannte die Banner und Feldzeichen der Nervier und derjenigen Stämme, die unter ihrer Herrschaft standen: Ceutronen, Grudier, Pleumoxier, Geidumner und Levacer. Doch die vertrauten Stammesabzeichen der Eburonen mit dem Bild der heiligen Eibe sah sie nirgends, und ihr Mut sank. Ambiorix und seine Reiter hatten wohl ebenfalls schon ihre Stellungen für die Schlacht eingenommen.

Freilich, dachte sie. Der Platz eines Oberbefehlshabers befindet sich inmitten seiner Krieger, nicht im Heerlager, wo die Reserve auf ihren Einsatz wartet.

Hinter ihr sprengte ein Pferd heran und riss sie aus ihren Gedanken.

»König Ambiorix ist soeben aufgebrochen, Herrin«, rief Ellico ihr zu, noch ehe er sie eingeholt hatte. »Ihr könnt ihn jetzt nicht mehr erreichen. Aber wenn Ihr die Schlacht beobachten wollt, reitet zu der Stelle auf der Anhöhe, von der aus ich Euch vorhin das Castrum gezeigt habe. Sobald es hell ist, werdet Ihr von dort einen guten Überblick über das gesamte Tal haben.«

Amena dankte ihm, er wendete seinen Rappen und ritt zurück zu den Männern, die unter seinem Befehl standen. Dann schloss sie die Augen, als eine Woge der Enttäuschung, der Verzweiflung und des Zorns über sie hinwegschwappte.

Sollte nun doch alles vergebens sein, die Mühsal der vergangenen drei Tage, die Gefahren, denen sie sich und ihre beiden Begleiter ausgesetzt hatte? Sie konnte es nicht fassen, dass sie ihn nun wahrhaftig um wenige Augenblicke verpasst hatte, wollte nicht wahrhaben, dass all ihre Mühen nichtig sein sollten. Heiße Tränen quollen unter ihren Lidern hervor, und als sie sich plötzlich Beligantus' Anwesenheit erinnerte, wischte sie sie hastig mit dem Handrücken fort. Es war eine harte Strafe, die ihre schweigenden Götter, das Schicksal oder wer auch immer ihr dafür auferlegte, dass sie Ambiorix ihren

Segen verweigert hatte. Eine harte Strafe für eine Verfehlung, die sie aus Liebe begangen hatte.

Wie aus der Ferne drang die Stimme ihres Begleiters an ihr Ohr. »Herrin, fehlt Euch etwas?« Er klang besorgt, ja, beinah panisch angesichts ihrer Tränen.

Dass eine Priesterin der Höchsten Göttin nicht nur Gefühle besaß wie eine gewöhnliche Sterbliche, sondern diese auch offen zeigte, überforderte den jungen Krieger.

Doch das war Amena gleichgültig. Sie fühlte sich erschöpft und ausgelaugt, und jäh ertappte sie sich bei dem Gedanken, dass es womöglich besser gewesen wäre, wenn sie auf diesem verlassenen Berggipfel oberhalb Atuatucas erfroren wäre. Wofür kämpfen, wenn am Ende alles vergeblich war?

Aber Selbstmitleid half ihr nun nicht weiter, das wusste sie wohl. Nach einem Moment der inneren Sammlung hob sie den Kopf, öffnete die Lider und straffte die Schultern. »Nein, mir fehlt nichts«, erwiderte sie, bemüht, ihrer Stimme einen festen Klang zu verleihen. »Ich bin nur ein wenig müde nach dem anstrengenden Ritt.«

»Möchtet Ihr hierbleiben und Euch ausruhen? Ich suche Euch einen Platz an einem der Feuer und besorge Euch eine warme Mahlzeit, wenn Ihr es wünscht.« Beligantus' Eilfertigkeit verriet seine Erleichterung darüber, dass sich seine Herrin wieder in der Gewalt hatte.

»Nein. Hab Dank.« Als ob sie auch nur ein Auge zutun könnte, während wenige Meilen entfernt Ambiorix erneut in den Kampf zog.

Ach Ambiorix, durchzuckte es sie jäh mit einer Mischung aus Verzweiflung und einer wilden Zärtlichkeit. Ich zahle einen hohen Preis für unsere Liebe. Mögen unsere schweigenden Götter dich beschützen!

»Lass uns zurückreiten zu dem Aussichtspunkt, den Prinz Ellico uns gezeigt hat«, wandte sie sich dann an den jungen Krieger an ihrer Seite. »Ich möchte die Schlacht beobachten.«

Sie verließen den Versammlungsplatz, lenkten ihre Pferde bergan und erreichten den Kamm der Anhöhe just in dem Augenblick, als im Osten ein schmaler silberner Streifen den Anbruch eines neuen Tages verkündete. Sie saßen ab, schlangen die Zügel ihrer Tiere um den niedrigen Ast einer Buche und bahnten sich durch Buschwerk und Unterholz einen Weg bis zu einer Stelle, an der ein Felsvorsprung einen weiten Ausblick über das Tal gewährte.

Gegen Morgen war ein frischer Wind aufgekommen, der aus Osten über die Ebene hinwegblies und kühlere Luft aus dem Arduenna Wald in sich trug. Amena fröstelte, als sich die kahlen Baumkronen um sie herum unter seinem Ansturm nach Westen bogen, zog ihr wollenes Sagon enger um die Schultern und blickte hinunter ins Tal.

Allmählich wich die Dämmerung dem Tageslicht, sodass die Silhouette des römischen Lagers feste Gestalt annahm: der gleiche massige, rechtwinklige Umriss, den sie bereits von dem Castrum bei Atuatuca kannte, die gleiche Wehranlage aus Spitzgraben und einem Erdwall mit Palisade, Türmen an den Ecken und vier nach den Himmelsrichtungen orientierten Toren - ein Modell, das sich in Hunderten, wenn nicht gar Tausenden von Fällen bewährt hatte, immer wieder verbessert wurde, bis es die nahezu uneinnehmbare Festung war, die es jetzt darstellte.

Und irgendwo dort unten war Ambiorix, entschlossener denn je, das keltische Heer zum Sieg zu führen, um das Vertrauen, das die verbündeten Stämme in ihn, ihren gewählten Oberbefehlshaber, setzten, nicht zu enttäuschen. Und um sich selbst und ihr, Amena, zu beweisen, dass ihre Götter sie nicht verlassen hatten, sondern wie eh und je über das Schicksal der Menschen wachten und demjenigen Ihre Gunst und schließlich den Triumph schenkten, der für eine gerechte Sache kämpfte und bereit war, alles dafür zu opfern.

In diesem Moment ertönte im Tal Ambiorix' Horn. Amena hätte seinen Klang unter Tausenden wiedererkannt. Der dunkle, volle Ton brandete an die Hänge der Anhöhen, wurde vielfach zurückgeworfen und mischte sich mit den durchdringenden Signalen der Carnyces, die rings um das römische Winterlager das Zeichen zum Angriff gaben.

Dann brach die Schlacht los. Im ersten, fahlen Licht des Tages beobachtete Amena, wie aus den vier Himmelsrichtungen keltische Krieger auf das Castrum zustürmten. Während die Reiter kleine Trupps bildeten und gezielt bestimmte Punkte der Anlage attackierten, rückte eine unüberschaubare Schar von Männern zu Fuß gegen die Palisade vor. Wie Ameisen umschwärmten sie das feindliche Lager, doch der Lärm, den sie erzeugten, war alles andere als ameisenhaft – er war ohrenbetäubend. Schon die Schlachtrufe der verschiedenen Stämme und das rhythmische Schlagen der Lanzenschäfte gegen die hölzernen Schilde waren dazu angetan, dem Feind das Blut in den Adern gefrieren zu lassen. Aber der schaurige Klang unzähliger Carnyces, die je nach Form ihres Schalltrichters heulende, schnarrende oder jaulende Laute von sich gaben, übertraf alles und tat ein Übriges, um die Legionäre zu verängstigen und zu zermürben.

Plötzlich reflektierte ein goldfarbener Helm Sulis' ersten, vorsichtig tastenden Strahl. Ambiorix! Doch gleich darauf tauchte er wieder im Auf- und Abwogen der Schlacht unter und entschwand Amenas verzweifeltem, suchenden Blick.

Es schien ewig zu währen, bis endlich Römer auf der Umwallung des Lagers Stellung bezogen und ihre Pila auf die Angreifer hinabschleuderten. Dann jedoch wuchs ihre Zahl mit jedem Herzschlag, und die Schreie der Verwundeten und Sterbenden mischten sich in den Lärm des Kampfes und wurden vom Wind bis zu Amenas Aussichtspunkt in der Flanke der Anhöhe hinaufgetragen.

Sie schloss die Augen. Ihr Götter, wenn Ihr mich hört, flehte sie inständig, beschützt mein Volk, beschützt meine Brüder, beschützt jeden Einzelnen von ihnen. Und lasst Ambiorix den Sieg erringen. *Und wenn Ihr einen Preis dafür fordert, so bin ich bereit, ihn zu zahlen.*

Die Schlacht währte den gesamten Tag. Die verbündeten keltischen Stämme drangen so stürmisch auf das Lager ein, dass die Verteidiger ihnen nur mit Mühe standzuhalten vermochten. Die Römer waren jedoch klug genug, den Vorteil zu nutzen, den der Schutz der Umfriedung ihnen bot. Abgesehen von einigen halbherzigen Ausfällen der Reiterei, die von den Angreifern augenblicklich im Keim erstickt wurden, beschränkten sie sich darauf, das Castrum gegen die anstürmenden Feinde zu behaupten. Am Nachmittag unterblieben die Ausfälle dann ganz, und es wurde deutlich, dass sich die Legion auf eine Belagerung einrichtete.

Als die Sonne ihren höchsten Stand überschritten hatte, spürte Amena, dass die Erschöpfung sie zu überwältigen drohte. Beligantus wirkte ebenfalls übernächtigt und hungrig, wenn er es auch vor ihr nicht zugeben wollte. Schließlich wandten sie sich zurück zu der Stelle, wo sie ihre Pferde angebunden hatten, saßen auf und ritten hinunter zum Kriegslager, um eine warme Mahlzeit einzunehmen.

Nun, bei Tageslicht, erfasste Amena erst die wahrhaft gigantischen Ausmaße des Platzes: ein ausgedehntes Tal, auf zwei Seiten flankiert von den Ausläufern der Hügelkette. Zurzeit lagerten nur einige Hundert Krieger um ein paar Feuer. Ein wenig abseits, am Rande der Talmulde, machte Amena Zelte aus, in denen Weise Frauen sich um die Verwundeten kümmerten. Daneben hingen über mehreren Kochstellen bauchige Bronzekessel, die einen wunderbaren Duft nach Fleischeintopf und würzigen Kräutern verströmten. Eine Handvoll Frauen sorgte dafür, dass sie stets gut gefüllt waren und die Glut nicht verlosch.

Amena und Beligantus saßen ab, ließen sich von einer der Köchinnen zwei Schalen Eintopfs reichen und gesellten sich zu einer

Gruppe von Kriegern. An den spiralförmigen Mustern, die in roter und schwarzer Farbe ihre runden Holzschilde zierten, erkannte Amena, dass es sich um Ceutronen handelte, deren Gebiete nordwestlich von dem der Nervier lagen. Es war ein rauer Menschenschlag, geprägt vom Leben am Nordmeer, dem er sein Land abringen und gegen das er es immer wieder aufs Neue verteidigen musste. Die Männer kannten Amena und ihren jungen Begleiter nicht, doch sie rückten bereitwillig zusammen, als sie sich am wärmenden Feuer niederließen.

Wie nicht anders zu erwarten, kreisten die Gespräche der Krieger um die Schlacht. Beligantus hatte seinen Schild mit dem Bild der Eibe bei seinem Hengst zurückgelassen, sodass die Ceutronen nicht wussten, welchem der hier versammelten Stämme Amena und er angehörten, und sich ganz ungezwungen über Ambiorix unterhielten. Aus ihren Äußerungen konnte sie entnehmen, dass er in ihren Augen mit einer beinah göttlichen Aura umgeben war. Krieger brauchten Helden, dachte sie, und so erschufen sie sich welche.

»Er ist überall gleichzeitig«, berichtete einer der Männer soeben, ein Hüne mit hüftlangen, blond gebleichten Haaren, die er in einem dicken Zopf geflochten trug, damit sie ihn beim Kampf nicht behinderten. »Gerade noch greift er mit seinen Reitern das Tor an. Im nächsten Augenblick schon seh ich ihn am anderen Ende des Walls, wo er mithilft, die Palisade einzureißen.«

»Aus seinem Schwert sprüht Feuer«, meinte ein Zweiter ehrfürchtig. »Bei jedem seiner gewaltigen Hiebe regnet es Funken, die seine Gegner blenden. Ich hab's mit eigenen Augen gesehen.«

»Er scheint weder zu essen noch zu schlafen«, fügte ein Dritter hinzu. »Er muss übermenschliche Kräfte besitzen.«

Amena hatte eilig den Kopf gesenkt, denn sie musste gegen ihren Willen lächeln, als sie hörte, wie diese Krieger über den Mann sprachen, den sie selbst so gut kannte wie niemand sonst.

Doch die folgende Bemerkung des ihr zunächst sitzenden Ceutronen ließ ihr Lächeln jäh ersterben. Er war deutlich älter als seine Stammesbrüder. In seine blonden Haare mischten sich die ersten grauen Strähnen, und die vielen Eisenringe an seinen Handgelenken, geschmiedet aus den Waffen besiegter Feinde, wiesen ihn als erfahrenen und siegreichen Kämpfer aus. Er hatte bislang geschwiegen, als seine Kameraden Ambiorix rühmten.

»Ich will euch gern beipflichten«, erklärte er nun. »Er ist ein herausragender Krieger, ein geschickter Feldherr, und er scheint die Gunst der Götter auf seiner Seite zu haben. Wir handelten recht, als wir ihn zu unserem Oberbefehlshaber erwählten. Dennoch - etwas an ihm ist mir nicht geheuer. Seine Männer führt er mit Vernunft und kluger Umsicht, er setzt sie keiner unnötigen Gefahr aus. Doch er selbst kämpft, als wolle er - ja, als wolle er die Unsterblichen herausfordern.«

Heißes, lähmendes Entsetzen durchflutete Amena. Ihre Hände zitterten mit einem Mal so unkontrollierbar, dass sie einen Löffel des Eintopfs verschüttete. Hastig stellte sie die Schale nieder, bevor es einer der Krieger bemerken konnte. Hatte dieser alte Haudegen, der unter den Ceutronen offensichtlich einen besonderen Rang einnahm, etwa die Gabe des Zweiten Gesichts? War seine Äußerung eine Prophezeiung? Ohne sich dessen recht bewusst zu sein, starrte Amena ihn mit weit aufgerissenen Augen an.

»Das ist mir auch aufgefallen«, pflichtete ihm da einer seiner Kameraden bei, und ihr Kopf ruckte herum. »Ich hab gesehen, wie er mitten in einen Hagel von Pila hineinritt, um einen seiner Männer zu retten, der verwundet worden war. Es schien, als suchte er den Tod geradezu oder als wäre es ihm zumindest gleichgültig, ob er lebt oder stirbt.«

»Man sagt, die junge Priesterin der Eburonen ist seine Geliebte«, warf ein anderer Ceutrone ein. »Vielleicht hat sie einen Zauber über ihn gesprochen, der ihn unverwundbar macht.«

Amena zuckte zusammen, als ein Stich glühend heiß durch ihre Eingeweide schnitt. Sie zwang sich, ruhig und gleichmäßig zu atmen. Und nicht zum ersten Mal war sie Ebunos dankbar für die Selbstbeherrschung und Disziplin, die er sie über so viele Jahre hinweg gelehrt hatte und die nun verhinderten, dass sie vor diesen fremden Kriegern in Tränen ausbrach.

Nein, dachte sie traurig, die junge Priesterin hat keinen Zauber über Ambiorix gesprochen, der ihn unverwundbar macht. Ganz im Gegenteil - sie hat ihm noch nicht einmal das Wenige gegeben, worum er sie bat: ihren Segen vor dieser wichtigen Schlacht. Und nun suchte er anscheinend die Gefahr, um sich selbst und ihr zu beweisen, dass er dennoch unter dem Schutz der Unsterblichen stand, was letztlich bedeuten würde, dass diese die Eburonen nicht verlassen hatten.

Plötzlich fühlte Amena, wie sich ihr Magen zusammenkrampfte. Sie sprang auf und eilte zum nahen Waldrand hinüber, wo sie sich hinter einigen Haselnusssträuchern heftig erbrach. Die Mühsal der vergangenen Tage hatte bereits an ihren Kräften gezehrt. Doch die Äußerungen dieser Krieger, die ihr die Folgen ihrer Verfehlung einmal mehr mit solch unerbittlicher Deutlichkeit vor Augen führten, erschütterten sie über alle Maßen.

Als das Würgen endlich abebbte, richtete sie sich keuchend auf und lehnte sich mit geschlossenen Lidern gegen einen Baumstamm. Ihre Finger zitterten so stark, dass es ihr kaum gelang, den Beutel an ihrem Gürtel aufzuknoten. Schließlich entnahm sie ihm drei getrocknete Blätter der Wasserminze und legte sie auf ihre Zunge. Ungeduldig wartete Amena, bis sie vom Speichel durchfeuchtet waren, ehe sie langsam darauf zu kauen begann. Augenblicklich breitete sich der scharfe, erfrischende Geschmack der Minze in ihrem Mund aus und vertrieb die Übelkeit.

Als sie gewiss sein konnte, dass sich ihr Magen beruhigt hatte, wankte sie mit weichen Knien zurück zum Feuer und sank neben Beligantus nieder. Er musterte sie besorgt, doch sie schüttelte stumm den Kopf. Den Ceutronen jedoch war ihr überstürzter Ausflug ins Gebüsch ebenfalls nicht entgangen. Sie tauschten bedeutungsvolle Blicke und grinsten.

»Ja, ja, Mädchen«, meinte der Älteste von ihnen schließlich und tätschelte tröstend ihre Rechte. »Das hab ich mir gleich gedacht. So eine Schlacht, hab ich mir gedacht, das is nix für ein Mädchen wie dich. Aber mach dir nix draus. Dass der Magen nicht mitspielt, das kann selbst dem gestandensten Krieger passieren.«

Amena erstarrte ob dieses Mangels an Respekt, bis ihr einfiel, dass dieser erprobte Kämpfer nicht wissen konnte, wen er vor sich hatte. Aus dem Augenwinkel bemerkte sie, wie Beligantus sich tapfer bemühte, ein Grinsen zu unterdrücken, und - ja, sie vermochte sich durchaus vorzustellen, dass der Anblick nicht einer gewissen erheiternden Wirkung entbehrte: ein alter Haudegen, der einer incognito reisenden Priesterin der Höchsten Göttin mit schwachem Magen beruhigend die Hand tätschelte. Das war etwas, was er seinen Kameraden daheim in Atuatuca erzählen konnte, wenn sie bei einem Becher Wein gemütlich rings ums Feuer saßen, und womit er zweifellos viel Gelächter und Beifall ernten würde.

Untersteh dich, Beligantus, untersteh dich.

Amena erwachte jäh aus einem unruhigen, von schreckenerregenden Bildern durchsetzten Schlaf. Überrascht stellte sie fest, dass die Dunkelheit hereingebrochen war. Durch die kahlen Äste der Bäume sah sie den Himmel, eine gewaltige schwarzblaue Kuppel, überpudert von Tausenden winziger Lichtpunkte. Die blasse Form des Halbmonds stand hoch über der Landschaft und verriet ihr, dass Mitternacht schon überschritten war. So lang hatte sie gar nicht schlafen wollen, doch die Mühsal der letzten Tage hatte ihren Tribut gefordert.

Sie rollte sich auf den Rücken und lauschte in die Nacht hinaus. Der Lärm der Schlacht war verstummt. Im Wipfel einer Buche zu ihrer Rechten erklang der dunkle Ruf eines Käuzchens, und aus der Richtung des Kriegslagers wehten vielstimmiges Gegröl aus rauen Kehlen und übermütige Gesänge über das Tal zu ihr hinauf.

Behutsam, um Beligantus nicht zu wecken, der neben ihr schlief, erhob sich Amena und streckte ihre steifen Glieder. Er hatte darauf bestanden, dass sie zum Schlafen zu dieser abgelegenen Stelle auf dem Kamm der Anhöhe zurückkehrten, von der aus sie den Kampf beobachtet hatten. Er sei für ihren Schutz verantwortlich, so hatte er erklärt, und den könne er in einem Heerlager inmitten Tausender von Bier und Wein berauschter Männer nicht gewähren. Denn so viel stand fest: Gleichgültig, ob sie siegten oder verlören, betrunken wären die Krieger in jedem Fall. Zu erschöpft, um zu widersprechen, hatte Amena nachgegeben.

Sie rollte das Wolfsfell zusammen, das ihr als Decke diente, saß auf und lenkte ihre Stute auf den Pfad, der ins Lager hinunterführte. Nachdem sie gut die Hälfte des Weges zurückgelegt hatte, trat ein bewaffneter Posten aus den Schatten der Bäume, griff in das Zaumzeug ihres Pferdes und richtete die eiserne Spitze seiner Lanze auf ihr Gesicht. Als er jedoch erkannte, dass er eine Frau vor sich hatte, senkte er die Waffe, gab den Weg frei und wünschte ihr mit einem anzüglichen Lächeln eine gute Nacht. Anscheinend nahm er an, dass sie zum Tross gehörte, der jedes Heer begleitete und in mehr als nur einer Hinsicht für das leibliche Wohl der Männer zuständig war. Doch Amena scherte es nicht, was er von ihr dachte, solange er sie nur zügig weiterreiten ließ.

Auf dem Versammlungsplatz mussten unterdessen an die fünfzehntausend Krieger zusammengekommen sein. Nun, da es nicht länger erforderlich war, sich zu verbergen, erhellte der Schein unzähliger Feuer das Tal fast bis zum Horizont. Im Schritt lenkte Amena ihre Stute zwischen Gruppen von Männern hindurch, die sich um die wärmenden Flammen scharten. Manche schlangen gewaltige Portionen des Fleischeintopfes in sich hinein, einige waren mit der vollen Schale in der Hand eingeschlafen, zu erschöpft, um zu essen. Wieder andere grölten Lieder, die die Barden über frühere Schlachten und Siege verfasst hatten, ihre Stimmen rau und brüchig vom Kampf, von gebrüllten Kommandos und Warnungen, anfeuernden Zurufen und dem Kriegsgeschrei der verschiedenen Stämme. Und viele berauschten sich inmitten ihrer lärmenden Kameraden still an schwerem Wein oder Bier. Jeder der Krieger bemühte sich auf seine eigene Weise, die grauenvollen Erlebnisse des Tages zu verarbeiten.

Mit einem Mal tauchte ein rothaariger Hüne vor Amena auf, stand vor ihr wie dem Erdboden entwachsen und griff in die Zügel der Stute, die mit erschrockenem Schnauben verhielt. Seine Augen waren blutunterlaufen und verquollen von zu viel berauschenden Getränken. Doch sein lüsterner Blick, der von oben bis unten über Amenas Körper wanderte, war überraschend klar und ließ keinerlei Zweifel an seinen Absichten.

Ihr blieb gerade noch Zeit zu denken, dass Beligantus' Sorgen um ihre Sicherheit nicht unberechtigt waren, als der Mann seine Musterung ihres Äußeren abgeschlossen hatte. Er lallte etwas Unverständliches und hüllte sie in eine Wolke seines nach saurem Wein stinkenden Atems. Dann, ehe sie dazu kam, ihm die Zügel zu entreißen, umklammerte der Krieger plötzlich ihr linkes Handgelenk und versuchte sie aus dem Sattel zu zerren.

Furcht und Zorn schwappten über Amena hinweg. Sie trat nach ihm und traf ihn hart an der Brust, was ihn jedoch nicht im Mindesten beeindruckte. Ebenso gut hätte sie gegen einen Felsblock treten können. Doch wenigstens gelang es ihr, im Sattel zu bleiben, und schließlich bekam sie mit der Rechten den Griff ihres Dolches zu fassen, riss ihn aus der Scheide und hielt ihn dem Hünen zwei Fingerbreit vor die Augen. Die stählerne, reich verzierte Klinge fing das Licht der Feuer ein und funkelte, als wäre sie selbst eine Flamme.

»Mit diesem Dolch habe ich bereits einmal getötet«, erklärte Amena mit einer Stimme, die leise und dadurch umso bedrohlicher klang.»Und glaube mir, ich würde keinen Moment zögern, es wieder zu tun.«

Das Lachen des Kriegers erstarb mit einem Gurgeln tief in seiner Kehle, als er ungläubig zwischen Amenas Gesicht und der Klinge hin und her schaute. Die Spitze der Waffe schwebte so dicht vor seinen Augen, dass er schielen musste, um sie klar zu erkennen, was seinen ohnehin verblüfften Zügen ein dümmliches Aussehen verlieh. Dann, endlich, spie sein von Bier und Wein vernebeltes Gehirn die Erkenntnis aus, dass Amena ganz offenkundig nicht die Sorte Frau war, für die er sie gehalten hatte. Hastig gab er ihren Arm frei und torkelte einige Schritte rückwärts.

»So ist es brav«, zischte Amena. Sie steckte den Dolch zurück in die Scheide, richtete ihre Kleidung und trieb die Stute mit einem leichten Schenkeldruck an.

Wozu brauchen wir Feinde?, dachte sie bitter, mit diesem neuen Sarkasmus, der sich in den vergangenen Tagen in ihren Gedanken eingenistet hatte. Zur Not dezimieren wir uns halt gegenseitig. Denn sie wusste, es entsprach der Wahrheit, was sie dem Hünen angedroht hatte: Obgleich er ein Angehöriger eines der verbündeten Stämme war, hätte sie ihn ohne zu zögern getötet, wenn er nicht von ihr abgelassen hätte. Und dies nicht nur, um sich selbst zu schützen, sondern auch, weil er sich mit Gewalt etwas nehmen wollte, was ihm nicht zustand, und sich darin um nichts von den Römern unterschied.

Wenig später entdeckte sie an einer der Feuerstellen eine Gruppe Eburonen. Ihr Herzschlag beschleunigte sich, als sie die Stute in ihre Richtung lenkte und absaß. Schon bald jedoch musste sie enttäuscht feststellen, dass sich Ambiorix nicht unter ihnen befand. Aber sie hoffte, dass seine Männer ihr wenigstens zu sagen vermochten, wo sie ihn fände.

Sobald ihre Stammesbrüder Amena gewahrten, sprangen sie auf, entboten ihr einen respektvollen Gruß und bereiteten ihr aus einem eilig herbeigeschafften Wolfsfell einen Platz am Feuer. Augenblicklich scharten sich einige der Krieger um sie und baten sie, ihre Waffen oder die eisernen Amulette zu segnen, die sie in der Schlacht schützen sollten. Sie zögerte keinen Moment, ihren Bitten nachzukommen. Nicht noch einmal würde sie einen Segen verweigern, um den man sie ersuchte, und sie wusste, wie viel er diesen Männern bedeutete.

»Seid gegrüßt, Herrin«, hörte sie plötzlich eine dunkle, vertraute Stimme hinter sich. Es war Vercassius. Er wirkte erschöpft. Doch obwohl seine Tunika und das lederne Wams, das er unter dem Kettenhemd trug, an mehreren Stellen zerrissen waren und braune Flecken getrockneten Blutes aufwiesen, schien er keine schwerwiegenden Verletzungen davongetragen zu haben.

Amena war so erleichtert, diesem Mann zu begegnen, den sie seit ihren gemeinsamen Kindertagen kannte, dass sie ihm am liebsten um den Hals gefallen wäre. Da dies einer Priesterin der Großen Göttin gleichwohl nicht geziemte, beherrschte sie sich und beschränkte sich darauf, ihm ein warmes Lächeln zu schenken. »Vercassius. Ich freue mich, dich zu sehen. Wie ist es dir und den anderen heute ergangen?«

»Ihr könnt beruhigt sein, Herrin. Die Götter waren mit uns. Freilich gibt es ein paar Verwundete, aber die Eburonen haben keinen einzigen Krieger verloren. Ohnehin sind die Verluste aufseiten des keltischen Heeres gering, wohingegen viele römische Legionäre ihr Leben ließen. Sie waren auf unseren Angriff nicht vorbereitet, obwohl die Nachricht unseres Sieges in der Wolfsschlucht unterdessen zu ihnen gedrungen sein müsste. Jetzt haben sie sich hinter ihrer

Befestigung verschanzt, und wir richten uns auf eine Belagerung ein.«

Amena senkte den Blick. Eine kaum merkliche Pause entstand, ehe sie fragte:»Weißt du, wo sich Ambiorix aufhält?«

Sie hatte sich bemüht, ihre Frage so beiläufig wie möglich klingen zu lassen. Doch als sie aufblickte, wurde ihr klar, dass sie Vercassius nicht zu täuschen vermochte. Obgleich Ambiorix seinem Ziehbruder nicht alles erzählt haben dürfte, was vier Nächte zuvor auf jenem verlassenen Berggipfel zwischen ihm und Amena vorgefallen war, hatte auch Vercassius in den vergangenen Tagen ohne Zweifel gespürt, dass etwas nicht in Ordnung war. Und gewiss nahm er die Veränderungen im Verhalten seines Bruders wahr, von denen die Ceutronen berichtet hatten. Auch wusste Amena nicht, welche Erklärung Ambiorix seinen Männern dafür gegeben hatte, dass sie diese nicht wie gewöhnlich auf einem Heerzug begleitete und ihnen vor der Schlacht den Segen der Götter erteilte.

Vercassius setzte zu einer Antwort an, besann sich jedoch, und Amena ahnte, dass das, was er schließlich sagte, nicht dem entsprach, was ihm zuerst in den Sinn gekommen war. Er hatte sich wohl rechtzeitig erinnert, dass es ihm nicht zustand, einer Priesterin der Höchsten Göttin Ratschläge zu erteilen, auch wenn sie sich ihr Leben lang kannten.

»Ambiorix ist dort drüben«, erklärte er schlicht und deutete hinüber zu einem hell lodernden Feuer, einige Manneslängen abseits von den anderen am Waldrand gelegen.»Die Wachen haben einen Römer aufgegriffen, anscheinend ein Kurier, und er wird gerade dem Kriegsrat vorgeführt. - Soll ich Euch begleiten?«, fügte er hinzu, als er Amenas entschlossene Miene bemerkte. Diese Miene war ihm seit ihrer gemeinsamen Kindheit vertraut, und er wusste, dass nichts in der Welt sie davon abbringen konnte, jetzt dort hinüberzugehen, obgleich der Augenblick nicht eben günstig gewählt war.

»Nein danke, Vercassius.« Sie nahm die Zügel ihrer Stute auf, die mit hängendem Kopf geduldig neben ihr gestanden hatte, während Amena die Waffen und Amulette der Krieger segnete.»Du siehst erschöpft aus, und die kommenden Tage werden nicht weniger beschwerlich sein. Ruh dich aus, und mögen die Götter mit dir sein.«

»Und mit Euch.«

Sie saß auf und ritt hinüber zu der Feuerstelle, die er ihr gewiesen hatte. Ein gutes Dutzend Männer waren rings um sie versammelt, die meisten von ihnen Könige und Druiden der verbündeten Stämme. Sie erkannte Ecritorix, das Oberhaupt der Nervier, und war erschüttert über die Veränderung, die seit ihrer letzten Begegnung in ihm vorgegangen war. Sie hatte ihn als blonden Hünen mit dröhnender Stimme in Erinnerung. Doch der alte Krieger, der dort im flackernden Schein der Flammen saß, war nur noch ein Schatten seiner selbst. Er schien geschrumpft, sein Gesicht eingefallen und faltig, als hätte er die viel zu weite Haut eines anderen übergezogen, und die wenigen ihm verbliebenen Haare hingen in dünnen, ergrauten Strähnen auf seinen Rücken hinab. Drei Jahre zuvor hatten die Nervier eine verheerende Niederlage gegen die Römer erlitten, bei der nicht nur ein großer Teil der Krieger, sondern auch seine beiden jüngeren Brüder gefallen waren. Seither war Ecritorix ein gebrochener Mann. Von Ebunos wusste Amena außerdem, dass seit jener Zeit eine gewaltige Geschwulst in der Brust des alten Königs wucherte, die ihm das Atmen zunehmend erschwerte und an der er eines nicht allzu fernen Tages ersticken würde.

Neben ihm saß Ellico, sein einziger Sohn, Stütze und Stolz seines Vaters. Rechts des Prinzen erkannte Amena Alvius, den König der Ceutronen, und Cedrix, das unscheinbare Stammesoberhaupt der Levacer, einen Jüngling von vielleicht fünfzehn Jahren. Neben ihm saß ein weißgekleideter älterer Druide, dessen auffällige Erscheinung für die Dauer einiger Herzschläge Amenas Aufmerksamkeit fesselte. Seine Stirn war in der Art seines Standes geschabt, und die langen grauen Haare, in die er Fingerknochen getöteter Feinde geflochten hatte, fielen ihm von der Mitte des Schädels in fünf Zöpfen auf den Rücken hinab. Eine scharf geschnittene Nase in einem hageren Gesicht, die ihr Gegenstück in einem spitzen weißen Bart fand, sowie durchdringende bernsteinfarbene Augen unter buschigen Brauen verliehen ihm das Aussehen eines Raubvogels und unterstrichen den Ruf, der ihm vorauseilte. Dies war Lovernios, der Druide der Levacer, ein mächtiger, durchtriebener und zu Recht gefürchteter Mann. Er war bekannt dafür, seinem Namen – Lovernios bedeutete Fuchs – alle Ehre zu machen und nicht davor zurückzuschrecken, das heilige Wissen der Druiden zu unheiligen Zwecken einzusetzen. Der junge Cedrix wirkte neben ihm blass und unbedeutend, und es war nur allzu offensichtlich, wer im Stamm der Levacer die Zügel der Macht in der Hand hielt. Die anderen um die Feuerstelle Versammelten kannte Amena nicht. Nach ihrer Kleidung und Ausrüstung zu urteilen, musste es sich um die Könige und Druiden der Grudier, Pleumoxier und Geidumner handeln.

Die Blicke der gesamten Gruppe waren voller Aufmerksamkeit auf vier Männer gerichtet, die jenseits des Feuers standen. Einer von ihnen war Ambiorix. Er hatte sich seines Helms und des Kettenhemdes entledigt und trug nun eine schwarze Tunika aus feinem

Wollstoff und eine helle Fellweste über einer Hose aus dunklem Leder. Auch das Schwert hatte er abgelegt, und nur der prachtvolle Dolch steckte in der Scheide an seinem Gürtel.

Hastig flogen Amenas Augen über seinen Körper, und eine Welle der Erleichterung durchströmte sie, als sie erkannte, dass er die Schlacht anscheinend unverletzt überstanden hatte. Vor ihm hielten zwei Levacer den Römer zwischen sich, der von den Wachen aufgegriffen worden war. Sie waren nicht eben rücksichtsvoll mit ihm umgesprungen. Der mutmaßliche Bote, ein junger Mann mit kurzen dunkelbraunen Locken, bemühte sich zwar sichtlich um eine würdevolle Miene, doch seine vornübergeneigte Haltung verriet, dass er unter starken Schmerzen litt. Vermutlich waren einige seiner Rippen gebrochen. Blut aus einer Platzwunde an der rechten Schläfe rann über sein Gesicht und sickerte in den Halsausschnitt der Tunika aus schlichtem rotbraunen Wollstoff.

Ambiorix hatte Amena sein Profil zugewandt. Seine gesamte Aufmerksamkeit galt dem Gefangenen, sodass er sie noch nicht bemerkt hatte. Sie saß ab und trat so nah an die Gruppe heran, dass sie verstehen konnte, was gesprochen wurde. Niemand schenkte ihr, einer unscheinbar gekleideten Frau, Beachtung.

»Wohin wolltest du reiten?«, fragte Ambiorix den Römer soeben auf Lateinisch. Dem ungeduldigen Klang seiner Stimme entnahm Amena, dass er ihm diese Frage schon mehrere Male gestellt und keine befriedigende Antwort erhalten hatte. Auch nun schwieg der Mann und blickte seinem Gegenüber nur stolz und herausfordernd ins Gesicht.

Plötzlich lächelte Ambiorix fein. »Also schön, ganz wie du willst.« Wie beiläufig zog er seinen Dolch aus der vergoldeten Scheide, hielt ihn ins Licht, sodass die ziselierte Klinge im Schein des Feuers gefährlich aufblitzte, und tat so, als prüfte er mit dem Daumen die Schärfe der Schneide.

In die Augen des Boten war ein nervöses Flackern getreten. Unruhig ruckten sie zwischen Ambiorix' Zügen und der erlesenen Waffe hin und her.

Nach einem weiteren Moment bedachte Ambiorix seinen Dolch mit einem letzten wohlwollenden Blick. Dann setzte er einen raschen Schritt auf den Gefangenen zu und zielte mit der Spitze der Klinge geradewegs auf eines seiner Augen. »Ich frage dich jetzt zum allerletzten Mal.« Seine Stimme war drohend und so leise, dass Amena ihn kaum verstand. »Wohin wolltest du reiten?«

Auf der Stirn des Legionärs perlte Schweiß, der im Schein der Flammen glitzerte. Sein Kehlkopf zuckte erregt auf und nieder, doch er schwieg weiterhin hartnäckig. Einen Herzschlag später ließ Ambiorix den Dolch langsam sinken, und plötzlich, mit einer einzigen fließenden Bewegung, trennte er die Tunika des Kuriers vom Hals bis zum unteren Saum auf. Zwei weitere schnelle Schnitte auf Höhe der Schultern, und der rotbraune Stoff sackte zu Boden, sodass der Römer vollkommen nackt dastand. Hie und da quollen bereits kleine Tropfen Blutes hervor, wo die Klinge seine Haut geritzt hatte.

Unterdessen hatte sich ein weites Rund von Kriegern um das Feuer und die Mitglieder des Rates gebildet, um die Befragung des Gefangenen aus gebührender Entfernung zu verfolgen. Jetzt brachen die Männer in Gejohle und spöttische Pfiffe aus und bedachten den Legionär mit anzüglichen Bemerkungen über gewisse Einzelheiten seines Körpers, die nun offen zutage lagen. Das Opfer ihres Spotts hatte die Augen geschlossen und wartete ergeben auf das, was Ambiorix nun mit seinem Dolch und ebendiesen Einzelheiten anstellen würde.

Doch Ambiorix führte nichts Derartiges im Schilde. Er gestattete sich die Andeutung eines Lächelns, als er sich bückte, die Tunika des Boten mit seiner Klinge aufspießte und den Stoff prüfend durch die Hände gleiten ließ. Plötzlich hielt er inne, trennte den Saum mehrere Fingerbreit auf und zog ein kleines, zusammengefaltetes Stück Pergament hervor. Dann warf er die Tunika achtlos in die Flammen, steckte die Waffe zurück in ihre Scheide und faltete das Blatt auf. Im Schein des Feuers überflog er rasch seinen Inhalt, ehe er sich zu den zwei Levacern umdrehte, die den unglücklichen Römer zwischen sich festhielten. »Bringt ihn zu den anderen Gefangenen. Vielleicht habe ich noch Verwendung für ihn.«

Die beiden Männer schleiften den Kurier fort, der die glückliche Wende der Ereignisse noch gar nicht zu fassen vermochte und vor Erleichterung in ihrem stählernen Griff zusammengesackt war.

Als sich Ambiorix nun, das Pergament in der hoch erhobenen Rechten, den übrigen Königen zuwandte, fiel sein Blick auf Amena. Er fuhr zusammen, als hätte ihn ein römisches Pilum getroffen. Allem Anschein nach hatte er mit ihrer Anwesenheit nicht im Entferntesten gerechnet. Einen Moment lang begegneten sich ihre Augen, und in seinen Zügen arbeitete es. Dann wandte er das Gesicht ab, und Amena hätte unmöglich zu sagen gewusst, ob ihn ihr Erscheinen freute oder nicht. Zumindest, so musste sie sich eingestehen, hatte in seiner Miene nichts von dem gelegen, was sie für gewöhnlich darin las, wenn sein Blick auf ihr ruhte, kein Lächeln, keine Wärme, nichts.

Ambiorix hatte sich sogleich wieder in der Gewalt und schwenkte das Pergament über seinem Kopf. »Dies ist ein Brief«, erklärte er mit einer Stimme, die rauer klang als noch einige Herzschläge zuvor, »in dem Cicero, der Kommandant des Winterlagers, Caesar um Entsatz bittet. Weist Eure Krieger an, besonders aufmerksam zu sein, denn dieser Bote wird nicht der einzige sein. Es ist gleichwohl von großer Bedeutung, alle Kuriere abzufangen, um zu verhindern, dass der Proconsul den Eingeschlossenen zu Hilfe eilt.«

Er ließ seine Hand sinken und warf das Pergament in die Flammen, die sich seiner augenblicklich gierig bemächtigten. Während sich die anderen Mitglieder des Kriegsrates erhoben, um ihren Männern entsprechende Anweisungen zu erteilen, kam er langsam um das Feuer herum auf Amena zu. Vor ihr blieb er stehen, und immer noch las sie keines der vertrauten Gefühle in seinen Zügen. Der Ausdruck seiner dunklen Augen war so unergründlich, dass selbst sie ihn nicht zu deuten wusste.

»Amena«, sagte er nur. »Du hast einen weiten Weg auf dich genommen. Bedeutet das, dass du deine Meinung geändert hast?«

Sie zögerte einen Moment, suchte nach den richtigen Worten, fühlte, wie ihr Herz schmerzhaft gegen ihre Rippen hämmerte. »Ich würde dich gern unter vier Augen sprechen«, entgegnete sie ausweichend. »Dafür war mir kein Weg zu weit.«

Er wies mit dem Kopf zu einer Stelle zu ihrer Rechten, wo das Tal allmählich in die Ausläufer der Hügelkette überging und ein Buchenwäldchen sie vor neugierigen Blicken aus dem Kriegslager abschirmen würde. »Lass uns dort hinübergehen.«

Sie wandten dem Feuer den Rücken und hielten schweigend auf das Wäldchen zu. Wie stets passte er seine langen Schritte ihren kürzeren an. Sie spürte die Wärme seines Körpers dicht an ihrem Arm, und für die Dauer einiger rasender Herzschläge vermeinte sie die Vertrautheit zu spüren, die sie beinah ihr gesamtes Leben mit diesem Mann verband. Fieberhaft überlegte sie, wie sie beginnen, wie sie Ambiorix all das erklären sollte, was sie erkannt und weswegen sie diese gefahrvolle Reise auf sich genommen hatte. Ungezählte Male in den zurückliegenden Tagen hatte sie sich im Geiste zurechtgelegt, was sie ihm sagen wollte. Bis in die feinsten Formulierungen hinein hatte sie ihre Worte durchdacht. Doch nun erschienen sie ihr zu schwach, um das auszudrücken, was sie wirklich empfand.

Ich liebe dich, ich werde dich immer lieben. Und ich habe dich nicht verlassen.

Im Schutz des Buchenhains verhielt Ambiorix seine Schritte. Die Ausläufer des Feuerscheins, der das Tal erfüllte, drangen matt bis hierher, sodass Amena sein Gesicht schemenhaft erkennen konnte. Seine Züge, die vorhin im lebhaften Spiel der lodernden Flammen noch jung und voller Energie gewirkt hatten, sahen mit einem Mal blass und erschöpft aus.

»Und?« Er hatte nicht die Absicht, es ihr leicht zu machen, erkannte sie. »Hast du deine Meinung geändert?«, drängte er nach einem Moment, als sie schwieg. Sein barscher Tonfall ließ keinen Zweifel, dass er nur eine Bestätigung akzeptieren würde.

Und dann entwickelte sich mit einem Mal alles anders, als Amena es sich ausgemalt hatte. Die Mühsal der vergangenen Tage, der fordernde, harte Ton seiner Stimme und nicht zuletzt ihre eigene Unsicherheit sorgten dafür, dass das Gespräch einen gänzlich anderen Verlauf nahm als geplant.

»Nein, Ambiorix, an meinen Überzeugungen hat sich nichts geändert«, hörte sie sich selbst sagen und war überrascht, wie ruhig und fest ihre Stimme klang. »Doch ich bin hier, um dir zu beweisen, dass ich -«

Weiter kam sie nicht, denn er schnitt ihr mit einer Geste, scharf wie ein Schwert, das Wort ab.

»Du beweist mir gar nichts mehr«, zischte er. In seinen Zügen lagen eine Härte und Kälte, die sie nie zuvor an ihm gesehen hatte und die sie zutiefst erschütterten. Dies war nicht länger der besonnene und sanftmütige Ambiorix, den sie kannte. In diesem Augenblick wurde ihr mit schmerzhafter Klarheit bewusst, wie tief der Abgrund wahrhaftig war, der zwischen ihnen klaffte.

»Und bitte verschone mich fürderhin mit deinen Überzeugungen und Erkenntnissen«, fuhr er in demselben feindseligen Tonfall fort. »Ich benötige auch deinen Segen nicht mehr. Heute Morgen habe ich unseren Göttern geopfert, denselben Göttern, von denen du behauptest, Sie hätten uns verlassen. Ich habe Ihnen geopfert, und Sie haben mich erhört, denn ich habe während des ganzen Tages nicht den kleinsten Kratzer davongetragen und die Schlacht ist äußerst erfolgreich verlaufen. Die Unsterblichen helfen denjenigen, die Ihnen opfern und in Ihrem Namen kämpfen, nicht denen, die an Ihnen zweifeln. Ich vertraue auf Sie und auf mein Schwert.« Er ballte die Fäuste und schloss für einen Moment die Augen. Als er sie wieder öffnete, schimmerten sie verdächtig.

»Dieser Feldzug kostet unendlich viel Kraft.« Seine Stimme klang nun heiser. »Zwanzigtausend Krieger mit ihren Familien haben mir ihr Leben und ihre Zukunft anvertraut. Das ist eine sehr große Verantwortung für einen einzelnen Mann. In meiner Gutgläubigkeit hatte ich angenommen, dich in diesem, meinem wichtigsten Kampf an meiner Seite zu haben, als Priesterin unseres Stammes und als die Frau, die ich liebe. Aber leider war dies mein größter Irrtum. Götter, wie war ich blind! Doch das ist nun vorüber. Du sprichst von Erkenntnissen? Nun, das ist meine Erkenntnis. - Und jetzt entschuldige mich bitte, man erwartet Entscheidungen von mir.«

Seine Worte trafen Amena wie ein Peitschenhieb. Aber noch ehe sie Gelegenheit zu einer Erwiderung fand, wandte er sich abrupt von ihr ab und eilte mit langen Schritten den Weg zurück, den sie gekommen waren.

* * *

Als Hannah aus der Meditation erwachte, fühlte sie sich so erschöpft und ausgelaugt, als hätte sie selbst in der Schlacht um das römische Winterlager gekämpft. Ihre Glieder waren taub und schwer, als hätte sie eigenhändig Schild und Schwert geführt. Ihr Kopf schmerzte wie nach einem kraftvollen Hieb, und zum ersten Mal nach einer Vision war ihr speiübel. Und zu allem Überfluss ertönte irgendwo in ihrem von Schmerzen umwölkten Gehirn auch noch die trompetenartige Stimme der *Vernunft*. Diese hatte sich für ihren Auftritt eigens in die schwarze Robe eines Staatsanwaltes geworfen und wies mit anklagend erhobenem Zeigefinger und voller Pathos darauf hin, dass Hannah selbst schuld sei, wenn es ihr nun hundsmiserabel ging, da sie es mit den Meditationen maßlos übertrieb. Und überhaupt, so fügte die *Vernunft* hinzu, Hannahs momentane Wehrlosigkeit schamlos ausnutzend, werde es ohnehin ein böses Ende mit ihr nehmen. Ihr finanzieller Ruin sei so gut wie gewiss, und demnächst könne sie als Obdachlose unter einer Brücke weitermeditieren.

Hannah zog es vor, zu diesen Vorwürfen zu schweigen, um sich nicht selbst zu belasten. Viel mehr beschäftigten sie im Moment auch die naheliegenderen Fragen, ob sie genügend Aspirin im Hause hatte, wie sie es bloß bis in die Küche schaffen sollte, um es einzunehmen, und ob es eigentlich das Mittel der Wahl darstellte, wenn einem *dermaßen* übel war.

Doch noch ehe es ihr gelang, sich aufzurappeln, um diesen existenziellen Problemen auf den Grund zu gehen, drang plötzlich das Geräusch eines Motors in ihr Bewusstsein, das allmählich lauter wurde, als sich der Wagen über den Hindernisparcours ihrem Hof näherte, um schließlich vor dem Tor zu ersterben.

Sie schloss die Augen. Wer zur Hölle konnte das sein? Wanderer verirrten sich nur höchst selten in diese Gegend, und wenn, parkten sie am Beginn des Feldweges, um nicht samt ihrem Fahrzeug auf Nimmerwiedersehen in einem der Wasserlöcher zu verschwinden. Rutger schied ebenfalls aus, da das Motorengeräusch des Land Rover dunkler klang. Gerade sein Erscheinen wäre ihr im Augenblick auch alles andere als willkommen gewesen, denn sie hatte ihm versprechen müssen, jeweils einen Tag Pause zwischen zwei Meditationen einzulegen, und dieses Versprechen hatte sie soeben gebrochen. Er hätte sie sozusagen auf frischer Tat ertappt, *in flagranti*, wie es die *Vernunft* wohl formulieren würde.

Bitte, sandte Hannah ein ebenso ungerichtetes wie flehentliches Stoßgebet in den Äther. Wer auch immer zuständig sein mag: Bitte jetzt kein Besuch!

Das Schlagen einer Wagentür. Das Quietschen des Tores in den Angeln. Energische Schritte, die sich der Haustür näherten. Und dann das unausweichliche Klopfen.

Bei jedem der Geräusche war Hannah ein wenig mehr in sich zusammengesackt. Nun stöhnte sie laut auf. So ähnlich musste sich Macbeth gefühlt haben, dachte sie, als Macduff ans Tor klopfte. Die Stimme des Gewissens; noch jemand, der auf frischer Tat ertappt worden war.

Doch jäh durchzuckte sie eine brillante Idee. Und wenn sie einfach nicht öffnen würde? Na klar, das war's! Sie wäre halt ganz einfach nicht zu Hause. Schließlich konnte niemand sie zwingen, zu öffnen, wenn sie nicht –

»Hannah? Hannah, bist du da?«

Mit einem Ruck setzte sie sich auf und bereute es im selben Moment, als rote und schwarze Lichter vor ihren Augen zu tanzen begannen und sich irgendjemand sehr viel Mühe gab, mit Hammer und Meißel ihren Schädel zu spalten.

Das war doch Konrads Stimme.

»Hannah, bitte mach auf.«

Kein Zweifel. Konrad. Was zum Teufel machte der denn hier?

Schicksalsergeben wickelte sie sich aus ihrer Decke und schwankte zur Tür. Obwohl sie sie sehr vorsichtig und auch nur einen Spaltbreit öffnete, flutete sogleich ein Schwall grellen Tageslichts in den Raum, sodass sie unwillkürlich die Hand schützend über ihre Augen hob. Und inmitten dieser Überdosis von Helligkeit stand Konrad, ein dunkler Umriss, umgeben von einer Aura aus Gleißen wie ein Erzengel.

Und es genügte ein einziger Blick seiner klugen hellgrauen Augen, um zu erkennen, was mit ihr los war.

Hannah stieß die Tür ganz auf, was die Menge des Lichts, das auf ihre Netzhäute eindrang, mit einem Schlag auf die Intensität einer Flutlichtanlage anwachsen ließ. »M-Morgen, Konrad«, stammelte sie verblüfft. »Was verschlägt dich denn in diese gottverlassene Gegend? Aber komm doch erst mal rein.« *Damit ich die verdammte Tür zumachen kann.*

»Guten Morgen, Hannah.« Er trat an ihr vorbei ins Haus. Eilig schloss sie die Tür hinter ihm und lehnte sich noch eiliger mit dem Rücken dagegen, als sie plötzlich das Gefühl hatte, dass ihre Beine jeden Augenblick unter ihr nachgäben.

»Ich könnte ja behaupten, ich wäre zufällig vorbeigekommen«, meinte er lächelnd. »Aber angesichts der Lage deines Hofes klänge das nicht besonders glaubwürdig. Nein, die Wahrheit ist, ich hatte vergangene Nacht einen Traum, in dem du eine Rolle spieltest. Und da ich mir dein Gehöft ohnehin mal anschauen wollte, dachte ich, ich mache einen kleinen Ausflug in die Eifel. Komme ich irgendwie ungelegen?«

Konrad und seine verflixten Träume.

»Ja. Äh, ich meine ... nein, gar nicht«, log sie wenig überzeugend. »Möchtest du einen - Tee?« Im letzten Moment fiel ihr ein, dass er ja keinen Kaffee trank. Wohingegen ihr selbst gerade der Sinn nach einem großen Becher davon stand, stark und schwarz, Marke »Herztod«. Aber der hätte ihrem fragilen Magen wahrscheinlich den Rest gegeben.

»Sehr gern.«

Während Hannah in die Küche hinüberwankte, um Wasser aufzusetzen, überlegte sie fieberhaft, was es mit diesem Traum auf sich haben könnte. Als sie zuletzt miteinander telefonierten, hatte er ihr erzählt, er habe Rutger in einem Traum gesehen, und ihn dann prompt wiedererkannt, als sie ihn in Köln besuchten. Konrad und seine prophetischen Träume. Da steckte mehr dahinter, so viel war sicher.

»Ceylon? Assam? Darj-?«

»Ceylon bitte.«

Musste ja wichtig sein, wenn er extra deswegen zu ihr hinaus in die Pampa kam. Seltsam. Ob es wieder was mit Rutger zu tun hatte?

Als sie in den Wohnraum zurückkehrte, schlenderte Konrad gerade umher und schaute sich um. »Wirklich schön«, meinte er schließlich. »Hat vermutlich 'ne Stange Geld gekostet, nicht wahr?«

Hannah stutzte. Es war das erste Mal, dass sie ihn über Geld sprechen hörte, das für ihn nie eine große Bedeutung besessen hatte. In diesem Augenblick glaubte sie zu ahnen, welchen Verlauf das Gespräch nehmen würde.

»Es war nicht ganz billig«, räumte sie behutsam ein und wartete ab, was als Nächstes käme.

»Solange das Teewasser kocht, könntest du mir doch mal das Atelier und deine jüngsten Werke zeigen«, schlug er plötzlich vor. Es sollte spontan klingen, tat es aber nicht. Es klang künstlich und einstudiert und genau so, als verfolge er eine bestimmte Absicht. Und außerdem fragte sich Hannah, wie um Himmels willen ausgerechnet Konrad von einem Besuch ihres Ateliers profitieren sollte. Immerhin war er farbenblind.

Gehorsam nahm sie den Schlüssel vom Garderobenhaken und stakste mit vorsichtigen Schritten ihm voran über den Innenhof, in dem immer noch das verdammte Flutlicht brannte. Im kaum weniger lichtdurchfluteten Atelier zog sie sich eilig in eine schattige Ecke zurück, wohingegen sich Konrad interessiert umschaute und schließlich vor der Staffelei stehen blieb, auf der ihr erstes und bislang einziges Kalenderblatt lehnte, die Weinberge an der Ahr im Herbstlaub.

»Das gefällt mir«, bemerkte er, während sich die *Kreativen Regionen* vergeblich vorzustellen versuchten, wie das Bild wohl auf ihn wirken mochte. »Gehört das zu dem Kalender, den du letztens erwähntest?«

Das war wie bei diesem blöden Spiel, wo der eine die Fragen stellte, der andere in seinen Antworten nicht »ja«, »nein«, »schwarz« oder »weiß« verwenden durfte und sich das Gespräch die ganze Zeit um Zebras und Elstern drehte.

»Genau.«

»Ein Herbstbild«, bohrte er. »Du bist ja schon richtig weit.«

»Ich gehe nicht chronologisch vor.«

Sie kam sich immer mehr wie eine Viertklässlerin vor, deren Lehrer das Pult und die Hefte inspizierte. Ein Fleißkärtchen würde sie jedenfalls nicht bekommen.

Dann hatte er anscheinend gesehen, was er sehen wollte, und sie gingen zurück ins Haus. Hannah setzte den Tee auf, und als sie gerade ein Aspirin in ein Glas Wasser geworfen hatte und ungeduldig darauf wartete, dass es sich auflöste, stand Konrad plötzlich hinter ihr.

»Kopfschmerzen?«, fragte er mitfühlend, und als er den Blick seiner bemerkenswerten grauen Augen auf Hannah richtete, erschien es ihr, als schaute er geradewegs in ihre Seele. Mehr denn je fühlte sie sich wie eine Röntgenaufnahme ihrer selbst. Wie zum Henker machte er das bloß?

Und mit einem Mal hatte sie das Versteckspielen satt.

»Konrad, es ist meine Sache«, brach es aus ihr hervor, heftiger als beabsichtigt.

»Hab ich was gesagt?«, gab er unschuldig zurück.

Sie nahm das Tablett auf und rauschte an ihm vorüber in den Wohnraum. »Nein«, musste sie zugeben. »Aber die Art, wie du *nichts* sagst, gefällt mir nicht.« Unvermittelt gaben ihre Beine nach, sie sackte neben ihm auf das Sofa und verbarg ihr Gesicht in den Händen. »Ich wünschte, es wäre zu Ende«, flüsterte sie heiser. »Bei Gott, ich wünschte so sehr, es wäre endlich vorbei.«

Er zögerte kurz, dann strich er ihr sanft über den Rücken. Augenblicklich fühlte sie Tränen in sich aufsteigen, doch sie unterdrückte sie trotzig.

»Ich weiß, Hannah«, sagte er leise. »Ich weiß. Deswegen bin ich gekommen. Lass uns darüber reden.« Sie hörte, wie er den Tee einschenkte, sah aus dem Augenwinkel die Tasse, die er ihr hinhielt. »Hier, trink erst einmal.«

Mit zitternden Fingern ergriff sie den Henkel und nippte vorsichtig. Der Tee war heiß und stark, und er tat ihr gut.

»Ich kann einfach nicht mehr aufhören«, sprudelte es dann aus ihr hervor, als sich schließlich die Gefühle Bahn brachen, die sie so lange verdrängt hatte. »Ich kann an nichts anderes mehr denken als an das, was ich während der Visionen erlebe. Und wenn ich gerade mal nicht meditiere, frage ich mich ununterbrochen, wie es wohl weitergegangen sein mag, damals, vor zweitausend Jahren, was aus ihnen geworden ist, aus Amena und Ambiorix und den übrigen E-buronen. Es ist wie eine Sucht, eine Besessenheit! Und es ist so entsetzlich anstrengend. Verstehst du, dadurch, dass ich mit Amena verschmelze, habe ich überhaupt keine Distanz zu ihrem Schicksal. Es ist alles so intensiv, als würde es mir selbst widerfahren, als wäre es mein eigenes Leben, das auf dem Spiel steht.

Und ich habe Angst, schreckliche Angst vor der Zukunft. Ich weiß, dass ich eigentlich malen müsste. Ich müsste diesen verdammten Kalender fertigstellen, weil ich das Geld dringend brauche, um den Hof abzubezahlen. Ich hab mich viel zu hoch verschuldet, und wenn ich es nicht schaffe, ich meine, wenn ich nicht rechtzeitig fertig werde oder der Verlag mit meiner Arbeit nicht zufrieden ist, werde ich das Gehöft nicht halten können. Doch was hab ich bislang zustande gebracht? Bloß ein Bild, ein einziges Blatt! Meine Gefühle für Amena sind so überwältigend, dass sie mich völlig in Anspruch nehmen, und sie blockieren mich für meine Arbeit. Ich hab mich so auf diese Aufgabe gefreut, ich war so stolz auf meinen ersten richtig großen Auftrag. Aber jetzt kann ich mich überhaupt nicht aufs Malen konzentrieren, ich hab keine Ideen, keine Inspiration. Und je länger dieser

Zustand anhält, desto stärker wird der Druck und mit ihm meine Angst. Es ist ein Teufelskreis, und ich hab nicht die geringste Ahnung, wie ich da je wieder rauskommen soll.«

Atemlos hielt sie inne. Es tat gut, all das auszusprechen, ihre Sorgen mit jemandem zu teilen, der sie verstehen würde. Auch Rutger hätte sie vermutlich verstanden. Doch vor ihm schämte sie sich, weil sie ein Risiko eingegangen war, das sich nun als zu groß erwies, und ebenso dafür, dass ihr die Dinge derart aus den Händen geglitten waren. Bei Konrad war das anders.

Der nickte, nippte an seinem Tee und schwieg.

»Wann ist es endlich vorbei?«, fragte Hannah nach einem Moment, ein wenig ruhiger nun. »Ich meine, was muss passieren, damit ich keine Visionen mehr bekomme?«

Konrad seufzte. »Du verlangst einfache Antworten auf schwierige Fragen. Aber ich fürchte, es liegt nicht in deiner Hand, das Ende zu bestimmen, genauso wenig, wie du Einfluss darauf hast, zu welchem Zeitpunkt der Vergangenheit die Visionen einsetzen und über welchen Zeitraum sie sich erstrecken. Du musst das so sehen: Amena will dir etwas mitteilen, sie hat dich auserwählt, um eine Botschaft zu übermitteln. Und erst wenn das geschehen ist, wird es vorüber sein.«

Hannah wickelte nachdenklich eine Haarsträhne um ihren Zeigefinger. »Und wenn ich mit dem Meditieren aufhören würde? Dann wäre es doch auch vorbei, oder?«

Er schüttelte den Kopf. »Vermutlich nicht. Ich denke, in diesem Fall würde sich nur das Medium verändern. Sagtest du nicht, dass alles mit einem Traum begann? Ich bin überzeugt, wenn du nicht mehr meditierst, würden sich die Botschaften wieder in deine Träume zurückverlagern. Vereinfacht ausgedrückt, kannst du es dir so vorstellen: Du möchtest jemandem etwas erzählen und rufst ihn an. Derjenige hat aber sein Telefon ausgeschaltet. Also wählst du eine Alternative und schreibst ihm einen Brief oder eine E-Mail. Das Ergebnis ist das gleiche, nur das Medium ist ein anderes. Nein, Hannah, ich fürchte, der einzige Weg, vorzeitig aus deiner Beziehung zu Amena auszusteigen, bestünde darin, den Hof zu verlassen. Für immer. Und das ist ja das Letzte, was du willst.«

Sie fühlte, wie ihr ein eisiger Schauer über den Rücken rieselte, und blickte betroffen zu Boden. Die Unausweichlichkeit ihrer Verbindung mit Amena, die Konrad ihr soeben in aller Deutlichkeit vor Augen geführt hatte, erschreckte sie zutiefst. Doch seine Begründung klang vollkommen einleuchtend, da biss die Maus keinen Faden ab.

»Warum hast du mich nicht gewarnt?«, flüsterte sie nach einer Weile vorwurfsvoll.

Er lachte leise, sodass sie überrascht aufschaute.»Such die Schuld bitte nicht bei anderen, Hannah. Ich habe dich durchaus gewarnt, dass derartige Beziehungen zu Menschen aus längst vergangenen Zeiten äußerst vereinnahmend wirken können. Und ich erinnere mich, dir sehr eindringlich geraten zu haben, nicht zu häufig zu meditieren, damit du einen gewissen Abstand zu den Ereignissen wahren kannst. Ich bin mir jedoch ziemlich sicher, dass du meinen Rat in den Wind geschlagen hast.«

Sie fühlte, wie ihr die Röte in die Wangen stieg, und schwieg. Seine Warnung hatte sie total vergessen, wahrscheinlich, weil sie seinerzeit ohnehin nicht vorhatte, mit den Meditationen fortzufahren. Wäre sie doch bloß bei ihrer damaligen Haltung geblieben!

»Das dachte ich mir«, fuhr Konrad trocken fort.»Nun, du bist wohl über das Ziel hinausgeschossen. Anfangs wolltest du mit deinen nicht unerheblichen medialen Fähigkeiten nichts zu schaffen haben und hast sie schlichtweg verleugnet. Dann hast du sie allmählich akzeptiert, und schließlich hast du es übertrieben und die Kontrolle verloren. Nun geht es darum, das richtige Maß zu finden. Du hast inzwischen einen Eindruck davon bekommen, welch enorme Energie in diesen Visionen steckt, welch ungeheure Macht den Gefühlen innewohnt, denen du dabei ausgesetzt bist. Jetzt musst du lernen, verantwortungsvoll mit ihnen umzugehen.«

Hannah seufzte. Sicher, er hatte ja recht. Sie hatte seinen Rat missachtet, und sie hatte auch ihr Versprechen gegenüber Rutger gebrochen, immer einen Tag mit den Meditationen auszusetzen. Im Grunde geschah es ihr also ganz recht, was sie gerade durchmachte. Aber das löste ihr Problem nicht.

»Und was rätst du mir nun?«, fragte sie nach einem Moment kleinlaut.»Ich meine, so kann es ja nicht weitergehen.«

Konrad trank seinen Tee aus und stellte die leere Tasse beiseite. »Nein, das sollte es auf keinen Fall. Wie gesagt, es geht darum, die Kontrolle zurückzugewinnen. Fahre ruhig mit den Meditationen fort, es bleibt dir ohnehin nichts anderes übrig. Doch halte dich an die Spielregeln, meditiere seltener, geh verantwortungsvoll mit deiner besonderen Gabe um. Es gibt kein Rezept, wie oft man meditieren darf. Aber du spürst ja selbst, ob du die intensiven Energien, die damit verbunden sind, erträgst oder ob sie dich zu sehr belasten. Hör auf dein Gefühl, das ist der beste Ratgeber.

Und ich bin sicher, sobald du dieses Problem im Griff hast, wird deine künstlerische Inspiration zurückkehren. Wenn die Ereignisse um Amena die übersteigerte Bedeutung verlieren, die sie im Augenblick für dich haben, wird die Lähmung von dir abfallen, und du wirst wieder malen können.«

Plötzlich erhob er sich. Hannah wollte nicht, dass er ging, sie war innerlich aufgewühlt und voller Fragen. Aber sie war auch zu stolz, ihn zu bitten, zu bleiben. Vermutlich erahnte er ihren Wunsch ohnehin, doch er hielt es für besser, sie mit ihren Gedanken und Gefühlen allein zu lassen. So war er nun einmal.

Zum Abschied legte er seine warme, trockene Hand an ihre Wange.»Pass auf dich auf, Mädchen«, sagte er. Dann wandte er sich ohne ein weiteres Wort ab und trat in den Hof hinaus.

Erst als sich das Motorengeräusch seines Wagens langsam über den Feldweg entfernte, fiel Hannah ein, was sie ihn noch hatte fragen wollen: Was zum Henker hatte er denn nun eigentlich geträumt?

Kapitel 16

Amena klopfte beruhigend den Hals ihrer Stute. Nach dem stundenlangen Stehen in der Kälte wurde das Tier allmählich unruhig. Auch seine Reiterin sehnte sich nach einem wärmenden Feuer und einer heißen Mahlzeit, doch sie wollte den Kamm der Anhöhe, der ihr einen weiten Blick über die Ebene und das römische Winterlager bot, noch nicht verlassen. Sie nahm etwas Heu aus der Satteltasche und verfütterte es an ihr Pferd, ehe sie zu dem Felsvorsprung zurückkehrte, um ihren Beobachtungsposten wieder einzunehmen.

Bald jedoch schweiften ihre Gedanken ab und wanderten zurück zu den Ereignissen der vergangenen drei Tage. Die Belagerung des Castrum begann sich in die Länge zu ziehen. In einem Wettlauf mit der Zeit versuchten beide Seiten fieberhaft, ihre Position gegenüber der des Gegners zu verbessern. Die Römer versahen ihre Befestigung mit Verteidigungstürmen aus Holz, in denen die Soldaten geschützt stehen und ihre Pila auf die Angreifer hinabschleudern konnten. Gleichzeitig verstärkten sie mit dem Bauholz, das sie bereits herangeschafft und zurechtgezimmert hatten, einige besonders gefährdete Abschnitte der Umfriedung. Die Legionäre arbeiteten Tag und Nacht, und die keltischen Späher berichteten, dass selbst Verwundete und Kranke nicht geschont wurden. Die Eingeschlossenen waren verzweifelt, und sie boten ihre letzten Reserven auf, um den Schutz des Lagers zu vervollständigen und es zu einer uneinnehmbaren Festung auszubauen. Außerdem sandten sie weiterhin Kuriere zu Caesar, die jedoch aufgegriffen und vor Ambiorix gebracht wurden. Der Ton der Briefe wurde von Tag zu Tag flehender und spiegelte Ciceros wachsende Hoffnungslosigkeit wider.

Ebenso fieberhaft bereiteten die verbündeten Stämme den Sturm auf das Castrum vor. Während kleine Reitertrupps die Römer durch gezielte Attacken ablenkten und auf diese Weise daran hinderten, die Befestigung zu verstärken, traf der Großteil des Heeres Vorbereitungen für deren Erstürmung. Um Belagerungstürme einsetzen zu können, ordnete Ambiorix an, den Graben aufzufüllen, der auf der Außenseite des Walls verlief. Dies sorgte für eine größere Zahl an Opfern unter den Kelten, da die dort arbeitenden Krieger dem ständigen Hagel gegnerischer Wurfgeschosse ausgesetzt waren. Gleichzeitig wurden außer Sichtweite des Lagers die Belagerungstürme zusammengezimmert. Sie entsprachen der Höhe der Umfriedung und sollten, unmittelbar an die Palisade herangerollt, deren Überwindung ermöglichen. Weitere Trupps bauten nach römischem Vorbild Testudines, »Schildkröten« genannte, mit einem Dach und Rädern versehene Konstruktionen aus Holz, die dazu dienten, die Angreifer vor den Speeren und Pfeilen der Verteidiger zu schützen.

Schließlich wanderten Amenas Gedanken zurück zu ihrem Gespräch mit Ambiorix, das einen so entsetzlichen Verlauf genommen hatte. Eilig schob sie die Erinnerung beiseite. Am folgenden Morgen hatte sie getan, was von ihr erwartet wurde: Sie nahm ihre Rolle als Priesterin der Höchsten Göttin ein, legte ihren Ritualmantel um und erteilte den Eburonen, die sich erwartungsvoll um sie scharten, den Segen der Unsterblichen. Für sie selbst war es eine bloße Geste. Sie empfand nichts, keines der vertrauten Zeichen, die die Anwesenheit einer Gottheit verrieten, nichts als eine große, schmerzhafte Leere, die von Mal zu Mal tiefer und schwärzer wurde.

Doch sie wusste, wie abergläubisch Krieger waren, wie sehr sie vor einer Schlacht auf jedes Omen, jedes noch so unbedeutende Anzeichen lauerten, das ihnen einen günstigen Ausgang des Kampfes versprach oder sie vor bestimmten Handlungen warnte. Daher war der Segen der Götter am Morgen vor der Schlacht für die Männer von höchster Bedeutung. Und auch der anschließenden Segnung der Waffen und Amulette kam Amena mit derselben widersprüchlichen Mischung aus innerer Leere und zur Schau gestellter Ernsthaftigkeit nach.

Nach außen hin spielte sie ihre Rolle meisterlich; ihre priesterliche Haltung und Würde waren makellos. Im Grunde ihres Herzens jedoch war sie überzeugter denn je, dass die Unsterblichen sich von ihnen abgewandt hatten.

Ambiorix blieb den morgendlichen Zeremonien fern. Er bemühte sich ganz offenkundig, Amena aus dem Wege zu gehen. Doch da sie ihr Amt als Priesterin ihres Stammes eingenommen hatte und somit auch an den Zusammenkünften des Kriegsrates teilnahm, waren Begegnungen unvermeidlich. Bei diesen Versammlungen erhielt sie Gelegenheit, ihn zu beobachten, und was sie sah, erfüllte sie mit Schmerz und Sorge.

Ambiorix litt. Um seinen Mund hatte sich ein Zug von Verbitterung eingegraben, der ihr fremd war, und die Blicke, mit denen er sie hin und wieder verstohlen musterte, verrieten seine tiefe Verletztheit. Er fühlte sich von ihr im Stich gelassen, verraten, hintergangen. Und genau wie Ebunos es vorhergesagt hatte, war er zurzeit nicht in der Lage, sich mit dem, was Amena als Wahrheit erkannt hatte, auseinanderzusetzen. Um sein verantwortungsvolles und belastendes Amt als Oberbefehlshaber einer solch gewaltigen Streitmacht auszufüllen, benötigte er das Wissen, dass seine Götter mit ihm waren, ihn leiteten und beschützten, dringender denn je. Daher würde er jedem mit Feindseligkeit begegnen, der ihn dieses Gefühls der Sicherheit und Geborgenheit zu berauben, es als bloße Illusion abzutun versuchte. Alles, was Amena zu tun vermochte, war, in seiner Nähe zu bleiben und zu hoffen, dass er ihr nochmals die Gelegenheit zu einem Gespräch einräumte.

Etwas anderes bereitete ihr gleichwohl noch größerer Sorge, und ihr schlechtes Gewissen nagte an ihr wie ein lebendiges Wesen. Ambiorix forderte das Schicksal heraus. Seine Art zu kämpfen war wagemutig jenseits aller Vernunft. Und was die Krieger als Tapferkeit bewunderten und die Barden abends an den Lagerfeuern in ihren Lobliedern besangen, erkannte Amena als das, was es in Wirklichkeit war: eine Herausforderung der Götter, die an Todesverachtung grenzte. Es erschien ihr förmlich, als riefe er Ihnen zu: Hier bin ich; mein Leben liegt in Eurer Hand!

Zudem wurde bei den täglichen Zusammenkünften des Kriegsrates eines immer deutlicher: Zwischen dem jungen König der Eburonen und Lovernios, dem alten Druiden der Levacer, schwelten eine unterschwellige Abneigung und eine tief verwurzelte Unvereinbarkeit der Ansichten, die früher oder später unweigerlich in einen offenen Konflikt ausbrechen mussten. Wie Amena unterdessen erfahren hatte, war Lovernios entschieden dagegen gewesen, Ambiorix als Oberbefehlshaber des verbündeten Heeres einzusetzen. Seine Motive waren offensichtlich: Er hatte Cedrix, dem jungen König seines Stammes, dieses hohe Amt zugedacht. Dadurch wäre sein eigener, zuvor bereits bedeutender Einfluss noch einmal erheblich vergrößert worden, denn der unerfahrene Cedrix war wie Wachs in seinen Händen.

Lovernios war bei Freund und Feind gleichermaßen geachtet wie gefürchtet. Selbst angesehene Fürsten wie Ecritorix oder Alvius, der König der Ceutronen, vermieden es, sich mit ihm anzulegen, da sie befürchteten, von dem machtvollen Druiden mit einem Zauber belegt zu werden. Außerdem sagte man Lovernios hinter vorgehaltener Hand nach, dass er, wenn seine Magie nicht ausreichte, um seine ehrgeizigen Ziele zu verwirklichen, auch vor einem Mord nicht zurückschrecke. Von Ebunos wusste Amena, dass vor mehr als einem Menschenalter, als der greise Druide der Levacer verstorben war und Lovernios sich um das Amt bewarb, der zweite, wesentlich vielversprechendere Kandidat in der Nacht vor der Entscheidung mit eingeschlagenem Schädel aufgefunden wurde. Freilich hatte man Lovernios die Tat nicht nachweisen können, und ohnehin hätte es niemand gewagt, ihn öffentlich eines solchen Vergehens anzuklagen.

Doch der Verdacht hatte sich hartnäckig über all die Jahre hinweg gehalten. Zurzeit hielt sich Lovernios in für ihn untypischer Weise im Hintergrund.

Amena vermochte sich gleichwohl des Eindrucks nicht zu erwehren, dass der durchtriebene alte Druide nur auf eine Gelegenheit lauerte, Ambiorix bloßzustellen und damit gleichzeitig seinen eigenen Einfluss auf das verbündete Heer zu vergrößern. Ihr blieb nur zu hoffen, dass auch Ambiorix die Absicht seines Widersachers durchschaute, denn die Erstürmung des römischen Lagers und seine innere Zerrissenheit nahmen ihn so sehr in Anspruch, dass er dem Feind in den eigenen Reihen zu wenig Beachtung schenkte. Der durchdringende Ton einer Carnyx riss Amena aus ihren sorgenvollen Gedanken und verankerte sie in der Gegenwart. Sie seufzte, ging zurück zu ihrer Stute und verließ den Kamm der Anhöhe, um hinunter in das Kriegslager zu reiten.

Am fünften Tag der Belagerung flammte der schwelende Konflikt zwischen Ambiorix und Lovernios plötzlich auf. Kurz nach Sonnenaufgang unternahm Amena gemeinsam mit Beligantus und zwei weiteren Eburonen einen Ritt rings um das Castrum, um sich einen Überblick über den Fortschritt der römischen Befestigungsanlagen zu verschaffen. Ein leichter Dunst lag über der Ebene, den die ersten Strahlen der Sonne im Osten bereits rötlich färbten und bald aufgeleckt haben würden.

Die Holzarbeiten an den Verteidigungstürmen und der Palisade schienen zum Stillstand gekommen zu sein, obwohl Letztere noch erhebliche Schwachstellen aufwies. Amena vermutete, dass den Römern das Bauholz ausgegangen war, denn sie konnten das Lager ja nun nicht mehr verlassen, um frisches zu schlagen.

Just als die vier Reiter die Umrundung vollendet hatten und den Weg zurück ins Kriegslager einschlagen wollten, gewahrte Amena in der Nähe der Porta Praetoria, jedoch außer Reichweite der römischen Speere und Pfeile, eine kleine Gruppe von Männern und in deren Mitte eine hagere weiß gekleidete Gestalt.

Ihr schwante nichts Gutes, als sie ihre Stute zügelte und die Augen mit der Hand beschattete, um gegen die niedrig stehende Sonne Einzelheiten auszumachen. Auch ihre drei Begleiter, in eine angeregte Diskussion über die Schwächen der feindlichen Befestigungsanlagen vertieft, verhielten ihre Pferde und starrten angestrengt in dieselbe Richtung.

»Lovernios«, stellte Beligantus nach einem Moment fest und bestätigte damit Amenas Verdacht.

Sie nickte und trieb ihre Stute mit einem leichten Schenkeldruck an. »Lasst uns hinüberreiten. Ich möchte herausfinden, was dort vor sich geht.«

Ihre Begleiter warfen einander verstohlene Blicke zu, als sie sich ihr notgedrungen anschlossen. Sie hätten eine Begegnung mit dem gefährlichen Druiden nur allzu gern vermieden. Gleichgültig, was er im Schilde führen mochte, erschien es ihnen klüger, sich herauszuhalten.

Im Näherkommen erkannte Amena, dass mehrere Levacer einen hölzernen Pfahl, wie die Römer sie für den Bau ihrer Palisade verwandten, in den Boden geschlagen und ringsum aus Reisig und trockenen Zweigen einen Scheiterhaufen errichtet hatten. Nun bemühten sich drei von ihnen soeben, einen vierten Mann, der mit einer römischen Tunika bekleidet war und sich aus Leibeskräften wehrte, an diesem Pflock festzubinden.

Es schien offensichtlich, was Lovernios im Sinn führte: Er wollte die eingeschlossenen Legionäre demoralisieren, indem er vor ihren Augen einen der Ihren bei lebendigem Leibe verbrannte. Gleichzeitig brachte er auf diese Weise dem Gott Taranis ein Menschenopfer dar - ein Brauch, den Amena zutiefst verabscheute, der jedoch bei den Levacern noch immer ausgeübt wurde.

Als die Vorbereitungen abgeschlossen und das sich verzweifelt sträubende Opfer endlich an den Pfahl gebunden war, schritt der Druide zur Tat. Ohnmächtig musste Amena mit ansehen, wie er eine Fackel an das trockene Reisig hielt, und augenblicklich schnellten kupferfarbene Flämmchen gleich Schlangenzungen aus den aufgeschichteten Ästen und Zweigen.

Sie war nun nah genug, dass sie den Römer erkannte, den Lovernios für sein Ritual auserkoren hatte. Er war einer der Kuriere, die der eingeschlossene Cicero in den vergangenen Tagen an Caesar ausgesandt hatte und die von den wachsamen keltischen Posten aufgegriffen und dem Kriegsrat vorgeführt wurden. Der junge Legionär versuchte zunehmend panisch, sich von den Fesseln zu befreien. Doch als die ersten Flammen an seinen bloßen Füßen leckten, gab er seine sinnlosen Bemühungen auf und begann hemmungslos zu schreien. Es waren die gequälten Laute eines Menschen in Todesangst, und sie fuhren Amena durch Mark und Bein. Gleichgültig, dass es sich bei dem Gefangenen um einen Römer handelte, einen Feind – einen Mann bei lebendigem Leibe zu verbrennen war unmenschlich, und sie vermochte sich nicht vorzustellen, dass eine solch abscheuliche Tat den Göttern zu Gefallen wäre.

Amena trieb ihre Stute zum Galopp an, und die drei Eburonen taten es ihr notgedrungen nach. Aber noch ehe sie die Gruppe um den Druiden erreichten, tauchte aus der Richtung des Kriegslagers eine zweite Schar Berittener auf, und an ihrer Spitze erkannte Amena Ambiorix. Er und seine Begleiter hatten sich anscheinend auf dem Rückweg zum Versammlungsplatz befunden, doch die Schreie des Gefangenen, die weithin über die Ebene hallten, bewogen sie zur Umkehr. Als Ambiorix erfasste, was vor sich ging, lenkte er seinen Schimmel auf Lovernios zu und hieb ihm die Fersen in die Flanken. Die anderen Reiter folgten ihm.

Und in diesem Moment durchschaute Amena mit jäher Klarheit, dass die eigentliche Absicht des gerissenen alten Druiden weder im Opfer für Taranis noch in der Zermürbung des Gegners bestand, sondern einzig und allein in der Auseinandersetzung mit Ambiorix, die er dadurch heraufbeschwor. Lovernios wusste selbstredend, dass die Eburonen den Göttern schon seit Generationen keine Menschenopfer mehr darbrachten, während diese Sitte bei den meisten der verbündeten Stämme noch regelmäßig ausgeübt wurde.

Daher durfte er davon ausgehen, dass Ambiorix einschreiten würde, und wollte ihn auf diese Weise als Fremdling in den Reihen der anderen Könige darstellen, als Schwächling, der mit den machtvollen Bräuchen der Ahnen gebrochen hatte und mithin nicht würdig war, als Oberbefehlshaber die Krieger gegen Rom zu führen. Lovernios selbst stand weithin im Ruf eines leidenschaftlichen Bewahrers der Traditionen, und er hoffte offenkundig, durch diese List bei den Oberhäuptern der übrigen Stämme an Einfluss zu gewinnen. Auch den Zeitpunkt für sein Ränkespiel hatte der verschlagene alte Druide klug vorausberechnet, denn unter Ambiorix' Begleitern erkannte Amena Ecritorix und Ellico sowie die Könige der Ceutronen, Grudier, Pleumoxier und Geidumner.

Um Ambiorix als verweichlichten Außenseiter darzustellen, nahm Lovernios sogar in Kauf, sich ins Unrecht zu setzen. Zwar galt es als ungeschriebenes Gesetz, dass ein König einem Druiden keine Vorschriften hinsichtlich der Ausübung seiner Religion machen durfte. Etwas anderes war es gleichwohl, wenn dieser König der gewählte Oberbefehlshaber über mehrere Völkerschaften war. Dann nämlich besaß er kraft seines hohen Amtes das Recht, einem Druiden auf dem von ihm befehligten Schlachtfeld die Durchführung von Ritualen zu untersagen, beispielsweise wenn diese nicht den Gepflogenheiten aller unter seinem Kommando stehenden Stämme entsprachen.

Amena und die drei Eburonen erreichten die Gruppe um Lovernios beinah gleichzeitig mit Ambiorix und seinen Begleitern. Der widerwärtige Gestank verschmorenden Fleisches hing in der Luft, und die verzweifelten Schmerzensschreie des Römers waren nunmehr zu einem unerträglichen Heulen angeschwollen, das nichts Menschliches mehr hatte, sondern eher den unartikulierten, qualvollen Lauten eines Tieres in der Stunde seines Todes glich. Auf der Befestigung des Lagers waren unterdessen die ersten Legionäre erschienen, die die Szene mit stummem Entsetzen beobachteten, jedoch nicht einzugreifen wagten.

Ambiorix brachte Avellus vor dem Scheiterhaufen zum Stehen, dessen Flammen bereits die Unterschenkel des Gefangenen umzüngelten. Mit einem Satz war er aus dem Sattel, riss dem ihm zunächst stehenden Levacer die Lanze aus der Hand und schlug die lodernden Äste auseinander. Einer von ihnen landete geradewegs vor den Füßen des alten Druiden. Augenblicklich griff das Feuer auf den Saum seines langen, schmutzig weißen Gewandes über, sodass Lovernios hastig beiseitespringen und die Flammen mit einigen ungelenken Hüpfern austreten musste, um ihnen nicht selbst zum Opfer zu fallen. Amena wusste nicht, ob der brennende Zweig zufällig in seine Richtung geflogen war oder ob Ambiorix ihn seinem Widersacher absichtlich vor die Füße geschleudert hatte, um ihn der Lächerlichkeit preiszugeben. Jedenfalls wurden die ungeschickten Sprünge des groß gewachsenen, hageren Druiden, die Amena entfernt an die eines balzenden Kranichs erinnerten, von den Umstehenden mit spontanem Gelächter quittiert, das jedoch sogleich verstummte, als Lovernios Verwünschungen in die Runde zischte.

Schließlich war es ihm gelungen, die Flammen auszutreten. Lediglich der Saum seines Gewandes wies einen dunkelbraunen Rand auf, wo das Feuer den Stoff angesengt hatte. Amena sah den mühsam beherrschten Zorn in den Zügen des Druiden, als er sich nun Ambiorix zuwandte.

»Ihr wagt es, ein Opfer für Taranis zu stören?« Seine Stimme, obgleich leise, trug weithin, und ein drohender Unterton schwang in ihr.

Der Angesprochene tat gleichwohl, als hörte er ihn nicht. Er warf die Lanze beiseite, zog seinen Dolch und umrundete den Scheiterhaufen, um die Stricke zu durchtrennen, die den Gefangenen an den Pfahl fesselten. Augenblicklich versuchte der Römer fortzulaufen, brach jedoch nach einigen unbeholfenen Schritten zusammen und blieb wimmernd vor Schmerzen liegen. Niemand schenkte ihm weitere Beachtung, denn die Augen aller waren auf Lovernios und den jungen König geheftet.

Ambiorix steckte den Dolch zurück in die Scheide, und nun erst wandte er sich dem Druiden zu.

Seine Miene wirkte ruhig und gefasst, doch Amena ahnte, wie viel Mühe ihn diese zur Schau gestellte Gelassenheit kostete.

»Ich erinnere mich nicht, Euch die Erlaubnis erteilt zu haben, auf diesem Schlachtfeld ein Menschenopfer darzubringen«, erklärte er, den Blick unverwandt auf die verschlagenen Züge des anderen gerichtet.

In einer pathetischen Geste legte Lovernios die Rechte flach auf seine knochige Brust.»Ich bin mir keiner Verfehlung bewusst, König Ambiorix«, erwiderte er, und es gelang ihm sogar, seiner Stimme den entrüsteten Tonfall eines zu Unrecht Beschuldigten zu verleihen.»Ich befand mich in dem guten Glauben, im Namen und Interesse aller hier versammelten Stämme zu handeln, wenn ich Taranis einen gefangenen Römer zum Opfer darbringe, um dem verbündeten Heer auch weiterhin die Gunst der Unsterblichen zu sichern.«

In Ambiorix' dunkle Augen war ein gefährliches Funkeln getreten, und lediglich sein Respekt vor dem hohen religiösen Amt seines Gegenübers brachte ihn dazu, die Beherrschung zu bewahren.»Wie Ihr sehr wohl wisst, Lovernios«, entgegnete er mit erzwungener Ruhe,»handelt Ihr nicht im Namen aller hier versammelten Stämme. Denn bei den Eburonen ist es bereits seit der Zeit meiner Vorväter nicht länger Brauch, den Göttern Menschenopfer darzubringen.«

Der Druide legte seine Stirn in tiefe Falten und breitete die Arme aus, um die Bedeutung seiner folgenden Worte zu unterstreichen.

Nun kommen wir also zum Kern der Angelegenheit, dachte Amena und versteifte sich unwillkürlich.

»Ich mache mir große Sorgen um den Ausgang dieses Krieges«, erklärte der gerissene Lovernios dann und ließ einen Beifall heischenden Blick durch das Rund der Könige schweifen,»wenn der Oberbefehlshaber der verbündeten Stämme zu einer verweichlichten Gottheit betet, die keine Menschenopfer wünscht, die nicht nach dem Fleisch und dem Blut der Feinde verlangt. Ein solch schwächlicher Gott kann unmöglich ein Herr des Krieges und des Sieges sein. Aber das ist es doch, weswegen wir uns hier vereint haben, wofür wir bereit sind, unser Leben zu opfern: der endgültige Triumph über die römischen Eindringlinge.«

Amena stöhnte innerlich, als sie ihre schlimmsten Befürchtungen bestätigt fand. Lovernios hatte wahrhaftig nichts Geringeres im Sinn, als Ambiorix das Amt des Oberbefehlshabers streitig zu machen. Ängstlich tasteten ihre Augen über die Gesichter der Könige, um abzuschätzen, wie die Äußerungen des mächtigen Druiden auf sie wirkten. Doch zu ihrer Erleichterung - und nicht gelinden Überraschung - sah sie kein bestätigendes Kopfnicken, entdeckte sie keine Zweifel an Ambiorix' Eignung in ihren Mienen, sondern lediglich gespannte Neugier auf das Ergebnis des Kräftemessens.

Für die Dauer einiger Herzschläge herrschte Stille, nur unterbrochen vom schwachen Wimmern des Gefangenen, der noch immer neben den Resten des Scheiterhaufens lag und sich nicht zu rühren wagte.

Ambiorix war zwei Schritte auf Lovernios zugetreten, sodass sich die beiden Widersacher nun unmittelbar gegenüberstanden.

»Die Sorge um den Ausgang der Schlacht dürft Ihr getrost mir überlassen«, entgegnete er ruhig, ohne auf die Provokationen einzugehen, »denn ich bin der gewählte Oberbefehlshaber der verbündeten Stämme. Ich bin nicht hier, um mit Euch über Religion zu streiten. Doch ich fürchte um die Zukunft unseres Volkes, für dessen Freiheit ich kämpfe, wenn seine klügsten und einflussreichsten religiösen Führer weiterhin an barbarischen Bräuchen festhalten. Daher verbiete ich Euch hiermit, vor Zeugen und bei allen dafür vorgesehenen Strafen, abermals ein Menschenopfer auf diesem Schlachtfeld darzubringen.«

Nach diesen Worten wandte er sich ab und ließ den Druiden stehen, dessen spitzer weißer Bart vor mühsam unterdrücktem Zorn bebte. Er ging hinüber zu seinem Schimmel, saß auf und lenkte ihn in Richtung des Kriegslagers, ohne sich noch einmal umzudrehen.

Während der gesamten Auseinandersetzung war es Ambiorix gelungen, nach außen hin den Anschein von Ruhe, beinah Gelassenheit, zu erwecken. Lediglich Amena fühlte die hasserfüllten Energien, die von dem jungen König und dem alten Druiden ausgingen und alle Anwesenden einhüllten wie eine bedrohliche, dunkle Wolke. Die leichte Brise, die über die Ebene dahinwehte, schien zu knistern wie von Funken, die sich durch trockenes Reisig fraßen und jederzeit einen Flächenbrand auslösen konnten.

Doch für dieses Mal war die Gefahr gebannt. Die Könige nickten einander zu und murmelten ihre Zustimmung, ehe sie sich in geradezu symbolhafter Weise ebenfalls von Lovernios abwandten und sich Ambiorix anschlossen, der zurück ins Kriegslager ritt.

Erst jetzt bemerkte Amena, dass sie den Atem angehalten hatte, und schöpfte tief und erleichtert Luft. Kein Zweifel, die Strategie des Druiden, so brilliant sie auch gewesen sein mochte, war nicht aufgegangen. Ganz im Gegenteil, sie hatte sich gegen ihren Schöpfer gewandt, indem sie Ambiorix Gelegenheit gab, Lovernios vor den übrigen Königen zurechtzuweisen und seine Position als Oberbefehlshaber auf diesem Schlachtfeld zu festigen.

Schwer zu entscheiden, überlegte Amena, ob es wahrhaftig Lovernios' religiöse Überzeugung oder nicht vielmehr seine Gier nach Macht war, die ihn diesen schwerwiegenden Fehler begehen ließ. Vermutlich eine Mischung aus beidem. Sie hatten ihn geblendet, und in seiner Blindheit hatte er die Bedeutung, die Ambiorix' Religion für die anderen Stammesoberhäupter besaß, maßlos überschätzt. Ihnen war es letztlich gleichgültig, welche Götter die Eburonen verehrten und ob sie Ihnen Menschenopfer darbrachten oder nicht. Ihre gesamte Aufmerksamkeit galt dem Krieg gegen die römischen Eindringlinge, und sie hatten Ambiorix zu ihrem Oberbefehlshaber gewählt, weil er ein kluger und geschickter Feldherr war, ungeachtet seiner religiösen Ansichten.

In diesem Augenblick wurde Lovernios gewahr, dass Amena ihn verstohlen beobachtete. Über die verstreuten Reste des Scheiterhaufens, aus dessen Glut hie und da noch Flammen züngelten, begegneten sich ihre Blicke, und der grenzenlose Hass, der ihr aus seinen bernsteinfarbenen Raubvogelaugen entgegenschlug, erschütterte sie. Und nicht nur das: Sie erkannte in diesem Moment mit vollkommener Klarheit, dass der alte Druide nicht eher ruhen würde, bis er Ambiorix vernichtet hätte. Ein eisiger Schauer rieselte ihr über den Rücken, als sie sich daran erinnerte, wie Lovernios an die Macht gekommen war, an den mysteriösen Tod des anderen Bewerbers. Und sie hegte nicht die geringsten Zweifel, dass ihm auch jetzt jedes Mittel recht wäre, um sein Ziel zu erreichen. Skrupel waren diesem machtgierigen Mann so fremd wie seinem Widersacher Ambiorix Intrigen.

Als hätte der Druide ihre Gedanken erraten, umrundete er plötzlich mit einigen schnellen Schritten die Reste des Scheiterhaufens und trat so dicht an Amena heran, dass ihre Stute erschrocken scheute.

»Passt gut auf Euren Liebhaber auf«, zischte er in der rituellen Sprache der Druiden, die weder seine levacischen Handlanger noch Amenas drei Begleiter beherrschten. »Er wird jeden Beistand benötigen, den ihm seine verweichlichten Götter zu bieten vermögen, denn ich werde immer da sein. Und wenn Ihr mich am wenigsten erwartet, werde ich handeln, und ich werde ihn vernichten.«

Amena fühlte, wie sich ihre Furcht gleich einer eisernen Faust um ihr Herz krallte; Furcht nicht vor diesem Mann und seinem Hass, der gleichwohl auch ihr galt, sondern Furcht um Ambiorix. Dennoch gelang es ihr, ihrer Stimme einen festen Tonfall zu verleihen, und sie erwiderte seinen mörderischen Blick mit einem Ausdruck, von dem sie hoffte, dass er entschieden und furchtlos wirkte.

»Auch ich werde immer da sein, Lovernios«, entgegnete sie in derselben rituellen Sprache. »Bei Tage werde ich die Rüstung sein, die ihn vor den Schwertern seiner Feinde schützt, bei Nacht die Decke, die ihn wärmt. Nichts, was Ihr zu tun vermögt, wird jemals imstande sein, ihm Leid zuzufügen, denn ich werde der Schild sein, an dem Euer Hass abprallt, um Euch am Ende selbst zu vernichten.« *Und mögen meine schweigenden Götter mir beistehen!*

Dann wendete sie ohne ein weiteres Wort ihre Stute und ließ einen verblüfften Lovernios neben den Überresten des Scheiterhaufens und dem wimmernden Gefangenen stehen.

Amena, Beligantus und die beiden anderen Eburonen folgten der Gruppe um Ambiorix in geringem Abstand. Bald nachdem sie ein Erlengehölz durchquert hatten, bemerkten sie einen einzelnen Reiter, der aus Richtung des Kriegslagers heransprengte und sein Pferd vor dem Oberbefehlshaber zügelte. Amena und ihre drei Begleiter trieben ihre Tiere zur Eile an, und als sie Ambiorix und die übrigen Könige eingeholt hatten, erkannte sie in dem Neuankömmling Vercassius.

»Was ist geschehen?«, erkundigte sich Ambiorix gerade.

Sein Ziehbruder fuhr sich mit einer müden Geste über das Gesicht. »Das denkbar Schlimmste, fürchte ich. Es hat den Anschein, als ob uns Cicero überlistet hätte und es ihm doch noch gelungen wäre, einen Kurier mit einer Nachricht an Caesar durch unsere Reihen zu schleusen.«

Ambiorix zog verärgert die Brauen zusammen. »Wie konnte das passieren?«, fragte er scharf.

»Cottos, einer unserer Posten, kann dir das am besten selbst berichten«, entgegnete Vercassius. »Er ist dem Boten begegnet und wurde schwer verletzt in unser Lager gebracht.«

Sie legten den Rest des Weges zum Kriegslager im Galopp zurück und saßen am Waldrand vor einer Gruppe von Zelten ab, in denen Weise Frauen die Verwundeten pflegten. Vercassius ging voran und duckte sich durch den niedrigen Eingang des größten von ihnen. Ambiorix, die anderen Könige und Amena folgten ihm.

Das Zelt bestand aus einem Gerüst aus Holzstangen, über das Bahnen aus Leinen und Häute gespannt waren, und wies einen rechteckigen Grundriss von fünfzig mal dreißig Fuß auf. In seinem

Inneren herrschte dämmriges Licht, nur erhellt von zwei Feuern an den Stirnseiten und einigen Talglichtern. In der Luft hing der würzige Geruch der Heilkräuter, die für Waschungen und Umschläge verwandt wurden, und überdeckte gnädig den Gestank von Urin, Schweiß und Erbrochenem. Zu beiden Seiten eines Mittelgangs ruhten auf Lagern aus Stroh, Decken und Fellen zwanzig verletzte Krieger. Die vier heilkundigen Frauen, die die Verwundeten versorgten, erhoben sich, als die Könige das Zelt betraten, doch Ambiorix bedeutete ihnen, mit ihrer Arbeit fortzufahren.

Vercassius ging voraus zur letzten Lagerstatt der rechten Reihe. Die anderen sammelten sich in einem Halbkreis um ihn. Auf ausgeblichenen Wolldecken und zugedeckt mit einem Wolfsfell lag dort einer der Nervier, die von Mitternacht bis Sonnenaufgang Wache gehalten hatten und deren vornehmliche Aufgabe darin bestand, dafür zu sorgen, dass es keinem römischen Boten gelang, die keltischen Linien zu durchbrechen und sich mit einer Nachricht zu Caesar durchzuschlagen.

Cottos hatte eine schwere Wunde an der linken Schläfe davongetragen. Sie war verbunden worden, doch frisches Blut sickerte bereits wieder durch das Leinen. Der Verletzte hatte die Augen geschlossen, war aber bei Bewusstsein. Als er die Gruppe gewahrte, die sich rings um sein Lager drängte, blinzelte er und schaute mit flackerndem Blick um sich. Amena erkannte, dass die Aura des Kriegers schon verblasste, und sie wusste, dass er den Mittag nicht mehr erleben würde. Alles, was man noch für ihn zu tun vermochte, war, seine Schmerzen zu lindern und ihn in einen Dämmerzustand zu versetzen, der es seiner Seele erleichterte, den sterblichen Leib zu verlassen und ihre Reise in die Andere Welt anzutreten.

Ambiorix ging neben dem Sterbenden in die Hocke. Der alte Ecritorix sank auf der gegenüberliegenden Seite des Verwundeten schwer atmend auf ein Kissen, das man eilig herbeigeschafft hatte.

»Cottos, könnt Ihr mich hören?«, fragte Ambiorix leise.

Ein unmerkliches Nicken war die Antwort.

»Was ist geschehen?«

Der Verletzte bemühte sich zu sprechen, doch seine Stimme war schon so matt, dass sich Ambiorix tiefer zu ihm hinunterbeugen musste.

»Vertico ist ein Verräter«, brachte er schließlich hervor.

Ecritorix' Kopf ruckte in die Höhe. »Vertico ist einer meiner Männer«, erklärte er an den Oberbefehlshaber gewandt. »Er war gemeinsam mit Cottos zu einer Wache eingeteilt.«

Der Sterbende fuhr sich mit der Zunge über seine trockenen Lippen, ehe er mühsam fortfuhr. »Er hat sich ... bestechen lassen.«

Ambiorix runzelte die Stirn. »Vertico hat sich von den Römern bestechen lassen?«

Cottos senkte zur Bestätigung kurz das Kinn. »Er hat Gold bekommen ... und bringt dafür ... einen Brief zu Caesar.«

»Woher wisst Ihr das?«, hakte Ambiorix nach, hastig, denn der Atem des Verwundeten wurde zusehends flacher. Er hatte seine Nachricht überbracht, die Aufgabe erfüllt, die ihn noch am Leben hielt. Nun verließen ihn seine Kräfte erschreckend rasch.

Als der Verletzte schwieg, wandte sich Ambiorix über die Schulter an eine der Weisen Frauen. »Einen Becher Wasser, schnell.«

Die Angesprochene sprang auf, tauchte einen Tonbecher in einen hölzernen Eimer und reichte ihn dem Oberbefehlshaber, der ihn dem Sterbenden behutsam an die Lippen setzte. Cottos trank gierig, ehe er antwortete.

»Wir hatten uns getrennt ... plötzlich überraschte ich ihn ... hinter einem Gebüsch ... mit einem Legionär«, stieß er hervor. Er warf Ambiorix einen bittenden Blick zu, der ihm abermals einige Schluck einflößte. »Er bekam ... bekam ein Stück Pergament und einen Beutel ... voll Gold. In diesem Moment ... traf mich ein Schwerthieb. Da muss noch ein ... noch ein anderer Römer gewesen sein. Ich verlor das Bewusstsein, ... sie hielten mich wohl für tot. Schließlich ... erwachte ich wieder ... und schleppte mich in Richtung ... unseres Lagers. Auf halbem Wege fand man mich ... und brachte mich hierher.«

»Wann war das?«, wollte Ambiorix wissen. »Wie viel Vorsprung hat Vertico?«

Cottos hatte die Augen geschlossen, und für die Dauer einiger Herzschläge fürchtete Amena, er hätte sein Leben ausgehaucht. Doch nachdem er seine letzten Kräfte gesammelt hatte, zwang er die Lider noch einmal auf und richtete seinen matten Blick auf den König der Eburonen. »Kurz vor Sonnenaufgang«, antwortete er so leise, dass Amena ihn kaum verstand.

Ambiorix holte tief Luft. Er umschloss die Rechte des Verletzten mit seinen Händen. »Ich danke Euch, Cottos. Um ein Haar wäre die List der Römer aufgegangen. Dank Eurer Umsicht und Entschlossenheit jedoch hoffe ich, dass noch nicht alles verloren ist.«

Ein schwaches Lächeln spielte um die Lippen des Sterbenden. Er wusste, dass sein Ende nahte. Doch er würde die Reise in die Andere Welt als Held antreten, denn das Lob seines Oberbefehlshabers würde ihn begleiten und vor den Kriegern, die ihn dort erwarteten, auszeichnen.

Schließlich richtete sich Ambiorix auf. Als sein Blick über das Lager des Verwundeten hinweg zufällig Amenas begegnete, schaute er geradewegs durch sie hindurch, als wäre sie aus Glas oder einer jener körperlosen Dämonen, die in den Mooren ihr Unwesen trieben. Die Leere in seinen Augen traf sie tiefer, als es sein Zorn je vermocht hätte.

Dann eilte er mit langen Schritten an ihr vorbei und verließ ohne ein weiteres Wort das Zelt.

Noch ehe Sulis die Hälfte ihrer Reise zum Zenit zurückgelegt hatte, beschloss der Kriegsrat den Sturm auf das Castrum. Obwohl die Vorbereitungen nicht abgeschlossen waren, bereitete es Ambiorix keine Mühe, die übrigen Könige von der Notwendigkeit zu überzeugen, den Angriff vorzuverlegen. Alle wussten, dass Caesar innerhalb weniger Tage drei Legionen aus anderen Winterlagern abziehen und in Gewaltmärschen nach Nerviodunom entsenden konnte. Schließlich war der Proconsul aufgrund seiner schnellen und überraschenden Truppenbewegungen, die seinen Männern das Äußerste an Kraft und Ausdauer abverlangten, ebenso berühmt wie gefürchtet. Da davon auszugehen war, dass sich die Erstürmung des Lagers über mehrere Tage hinziehen würde, galt es, keine Zeit zu verlieren. Zudem hatte am Vormittag ein heftiger Wind aus Norden eingesetzt, den sich die Angreifer zunutze machen wollten.

Und Ambiorix verlor keine Zeit. Kaum war die Versammlung des Rates beendet, verteilte er Gruppen von Kriegern an strategisch günstigen Punkten rings um das Castrum. Auf sein Kommando begannen sie, glühende Tongeschosse und brennende Speere über die Palisade hinweg in das Innere zu schleudern. Er wies sie an, vor allem auf die strohgedeckten Baracken zu zielen, deren Dächer aufgrund der trockenen Witterung der vergangenen Tage augenblicklich Feuer fingen.

Von ihrem Aussichtspunkt auf dem Kamm der Anhöhe verfolgten Amena und Beligantus, wie Ambiorix' Rechnung aufging. Der lebhafte Nordwind fachte die Flammen zusätzlich an und tat ein Übriges, um sie binnen Kurzem über die gesamte Anlage zu verbreiten.

Und während im Lager Chaos und Panik ausbrachen und die Legionäre fieberhaft versuchten, die Brände einzudämmen, erteilte Ambiorix den Befehl zur Erstürmung. Aus den vier Himmelsrichtungen rollten die Angreifer Belagerungstürme an die Befestigung heran, brachten sie im Schutz der Testudines in Stellung und überwanden die Umfriedung. Andere schafften Leitern herbei, mit deren Hilfe sie die Palisade erklommen. In immer neuen Angriffswellen schwappten die Krieger der verbündeten Stämme wie eine nicht enden wollende Flut in das Castrum und töteten jeden Feind, der es wagte, sich ihnen in den Weg zu stellen.

Ciceros Soldaten kämpften mit grimmiger Entschlossenheit und dem Mut der Verzweiflung gegen den zweifachen Gegner. Während sich die einen bemühten, die Feuer unter Kontrolle zu bringen und die Vorräte vor den gierigen Flammen zu retten, setzten sich andere Einheiten gegen die Angreifer zur Wehr, die von allen Seiten auf sie eindrangen. Doch die Aussichtslosigkeit ihrer Lage beflügelte ihre Anstrengungen, und an diesem Tag blieben an die zweitausend Kelten tot auf dem Schlachtfeld zurück, und eine noch größere Zahl wurde verwundet. Die Verluste unter den Legionären waren gleichwohl nicht geringer.

Am Nachmittag schoben sich die ersten dunklen Wolken über den flachen Horizont im Nordosten. Mit wachsender Sorge beobachtete Amena, wie sie sich zu einer einheitlichen schiefergrauen Wand zusammenballten, die der Nordwind unerbittlich in Richtung des Castrum vor sich hertrieb. Regen wäre das Letzte, was die keltische Streitmacht nun gebrauchen konnte, denn er würde die Feuer löschen, die Ambiorix als Verbündete im Kampf gegen die Römer benötigte, die zweite Front, die er ihnen auferlegt hatte und die sie daran hinderte, ihre gebündelten Kräfte den Angreifern entgegenzuwerfen.

Doch ihre Befürchtungen sollten sich schon bald bewahrheiten. Binnen kürzester Zeit setzten sturzbachartige Regenfälle ein, wie Amena sie selbst im für seine Unwetter berüchtigten Arduenna Wald selten erlebt hatte. Es war einer jener Wolkenbrüche, die einen Menschen innerhalb weniger Herzschläge bis auf die Haut durchnässten, die Sicht so weit verringerten, dass die Kämpfenden kaum mehr zwischen Freund und Feind zu unterscheiden vermochten, und die gesamte Ebene in ein Meer aus Pfützen und Schlamm verwandelten. Der Nordwind, der unterdessen zu einem Sturm angeschwollen war, peitschte die Regenfahnen mit solch ungezügelter Gewalt über das Schlachtfeld, dass es den Reitern Mühe bereitete, sich im Sattel zu halten, die Krieger sich gegen die Wucht des Orkans stemmen mussten, um nicht von den Füßen gerissen zu werden, und Männer wie Tiere auf dem aufgeweichten, schlammigen Boden keinen Halt mehr fanden.

Doch damit nicht genug. Von einer bösen Ahnung erfüllt, beobachtete Amena durch die kahlen Wipfel der Bäume, wie sich schwefelgelbe Schleier über den stahlgrauen Himmel breiteten. Dann stießen auch schon die ersten Blitze auf die Ebene hinab wie

Falken auf ihre Beute, dröhnender Donner ergoss sich gleich einer Woge über das Schlachtfeld und brach sich an den Hängen der umliegenden Anhöhen, um erneut über die Ebene zu schwappen.

Amena hatte sich fester in ihr Sagon gehüllt und die Kapuze übergestreift, um sich vor den erbarmungslosen Regenmassen zu schützen. Aber es half nichts. Das Wasser rann ihr über Stirn und Wangen, der dicke Wollstoff sog sich mit der kalten Nässe voll und hing schwer von ihren Schultern, und das Feuer, das Beligantus zu ihren Füßen entfacht hatte, um ihr ein wenig Wärme zu spenden, war zischend verloschen.

Von Ebunos hatte sie gelernt, nicht in jeder Erscheinung des Himmels ein Zeichen der Unsterblichen zu sehen. Die Gestirne, so hatte er ihr erklärt, folgten ihren unabänderlichen Bahnen, Tag für Tag, Jahr für Jahr, was kein Gott jemals täte. Sie waren berechenbar, und sie wurden berechnet. Gelehrte wie der berühmte Anaximander von Milet, Eudoxus, ein Schüler des großen Plato, oder Eratosthenes von Kyrene hatten es schon Hunderte von Jahren zuvor getan, und den Druiden war das Wissen dieser bedeutenden Männer von jeher zugänglich gewesen. Auch seltenere Phänomene wie Regenbögen oder Gewitter waren kein Ausdruck göttlichen Waltens und Wirkens. Sie wurden durch besondere Wetterbedingungen hervorgerufen, und obgleich eindrucksvoll, wirkten sie sich in der Regel weniger auf das Leben der Menschen aus als alltägliche Erscheinungen wie Regen oder Wind.

Im Volk jedoch hielten sich hartnäckig andere, ältere Vorstellungen, die in den Himmelsphänomenen Handlungen und Willensäußerungen der Unsterblichen sahen. Daher ahnte Amena, was in diesem Moment in den Köpfen der Krieger vor sich ging. Und es bedurfte nur eines Blickes in das Gesicht des jungen Eburonen an ihrer Seite, um darin die Furcht widergespiegelt zu sehen, die sich auch der übrigen Männer bemächtigt haben würde: Taranis, der Donnergott, Taranis, jener zornigste aller Götter, jener Taranis, der nach Ansicht mancher Druiden nur mit Menschenopfern zu besänftigen war - Taranis' Zorn war geweckt, und Er sprengte in Seinem Donnerwagen über den Himmel, um ihn denen, die an Ihn glaubten, zu verkünden.

Doch obschon dieses Unwetter nicht von einer erzürnten Gottheit gesandt war, stellte es für das keltische Heer gleichwohl nichts Geringeres als eine Katastrophe dar. Nachdem sich die erste Gewalt des Wolkenbruchs erschöpft hatte, musste Amena zu ihrem Entsetzen erkennen, dass der Sturmangriff, der so vielversprechend begonnen hatte, vollständig zum Erliegen gekommen war. Und wie befürchtet, hatten die Regenmassen auch die Feuer an der Palisade und innerhalb des Lagers ausgelöscht.

Das Verheerendste jedoch war der Einfluss, den das Gewitter auf den Kampfgeist der Krieger ausüben würde. Sie fürchteten nun den Zorn der Götter und wären zutiefst verunsichert. Blitz und Donner während einer Schlacht - das unheilvollste aller Omen. Was hatte das zu bedeuten? Hatte Ambiorix die Gunst der Unsterblichen verloren? Stand der Angriff auf das römische Winterlager nicht länger unter Ihrem Schutz?

Und es bedurfte keiner außergewöhnlichen Vorstellungsgabe, um sich auszumalen, welch gewaltigen Vorteil der gerissene Lovernios aus diesem Unwetter zu ziehen vermochte: Taranis strafte Ambiorix dafür, dass Ihm ein Menschenopfer verweigert worden war! Hatte der alte Druide nicht genau das prophezeit? Ambiorix und seine verweichlichten Götter waren nicht würdig, das Heer der verbündeten Stämme anzuführen, und nun griff Taranis persönlich ein, um Seinen Willen kundzutun. Amena stöhnte innerlich bei dem Gedanken daran, wie Lovernios die Umstände für sich und seine Zwecke ausschlachten würde.

Ambiorix tat unterdessen das einzig Richtige: Er befahl den Rückzug. Zwischen zwei Donnerschlägen vernahm Amena den dunklen, lang gezogenen Ton seines Horns, der über das Schlachtfeld dahinwehte, augenblicklich von anderen Hörnern aufgegriffen und weitergetragen wurde.

Nach einem letzten Blick auf das Meer aus Schlamm und Morast, in das sich die Ebene verwandelt hatte, gingen Amena und Beligantus zu ihren Pferden, die mit gesenkten Köpfen und triefend vor Nässe dastanden, und ritten zurück ins Kriegslager.

Kurz nachdem sie den Versammlungsplatz erreicht hatten, verebbte der Regen so jäh, wie er begonnen hatte. Doch das Gewitter tobte mit ungebrochener Gewalt weiter. Ein Großteil der Krieger war bereits zurückgekehrt. Die Verwundeten wurden auf Schleifen und Tragen zu den Zelten gebracht, wo sich heilkundige Frauen ihrer annahmen, während die Belagerungstürme und hölzernen Schildkröten, die nicht durch Brände unbrauchbar geworden waren, von der Palisade des Castrum zurückgezogen und mit Ochsengespannen durch den knöcheltiefen Schlamm an einen sicheren Ort geschleppt wurden.

Auch im Heerlager hinterließ das Unwetter tiefe Spuren. Der Untergrund war aufgeweicht und von riesigen Wasserlachen übersät. Zudem hatte der Regen die Feuer gelöscht, sodass die Männer, die erschöpft, bis auf die Haut durchnässt und durchgefroren aus der

Schlacht zurückkehrten, nicht einmal ein trockenes Fleckchen fanden, auf dem sie ihre Decken und Felle hätten ausbreiten oder ein Lagerfeuer entzünden können, um sich zu wärmen und eine heiße Mahlzeit zuzubereiten.

Im Schritt lenkten Amena und Beligantus ihre Pferde zwischen Gruppen von Kriegern hindurch, die auf dem morastigen Boden kauerten und sich vergeblich bemühten, mit feuchtem Reisig ein Feuer zu entfachen. Besorgt erkannte Amena, dass sich die meisten der Männer in einem schlechten Zustand befanden. Sie waren am Ende ihrer Kräfte. Viele hatten Brandwunden davongetragen, und in ihren nassen, mit Schlamm und dem Blut der Feinde bespritzten Gesichtern las sie die Furcht vor dem unheilvollen Omen, das Taranis' persönliches Eingreifen in ihren Augen darstellte.

Und wie Amena befürchtete, hatte Lovernios die unverhoffte Gelegenheit nicht ungenutzt verstreichen lassen. Für ihn stellte das Unwetter im buchstäblichen Sinne ein Geschenk des Himmels dar. Wer hätte denn auch geahnt, dass sich schon so bald nach der Niederlage, die er am Morgen gegen Ambiorix erlitten hatte, die Möglichkeit der Revanche ergäbe? Die Krieger waren durch das Gewitter zutiefst verunsichert, und der gerissene alte Druide besaß keinerlei Skrupel, sich ihre Angst zunutze zu machen, um sein Ansehen und seine Macht wiederherzustellen. Er wusste, wenn er den Männern das Gefühl zu geben vermochte, Taranis' Zorn mit einem Opfer besänftigt zu haben, wäre er nicht nur der Wender des Schicksals, sondern auch von einem Augenblick auf den anderen unverzichtbar geworden: Er wäre der erfolgreiche Mittler zwischen Göttern und Menschen. Das würde seinen Einfluss auf die Könige erheblich vergrößern. Und vielleicht gelänge es ihm auf diese Weise doch noch, Zweifel an Ambiorix' Eignung als Oberbefehlshaber zu säen und den jungen Cedrix an dessen Stelle zu platzieren.

Auf der erhöhten hölzernen Plattform an einer der Stirnseiten des Versammlungsplatzes, auf der jeden Morgen vor der Schlacht die Opfer dargebracht und der Segen der Unsterblichen verkündet wurden, hatte Lovernios für alle sichtbar ein weißes Kalb angebunden. Amena lenkte ihre Stute dort hinüber, gespannt, was nun folgen würde. Zu Füßen des Podiums stand ein Levacer mit einer kleinen Trommel, der er abwechselnd mit den flachen Händen und den Fäusten einen schnellen Rhythmus entlockte, um die Blicke der Männer auf den Druiden und sein Opfertier zu lenken. Amena bemerkte, wie rings um sie Krieger einander auf Lovernios aufmerksam machten. Und erschöpft, wie sie waren, erhoben sie sich dennoch einer nach dem anderen, rückten näher an die Tribüne heran und starrten wie gebannt auf den weiß gekleideten Druiden und das ebenso weiße Kälbchen, zwei leuchtende Punkte vor der Unheil verheißenden schwarzblauen Kulisse des Himmels.

Schließlich verstummte die Trommel jäh. Als er sich des Augenmerks aller zu seinen Füßen versammelten Männer gewiss war, reckte Lovernios mit übertriebener Inbrunst seine hageren Arme empor, um Taranis anzurufen und Ihn zu bitten, die Gabe der Menschen anzunehmen. Augenblicklich senkte sich Schweigen über das Heerlager, als sich die Blicke aller in gespannter Erwartung auf die hölzerne Plattform und die hochgewachsene Gestalt richteten. Einen langen Moment verharrte der Druide in dieser Haltung, ein helles Kreuz vor dem Dunkel des Himmels. Dann ließ er die Hände langsam sinken und bedeutete der wartenden Menge damit, dass der Gott bereit sei, das Opfer zu empfangen.

Ein Raunen der Erleichterung aus Tausenden Kehlen schwoll rings um Amena an, um gleich darauf wieder abzuebben, als Lovernios seinen goldenen Ritualdolch zog, an den Rand des Podiums trat und sich zu dem Kälbchen hinabbeugte. Das Tier schien sein nahendes Ende zu spüren. Angstvoll zog es an dem Strick, und sein klägliches Muhen wehte über den Platz, ging in ein Gurgeln über und verstummte jäh, als ihm Lovernios mit einem einzigen raschen Schnitt die Kehle durchtrennte. Nach einigen Herzschlägen knickten seine Vorderbeine ein, dann brach es zusammen und sank zur Seite. Der Druide hob den Kopf des Kalbs leicht an, um in einer goldenen Schale das warme Blut aufzufangen, das in einem vollen, hellen Strahl aus dem klaffenden Spalt an seinem Hals schoss. Er wartete, bis das Opfertier sein wertvolles Blut vergossen hatte, ehe er das Gefäß für alle sichtbar hoch über sein Haupt erhob und mit tiefer, weithin tragender Stimme einen rituellen Gesang anstimmte, der das Blut des Kälbchens Taranis zum Opfer darbrachte.

Lange Zeit verharrte er so, regungslos, während der Wind in sein Gewand fuhr und es um seinen hageren Leib flattern ließ, sodass der Anblick Amena an die ungeschickten Flugversuche eines gewaltigen Storches erinnerte. Hin und wieder trug der Wind auch Fetzen seines Gesanges zu der versammelten Menge hinunter, die die Zeremonie schweigend und gebannt verfolgte.

Schließlich senkte Lovernios die goldene Schale in einer fließenden, würdevollen Bewegung und stellte sie zu seinen Füßen nieder - behutsam, denn dieses Blut zu verschütten, das durch das Ritual Eigentum der Gottheit geworden war, hätte ein äußerst unheilvolles Omen dargestellt. Und als er anschließend seine Hände erneut gen Himmel streckte, um von Taranis das Zeichen zu erbitten, dass Er die Gabe der Menschen angenommen hatte, spürte Amena, wie die Männer um sie herum den Atem anhielten. Dies war der alles entscheidende Augenblick. Nun würde der Gott kundtun, ob Er mit dem Opfer zufrieden und Sein Zorn besänftigt war.

Lovernios war ein alter und überaus erfahrener Druide. Er wusste genau, wie lang er die Spannung der Menge halten und wann er sie lösen musste. Und als er die Arme endlich abermals senkte und mit lauter Stimme kundtat, Taranis habe das Opfer willkommen geheißen, Er zürne nicht länger und die verbündeten Stämme könnten Seiner Gunst und Gnade nun wieder versichert sein, brachen die Krieger auf dem Versammlungsplatz in nicht enden wollenden Jubel aus.

Einzig Amena jubelte nicht.

Das sollte mich wundern, dachte sie trocken, als Lovernios das erneuerte Wohlwollen des Gottes verkündete. Denn sie hatte während der gesamten Zeremonie nicht einmal für die Dauer eines einzelnen Herzschlags eines der vertrauten Zeichen wahrgenommen, die auf die Präsenz einer Gottheit hindeuteten, schon gar nicht einer so kraftvollen und zornigen wie Taranis, dessen Energien sich für gewöhnlich deutlich stärker manifestierten als die wesentlich sanfteren der Muttergottheit in Ihren unzähligen Erscheinungsformen.

Und nicht nur das - nicht nur, dass der gerissene Druide die Gläubigen betrogen hatte wie ein gemeiner Gaukler mit seinen abgedroschenen Tricks. Amena vermutete zudem, dass auch Lovernios seit Langem keine Botschaften der Unsterblichen mehr empfing und dass sein vorgebliches Opfer von vornherein als Spektakel beabsichtigt war, das nur seinen persönlichen Zielen diente.

Doch damit nicht genug. Anscheinend war der durchtriebene alte Mann fest entschlossen, den größtmöglichen Nutzen aus den Umständen zu ziehen. Denn als der Jubel endlich abebbte, kniete er neben dem Kadaver des Kälbchens nieder und trennte mit der Klinge seines Dolches dessen Bauch auf, um aus den Eingeweiden die Zukunft zu lesen.

Ehe sie es verhindern konnte, entfuhr Amena ein verächtliches Schnauben, das ihr die verwunderten Blicke einiger der umstehenden Krieger einbrachte.

Ebunos hatte sie Zweifel an dieser Form der Wahrsagerei gelehrt, die unter den keltischen Völkerschaften zwar weit verbreitet war, jedoch der Willkür des Deuters Tür und Tor öffnete – weswegen sie das ideale Verfahren für einen Scharlatan wie Lovernios darstellte.

Lange Zeit verweilte der Druide über die Innereien des toten Kalbs gebeugt, scheinbar gewissenhaft bemüht, darin Hinweise auf das Los der verbündeten Stämme und den Ausgang ihres Krieges gegen Rom zu entdecken. Endlich erhob er sich, trat zwei Schritte von dem leblosen Körper zurück und legte seine knochigen Hände vor das Gesicht, um zu meditieren und die Visionen auszulegen, die er beim Anblick der Gedärme empfangen haben wollte.

Während er sich der Zeremonie widmete, war die Gewalt des Gewitters allmählich abgeflaut, die Blitze wurden seltener, und das Grollen des Donners klang zunehmend ferner. Amena bemerkte, wie die Männer um sie herum erleichterte Blicke zum Himmel warfen, einander anstießen und miteinander tuschelten. In ihren Augen war das Abklingen des Unwetters selbstredend Lovernios und seinem Opfer zu verdanken. Ihm war es gelungen, Taranis zu besänftigen, und Sein Zorn war im Schwinden begriffen. Nur Amena wusste, dass er lediglich sein druidisches Wissen um das Wetter und die Erscheinungen der Natur geschickt einsetzte, um das Opferritual zum geeigneten Zeitpunkt zu beginnen und seinen Absichten entsprechend auszudehnen, denn jedes Gewitter endete schließlich irgendwann.

Und just in dem Augenblick, als der Druide seine Hände sinken ließ und an den Rand der Tribüne trat, um der ungeduldig wartenden Menge das vermeintliche Ergebnis seiner Eingeweideschau zu verkünden, brach gar Sulis durch die letzten bleigrauen Wolkenfetzen und tauchte die Ebene in das warme, honigfarbene Licht des späten Nachmittags.

»Gerissener alter Gauner«, stieß Amena zwischen zusammengebissenen Zähnen hervor. Doch ihre Worte gingen in dem frenetischen Jubel unter, der in diesem Moment rings um sie aufbrandete. Viele der Männer warfen ihr Schwert in die Luft, um es gewandt am Heft wieder aufzufangen. Andere trommelten mit dem Schaft der Lanze gegen ihren Schild oder stimmten einen wilden Kriegsgesang zu Ehren Taranis' an. Amenas Stute scheute in dem ohrenbetäubenden Tumult, der von allen Seiten auf sie eindrang, und ihre Reiterin klopfte ihren Hals und flüsterte ihr beruhigend ins Ohr.

Man konnte von Lovernios halten, was man wollte, dachte sie, aber er besaß zweifelsohne ein Gespür für den günstigsten Zeitpunkt - eine unabdingbare Voraussetzung, um Menschen zu manipulieren. Sein gesamtes Vorgehen war so leicht zu durchschauen, doch nicht für diejenigen, die um jeden Preis bereit waren, an das zu glauben, was sie sahen, deren verzweifelte Hoffnung sich auf den Druiden und sein Opfer richtete.

Und das Ergebnis der Eingeweideschau, das dieser verkünden würde, nachdem der Jubel, den er sichtlich genoss, endlich abgeebbt wäre, war ebenfalls nicht schwer zu erraten: Dem Heer der verbündeten Stämme werde es gelingen, das Castrum zu erstürmen, und der Krieg gegen Rom werde mit einem überwältigenden Sieg enden, denn die Gunst der Götter sei ihnen nun abermals gewiss.

Die Zweifel jedoch, die Lovernios an Ambiorix als Oberbefehlshaber zu säen beabsichtigte, würde er, wenn er klug war, nicht vor den Kriegern äußern, die so große Stücke auf ihren Feldherrn hielten und ihm bedingungslos folgten. Die Umsetzung dieses Teils seines Planes fände im Verborgenen statt, in Gesprächen mit den Königen, den anderen Druiden und denjenigen Adeligen, die in ihren Stämmen den größten Einfluss besaßen. Denn sie waren es, denen die Entscheidung oblag.

Nachdem der Jubel schließlich verklungen war, reckte Lovernios die Arme erneut in einer pathetischen Geste gen Himmel. Augenblicklich kehrte auf dem Platz wieder Stille ein, als er sich anschickte, zu verkünden, welche Aufschlüsse ihm die Innereien des Kälbchens geliefert hatten.

»Krieger der verbündeten Stämme, vernehmt nun durch meinen Mund die heilige Botschaft der unsterblichen Götter«, begann der Druide und wartete, während seine Worte von den zunächst stehenden Männern aufgenommen und an die weiter entfernten durchgegeben wurden, bis sie selbst in die entlegensten Winkel des gigantischen Versammlungsplatzes vordrangen. »Taranis hat unser Opfer angenommen. Sein Zorn ist besänftigt. Ich habe in den Eingeweiden des Opfertieres gelesen, und was ich dort sah, war von einer solchen Kraft und Eindeutigkeit, dass es mich mit Zuversicht und Freude erfüllt. Es gibt keinen Zweifel daran, dass die Unsterblichen uns abermals wohlgesinnt sind. Und im festen Vertrauen auf Ihre Gunst darf ich Euch verkünden, dass das Lager der verhassten römischen Eindringlinge schon bald in unsere Hände fallen wird. Und dann wird der Sieg endgültig unser sein. Das ist es, was mir die Götter in Ihrer unendlichen Weisheit kundgetan haben.«

Alles andere wäre auch eine Überraschung gewesen, dachte Amena sarkastisch.

Nachdem der Druide seine Prophezeiung beendet hatte, brandete zum dritten Mal eine Woge des Jubels auf, in der sich die Erleichterung der Männer ebenso wie ihre neu entfachte Hoffnung lautstark Bahn brachen. Lovernios, der listige alte Fuchs, hatte seinem Namen einmal mehr zur Ehre gereicht und ihnen das gegeben, wessen sie am dringendsten bedurften. Und nun kannte ihre Dankbarkeit ihm gegenüber keine Grenzen.

Zu gern wäre Amena dem ohrenbetäubenden Lärm entflohen. Doch rings um ihre Stute, die die Ohren flach an den Kopf gelegt hatte und nervös tänzelte, standen die jubelnden Krieger in dicht gedrängten Reihen. An ein Durchkommen war nicht zu denken, zumal Amena ein schlichtes Sagon trug und nicht den Ritualmantel, der sie als Priesterin der Höchsten Göttin auswies und ihr jeden Weg gebahnt hätte. So saß sie inmitten der tobenden Menge fest und musste wohl oder übel abwarten, bis der Tumult abebbte.

Als sie ihren Blick voller Ungeduld über das wogende Meer von Häuptern, Helmen, Händen, Armen, Lanzen und hochgereckten Schwertern wandern ließ, in dessen Mitte sie wie auf einer Insel gestrandet war, bemerkte sie aus dem Augenwinkel, wie ein goldfarbener Helm die Strahlen der niedrig stehenden Wintersonne einfing. Hastiger als beabsichtigt wandte sie den Kopf und erkannte Ambiorix, der nur wenige Schritt hinter ihr auf Avellus saß und der Zeremonie ebenfalls beigewohnt hatte.

Auch er war nicht in den allgemeinen Jubel eingefallen. Seine Züge wirkten wie aus Stein gemeißelt, obwohl sich seine eigenen Ziele dieses Mal zumindest teilweise mit denen seines Widersachers deckten, denn Lovernios hatte es immerhin verstanden, den durch das Unwetter zutiefst verunsicherten Männern neue Hoffnung und frischen Kampfgeist einzuflößen. Schweigend und mit unbewegter Miene ließ er seine Blicke über den Platz wandern, und als sie sich für die Dauer eines Lidschlags mit Amenas kreuzten, las sie in seinen dunklen Augen nicht den kalten, abweisenden Ausdruck, mit dem er ihr in den vergangenen Tagen begegnet war, sondern etwas anderes: Zweifel und eine tiefe Verunsicherung.

Nachdem Ambiorix am folgenden Morgen noch vor Sonnenaufgang gemeinsam mit den übrigen Königen und den Druiden das Schlachtfeld besichtigt hatte, traf er notgedrungen die Entscheidung, an diesem und dem nächsten Tag den Kampf auszusetzen und die endgültige Erstürmung des Lagers auf den darauffolgenden Tag zu verschieben. Amena sah, wie es in seinen Zügen arbeitete, als sein Blick über den Ozean aus Morast und Pfützen wanderte, in den der Wolkenbruch die Ebene rings um das Castrum verwandelt hatte und der es den Kriegern unmöglich machte, die schweren Belagerungstürme und Testudines an die Befestigung heranzurollen. Selbst mithilfe der Ochsengespanne kämen sie so langsam voran, dass sie den Speeren und Pfeilen der Verteidiger ein zu leichtes Ziel böten. Wenigstens, dachte Amena, erhielten die Männer auf diese Weise Gelegenheit auszuruhen, Waffen und Ausrüstung auszubessern und die eine oder andere kleinere Wunde auszuheilen.

Am Morgen des dritten Tages nach dem verheerenden Unwetter erwachte Amena lange vor Sonnenaufgang von den Hufschlägen eines Pferdes, das durch die Lachen zwischen den Feuerstellen platschte und anscheinend auf die in der Nähe des Waldrands gelegenen Zelte der Könige und Druiden zuhielt.

Mit einem dumpfen Gefühl drohenden Unheils erhob sie sich, warf ihr schlichtes Sagon über und trat vor das Zelt, das sie sich mit einigen Weisen Frauen teilte, einem der wenigen halbwegs trockenen Orte in dieser Ödnis aus Schlamm und Wasserlöchern. Der Mond war nun, zwei Nächte nach Neumond, kaum mehr als eine hauchdünne, sichelförmige Linie vor der weiten dunkelblauen Kuppel des Himmels. Doch seine Position verriet Amena, dass noch ungefähr zwei Stunden bis zur Morgendämmerung verblieben.

Sie wandte sich hinüber zum Saum des Waldes. Im Näherkommen erkannte sie in dem Hengst, der nun, die Zügel lose über dem Nacken, vor Ambiorix' Zelt stand, Beligantus' Falben.

Besorgt runzelte sie die Stirn. Der junge Krieger hatte gemeinsam mit einem anderen Eburonen eine der Wachen von Mitternacht bis Sonnenaufgang übernommen, und den Männern war es nur im äußersten Notfall gestattet, ihren Posten zu verlassen. Es bedurfte keiner besonderen Vorstellungskraft, um sich auszumalen, worum es sich bei dem Notfall, der nun allem Anschein nach eingetreten war, handelte ...

Amena war nicht die Einzige, die das Geräusch der Hufschläge aus dem Schlaf gerissen hatte. Sie erreichte Ambiorix' Zelt gleichzeitig mit Lovernios, der ihr wie gewöhnlich einen herausfordernden Blick zuwarf, ehe er sich schweigend vor ihr durch den niedrigen Eingang duckte, dessen Zeltbahn Eccaius für sie beiseitehielt.

Das Innere wurde von einem niedergebrannten Feuer und einigen Talglichtern nur schwach erhellt. Doch um die Feuerstelle erkannte Amena Ambiorix, Ecritorix und seinen Sohn Ellico sowie Beligantus, zu deren Füßen ein Sklave eilig im Begriff stand, die Flammen erneut zu schüren. Die ernsten Mienen der Männer, durch die Glut von unten her rötlich beleuchtet, bestätigten Amenas Befürchtung, dass etwas Schwerwiegendes vorgefallen sein musste.

Nach dem Austausch weniger Worte entließ Ambiorix Beligantus mit dem Befehl, auf seinen Wachposten zurückzukehren, und schickte einen weiteren Sklaven hinaus, um den Kriegsrat einzuberufen. Amena und Lovernios nahmen gemeinsam mit Ambiorix,

Ecritorix und Ellico rings um das wieder auflodernde Feuer Platz, und da Ambiorix in diesem kleinen Kreis nicht vorgeben konnte, Amena nicht zu bemerken, entbot er ihr notgedrungen seinen Gruß. Der Ausdruck seiner tiefbraunen Augen war jedoch so unergründlich, dass sie ihn nicht zu deuten wusste. Sie erhielt auch keine Gelegenheit, länger bei dieser Frage zu verweilen, denn schon bald trafen nach und nach die übrigen Könige und Druiden ein.

Schließlich erhob sich der Oberbefehlshaber, ließ seinen Blick kurz über die Gesichter der Männer schweifen und ergriff das Wort. »Soeben erreichte mich die Nachricht, dass am Horizont im Südwesten der Schein mehrerer Brände zu sehen ist. Es dürfte sich um brennende Gehöfte handeln, und dies lässt nur einen einzigen Schluss zu: Dem Verräter Vertico ist es wahrhaftig gelungen, sich bis zu Caesar durchzuschlagen, und nun naht die von Cicero angeforderte Verstärkung. Ich rechne jeden Augenblick mit der Ankunft unserer Kundschafter aus diesem Gebiet, die uns Näheres über Position und Anzahl der Feinde mitteilen werden.

Ursprünglich ging ich davon aus, dass uns noch ein oder zwei weitere Tage vor dem Eintreffen des römischen Entsatzheeres zur Verfügung stünden, um unter Einsatz all unserer Kräfte einen erneuten Sturmangriff auf das Castrum zu unternehmen. Doch die Götter wollen es anders. Unter den gegebenen Umständen müssen wir unsere Truppen aufteilen. Ich selbst -« Er unterbrach sich, als die Zeltbahn, die den Eingang verhüllte, beiseitegerissen wurde. Einer der Nervier stürmte herein, die Ambiorix aufgrund ihrer Ortskenntnis als Späher ausgesandt hatte.

Hinter ihm her stolperte Eccaius. »Verzeiht, Herr. Ich konnte ihn nicht aufhalten.«

»Schon gut.« Ambiorix hob begütigend die Rechte, ehe er sich dem Kundschafter zuwandte. »Sprecht.«

»Die Römer sind im Anmarsch, Herr«, berichtete der Mann atemlos. »Zwei Legionen, ungefähr zehntausend Soldaten. Iulius Caesar selbst führt sie an.«

Bei der Erwähnung dieses Namens lief ein Raunen durch die Reihen der Könige und Druiden.

»Sie sind noch etwa zwanzig Meilen von hier entfernt«, fuhr der Späher fort, »aber sie rücken äußerst rasch vor.«

Ambiorix dankte dem Nervier, der sich verneigte und das Zelt verließ. Dann wandte er sich abermals an die Mitglieder des Kriegsrates. »Unsere Lage ist sehr ernst«, erklärte er ohne Umschweife. »Zwar verfügen wir über gut vierzehntausend Krieger, womit wir den Legionen zahlenmäßig ebenbürtig sind. Doch wir sind nun gezwungen, an zwei Fronten zu kämpfen. Wir müssen dem Proconsul Truppen entgegenschicken, um seinen Vormarsch zu verlangsamen, gleichzeitig aber auch das Castrum stürmen. Denn wenn es den Römern gelingen sollte, ihre Kräfte zu vereinen, laufen wir Gefahr, von ihnen in die Zange genommen zu werden. Dies gilt es unter allen Umständen zu verhindern. Da ich es für wichtiger erachte, Caesar aufzuhalten, senden wir ihm neuntausend Mann entgegen, während die restlichen fünftausend einen erneuten Sturmangriff auf das Winterlager unternehmen.«

Der alte Ecritorix kämpfte sich schwerfällig in die Höhe. Sein Atem ging rasselnd, weil die Geschwulst in seiner Brust auf die Lunge drückte, doch seine Stimme klang überraschend fest und duldete keinerlei Widerspruch. »Ich selbst und mein Sohn Ellico werden denjenigen Teil unserer Streitmacht anführen, der sich dem Proconsul entgegenwirft«, verkündete er mit einem herausfordernden Blick in die Runde.

Ambiorix antwortete nicht gleich. Seiner Miene war unschwer zu entnehmen, dass ihm diese Forderung missfiel. Aber es war nicht leicht, dies dem König der Nervier auf diplomatische Weise beizubringen. Obwohl Ecritorix betagt und von seiner schweren Krankheit gezeichnet war, blieb er ein einflussreicher und äußerst streitbarer Mann, noch dazu mit einem Sohn, dem er sein hitziges Wesen und den Hang zur Selbstüberschätzung vererbt hatte. Und das Letzte, was Ambiorix unter den gegenwärtigen Umständen gebrauchen konnte, waren Auseinandersetzungen innerhalb des verbündeten Heeres.

Er räusperte sich. »Ich bin überzeugt, Ecritorix«, begann er schließlich behutsam, »dass Ihr Caesar das Fürchten lehren würdet. Aber ich hatte Euch als dem Älteren die Ehre zugedacht, das Winterlager einzunehmen und überaus reiche Beute zu machen. Ich selbst würde dann den anderen Teil unserer Truppen gegen den Proconsul führen.«

Bei der Erwähnung der Beute war ein gieriges Glitzern in die trüben Augen des gebrechlichen Königs getreten. Doch nach einem kurzen Moment des Zweifels wischte er Ambiorix' Einwand mit einer gebieterischen Handbewegung beiseite.

»Ihr mögt zwar der Oberbefehlshaber sein. Aber wie Ihr so zutreffend bemerktet, bin ich Euch an Jahren und, wie ich wohl anmerken darf, ebenso an Erfahrung überlegen. Daher gebührt mir«, bei diesen Worten machte er einige unsichere Schritte auf Ambiorix zu und tippte sich mit dem Zeigefinger nachdrücklich auf die Brust, »und mir ganz allein, die Ehre, Caesar entgegenzutreten und ihn vernichtend zu schlagen. Im Übrigen fordere ich dieses Recht auch, um dem Römer die Niederlage zu vergelten, die er mir und meinem Stamm drei Jahre zuvor zugefügt hat, und um meine beiden Brüder zu rächen, die damals den Tod fanden. Solltet Ihr mir diesen Anspruch streitig machen wollen, der mir nach der Sitte meiner Väter ohne jeden Zweifel zusteht, werde ich mich mit meinen Männern aus diesem Kampf zurückziehen. Das ist mein letztes Wort«, schloss er knapp und schwankte zu seinem Platz zurück, wo er, schwer auf die Schulter seines Sohnes gestützt, zu Boden sank.

Ambiorix schluckte. Sein Kehlkopf zuckte erregt auf und nieder, als er seine Augen prüfend durch das Rund wandern ließ. Doch die Gesichter der anderen Stammesoberhäupter blieben ausdruckslos. Sie mieden seinen Blick, denn sie alle, die Ceutronen, Grudier, Pleumoxier, Geidumner und selbst die Levacer mit ihrem mächtigen Druiden, standen unter der Herrschaft der Nervier und waren folglich von ihnen und ihrem störrischen König abhängig. Und mochten sie dem Oberbefehlshaber auch im Stillen beipflichten - was sie vermutlich taten, da der Widerspruch zwischen den Forderungen des ehrgeizigen Königs und seinem durch Alter und Krankheit geschwächten Zustand nicht größer und offensichtlicher hätte ausfallen können -, so wagten sie es dennoch nicht, ihre Meinung offen kundzutun, um nicht Ecritorix' Unmut auf sich zu ziehen. Von ihnen war keine Unterstützung zu erwarten.

Ambiorix blieb also nichts anderes übrig, als gegenüber dem starrsinnigen Nervier und seiner gefährlichen Selbstüberschätzung klein beizugeben. Er holte tief Luft, und Amena fühlte, wie viel Überwindung es ihn kostete, wider besseres Wissen eine solche Entscheidung zu treffen.

»Sei es, wie Ihr wünscht«, räumte er schließlich resigniert ein. »Wenn Ihr darauf besteht, werdet Ihr mit neuntausend Mann Caesar entgegenziehen, während ich mit dem Rest unserer Truppen erneut das Castrum angreife.«

Aus dem Augenwinkel bemerkte Amena das spöttische Lächeln, das um Lovernios' dünne Lippen spielte. Ohne es zu wollen oder auch nur zu ahnen, hatte der halsstarrige Ecritorix dem alten Druiden geradewegs in die Hände gearbeitet, denn jede Schwächung von Ambiorix' Position brachte diesen seinen persönlichen Zielen näher.

Stunde um Stunde tobte die Schlacht um das Winterlager nun schon mit ungebrochener Härte. Dieses Mal hatte Ambiorix wohl oder übel darauf verzichten müssen, Feuer einzusetzen. Die Strohdächer der Holzhütten waren auch drei Tage nach dem Unwetter noch derart mit Wasser vollgesogen, dass sie nicht in Brand zu setzen wären. Stattdessen bündelte er seine Truppen, um mithilfe der Belagerungstürme und der hölzernen Schildkröten erneut die Befestigung zu überwinden und in das Castrum einzudringen. Doch der Boden war unverändert morastig und so weich, dass Mensch und Tier bei jedem Schritt tief einsanken und es die Angreifer viel Zeit und Kraft kostete, gegen die Palisade vorzurücken und die schweren Türme in Stellung zu bringen.

Somit befanden sich die römischen Verteidiger in der überlegenen Position, denn da sie nicht gleichzeitig kämpfen und Brände löschen mussten, konnten sie sich vollkommen auf die Abwehr des Angriffs konzentrieren. Außerdem hatten auch sie bereits Kunde vom Nahen des Entsatzheeres erhalten. Diese Nachricht beflügelte sie und setzte ihre letzten Reserven frei, sodass sie den verbündeten Stämmen erhebliche Verluste zufügten.

Am späten Vormittag erreichte Ambiorix der erste Kurier von Ecritorix, der ihm atemlos berichtete, dass es äußerst schlecht um diese Abteilung der Streitmacht stehe. Die zwei Legionen, die Caesar mit sich führte, waren grimmig entschlossen, die verheerende Niederlage in der Wolfsschlucht und den Tod so vieler ihrer Kameraden zu rächen, und sie lieferten den keltischen Kriegern eine gnadenlose und erbitterte Schlacht.

Als bald darauf ein weiterer Bote eintraf, der dem Oberbefehlshaber mitteilte, dass der alte König der Nervier verwundet sei und seine Männer ihre Stellung nicht mehr lange halten könnten, beschloss Ambiorix schweren Herzens, die Erstürmung des Winterlagers abzubrechen und seinen Truppenteil ebenfalls gegen das Entsatzheer zu führen. Amena schloss sich ihnen an.

Das Schlachtfeld lag zwölf Meilen entfernt in einer Ebene zu Füßen einer flachen, bewaldeten Hügelkette. Bei seiner Ankunft musste Ambiorix zu seinem blanken Entsetzen erkennen, dass die von Ecritorix und Ellico befehligte Einheit zu zwei Dritteln aufgerieben worden war. Die Legionen dagegen hatten kaum nennenswerte Verluste erlitten. Nun standen dreitausend Kelten knapp zehntausend Römern gegenüber, die zudem den Vorteil des Geländes auf ihrer Seite hatten, da sie sich auf der Kuppe der Anhöhen befanden, während das Heer der verbündeten Stämme bergan kämpfte.

Die Schlacht zeichnete sich durch beispiellose Härte aus. Die Legionäre beflügelte nicht nur die Aussicht auf den Sieg, der ihnen bereits zum Greifen nahe schien, sondern ebenso der Umstand, dass ihr oberster Feldherr Gaius Iulius Caesar sie persönlich anführte. Die Kelten warfen sich mit dem Mut der Verzweiflung in den Kampf, mussten gleichwohl bald einsehen, dass sie auf verlorenem Posten standen. Außerdem hatten die Feinde offenkundig Anweisung erhalten, keine Gefangenen zu machen. Der Proconsul wollte den Widerstand in den Gebieten der freien Stämme ein für alle Mal brechen, und seine Legionäre gingen mit unbeschreiblicher Rohheit und Grausamkeit vor.

Ohne Zeit zu verlieren, stürzten sich Ambiorix und seine Männer in die Schlacht. Auch Amena fand sich unversehens mitten im dichtesten Kampfgetümmel wieder, auf allen Seiten umringt von römischen Soldaten und keltischen Kriegern, manche hoch zu Ross, die meisten jedoch zu Fuß, die mit ihren Klingen gnadenlos aufeinander einschlugen. Kaum hatte sie sich aus dem Sattel hinabgebeugt, um einem toten Nervier das Schwert aus der Hand zu winden, als einer der gegnerischen Reitersoldaten mit einem hasserfüllten Schrei auf sie eindrang. Er war ein alter Haudegen, unerschrocken und kampferfahren, dessen einziger, verhängnisvoller Fehler darin bestand, sie zu unterschätzen. Nach einigen erfolglosen, kräftezehrenden Hieben, die er mühelos parierte, gelang es ihr mit einer jähen Bewegung, die Deckung seines Schildes zu unterlaufen und ihm die Spitze ihres Schwertes tief in den ungeschützten Hals zu rammen. Sie sah den ungläubigen Ausdruck seiner ersterbenden Augen und den Strahl hellroten Blutes, der aus der Wunde schoss, als sie die Waffe zurückzog. Dann hörte sie hinter sich das Sirren einer Klinge, die die Luft zerschnitt, und wirbelte herum, um sich einem anderen Legionär zuzuwenden, der mit hoch erhobenem Gladius geradewegs auf sie zuritt. Doch noch ehe er sie erreichte, riss ihn eine unsichtbare Faust aus dem Sattel, und Amena sah den Schaft einer keltischen Lanze aus seinem Rücken ragen.

Der unerwartete Tod des Angreifers verschaffte ihr eine kurze Atempause. Ihre Seiten stachen wie nach einem langen Lauf, Schweiß rann in Rinnsalen ihre Brust hinab, und ihr rechter Arm fühlte sich taub und heiß an. Keuchend ließ sie die schwere Waffe sinken und klopfte beruhigend den Hals ihrer Stute, die vor dem dichten Getümmel und dem ohrenbetäubenden Lärm aus menschlichen Schreien und dem Aufprall stählerner Klingen auf hölzerne Schilde scheute und immer wieder ausbrach.

Der Anblick, der sich ihr bot, als sie ihre Augen dann über das Schlachtfeld wandern ließ, drang so tief und schmerzhaft in ihr Herz, wie es der Gladius eines Legionärs nicht vermocht hätte.

Die Ebene am Fuße der Hügelkette war bedeckt mit toten Kelten, ihre geschundenen Körper mit Schlamm und Blut befleckt und grauenhaft verstümmelt. Manche lagen in der seltsam verdrehten

Haltung, in welcher der Tod sie ereilt hatte. Andere ruhten friedlich auf der Seite, als schliefen sie. Und es waren so viele, so schrecklich viele. Längst hatte sich der Kampf in einzelne Mann-gegen-Mann-Gefechte aufgesplittert, und die Krieger der verbündeten Stämme verteidigten sich tapfer und verzweifelt gegen die feindliche Übermacht. In einiger Entfernung erkannte Amena Ambiorix, der sich mit grimmiger Entschlossenheit gegen vier römische Reiter zur Wehr setzte, die von allen Seiten gleichzeitig auf ihn eindrangen. Er blutete aus zahlreichen Wunden, und bei seinem Anblick stockte ihr der Atem, und ihre Brust krampfte sich qualvoll zusammen.

Plötzlich erschien es ihr für die Dauer eines Herzschlags, als stünde die Zeit still, als träte alles um sie herum zurück, die tödliche Gefahr, der unbeschreibliche Lärm, die grässlichen Bilder. Und in diesem einzelnen Herzschlag gab es nur sie und Ambiorix, diesen Mann, der ihr so nah war, wie kein anderer es je gewesen war oder jemals sein würde, und der sich ihr doch in letzter Zeit so entfremdet hatte.

Ah, meine schweigenden Götter, wenn Ihr mich hören könnt, so flehe ich Euch an: Beschützt diesen Mann. Und wenn es eines anderen Menschenlebens bedarf, um seines zu erretten, nehmt das meine. Der Gedanke hatte sich ohne ihr Zutun in ihrem Kopf geformt. Doch in dem kurzen Augenblick, nicht länger als ein Lidschlag, den er benötigte, um Gestalt anzunehmen, wusste sie, dass es die Wahrheit war. Wenn es eines Preises bedurfte, um Ambiorix' Leben zu retten, so war sie bereit, ihn zu zahlen.

Dann drängten sich andere Kämpfende zwischen sie und ihn, und sie verlor ihn aus den Augen.

Unterdessen hatten die Wogen der Schlacht sie immer weiter an die bewaldete Flanke der Hügelkette herangespült. Plötzlich nahm sie aus dem Augenwinkel zu ihrer Linken eine Bewegung wahr und fuhr mit einem markerschütternden Schrei herum, ihre schweißnasse Rechte wie erstarrt um das Heft ihrer Klinge gekrallt.

Sie fand sich einem Römer gegenüber, der soeben auf einem Schimmel von enormer Statur aus dem Schatten einiger Bäume herausgetreten war. Obwohl lediglich von mittlerer Größe und schlanker, beinah hagerer Gestalt, ließen die würdevolle Selbstverständlichkeit seiner Körperhaltung und die souveräne Art, in der er den hochbeinigen, unruhig tänzelnden Hengst beherrschte, seine Autorität erahnen. Über einer ehemals weißen Tunika, nun bespritzt vom Schlamm des Schlachtfelds und dem Blut seiner Feinde, trug der Reiter einen goldfarbenen, reich verzierten Brustpanzer. Der purpurrote, golddurchwirkte Umhang, der von seinen Schultern auf den Rücken des Pferdes hinabfiel, verlieh seinen Bewegungen etwas Fließendes, geradezu Elegantes. In der Rechten hielt der Römer einen Gladius, in der Linken einen großen, runden Schild mit den Stammesabzeichen der Nervier, den er einem gefallenen Krieger abgenommen hatte. Stirn und Wangen wurden von einem goldfarbenen Helm verdeckt, den weiße Straußenfedern bekrönten. Darunter erkannte Amena eng beieinanderstehende Augen, deren starrer Blick sie an den eines Reptils erinnerte, eine gerade, scharf geschnittene Nase und schmale Lippen: das Gesicht eines Mannes, dessen hervorstechendste Eigenschaften Ehrgeiz, Entschlossenheit und Härte darstellten.

Auch ohne seinen golddurchwirkten Umhang und die wertvolle Ausrüstung hätte sie diesen Römer jederzeit und überall wiedererkannt. Er war der Mann, der ihr ungezählte Male in ihren Träumen und Visionen begegnet war; der Mann, der es sich in seiner grenzenlosen Gier und seinem unermesslichen Streben nach Ruhm und Macht zum Ziel gesetzt hatte, das Gebiet der keltischen Stämme zu unterwerfen und seinem Imperium einzuverleiben. Dieser Mann war Gaius Iulius Caesar.

Nachdem diese Erkenntnis bis in die tiefsten Schichten ihres Bewusstseins eingesickert war, richtete sich Amena pfeilgerade im Sattel auf und ließ das Schwert sinken, bis es sich auf Höhe ihrer Brust befand. Trotzig reckte sie ihrem Todfeind die Klinge entgegen, während sie mit der freien Linken die langen Locken zurückstrich, die ihr wirr ins Gesicht hingen, und sich innerlich zu sammeln bemühte.

Eigenartig, schoss es ihr durch den Kopf. Hier bin ich und sitze Caesar gegenüber, dem mächtigsten, gefährlichsten Mann der Welt. Und ich verspüre keine Angst.

Auf einer unbewussten Ebene ihres Seins hatte sie damit gerechnet, ihm einmal zu begegnen, das ging ihr in diesem Moment auf.

Und dies war dann wohl das Ende. Ja, vermutlich war es das, überlegte sie mit einer seltsamen, nüchternen Klarheit. Denn der Gedanke, einen Zweikampf mit diesem erfahrenen Feldherrn zu überleben, mutete ihr geradezu absurd an. Und hatte sie nicht vor just einem Augenblick den Unsterblichen ihr eigenes Leben für das des Ambiorix angeboten? Sollten ihre Götter, ihre schweigenden Götter, sie erhört haben?

Gut, so sei es. Doch dann werde ich wenigstens ehrenhaft sterben, als freie und stolze Keltin.

Sie umklammerte das Heft ihres Schwertes so fest, dass ihre Fingerknöchel schmerzten, und blickte ihrem Gegner geradewegs ins Gesicht.

Der Proconsul hatte den Hengst gezügelt, und für die Dauer eines Lidschlags spiegelte sich Überraschung in seinen Zügen, als er sich einer Frau gegenübersah, die ihn noch dazu mit einer Waffe bedrohte. Aber er wirkte keineswegs ängstlich, sondern eher, so dachte Amena irritiert, eine Spur belustigt. Er ließ gar Gladius und Schild sinken, als er nun das Wort an sie richtete.

»Ich grüße Euch«, begann er in ihrer eigenen Sprache. Er besaß den harten Akzent aller Römer, denen das Weiche, Fließende des Keltischen Schwierigkeiten bereitete. Und nach Stunden des Kampfes war seine Stimme zudem heiser vom Brüllen unzähliger Kommandos und Anfeuern seiner Männer. »Wer seid Ihr?«

»Seid gegrüßt, Caesar«, gab sie auf Lateinisch zurück. »Man nennt mich Amena. Ich bin Eburonin und eine Priesterin der Höchsten Göttin.«

Er zeigte keinerlei Verwunderung darüber, dass sie ihn mit seinem Namen ansprach. Vermutlich wäre er eher erstaunt gewesen, hätte sie ihn nicht erkannt. Doch dass sie eine Priesterin war und überdies des Lateinischen mächtig, schien ihm einen widerwilligen Respekt abzunötigen. Jedenfalls wich seine Belustigung einer gewissen Neugier, und er musterte sie mit demselben forschenden Blick, mit dem er wohl auch ein fremdartiges Tier betrachtet hätte.

»Kämpfen bei den Eburonen die Frauen ebenfalls gegen den Feind?«, fragte er dann. Es klang, als sei er aufrichtig interessiert.

»Wenn die Freiheit auf dem Spiel steht, kämpft jeder Eburone, gleich, ob Mann, Frau oder Kind, denn sie ist sein höchstes Gut«, entgegnete Amena, ihm das Schwert unverwandt entgegenreckend. Es war eine schwere Waffe mit einer langen stählernen Klinge, an der - sie sahen es nun beide - noch das Blut des Legionärs klebte, den Amena nur wenige Augenblicke zuvor getötet hatte. Es bereitete ihr zunehmend Mühe, sie dem Römer mit ausgestrecktem Arm entgegenzuhalten. Sie fühlte, wie ihre Kraft allmählich erlahmte, und wusste, dass ihr Arm bald beginnen würde zu zittern. Doch sie wollte gegenüber Caesar keine Schwäche zeigen, und so zwang sie sich, die Spitze weiterhin auf ihn zu richten.

»Ein römischer Offizier kämpft nicht gegen Frauen und Kinder«, erklärte der Proconsul schließlich. »Und Ihr sollt sehen, dass Caesar seine Feinde großzügig behandelt. Daher bin ich bereit, Euch das Leben zu schenken und Euch mit nach Roma zu nehmen. Dort könnt Ihr Euch einem Tempel Eurer Wahl anschließen, und ich gewähre

Euch ein eigenes Haus und Sklavinnen. - Wenn Ihr nun Euer Schwert senken wollt?«

Trotz ihrer verzweifelten Lage musste Amena lächeln. Der Römer schien es ernst zu meinen, und wahrscheinlich hielt er sein Angebot wahrhaftig für großmütig. Doch von einer Priesterin der Höchsten Göttin zu erwarten, dass sie ihren Glauben aufgab und sich - wie hatte er sich gleich ausgedrückt? – »einem Tempel ihrer Wahl« anschloss, sprach schon für ein gehöriges Maß an römischer Herablassung.

Wenigstens gestattete ihr seine höfliche Bitte, endlich die Klinge sinken zu lassen. Ohnehin kam sie sich zunehmend lächerlich dabei vor, den mächtigsten Mann der Welt mit einer Waffe zu bedrohen, die so schwer war, dass sie ihrer Hand jeden Augenblick zu entgleiten drohte.

»Eine keltische Priesterin wird niemals fremden Göttern dienen«, entgegnete sie ruhig und blickte dem Proconsul fest in die Augen. »Und die einzige Möglichkeit, mich nach Roma zu bringen, würde darin bestehen, mich zuvor zu töten.«

Ein Lächeln spielte um Caesars schmale Lippen. Amena konnte sich des Eindrucks nicht erwehren, dass ihr kleines Wortgefecht ihm Freude bereitete.

»Das würde mich betrüben«, erwiderte er. »Ihr solltet mein großzügiges Angebot wahrhaftig annehmen, Amena, denn Ihr würdet gewiss ebenso eine gute Sklavin abgeben. Gute Sklavinnen sind selten, müsst Ihr wissen, zumal so gebildete, wie Ihr es seid. Zudem seid Ihr recht hübsch für eine Keltin, und vielleicht könnte es mir gar gefallen, Euch für mich zu behalten, wer weiß?« Seine Stimme hatte einen Plauderton angenommen, der angesichts der Lage, in der sie sich befanden, geradezu absurd anmutete. Der Proconsul schien es ebenfalls zu bemerken, denn mit einem Mal wurde er sachlich. »Dies sind Eure beiden Optionen: Priesterin in einem römischen Tempel oder die Sklaverei. Noch habt Ihr die Wahl. Doch entscheidet Euch rasch, meine Geduld kennt Grenzen.«

»Ich habe meine Entscheidung längst getroffen, Römer«, gab Amena zurück, den Blick unverwandt auf seine scharf geschnittenen Züge gerichtet. »Eine Priesterin der Höchsten Göttin wird niemals jemandes Sklavin sein. Im Übrigen befindet Ihr Euch im Irrtum, denn es gibt noch eine dritte Möglichkeit.«

Mit diesen Worten ließ sie das Schwert zu Boden fallen. Während Caesar jede ihrer Bewegungen mit den Augen verfolgte, griff sie an ihren Gürtel, zog den Dolch aus seiner Scheide und führte die Waffe an ihre Kehle, um die Halsschlagader zu öffnen, wie sie es unzählige

Male mit Opfertieren getan hatte. Doch noch ehe die kostbare Klinge die Haut ihres Halses ritzte, bellte der Proconsul einen kurzen Befehl. Das Letzte, was Amena fühlte, waren ein jäher Luftzug und ein dumpfer Schlag, der von hinten ihren Nacken traf.

Dann verschlang sie die Dunkelheit.

Kapitel 17

Als Hannah aus der Meditation erwachte, hatte sie Kopfschmerzen, die so überwältigend waren, dass sie alle anderen Empfindungen ausschalteten. Eigentlich traf es auch nicht zu, dass sie Kopfschmerzen *hatte* - sie *war* der Kopfschmerz. Sie selbst war dieser dumpfe, pochende Schmerz, der von einer Stelle in ihrem Nacken ausstrahlte und mit jedem Herzschlag bis in den letzten Winkel ihres Schädels pulsierte. Es dauerte eine ganze Weile, bis ihr allmählich dämmerte, dass dies genau die Stelle war, an der Amena getroffen wurde, ehe sie das Bewusstsein verlor.

Amena – was mochte mit ihr geschehen sein? Hatte sie jenen Hieb überlebt, oder war sie - Hannah wagte kaum, den Gedanken zu Ende zu führen - war sie seinen Folgen erlegen? Würde sie, Hannah, es fühlen, wenn sie Amenas Tod miterlebte? Und bedeutete dies dann auch, dass es keine weiteren Visionen gäbe?

Sie stöhnte. Die Fragen torkelten durch ihren Kopf wie Betrunkene, die von einer überfüllten Wirtschaft ausgespuckt wurden. Doch ihr von Schmerzen umnebelter Verstand streikte. Sie brauchte dringend ein Aspirin, besser gleich zwei oder drei.

Vorsichtig stemmte sie sich aus dem Sessel und schwankte hinüber in die Küche, wo sie zwei Tabletten in einem Glas Wasser auflöste und die sprudelnde Mischung in einem Zug hinunterstürzte. Anschließend taumelte sie zurück zu ihrem Sessel. Irgendein Teil ihres komplexen Gehirns, vermutlich die *Naturwissenschaftlichen Regionen*, war trotz der brüllenden Kopfschmerzen in der Lage, nüchtern anzumerken, dass ihr Verschmelzen mit Amena eine neue Dimension erreicht hatte – die körperliche.

Sie fühlte, wie sich die feinen Härchen auf ihren Armen aufrichteten und ein seltsames Rieseln durch sämtliche Glieder lief, als eine Welle der Panik über sie hinwegschwappte. Wie schafften es die *Naturwissenschaftlichen Regionen* angesichts dieser erschreckenden Erkenntnis bloß, so gelassen zu bleiben! Hannah erschien es vielmehr, als wäre mit der physischen Verschmelzung zwischen Amena und ihr die letzte Schranke gefallen. Es war schon beunruhigend genug, dass sie Amenas Gedanken und Gefühle ungefiltert übernahm. Doch ihren Körper hatte sie bislang als ihr Rückzugsgebiet angesehen, den Ort, an den sie nach den Meditationen zurückkehrte und an dem sie - von vorübergehenden Nebenwirkungen einmal abgesehen - abgeschirmt und behütet war. Aber wenn Amena nun auch noch Hannahs Körper beherrschte – wo war sie dann überhaupt noch sicher? Wo war sie noch – *sie selbst?*

Nachdem das Aspirin seine wohltuende Wirkung zu entfalten begann und die Kopfschmerzen allmählich nachließen, klärten die *Naturwissenschaftlichen Regionen* Hannah darüber auf, dass das Einswerden auf der physischen Ebene nichts weiter als die konsequente Fortsetzung ihrer bisherigen Beziehung zu Amena darstelle und dass sie, Hannah, gut daran tue, dies zu akzeptieren, da sie es ohnehin nicht ändern könne. Sie vermutete, dass Konrad ihr dasselbe sagen würde, doch insgeheim blieb sie dabei: Hier war soeben eine Grenze überschritten worden, die sie nur allzu gern aufrechterhalten hätte.

Während sie die schmerzende Stelle in ihrem Nacken massierte, kehrten ihre Gedanken zurück zu der alles entscheidenden Frage: Was war mit Amena geschehen? Wenn der Hieb tödlich gewesen wäre – würde sie, Hannah, das fühlen? Oder würde sie beim nächsten Meditieren ganz einfach keine Visionen mehr empfangen?

Ja, wahrscheinlich würde sie es fühlen, überlegte sie nach einem Moment. Irgendetwas wäre anders, wenn sie sich auch nicht vorzustellen vermochte, was. Nun, im Grunde gab es wohl nur eine Möglichkeit, es herauszufinden ...

Allein das bloße Erwägen eines weiteren Ausflugs in die Vergangenheit rief augenblicklich die *Vernunft* auf den Plan, die im Begriff stand, sich händeringend und mit aufgelöstem Haar in ein leidenschaftliches Plädoyer gegen eine derartige Unternehmung zu werfen. Doch Hannah fiel ihr sogleich ins Wort: keine Gefahr; nicht solange die Begleiterscheinungen der vorhergehenden Vision noch anhielten. Das war keine Frage von Disziplin, sondern des Selbsterhaltungstriebes. Außerdem würde Rutger am Abend vorbeikommen, und sie wollte unbedingt einen einigermaßen passablen Eindruck auf ihn hinterlassen, um erneute Diskussionen zum Thema »Risiken der Meditation« von vornherein zu vermeiden.

Hannah tastete nach der Schachtel Zigaretten und zündete sich eine an. Zumindest *eine* Antwort hatte sie während dieser Vision erhalten, ging ihr auf, nachdem sie einen langen Zug genommen hatte - wieder einmal ein unwiderlegbarer Beweis dafür, wie ungemein stimulierend Nikotin auf die Gehirntätigkeit wirkte. Die beiden Albträume, jene ersten Kontakte zu Amena und ihrer Welt, hatten jeweils in einem bestimmten Augenblick geendet. Sie kämpfte gegen einen römischen Legionär, ein weiterer Angreifer wurde getötet, ehe er auf sie eindringen konnte, und dann zog eine Bewegung in ihrem Augenwinkel ihre Aufmerksamkeit auf sich. Sie wirbelte herum, um zu sehen, wer oder was in ihrem Rücken auf sie lauerte, doch ehe sie es zu erkennen vermochte, war sie erwacht.

Nun also kannte sie die Lösung des Rätsels: Caesar selbst war es, der dort aus dem Schatten der Bäume getreten war, der mächtigste Mann der damaligen Zeit und der Grund für das grenzenlose Leid, die nicht enden wollenden Kämpfe und die unzähligen Opfer auf beiden Seiten. Er hatte nicht vorgehabt, Amena zu töten; er wollte sie mit nach Rom nehmen.

War das etwa Amenas Schicksal? Hannah stockte der Atem bei diesem neuen, unerhörten Gedanken. Hatte sie den Hieb überlebt, nur um den Rest ihrer Tage als Sklavin des Erzfeindes zu fristen?

Und was war mit Ambiorix? Vor ihrem geistigen Auge sah sie ihn, umgeben von vier Legionären, die auf ihn eindrangen, aus zahlreichen Wunden blutend. Ein eisiger Schauer überlief sie bei der Erinnerung an dieses Bild. Hatten ihn die Feinde besiegt? Hatten sie ihn gefangen genommen, gar getötet? Oder war es ihm geglückt, sich freizukämpfen? Und was bedeutete dies für den Ausgang des Krieges?

Hannah streifte ihre Zigarette im Aschenbecher ab. Das verbündete keltische Heer hatte diese Schlacht verloren, davon war sie überzeugt. Seine Lage war zum Schluss vollkommen aussichtslos: der Heeresteil, den der starrsinnige alte Ecritorix anführte, beinah zur Gänze aufgerieben, die Legionäre bei Weitem in der Übermacht. War dies das letzte Aufeinandertreffen zwischen Ambiorix und den Römern gewesen? War es Caesar wahrhaftig gelungen, den Krieg endgültig zu seinen Gunsten zu entscheiden? Und was war mit all den anderen Menschen, die Hannah so vertraut geworden waren, Vercassius, Beligantus, Ellico? Waren sie in diesem ungleichen Kampf gefallen, gestorben für ihren Traum von einem Land, in dem die keltischen Stämme in Freiheit und Würde leben durften?

In diesem Augenblick klingelte das Telefon. Hannah fuhr zusammen, als hätte der Blitz in die Lehne ihres Sessels eingeschlagen. Wenn sie daran dachte, schaltete sie den verdammten Apparat während der Meditationen ab. Doch dieses Mal hatte sie es offenbar vergessen.

Es war Rutger. »Eine Frage, die nicht bis zum Abend warten kann: Hast du Samstagabend schon etwas vor, oder möchtest du mich auf einen Empfang begleiten?«

Es kostete Hannah einige Anstrengung herauszufinden, dass heute Freitag war, Samstag also der folgende Tag, und dass sie noch nichts vorhatte. »Nein«, sagte sie schließlich.

»Nein, du hast noch nichts vor, oder nein, du möchtest mich nicht begleiten?«, hakte er verwirrt nach.

»Nein, ich habe noch nichts vor«, präzisierte sie, in ihren Gedanken immer noch zweitausend Jahre zurück. Eine ganz neue Form von Jetlag, dachte sie und unterdrückte ein Kichern.

»Du klingst irgendwie seltsam«, befand Rutger. »Alles in Ordnung bei dir?«

Sie riss sich zusammen und stellte sich vor, wie sie einen schweren Theatervorhang vor die Szenen zog, die sich vor ihrem geistigen Auge auf der Bühne der Vergangenheit abspielten. »Jaja, alles bestens«, beeilte sie sich dann zu versichern und drückte die Zigarette halb geraucht im Aschenbecher aus. »Ich bin nur eben erst von einem Ausflug in Amenas Welt zurückgekehrt und noch im Begriff, mich zu sortieren. - Was für eine Veranstaltung ist das, die du da erwähntest?«

»Die Claus-Dollmann-Gruppe, die uns aus ihrer Stiftung hin und wieder Geld für Grabungen zur Verfügung stellt, richtet einen Empfang aus, um den neuen Vorstandsvorsitzenden vorzustellen«, erklärte Rutger. »Ich bin ebenfalls eingeladen, und da ich den jungen Mann kenne, erscheint es mir äußerst ratsam, bei seinem Vater und Vorgänger noch rechtzeitig ein paar Euro für die Ausgrabung einer ganz bestimmten versunkenen Stadt lockerzumachen. Eine schöne Frau an meiner Seite würde die Sache natürlich erheblich vereinfachen.«

Hannah runzelte die Stirn. Welche schöne Frau?, dachte sie eifersüchtig und dann: Ach so, er meint mich.

»Danke für die Blumen«, sagte sie.

»Gern. Dann haue ich gleich ein Fax raus, dass wir zu zweit kommen. Die Einladung liegt nämlich schon länger hier. Das kommt halt davon, wenn man so selten im Büro ist.« Pause. »Und?«

Hannah war verwirrt. »Und was?«

»Dein Ausflug in Amenas Welt, wie war er?«

Sie holte tief Luft. »Ereignisreich«, antwortete sie ausweichend. »Ich möchte es dir lieber nicht am Telefon erzählen. Hältst du es bis heute Abend aus?«

»Habe ich eine Wahl?«

Nachdem sie aufgelegt hatte, zog Hannah den Vorhang vor der Bühne der Vergangenheit wieder beiseite. Während erneut Bilder von Ambiorix, umgeben von seinen Feinden, auf sie einprasselten, kam ihr eine Idee. Da sie ohnehin an nichts anderes zu denken vermochte, könnte sie ebenso gut endlich sein Porträt in Angriff nehmen, das ihr schon seit Tagen vorschwebte.

Zum ersten Mal seit Längerem überfiel sie beim Betreten des Ateliers nicht sofort ihr schlechtes Gewissen. Sie hatte Konrads

Warnung ernst genommen, sich zu zwei Tagen Abstinenz gezwungen, und inzwischen lehnte ein zweites fertiges Kalenderblatt auf einer der Staffeleien. Es stellte eine Sommerwiese mit prallen roten Klatschmohnblüten dar und würde vermutlich das Maibild abgeben. Zumindest an dieser Front herrschte also ein wenngleich fragiler Waffenstillstand.

Doch nun zu Ambiorix. Hannah schenkte sich einen Becher Tee ein, kramte den Zeichenblock hervor, den sie schon für Amenas Porträt verwandt hatte, und legte sich mehrere Bleistifte in verschiedenen Härtegraden zurecht. Dann setzte sie sich an ihren Arbeitstisch und schloss die Augen.

Sie war ihm im Laufe der Visionen recht häufig begegnet, wobei ihre eigene Wahrnehmung entscheidend durch die Gefühle geprägt wurde, die Amena ihm entgegenbrachte. Natürlich waren auch Hannah die Veränderungen nicht verborgen geblieben, die in den Monaten seit dem Eindringen der Römer in das Gebiet der Eburonen in seinen Zügen vor sich gegangen waren. Während ihr erster Eindruck von ihm der eines jungen Mannes war, der im Kreise der anderen Krieger das angenehme Leben eines keltischen Adeligen genoss, war er sich unterdessen seiner verantwortungsvollen Rolle als König seines Stammes vollkommen bewusst und trug schwer an ihr, ebenso wie am Amt des Oberbefehlshabers, dem zwanzigtausend Männer ihr Schicksal und das ihrer Familien anvertrauten. Zu alledem fühlte er sich von Amena verraten und im Stich gelassen. Und so erlebte Hannah ihn zunehmend als eine tragische Gestalt, einen Helden wider Willen, dazu verurteilt, an äußeren Bedingungen, an denen ihn keinerlei Schuld traf, zu scheitern.

Diese leidvollen Erfahrungen spiegelten sich in seinen Zügen, die die Weichheit verloren hatten, welche früher in ihnen lag, wenn sein Blick auf Amena ruhte. Und auch seine jungenhafte Zuversicht, sein ursprüngliches Vertrauen, dass sich am Ende alles zum Guten fügen würde, weil die Götter über Ihr Volk wachten und es beschützten, waren verschwunden. Um seinen Mund hatte sich eine Linie eingegraben, die von Enttäuschung und Verbitterung zeugte und ihn älter erscheinen ließ. Und seine tiefbraunen Augen, die Hannah manchmal auf verwirrende Weise an Rutgers erinnerten, hatten ihre Sanftheit eingebüßt und einen harten Ausdruck angenommen.

Sie begann das Porträt mit großzügigen, weichen Strichen, die die Umrisse seines Gesichts und seiner Haare festlegten. Mit der Zeit verdichteten sie sich, und Hannah überließ es ganz ihrer Intuition, welche sie verstärkte. Nach einer Stunde, während der sie wie im

Rausch arbeitete, legte sie den Bleistift schließlich beiseite und hielt den Block auf Armeslänge vor sich.

Dann nickte sie langsam. Ja, das war Ambiorix. Es war Ambiorix, wie er sich Amena am eindringlichsten eingeprägt hatte, diese Mischung widersprüchlicher Gefühle, die sich in jener Nacht auf der windumtosten Bergkuppe in seine Züge eingegraben hatte: seine Verzweiflung und seine Hoffnung, seine Angst und sein Mut. Es war das Bildnis eines Mannes, der von einem inneren Zwiespalt beinah zerrissen wurde und der dennoch entschlossen war, nicht kampflos aufzugeben.

Kein Wunder, dass Amena ihn so sehr liebte, dachte Hannah.

Als Rutger am Abend kam, lehnte der Zeichenblock mit dem Porträt auf dem Kaminsims. Sein Blick fiel auf ihn, kaum dass er das Haus betreten hatte, und er steuerte wie von unsichtbaren Fäden gezogen darauf zu. »Das ist er, nicht wahr?«, fragte er leise. »Das ist Ambiorix.«

Hannah stellte sich neben ihn und versuchte, den jungen König mit Rutgers Augen zu sehen. Doch es gelang ihr nicht. »Ja«, bestätigte sie. »Das ist er.«

Er ließ das Bildnis eine geraume Weile schweigend auf sich wirken. Dann schüttelte er überwältigt den Kopf. »Es ist großartig. Mir ergeht es jetzt ganz ähnlich wie bei Amenas Porträt. Ich bin vollkommen fasziniert davon, wie modern sein Gesicht wirkt. Wenn man es nicht wüsste, würde man niemals vermuten, dass dieser Mann vor mehr als zweitausend Jahren gelebt hat. Und sein Ausdruck! Er scheint innerlich zerrissen, wie ein tragischer Held in einem Drama.«

Sie nickte. »Genau das war er auch. Er war eine der Hauptpersonen in einer Tragödie. Er wollte nur das Beste für seinen Stamm und sein Volk. Doch von Anfang an gab es in seiner unmittelbaren Umgebung Menschen, die andere Motive verfolgten, deren Handeln von persönlichem Ehrgeiz und dem Hunger nach Macht geleitet wurde, Männer wie Catuvolcus, Lovernios oder Ecritorix. Ich habe keine Ahnung, ob Ambiorix letztlich scheitern wird. Aber wenn er scheitert, dann nicht nur an Caesar und seiner gigantischen Heeresmaschinerie, sondern auch und vor allem an den Feinden in den eigenen Reihen.«

Mit Mühe riss Rutger seinen Blick von dem Porträt los und musterte Hannah ernst und nachdenklich. »Du machst mich neugierig«, stellte er fest.

Während er eine Flasche Bordeaux entkorkte und sein gewaltiger Hund sich auf seinem neuen Lieblingsplatz vor dem Kamin niederließ, begann sie mit ihrer Schilderung. Nachdem sie geendet hatte, schaute Rutger sie betroffen an, holte tief Luft und meinte: »Oh.« Nichts weiter. Keine scharfsinnigen Analysen, keine tiefschürfenden Vergleiche mit Caesars *De Bello Gallico*. Nur »oh«. Und daraus konnte Hannah unschwer entnehmen, welches Ausmaß auch seine innere Anteilnahme an Amenas und Ambiorix' Schicksal unterdessen angenommen hatte.

»Und du weißt nicht, ob sie noch leben?«, fragte er nach einem langen Moment, sichtlich erschüttert. »Ich meine, klar leben sie nicht mehr. Ich wollte sagen: Du weißt nicht, ob sie diese Schlacht überlebt haben?«

Sie schüttelte den Kopf. »Ich habe nicht die geringste Ahnung. Was Amena angeht, glaube ich eigentlich, ich würde es fühlen, wenn sie gestorben wäre. Aber das ist nur eine Vermutung. Was Ambiorix betrifft: Ich weiß es nicht. Die letzten Bilder, die ich von ihm sah, lassen mich das Schlimmste befürchten.«

»*Shit*«, sagte Rutger, und es war das ergriffenste »Shit«, das Hannah je gehört hatte.

Diesmal war sie es, die als Erste wieder sachlich wurde, jedoch nur, weil sie schon den gesamten Nachmittag über den Ereignissen gegrübelt hatte, wohingegen Rutgers Schock noch frisch war.

»Und? Hast du Abweichungen entdecken können zwischen meiner Schilderung und Caesars?«

Sie sah förmlich, wie er sich zwingen musste, in die Gegenwart zurückzukehren. Fahrig konsultierte er die Notizen, die er sich während ihres Berichts gemacht hatte. »Ja, auf jeden Fall«, erklärte er dann. »Ich würde sogar sagen: Je tiefer wir in die Geschehnisse eindringen, desto stärker klaffen deine Beschreibung und Caesars Werk auseinander. Wie es scheint, hat er das Kapitel Eburonen konsequent zu seinen Gunsten beschönigt.«

»Zum Beispiel?«, hakte Hannah ungeduldig nach.

»Nun, da ist zum einen die Anzahl der Feinde«, begann Rutger. »Darüber hatten wir, glaube ich, schon einmal gesprochen. Laut Caesar hatte Ambiorix am Tag ihres Aufeinandertreffens an die sechzigtausend Mann um sich versammelt, obwohl es offenbar von vornherein kaum mehr als zwanzigtausend waren, von denen im Verlauf der Kämpfe um das Winterlager bereits einige Tausend fielen oder verletzt wurden.«

Hannah nickte.»Am Morgen der Schlacht gegen das römische Entsatzheer sagte Ambiorix, er habe vierzehntausend Krieger zur Verfügung, die er jedoch in zwei Gruppen aufteilen müsse.«»Genau. Der Proconsul rückte mit zwei Legionen an, folglich etwa zehntausend Soldaten. Im Castrum werden sich weitere zwei- bis dreitausend kampfbereite Legionäre befunden haben, sodass die beiden Armeen deiner Schilderung zufolge einander zahlenmäßig ungefähr ebenbürtig waren. Hier hat der göttliche Iulius also wieder einmal mächtig übertrieben.« Er nippte nachdenklich an seinem Wein.»Ein zweiter wichtiger Punkt scheint mir, dass Cicero auf den Angriff der keltischen Streitmacht viel besser hätte vorbereitet sein müssen.«

Hannah zog die Augenbrauen zusammen.»Wieso?«

»Nun, Caesar behauptet zwar, dieser Überfall sei überraschend erfolgt, da Ambiorix unmittelbar nach seinem Sieg über Sabinus und Cotta zu den Nerviern aufgebrochen sei. Wie wir aber inzwischen wissen, entspricht dies nicht den Tatsachen. Es waren ja vielmehr die Nervier, die ihn baten, sich an die Spitze des verbündeten Heeres zu setzen, und bis er in Nerviodunom eintraf, waren sechs Tage nach der römischen Niederlage in der Wolfsschlucht vergangen. Wir können mit Gewissheit davon ausgehen, dass es einzelnen Überlebenden dieser Kämpfe gelungen ist, sich bis zu Cicero durchzuschlagen, sodass diesem genügend Zeit blieb, sich auf einen Angriff einzurichten und die Befestigung seines Lagers fertigzustellen, was er jedoch versäumte. Und ich denke, es gibt einen höchst interessanten Grund, weswegen Caesar dieses eklatante Versäumnis zu verschleiern versuchte. Mit diesem Cicero hat es nämlich etwas ganz Besonderes auf sich.«

Er legte eine bedeutungsvolle Pause ein, während Hannah ungeduldig eine Braue hob.

»Quintus Tullius Cicero war niemand Geringeres als der jüngere Bruder des Marcus Tullius Cicero, des berühmten Redners und Politikers, den jedes Schulkind kennt. Dieser wiederum bat den Proconsul in einem uns erhaltenen Brief, seinen Bruder beim Militär unterzubringen, damit der seine finanziellen Verhältnisse in Ordnung bringen könne. Der Mann hatte Schulden, Gallien war ein reiches Land, und es war in Rom allgemein bekannt, dass man dort ein Vermögen machen konnte. Und so wurde Quintus Caesars Legat.

Wir können daraus den nicht allzu gewagten Schluss ziehen, dass sich seine militärischen und insbesondere strategischen Fähigkeiten in Grenzen gehalten haben dürften. Da der Proconsul es sich mit dem einflussreichen Bruder daheim in Rom jedoch nicht verderben wollte, schien es ihm ratsam, das Unvermögen des Quintus im Rahmen seines *De Bello Gallico* gnädig zu bemänteln. Dafür mussten einmal mehr die Feinde herhalten. Des Weiteren betont Caesar, mit Ciceros Gesundheit sei es zum Zeitpunkt des Angriffs nicht zum Besten bestellt gewesen. Dennoch habe er sich keinerlei Ruhe gegönnt, sodass seine Soldaten ihn schließlich baten, er möge sich schonen. Auch das natürlich nur ein Trick, um von der Unfähigkeit dieses Mannes abzulenken. In einem persönlichen Brief an den großen Bruder in Rom hat sich der Proconsul übrigens wesentlich deutlicher über Quintus' Versagen geäußert, indem er sein Verhalten als fahrlässig, leichtsinnig und eines Anführers unwürdig beschreibt.«

Hannah schüttelte den Kopf. »Faszinierend.«

Rutger tippte mit dem Kugelschreiber auf seinen Notizblock. »Weiterhin fiel mir auf, dass Caesar die militärischen Verdienste der Legionäre in Ciceros Lager stark übertreibt. Verglichen mit seinen sonstigen Angaben sind seine Ausführungen hier ziemlich ungenau. Aber wenn man sämtliche Hinweise addiert, kommt man zu dem Ergebnis, dass Ciceros Legion den Feinden ungefähr vierzehn Tage lang erfolgreich standhielt, wohingegen du gerade berichtet hast, dass die Belagerung bis zur entscheidenden Schlacht gegen das Entsatzheer nur acht Tage dauerte. Und schließlich war es auch nicht römische Tapferkeit, die die Kelten bei der Erstürmung des Castrum zum Rückzug zwang, sondern das Wetter. Das *Un*wetter, sollte ich wohl besser sagen.«

Hannah zündete sich eine Zigarette an und nahm einen tiefen Zug. »So ein Unwetter hab ich überhaupt noch nie erlebt. Zuerst schüttete es wie aus Kübeln, sodass sich das gesamte Schlachtfeld innerhalb weniger Minuten in eine einzige Schlammwüste verwandelte. Und dann dieses Gewitter ...« Sie überlegte einen Moment mit gerunzelter Stirn. »Ich glaube, wenn das Wetter mitgespielt hätte, hätte Ambiorix an diesem Tag den Durchbruch erzielt und das Lager erobert. Denn seine Krieger schienen trotz großer Verluste die Oberhand zu gewinnen.«

Rutger rieb sich nachdenklich das Kinn. »Wir werden wohl nie erfahren, wie viele bedeutende Schlachten der Weltgeschichte durch dumme Zufälle entschieden wurden, wie zum Beispiel Wetterphänomene oder die Beachtung irgendwelcher angeblicher Omen. In den Quellen, die uns überliefert sind, liest man in so einem Fall, dass ein Heer ohne ersichtlichen Grund plötzlich abzog oder eine ausgezeichnete Möglichkeit ungenutzt verstreichen ließ. Und dann kann man daraus schließen, dass die Milz eines Opfertieres nicht da lag, wo sie hätte liegen sollen, und die Priester und Seher von einer Fortsetzung der Kämpfe abrieten.«

»Apropos Priester«, hakte Hannah ein. »Dieser Lovernios, ist der eigentlich eine historische Gestalt?«

Rutger überlegte einen Moment. »In Caesars Bericht kommt er jedenfalls nicht vor. Ich müsste mal nachforschen, ob er bei einem anderen der antiken Autoren erwähnt wird. Sein Verhalten erscheint mir jedoch nicht ungewöhnlich für die damalige Zeit. Die Druiden besaßen bei den keltischen Stämmen einen gewaltigen Einfluss. Sie hatten nicht nur das Machtmonopol in religiösen Fragen inne, sondern griffen auch immer wieder entscheidend in die Politik ein. Tja, wenn man es so bedenkt ...«, er kraulte nachdenklich eines von Cúchulainns Schlappohren, »... machtbesessene Politiker, die nur an ihren eigenen Profit denken, religiöse Würdenträger, die sich in weltliche Angelegenheiten einmischen, die sie nichts angehen – viel hat sich nicht geändert in den letzten zweitausend Jahren.«

Kapitel 18

Die Tage und Wochen, die Amenas Verwundung auf dem Schlacht-feld folgten, flossen in ihrer Erinnerung ineinander, ohne je feste Gestalt anzunehmen. Es gab Augenblicke, selten und flüchtig, in denen sie ein wenig näher an die Oberfläche des Dämmerzustandes emporstieg, in dem sie schwebte, und andere, in denen sie von einer unsichtbaren, eisernen Faust unerbittlich in finsterste Abgründe hinabgezogen wurde. Ihre einzige Empfindung in jenen dunklen Tagen war die eines überwältigenden Schmerzes, dumpf, hämmernd, der sich vom Nacken ausstrahlend in den pulsierenden Wellen ihres Herzschlags ihren gesamten Körper eroberte, sich von ihm ernährte wie ein Parasit, der seinen Wirt nach und nach verschlang, von innen her aushöhlte, ihn verheerte wie ein Schlachtfeld, und dem sie wehrlos ausgeliefert war, bis er schließlich alle übrigen Wahrneh-mungen ausschaltete, bis sie selbst der Schmerz wurde.

In jenen schwarzen Tagen gab es keine Gefühle, keine Gedanken und nur eine einzige Empfindung: den Schmerz. Und als dieser ihren Leib vollständig in Besitz genommen hatte und sie nichts mehr war als eine leere Hülle, ließ er sie achtlos fallen, wandte sich dem Raum zu, der sie umgab, und erfüllte auch diesen, bis das Universum als Ganzes aus Schmerz zu bestehen schien. Der Mensch Amena hatte aufgehört zu existieren; ihre Seele stand im Begriff, sich zu lösen, eins zu werden mit dem Universum. Und auf einer sehr tiefen Ebene, auf der es keine Gefühle oder Gedanken, nicht einmal mehr Emp-findungen gab, sondern nur noch Bewusstsein, begrüßte Amena diese Vereinigung.

Dann jedoch geschah etwas. Das Universum, jenes gewaltige Ur-bewusstsein, in dem alles beginnt und alles endet, um erneut zu beginnen, wies ihre Seele zurück. Anstatt sie willkommen zu heißen und gnädig aufzunehmen wie eine lange verlorene Tochter, entfachte es in ihrem sterblichen Leib den Funken, aus dem neues Leben ent-springt. Dieser Funke wuchs beständig und wurde zu einer Flamme, einem nährenden Feuer. Und bald gesellte sich zu der Empfindung des Schmerzes die der Wärme, die das Leben nährt.

Das erste Gefühl nach einer sehr langen Zeit war ein bitterer Ge-schmack in ihrem Mund. Wenn Amena später an diesen Augenblick zurückdachte, so erschien es ihr stets wie Ironie, dass ihre Rückkehr ins irdische Dasein von solch intensiver Bitterkeit begleitet sein sollte. Doch die kleine Flamme in ihr wuchs unaufhaltsam weiter, und abermals wurde ihr Körper zu einem Schlachtfeld, auf dem das zähe, kraftvolle Feuer des Lebens gegen den Schmerz und die Dunkelheit des Todes ankämpfte. Und ganz allmählich eroberten sich das Licht, die Wärme und das Leben Amenas Leib zurück. Der Schmerz verwandelte sich in etwas, was noch nicht Wohlbefinden oder gar Frieden war, aber eine willkommene Leere, eine Abwesenheit von Schmerz, die Amena als so erleichternd empfand, dass sie sie um jeden Preis festhalten wollte.

Als sie nach einer langen Zeit der Stille zum ersten Mal wieder eine menschliche Stimme vernahm, die ein Wort sprach, das etwas in ihr als ihren eigenen Namen erkannte, wehrte sie sich dagegen wie gegen einen Feind. Sie wollte allein bleiben, sie wollte nicht an die Oberfläche zurückkehren müssen. Sie wollte in diesem schwebenden Zustand der Schwerelosigkeit verharren, in dem es nur sie selbst gab. Denn instinktiv wusste sie, dass eine Rückkehr in die Bewusstheit auch eine Rückkehr zu *den anderen* war, und *die anderen* bedeuteten Trauer und erneuten Schmerz. Mit der gesamten Kraft ihres Willens kämpfte sie gegen diese Rückkehr an. Doch ganz allmählich wurden die Augenblicke an der Oberfläche ihres Bewusstseins häufiger, und sie wusste, dass sie den Kampf verloren hatte. Dies war der erste klare Gedanke seit einer sehr langen Zeit, und er brachte einen Schmerz mit sich, der noch unerträglicher war als der in ihrem Körper, der nun nur noch eine dunkle Erinnerung war.

Schließlich öffnete sie zum ersten Mal wieder die Lider, behutsam, tastend. Sie ruhte auf einem Lager aus weichen Fellen, über sich die rußgeschwärzten Holzbalken eines Daches und Strohmatten, vom Rauch grau verfärbt. Vorsichtig wandte sie den Kopf und blinzelte verwirrt. Sie befand sich in einem Raum, durch den Schein eines heruntergebrannten Feuers nur schwach erhellt. Doch dieses dämmrige Licht erschien ihren Augen, die lange nur tiefe Dunkelheit gesehen hatten, so grell, dass sie sie eilig schloss. Dann musste sie wohl eingeschlafen sein, denn als sie die Lider das nächste Mal aufschlug, brannte das Feuer lebhafter, und nach einem Moment erkannte Amena den Raum als ihr eigenes Haus.

Plötzlich wurde ihr bewusst, dass ein unerträglicher Durst sie plagte. Ihre Zunge fühlte sich aufgedunsen und pelzig an und klebte am Gaumen, und ihre Kehle war so trocken, dass jeder Atemzug schmerzte. Langsam drehte sie das Gesicht, um nach einem Krug Wasser Ausschau zu halten, und ihr Blick fiel auf die zusammengesunkene Gestalt ihrer Dienerin Resa am Fußende der Bettstatt. Sie lehnte mit dem Rücken gegen einen der schweren Eichenpfosten, die das Dach trugen. Ihr Kopf war auf die Brust gesunken, und sie schlief. Neben ihr standen auf einem niedrigen Holztisch eine bronzene Kanne und ein Becher.

Behutsam, um Resa nicht zu wecken, wollte Amena das Fell des Braunbären zurückschlagen, mit dem man sie zugedeckt hatte. Nun erst bemerkte sie, wie geschwächt sie war. Das Bärenfell erschien ihr wie eine jener gewaltigen Steinplatten, mit denen vor Urzeiten Menschen die Gräber ihrer Toten bedeckt hatten, und es kostete sie unendlich viel Kraft, es anzuheben und sich auf einen Ellbogen aufzurichten. Als sie endlich keuchend vor Anstrengung aufrecht auf dem Lager saß, überfiel sie ein so heftiger Schwindel, dass sie Halt suchend nach der Wand griff, um sich daran abzustützen.

Dabei fiel ihr Blick auf ihre Hand. Erschrocken zog sie sie zurück und führte sie dann zögernd näher vor ihr Gesicht, um sich davon zu überzeugen, dass ihre Augen sie nicht betrogen. Doch was sie sah, war kein Trugbild. Dieses runzlige Etwas mit den wie im Krampf erstarrten Fingern war tatsächlich ihre Hand. Aber sie besaß mehr Ähnlichkeit mit der Klaue eines Raubvogels als mit dem, was sie als ihre Hand in Erinnerung hatte. War es denn möglich, dass sie so viel Gewicht verloren hatte? Verwirrt schob sie einen Ärmel ihres Wollkleids hoch und sah ihren Arm, einen dünnen Zweig, die Rinde faltig und spröde. Für die Dauer einiger Herzschläge saß sie da wie gelähmt, erschüttert und unfähig, einen klaren Gedanken zu fassen. Dann griff diese Klaue, die nun ihre Hand sein sollte, zitternd nach dem Spiegel, der auf einem Schemel am Kopfende der Bettstatt lag, hob ihn auf und führte ihn langsam vor ihr Gesicht.

Was sie in der blank polierten Bronze sah, übertraf ihre schlimmsten Befürchtungen und ließ sie laut aufkeuchen. Im ersten Moment weigerte sie sich schlichtweg anzuerkennen, dass dies ihr Gesicht sein sollte, und wandte hastig den Blick ab. Raubvogelklauen als Hände, dürre Zweige als Arme - aber, bei Arduinna, bitte nicht *dies* als Gesicht. Es dauerte eine geraume Weile, bis sie sich überwinden konnte, erneut hinzuschauen und in der Ruine, die ihr aus dem Spiegel entgegenblickte, ihre eigenen Züge zu erkennen. Und eine Ruine war es, was sie dort sah. Ihre Wangen waren eingefallen, und die Haut spannte sich so straff über die Knochen, dass ihr Kopf an den Schädel eines Toten gemahnte. Überdies hatte ihre Haut, trocken wie Pergament, einen aschfahlen Ton angenommen. Die Augen, tief in ihre Höhlen gesunken, wirkten glanzlos und leer, und das Haar hing ihr in wirren Strähnen ins Gesicht. Schwer atmend legte sie den Spiegel beiseite.

Sein Klappern auf der hölzernen Platte des Schemels musste Resa geweckt haben, denn plötzlich bewegte sie sich und hob ihren Kopf. Für einen kurzen Moment öffnete sie schläfrig die Lider, um sie sogleich wieder zu schließen. Doch als sie Amena aufrecht auf ihrem Lager sitzen sah, war sie mit einem Schlag hellwach.

»Herrin«, rief sie aus.

Ihre kräftige Stimme dröhnte in Amenas Ohren wie der trompetenartige Klang einer Carnyx. Unwillkürlich zuckte sie zusammen.

»Den Göttern sei Dank, Ihr seid erwacht.« Resa sprang auf, fiel vor Amenas Bettstatt auf die Knie und küsste die klauenähnlichen Hände ihrer Herrin. »Den Göttern sei Dank«, stammelte sie immer wieder. Tränen rannen ihre Wangen hinab, tropften auf das Fell des Bären und versickerten inmitten der dichten Zotteln.

»Wartet hier«, bat die Dienerin schließlich, nachdem sie sich ein wenig beruhigt hatte. »Ich werde den Herrn Ebunos holen.«

Wartet hier! Amena musste gegen ihren Willen lächeln. Als hätte sie aufstehen und ihr Haus verlassen können! So geschwächt und hinfällig, wie sie sich fühlte, würde sie nie mehr auch nur einen einzigen Schritt tun. Sie wäre dazu verdammt, den Rest ihres elenden Daseins auf diesem Lager zu verbringen, und den Tag herbeisehnen, an dem ihre Seele endlich ihre sterbliche Hülle ablegen und die Reise in die Andere Welt antreten würde, in welchem der erbärmliche Zustand ihres Leibes nicht länger von Belang war.

Noch bevor Amena sie davon abhalten konnte, war Resa aus dem Raum gestürzt. Ergeben sank sie auf die Bettstatt zurück und zerrte das schwere Bärenfell wieder über ihren eingefallenen Körper.

Wenige Augenblicke später kehrte Resa in Begleitung des Druiden zurück.

»Der Herr Ebunos ist hier«, verkündete sie, als wäre auch Amena blind, führte ihren alten Lehrmeister an die Lagerstatt, räumte den Spiegel beiseite und rückte den hölzernen Schemel zurecht, auf dem Ebunos sich umständlich niederließ. Dabei plapperte sie fortwährend auf den Druiden ein, der dies geduldig und mit einem milden Lächeln über sich ergehen ließ. Schließlich zog sie sich auf ihren Platz am Fußende zurück und starrte ihre Herrin strahlend und mit weit aufgerissenen Augen an, als könne sie immer noch nicht glauben, was sie sah.

»Meine Tochter ist erwacht«, sagte Ebunos lächelnd. Seine Stimme war eine Wohltat, so leise, so ganz anders als Resas aufgeregtes Geschnatter. Mit einem Mal war Amena ihr dankbar, dass sie ihn geholt hatte. Tränen der Erleichterung brannten in ihren Augen, und sie versuchte zu antworten, brachte jedoch nur ein Krächzen zustande.

»Gib deiner Herrin etwas zu trinken«, wandte sich der Druide an Resa. Die Dienerin sprang abermals auf, füllte den Bronzebecher mit kühlem Wasser aus der Kanne und setzte ihn Amena an die ausgedorrten Lippen. Gierig nahm diese einen viel zu großen Schluck des herrlichen, frischen Wassers, verschluckte sich prompt und hustete, bis ihre Lungen schmerzten. Als sie sich schließlich beruhigt hatte, trank sie erneut, diesmal in kleinen, vorsichtigen Schlucken, und nach einer Weile sank sie erschöpft zurück auf ihr Lager.

Doch unterdessen hatte ihr Verstand seine Arbeit wiederaufgenommen, und Fragen begannen sich in ihrem Kopf zu formen. Sie räusperte sich. »Was ist mit mir geschehen, Vater?« Ihre Stimme klang fremd, brüchig und spröde, sodass sie sie kaum als ihre eigene erkannte.

Ebunos faltete seine Hände um den schwarzen Eibenholzstab, den er zwischen seinen Knien hielt. »Kannst du dich denn nicht erinnern?«, fragte er leise zurück.

Amena dachte nach. Mit äußerster Willensanstrengung durchforstete sie ihr Gedächtnis nach irgendeinem Hinweis darauf, was ihr widerfahren war, aber sie erhielt keine klare Antwort. Unzusammenhängende Gedankenfetzen tauchten am Rande ihres Bewusstseins auf, Bilder einer Schlacht zuckten wie Blitze durch ihre Erinnerung, verloschen jedoch, sobald Amena versuchte, sie festzuhalten, um sich an ihnen entlangzutasten. Endlich gab sie erschöpft auf und schloss die Augen. »Es scheint eine Schlacht gegeben zu haben.« Wieder diese fremde, heisere Stimme. »Doch ich entsinne mich nicht an Einzelheiten.«

»Du fürchtest dich davor, dich zu erinnern«, erklärte der Druide behutsam. »Das ist nur allzu verständlich, denn du ahnst, dass die Erinnerung sehr schmerzhaft sein wird. Daher zieht ein Teil von dir es vor, sie zu verdrängen.«

Erneut fühlte Amena heiße Tränen hinter ihren Lidern brennen und wusste im selben Moment, dass Ebunos recht hatte.

»Doch früher oder später wirst du dich dem Schmerz stellen müssen«, fuhr er mit seiner ruhigen, tröstlichen Stimme fort. »Denn dies ist die einzige Möglichkeit, ihn zu besiegen. Den Zeitpunkt gleichwohl bestimmst du selbst.«

Sie öffnete die Augen, die in Tränen schwammen, als ihr Blick ziellos über den rußgeschwärzten Dachsparren hin- und herzuckte.

»Ich will es jetzt wissen«, erklärte sie schließlich und bemühte sich um einen festen Tonfall. »Je eher ich es erfahre, desto besser. Der Schmerz wird kaum unerträglicher sein, als meine Furcht vor dem Unbekannten es ist.«

Aus dem Augenwinkel sah sie, wie Ebunos beifällig den Kopf neigte.»Das ist die Amena, die ich kenne. Also gut. Was ist das Letzte, woran du dich entsinnst?«

Sie schöpfte tief Atem. Dann schloss sie die Augen und versuchte sich zu konzentrieren. Wie Nebelschleier zogen undeutliche Bilder, verwischte Klänge und Gedankenfetzen hin und her. Doch nach einer Weile, in der Amena sie einfach gewähren ließ, begannen sich die Bruchstücke langsam zu ordnen, nahmen Gestalt an und formten sich zu zusammenhängenden Eindrücken, als ihre Erinnerung ganz allmählich zurückkehrte.

Und mit ihr der Schmerz.

»Eine Schlacht«, flüsterte sie schließlich.»Es hat eine Schlacht gegeben, der Boden ist übersät mit verstümmelten Kriegern, Männern unseres Volkes. Es müssen Tausende sein, sie schreien und stöhnen, und überall ist Blut. Ich sehe einen Römer auf einem gewaltigen Schimmel. Ich erkenne ihn, es ist Caesar. Und plötzlich sind da nur noch Dunkelheit und Schmerz. Danach erinnere ich mich an nichts mehr.« Sie schwieg einen Moment.»Wie viel Zeit ist seither verstrichen?«

Der Druide schlug seine langen Beine übereinander.»Mehr als ein Monat. Du hast mit dem Tode gerungen, und ich musste meine gesamte Kunst aufbieten, um dich ins Leben zurückzuholen.«

»Ich wollte sterben«, sagte sie leise.

Er nickte.»Ich weiß. Und du hast es mir wahrlich nicht leicht gemacht. Doch sei versichert, deine Zeit ist noch nicht gekommen. Ich habe gefühlt, wie sehnlich du dir wünschtest zu sterben, und ich war uneins mit mir, ob ich deinem Wunsch nachgeben sollte. Dann jedoch sah ich in einem Traum die Bestimmung, die du in diesem Leben noch zu erfüllen hast. Sie ist der Grund, weswegen das Universum deine Seele zurückwies, sodass meine Künste am Ende erfolgreich zu sein vermochten.«

Langsam wandte Amena den Kopf und blickte Ebunos an. Die Frage brannte ihr auf den Lippen, worum es sich bei dieser Bestimmung handelte. Aber sie wusste, dass er ihr die Antwort schuldig bleiben würde.

»Steht diese Bestimmung in Beziehung zu Ambiorix?«, platzte es dann doch aus ihr heraus.

Der alte Druide lachte leise.»Freilich tut sie das«, war alles, was er sagte.

Ambiorix. Ja, sie hatte es geahnt, dass der größte Schmerz mit ihm zusammenhinge. Und plötzlich erstand vor ihrem geistigen Auge ein Bild von ihm, wie sie ihn zuletzt gesehen hatte, umgeben von römischen Reitern, aus mehreren Wunden blutend ... Doch wenn die Bestimmung, die Ebunos erwähnte, mit Ambiorix in Zusammenhang stand, so konnte das wohl nur eines bedeuten ...

»Er lebt?«, fragte sie hastig.

»Ambiorix lebt«, bestätigte der Druide nachdrücklich.

Sie fühlte, wie sich ein schmerzhafter Knoten in ihrer Brust langsam auflöste. »Dann war mein Leben also nicht der Preis für das seine«, flüsterte sie beinah unhörbar.

Er hatte sie dennoch verstanden. »Was meinst du damit?«, hakte er nach.

Amena seufzte. »Obgleich ich immer stärker überzeugt davon bin, dass sich die Götter von uns abgewandt haben«, begann sie nach einem Moment stockend, »gibt es einen Teil von mir, der sich weigert, dies anzuerkennen. Und in den Augenblicken der größten Not ertappe ich mich dabei, wie ich zu Ihnen bete, mit Ihnen spreche, als wären Sie noch bei uns, als hätten Sie uns nicht verlassen. Das geschieht ganz von selbst, ohne mein Zutun. Während der Schlacht flehte ich die Unsterblichen an, Ambiorix' Leben zu verschonen, und bot Ihnen im Austausch mein eigenes an. Und als ich mich wenig später Caesar gegenübersah, war ich gewiss, ich würde sterben, und dachte, Sie hätten mich erhört.«

Eine Weile schwiegen beide. Amena schloss die Augen und gab sich der Erleichterung darüber hin, dass Ambiorix dieses fürchterliche Gemetzel überlebt hatte.

Schließlich brach Ebunos das Schweigen. »Du musst nicht sterben, damit Ambiorix lebt«, sagte er. »Du musst leben, damit er lebt. Das ist alles, was ich dir sagen kann.«

Sie fühlte, wie ihr ein Schauer über den Rücken rann, und wusste, dass der Druide soeben eine Prophezeiung ausgesprochen hatte.

»Wie geht es ihm?«, fragte sie nach einem Moment.

»Er war verwundet«, erklärte Ebunos. »Keiner der Unseren hat diese Schlacht unverletzt überstanden. Dennoch ist es ihm gelungen, dich zu befreien.«

»Befreien?«, wiederholte Amena verwundert.

»Aus der Hand der Römer«, präzisierte er. »Ambiorix sah aus der Ferne, dass du auf Caesar gestoßen warst. Er wollte dir zu Hilfe eilen. Aber noch ehe es ihm gelang, sich zu dir durchzuschlagen, musste er hilflos mit ansehen, wie ein Legionär aus der Leibgarde des Proconsuls dir einen Hieb versetzte. Daraufhin griff er Caesar an.«

»Hat er ihn getötet?« Ihre Stimme klang atemlos.

»Nein«, antwortete der Druide mit unüberhörbarem Bedauern. »Caesars Leibwache warf sich in den Kampf, und Ambiorix musste sich zurückziehen, um nicht selbst getötet zu werden. Doch er hatte erreicht, dass die Feinde von dir abließen, und brachte dich zum Kriegslager zurück. Nachdem unsere Männer nach Atuatuca zurückgekehrt waren, übergab er dich in meine Obhut.«

Amena schwieg. Sie entsann sich nun ihrer Begegnung mit Caesar und daran, dass sie versucht hatte, sich das Leben zu nehmen, um nicht als Sklavin nach Rom verschleppt zu werden. Die Leibgarde des Proconsuls, die sich offenbar in ihrem Rücken befand, hatte sie nicht bemerkt. Aber das war auch gleichgültig, all das war nun gleichgültig.

»Wie ist die Schlacht ausgegangen?«, fragte sie, obgleich sie die Antwort bereits kannte.

»Das Heer der verbündeten Stämme wurde vollkommen aufgerieben, und Tausende tapferer Krieger fanden den Tod.« Die Stimme des Druiden klang mit einem Mal rau. »Ecritorix ist tot, Alvius ebenfalls. Von den dreihundert Eburonen haben nur fünfzig überlebt.«

Nach und nach kehrte nun auch Amenas Erinnerung an die Ereignisse zurück, die der Schlacht vorangegangen waren: der Verräter Vertico, der einen Brief an Caesar durch die keltischen Linien schmuggelte; das Unwetter, das Ambiorix zum Rückzug zwang; der starrsinnige Ecritorix, der darauf beharrte, den Teil der Streitmacht anzuführen, der dem römischen Entsatzheer entgegenzog, was am Ende dazu führte, dass Ambiorix die Erstürmung des Castrum erneut abbrechen musste, um dem alten Nervierkönig zu Hilfe zu eilen …

Sie seufzte schwer. »Ambiorix' Kampf war von vornherein zum Scheitern verurteilt. Doch ihn trifft keine Schuld, er hätte nichts daran zu ändern vermocht. Es sind die Umstände, die sich gegen ihn verschworen hatten, die Macht des Wetters, die Schwäche der Menschen, die ihre eigenen Ziele verfolgten.« Sie verstummte, als sie sich des Gesprächs erinnerte, das sie und Ambiorix in jener Nacht auf dem Gipfel der Anhöhe geführt hatten. Damals versuchte sie ihn zu warnen, dass er diesen Krieg nicht gewinnen könne. Aber er weigerte sich, ihren Worten Glauben zu schenken, bestand darauf, seiner Überzeugung entsprechend zu handeln. Doch liebte sie ihn nicht auch deshalb so sehr?

»Ambiorix«, flüsterte sie. »Er hat sich verändert. Wir beide haben uns verändert. Es ist mir nicht gelungen, ihm zu erklären, dass ich ihn nicht im Stich gelassen habe. Ich habe mich bemüht, aber wir redeten nur aneinander vorbei.«

»Ich weiß«, sagte Ebunos schlicht.

»Ihr wisst?«, gab sie erstaunt zurück. »Woher?«

»Wenige Tage nach eurer Rückkehr aus Nerviodunom kam Ambiorix eines Abends zu mir und ersuchte mich um ein Gespräch«, erklärte der Druide. »Er braucht Zeit, Amena. Doch ich glaube, er beginnt allmählich zu verstehen, was du in jener Nacht erkannt hast: dass sich die Götter von uns abgewandt haben. Er ist innerlich zerrissen. Ein Teil von ihm versucht um jeden Preis, an dem festzuhalten, woran er sein Leben lang geglaubt hat. Und du weißt selbst, dass das nur allzu menschlich ist. Aber er hegt nun Zweifel, und sie haben sich bereits so tief eingegraben, dass er sie nicht mehr zu leugnen vermag. Freilich fürchtet er diese Zweifel, und da du für ihn die Verkörperung dieser Zweifel darstellst, fürchtet er auch dich und meidet deine Nähe. Gib ihm Zeit, und sei offen für ihn, wenn er sich eines Tages an dich wenden wird.«

Amena starrte an die Decke und schwieg, während Tränen über ihre eingefallenen Wangen rannen.

»Er hat jede Nacht an deinem Lager gewacht«, griff Ebunos den Faden schließlich wieder auf. »Bis er erneut aufbrechen musste.«

»Aufbrechen?«, wiederholte sie verwirrt, als eine Welle der Enttäuschung über sie hinwegschwappte. »Wohin?«

Der Druide fuhr sich mit der Hand über das Gesicht, und sie las die Erschöpfung in seinen Zügen. »Zu den Treverern. Indutiomarus schürt den Aufstand gegen Rom, und eine große Anzahl Stämme ist seinem Ruf gefolgt. Er will das Winterlager des Legaten Titus Labienus angreifen, das mitten in seinem Gebiet liegt. Ambiorix hat sich ihm mit zweihundert Reitern angeschlossen.«

Amena schloss die Augen. War es denn noch immer nicht vorüber? Nein, dieser Krieg würde erst enden, wenn der letzte Kelte unter einem römischen Gladius gefallen wäre. Doch sie wussten es ja alle, hatten es in unzähligen Versammlungen und Kriegsräten wieder und wieder erörtert: Die einzigen Alternativen bestanden darin, das wenige Getreide, das sie besaßen, an die Römer abzutreten und zu verhungern oder sich freiwillig zu ergeben und für den Rest ihrer Tage ein jämmerliches Dasein als Sklaven zu fristen. Und solange Kelten noch imstande waren, ein Schwert zu führen, würden sich verzweifelte und mutige Männer wie Ecritorix, Indutiomarus und Ambiorix zur Wehr setzen, um für ein Leben in Freiheit und Würde zu kämpfen.

Es kostete sie Überwindung, die Lider abermals zu öffnen, dieselbe Überwindung, die es sie kostete, den Tatsachen ins Auge zu blicken. »Wann sind sie aufgebrochen?«

»Vor drei Tagen«, antwortete Ebunos. »In zwei Nächten ist Vollmond. Dann soll der Angriff auf das Lager erfolgen.« Schwer auf seinen Eibenstab gestützt, erhob er sich. »Ich werde dich nun allein lassen, meine Tochter. Du wirst in der nächsten Zeit viel Ruhe benötigen, um zu Kräften zu kommen.« Seine warme, tröstliche Hand fand Amenas Raubvogelklaue und drückte sie. »Es ist schön, dich wieder bei mir zu haben.«

Resa sprang auf, um ihn hinauszuführen, doch er wehrte mit einer knappen Geste ab, tastete mithilfe des Stabes seinen Weg um die Feuerstelle herum zur Tür und trat in die Nacht hinaus.

Amena blieb erschöpft und aufgewühlt zurück.

In den folgenden Wochen kämpfte sich Amena ihren Weg zurück ins Leben. Ebunos besuchte sie täglich, und sie verbrachten lange Stunden mit Gesprächen. Außerdem ließ er aus heilkräftigen Pflanzen Tränke zubereiten, die Resa ihr verabreichte. Allmählich nahm Amena an Gewicht zu, ihre Haut verlor den fahlen Ton, und in ihre stumpfen Augen kehrte wieder Glanz.

Zwei Wochen nach ihrem Erwachen aus der Bewusstlosigkeit traf abends ein Kurier von Ambiorix in Atuatuca ein. Er wurde sogleich zu Catuvolcus geführt, und nachdem auch Ebunos und Amena, gestützt auf ihre Dienerin, in der Halle des alten Königs eingetroffen waren, berichtete der Mann, dass der Kampf um das Winterlager des Labienus sich in die Länge ziehe. Indutiomarus beschränke sich darauf, die Römer durch kleinere Angriffe Tag für Tag aufs Neue zu reizen, während diese ihr Castrum befestigten und die Angreifer scheinbar ruhig gewähren ließen. Amenas Frage, ob Indutiomarus Belagerungstürme und Testudines errichten lasse, um die Palisade zu erstürmen, verneinte der Bote. Der Treverer sei gewiss, dass die Legion früher oder später den Schutz ihres Lagers aufgeben und sich dem Heer der verbündeten Stämme in einer offenen Feldschlacht stellen werde. Und dann setze er auf die zahlenmäßige Überlegenheit der Kelten gegenüber den Legionären.

Amena schwieg, doch ihr schwante nichts Gutes. Sie fürchtete, dass Labienus dasselbe gelänge, was auch Cicero geglückt war, nämlich einen Kurier durch die keltischen Linien zu Caesar zu schmuggeln, und dass schon bald ein römisches Entsatzheer einträfe. Daher galt es, keine Zeit zu verlieren, Belagerungsmaschinen zu bauen und das Castrum zu stürmen, solange sich die Streitmacht der Stämme noch in der Überzahl befand. Anderenfalls bestand die Gefahr, dass sich die Ereignisse von Nerviodunum auf tragische Weise wiederholen würden.

Wenige Tage später stattete ihr Vetter Dagotalos Amena einen Besuch ab. Er war unterdessen ebenfalls nach Atuatuca zurückgekehrt, aber noch nicht in der Lage, ein Schwert zu führen. An seiner Seite unternahm sie einen ersten Ausritt in die Umgebung der Stadt und fühlte, wie die Bewegung und die frische Luft des Arduenna Waldes ihre Lebensgeister weckten.

Dagotalos wollte in allen Einzelheiten erfahren, was sich im Gebiet der Nervier zugetragen hatte. Als Amena ihm die Belagerung des Castrum und die anschließende verzweifelte Schlacht gegen Caesars Truppen schilderte, hing er wie gebannt an ihren Lippen, obwohl sie überzeugt war, dass er sich all dies bereits von Beligantus und den übrigen Kriegern hatte berichten lassen, die ebenso Zeugen der Geschehnisse waren. Er bedauerte zutiefst, dass seine Verletzung ihn davon abgehalten hatte, an den Kämpfen teilzunehmen. Und dass Ambiorix ihn auch jetzt mit Verweis auf seine soeben verheilte Wunde zurückgelassen hatte, traf ihn schwer. Er brannte darauf, an Ambiorix' Seite in die Schlacht zu ziehen, den er wie alle jungen Krieger über alle Maßen bewunderte und verehrte. Umso mehr nagte es an ihm, dass sein Ziehbruder Beligantus sich dem König hatte anschließen dürfen, während er selbst in Atuatuca zurückbleiben musste.

Und natürlich wollte er alles über Amenas Begegnung mit Caesar wissen. Wie sah er aus? Stoben wahrhaftig Funken aus den Nüstern seines Schimmels? War seine Rüstung tatsächlich mit einem Zauber belegt, der ihn unverwundbar machte? Amena beantwortete seine Fragen geduldig, bis sie ihrer schließlich überdrüssig wurde und das Gespräch auf andere Themen lenkte.

Als sie und Dagotalos am späten Nachmittag die Anhöhen erreichten, in die Atuatuca eingebettet lag, bemerkten sie augenblicklich die große Anzahl von Pferden auf den Weiden rings um das Dunom. Dafür konnte es nur eine Erklärung geben: Ambiorix und seine Krieger waren aus dem Gebiet der Treverer zurückgekehrt. Amena und ihr Vetter ließen ihre Tiere in einen leichten Trab fallen, folgten dem Weg, der hinunter in die Siedlung führte, und saßen auf dem Versammlungsplatz vor dem Heiligtum des Gottes der Stadt ab.

Offenbar waren die Reiter erst kurz vor ihnen eingetroffen, denn aus allen Richtungen strömten die Bewohner Atuatucas herbei, um ihre Angehörigen zu begrüßen. Viele sanken einander glücklich in die Arme, während andere die Nachricht vom Tode ihres Vaters oder Sohnes, Bruders oder Ehemannes erfuhren. Zu ihrer Erleichterung stellte Amena fest, dass sich die Verluste der Eburonen dieses Mal nicht so verheerend gestalteten wie bei der Schlacht, die die Belagerung von Ciceros Winterlager beendet hatte. Über die Köpfe der Menschen hinweg erkannte sie Vercassius' blonde Mähne, als er seine schwangere Frau Lefa hoch in die Luft hob und sich lachend mit ihr im Kreis drehte. Neben ihr tauchte Beligantus auf. Als Dagotalos ihn sah, waren Neid und Kränkung vergessen, und es überwog die Freude darüber, dass sein Ziehbruder und Freund heil zurückgekehrt war.

Mit wachsender Unruhe hielt Amena Ausschau nach Ambiorix. Endlich entdeckte sie ihn am anderen Ende des Platzes im Gespräch mit Catuvolcus. Mit wild pochendem Herzen begann sie, sich einen Weg durch die aufgeregte Menge zu bahnen.

Er hatte ihr sein Profil zugewandt. Doch als sie bis auf wenige Schritte herangekommen war, drehte er sich einem plötzlichen Impuls folgend in ihre Richtung, und für die Dauer eines Lidschlags kreuzten sich ihre Blicke. Ambiorix zuckte zusammen, und ein Ausdruck huschte über sein Gesicht, den Amena nicht zu deuten wusste. Er hatte sich jedoch sogleich wieder in der Gewalt und deutete eine Verbeugung an.

Freilich, schoss es ihr durch den Kopf. Als er aufgebrochen war, um Indutiomarus Unterstützung zu bringen, schwebte sie noch zwischen Leben und Tod. Und ganz offensichtlich hatte er nicht damit gerechnet, dass ihre Genesung bereits so weit fortgeschritten wäre.

Er wirkte übernächtigt, seine Kleidung wies zahlreiche dunkelbraune Flecke getrockneten Blutes auf. Doch er schien keine schwerwiegenden Verletzungen davongetragen zu haben, obwohl in seinem Kettenhemd einige frische Risse klafften.

»Ich grüße Euch, Amena«, sagte er, als sie ihn endlich erreicht hatte und mit einem warmen Lächeln zu ihm aufblickte. »Es freut mich zu sehen, dass Ihr wohlauf seid.«

Seine Züge unter dem Helm verrieten gleichwohl keinerlei Regung, und Amena fühlte, wie ihr Lächeln erstarb. Die unerwartete Förmlichkeit seiner Worte versetzte ihr einen schmerzhaften Stich. Nach allem, was ihr Ebunos über Ambiorix' Verhalten während ihrer langen Krankheit berichtet hatte, war sie davon ausgegangen, dass er ihr nun weniger abweisend gegenüberträte. Doch seine gesamte Haltung reduzierte ihre Begegnung auf diejenige zwischen einem König und einer Priesterin seines Stammes.

Anscheinend hatte Ebunos recht behalten, dachte sie resigniert, als er erklärte, Ambiorix brauche die Zurückhaltung ihr gegenüber. Und so blieb ihr wohl nichts anderes übrig, als nach seinen Regeln zu spielen und zu hoffen, dass ihm irgendwann einmal wieder mehr Nähe möglich wäre.

»Ich grüße Euch, mein König«, antwortete sie daher, und es gelang ihr sogar, die Enttäuschung aus ihrer Stimme herauszuhalten. »Wie ich sehe, sind die meisten unserer Stammesbrüder wohlbehalten zurückgekehrt. Darf ich daraus schließen, dass das keltische Heer siegreich war?«

Er schien erst jetzt zu bemerken, dass er noch seinen Helm trug, nahm ihn ab und hängte ihn an eines der Sattelhörner seines Schimmels. »Ich fürchte nein.« Die Rechte, mit der er sich durch seine dunklen Haare strich, zitterte. »Die verbündeten Stämme wurden vernichtend geschlagen, und Indutiomarus ist gefallen. Am Ende konzentrierten die Römer sämtliche Kräfte auf ihn und setzten alles daran, ihn zu ergreifen und zu töten, was ihnen schließlich auch gelang.« Er holte tief Luft. Es klang, als laste ein Amboss auf seiner Brust. »Doch das Schlimmste ist, dass wir hätten siegen können«, fuhr er nach einem Moment fort, und Amena hörte die Bitterkeit in seiner Stimme. »Wenn Indutiomarus nicht so unüberlegt und hitzköpfig gehandelt, wenn er unsere Krieger mit mehr Disziplin geführt hätte, hätten wir die Legionäre bezwungen. Aber ihm ging es vor allem um Ehre und Ruhm. Bei jeder sich bietenden Gelegenheit musste er seinen Mut und seine Tapferkeit unter Beweis stellen, und er war leichtsinnig jenseits aller Vernunft. Das hat ihn zuletzt den Kopf gekostet und unser Heer den Sieg.«

Am Abend desselben Tages lag Amena, erschöpft von ihrem Ausflug mit Dagotalos, auf ihrer Bettstatt und lauschte mit geschlossenen Augen dem Knistern der Scheite in der Feuerstelle, als ein zögerndes Klopfen an der Tür erklang.

Resa, die am Feuer saß und Wolle spann, warf ihr einen fragenden Blick zu. »Soll ich öffnen, Herrin, oder wollt Ihr ruhen?«

»Nein, ist schon gut, öffne ruhig.« Mühsam kämpfte sie sich auf ihrem Lager in die Höhe und griff nach ihrem Sagon. Es war schließlich nichts Ungewöhnliches, dass jemand sie nachts aufsuchte und um ihre Hilfe bat, wenn ein Angehöriger schwer erkrankt war.

Ihre Dienerin erhob sich, ging hinüber zur Tür und zog sie auf. »König Ambiorix«, entfuhr es ihr überrascht.

Amena, die gerade ihre Tasche mit den heilkundlichen Gerätschaften von einem Haken an der Wand nahm, wirbelte herum und hätte den Beutel um ein Haar fallen lassen. Aufgrund seines förmlichen Verhaltens auf dem Versammlungsplatz nur wenige Stunden zuvor hatte sie nicht mit seinem Besuch gerechnet. Doch dieser jähe Stimmungsumschwung war wohl nur ein weiterer Ausdruck seiner inneren Zerrissenheit. Sie trat neben Resa.

432

Ambiorix wirkte unsicher, wie er dort im Schein einer blakenden Fackel stand. Verstohlen tasteten seine dunklen Augen Amenas Gesicht nach einem Hinweis darauf ab, ob er willkommen war.

»Sei gegrüßt«, brachte er nach einem Moment hervor, als er keine Anzeichen von Missfallen entdeckte. Ein verlegenes Lächeln huschte über seine Züge. »Darf ich eintreten?«

»Freilich darfst du«, antwortete Amena, ging hinüber zu einem lederbespannten Scherenstuhl neben dem Feuer und ließ sich darauf nieder. »Du weißt, dass dir meine Tür jederzeit offen steht.«

Resa warf ihrer Herrin einen fragenden Blick zu, und als diese stumm nickte, nahm sie ihr Spinnzeug und einen wollenen Umhang und verließ das Haus.

Ambiorix trat ein, schloss die Tür hinter der Dienerin und steckte seine Fackel in einen eisernen Wandhalter. Er hatte ein Bad genommen und frische Kleidung angelegt, eine Hose aus weichem, hellem Hirschleder und eine schwarze Tunika, deren Halsausschnitt mit einer zierlichen goldenen Fibel verschlossen war. Abgesehen von dem Dolch an seinem Gürtel war er unbewaffnet.

Amena deutete auf einen zweiten Scherenstuhl. »Bitte, nimm Platz. Einen Becher Wein?«

Er bejahte, zog es jedoch vor, sich ihr gegenüber am Feuer auf einem Bärenfell niederzulassen. Sie füllte einen Bronzebecher mit griechischem Wein aus einer Amphore und reichte ihn ihm. Dann schenkte sie sich selbst auch einen halben Becher ein und goss Wasser hinzu. Währenddessen schwiegen sie beide. Doch als Amena schließlich aufschaute, bemerkte sie, dass Ambiorix sie verstohlen beobachtete. Ertappt senkte er den Blick.

»Du siehst wohl aus«, teilte er nach einem Moment seinem Becher mit. »Ich bin sehr froh zu sehen, dass deine Genesung so rasch voranschreitet.«

Amena nippte an ihrem verdünnten Wein. »Ich möchte dir danken für das, was du für mich getan hast. Wie Ebunos mir berichtete, hast du mir das Leben gerettet.«

Plötzlich fiel ihr die Prophezeiung des alten Druiden ein, der zufolge sie leben müsse, damit Ambiorix lebte. Sie schob sie energisch beiseite.

»Jeder andere an meiner Stelle hätte ebenso gehandelt«, wehrte er eilig ab. Aus Bescheidenheit? Oder war es ihm peinlich, dass Amena dann gewiss auch wusste, dass er jede Nacht an ihrem Lager gewacht hatte, weil es zu viel über seine Gefühle für sie verriet?

Vielleicht hätte jeder andere dasselbe getan, dachte sie. Aber du *hast* es getan.

Es war ihr ein aufrichtiges Bedürfnis gewesen, ihm für ihre Errettung zu danken. Doch nun beschloss sie, das Gespräch auf sachlichere Themen zu lenken, um ihn nicht unnötig in Verlegenheit zu bringen.»Was genau hat sich im Gebiet der Treverer zugetragen?« Ambiorix schien dankbar für das Stichwort. Er lehnte seinen Rücken gegen einen der schweren, mit Schnitzwerk verzierten Eichenpfosten.»Während du zwischen Leben und Tod schwebtest, sandte Indutiomarus Boten zu den benachbarten Stämmen und rief alle waffenfähigen Männer zusammen. Er plante, das Winterlager des Titus Labienus anzugreifen, um die Römer ein für alle Mal aus dem Land der Treverer zu vertreiben. Auch ich folgte seinem Aufruf mit zweihundert unserer Reiter. Indutiomarus erklärte uns, sobald das Castrum gefallen wäre, wolle er den Krieg nach Westen tragen und so viele Stämme wie möglich um sich scharen, um die Legionen immer weiter zurückzudrängen. Er hatte ehrgeizige Pläne, sah sich schon als Befreier aller Kelten, als der Mann, dem es gelänge, Caesar zu besiegen.« Er hielt einen Moment inne und drehte den Weinbecher nachdenklich in seinen Händen, an denen Amena die offenen Blasen sah, die das Heft seines Schwertes und die Schildfessel hinterlassen hatten.

»Aber er ist die Sache vollkommen falsch angegangen. Er hatte keinerlei Ahnung von Strategie, ließ sich jedoch auch nicht beraten. Das war sein größter Fehler und sollte sein Verhängnis werden. Er setzte auf die alten Werte: Tapferkeit, Ruhm, Ehre. Und freilich reichte es ihm nicht, mutig zu sein - er wollte der Mutigste von uns allen sein. Es reichte ihm auch nicht, mächtig zu sein - er wollte der mächtigste aller keltischen Könige werden. Ich glaube, insgeheim träumte er gar davon, am Ende alle Stämme unter seiner Führung zu einen und allein über uns zu herrschen.«

Auf einmal lachte er, doch es war ein bitteres Lachen.»Als ob es gelingen könnte, all diese wilden Häuptlinge und Könige jemals in einem einzigen Reich zu vereinen. Es ist ja schon schwer genug, sie ein oder zwei Wochen lang für einen Kampf gegen einen gemeinsamen Feind zusammenzuhalten, ohne dass sie bei der ersten sich bietenden Gelegenheit übereinander herfallen.« Plötzlich verstummte er und starrte gedankenversunken in die prasselnden Flammen, dann schüttelte er den Kopf.»Tag für Tag provozierte er Labienus und die Legionäre durch waghalsige Manöver, um seine Tapferkeit und sein Geschick unter Beweis zu stellen. Von Taktik keine Spur! Ich versuchte ihm klarzumachen, dass wir eine Strategie benötigen, dass wir Belagerungsmaschinen bauen müssen, um das Castrum zu erstürmen, und zwar möglichst rasch, ehe es dem Legaten gelänge, Entsatz anzufordern. Doch er weigerte sich, auf mich zu hören. Er verspottete mich gar. ›Pläne sind etwas für Schwächlinge‹, meinte er. Tapfere Krieger benötigten keine Pläne, sie verließen sich auf ihren Mut und ihre Stärke. Im Übrigen seien wir in der Übermacht, früher oder später werde sich Labienus uns zum Kampf stellen, und dann würden wir ihn vernichten.« Er rieb sich mit der Hand über die Augen, als könne er das Geschehene immer noch nicht begreifen. Oder als wolle er das verräterische Glitzern verbergen, das Amena gleichwohl nicht entgangen war.

Eine Welle des Mitgefühls stieg in ihr auf. Aber sie widerstand der Versuchung, sich vorzubeugen und ihm tröstend über den Arm zu streichen, denn sie fürchtete, dass ihn diese Geste überfordern könnte. Noch brauchte er seine Grenzen. Noch war er es zufrieden, sich das Erlebte von der Seele zu reden und zu wissen, dass sie ihm zuhörte.

»Schließlich ereignete sich genau das, was ich befürchtet hatte. Labienus glückte es wahrhaftig, Boten durch unsere Linien zu schleusen. Eines Nachts trafen, unbemerkt von unseren Wachen, Hilfstruppen ein, ein größeres Kontingent an Reitern. Am nächsten Tag machte Labienus mit seiner gesamten Reiterei einen Ausfall aus zwei Toren gleichzeitig, und darauf waren Indutiomarus und seine wilden Krieger nicht im Geringsten vorbereitet. Er verlor den Kopf, unsere Männer gerieten in Panik, und es bereitete den Römern keinerlei Mühe, das keltische Heer auseinanderzutreiben und in die Flucht zu schlagen.«

Mit zwei langen Schlucken leerte er seinen Becher und ließ sich von Amena neuen Wein einschenken. »Es waren Indutiomarus' Leichtsinn, seine Unüberlegtheit und sein Ehrgeiz, die ihn schließlich das Leben kosteten und die verbündeten Stämme den Sieg. Dabei wäre es so leicht gewesen! Wir befanden uns in der Überzahl, und ich hatte bei der Belagerung von Ciceros Lager wichtige Erfahrungen gesammelt. Doch Indutiomarus wollte nichts davon hören, er weigerte sich, meine Ratschläge anzunehmen. Und Lovernios bestätigte ihn selbstredend darin.«

»Lovernios war ebenfalls dort?«, fragte Amena rasch. Vor ihrem inneren Auge erstanden die hassverzerrten Züge des gefährlichen alten Druiden, nachdem Ambiorix ihn vor den übrigen Königen bloßgestellt und zurechtgewiesen hatte. Mit einem Mal glaubte sie beinah, seine Stimme zu vernehmen: »Ich werde immer da sein. Und wenn Ihr mich am wenigsten erwartet, werde ich handeln, und ich werde ihn vernichten ...«

Ambiorix nickte. »Er kam gemeinsam mit dem jungen Cedrix und einigen Hundert Levacern. Lovernios ließ keine Gelegenheit aus, seinen Einfluss auf die anderen Könige und Druiden zu vergrößern, und im Kriegsrat durchkreuzte er konsequent jeden meiner Vorschläge. Er hat Labienus geradewegs in die Hände gespielt.« Er holte tief Luft. »Du kannst dir das nicht vorstellen. Es war entsetzlich. Ich sah vorher, was geschehen würde, ich hatte all das ja schon einmal erlebt. Doch ich musste tatenlos zusehen, wie die Katastrophe unaufhaltsam ihren Lauf nahm, ich vermochte sie nicht zu verhindern. Es war wie in einem dieser Albträume, wo du das Unheil auf dich zukommen siehst und weglaufen willst, aber deine Beine gehorchen dir nicht ... So ein sinnloser Kampf, und so viele gute Männer sind vergebens gefallen. Ich bin bloß froh, dass es vorüber ist.« Er verstummte jäh und starrte in seinen Becher.

Amena beobachtete ihn verstohlen. Zum ersten Mal seit Wochen hatte er ihr gegenüber seine abweisende Maske abgelegt und sprach offen über das, was ihn bewegte. Sie fühlte, wie gut es ihm tat, wie es ihn befreite, sich seine Sorgen und sein Leid endlich von der Seele zu reden. Die Vertrautheit, die sie früher verbunden hatte, schien doch nicht völlig verloren zu sein, der Abgrund, der sich zwischen ihnen aufgetan hatte, nicht vollkommen unüberbrückbar.

Sie nippte an ihrem verdünnten Wein. »Wie soll es nun weitergehen?«, fragte sie leise. Erst als die Frage heraus war, ging ihr auf, wie zweideutig sie klang.

Ambiorix jedoch hatte es nicht bemerkt; zu sehr nahmen seine Erinnerungen ihn gefangen. Er lehnte den Kopf gegen den Eichenpfosten, schloss für einen Moment die Augen und seufzte. »Ich weiß es nicht«, bekannte er schließlich, als er die Lider wieder öffnete. »Ich hege keinerlei Illusionen mehr. Ich glaube nicht länger, dass wir imstande sind, Rom zu besiegen. Caesars Männer sind so zahllos wie die Blätter an den Bäumen des Arduenna Waldes oder die Grashalme auf unseren Weiden. Für jede Legion, die wir vernichten, lässt der Proconsul zwei neue ausheben. Seine Ressourcen an Menschen und Material scheinen schier unerschöpflich. Dem haben wir auf Dauer nichts entgegenzusetzen.

Zudem ist mir unterdessen klar geworden, dass wir nur dann eine Aussicht auf den Sieg haben, wenn wir die Römer mit ihren eigenen Waffen schlagen, wenn wir genauso planvoll vorgehen wie sie, ebenso diszipliniert kämpfen und genau wie sie in der Lage sind, unseren persönlichen Stolz und Ehrgeiz und unseren Wunsch nach Ruhm zugunsten des einen, gemeinsamen Zieles zurückzustellen. Immer und immer wieder habe ich mich bemüht, dies den anderen

Königen klarzumachen, doch es ist sinnlos. Von unseren Kriegern kämpft jeder für sich. Jeder will der Mutigste sein, der Tapferste, derjenige, dessen Heldentaten die Barden am Abend an den Feuern besingen. Solange wir auf diese Weise kämpfen, sind wir verurteilt, zu verlieren, selbst wenn wir ihnen zahlenmäßig überlegen sind. Erst wenn es uns gelänge, uns ihre Strategien und ihre Disziplin konsequent zu eigen zu machen, hätten wir Aussichten auf einen Sieg. Aber ich glaube, eher werden der Renos bergauf fließen und Kühe Ferkel zur Welt bringen. Und außerdem -« Er unterbrach sich jäh und verstummte.

Amenas Herz begann mit einem Mal schneller zu schlagen, als sie ahnte, was er sagen wollte und doch nicht zu sagen wagte. »Und außerdem?«, hakte sie nach einem Augenblick behutsam nach.

Er seufzte schwer. »Und außerdem fürchte ich, dass die römischen Götter mächtiger sind als die unseren«, fuhr er nach einem Moment leise fort. »Amena«, stieß er plötzlich hervor, holte tief Luft und schaute ihr zum ersten Mal seit Langem wieder offen in die Augen. »Nach unserer Niederlage gegen Caesar habe ich Ebunos aufgesucht. Ich wusste nicht mehr, woran ich mich halten sollte, ich war verzweifelt und brauchte seinen Rat. Ich wollte von ihm wissen, was wir unternehmen müssen, um den Zorn der Unsterblichen zu besänftigen, welcherart Opfer notwendig wäre, um Ihre Gunst wiederzugewinnen. Kurzzeitig spielte ich sogar mit dem Gedanken, dass Lovernios vielleicht recht haben könnte, dass nur ein besonderes Opfer, ein Menschenopfer, imstande wäre, die Götter zu versöhnen.

Doch Ebunos erklärte mir, dass auch er seit geraumer Zeit keine Botschaften der Unsterblichen mehr empfange. Ebenso wie du ist er zu der Überzeugung gelangt, dass es mehr als vorübergehender Unmut ist, der zwischen Ihnen und den Menschen steht. Er glaubt, dass die Götter uns ... uns verlassen haben.« Bei den letzten Worten brach seine Stimme, und er räusperte sich hastig. »Er hat nichts anderes gesagt als das, was du mir in jener Nacht zu erklären versuchtest, als ich nicht auf dich hören wollte und dich stattdessen beschuldigte, mich im Stich zu lassen. Ich besaß damals nicht die Kraft, das zu erkennen, was du erkannt hattest, und es war einfacher für mich, dir die Schuld zu geben.« Er wandte den Blick ab und starrte in die Flammen. »Kannst du mir verzeihen, Amena, dass ich an dir gezweifelt habe?«, fragte er leise.

Amena schwieg. Der Wein, zusammen mit der Wärme des Feuers, war ihr zu Kopf gestiegen, und sie fühlte einen leichten Schwindel. Vielleicht war es aber auch die grenzenlose Erleichterung über Ambiorix' Worte, die dafür sorgten, dass sich der Raum auf einmal um sie zu drehen schien.

»Es gibt nichts zu verzeihen, mein Liebling«, sagte sie schließlich mit belegter Stimme.

Was hätte sie ihm auch verzeihen sollen? Dass er nur das erkannt hatte, was ihm in jenem Augenblick an Erkenntnis möglich war? Dass er verzweifelt versucht hatte, seinen Glauben an die Götter zu bewahren, weil er es nur mit Ihrer Unterstützung wagte, seine Krieger gegen einen übermächtigen Feind zu führen?

»Ich habe einen großen Fehler begangen in jener Nacht, als ich dir den Segen verweigerte, um den du mich batest. Und du ahnst nicht, wie oft ich meine Worte seither bereut habe. Es mag dir schwerfallen, es zu glauben, doch ich handelte aus Liebe. Ich wollte, dass du wusstest, worauf du dich einließest, wenn du erneut in den Krieg ziehen würdest. Wir haben beide das getan, was wir glaubten, tun zu müssen. Das ist alles. Es gibt nichts zu verzeihen.«

Ambiorix nickte langsam, dann rieb er sich mit einer müden Geste über das Gesicht. »Was ist bloß aus uns geworden?«, flüsterte er schließlich so leise, dass Amena ihn kaum verstand. »Ich kenne mich selbst nicht mehr, und auch du hast dich verändert. Dennoch spüre ich tief in meinem Inneren noch etwas von dem Mann, der ich einmal war. Und in manchen Momenten entdecke ich in deinen Augen eine Erinnerung an die Frau, die ich liebe. Täusche ich mich, Amena?«

Noch ehe sie antworten konnte, erhob er sich plötzlich, kam um das Feuer herum und kniete vor ihr nieder. Dann barg er seinen Kopf in ihrem Schoß, und am Zucken seiner Schultern erkannte sie, dass er lautlos weinte. Sie legte ihre Arme um ihn, beugte sich zu ihm hinab und vergrub ihr Gesicht in seinen Haaren.

Kapitel 19

Die Verrenkungen, die Hannah vor dem großen Spiegel in ihrem Schlafzimmer vollführte, nahmen immer abenteuerlichere Ausmaße an. Doch sosehr sie sich auch abmühte, es wollte ihr einfach nicht gelingen, den rückwärtigen Reißverschluss des Abendkleides zu schließen. Es war eine dieser minimalistischen schwarzen Angelegenheiten, bei denen man viel Geld für wenig Stoff zahlt, um das Kleid dann höchstens dreimal im Leben zu tragen. Schließlich gab sie entnervt auf und lehnte sich über das Treppengeländer.»Hilfst du mir bitte mal?«, rief sie nach unten in den Wohnraum, wo Rutger, der natürlich längst fertig war, sich die Wartezeit mit der Wochenendausgabe des Bonner General-Anzeiger vertrieb.

Kurz darauf stand er hinter ihr und zog mit leisem Bedauern den Verschluss zu.»Wenn ich dich so anschaue, hab ich auf was ganz anderes Lust als auf diesen langweiligen Empfang.«

»Aufgeschoben ist bekanntlich nicht aufgehoben«, erinnerte ihn Hannah, während sie sich mit vor Konzentration gefurchter Stirn bemühte, zwei dem Anlass angemessen funkelnde Clips an ihren Ohrläppchen zu befestigen. Die verflixten Dinger drückten jetzt schon, dabei hatte der Abend noch nicht einmal begonnen.»Wir müssen ja nicht die Letzten sein, die gehen.«

»Ganz bestimmt nicht«, versicherte Rutger.»Sobald ich eine mündliche Zusage habe, dass die Claus-Dollmann-Stiftung bereit ist, mir Mittel für meine Grabung zur Verfügung zu stellen, bin ich wie ein Blitz durch die Tür. Und dich nehme ich natürlich mit.«

»Fertig«, verkündete Hannah endlich und warf einen abschließenden Blick in den Spiegel. Von ihren widerspenstigen Locken einmal abgesehen, so fand sie, konnte sie sich durchaus sehen lassen. Das kleine Schwarze ver- und enthüllte ihren schlanken Körper an genau den richtigen Stellen, und der hellgrüne Peridot der Ohrclips nahm die Farbe ihrer Katzenaugen auf und brachte sie zum Strahlen.

Rutger betrachtete sie eingehend von Kopf bis Fuß, zupfte hier ein wenig, strich da eine winzige Falte glatt.»Also, ich weiß nicht«, meinte er dann,»ob dieses Kleid nicht doch ein bisschen zu gewagt ist.«

Hannah konnte sich ein Grinsen nicht verkneifen.»Darf ich dich daran erinnern, dass du im Laden noch ganz begeistert davon warst?«

Sie hatten das Kleid in echter Arbeitsteilung erstanden: Hannah suchte es aus, Rutger bezahlte ohne mit der Wimper zu zucken den schwindelerregenden Preis. Schließlich, so erklärte er, sei es ja seine Schuld, dass diese Investition überhaupt erforderlich war.

»Ja, schon«, räumte er nun ein. »Aber wenn ich es mir recht überlege, gönne ich den anderen Herren den Anblick eigentlich nicht. Außerdem könnte es sie zu sehr vom Zweck unserer Mission ablenken.«

»Für solche Zweifel bleibt jetzt keine Zeit mehr«, beendete Hannah resolut die Diskussion. »Wir sind ohnehin schon reichlich spät dran.«

Vermutlich, nein, ganz sicher sogar, hätte sich Hannah auf der Fahrt nach Köln, wo der Empfang in der nahe den Ringen gelegenen Zentrale der Claus-Dollmann-Gruppe stattfand, besser auf den Abend einstimmen sollen. Doch sie hatte wieder einmal gegen Konrads Warnung verstoßen und an zwei aufeinanderfolgenden Tagen meditiert, weil sie unbedingt wissen wollte, wie es Amena und Ambiorix nach der verheerenden Schlacht gegen Caesar ergangen war. Nun drängte Rutger natürlich darauf, alles über ihre letzte Vision zu erfahren. Und so berichtete sie ihm von Amenas langer Krankheit, der beginnenden Versöhnung zwischen ihr und Ambiorix und dem Tod der Könige Ecritorix, Alvius und Indutiomarus.

Dabei wählte Hannah den Zeitpunkt dieser Enthüllungen durchaus mit Bedacht: Rutger war bereits so mit dem Gespräch beschäftigt, das er während des Empfangs zu führen gedachte, dass der mittlerweile obligatorische Vortrag zum Thema »Risiken der Meditation« ausnahmsweise ausfiel. Dennoch – wie sich bald herausstellen sollte, hätte ihr ein wenig Abstand zu den Ereignissen um Amena und Ambiorix ganz gut getan. Denn selbst als sie den Wagen endlich im unterirdischen Parkhaus der Dollmann-Zentrale abstellten und mit dem Fahrstuhl in den sechsten Stock hinauffuhren, waren wesentliche Regionen von Hannahs außergewöhnlichem Gehirn noch vollkommen im Vergangenheitsmodus gefangen. Und so steuerte sie langsam, aber unaufhaltsam einem Fiasko entgegen ...

Oben angekommen, überreichte Rutger ihre Einladungen einer älteren Dame mit frisch onduliertem Haar, dessen unechter Rotton in Hannahs Künstlerauge stach wie die falsche Note in einer Symphonie in das Ohr des Dirigenten. Dann betraten sie den Empfangssaal. Hannahs erster Eindruck umfasste Marmorintarsien auf dem Fußboden, deckenhohe Marmorsäulen und ausladende Kristalllüster. Ehe sie sich's versah, hatte ihr ein livrierter Kellner ein Glas Champagner in die Hand gedrückt.

Rutger beugte sich zu ihr hinunter. »Verstehst du jetzt, warum ich denke, dass ich hier ein paar Euro loseisen kann?«, flüsterte er an ihrem Ohr.

Sie nickte stumm. Und ob. Wer so viel Geld in Kristall, Marmor und Livrees investierte, der konnte auch noch ein bisschen was für eine Ausgrabung entbehren. Wie Rutger ihr erzählt hatte, war Ludwig Dollmann, der scheidende Vorstandsvorsitzende der Gruppe, die ihre nicht unbeträchtlichen Gewinne mit der Produktion von Farben und Lacken erwirtschaftete, der Urenkel des Gründers Claus Dollmann und das schwarze Schaf der Dollmann-Dynastie. In einer Familie, in der die Männer seit Generationen Betriebswirte oder Juristen waren, pflegte er eher schöngeistige Interessen. Seine eigentliche Liebe galt der Kunstgeschichte und der Archäologie, und er legte einen großen Teil seines privaten Vermögens in alten Gemälden und antiken Statuen an. Zudem hatte er eine Stiftung gegründet, die sich der Förderung des Kulturgutes verschrieben und aus deren Kasse er dem Landesamt für Bodendenkmalpflege in den dreißig Jahren seiner Amtszeit schon manch großzügige Summe für Grabungen und Restaurierungsarbeiten zur Verfügung gestellt hatte.

Nun jedoch blickte ebenjenes Landesamt dem Anlass des Empfanges, zu dem Rutger als sein Vertreter eingeladen war, mit einer gewissen Sorge entgegen. Ludwig Dollmann wollte sich nämlich in den wohlverdienten Ruhestand zurückziehen und den Posten des Vorstandsvorsitzenden seinem Sohn Bernd übergeben. Und genau hier lag der Haken. Bernd Dollmann, aufgrund seiner zahlreichen amourösen Abenteuer auch »der dolle Bernd« genannt, war ein typisches Mitglied der Dollmann-Dynastie: promovierter Jurist, jung, dynamisch, aufstrebend. Und ohne das geringste Interesse für alles, was älter als fünfundzwanzig war, mit einer Ausnahme: Oldtimer, in die er Unsummen investierte, ebenso wie in moderne Malerei. Letzteres ließ Hannah hoffnungsvoll aufhorchen - tat sich da vielleicht ein lukrativer Absatzmarkt auf? Doch Rutger hatte sofort abgewinkt und ihr versichert, er habe verschiedene der Werke gesehen. Und in einer seiner äußerst seltenen Anwandlungen von Arroganz hatte er hinzugefügt, dass er selbst im Kindergarten schon bessere Bilder gemalt habe.

Als sie den Saal betraten, waren bereits an die hundert handverlesene Gäste versammelt, deren gedämpfte Gespräche sich zu etwas addierten, das wie das Summen eines Bienenstocks über dem Raum schwebte. Hannah gewann den spontanen Eindruck, dass Rutger und sie den Altersdurchschnitt nicht unbeträchtlich senkten. Aber als sie sich umschaute, machte sie inmitten der überwiegend älteren

Herrschaften auch einige jüngere aus, die sich Mühe gaben, nicht allzu desinteressiert dreinzublicken. Über dem Ganzen hing ein Flair von Langeweile und Gediegenheit.

Rutger reckte sich auf die Zehenspitzen, um über die Köpfe der Anwesenden hinweg den Gastgeber ausfindig zu machen, und schließlich entdeckte er ihn im hinteren Teil des Saales in einer Gruppe gleichaltriger Herren. Doch noch während sie sich durch die Menge einen Weg zu ihm bahnten, warf Ludwig Dollmann einen Blick auf seine Armbanduhr, entschuldigte sich bei seinen Gesprächspartnern und schlängelte sich zwischen den Gästen hindurch zum Rednerpult auf dem Podium an einer der Stirnseiten des Raums. Leichtfüßig lief er die drei Stufen empor und tippte mit der Fingerspitze auf das Mikrofon, um die Aufmerksamkeit auf sich zu lenken. Nach und nach verstummten die Gespräche, und die Versammelten wandten sich ihm zu.

Als Ludwig Dollmann sich das Mikrofon zurechtbog, erhielt Hannah zum ersten Mal Gelegenheit, ihn eingehend zu betrachten. Sie sah einen groß gewachsenen, schlanken Mann Ende sechzig oder Anfang siebzig mit einer wallenden weißen Haarpracht, die sie spontan an Beethoven erinnerte. Seine Kleidung, deren auffälligste Note eine leuchtend blaue Fliege war, zeugte von Vermögen, Stil und einer Prise Humors.

Als endlich Stille im Saal eingekehrt war, ergriff der Gastgeber das Wort. Nach der Begrüßung der Anwesenden gab er einen kurzen Überblick über die drei Jahrzehnte, die er als Vorstandsvorsitzender die Geschicke der Claus-Dollmann-Gruppe leiten durfte, und dankte allen, die ihn in dieser langen Zeit mit Rat und Tat unterstützten. Die Rede war launig, und Hannah konnte sich des Eindrucks nicht erwehren, dass Ludwig Dollmanns Abschied kein trauriger war. Schließlich, mit einem letzten Dank an Mitarbeiter und Geschäftspartner, bat er seinen Sohn neben sich an das Rednerpult, um ihn den Gästen vorzustellen und die »Regierungsgeschäfte«, wie er sich ausdrückte, in seine Hände zu übergeben.

Der junge Mann, der daraufhin das Podium betrat, war der denkbar größte Gegensatz zu seinem Vater. Hannah schätzte ihn auf Mitte dreißig, und er glich dem Senior in Größe und Gestalt. Doch das war auch schon alles. Sein braun gebranntes Gesicht unter den hellblonden, militärisch kurz geschnittenen Haaren wirkte energisch und entschlossen, und um seinen schmallippigen Mund spielte ein spöttischer Zug. Hannah beschlich das Gefühl, dass Dollmann junior seinem Vater nichts als herzliche Verachtung entgegenbrachte und es kaum erwarten konnte, dessen Posten endlich zu übernehmen und die Geschicke des Unternehmens fürderhin in seinem eigenen Sinne zu beeinflussen.

Nach einem symbolischen Händedruck, mit dem das hohe Amt offiziell übergeben wurde, überließ Ludwig Dollmann seinem Sohn das Mikrofon. Dieser dankte seinem Vater für das in ihn gesetzte Vertrauen, brachte seine Hoffnung auf gute Zusammenarbeit mit Mitarbeitern und Geschäftspartnern zum Ausdruck und ließ noch einige weitere Gemeinplätze vom Stapel, um so viele der Anwesenden wie möglich anzusprechen.

Nachdem das Publikum beide Reden mit höflichem Applaus quittiert hatte, verließ auch Bernd Dollmann das Rednerpult, und die Gäste nahmen ihre zuvor unterbrochenen Unterhaltungen wieder auf. Vater und Sohn mischten sich unter sie, verhielten hier und da und ließen sich in ein Gespräch verwickeln.

Rutger berührte Hannahs Arm. »Auf geht's. Ich bin heute Abend garantiert nicht der Einzige in diesen heiligen Hallen, der es auf die Dollmann-Kohle abgesehen hat.«

»Na dann: Waidmannsheil.«

»Waidmannsdank.« Er begann sich einen Weg quer durch den Saal zu bahnen, und Hannah folgte in seinem Kielwasser. Ein paar Mal blieben sie stehen, weil Rutger alte Bekannte begrüßte, und bei einer dieser Gelegenheiten geschah es.

Sie waren zu einer Gruppe dreier Herren gestoßen, zweier Deutscher und eines Belgiers, die in eine angeregte Unterhaltung über die Wirtschaftsbeziehungen beider Länder vertieft waren. Die Wahl dieses Themas sollte sich für Hannah in zweifacher Hinsicht als fatal erweisen: Zum einen löste es in ihr Assoziationen zum toten König Ecritorix aus, dessen Reich sich ja im Gebiet des heutigen Belgien befunden hatte; zum anderen stieß es bei ihr nicht auf das geringste Interesse, weswegen ihre Gedanken stattdessen zum Stamm der Nervier und seinem ungewissen Schicksal zurückwanderten. Und so kam es, dass sie im wahrsten Sinne des Wortes nicht auf der Höhe der Zeit war, als einer der Herren in dem redlichen Bestreben, die attraktive Frau an seiner Seite in das Gespräch mit einzubeziehen, sie unvermittelt fragte, wie sie die gegenwärtige wirtschaftliche Lage Belgiens einschätze.

Es war einer jener Augenblicke, deren rückblickend empfundene Surrealität man für gewöhnlich mit »ich hörte mich sagen« umschreibt – eine Formulierung, die dazu dient, sich von der peinlichen Äußerung in gebührendem Maße zu distanzieren, gleichzeitig jedoch gestattet, sie in den Rang der Anekdote zu erheben und als solche zum Besten zu geben. Und was Hannah sich sagen hörte, war:»Nun, der Tod des alten Königs wird sicherlich nicht ohne Folgen bleiben.« Der Satz stand im Raum wie eine der deckenhohen Marmorsäulen. Aber in dem Bruchteil einer Sekunde, in welchem Hannah begriff, was sie angerichtet hatte, war es bereits zu spät. Während Rutger ihr einen Blick zuwarf, in dem sich blankes Entsetzen mit dem dringenden Wunsch vermählte, auf der Stelle spurlos im Marmorintarsienboden zu versinken, schauten die anderen Herren einander betroffen an.

»*Mon dieu*, was ist denn geschehen?«, fragte der Belgier, als er endlich seine Sprache wiedergefunden hatte.»Ein tragischer Unfall, nehme ich an? So alt war er doch noch gar nicht.«

Hannah fühlte, wie ihr das Blut in den Kopf schoss, während sich gleichzeitig ihre Knie in Pudding verwandelten.

»Ähm ... das war ... nun .... natürlich ... hm ... metaphorisch gesprochen«, beeilte sie sich zu erklären.»B-Bildhaft, sozusagen. Verzeihen Sie bitte, wenn ich mich missverständlich ausgedrückt haben sollte. Ich wollte damit nur andeuten, dass es um die Monarchie in Europa im Allgemeinen und in Belgien im Besonderen ja nicht zum Besten steht. Aber ich muss zugeben, das war wirklich unglücklich formuliert. Wahrscheinlich trifft es auch überhaupt nicht zu. Sehr ungeschickt vor mir. Tut mir aufrichtig leid.«

Die drei Herren atmeten förmlich auf, und ihre Erleichterung darüber, dass der gute König Albert noch lebte, war so groß, dass sie Hannah ihre »unglückliche« Formulierung nachzusehen bereit waren.

Aus dem Augenwinkel heraus bemerkte Hannah, dass sich auf Rutgers Stirn kleine Schweißperlen gebildet hatten, die er verstohlen mit einem Papiertaschentuch abtupfte. Er hatte es plötzlich eilig, fortzukommen.

»Was um Himmels willen ist denn in dich gefahren?«, blaffte er, nachdem sie sich in geradezu ungebührlicher Hast von den drei Herren verabschiedet hatten und Kurs auf die Gruppe nahmen, in der sich die beiden Dollmanns aufhielten.

Hannahs Knie zitterten noch immer, und es bereitete ihr einige Mühe, mit seinen entschiedenen Schritten mitzuhalten.»Tut mir ehrlich leid«, erklärte sie zerknirscht.»Ich war wohl ein wenig in Gedanken.«

»›Ein wenig‹ nennst du das? Ich dachte, ich höre nicht richtig! - So, und jetzt wird es wirklich wichtig«, fuhr er eindringlich fort, kurz bevor sie die Gruppe erreichten.»Versuch den Junior abzulenken, während ich mit dem Senior verhandle. Und bitte, Hannah, tu mir den Gefallen: Reiß dich zusammen, und konzentriere dich ausnahmsweise einmal ganz auf das Hier und Jetzt.«

Das brauchte er ihr nicht zweimal zu sagen. Sie wollte alles tun, um ihren *faux pas* wiedergutzumachen. Sie würde Konversation betreiben wie noch nie in ihrem Leben und mit schlafwandlerischer Sicherheit jede diplomatische Hürde umschiffen. Hoffte sie jedenfalls.

Ludwig Dollmann begrüßte Rutger mit echter Herzlichkeit. Als er ihn den übrigen Herren bekannt machte, zuckte erneut dieses spöttische Lächeln um die Mundwinkel seines Sohnes. Nein, Archäologie war ganz gewiss nicht sein größtes Anliegen, und das Landesamt für Bodendenkmalpflege sah in der Tat düsteren Zeiten entgegen. Indessen trat ein gänzlich anderer Ausdruck auf sein Gesicht, als Rutger Hannah vorstellte und auf die Frage des alten Dollmann, ob sie eine Kollegin sei, zur Antwort gab, sie sei Malerin. Daraufhin betrachtete Bernd Dollmann, der zuvor lediglich Hannahs Körpermaße taxiert hatte, sie mit neu entfachtem Interesse.

»Oh, tatsächlich? Was malen Sie denn so?«

Rutger hatte seinen Arm um ihre Taille gelegt, und sie fasste seinen Daumen, der sich in diesem Moment in ihren Rücken bohrte, als ihr Stichwort auf.

»Ungegenständlich«, antwortete sie wie aus der Pistole geschossen. »Öl, Acryl, hin und wieder auch Collagen, aber immer ungegenständlich.«

»Ah, wie interessant.« Dollmann junior hatte angebissen, berührte leicht ihren Ellbogen und führte sie mit sich fort. Rutger ließ sie mit gemischten Gefühlen ziehen.

»Wissen Sie, ich bin ein leidenschaftlicher Sammler zeitgenössischer Kunst. Aber Ihr Name ist mir noch nie begegnet. Wo haben Sie denn schon ausgestellt?«

»Vorwiegend im Ausland«, entgegnete sie, ohne zu zögern. Gott sei Dank, die *Kreativen Regionen* hatten die Herausforderung angenommen. Hannah fühlte, wie ihre Geistesgegenwart und Schlagfertigkeit zurückkehrten. »Gerade zuletzt in den USA«, improvisierte sie weiter. »Der Markt jenseits des großen Teiches ist einfach offener für moderne Kunst als der im alten Europa und insbesondere hierzulande.«

Intuitiv hatte sie Dollmann junior als Amerikaliebhaber eingestuft, und wie sich herausstellte, lag sie damit genau richtig.

»Die U-S-A«, wiederholte er und ließ jeden Buchstaben auf der Zunge zerschmelzen wie ein köstliches Sorbet. »Ich habe in den USA studiert, müssen Sie wissen. Nach dem Studium hätte ich alles darum gegeben, drüben bleiben zu können. Aber mein Vater bestand darauf, dass ich in seine Fußstapfen trete und die Führung dieser langweiligen Firma übernehme. - Farben und Lacke«, fügte er verächtlich hinzu. »Die einzigen Farben, die mich interessieren, sind die, die zeitgenössische Künstler auf ihre Leinwände aufbringen. Na ja, wenigstens ist der Job des Vorstandsvorsitzenden gut bezahlt. Und der Zweck der Stiftung zur Förderung des Kulturgutes, die mein lieber Vater eingerichtet hat, umfasst freilich ebenso moderne Kunst, und - wenn man die Statuten ein wenig großzügig auslegt, was ich zu tun gedenke - auch Oldtimer, eine weitere meiner Leidenschaften.«

Hannah fand die Offenherzigkeit des Junior verblüffend. Doch während sie bei jemand anderem vielleicht sympathisch erschienen wäre, wirkte sie bei Bernd Dollmann eine Spur zu selbstsicher und berechnend.

»Darf ich?« Er nahm ihr den leeren Champagnerkelch aus der Hand und hob zwei volle vom Tablett eines livrierten Kellners. Einen der beiden reichte er ihr, dann ließ er den Rand seines Glases leicht an das ihre stoßen und schaute ihr tief in die Augen. »Auf die Kunst. Ich würde Ihnen bei Gelegenheit gern einmal meine Sammlung zeigen. Ich bin sicher, Sie werden begeistert sein.«

Bescheidenheit war anscheinend eine weitere der vielen guten Eigenschaften, die Dollmann junior *nicht* besaß, schoss es Hannah durch den Kopf.

»Vielleicht möchten Sie mich ja auch durch Ihr Atelier führen, und ich könnte meiner Kollektion schon bald einen echten Neuhoff einverleiben.«

Hannah tat, als wäre ihr die Zweideutigkeit seiner Bemerkung entgangen, und zwang sich zu einem höflichen Lächeln. Nur zu gern hätte sie diesem selbstverliebten jungen Schnösel in aller Unzweideutigkeit erklärt, was sie von Männern wie ihm hielt, und ihm anschließend, gewissermaßen als Pointe, den Champagner über seinen sündhaft teuren Kaschmiranzug geschüttet. Aber mit Blick auf Rutgers Anliegen wäre dieses Betragen wiewohl befreiend, doch eher kontraproduktiv gewesen, und so beherrschte sie sich.

»Das wäre mir eine ganz besondere Freude«, flötete sie zuckersüß, obwohl sie das Gefühl beschlich, dass ihr aufgesetztes Lächeln allmählich von den Mundwinkeln her zu gefrieren begann. Sie hoffte nur, dass Rutger in der Zeit, in der sie Dollmann junior so selbstlos und uneigennützig ablenkte, mit dem Senior handelseinig wurde, und das möglichst rasch.

Die Rettung nahte jedoch unverhofft in Gestalt eines glatzköpfigen Herrn, der sich als Geschäftsführer eines Unternehmens vorstellte, das ebenfalls »in Farben und Lacke macht«, wie er sich auszudrücken beliebte, und der offenkundig angetreten war, den dollen Bernd auf Herz und Nieren abzuklopfen. Hannah entschuldigte sich mit ihrem charmantesten Wimpernaufschlag und ergriff mit geradezu schamloser Erleichterung die Flucht. Sie reckte sich kurz auf die Zehenspitzen, um nach Rutger Ausschau zu halten. Dann bahnte sie sich zwischen den anderen Gästen hindurch ihren Weg zu ihm und Ludwig Dollmann, die ein wenig abseits standen und in eine angeregte Unterhaltung vertieft schienen.

»Was erzählt mir Loew da gerade?«, begrüßte sie der Senior zurück. »Eine alte keltische Siedlung in der Nähe von Bad Münstereifel?«

Hannah und Rutger hatten sich zuvor auf eine Version der Ereignisse verständigt, nach der Timo Schülers Funde die entscheidenden Hinweise auf die Lage Atuatucas lieferten. Rutger wollte die Vorstellungskraft des potenziellen Geldgebers nicht unnötig auf die Probe stellen, indem er ihm die fantastische Wahrheit auftischte.

»Das ist kaum zu glauben«, fuhr Ludwig Dollmann kopfschüttelnd fort. »Und es interessiert mich natürlich ganz besonders, denn ich stamme ja ursprünglich aus Bad Münstereifel. Wussten Sie das?«

Rutger klappte förmlich die Kinnlade herunter, als ihm Fortuna so unverhofft zuzwinkerte. Er blinzelte. »Nein, das ... äh ... das wusste ich nicht.«

»Jaja, die Welt ist ein Dorf«, plauderte Dollmann munter weiter. »Meine Familie besitzt dort eine entzückende kleine Villa, direkt am Waldrand gelegen.«

»Da hol mich doch der Teufel«, murmelte Rutger, dem immer noch ganz schwindelig war ob dieser unerwarteten Wende. »Das ist ja wirklich ein unerhörter Glücks- ... äh ... Zufall«, fuhr er dann lauter als nötig fort. »Ich meine, ist ja auch eine schöne Stadt, nicht wahr?«

»Herrlich«, bestätigte Dollmann. »Herr-lich. - Wie weit sind Sie denn mit der Grabung, Loew?«

Rutger schluckte. »Wie weit?«, wiederholte er. »Ach so, wie weit. Ja, noch nicht so sehr weit, fürchte ich. Also, eigentlich, um ehrlich zu sein, haben wir noch gar nicht angefangen. Ich habe gerade erst das Genehmigungsverfahren für die Prospektion des Geländes eingeleitet.«

»Und die finanzielle Seite?«, fragte Dollmann ganz offen. »Ist die schon geklärt?«

Rutger zögerte keinen Moment, als ihm der Ball so unvermittelt vor den Fuß gespielt wurde. »Nein, die finanzielle Seite ist vollkommen ungeklärt«, gestand er.

Dollmann nickte nachdenklich. »Verstehe. Da haben Sie aber Glück, dass mein geschäftstüchtiger Sohn das Amt des Vorstandsvorsitzenden nicht vor dem nächsten Ersten übernehmen wird. Denn bis dahin hat er noch keinen Einfluss auf die Verwendung der Gelder, die unsere Stiftung zur Förderung des Kulturgutes zur Verfügung stellt. Mein Sohn besitzt nämlich bedauerlicherweise keinerlei Sinn für mein Steckenpferd, die Archäologie, wissen Sie?«

»Etwas in dieser Richtung vermutete ich bereits«, formulierte Rutger behutsam. »Er wirkt sehr ...«

»Pragmatisch?«, half Hannah aus.

»Genau«, bestätigte Rutger. »Sehr pragmatisch und zielstrebig.«

»Pragmatisch.« Dollmann lachte bitter. »Mein Sohn ist ein geldgieriger, oberflächlicher Schürzenjäger, das ist alles, was er ist. - Jetzt gucken Sie doch nicht so schockiert. Dachten Sie etwa, ich wüsste das nicht? Ich bin vielleicht alt, aber nicht senil. Leider habe ich nur dieses eine Kind, und die Leitung der Unternehmensgruppe muss in den Händen der Familie Dollmann bleiben. Also mache ich gute Miene zum bösen Spiel. - Aber wie dem auch sei. Ich denke, Loew, ich werde Ihnen ein Abschiedsgeschenk bereiten. Wir sprechen wie immer von sechsstelligen Beträgen, nehme ich an?«

Rutger räusperte sich verlegen. »Da sag ich natürlich nicht Nein, Herr Dollmann.«

»Das Vergnügen ist ganz meinerseits.« Dollmann senior klopfte Rutger gut gelaunt die Schulter. »Wissen Sie, je mehr ich Ihnen und Ihrem Amt zukommen lasse, desto weniger kann mein Sohn für alte Autos und Farbklecksereien verjubeln, bei denen ich nie weiß, wo oben und unten ist.«

Kapitel 20

Das Rascheln im Unterholz schwoll immer lauter und bedrohlicher an. Äste und Zweige brachen unter dem Gewicht des mächtigen Tieres, und der weiche Waldboden bebte unter seinen Hufen. Das Kläffen der Hunde hatte einen anderen, helleren Ton angenommen, als sie sich ihrer Beute unaufhaltsam näherten und sie auf die Lichtung zutrieben, wo die Jäger sie erwarteten.

In der Ferne hörte Amena die Hörner und Rufe der Treiber, die einen zunehmend engeren Kreis um die Waldwiese zogen, durch den die Beute nicht würde entweichen können. Ihre Stute warf den Kopf unruhig hin und her und tänzelte nervös, als sie das Nahen des gefährlichen Keilers spürte, und ihre Anspannung übertrug sich auf ihre Reiterin. Amena hatte für die Jagd Männerkleidung angelegt, eine Hose aus hellbraunem Leder und eine dunkelgrüne Tunika, die sie am Hals mit einer bronzenen Fibel verschloss. Neben dem Dolch an ihrem Gürtel war sie wie ihre drei Begleiter mit Pfeil und Bogen sowie einer Lanze aus Eschenholz bewaffnet.

Wie bei jeder Jagd hoffte sie jedoch insgeheim auch dieses Mal, ihre Waffen nicht einsetzen zu müssen, denn das Erlegen von Tieren zum bloßen Vergnügen war ihr zutiefst zuwider. Ebunos hatte sie gelehrt, dass ebenso wie der Mensch jedes Tier ein Geschöpf der Großen Mutter, der Spenderin allen Lebens, sei. Und so fand sie es unrecht, einem Mitgeschöpf das Leben zu nehmen, solange kein triftiger Grund dafür vorlag, und vermochte keinerlei Befriedigung dabei zu empfinden. Doch freilich wusste sie um die umfassende Bedeutung, die die Jagd für einen keltischen Krieger besaß: Nach dem Kampf war sie diejenige Tätigkeit, bei der er am besten seinen Mut und seine Tapferkeit unter Beweis stellen und Ruhm und Ehre erlangen konnte.

Und mit der Eberjagd hatte es eine ganz besondere Bewandtnis: Noch zu Zeiten von Amenas Vorvätern galt das Erlegen eines wilden Keilers als Ritual, durch das der König alljährlich seine Legitimation als rechtmäßiger Herrscher seines Stammes erneuern musste. Und obgleich diese Gepflogenheit unterdessen ihren ursprünglichen Stellenwert eingebüßt hatte, so wurde das Erjagen und Töten eines Ebers durch einen König nach wie vor als gewichtiges Ereignis angesehen und von seinen Anhängern entsprechend gewürdigt. Die Anwesenheit eines Druiden oder einer Priesterin bei der Jagd sollte daran erinnern, dass es die Gunst der Götter war, die den König siegreich aus seinem Kampf mit dem Keiler hervorgehen ließ. Und so fand sich Amena einmal mehr als Statistin in einem Brauch wieder, dessen Bedeutung ihr mehr denn je fragwürdig erschien.

Mit einem Mal geschah alles scheinbar gleichzeitig. Aus dem Augenwinkel bemerkte sie das Zucken des Buschwerks am Rande der Lichtung, Vercassius schrie:»Da ist er!«, und im selben Moment durchbrach der Eber auch schon das Unterholz und kam, vor Anstrengung und Zorn laut schnaubend, mitten auf der Waldwiese zum Stehen.

Es war ein gewaltiges Tier, selbst für die Verhältnisse des Arduenna Waldes, dessen Keiler für ihre Größe und Wildheit ebenso berühmt wie berüchtigt waren. Sein Rücken mit den borstigen, dunklen Haaren erreichte den Widerrist eines Fohlens. Sein massiger Leib strotzte vor Kraft und mühsam gebändigter Energie, und er besaß die beeindruckendsten Hauer, die Amena je gesehen hatte. Seine kleinen Augen funkelten gefährlich, als er sich unversehens den vier Jägern gegenübersah, und er stieß ein warnendes Grunzen aus. Plötzlich zog er seinen mächtigen Kopf ein, und Amena wusste, dass er im nächsten Augenblick angreifen würde.

Für die Dauer einiger Herzschläge herrschte vollkommene Stille auf der Lichtung. Dann schoss der Eber vorwärts, geradewegs auf Ambiorix' Schimmel zu, der sich erschrocken aufbäumte. Sein Reiter lachte und riss Avellus im letzten Moment beiseite, sodass der Keiler unter ihm hindurchschoss und erst kurz vor einem Dornendickicht am anderen Ende der Waldwiese zum Stehen kam. Er schüttelte seinen klobigen Kopf, als könne er nicht fassen, dass er ins Leere gelaufen war. Darauf warf er sich herum und musterte die Jäger aus seinen kleinen, gefährlich funkelnden Augen, als suche er sich ein Ziel für seinen nächsten Angriff aus.

Die drei Männer hatten einen Halbkreis gebildet, johlten und täuschten mit den Lanzen Scheinangriffe vor, um den Eber zu reizen. Zwischen den Beinen ihrer Pferde lief aufgeregt kläffend die Meute. Es waren Segusier, hässliche Hunde mit gekräuseltem Fell, die eigens für die Jagd gezüchtet wurden und deren Aufgabe darin bestand, das Wild aufzuspüren, zu stellen und zu verbellen.

Der Keiler wiegte seinen Kopf nun langsam hin und her. Es war ein altes Tier, ein erfahrener Kämpfer, dessen Rücken zahlreiche Narben aufwies von früheren Begegnungen mit Rivalen oder anderen Jägern, die er überlebt hatte. Mitgefühl für ihn wallte in Amena auf. Ob er ahnte, dass dieser Kampf sein letzter wäre?

Plötzlich schoss der Eber wieder vorwärts. Doch anstatt eines der Pferde anzugreifen, stürzte er sich auf Catuvolcus' Lieblingshund, einen jungen, vielversprechenden Segusier mit schlanken Beinen und einem zierlichen Kopf. Für das arme Tier kam jede Hilfe zu spät. Kurz bevor der Keiler es erreichte, senkte er seine Schnauze und rammte dem Opfer seine riesigen Hauer von unten in den Leib, sodass der Hund gleichzeitig in die Luft geschleudert und aufgeschlitzt wurde. Er ließ ein erbärmliches Heulen hören, das in ein leises Wimmern überging, als er mit einem dumpfen Laut auf dem weichen Waldboden landete, sein Bauch eine einzige offene Wunde, aus der sich die Gedärme in einem Schwall hellroten, dampfenden Blutes in das saftige smaragdgrüne Gras der Lichtung ergossen.

Als er sah, dass sein Hund nicht zu retten war, stieß Catuvolcus einen Wutschrei aus, der die Aufmerksamkeit des Ebers vom Körper seines Opfers ablenkte und auf den Besitzer des Segusiers richtete. Er reckte seine rundliche Schnauze, getränkt mit dem Blut des Hundes, witternd in die Höhe. Dann stürzte er sich ohne weitere Warnung in die Richtung des alten Königs. Durch den Tod seines wertvollen Lieblingshundes war dieser auf das Äußerste gereizt, und sein Zorn ließ ihn die gebotene Vorsicht vergessen. Anstatt den Keiler zunächst mit seiner Lanze zu verletzen und auf diese Weise zu schwächen, glitt er aus dem Sattel. Und während sich sein Hengst vor dem heranstürmenden Tier mit einem ängstlichen Satz in Sicherheit brachte, zog Catuvolcus seinen Dolch und stellte sich dem Eber entgegen.

Den anderen Jägern stockte vor Schreck der Atem, als sie ohnmächtig Zeuge wurden, wie sich der Keiler auf den älteren König warf. Sie wussten, dass Catuvolcus in diesem Augenblick nur eine Wahl blieb: Er musste dem Angreifer die lange Klinge seines Dolches von oben ins Herz stoßen. Und er musste beim ersten Versuch treffen, denn einen zweiten würde es nicht geben.

Catuvolcus hatte die Waffe emporgerissen. Als der Eber bis auf zwei Schritt herangestürmt war, sprang er zur Seite und ließ die stählerne Klinge mit aller Kraft hinabfahren.

In diesem Moment geschah das Unglück. Catuvolcus' Fuß verfing sich in einer Wurzel, die sich im dichten Gras der Lichtung dahinwand. Er stürzte, und der Dolch bohrte sich in den Rücken des gewaltigen Tieres, verfehlte sein Herz jedoch um einige Fingerbreit.

Jäh verhielt der Keiler, wie vom Blitz getroffen. Er stieß ein leises Grunzen aus, in dem sich Verwunderung und Schmerz mischten. Doch noch ehe der Gestürzte wieder auf die Beine kommen konnte, warf sich das massige Tier mit einer Wendigkeit herum, die Amena ihm nicht zugetraut hätte, ging auf den am Boden liegenden König los und schlitzte ihm mit einem seiner riesigen gelblichen Hauer den rechten Oberschenkel auf.

Die anderen drei Jäger reagierten augenblicklich. Während Ambiorix und Vercassius gleichzeitig von ihren Pferden sprangen und die Aufmerksamkeit des Ebers durch Rufe und Armbewegungen von Catuvolcus fort und auf sich selbst zu lenken versuchten, drängte Amena ihre Stute vorwärts zwischen den Keiler und sein Opfer, um den verwundeten König mit dem Leib ihres Pferdes vor weiteren Angriffen zu schützen. Sie musste gleichwohl sofort erkennen, dass dieses Manöver zu gefährlich war, denn die Stute war durch die unmittelbare Nähe und den Geruch des wilden Tieres verängstigt und tänzelte nervös, sodass Amena befürchtete, sie würde den am Boden liegenden Mann mit ihren scharfkantigen Hufen verletzen.

Wenigstens jedoch war es ihr gelungen, den Eber, der den Kopf bereits zu einem neuerlichen Ansturm gesenkt hatte, für einen Moment von seinem Opfer abzulenken. Dieser Augenblick reichte Ambiorix aus. Er sprang neben Catuvolcus, rammte dem Keiler die eiserne Spitze der Lanze mit einem kraftvollen Stoß in den Nacken und machte sogleich wieder einen Satz zur Seite. Dann zog er seinen Dolch und holte aus, um dem Tier den Todesstoß zu versetzen. Doch als er sah, dass der Eber ihn nicht verfolgte, ließ er ihn langsam sinken.

Für die Dauer einiger rasender Herzschläge hielten die Jäger den Atem an, als der stolze Keiler bewegungslos dastand. Ein Schauer lief durch seinen gewaltigen Leib. Er wandte sich von dem alten König ab, der halb unter ihm lag und sich nicht zu rühren wagte, und torkelte zwei Schritte rückwärts. Zornig schüttelte er den massigen Kopf, um sich der Lanze zu entledigen, deren Spitze tief in seinem Nacken saß. Aber nach einigen fruchtlosen Versuchen gab er auf. Plötzlich knickte sein rechtes Vorderbein ein, er schwankte. Mehrere Atemzüge lang verharrte der Eber in dieser Haltung, ehe ein letztes Beben seinen mächtigen Körper durchlief und er mit einem erstaunten Grunzen zusammenbrach. Ein Schwall hellroten Blutes ergoss sich aus seiner Schnauze auf den Waldboden, wo es im weichen Moos versickerte. Dann lag er vollkommen still.

Ambiorix und Vercassius stießen einen Triumphschrei aus, während Amena eilig aus dem Sattel glitt und zu Catuvolcus hinüberlief, der sich gerade mühsam aufrichtete. Ambiorix trat neben sie, als sie niederkniete, um die Wunde zu untersuchen. Sie maß drei Handbreit, war jedoch nicht tief, und der Ältere wehrte verärgert ab, als Ambiorix ihm beim Aufstehen behilflich sein wollte. Er hatte zweifelsohne Schmerzen, doch die Trauer über den Verlust seines wertvollen Hundes und der Zorn angesichts seiner Niederlage überwogen.

Ein weiteres unheilvolles Gefühl gesellte sich hinzu, und jeder von ihnen wusste es: Nicht genug damit, dass sein ständiger Rivale Ambiorix ihm den Eber streitig gemacht und dadurch seinen Herrschaftsanspruch aufs Neue gefestigt hatte - ein König, der bei der Jagd von einem wilden Keiler verwundet wurde, verwirkte zwar nicht länger seine Legitimation, aber sein Ansehen erlitt dennoch schweren Schaden. Catuvolcus musste nun befürchten, dass noch mehr seiner Anhänger zu Ambiorix überliefen, als es nach dessen Siegen gegen die Römer ohnehin schon der Fall war.

Wortlos und mit grimmiger Miene humpelte der Ältere zu seinem Pferd hinüber und zog sich schwerfällig in den Sattel, während sich Ambiorix und Vercassius erneut dem toten Eber zuwandten. Amena saß ebenfalls auf und beobachtete Ambiorix, der seine Lanze und Catuvolcus' Dolch aus dem Rücken des Tieres zog, Letzteren vom Blut reinigte und seinem Eigentümer zurückgab, ehe er dem Keiler die gewaltigen gelblichen Hauer herausschnitt, die ihm als Trophäe zustanden, da er ihm den Todesstoß versetzt hatte.

So gelöst und heiter wie heute hatte Amena ihn seit Langem nicht erlebt. In den vergangenen Monaten waren immer wieder Boten mit unheilvollen Nachrichten in Atuatuca eingetroffen. Noch vor Ende des Winters unterwarf Caesar die Nervier in einem weiteren Feldzug vollends und legte Nerviodunom sowie einige kleinere Siedlungen in Schutt und Asche. Die Felder des Stammes ließ er verwüsten, um den wenigen Überlebenden, die in die Moorgebiete flohen, die Lebensgrundlage zu entziehen. Die Herden wurden auseinandergetrieben oder erschlagen und alle Menschen, derer die Römer habhaft werden konnten, getötet oder in die Sklaverei verschleppt. Ellico, der die Nachfolge seines Vaters angetreten hatte, hieß der Proconsul wie einen gemeinen Verbrecher öffentlich hinrichten, um eindrucksvoll zu demonstrieren, was mit denjenigen geschah, die sich ihm widersetzten. Die Botschaft von seinem Tod erfüllte Ambiorix mit ohnmächtigem Zorn und Trauer, denn er mochte den mutigen und entschlossenen jungen Mann, der trotz seines hitzköpfigen Wesens mit den Jahren ein guter und umsichtiger König hätte werden können.

Zu Beginn des Frühjahrs wurden auch die Menapier, deren Stammesgebiet im Norden an das der Eburonen grenzte und mit denen Ambiorix ein Freundschaftsvertrag verband, von Caesar angegriffen und unterworfen.

In der Zwischenzeit hatten bei den Treverern die Verwandten des getöteten Indutiomarus die Herrschaft an sich gerissen und erneut zum Kampf gerüstet, um das in ihrem Territorium gelegene Castrum anzugreifen. Doch sie wurden von dessen Legat Titus Labienus so vernichtend geschlagen, dass sie kapitulieren mussten. Die Eroberer setzten daraufhin Cingetorix, den ihnen wohlgesinnten Schwiegersohn des Indutiomarus, als Stammesoberhaupt ein und sicherten Rom damit bis auf Weiteres den Frieden in dieser Region.

Das Gebiet der Eburonen blieb nach dem Untergang des Winterlagers und der verheerenden römischen Niederlage in der Wolfsschlucht von militärischen Aktionen der Feinde verschont. Ambiorix gab sich gleichwohl keinen Moment lang der Illusion hin, dass Caesar seinen Stamm in Zukunft unbehelligt ließe. Ganz im Gegenteil, es schien so, als folge der Proconsul einem wohldurchdachten Plan, der vorsah, zunächst die umliegenden Völkerschaften zu bezwingen, die den Eburonen im Falle eines Angriffs Unterstützung und Fluchtmöglichkeiten bieten könnten, um sich anschließend vollkommen auf deren Unterwerfung zu konzentrieren.

Von Kundschaftern erfuhr Ambiorix außerdem, dass Caesar seit dem Verlust der von Sabinus und Cotta befehligten eineinhalb Legionen Trauerkleidung trug und geschworen hatte, sie erst abzulegen, wenn diese schmachvolle Niederlage gerächt wäre. Dies verriet ihm genug über die Gesinnung seines Gegners, und so rechnete Ambiorix noch in diesem Sommer mit einem weiteren Feldzug gegen seinen Stamm. Dafür sprach auch, dass der Proconsul neue Truppen hatte ausheben lassen, sodass er nun über zehn Legionen im Arduenna Wald und den angrenzenden Gebieten verfügte – ein gewaltiges Aufgebot von fünfzigtausend kampfbereiten Legionären, die Hilfstruppen nicht mitgerechnet.

Die Eburonen saßen in ihrem Territorium in der Falle und mussten hilflos mit ansehen, wie ihre Verbündeten einer nach dem anderen unterworfen wurden, wodurch ihre eigenen Rückzugsmöglichkeiten stetig abnahmen. Westlich des Renos würde es außer den besonders undurchdringlichen Waldgebieten schon bald keinen Landstrich mehr geben, der nicht von Rom kontrolliert wurde. Und so blieb nach Ansicht vieler nur noch ein Pakt mit den Germanen, die auf dem östlichen Ufer des breiten Stromes lebten.

Doch dies war ein Schritt, vor dem Ambiorix zurückschreckte. Diese Völkerschaften waren als überaus gierig, unzuverlässig und wankelmütig verschrien und somit alles andere als ideale Bundesgenossen. Indutiomarus und seine Verwandten hatten in ihrer Verzweiflung diesen Weg beschritten, und so kämpften nach langen und zähen Verhandlungen schließlich Hilfstruppen der germanischen Sueben an der Seite der Treverer gegen die Legionen. Dies hatte zur Folge, dass Caesar, wie bereits zwei Jahre zuvor, eine neuerliche Demonstration römischer Macht und Geschicklichkeit für geboten hielt, die ihre Wirkung auf die umliegenden Stämme - keltische wie germanische – auch dieses Mal nicht verfehlte: Innerhalb weniger Tage ließ er eine hölzerne Brücke über den Renos schlagen und fiel in das Territorium der Ubier ein. Nachdem diese aus ihrer Schreckstarre erwacht waren, warfen sie sich ihm augenblicklich zu Füßen und flehten um Gnade. Aus dieser Richtung war also kein Beistand zu erwarten, ebenso wenig von den Sueben, denen die Niederlage gegen die Römer als Verbündete der Treverer noch in den Knochen steckte und die sich, sobald sie von Caesars Brückenschlag erfuhren, bis an die entlegensten Grenzen ihres Gebietes zurückzogen.

Blieben die Sugambrer, deren Stammesgebiete nördlich von denen der Ubier lagen, ein wilder, ganz und gar unzivilisierter Haufen unter einem König mit Namen Aengil. Auch sie erfüllte Caesars Überquerung des Renos mit tiefer Ehrfurcht. Und so schickten sie der eburonischen Abordnung, die Ambiorix schließlich auf Drängen des Kriegsrates und entgegen seiner eigenen Überzeugung zu ihnen gesandt und welche bereits mit einer Hilfszusage den Heimweg angetreten hatte, in aller Eile Boten hinterher, um den Vertrag für null und nichtig zu erklären.

Amena schrak zusammen, als Ambiorix in sein Horn stieß, um die Treiber herbeizurufen. Ihnen kam nun die Aufgabe zu, den Keiler an Ort und Stelle auszuweiden und anschließend zu dem Gehöft zu schaffen, in dem die Jäger die Nacht verbringen würden.

Dann saß er auf und lenkte sein Pferd neben Amenas. »Das war sehr mutig von dir, deine Stute zwischen Catuvolcus und den Eber zu drängen«, meinte er mit einem anerkennenden Lächeln. »Du hast ihm das Leben gerettet.«

Sie erwiderte sein Lächeln, verzichtete gleichwohl auf eine Entgegnung. Ihr Verhalten war keineswegs mutig gewesen. Sie hatte aus einem Impuls heraus reagiert, und der Schreck über ihr unüberlegtes Handeln saß ihr tief in den Gliedern. Wahrscheinlich hatte Ambiorix recht: Sie hatte den Keiler abgelenkt und dadurch Catuvolcus' Leben gerettet. Dennoch empfand sie Bedauern über den Tod des prachtvollen Tiers.

Ambiorix schien ihr Schweigen jedoch gar nicht aufzufallen. »Ich freue mich schon auf ein saftiges Stück Wildschweinbraten«, erklärte er gut gelaunt, während er die gewaltigen Hauer des Ebers in einem Beutel an seinem Gürtel verstaute.

»Catuvolcus dürfte der Appetit vergangen sein«, spottete Vercassius vom Rande der Lichtung her, wo er die jaulende und kläffende Meute der Segusier davon abzuhalten versuchte, über den Kadaver herzufallen. Der alte König hatte einmal mehr seinen Ruf als schlechter Verlierer gefestigt, indem er seinem erschrockenen Hengst die Fersen in die Flanken hieb und davongaloppierte, ohne Ambiorix zu seinem Sieg über den Keiler zu gratulieren. »Seine Verwundung wird ihn viele Anhänger kosten.«

»Oder eine Menge Gold, um sie dennoch bei der Stange zu halten«, ergänzte Ambiorix. »Sei's drum, er wird sich schon wieder beruhigen. Ich glaube kaum, dass er sich mit Wasser und Brot begnügt, während wir uns den Braten schmecken lassen.«

Sie warteten, bis die Treiber auf der Waldwiese eintrafen, die Hunde anleinten und an Baumstämmen festbanden, ehe sie sich daranmachen konnten, den Bauch des Ebers aufzuschneiden und auszuweiden. Die Segusier witterten den Geruch des frischen Blutes, zerrten an ihren Leinen und gebärdeten sich wie wild, bis einer der Treiber ihnen die dampfenden Gedärme vorwarf, über die sie mit aufgeregtem Kläffen herfielen.

Dann verließen Amena, Ambiorix und sein Ziehbruder die Lichtung und folgten einem Weg, kaum mehr als ein Wildwechsel, der nach Westen aus dem Wald herausführte. Durch das dichte Blätterdach der Bäume erkannte Amena, dass die Sonne ihren höchsten Stand noch nicht erreicht hatte. Nachdem sie die Schatten zwischen den Stämmen hinter sich gelassen hatten, bemerkten die drei Jäger erst, welch herrlicher Tag es war. Weiße Wolken segelten träge vor einem klaren blauen Himmel dahin, der Duft des blühenden Ginsters erfüllte die Luft, und in den Büschen und Sträuchern am Wegesrand sangen Grasmücken um die Wette. Selbst die Pferde schienen ausgelassen. Sie keilten übermütig, rieben ihre Köpfe aneinander und zwickten sich gegenseitig in den Hals.

Bald wurde das Gelände flacher. Der Weg wand sich inmitten scheinbar endloser Weizenfelder dahin, deren Ähren sich bereits honiggelb färbten. In diesem Frühsommer war das Wetter trockener und milder als im vergangenen Jahr, und wenn die kommenden zwei Wochen sonnig und warm blieben, gäbe es eine gute Ernte, und die Speicher wären für den Winter reichlich gefüllt.

Während die beiden Männer an ihrer Seite lachten und scherzten, den wundervollen Tag und die erfolgreiche Jagd genossen, ließ Amena ihren Blick nachdenklich über die goldfarbenen Felder schweifen, deren Halme sich sanft in einer sommerlichen Brise wiegten. Die Landschaft bot ein Bild des Friedens. Und doch lastete eine Vorahnung drohenden Unheils wie ein Schatten auf dieser Idylle.

Schon als Amena am Morgen aus einem unruhigen Schlaf erwachte, war da dieses Gefühl gewesen, diese innere Stimme, die sie vor einem bevorstehenden Unglück warnte. Sie lag auf dem Rücken, lauschte Ambiorix' ruhigen, gleichmäßigen Atemzügen neben ihr und versuchte zu ergründen, welcherart die Gefahr wohl sein mochte, jedoch ohne Erfolg. Zunächst hatte sie angenommen, sie hinge mit der geplanten Jagd zusammen. Aber Catuvolcus' Verletzung war nicht schwerwiegend genug, um ein solch intensives und anhaltendes Unwohlsein in ihr auszulösen. Nein, es musste etwas anderes sein, eine ernstere Bedrohung. Doch welche?

Amena war tief in Gedanken versunken, und so bemerkte sie kaum, dass sie die Weizenfelder hinter sich ließen und sich der Weg nun durch weite, saftige Wiesen mit vereinzelten Baumgruppen schlängelte, zwischen denen sich ein kleiner, halb ausgetrockneter Fluss träge dahinwand.

Plötzlich hörte sie zu ihrer Linken, aus Richtung des Ufers, krächzende Schreie, gefolgt vom Flappen mächtiger Schwingen. Dann erhob sich ein gewaltiger grauer Reiher von der Böschung in die Luft und strich mit majestätischem Flügelschlag so dicht über Ambiorix dahin, dass sich Avellus erschrocken aufbäumte und sein Reiter alle Mühe hatte, sich im Sattel zu halten. Im nächsten Augenblick war der Vogel so unvermittelt, wie er aufgetaucht war, hinter einem nahen Gehölz verschwunden.

Amenas Kehle fühlte sich auf einmal trocken an und wie zugeschnürt. Sie sah, wie alle Farbe aus Vercassius' Zügen wich, während er seinen Ziehbruder stumm und mit vor Entsetzen weit aufgerissenen Augen anstarrte.

Ein grauer Reiher, ein Todesbote! Noch dazu ein solch ungewöhnlich großes Tier, und der Schatten seiner Schwingen war auf Ambiorix' Gesicht gefallen! Welch schreckliches, welch beängstigendes Omen.

Auch wenn Amena unverändert überzeugt war, dass sich die Götter von den Eburonen abgewandt hatten, so achtete sie dennoch weiterhin auf die Zeichen, die die Natur ihr lieferte, und bemühte sich, in ihnen zu lesen. Der Flug der Wildgänse, die Geburt eines Kalbes mit zwei Köpfen oder die Anzahl der Rauchschwalben, die ihre Nester in den Hallen der beiden Könige bauten: All dies, so hatte Ebunos sie gelehrt, waren Hinweise, die freundlich gesinnte Wesenheiten den Menschen gaben und welche sie als Priesterin auszulegen hatte. Und ein gewaltiger grauer Reiher, dessen Flügel einen Schatten auf das Gesicht eines Mannes warfen, war wahrhaftig nicht schwer zu deuten. Er warnte vor einer tödlichen Gefahr, die diesem in unmittelbarer Zukunft drohte.

Ambiorix war ebenfalls zusammengefahren, als der mächtige Vogel so dicht über ihm dahinstrich, dass er den Luftzug der Schwingen auf seiner Haut spürte. Doch nun ignorierte er das stumme Entsetzen seiner Begleiter geflissentlich und tat so, als messe er dem schlechten Omen keinerlei Bedeutung bei. »Eine Schande, dass die Biester so zäh sind«, versuchte er zu scherzen. »Sonst hätte es heute Abend auch gebratenen Reiher zum Festmahl gegeben.«

Beruhigend klopfte er den Hals seines Hengstes, der immer noch unruhig tänzelte, während Vercassius Amenas Blick suchte. In seinen Augen las sie dieselbe Sorge, die sich auch ihrer bemächtigt hatte.

Ambiorix! Ihm also galt die Ahnung bevorstehenden Unheils, die schon den ganzen Morgen auf ihr lastete. Doch welcherart war die Gefahr, die ihm drohte? Die Jagd war vorüber, und es war nicht er, der verletzt wurde. Stand ein überraschender Angriff der Römer bevor? Nein, schließlich vermochte der Feind nicht zu wissen, dass sich Ambiorix in diesem abgelegenen Teil des Arduenna Waldes aufhielt. Welches Unglück mochte es dann sein, das sein Leben bedrohte?

Ambiorix hatte Avellus in Galopp fallen lassen, damit das Tier den Schrecken abreagieren konnte, der ihm in die Glieder gefahren war. Nun gab Vercassius seinem Falben ebenfalls die Sporen, und Amena trieb ihre Stute an und folgte den beiden Männern, die sich am Ufer des Flüsschens ein Wettrennen lieferten.

Waswaswas kann es bloß sein?, hämmerte es in ihrem Kopf, welches Unheil, welche Gefahr, welcher unbekannte Gegner? Ihre Gedanken jagten im selben Rhythmus dahin wie die Hufe der drei Pferde, ohne jedoch der Antwort auch nur einen Schritt näherzukommen.

Jenseits der Wiesen drang der Weg in ein weiteres, ausgedehntes Waldgebiet ein, in dessen Mitte ein stattliches Gehöft lag. Es gehörte Vercassius' Schwester Alla und ihrem Mann Andemagus. Die Jäger wollten dort die Nacht verbringen und zeitig am folgenden Morgen aufbrechen, um gegen Mittag Atuatuca zu erreichen. Die Gegend war ein ausgezeichnetes Jagdrevier und bekannt für ihre reichen Bestände an Wildschweinen, Rotwild und Bären, wohingegen das Wild in der unmittelbaren Umgebung des Dunom bereits stark dezimiert war.

Nachdem sich der Weg einige Meilen durch dichten Buchenwald geschlängelt hatte, traten die Bäume plötzlich zurück und gaben den Blick frei auf eine gerodete Lichtung, deren Rand ein Bachlauf säumte. Andemagus hatte dem Wald Land abgetrotzt und darauf einen Hof in der Form eines Pferdehufs errichtet, bestehend aus einem geräumigen, strohgedeckten Fachwerkhaus in der Mitte, Ställen für die Rinder, Schweine und das Geflügel auf der einen sowie einem Vorratsspeicher auf der anderen Seite. Die hohen Stämme ringsum schützten das Anwesen im Sommer vor der Hitze und im Winter vor den eisigen Winden des Arduenna Waldes, während der Bach Mensch und Vieh mit frischem Wasser versorgte.

Amena bemerkte den sehnsüchtigen Ausdruck, mit dem Ambiorix den Anblick in sich aufnahm.

»Weißt du, wie oft ich mir das in den vergangenen Monaten gewünscht habe?«, fragte er leise, damit Vercassius, der vorausritt, ihn nicht hören konnte. »Nicht länger König sein, nicht länger diese Verantwortung, die Tag und Nacht auf mir lastet. Stattdessen mit dir auf einem solchen Gehöft leben, ein bisschen Emmer und Gerste anbauen, Rinder und Pferde züchten, hin und wieder jagen - ja, ich weiß, du magst das nicht. Und keine Sorgen mehr, keine endlosen Debatten vor dem Kriegsrat, keine Entscheidungen, die ebenso richtig sind wie falsch. Und vor allem keine Schlachten mehr, nicht länger töten und nicht länger ständig um das eigene Leben fürchten müssen. Was gäbe ich nicht alles für einen solchen Hof und ein ruhiges Leben mit dir und den Kindern.«

Amenas Augen weiteten sich vor Überraschung.

»Das habe ich dir nie gesagt, nicht wahr? Doch, ich wollte immer Kinder, aber ich weiß ja, dass du keine haben darfst. Vermutlich habe ich es deswegen nie erwähnt. Es ist Teil eines Traums, der sich nie verwirklichen wird, meines Traums.«

Sie schwieg, während sich ein Knoten in ihrer Brust schmerzhaft zusammenzog. Freilich, sie wusste, dass auch Ambiorix unter den Beschränkungen litt, die ihnen ihr jeweiliges Amt innerhalb der Stammesgemeinschaft auferlegte, und dass er die Gesellschaft der anderen Krieger, die langen Abende mit Wein und den Liedern der Barden bei Weitem nicht so schätzte, wie er nach außen hin den Anschein zu vermitteln suchte. Doch dass er insgeheim ihren Traum von einem gewöhnlichen Leben mit einer Familie und Kindern teilte, hatte er ihr bislang verschwiegen.

Lautes Geschnatter riss sie aus ihren Gedanken. Die drei Jäger trieben ihre Pferde durch eine Schar wohlgenährter graubrauner Gänse auf das Gehöft zu. Die behäbigen Vögel protestierten geräuschvoll, während sie aufgeregt zur Seite flatterten, um nicht unter die Hufe zu geraten. Als Amena ihre Stute um die Ecke des größten der Ställe lenkte, sah sie vor der Tür des Wohnhauses Catuvolcus'

459

Rappen und einen kleineren braunen Wallach, dessen schweißnasses Fell verriet, dass er einen anstrengenden Ritt hinter sich hatte.

Ambiorix runzelte die Stirn, als er absaß, Avellus' Zügel neben dem Hengst des älteren Königs um einen auf zwei Pfosten ruhenden Birkenstamm schlang und zur Tür des Fachwerkhauses hinüberging. Auch Amena war beunruhigt. Wenn der Reiter es so eilig hatte, Andemagus' Hof zu erreichen, überbrachte er gewiss keine guten Nachrichten. Jäh schob sich das Bild des Reihers vor ihr inneres Auge. Hatte sein Erscheinen, die Gefahr, auf die er hindeutete, etwas mit diesem Reiter und seiner Botschaft zu tun?

»Das ist das Pferd meines Neffen Tillo«, bemerkte Vercassius, und seinem Tonfall entnahm Amena, dass er ähnliche Sorgen hegte wie sie.

Die schwere Eichentür des Wohnhauses war halb geöffnet, und sie traten ein. Neben der Feuerstelle in der Mitte des fensterlosen Raums erkannte Amena die kräftige Gestalt von Andemagus, daneben die gebeugte von Catuvolcus. Vor ihnen stand Tillo, ein schlaksiger hellblonder Bursche von elf oder zwölf Jahren, der erregt auf die beiden Erwachsenen einredete.

Bei ihrem Eintreten fuhr er herum und lief auf Ambiorix zu. »Herr, ich muss Euch warnen!«, rief er, alle Höflichkeit vergessend, und seine helle Stimme überschlug sich fast. »Es ist etwas Schreckliches passiert.«

Ambiorix legte seinen Arm um die schmalen Schultern des Jungen. »Nun beruhige dich erst einmal. Und dann erzähl uns, was geschehen ist.«

Tillo war so aufgeregt, dass er kaum einen klaren Gedanken fassen konnte. »Die Römer«, stieß er endlich hervor. »Die Römer sind da.«

»Kundschafter?«, fragte Ambiorix hastig. »Hast du römische Kundschafter gesehen?«

Kleinere Trupps des Feindes durchstreiften regelmäßig die Gebiete der benachbarten Stämme. Hin und wieder überschritt einer von ihnen auch die Grenze und tauchte in der Nähe der abseits liegenden Gehöfte auf. Im Großen und Ganzen verliefen diese Grenzübertritte jedoch friedlich, da die Späher Begegnungen mit der einheimischen Bevölkerung mieden und die Eburonen ihrerseits nicht die Absicht hegten, Caesars Aufmerksamkeit auf sich zu lenken, indem sie Legionäre töteten.

»Nein, keine Kundschafter«, rief Tillo. »Römische Reiter, ungefähr fünfzig, schätze ich.«

Ambiorix ging vor dem Jungen in die Hocke und packte seine Oberarme. »Was genau hast du gesehen?«, fragte er eindringlich.

»Ich war fischen, Herr«, sprudelte Tillo hervor, seine blauen Augen unter den hellblonden Haaren, die ihm wirr in die Stirn hingen, fest auf Ambiorix gerichtet. »Dort, wo der Bach den kleinen See bildet. Ich hab im Schilf gehockt und meine Leine ins Wasser hängen lassen, und da hab ich plötzlich ganz in der Nähe ein lautes Rascheln gehört. Ich hab gedacht, es wär ein Biber, und wollte gerade nachsehen gehen, als plötzlich ein Mann ganz dicht an meinem Versteck vorbeiging. Es war ein Römer, und er kam von hier, aus der Richtung unseres Hofes.« Er unterbrach sich kurz, um Atem zu schöpfen, während Ambiorix und Vercassius einen raschen Blick wechselten. »Ich hab gewartet, bis er an mir vorüber war. Dann bin ich ihm hinterhergeschlichen. Er hatte ein Pferd in der Nähe verborgen und ritt langsam Richtung Norden, hielt immer wieder an und schaute sich um. Ich bin ihm in zwanzig Schritt Entfernung gefolgt bis zu der Lichtung, wo Ihr letztes Jahr den Bären erlegt habt, Herr.«

Ambiorix nickte. Im vergangenen Sommer hatte er einen Braunbären gejagt, ein großes und gefährliches Tier, das wiederholt Rinder und Schafe der Bauern riss. Tagelang war ihm der listige alte Bär entkommen und tötete dabei zwei Treiber und fünf der besten Hunde, bis es Ambiorix schließlich gelungen war, ihn zu erlegen.

»Dort waren ungefähr fünfzig römische Reiter versammelt«, griff Tillo den Faden erneut auf. »Ich konnte nicht verstehen, was sie sagten, Herr, sie sprachen Lateinisch. Aber ich hörte, dass sie Euren Namen nannten. Und ich bin sicher, dass sie unseren Hof überfallen und Euch töten wollen. Also bin ich zurückgelaufen zu der Stelle, wo ich mein Pferd angebunden hatte, und bin so rasch ich konnte hierher zurückgeritten, um Euch zu warnen.«

Ambiorix fuhr dem Jungen durch seine dichten blonden Haare. »Du hast sehr klug gehandelt«, lobte er, und Tillo strahlte, dass seine Sommersprossen nur so leuchteten. »Ich bin überzeugt, du wirst einmal genau so ein tapferer und berühmter Krieger, wie dein Vater und dein Onkel es sind.« Er richtete sich auf und schaute in die Runde. Ernste Gesichter erwiderten seinen Blick.

Vercassius stand neben seinem Schwager, einem Hünen wie er selbst, dessen weizenblonde Haare ihm in drei dicken Zöpfen bis auf den Rücken hinabfielen und dessen Hände und Arme eiserne Reife und Ringe aus den Waffen getöteter Feinde schmückten. »Wenn der Junge recht hat und die Römer es auf dich abgesehen haben, sitzen wir hier in der Falle«, meinte er nach einem Moment.

»Ganz zu schweigen davon, dass wir nur zu fünft sind gegen fünfzig Reiter«, setzte Catuvolcus hinzu. »Unser einziger Vorteil liegt darin, dass sie nicht wissen, dass wir von ihrer Anwesenheit Kenntnis besitzen. Sie halten uns für ahnungslos, und das müssen wir uns zunutze machen. Wenn wir den Hof sogleich verlassen und uns in die Wälder zurückziehen, mag es uns gelingen, ihnen zu entkommen. Aber wir -« Er hielt inne, als aus der Richtung der Ställe lautes, aufgeregtes Schnattern zu ihnen drang.

Ambiorix runzelte die Stirn. »Erwartet Ihr jemanden?«, fragte er an Andemagus gewandt.

Der schüttelte den Kopf. »Meine Frau Alla ist mit dem Säugling bei ihren Eltern in Atuatuca, und ich erwarte sie nicht vor Ende der Woche zurück. Meine beiden Knechte begleiten sie.«

»Dann fürchte ich, ist es bereits zu spät, um Euren Plan umzusetzen, Catuvolcus«, meinte Ambiorix grimmig. Er ging hinüber zur Tür, drückte sich flach an das lehmverputzte Fachwerk und spähte vorsichtig um die Ecke. Sein Ziehbruder tat dasselbe auf der gegenüberliegenden Seite der Tür, um den Bereich abzudecken, den Ambiorix nicht einzusehen vermochte. Mit halb zusammengekniffenen Augen suchten sie die Umgebung des Hofes nach einer verdächtigen Bewegung ab, ließen ihren Blick über die Stallungen und den Vorratsspeicher wandern, versuchten die Dunkelheit unter den Baumwipfeln am Waldrand mit den Augen zu durchdringen, das dichte Unterholz ...

Alles schien ruhig.

»Falscher Alarm«, flüsterte Vercassius. Doch in dem Moment, als er seinen Posten neben der Tür aufgeben wollte, hob Ambiorix warnend die Rechte. »Da!«, stieß er hervor.

Amena hatte Tillo den Arm um die Schultern gelegt und sich mit ihm in die Schatten im Hintergrund des Hauses zurückgezogen. Nun sah sie es ebenfalls: ein winziger metallischer Reflex zwischen zwei Baumstämmen, knapp oberhalb des Bodens, eine Spiegelung auf einem Material, wie es in der Natur nicht vorkam ...

Unmittelbar darauf ertönte erneut lautes, erregtes Geschnatter. Als Amenas Blick in Richtung der Gänseschar zuckte, sah sie eben noch, wie ein Zweig, von einer unsichtbaren Hand zur Seite gebogen, in seine ursprüngliche Position zurückschnellte.

Vercassius sprang beiseite, warf die Eichentür zu und ließ den schweren Riegel in seine Halterungen sacken. »Tillo hat recht«, rief er. »Die Römer sind da, sie umzingeln soeben den Hof.«

Nur ein schwaches Feuer erhellte das Halbdunkel, das mit einem Mal in dem fensterlosen Raum herrschte. Andemagus legte ein paar

Scheite nach, nahm vier Fackeln aus ihren eisernen Wandhaltern, entzündete sie und steckte sie zurück. Ambiorix trat neben Amena und lehnte sich mit dem Rücken gegen die Wand. Catuvolcus sank ächzend auf einen hölzernen Schemel bei der Feuerstelle. Niemand sprach ein Wort.

Schließlich brach der alte König das Schweigen. »Dann bleibt uns wohl nichts anderes übrig, als die Nacht abzuwarten, im Schutz der Dunkelheit die feindlichen Linien zu durchbrechen und uns nach Atuatuca durchzuschlagen«, erklärte er, während er gleichzeitig versuchte, auf dem harten Schemel eine bequeme Sitzposition zu finden. Obwohl er sich bemühte, sich nichts anmerken zu lassen, vermutete Amena, dass ihm die Wunde in seinem Oberschenkel starke Schmerzen bereitete.

Ambiorix schüttelte den Kopf. »Atuatuca ist zu weit entfernt. Wir müssen die Pferde zurücklassen, und Ihr seid verletzt. Es wäre den Legionären ein Leichtes, uns aufzuspüren und zu überwältigen.« Er überlegte einen Moment. »Gibt es in der Nähe irgendeinen Ort, den wir in der Nacht zu Fuß erreichen können und der einen gewissen Schutz bietet?«, wandte er sich dann an Andemagus, der die Gegend seit seinen Kindertagen kannte. »Ein anderes Gehöft vielleicht oder eine Höhle?«

Der Angesprochene nickte, ohne zu zögern. »Es gibt tatsächlich eine Höhle, etwa vier Meilen von hier in westlicher Richtung. Die Römer meiden diesen Ort. Er ist ihnen nicht geheuer, weil das Alte Volk dort Menschen geopfert und ihr Fleisch verzehrt haben soll. Da wären wir fürs Erste in Sicherheit.«

»Hervorragend.« Ambiorix stieß sich von der Wand ab. »Dann warten wir bis zum Einbruch der Dunkelheit und versuchen, uns zu dieser Höhle durchzuschlagen.«

Amena wandte sich an Catuvolcus. »In der Zwischenzeit schaue ich mir Euer verletztes Bein an.«

Der winkte ab. »Das ist nur ein Kratzer«, erklärte er großspurig. »Ich habe schon ganz andere Verletzungen überstanden.«

Sie griff nach ihrer Tasche mit den heilkundlichen Gerätschaften. »Mag sein, aber ich muss darauf bestehen. Die Wunde ist verunreinigt, und wenn sie sich in den kommenden Tagen entzündet, werde ich nicht viel für Euch tun können.«

Der ältere König hob ergeben die Hände. »Schon gut, schon gut. Tut, was Ihr nicht lassen könnt.«

Amena bat Tillo, einen Kessel mit Wasser über der Feuerstelle zu erhitzen. In der Zwischenzeit trennte sie das Hosenbein um den Schnitt herum auf und untersuchte ihn im Schein der Flammen.

Glücklicherweise war er nicht tief, das Leder der Hose hatte den Angriff abgemildert und Schlimmeres verhindert. Doch er war beinah so lang wie Amenas Unterarm und überdies mit Erde und Moos verschmutzt.

»Was wohl aus den Treibern geworden ist?«, überlegte Amena laut.

»Ich hatte gerade denselben Gedanken«, entgegnete Ambiorix von der Tür her, die er soeben einen Spaltbreit geöffnet hatte, um den Platz vor dem Haus im Auge zu behalten. »Uns bleibt nur zu hoffen, dass sie die Gefahr rechtzeitig erkannt und sich im Wald verborgen haben. Wir können jedenfalls nichts für sie tun.«

Als das Wasser kochte, hievte Tillo den schweren Kessel vom Feuer. Amena ließ es einen Moment abkühlen, ehe sie ein sauberes Leinen hineintauchte und die Wunde vorsichtig zu reinigen begann. Catuvolcus zuckte zurück und beobachtete misstrauisch, wie sie Erde und Moos behutsam abtupfte, das Tuch im Kessel auswusch und so lange weiterarbeitete, bis sie die letzten Rückstände entfernt hatte. Dann entnahm sie ihrer Tasche einen kleinen tönernen Tiegel mit einer Salbe, die einer Entzündung entgegenwirken und die Heilung beschleunigen sollte. Sie trug sie großzügig auf ein weiteres Leinen auf, legte es auf die Verletzung und befestigte es mit breiten Stoffbinden.

Schließlich richtete sie sich auf. »So, das muss fürs Erste reichen. Schont Euch, bis wir aufbrechen, damit sich die Wunde nicht wieder öffnet.«

Catuvolcus dankte ihr ohne jede Freundlichkeit und humpelte hinüber zu einer hölzernen Bettstatt entlang der rückwärtigen Wand des Hauses, die mit weichen Fellen und farbigen Wolldecken gepolstert war. Dort ließ er sich ächzend nieder und streckte sein verletztes Bein aus.

Amena blickte ihm nachdenklich hinterher. In letzter Zeit bereitete ihr die Gesundheit des älteren Königs immer häufiger Sorgen. Im vergangenen Frühjahr hatte er an einem schweren Fieber gelitten, von dem er sich nur langsam erholte. Und obgleich er es empört abstritt, fiel doch allen auf, dass das Alter deutliche Spuren zu hinterlassen begann. Er ermüdete rascher, und seine Sehkraft hatte stark nachgelassen. Die Verwundung und die bevorstehende Flucht durch die Wälder würden eine zusätzliche Mühsal darstellen, und Amena konnte nur hoffen, dass Catuvolcus ihr gewachsen wäre.

Der Nachmittag zog sich scheinbar endlos dahin. Nachdem sich die im Haus Eingeschlossenen mit einer reichlichen Mahlzeit gestärkt hatten, packten Vercassius und sein Schwager Vorräte in zwei große lederne Beutel. Amena suchte unter den Kräutern, die Alla entlang der Wände an Schnüren zum Trocknen aufgehängt hatte, diejenigen heraus, die heilkräftige Wirkung besaßen, zerstieß sie in einem Mörser und verstaute das so gewonnene Pulver in kleinen Leinensäckchen in ihrer Tasche.

Nach einiger Zeit löste Vercassius Ambiorix auf seinem Beobachtungsposten an der Tür ab. Von den Römern war keine Spur zu sehen, doch das unausgesetzte, aufgeregte Schnattern der Gänse verriet ihnen, dass der Feind noch da war. Er hatte seine Stellungen bezogen und wartete geduldig ab, bis die Eingeschlossenen den Schutz des Hauses verließen, um sich von allen Seiten auf sie zu stürzen und sie gefangen zu nehmen oder zu töten.

Amena verdrängte die angstvollen Bilder und wandte sich abermals den Heilkräutern zu.

Ambiorix ließ sich neben dem Feuer nieder und schnitzte gedankenverloren an einem Stück Holz herum. Nach einer Weile gesellte sich Tillo zu ihm und schaute ihm interessiert zu. »Was wird das, Herr, was Ihr da schnitzt?«, erkundigte er sich schließlich.

Der Angesprochene hielt das Werkstück hoch, damit der Junge es betrachten konnte.

»Ein Eber?«, fragte Tillo.

Ambiorix drehte das Gebilde in seinen Händen, als sähe er es zum ersten Mal. Er war mit seinen Gedanken nicht bei der Sache gewesen. »Ja, ich glaube, ein Eber«, meinte er dann. »Doch ich fürchte, er ist nicht recht gelungen. Ich konnte noch nie gut schnitzen. Aber dein Onkel Vercassius ist ein wahrer Meister darin, ein richtiger Künstler.«

Sein Ziehbruder, in die Beobachtung des Hofgeländes vertieft, antwortete nicht.

»Hör mal, Tillo«, fuhr Ambiorix nach einem Moment fort. »Du weißt, dass wir heute Nacht das Haus verlassen und versuchen werden, diese Höhle zu erreichen, nicht wahr?«

Der Junge schaute ihn aus großen blauen Augen ernst an und nickte stumm.

»Gut. Ich möchte nämlich, dass du mir etwas versprichst.«

»Alles, was Ihr wollt, Herr«, erklärte Tillo feierlich.

Ambiorix legte seinen Dolch und den missratenen Eber beiseite und packte den Jungen bei den Oberarmen. »Schön. Dann versprich mir, auf unserer Flucht immer genau das zu tun, was wir dir sagen«, bat er eindringlich. »Stell keine Fragen, und verhalte dich so leise wie irgend möglich. Alles hängt davon ab, dass uns die Römer nicht bemerken, verstehst du?«

Tillo nickte eifrig. »Natürlich, Herr. Ich bin doch kein Säugling mehr.«

Amena beobachtete die beiden. Sie hatte sich ebenfalls schon gefragt, wie der Junge ihre bedrohliche Lage verkraften würde. Aber er wirkte erstaunlich gefasst. Nur gut, dass Alla mit ihrer wenige Monate alten Tochter in Atuatuca in Sicherheit war. Eine nächtliche Flucht durch die feindlichen Linien mit einem schreienden Kleinkind auf dem Arm wäre schlechterdings unmöglich gewesen. Es würde auch so beschwerlich und gefahrvoll werden, mit Tillo und dem verletzten Catuvolcus.

Als Sulis ihre Reise über den Himmel beendete und sich die Dämmerung über die Lichtung senkte, machten sich die Eingeschlossenen bereit. Während Amena ihre hellbraune Hose gegen eine dunkle aus Allas Kleidertruhe eintauschte, verbargen Catuvolcus, Vercassius, Andemagus und sein Sohn die hellen Haare unter der Kapuze ihres Sagon. Anschließend rieben sich alle die Gesichter mit erkalteter Asche aus der Feuerstelle ein. Der volle Mond war seit drei Tagen überschritten. Seine blasse Scheibe ergoss ihr silbriges Licht über das Hofgelände und würde jeden verräterischen Fleck gnadenlos zum Leuchten bringen.

Ambiorix warf einen letzten, vorsichtigen Blick durch den Türspalt. Doch wie schon während des gesamten Nachmittags lagen der Hof und der Saum des Waldes scheinbar verlassen da. Und nachdem sich die Gänse endlich beruhigt hatten, herrschte eine trügerische Stille.

Wie Andemagus erklärte, verfügte das Wohnhaus über eine zweite Tür, die in den angrenzenden Stall der Rinder führte. Im Winter stand sie Tag und Nacht offen, damit die Körperwärme der Tiere den Wohnraum mit zusätzlicher Wärme versorgte. In den Sommermonaten war sie hinter einer bunt gewebten Decke verborgen. Diese Tür stellte einen idealen Fluchtweg dar, denn zum einen würde der Feind, der von ihrer Existenz ja nichts ahnte, sein Augenmerk auf die Eingangstür des Fachwerkhauses konzentrieren, und zum anderen lag das Tor des Kuhstalls deutlich näher am Waldrand.

Vercassius' Schwager, mit den Örtlichkeiten am besten vertraut, wurde vorausgeschickt, um die Lage an dieser Seite des Gehöfts zu erkunden. Er schob die Decke beiseite, öffnete die dahinterliegende Tür und trat ein. Glücklicherweise verbrachten die Rinder die milden Monate des Jahres auf den Weiden. Somit bestand wenigstens keine Gefahr, dass sie die Römer durch ihr Muhen auf die Flüchtlinge aufmerksam machten.

Lautlos huschte Andemagus quer durch den Stall zum gegenüberliegenden Tor und zog es so langsam einen Spaltbreit auf, dass einem zufälligen Beobachter die Bewegung nicht auffiele. Während er vorsichtig hinausspähte, lobte Amena ihn in Gedanken dafür, dass die Türangeln gut geschmiert waren, sodass sie ihn nun nicht mit lautem Quietschen verrieten. Eine Weile stand er reglos da und beobachtete den Waldrand, der in zwanzig Schritt Entfernung verlief. Dann kehrte er ins Wohnhaus zurück. »Nichts zu sehen«, berichtete er leise.

»Gut.« Ambiorix überprüfte ein letztes Mal den Sitz seines Schwertes. Die anderen taten es ihm gleich. Auch Tillo besaß bereits ein kurzes Schwert, zierlicher und leichter als die der Männer. Darüber hinaus trug jeder einen Dolch. Auf Helme mussten sie wohl oder übel verzichten, weil ihr metallischer Glanz im Mondlicht sie verraten würde. Pfeil und Bogen sowie die Lanzen und Schilde ließen sie ebenfalls zurück, da die sperrigen Waffen bei ihrer Flucht durch den dichten Wald hinderlich wären. Amena kam jedoch auf den Gedanken, dem alten König zwei Eberspieße mitzugeben, auf die er sich stützen konnte, um sein verletztes Bein zu entlasten. Andemagus und Vercassius hievten sich die beiden schweren Lederbeutel mit den Vorräten auf den Rücken, und Amena legte sich den Riemen der Tasche mit ihren heilkundlichen Utensilien quer über die Brust.

»Nun denn.« Ambiorix zwang sich zu einem aufmunternden Lächeln, das niemand erwiderte. Fünf helle Augenpaare blickten ihm aus ernsten, rußgeschwärzten Gesichtern entgegen.

»Leider haben wir das Überraschungsmoment nicht länger auf unserer Seite«, fuhr er fort. »Wir wissen, dass sie da sind, und sie wissen, dass wir es wissen. Meine einzige Hoffnung besteht darin, dass sich die Römer auf die Tür des Wohnhauses konzentrieren, während wir durch das Tor des Rinderstalls entkommen. Aber sie werden das Anwesen umstellt haben, sodass wir jederzeit auf einen von ihnen treffen können.

Wir bleiben unter allen Umständen zusammen. Andemagus macht den Anfang, ich folge ihm. Dann kommst du, Amena, hinter dir Tillo, anschließend Ihr, Catuvolcus, und Vercassius bildet den Schluss. Jeder wartet, bis derjenige vor ihm den Waldrand erreicht hat, ehe er losläuft. Der sicherste Weg führt zunächst nach rechts, an der Außenwand des Stalles entlang bis zu seiner Ecke, um den Schatten des Gebäudes so lang wie möglich auszunutzen. Das letzte Stück verläuft durch einen Streifen Mondlichts quer über den Hof bis zu den ersten Stämmen. Die kürzeste Entfernung zwischen der Ecke des Rinderstalles und den Bäumen beträgt fünf oder sechs Schritte.

Dort angekommen, warten wir, bis alle sicher eingetroffen sind, ehe Andemagus uns zu der Höhle führt. Noch Fragen?«

Stummes Kopfschütteln.

In Wahrheit wirbelten etliche Fragen durch Amenas Kopf. Doch sie wusste, dass es keine Antworten gab, und so schwieg sie. So vieles mochte schiefgehen, da sie ihren Plan hatten schmieden müssen, ohne genaue Kenntnisse über Anzahl und Positionen der Gegner zu besitzen. Tillos Bericht zufolge waren ihnen die Römer zehnfach überlegen. Schon diese Menge reichte aus, um einen engen Kreis um das Hofgelände zu ziehen, der ein Entkommen beinah unmöglich machte. Was aber, wenn die fünfzig Reiter, die der Junge gesehen hatte, nur die Vorhut waren, ein Spähtrupp für eine sehr viel größere Einheit? Dann saßen sie hier in der Falle. Und jeder, der auch nur einen Fuß vor die Tür setzte, war den Feinden, die rings umher in der Dunkelheit lauerten, schutzlos ausgeliefert.

Doch es blieb ihnen keine andere Wahl. Sie mussten das Wagnis eingehen und alles riskieren, denn im Haus zu bleiben bedeutete über kurz oder lang den sicheren Tod. Sie würden verdursten und verhungern, oder - und wahrscheinlicher - die Legionäre würden das Gehöft in Brand setzen, und sie kämen elendiglich in den Flammen um.

Als niemand antwortete, ließ Ambiorix seine Augen über die Gesichter der fünf Gefährten wandern. »Mögen die Götter mit Euch sein«, sagte er rau.

Die anderen erwiderten seinen Wunsch. Dann traten sie nacheinander durch die verborgene Tür in den Rinderstall und liefen hinüber zum Tor, das Andemagus einen Spaltbreit offen gelassen hatte. Ambiorix warf einen letzten forschenden Blick hinaus. Als das Ergebnis zu seiner Zufriedenheit ausfiel, berührte er Vercassius' Schwager leicht am Arm. Die beiden tauschten die Plätze, und nach einem kaum merklichen Zögern zwängte der Hüne seinen massigen Körper durch den schmalen Spalt ins Freie.

Dies, sie wussten es alle, war der gefährlichste Moment. Amenas Herz schien in ihrer Brust zu flattern wie ein gefangener Vogel in einem Weidenkäfig. Unwillkürlich hielt sie den Atem an. Beobachteten die Römer auch dieses Tor? Und wenn ja: Würden sie sich sogleich auf jeden stürzen, der es wagte, den Schutz des Gebäudes zu verlassen? Oder gingen sie listiger vor? Würden sie warten, bis die Flüchtlinge einer nach dem anderen in der trügerischen Sicherheit des Waldes verschwunden wären, außer Sicht ihrer Gefährten, um sie dann einzeln zu überwältigen, damit niemand gewarnt wäre, jeder in die ihm gestellte Falle liefe?

Für die Dauer eines Herzschlags verharrte Andemagus auf der Stelle. Als alles still blieb, kein Pfeil eines skythischen Bogenschützen, kein Pilum eines Legionärs die Dunkelheit durchbohrte, nahm er eine geduckte Haltung ein und huschte lautlos am Stall entlang bis zu derjenigen Ecke, die dem Waldrand am nächsten lag. Bis hierher hatte er sich innerhalb der tiefen blauschwarzen Schatten der Wand bewegt. Nun jedoch, auf den letzten fünf oder sechs Schritten, die ihn von den Baumstämmen trennten, würde er den Hof überqueren, wo er dem hellen Licht des Mondes schutzlos ausgesetzt wäre. An der Ecke des Rinderstalles hielt er erneut inne. Schließlich sprintete er quer über den Hof und verschwand zwischen den Stämmen zweier Buchen.

Und noch immer blieb alles still. Kein Geräusch, keine ruckartigen Bewegungen der Zweige deuteten darauf hin, dass er im Unterholz auf Römer gestoßen war. Amena bemerkte erst jetzt, dass sie die Luft anhielt, und atmete erleichtert aus. Konnte es wahrhaftig sein, dass Andemagus unentdeckt geblieben war? Hatten sie es aus irgendeinem Grund mit einer geringeren Anzahl an Gegnern zu tun als befürchtet, sodass deren Kette rings um das Gehöft weniger dicht war, Lücken aufwies, durch die ein Entkommen gelingen könnte? Oder waren sich die Legionäre ihrer Sache so gewiss, dass sie sich auf die Tür des Wohnhauses konzentrierten und das Tor des Stalles unbeobachtet ließen?

Oder - Amena stockte erneut der Atem, als ihr eine weitere mögliche Strategie des Feindes durch den Sinn fuhr: Wartete er lediglich geduldig ab, bis alle Eingeschlossenen den Schutz des Hauses aufgegeben hatten, um sie dann auf einen Schlag zu überwältigen?

Sie wusste, dass ihre Gedanken fruchtlos waren. Doch sie war machtlos dagegen, dass sie unaufhörlich in ihrem Kopf kreisten und sie beinah um den Verstand brachten. Ihre Nerven schienen zum Zerreißen gespannt, die Muskeln ihrer Arme und Beine verkrampften sich vor schmerzhafter Anspannung. Ihr Herzschlag dröhnte nun so laut in ihren Ohren, dass sie überzeugt war, er müsste die Römer dort draußen geradewegs zu ihrem Unterschlupf führen.

Nun war die Reihe an Ambiorix. In der Dunkelheit tastete er nach ihrer Hand und drückte sie. Darauf schob er sich durch den Spalt des Tores, duckte sich, und während Amena gegen einen gewaltigen Kloß in ihrer Kehle ankämpfte und verzweifelt das Bild des grauen Reihers auszulöschen versuchte, das sich einmal mehr vor ihr inneres Auge drängte, folgte er demselben Weg, den Andemagus genommen hatte. Einen Moment später verschluckten ihn die Schatten zwischen den Bäumen.

Amena war die nächste. Sie beugte sich zu Tillo hinab. »Alles in Ordnung?«, fragte sie flüsternd.

Der Junge nickte stumm. Sein rußgeschwärztes Gesicht, aus dem ihr seine weit aufgerissenen Augen hell entgegenleuchteten, war angespannt und ernst. Doch er wirkte nicht ängstlich, nur sehr konzentriert. Er vergötterte Ambiorix und seinen Onkel Vercassius, und er wollte sich vor seinen beiden Vorbildern keine Blöße geben. Womöglich hielt er sich sogar besser als sie selbst. Er besaß die kindliche Offenheit, die Dinge so zu nehmen, wie sie kamen, das Leben als großes Abenteuer anzusehen, das es zu bestehen galt. In diesem Moment beneidete sie ihn darum.

»Bis gleich, und den Schutz der Götter«, raunte sie ihm zu und schob eine verräterische blonde Haarsträhne zurück unter seine Kapuze. Dann, nach einem letzten prüfenden Blick durch den Spalt des Tores zwängte sie sich hindurch und stand im Hof, der ruhig und scheinbar verlassen im fahlen Mondlicht da lag. In diesem Augenblick fühlte sie mit jeder einzelnen Faser ihres Körpers, wie verletzlich sie war, wie schutzlos ausgeliefert jedem, der dort in den Schatten auf sie lauern mochte. Gleichzeitig schien es ihr, als wären alle ihre Sinne aufs Äußerste gewetzt, als verfügte sie über die scharfen Augen eines Falken, das feine Gehör einer Eule und die empfindliche Nase eines Wolfes. Ihre Knie zitterten, und für die Dauer eines Herzschlags fürchtete sie, ihre Beine würden ihr den Dienst versagen und sie könnte ihren Weg nicht fortsetzen.

Nimm dich zusammen, ermahnte sie sich. Sie wusste, dass sie wertvolle Zeit vergeudete, indem sie dort wie angewurzelt verharrte. Jeden Moment mochte der Blick eines Feindes auf sie fallen und ihre Flucht entdeckt werden.

Sie atmete einmal tief durch. Dann duckte sie sich und lief an der Wand des Stalles entlang bis zu seiner Ecke. Mit wild hämmerndem Herzen hielt sie inne und versuchte die Stelle zwischen den Stämmen auszumachen, wo Andemagus und Ambiorix verschwunden waren. Fünf oder sechs Schritt trennten sie von ihr, fünf oder sechs Schritt, die quer über den vom Mondlicht beschienenen Hof führten und auf denen sie vollkommen ungeschützt wäre. Noch nie zuvor war ihr das Licht des Mondes so gleißend, so erbarmungslos hell erschienen.

Ein letztes Mal maß sie mit den Augen die Entfernung bis zum Saum des Waldes und fixierte die Lücke im Unterholz, wo die beiden Männer sie erwarteten. Jetzt oder nie!

Sie rannte los, ihren Blick fest auf diesen einen Punkt geheftet, wie ein Pfeil, der unbeirrbar seinem Ziel entgegenflog. Nur einen keuchenden Atemzug später umfing sie erneut die Dunkelheit, eine

Brombeerranke schlug ihr ins Gesicht und bohrte sich in den Stoff ihres Sagon. Dann war Ambiorix neben ihr, flüsterte »Gut gemacht!« und befreite sie behutsam von der dornigen Ranke.

Danach folgten in kurzen Abständen Tillo und Catuvolcus. Der Junge huschte flink wie eine Eidechse an der Wand des Stalles entlang und schräg über den Hof bis zum Waldrand, während sich der alte König deutlich langsamer und schwerfälliger bewegte. Obwohl er sich bemühte, sich seine Schmerzen nicht anmerken zu lassen, war nur allzu offensichtlich, dass ihm sein verletztes Bein zu schaffen machte.

Nachdem auch Vercassius als Letzter den Schutz der Stämme erreicht hatte, gab Ambiorix das Zeichen zum Aufbruch. In geduckter Haltung drangen die sechs tiefer in den Wald ein, ängstlich darauf bedacht, kein Geräusch zu verursachen. Das Blätterdach der Bäume war so dicht, dass das Licht des Mondes nur hie und da bis auf den Boden hinabsickerte, und an manchen Stellen war es so dunkel, dass die Flüchtlinge nicht sahen, wohin sie ihren Fuß setzten. So war es unvermeidlich, dass hin und wieder einer von ihnen auf einen trockenen Zweig trat, der unter seinem Gewicht mit vernehmlichem Knacken regelrecht explodierte. Dann erstarrten sie, verharrten erschrocken mitten in der Bewegung und hielten den Atem an, überzeugt, dass jeden Augenblick Legionäre aus dem Unterholz hervorbrechen und ihre Pila auf sie richten würden. Doch wider Erwarten blieb alles ruhig.

Nachdem sie auf diese Weise gut eine Meile zurückgelegt hatten, stieß Amenas Fuß gegen etwas Schweres, Weiches, das unter der Berührung nachgab. Von einer bösen Ahnung befallen, bedeutete sie dem hinter ihr gehenden Tillo mit einer knappen Geste anzuhalten und bückte sich, um den Fund näher zu untersuchen. Ihre tastenden Finger glitten über ein Stück groben Leinens, dann über kühle Haut und etwas Feuchtes und bestätigten ihre Befürchtungen.

Der größte Teil des Mannes wurde von Buschwerk verborgen. Aber als Amena ein paar Zweige beiseitebog, machte sie im fahlen Licht des Mondes das blutüberströmte Gesicht eines der Treiber aus, von einem römischen Schwert entstellt. Amena erkannte ihn dennoch wieder. Er war ein Sklave, ein Germane vom östlichen Ufer des Renos, der seit vielen Jahren in Ambiorix' Diensten stand, ein fröhlicher junger Bursche mit einer ausgezeichneten Hand für die Jagdhunde seines Herrn.

Hastig sprang Amena auf, holte Ambiorix mit einigen raschen Schritten ein und berührte ihn leicht am Arm. Als er herumfuhr und sie fragend anschaute, bedeutete sie ihm mit einer Handbewegung, ihr zu folgen. Andemagus hatte bemerkt, dass Ambiorix stehen geblieben war, und schweigend folgten sie Amena zurück zu dem Ort, wo der Leichnam halb im Gebüsch verborgen lag. Ambiorix beugte sich über ihn, drehte den Kopf des Toten zu sich, und sein Gesicht nahm einen grimmigen Ausdruck an.

Doch für Bedauern blieb nun keine Zeit, wenn es ihnen gelingen sollte, die Höhle zu erreichen, ehe die Feinde ihr Entkommen entdeckten. So ließen sie die Leiche des Treibers zurück und setzen ihren Weg fort.

Die Flüchtlinge hatten knapp drei Meilen zurückgelegt, als ein kleiner Bachlauf ihren Weg kreuzte. An seinem steinigen Ufer wich der Wald zurück und schuf einen unbewachsenen Streifen von etwa zehn Schritt, bei dessen Überquerung sie ungeschützt wären. Auch das Blätterdach war an dieser Stelle spärlicher, sodass das kühle Licht des Mondes sich im klaren, rasch dahinfließenden Wasser des Baches spiegelte und verspielte silbrige Reflexe auf die Wellen zauberte.

Wenn sich Amena später an diesen Moment zurückerinnerte, fiel ihr stets als Erstes ein, wie friedvoll dieser Ort auf sie wirkte, wie verträumt: ein Platz, an dem sich Liebende heimlich trafen, um ungestört zu sein, oder Barden Inspiration für ein neues Lied schöpften.

Doch es war ebenso der ideale Ort für einen Überfall.

Kurz nachdem sie das jenseitige Ufer sicher erreicht hatten und erneut in die schützenden Schatten der Bäume eingetaucht waren, geschah es.

Für die Dauer eines Lidschlags sah Amena, die zwei Schritte hinter Ambiorix ging, den matten Reflex des Mondlichts auf Stahl. Sie hörte sich eine Warnung rufen und wusste doch im selben Augenblick, dass es zu spät war. Dann, während es sich anfühlte, als bliebe die Zeit stehen, als bewegten sie selbst und alle anderen sich unendlich langsam, wie in einem Traum, wie unter Wasser, teilten sich die Büsche zu Ambiorix' Rechten, ein Legionär sprang hervor und stellte sich ihm in den Weg. Amena sah seine vor Anspannung und Hass verzerrten Züge, sah - *nein!, Ihr Götter, nein!* -, wie er seinen Gladius zum tödlichen Stoß erhob. Und noch ehe Ambiorix beiseitespringen oder den Angriff abwehren konnte, brachte der Römer die Klinge nach vorn und stieß mit aller Kraft zu. Im letzten Moment gelang es Ambiorix sich abzuwenden, sodass die Spitze des Schwertes, die geradewegs auf sein Herz gerichtet war, ihr Ziel verfehlte. Doch der kalte Stahl bohrte sich dennoch tief in seine linke Seite. Mit einem unterdrückten Schmerzensschrei brach er zusammen.

In demselben Atemzug, in welchem der Angreifer seinen Gladius zurückkriss und ausholte, um erneut zuzustechen, seinem wehrlosen Opfer den endgültigen, den todbringenden Streich zu versetzen, wirbelte Andemagus herum und rammte dem Legionär sein Schwert in die Brust. In dieser einen Bewegung lagen so viel ungezügelter Zorn und ein solch leidenschaftlicher Hass, dass die lange Klinge den Körper des Feindes vollständig durchbohrte und der Stoß erst durch das Heft gebremst wurde. Augenblicklich zog Andemagus seine Waffe zurück, der leblose Leib des Römers sackte in sich zusammen und landete mit einem dumpfen Ton auf dem Waldboden.

Während Catuvolcus und Vercassius ihre Schwerter aus den Scheiden rissen, jeden Moment mit weiteren Angriffen aus den undurchdringlichen Schatten des Waldes rechnend, fiel Amena neben Ambiorix auf die Knie. Er hatte die Augen geschlossen und presste seine linke Hand auf die Wunde. Sein Atem ging flach und stoßweise. Blut rann zwischen seinen Fingern hindurch, tropfte auf das trockene Laub des vergangenen Herbstes und versickerte inmitten der Blätter.

Entsetzen und Angst um ihn stürmten auf Amena ein, lähmten sie. Doch sie wusste, dass sie ihnen nicht gestatten durfte, die Oberhand zu gewinnen. Jeder Augenblick war kostbar, so kostbar wie das Blut, das durch Ambiorix' Finger sickerte. Mit beinah übermenschlicher Willensanstrengung zwang sie sich, ihre Gefühle unter Kontrolle zu bringen, ruhig und konzentriert vorzugehen. Und noch nie zuvor war sie so dankbar gewesen für die Disziplin, die Ebunos sie gelehrt hatte und die es ihr nun ermöglichte, trotz des Orkans, der in ihrem Inneren tobte und sie mit sich fortzureißen drohte, einen klaren Kopf zu bewahren.

Behutsam ergriff sie Ambiorix' Linke, die er krampfhaft auf die Wunde presste. »Bitte, mein Liebling, nimm deine Hand beiseite, damit ich dir helfen kann«, flüsterte sie heiser.

Er stöhnte, aber die Berührung und der Klang ihrer Stimme schienen ihn zu beruhigen. Schließlich erlaubte er ihr, seine Linke beiseitezuziehen, sodass sie die Einstichstelle im blassen Mondlicht betrachten konnte. Sie lag dicht unterhalb des Rippenbogens. Ihre Länge entsprach der Breite einer Schwertklinge, ihre Ränder klafften weit auseinander, und sie blutete stark. Amena war entsetzt, als sie sah, wie stark sie blutete. Mit fliegenden Fingern öffnete sie Ambiorix' Gürtel, löste den Stoff der Tunika vorsichtig aus der Wunde und schob das Hemd ein Stück nach oben. Dann zerrte sie saubere Leinentücher aus ihrer Tasche und drückte sie darauf. Alles hing jetzt davon ab, ob es ihr gelänge, dem stetigen Strom des Blutes Einhalt zu gebieten, der Ambiorix mit jedem Herzschlag mehr schwächte. Er hatte die Augen geschlossen und lag bewegungslos da, während sie das Leinen weiterhin auf den Einstich gepresst hielt.

In diesen Augenblicken nahm sie nichts von dem wahr, was um sie herum vor sich ging. Sie bemerkte nicht, wie Vercassius aschfahl und schweigend neben ihr auf die Knie sackte und Ambiorix' blutverschmierte Linke mit seinen Händen umschloss; sie hörte nicht, dass Tillo zu ihrer Rechten hockte und hemmungslos schluchzte, bis sein Vater ihn sanft aufhob und mit ihm beiseitetrat; sie spürte nicht einmal ihre eigenen Tränen, die heiß über ihre Wangen rannen, helle Spuren auf der rußverschmierten Haut hinterließen und auf ihre Finger tropften, wo sie sich mit Ambiorix' Blut mischten. Sie hörte nur sein Stöhnen, das ihr ins Herz fuhr, sah dieses Blut, dieses schrecklich viele Blut, und wusste, dass sie es zum Stillstand bringen musste.

Irgendwann murmelte Vercassius: »Der Schatten des Reihers, der Todesvogel«, und sie herrschte ihn an: »Sei still!«. Doch auch daran erinnerte sie sich später nicht.

Das Erste, was nach einer Zeit zu ihr durchdrang, die ihr wie eine Ewigkeit erschien, in Wahrheit jedoch nur wenige qualvolle Atemzüge gewährt haben konnte, war Vercassius' Stimme dicht an ihrem Ohr.

»Wie geht es ihm, Herrin?«, flüsterte er rau. »Wird er durchkommen?«

Amena setzte zu einer Antwort an, aber sie brachte kein Wort heraus. Stattdessen schluchzte sie laut auf, und erst jetzt bemerkte sie, dass sie weinte. Ein Kloß saß in ihrer Kehle, schwoll mit jedem mühevollen Atemzug an und drohte sie zu ersticken.

»Ich weiß es nicht«, stieß sie schließlich hervor, während sie immer neues Leinen auf die Wunde presste, bis auch dieses durchnässt war, durchweicht von dem vielen Blut. »Wenn die Blutung nicht aufhört -« Sie brach ab. Die anderen verstanden auch so, was sie meinte.

Dann wurde Vercassius neben ihr unruhig. »Herrin, wir müssen weiter«, wisperte er eindringlich. »Wir können hier nicht bleiben. Andemagus und ich werden ihn zwischen uns tragen.«

Ihr Kopf ruckte hoch, und sie schaute ihn an, als hätte er den Verstand verloren. »Ihr könnt ihn nicht tragen«, entgegnete sie scharf. »Dadurch würde noch mehr Blut aus der Wunde herausgepresst. Er verliert doch jetzt schon so viel.«

»Herrin, es muss sein.« Seine Stimme klang beschwörend, beinah flehentlich. »Ich will doch auch nur sein Bestes. Aber hier, mitten im

Wald, ist es zu gefährlich für uns. Es ist nicht mehr weit bis zu der Höhle, und dort werden wir einigermaßen sicher sein. Wir müssen ihn tragen, es geht nicht anders.«

Es war das erste Mal seit ihren gemeinsamen Kindertagen, dass sie in Streit gerieten. Es war ebenso das erste Mal, dass Vercassius es wagte, einer Priesterin der Höchsten Göttin zu widersprechen. Und vor allem war es das erste Mal, dass Amena eine Waffe gegen ihn richtete. Mit einer raschen Bewegung hatte sie ihren Dolch gezückt und hielt ihn ihrem Gefährten so dicht vor das Gesicht, dass er das feine Muster im Stahl der wertvollen Klinge erkennen konnte.

»Wage es, ihn anzurühren«, zischte sie, »und ich schwöre dir, du wirst diesen Dolch zu spüren bekommen.«

Er fuhr so erschrocken zurück, dass er das Gleichgewicht verlor und hinterrücks auf dem weichen Waldboden landete. »He-Herrin«, stammelte er verzweifelt. »Was sollen wir denn sonst tun?«

Amena schaute ihn an, sah die Sorge und Hilflosigkeit in seinen Zügen, rußgeschwärzt wie ihre eigenen, und kehrte mit einem schmerzhaften Ruck in die Wirklichkeit zurück. Sie seufzte. Es traf ja zu, was er sagte. Sie durften hier nicht bleiben. Jeden Augenblick mochten weitere Römer über sie herfallen, die der kurze Kampf herbeigelockt hatte. Überhaupt grenzte es schon an ein Wunder, dass der Mann, der Ambiorix angegriffen hatte, offenbar allein war.

Sie holte tief Luft und steckte den Dolch zurück in die Scheide. »Bitte verzeih. Du hast ja recht. Doch wir müssen äußerst vorsichtig vorgehen. Wir brauchen eine Trage aus zwei Stangen, über die wir eine Stoffbahn spannen. Alles andere wäre zu gefährlich für ihn. Nehmt die beiden Eberspieße und mein Sagon.«

Vercassius nickte, rappelte sich auf und wechselte im Flüsterton ein paar Worte mit Andemagus. Dann drehte er sich wieder zu Amena um. »Gebt mir Euren Umhang, Herrin.«

Während sie mit der Linken weiterhin die Leinentücher fest auf die Wunde presste, versuchte sie mit der Rechten, die bronzene Fibel zu lösen, die ihr Sagon verschloss. Ihre Finger zitterten so stark, dass es ihr einfach nicht gelingen wollte, die zierliche Nadel aus ihrer Halterung zu winden. Nach einem Augenblick verlor sie die Geduld, riss einmal kräftig am Stoff, und die Nadel zerbrach. Wortlos reichte sie Vercassius den Umhang.

Als sich die Männer hinter ihr fieberhaft ans Werk begaben, wandte sie sich erneut Ambiorix zu und strich ihm zärtlich eine Haarsträhne aus dem Gesicht. Seine Haut fühlte sich kühl an, obwohl ein feiner Schweißfilm seine Stirn überzog, und sein Atem ging flach und stoßweise. Er hatte die Augen geschlossen und schien nichts von dem wahrzunehmen, was um ihn herum vorging.

Als Vercassius leicht ihren Arm berührte, schrak sie zusammen. »Wir sind so weit, Herrin«, flüsterte er.

»Hilf mir«, gab sie ebenso leise zurück. »Ich muss die Wunde verbinden, ehe ihr ihn auf die Trage legt. Richte seinen Oberkörper ein wenig auf.«

Er rutschte um sie herum, bis er hinter seinem Ziehbruder kniete, hob dessen Kopf und Schultern ganz behutsam an und bettete sie in seinen Schoß. Ambiorix stöhnte auf, doch Amena gewann den Eindruck, dass er allmählich das Bewusstsein verlor. Gut so, dachte sie. Dann spürte er die Schmerzen wenigstens nicht, die der Transport ihm unzweifelhaft bereiten würde. Sie drückte eine letzte, dicke Kompresse auf die Einstichstelle, und während sie das eine Ende eines Leinenstreifens festhielt, führte sie das andere mehrmals um Ambiorix' Taille, überzeugte sich, dass der Verband weder zu fest noch zu lose saß, und verknotete es.

Anschließend kam sie schwankend auf die Beine, und Andemagus nahm ihren Platz ein. Gemeinsam legten die beiden Männer Ambiorix' leblosen Körper vorsichtig auf die behelfsmäßige Trage und hoben sie an. Ehe sie ihren Weg fortsetzten, packten Amena und Catuvolcus den toten Legionär an Schultern und Füßen und schleiften ihn tiefer ins Gebüsch, damit der Leichnam seinen Kameraden nicht verriete, welchen Weg die Flüchtlinge gewählt hatten.

Dann brachen sie erneut auf. Catuvolcus übernahm nun die Führung, gefolgt von Vercassius und Andemagus mit der Trage. Dahinter trottete Tillo, immer noch verstört, aber ein wenig gefasster, nachdem sein Vater ihn beiseitegenommen und eindringlich mit ihm gesprochen hatte. Amena bildete den Schluss.

Sie kamen nun deutlich langsamer voran und mussten mehrmals anhalten, damit Vercassius und sein Schwager die Trage absetzen und einen Moment Atem schöpfen konnten. Doch nach einer weiteren Meile fühlte Amena, wie der weiche Waldboden unter ihren Sohlen allmählich in hartes Felsgestein überging und sanft anstieg.

Plötzlich wandte sich Catuvolcus halb über die Schulter zurück. »Da ist sie«, rief er gedämpft. »Wir haben es geschafft!«

Die Männer blieben stehen, Amena trat neben den älteren König und schaute sich um. Sie hatten den Saum des Waldes erreicht. Vor ihnen erstreckte sich ein Streifen unbewachsenen felsigen Geländes, und dahinter, einen Steinwurf entfernt, gähnte am Fuße einer steil aufragenden Felswand der Eingang der Höhle, ein annähernd dreieckig geformtes schwarzes Loch.

Auf den letzten Schritten, die sie von ihrem Zufluchtsort trennten, wären sie ungeschützt, umso mehr, als das Licht des Mondes jede ihrer Bewegungen gnadenlos hervortreten ließe. Doch Amena vertraute darauf, dass die Legionäre nicht nur die Höhle, sondern ebenso deren Umgebung mieden. Sie wusste von der besonderen Furcht, die die Römer dem Kult des Alten Volkes entgegenbrachten, der als zügellos und ausschweifend galt und damit so ganz anders war als der Dienst an ihren eigenen strengen Göttern. Aber auch unter den Eburonen gab es viele, denen die uralten Rituale und vor allem der Verzehr von Menschenfleisch, den man den Bronzeleuten nachsagte, nicht geheuer waren.

Vercassius und sein Schwager hatten die Trage abgesetzt und tuschelten verstohlen miteinander. Catuvolcus schien ebenfalls beunruhigt. Er war ein zutiefst abergläubischer Mann, und Amena las den Zwiespalt in seinen Zügen, als er hin- und hergerissen war zwischen seinen Bedenken und dem Wunsch nach Schutz, den die Höhle ihnen böte. Hastig schlug er das Zeichen zur Abwehr des Bösen und spie dreimal auf den Boden.

Dann wandte er sich an Amena. »Wie können wir sicher sein, dass auf dem Ort kein Fluch lastet?«, fragte er so leise, dass die anderen ihn nicht zu verstehen vermochten. »Ich habe gehört, dass die Seelen derjenigen, deren Fleisch dort verzehrt wurde, keinen Frieden finden und umgehen. Bestünde nicht die Gefahr, dass sie Ambiorix für ein leichtes Opfer halten?«

Wäre ihre Lage nicht so überaus ernst gewesen, Amena hätte laut gelacht. Sie waren umgeben von fünfzig Legionären, die ihnen nach dem Leben trachteten, Ambiorix rang mit dem Tode, und hier stand Catuvolcus, einst mächtiger und respektierter König der Eburonen, und fürchtete sich vor ein paar alten Knochen und dem Gedanken an Wiedergänger. Und er besaß auch noch die unerhörte Dreistigkeit, seine eigene Furcht in Sorge um Ambiorix zu kleiden.

Doch gegen Aberglaube war kein Kraut gewachsen, und ihnen blieb wahrlich keine Zeit für fruchtlose Erörterungen.

»Wenn es Euch beruhigt«, sagte sie nach einem Moment mit erhobener Stimme, sodass die anderen sie ebenfalls verstanden, »werde ich vorausgehen und den Zauber des Ortes bannen. Ihr dürft gewiss sein, dass uns dann nichts geschehen wird.«

Catuvolcus schwieg und beschränkte sich darauf, erneut das Zeichen zur Abwehr von Unheil zu vollführen. Ohne ein weiteres Wort zu verlieren, lief Amena am Waldrand entlang zu der Stelle, wo der ungeschützte Streifen zwischen den Bäumen und der Felswand am schmalsten war. Dort verharrte sie und ließ ihren Blick prüfend über den Saum des Waldes wandern. Als sie keine verdächtigen Bewegungen, keine Spiegelungen des Mondlichts auf Metall entdeckte, huschte sie quer über das felsige Gelände zum Eingang der Höhle hinüber und erreichte ihn unbehelligt.

Die Öffnung war knapp fünf Schritt breit und an ihrem Scheitelpunkt übermannshoch. Zu ihrer rechten Seite hin fiel sie schräg ab, und der Felsen sprang ein Stück vor, sodass sich ein natürlicher Schutz bildete. Ohne zu zögern trat Amena ein. Sie kannte den Ort von früheren Besuchen mit Ebunos, der ihr den Kult des Alten Volkes erklärt hatte, sachlich und vorurteilsfrei, so, wie man anderen Religionen begegnen sollte. Daher wusste sie, dass die Höhle aus einem einzigen großen Raum bestand, dessen gewölbte Decke hoch genug war, um bequem aufrecht stehen zu können. Nach zwei Dritteln verengten sich die Wände und beschrieben einen sanften Bogen, sodass eine annähernd nierenförmige Gestalt entstand. Im hinteren Teil sprudelte in einer felsigen Nische eine kleine Quelle, deren Wasser heilende Kräfte zugeschrieben wurden. Hier hatten die Menschenopfer stattgefunden; ob dabei wahrhaftig das Fleisch des Getöteten verzehrt wurde, war den Aussagen des Druiden zufolge jedoch mehr als fraglich.

Das Licht des Mondes drang nicht tief in die Höhle hinein, doch eine Fläche nahe dem Eingang wurde von ihm beschienen. Dort ritzte Amena mit ihrem Dolch die rituellen Zeichen ein, die dazu dienten, einen fremden Zauber aufzuheben, und daneben andere, welche die Seelen der Wiedergänger bannten. Anschließend hob sie einen Ast auf, trat wieder ins Freie und zeichnete weitere magische Symbole in den lehmigen Boden, die einen uralten Abwehrzauber darstellten. Falls es den Römern gelänge, ihr Versteck ausfindig zu machen, mochten diese Zeichen helfen, sie auf Abstand zu halten.

Schließlich warf sie den Ast beiseite, schwenkte ihren Arm in Richtung des Waldrandes und bedeutete so ihren Gefährten, die ihr Tun aus sicherer Entfernung gespannt verfolgten, dass die Gefahr gebannt sei. Augenblicklich sah sie mehrere Gestalten unter den Bäumen entlang bis zu der Stelle huschen, an der auch sie den Streifen felsigen Geländes überquert hatte, um dann eine nach der anderen zum Höhleneingang hinüberzulaufen.

Tillo war der Erste. Amena bat ihn, im Inneren trockene Zweige zu sammeln, die der Wind hineingeweht hatte, und, damit der Lichtschein sie nicht verriete, im hinteren Teil ein Feuer zu entfachen. Furchtlos und ohne die magischen Symbole eines Blickes zu würdigen, betrat der Junge die Höhle, in der er schon so viele Male gespielt hatte, ohne je einem Dämon oder Wiedergänger zu begeg-

478

nen. Ihm folgten Vercassius und Andemagus mit der Trage, und Catuvolcus bildete den Schluss. Mit unverhohlener Skepsis musterte er die heiligen Zeichen, schien jedoch einigermaßen beruhigt.

Und wenn nicht, schoss es Amena in einer jähen Anwandlung von Zorn durch den Kopf, kannst du von mir aus im Wald übernachten. Ich habe mich um Wichtigeres zu kümmern als deinen törichten Aberglauben.

Tillo hatte bereits ein Feuer in Gang gebracht, und Vercassius und sein Schwager setzten die Trage behutsam daneben ab. Amena kniete sich neben sie und betrachtete Ambiorix im flackernden Schein der Flammen. Er war ohne Bewusstsein, seine Haut von kaltem Schweiß bedeckt. Sein Atem ging zu schnell und viel zu flach, und als sie den Puls an seinem Handgelenk fühlte, stellte sie besorgt fest, dass er unnatürlich beschleunigt war. Aber wenigstens war die Blutung zum Stillstand gekommen. Das Blut, das die Leinenkompresse und die Stoffstreifen durchtränkt hatte, war dunkelbraun und kein frisches hinzugekommen.

Vercassius ließ sich ächzend zu ihrer Rechten nieder und lehnte seinen schmerzenden Rücken gegen die Höhlenwand.»Wie geht es ihm, Herrin?«, fragte er leise. Sie brauchten nun nicht länger zu flüstern, doch ihre Verzweiflung war so groß, dass sie unwillkürlich die Stimme senkten.»Wird er durchkommen?«

Sie holte tief Luft.»Ich weiß es nicht. Er hat viel Blut verloren und ist ohne Bewusstsein. – Hilf mir bitte mal.«

Abermals bettete er Ambiorix' Oberkörper in seinen Schoß. Amena löste die Leinenbinden und tränkte die Kompresse mit reichlich Wasser aus einer der Feldflaschen, bis sie gründlich durchweicht war und Amena sie behutsam ablösen konnte, ohne dass die Wunde wieder aufbrach.

Voller Sorge betrachtete sie die Einstichstelle im Schein der Flammen. Aber es war unmöglich zu erkennen, ob lebenswichtige Adern oder innere Organe verletzt waren. Sie entnahm ihrer Tasche eine kleine Glasphiole mit einer bernsteinfarbenen, streng riechenden Flüssigkeit und ließ einige Tropfen davon in die Öffnung der Feldflasche fallen. Dann gab sie diese Mischung auf ein Leinentuch und reinigte die Verletzung mit äußerster Vorsicht, damit die Blutung nicht erneut begann. Sie war dankbar, dass Ambiorix diese Prozedur nicht bei klarem Bewusstsein erleben musste, denn sie wusste, dass die Tinktur stark brannte. Anschließend strich sie die Salbe, die sie auch für Catuvolcus' Bein verwandt hatte und die einer Entzündung entgegenwirken sollte, auf ein frisches Tuch, breitete es über die Wunde und befestigte den Verband mit Vercassius' Hilfe wieder.

Sie konnte nur hoffen, dass ihre Vorräte an Kräutertinkturen und Salben ausreichten, überlegte sie grimmig, denn sie war freilich nicht darauf eingerichtet, unter widrigsten Umständen gleich zwei Patienten zu versorgen. Wenigstens würde ihnen das Trinkwasser nicht ausgehen, da die kleine Quelle, die dem Alten Volk für seine Rituale gedient hatte, noch immer munter in ihrer felsigen Nische sprudelte. »Gib mir dein Sagon«, bat sie Vercassius schließlich. In der Höhle war es empfindlich kalt, da die milde Luft der Sommernacht nicht bis in ihren hinteren Teil drang. »Wir müssen ihn warmhalten.«

Er löste die eiserne Fibel, die seinen Umhang aus schwerem braunem Wollstoff auf der Schulter zusammenhielt, und reichte ihn ihr. »Schlaft jetzt etwas, Herrin«, bat er sanft. »Wir sind hier erst einmal in Sicherheit. Ich werde bei ihm wachen.«

Amena breitete das warme Sagon über Ambiorix' leblosen Körper. Dann lehnte sie sich neben Vercassius gegen die Wand und schloss die Augen. Sie fühlte den harten Fels, der sich durch den dünnen Stoff der Tunika in ihren Rücken bohrte, doch es scherte sie nicht. In diesem Moment scherte sie gar nichts, weil nur zählte, dass sie alles Notwendige für Ambiorix getan hatte. Mehr konnte sie nicht tun, sagte sie sich immer wieder. Nicht in ihrer Lage, nicht unter diesen Umständen.

Nun erst spürte sie, wie erschöpft sie war, erschöpft von der Mühsal der Flucht, der inneren Anspannung und der alles verzehrenden Angst um Ambiorix. Diese Angst war wie ein wildes Tier, das sich in ihrem Leib eingenistet hatte, dort wütete und nicht nachließ, keine Ruhe gab, bis es sie völlig beherrschte, bis jeder Herzschlag Angst war und sie meinte, diese Angst zu sehen, zu hören, zu riechen und sie sogar zu atmen.

»Ich kann jetzt nicht schlafen«, entgegnete sie nach einem Augenblick. Plötzlich überkam sie der Wunsch, sich an ihn zu lehnen, an diesen Mann, den sie seit ihren Kindertagen kannte und von dem sie der Abgrund ihres hohen Amtes trennte. Doch dieses Amt war nun ohne Belang, bedeutungslos im Angesicht der Furcht um Ambiorix, den sie beide liebten. Sie rückte näher an ihn heran und bettete ihre Wange an seine Schulter. Seine Verblüffung ließ ihn kurz zögern, ehe er seinen Arm um sie legte und sie an sich zog.

Lange verharrten sie so, schweigend, aneinandergeschmiegt, Trost suchend und einander Trost spendend. Nach einer geraumen Weile knotete Vercassius mit der freien Linken einen der Lederbeutel mit ihren Vorräten auf. »Hier, esst etwas.«

480

Widerstrebend nahm Amena das Fleisch und die Feldflasche, die er ihr reichte. Sie verspürte nicht den geringsten Hunger und kaute lustlos auf dem zähen, getrockneten Stück Rind herum, doch das frische, kühle Wasser tat ihr gut. Noch besser tat es ihr, seinen warmen Leib dicht an ihrem zu fühlen und zu wissen, dass sie in ihrer Angst und Verzweiflung nicht allein war.

Die anderen hatten sich taktvoll in den vorderen Teil der Höhle zurückgezogen. Irgendwann, Amena wusste nicht, wie viel Zeit verstrichen war, trat Catuvolcus auf sie zu.

»Er ist ohne Bewusstsein«, beantwortete Vercassius seine unausgesprochene Frage.

Der alte König nickte. »Ich übernehme die erste Wache.« Er hinkte zum Eingang hinüber, wo er sich, in seinen Umhang gehüllt, hinter dem schützenden Felsvorsprung schwerfällig auf dem Boden niederließ.

Tillo gesellte sich zu ihnen. Er konnte sich vor Erschöpfung kaum noch auf den Beinen halten, rollte sich wie ein Welpe neben der Feuerstelle zusammen und war im selben Moment eingeschlafen. In der Stille, nur unterbrochen vom Knistern der brennenden Zweige und dem Gluckern der Quelle, hörte Amena seine ruhigen, gleichmäßigen Atemzüge. Andemagus kam ebenfalls herbei und breitete sein Sagon über seinen Sohn. Dann ließ er sich neben dem wärmenden Feuer nieder und starrte schweigend in die Flammen.

Schließlich löste sich Amena von Vercassius' warmem, Trost spendenden Leib, nahm die Feldflasche und trat zu der Nische, in der die Quelle sprudelte. Das klare, weiche Wasser entsprang dem Gestein, ergoss sich in einem dünnen Rinnsal in ein felsiges Becken, durch die Jahrtausende ausgewaschen und glatt geschliffen, um gleich darauf wieder im Gestein zu versickern. Amena füllte die Flasche und gab mehrere Tropfen eines Kräuterextrakts hinzu. Wenn Ambiorix für einen Moment zu sich käme, würde sie versuchen, ihm einige Schlucke dieses Heiltranks zu verabreichen, der seine Schmerzen lindern und dem Wundfieber entgegenwirken sollte.

Sie kehrte zu ihren Gefährten zurück und ließ sich am Kopfende der Trage nieder. Doch kaum saß sie, als sie, von Rastlosigkeit getrieben, erneut aufsprang, eine leere Feldflasche aufhob und ebenfalls Quellwasser hineinfüllte. Sie wusste, dass ihr Impuls unsinnig war, irrational, töricht. Aber er war so kraftvoll, dass sie ihm einfach nachgeben musste. Mit der vollen Flasche in der einen Hand und einem Stück Leinen in der anderen kniete sie sich abermals neben Ambiorix und begann behutsam, sein von Ruß und Schweiß verschmiertes Gesicht zu waschen. Sie hatte keine Ahnung, ob er es spürte. Doch wenn ja, würde er diese Geste zu schätzen wissen, er, der so viel Wert auf Reinlichkeit legte.

Als sie zufrieden war, warf sie das grau verfärbte Tuch ins Feuer und nahm ihren Platz neben Vercassius wieder ein, der sie stumm beobachtet hatte. Er schenkte ihr ein flüchtiges, von Furcht und Verzweiflung verzerrtes Lächeln und bedeutete ihr damit, dass er ihr Handeln, vernunftwidrig, wie es sein mochte, guthieß. Nach einem Moment schlang sie ihre Arme um die Unterschenkel, bettete ihre Stirn auf die Knie und schloss die Augen. Und dann tat sie noch etwas Irrationales: Sie betete. Obwohl es ihrer tiefsten Überzeugung entsprach, dass sich die Götter von den Eburonen abgewandt, sie im Stich gelassen hatten, betete sie zu Ihnen, denn auch das Gespräch mit Ihnen spendete ihr Trost, selbst wenn sie keine Antwort erhielt. Nach einer Weile fühlte sie sich wahrhaftig ruhiger, da sie nun das Gefühl hatte, alles Notwendige für Ambiorix getan zu haben.

Schließlich bemerkte sie, wie ihre Gedanken leicht wurden, zu wandern begannen, zurück zu der Jagd ..., dem Kampf mit dem Keiler ..., dem unbeschwerten Ritt durch goldgelbe Weizenfelder ..., der friedvollen, gelösten Stimmung, die ein so jähes Ende fand, als der Reiher auftauchte ... War das wirklich erst heute Morgen gewesen? Es kam ihr vor, als wären seit diesem sorglosen Vormittag Wochen verstrichen und nicht bloß ein knapper Tag.

Sie musste eingeschlafen sein, denn sie schreckte auf, als Ambiorix neben ihr leise stöhnte. Augenblicklich war sie hellwach und beugte sich über ihn. Doch er war nicht bei Bewusstsein. Sanft legte sie ihre Hand auf seine Stirn, die sich unnatürlich heiß anfühlte, und sie wusste, dass er Fieber bekam, hohes Fieber. Aber sie hatte alles für ihn getan, was in ihrer Macht stand. Jetzt blieb ihr nur noch, abzuwarten und darauf zu hoffen, dass keine lebenswichtigen Organe verletzt waren und sein gesunder, kräftiger Körper den Blutverlust bewältigen würde.

Welcher Sinn wohnte Omen inne, fragte sie sich verzweifelt und zornig zugleich, wenn man das Unheil, das sie vorausdeuteten, nicht zu verhindern vermochte?

Erschöpft bettete sie ihren Kopf wieder auf die Arme und schloss die Augen. Wie würde es nun weitergehen? Ambiorix' Leben hing an einem seidenen Faden, und selbst wenn er den Kampf gegen den Tod gewönne, würde viel Zeit verstreichen, bis er genesen wäre. Doch sie konnten nicht so lange in dieser Höhle bleiben. Zwar böte sie ihnen vermutlich ausreichenden Schutz vor den Römern, aber wovon sollten sie sich ernähren? Die mitgebrachten Vorräte reichten höchstens für drei oder vier Tage. Danach würde einer von ihnen den Unterschlupf verlassen müssen, um auf die Jagd zu gehen. Doch ihre Verfolger würden früher oder später herausfinden, wo sie sich verborgen hielten.

Und obgleich ihre Furcht vor der Magie des Alten Volkes sie davon abhalten mochte, in die Höhle einzudringen, wären sie imstande, deren Umgebung so gründlich abzuriegeln, dass jeder Versuch, auch nur einen Hasen zu jagen, tödlich enden musste.

Neben all diesen fruchtlosen Fragen begann eine weitere allmählich Gestalt anzunehmen, undeutlich und schemenhaft zunächst, dann jedoch immer klarer. Ruckartig hob sie den Kopf. Vercassius hatte die Bewegung aus dem Augenwinkel bemerkt und warf ihr einen fragenden Blick zu.

»Woher wussten die Römer, wo sie uns finden können?«, fragte sie mit gesenkter Stimme, um Andemagus und seinen Sohn nicht zu wecken, die dicht aneinandergeschmiegt auf der anderen Seite des Feuers schliefen.

Vercassius nickte, als hätte er sich diese Frage ebenfalls schon gestellt. »Sie konnten es nicht wissen«, gab er ebenso leise zurück. »Es sei denn -« Er ließ den Satz unvollendet, und in diesem Augenblick dachten beide dasselbe: Es sei denn, jemand hätte es ihnen verraten.

»Aber wer sollte so etwas tun?«, griff er den unausgesprochenen Gedanken auf. »Freilich, viele sind des Kämpfens müde und wollen Frieden mit Rom. Doch ich kenne niemanden, der ihm deshalb den Tod wünschen würde.«

Andemagus war aufgewacht und hatte ihrem Gespräch gelauscht. »Denk an Vertico«, erinnert er seinen Schwager. Obwohl er nicht vor Nerviodunom gekämpft hatte, wusste er selbstredend von der Hinterlist des Nerviers. »Es gibt Männer, die für einen Beutel römischen Goldes alles täten, sogar ihren König dem Feind ausliefern.«

Amena nickte geistesabwesend. Schon möglich, dass Andemagus recht hatte. Doch vor ihrem inneren Auge war ein Gesicht erstanden, eine hassverzerrte Grimasse. Und wenn ihr Verdacht zutraf, dann war weder der Wunsch nach Frieden mit Rom noch ein Beutel voll Gold der Grund für den Verrat, sondern einzig und allein die krankhafte Gier nach Macht eines einzelnen Mannes. Und plötzlich klangen ihr Lovernios' Worte wieder in den Ohren: »Ich werde immer da sein. Und wenn Ihr mich am wenigsten erwartet, werde ich handeln, und ich werde ihn vernichten ...«

Kapitel 21

Als Hannah aus der Meditation erwachte, klebte ihr T-Shirt schweißnass an ihrem Rücken, Übelkeit krallte die Finger in ihren Magen, und sie war felsenfest überzeugt, dass ihr Kopf zerspringen würde, sobald sie ihn auch nur einen Millimeter bewegte. So saß sie einfach nur da, betäubt, wie gelähmt und bis in ihr innerstes Mark erschüttert.

Doch wie sonst hätte es ihr angesichts der furchtbaren Ereignisse gehen sollen?, fragte sie sich nach einem Moment. Ambiorix schwer verwundet von einem römischen Schwert, zwischen Leben und Tod schwebend! Konnte man eine derart ernste Verletzung überhaupt überleben? Zumal unter solch widrigen Umständen, mit einer so unzureichenden medizinischen Versorgung? Oder würde er ihr erliegen? Und wenn er starb - was würde dann aus seinem Stamm, dessen Schicksal unauflösbar mit dem seines jungen Königs verflochten war?

Es dauerte geraume Weile, bis Hannah schließlich wagte, sich vorsichtig aus ihrem Sessel zu stemmen und hinüber in die Küche zu taumeln, um ein Glas Wasser zu trinken. Ihre Beine fühlten sich an, als hätte während der Meditation jemand die Knochen entfernt, und als sie eine Anrichte erreichte, lehnte sie sich schwer atmend dagegen.

Ihr blieb gerade noch Zeit zu denken, dass es so nicht weitergehen konnte, als plötzlich ihre Knie unter ihr nachgaben und sie an der Tür der Anrichte hinabglitt, kraftlos, willenlos, und hart auf den Fliesen des Küchenbodens landete. Für die Dauer einiger Herzschläge saß sie einfach nur da, benommen und verwirrt. Dann schlang sie ihre Arme um die Unterschenkel, bettete ihre Stirn auf die Knie und weinte hemmungslos. Sie weinte um Ambiorix, Amena und die übrigen Eburonen, denen so viel Unrecht und Leid angetan wurden; sie weinte um die Ausweglosigkeit ihres Lebens in einer Welt, die von Feinden beherrscht wurde; und sie weinte auch ein bisschen um sich selbst, darüber, was die Visionen mit ihr anstellten, wie hilflos und ausgeliefert sie sich fühlte. Sie schluchzte und keuchte, bis sie glaubte, an ihrer Verzweiflung und den Tränen zu ersticken.

Es dauerte lange, bis sie sich einigermaßen beruhigte. Doch das Weinen hatte ihr gutgetan. Sie hatte sich vollkommen verausgabt, und nun breitete sich Ruhe in ihr aus. Mit dem Ärmel ihres Pullovers wischte sie sich über die Wangen und wollte sich gerade mit zitternden Fingern eine Zigarette anzünden, als sie in der Ferne das Geräusch eines Wagens hörte, der sich über den Hindernisparcours langsam ihrem Hof näherte.

Sie erstarrte in der Bewegung und lauschte mit schräg gehaltenem Kopf. Nein, sie täuschte sich nicht. Ein charakteristisches, tiefes Motorengeräusch, das ihr in den vergangenen Wochen sehr vertraut geworden war: kein Zweifel, Rutgers Land Rover.

Sie warf einen verwirrten Blick auf die Küchenuhr: kurz nach elf. Rutger müsste eigentlich im Büro sein oder sich auf irgendeiner Grabung herumtreiben. Was zum Teufel machte er also um diese Zeit hier? Hatte er nicht letztens irgendetwas erwähnt von einer *villa rustikal* oder so ähnlich, deren Ausgrabung er leitete? Da sollte er in diesem Moment sein, nicht hier, nicht bei ihr.

Das war auch eine der leidigen Folgen ihrer Visionen: Sie hörte ihm nicht mehr richtig zu. Anfangs hatte es sie fasziniert, wenn er von seiner Arbeit berichtete. Aber inzwischen kreisten ihre Gedanken bei allem, was sie tat, nur noch um Amena und Ambiorix, immer nur Amena und Ambiorix.

Dabei tat ihr dieses Desinteresse aufrichtig leid, denn Rutger hatte eindeutig Besseres verdient als eine Frau, die nur mit halbem Ohr zuhörte. Doch sie fühlte sich zunehmend machtlos gegenüber dem Sog, den die Ereignisse der Vergangenheit auf sie ausübten, und der Art und Weise, wie sie alle Plätze auf ihrer inneren Bühne besetzten, ihr Denken und Fühlen, ihren Körper und ihr Handeln.

Rutger verfolgte die Ergebnisse ihrer Meditationen zwar mit ungebrochenem Interesse, aber Hannah spürte, dass die ganze Angelegenheit für ihn längst äußerst zwiespältig war. Anfangs hatte die Stimme der wissenschaftlichen Neugier ihm eingeflüstert, die einmalige Chance, die sich ihm hier bot, nicht ungenützt verstreichen zu lassen. Doch sie war immer leiser geworden, als er hilflos mit ansehen musste, wie sich Hannah unter dem Einfluss der Visionen mehr und mehr veränderte, wenig schlief, noch weniger aß und in den Stunden, die sie zusammen verbrachten, geistesabwesend und zerstreut war. Und schon bald mischten sich in seinen archäologischen Forschungsdrang in zunehmendem Maße Schuldgefühle, denn schließlich war er es, der sie beinah auf Knien angefleht hatte, mit dem Meditieren fortzufahren, als sie mit dem Gedanken spielte, das Experiment abzubrechen.

Ihre unglückliche Bemerkung über den Tod des belgischen Königs auf dem Empfang der Claus-Dollmann-Gruppe führte ihm einmal mehr vor Augen, wie sehr sich die zwei Welten, zwischen denen sich Hannah hin- und herbewegte, in ihrem Kopf bereits miteinander verwoben hatten. Auf dem Heimweg bat er sie daher erneut eindringlich, die Meditationen endgültig zu beenden oder zumindest für längere Zeit auszusetzen. Außerdem machte er abermals den Vorschlag, ein paar Tage zu verreisen. Aber wieder hatte sie die Arbeit an ihrem Kalender vorgeschoben, obwohl beide wussten, dass dies eine Ausrede war.

Ihre eigenen Gefühle waren ebenfalls gespalten. Auf der einen Seite war ihr klar, dass sie Rutger liebte und dass er diese Liebe verdiente. Doch andererseits brachte er sie mit seiner gut gemeinten Sorge um ihr Wohlergehen immer häufiger in die unangenehme Lage, sich für etwas rechtfertigen zu müssen, woran sie keine Schuld traf - schließlich hatte sie weiß Gott nicht darum gebeten, Botschaften aus einer längst vergangenen Epoche zu empfangen. Und niemand hatte vorhersehen können, dass die Ereignisse eine solche Eigendynamik entfalten würden. Dennoch schämte sie sich insgeheim dafür, dass ihr die Dinge derart entglitten. Rutger hatte dabei, ohne es zu ahnen, die Rolle ihres Gewissens übernommen. Und sie nahm ihm diese Rolle zunehmend übel.

Welch eine Ironie, dachte sie. Sie war auf diesen abgelegenen Hof gezogen, um den emotionalen Verstrickungen der Vergangenheit zu entgehen, und es hatte keine Woche gedauert, ehe sie erneut unkontrollierbaren Gefühlen ausgeliefert war. Bei Gelegenheit sollte sie sich vielleicht einmal fragen, was sie so anfällig dafür machte.

Hannah stöhnte. So schwierige Zusammenhänge am frühen Morgen - elf Uhr war für eine Künstlerin wie Hannah wirklich früher Morgen - und nach solch einer anstrengenden Meditation. Doch gleichgültig warum, Rutger war hier. Jeden Augenblick würde Gottes Geschenk an die Frauen seinen Land Rover vor dem Hoftor parken und an ihre Haustür klopfen.

Und sie sah aus wie ein orientalisches Klageweib – mit aufgelöster Kleidung, wirren Haaren und verquollenem Gesicht!

Hastig rappelte sie sich auf, stopfte die Zigarette unangezündet in die Schachtel zurück und spurtete ins Bad, um sich kaltes Wasser auf die Wangen zu spritzen. Aber ein Blick in den Spiegel zeigte ihr schnell, dass sie ihren Kopf schon eine halbe Stunde lang in Eiswasser hätte baden müssen, um die Spuren dieser Heulorgie zu beseitigen. Kurzzeitig erwog sie, eine Packung aus Heilschlamm oder wenigstens Speisequark aufzutragen und sie mit ein paar Gurkenscheiben zu garnieren, um ihren Zustand zu übertünchen. Doch erstens gab ihr chronisch schlecht sortierter Kühlschrank weder Quark noch Gurken her und Heilschlamm gleich gar nicht. Und zweitens blieb für solche Manöver nun auch keine Zeit mehr, denn –

Es klopfte.

Verdammt, dachte Hannah. Verdammt, verdammt, *verdammt.*

Wenn es irgendetwas gab, was sie im Augenblick absolut nicht gebrauchen konnte, dann war es einer von Rutgers Vorträgen zum Thema »Risiken der Meditation«, zumal ihr sein letztes Referat zu diesem Sujet noch überdeutlich in den Ohren klang. Dabei glaubte sie, dass er nicht einmal ahnte, wie sehr die Ereignisse der Vergangenheit sie innerlich aufwühlten, und sie tat alles, um ihre emotionale Verstrickung ihm gegenüber zu verharmlosen.

Es klopfte erneut.

Nun, mit dem Verharmlosen dürfte es jetzt wohl endgültig vorbei sein. Energisch rubbelte sie sich mit einem Handtuch über das Gesicht - ein Fehler, wie sie sofort feststellte, denn der Ton ihrer Haut hatte nun von einem hellen Zinnober zu dunklem Krapplack gewechselt. Sie warf das Handtuch im Vorbeigehen in der Küche auf eine Anrichte und öffnete die Haustür.

Rutger überreichte ihr einen gewaltigen Strauß tiefroter Rosen - derselbe Ton, der ihrem Teint so gar nicht stand, wirkte an diesen edlen Blumen ungleich eleganter - zusammen mit seinem strahlendsten Lächeln, das jedoch sogleich erstarb, als sein Blick auf ihre Züge fiel.

»Großer Gott, Hannah«, flüsterte er und trat an ihr vorüber ins Haus. Er legte die Rosen auf eine Kommode neben der Tür, packte Hannah bei den Oberarmen und drehte sie ins Tageslicht. »Was um Himmels willen ist passiert?«

Sie zuckte hilflos mit den Achseln, soweit sein kräftiger Griff dies zuließ. »Was soll schon passiert sein?«, gab sie beinah trotzig zurück.

»Dreimal darfst du raten.«

»Du hast wieder meditiert.« Es war mehr eine Feststellung als eine Frage und der vorwurfsvolle Unterton nicht zu überhören. Sie fühlte sich wie eine Alkoholikerin, die man mit einer Fahne erwischte. *Du hast wieder getrunken.* Das hätte er genauso betont.

Sie nickte stumm.

Er steuerte sie zu den beiden Sesseln vor dem Kamin, drückte sie in den einen und nahm in dem anderen Platz, ganz vorn auf der Kante, seine bemerkenswerten tiefbraunen Augen nachdenklich auf ihr Gesicht gerichtet. Verschämt senkte sie den Blick und starrte auf ihre Hände, die in ihrem Schoß einen lautlosen Ringkampf auszutragen schienen.

Nach einem Moment holte er tief Luft. »Dann war meine Entscheidung ja genau richtig«, meinte er und fuhr sich mit gespreizten Fingern durch die Haare.

Hannahs Kopf ruckte hoch. »Welche Entscheidung?«

487

Er lehnte sich im Sessel zurück, seine Haltung unsicher und herausfordernd zugleich. »Ich habe mir ein paar Tage Urlaub genommen. Ich dachte, wir könnten was zusammen unternehmen, ein wenig unter Menschen gehen, damit du auf andere Gedanken kommst. Wenn du schon nicht mit mir verreisen willst, lass uns doch wenigstens mal nach Bonn fahren, ein bisschen durch die Geschäfte bummeln, ein Eis essen, einen Film anschauen. Cúchulainn habe ich vorsichtshalber bei den Nachbarn gelassen; er steht nicht so auf große Menschenansammlungen.«

Ich auch nicht, dachte Hannah. Und im Augenblick schon gar nicht.

Sein Besuch passte ihr wirklich überhaupt nicht in den Kram. Nicht nur, da er sie in diesem desolaten Zustand, sozusagen auf frischer Tat, ertappte, sondern ebenso, weil sie wider alle Vernunft gleich noch einmal meditieren wollte, um zu erfahren, ob Ambiorix den Angriff des Römers überlebt hatte.

»Das geht nicht«, stieß sie endlich hervor. »Ich bin am Arbeiten«, fügte sie lahm hinzu.

»Ich seh's«, meinte er trocken.

Sie fühlte, dass er Oberwasser bekam. Sie fühlten es beide. Durch ihre Lüge hatte sie sich selbst ins Unrecht gesetzt, und das war ihm natürlich nicht entgangen.

»Interessiert es dich denn gar nicht, was ich während der letzten Meditation erlebt habe?«, fragte sie nach einem Moment vorsichtig.

Sie wusste, dass ihre Frage unfair war, und der verletzte Blick, den Rutger ihr daraufhin zuwarf, bestätigte es ihr.

»Nein«, antwortete er dennoch, ohne zu zögern. »Nein, Hannah, es interessiert mich nicht.« Ruckartig lehnte er sich vor, sodass sie erschrocken zurückwich. »Soll ich dir sagen, was mich wirklich interessiert?«, fuhr er fort. In seine dunklen Augen war ein Funkeln getreten. »Mich interessiert, was diese verdammten Visionen mit dir machen. Mich interessiert, wie sie unsere Beziehung beeinflussen. Das interessiert mich. Alles andere ist mir im Augenblick vollkommen egal.«

Hannahs Augen fielen auf die Rosen, die vergessen auf der Kommode neben der Tür lagen. Ihr Anblick versetzte ihr einen Stich, dessen Schmerzhaftigkeit sie überraschte. Wie gerne wäre sie aufgestanden, hätte Rutger umarmt und ihm geschworen, dass sie es auch ganz bestimmt nicht wieder tun würde, dass sie von nun an ein braves Mädchen sein und nie wieder meditieren würde. Und er hätte ihr geglaubt und ihr versichert, dass nun alles gut würde. Und sie hätten glücklich gelebt, und wenn sie nicht gestorben wären, lebten sie noch heute.

Nur dass das Lügen wären. Sie würde kein braves Mädchen sein, war es nie gewesen. Sie würde weiterhin meditieren, und nichts würde gut werden, überhaupt nichts.

In diesem Moment ertönte in der Ferne erneut das Geräusch eines Motors, das sich langsam aber stetig ihrem Hof näherte. Hannah runzelte die Stirn. Wer zum Teufel konnte das nun wieder sein? Durch das warme, sonnige Wetter der vergangenen Tage waren die Untiefen auf dem Feldweg zu ihrem Haus weitgehend ausgetrocknet, und so nahm der Hindernisparcours seine selektive Funktion nicht länger wahr, die Hannah so schätzen gelernt hatte. Rutger hatte das Motorengeräusch ebenfalls gehört und warf ihr einen fragenden Blick zu. »Erwartest du jemand?«

Sie schüttelte stumm den Kopf.

Er zuckte die Achseln. »Dann sind es sicherlich bloß ein paar Wanderer, die das schöne Wetter nutzen wollen.«

Hoffen wir's, dachte Hannah. Andererseits – sie wusste, dass eines von Rutgers Referaten zum Thema »Risiken der Meditation« unmittelbar bevorstand. Und sie wusste auch, dass sie heute nicht so ohne Weiteres davonkommen würde. Mit dem blanken Versprechen, seltener zu meditieren, würde er sich dieses Mal nicht abspeisen lassen. Und da sie nicht willens war, aufzuhören, konnte dieses Gespräch nur unerfreulich werden. Ein überraschender Besuch würde ihr zumindest einen Aufschub gewähren.

Und sie hatte Glück. Wenige Augenblicke später erstarb das Geräusch des Motors, zwei Autotüren schlugen - eine leise, die andere bedeutend lauter. Dann hörten sie, wie das Hoftor geöffnet und gleich darauf wieder ins Schloss gedonnert wurde. Beim metallischen Hall des malträtierten Tores richtete sich Hannah kerzengerade in ihrem Sessel auf. Sie kannte nur eine Person, die Türen so zuschlug, dass man fürchten musste, die Wand würde einstürzen – Pia.

Schon klopfte es an der Haustür, und Hannah erhob sich mit schlecht verhohlener Erleichterung. »Ein Verkehr hier wie auf der Hohe Straße«, murmelte sie und schlurfte hinüber, um zu öffnen.

Es war in der Tat Pia, und sie hatte Nick mitgebracht. Einen Moment lang war Hannah zu verdutzt, um Worte zu finden, hin- und hergerissen zwischen ihren diversen zwiespältigen Gefühlen. Und als Pia ihr zur Begrüßung um den Hals fiel, erstarrte sie förmlich zur Salzsäule. Glücklicherweise jedoch war Pia nicht mit einem Übermaß an Sensibilität ausgestattet, sodass sie es nicht einmal bemerkte.

Nick hingegen, dessen Blick über Pias Schulter hinweg Hannahs begegnete, erkannte sofort, dass dies kein günstiger Zeitpunkt war. Und in diesem kurzen Blick las Hannah die gesamte Vorgeschichte des unangemeldeten Überfalls: Nachdem sie sich bei ihren Kölner Freunden mehr als zwei Wochen nicht gemeldet hatte, war Pia, die Hannahs Umzug in die Einöde von Anfang an skeptisch gegenüberstand, dem Wahn erlegen, dass etwas nicht in Ordnung sei und man ihr einen Besuch abstatten müsse. Da sie kein eigenes Auto besaß, der Hof aber mit öffentlichen Verkehrsmitteln nicht zu erreichen war, suchte sie einen Chauffeur und verfiel auf Nick. Der äußerte Bedenken, Hannah ohne Vorankündigung heimzusuchen, die Pia jedoch in ihrer unnachahmlichen Weise vom Tisch gefegt hatte. Und so standen sie nun hier, und Nick fand seine geheimen Befürchtungen bestätigt. So viel lag in diesem einen, kurzen Blick.

»Kommen wir ungelegen?«, fragte er prompt.

»Nicht im Geringsten«, antwortete Rutger, der unbemerkt hinzugetreten war, an ihrer Stelle. Drei Köpfe flogen gleichzeitig herum, und nachdem Hannah ihn und die beiden Besucher einander vorgestellt hatte, zwinkerte Pia ihr verschwörerisch zu.

»Das also ist der Grund, weshalb wir so lang nichts von dir gehört haben«, meinte sie. »Und da wir dich auch telefonisch nicht erreichten, dachten wir uns, wir machen mal einen Ausflug in die Pampa und überzeugen uns mit eigenen Augen davon, dass du noch lebst. - Aber wenn wir stören«, fügte sie mit einem Seitenblick auf Rutger hinzu, »fahren wir natürlich gleich wieder.«

»Nein, ihr stört überhaupt nicht«, erklärte Hannah deutlich munterer, als ihr zumute war. »Ganz im Gegenteil: Ihr ahnt gar nicht, wie ich mich freue, euch zu sehen.«

»Fein.« Pia schaute äußerst zufrieden drein. »Wir haben Frühstück mitgebracht«, verkündete sie dann und deutete auf einen Korb zu Nicks Füßen, der Hannah bislang entgangen war. »Ihr habt doch hoffentlich Hunger?«

Hannah schluckte. Essen war das Letzte, wonach ihr im Augenblick der Sinn stand. Aber ihr blieb wohl nichts anderes übrig, als gute Miene zum bösen Spiel zu machen.

Zuallererst wollten Pia und Nick freilich Haus und Atelier besichtigen. Als sie anschließend zum Frühstück in die Küche hinüberschlenderten, nahm Pia Hannah beiseite. »Sag, wo hast du *den* denn her?«, raunte sie. »Der ist ja süß.«

Hannah warf ihr einen verblüfften Blick zu. Sie hätte nie gedacht, dass Rutger ihren Beifall finden würde. Normalerweise bevorzugte Pia Männer, deren Körperumfang mehr ihrem eigenen entsprach, weswegen sie sich in ihren gemeinsamen Kölner Jahren nie gegenseitig ins Gehege gekommen waren.

»Er ist mir zugelaufen«, gab sie ebenso leise zurück. Sie hatte nicht vor, das Thema zu vertiefen, war sich jedoch andererseits sicher, dass Pia nicht eher ruhen würde, bis ihrer Neugier Genüge getan wäre. Zwar war sie nach wie vor dankbar dafür, dass das überraschende Auftauchen ihrer Kölner Freunde die Diskussion mit Rutger vorerst beendet hatte. Doch in einem Punkt gab sich Hannah keinerlei Illusionen hin: Dies würde ein sehr mühsamer Tag werden.

Glücklicherweise war es nie schwierig, ein Gespräch in Gang zu halten, wenn Pia beteiligt war. Ganz im Gegenteil: Man hatte Probleme, selbst einmal zu Wort zu kommen. So schwatzte sie auch während des Frühstücks ungescheut drauflos, wollte wissen, wie Rutger und Hannah sich kennengelernt hatten, was er beruflich machte und wo seine privaten Interessen lagen. Man hätte meinen können, er wäre eine Person des öffentlichen Lebens und sie eine Journalistin, die ihn für irgendein Lifestyle-Magazin interviewte. Rutger ließ sich auf das Spiel ein, und so fiel es nicht weiter auf, dass Hannah kaum etwas zur Unterhaltung beisteuerte.

Nach dem Essen verfiel Pia auf eine neue Idee. »Wie wär's, wenn wir alle zusammen einen Ausflug machen?«, schlug sie vor und schaute begeistert in die Runde.

Hannah stöhnte innerlich. Doch sie wusste, dass Protest zwecklos wäre. Wenn Pia sich etwas in den Kopf gesetzt hatte, konnte nur ein Gefängnisaufenthalt oder eine Operation am offenen Herzen sie davon abhalten, es in die Tat umzusetzen. Und ihr Vorschlag, das spürte Hannah deutlich, war beileibe nicht so spontan, wie er klingen sollte. Pia hatte den Tag minutiös geplant. In diesem Moment ging Hannah auf, dass ihre Freundin wohl ziemlich darunter litt, nach ihren gemeinsamen Jahren auf einmal allein zu leben, und sich einsam fühlte. Pia hatte ihr versprochen, ihr altes Zimmer drei Monate lang nicht weiterzuvermieten, weil sie insgeheim hoffte, dass Hannah in ihrem Einsiedlerhof fernab jeglicher Zivilisation sehr bald die Decke auf den Kopf fallen und sie reumütig in die Großstadt zurückkehren würde. Und vielleicht diente ihr Besuch auch dazu, herauszufinden, wie die diesbezüglichen Aktien standen.

Schlecht, Pia, sehr, sehr schlecht.

Plötzlich durchfuhr Hannah eine Idee. Wenn ein Ausflug schon unvermeidbar wäre, könnte man ihn doch wenigstens für ein paar Recherchen nutzen. Vorhin, kurz bevor das Motorengeräusch des Land Rover sie aufschreckte, hatte nämlich ein Gedanke begonnen, in ihrem Hinterkopf Gestalt anzunehmen, war jedoch durch Rutgers

Erscheinen in seiner weiteren Metamorphose gehindert worden ...
Diese Höhle, in welche Amena und ihre Gefährten den verwundeten
Ambiorix gebracht hatten, müsste doch auch nach zweitausend
Jahren noch existieren. Und hatte Rutger bei seinem allerersten
Besuch nicht eine Höhle in der Nähe Bad Münstereifels erwähnt?
Warum also nicht aus der Not eine Tugend machen und sie besich-
tigen? Mit ein wenig Glück handelte es sich um ein und dieselbe
Höhle, und Hannah war sich ziemlich sicher, dass sie sie wiederer-
kennen würde.

»Sehr gute Idee«, griff sie daher mit plötzlich erwachtem Interesse Pias Vorschlag auf, ehe sie sich mit möglichst neutralem Gesichtsausdruck an Rutger wandte. »Du erzähltest doch letztens etwas
über eine Höhle hier in der Gegend. Irgendwas mit Kaktus?«

Er warf ihr einen nachdenklichen Blick zu. »Die Kakushöhle bei
Eiserfey.«

»Genau die meine ich!« Hannah stürzte ihren Tee in einem einzigen Zug hinunter und schob den leeren Becher mit einer entschlossenen Geste von sich. »Lasst uns einen Ausflug dorthin machen.«

Pia war sofort hellauf begeistert. Nick schien sich ebenfalls für die
Höhle zu interessieren, und so fand sich Hannah wenige Minuten
später in Nicks altem Passat wieder, genauer gesagt auf dem, was ihr
Pias voluminöse Gestalt von der Rückbank übrig ließ. Rutger nahm
auf dem Beifahrersitz Platz und erklärte Nick, wie er fahren musste.

Die Kakushöhle lag in grob westlicher Richtung. Die Fahrt führte
durch herrliche, frühlingshafte Eifellandschaften mit sanften Hügeln
und saftigen grünen Tälern, durchzogen von idyllischen Bachläufen,
für deren Schönheit Hannah freilich in diesem Moment jeglicher
Sinn fehlte. Eine einzige Frage hämmerte unablässig in ihrem Kopf:
War diese Kakushöhle tatsächlich dieselbe, in der die Flüchtlinge
Zuflucht vor ihren Verfolgern gefunden hatten? Der Ort, an dem
Ambiorix mit dem Tode rang, an dem Amena um sein Leben
kämpfte?

Sie wünschte es sich so sehr, dass sie die Höhle wiedererkennen
würde. Sie sehnte sich nach der Verbundenheit, die dieser Ort über
die Jahrtausende hinweg zwischen ihr, Amena und Ambiorix herzustellen vermochte. Und wenn sie schon nicht augenblicklich erneut
meditieren konnte, um zu erfahren, ob er seine schwere Verletzung
überlebt hatte, dann wollte sie wenigstens den Ort sehen, an dem sie
ihm zuletzt begegnet war, um ihm auf diese Weise nah zu sein.

Schließlich erreichten sie den in der Nähe der Höhle gelegenen
Parkplatz, stellten den Wagen ab und stiegen aus. Hannah vermute-

te, dass der Ort an den Wochenenden ziemlich bevölkert war. Doch nun, an einem gewöhnlichen Montag, waren sie die einzigen Besucher. Wie Rutger ihnen erklärte, lag die Höhle ein Stück abseits der Straße in einem Waldstück. Sie folgten den Wegweisern, vorbei an einem deplatziert wirkenden Kiosk mit heruntergelassenen Rollläden, über einen Weg, den noch das rötlich-braune Laub des vergangenen Herbstes bedeckte. Dann ragte plötzlich die Steilwand vor ihnen auf. Sie bot einen atemberaubenden Anblick: ein gewaltiger Kalkfelsen mit zahlreichen Nischen und Überhängen, in dessen poröser Oberfläche Efeu, Moos und Flechten Halt fanden und das helle Gestein in unzähligen Nuancen von Grün sprenkelten.

Und an seinem Fuß lag der Eingang zur Höhle.

Hannah war stehen geblieben, legte den Kopf schief und betrachtete nachdenklich das schwarze Loch, das ihnen aus dem steil aufragenden Felsen entgegengähnte. Die Form war zumindest ähnlich, ein unregelmäßiges Dreieck. Und auch die Felswand ringsum schien ihr vage vertraut, obgleich sie sie schroffer in Erinnerung hatte. Aus dem Augenwinkel sah sie, dass Rutger sie verstohlen musterte. Doch sie tat so, als bemerkte sie es nicht, und beeilte sich, den beiden anderen zu folgen, die dem Eingang zustrebten. Sie wollte jetzt keine Fragen beantworten, wollte erst sicher sein, dass es sich tatsächlich um dieselbe Höhle handelte, ehe sie Rutger Rede und Antwort stand.

Pia und Nick hatten vor einer Inschrift angehalten, die rechts der Felsöffnung in die Außenwand eingemeißelt war und über die Erforschung des Ortes sowie die dort gemachten Entdeckungen Auskunft gab. Rutger wusste noch mehr zu berichten und erzählte von Knochenfunden und den vorzeitlichen Tieren, zu denen sie einmal gehört hatten. Hier hakte Nick ein, der sich als angehender Biologe natürlich auch für ausgestorbene Arten interessierte, und es entspann sich ein angeregter Dialog unter Wissenschaftlern. Hannah verdrehte die Augen. Was scherten sie alte Knochen! Sie wollte endlich in die verdammte Höhle eintreten, wollte sich Gewissheit verschaffen, ob dies der Ort war, an dem zweitausend Jahre zuvor Ambiorix mit dem Tode gerungen hatte!

Es kostete sie unendliche Mühe, ihre Ungeduld vor den anderen zu verbergen. Doch sie hatte beschlossen, dass es klüger wäre, sich nichts anmerken zu lassen, und so riss sie sich zusammen. Rutger kannte sie inzwischen gleichwohl gut genug, um etwas zu ahnen, und beinah gewann sie den Eindruck, als zöge er seinen Vortrag absichtlich in die Länge, um sie auf die Folter zu spannen. Aber vielleicht tat sie ihm auch unrecht und wurde nur langsam paranoid.

Dann, endlich, war den Mammuts, Wollnashörnern und all den übrigen vorsintflutlichen Viechern Genüge getan, und sie betraten die Höhle. Hannah fühlte sich wie ein Kind, wenn am Heiligen Abend die Tür zum Wohnzimmer geöffnet wird und die Bescherung beginnt.

Durch mehrere Öffnungen in der Decke drang Sonnenlicht ein und zeichnete lebhafte Muster aus Licht und Schatten auf Boden und Wände. Im vorderen Teil war das Dach an einigen Stellen einsturzgefährdet, weswegen man es mit einer gewaltigen, höchst anachronistischen Betonkonstruktion verstärkt hatte. Der felsige Untergrund war uneben, hier und da mit Sand bedeckt, und in einer Ecke fanden sich Reste eines Lagerfeuers, das respektlose Zeitgenossen dort angezündet hatten. Hannahs Augen blieben an dem erkalteten Aschehaufen hängen, und ganz ohne ihr Zutun wanderten ihre Gedanken zurück zu dem Feuer, das Tillo entfacht und um das sich die Gruppe der Flüchtlinge geschart hatte.

Doch sosehr sie es sich auch wünschte und so leicht es ihr fiel, den Raum mit den Menschen aus jener längst vergangenen Zeit zu bevölkern – dies war eindeutig nicht dieselbe Höhle. Sie spürte es in dem Moment, als sie sie betrat, und schon ein rascher Blick in die Runde genügte, um sie vollends sicher zu machen. Alles war anders, die Form der Decke und Wände, unregelmäßig und verworfen hier, glatter und gleichmäßiger dort; die Aufteilung des Inneren, hier verwinkelt, mit zahlreichen Ausbuchtungen und Nischen, Galerien und schmalen Gängen, dort ein einziges übersichtliches Gebilde von annähernd nierenförmiger Gestalt. Und auch die Größe war unterschiedlich: Die Höhle, in der Amena und ihre Gefährten Unterschlupf gefunden hatten, war deutlich kleiner.

Hannah fühlte, wie die Enttäuschung über sie hinwegschwappte wie eine gewaltige Woge, wie damals, als sie mit drei oder vier Jahren im Urlaub am Meer gestanden und die riesige Welle nicht sah, die sie von hinten überwältigte und von den Füßen riss. Sie hatte es sich so sehr gewünscht, dass dies derselbe Ort wäre, dass sie Ambiorix auf diese Weise nah zu sein vermochte. Umso heftiger fiel nun ihre Ernüchterung aus.

Mit einem Moment Verzögerung ging ihr auf, dass es unmöglich dieselbe Höhle sein konnte, dass sie von vornherein einer trügerischen Hoffnung aufgesessen war. Die Kakushöhle befand sich viel zu nah bei Atuatuca, wohingegen die andere weiter entfernt in einem abgelegenen, schwer zugänglichen Teil des Arduenna Waldes gelegen war.

Als Pia ihren Arm berührte, fuhr Hannah regelrecht zusammen. »Prima Idee von dir, hierher zu fahren. Die Höhle ist echt interessant.«

»Nicht wahr?«, entgegnete Hannah geistesabwesend.

Plötzlich wurde ihr Blick von einem Gegenstand angezogen, der auf dem Boden lag und das Sonnenlicht reflektierte, das durch eine der Öffnungen in der Decke eindrang. Als sie nähertrat, um ihn zu untersuchen, entpuppte er sich als Coladose, die jemand achtlos weggeworfen hatte. Natürlich war es zutiefst irrational, geradezu absurd. Doch der Anblick der Coladose auf dem Boden dieses jahrtausendealten Ortes störte Hannah in tiefster Seele und erfüllte sie sogar mit Zorn. Gut, es war nicht die Höhle aus ihrer Vision, aber sie hätte es ja immerhin sein können. Mit finsterer Miene hob sie die Dose auf, vergewisserte sich, dass sie leer war, und steckte sie unter den verdutzten Blicken ihrer drei Begleiter in die Tasche ihrer Jacke.

»Dass die Leute ihren Mist aber auch überall herumliegen lassen müssen«, murmelte sie trotzig.

Kapitel 22

Gegen Morgen war Amena endlich in einen leichten, unruhigen Schlaf gefallen, aus dem sie beim geringsten Geräusch aufschreckte. Irgendwann erwachte sie mit einem Ruck, und als sie verwirrt um sich blickte, erkannte sie im schwachen Schein des niedergebrannten Feuers, dass Ambiorix die Augen geöffnet hatte.

Hastig rappelte sie sich auf, sank neben ihm auf die Knie und betrachtete prüfend seine Züge. Er war nicht wirklich wach, sein Bewusstsein kam und schwand. Doch vielleicht mochte es ihr gelingen, ihm ein paar Schluck des Heiltranks einzuflößen. Sanft legte sie ihre Hand an seine Wange, und nach einem Moment wandte er ihr langsam das Gesicht zu. Sein Blick war unstet, flackernd vor Wundfieber, und es kostete ihn große Mühe, die Lider offenzuhalten. Dann sah sie, dass sich seine Lippen bewegten. Sie beugte sich noch tiefer hinab, aber es war unmöglich, die Worte zu verstehen, die nicht mehr als ein Hauch waren.

»Sprich nicht, mein Liebling«, flüsterte sie zärtlich. »Es strengt dich zu sehr an.« Sie griff nach der Feldflasche. »Hier, versuch etwas zu trinken.« Behutsam hob sie seinen Kopf eine Handbreit an, setzte die Flasche an seinen Mund, und es gelang ihm wahrhaftig, ein wenig von dem heilkräftigen Trank zu schlucken. Doch gleich darauf verließ ihn das Bewusstsein wieder, und Amena ließ seinen Kopf vorsichtig zurück auf die Trage sinken.

Nach einer Weile löste Vercassius Catuvolcus bei der Wache am Eingang ab. Bislang war alles ruhig geblieben. Aber was bedeutete das? Hatten die Römer ihren Unterschlupf noch nicht entdeckt? Oder kannten sie das Versteck längst, und lediglich die magischen Symbole schreckten sie davon ab, näher heranzurücken?

Wenig später stieß Vercassius einen unterdrückten Schrei aus. Als die anderen an seine Seite eilten, vor ihrem geistigen Auge einen Trupp römischer Legionäre, die sich im Halbkreis und mit gezogenen Schwertern der Höhle näherten, deutete er wortlos gen Osten. Über den Wipfeln der Bäume bemerkte Amena einen schwachen rötlichen Schein, den sie zunächst für einen Vorboten des Sonnenaufgangs hielt. Doch dann loderten auf einmal kupferrote Flammen gleich Feuersäulen hoch in den blauschwarzen Nachthimmel. Bald darauf roch sie den Rauch, den ein kräftiger Wind über den Wald zu ihnen herübertrug, und sie verstand: Die Römer hatten Andemagus' Hof in Brand gesteckt. In ihrem Zorn darüber, dass es Ambiorix gelungen war, sie an der Nase herumzuführen, wollten sie den

Flüchtlingen wenigstens die Möglichkeit der Rückkehr und die Nahrungsquelle abschneiden.

Aus Andemagus' Gesicht war alle Farbe gewichen, er ballte die Fäuste in ohnmächtiger Wut und Hilflosigkeit. Tillo begann zu weinen und schmiegte sich an Amena, die ihn zu trösten versuchte. Doch welchen Trost konnte es für den Jungen schon geben?

Als sie wenig später im Schein des neu entfachten Feuers Ambiorix' Verband abnahm, wusste sie bereits, was sie sehen würde: Die Ränder der Wunde waren gerötet, heiß und geschwollen, und es hatte sich Eiter gebildet. Amena bestrich frisches Leinen mit Heilsalbe und legte es auf die Einstichstelle. Innerhalb der nächsten Stunden würde sich erweisen, ob die Salbe imstande wäre, den Eiter aus der Wunde zu ziehen, oder ob Amena die Schwellung aufschneiden müsste, um ihn abfließen zu lassen.

Außerdem litt Ambiorix unter hohem Fieber. Sein Leib glühte förmlich, Schweiß durchnässte seine Tunika, und eine gewaltige innere Unrast ließ ihn sich auf seinem Lager hin- und herwerfen. Amena umschloss seine Rechte mit ihren Händen und redete sanft auf ihn ein, bis er sich ein wenig beruhigte. Sie wusste, dass dies die entscheidende Phase war. Eine erbitterte Schlacht tobte in seinem Körper, die immer schwächer werdenden Kräfte des Lebens kämpften verzweifelt gegen die nahenden Schatten des Todes. Und wenn sie nicht bald die Oberhand gewännen, würde sein Blut nach und nach vergiftet werden, was unausweichlich zum Tode führte, einem außerordentlich qualvollen Tod.

Bis auf seltene Augenblicke, in denen er für die Dauer weniger Herzschläge näher an die Oberfläche seines Dämmerzustandes schwebte, war er ohne Bewusstsein. Und angesichts der Schmerzen, die ihm die Wunde bereiten musste, war Amena dankbar dafür. Sie harrte die ganze Zeit über neben seinem Lager aus und nutzte diese seltenen Momente, um ihm einige Schluck des Heiltrankes einzuflößen. Mehr vermochte sie nicht für ihn zu tun.

Gegen Mittag machte Andemagus, der die Wache übernommen hatte, die anderen mit einem leisen Ruf auf sich aufmerksam. Als sie zu ihm traten, deutete er mit ausgestreckter Hand zum Waldrand. »Römer«, flüsterte er. »Sie haben uns gefunden.«

Amena sah, was er meinte. An verschiedenen Stellen im Unterholz bewegten sich Zweige, kurze, unnatürliche Erschütterungen, nicht die sanften, fließenden Bewegungen, die der Wind verursachte. Und als plötzlich für die Dauer eines Lidschlags die metallische Wölbung eines römischen Helms sichtbar wurde, gab es keinen

Zweifel mehr: Der Feind hatte ihren Unterschlupf ausfindig gemacht.

»Sie werden es nicht wagen, sich uns zu nähern«, versuchte Amena die Gefährten zu beruhigen, als sie die unausgesprochene Sorge in ihren Gesichtern las. »Sie fürchten den Kult des Alten Volkes. Und auch die heiligen Zeichen, die ich in die Außenwand der Höhle und in den Boden geritzt habe, werden sie abhalten.«

Sie hatte sich bemüht, ihrer Stimme einen festen Klang zu verleihen. Insgeheim konnte sie gleichwohl nur hoffen, dass sie recht behielte. Ein Volk, dessen Gottheiten so mächtig waren, dass es Ihnen gelang, die Götter anderer Völker zu vertreiben, musste über kraftvolle Rituale verfügen. Und wenn diese eingesetzt würden, so fürchtete Amena, wären ihre eigenen machtlos.

Zunächst aber blieben die Römer wahrhaftig in ihrer Deckung. Hin und wieder schossen sie einen schlecht gezielten Pfeil in Richtung des Höhleneingangs ab, der mit einem schabenden Geräusch vom Fels abprallte und kraftlos auf dem Lehm des Vorplatzes landete. Abgesehen von diesen wenigen halbherzigen Attacken hielten sie sich jedoch zurück. Dies verriet Amena, dass ihre Furcht vor der Magie des Alten Volkes und ihrer eigenen doch nicht zu unterschätzen war.

Der erste Tag in der Höhle zog sich für die Eingeschlossenen scheinbar endlos dahin. Alle paar Stunden wechselten sich die Männer mit der Wache am Eingang ab, aber nach einer Weile stellten die Feinde den ebenso lust- wie wirkungslosen Beschuss mit Pfeil und Bogen ein. Und nur gelegentliche Bewegungen im Unterholz zeugten davon, dass sie ihre Stellungen in sicherer Entfernung beibehielten.

Amena ließ sich wieder neben Ambiorix' Lager nieder. Im flackernden Schein des Feuers studierte sie die magischen Symbole, die die Bronzeleute rings um die heilige Quelle in die Wand eingeritzt hatten, und versuchte sich an die Erläuterungen zu erinnern, die ihr Ebunos so viele Jahre zuvor gegeben hatte. Da sie im Begriff stehe, eine Priesterin zu werden, und in ihren Adern zudem das Blut des Alten Volkes fließe, so erklärte er, seien diese Zeichen in gleich zweifacher Hinsicht Teil ihres Erbes. Und so hatte er sie in die religiösen Vorstellungen der Bronzeleute eingeweiht, bei denen der Sonnenkult eine große Rolle spielte und von denen die keltischen Stämme viele Elemente übernahmen.

Nun, fast zwei Jahrzehnte später, stellte sie fest, dass sie keines seiner Worte vergessen hatte. Sie konnte beinah Ebunos' tiefe, klangvolle Stimme hören, die ihr die heiligen Symbole entschlüsselte und den Kult ihrer entfernten Ahnen nahebrachte. Doch selbst ihr weiser Lehrmeister hatte damals nicht vorhersehen können, dass ihr die Furcht der Römer vor diesem uralten Kult womöglich dereinst das Leben retten würde.

Hin und wieder kamen Catuvolcus, Andemagus oder Tillo und reichten Amena frisches Quellwasser, Brot und getrocknetes Fleisch oder Käse. Sie bemerkte, wie ihre Augen jedes Mal zu Ambiorix hinüberzuckten, verstohlen, heimlich, als brächte es Unglück, ihn offen anzuschauen. Ihm oder ihnen selbst? Zu fragen, wie es um ihn stand, wagte erst recht niemand. Sein möglicherweise bevorstehender Tod war ein Tabu; darüber zu sprechen mochte ihn herbeireden, und so schwiegen die drei in abergläubischer Angst.

Nur mit Vercassius war es anders. Auch er stellte keine Fragen. Doch nach dem Ende seiner Wache ließ er sich ihr gegenüber nieder, und zwischen Amena und diesem Mann, den sie ihr ganzes Leben lang kannte, genügten wenige Blicke, um sich zu verständigen. Ihr Unterschlupf war von Feinden umzingelt, Ambiorix rang mit dem Tod. Angesichts dieser aussichtslosen Lage hatten Worte ihre Bedeutung verloren.

Am nächsten Morgen entstand am Waldrand mit einem Mal vermehrte Regsamkeit, und die Eingeschlossenen machten sich darauf gefasst, dass die Legionäre nun jeden Augenblick angreifen würden. Nach einer Weile jedoch kehrte abermals Ruhe ein, und als gegen Mittag sogar die gelegentlichen Bewegungen im Unterholz ausblieben, keimte in den Flüchtlingen die wahnwitzige Hoffnung auf, die Römer könnten sich zurückgezogen haben.

Am Abend des dritten Tages gingen die Vorräte allmählich zur Neige. Amena und ihre Gefährten durften sich nicht länger der Erkenntnis verschließen, dass sie dringend etwas zu essen besorgen mussten, wenn sie nicht irgendwann verhungern wollten. Während des gesamten Tages hatten sie von ihrem Beobachtungsposten am Eingang der Höhle nicht den geringsten Hinweis auf die Anwesenheit eines Legionärs entdeckt. So unglaublich es schien, deutete alles darauf hin, dass die Römer die Belagerung aufgegeben hatten.

Oder sollten sie genau das annehmen? Diese Frage wurde von den Männern hitzig diskutiert, umso hitziger, je dringlicher die Erschwernis der schwindenden Vorräte sich stellte. Versuchte der Feind sie bloß in trügerischer Sicherheit zu wiegen, damit sie unvorsichtig wurden? Er konnte schließlich getrost davon ausgehen, dass die wenigen Lebensmittel, die die Eingeschlossenen bei ihrer Flucht mitgenommen hatten, rasch zur Neige gingen. Beabsichtigte er die Flüchtlinge aus ihrem Versteck zu locken, indem er sich scheinbar zurückzog, um dann aus einem Hinterhalt hervorzubrechen und sich auf sie zu stürzen?

Niemand wusste es, und Amena hielt sich aus den fruchtlosen Debatten der Männer heraus. Letztlich gäbe es nur eine Möglichkeit, es herauszufinden: Früher oder später wären sie gezwungen, die Gefahr in Kauf zu nehmen.

Und währenddessen rang Ambiorix unverändert mit dem Tod. Amena wich Tag und Nacht nicht von seiner Seite, wechselte mehrmals täglich seinen Verband, und nach einiger Zeit gewann sie den Eindruck, dass die Entzündung ganz allmählich abebbte, auch ohne dass sie die Wunde öffnen musste, um den Eiter abfließen zu lassen. Am Abend des dritten Tages schließlich war die Haut rings um die Einstichstelle weniger rot, heiß und geschwollen, und die Augenblicke, in denen Ambiorix kurzzeitig das Bewusstsein erlangte, wurden häufiger.

Bereits als sich der zweite Tag in der Höhle seinem Ende zuneigte, hatte Amena die Salbe, die sie ja ebenso zur Versorgung von Catuvolcus' Bein benötigte, aufgebraucht. Nun mischte sie die Heilpflanzen, von denen sie glücklicherweise einen reichlichen Vorrat besaß, stattdessen mit dem Wasser der heiligen Quelle und legte Leinen, das sie mit dieser Flüssigkeit tränkte, auf die Wunden ihrer beiden Patienten. Dies, sie wusste es wohl, war eine Notlösung. Doch eine andere gab es nicht.

Und sie schien zu wirken. Als Amena am vierten Morgen noch vor Sonnenaufgang aus einem unruhigen Schlaf erwachte, hatte Ambiorix die Augen geöffnet. Er wirkte benommen, aber sein Blick hatte das fiebrige Flackern verloren, und sie wusste, dass er von der Schwelle des Todes zurückgetreten war.

Als er sie bemerkte, wandte er ihr langsam das Gesicht zu und versuchte zu sprechen. Doch seiner trockenen Kehle entrang sich nur ein heiseres Krächzen. Eilig griff Amena nach einer Feldflasche mit frischem Quellwasser, hob seinen Kopf ein wenig an und setzte sie ihm an die Lippen. Er schluckte gierig, und sie warnte ihn sanft, da es ihm nicht bekommen wäre, zu viel auf einmal zu trinken.

»Wo sind wir?«, fragte er schließlich mit matter Stimme.

Sie fühlte sich schwach vor Freude und Erleichterung, hätte gleichzeitig lachen und weinen mögen. Als wahrhaftig Tränen über ihre Wangen rannen, wischte sie sie hastig mit dem Handrücken fort. Sie strich ihm eine schweißfeuchte Strähne aus der Stirn. »Wir sind in einer Höhle, einige Meilen westlich von Andemagus' Hof.«

Er brauchte einen Augenblick, um den Sinn ihrer Worte zu erfassen. »Wie lang sind wir schon hier?«

Durch den Eingang der Höhle, der sich als schwarzes Dreieck vor dem tiefblauen Nachthimmel abhob, sah Amena im Osten die zarten Spuren der aufziehenden Morgenröte. »Gerade dämmert der vierte Tag.«

»Der vierte Tag?«, wiederholte er überrascht. »War ich so lang ohne Bewusstsein?«

Sie nickte. »Die Wunde hatte sich entzündet, und du littest unter hohem Fieber.«

Er versuchte ein Lächeln, doch es geriet zu einem schiefen Grinsen. »So verdanke ich mein Leben also deinen berühmten Heilkünsten?«

»Vor allem deiner unverwüstlichen Gesundheit«, gab Amena zurück. »Es braucht mehr als ein römisches Schwert, um dich zu töten.«

Sie wusste, dass dies nur die halbe Wahrheit war. Und wie schon so oft in den vergangenen drei Tagen wanderten ihre Gedanken zurück zu der Prophezeiung, die Ebunos seinerzeit ausgesprochen hatte, als sie selbst nach ihrer langen, schweren Krankheit erwacht war. Sie gestand ihm, dass sie sterben wollte, da sie annahm, ihr eigenes Leben wäre der Preis, den die Götter für das des Ambiorix forderten. Aber das Universum wies ihre Seele zurück. »Deine Zeit ist noch nicht gekommen«, erklärte ihr der Druide, und dass sie leben müsse, damit Ambiorix lebte.

Damals hatte sie den Sinn seiner Worte nicht verstanden. Doch irgendwann in den endlos ineinanderfließenden Tagen und Nächten, die sie neben Ambiorix' Lager Wache hielt, war Amena ihre Bedeutung klar geworden: Ambiorix zu erretten, ihn vor dem sicheren Tod zu bewahren - das war die Aufgabe, die das Schicksal ihr zugedacht hatte, der Grund, weshalb es Ebunos schließlich gelungen war, sie ins Leben zurückzuholen, sogar gegen ihren Willen. Und dieser Aufgabe hatte sie sich mit all ihrer Liebe, ihrem gesamten Heilwissen und grimmiger Entschlossenheit gewidmet.

Doch das würde sie Ambiorix später einmal erklären, nicht jetzt. Für den Moment tat es viel zu gut, mit ihm zu scherzen und sein wenngleich schwaches Lächeln zu sehen.

»Im Augenblick fühle ich mich allerdings noch immer mehr tot als lebendig«, flüsterte er soeben. Er streckte seine Hand aus, Amena nahm sie, küsste sie und legte sie an ihre Wange, während Tränen über ihr Gesicht rannen und auf seine Tunika tropften.

»Das wird vergehen«, tröstete sie ihn. »Du hast das Schlimmste überstanden. Nun musst du wieder zu Kräften kommen.«

Fragt sich nur, wovon, dachte sie. Bis auf ein paar Bissen getrockneten Fleisches und einen harten Kanten Brot waren ihre Vorräte aufgezehrt. Heute würden sie wohl oder übel etwas unternehmen müssen. Auch wenn die fünf anderen Flüchtlinge es einige Tage ohne Nahrung aushalten mochten – Ambiorix benötigte dringend kräftige Mahlzeiten, damit sein geschwächter Körper sich erholen und die Reserven auffüllen konnte, die er während seines Kampfes gegen Krankheit und Tod aufgebraucht hatte.

»Wer ist außer uns beiden hier?«, erkundigte er sich gerade.

»Catuvolcus, Vercassius, Andemagus und der Junge«, zählte Amena auf.

In diesem Augenblick spürte sie eine Bewegung zu ihrer Rechten, als Vercassius, der am Höhleneingang Wache gehalten hatte, neben ihr auf die Knie fiel.

»Höre ich richtig?«, fragte er mit rauer Stimme. »Mein Bruder und König ist erwacht?« Freudentränen liefen über seine Wangen und versickerten in seinem buschigen Oberlippenbart, doch er schämte sich ihrer nicht. »Du hast uns einen ganz schönen Schrecken eingejagt.«

Ambiorix lächelte matt. »Tut mir aufrichtig leid. Soll nicht wieder vorkommen. - Könnte ich bitte noch etwas Wasser bekommen?«

Amena setzte ihm die Feldflasche abermals an die Lippen. »Der Wein ist uns leider ausgegangen«, scherzte sie.

Bald darauf sah sie, dass er müde wurde, und zog Vercassius mit sich fort. »Er braucht jetzt viel Ruhe«, flüsterte sie, um die Gefährten nicht zu wecken, die im vorderen Teil der Höhle schliefen. »Es wird einige Zeit dauern, bis er genesen ist. Aber er hat den Kampf gewonnen.«

Vercassius nickte nur stumm, zu ergriffen für Worte, und kehrte auf seinen Posten am Eingang zurück. Amena ließ sich ihm gegenüber auf den harten Boden sinken und zog die Knie an.

»Den Göttern sei Dank«, stammelte er schließlich, als er seine Sprache wiedergefunden hatte, und fuhr sich mit beiden Händen über das Gesicht und durch seine langen blonden Locken. »Ich hatte schon fast nicht mehr zu hoffen gewagt.«

Sie schwieg, lehnte den Kopf gegen das raue Gestein in ihrem Rücken und erlaubte ihren Lidern zuzufallen. Nun erst bemerkte sie, wie erschöpft sie war, wie ausgelaugt und leer nach drei Tagen und Nächten, die sie an Ambiorix' Lager Wache gehalten hatte. Doch gleichzeitig durchflutete sie eine Woge der Erleichterung. Eine ganze

Weile war sie unfähig, einen klaren Gedanken zu fassen, als Bilder und Gefühle aus diesen endlos scheinenden, dunklen Stunden vor ihrem inneren Auge auftauchten und verschwanden, unwillkürlich, zusammenhanglos.

Jetzt erst wurde ihr auch bewusst, dass sich in der Zeit, in der Ambiorix um sein Leben rang, eine tiefe Lethargie der kleinen Gruppe seiner Gefährten bemächtigt hatte, eine allumfassende Lähmung, die nur eine einzige Frage zuließ: Würde er überleben?

Die Vorstellung seines Todes, sosehr sie sich immer wieder aufdrängte, hatte ein Tabu dargestellt, ebenso wie alle Folgen, die dieser Tod für den Stamm der Eburonen mit sich gebracht hätte. Denn er war ja nicht nur ihr junger König, er war so viel mehr: Er verkörperte ihren Widerstand gegen Rom, er war ihre Hoffnung und ihre Zukunft. Ohne Ambiorix an ihrer Spitze wären sie mutlos, unentschlossen und zerstritten, leichte Beute für ein gieriges, ewig hungriges Raubtier wie Caesar und seine Legionen.

Zudem hatten die fünf Eingeschlossenen, gleichsam einer stummen Übereinkunft folgend, keinen Gedanken darauf verwandt, wie sie sich aus ihrer verzweifelten Lage befreien mochten. Sie hatten gewacht und geschlafen, für Ambiorix gebetet und ihre Vorräte aufgebraucht. Rückblickend erschien es Amena, als wäre seit ihrer Ankunft in dieser Höhle die Zeit stehen geblieben, als hätten sie und ihre Gefährten drei Tage und Nächte lang den Atem angehalten und wären in eine Schreckstarre verfallen, wie ein Hase, der einen Jäger nahen spürte.

Doch nun war es an der Zeit weiterzudenken. Trotz ihrer Erschöpfung fühlte Amena neue Energie in sich aufsteigen. Sie konnten nicht ewig in diesem Unterschlupf bleiben. Sie mussten einen Kundschafter ausschicken, um herauszufinden, wo sich die Feinde befanden, und, sobald Ambiorix transportfähig wäre, versuchen, sich nach Atuatuca durchzuschlagen. Zuallererst jedoch benötigten sie dringlichst etwas zu essen.

Sie schlug die Augen auf. »Wir müssen heute unbedingt auf die Jagd gehen«, erklärte sie an Vercassius gewandt. »Wir sind alle hungrig, und Ambiorix braucht ordentliche Mahlzeiten, um zu Kräften zu kommen.«

Er nickte. »Wir haben seit gestern Morgen nicht mehr den Schatten eines Römers zu Gesicht bekommen. Ich denke, Andemagus kann es wagen, die Höhle zu verlassen und im Wald nach seinen Fallen zu schauen. Ich werde ihn wecken.« Er rappelte sich auf, ging zur gegenüberliegenden Höhlenwand, wo die anderen in ihre Umhänge gehüllt schliefen, und kehrte nach einem Moment mit seinem Schwager zurück.

Dieser war ebenso erleichtert wie Vercassius, dass sich Ambiorix auf dem Wege der Besserung befand, und auch er schien plötzlich von neuer Energie durchströmt. Amena kam es vor, als wäre ein böser Zauber, der sie alle gelähmt hatte, von ihnen abgefallen. Und nun schmiedeten sie Pläne für einen Ausweg aus ihrer Notlage. Die beiden Männer besprachen sich kurz, dann gürtete Andemagus sein Schwert und hockte sich neben Vercassius in den Eingang der Höhle. Eine geraume Weile beobachteten sie stumm den Saum des Waldes. Als sie schließlich zu der Überzeugung gelangten, dass sich der Feind wahrhaftig zurückgezogen hatte, machte sich Andemagus bereit.

»Mögen die Götter mit dir sein«, sagte Vercassius und umarmte seinen Schwager.

»Und mit euch«, erwiderte dieser. Er ging hinüber zu seinem schlafenden Sohn, hauchte ihm einen Kuss auf die Stirn und wandte sich abermals an Vercassius. »Versprich mir eins, Schwager«, begann er zögernd, den Blick intensiv auf einen Punkt an der Höhlenwand in Vercassius' Rücken geheftet. »Wenn mir etwas zustoßen sollte, musst du dich um Alla, Tillo und den Säugling kümmern. Schwöre es mir.«

Vercassius zog ihn erneut an sich. »Ich schwöre es. Aber du wirst heil zu uns zurückkehren, ich fühle es.«

Andemagus blickte scheu zu Amena hin, nestelte im Ausschnitt seiner Tunika herum und förderte eine lederne Schnur mit einem Amulett zutage. »Herrin, würdet Ihr das wohl für mich segnen?«

»Mit Freuden.« Sie nahm den eisernen Anhänger in ihre Rechte und sprach die rituelle Formel, die seinem Träger Schutz auf allen Wegen und den Segen der Götter gewähren sollte.

»Ich danke Euch.« Andemagus ließ das Amulett wieder unter seiner Tunika verschwinden. Dann atmete er einmal tief durch, überprüfte ein letztes Mal den Sitz von Schwert und Dolch und trat vor die Höhle. Draußen hielt er einen Augenblick inne. Als alles ruhig blieb, huschte er in geduckter Haltung hinüber zum Waldrand und verschwand unbehelligt im Schatten der Bäume.

»Kaum zu glauben, dass die Römer wahrhaftig abgezogen sein sollen«, sagte Vercassius nach einem Moment. »Sieht ihnen gar nicht ähnlich, so rasch aufzugeben.«

Amena nickte langsam. Ihre Gedanken gingen in dieselbe Richtung. »In der Tat sehr eigenartig. - Es sei denn, sie hätten sich ein neues Ziel gesucht, für dessen Eroberung sie jeden Mann benötigen.«

Er runzelte verwundert die Stirn.»Was meint Ihr, Herrin?«
Sie seufzte.»Ich mache mir große Sorgen um Atuatuca.
Ich kann mir nur einen einzigen Grund dafür vorstellen, dass die Feinde ihre Stellung hier aufgegeben haben: Sie brauchen jeden einzelnen Legionär, um das Dunom zu überfallen. Überleg doch mal. Aus Sicht der Römer ist die Gelegenheit überaus günstig, da die Eburonen zurzeit führerlos sind. Ambiorix und Catuvolcus weilen nicht in der Stadt, und es ist nicht abzusehen, wann sie zurückkehren werden.«
Er schnaubte abschätzig.»Catuvolcus!«, stieß er hervor.»Welch eine Hilfe könnte der wohl sein?«
»Schsch«, warnte Amena und warf einen raschen Blick in den Hintergrund der Höhle, wo Catuvolcus und Tillo schliefen. Vercassius' Verachtung für den alten König war kein Geheimnis, und er machte auch kein Hehl daraus. Doch er vergaß, dass Catuvolcus zu seiner Zeit ein geachtetes und gefürchtetes Oberhaupt seines Stammes gewesen war und schon allein deswegen ein Mindestmaß an Respekt verdiente.
»Wie auch immer du über ihn denken magst«, sagte sie nachsichtig,»musst du doch zugeben, dass er im Falle eines Angriffs auf die Stadt die Verteidigung organisieren und den Männern Rückhalt geben würde. Aber da beide Könige abwesend sind, befürchte ich, dass Caesar die günstige Gelegenheit nutzen wird, um Atuatuca zu überfallen. Und dann wird er leichtes Spiel haben.«

Gegen Mittag kehrte Andemagus zurück. Über der Schulter trug er einen halb versengten Sack, aus dem er ein totes Ferkel zog.»Ich bin zu meinem Hof zurückgeschlichen«, berichtete er.»Die Feinde haben ihn bis auf die Grundmauern niedergebrannt und das Vieh geraubt. Aber das hier«, er hielt das Schweinchen an den Hinterbeinen in die Höhe,»haben sie übersehen. Es lief im Wald herum. In zweien meiner Fallen fand ich Hasen. Doch sie waren schon einige Tage alt, und die Füchse und Wölfe haben nicht viel von ihnen übrig gelassen. Fünf Fallen habe ich mitgenommen und in der näheren Umgebung der Höhle aufgestellt. Vielleicht haben wir Glück und fangen morgen etwas.«
»Und was ist mit den Römern?«, fragte Catuvolcus.
»Von denen fehlt jede Spur, Herr«, antwortete Andemagus.»Sie scheinen sich aus diesem Landstrich zurückgezogen zu haben.« Mit einem Mal senkte er den Blick und starrte betreten zu Boden.
Amena wusste, was er sagen würde, noch ehe die Worte heraus waren. Sie fühlte, wie ihr eine eisige Hand über den Rücken strich.

»Doch am Horizont, weit im Süden, habe ich an mehreren Stellen Rauch gesehen«, teilte Andemagus nach kurzem Zögern seinen Stiefelspitzen mit. Amena sah ihm an, wie sehr es ihm widerstrebte, der Überbringer der schrecklichen Botschaft zu sein. »Ich fürchte, die Legionen haben dort Gehöfte in Brand gesetzt und bewegen sich auf Atuatuca zu.«

Vercassius und Amena wechselten einen vielsagenden Blick.

»Sobald ich mich gestärkt habe, breche ich nach Atuatuca auf«, erklärte Vercassius dann. »Mit ein wenig Glück werde ich morgen Abend zurück sein.«

Das zarte Fleisch des Ferkels, das Andemagus über dem Feuer briet, erschien Amena das Köstlichste, was sie jemals gegessen hatte. Ehe sie ihren eigenen Hunger stillte, weckte sie jedoch Ambiorix und fütterte ihn mit einigen der besten Stücke.

»Es ist zwar nicht der Keiler, den wir eigentlich verspeisen wollten«, versuchte er zu scherzen, »aber es schmeckt dennoch hervorragend.«

»Es ist sogar noch viel besser als der olle Keiler«, entgegnete sein Ziehbruder lachend. »Das war ein zähes altes Biest und hätte ungefähr so saftig geschmeckt wie meine Stiefel.«

Nach der Mahlzeit machte sich Vercassius bereit zum Aufbruch. Er packte eine Ration Schweinefleisch und eine Feldflasche mit frischem Quellwasser ein und gürtete sein Schwert. Dann beschrieb ihm Andemagus eine Strecke quer durch das ausgedehnte Waldgebiet, die die Hauptwege mied und stattdessen über verborgene Wildwechsel und unwegsame Abkürzungen verlief. Vercassius verabschiedete sich von Ambiorix und umarmte seinen Schwager.

»Wenn du in Atuatuca bist«, bat dieser ihn, »such Alla im Haus ihrer Eltern auf, und berichte ihr, was geschehen ist. Sag ihr, sie soll mit dem Säugling dort bleiben, bis ich sie hole.«

Vercassius versprach es ihm. Nachdem Amena sein Amulett gesegnet und ihm eine sichere Reise und den Schutz der Unsterblichen gewünscht hatte, brach er auf. Sie schaute ihm nach, bis er den Waldrand erreichte und die Schatten zwischen den Bäumen seine hünenhafte Gestalt verschluckten.

Der folgende Tag begann mit demselben angstvollen Gedanken, mit dem der vergangene geendet hatte: Was war mit Atuatuca? Das Dunom stellte das nächste Ziel der Römer dar, daran hegten die fünf in der Höhle Eingeschlossenen keinerlei Zweifel mehr. Und sie vermochten sich unschwer vorzustellen, wie die Legionen vorgingen:

Zunächst würden sie das Umland verwüsten, die Höfe, die in einem weiten Rund rings um die Siedlung verstreut lagen, niederbrennen, die Ernte zerstören und das Vieh rauben oder gleich an Ort und Stelle schlachten. Dadurch schnitten sie die Einwohner Atuatucas von den Nahrungsmitteln ab, mit denen die Bauern der Umgebung diese tagtäglich versorgten und die deren Lebensgrundlage bildeten: Fleisch und Geflügel, Weizen, aus dem die Bewohner der Stadt ihr Brot backten, Gemüse, Eier, Milch, Käse und Butter. Dann zöge der Feind den Kreis allmählich immer enger, bis er schließlich vor den Toren des Dunom stände.

Das, was danach folgen würde, wagten Amena und ihre Gefährten sich gar nicht auszumalen.

Am Abend dieses Tages, dem fünften in ihrem Unterschlupf, bemerkte Catuvolcus, der die Wache übernommen hatte, plötzlich eine Bewegung zwischen den Baumstämmen. Einen Moment später hörten die Flüchtlinge Hufschläge auf dem unbewachsenen Streifen Gesteins, als Vercassius auf die Höhle zuritt. Hinter sich führte er fünf weitere Pferde, vier Hengste und eine Stute. Vor dem Eingang saß er ab und schlang die Zügel der Tiere um eine Felsnase.

Es reichte ein einziger Blick in sein ernstes, übernächtigtes Gesicht, um zu wissen, dass er schlechte Nachrichten brachte. Sehr schlechte.

»Eine Katastrophe«, flüsterte er mit einer Stimme, die seine tiefe Erschütterung verriet. Er schleppte sich zum Feuer und ließ sich erschöpft neben Ambiorix' Lager zu Boden sinken. Amena bot ihm ein Stück gebratenen Hasens an, der Andemagus in die Falle gegangen war, doch er lehnte mit einer Handbewegung ab. Zuerst musste er seine entsetzliche Botschaft überbringen, sich das Erlebte von der Seele reden, ehe er an eine Mahlzeit auch nur denken mochte.

»Unsere schlimmsten Befürchtungen haben sich erfüllt«, begann er. Die anderen waren ihm gefolgt und hatten sich rings um die Feuerstelle niedergelassen. Nun hingen sie wie gebannt an seinen Lippen, hin- und hergerissen zwischen dem Wunsch zu erfahren, was aus ihrer Hauptstadt geworden war, und dem Bedürfnis, ihre Ohren vor den schrecklichen Neuigkeiten zu verschließen.

»Wie wir bereits befürchteten, sind die Römer aus diesem Teil des Arduenna Waldes abgezogen worden, weil Caesar seine gesamten Streitkräfte in der Umgebung Atuatucas benötigte. Zehn Legionen marschierten aus den vier Himmelsrichtungen auf das Dunom zu, während die schnellen und wendigen Reitertrupps wie Hornissen über das Umland ausschwärmten und Gehöfte überfielen, ihre Gebäude in Brand steckten, die Äcker verwüsteten, das Vieh töteten und unsere Bauern -« Er unterbrach sich. Die anderen lasen das Grauen in seinen Zügen, als er das Erlebte noch einmal vor seinem inneren Auge vorüberziehen ließ.

»Ich dachte immer, ich hätte schon alles gesehen«, fuhr er dann fort, seine Stimme brüchig. »Ich dachte, nichts könnte mich mehr erschüttern. Doch auf das, was ich dort sah, war ich nicht vorbereitet. Unser Land, das Land der Arduinna, wurde geschändet. Die wenigen Menschen, die sich rechtzeitig in Sicherheit zu bringen vermochten, flohen in die Wälder und Moorgebiete. Aber die meisten wurden auf ihren Feldern überrascht und gefangen genommen. Diejenigen unserer Stammesgenossen, die als Sklaven taugen, wurden verschleppt. Doch ich sah alte Männer, die man zu Tode gefoltert hatte, Frauen, die so oft vergewaltigt worden waren, dass sie an ihren schweren Verletzungen verbluteten, und Kinder, die mit ansehen mussten, was man ihren Eltern antat, und darüber den Verstand verloren.« Fassungslos schüttelte er den Kopf, als könnte er seiner Erinnerung nicht trauen, den grässlichen Bildern, dem Schreien und Weinen der Kinder, dem Gestank der unzähligen Brände, die sein Gedächtnis bestürmten. Amena strich ihm sanft über den Rücken, um ihm ein wenig Trost zu spenden, wohl wissend, dass es keinen Trost gab im Angesicht dessen, was er erlebt hatte.

Dennoch warf er ihr einen dankbaren Blick zu, ehe er fortfuhr. »Nachdem die Feinde auf diese Weise das gesamte Umland verwüstet hatten, wandten sie sich gegen Atuatuca und griffen die Stadt an. Und obwohl die Bewohner vorbereitet waren und unter Cerbellus und Viromarus erbitterten Widerstand leisteten, vermochten sie nicht zu verhindern, dass die Römer das Dunom einnahmen. Was hätten sie gegen zehn Legionen auch ausrichten sollen! Die Übermacht war einfach zu erdrückend, und außerdem bediente sich Caesar einer List: Er ließ verkünden, Ambiorix wäre tot, und zum Beweis trug man einen abgeschlagenen Kopf auf der Spitze einer Lanze um die Umfriedung herum.«

»Mein Kopf sitzt jedenfalls noch ziemlich fest zwischen meinen Schultern«, murmelte Ambiorix grimmig.

»Aber diese Täuschung reichte aus, um unsere Leute in Angst und Schrecken zu versetzen«, entgegnete sein Ziehbruder. »Denn sie bestätigte ihre heimlichen Befürchtungen. Du hättest längst von der Jagd zurückgekehrt sein müssen. Niemand wusste, wo du dich aufhältst, wann du kommst, ob du überhaupt noch lebst. Caesar hat von der Verunsicherung der Menschen erfahren und sie sich geschickt zunutze gemacht.«

»Was ist nun mit dem Dunom?«, warf Catuvolcus ungeduldig ein. »Was ist mit Atuatuca?«

Vercassius fuhr sich mit einer müden Geste über das Gesicht. »Die Stadt ist vollkommen zerstört. Die Legionäre haben sie geplündert und anschließend in Brand gesteckt. Tausende Einwohner sind in dieser Schlacht gefallen, Tausende wurden gefangen genommen und in die Sklaverei verschleppt. Doch einigen Kriegern ist es gelungen, mit ihren Familien in die umliegenden Wälder zu fliehen, wo sie sich nun verborgen halten. Die Römer werden jedoch nicht eher Ruhe geben, bis sie auch sie aufgespürt und getötet haben.« Er musste einmal tief durchatmen, um seiner Erschütterung Herr zu werden. »Der blanke Hass, der sich dort entladen hat, sprengt jede Vorstellung. Das ist die Rache für unseren Sieg in der Wolfsschlucht, für den Untergang von eineinhalb Legionen. Und es reicht ihnen nicht, uns zu besiegen und zu unterwerfen – sie wollen uns vernichten, ausrotten bis zum letzten Mann, der letzten Frau und dem letzten Kind. Sie wollen uns auslöschen, vom Antlitz der Erde tilgen, als hätte es uns nie gegeben.«

Bleiernes Schweigen senkte sich über Amena und ihre Gefährten, als jeder sich bemühte, das Furchtbare, Unvorstellbare zu verarbeiten, dessen Abscheulichkeit ihre unheilvollsten Befürchtungen übertraf und doch Wirklichkeit geworden war.

Es ist zu viel, dachte Amena, zu viel, um es auf einmal zu bewältigen. Es ist wie eine viel zu schwere, unverdauliche Mahlzeit, die man in mehrere Portionen aufteilen muss, um nicht daran zu ersticken.

Schließlich, nach einer langen Weile, brach Ambiorix das Schweigen. »Diese Flüchtlinge«, begann er an seinen Ziehbruder gewandt. »Konntest du mit ihnen sprechen? Hast du ihnen gesagt, dass ich lebe?«

Vercassius nickte. »Ich habe Cerbellus und Viromarus getroffen. Sie halten sich mit vierzig anderen Männern und deren Familien in der Nähe der Wolfsschlucht verborgen. Ich habe ihnen berichtet, was hier geschehen ist und dass du lebst. Aber ich habe ihnen nicht verraten, wo unser Versteck liegt, damit man es nicht aus ihnen herausfoltern kann.«

Aus dem Augenwinkel sah Amena, wie Andemagus mit sich rang. Endlich brachte er den Mut auf, die Frage zu stellen, die ihm schon die ganze Zeit auf der Seele brannte. Er holte tief Luft und packte seinen Schwager hart am Arm. »Was ist mit Alla? Hast du Alla gesehen? War sie bei ihnen?«

Vercassius seufzte. Amena verstand mit einem Mal, dass er diese Frage fürchtete, seit er die Höhle betreten hatte.

»Nein, ich habe sie nicht gesehen«, antwortete er schließlich. Es kostete ihn sichtlich Mühe, seinem Schwager dabei ins Gesicht zu blicken. »Aber ich glaube, dass meine Schwester lebt. Sie scheint mit Lefa und einigen anderen Frauen geflohen zu sein. Cerbellus und Viromarus haben Kundschafter ausgesandt, die die Wälder durchforsten, auf der Suche nach weiteren Überlebenden der Schlacht. Wenn Alla lebt, werden sie sie finden.«

Plötzlich wandte er sich Amena zu. »Ebunos hat ebenfalls überlebt, Herrin. Er hält sich noch in den Ruinen der Siedlung auf, wo er sich gemeinsam mit einer Handvoll Weiser Frauen um Verletzte kümmert, die nicht imstande sind, in die Wälder zu flüchten.«

Amena fühlte, wie eine Welle der Erleichterung sie durchflutete. »Hast du mit ihm gesprochen?«

Er nickte. »Ich habe ihm angeboten, ihn zu Cerbellus und Viromarus zu bringen. Doch er weigert sich, Atuatuca zu verlassen. Er glaubt, dass die Überlebenden, die sich in der Umgebung des Dunom verborgen halten, nach und nach zurückkehren werden.«

»Und die Römer?«, fragte Andemagus. »Sind sie abgezogen, nachdem sie ihr Zerstörungswerk vollendet hatten?«

»Nach der Eroberung der Stadt hat Caesar seine Truppen aufgeteilt«, griff Vercassius den Faden erneut auf, sichtlich erleichtert, den grässlichsten Teil seines Berichts übermittelt zu haben. »Sechs Legionen erhielten den Auftrag, die Gebiete der Stämme zu verwüsten, die an unser Land grenzen, damit sie uns keinen Beistand leisten oder wir zu ihnen fliehen können. Die XIV. Legion unter unserem alten Bekannten Cicero steht im Begriff, das römische Winterlager nahe Atuatuca wieder aufzubauen. Dorthin wurde auch der Tross aller Legionen gebracht.« Er wandte sich an seinen Ziehbruder. »Der Proconsul hat deine Ergreifung zur obersten Priorität erklärt und zieht soeben mit drei Legionen nach Westen zu den Ausläufern des Arduenna Waldes, weil er Hinweise erhalten hat, dass du dich da aufhalten sollst.«

Ambiorix nickte grimmig. »Dort ist er fürs Erste gut aufgehoben. Der Landstrich ist undurchdringlich, voll ausgedehnter Sümpfe und dichter Wälder. Es wird eine ganze Weile brauchen, bis er dahinter kommt, dass er mich an der falschen Stelle sucht.«

»Ich fürchte, ich bringe noch weitere schlechte Kunde«, setzte Vercassius nach kurzem Zögern erneut an. »Caesar hat Boten zu den Germanen auf dem östlichen Ufer des Renos gesandt. Er lässt das Gerücht verbreiten, du wärest tot, und ruft sie auf, in unser Gebiet einzufallen und zu plündern, was er und seine Legionäre übrig gelassen haben. Er verspricht ihnen reiche Beute und jede Menge Sklaven.«

»Und?«, fragte Catuvolcus. »Hat er Erfolg?«

»Natürlich hat er Erfolg«, entgegnete Vercassius gereizt. »Ihr kennt doch die habgierigen Germanen. Zu faul, um selbst gute Ackerbauern und Viehzüchter zu sein, sind sie jederzeit bereit, sich das zu holen, was andere im Schweiße ihres Angesichts erwirtschaften. Besonders die Sugambrer tun sich in dieser Beziehung hervor. Ich hörte, dass sie schon mit dem Bau von Flößen begonnen haben, um mit zweitausend Mann über den Strom zu setzen und in unser Territorium einzudringen.«

Ambiorix wollte sich schwungvoll auf einen Ellbogen aufrichten, sank jedoch augenblicklich stöhnend auf sein Lager zurück, als sich seine Wunde nachdrücklich in Erinnerung brachte. »Das ist doch das Beste, was uns widerfahren kann«, meinte er nach einem Moment mit schmerzverzerrtem Gesicht.

Vercassius runzelte die Stirn und warf ihm einen besorgten Blick zu. Er schien zu befürchten, dass sein Ziehbruder einen Rückfall des Fiebers erlitten hätte. Auch Catuvolcus und Andemagus schauten skeptisch drein, aber Amena glaubte zu verstehen, worauf Ambiorix anspielte.

»Überlegt doch mal«, begann dieser, als er sah, dass die anderen ihm nicht zu folgen vermochten. »Zweitausend Germanen überqueren den Renos in der Hoffnung auf reiche Beute. Aber wo liegt diese? Wohl kaum in unseren niedergebrannten Höfen.«

»Sondern?«, fragte Vercassius verständnislos.

»Hast du eben nicht selbst gesagt, dass Caesar den Tross von zehn Legionen in das Winterlager nahe Atuatuca bringen ließ?«, erwiderte Ambiorix ungeduldig. »Das ist *wahrhaft* reiche Beute. Wir müssen die Sugambrer bloß dazu bewegen, von unseren Gehöften abzulassen und sich diesem Castrum zuzuwenden.«

Kapitel 23

Sobald sich die Nebel gelichtet hatten, die noch immer jede ihrer Visionen begleiteten, und die verschiedenen Abteilungen ihres außergewöhnlichen Gehirns ruckelnd und stotternd ihre gewohnten Tätigkeiten wieder aufnahmen, fühlte sich Hannah zerrissen zwischen zwei widersprüchlichen Empfindungen: auf der einen Seite unendliche Erleichterung darüber, dass Ambiorix seine schwere Verletzung überlebt hatte und sich auf dem Wege der Genesung befand; andererseits jedoch tiefe Erschütterung und grenzenlose Trauer über die Zerstörung Atuatucas und das grauenvolle Los seiner Einwohner.

Natürlich, sie hatte ja gewusst, dass Caesar furchtbare Rache nehmen, dass er nicht eher ruhen würde, bis er Vergeltung geübt hätte für die verheerende römische Niederlage in der Wolfsschlucht. Aber das Ausmaß dieser Rache nun aus Vercassius' Mund zu vernehmen, schlicht und dadurch nur umso eindringlicher, war doch etwas ganz anderes. Und womöglich hatte sie in einem winzigen, irrationalen Winkel ihres Gehirns, von denen es ja nicht eben wenige gab, auch die irrwitzige Hoffnung gehegt, es könne noch irgendetwas geschehen, was das Schicksal wendete - gerade so, wie man manchmal in einem Film, den man schon einmal gesehen hat und dessen tragischen Ausgang man sehr wohl kennt, wider besseres Wissen hofft, dieses Mal würde er gut enden. Vielleicht hatte ja jemand zwischenzeitlich das Drehbuch umgeschrieben?

Sie seufzte, stemmte sich aus ihrem Meditationssessel und schleppte sich hinüber in die Küche, um eine Zigarette zu rauchen. Sie wusste, dass sie eigentlich im Atelier stehen und an dem vermaledeiten Kalender arbeiten sollte. Am Vortag war ihr eine weitere Handwerkerrechnung ins Haus geflattert, die ihr in aller Deutlichkeit vor Augen führte, dass ihre finanzielle Decke inzwischen nicht mehr nur Mottenlöcher, sondern Krater aufwies, die den Eifelmaaren in nichts nachstanden.

Doch in einer ihrer seltenen Anwandlungen von Realitätsnähe erkannte Hannah ebenso, dass sie in ihrer gegenwärtigen Verfassung keinen einzigen ordentlichen Strich zu Papier brächte. Und so beschloss sie, einen Spaziergang an der frischen Luft zu machen, den sie gegenüber der *Vernunft*, die einmal mehr mit wirrem Haar und nicht weniger wirrem Blick die Aufmerksamkeit auf sich zu lenken versuchte, als »inspirierend« und »motivationsfördernd« deklarierte.

Sie stellte Hope Futter und ein Schälchen ihrer Luxusmilch hin, verließ den Hof und war so tief in Gedanken versunken, dass sie nicht einmal bemerkte, wie sie instinktiv den Weg zu jener Wiese einschlug, unter der Atuatuca verborgen lag. So kam es, dass sie sich wenig später am Ufer des Baches vor den Trittsteinen aus Basalt wiederfand, ohne recht zu wissen, wie sie dort hingekommen war. Als ihr Blick auf die glänzenden, vom Wasser überspülten Oberflächen fiel, kehrte sie mit einem beinah schmerzhaften Ruck in die Gegenwart zurück und schaute verwirrt um sich.

Irgendwann hatte ein leichter Regen eingesetzt, und jetzt erst erkannte Hannah, dass ihr Pullover durchweicht war und Wasser aus ihren nassen Haaren in dünnen Rinnsalen über ihr Gesicht lief. Aber es kümmerte sie nicht. Alles, woran sie denken konnte, war Atuatuca, die lebendige, blühende Siedlung, die einst hier stand und die es nun nicht mehr gab; Atuatuca, das der krankhaften Gier nach Macht und der Rachsucht eines einzelnen Mannes zum Opfer gefallen war; Atuatuca, über das keine Inschrift, kein Schulbuch Zeugnis ablegten.

Doch sie, Hannah Neuhoff, sie allein wusste, was damals wirklich geschehen war. Und bei Gott, sie würde Zeugnis ablegen, und wenn es das Letzte wäre, was sie in diesem Leben tat. Sie wollte dieser Stadt ein Denkmal setzen, dafür sorgen, dass ihre Einwohner nicht umsonst einen grässlichen Tod erlitten hatten. Sie wollte, dass die Welt erfuhr, was sich vor mehr als zweitausend Jahren in diesem abgelegenen Teil der Eifel zugetragen und sich seither ungezählte Male wiederholt hatte, an Orten, die wohlklingende Namen trugen wie Tenochtitlan, Oradour oder Darfur und die doch für unsägliches Leid Unschuldiger standen. Sie wollte diesem Leid ein Gesicht und jenen, denen es widerfahren war, eine Stimme geben, und sie hatte auch schon eine Idee ...

Als sie eine gute Stunde später zu ihrem Hof zurückkehrte, parkte Rutgers Land Rover vor dem Tor. Er selbst saß im Schutz des Vordachs auf den Stufen zur Haustür, das Kinn in die Rechte gestützt. Die Finger der Linken spielten gedankenverloren mit dem langen Fell seines Hundes, der geduldig neben ihm saß und ihn um eine halbe Haupteslänge überragte.

Richtig, schoss es Hannah durch den Kopf, er hatte ja Urlaub genommen. Vermutlich hatte er Pläne für diesen Tag geschmiedet und wollte sie damit überraschen.

Aber sie wollte nicht überrascht werden. Sie hatte ihre eigenen Pläne, und so leid es ihr auch tat, im Moment war sein Besuch ihr schlichtweg nicht willkommen. Nicht zum ersten Mal kam ihr der Gedanke, dass Rutger eine andere Frau verdiente, ein unkompliziertes, anschmiegsames Wesen, das sich uneingeschränkt freute, wenn er mit roten Rosen und den besten Absichten vorbeischaute. Doch zurzeit und unter den gegebenen Umständen war sie diese Frau nicht, konnte sie nicht sein. So lagen die Dinge nun einmal. Das war nichts, woran er oder sie oder irgendjemand sonst eine Schuld trug. Es war ganz einfach ihre gegenwärtige Situation, die sie sich weiß Gott nicht ausgesucht hatte, die Visionen, die sie mit immer neuem Leid konfrontierten, das sie verarbeiten musste. Und dafür wollte sie allein sein.

Ach, warum musste das alles nur so kompliziert sein?, fragte sie sich verzweifelt, während sie auf die Haustür zutrottete. Warum hatten sie sich nicht zu einem günstigeren Zeitpunkt kennenlernen können, eine ganz normale Frau und ein ganz normaler Mann unter ganz normalen Umständen?

Sie glaubte die Antwort zu kennen. Weil sie keine ganz normale Frau war, Rutger kein ganz normaler Mann, und weil es nicht zuletzt die alles andere als ganz normalen Umstände waren, die sie überhaupt zusammengeführt hatten.

Cúchulainn, der ebenfalls alles andere als ganz normale Hund, war aufgesprungen, als sie den Hof betrat, und kam freudig auf sie zugelaufen. Auch Rutger hatte sich erhoben. Er lächelte, doch sein Lächeln vermochte nicht darüber hinwegzutäuschen, dass er unsicher war. Vielleicht, überlegte Hannah, waren ihm, während er dort saß und auf sie wartete, bereits Zweifel daran gekommen, ob es tatsächlich eine gute Idee war, schon wieder unangemeldet hier aufzukreuzen. Aber nun war er einmal da und wollte zu Ende bringen, wozu er angetreten war, was auch immer das sein mochte. Männer waren schließlich manchmal so.

»Hallo.« Sie bemühte sich, ihrer Stimme einen freundlichen Klang zu verleihen. Doch genau dieses Bemühen spürte er, und es verunsicherte ihn noch mehr.

»Hallo«, antwortete er und trat einen Schritt beiseite, damit sie die Haustür aufschließen konnte.

Die Szene hätte ansatzweise erotisch sein mögen, sie beide aneinandergeschmiegt unter dem Vordach, um dem Regen zu entgegen. Aber sie war es nicht. Er hätte ebenso gut der Paketbote sein können, und diese Erkenntnis erschreckte Hannah. Was machten diese verdammten Visionen bloß mit ihr? Wie war es ihnen gelungen, ihre Gefühle aus der Gegenwart abzuziehen und so vollständig auf Personen der Vergangenheit zu lenken, dass für die Menschen ihrer nächsten Umgebung nichts mehr übrig blieb?

Rutger folgte ihr und schloss die Tür hinter sich. Cúchulainn zog es vor, draußen zu bleiben und in den Pfützen im Innenhof herumzutollen. Ohne ein weiteres Wort streifte Hannah ihren nassen Pullover über den Kopf, hängte ihn zum Trocknen über einen Küchenstuhl und ging hinüber ins Bad, um sich mit einem Handtuch die Haare trocken zu rubbeln.

Als sie in den Wohnraum zurückkam, lehnte Rutger mit gekreuzten Armen gegen den Kamin. Sie spürte seine Anspannung, obgleich er sie mit einer gewissen Feindseligkeit zu kaschieren versuchte, die jedoch nicht so recht zu seinem friedlichen Wesen passen wollte.

»Ungewöhnliches Wetter für einen Spaziergang«, bemerkte er.

Als sie das Handtuch auf den niedrigen Tisch vor dem Sofa warf, zuckten ihre Gedanken zurück zu dem Nachmittag, an dem er sie das erste Mal besucht hatte. Sie sah ihn vor sich, wie er triefend nass vor ihrer Tür stand und sie ihm dieses selbe Handtuch gab, und ihr Herz zog sich schmerzhaft zusammen. Wann genau hatte die Sache begonnen schiefzulaufen?

»Mir war danach«, erwiderte sie kurz angebunden, ließ sich auf das Sofa fallen und schlug die Beine übereinander, abweisend und herausfordernd zugleich. Der harte Stoff der Jeans klebte kühl und klamm auf ihrer Haut.

Rutger holte tief Luft. »Hannah, ich bin gekommen, um mit dir zu reden.« Er stieß sich vom Kamin ab und kam langsam quer durch den Raum auf sie zu. Vor ihr ging er in die Hocke, und als er eine feuchte Strähne aus ihrem Gesicht strich, fehlte nicht viel, und sie wäre in Tränen ausgebrochen. Unwillig runzelte sie die Stirn, sowohl über seine Eröffnung als auch über ihre eigene Reaktion auf seine zärtliche Geste.

»Denkst du eigentlich, ich sehe nicht, was mit dir los ist?«, fragte er sanft und nahm ihre Hände in seine. Sie fühlte einen gewaltigen Kloß in ihrer Kehle aufsteigen und schluckte dagegen an.

»Hör bitte endlich auf, mir etwas vorzumachen. Ich bin weder blind noch blöd, und ich möchte dieses Problem mit dir zusammen lösen. Verstehst du denn nicht? Es ist nicht nur dein Problem, es ist unser gemeinsames. Du musst das nicht allein durchstehen.«

Irgendetwas von dem, was Rutger sagte oder tat, erreichte Hannah auf der einsamen Insel, auf die sie sich zurückgezogen hatte, jenem winzigen Eiland aus Sand und mit einer einzelnen Palme, dem Schauplatz ihrer privaten Robinsonade. Und plötzlich war sie sich gar nicht mehr so sicher, ob sie diese Sache wirklich allein in den Griff bekommen wollte. Vielleicht hatte er ja recht. Immer schon hatte sie sich so verhalten, wenn sie etwas belastete, war auf diese einsame Insel gerudert und erst wieder zurückgekehrt, wenn sie die Schwierigkeit gemeistert hatte, allein. Und irgendwie hatte das auch funktioniert. Es war nie leicht gewesen und schon gar nicht angenehm, aber es hatte funktioniert. Und das war es doch schließlich, was zählte, oder?

Marcels Verrat hatte sie in diesem Verhalten bestärkt. Vertraue niemandem außer dir selbst, das war die Lehre, die sie aus ihrer gescheiterten Beziehung gezogen hatte. Vertraue niemandem, denn alles, was du von dir preisgibst, kann bei nächster Gelegenheit gegen dich verwandt werden. Zeige keine Schwäche, verbirg dein Gesicht hinter einer undurchdringlichen Maske, und lass die anderen nicht sehen, nicht einmal ahnen, wie es wirklich dahinter ausschaut.

Andererseits – Rutger hatte mehr als einmal das verheulte Gesicht gesehen, das sie hinter dieser Maske zu verbergen versuchte, und er hatte ihre Schutzlosigkeit nicht ausgenutzt, ihre Schwäche nicht gegen sie verwandt. Im Gegenteil, er ließ nicht nach, sich um sie zu bemühen, und er klang aufrichtig.

Konnte sie am Ende doch wagen, ihm zu vertrauen?

Plötzlich seufzte er, und auf das, was dann folgte, war Hannah nicht im Mindesten vorbereitet. Aber es brachte sie dazu, das Boot, das sie bereits zu Wasser gelassen hatte, um ihre einsame Insel zu verlassen, umgehend wieder an Land zu zerren und fest am Stamm der Palme zu vertäuen.

»Hannah, ich habe heute Morgen mit Konrad gesprochen, und genau wie ich ist er der Ansicht, dass du -«

»Moment mal«, fiel sie ihm ins Wort, als ihr mit schockbedingter Verzögerung aufging, was er soeben gesagt hatte. »Du hast *was?*«

»Ich habe mit Konrad gesprochen«, wiederholte er, verwundert über den drohenden Unterton in ihrer Stimme, und schaute ihr offen und arglos ins Gesicht. Spätestens in diesem Augenblick hätte ihr eigentlich klar werden müssen, dass er sich wahrhaftig nichts Böses dabei gedacht hatte, dass es ihre eigene Überempfindlichkeit war, die ihr ein Bein stellte.

»Du hast *hinter meinem Rücken* mit Konrad gesprochen?«, präzisierte sie und entzog ihm ihre Hände mit einem Ruck.

Im Nachhinein sah Hannah vollkommen ein, dass das, was nun folgte, ihr Fehler war. Rutgers Motive waren aufrichtig, sie lagen irgendwo zwischen Sorge, schlechtem Gewissen und echter, tief empfundener Liebe. Und er konnte beim besten Willen nicht ahnen, dass er einen ihrer empfindlichsten Punkte getroffen hatte, *indem er sich exakt wie Marcel verhielt.*

Nicht, dass sie befürchtete, Konrad hätte ihm etwas von ihrem letzten Gespräch verraten. Doch sie fühlte sich von Rutger bevormundet und hintergangen, wie ein kleines, dummes Schulmädchen, dessen kluger, vernünftiger Vater mit dem Lehrer über die Tochter redet, die ihm Kummer bereitet. Ganz genau so hätte Marcel auch gehandelt, damals, in jener späten, unglücklichen Phase ihrer Beziehung, nachdem er sich ein Bildnis von ihr gemacht und begonnen hatte, sie nach diesem Bildnis zu formen. Vertrau mir, ich weiß, was gut für dich ist, viel besser als du selbst. Lass mich nur machen.

Und außerdem fühlte sie sich kontrolliert. Dies war nun bereits das zweite Mal innerhalb weniger Tage, dass Rutger unangemeldet bei ihr aufkreuzte und sie innerlich aufgewühlt antraf. Abermals kam sie sich vor wie ein kleines Mädchen, diesmal eines, das vom strengen Vater mit dem Finger im Marmeladenglas ertappt wurde. Wie oft habe ich dir schon gesagt, du sollst nicht naschen?

Verdammt noch mal, sie war erwachsen, und immerhin war das hier ihr Hof, wo sie tun und lassen konnte, was sie wollte. Und es war ihr Leben. Und wenn es ihr zunehmend entglitt, was sie ja nicht leugnete, so war dies ebenfalls ihre Sache, und sie wollte sich dafür nicht rechtfertigen müssen. Gegenüber niemandem.

»Hannah, um Himmels willen, schau mich nicht so an«, sagte Rutger erschrocken, als er ihren Gesichtsausdruck sah. »Was hab ich denn getan?«

Diese Frage war der Auslöser, dessen es bedurfte.

»Was du getan hast?«, schleuderte Hannah ihm entgegen, als sich ihre angestaute Wut mit einem Mal entlud, wild, unkontrolliert, ungehemmt. »Wie kannst du es wagen, hinter meinem Rücken mit Konrad über mich zu reden? Hältst du dich für so viel klüger als ich? Bin ich in deinen Augen bloß ein dummes, kleines Mädchen, das nicht weiß, was es tut, und das ein oberschlauer Erwachsener wie du auf den rechten Weg zurückführen muss? Ich hätte nie gedacht, dass du so selbstgerecht und arrogant bist! Für wen zum Teufel hältst du dich eigentlich, Rutger Loew?«

Hätte sie ihm einen Schlag ins Gesicht versetzt, Rutger hätte nicht fassungsloser dreinschauen können. Und nicht verletzter.

»Selbstgerecht?«, stammelte er. »Arrogant? Nichts liegt mir ferner, Hannah. Und ich halte dich auch nicht für ein kleines, dummes Mädchen. Ich mache mir nur Sorgen um dich, das ist alles.«

»Wie auch immer«, wischte sie seine Erklärung vom Tisch. »Du hast mein Vertrauen missbraucht, und das nehme ich dir übel.«

»Vertrauen? Welches Vertrauen denn?«, fragten Rutger und die *Vernunft* aus einem Munde, Letztere sachlich und nüchtern, Rutger hingegen mit einem bitteren Lachen. »Ich wünschte, du *würdest* mir vertrauen und dir von mir helfen lassen.«

Diese Formulierung war es, die Hannah den Rest gab. Helfen lassen! Das war ja wohl der Gipfel der Arroganz! War er denn ein gottverdammter Arzt oder was? Wollte er etwa andeuten, dass sie einen Seelenklempner brauchte, dass sie die Dinge allein nicht mehr auf die Reihe kriegte?

Schon möglich, dass sie unsachlich reagierte, überzogen und unreif. Und ebenfalls möglich, dass es nicht fair war, sich an einer einzigen unglücklichen Formulierung aufzuhängen. Doch ihr fehlte in diesem Moment der klare Blick dafür, was angemessen, reif und fair war. Die widrigen, nur halb verdauten Erfahrungen ihrer Vergangenheit waren in den zurückliegenden Minuten reaktiviert worden und hatten überwältigende Energie angesammelt, wie ein Feuer, in das man Öl goss und das dadurch heller loderte als je zuvor. Und dagegen war Hannah machtlos. Wie damals fühlte sie sich auch nun kontrolliert und bevormundet, hintergangen und verletzt. Und in dieser verzweifelten Lage wusste sie nur einen Ausweg.

»Das reicht«, erklärte sie leise. »Raus. Ich will dich hier nicht mehr sehen.«

Aus Rutgers Gesicht war alle Farbe gewichen. Er glaubte, seinen Ohren nicht zu trauen. Warum um Himmels willen lief denn plötzlich alles schief, so ganz anders, als er es geplant hatte? Er machte sich Sorgen um Hannah, schließlich nicht ungewöhnlich, wenn man jemanden liebte. Und er konnte doch nicht hilf- und tatenlos zusehen, wie sie immer stärker unter den Folgen der Visionen litt und sich immer weiter von ihm entfernte! Aber alles, was er sagte oder tat, wurde auf einmal gegen ihn verwandt. Und das verstand er nicht, da kam er einfach nicht mehr mit.

»Wie bitte?«, fragte er nach einem Moment verwirrter Sprachlosigkeit. »Hannah, das ist nicht dein Ernst. Ich bitte dich, wir sind doch beide erwachsen.«

»Genau deswegen ja«, entgegnete sie und wunderte sich gleichzeitig, wie eigenartig fest und ruhig ihre Stimme klang, so ganz anders, als ihr in Wahrheit zumute war. »Raus.«

Irgendwo in den verschlungenen Windungen ihres komplexen Gehirns ahnte sie, dass es falsch war, was sie da tat, grundfalsch sogar, das Dümmste, Abwegigste und Unsinnigste, was sie in ihrem Leben je getan hatte und jemals tun würde. Und es war nicht nur die *Vernunft*, die ihr das einflüsterte. Es war auch ein sehr tief gehendes

Gefühl, das sie in einem ihrer lichteren Augenblicke als Liebe erkannt hätte.

Doch dies war kein lichter Augenblick. Dies war schwärzeste emotionale Dunkelheit, eine Art Sonnenfinsternis der Seele. Sie fühlte sich wie ein bescheuerter, hirnloser Computer, auf dem jemand eine Taste gedrückt und ein Programm gestartet hatte, das nun ablief, unaufhaltsam, unbarmherzig, unausweichlich.

In Rutgers Zügen mischte sich tiefe Verletztheit mit Stolz. Abrupt erhob er sich, griff wortlos seine Jacke und streifte sie über. Seine Bewegungen wirkten steif und mechanisch, wie die eines Roboters. An der Haustür warf er Hannah einen letzten Blick zu, und für einen Moment schien es ihr, als wolle er noch etwas sagen. Dann jedoch besann er sich eines Besseren, trat in den Innenhof hinaus und schlug die Tür hinter sich zu. Sie hörte Cúchulainns aufgeregtes Bellen, das metallische Scheppern des Tores und kurz darauf das Motorengeräusch des Land Rover.

Sie lauschte diesem Geräusch nach, bis es in der Ferne verklungen war. Dann packte sie ein Sofakissen, presste es an ihre Brust und schloss die Augen.

»Shit«, flüsterte sie. »Shit, shit, *shit*.«

Nachdem Rutger gegangen war - oder treffender: Nachdem sie Rutger hinausgeworfen hatte -, blieb Hannah einfach auf dem Sofa sitzen, unfähig, sich zu rühren oder einen klaren Gedanken zu fassen. Auch weinen konnte sie nicht, obgleich sie das Gefühl hatte, jeden Moment an dem gewaltigen Kloß in ihrer Kehle zu ersticken. Das Weinen, sie ahnte es, würde später kommen. Für den Augenblick war sie selbst viel zu geschockt über ihre eigene Tat.

Auf ein ausgiebiges Bad in einer Wanne, die bis unter den Rand mit klebrigem Selbstmitleid und pathetischen Selbstvorwürfen gefüllt war, folgten verschiedene erfolglose Versuche diverser Regionen ihres Gehirns, das Geschehene irgendwie schönzureden – so behauptete eine doch allen Ernstes, es mache eine Frau in den Augen eines Mannes nur begehrenswerter, wenn sie sich ihm hin und wieder entzöge, denn es reize seinen Jagdinstinkt, den er sich aus der Zeit der Jäger und Sammler bewahrt hatte! Sich entziehen, ja vielleicht, dachte Hannah verzweifelt. Aber sie hatte Rutger *rausgeworfen*! Und außerdem wollte sie doch keinen gottverdammten Neandertaler!

Schließlich, nachdem sie die Sache aus allen erdenklichen Blickwinkeln beleuchtet hatte und immer wieder zu demselben Ergebnis kam - es war ein Fehler, ein riesiger, gewaltiger, monumentaler

Fehler -, rappelte sie sich auf. Nicht etwa, um Rutger anzurufen und sich zu entschuldigen, denn dazu fehlte ihr der Mut. Sondern um sich hinüber ins Atelier zu schleppen. An die Arbeit an dem dämlichen Kalender war natürlich nicht zu denken; ihr war weiß Gott nicht nach farbenfrohen, luftigen Aquarellen zumute. Nein, was sie im Sinn hatte, war etwas, was ihrer derzeitigen Stimmung viel eher entsprach.

Als sie vorhin in jener Wiese gestanden und an das Atuatuca gedacht hatte, das es nicht mehr gab, war ihr nämlich die Idee zu einer Bilderserie gekommen: großformatige Leinwände in Öl oder Acryl, die Elemente auf das Nötigste reduziert und dadurch umso ausdrucksstärker. Bilder, die für Orte standen, an denen unschuldigen Menschen unendliches Leid zugefügt worden war, und die diesen Orten eine Stimme geben sollten. Sie suchte sich einen Skizzenblock und ein paar Bleistifte zusammen und konzentrierte sich.

Als sie den Stift schließlich aus der Hand legte und auf die Uhr schaute, stellte sie überrascht fest, dass es fast fünf Uhr morgens war. Sie hatte wie ihm Rausch gearbeitet, endlich einmal nach der langen Durststrecke mangelnder Inspiration, und erst jetzt bemerkte sie, wie müde sie war.

Doch sie war auch äußerst zufrieden. In den vergangenen Stunden war ihr eines klar geworden: Für sie hatte sich der Sinn der Kunst bislang im Dekorativen erschöpft - wie hatte sie es an jenem Abend im Chinarestaurant gegenüber Rutger formuliert: *l'art pour l'art?* Nun jedoch hatte sie erkannt, welch mächtiges Instrument die Kunst zu sein vermochte, wenn man sie einsetzte, um eine Botschaft zu vermitteln. Ihr, Hannah, war diese Möglichkeit, dieses Geschenk in die Wiege gelegt worden. Und sie wollte verdammt sein, wenn sie es ungenutzt ließe. Der Kalender, wenn er denn jemals fertig würde, war ein Projekt der Vernunft, das sie benötigte, um den Hof zu finanzieren. Dies hingegen, dies war ein Projekt ihres Herzens.

Sie löschte das Licht im Atelier, wankte hinüber ins Wohnhaus und schaffte irgendwie die Treppe in den ersten Stock.

Dort fiel sie, angezogen wie sie war, auf das Bett und war im selben Moment eingeschlafen.

Kapitel 24

»Da sind sie«, raunte Ambiorix und bog die Zweige des Haselnuss-
strauchs behutsam ein wenig auseinander.

Amena und Vercassius, die neben ihm kauerten, spähten durch
die Lücke im Laub. Ihr Schlupfwinkel in der Flanke der Schlucht bot
ihnen einen weiten Blick über das Tal, das sich der Fluss in das harte
Gestein gegraben hatte. Ein schmaler Pfad, der je nach den örtlichen
Gegebenheiten mal auf seinem rechten, dann auf dem linken Ufer
verlief, schlängelte sich auf der felsigen Talsohle entlang, stets begrenzt durch das reißende Wasser auf der einen und der Steilwand
auf seiner anderen Seite.

Nach einem Moment sah Amena die Handvoll römischer Reiter,
die am linken Rand ihres Gesichtsfelds aufgetaucht waren und nun
ihre Pferde einzeln hintereinander im Schritt über den steinigen Weg
lenkten. Ihre angespannte Haltung, die ängstlichen Blicke, die sie
über die steil aufragenden Hänge zu beiden Seiten zucken ließen,
verrieten ihr berechtigtes Unwohlsein, denn das enge Tal, das sich
vor ihnen dahinwand, war ohne jeden Zweifel ein ausgezeichneter
Ort für einen Hinterhalt.

Und sie hatten wahrlich allen Grund, sich zu fürchten, dachte
Amena grimmig. Nach und nach hatten sich die Eburonen, die die
Eroberung und Zerstörung Atuatucas überlebten, um Ambiorix geschart. Die Nachricht, dass er lebte, und selbst der geheime Ort, an
dem er sich verborgen hielt, verbreiteten sich unter den versprengten
Stammesteilen wie ein Lauffeuer. Schon bald erschienen die ersten
Krieger mit ihren Familien an der Höhle, in der sich ihr junger König
von seiner schweren Verletzung erholte. Dann wurden es rasch immer mehr. Auch die hochschwangere Lefa mit ihrem vierjährigen
Sohn und Alla mit ihrem Säugling kamen, und eines Tages traf E-
bunos mit einem Sklaven ein, der seinen Wallach führte.

Schließlich teilte Ambiorix die Männer in drei Gruppen unter
seiner eigenen, Cerbellus' und Viromarus' Führung auf. Und von
jenem Tag an durchstreiften die Trupps das Land der Eburonen,
wechselten beinah täglich ihr Versteck und verstrickten den Feind in
einen zähen Kleinkrieg.

Seitdem war die Angst der ständige Begleiter derjenigen Römer,
die das Castrum bei Atuatuca verlassen mussten, um Lebensmittel zu
beschaffen oder im nahen Wald Holz zu schlagen, mit dem die Befestigung wiederaufgebaut werden sollte. Die zahlreichen Hinter-
halte und kleinen Scharmützel der vergangenen Wochen zermürbten
die Legionäre und nahmen ihnen den Kampfesmut. So bereitete es

Cicero zunehmend Mühe, die rasch sinkende Moral der XIV. Legion, die erst einige Monate zuvor frisch ausgehoben worden war, aufrechtzuerhalten. Keiner der Männer, die die Sicherheit ihres Lagers verließen, konnte wissen, ob er lebend zurückkehrte oder ob seine Kameraden wenige Tage später seine Leiche fänden, im Fluss treibend, auf einem Waldweg liegend oder von einem Pfahl der Palisade baumelnd, wo die Eburonen sie im Schutz der Nacht aufgehängt hatten.

Ambiorix selbst schien überall gleichzeitig zu sein. Gestern noch lauerte er mit einer Handvoll seiner Krieger einem Trupp Legionäre auf, die sich aus dem Castrum gewagt hatten, um Bauholz zu schlagen. Heute schon wurde er in einem entfernten Landesteil gesichtet, wo er und seine Männer Wagen mit Vorräten für das römische Lager überfielen und ausraubten. Die Frage, wo er morgen auftauchen und zuschlagen würde, trieb nicht nur den Legaten, sondern jeden einzelnen seiner Soldaten um. Und wenn er sich anderentags wahrhaftig damit begnügte, rings um die Umfriedung zu reiten und die Römer zu verhöhnen, so erfüllte dies Cicero - demütigend, wie es sein mochte -, insgeheim mit einer geradezu absurden Erleichterung, war der Spott der Gegner doch einem weiteren Überfall aus dem Hinterhalt entschieden vorzuziehen.

Während die Barden ihren Liedern, in denen sie abends an den Lagerfeuern Ambiorix' Ruhm besangen, täglich neue Taten hinzufügten, entwickelte sich der junge König der Eburonen in den Augen seiner Feinde mehr und mehr zu einem Schreckgespenst, einem Nachtmahr, einem fleischgewordenen Albtraum, gefährlicher und tückischer als ein Schlachtendämon. Und bald schon schworen die ersten Legionäre bei Iupiter, dass er seine Gestalt nach Belieben verändern könne, um einmal als riesiger schwarzer Wolf mit rot glühenden Augen zu erscheinen, der seinen Opfern die Kehle aufriss und ihr Blut trank, dann wieder als gewaltiger Rappe mit feurigem Atem, der seinen Gegner mit einem einzigen Hieb seiner Hufe tötete und anschließend zermalmte. Und es währte nicht lang, bis an den römischen Lagerfeuern das Gerücht die Runde machte, er sei unsterblich.

Der Trupp Berittener befand sich jetzt ungefähr in der Mitte des Tals. Es waren acht Jäger, ausgesandt, um frisches Fleisch für das Castrum zu erlegen. Ihre Ausbeute war indes mager: Lediglich ein kleiner Rehbock hing über dem Rücken eines der Maultiere.

Die Legionäre, die täglich in immer weiteren Kreisen ausschwärmten, kehrten nie mit reicher Beute heim, da die Wälder rings um Atuatuca bereits seit Generationen so gut wie leergejagt waren.

Und wenn sie sich nach Sonnenaufgang endlich aus dem Schutz des Lagers wagten, um ihre Fallen zu überprüfen, waren diese stets schon geplündert. Die Römer fanden höchstens ein altes oder krankes Tier, das ihnen die Eburonen übrig gelassen hatten, meistens jedoch nicht einmal das, sodass sie häufig mit leeren Händen in die Umfriedung zurückkehrten. Ambiorix setzte darauf, dass auch der Hunger zur Verschlechterung der Moral unter Ciceros Männern beitragen würde, von der ihm seine Spione berichteten, denn kein Krieger kämpfte gern mit knurrendem Magen.

Ambiorix wartete geduldig, bis die Reiter die Mitte des Tals erreicht hatten. Dann stieß er in sein Horn, die Eburonen, die in den Flanken der Schlucht lauerten, sprangen aus ihrer Deckung hervor und stürzten sich auf ihre Opfer. Sogleich glitten einige der Jäger aus dem Sattel und suchten hinter Felsvorsprüngen Schutz. Dort verteidigten sie sich mit dem Mut der Verzweiflung, bis ein Schwerthieb ihrem Leben ein Ende bereitete. Drei der Feinde warfen ihre Pferde herum, um der unheilvollen Enge der Talsohle zu entfliehen, doch auch sie fielen alsbald durch einen Pfeil oder eine Lanze.

Der Kampf währte nur wenige Augenblicke und ging aufseiten der Eburonen in völligem Schweigen vonstatten. Nachdem der römische Trupp ausgelöscht war, durchsuchten einige der Krieger die Toten nach verwertbaren Gegenständen und nahmen ihnen die Waffen ab, während Amena und Vercassius die Pferde und Maultiere zusammentrieben. Dann verschwanden sie so plötzlich, wie sie gekommen waren, holten ihre eigenen Tiere aus den Verstecken und ritten zurück zum Lagerplatz.

Als sie die weitläufige Lichtung tief im Inneren des Waldes erreichten, die ihnen in diesen Tagen als Unterschlupf diente, lagerten dort an die dreihundert Krieger mit ihren Familien. Amena bemerkte, dass seit ihrem Aufbruch in den frühen Morgenstunden dreißig oder vierzig Flüchtlinge neu hinzugestoßen waren. Zu vielen ihrer Stammesbrüder, die sich nach der Eroberung Atuatucas in die entlegenen Wald- und Moorgebiete geflüchtet hatten, drang die Kunde, dass Ambiorix lebte, erst allmählich. Und nach und nach machten sie sich auf den Weg, um sich ihm anzuschließen, das Unrecht zu sühnen, das ihnen widerfahren war, und an seiner Seite für ein Leben in Freiheit und Würde zu kämpfen.

Rings umher sah Amena Menschen, die Familienangehörige und Freunde wiederfanden, einander in die Arme fielen und Tränen der Freude über ein Wiedersehen weinten, auf das sie nicht mehr zu hoffen gewagt hatten. Die Neuankömmlinge wirkten erschöpft von den entbehrungsreichen Wochen, die hinter ihnen lagen. Ihre Kleidung war zerrissen und hing in Fetzen von ihren ausgezehrten Leibern. In ihren müden Augen las Amena das Grauen, das sie bei der Eroberung der Stadt durchlitten hatten. Doch sie sah auch die Hoffnung und den unbedingten Lebenswillen, die aus diesen Augen sprachen. Diese Männer und Frauen würden nicht aufgeben. Sie hatten das Inferno des brennenden Dunom überlebt, und nun blickten sie nach vorn und waren entschlossen, Rom Widerstand zu leisten, wenn nötig bis zum letzten Atemzug.

Überall auf der Waldwiese brannten Feuer, darüber hingen Holzspieße mit Wild oder Kessel mit dampfendem Fleischeintopf. Rings umher kauerten Menschen beisammen und stärkten sich mit einer warmen Mahlzeit und erbeutetem römischem Wein.

Während Ambiorix ging, um die Beute des Vormittags unter seinen Kriegern zu verteilen und die Neuankömmlinge zu begrüßen, folgte Amena Vercassius, der sich zwischen den Gruppen hindurch bis zu einer Feuerstelle am Rande der Lichtung schlängelte. Dort saßen seine Schwester Alla mit ihrem Säugling und Tillo sowie Lefa mit ihrem kleinen Sohn und dem Töchterlein, das sie nur wenige Tage zuvor zur Welt gebracht hatte. Suchend ließ Amena den Blick über die neu eingetroffenen Männer und Frauen wandern, immer in der Hoffnung, Resa unter ihnen zu entdecken. Aber sie musste rasch erkennen, dass sich ihre alte Dienerin auch heute nicht unter ihnen befand. Jedes Mal, wenn Flüchtlinge zu ihnen stießen, fragte Amena, ob sie Kunde über Resas Schicksal besaßen. Doch niemand hatte sie gesehen, weder tot noch lebendig.

Es gab so viele, von denen jede Nachricht fehlte, so viele, an die Amena in den vergangenen Wochen oft dachte und über deren Los sie sich des Nachts den Kopf zerbrach. Ihre Eltern waren lange tot, die ältere Schwester war ihrem Mann in den Nordwesten des Stammesgebietes gefolgt, einen fruchtbaren Landstrich in der Nähe eines ausgedehnten Moores. Amena war sich gewiss, dass sie dort vor den Römern Schutz gefunden hatten. Die Geschwister ihrer Eltern waren entweder tot oder wohnten mit ihren Familien in kleinen Siedlungen weit entfernt von Atuatuca. Zwei Schwestern ihrer Mutter hatten gar Krieger benachbarter Stämme zum Mann genommen und lebten außerhalb des eburonischen Gebietes. Von ihnen allen gab es keine Kunde, doch das konnte ebenso gut bedeuten, dass sie Zuflucht in den endlosen Weiten des Arduenna Waldes gesucht hatten. Amenas Vetter Dagotalos war ihr einziger Blutsverwandter in Atuatuca gewesen. Er und sein Ziehbruder Beligantus waren der Zerstörung der

Stadt entronnen und hatten sich dem Stammesteil angeschlossen, der von Cerbellus befehligt wurde.

Amena und Vercassius nahmen am Feuer Platz und bedienten sich aus dem bauchigen Bronzekessel. Nach einer Weile gesellte sich Ambiorix zu ihnen und ließ sich schwerfällig zwischen Amena und Alla nieder. Bei manchen Bewegungen schmerzte ihn die frisch verheilte Wunde, und mitunter spürte er ein intensives Kribbeln, das sich von seiner linken Hüfte durch das Bein bis hinunter in den Fuß zog, eine Zeit lang anhielt und dann von selbst wieder verschwand.

Während Vercassius den anderen von dem erfolgreichen Überfall auf den römischen Jagdtrupp berichtete, entstand mit einem Mal Unruhe am Saum der Lichtung, als Catuvolcus mit seinen Männern zurückkehrte. Sie waren am Morgen noch vor Ambiorix und dessen Trupp aufgebrochen, um die Fallen des Feindes zu überprüfen.

Catuvolcus übergab die Zügel des Hengstes einem seiner Krieger und ließ den Blick suchend über die Waldwiese wandern, bis er das Feuer entdeckte, an dem Amena und Ambiorix saßen. Zufällig schaute sie in seine Richtung, als sich der alte König zwischen den Gruppen der Neuankömmlinge hindurch seinen Weg zu ihnen bahnte, hie und da ein bekanntes Gesicht begrüßte und ein paar Worte wechselte. Plötzlich durchfuhr sie sein Anblick wie ein Blitz. Für einen winzigen Moment, nicht länger als ein Herzschlag, hatten sich seine Züge vor ihren Augen in einen fleischlosen, bleichen Totenschädel verwandelt, sein Blick aus leeren Höhlen an ihr vorbei in die Ferne gerichtet. Rasch schloss sie die Lider, und als sie sie nach zwei tiefen Atemzügen blinzelnd wieder öffnete, war die Vision vorüber. Amena hegte gleichwohl keinerlei Zweifel daran, was sie bedeutete: Catuvolcus würde sterben, vermutlich schon in den kommenden Tagen.

Es war ohnehin erschreckend mit anzusehen, wie der alte König in den vergangenen Wochen mehr und mehr verfiel. Zwar war die Wunde, die ihm der Eber zugefügt hatte, unter Amenas Pflege gut verheilt. Doch Catuvolcus war der Mühsal, die das Umherziehen in den Wäldern, der beinah tägliche Wechsel des Lagerplatzes und die zahlreichen Gefechte mit sich brachten, nicht länger gewachsen. Zudem trug die ständige körperliche Beanspruchung dazu bei, sein anhaltendes Rückenleiden zu verschlimmern, und ließ das stundenlange Sitzen im Sattel zu einer Tortur werden. Auch gewann Amena den Eindruck, dass der Ältere rascher ermüdete. Und mitunter, wenn jemand das Wort an ihn richtete, schien er verwirrt, als wisse er nicht, wo er sich befand und was er dort tat. Es war bei den Eburonen gleichwohl seit alters her Brauch, dass ein König nicht von seinem hohen Amt zurücktreten durfte. So würde erst der Tod Catuvolcus von seiner Verpflichtung gegenüber seinem Stamm entbinden. Und dieser Tod stand unmittelbar bevor.

Amenas schmerzvolle Erkenntnis musste sich in ihren Zügen spiegeln, denn Ambiorix warf ihr einen fragenden Blick zu. Aber sie schüttelte den Kopf.

Später, nicht hier, nicht vor den anderen.

Und dann durchfuhr sie ein Gedanke, der sie sogar noch mehr erschreckte als wenige Augenblicke zuvor ihre Vorahnung von Catuvolcus' nahendem Tod: Würde sie in nicht allzu ferner Zukunft auch eine Vision von Ambiorix empfangen, erschlagen von einem römischen Schwert, sein geliebtes Gesicht blutüberströmt, seine dunklen Augen erloschen und leer?

Nein, flehte sie lautlos, bitte nicht dies. Wozu etwas sehen, wenn ich es doch nicht zu verhindern vermag?

Mit zitternden Fingern stellte sie ihren Becher beiseite und erhob sich. »Ich werde mich um die Neuankömmlinge kümmern«, erklärte sie mit mühsam aufrechterhaltener Beherrschung. »Vielleicht benötigt jemand meinen Beistand.« Jäh wandte sie sich ab, und es kostete sie ihre gesamte Kraft, nicht fortzurennen, fort von diesem Ort, an dem ihr der Tod so offen sein hässliches Antlitz gezeigt hatte.

Nach dem Nachtmahl ging Ambiorix von einem Feuer zum nächsten und verkündete, dass sie am darauffolgenden Morgen das Lager abbrechen und weiterziehen würden. Niemand widersprach, denn dieses ständige Umherziehen war der Preis für ihr Überleben, und das wussten alle.

In der folgenden Nacht wälzte sich Amena in unruhigem Schlaf auf ihrer Lagerstatt aus Laub und Decken. Lange vor Sonnenaufgang erwachte sie jäh, ohne zu wissen, was sie geweckt hatte. Mit rasendem Herzen lauschte sie in die Dunkelheit. Neben ihr schlief Ambiorix, einen Arm über sie gebreitet, wie er es immer tat, und sie hörte seine tiefen, gleichmäßigen Atemzüge. Ganz in der Nähe heulte ein Wolf, dem in einiger Entfernung ein zweiter antwortete, und eines der Pferde, die am Rande der Lichtung angebunden waren, schnaubte leise.

Seit sie sich auf der Flucht befanden und Amena gemeinsam mit ihren Stammesbrüdern unter freiem Himmel übernachtete, war ihr Schlaf noch leichter geworden, als er es ohnehin schon war. Das geringste Geräusch weckte sie, das Knacken eines Zweiges unter dem zierlichen Huf eines Rehs, das Rascheln eines Igels im trockenen Laub.

Doch dieses Mal war es anders. Eine seltsame Unrast erfasste sie, und plötzlich war sie gewiss, dass es kein Laut war, der sie geweckt hatte. Behutsam, um Ambiorix nicht zu wecken, wand sie sich unter seinem Arm hervor, erhob sich und hüllte sich in ihr Sagon. Im schwachen Schein des Halbmonds, der hoch über der Waldwiese stand, begann sie ziellos zwischen den heruntergebrannten Feuern umherzugehen, um die herum die Flüchtlinge in Felle und Decken gehüllt schliefen. Aber alles schien friedlich. Warum dann diese eigenartige Unruhe?

Mit einem Mal erinnerte sie sich der Vision, die sie am Nachmittag bei Catuvolcus' Anblick erfahren hatte, und war mit einem Schlag hellwach. Eilig machte sie kehrt und schlängelte sich zwischen den Gruppen der Schlafenden hindurch quer durch das Lager bis zu der Feuerstelle am Rande der Lichtung, an der sich der alte König wenige Stunden zuvor zur Ruhe gebettet hatte.

Sein Platz war leer.

Mit wachsender Sorge blickte sie um sich. Dann, einer Eingebung folgend, lenkte sie ihre Schritte hinüber zu einem Weg, der am Fuße einiger mächtiger Buchen seinen Anfang nahm und tief in den Wald hineinführte. Sie tauchte in die Schatten zwischen den Stämmen ein, und einen Augenblick später umfing sie die Dunkelheit.

Obwohl sich in den kühlen Nächten bereits die ersten Boten des nahenden Herbstes ankündigten, war das Blätterdach noch voll und dicht, sodass das Licht des Mondes nur hie und da bis auf den weichen Waldboden hinuntersickerte. Nachdem sich ihre Augen an das Dunkel gewöhnt hatten, folgte Amena dem Weg, zuerst zögernd, dann immer entschlossener. Nach einer Weile begann sie, Catuvolcus' Namen zu rufen, als sich plötzlich eine Hand mit festem Griff um ihren linken Arm legte und sie zurückhielt. Sie erstarrte und stieß einen unterdrückten Schrei aus.

»Suche ihn nicht, meine Tochter«, sagte eine dunkle, vertraute Stimme nah an ihrem Ohr.

Amena wirbelte herum und sah vor sich die groß gewachsene, hagere Gestalt des Druiden. Sein langes weißes Gewand leuchtete gespenstisch im bleichen Mondlicht, als er ihren Arm freigab und einen Schritt zurücktrat.

Das Herz schlug ihr bis zum Halse, und ihre Rechte fuhr erschrocken an ihre Kehle. »Ebunos! Was im Namen aller Götter tut Ihr hier?«

Freilich stand es ihr als junger Priesterin nicht zu, ihren alten Lehrmeister zu seinen Handlungen und Beweggründen zu befragen, doch er überging diese Ungehörigkeit.

»Schsch«, warnte er bloß, einen Finger an die Lippen gelegt.

Im selben Moment fiel ihr Blick auf einen metallenen Gegenstand, den der Druide in seiner Linken hielt und der für die Dauer eines Lidschlags das Licht des Mondes eingefangen hatte. Sein Dolch? Dann erkannte sie ihn. Es war ein Becher, und nicht irgendeiner, sondern der goldene Becher, der Ebunos bereits sein Leben lang bei der Ausübung der heiligen Rituale diente.

Und mit einem Mal verstand sie. Sie schloss die Augen und holte tief Luft. Das also war die Bedeutung ihrer Vision. Es war nicht Catuvolcus' Tod in der Schlacht, den sie vorhergesehen hatte, und auch kein natürlicher, friedvoller Tod am Ende eines langen, erfüllten Lebens. Der alte König war mit einem Trank aus den giftigen Auszügen der Eibe, den der Druide ihm bereitet hatte, aus dem Leben geschieden.

»Catuvolcus hat mich darum gebeten, und ich habe seinen Wunsch respektiert«, erklärte Ebunos soeben leise. »Du solltest dasselbe tun.«

Amena öffnete ihre Lider und betrachtete ihn. Sein weißes Gewand und die schlohweißen Haare waren das einzig Helle in dem undurchdringlichen Blauschwarz des Waldes und umgaben ihn wie eine Aura. Doch vielleicht waren es auch die nicht nachlassende Energie und die Weisheit dieses Mannes, die ihn aus seinem Innersten heraus erstrahlen ließen.

Und sie musste ihm ja beipflichten. Niemandem im Lager war verborgen geblieben, wie sehr Catuvolcus unter den Gebrechen des Alters litt und dass ihn seine Kräfte zusehends verließen. Hätte er warten sollen, bis der Tod von selbst kam, stets in dem Gefühl, nur noch ein Schatten des kraftvollen Mannes, ruhmreichen Kriegers und mächtigen Königs zu sein, der er einst gewesen? Hätte er warten sollen, bis er in den Augen seiner Anhänger wie auch seiner Feinde nur noch Mitleid und Verachtung las statt wie ehedem Respekt und Furcht? Nein, es war ein kluger Weg, den er gewählt hatte. Der Becher mit dem Gift der Eibe stellte einen würdigen Tod dar für einen König der Eburonen, des Eibenvolks.

Schließlich nickte Amena, wie so oft vergessend, dass der blinde Druide sie nicht zu sehen vermochte. Als es ihr einfiel, holte sie erneut tief Luft. »Ich werde gehen und Ambiorix die Nachricht überbringen«, sagte sie, unfähig zu verhindern, dass ihre Stimme heiser klang.

Ebunos ließ den goldenen Becher in den Falten seines Gewandes verschwinden, verschränkte die Arme vor der Brust und neigte leicht den Kopf, stummes Zeichen seines Einverständnisses.

Ohne ein weiteres Wort wandte sie sich ab, folgte dem Weg zurück ins Lager und eilte hinüber zu dem Feuer, an dem Ambiorix schlief, der junge, der letzte König der Eburonen.

Am nächsten Morgen rief Ambiorix die Männer und ihre Familien zusammen und verkündete ihnen die Kunde von Catuvolcus' Tod. Viele reagierten mit Trauer und Bestürzung; andere, besonders unter den jüngeren Kriegern, nahmen die Nachricht mit unbeteiligtem Gesichtsausdruck auf. Für sie repräsentierte der alte König eine vergangene Epoche, die mit dem Eindringen Roms in das Gebiet der freien Kelten unwiderruflich zu Ende gegangen war. Diese Männer empfanden seinen Tod als Ausdruck eines Naturgesetzes: Wenn ein Tier zu alt und zu schwach wurde, um dem Rudel zu folgen, blieb es zurück und starb. So hatte die Natur es nun einmal eingerichtet.

Ambiorix traf Catuvolcus' Tod tief. Obwohl die beiden in den zurückliegenden Jahren in entscheidenden Fragen häufig unterschiedlicher Ansicht gewesen waren, hatten sie sich im Angesicht des übermächtigen Feindes Rom schließlich doch zusammengerauft. Seither schätzte Ambiorix den Älteren wegen seiner Umsicht und Erfahrung und nahm ihn gegenüber seinen jugendlichen Kritikern in Schutz. Insgeheim verfluchte er den Brauch, demzufolge ein König der Eburonen nicht abdanken durfte und der ihn zwang, seinem Leben ein Ende zu bereiten, wenn er sein Amt nicht länger angemessen auszuüben vermochte und seinem Stamm zur Last fiel, statt ihm zu dienen.

Ebunos, den mit Catuvolcus eine lebenslange Freundschaft verband, hatte sich ausgebeten, die Verbrennung des Leichnams durchzuführen. Das Totenritual war gleichwohl alles andere als eines Königs würdig. Unter gewöhnlichen Umständen hätten die Angehörigen aus der Sippe des Verstorbenen diesen in seine besten Gewänder gehüllt und ihn mit seinem prächtigsten Schmuck und seinen kostbarsten Waffen ausgestattet. Doch dies waren keine gewöhnlichen Umstände. Catuvolcus' wertvollster Besitz war den Römern in die Hände gefallen, als sie Atuatuca plünderten, und er besaß nur noch das, was er bei der Flucht von Andemagus' Hof am Leibe getragen hatte.

Und so wurde Catuvolcus, König der Eburonen, in schlichter, zerschlissener Kleidung und mit seinen Jagdwaffen bestattet. Sein einziger Schmuck bestand aus seinem goldenen Torques, und lediglich der prachtvolle Dolch, Ausdruck seines erhabenen Amtes, würde ihn in der Anderen Welt als einen Anführer seines Stammes ausweisen. Man legte den Leichnam auf einen der erbeuteten römischen

Wagen und brachte ihn auf die Kuppe einer nahe gelegenen Anhöhe, wo aus Reisig und Ästen ein Scheiterhaufen errichtet worden war. Behutsam wurde der Verstorbene darauf gebettet, und Ebunos stimmte einen feierlichen Trauergesang an, entfachte ein heiliges Feuer und setzte das trockene Holz in Brand.

Sämtliche Krieger mit ihren Familien wohnten dem Ritual bei und harrten geduldig aus, bis von dem Holzstoß mit Catuvolcus' sterblicher Hülle nichts übrig blieb als ein Haufen Asche. Die Barden, die den toten König mit einem langen und ruhmreichen Lied zu ehren versprachen, würden später berichten, dass sich ein gewaltiger Rabe auf einer der hohen Fichten in der Nähe des Scheiterhaufens niederließ und erst davonflog, als die Zeremonie vollendet war. Und sie schworen, dies sei Catuvolcus' Seele, die in Gestalt des mächtigen Vogels mit dem schillernden blauschwarzen Gefieder ihre Reise in die Andere Welt angetreten hatte.

Nach dem Ende der Trauerfeierlichkeiten sandte Ambiorix Boten zu den beiden Stammesteilen um Cerbellus und Viromarus, um ihnen die Kunde vom Tod des alten Königs zu überbringen. Dann hieß er seine Krieger ihre wenige Habe zusammenpacken und sich auf den Aufbruch vorbereiten.

Kurz nachdem Sulis den höchsten Punkt ihres Himmelsweges erreicht hatte, brachen sie auf. Als neuen Lagerplatz hatte Ambiorix ein kleines, knapp zwanzig Meilen entfernt liegendes Tal am Fuße einer schroffen Felswand ausgewählt, deren Halbrund auf drei Seiten einen natürlichen Schutz bot und von deren Gipfel aus jeder sich nähernde Feind schon von Weitem zu erkennen wäre.

Gemeinsam mit Amena und Vercassius führte er den Zug an. Eccaius ritt dicht hinter ihnen. Er hatte den Untergang Atuatucas leicht verletzt überlebt. Und seitdem sein Herr um ein Haar getötet worden und er nicht bei ihm gewesen war, um ihn zu beschützen, wich er nicht mehr von seiner Seite.

Es war ein angenehmer Spätsommertag, der blassblaue Himmel überzogen mit zarten Schleierwolken. Ein milder Wind wehte über die Ebene, die sich vor ihnen ausbreitete, nachdem sie den schützenden Wald hinter sich gelassen hatten. Eine Lerche, von den Hufen der Pferde im hohen Gras aufgescheucht, stieg wie ein Pfeil hinauf in das Himmelsblau und sang ihr melancholisches Lied, als betrauerte auch sie den Tod des alten Königs der Eburonen.

Ambiorix war schweigsam und in sich gekehrt. Schließlich richtete Vercassius, dem Catuvolcus' Tod vollkommen gleichgültig war und der daraus auch kein Hehl machte, in dem Bemühen, ihn aufzumuntern, das Wort an ihn. »Sag, Bruder, ist dir eigentlich nicht bewusst, was dieser Tod für deine eigene Zukunft bedeutet? Du bist jetzt der alleinige König unseres Stammes. Und da Catuvolcus keine lebenden Söhne hat, werden seine Anhänger nicht so bald mit einem Nachfolger aufwarten. Niemand wird dir nun länger in deine Entscheidungen dreinreden.«

Ambiorix' Kopf ruckte hoch, und seine dunklen Augen funkelten gefährlich. »Wie kannst du es wagen, in solch einem Moment an Macht zu denken?«, herrschte er Vercassius mit ungewohnter Barschheit an. »Obgleich Catuvolcus und ich oftmals uneins waren, verdient er dennoch unsere Achtung und Wertschätzung. Auch ich werde eines Tages alt und gebrechlich sein. Und dann werde ich mir wünschen, dass man mir weiterhin mit dem Respekt begegnet, der einem König gebührt.«

Vercassius' Züge erstarrten, als die Reaktion seines Ziehbruders und Freundes so gänzlich anders ausfiel als erwartet. Zutiefst gekränkt und ohne ein weiteres Wort riss er seinen Falben herum und sprengte ein Stück des Weges zurück, um sich einer Gruppe jüngerer Krieger anzuschließen, von denen er wusste, dass sie seine Ansichten teilten.

Nachdem er verschwunden war, lenkte Ambiorix seinen Schimmel neben Amenas Stute. Eine Weile ließen sie ihre Tiere schweigend nebeneinanderher gehen, und Amena fühlte, dass ihn neben seiner Trauer um Catuvolcus noch etwas anderes bedrückte.

Schließlich stieß er einen tiefen Seufzer aus. »Ich mache mir Vorwürfe«, gestand er.

Amena warf ihm einen überraschten Seitenblick zu. »Vorwürfe? Weswegen?«

Der Wind fuhr in Ambiorix' Umhang, und er schob ihn mit einer ungeduldigen Handbewegung zurück. »Ich hätte spüren müssen, was in Catuvolcus vorging, wie verzweifelt er war und dass er mit dem Gedanken spielte, seinem Leben ein Ende zu bereiten. Ich frage mich, wie mir das nur entgehen konnte.«

Amenas Erinnerung wanderte zurück zu dem Augenblick, als sie den goldenen Becher in Ebunos' Hand sah und jäh verstand, was geschehen war. »Selbst wenn du seine Absichten erahnt hättest, hättest du seinen Tod nicht zu verhindern vermocht«, versuchte sie ihn zu trösten. »Catuvolcus war alt. Er war der Mühsal des Lebens, das wir zurzeit führen, nicht länger gewachsen, und er wollte uns nicht zur Last fallen.« Sie überlegte einen Moment. »Ich glaube übrigens nicht, dass er verzweifelt war«, setzte sie dann hinzu. »Er hat unsere und seine eigene Lage sehr klar durchschaut und daraufhin seine Entscheidung getroffen. Das war kein Akt der Verzweiflung, sondern der Weisheit. Er hat sein Leben dem Wohl seines Stammes geopfert. Das ist eine Geste, die eines Königs würdig ist, denkst du nicht?«

Ambiorix' Züge entspannten sich ein wenig, und er nickte langsam. »Wahrscheinlich hast du recht.« Er wollte noch etwas hinzufügen, wurde jedoch durch einen Reiter abgelenkt, der von der Kuppe einer vorausliegenden Anhöhe auf sie zugaloppiert kam. »Das ist Andemagus«, stellte er mit gerunzelter Stirn fest. »Sieht so aus, als hätte er wichtige Nachrichten.«

Ambiorix hatte ihn gemeinsam mit zwei anderen Kriegern in die Umgebung Atuatucas geschickt, um den Fortschritt der Befestigungsarbeiten am nahe gelegenen römischen Lager auszukundschaften. Nun hielt Vercassius' Schwager in wahrhaft halsbrecherischer Geschwindigkeit auf sie zu und brachte seinen Braunen kurz vor ihnen zum Stehen. Pferd wie Reiter waren die Strapazen des Rittes deutlich anzusehen.

Andemagus verneigte sich hastig, ehe er sich an seinen König wandte. »Seid gegrüßt, Herr«, stieß er atemlos hervor, um ohne Umschweife fortzufahren. »Die Sugambrer haben den Renos überquert und sind mit zweitausend Mann auf dem westlichen Ufer gelandet. Sie haben bereits die ersten eburonischen Gehöfte und zwei kleinere Siedlungen in der Nähe des Flusses überfallen und geplündert.«

Ambiorix schüttelte seine trüben Gedanken ab und richtete sich im Sattel auf. Endlich war der Moment gekommen, auf den er seit Wochen wartete.

Die Legionen hatten sich Atuatuca seinerzeit von Norden, Westen und Süden genähert und die Landstriche, durch die sie zogen, vollständig verwüstet. Doch das den Sugambrern zunächst gelegene Gebiet im Osten, zwischen der Hauptstadt und dem Renos, war weitgehend verschont geblieben, da Caesar den Germanen einen Anreiz bieten wollte, den Strom zu überqueren und das Zerstörungswerk der Römer zu vollenden. Jetzt hieß es rasch handeln, um die Aufmerksamkeit der Eindringlinge von den keltischen Gehöften fort- und stattdessen auf das Castrum bei Atuatuca hinzulenken, ehe sie noch mehr Schaden auf eburonischem Land anrichteten.

Ambiorix befahl Eccaius, den Zug entlangzureiten und zu verkünden, dass sie sich nun in Richtung Osten wandten, um mit den Sugambrern zusammenzutreffen. Dann suchte er zwei Boten aus und schickte sie zu Viromarus und Cerbellus mit dem Befehl, sich mit ihren Kriegern nach Atuatuca zu begeben und dort auf ihn zu warten.

Der Weg, den die Germanen unter ihrem König Aengil nach der Überquerung des Renos zurückgelegt hatten, klaffte wie eine offene Wunde in der fruchtbaren Landschaft: Sie hatten Gehöfte in Brand gesteckt und Felder verwüstet, deren reifes goldgelbes Getreide nun zertreten am Boden lag und verfaulte. Das Vieh hatten sie geschlachtet und diejenigen Menschen mit sich fortgetrieben, die sie als Sklaven auf den eigenen Äckern einzusetzen gedachten. Die verstümmelten Leichen derer, für die sie keine Verwendung wussten, hatten sie geplündert und in den Ruinen der Höfe zurückgelassen, eine leichte Beute für Aasfresser.

Ambiorix ballte die Fäuste in ohnmächtigem Zorn, als er die Zerstörungen sah. Aengil war als Feind in das Land der Eburonen eingedrungen, er verhielt sich wie ein Feind. Doch Ambiorix durfte ihn nicht als solchen behandeln, denn schließlich wollte er ihn als Bundesgenossen im Kampf gegen die Römer gewinnen.

»Mit diesem Hundsfott soll ich verhandeln?«, fragte er finster an Amena gewandt. »Ich weiß nicht, ob ich das schaffe, ohne ihm an die Gurgel zu gehen.«

Sie schwieg. Als sie die Schneise der Verwüstung sah, die Aengil und seine Sugambrer vom Renos landeinwärts geschlagen hatten, befiel sie eine erste Ahnung davon, wie es im Umland Atuatucas aussehen mochte, durch das die Legionen brandschatzend, plündernd und mordend gezogen waren. Bislang hatte sich die Gruppe der Flüchtlinge um Ambiorix von diesem Gebiet ferngehalten, um ihren König keiner unnötigen Gefahr auszusetzen, nach dem die Römer mit unverminderter Entschlossenheit fahndeten und auf dessen Ergreifung ein hohes Kopfgeld ausgesetzt war. Nun erblickte Amena erstmals mit eigenen Augen, was ihr bisher nur geschildert worden war, und ihr Entsetzen über die Gräueltaten der römischen Legionäre und ihrer germanischen Handlanger kannte keine Grenzen.

Ambiorix trieb seine Schar zur Eile an, und am Abend des folgenden Tages stießen sie auf die Sugambrer. Die Feinde hatten ihr Lager in einem weiten Tal am Ufer der Arnava aufgeschlagen, knapp zehn Meilen südöstlich von Atuatuca. Sie schienen sich sehr sicher zu fühlen, berichteten die Krieger, die Ambiorix als Kundschafter vorausschickte, denn sie hätten erst in unmittelbarer Nähe des Tals Wachen aufgestellt.

»Freilich fühlen sie sich sicher«, kommentierte Ambiorix grimmig. »Die Römer brauchen sie nicht zu fürchten, und uns halten sie für geschlagen und nahezu ausgelöscht. Aber wir werden ihnen beweisen, dass dem nicht so ist.«

Er befahl seinen Leuten, in zwei Meilen Entfernung von den Germanen zu lagern, und sandte einen Boten, der des eigentümlichen, schwerfälligen Dialektes mächtig war, zu ihrem König Aengil mit dem Ersuchen um eine Unterredung. Der Mann kehrte umgehend zurück und richtete Ambiorix aus, der ehrwürdige König der Sugambrer sei bereit, ihn zu empfangen. Er dürfe jedoch lediglich einen Druiden als Begleitung wählen und müsse ohne Waffen kommen.

»Ehrwürdig«, blaffte Ambiorix. Es fehlte nicht viel und Amena wäre erstmalig Zeugin geworden, wie er vor Verachtung ausspie. Doch er beherrschte sich im letzten Augenblick. »Feige Mörder und Viehdiebe sind das, alle miteinander«, schimpfte er stattdessen und begann mit langen Schritten auf und ab zu gehen. »Und dieser Aengil ist der größte Halunke von allen. Beim Teutates, ich weiß nicht, wie ich mit solch einem Schurken verhandeln soll, ohne mich zu vergessen.«

Der Gesandte, ein junger Krieger, beobachtete fasziniert, wie sein für gewöhnlich so besonnener König vor Zorn die Fassung verlor. Dennoch erachtete er es für klug, seinem Herrn noch eine Warnung zukommen zu lassen. »Macht Euch auf etwas gefasst, Herr«, setzte er daher behutsam hinzu. »Das sind keine Menschen. Das sind wilde Tiere.«

Ambiorix hielt in seiner Wanderung vor ihm inne. »Wie meinst du das?«

Der Bote starrte verlegen auf einen späten Löwenzahn zu seinen Füßen. »Nun ja, sie sind ... nicht wie wir, Herr. Sie sind ... anders.«

Ambiorix, der nicht verstand, worauf der Mann hinauswollte, zuckte die Achseln. »Wir werden sehen«, meinte er, als er den Schwertgürtel ablegte und ihn zusammen mit seinem Dolch Eccaius aushändigte.

Sein Schildträger nahm die Waffen mit unglücklichem Gesichtsausdruck in Empfang. Der Gedanke, dass sein König unbewaffnet in das Lager dieser unberechenbaren Germanen reiten sollte, die zudem in feindlicher Absicht in das Land der Eburonen eingedrungen waren, bereitete ihm mehr als nur Magenschmerzen. Jedoch stand es ihm nicht zu, seinem Herrn Ratschläge zu erteilen, und so schwieg er bedrückt.

Aber als ein Sklave wenig später Avellus herbeiführte und Ambiorix sich anschickte aufzusitzen, griff Andemagus in das Zaumzeug des Schimmels. »Herr, Ihr wollt doch wohl nicht auf die Bedingungen dieser Viehdiebe eingehen und Euch ohne Waffen und allein mitten unter sie begeben.«

Ambiorix lächelte fein. »Nein, natürlich nicht«, antwortete er. »Ich nehme Amena mit.«

Andemagus war gleichwohl nicht nach Scherzen zumute. »Herr, Ihr wisst doch, was ich meine«, rief er verzweifelt. »Lasst Vercassius und mich Euch wenigstens begleiten.«

Bei der Nennung von Vercassius' Namen huschte ein Schatten über Ambiorix' Züge. Seit ihrem Streit am Vortag hatte er kein Wort mehr mit seinem Ziehbruder gewechselt, der tief gekränkt war und ihm demonstrativ aus dem Wege ging. Aber darum würde er sich später kümmern. Er legte Andemagus eine Hand auf den Arm. »Ich danke Euch für Euer Angebot. Doch ich habe Aengil um eine Unterredung gebeten, und er gewährt sie mir zu seinen Bedingungen. So sind nun einmal die Spielregeln.« Dann schwang er sich in den Sattel und folgte Amena, die bereits auf ihn wartete.

Sie lenkten ihre Pferde in Richtung des Tals, in dem die Sugambrer ihr Lager aufgeschlagen hatten, und ließen sie in einen leichten Trab fallen. Der Weg führte durch saftige Wiesen und tauchte alsbald in ein kleines Waldstück ein. Schließlich hörten sie in der Ferne die charakteristischen Geräusche eines jeden Kriegslagers, gleich ob keltisch oder germanisch: dissonante Gesänge aus heiseren Kehlen, raues Gelächter, Wiehern und Waffengeklirr. Ihr sorgloses Verhalten unterstrich, dass sich die Eindringlinge mitten im Feindesland ausgesprochen heimisch fühlten.

»Die fühlen sich hier schon ganz wie zu Hause«, knurrte Ambiorix. »Wird nicht einfach sein, die wieder loszuwerden.«

Just in dem Moment, als die rot glühende Scheibe der Sonne hinter einem sanften Hügelkamm am westlichen Horizont versank, lenkten sie ihre Pferde aus den Schatten des Gehölzes in das Tal hinaus, das die Germanen als Lagerplatz gewählt hatten.

Sie verhielten gerade lang genug, um sich zu orientieren. Als sie die Tiere erneut antreiben wollten, um in die Talsohle hinabzureiten, löste sich eine unförmige Gestalt aus der Dunkelheit zwischen den Baumstämmen und forderte sie im Dialekt der Sugambrer auf, stehen zu bleiben. Dann kam ein berittener Krieger auf sie zu, umkreiste sie einmal und hielt schließlich vor Ambiorix an. Er ritt ein germanisches Pferdchen, klein, struppig und mit stumpfbraunem Fell, nach keltischen Maßstäben eher geeignet für die ersten Reitversuche eines ungeübten Knaben denn als Jagd- und Kampfgefährte für einen erwachsenen Mann. Sein hünenhafter Reiter hätte Ambiorix stehend um eine halbe Haupteslänge überragt. Doch auf diesem Pferdchen sitzend reichte er ihm eben bis zur Schulter, während er seine Füße leicht anheben musste, damit sie nicht über den Boden schleiften.

Dem Sugambrer war der belustigte Blick, mit dem Ambiorix sein Pferd musterte, nicht entgangen. Seine Miene verfinsterte sich. »Folgt mir«, hieß er sie knapp, wendete sein Tier und lenkte es ihnen voran einen sanften, mit hohen Gräsern bewachsenen Hang hinab.

Die gesamte Talsohle war erfüllt vom Schein zahlloser Feuer, um die herum in kleinen Gruppen Germanen lagerten. Das rötliche Licht spiegelte sich in den Wellen der Arnava, die das Tal in seiner Längsrichtung zerschnitt, sodass es aussah, als führte sie kein Wasser, sondern flüssiges Kupfer. Der Lärm des Kriegslagers, der Amena und Ambiorix schon von Weitem empfangen hatte, war nun zu einem ohrenbetäubenden Missklang angeschwollen, als zweitausend Sugambrer in verschiedenen Stadien der Trunkenheit ihrer Freude über die Plünderungen des zur Neige gehenden Tages lautstarken und ungezügelten Ausdruck verliehen.

Ihr Führer umrundete seine zechenden und grölenden Stammesgenossen auf halber Höhe des Hangs, bis sie schließlich zu einem der Feuer im hinteren Teil des Tales gelangten, etwas abseits von den anderen im Schutz einiger Birken gelegen, um das ein gutes Dutzend Krieger lagerte. Als sie sich ihnen bis auf zehn Schritt genähert hatten, bedeutete er Amena und Ambiorix mit einer Geste anzuhalten, während er selbst das letzte Stück zurücklegte, absaß und mit einem der Männer sprach. Daraufhin erhob sich der Angesprochene schwerfällig und kam zusammen mit ihrem Führer auf die beiden Reiter zu.

Obwohl Amena Aengil nie zuvor begegnet war, hegte sie keinen Zweifel, dass dieser Germane der König der Sugambrer sein musste.

Er war ein wahrer Hüne, ein Mann von der Gestalt eines ausgewachsenen Braunbären, eines äußerst wohlgenährten überdies. Eine schmuddelige braune Tunika spannte über seinem feisten Wanst, der sich über den Bund der ausgebeulten, fleckigen Lederhose wölbte. Und wie um seine Ähnlichkeit mit einem Bären zu unterstreichen, hatte Aengil trotz des milden spätsommerlichen Wetters das gewaltige Fell eines solchen Tieres übergeworfen. Der Schopf des Königs erinnerte Amena hingegen mehr an das zottelige Haarkleid einer Bergziege. Seine blonde, von Grau durchzogene Mähne fiel in verfilzten Strähnen bis auf den Rücken, und ein ungepflegter Vollbart wucherte über seinen Mund und bis auf die Brust hinab wie Flechten, die über einen Felsen krochen. Im flackernden Schein der Flammen erhielt Amena Gelegenheit, das Gesicht des Mannes zu betrachten, besser gesagt: das, was seine üppige Haarpracht davon übrig ließ. Die rechte Hälfte wurde durch eine lange, wulstig verheilte Narbe entstellt, die unter dem Jochbein begann, sich über die Wange hinweg bis in den Bart zog, wo sie eine kahle Stelle hinterließ, und insgesamt kein gutes Licht auf die Künste germanischer Heilkundiger warf. Die kleinen Augen des Hünen verschwanden fast unter den zotteligen Haaren, die ihm tief in die Stirn hingen. Doch soweit Amena erkennen konnte, waren sie mit einer Mischung aus unverhohlenem Misstrauen und listiger Berechnung auf die beiden Besucher gerichtet. Um seine ungepflegte Erscheinung abzurunden, verströmte Aengil außerdem einen eigenartigen, beißenden Geruch. Amena wusste nicht zu entscheiden, ob er von dem schlecht präparierten Bärenfell oder dem Mann selbst ausging.

Sie hörte, wie Ambiorix neben ihr scharf die Luft einsog. Für ihn, der so viel Wert auf Reinlichkeit und Körperpflege legte, war der König der Sugambrer von Kopf bis Fuß ein einziger Affront, eine fleischgewordene Beleidigung nicht nur seines Geruchssinns.

»Gütige Götter«, murmelte er so leise, dass nur Amena ihn verstand. »Und mit so einem Vieh soll ich verhandeln? Womit habe ich das verdient?«

Er stieß einen tiefen Seufzer aus, dann saß er ab. Amena folgte seinem Beispiel mit ähnlich gemischten Gefühlen. Aengil war einige Schritte vor ihnen stehen geblieben, während die Krieger, die zuvor um das Feuer gelagert hatten, nun einen lockeren Kreis um sie bildeten. Gleichzeitig forderte ihr Führer Ambiorix mit einer knappen Geste auf, seine Hände zu heben, damit er ihn nach verborgenen Waffen abtasten konnte.

»Der hat wahrhaftig Angst, dass ich ihm vor all seinen Leuten ein Messer in seinen fetten Wanst ramme«, raunte Ambiorix Amena zu, als er der Aufforderung mit abgewandtem Gesicht und schlecht verhohlenem Widerwillen nachkam. »Was sind diese Germanen doch für Feiglinge.«

Nachdem der Mann seine Untersuchung beendet hatte, bedeutete er Ambiorix, seine Arme sinken zu lassen. Dieser strich demonstrativ seine Kleidung glatt und rückte seinen Gürtel zurecht.

Nun wandte sich ihr Führer sichtlich verunsichert Amena zu. Offenkundig hatte er nicht damit gerechnet, dass der Druide der Eburonen eine Frau wäre, und Amena war aufrichtig gespannt, wie er diese Schwierigkeit meistern würde. Selbstredend trug sie ihren goldenen Ritualdolch, eine der Insignien ihres Amtes, und um keinen Preis würde sie ihn in die unberufenen Hände dieses Wilden geben. Sie richtete sich zu ihrer vollen Größe auf, schaute dem Mann geradewegs in die Augen und wartete mit der gebotenen Ruhe ab. Hastig senkte der Sugambrer den Blick.

»Wenn er dich mit seinen schmutzigen Fingern anfasst, erwürge ich ihn mit meinen bloßen Händen«, flüsterte Ambiorix neben ihr und warf dem Germanen einen drohenden Blick zu, der diesem jedoch entging, da er eh schon zu Boden starrte.

»Keine Sorge, das wird er nicht wagen«, gab Amena ebenso leise zurück. »Er hat viel zu große Furcht, dass ich ihn in eine Kröte verwandele oder gewisse Teile seines ungewaschenen Leibes schrumpfen lasse.«

Während ihr Führer noch immer verlegen von einem Fuß auf den anderen trat und mit plötzlich erwachtem Interesse die Spitzen seiner ausgetretenen Stiefel studierte, bellte sein König hinter ihm einen Befehl, der ihn zwei hastige Schritte nach vorn katapultierte, sodass er nun unmittelbar vor Amena zu stehen kam. Sie roch seinen Angstschweiß und konnte förmlich hören, was in diesem Moment in seinem Kopf vor sich ging. Hieß es nicht, dass es Unglück brachte, eine keltische Priesterin zu berühren? Würde sie ihn zur Strafe womöglich verzaubern oder mit einem Fluch belegen? Diesen Kelten war doch alles zuzutrauen. Aber was sein König mit ihm anstellen würde, wenn er nicht bald zur Tat schritte, wäre auch nicht angenehmer ...

Schließlich fasste er sich ein Herz. »Tragt Ihr Waffen?«, fragte er in einem germanisch-keltischen Wortgemisch und so leise, dass Amena ihn nur verstand, weil sie ahnte, was er zu wissen begehrte.

Sie schob ihr Sagon ein Stück zur Seite, sodass ihr Dolch für jedermann sichtbar wurde. »Aber gewiss doch. Wie alle Druiden und Priesterinnen der Eburonen trage ich einen Dolch«, antwortete sie ihm in seinem Dialekt, während rings um sie ein Dutzend Hände zu den Heften der Schwerter zuckten. »Und ich gedenke auch nicht, mich jetzt und hier von ihm zu trennen. - Um es kurz zu machen, du hast genau zwei Möglichkeiten«, erklärte sie alsdann dem Mann, der sie unglücklich anschaute. »Entweder du kommst und holst ihn dir. Doch dann werde ich den Zorn der Höchsten Göttin, deren Dienerin ich bin und unter deren Schutz ich stehe, auf dich herabbeschwören. Oder aber der Dolch bleibt, wo er ist, und ich gebe dir mein Ehrenwort als Priesterin, ihn nur zu gebrauchen, wenn das Leben meines Königs oder mein eigenes in Gefahr ist. Entscheide dich.«

Sie hatte mit erhobener Stimme gesprochen, sodass sämtliche Umstehenden sie zu verstehen vermochten. Nun verschränkte sie die Arme vor der Brust, um anzuzeigen, dass ihre Worte nicht zur Diskussion standen. Aus dem Augenwinkel sah sie, dass Ambiorix' Lippen zuckten und es ihm Mühe bereitete, ernst zu bleiben.

Der Mann vor ihr war nun vollends aus der Fassung gebracht. Kleine Schweißperlen hatten sich auf seiner Stirn gebildet. Doch in dem Moment, als er sich mit Hilfe suchendem Blick zu seinem König umwandte, brach der plötzlich in schallendes Gelächter aus und trat auf Amena und Ambiorix zu. »Es ist gut, du kannst gehen«, wedelte er ihren Führer beiseite, der sich das nicht zweimal sagen ließ und sich eilig davonmachte.

Darauf lachte Aengil erneut, ein Grollen wie ferner Donner, trat einen weiteren Schritt näher und drosch dem König der Eburonen die Schulter, als begrüßte er einen alten Bekannten. Ambiorix, auf so viel Distanzlosigkeit nicht vorbereitet, fuhr zusammen, fing sich aber sogleich wieder. Allmählich begann er wohl zu ahnen, was sein Bote gemeint hatte, als er sagte, die Germanen seien ... anders.

»Der junge König mit den sieben Leben«, rief der Sugambrer dann, immer noch lachend, wobei er zwei Reihen gelblicher Zähne entblößte, in denen mehrere schwarze Lücken klafften. Die umstehenden Krieger fielen in sein Lachen ein, als hätte er einen großartigen Scherz gerissen. »Ich hielt Euch für tot«, erklärte er sodann, »doch es erfüllt mich mit aufrichtiger Freude, endlich die Bekanntschaft des Mannes zu machen, der Rom trotz großer Verluste wieder und wieder erfolgreich an der Nase herumführt. Kommt mit ans Feuer, setzt Euch. - Und auch Ihr, Priesterin, seid willkommen. Ich fürchte Euren Dolch nicht. Im Gegenteil, wir Germanen schätzen wehrhafte Frauen. Ihr würdet eine gute Sugambrerin abgeben.«

Das mögen die Götter verhüten, dachte Amena und folgte den beiden Königen hinüber zu der Feuerstelle unter dem überhängenden Blätterdach der Birken. Dort füllte Aengil zwei reichlich verbeulte Bronzebecher mit einer bernsteinfarbenen Flüssigkeit, die ein beißendes Aroma verströmte, und reichte sie ihnen.

Das also war die Quelle des eigenartigen Geruchs, der von dem Mann ausging, erkannte Amena. Nach der Schwere der Duftwolke zu urteilen, die ihn umwaberte und sich mit diversen anderen, ihr unbekannten Aromen mischte, nahm er den Trank wohl kesselweise zu sich. Nun, er wirkte ja ohnehin nicht wie jemand, der Mäßigung lebte.

Höflich nippte sie an ihrem Becher, und augenblicklich raubte ihr der scharfe Geschmack den Atem. Es war Honigmet, ein Getränk, das auch die keltischen Stämme kannten. Doch dieser hier war nicht nur besonders stark, sondern besaß überdies einen merkwürdigen Beigeschmack, den Amena nicht zu deuten vermochte, der aber vermutlich von irgendwelchen beigemischten Kräutern herrührte. Dies war zumindest die angenehmere Erklärung. Über andere mögliche Quellen des beißenden Aromas wollte sie lieber nicht nachdenken.

Unauffällig stellte sie den Becher beiseite, während Aengil von Ambiorix erwartete, dass er den seinen bis zum letzten Tropfen leerte. Eine Weigerung hätte er als grobe Verletzung seiner Gastfreundschaft angesehen, was ihren Verhandlungen kaum zuträglich gewesen wäre. So blieb Ambiorix nichts anderes übrig, als diese Pflicht mit schlecht gespielter Begeisterung zu erfüllen, und nur Amena bemerkte, dass es ihn innerlich schüttelte. Er lehnte jedoch entschieden ab, als sich der Sugambrer anschickte, den Becher erneut zu füllen.

»Ich fragte mich eben, was Euch wohl zu mir führen mag«, begann Aengil, nachdem gleich zwei Becher des scharfen Gebräus dort verschwunden waren, wo Amena hinter dem undurchdringlich anmutenden Geflecht des verfilzten Bartes seinen Mund vermutete. »Lasst mich raten, ich glaube, ich kann es mir denken. Ihr wollt mich tadeln, weil ich Euer Land verwüste. Hab ich recht?« Wieder brach er in schallendes Gelächter aus, begleitet von einer weiteren Wolke seines metgeschwängerten Atems. Die Krieger, die vorhin den Kreis um Amena, Ambiorix und ihren Führer gebildet hatten und nun mit ihnen am Feuer saßen, fielen in sein Lachen ein.

Entweder waren die Sugambrer von Natur aus ein munteres Völkchen, überlegte Amena, oder es war dem Einfluss des Mets zuzuschreiben, dass sie keine zwei Sätze reden konnten, ohne sich vor Vergnügen die Schenkel zu klopfen.

Ambiorix räusperte sich, um Zeit zu gewinnen, und warf ihr einen raschen Seitenblick zu. Die grundlose Heiterkeit des germanischen Königs und seiner angetrunkenen Vasallen brachte ihn aus der Fassung. Wie viel angenehmer es doch war, mit Römern zu verhandeln! Sie waren das genaue Gegenteil dieser wilden, distanzlosen Horde: ernsthaft, zurückhaltend, ein wenig steif und vor allen Dingen nüchtern, was ihr Handeln insgesamt wesentlich vorhersehbarer machte.

»Ich bin in der Tat erbost über die Art und Weise, in der Ihr und Eure Männer in mein Land eingedrungen seid und es verwüstet«, erklärte er schließlich. »Ich führe Euer unentschuldbares Verhalten gleichwohl darauf zurück, dass Ihr aufgrund der von Caesar gestreuten Gerüchte annehmen musstet, ich wäre tot. Nun, da Ihr seht, dass dem nicht so ist, fordere ich Euch auf, unverzüglich von Eurem

Zerstörungswerk abzusehen, und mache Euch ein Angebot, das zweifellos Euer Interesse finden wird.«

Aengil hatte ihm mit offenem Mund und vor Konzentration gefurchter Stirn zugehört. Ambiorix bediente sich des Dialekts der Sugambrer; daher konnten die offensichtlichen Verständnisschwierigkeiten des Hünen also nicht rühren. Amena vermutete vielmehr, dass der Germane nur selten solch wohlgeformte Sätze zu hören bekam wie die, welche Ambiorix soeben an ihn gerichtet hatte.

»Hört, hört«, meinte Aengil, als ihm die Bedeutung von Ambiorix' Worten mit einer gewissen zeitlichen Verzögerung klar geworden war. »Welcherart Angebot?«

»Ihr wisst selbst, *König* Aengil«, nahm Ambiorix den Faden wieder auf, und nur Amena bemerkte den spöttischen Unterton, »dass mein Land beinah vollständig zerstört ist. Der Proconsul hat meine Abwesenheit genutzt, um unsere Höfe niederzubrennen, das Vieh zu rauben und einen Großteil meiner Stammesbrüder zu töten oder in die Sklaverei zu verschleppen. Freilich könntet Ihr die wenigen Gehöfte und Weiler überfallen, die den Legionen entgangen sind. Doch ihr solltet Euch das gut überlegen, denn wie Ihr seht, erfreue ich mich bester Gesundheit, und mein Stamm ist keineswegs ausgelöscht. Mit anderen Worten: Meine Krieger und ich würden Euch das Leben außerordentlich schwer machen.«

Dies war eine unverhohlene Drohung. Aengil hob verwundert die Augenbrauen, zog es jedoch vor, nicht darauf einzugehen. »Euer Angebot?«, wiederholte er lediglich.

»Es gibt ein sehr viel lohnenderes Ziel für Euch und Eure Männer«, fuhr Ambiorix nach einer wohlbemessenen Pause fort. »Das Castrum bei Atuatuca. Was Euch die Römer, die Euch zum Raubzug in mein Land aufforderten, aus nachvollziehbaren Gründen verschwiegen haben dürften, ist die Tatsache, dass in diesem Lager der Tross von nicht weniger als zehn Legionen aufbewahrt wird. Und Ihr wisst, was das bedeutet, nicht wahr, *König* Aengil?«

Der Germane brauchte eine Weile, bis sein metumwölktes Gehirn die Tragweite dieser Auskunft verarbeitet hatte. Zehn Legionen sprengten schlichtweg sein Vorstellungsvermögen. Dann war seine Gier geweckt, aber auch sein Misstrauen. Was, wenn das Ganze bloß eine Falle dieses listigen Kelten war, um ihn und seine Sugambrer von den Gehöften der Eburonen abzulenken? Um Zeit zu gewinnen, schenkte er Ambiorix einen weiteren Becher Met ein und beobachtete aus kleinen, inzwischen leicht getrübten Schweinsaugen, wie sein Gast den Inhalt mit schlecht überspielter Todesverachtung in sich hineinzwang, ehe er selbst seinen Becher in einem Zug leerte.

»Un wer garandiert mir, dassihr die Wahrheit sagt?«, fragte er nach einem Moment. Seine Stimme war nun belegt, seine Zunge schwer von dem berauschenden Getränk. »Ihr seid mir alssein schlauer Fuss ... Fuss ... *Fuchs* beschrieben worden. Un deshalb fraggich mich, obbich Euch übberhaupt trauen kann, wie Ihr sischerlisch ... sischer ... wohl verstehen werdet.«

»Selbstverständlich«, entgegnete Ambiorix höflich. »Zum Beweis meiner Aufrichtigkeit werde ich Euch zum Castrum bei Atuatuca begleiten und gemeinsam mit meinen Kriegern Seite an Seite mit Euch gegen die Römer kämpfen.«

»Einverstanden.« Unter den verdutzten Blicken seiner beiden Gäste warf Aengil den leeren Becher über seine Schulter, wo er scheppernd gegen einen der Birkenstämme prallte, und wischte die dicken Finger an seiner speckigen Hose ab.

Besiegelte man bei den Sugambrern auf diese Weise Verträge?, fragte sich Amena verwundert. Das würde zumindest erklären, warum die Bronzebecher so verbeult waren.

»Dassissein redliches Angebot«, lallte der Germane nach einem Moment. »Un die Beute -«

»- wird geteilt«, beendete Ambiorix den Satz an seiner Stelle. »Glaubt mir, Aengil, es ist genug für alle da.«

Die Schlacht um das römische Lager war kurz, doch von unbeschreiblicher Grausamkeit. Während die Sugambrer lediglich von ihrer Gier nach Beute angetrieben wurden, spornten die Eburonen ihr angestauter Zorn, grenzenloser Hass und der glühende Wunsch nach Rache an, und sie gingen mit nie gekannter Härte gegen die Legionäre vor. Ambiorix, der seinen Stammesteil mit denjenigen unter Cerbellus' und Viromarus' Führung vereint hatte, wies seine Männer an, keine Gefangenen zu machen. Die Krieger befolgten seinen Befehl nur allzu bereitwillig und verschonten kein Leben.

Selbst als Cerbellus und Viromarus, beide leidenschaftliche Römerhasser, einen bei den Eburonen bereits seit Langem nicht mehr ausgeübten Brauch wiederaufleben ließen, indem sie getötete Feinde enthaupteten und die Schädel als Trophäe an ihrem Sattel befestigten, schritt Ambiorix nicht ein, wenngleich Amena ihm ansah, dass er diese barbarische Sitte zutiefst missbilligte. Doch dies war nicht der Moment, seine Männer zurechtzuweisen. Sie alle hatten Angehörige in Atuatuca verloren, und das Recht auf Rache stand ihnen zu, gleich, welche Form diese annehmen mochte.

Außerdem war nicht zu übersehen, dass dieser archaische und bestialische Brauch die Legionäre mehr als alles andere demoralisierte und einschüchterte. Die Soldaten der XIV. Legion, erst einige Monate zuvor ausgehoben und sogleich tief im Feindesland stationiert, lebten seit Wochen in täglicher, zermürbender Furcht vor den Eburonen, die jeden Trupp angriffen, der es wagte, das Lager zu verlassen, ihnen das Wild aus den Fallen stahlen, sie verhöhnten und demütigten. Der Anblick der Schädel ihrer getöteten Kameraden jedoch, der ungezügelte Hass, der aus diesem fremden, barbarischen Verhalten sprach, war etwas, worauf die jungen, unerfahrenen Römer nicht vorbereitet waren, das sie zutiefst erschütterte und ihre Kampfmoral nachhaltig untergrub.

Dann betrat mit einem Mal ein gänzlich unerwarteter Verbündeter des keltisch-germanischen Heeres die Bühne und befiel wie eine ansteckende Seuche einen Legionär nach dem anderen: der Aberglaube. Irgendeinem der Eingeschlossenen war es jäh in den Sinn gekommen: War dies nicht das Castrum der Legaten Sabinus und Cotta? Hatte Ambiorix nicht ganz in der Nähe eineinhalb Legionen ausgelöscht? War eine von ihnen nicht die XIV. gewesen, die unglückliche, die glücklose, diejenige, deren Nummer sie selbst nun trugen? In den Augen der bis ins Mark verunsicherten Römer konnte das nur eines bedeuten: Auch sie waren dem Untergang geweiht. Auch sie würden unter den Schwertern dieser rasenden, barbarischen Horde fallen, einer nach dem anderen, bis zum letzten Mann.

Und so kam es, dass Cicero und seinen wenigen erfahrenen Offizieren die Gewalt über die Lage mehr und mehr entglitt, da sich die Soldaten aus Furcht seinen Befehlen widersetzten, die ihnen angewiesenen Stellungen entblößten und den Feinden nicht länger Gegenwehr leisteten.

Am späten Vormittag, während das keltisch-germanische Heer in stetig aufeinanderfolgenden Wellen die gegnerische Befestigung stürmte und auf erlahmenden Widerstand traf, bemerkten Vercassius und einige seiner Krieger einen Trupp berittener Römer, der zum Castrum zurückkehrte. Unter ihnen befand sich eine Gruppe Trossknechte, ausgesandt, um in der Umgebung Atuatucas Nahrung zu beschaffen. Als die Reiter sahen, wie es um das Lager stand, rissen sie ihre Pferde herum, sprengten den Weg zurück, den sie gekommen waren, und überließen den Tross und die verzweifelten, nur mit Messern und Äxten bewaffneten Knechte ihrem Schicksal. Vercassius und eine Handvoll seiner Männer setzten ihnen nach, um zu verhindern, dass sie etwaige in der Nähe des Dunom stationierte Einheiten zu Hilfe riefen.

Am frühen Nachmittag war die Schlacht vorüber. Wieder war die unglückliche XIV. Legion nahezu ausgelöscht. Lediglich einigen wenigen Feinden, unter ihnen Cicero, war es gelungen, in die umliegenden Wälder zu fliehen. Die Sieger verzichteten auf ihre Verfolgung und widmeten sich stattdessen ausgiebig der Plünderung des Castrum, das sie anschließend in Brand steckten. Wie Ambiorix versprochen hatte, fiel die Beute gewaltig aus. Selbst die gierigen Germanen waren mit ihrem Anteil an Ausrüstung und Waffen, Werkzeugen und Zelten, Maultieren und Wagen zufrieden, obschon sie mit Argusaugen darüber wachten, dass die Eburonen bloß nichts mitnahmen, das ihnen nicht zustand.

Danach lagerte das siegreiche verbündete Heer einträchtig in dem ausgedehnten Tal rings um die Ruine des Winterlagers. Dichter dunkelgrauer Rauch waberte aus den Resten der Palisade und der Baracken hoch in den Himmel, und der Geruch verbrannten Holzes erfüllte die Luft.

Die Kelten hielten sich abseits von den Sugambrern und feierten ihren Sieg. Nachdem Ambiorix den eburonischen Anteil der Beute unter seinen Kriegern aufgeteilt hatte, kam er hinüber zu der Feuerstelle, an der Amena gemeinsam mit Cerbellus, Viromarus, Lefa und Alla saß, und ließ sich zwischen Amena und Viromarus nieder.

Besorgt bemerkte sie, wie erschöpft er aussah. Nach seiner schweren Verletzung hatte er seine alte körperliche Verfassung noch nicht wiedererlangt und ermüdete rascher als früher. Doch er war guter Dinge und so gelöst wie lange nicht mehr. Sein Plan war aufgegangen, die Römer hatten eine weitere empfindliche Niederlage erlitten, ohne dass sein Stamm nennenswerte Verluste zu beklagen hätte. Er schöpfte sich eine reichliche Portion Schweinefleisch aus dem Bronzekessel über dem Feuer in eine hölzerne Schale und wollte gerade hungrig darüber herfallen, als sich Lefa ihm zuwandte, ihre neugeborene Tochter auf dem Arm.

»Sagt, Herr, wisst Ihr, wo Vercassius ist?« In ihrer Stimme schwang Sorge um ihren Mann, von dem seit dem Morgen, als er mit den übrigen Kriegern in den Kampf gezogen war, jede Spur fehlte.

Ambiorix ließ den Löffel, den er schon halb zum Mund geführt hatte, sinken und runzelte die Stirn. Andemagus hatte er mit einigen anderen Eburonen als Wache eingeteilt, denn trotz des Abkommens mit Aengil traute er dem raffgierigen Germanenkönig nicht über den Weg. Er konnte sich gleichwohl beim besten Willen nicht entsinnen, Vercassius nach der Schlacht gesehen zu haben, und nun rief sich auch sein schlechtes Gewissen abermals unüberhörbar in Erinnerung, das er während der Kämpfe erfolgreich verdrängt hatte. Seit ihrem Streit zwei Tage zuvor hatte er mit seinem Ziehbruder kein Wort gewechselt. Dieser war zu Recht tief gekränkt über die grobe

Zurechtweisung, da er doch nur Ambiorix' Wohlergehen im Sinn gehabt hatte. Ambiorix wusste, dass er ihn längst hätte aufsuchen und um Verzeihung bitten müssen, aber die Vorbereitungen der Schlacht hatten ihm keine Zeit dafür gelassen.

»Nein«, entgegnete er schließlich. »Ich fürchte, ich weiß nicht, wo Vercassius ist.«

Amena mischte sich ein. »Als ich ihn zuletzt sah, verfolgte er gerade die römischen Reiter, die die Trossknechte zurück zum Lager eskortierten. Sie nahmen den Weg, der nach Atuatuca führt.«

Ambiorix warf ihr einen verblüfften Blick zu. »Trossknechte mit einer Reitereskorte? Davon ist mir nichts bekannt. Wann war das?«

Viromarus antwortete an ihrer Stelle. »Kurz vor Mittag, Herr. Es waren ungefähr ein Dutzend Römer. Ich hatte sie ebenfalls bemerkt, sah jedoch, dass Vercassius mit seinen Männern die Verfolgung aufnahm, und kümmerte mich nicht weiter darum.«

Ambiorix stellte die hölzerne Schale nieder und erhob sich jäh. »Ruft zwanzig Krieger zusammen«, wandte er sich an Viromarus. »Wir brechen sofort auf.«

Mit langen Schritten eilte er hinüber zu den Pferden, hieß Eccaius seinen Schimmel herbeiführen und saß auf. Cerbellus folgte ihm. Einem plötzlichen Impuls gehorchend, schloss sich Amena den beiden Männern an. Ein dumpfes Gefühl hatte sich ihrer bemächtigt, eine unbestimmte Ahnung von Unheil. Sie pfiff ihre Stute herbei, saß auf und lenkte sie neben Avellus.

In Ambiorix' Zügen spiegelte sich Sorge, und einmal mehr fiel ihr auf, wie hager er geworden war. Die zurückliegenden Wochen hatten ihnen allen das Äußerste abverlangt. »Wenn er bislang nicht zurückgekehrt ist, muss er in ernste Schwierigkeiten geraten sein«, meinte er düster. »Beim Teutates, ich hoffe, wir finden ihn noch rechtzeitig.«

Die drei Reiter folgten dem Saum des Lagers, bis sie auf die Gruppe von Kriegern stießen, die Viromarus eilig zusammengestellt hatte. Unter ihnen erkannte Amena ihren Vetter Dagotalos und seinen Ziehbruder Beligantus.

Sie trieben die Tiere zum Galopp an und durchquerten das Tal, vorbei an der brennenden Ruine des Castrum, bis der Weg in das ausgedehnte Waldstück eintauchte, hinter dem Atuatuca lag. Der weiche Waldboden federte dumpf unter den Hufen der Pferde, als die Reiter niedrig hängenden Ästen auswichen und über umgestürzte Baumstämme hinwegsetzten, die einige Wochen zuvor einem Orkan zum Opfer gefallen waren. Schließlich durchdrang Tageslicht das

Dunkel der dicht beieinanderstehenden Stämme, und vor sich erahnte Amena die Ebene, die das Dunom umgab.

Sie hatten die letzten Bäume kaum hinter sich gelassen, als sie den leblosen Körper eines Mannes entdeckten, der fünfzig Schritt voraus neben dem Weg im hohen Gras lag. Schon von Ferne erkannte Amena, dass er Kleidung und Ausrüstung eines Eburonen trug. Als sie und ihre Begleiter ihre Tiere neben ihm zügelten, sah sie, dass es sich um einen von Vercassius' Kriegern handelte. Er lag auf dem Rücken, die Lider geschlossen, und blutete aus einer klaffenden Wunde, die ein römisches Pilum in seine Brust gerissen hatte.

Ambiorix war mit einem Satz aus dem Sattel und kniete neben dem Verletzten nieder. Amena wusste, dass der Mann im Sterben lag, denn seine Aura verblasste bereits. Doch er war bei Bewusstsein, und als Ambiorix ihn beim Namen nannte, zwang er sich, die Augen zu öffnen.

»Die anderen«, drängte Ambiorix. »Wo sind Vercassius und die anderen?«

Der Verwundete bemühte sich zu sprechen, aber der gewaltige Blutverlust hatte ihn schon so geschwächt, dass seine Stimme nahezu tonlos war. Ambiorix musste sich tief zu ihm hinabbeugen. Als er sich wenige Augenblicke später aufrichtete, war der Krieger tot.

Ambiorix saß wieder auf. »Sie sind in die Stadt hineingeritten«, rief er seinen Begleitern zu und trieb Avellus abermals zum Galopp an.

Noch ehe die Überreste der Palisade vor ihnen auftauchten, umfing sie der beißende Geruch kalten Rauches, der die niedergebrannte Siedlung wie der Kokon eines Falters umhüllte. Dann sprengten sie über die Brücke und durch die verkohlten Trümmer dessen, was einmal das große, zweiflügelige Tor gewesen war, in das Dunom hinein. In stummem Grauen wanderten Amenas Augen über die verbrannten Ruinen der Häuser zu beiden Seiten des Bohlenweges. Der Anblick schnitt tiefer durch ihr Innerstes, als die Klinge eines römischen Gladius es je vermocht hätte.

Doch nun war nicht der Moment innezuhalten und zu trauern, denn der Kampf, den Vercassius und seine Krieger sich mit den Römern geliefert hatten, zog eine blutige Spur quer durch die Stadt. Tote Legionäre und die Leichen mehrerer Eburonen lagen auf dem Weg, entsetzlich zugerichtet, erstarrt in der Haltung, in welcher der Tod sie ereilt hatte, die Rechte unverwandt um das Heft ihres Schwertes gekrampft. Es schien, als hätten die Feinde in den Überresten Atuatucas Deckung gesucht, aus der heraus sie sich gegen ihre Verfolger zur Wehr setzen konnten. Auf diese Weise waren sie über die Bohlenwege und gepflasterten Gassen bis zu dem großen Rechteck vorgedrungen, das einst den Versammlungsplatz bildete. Die Reiter hatten ihre Pferde kaum auf die freie Fläche hinausgelenkt, als Viromarus plötzlich den Arm ausstreckte. »Da drüben, Herr!«

Dann sahen seine Begleiter es ebenfalls. Das hölzerne Standbild Atuas hatte die Plünderung und Verwüstung seiner Stadt wie durch ein Wunder unbeschadet überstanden. Zu seinen Füßen, innerhalb des heiligen Bezirks, lag ein weiterer lebloser Körper. Und schon ehe Amena die hünenhafte Gestalt bewusst wahrnahm, die langen blonden Locken und den goldenen Torques erkannte, wusste sie, dass es Vercassius war.

Ambiorix war aus dem Sattel, noch bevor sein Schimmel zum Stehen kam, setzte über die niedrige Umfriedung des kleinen Kultplatzes hinweg und fiel neben seinem Ziehbruder auf die Knie. Amena folgte ihm eilig und kniete auf Vercassius' anderer Seite nieder, während die Krieger ihre Pferde in respektvollem Abstand verhielten.

Ihre Gedanken rasten. Die unterschiedlichsten Gefühle bestürmten sie, als sie ihren Gefährten aus Kindertagen hilflos und verwundet vor sich liegen sah. Vielleicht, so sagte sie sich, schrie sie sich förmlich zu, vielleicht war ja noch nicht alles zu spät. Vielleicht vermochte sie ihn zu retten, so, wie sie auch Ambiorix' Leben gerettet hatte, als schon niemand mehr an eine Errettung glaubte. Dies erforderte gleichwohl, dass sie Ruhe bewahrte, dass sie ihre Gedanken und Gefühle beherrschte und sich vollkommen auf das konzentrierte, was nun zu tun war. Sie holte tief Luft und zwang sich, Vercassius' leblosen Körper genauer zu untersuchen.

Ein Schwert hatte sein rechtes Bein unterhalb des Knies getroffen, ein stark blutender Hieb, jedoch nicht tödlich, erkannte sie, als die Heilerin in ihr die Oberhand gewann. Sogleich aber zog eine weitere Verletzung ihre Aufmerksamkeit auf sich. Als sie sich ihr zuwandte, erstarrte sie.

In Vercassius' linker Seite, zwei Fingerbreit unter dem Herzen, klaffte eine Wunde. Es war eine Wunde, wie sie durch die eiserne Spitze einer Lanze gerissen wurde. Doch im Bruchteil eines Herzschlags begriff Amena, dass irgendetwas an ihr eigenartig war, dass sie eine Warnung enthielt, eine Botschaft, die sie, Amena, entschlüsseln musste, unbedingt, jetzt und hier! Aber ihre Sorge um diesen Mann, den sie ihr Leben lang kannte, war zu groß, als dass sie dem Hinweis hätte folgen, den Gedanken zu Ende hätte führen können. Und so versuchte sie, sich auf das Naheliegendste zu konzentrieren, auf das, was sie tun konnte, tun *musste,* um Vercassius' Leben zu retten. Denn das war alles, was im Augenblick zählte. Was sollte wohl wichtiger sein? Der Verletzte hatte die Lider geschlossen. Sein Atem ging flach und stoßweise, eine Folge des hohen Blutverlusts. Sein Gesicht war von feinem Schweiß überzogen, und seine Haut hatte bereits einen aschfahlen Ton angenommen. Doch als er Amena und Ambiorix bemerkte, schlug er flatternd die Augen auf.

Unendlich behutsam nahm Ambiorix ihm den Helm ab, strich ihm die schweißfeuchten Haare aus der Stirn und bettete den Kopf des Ziehbruders in seinen Schoß, während er leise und beruhigend mit ihm sprach. Als er schließlich aufblickte und sein Gesicht Amena zuwandte, rannen Tränen über seine Wangen.

»So tu doch was«, stammelte er. »Rette sein Leben. Ich flehe dich an, er darf doch nicht sterben.«

Sie schluckte. Ihre Kehle fühlte sich so trocken und rau an, dass sie kaum Luft bekam, und sie atmete beinah ebenso flach und hastig wie der Verletzte. Mit Mühe zwang sie sich zu einigen ruhigen, gleichmäßigen Atemzügen. Sie wusste, dass Vercassius dem Tode geweiht war. Eine solche Wunde konnte niemand überleben, nicht an dieser Stelle, nicht so knapp unterhalb des Herzens. Als ihr Blick für einen kurzen Moment dem seinen begegnete, las sie in Vercassius' matten Augen dasselbe Wissen. Ambiorix' Rettung war einem Wunder gleichgekommen; ein zweites würde es nicht geben.

Mit entsetzlicher Klarheit erkannte sie, dass sich nun die Ahnung erfüllte, die sie an jenem fernen Morgen, vor der Schlacht in der Wolfsschlucht, befallen hatte: jenes Bild ihres Gefährten aus Kindertagen, auf dem Rücken liegend und mit einer tiefen, klaffenden Wunde in seiner Brust. Damals hatte ihr eine innere Stimme versichert, dass er an jenem Tag nicht sterben werde, dass seine Zeit noch nicht gekommen sei. Mit derselben Gewissheit wusste sie nun, dass es dieses Mal keinen Aufschub gäbe ...

So viele Tote, dachte sie verzweifelt. Es sind doch schon so viele gute Männer gestorben. Warum auch noch Vercassius? Wann würde es endlich genug sein? Würde dieses sinnlose Töten denn nie ein Ende nehmen?

Und noch etwas dachte sie in diesem Moment: Es gibt Menschen, deren Tod eine Leere reißt, die niemals gefüllt werden kann. Vercassius war so ein Mensch. Seine Treue, die Bedingungslosigkeit seiner Liebe zu Ambiorix waren einmalig, einzigartig, höchstens vergleichbar mit ihrer eigenen. Ein solcher Mensch war unersetzlich.

Ihr Schmerz krallte sich in ihr Herz wie die Klaue eines Greifvogels, als sie Vercassius' Rechte mit ihren Händen umschloss. Und in dem Augenblick, als er den Druck schwach erwiderte, nahmen sie Abschied voneinander.

Möge deine Seele eine leichte Reise haben. Leb wohl, mein lieber, lieber Freund, in jener fernen Anderen Welt, bis wir uns eines Tages wiedersehen.

Sie zwang sich, den Blick zu heben und Ambiorix anzuschauen. »Ich kann nichts für ihn tun«, sagte sie mit brüchiger Stimme. »Es tut mir leid, mein Liebling, so unendlich leid.«

Er ließ den Kopf sinken, und das Zucken seiner Schultern verriet ihr, dass er weinte. »Verzeih mir«, stammelte er immer wieder. »Verzeih mir, mein Bruder, dass ich dir unrecht getan habe.«

Wie sie ihn darum beneidete, Vercassius so hemmungslos beweinen zu können! Ihre eigene Trauer war ebenso groß, ein reißender Strom, haltlos, uferlos, alles mit sich fortreißend. Doch ihre Augen blieben trocken, ihre Züge wie versteinert. Die Selbstbeherrschung der Priesterin, die sie beinah ihr gesamtes Leben lang übte, klaffte nun wie ein tiefer Abgrund zwischen ihr und dem lebendigen Ausdruck ihrer Gefühle, unüberwindlich, unüberbrückbar, bodenlos.

Dann sah sie, dass der Verwundete all seine Kraft zusammennahm und sich zu sprechen bemühte. Sein Gesicht war angespannt, und sie las darin eine Verzweiflung, die nichts mit dem Nahen seines Todes zu tun hatte, sondern der Sorge um Ambiorix entsprang. Aber er war bereits zu geschwächt, und als er den Mund öffnete, quoll ein Schwall hellroten Blutes hervor und sickerte in Ambiorix' Schoss. Einen Herzschlag später erschlaffte seine Rechte in Amenas Händen. Langsam ließ sie die Hand sinken, bettete sie auf seine Brust und erhob sich, um Ambiorix allein Abschied nehmen zu lassen.

Wie betäubt wandte sie sich ab und wankte die wenigen Schritte hinüber zu ihrem Pferd. Sie fühlte sich ausgelaugt und leer. Einen Fuß vor den anderen zu setzen bedeutete eine schier übermenschliche Kraftanstrengung. Einen Augenblick lang fürchtete sie, sie bräche zusammen und sänke ohnmächtig auf den festgestampften Boden des heiligen Bezirks. Irgendwie schaffte sie es schließlich, ihre Stute zu erreichen, und lehnte die Stirn müde an den warmen Hals des Tieres, spürte den kraftvollen Schlag seines großen Herzens, lebendig, tröstlich, als Beligantus plötzlich einen gellenden Schrei ausstieß.

Jäh aus ihrer Erstarrung gerissen, wirbelte Amena herum. Im selben Moment sah sie ihn.

Der Mann stand da wie aus dem Erdboden gewachsen, drei Schritt hinter Ambiorix, der ihm den Rücken zuwandte. Seine Rechte, zum tödlichen Stoß zurückgerissen, umfasste den Schaft einer Lanze. Seine Waffen waren die eines Eburonen, und in dem Bruchteil eines Atemzugs, als Amenas Blick ihn erfasste, wusste sie, dass sie ihn schon einmal gesehen hatte und dass die Erinnerung überschattet war von der Ahnung drohenden Unheils. Und es bedurfte nur eines weiteren Bruchteils desselben Atemzugs, bis ihr einfiel, wo diese Begegnung stattgefunden hatte.

Sie fühlte, wie sich ihre Kopfhaut warnend zusammenzog. Er war kein Eburone, obgleich seine Ausrüstung diesen Anschein erwecken sollte. Er war Levacer, einer von Lovernios' Handlangern, die damals, vor Nerviodunom, den römischen Gefangenen zwischen sich gepackt hielten, den der alte Druide Taranis zu Ehren auf dem Scheiterhaufen verbrennen wollte.

Ambiorix kniete mit gesenktem Kopf über Vercassius' Leichnam. In dem Augenblick, als Beligantus' Warnschrei ertönte, schob er gerade seinen zusammengefalteten Umhang unter den Nacken seines Ziehbruders, eine irrationale, zärtliche Geste, in der sich seine Hilflosigkeit und Ohnmacht spiegelten.

Dann schien es Amena, als bliebe die Zeit stehen, als sich Ambiorix - ach, so langsam, dachte sie - zur Seite warf, sodass die Lanze des Levacers ihn um Haaresbreite verfehlte und sich genau dort, wo er eben noch gekniet hatte, mit bedrohlichem Knirschen tief in den harten Lehmboden bohrte.

In einer fließenden Bewegung kam der junge König auf die Füße. Während der Angreifer durch die Wucht seines gewaltigen Stoßes für einen kurzen Moment aus dem Gleichgewicht geriet, riss Ambiorix sein Schwert aus der Scheide, schwang es mit beiden Händen hoch über seinen Kopf und ließ es mit einem Schrei, der nichts Menschliches an sich hatte, auf den Levacer niederfahren. Der Hieb spaltete den Schädel des Mannes bis zu den Schultern. Amena hörte das Geräusch splitternder Knochen, als die Klinge sein Gesicht, in dem sich soeben grenzenlose Verblüffung und ahnungsvoller Schrecken abzuzeichnen begannen, in zwei Hälften teilte.

Im nächsten Augenblick kam Leben in Ambiorix' Krieger, die einige Herzschläge lang vor Entsetzen wie versteinert im Sattel verharrt hatten. Sie drängten ihre Pferde vorwärts, setzten über die Umfriedung des heiligen Bezirks und umgaben Amena, ihren König und seinen toten Ziehbruder mit einem dichten Ring aus Tier- und Menschenleibern, um sie vor weiteren Angriffen zu schützen. Doch alles blieb ruhig.

Amenas Blick zuckte zurück zu der Lanze, die neben Vercassius'
Kopf im Boden steckte, wurde magisch von ihr angezogen. Ihr Blatt
war das Werk eines eburonischen Schmiedes, lang gezogen und
schlank wie das Laub der Weide. Und mit einem Mal ging ihr auf,
was genau an der tödlichen Wunde in Vercassius' Brust sie hätte
warnen sollen, welch drängende Botschaft sie enthielt: Es war kein
römisches Pilum, das sie gerissen hatte. In den vergangenen Monaten hatte Amena unzählige Einstiche dieser Waffe gesehen, und sie
kannte die Art von Wunde, die die quadratische eiserne Spitze dieses
Speeres riss. Die Verletzung in der Brust ihres Gefährten hingegen
war länglich und besaß ausgefranste Ränder, wie sie durch Lanzen-
blätter entstanden, die gewellte Seiten aufwiesen. Und Amena war
nur ein einziger Stamm bekannt, der seine Lanzenspitzen auf diese
Weise schmiedete: die Levacer.

Ambiorix' Arm mit dem Schwert hing kraftlos herab, als er keu-
chend vor Anstrengung auf den toten Levacer zu seinen Füßen
starrte. In dem kurzen Augenblick, ehe seine Klinge das Gesicht des
Mannes spaltete, hatte er ihn ebenfalls wiedererkannt. Nun sah
Amena förmlich, wie er trotz des Schmerzes und der Trauer um den
Tod seines Ziehbruders, die ihn betäubten und seine Gedanken
lähmten, ganz allmählich zu verstehen begann, wer der eigentliche
Feind war, der Vercassius getötet hatte und der auch ihm nach dem
Leben trachtete.

Mit mechanischen Bewegungen wischte Ambiorix das blutige
Schwert an der Kleidung des Levacers ab und rammte es in die
Scheide. Dann fuhr er zu seinen Kriegern herum.

»Bringt mir den Druiden her«, befahl er heiser. »Bringt mir Lovernios.« Und als seine Männer einander nur verständnislose Blicke
zuwarfen, herrschte er sie ungeduldig an: »Worauf wartet Ihr?
Schafft mir Lovernios her. Und ich will ihn lebend.«

Zögernd und noch immer nicht sicher, ob sie ihren König recht
verstanden hatten, lösten die Krieger das schützende Rund auf und
verschwanden einer nach dem anderen zwischen den Ruinen der
Häuser, die einst Atuatuca gewesen waren.

Als sie allein waren, sank Ambiorix wieder neben seinem toten
Ziehbruder nieder und betrachtete ihn stumm. Jetzt erst schien er zu
bemerken, dass er weinte, und rieb sich mit der Rechten über das
Gesicht. In seinen Zügen mischten sich Trauer und Verzweiflung mit
grimmiger Entschlossenheit. Und in seinen dunklen Augen loderte
der Hass auf Vercassius' Mörder.

»Er hat mir eine Falle gestellt«, murmelte er plötzlich, wie zu sich
selbst. Jäh hob er den Kopf und blickte Amena an, als er mit einem

Mal den Plan des alten Druiden durchschaute.»Er hat mir eine Falle gestellt, und Vercassius war der Köder. Durch irgendeine bizarre Laune des Schicksals muss er ihm in die Hände gefallen sein. Und Lovernios wusste, wenn er dafür sorgte, dass mein Bruder nicht ins Lager zurückkehrt, würde ich ihn suchen und früher oder später hier auftauchen. Er hat ihn nur getötet, um meiner habhaft zu werden. Doch dafür wird er büßen. Bei allen Göttern, dafür wird er büßen.«

Amena schwieg. Nichts, was sie hätte sagen können, hätte ausgereicht, ihre Trauer und Fassungslosigkeit in angemessene Worte zu kleiden. Und ebenso wenig hätte es ihm Trost gespendet, ihm, der in diesem Augenblick jenseits allen Trostes war. Doch auch ohne Worte war sie Ambiorix in seinem Schmerz so nah, wie sie nur irgend sein konnte, und er wusste es.

Es währte nicht lang, bis sie Schreie hörten, Viromarus' tiefe Stimme und eine andere, empört, erregt, schrill. Sie schienen aus der Ruine eines der Häuser jenseits des Bachlaufs zu dringen. Wenige Momente später tauchte Viromarus auf seinem Braunen auf, und mit der Spitze seiner Lanze trieb er eine hagere, weiß gekleidete Gestalt vor sich her.

Lovernios war gealtert, seit Amena ihm in der Ebene vor Nerviodunom zuletzt begegnet war. Sein Wesen und seine Ausstrahlung jedoch waren ungebrochen, und er bedachte seinen Peiniger mit zahlreichen Flüchen, als der ihn erbarmungslos und von seinen Verwünschungen gänzlich unbeeindruckt in den Bach hineintrieb. Bei der Zerstörung Atuatucas waren Trümmer der Gebäude ins Wasser gestürzt und bildeten einen künstlichen Damm, vor dem sich der Bach staute, sodass er an dieser Stelle nun breiter und tiefer war als zuvor und dem Druiden bis über die Knie reichte. Mehrmals verlor Lovernios auf den schlüpfrigen Kieseln des Bachbettes den Halt und ruderte wild und würdelos mit den Armen, um sein Gleichgewicht wiederzufinden. Einmal glitt er wahrhaftig aus und landete auf den Knien im Wasser, woraufhin sich Viromarus mit ungerührter Miene aus dem Sattel beugte, ihn am Halsausschnitt seines Gewandes packte und ihn scheinbar mühelos auf die Beine stellte, um ihn anschließend mithilfe seiner Lanze die gegenüberliegende Böschung hinaufzutreiben. Kaum hatte Lovernios abermals festen Boden unter den Füßen, als er auch sogleich seine Verwünschungen wiederaufnahm. Doch Viromarus zeigte sich weiterhin unbeeindruckt, und schließlich erreichten er und sein Gefangener Amena und Ambiorix.

»Kniet Euch gefälligst nieder, wenn Ihr einem König gegenübertretet«, befahl der Krieger dem Druiden. Als dieser nur trotzig sein

Kinn mit dem spitzen Bart in die Höhe reckte, versetzte er ihm mit dem stumpfen Ende des Lanzenschaftes einen Stoß in den Rücken, sodass Lovernios nach vorn stolperte und Ambiorix geradewegs vor die Füße stürzte.

Selbst in dieser aussichtslosen Lage gab er jedoch nicht auf. Augenblicklich versuchte er sich wieder hochzurappeln, aber die Spitze von Viromarus' Lanze, die sich unerbittlich in seinen Nacken bohrte, überzeugte ihn rasch, dass es wohl klüger wäre, knienzubleiben. Doch weiterhin sprudelte ein steter Schwall von Verwünschungen aus seinem Munde, bis Ambiorix ihm gereizt das Wort abschnitt.

»Schweigt endlich«, herrschte er den alten Druiden an. »Niemand hier fürchtet Euch oder Eure Flüche. Aber Ihr habt allen Grund, Euch zu fürchten, denn ich werde Euch gleich töten, um den Tod meines Ziehbruders zu sühnen.«

Lovernios schnaubte verächtlich. »Mein Tod schreckt mich nicht. Wiewohl ich es bedauern würde, sollte er mich hier und jetzt ereilen, denn ich hege bedeutende Pläne für die Zukunft. Einmal seid Ihr mir entkommen. Doch die Omen verrieten mir, dass Ihr mir heute nicht entrinnen werdet.«

Ein feines Lächeln spielte um Ambiorix' Lippen. »So müssen sich die Omen wohl getäuscht haben«, entgegnete er. »Das Deuten der Zeichen scheint ohnehin nicht Eure Stärke zu sein, Lovernios. Darf ich Euch an die Prophezeiung erinnern, die Ihr seinerzeit, nach dem Unwetter, in der Ebene vor Nerviodunom ausspracht - Ihr wisst schon, der Sieg über die Römer, den wir binnen Kurzem erringen würden? Wenn ich mich recht entsinne, ging die Sache ein wenig anders aus.«

Plötzlich stutzte er, als ihm mit einem Mal bewusst wurde, was der Druide soeben gestanden hatte. Lovernios, der seine Gedanken erriet, stieß ein schrilles Lachen aus.

»Dann ist es also wahr?«, fuhr Ambiorix fort, nicht willens zu glauben, was er doch gerade als Wahrheit erkannt hatte. Er wirkte mit einem Mal jünger und sehr verletzlich. »Ihr wart es, der den Feinden verraten hat, wo sie mich finden können, als sie Andemagus' Hof umringten?«

»Selbstverständlich«, gab Lovernios unumwunden zu, den Blick herausfordernd und stolz auf sein Gegenüber gerichtet. »Nach dem Tod der beiden Narren Indutiomarus und Ecritorix wart Ihr der Einzige, der mir die Oberherrschaft über alle keltischen Stämme noch hätte streitig machen können. Die Römer waren bloß ein Werkzeug in meinen Händen, ein überaus mangelhaftes, wie sich leider herausstellen sollte. Heute jedoch erhielt ich einen Wink der

Götter, als Euer Ziehbruder verletzt in meine Gewalt gelangte. Ich musste nur verhindern, dass er zu Euch zurückkehrt, denn ich war mir gewiss, dass Ihr es Euch nicht nehmen lassen würdet, persönlich nach ihm zu suchen, sodass ich lediglich hier auf Euch zu warten brauchte.«

Ambiorix schwieg einen langen Moment und musterte den alten Druiden mit einer Mischung aus Abscheu und Interesse, ganz so, dachte Amena, wie man ein giftiges Tier betrachtet, einen Skorpion vielleicht, wie sie an den Rändern des Mare internum lebten und die einen zugleich abstießen und auf morbide Weise faszinierten.

Sie ahnte, was in ihm vorging. All diese Monate hatte er versucht, die Oberhäupter der verbündeten Stämme davon zu überzeugen, wie wichtig es war, ihren eigenen Ehrgeiz für eine Weile hintanzustellen, da nur ihre bedingungslose Einigkeit ihnen den Sieg über die Römer zu schenken vermochte. Und er wusste wohl, wie sehr all diese eitlen, machtgierigen Könige - Indutiomarus, Ecritorix, womöglich auch Catuvolcus - ihm das Amt des Oberbefehlshabers neideten, wie schwer sie es ertrugen, dass er und nicht sie selbst in diese einflussreiche Position gewählt worden war. Doch keiner von ihnen wäre je so weit gegangen, ihn deswegen zu töten. Lovernios' Ehrgeiz hingegen war größer, er war ohne Maß, grenzenlos. Er hatte schon einmal getötet, um Druide seines Stammes zu werden. Nun war er abermals dazu bereit, angetrieben von seiner krankhaften Gier nach Macht und Einfluss.

Schließlich holte Ambiorix tief Luft, zog sein Schwert und bedachte die reich verzierte Klinge mit einem nachdenklichen Blick, als sähe er ihre fein ziselierten Muster zum ersten Mal.

»Ich glaube, ich könnte Euch sogar verzeihen, dass Ihr mich töten wolltet«, erklärte er dann. Amena hörte eine leichte Verwunderung in seiner Stimme, ganz so, als überraschte es ihn selbst, zu dieser Einsicht zu kommen. »Ich könnte Euch verzeihen, denn Euer Verstand ist verwirrt. Doch ich werde Euer Leben nehmen dafür, dass Ihr meinen Ziehbruder habt töten lassen. Erhebt Euch.«

Lovernios zögerte einen Moment, ehe er sich in die Unausweichlichkeit seines Schicksals ergab und schwerfällig auf die Füße kam. Er schloss die Augen, breitete seine Arme aus und stimmte einen rituellen Gesang in der heiligen Sprache der Druiden an. Es war eine melancholische Weise, voller Trauer und zugleich Trost spendend, erfüllt von kraftvoller Poesie und mit einer bittersüßen Melodie, in welcher er die Götter bat, seine Seele sicher in die Andere Welt zu geleiten. Seine geschulte Stimme trug weit über den Versammlungsplatz und die Ruinen des Dunom. In Gedanken fiel Amena mit ein, denn irgendwie, so dachte sie, irgendwie war es nicht nur Lovernios' Totenklage. Es war auch der letzte Gesang Atuatucas, ihrer Stadt, der Heimat, die sie verloren hatte, der einzigen, die sie je besessen und die nun keine mehr war und nie mehr sein würde.

Ambiorix wartete geduldig, bis der Druide seine Weise beendet hatte. Dann hob er sein Schwert mit beiden Händen hoch über seinen Kopf.

Amena schloss die Augen und wandte sich ab.

Ambiorix lud Vercassius' Leichnam auf seinen Schimmel. Gemeinsam mit seinen Kriegern brachte er ihn und die toten Körper der gefallenen Eburonen ins Kriegslager.

Amena blieb mit fünf Männern, unter ihnen Dagotalos und Beligantus, in Atuatuca zurück, da ihr noch eine wichtige Aufgabe zu erfüllen oblag: Die hölzerne Statue Atuas, des Gottes der Stadt, musste in den Schoß der Erdmutter zurückkehren. Außerdem wollte sie in den Trümmern ihres Hauses nach Hinweisen auf das Schicksal ihrer Dienerin Resa suchen, von der seit dem Untergang der Siedlung jede Spur fehlte.

Sie warteten, bis der Zug der anderen Krieger zwischen den Ruinen verschwunden war. Darauf betraten Amena und ihre Begleiter den heiligen Bezirk, und sie gab den Männern Anweisung, das Bildnis Atuas, dessen Dunom es nicht mehr gab, auszugraben und es im Opferschacht zu versenken, der anschließend mit Erde aufgefüllt wurde. Sie wusste, dass ihre Handlung irrational war, denn wenn sich die Unsterblichen von den Menschen zurückgezogen hatten, welchen Sinn sollte es dann haben, Ihre Statuen zu begraben? Doch tief in ihrem Inneren fühlte Amena, dass sie nie mehr nach Atuatuca zurückkehren würde. Und so schien es ihr richtig, dieses Standbild, das sie ihr ganzes Leben lang angebetet hatte, zu beerdigen, und wenn es nur wäre, damit es nicht in die Hände des Feindes fiel, sollte er die Stadt nochmals betreten.

Als die Krieger ihre Aufgabe zu Amenas Zufriedenheit erfüllt hatten, sprach sie die rituelle Formel, die das Begräbnis eines Gottes begleitete. Darauf wandte sie sich ab, nahm ihre Stute beim Zügel und schlug den Weg zu ihrem Haus ein. Die Männer folgten ihr schweigend und in einigen Pferdelängen Abstand.

Schon aus der Ferne erkannte sie, dass nur Teile der Außenwände übrig geblieben waren, rußgeschwärzte Pfosten, die sich gleich knochigen Fingern anklagend in einen blassen Herbsthimmel reckten. Mit wild hämmerndem Herzen ging sie weiter, reichte Beligantus die

Zügel ihrer Stute und wies ihre Begleiter an, vor der Ruine des Hauses auf sie zu warten.

Sie trat durch das verkohlte Rechteck, das einst den Türstock bildete, und schaute sich um. Die schweren Eichenstämme, die das Dach getragen hatten, ragten nun wie Säulen aus schwarzem Marmor zwischen den herabgefallenen Strohresten hervor, die den Boden bedeckten und alles unter sich begruben. Vorsichtig stieg Amena über querliegende Balken hinweg, duckte sich unter Pfosten hindurch, die von den Seiten ins Innere des Raumes gestürzt waren, und bahnte sich so ihren Weg durch die Trümmer dessen, was ehedem ihr Zuhause gewesen war. Sie stemmte rußgeschwärztes Holz beiseite, hob angesengtes Stroh auf, um darunter zu schauen, voller Furcht, jeden Augenblick auf Resas Leichnam zu stoßen. Aber sie fand keinerlei Hinweis auf das Schicksal ihrer Dienerin.

Schließlich richtete sie sich auf und presste die Fäuste in ihr schmerzendes Kreuz. Würde sie sich damit abfinden müssen, niemals zu erfahren, was aus Resa geworden war? Amena hielt es für unwahrscheinlich, dass die Römer sie als Sklavin verschleppt hatten, denn die Legionäre bevorzugten jüngere und kräftigere Frauen. So schien Resa also das Los derer zu teilen, die nach dem Fall Atuatucas spurlos verschwunden waren. Und Amena blieb nur zu hoffen, dass sie sich anderen Flüchtlingen angeschlossen und mit ihnen in den Wäldern Zuflucht gefunden hatte.

Doch noch eine weitere bange Frage harrte einer Antwort. Amena stieg über herabgestürzte Dachsparren hinweg und schlängelte sich zwischen den rußgeschwärzten Eichenstämmen hindurch bis in den Hintergrund des Raums, dorthin, wo einst die Truhe aus Eibenholz stand, in der sie die geweihten Gerätschaften aufbewahrte. Viel Hoffnung hegte sie nicht, etwas zu finden. Von Überlebenden des Untergangs der Stadt wusste sie, dass die Römer die größeren Gebäude geplündert hatten, ehe sie sie in Brand steckten, und so war vermutlich auch ihr Haus gründlich durchsucht worden. Dennoch ging sie in die Hocke, schob verkohlte Strohreste beiseite und begann, sich mit bloßen Händen durch einen Haufen erkalteter Asche zu graben.

So fand sie sie. Zuerst stießen ihre grabenden Hände auf eine dritte, in Schmerz und Todesangst zur Faust erstarrt. Sie zuckte zurück und sog erschrocken die Luft ein. Dann schöpfte sie tief Atem und zwang sich weiterzugraben, gezielt und fieberhaft zugleich. Ihre pflügenden Hände wirbelten kalte Asche auf, die sie bald wie eine graue Wolke einhüllte, Nase und Kehle austrocknete und wie Sand in ihren Augen brannte, als sie nach und nach den halb verbrannten

Leib ihrer Dienerin freilegte. Plötzlich trafen Amenas Finger auf etwas Hartes, Metallisches. Als sie den Gegenstand hervorzog und ins Licht hielt, sah sie, dass es sich um einen der bronzenen Beschläge der Truhe handelte. Sie ignorierte ihre brennenden Augen und das Würgen in ihrem Hals, während sie weiter und immer weiter grub und schließlich verstand, was sich hier, in diesem Haus, ereignet haben musste.

Die treue Resa hatte bis zuletzt ausgeharrt, um zu verhindern, dass die kostbaren kultischen Gerätschaften den Römern in die Hände fielen. Und sie bezahlte ihre Ergebenheit mit dem Leben. Schützend warf sie sich über die Truhe aus Eibenholz, als die Feinde in das Haus eindrangen. Doch deren Gewalt und Grausamkeit hatte sie nichts entgegenzusetzen als die Liebe zu ihrer Herrin und die Hingabe an ihre Pflicht. Und so war sie unter dem Hieb eines römischen Schwertes gestorben, und von den geweihten Gegenständen, den goldenen Bechern und Schalen, dem Szepter und all den anderen prachtvollen Objekten, die Amena bei der Ausübung der Rituale unzählige Male gebraucht hatte, war kein einziger übrig geblieben.

Ein weiterer sinnloser Tod, ein weiteres unersetzliches Menschenleben, ausgelöscht von jenen, denen nichts heilig war.

So viel Leid, dachte Amena, so viel Trauer und so viel Schmerz. Wie viel konnte ein Mensch ertragen? Gab es ein Maß dafür? Und was geschah, wenn dieses Maß überschritten wurde, immer und immer wieder?

Etwas in ihr war abgestorben in diesen vergangenen Wochen, endgültig, unwiederbringlich, und die Leere, die zurückgeblieben war, schien Amena abgründig und grenzenlos. Sie hatte ihre Lebensfreude verloren, ihre Heiterkeit und Zuversicht, und ihre Seele erschien ihr wie ein hohler Raum, der darauf wartete, erneut mit Gefühlen erfüllt zu werden. Die einzigen Gefühle jedoch, derer sie fähig war, waren diese Trauer, dieses Leid und dieser Schmerz, und so hatte eine innere Weisheit beschlossen, die Leere vorzuziehen. Irgendwann einmal vielleicht, so sagte sie sich, doch nicht jetzt. Noch nicht.

Sie wollte sich gerade erheben, als sie aus dem Augenwinkel ein mattes metallisches Glimmen bemerkte. Als sie genauer hinschaute, sah sie aus Resas erstarrter, halb verbrannter Faust die Kante eines kleinen goldfarbenen Gegenstands ragen. Behutsam entwand sie ihn Resas Griff, und als sie ihn schließlich prüfend in ihren Fingern drehte, erkannte sie eines der Symbole aus dünnem Goldblech, die auf ihren Ritualmantel aufgenäht gewesen waren. Durch die enorme Hitze des Feuers war es geschmolzen und als unförmiges Gebilde wieder erkaltet, seine einstige Gestalt nur mehr zu erahnen. Der Mantel befand sich zum Zeitpunkt des Überfalls auf Atuatuca in jener Truhe, und wahrscheinlich rissen die Römer das wertvolle Gold ab und nahmen es zusammen mit ihrer übrigen Beute mit, um es einzuschmelzen. Vor ihrem inneren Auge sah Amena, wie Resa mit einem Legionär um diesen Umhang rang, den sie ihr ungezählte Male umgelegt hatte, wie sie ihn schützend an sich presste, der Römer ihn ihr dennoch entwand, wobei dieses goldene Plättchen abriss und in ihrer Faust zurückblieb. Sorgfältig wischte Amena den kleinen, formlosen Klumpen Goldes an ihrem Sagon ab und steckte ihn in den Beutel an ihrem Gürtel.

Zum Abschied drückte sie Resas Rechte und dankte ihr für ihre treuen Dienste im Leben wie im Tod. Dann erhob sie sich und ließ einen letzten Blick über die Reste dessen wandern, was einmal ihr Haus gewesen war, ehe sie sich entschlossen umwandte und sich zwischen den Trümmern hindurch einen Weg nach draußen bahnte, wo ihre fünf Begleiter stumm und in gedrückter Stimmung auf sie warteten. Amena wusste, wie nah ihnen allen Vercassius' Tod ging, und die Ruinen des Dunom taten ein Übriges, um die Krieger verstummen und ihren eigenen traurigen Gedanken nachhängen zu lassen. Wortlos nahm sie die Zügel ihrer Stute aus Beligantus' Hand entgegen, saß auf und folgte ihm in Richtung des ehemaligen Stadttors.

Schweigend lenkten sie ihre Tiere im Schritt durch die verbrannten Überreste des Torhauses. Nachdem sie die Brücke hinter sich gelassen hatten, verhielt Amena ihre Stute, wandte sich im Sattel um und blickte zurück. Als sie zuletzt durch dieses Tor in die Ebene hinausritt, war Atuatuca eine blühende, lebendige Stadt gewesen, voller Menschen, die es nun nicht mehr gab, Männern, Frauen und Kindern, die ihren alltäglichen Verrichtungen nachgingen, miteinander scherzten, lachten und Pläne für eine Zukunft schmiedeten, die es nie geben würde ...

Wie lang war das her? Wann war sie zum letzten Mal durch diese Gassen gegangen, hatte mit ihren Stammesbrüdern gesprochen und über die Palisade hinweg einen Blick auf die vertrauten, sanften Anhöhen erhascht, in die das Dunom eingebettet lag? Es war in einem anderen Leben gewesen, und erschrocken stellte sie fest, dass sie sich nicht zu erinnern vermochte. Wenn man etwas zum ersten Mal tut, dachte sie traurig, ja, das weiß man. Aber zum letzten Mal? Und hätte sie etwas anders gemacht, wenn sie geahnt hätte, dass es das letzte Mal sein würde?

Dass auch eine Stadt ihre Unschuld besitzen und sie verlieren konnte, das hatte sie nicht gewusst. Doch Städte waren wie Menschen, sie waren lebendig. Und wenn man ihnen Gewalt antat, starben sie.

Sie warf einen letzten Blick auf Atuatuca, und in diesem Moment verabschiedete sie sich stumm von dem Dunom, in dem sie geboren und aufgewachsen war, in dem sie ihr gesamtes bisheriges Leben verbracht hatte. Dann trieb sie ihre Stute mit einem leichten Schenkeldruck an und folgte den Männern.

Die Vorbereitung der Totenfeier für Vercassius, Resa und die übrigen Eburonen, die bei der Zerstörung Atuatucas und der Schlacht um das Winterlager ihr Leben verloren hatten, dauerte zwei Tage. Am Morgen des dritten setzte Amena auf der kahlen Bergkuppe oberhalb der Ruinen der Siedlung die Scheiterhaufen in Brand und vollzog die heiligen Rituale, die den Seelen der Toten den Zugang zur Anderen Welt öffnen sollten.

Nachdem die Feuer heruntergebrannt und die Angehörigen der Gefallenen ins Lager zurückgekehrt waren, ging Ambiorix ohne ein weiteres Wort zu seinem Pferd, saß auf und ritt allein in die Ebene hinaus. Seit Vercassius' Tod hüllte er sich in seine Trauer wie in ein schweres schwarzes Sagon. Zu seinem Schmerz über den Verlust seines Ziehbruders und engsten Freundes gesellte sich ein dumpfes Gefühl der Schuld, da Vercassius gestorben war, ohne dass sie sich miteinander ausgesöhnt hatten. Nur ganz allmählich gelang es Amena, zu ihm durchzudringen und ihm zu versichern, dass sein Bruder ihm verziehen hatte und dass es unnötig und selbstquälerisch sei, zu der erdrückenden Last seiner Trauer die einer Schuld hinzuzufügen, von der er längst freigesprochen worden war.

Er blieb den gesamten restlichen Tag und die halbe Nacht fort. Als er früh am nächsten Morgen ins Lager zurückkehrte, weckte er Amena, die gemeinsam mit Vercassius' Witwe Lefa und deren beiden Kindern neben einem heruntergebrannten Feuer schlief.

Amena reichte ein Blick in seine dunklen Augen, um zu erkennen, dass etwas anders war. Sie sah seinen Schmerz, von dem sie wusste, dass er ihn noch lange begleiten würde, doch er schien nicht mehr gar so tief. Und nun war da etwas Neues, ein Hauch von Ruhe, ein vorsichtiger Anklang von Frieden, der Beginn seiner Versöhnung mit sich selbst.

»Ich habe eine Entscheidung getroffen«, erklärte er. »Wir ziehen fort von hier. Ich bin des sinnlosen Kämpfens müde. Es sind zu viele gute Männer gestorben, und Caesar wird nicht eher ruhen, bis der letzte Eburone unter einem römischen Schwert gefallen ist. – Auf der großen Insel im Norden jedoch, jenseits des Meeresarms, liegt reiches, fruchtbares Land, und dort könnten wir in Frieden leben. Glaubst du, sie würden mir dorthin folgen?«

Wenn es keine Götter mehr gab, den rechten Weg zu weisen, dachte Amena, mussten die Menschen ihre eigenen Entscheidungen fällen, ihr Leben selbst in die Hand nehmen.

Sie betrachtete seine ernsten, geliebten Züge im blassen Licht des zunehmenden Mondes. Und in diesem Augenblick wusste sie, dass er eine kluge Wahl getroffen hatte.

»Sie würden dir überallhin folgen«, sagte sie.

Wie Amena vorhergesagt hatte, nahm die Versammlung der freien Männer den Plan ihres Königs mit überwältigender Mehrheit an. Nur wenige, vor allem einige der Älteren, sprachen sich dagegen aus, ihre angestammte Heimat zu verlassen, das fruchtbare Land, das ihre Vorväter dem Wald abgetrotzt und urbar gemacht hatten. Doch die meisten waren wie Ambiorix der Ansicht, dass die Römer sie nie unbehelligt lassen würden. Und so kam man überein, noch am selben Tag aufzubrechen.

Auch Ebunos befand sich unter denen, die sich der Mühsal dieser langen, gefahrvollen Reise ins Ungewisse nicht gewachsen fühlten, und so entschied er, ebenfalls zurückzubleiben. Schweren Herzens akzeptierte Amena seine Wahl und nahm Abschied von dem weisen alten Mann, den sie seit ihren Kindertagen kannte, der sie alles gelehrt hatte, was sie wusste, und dem sie so viel verdankte.

Während die anderen ihre wenige Habe zusammen mit der Beute aus dem römischen Lager auf Ochsenkarren verluden, sattelte Amena ihre Stute, durchquerte die Ebene und ritt ein letztes Mal den steilen Weg zum Quellheiligtum am Fuße der Eibe hinauf. Sie wollte Abschied nehmen von dem Ort, an dem alles begonnen hatte, an jenem fernen Morgen, als sie im Wasser des Felsbeckens die Bestätigung für ihre Vision vom Untergang ihres Stammes erhielt. Insgeheim fürchtete sie sich vor dem, was sie dort vorfände, denn wenn die Römer den heiligen Ort entdeckten, hätten sie nicht gezögert, ihn zu zerstören.

Schon als sie die Ausläufer der Ebene erreichte und in das Halbdunkel zwischen den Stämmen eintauchte, bemerkte sie, dass der weiche Boden aufgewühlt war von den Hufen mehrerer Pferde. Die Büsche und Sträucher beidseits des Pfades wiesen abgerissene Zweige und Blätter auf. Von einer dunklen Ahnung erfüllt, saß sie ab und führte ihre Stute am Zügel hinter sich her. Je tiefer sie in den

Wald eindrang, desto deutlicher wurden die Spuren der Verwüstung. Und bald schwand auch der letzte Funke Hoffnung, dass der geweihte Ort der Zerstörungswut der Legionäre entronnen sein könnte. Nach einer Weile schlang Amena die Zügel um den niedrigen Ast einer Birke und legte den Rest des Weges zu Fuß zurück.

Als schließlich das Nemetom vor ihr lag und sie aus den Schatten hinaus auf die Lichtung trat, bestätigten sich ihre schlimmsten Befürchtungen. Die Römer hatten ihr Zerstörungswerk mit der ihnen eigenen Gründlichkeit vollendet. Die uralte Eibe war gefällt. Ihr mächtiger Stamm lag quer über der Waldwiese wie der Leib eines gestürzten Riesen, das helle Holz der Bruchstelle zerfetzt von unzähligen, hasserfüllten Axthieben. Die übrigen Bäume des Heiligen Hains waren der blinden Raserei der Feinde ebenfalls nicht entgangen, die mit Schwertern und Äxten Äste und Zweige abschlugen und klaffende Wunden in die Rinde rissen. Und überdies wagten die Legionäre, was kein Kelte je wagen würde: Sie hatten die wertvollen Opfergaben geraubt, die reich verzierten Torques und Armreife, die Becher und Schalen aus Gold und Silber. Alles, was für sie von Wert war, hatten die römischen Räuber mitgenommen.

Amena schloss die Augen und ballte die Fäuste, als eine gewaltige Woge ohnmächtigen Zorns über sie hinwegspülte; Zorn auf diese Männer, denen nichts heilig war, die unter dem Befehl ihres machtgierigen Anführers Gaius Iulius Caesar in die Länder friedlicher Völker eindrangen, die Menschen töteten oder unterwarfen, ihre Städte niederbrannten und ihre Heiligtümer zerstörten.

Doch dann ebbte ihr Zorn ab, so plötzlich, wie er gekommen war, als sich ein Bild vor ihr inneres Auge schob: ein Bild Caesars, umgeben von anderen Römern in weißen, wallenden Togae, seine Züge eine schmerzverzerrte Grimasse, während sich eine Lache seines eigenen hellroten Blutes um ihn herum auf dem Marmorboden eines hohen Raums ausbreitete. In diesem Moment erkannte sie, dass auch das Römische Reich nicht ewig währen würde, dass dieses machtvolle Imperium, das heute beinah die gesamte bekannte Welt umspannte, eines Tages unterginge, vielleicht schon morgen. Scharen von wild aussehenden Menschen tauchten vor ihrem inneren Auge auf: Männer, Frauen und Kinder mit Ochsenkarren, die ihre Habe trugen, zogen über die römischen Straßen und fielen in das Reich ein. Sie sah Ruinen einst imposanter Gebäude aus Stein, nun verfallen, bewachsen mit Gräsern und Buschwerk, die gewaltigen, prächtigen Städte verlassen, weil die neuen Herrscher es vorzogen, außerhalb ihrer Mauern zu leben. Und sie sah, dass die römischen Götter, gerade noch so mächtig, dass Sie die Unsterblichen der übrigen Völkerschaften zu vertreiben vermochten, bald schon selbst vertrieben würden, verdrängt durch den Gott eines anderen Volkes, einen einzelnen Gott, einen Gott der Liebe und des Friedens. Und sie wusste, dass auch dieser sich irgendwann gegen fremde Gottheiten würde behaupten müssen, denn Krieg und das unbedingte, bedingungslose Streben nach Macht lagen im Wesen des Menschen. Und so würde es immer weitergehen, ein ewiger Kreislauf von Werden, Sein und Vergehen.

Amena holte tief Luft. Wie still der Wald war. Kein Vogel war zu hören, nicht einmal der Wind raschelte im Laub über ihr, das sich bereits in den warmen Tönen des Herbstes färbte, genau wie damals, dachte sie, an jenem fernen Morgen. Als betrauerte die Natur das Zerstörungswerk der Menschen.

Dann schritt sie langsam hinüber zu der heiligen Quelle, kniete an ihrem Rand nieder und betrachtete zum letzten Mal ihr Spiegelbild im klaren Wasser des Felsbeckens. Nach einem Moment schloss sie die Augen und ließ ihre Gedanken wandern. Bilder von Atuatuca zogen vorbei, dem Dunom, das es nicht mehr gab, erfüllt von Männern, Frauen und Kindern, nun erschlagen oder verschleppt. Die wenigen Überlebenden würden diesen Landstrich verlassen, und schon bald würden sich Gräser und Büsche die fruchtbare Ebene zurückerobern, die die Siedlung umgab. Und irgendwann würde sich niemand mehr erinnern, dass in diesem weiten Tal, im Herzen des Arduenna Waldes, einst eine blühende Stadt lag.

Es sei denn ...

Amena nahm einige tiefe Atemzüge. Dann konzentrierte sie sich, wie sie es an diesem geweihten Ort unzählige Male zuvor getan hatte, bis sie ein leises Kribbeln verspürte, das stärker und stärker wurde, als die Energie in ihrem Körper zu fließen anhob, immer mehr anschwoll, bis sie das Gefühl hatte, vollkommen aus Energie zu bestehen, reiner, fließender, pulsierender Energie, an keinen sterblichen Leib gebunden, die sich ausdehnte, jeden Grashalm, jeden Stein, jedes Blatt des Waldes umfing, bis die Luft selbst zu vibrieren schien. In diesem Augenblick allumfassenden Bewusstseins formulierte Amena ihre Botschaft, und für die Dauer eines Herzschlags sah sie ein Gesicht, das Gesicht einer jungen Frau, deren Blick durch die Jahrtausende hindurch ihrem eigenen begegnete. Sogleich jedoch begann die Welle der Energie abzuebben, und mit Bedauern fühlte Amena, wie sie langsam in die Grenzen ihres irdischen Körpers zurückkehrte.

Eine geraume Weile verharrte sie so, kniend, die Augen geschlossen, und spürte in der sie umgebenden Natur dem verklingenden Echo ihrer Energie nach, während die Nässe des Morgentaus durch ihr Kleid drang und ihre Knie feucht und kühl werden ließ.

Schließlich erhob sie sich, und ohne sich noch einmal umzudrehen stieg sie ein letztes Mal den steilen Weg hinab, den sie in ihrem Leben unzählige Male gegangen war.

An der Stelle, an der sie ihre Stute zurückgelassen hatte, wartete Ambiorix auf sie. Mit einem zärtlichen Lächeln blickte er ihr entgegen, und in diesem Augenblick wanderten ihre Gedanken zurück zu einer Nacht vor langer, langer Zeit, als er bei ihr lag, und an das Gebet, das sich ganz ohne ihr Zutun in ihrem Kopf formte: *Götter, nehmt mir alles, aber nicht ihn* ...

Irgendetwas in ihr, eine tiefere innere Weisheit, hatte damals schon gewusst, wie alles kommen würde. Sie hatte so vieles verloren, geliebte Menschen, ihre Heimat und ihren Glauben. Doch sie lebte, und Ambiorix war an ihrer Seite, das wertvollste Geschenk, das das Schicksal ihr je gemacht hatte. Und irgendwie würde es weitergehen, in jenem fernen Land im Norden, jenseits des Meeresarmes.

Er reichte ihr die Zügel der Stute.»Lass uns gehen«, sagte er leise.

Kapitel 25

Als Hannah aus der Meditation erwachte, war sie vollkommen sicher, dass dies ihre letzte Begegnung mit Amena, Ambiorix und den übrigen Eburonen gewesen war. Amena hatte ihre Botschaft übermittelt; ihre Mission, derentwegen sie durch zwei Jahrtausende hindurch die Verbindung zu ihr gesucht hatte, war vollendet. Und außerdem stand sie im Begriff, den Ort, der die Grundlage für ihre Beziehung bildete, für immer zu verlassen. Hannah fühlte augenblicklich, dass irgendetwas sich verändert hatte. Obwohl auch diese Vision sie innerlich aufwühlte, Vercassius' Tod und die Bilder des zerstörten Atuatuca sie mit Trauer erfüllten, war die Qualität dieser Trauer doch eine andere. Es brauchte einen Moment, bis ihr bewusst wurde, was genau anders war. Dann jedoch verstand sie: Dadurch, dass Amena das enge Band zwischen ihnen durchtrennt hatte, war Hannah nun der Zugang zu ihren Gefühlen verwehrt, die sich in den vergangenen Wochen in so verhängnisvoller Weise mit den ihren vermischt hatten, und die Trauer, die sie nun empfand, war ihre eigene. Sie war tief und aufrichtig, aber sie war nicht so überwältigend, so bodenlos wie Amenas. Es erschien Hannah beinah wie die geglückte Operation eines siamesischen Zwillingspaars, als wären Amena und sie, die zuvor immer stärker zu einer einzigen Person verschmolzen waren, die mit *einem* Gehirn dachten und mit *einem* Herzen fühlten, plötzlich getrennt worden. Ihre Gedanken und Gefühle waren nun wieder ihre eigenen, sie hatte ihre Grenzen wiedererlangt, sie war frei.

Und mit einem Mal durchströmte sie eine Ruhe, ein innerer Frieden, wie sie sie so intensiv und wohltuend nicht mehr empfunden hatte seit der Nacht, in der sie in ihrem Albtraum zum allerersten Mal einen Blick in jene längst vergangene Zeit warf. Es war wie das Erwachen aus einem tiefen, erholsamen Schlaf.

Nach einer Weile, in der sie einfach nur da saß und diese neue Zufriedenheit genoss, stieß sie einen schweren Seufzer aus. Dann wickelte sie sich aus ihrer Decke, trat in den Innenhof und setzte sich auf die sonnenbeschienenen Stufen zur Haustür. Sie zündete sich eine Zigarette an, schloss die Augen und nahm einen langen Zug.

Natürlich würde sie die Beziehung zu Amena vermissen wie die zu einer lieben Freundin, die plötzlich aus ihrem Leben gerissen worden war. Doch es gab keinerlei Zweifel, dass die Erleichterung überwog – Erleichterung darüber, dass die Visionen, die sie so aufgewühlt und ihr Leben komplett aus der Bahn geworfen hatten, nun vorüber waren. Und vor allem Erleichterung darüber, dass Amena und Ambiorix Caesars Bemühungen, den Stamm der Eburonen auszulöschen, überlebt hatten. Sie hoffte aus tiefstem Herzen, dass die beiden in Britannien endlich Frieden und ein Leben in Freiheit und Würde fänden, das ureigenste Recht eines jedes Menschen.

Hannah streifte die Asche von der Zigarettenspitze und folgte mit den Augen dem Rauch, der sich in einem dünnen bläulichen Faden in der milden Abendluft kräuselte. Hope tauchte von irgendwoher auf und strich schnurrend um ihre Füße. Hannah hob sie auf, setzte sie vorsichtig in ihren Schoß und begann sie geistesabwesend zu kraulen.

Doch bei aller Erleichterung war ihr auch bewusst, dass zwei gewaltige Probleme darauf warteten, von ihr gelöst zu werden. Da war zum einen die Arbeit an dem Kalender, die nach wie vor keine nennenswerten Fortschritte machte. Oh, sie hatte sich in den vergangenen Tagen durchaus künstlerisch betätigt, so war es ja nicht. Verschiedene Ansichten von Atuatuca waren entstanden, und sie hatte Porträts von Ebunos, Catuvolcus und Vercassius angefertigt und – wenngleich mit großem Widerwillen - sogar eines von deren verhasstem Widersacher Caesar, um das Rutger sie vor ihrem Streit gebeten hatte. Aber leider war nichts dabei herausgekommen, das geeignet wäre, Geld in ihre leere Kasse zu spülen.

Und dann war da noch der Umstand, dass zwischen ihr und Rutger seit nunmehr zwei Tagen absolute Funkstille herrschte; ein Thema, dem Hannah mit einer für sie völlig untypischen Konsequenz aus dem Weg ging.

Hope entwand sich ihrem halbherzigen Kraulen, trollte sich durch den Innenhof davon und erklomm mit wenigen eleganten Sätzen die Mauer, während Hannah grimmig den Stummel ihrer Zigarette auf der Treppenstufe ausdrückte.

Ihr Auftreten ihm gegenüber war unfair und kindisch gewesen, ein Ergebnis ihrer nur halb verdauten Beziehung zu Marcel. Das sah sie wohl ein, aber es machte die Sache nicht einfacher. Sie hatte ihm vorgeworfen, er behandele sie wie ein kleines, dummes Mädchen. Nun gut, sie verhielt sich ja auch wie eins. Und das war noch freundlich ausgedrückt; demjenigen Teil ihres komplexen Gehirns, der für Selbstkasteiung zuständig war, fielen ganz andere Formulierungen ein.

Doch sie war eine erwachsene Frau, und es war an der Zeit, dass sie aufhörte, anderen die Schuld für ihr eigenes Verhalten in die Schuhe zu schieben. Sie durfte nicht zulassen, dass sie für den Rest ihrer Tage in diesem alten Kreislauf aus Verletztheit und Misstrauen gefangen blieb. Was geschehen war, war geschehen, und keine Frage, es hätte besser laufen können. Aber es war Vergangenheit, Marcel war Vergangenheit. Die Gegenwart hieß Rutger, und es war allerhöchste Zeit, dass Hannah begann, Verantwortung zu übernehmen, für ihre Gefühle, für ihr Handeln, für ihr gesamtes verdammtes Leben. Außerdem verdiente Rutger, dass sie klar Stellung bezog, denn er hatte ihr gegenüber stets mit offenen Karten gespielt. Und genau das würde sie nun ebenfalls tun, und sie konnte bloß hoffen, dass es nicht bereits zu spät war, dass sie nicht wieder einmal zu lang gezögert hatte.

Die letzten Strahlen der Sonne waren um die Ecke des Ateliers verschwunden, und die Luft wurde allmählich kühl. Hannah streckte ihre steifen Glieder, erhob sich und ging langsam zurück ins Haus. Auf dem Kaminsims lehnte noch immer der Zeichenblock mit Ambiorix' Porträt. Daneben stand die Vase mit Rutgers roten Rosen. Schon erstaunlich, wie dieser Mann es geschafft hatte, in so kurzer Zeit ein Teil ihres Lebens zu werden, sodass sie keine drei Schritte zu tun vermochte, ohne auf seine Spuren zu treffen. Nachdenklich blieb sie vor den Blumen stehen, sog ihren betörenden Duft ein und berührte mit den Fingerspitzen ihre weit geöffneten Blüten.

Und mit einem Mal wusste sie, was sie zu tun hatte. Entschlossen streifte sie eine Jacke über, griff nach dem Autoschlüssel und lief hinüber ins Atelier. Dort packte sie sämtliche Zeichnungen, die seit ihrem Streit entstanden waren, in eine große Mappe, warf sie auf den Rücksitz ihres Wagens und setzte mit quietschenden Reifen rückwärts aus der Einfahrt.

Während sie den armen Toyota über Höhen und Tiefen des Hindernisparcours quälte, fiel ihr plötzlich ein, dass sie keine Ahnung hatte, ob Rutger sie überhaupt sehen wollte. Immerhin war es sehr gut möglich, dass er die Nase voll von ihr und ihren Launen hatte. Und wer könnte es ihm verdenken? Doch es blieb ihr wohl nichts anderes übrig, als es darauf ankommen zu lassen. Sie hatte sich diese Suppe eingebrockt, also würde sie sie auch auslöffeln. Und wenn er ihr die Tür vor der Nase zuschlagen würde, hätte sie sich wenigstens keine Feigheit vorzuwerfen.

Und wenn er sie hineinbat, was würde sie sagen? Erschrocken trat Hannah die Bremse bis zum Bodenblech durch, der Wagen kam mit einem Ruck zum Stehen, und der Motor erstarb. OhGottohGott, sie hatte sich gar keine Gedanken darüber gemacht, was sie eigentlich sagen wollte, beziehungsweise wie!

Improvisieren, rieten die *Kreativen Regionen*. Selbst wenn du dir jetzt was zurechtlegst - sobald du vor ihm stehst, hast du's vor lauter Aufregung eh vergessen.

Nicht sehr beruhigend, fand Hannah. Aber vermutlich zutreffend.

Eine knappe halbe Stunde später bog sie in die Straße ein, in der Rutger wohnte. Mit gemischten Gefühlen erkannte sie, dass sein Land Rover in der Einfahrt parkte und in der Wohnung im ersten Stock Licht brannte.

Sie brauchte drei Anläufe, um ihren kleinen Toyota in eine Parklücke zu rangieren, in der auch ein Linienbus Platz gefunden hätte. Anschließend war sie schweißgebadet, lehnte sich in ihrem Sitz zurück und atmete ein paar Mal tief durch, ehe sie die Mappe mit den Zeichnungen von der Rückbank angelte und mit weichen Knien aus dem Wagen kletterte. Der Lack rund um das Türschloss bekam mehrere Kratzer ab, bis ihre zitternden Finger endlich das Schlüsselloch fanden und es ihr gelang, die Fahrertür zu verriegeln. Die Mappe fest unter den Arm geklemmt, öffnete sie das Gartentor und schwankte zur Haustür.

Dort angekommen, starrte sie auf den Klingelknopf. Noch konnte sie es sich anders überlegen, schoss es ihr durch den Kopf. Sie könnte sich auf dem Absatz herumwerfen, zurück zum Auto rennen, und Rutger würde nie erfahren, dass sie hier gewesen war. Wenn sie jedoch erst einmal auf diesen Knopf gedrückt hätte, gäbe es kein Zurück mehr.

Aber zurück war ja auch nicht, wohin sie wollte.

Sie atmete abermals tief durch. Dann drückte sie entschlossen auf die Klingel und wartete. Glücklicherweise besaß das Haus keine Gegensprechanlage, um ungebetene Besucher gleich vor der Tür abzuwimmeln.

Inzwischen schlug ihr Herz so wild, dass sie sich verzweifelt fragte, wie sie auch nur ein einziges Wort herausbringen sollte. Doch für solche Erwägungen blieb nun keine Zeit mehr, denn im Treppenhaus ging das Licht an, und einen Augenblick später erkannte Hannah im farbigen Glaseinsatz der Tür eine schemenhafte Gestalt, die rasch näher kam.

Dann stand Rutger vor ihr.

Er wirkte übernächtigt, als hätte er in den vergangenen Tagen kaum geschlafen. Davon einmal abgesehen, war sein Ausdruck schwer zu deuten. Er schien überrascht, sie zu sehen. Aber zu behaupten, dass er vor Freude aus dem Häuschen geriet, wäre eine schamlose Übertreibung. Doch was zum Henker erwartete sie eigentlich?

Sie hatte das Gefühl, dass sie nun etwas sagen sollte.

»Hallo«, sagte sie nach einem Moment, wenig originell.

»Hallo«, antwortete er leise und blieb einfach da stehen, wo er stand. Es war mehr als deutlich, dass er ihr keine goldenen Brücken bauen würde.

»Darf ich reinkommen?«

Er holte tief Luft, als gelte es eine schwierige Entscheidung zu fällen. Dann machte er einen Schritt zur Seite und forderte sie mit einer Handbewegung auf einzutreten.

»Danke.« Während ihr der Gedanke durch den Kopf schoss, dass Heinrichs Gang nach Canossa verglichen mit ihrer Mission der reinste Spaziergang gewesen sein musste, trat sie an ihm vorüber in den Hausflur und schleppte sich die steilen Stufen in den ersten Stock hinauf.

Vor der Tür zu seiner Wohnung hielt sie an und ließ Rutger den Vortritt. Als sie ihm mit weichen Knien in den Wohnraum folgte, drückte sie die Mappe mit den Zeichnungen wie einen schützenden Schild vor ihre Brust und umklammerte sie mit beiden Armen. Ihr Herz schlug nun so laut, dass sie meinte, die Nachbarn im Parterre müssten jeden Moment mit dem Besenstiel gegen die Decke wummern, um sich über den Lärm zu beschweren.

Das Erste, was sie sah, war Amenas Porträt, das in einem geschmackvollen Rahmen über dem alten Eichenholzsekretär an der Wand hing. Ihre faszinierenden Augen schienen Hannah geradewegs anzuschauen, doch ihr Blick war so unergründlich wie eh und je. Noch einmal fühlte Hannah die intime Verbundenheit mit dieser Frau. Auch sie hatte gegenüber dem Mann, den sie liebte, Schuld auf sich geladen. Und wie Hannah war sie für ihre Verfehlung eingestanden und hatte alles unternommen, um seine Liebe und sein Vertrauen zurückzugewinnen. Hannah konnte nur hoffen, dass ihr derselbe Erfolg beschieden wäre.

Wenigstens einer freute sich, sie zu sehen: Cúchulainn erhob sich von seinem Flokati und trottete mit aufgeregtem Schwanzwedeln auf sie zu, aber Rutger verwies ihn mit einem Schnipsen der Finger und einer energischen Geste zurück auf seinen Platz, und er gehorchte widerstrebend. Nur seine lange, kräftige Rute klopfte weiterhin auf den Teppich, im selben Takt wie Hannahs wild gewordenes Herz.

Rutger hatte wohl auf dem Sofa gelegen und Musik gehört. Das Licht im Raum war gedämpft, im Hintergrund lief eine CD mit einem Klavierkonzert, und auf dem niedrigen Tisch standen eine Flasche irischen Whiskeys und ein Glas.

»Bitte, nimm Platz«, forderte er Hannah ohne jede Wärme auf.

Dankbar ließ sie sich in einen Sessel sinken, ehe ihre weichen Beine von selbst nachgaben. Das hier würde schwieriger werden, als sie befürchtet hatte. Verdammt viel schwieriger. Doch sie verdiente es nicht anders; immerhin hatte sie ihn vor die Tür gesetzt. So gesehen, war es wahrscheinlich schon als Erfolg zu werten, dass er sie überhaupt hereinbat. Einen roten Teppich für sie auszurollen, nun, dafür hatte er weiß Gott keinen Grund.

»Etwas zu trinken?«

»Nein danke.« Sie kramte in den Taschen ihrer Jacke nach der Zigarettenschachtel und dem Feuerzeug. »Aber wenn es dich nicht stört, würde ich gern eine rauchen.«

»Nur zu, es ist deine Gesundheit«, war die eisige Antwort.

Widerstrebend legte sie die Mappe mit den Zeichnungen, hinter der sie sich so schön hatte verstecken können, neben sich auf den Boden, da sie beide Hände brauchte, um die blöde Zigarette anzustecken, während Rutger sich auf das Sofa fallen ließ und an seinem Whiskey nippte.

Nun war es an der Zeit, zu sagen, wofür sie angetreten war. Doch da sie ohnehin nicht wusste, wie sie anfangen sollte, könnte sie ebenso gut mit ihrer letzten Meditation beginnen.

Sie nahm einen langen Zug an der Zigarette. »Es ist vorbei«, erklärte sie dann.

Rutgers Blick schnellte hoch, und im selben Moment erkannte sie, wie doppeldeutig ihre Worte klangen.

»D-Die Visionen«, beeilte sie sich zu präzisieren. »Die Visionen sind vorbei.«

Er räusperte sich. »Was macht dich so sicher?«, fragte er nach einem Augenblick.

Ihre Augen wanderten durch den Raum, auf der Suche nach einem Aschenbecher. Als Rutger ihren hilflosen Blick bemerkte, ging er hinüber in die Küche, und sie hörte das Klappern von Schranktüren. Aschenbecher wurden in seiner Wohnung so selten benutzt, dass er auf Anhieb nicht zu wissen schien, wo er sie aufbewahrte. Schließlich kehrte er mit einem schweren gläsernen Teil zurück, dessen Aufschrift vermuten ließ, dass es in einem früheren Leben in einem irischen Pub gedient hatte.

»Danke.« Hannah streifte die Asche ihrer Zigarette ab. »Ich fühle, dass es vorüber ist. Und außerdem ist die Geschichte zu einem Abschluss gekommen. Sie ist zu Ende, irgendwie.«

Er lehnte sich auf dem Sofa zurück und schlug die langen Beine übereinander. Dabei fiel sein Blick auf eines der Kissen, er betrachtete es einen Moment nachdenklich und verpasste ihm dann mit der Handkante eine tiefe Kerbe, genau in der Mitte.

Hannah schluckte.

»Das freut mich zu hören«, erwiderte er schließlich mit unüberhörbarem Sarkasmus. »Doch ich hoffe, du hast dich nicht extra herbemüht, um mir das mitzuteilen. Denn was mich im Augenblick viel mehr interessiert, ist, wie es um *unsere* Geschichte steht. Falls du überhaupt mitbekommen hast, dass wir eine Geschichte haben.«

Plötzlich beugte er sich vor und hieb mit der geballten Faust auf den Tisch, dass sein Whiskeyglas einen Satz in die Luft machte und Hannah um ein Haar dasselbe getan hätte.

»Verdammt, Hannah, ist das eigentlich alles bloß ein Spiel für dich?«, brach es aus ihm heraus. »Tut mir leid, aber daran habe ich kein Interesse. Meine Gefühle für dich gehen sehr viel tiefer. Und ich kann mich des bösen Verdachts nicht erwehren, dass du das weißt und mit mir spielst.« Er erhob sich abrupt, ging zum Fenster hinüber und rieb sich geistesabwesend seine schmerzende Hand.

Hannah verschlug sein unerwarteter Gefühlsausbruch für einen Augenblick die Sprache. »Nein, das ... das ist nicht wahr«, stieß sie schließlich mühsam hervor.

»Okay, ich weiß, ich habe einen Fehler begangen«, begann er plötzlich erneut, als hätte er sie nicht gehört. Er klang jetzt ruhiger. »Ich hätte nicht hinter deinem Rücken mit Konrad über dich sprechen dürfen. Das hast du mir mehr als deutlich gemacht, und ich habe es begriffen. Ich hätte es übrigens auch begriffen, wenn du weniger drastisch vorgegangen wärst. Wie auch immer, es war keine gute Idee von mir, und es tut mir aufrichtig leid.«

Hannah schwieg. Zum einen wusste sie ohnehin nichts zu sagen, und außerdem hatte sie das Gefühl, dass Rutger noch nicht fertig war.

Nach einem Moment wandte er sich zu ihr um, die Hände gegen das Fensterbrett, und schaute ihr geradewegs in die Augen. »Aber was ich tat, tat ich lediglich, weil ich mir Sorgen um dich machte. Ich hoffte, du würdest das verstehen. Ich wollte Anteil haben an deinem Leben, ich wollte eine Rolle darin spielen. Doch du hast dich immer weiter in die Welt der Vergangenheit zurückgezogen und mich außen vor gelassen. Ich musste hilflos zusehen, wie du dich immer stärker veränderst, und das hat mir Angst gemacht.«

Er rieb sich mit einer müden Handbewegung über das Gesicht. Er wirkte mit einem Mal älter und sehr verletzlich. »Weißt du«, begann er plötzlich erneut, leise, und fixierte einen Punkt an der Wand, irgendwo über ihrem Kopf. »Wenn man einmal einen geliebten Menschen durch einen viel zu frühen Tod verloren hat, entsteht so eine wahnsinnige Furcht vor Verlust. Und die kann einen dazu bringen, Dinge zu tun, die in den Augen anderer sinnlos oder übertrieben erscheinen mögen.« Er schien noch mehr sagen zu wollen, breitete dann jedoch in einer ohnmächtigen Geste die Hände aus.

Doch Hannah hatte ihn auch so verstanden, und seine Worte trafen sie wie eine schallende Ohrfeige. Und offenbar hatte es nichts Geringerem als solch einer schallenden Ohrfeige bedurft, um sie wach zu rütteln, dachte sie, während sie betreten auf die Spitzen ihrer Schuhe starrte und fühlte, wie ihr die Schamesröte ins Gesicht stieg.

Wie hatte sie bloß so einen gottverdammten Mangel an Einfühlungsvermögen an den Tag legen können? Wenn sie weniger in der Vergangenheit - ihrer eigenen und der historischen - gelebt hätte, stattdessen mehr im Hier und Jetzt, hätte ihr eigentlich unmöglich entgehen dürfen, dass Rutger seit dem Tod seiner Frau besonders empfindsam war und dazu neigte, sich zu viele Sorgen zu machen - eine nur allzu nachvollziehbare Reaktion, wenn man bedachte, was er durchlitten hatte.

Aber sie hatte in Selbstmitleid gebadet, alles mit dem entschuldigt, was Marcel ihr angetan hatte, seinem Verrat, ihrem Trauma. Dass auch andere eine Vergangenheit besaßen, die womöglich viel dramatischer war und sie daher noch stärker in ihrem Bann hielt als Hannah ihre eigene - der Gedanke war ihr nie gekommen. Und so hatte sie nicht einmal ansatzweise bemerkt, was in Rutger vorging. Wie sie sich nun dafür schämte! Wie hatte sie nur so selbstsüchtig sein können, so unsensibel, so gedankenlos!

Doch sie hatte ihre Lektion gelernt. Sie holte tief Luft; dann erhob sie sich, nahm all ihren Mut zusammen und trat auf ihn zu. In seinen Augen sah sie ein verdächtiges Glitzern, während er erneut diesen Punkt an der Wand fixierte, als fänden sich dort die Antworten auf sämtliche dringenden Fragen der Menschheit.

»Bitte verzeih mir, mein Liebling«, sagte sie leise. »Es mag nach einer billigen Ausrede klingen, aber ich war in den vergangenen Wochen nicht ich selbst. Doch nun habe ich ein paar Dinge kapiert. Und ich verspreche dir: Wenn du mir noch eine Chance gibst, werde ich dir beweisen, dass es mir genauso ernst ist wie dir.«

Mit Mühe riss er seine Augen von der Wand los und schaute sie lange und nachdenklich an. Sie hielt seinem prüfenden Blick stand, und es fiel ihr sogar leicht, viel leichter, als sie gefürchtet hatte. Schließlich nickte er schweigend, zog sie vorsichtig an sich, und sie vergrub ihr Gesicht an seinem Hals.

Epilog

Vier Jahre später

Das holzgetäfelte Auditorium maximum, der große Hörsaal der Rheinischen Friedrich-Wilhelms-Universität zu Bonn, füllte sich stetig, als immer mehr Interessierte eintrafen, um dem für diesen Abend angekündigten Vortrag »Atuatuca - Eine Siedlung der Eburonen in der Eifel« beizuwohnen. Das Publikum rekrutierte sich hauptsächlich aus Teilnehmern des Symposiums »Spuren keltischer Siedlungstätigkeit in Eifel und Hunsrück«, doch es befanden sich auch einige alte Bekannte darunter: Ludwig Dollmann, Stefan Kramer, Konrad Böhnisch, Pia und Nick sowie Timo Schüler mit seinen Eltern. Sogar der Kölner Galerist, der Hannahs Bilderserie über *Orte des Leids* ausstellte und damit erstmals einer breiten Öffentlichkeit zugänglich machte, war erschienen.

Rutger saß neben Hannah in der ersten Reihe und raschelte nervös mit den Papieren in seinem Schoß. Zum x-ten Mal ging er die Unterlagen durch, um sich zu vergewissern, dass er wahrhaftig nichts vergessen hatte, bis sie schließlich zärtlich seine Rechte ergriff und festhielt, sodass er verdutzt aufschaute.

»Wird schon schief gehen«, flüsterte sie.

Er lächelte schwach. »Genau das ist es ja, was ich befürchte.«

In diesem Moment erklomm der Gastgeber des Abends, Professor Michael Althaus von der Universität Bonn, die drei Stufen des Podiums und tippte mit dem Zeigefinger auf das Mikrofon. Nachdem die Gespräche im Saal verstummt waren, begrüßte er die Anwesenden, dankte ihnen für ihr zahlreiches Erscheinen und legte dann eine bedeutungsvolle Pause ein.

»Und nun möchte ich zum Höhepunkt des diesjährigen Symposiums kommen«, fuhr er nach einem Augenblick fort. »Sie alle haben durch die Fachliteratur längst von der sensationellen Entdeckung Atuatucas, der verschollenen Siedlung der Eburonen, erfahren. Es ist mir eine große Freude und Ehre, Ihnen heute Abend den Mann vorstellen zu dürfen, der die Ausgrabung dieses keltischen Dunom leitet und sich bereit erklärt hat, seine bislang erzielten Ergebnisse erstmals vor einem Fachpublikum zu präsentieren. Begrüßen Sie nun mit mir Rutger Loew vom Rheinischen Amt für Bodendenkmalpflege.«

Hannah flüsterte »Hals- und Beinbruch«, während sich Rutger erhob und unter dem Beifall seiner Fachkollegen auf das Podium stieg. Er bog sich das Mikrofon zurecht, breitete sein Konzept vor sich aus und trank einen Schluck Wasser aus dem Glas, das in einer Ausnehmung des Rednerpults stand. Nach den obligatorischen Grußworten an seine Kollegen dankte er diesen für ihr überwältigendes Interesse an seiner Arbeit und die überaus freundliche Aufnahme, die seine Veröffentlichungen in der Fachliteratur gefunden hatten.

Dann räusperte er sich, und nur Hannah bemerkte, dass er seine Unterlagen wieder zusammenschob und stattdessen geradeaus ins Auditorium blickte.

»Als ich vor vier Jahren durch die zufälligen Funde eines Schülers darauf aufmerksam wurde, dass sich in einer Wiese nahe Bad Münstereifel eine frühgeschichtliche Siedlung befinden könnte, ahnte ich nicht, auf welch ein Mammutunternehmen ich mich einließ«, wandte er sich seinem eigentlichen Thema zu und sandte Hannah einen Blick, den nur sie zu deuten wusste.

»Bislang hatte ich mich vorwiegend Matronenheiligtümern und *villae rusticae* gewidmet, und erst ganz allmählich dämmerte mir, dass ich nun in einer anderen Liga spielte. Und welchen Archäologen hätte nicht schon einmal beim Anblick des gewaltigen Befundes, den eine Ausgrabung nach und nach aufdeckt, stille Furcht, ja geradezu Verzweiflung überfallen angesichts der Aufgabe, auf die er sich eingelassen hat?«

Im Publikum ertönte leises, verständnisvolles Lachen.

»Was meinen Befund angeht«, fuhr Rutger fort, »so stellte sich bald heraus, dass er sich über eine Fläche von dreißig Hektar erstreckt, und jeder einzelne von ihnen bereitete mir ungezählte schlaflose Nächte. Doch ich möchte Sie nun nicht länger auf die Folter spannen.« Er betätigte einen Knopf an der Seite des Rednerpults und projizierte ein Bild auf eine Leinwand in seinem Rücken. »Wie Sie sehen, handelt es sich um einen Plan der gesamten Anlage im Maßstab eins zu fünftausend. Natürlich konnten wir bislang nur einen Bruchteil der ehemaligen Siedlungsfläche freilegen.«

Er widmete sich nun einer detaillierten Beschreibung der bisher gewonnenen Erkenntnisse, und vor Hannahs geistigem Auge erwachte die Stadt zu neuem Leben. Es folgten Fotos mit Grundrissen der Häuser, die sich anhand dunkler Verfärbungen im Erdreich erschließen ließen. Rutger erklärte, dass die Siedlung zunächst einer Brandkatastrophe zum Opfer gefallen und zu einem späteren Zeitpunkt so gründlich geschleift worden sei, dass sie im wahrsten Sinne des Wortes dem Erdboden gleichgemacht wurde. Skelette, die man in einem Massengrab in der Nähe fand und mithilfe von beiliegenden Waffen und Rüstungsteilen als römisch identifizieren konnte, deuteten auf kriegerische Handlungen hin, ebenso wie zahlreiche, der Latène D-Zeit angehörende Funde zerstörter keltischer Schwerter, Helme und Schildbuckel. Eines der Skelette wies einen Schädel auf, der mittels eines gewaltigen Schwerthiebs gespalten worden war.

Dann kam das wichtigste Foto von allen. Es zeigte die hölzerne Statue Atuas, des Gottes der Stadt, in restauriertem Zustand.

»Was Sie hier sehen, meine sehr verehrten Kolleginnen und Kollegen, ist einer jener Glücksfälle, wie sie jedem Archäologen nur einmal im Leben begegnen, wenn überhaupt. Wie eine Inschrift bezeugt, stellt diese Plastik Atua dar, den Gott des Dunom Atuatuca. Ihren hervorragenden Erhaltungszustand verdankt das ein Meter neunzig hohe Standbild aus Eibenholz dem Umstand, dass es in einem Opferschacht vergraben wurde, der Zugang zum Grundwasser hatte und dessen feuchtes Klima das Holz konservierte. Diese Stele liefert den eindeutigen Beweis, dass es sich bei der Siedlung um das zweitausend Jahre lang verschollene Atuatuca handelt.«

Ein anerkennendes Raunen ging durch die Reihen der versammelten Archäologen. Rutger gab ihnen einige Augenblicke Gelegenheit, das Gehörte zu verarbeiten.

»Doch auch auf andere offene Fragen der Forschung wirft die Ausgrabung der Stadt ein ganz neues Licht«, griff er den Faden dann wieder auf. »Wie Sie alle wissen, wurde 2007 in der Bibliothek des Vatikan ein anonymes Manuskript aus dem dreizehnten Jahrhundert entdeckt. In seinem Vorwort behauptet der mittelalterliche Schreiber, sein Werk sei lediglich eine Kopie. Das Original stamme von Lucius Aurunculeius Cotta, einem römischen Legaten, der mehrere Feldzüge des Gallischen Krieges an Caesars Seite miterlebte und seine Eindrücke in einem Tagebuch festhielt, das jedoch als verschollen galt. Unter den Fachkollegen war die Authentizität dieser Handschrift lange umstritten. Manche glaubten, dass es in der Tat die Abschrift eines vorchristlichen Textes sei. Andere hielten es für eine äußerst gelungene Fälschung. In diesem Dokument wird Atuatuca erwähnt und ein Dreieck mit einer Seitenlänge von jeweils ungefähr fünfzig Kilometern beschrieben, in dem die Siedlung angeblich liegen solle. Das Tal, in dem wir das Dunom ausgraben, befindet sich genau im Zentrum dieses Dreiecks.

Somit bildet die Entdeckung Atuatucas den lang gesuchten Beweis dafür, dass das mittelalterliche Manuskript tatsächlich auf ein Original aus der Zeit des Gallischen Krieges, nämlich Cottas Tagebuch, zurückgeht. Denn wie sonst hätte sein Verfasser wissen können, wo Atuatuca, das die Römer dreizehnhundert Jahre zuvor dem Erdboden gleichgemacht hatten, einst lag?

Nicht zuletzt wirft diese wichtige Erkenntnis auch neues Licht auf die umstrittene Frage, wie weit sich Caesar in seinem *De Bello Gallico* von der Wahrheit entfernt hat, um seine eigenen, propagandistischen Zwecke zu verfolgen. Und ich wage die Prognose, dass der Vergleich von Cottas Tagebuch und dem Bericht des Proconsuls in den kommenden Jahren in der Forschung großen Raum einnehmen wird.«

Rutger erwähnte weiterhin, dass der Ort, an dem sich das Castrum der Legaten Sabinus und Cotta befunden hatte, inzwischen ebenfalls bestimmt worden sei. Dies sei von besonderer Bedeutung, da es sich um das bislang älteste bekannte römische Militärlager Deutschlands handele und zudem das einzige aus der Phase des Gallischen Krieges. Seine Ausgrabung, ebenso wie die eines keltischen Quellheiligtums in der Nähe Atuatucas, müsse jedoch aufgrund der allgemeinen Mittelknappheit zunächst zurückstehen.

Rutgers Vortrag endete mit seinem Dank an das Grabungsteam, die an dem Projekt beteiligten Firmen und nicht zuletzt die Claus-Dollmann-Stiftung als dem Hauptsponsor, und wurde von seinen Fachkollegen mit nicht enden wollendem Beifall belohnt.

Nachwort

Wie in vielen historischen Romanen fließen auch im vorliegenden Fakten und Fiktion ineinander. Im Folgenden möchte ich einige der Fäden, aus denen das Gewebe der »Priesterin« gewirkt wurde, noch einmal aufgreifen und darlegen, wo die historische Wahrheit endet und meine Fantasie mir beim Weben die Hand geführt hat. Außerdem werde ich eine Anzahl Fragen streifen, mit denen man sich als Autor/in eines historischen Romans auseinandersetzen muss.

Einen befestigten Ort (laut Caesar *castellum*) der Eburonen mit Namen Atuatuca / Aduatuca / Advatuca hat es tatsächlich gegeben, und ebenso trifft es zu, dass niemand seine Lage kennt. Er wurde in der Nähe verschiedener deutscher (Stolberg-Atsch bei Aachen) und belgischer Städte (vor allem Tongern) vermutet, und etliche Lokalforscher verwenden viel Zeit und Akribie darauf, beweisen zu wollen, dass das Dunom in der Umgebung ihrer Heimatstadt gelegen habe. Zusätzlich erschwert wird die Lokalisierung durch den Umstand, dass es einen keltischen Stamm der Atuatucer gab, dessen Hauptsiedlung ebenfalls Atuatuca geheißen haben soll, aber nicht identisch mit derjenigen der Eburonen war. Am wahrscheinlichsten ist, dass letzteres Atuatuca dem belgischen Tongern (*Aduatuca Tungrorum*) entspricht, womit für das eburonische Atuatuca wieder alle Möglichkeiten offen stehen ...

Bei so vielen Unklarheiten habe ich mir die Freiheit genommen, die Stadt in der Nähe von Bad Münstereifel anzusiedeln, ohne gleichwohl im Mindesten andeuten zu wollen, dass dies den Tatsachen entspreche. Damit verlege ich sie sehr weit in den Süden des eburonischen Gebietes, obwohl sie sich laut Caesar eher in dessen Zentrum befand (*De Bello Gallico*, VI, 32). Außerdem habe ich Atuatuca in seiner Größe und Struktur sehr viel stärker an bedeutende süddeutsche *Oppida* - der lateinische und in der Forschung gebräuchliche Begriff für das keltische *Dunom* - angelehnt, als dies in Wahrheit der Fall gewesen sein dürfte. Mein Ansinnen war jedoch stets, einen Roman, ein fiktionales Werk, zu verfassen, und nicht etwa, den Spekulationen über Lage und Gestalt Atuatucas weitere hinzuzufügen.

Apropos Freiheit: Der/m einen oder anderen heimatkundigen Leser/in mag aufgefallen sein, dass ich den Lauf der Erft (Arnava) ein wenig verlegt habe. Man möge mir das nachsehen, denn die Versuchung, Amena an ihrem Ufer ein Opfer darbringen zu lassen, war einfach zu groß, als dass ich ihr hätte widerstehen können.

Lucius Aurunculeius Cotta - übrigens ein Onkel Caesars mütterlicherseits - soll tatsächlich eine Art Kriegstagebuch verfasst haben, das sich insbesondere auf den zweiten Britannien-Feldzug erstreckt, jedoch verloren ist. Dessen Inhalt, wie ich ihn wiedergebe, entspringt vollständig meiner Fantasie, ebenso die Behauptung, dass es in bedeutendem Umfang von Caesars *De Bello Gallico* abweiche.

Auch die Auswanderung der überlebenden Eburonen nach Britannien ist der Fiktion geschuldet, erscheint mir gleichwohl gar nicht so abwegig, wenn man die engen Kontakte zwischen den Belgae - den keltischen Stämmen, die im heutigen Nordostfrankreich, Belgien und den Niederlanden lebten - und den im Süden der Insel beheimateten Kelten bedenkt. Von Caesar erfahren wir beispielsweise, dass adelige Bellovacer (ebenfalls ein belgischer Stamm) nach Britannien flohen, desgleichen der Atrebate Commius, der zunächst römerfreundlich agierte, sich jedoch später gegen den Proconsul wandte. Unstrittig ist jedenfalls, wie Caesar selbst zähneknirschend eingestehen muss, dass es ihm nie gelungen ist, Ambiorix zu ergreifen oder zu töten. Seine Spuren verlieren sich im Nebel der Geschichte.

Eine weitere Freiheit, die ich mir erlaubt habe, ist die, Rutger das Castrum bei Atuatuca als das bislang älteste bekannte römische Militärlager Deutschlands und das einzige aus der Phase des Gallischen Krieges bezeichnen zu lassen. Tatsächlich kommt diese Ehre dem Römerlager bei Hermeskeil (Landkreis Trier-Saalburg) zu.

Wieweit man Caesars Kriegsbericht insgesamt Glauben schenken darf, ist umstritten, wobei außer Frage steht, dass der Proconsul sein Werk als Propagandamedium in eigener Sache nutzte. *De Bello Gallico* basiert auf den Rechenschaftsberichten an den Senat, die der Feldherr alljährlich vorzulegen hatte. Wenn man zudem bedenkt, dass ein reger Postverkehr zwischen den in Gallien stationierten Legionären und der Heimat bestand und ein Teil der Soldaten in der zumeist kampffreien Winterpause nach Italien zurückkehrte, liegt der Schluss nah, dass sich der Imperator keine allzu große Entstellung der Fakten erlauben durfte, da er in Rom eine gewisse Kenntnis der Vorgänge in den Kriegsgebieten voraussetzen musste. Andererseits geben die persönlichen Berichte der Legionäre nur jeweils einen kleinen Ausschnitt der Wirklichkeit wieder, während der Proconsul derjenige war, bei dem sämtliche Informationen aus den verschiedenen, teilweise gleichzeitig stattfindenden Feldzügen zusammenliefen.

Vermutlich und in aller Vagheit wird man sich auf das einigen können, was ich Rutger in den Mund gelegt habe: dass Caesar in groben Zügen den Verlauf der Ereignisse wahrheitsgetreu wiedergibt, doch auch nicht davor zurückschreckt, Einzelheiten - und hier insbesondere die Anzahl der Feinde - zu seinen Gunsten zu verfälschen.

Die Handlung meines Romans weicht in wenigen, aber entscheidenden Punkten von Caesars Text ab. Dies sind dichterische Freiheiten, die ich mir erlauben musste, um eine in sich stimmige Geschichte zu verfassen, während ich Rutger stets den Ablauf so wiedergeben lasse, wie ihn der Proconsul im V., VI. und VIII. Buch des *De Bello Gallico* schildert.

Mir ist bewusst, dass ich ein einseitiges, negatives Bild von Gaius Iulius Caesar zeichne, und das lag vollauf in meiner Absicht. Natürlich war er ein Kind seiner Zeit, und er handelte gemäß den Konventionen des römischen Staates und seiner eigenen Rolle innerhalb dieses Staates. So war es im Jahre 58 v. Chr. durchaus seine Aufgabe als Statthalter der Provinz Gallia cisalpina, diese vor den wandernden Helvetiern zu schützen – was ja seine Begründung für den Beginn des Gallischen Krieges darstellt. Ob er schon zu diesem frühen Zeitpunkt plante, ganz Gallien dem römischen Imperium einzuverleiben, lässt sich heute nicht mehr entscheiden. Tatsache ist jedenfalls, dass er, auch nachdem die Helvetiergefahr längst gebannt war, weitere Gründe für die Fortsetzung des Krieges fand, bis schließlich das gesamte Gallien unterworfen war. Man kann mit Sicherheit davon ausgehen, dass sowohl wirtschaftliche Motive - Gallien war ein fruchtbares und reiches Land – als auch persönlicher Ehrgeiz sowie der Wunsch nach Ruhm und Gold eine Rolle spielten - vor allem nach Letzterem, denn Caesar war hoch verschuldet und der Goldreichtum der keltischen Gebiete legendär.

Über die Verluste, die dieser Krieg auf keltischer Seite verursachte, können wir nur spekulieren. Der griechische Schriftsteller Plutarch (46 – 120 n. Chr.) berichtet von einer Million Toten und ebenso vielen Gefangenen. Demnach hätte sich die Einwohnerzahl Galliens in den Jahren 58 bis 51 v. Chr. um die Hälfte dezimiert.

Nun noch einige Anmerkungen zu Fragen, mit denen man sich als Autor/in historischer Romane jener Epoche zwangsläufig auseinandersetzen muss.

Wir haben keine genauen Vorstellungen von der Größe der caesarischen Legionen, da ihre Soll- und Iststärke stark voneinander abwichen. Während die Sollstärke bei 6.000 Legionären lag, ist die tatsächliche Iststärke unbekannt und sorgt für Uneinigkeit unter modernen Historikern, deren Angaben zwischen 3.500 und 5.000

Mann schwanken. Ohne diese Debatte entscheiden zu wollen oder zu können, gehe ich in meinem Roman von 5.000 Soldaten pro Legion aus.

Dem einen oder anderen wird aufgefallen sein, dass Caesars Werk zwar *De Bello Gallico* heißt und mit *Der Gallische Krieg* übersetzt wird, in meinem Roman jedoch nirgends Gallier auftauchen, sondern immer nur Kelten. »Kelten« und »Gallier« sind verschiedene Bezeichnungen für eine Gruppe von Völkerschaften, die eine gemeinsame Kultur verband, die aber mitnichten ein einheitliches Volk darstellten. Der Begriff »Κέλτοι« ist der Name, den griechische zeitgenössische Autoren den westlichen dieser Stämme gaben, während die römischen Schriftsteller mit Ausnahme Caesars durchgängig »Galli« verwandten. Ich hätte ein ungutes Gefühl, die Kelten mit der Benennung anzusprechen, die ihnen ausgerechnet ihre ärgsten Feinde, die Römer, verliehen haben, und entschied mich deswegen für »Kelten«. Aus demselben Grund habe ich für die (erfundene) Hauptsiedlung der Nervier Nerviodunom nicht die latinisierte Form auf −dunum gewählt, wie man sie von anderen *Oppida*, beispielsweise Lugdunum (Lyon), kennt, sondern die keltische Endung auf −dunom.

Wenn man als Autor/in über eine so ferne Epoche schreibt wie die keltische, ist man gezwungen, Anpassungen an die Zeit und die damit verbundene Kultur der Leser/innen vorzunehmen. Eine dieser Angleichungen betrifft die Einteilung der Zeit. Handlungsabfolgen sind schwer zu beschreiben und in der Folge umständlich zu lesen, wenn man nicht auf eine simple und konkrete Methode der Zeitmessung wie die Gliederung des Tages in Stunden zurückgreifen kann, sondern sie durch Angaben des Sonnenstandes etc. ersetzen muss. Daher habe ich mir die Freiheit erlaubt, den Kelten die Maßeinheit Stunde zuzugestehen. Die Römer teilten die Zeitspanne zwischen Sonnenauf- und -untergang in zwölf Stunden ein, die je nach Jahreszeit unterschiedlich lang waren. Als feste Bezugspunkte galten Mittag und Mitternacht, die mithilfe einer Wasseruhr bestimmt wurden. Mir ist weder bekannt, dass die Kelten ein ähnliches Verfahren verwandten, noch, dass sie keinerlei Methode zur Messung und Einteilung der Zeit besaßen. Es erscheint mir gleichwohl vorstellbar und plausibel, dass sie die Praxis der Zeitmessung nach Stunden spätestens im Kontakt mit den Römern kennenlernten, als vorteilhaft erachteten und übernahmen. Amena, als Priesterin Teil der intellektuellen Elite ihres Volkes, hätte sicherlich zu den Ersten gehört, die mit dieser Form der Zeiteinteilung Bekanntschaft machten und ihren praktischen Nutzen erkannten.

Eine weitere Anpassung betrifft ebenfalls das Verhältnis der Kelten zur Zeit. Ihre Zeitrechnung beruhte nicht wie in unserer heutigen Kultur auf Tagen, sondern auf Nächten. Würde man jedoch als Autor/in einen Satz formulieren wie »X hatte seit drei Nächten nichts gegessen.«, wären moderne Leser/innen zu Recht verwirrt. Hier wären also entweder umständliche Erklärungen erforderlich, oder man nimmt diskrete Angleichungen an die Lebenswirklichkeit der Leser/innen vor, indem man die ihnen vertraute Rechnung nach Tagen übernimmt. Die Kelten mögen es mir nachsehen!

Auch hinsichtlich der Entfernungsangaben habe ich mir eine Vereinfachung erlaubt. Die römische Meile entsprach ca 1,5 Kilometern. Die Kelten hingegen maßen Entfernungen mit der Leuga, dem Äquivalent von 1,5 römischen Meilen, mithin 2.220 Meter. Da die Ortsangaben überwiegend auf Caesars – also römischen – Aussagen beruhen, habe ich der Einfachheit halber die römische Meile als Maßeinheit zugrunde gelegt.

Das Leben der Kelten - wie das anderer Volksgruppen zu allen Epochen und in sämtlichen Teilen der Erde - war durchdrungen von Manifestationen des Göttlichen und, daraus resultierend, dem Dienst an den Unsterblichen. Selbst wenn es einem/r Autor/in gelänge, sich die zahllosen Situationen vorzustellen, in denen ein Kelte das Walten des Numinosen erlebte, wären modernen Leser/innen solch detaillierte Schilderungen nicht zumutbar, insbesondere, wenn sie keinen Beitrag zur Entfaltung der Handlung leisten. Man ist als Autor/in somit gezwungen, Beschreibungen des Kontaktes mit den Göttern auf diejenigen Umstände zu beschränken, wo sie handlungstragend sind oder in reizvoller und exemplarischer Weise zum Kolorit der entsprechenden Zeit beitragen, und nimmt dabei in Kauf, dass die Menschen der Vergangenheit »moderner« und »aufgeklärter« erscheinen, als sie möglicherweise waren. Den Anführungszeichen möge man bitte die Schwierigkeiten entnehmen, die ich mit diesen Begrifflichkeiten habe.

Der Ablauf der Rituale, die Amena durchführt, ist meiner Fantasie entsprungen, da uns diesbezügliche Details aus dieser Epoche nicht überliefert sind.

Was den in der Gegenwart angesiedelten Teil des Romans betrifft, so gilt: Personen und Handlung sind frei erfunden. Etwaige Ähnlichkeiten mit tatsächlichen Begebenheiten sowie lebenden oder bereits verstorbenen Personen wären rein zufällig und sind nicht beabsichtigt.

Zu allerletzt noch ein Wort des Dankes an diejenigen, die diesen Roman im Vorfeld gelesen, sich auf seine Welt - und damit auch meine – eingelassen und sich Gedanken dazu gemacht haben, was ich wie verbessern könnte: Uschi, Katja, Gisela, Helmut und Johannes. Etwaige inhaltliche Fehler gehen selbstverständlich auf mein Konto.

Bad Honnef, im September 2013

Personen der Vergangenheit

Historische Persönlichkeiten sind mit einem * gekennzeichnet.

Aengil	König der Sugambrer
Alla	Frau des Andemagus, Schwester des Vercassius
Alvius	König der Ceutronen
Ambiorix*	jüngerer König der Eburonen, Ziehbruder des Vercassius
Amena	Priesterin der Eburonen
Andemagus	Schwager des Vercassius, Tillos Vater
Beligantus	Krieger der Eburonen, Ziehbruder des Dagotalos
Catuvolcus*	älterer König der Eburonen
Cedrix	König der Levacer
Cerbellus	Krieger der Eburonen
Cingetorix*	einer der beiden Könige der Treverer, Schwiegersohn des Indutiomarus
Cottos	Krieger der Nervier
Dagotalos	Krieger der Eburonen, Amenas Vetter, Ziehbruder des Beligantus
Dravius	Krieger der Eburonen
Ebunos	Druide der Eburonen
Eccaius	Schildträger des Ambiorix
Ellico	Prinz der Nervier, Sohn des Ecritorix
Ecritorix	König der Nervier, Ellicos Vater
Gaius Arpineius*	römischer Gesandter
Gaius Iulius Caesar*	römischer Oberbefehlshaber

Indutiomarus*	einer der beiden Könige der Treverer, Schwiegervater des Cingetorix
Lefa	Frau des Vercassius
Lenna	eine junge Bäuerin
Lovernios	Druide der Levacer
Lubos	iberischer Söldner in römischen Diensten
Lucius Aurunculeius Cotta*	römischer Legat; befehligt gemeinsam mit Sabinus das Winterlager auf eburonischem Stammesgebiet
Maccius	Krieger der Eburonen
Quintus Iunius*	römischer Gesandter
Quintus Titurius Sabinus*	römischer Legat; befehligt gemeinsam mit Cotta das Winterlager auf eburonischem Stammesgebiet
Quintus Tullius Cicero*	römischer Legat; befehligt das Winterlager im Gebiet der Nervier
Rana	Mutter eines kranken Jungen
Resa	Amenas Dienerin
Talla	eine Weise Frau
Tillo	Sohn des Andemagus und Allas, Neffe des Vercassius
Titus Labienus*	römischer Legat; befehligt das Winterlager im Gebiet der Treverer
Vercassius	Krieger der Eburonen, Ziehbruder des Ambiorix, Schwager des Andemagus
Vertico*	Krieger der Nervier; Verräter
Viromarus	Krieger der Eburonen

Verzeichnis der geografischen Bezeichnungen

Arduenna Wald	Gebiet zwischen dem Rhein im Osten und der Maas im Westen
Arnava	Erft
Atuatuca	Hauptsiedlung der Eburonen
Baltisches Meer	Ostsee
Italia	Kernregion des Römischen Reiches
Mare internum	Mittelmeer
Massalia	Marseille; seit ca 600 v. Chr. griechische Kolonie
Mosa	Maas
Nemetocenna	Arras
Nerviodunom	Hauptsiedlung der Nervier (Name von mir erfunden, da nicht überliefert)
Nordmeer	Nordsee
Samarobriva	Amiens
Renos	Rhein
Roma	Rom

Glossar

Arduinna	keltische Göttin des Waldes, vor allem im Gebiet zwischen Rhein und Maas verehrt, von deren Namen sich die »Ardennen« ableiten
Bache	weibliches Wildschwein
Carnyx, Plural: Carnyces	keltische Kriegstrompete, deren Schalltrichter wie der Kopf eines Tieres, z.b. eines Ebers oder Wolfes, gestaltet sein konnte
Castrum, Plural: Castra	römisches Militärlager
Centurio	römischer Offizier, der eine Centuria (Hundertschaft) befehligte
Cohorte	Untereinheit der römischen Legion, einem Zehntel ihrer Größe entsprechend
Dunom	befestigte, stadtartige Siedlung der Kelten
Gladius, Plural: Gladii	römisches Kurzschwert
Imperium Romanum	Römisches Reich
Legat	Befehlshaber einer Legion
Mercatores	Sklavenhändler, die das römische Heer begleiteten
Nemetom	keltisches Heiligtum
Pilum	römischer Wurfspeer
Porta Praetoria	Haupttor eines römischen Militärlagers
Sagon	keltisches, mantelartiges Kleidungsstück aus Wolle
Sapo	seifige Substanz aus Buchenasche und Ziegenfett, zum Bleichen von Haaren verwandt
Schildbuckel Schildfessel	Metallstück unterschiedlicher Form im Zentrum der Vorderseite eines Schilds.

Darunter befand sich ein Loch mit der Schildfessel, an der der Krieger den Schild hielt. Der Schildbuckel diente also zum Schutz der Faust.

Schleife	auch Stangenschleife; Transportgerät aus zwei langen, dünnen Stangen und quer dazu angebrachten kürzeren Hölzern
Schwarzstein	Gagat; mit Humusgel oder Bitumen imprägniertes fossiles Holz
Sulis	keltische Sonnengöttin
Testudo, Plural: Testudines	„Schildkröte"; hölzernes Schutzdach auf Rädern
Toga, Plural: Togae	römisches Kleidungsstück
Torques	keltischer Halsreif
Tuba, Plural: Tubae	römische Signaltrompete
Villa rustica, Plural: Villae rusticae	aus mehreren Gebäuden bestehendes Landgut im Römischen Reich

Made in the USA
Coppell, TX
17 January 2020